"十三五"国家重点出版物出版规划项目
国家社科基金重大项目

百年中国通俗文学价值评估

大事记卷 上

汤哲声 总主编
黄诚 编著

江苏凤凰教育出版社
Phoenix Education Publishing, Ltd.

图书在版编目(CIP)数据

百年中国通俗文学价值评估.大事记卷：上、下/汤哲声主编，黄诚编著.—南京：江苏凤凰教育出版社，2021.11
ISBN 978-7-5499-9583-7

Ⅰ.①百… Ⅱ.①汤… Ⅲ.①中国文学－通俗文学－现代文学－文学研究②中国文学－通俗文学－当代文学－文学研究　Ⅳ.①I206.6

中国版本图书馆CIP数据核字(2021)第217166号

书　　名	百年中国通俗文学价值评估·大事记卷：上、下
总 主 编	汤哲声
编　　著	黄　诚
策划编辑	章俊弟
责任编辑	王建军
装帧设计	夏晓烨
监　　制	杨赤民
出版发行	江苏凤凰教育出版社(南京市湖南路1号A楼　邮编210009)
苏教网址	http://www.1088.com.cn
照　　排	南京前锦排版服务有限公司
印　　刷	江苏凤凰通达印刷有限公司(电话：025-57572508)
厂　　址	南京市六合区冶山镇(邮编：211523)
开　　本	787mm×1092mm　1/16
印　　张	48
版　　次	2021年11月第1版 2021年11月第1次印刷
书　　号	ISBN 978-7-5499-9583-7
定　　价	258.00元(上、下)
网店地址	http://jsfhjycbs.tmall.com
公 众 号	苏教服务(微信号：jsfhjyfw)
邮购电话	025-85406265，025-85400774，短信02585420909
盗版举报	025-83658579

苏教版图书若有印装错误可向承印厂调换
提供盗版线索者给予重奖

说明与凡例

1. 本书以1892年2月28日《海上花列传》的出版为始,此为学界较为通行的现代通俗文学开始的界碑;以本书交稿时间2018年为界,不设截止时间,以示现代通俗文学发展生机勃勃,正在进行中。

2. 本书以重要作家生平、重要作品出版、社团流派生成脉络、文学论争、重要报刊杂志、书局出版社、研究著述等相关情况为主干,力图展现通俗文学百余年发展的基本概貌。

3. 本事记汇编以大陆(内地)为主体,兼及台港地区重要作家,侧重于现代通俗文学;除进一步交代现代通俗文学作家在当代的活动,及其作品在当代的出版情况以及研究情况外,当代通俗文学的基本情况,则主要以汤哲声教授《中国当代通俗小说史论》为纲目,就其上面所列之重要作家作品、重要刊物作进一步细化。

4. 为力图展示较为立体鲜活的文学史,本书在一些条目下面以"按""注""引""补"等方式,或注明条目来源,或详说该条目相关情况,或将问题引向深入。

5. 对于通俗文学研究的情况,只列已作古的学者主编或撰写的论述;选编小说集、文集等之编者则不在此例;其余学者的研究著述,如有参考,在参考文献或注释中列出。参考文献中,参考文献按作者姓名拼音为序。

目 录

说明与凡例 1

上

1892年(光绪十八年　壬辰) *1*
1893年(光绪十九年　癸巳) *4*
1894年(光绪二十年　甲午) *5*
1895年(光绪二十一年　乙未) *7*
1896年(光绪二十二年　丙申) *8*
1897年(光绪二十三年　丁酉) *10*
1898年(光绪二十四年　戊戌) *13*
1899年(光绪二十五年　己亥) *15*
1900年(光绪二十六年　庚子) *16*
1901年(光绪二十七年　辛丑) *17*
1902年(光绪二十八年　壬寅) *19*
1903年(光绪二十九年　癸卯) *21*
1904年(光绪三十年　甲辰) *26*
1905年(光绪三十一年　乙巳) *31*
1906年(光绪三十二年　丙午) *35*
1907年(光绪三十三年　丁未) *41*
1908年(光绪三十四年　戊申) *51*

1909年（宣统元年　己酉）...... 58

1910年（宣统二年　庚戌）...... 66

1911年（宣统三年　辛亥）...... 71

1912年（壬子）...... 77

1913年（癸丑）...... 85

1914年（甲寅）...... 94

1915年（乙卯）...... 111

1916年（丙辰）...... 135

1917年（丁巳）...... 148

1918年（戊午）...... 165

1919年（己未）...... 176

1920年（庚申）...... 191

1921年（辛酉）...... 201

1922年（壬戌）...... 227

1923年（癸亥）...... 264

1924年（甲子）...... 304

1925年（乙丑）...... 328

1926年（丙寅）...... 343

1927年（丁卯）...... 366

下

1928年（戊辰）...... 381

1929年（己巳）...... 394

1930年（庚午）...... 405

1931年（辛未）...... 414

1932年（壬申）...... 426

1933年（癸酉）...... 438

1934年（甲戌）...... 455

1935年（乙亥）...... 474

1936 年(丙子) *491*

1937 年(丁丑) *503*

1938 年(戊寅) *515*

1939 年(己卯) *525*

1940 年(庚辰) *536*

1941 年(辛巳) *543*

1942 年(壬午) *552*

1943 年(癸未) *560*

1944 年(甲申) *570*

1945 年(乙酉) *578*

1946 年(丙戌) *584*

1947 年(丁亥) *595*

1948 年(戊子) *606*

1949 年(己丑) *616*

1950 年(庚寅) *623*

1951 年(辛卯) *626*

1952 年(壬辰) *628*

1953 年(癸巳) *629*

1954 年(甲午) *630*

1955 年(乙未) *632*

1956 年(丙申) *635*

1957 年(丁酉) *638*

1958 年(戊戌) *641*

1959 年(己亥) *643*

1960 年(庚子) *644*

1961 年(辛丑) *645*

1962 年(壬寅) *646*

1963 年(癸卯) *648*

1964 年(甲辰) *649*

1965年(乙巳) *657*

1966年(丙午) *658*

1967年(丁未) *659*

1968年(戊申) *660*

1969年(己酉) *661*

1970年(庚戌) *662*

1971年(辛亥) *663*

1972年(壬子) *664*

1973年(癸丑) *665*

1974年(甲寅) *666*

1975年(乙卯) *667*

1976年(丙辰) *668*

1977年(丁巳) *669*

1978年(戊午) *670*

1979年(己未) *671*

1980年(庚申) *679*

1981年(辛酉) *680*

1982年(壬戌) *681*

1983年(癸亥) *682*

1984年(甲子) *683*

1985年(乙丑) *690*

1986年(丙寅) *692*

1987年(丁卯) *693*

1988年(戊辰) *695*

1989年(己巳) *697*

1990年(庚午) *699*

1991年(辛未) *700*

1992年(壬申) *701*

1993年(癸酉) *702*

1994年(甲戌) 703

1995年(乙亥) 707

1996年(丙子) 708

1997年(丁丑) 709

1998年(戊寅) 711

1999年(己卯) 713

2000年(庚辰) 715

2001年(辛巳) 717

2002年(壬午) 718

2003年(癸未) 720

2004年(甲申) 722

2005年(乙酉) 723

2006年(丙戌) 725

2007年(丁亥) 727

2008年(戊子) 729

2009年(己丑) 730

2010年(庚寅) 732

2011年(辛卯) 734

2012年(壬辰) 735

2013年(癸巳) 737

2014年(甲午) 738

2015年(乙未) 739

2016年(丙申) 740

2017年(丁酉) 741

2018年(戊戌) 743

参考文献 745

后记 755

1892年（光绪十八年　壬辰）

2月

28日，《海上奇书》创刊。由韩邦庆个人创办，主要刊载韩邦庆个人创作《太仙漫稿》《海上花列传》及前人笔记小说《卧游录》，每期都附有与小说相关插图。由申报馆代售，定价一角。该刊的出版，开个人小说专刊之先河。

注1：韩邦庆，1856年生，别号太仙，自署大一山人、花也怜侬，籍隶旧松江府之娄县。小名三庆，应童子试时，以庆为名，后改名为奇。父韩宗文，字六一，咸丰戊午（1858）科顺天榜举人，曾任刑部主事。邦庆幼年随父宦游京师。据颠公雷瑨在1926年2月1日《时报·小时报》之《懒窝笔记·海上花列传之著作者》载，邦庆少即"资质聪慧，读书别有神悟。及长，南旋，应童子试，入娄庠为诸生。越岁，食廪饩，时年甫二十余也。率应秋试，不获售。尝一试北闱，仍铩羽而归。自此遂淡于功名"。拜乡人蔡蔼云为师，习举业，有文名。然性格落拓不羁，科场不顺。虽应才情得官廪，然乡试屡不中，南归海上，与《申报》主笔钱忻伯、何桂笙等海上诸名士以诗唱和，担任《申报》撰述，发表诗文多篇。据方九迎《韩邦庆佚诗佚文钩沉》统计，自1887年10月22日至1890年6月2日，以大一山人、韩奇等笔名发表《满江红》《百字令》《论沪北驰禁事》《金缕曲》《乐说》《南楼留别》、律诗《呈听涛居士郢政》《戒烟说》《论交答问》《极说》《即事》《书〈杏花村传奇〉后》《论宝清船主死节事》等论说文或书评13篇。

1891年，父执谢某宦河南，怜邦庆家贫，遂招入幕。韩邦庆北上河南，过上了短暂的宦游生活。是年秋，赴北京乡试，又是铩羽而归。在归舟中，与同样落第的孙玉声同时出具未完稿的小说（即孙玉声的《海上繁华梦》、韩邦庆的《海上花列传》）"易稿互读"，相互切磋。后来，孙玉声在《退醒庐笔记》中详细记载了这段往事：

> 场后南旋，同乘招商局轮船。长途无俚，出其所著而未竣之小说《华国春秋》相示，回目已得二十有四，书则仅成其半。时余正撰《海上繁华梦初集》，已成二十一回。舟中乃易稿互读。韩谓："《华国春秋》之名不甚惬意，拟改为《海上花》。"余谓："此书用吴语，恐阅者不甚了了，且吴语有音无字者多，不如改易通俗白话为佳。"韩言："曹雪芹撰《石头记》用京语，我书何不可用吴语？"

韩邦庆南归后,翌年,遂办小说专刊《海上奇书》,继续创作《海上花列传》。是年十一月初一中辍,共15期,《海上花列传》连载至第三十回。

韩邦庆自弱冠即食鸦片,家境清贫,生活落魄。年39即殁,身后萧条。妻子严氏,生一子一女,子三岁夭折,女字童芬,嫁聂姓。

注2:关于《海上奇书》形制及其内容。略小于32开本,高20.2厘米,宽12.5厘米,红色封面。封面中间居右侧印有每期目录。

刊物分三个栏目:《太仙漫稿》《海上花列传》《卧游集》。《太仙漫稿》主要刊载韩邦庆自撰的短篇文言笔记小说,有《陶佩妖梦记》《和尚桥》《段倩卿传》《蕊珠宫仙史小引》《双龙钏铭并序》《欢喜佛传》《书袁痴恶作剧》《大虫传》《记河间先生语》《心影说》《记鬼》《陆心亭祠记》,共计13篇。《海上花列传》,韩邦庆创作的吴语长篇小说,每期连载两回。《卧游集》,主要登载前人笔记30篇,具体如下:霁园主人《海市》、林嗣环《口技》(第一期);赵吉士《中泠泉》、蒲松龄《跳神》(第二期);毛先舒《三生石》、许奉恩《圆光》(第三期);纪汝佶《烟戏》、朱一是《姚江神灯》(第四期);陆次云《跳月》、纪汝佶《烟戏》(第五期);蒲松龄《偷桃》、纪汝佶《徂徕巨莽》(第六期);南怀仁《巴必鸾城》《铜人巨像》(第七期);南怀仁《厄日多高台》《茅索禄王墓》(第八期);南怀仁《供月祠庙》《供木星人形》(第九期);南怀仁《法罗海岛》《高台公乐场》(第十期);纪昀《礼部瑞草》《双峰塔》(第十一、十二期);周亮工《万安桥》、许元仲《飞云洞》(第十三期);许元仲《蝴蝶》、纪昀《规矩草》(第十四期)。以上为前14期的内容,上海图书馆存有《海上奇书》一至十四期的全本,故以上内容均有实物可见。

第十五期因无刊物留存,仅据《申报》该年十一月初一日"广告"知其目录。目录抄录如下:"《太仙漫稿》目云:《书临清盗》。《海上花》目云:廿九回:间壁邻居寻兄结伴,过房亲眷挈妹同游;三十回:新住家客栈用相帮,老司务茶楼谈不肖。《卧游集》目云:宣鼎《赛春》、纪昀《刑天》。"

注3:《海上奇书》的出刊时间。据现存刊物及《申报》1892年关于《海上奇书》的广告,该刊第一、三、五、七期分别为二月、三月、四月、五月的朔日,即初一日出刊,第二、四、六、八期分别为二月、三月、四月、五月的望日,即十五日出刊,故前八期为半月刊。至九期,改为月刊,1892年六月初一日,《申报》广告《海上奇书》展书启:"《海上奇书》今出第九期矣,历蒙诸君赏鉴,不胜知己之感。惟说部贵细密,半月之间出书一本,刻期太促,脱稿实难,若潦草搪塞,又恐不厌阅者之意,因此有展期之恼。兹于六月朔日出第九期书,以后每月朔日出书一本,庶几斟酌尽善,不负诸君赏鉴之意。"因此,第十期于闰六月初一日出刊;第十一、十二、十三、十四、十五期分别于七月、八月、九月、十月、十一月初一日出版。

考:关于《海上奇书》期数。胡适在《海上奇书》中言"《海上奇书》共出了十四期,《海上花列传》出到第二十八回"。鲁迅《中国小说史略》亦从胡适之说。阿英在《晚清文艺报刊述略》中言:《海上奇书》"出刊于光绪壬辰(1892)二月一日,同年十一月出到第十五期,以后未见。前十期为半月刊,后改为月刊。胡适谓只出到十四期,误;鲁迅《中国小说史略》延误"。王燕在《晚清小说期刊史论》中认为,《申报》广告《海上奇书》展书》对于《海上奇书》出刊至少两次广告是惯例,而十一月十五日、十六日没有同步发行第十五期出书的广告,"《申报》却从此再没有发布关于《海上奇书》的任何消息",来推断"《海上奇书》,很可能根本没出"。藏书家姜德明在《猎书偶记》中说到:"我从旧书肆得《海上奇书》之大部,缺第十一、十二两期,第十五期则仅存残页数枚,但可以证明《海上花列传》确有二十九及三十回。"若姜德明确实搜集到第十五期"残页数枚",那么,结合广告及阿英的论述,则《海上奇书》当出至十五期为确。

6月
29日,毕倚虹生。

10月
30日,李定夷生于常州。

本年
姚鹓雏生于松江府城西门外祭江亭畔破落的米商家庭。祖籍浙江吴兴县,清初迁松江。

朱瘦菊生于上海;赵苕狂、许廑父出生。

李涵秋为纪念与恋人媚香的爱情,决定就二人的情事戏拟为说部,于是有了李涵秋人生的第一部小说《珠玉因缘》。

注:这部小说为章回体,内容基本与《双花记》同。涵秋"之才力不能胜任",完成了十之三四就"置之不复作"。(《我之小说观》(七)《邗江即事》《雪夜有寄》《偶成便寄昙花》记录与媚香的爱情。

李涵秋19岁,赴泰州应童子试未中。蒋彭龄以其冒籍,阻考。作诗《春寒》等20题32首。

李伯元26岁,随其堂伯李念仔(曾任山东道员,东昌知府等职)从山东返回常州故里。在乡曾从传教士学习英文,并协助族人编修李氏宗谱。宗谱是数十幅祠墓示意图,均由李伯元一手所绘。

包天笑17岁,父亲病逝曹家巷,祖母60,靠母亲手工过日,经济艰难,开始做塾师,补贴家用。由于表现颇佳,名气渐起,被介绍到道台蒯光典等家做西宾,阅读蒯氏藏书,眼界大开。后又被蒯氏聘请去上海金粟斋译书处译书,结识章太炎、马君武、张元济、郑孝胥等名流。

1893年(光绪十九年 癸巳)

2月
17日,《新闻报》在上海创刊。

6月
2日,程小青生于上海淘沙场(今南市)。

12月
8日,《新闻报》首先逐日附送画报。

本年
李涵秋20岁。与周鼎臣订交,结识高竹亭。寄居扬州都天寺读书。冬,媚香母病逝,媚香欲返福建舅家。是年作诗《新正试笔》等19题27首。

程善之14岁,其二兄锦澄、五兄锦粤、四嫂相继去世。

程小青生。

刘韵琴9岁,作七言绝句《中秋无月》:"准拟今宵乐事多,那堪今夕又空过?何如借取昆吾剑,挥断云根见素娥。"

1894年（光绪二十年　甲午）

3月

31日,李涵秋恋人媚香返福建。

7月

3日,范烟桥生于吴江县同里镇漆字圩。

26日,陆澹盦生于上海大东门外咸瓜街大王庙弄甘氏木作内廿四间寓所,一个普通木行职员家庭。

本月

李涵秋参加江南乡试,不第;旋病危,后渐渐病愈。

9月

28日,平襟亚生于常熟辛庄吕舍一个塾师家庭。

本年

春,李涵秋受知于溥宗师,科试以第四名入学,提亲者接踵而至。

仲夏,李涵秋与薛氏订婚。高竹亭病逝,涵秋伤痛过度。是年作诗《寄许幼樵》等11题25首。

姚民哀生。

朱鸳雏生,1921年卒。

韩邦庆卒,享年39岁。

张冥飞生。

徐枕亚开始接受启蒙教育。

注：徐枕亚1889年8月5日生于常熟南门善祥巷,祖父徐鸿基为常熟名儒,父亲徐懋

生有文才,兼长书画金石,著有《有怡室丛钞》。兄长徐啸天,1886年生,1901年中秀才,精行草。

韩邦庆《海上花列传》64回,石印本行世。

1895年（光绪二十一年　乙未）

5月

18日，张恨水出生于江西景德镇。

25日，傅兰雅《求著时新小说启》载《申报》。

6月

30日，周瘦鹃出生于上海。

10月

19日，郑逸梅生于上海江湾，父早逝，至苏州投外祖生活，改依外家姓郑。

本月

王小逸出生于上海南汇川沙镇。

本年

冬，曾朴乘轮北上，经俞友莱介绍，入同文馆学习法文；仍任内阁中书职。

李涵秋21岁，得龙宗师知遇，岁考第一名，得补廪生，每月得膏火银子一两五钱。因都天寺老僧冷淡，移居烟业会馆。是年作诗《当别涤云精舍》等9题21首。

程善之16岁，"未几而中日之战起，我师连败，谣传日人且犯吴淞口，东南大震，吾父忧愤益甚，马关和约宣布，载在报纸，吾父阅之叹曰：'国亡矣！愿余不及见也！'"（《儿时》，《小说丛话》）父程桓生由此忧愤构疾。是年，始从汪心尉先生学，并随汪先生回歙县新安应学使者试，得补弟子员。在汪家住宿，得观《红楼梦》《金瓶梅》诸书，"颇涉冥想，嗣是以嗜欲、好恶、疾病、悲欢相攻伐者十余年。"（《倦云忆语》）

张毅汉生于苏州。

1896年(光绪二十二年 丙申)

5月

24日,张舍我生于上海川沙。

6月

6日,《指南报》创刊,李伯元任编辑,开始文学活动。

注:《指南报》为日报,由张芷韵创办,初自办发行,后由文汇西报馆代为发行。李伯元在创刊号发表《谨献报忱》,谈办报宗旨:"采万国之精彩","扩朝廷之闻见","扩官场之耳目","开商民之利路","寄环海之文墨,以文会友","寓斯民之风化"。栏目有论说、新闻、诗词。作者有苍山旧主、翠微女史、章太炎等。1897年9月24日停刊。

26日,《苏报》在上海创刊,邹弢任主笔。

注:《苏报》为日报,由胡铁梅创办,托其妻日本人驹悦出面,在日本驻上海总领馆注册,名为日商报纸。由邹弢任主笔,注重消闲。1900年陈范接办,倾向维新。1902年后,再变为中国教育会和爱国学社机关报,章士钊任编辑,具有革命色彩。1903年,被清政府勾结工部局查封。

邹弢,字翰飞,号酒丐,笔名潇湘馆侍者、瘦鹤词人、司香旧尉、玉愁生等,报人,小说家,诗人。1850年8月9日,出生于金匮县后宅镇,今无锡梅里。18岁赴苏州,师从表叔钱国祥学诗词。24岁进学。1877年,完成短篇文言小说集《浇愁集》。1880年,任《申报》编辑,发表诗词,与王韬、何桂笙、钱昕伯等交好。1881年底,任《益闻报》编辑,协办《益闻录》。1888年游幕山东,任巡抚张郎齐幕宾。1894年,任湖南学政江标幕僚。本年任《苏报》编辑。1898年6月29日,与醉玉楼主牟渊如办《趣报》,附刊《海上尘天影》。1889年赴金陵应试,虽文章出众,却因主考官挑疵而落榜,遂绝意科举。1900年,皈依天主教。1905年任启明女校国文教员。1912年,发起成立希社,社长为高太痴。1921年,赴苏州为希社同人舒问梅庆生,乘人力车出现意外,伤腿而跛足。1923年夏返里,1927年任泰伯市图书馆馆长,1928年初,创办《泰伯市报》,任总编。1931年,病逝,年82。著有文言短篇小说集《浇愁集》,长篇小说《海上尘天影》,笔记《三借庐笔谈》等。(参考:史全水《邹弢:一个被忽视的近代重要作家》,复旦大学硕士论文,2009年)

8月

9日,张坤德译《英国包探访喀迭医生探案》载《时务报》第1册。

11日,上海"又一村"放映"西洋影戏"。

9月

16日,胡山源出生。

27日,张坤德译《英包探勘盗密约案》载《时务报》第6册,至10月7日第9册,载完。

11月

5日,张坤德译、英柯南道尔著《记伛者复仇事》载《时务报》第10册,至11月25日第12册,载完。

本年

李涵秋23岁。作诗《史公祠梅花江都童大令观风取第五名》等7题10首。

程善之17岁,"自皖南来,道出沪上,乃购稗史数种,中有《扬州十日记》《嘉定三屠记》,与同辈观之,如切齿于满清,为后来改变途径之动机,然当时犹激于恩怨之心,而未暇及种族也。"(《回忆首义时代之环境》,《程善之先生时评汇刊》,新江苏报1934年10月1日初版,第29页)是年,大婚。"吾娶之日,吾家庭复起风潮,吾愤甚,纳刀靴中,喜娘为我脱靴,刀坠植立地上,长尺有咫。是日,非我母持谦退,力制我者,是刃殆将饮血矣。自是,我号为成人矣。"(《儿时》,《小说丛刊》)

1897年(光绪二十三年 丁酉)

2月

11日,夏瑞芳、鲍咸昌、鲍咸恩、高凤池在上海江西路德昌里3号创办商务印书馆。

4月

22日,张坤德译、英国柯南道尔著《继父诳女破案》载《时务报》第24册,至5月10日第26册,载完。

5月

20日,张坤德译、英国柯南道尔著《呵尔唔斯缉案被戕》载《时务报》第27册,至6月20日第30册,载完。

6月

24日,李伯元创办《游戏报》。

注:《游戏报》为日刊,李伯元编辑,其宗旨据其重印本《告白》云:"以诙谐之笔,写游戏之文。遣词必新,命题皆偶。上自列邦政治,下逮风土人情。文则论辩、传记、碑志、歌颂、诗赋、词曲、演义、小唱之属,以及楹对、诗钟、灯虎、酒令之制;人则士农工商,强弱老幼,远人道客,匪徒奸宄,倡优下贱之俦,旁及神仙鬼怪之事,莫不描摹尽致,寓意劝惩。"栏目有新闻、诗词、剧评、游戏文章、小说等。载有新小说《饿鬼道》(1905年6月24日)、《吓死了哥》(1908年7月24日)。终刊于1908年7月24日。

本月

林纾笔录、王寿昌口述《茶花女遗事》。

9月

30日,陈季同、陈寿彭在上海创办《求是报》,陈衍、曾仰东编辑。

本月

《笑报》创刊,编者为笑笑主人。

10月

26日,《国闻报》在天津创刊,严复、夏曾佑创办。

11月

10日,至12月11日,严复(几道)、夏曾佑(别士)撰写《〈国闻报〉附印说部缘起》(据阿英《晚清文学丛钞·小说戏曲研究卷》)。

24日,《消闲报》创刊。

注:《消闲报》为《字林沪报》附张,由高太痴编辑,吴趼人、陈蝶仙等为主要撰述人,栏目有新闻、散文、骈文、诗词、戏曲、小品文等,发表有陈蝶仙的《西洋笑话》《香枣奇缘》等作品。

1900年,《字林沪报》转售日本东亚同文会,改名《同文沪报》。1900年4月29日,《同文消闲报》随《同文沪报》附送。1903年11月4日,改为《消闲录》,另起期数。

本年

顾明道生。

陈小蝶生。

孙了红生。

严谔声生。

张恂子生。

注:原名张崇鼎,字恂子,号春茧生,南汇人,留日学生,律师,与王小逸、顾佛影并称浦东三杰。早年在上海豫园萃秀堂生海豆米小学任教务长,与王小逸同事,成立文友社,与王小逸、顾佛影、吴觉迷合办《浦东旬刊》。1940年5月3日玖君在《奋报》发表《报人外史·捉刀人》介绍《浦东旬刊》情况:"张任主干,王为主笔,名虽浦东的地方十日刊,大本营却筑在上海,编辑部,萃秀堂教员室也,发行部,菜市街王春山也,印刷所,小南门南洋印刷所也,对开篇幅,颇具规模,两人兴致很好,王工作吃重,论说、新闻、谈话、小品、小说,甚至校对,一手包办。"1928年,张恂子留学日本,《浦东旬刊》停办。曾任《金钢钻》报编辑,为各报刊写稿,著长篇通俗小说20余种,如《红羊豪侠传》(又名《太平天国革命史演义》,上海民治书店,1929年4月),《三剑奇侠传》(载《海报》1930年1月3日—11月24日,85节,未完;时还书局出版,1936年10月),《江湖秘传》(上海曼丽书局,1934年5月),《海上迷宫》(上海沪滨书局,

1928年7月),《孽海春潮》(1928年9月),《人兽关头》(1929年夏,大通书局出版),《色界天》(大星书局,1929年9月),《隋宫春色》《姊妹侠》(醒民出版社,1937年7月),《剑珠缘》(醒民出版社,1938年9月),《销魂地狱》(大星书店,1929年5月),《迷人洞》(上海人心书店,1930年2月),《隋宫春色》(上海文业书局,1934年),《都市风光》(1937年7月2日),《黑海潮》(上海大中华书局,1932年1月),《隋宫两朝秘史》(上海大中华书局,1949年1月)等。

苏曼殊14岁,其父家道中落,随其父东渡日本。

许指严任南洋公学国文教员。

刘鹗三赴太原,筹划开矿。

李涵秋24岁。移居康山张庚庭空宅。农历六月,入赘薛家。参加金陵乡试,未售。作诗《戏谏许君幼樵》等14题52首。作文《提许幼樵》。

程善之18岁,父程桓生逝世,"先君没后,一家荡析……则闭门读书,或跏趺而坐,屏思绝虑,学引导术。"(引《倦云忆语》第73页)

1898年（光绪二十四年　戊戌）

4月

5日,小报《笑笑报》在上海创刊。

5月

11日,《无锡白话报》在无锡创刊,第一期馆址设无锡城内沙巷9号,裘氏家宅,5日刊,由裘廷梁创办,并自任编辑。第5期起更名为《中国官音白话报》,由裘侄女裘毓芳负责编辑,改为半月刊。因戊戌变法失败,9月26日出26期后停刊。曾广铨译、英国解佳著《长生术》载《时务报》第60册,至8月8日第69册,未完,由8月17日《昌言报》第1册续载。

6月

29日,李提摩太译、裘维锷演、美·毕拉宓著《百年一觉》载《中国官音白话报》第7、8期,载完。

7月

9日,《趣报》在上海创刊。朱树人译、鲍园懒农演,法国麦尔香著《穑者传》载《中国官音白话报》第10期,至8月17日第17、18期,载完。

注:《趣报》为日报,趣报社发行,瘦鹤词人邹弢、醉玉楼主牟渊如主笔。栏目有新闻、诗词,小品等;上图馆藏最后一期为9月24日发行。

10日,《采风报》创刊。孙玉声《海上繁华梦》即刊载该报。

注:《采风报》创办人为孙玉声,孙玉声、我佛山人(吴趼人)、俞达等人编,为《新闻报》同人业余刊物,馆址设上海英租界三马路昼锦里东太平坊。1899年起,改为《英商采风报》,馆址另设上海英租界四马路惠福里。据首期所载《采风报序·仿兰亭序》言:"报有奇说异论,

笑语谐谈,又有新书烘托,石印工致,引以为消闲之助;列附其末,虽非石室兰台之秘,稗官野史,足以寓意劝惩。"可见其宗旨。内容有诗词文赋、弹词、俚曲、笔记、成语、对联等。载《青箱子传》《车前子传》《蛇床子传》《红娘子传》《女贞子传》等笔记。附赠石印绘图《海上繁华梦》。1910年10月29日停刊。

本月

吴趼人《海上名妓四大金刚奇书》由上海书局出版,2集4册共百回。

8月

27日,裘廷梁《论白话为维新之本》载《中国官音白话报》第19、20期,首次明确倡言"崇白话而废文言";后载1901年8月《北京新闻汇报》。

11月

4日,徐碧波生。

12月

23日,《清议报》创刊。梁启超《译印政治小说序》载第1期,商务印书馆编译所译述、日本柴四郎原著"政治小说"《佳人奇遇》载第1期,至1900年2月10日第35期,11卷;1901年由广智书局出版;1902年由商务印书馆编入《说部丛书》,至1906年11月,重印6版;1935年由上海中国书局改名为《佳人之奇遇》出版;1936年3月由中华书局出版,1941年再版,1947年三版。

本年

广东人冯镜如、何澄一在上海创办广智书局。该局发行《新民丛报》,出版吴趼人《二十年目睹之怪现状》、林纾译作《茶花女遗事》等,1925年停办,转让世界书局和广益书局。

李涵秋25岁,长女俊鸾生。与贡少芹赴泰州应试。作诗《赏雪》等10题21首。李涵秋作《感时》诗云:"朝廷变法谋生拙,家室遗艰入世辛。"

吴绮缘生于常州武进,1950年逝世。

姚鹓雏7岁,丧母,开始由外祖母抚养。

文公直生。

注:文公直,号萍水若翁,江西萍乡人。出身官宦世家,母博通经史,文公直幼承家学,打下了良好的传统文学功底。曾作《碧血丹心大侠传》,1930年出版,1933年又陆续出版第二部《碧血丹心于公传》与第三部《碧血丹心平藩传》。

郑逸梅失怙。

1899年（光绪二十五年　己亥）

7月

12日,《通俗报》在上海创刊。

28日,二春居士编《海天鸿雪记》分回附载《游戏报》750号,每月出6期,载至20回。1904年由世界繁华报刊单行本。

9月

9日,宫白羽出生于河北青县马厂。

12月

19日,周树人(疑为鲁迅)以诗《花好月圆人寿图》应征李伯元《游戏报》征诗活动。"周君树人,许君毓麟,各赠书籍票洋一元。"(参见樽本照雄《〈游戏报〉的周树人是鲁迅吗?》,载《清末小说研究集稿》,第182—186页)

本年

梁启超作《夏威夷游记》,提出"诗界革命""文界革命"。

徐枕亚10岁,能作诗词,被乡里誉为"神童"。

程瞻庐入紫阳校士馆。

李涵秋26岁。作诗《感怀》等7题13首。作文《柬张赓庭》。

程善之20岁,搬离所居十三年之地藏寺后之邢上旧居,移居尹姓故宅,"始从人学日文,阅政法书,其实余生平所好,初不在此。时友人叶仲经、王无生、佘雨东及方氏周氏昆仲,时时来此,值清氏末造,各人抵掌谈论世事,有不可一世者。"

1900年(光绪二十六年 庚子)

2月

20日,日本矢野文雄著"政治小说"《经国美谈》载《清议报》第36册,至第69册,前编二十回(36—50册),后编十九回(51—69册)。

4月

1日,《海上文社日报》创刊,为李伯元创办的海上文社的机关报。

10月

8日,佚名《奉俄皇命记》载《中国旬报》第25期,至1901年1月24日第36期,12次,载完。

本月

吴趼人迁居上海。于本年创办《奇新报》。

本年

王韬《遁窟谰言》由江南书局出版。

天虚我生《泪珠缘》由大观报馆刊行。该书为巾箱本,共2集32回。

郑证因生。原名郑汝霈,天津西沽人,曾师从北平国术馆长许禹生学太极;善使九环大刀。

郑逸梅入六马路附近的顾慰若先生私塾读书。

李涵秋27岁,长子寿鸾生。与冶春后社李伯通订交。

刘韵琴16岁,遵母命下嫁同乡李宜璋。李宜璋,字达斋,其父李光称,字小香,1900年出任湖南华容知县。婚后,韵琴随夫家赴华容县。

刘鹗在北京购粮赈济灾民,后因"私售仓粟罪"流放新疆而死。

1901年（光绪二十七年　辛丑）

3月

5日，沈敬学在上海创办《寓言报》。

15日，《笑林报》在上海创刊。

注：《笑林报》由海上漱石生(孙玉声)创办、编辑，馆址设上海英租界四马路西大新街迎春坊2弄口，1906年8月盘给王楚芳，至1910年4月21日，共出刊4106号。

4月

3日，《励学译编》在苏州创刊，由励学会主办。包天笑、杨紫麟合译，英国哈葛德著《迦因小传》载《励学译编》第1期，至1902年2月22日第12期。1903年，《迦因小传》由上海文明书局刊印。

注：包天笑与七位志同道合的朋友组织"励学会"，创办东来书庄，自任经理。以此为平台，结识了金松岑、杨千里、曾朴等。

7日，《世界繁华报》在上海创刊。

注：馆址设英租界大马路亿鑫里1弄，李伯元创办，自任编辑，至1910年4月22日，停刊。该报内设讽林、艺文志、野史、官箴、鼓吹录、时事嬉谈、小说、论著等栏。载有李伯元《官场现形记》《庚子国变弹词》，吴趼人《糊涂世界》等。

8月

15日，冯梦云生于慈溪河姆渡镇弯里头。

注：王静《抗日报人冯梦云》：冯梦云"族名冯蒙庸，别名宝云，字恭茂，13岁丧母，后又失怙"，因家境困难，"读了三年私塾的冯梦云，在乡亲引荐下，到上海的一五金行当学徒谋生。"(载《宁波通讯》，2015年8月8日)

周允中《冯梦云的报人生涯》："由于投稿的关系，认识了小报界文人洪水水和卢一方"，在他们的介绍下，冯梦云入《小日报》任编辑，开始了报人生涯。(载《钟山风雨》2007年4月10日)

10月

21日,包天笑在苏州创办《苏州白话报》。

注:《苏州白话报》为旬刊,出9期,1902年12月6日终刊。报馆地址为苏州护龙街砂皮巷口,发行人为"主人翁",包天笑任编辑,撰稿人为吴兴君、包山子、广长子、天笑生等。栏目有论说、新闻、歌谣、杂录等。宗旨为"开通人家的智识"。

5日,闻野鹤生,1985年卒。

注:荣亮《闻宥先生的早期考古学实践》:"闻宥,字在宥,号野鹤,1901年10月5日出生于江苏松江府(原娄县)泗洪镇的一个书香寒门家庭。父亲为晚清秀才,言传身教,家教甚严。"(载李伦新主编《海派文化与城市创新:第八届海派文化学术研讨会论文集》,文汇出版社,2010年8月)

25日,矢野文雄著、溅花客(李伯元)译《经国美谈》载《世界繁华报》第202号。

12月

11日,《及时行乐报》创刊于上海。属消闲性小报,内容涉及论说、风俗、笑林、梨园等,多用吴方言。

本年

黄小配作小说《宦海升沉录》。

李伯元谢绝经济特科的保荐,不愿应召求官,努力创作小说。

周瘦鹃入私塾读书,至1904年出塾。

徐卓呆入日本人开在苏州的"东文学社"学日文。

李涵秋28岁,与冶春后社诸君子交游唱和。作《冶春诗社诸君子将于清明日修张素琴墓索诗并序》等15题33首。

程善之22岁,日人西村司马过扬州,"中秋夜,从游平山,余口占赠之曰:'黄人携手竞争界,二十周年大舞台。唇齿恩仇皆往事,萨长游侠总英才。三秋风月扁舟搅,万里海潮寒带来。欲更留君还小住,清樽一为进佳醅。'"(引《倦云忆语》)

李伯元《庚子国变弹词》载《世界繁华报》,至1902年,其最后一次连载目前可见者为1902年9月22日,第三十九回,未完;1902年11月15日(即光绪壬寅十月既望)由世界繁华报馆编刊40回本,1906年(光绪癸卯六月)再版。

1902年（光绪二十八年　壬寅）

2月

8日，《新民丛报》半月刊在日本横滨创刊，梁启超主编。如晦庵主人《劫灰梦传奇》载第1号。梁启超译、法国焦士威尔奴著《十五小豪杰》载第2号，至1903年1月13日第24号，载完。

3月

本月

吴趼人辞去《寓言报》主笔职，结束小报报人生涯。

4月

6日，还珠楼主李寿民生于四川长寿县城关镇凤岭街李家祠堂，原名李善基，1928年改名李寿民，1932年用笔名还珠楼主发表《蜀山剑侠传》。

22日，《飞报》创刊，载有李伯元、吴趼人、欧阳钜源、孙玉声等人的诗词、对联等，停刊期不详。

7月

10日，李涵秋就馆施家。

11月

14日，《新小说》在日本横滨创刊。饮冰室主人（梁启超）的《新中国未来记》载第1年第1号，至1903年9月6日第1年第7号，五回。岭南羽衣女士"历史小说"《东欧女豪杰》载第1年第1号，至1903年7月21日第1年第5号，共5回。

注:《新小说》,月刊,主办者梁启超。编辑兼发行人为赵毓林,第一年由新小说社发行。从第二年开始,《新小说》迁至上海,由广智书局发行。7月5日,《新民丛报》发表《中国唯一之文学报〈新小说〉》指出,"本报宗旨,专在借小说家言,以发起国民政治思想,激励其爱国精神,一切淫猥鄙野之言,有伤德育者,在所必摈";11月份,梁启超在创刊号上发表《论小说与群治之关系》,将小说提高到前所未有的位置:"今日欲改良群治,必自小说界革命始;欲新民,必自小说始。"刊物主要刊登小说,兼及文论、剧本、诗歌、歌谣、笔记等。刊载小说主要有:"政治小说"如梁启超《新中国未来记》,雨尘子《洪水祸》《回天绮谈》,羽衣女士《东欧女豪杰》;历史小说如我佛山人(吴趼人)的《痛史》;社会小说,如吴趼人《二十年目睹之怪现状》《九命奇冤》,颐琐《黄绣球》;侦探小说如知新室主人《毒蛇圈》等。除了梁启超的《论小说与群治之关系》,狄平子《论文学上小说之位置》外,还有《小说丛话》系列。《小说丛话》自1903年开始连载,撰述者有饮冰(梁启超)、平子(狄葆贤)、曼殊、侠人、吴趼人、知新主人(周桂笙)、定一、昭琴、松岑等。该刊1906年1月停刊,共出24号。

12月

10日,《大陆报》创刊。沈祖芬(跛少年)译、英国德富著《鲁滨孙漂流记》载第1期,至1903年10月29日第12期,载完。

注:《大陆报》由大陆报总发行所编辑发行,初为月刊,第三年后改为半月刊,1906年1月停刊,共出47期。

14日,梁启超译《俄皇宫中之人鬼》载《新小说》第1年第2号。

本年

徐枕亚13岁,随父亲入豪族沈氏家读书。

吴趼人著《吴趼人哭》57则杂感出版。

李涵秋29岁,出廪缺捐贡,就馆安庆,年中返扬州。拒绝参加闱试。作诗《送弟镜安赴安庆》《上臧宜孙前辈》等44题81首。

王蕴章乡试得列副贡,任直隶州州判。

徐卓呆在祖母的资助下,东渡日本留学。1904年,成为首位日本体育会体操学校本科留学生。

张恨水随父前往景德镇。

天虚我生在杭州创办石印出版社。

《汉口日报》创刊,吴趼人任主笔。

1903年(光绪二十九年　癸卯)

2月

11日,玉瑟斋主人《血海花传奇》载《新民丛报》第25号。

17日,《浙江潮》在日本创刊,孙翼中主持。喋血生《专制虎》载第1期,至第3期,载完。

本月

刘云若出生于天津,父亲为保定军校职员。

注:刘云若,天津人,原名兆熊,字渭贤。著有《春风回梦记》《红杏出墙记》《小扬州志》《旧巷斜阳》(即《恨不相逢未嫁时》)、《情海归帆》《歌舞江山》《春水红霞》《粉墨筝琶》等40多部长篇言情小说,与张恨水齐名。

3月

18日,太公《海上逸史》,任克《苦英雄逸逸》载《浙江潮》第2期。

4月

27日,《江苏》在日本东京创刊,月刊。

本月

李伯元《官场现形记》在《世界繁华报》连载,至1906年,共60回,每12回即出版一次单行本。

5月

6日,梁启超《新罗马传奇》载《广益丛报》第3期,至1905年1月20日第62、63、64期合刊本,载完。

16日,蕊卿《血痕花》载《浙江潮》第4期,未完。

27日,李伯元创办《绣像小说》。李伯元《文明小史》载第1期,至56期,载完;《活地狱》载第1期,至第72期,43回,未完。欧阳钜源《维新梦传奇》载第1期至第6期;第9期《维新梦传奇》由鲫士续,第27—28期《维新梦传奇》由"遁庐"续。

注1:《绣像小说》为半月刊,由商务印书馆发行,李伯元主编。创刊号载《本馆编印〈绣像小说〉缘起》,言其办刊目的为"醒齐民之耳目,或人群之积弊而下砭,或谓国家之危险而立鉴"。刊物以小说为主,如李伯元的《官场现形记》《文明小史》《活地狱》《新编前本经国美谈新戏》,欧阳钜源《负曝闲谈》,连梦青《邻女语》,姬文《市声》,刘鹗的《老残游记》等。据王珺子的《〈绣像小说〉研究》中统计,"《绣像小说》共有绣像插图808幅,配图小说25部","配图小说所占的比例是刊物小说作品的近五分之三"。此外,《绣像小说》第3期还刊载了别士(夏曾佑)的小说理论文章《小说原理》。1906年4月,《绣像小说》出满72期,停刊。

注2:李伯元《新编小说文明小史》在《绣像小说》第1—56期连载,共60回,署"南亭亭长,自在山民加评"。主要描写庚子以后几年间,中国输入外来文化时的社会各方动态。1906年由商务印书馆印单行本。同日,《活地狱》在《绣像小说》第1—5、7、9、11—16、26、37、43、58、60—61、63—65、68—72期发表,署"南亭亭长著,愿雨楼加评"。写至39回,李伯元逝世。第70—71期由吴趼人续写第40—43回,署"茧叟著,愿雨楼加评"。第72期由茂苑惜秋生(欧阳钜源)再续第43回,署"茂苑惜秋生著,愿雨楼加评"。小说写官衙横行,监狱黑暗。

6月

10日,玉瑟斋主人"政治小说"《回天绮谈》载《新小说》第4号,至8月7日第6号,14回,载完。

25日,夏曾佑《小说原理》、横江健鹤《新中国传奇》载《绣像小说》第3期。陈景韩译、法国邓利著《明日之战争》载《江苏》第3期,至10月20日第7期,4节,载完。

本月

王钟麒介绍刘师培认识中国教育会、爱国学社蔡元培、章太炎等人。

大桥式羽《胡雪岩外传》由日本东京爱善社出版。

林纾、王寿昌合译《巴黎茶花女遗事》由文明书局出版。

7月

21日,英国柯南道尔《华生包探案》载《绣像小说》第4期,至10月第10期,载完;1904年由上海商务印书馆初版。《补译华生包探案》,光绪三十二年

(1906)孟夏月初版,光绪三十三年(1907)孟春月二版。此前,1903年文明书局出版了《续译华生包探案》,署名"英柯南道尔著,警察学生译",含《三K字五橘核案》《跋海淼王照相片》《鹅腹蓝宝石案》《伪乞丐案》《亲父囚女案》《修机断指案》《贵胄失妻案》。

24日,司威脱《僬侥国》(《汗漫游》)载《绣像小说》第5期,至71期,载完。

8月

5日,陈景韩《侦探谈》第1册,由上海时中书局出版;《侦探谈》第2册,12月出版;《侦探谈》第3、4册,分别于1904年3、4月出版。

7日,蘧园(欧阳钜源)《负曝闲谈》30回开始刊于《绣像小说》第6—10、12—23、25、27—36、41期,未完;1933年,北京徐一士逐回加作评考,并标点分段,重刊于上海《时事新报》,后印单行本,题作《负曝闲谈评考》。《国民日日报》在上海创刊,章士钊、陈独秀、张继编辑。

9日,连横《南渡录演义》载《国民日日报》,至10月19日,载完。

12日,依更有情《爱之花》载《浙江潮》第6期,至10月10日第8期,3回,3次,载完。

9月

6日,《新小说》第1年第7号开辟"小说丛话"栏,梁启超等发表《小说丛话》13则。平等阁主(狄平子)《新聊斋》《论文学上小说之位置》载《新小说》第1年第7号。

7日,忧患余生(连梦青)《邻女语》12回开始在《绣像小说》第6—20期连载,未完;1913年由商务印书馆出单行本。忧患余生述《商界第一伟人——戈布登轶事》载《绣像小说》第6期,至12月8日第14期,载完。

21日,刘鹗《老残游记》载《绣像小说》第9期,至1904年1月第18期第13回,因编者擅加修改,中止供稿。其后在《天津日日新闻》重载,至1907年才写成。后刊印成书,20卷、外编残稿1卷。

23日,王钟麒以"僇"为笔名发表《惨离别楼诗话》于《国民日日报》附张。

10月

5日,吴趼人(署"我佛山人")《二十年目睹之怪现状》载《新小说》第1年第8号,至第2年第12号,45回,因《新小说》停刊,未完,后至1909年续成;1906

年开始由上海广智书局出单行本,至1910年出齐8册,共108回。周桂笙译、法国鲍福著《毒蛇圈》载《新小说》第1年第8号,至1905年12月第2年第12号,23回,未完。东莞方庆周译述、日本菊池幽芳著《电术奇谈》载《新小说》第1年第8号,至1905年6月第2年第6号,24回,载完。吴趼人《痛史》载《新小说》第1年第8号,至第2年第12号,27回,未完。吴趼人《新小史》(上部)载《新小说》第1年第8号。《黄人世界》载《游学编译》第11册,至12册,2回,未完。

8日,苏曼殊译、法国嚣俄(雨果)著《惨社会》载《国民日日报》。

20日,徐卓呆以"瓜子"为笔名发表记事体小说《明日之瓜分》于《江苏》第7期。《天方夜谭》(佚名译)开始在《绣像小说》第11期连载,至1905年7月第55期,载完。

11月

19日,麒麟《孽海花》载《江苏》第8期,载2回。徐卓呆《分割后之吾人》载《江苏》第8期,至1904年3月17日第10期,5回,未完。

注:《孽海花》前6回由金一(松岑)写成。后与曾朴商定60回目,改由曾朴续写。1905、1906先后由小说林社在东京出版初集(1—10回)、二集(11—20回)2册,署"爱自由者发起,东亚病夫编述"。1907年又在《小说林》杂志继续发表至25回。1927年《真美善》杂志陆续发表修改后的20—25回与新写的26—35回。1928年真善美书店重版1、2集(20回)。1931年以后出版第3集(21—30回),后又将30回合印为一册。1962年中华书局出版增订本,将31—35回作为附录。

12月

19日,《中国白话报》创刊于上海,初为半月刊,第13期起改为旬刊。林獬主编,设有论说、历史、传记、新闻、小说等栏。

本年

包天笑译、迦尔威尼著《铁世界》由上海文明书局出版。

程瞻庐入江苏高等学堂学习。

徐枕亚与兄长徐啸天入虞南师范读书,与吴双热相识并结为兄弟。

苏曼殊先在苏州任吴中公学任教,与包天笑、汤顿相识;后去上海任《国民日日报》翻译,与陈独秀、章太炎相识,并翻译、改写法国嚣俄名作《惨社会》(今译《悲惨世界》)。

李涵秋30岁,失馆,生计艰难。农历八月,母亲高太夫人逝世。次女艳鸾生。作诗《记李伯樵乞红梅》等15题24首。

刘韵琴因与丈夫不谐,只身来到上海,任神州女校国语教师。

周桂笙戏译、吴趼人编次的《新庵谐译初编》(上、下卷)由上海清华书局刊行。

藤谷古香(孙景贤)《轰天雷》(14回)由大同印书局出版。

孙玉声(海上漱石生)《海上繁华梦》初集30回、二集30回由上海笑林报馆排印出版;后集40回,1906年由上海笑林报馆续出;共100回,题"古沪警梦痴仙戏墨"。1908年由上海商务印书馆出百回排印本。

1904年（光绪三十年　甲辰）

1月

17日，曾朴、丁芝孙合编《女子世界》（月刊）创刊。徐念慈《情天债》载第1期，至4月26日第4期，载完。

注：《女子世界》创刊于常熟，由常熟女子世界社编，每月初一出版，上海大同书局发行。其创刊号所载《发刊词》言："二十世纪之中国亡矣弱矣，半部分之男子，如眠如醉又如死矣。吾何望女子哉？是不然，女子者，国民之母也。欲新中国，必新女子；欲强中国，必强女子；欲文明中国，必先文明女子；欲普救中国，必先普救我女子，无可疑也。……自女权不昌，而后民权堕落，国权沦丧，四千万方里四兆同胞，乃有今日。絮果兰因，可按而迹也。则吾今日为中国计，舍振兴女学，提倡女权之外，其何以哉？谓二十世纪中国之世界，女子之世界，亦何不可？"

栏目有社说、演坛、传记、译林、谈薮、小说、文苑事件、记事、女学文丛等。至丁未（1907）六月，出至第二年第6期停刊，共18期。

2月

10日，汉国厌世者著、冷情女史述《洗耻记》（6回）由苦学社编印。

14日，春梦生《学海潮传奇》载《新民丛报》第46号，至6月28日第49号，载完。

15日，《安徽俗话报》创刊。

3月

11日，《东方杂志》创刊。

注：《东方杂志》由上海商务印书馆创办，综合性月刊，17卷起改半月刊，1948年12月停刊，共出44卷。设置社说、谕旨、内务、军事、外交、教育、实业、宗教、小说、译件、调查、大事记等栏目。陈仲逸、杜亚泉、钱智修、胡愈之、李圣五等曾主编过该刊。

14日,湖北最早的小报《武汉小报》在汉口花楼街正街宝顺里内创刊,凤竹荪主编,主要内容为新闻、小说、游戏文章。在天津、成都、上海、南京、芜湖、安庆、扬州、南昌、九江、长沙、常德、广州、宜昌、沙市、樊城等地设有售报处。

28日,张秋虫生,1974年卒。张秋虫,笔名姜公、一沤、丝、百花同日生、缥缈生。浙江余姚人,先世迁居扬州。

4月

6日,荒江钓叟《月球殖民地小说》载《绣像小说》第21期,至62期,35回,未完。

5月

15日,《湖州白话报》(半月刊)创刊,湖州白话报社编辑发行。内设有社说、纪事、实业、杂俎、本国纪事等栏。

6月

12日,《时报》由狄平子在上海创办。陈景韩译作《伯爵与美人》载创刊号;李伯元《中国现在记》载创刊号,至11月30日,共12回。

28日,《扬子江》半月刊在上海创刊,杜课园主编。竹西顾影生《奴隶梦》载第1期,至8月25日第3期,载完。

7月

8日,日本三宅彦弥(青轩居士)"政治小说"《珊瑚美人》载《绣像小说》第27期,至41期,载完。

8月

1日,白话道人(林獬)《新儒林外史》载《中国白话报》第17期,至第21、22、23、24合期,3回,未完。

13日,包天笑《奉和平等阁主杂诗原韵》载《时报》第2张,第6页。

25日,遯园发表社说《英人扬子江之组织》、学术文《原礼》、政论文《论民族之自治》、诗《寄课园》《再寄课园》《有感》于上海《扬子江》第3期。

9月

1日,英国约纳约翰重译、英国李约瑟笔述"英国小说"《昕夕闲谈》由上海文宝书局出版。

4日,德国苏德蒙《卖国奴》载《绣像小说》第31期,至48期,载完;1905年由商务印书馆出单行本。

10日,《新新小说》在上海创刊。侠民《中国兴亡梦》载第1年第1、2号,第2年第5号;陈景韩《刀余生传》载第1年第1号,至11月26日第1年第2号,载完。侠民《菲猎滨外史》载第1年第1号,至1905年3月6日第2年第6号,5回,未完。陈景韩译、杜痕著《食人会》载第1年第1号。陈冷血重译、英国笠顿著《圣人欤盗贼欤》载第1年第1号,至12月7日第1年第3号,载完。

注:《新新小说》由陈景韩主编,新新小说社编辑发行。5月20日《大陆报》第5期《〈新新小说〉叙例》,言"本报纯用小说家言,演任侠好义,忠群爱国之旨,意在浸润兼及,以一变旧社会腐败堕落之风俗习惯"。在此宗旨下,刊物刊载了一系列侠客小说,如陈冷血《侠客谈》系列,译作《南亚侠客谈》(侠民译)、《俄罗斯侠客谈》(冷血译)、《法兰西侠客谈》(小造译)等。刊物后来常常不能按时出刊,以致时时延期,终在1907年5月13日停刊,共3年出10号。

10月

23日,周桂笙译、英国陶高能著《歇洛克复生侦探案》载《新民丛报》第55号。

25日,张丹斧发表《读〈匪风集〉诗赠光汉》4首于《警钟日报》第243号。

本月

陈去病、柳亚子主编的《二十世纪大舞台》(月刊)于上海创刊。

曾朴开始接金松岑原作,续撰《孽海花》;手拟《孽海花》人物名单,与金氏商订60回目。

11月

7日,程善之《明太祖朱元璋传》载《安徽俗话报》第15期,至12月21日第18期,载2次。

17日,包天笑"短篇小说"《张天师》载《时报》第2版。

21日,蝶花"弹词小说"《海棠花》第2回载《白话》第4期。

26日,嗟予著《新党现形记》载《新新小说》第1年第2号,仅楔子,未完;陈景韩《侠客谈:路毙》,陈景韩译、法国毛白石著《义勇军》载《新新小说》第1年第 2 号。陈景韩重译、法国希和氏著《巴黎之秘密》载《新新小说》第 1 年第 2 号,第 2 年第 5、8 号,第 3 年第 9 号。

12 月

1 日,吴趼人《九命奇冤》载《新小说》第 1 年第 12 号,至第 2 年第 12 号,36 回,载完;1906 年上海广智书局印单行本,1925 年世界书局刊行,1926 年又有魏冰心校点本。破迷《反聊斋》载《新小说》第 1 年第 12 号,至第 2 年第 3 号,载完。

3 日,张丹斧发表《咏史四律》于《警钟日报》第 282 号。

7 日,陈景韩译"俄国侠客谈"《虚无党奇话》载《新新小说》第 1 年第 3 号,续载第 1 年第 4 号、第 2 年第 6 号、第 3 年第 10 号。小造译"法国侠客谈"《秘密囊》载《新新小说》第 1 年第 3 号,至 1905 年 4 月 5 日第 2 年第 7 号,载完。陈景韩"百年后之侠客谈"《刀余生传二》载《新新小说》第 1 年第 3 号。

15 日,陈冷《以前中国之政界》载《时报》第 2 版。

注:此为目前所见陈冷最早的时评。1929 年 7 月 9 日,陈冷在《申报》第 7 页发表《改与变》,此为目前可见陈冷最后一篇时评,至此,其写作时评近 24 年,几乎一天一篇,达万篇以上。

18 日,冷血《歇洛克来游上海第一案》载《时报》第 2 版。

本年

曾朴、丁念孙、徐念慈等在上海创办小说林社,曾朴任总理,徐念慈任编辑。

李涵秋 31 岁,以《劝农民息讼歌》为甘邑白朵卿大令取第一名。年底,受李石泉之聘,随之赴湖北,就西宾席。

程善之 25 岁,馆于许氏。

周桂笙译、英国华生笔记《福尔摩斯再生第一案》由小说林社出版;1906 年(丙午年五月),《福尔摩斯再生(一至五案)》由小说林社五版;1906 年(光绪三十二年十月),《福尔摩斯再生案(六之十)》由小说林社六版。

二春居士《海天鸿雪记》(4 册 20 回)由世界繁华报馆刊行。

包天笑译、法国迦尔威尼著《无名英雄(上)》(3 卷)由上海小说林社出版。

包天笑译、法国迦尔威尼著《秘密使者》上、下两册分别于本年(甲辰)旧历六、八月由小说林社初版。

中国商务印书馆编译所译述、英国亚柯能多尔原著《案中案》于本年(光绪三十年五月)首版;1905年(光绪三十一年三月)再版;1906年(光绪三十二年四月)四版。

包天笑经人推荐,转道上海、青岛,赴山东青州府学堂任监督。

汪优游在民立中学演出戏剧。

向恺然15岁,就读湖南实业学堂。

徐枕亚、徐啸天毕业于虞南师范,在父亲开办的善育小学任教。

耿小的生。

1905年（光绪三十一年　乙巳）

1月

6日，陈景韩译"侠客谈"《兄弟》载《新新小说》第1年第4号。

20日，包天笑《张天师》，陈景韩"侠客谈之一"《马贼》载《广益丛报》第62、63、64期合刊本。

本月

吴趼人《瞎骗奇闻》载《绣像小说》第41期，至第46期，8回；1908年由商务印书馆印单行本。

2月

4日，中原浪子《京华艳史》载《新新小说》第2年第5号，至4月5日第2年第7号，共4回。

13日，包天笑《歇洛克初到上海第三案》载《时报》第2版。

18日，周桂笙译《窃贼俱乐部》载《新民丛报》第63号，至3月6日第64号，载完。

26日，包天笑《火车客》载《时报》第2版。

3月

5日，陈景韩《歇洛克来游上海》载《广益丛报》第65期。

6日，小造译法国侠客谈《决斗会》载《新新小说》第2年第6号，至4月5日第2年第7号，载完。

12日，海天独啸子著《女娲石》由东亚编辑局出版。

20日，《小说世界日报》在上海创刊。

本月

悔学子《未来教育史》载《绣像小说》第43期,至46期,共4回。姬文《市声》前25回载《绣像小说》第43期至72期;1908年由商务印书馆出版单行本,上、下册,全36回。壮者《扫迷帚》载《绣像小说》第43期,至52期,共24回;1907年由商务印书馆印成单行本。

4月

5日,陈景韩译《错恨》,兰言译述、阿伦著《旅顺落难记》载《新新小说》第2年第7号。

9日,汪笑侬《长乐老》载《广益丛报》第68期。

14日,冷、傲骨、笑、阿英等《小说余话·新水浒题解》载《时报》第2版,至6月5日。

19日,颐琐述、二我评《黄绣球》载《新小说》第2年第3号至第2年第12号,共26回,未完;1907年由新小说社印成单行本,共30回,续完。

5月

4日,侠著"侠客谈"《女侠客》载《新新小说》第2年第8号,至第3年第9号,3回,未完。

本月

清政府军机处下令查禁《浙江潮》《新民丛报》《新小说》等书刊。

6月

3日,棠樾村人《自由花弹词》载《安徽俗话报》第19期,至第21、22期合刊,未完。

4日,《有所谓报》在香港创刊。黄小配《洪秀全演义》(又名《太平天国演义》《洪秀全》)载《有所谓报》附页。

注1:至1906年7月12日,《洪秀全演义》连载于《有所谓报》附张,载至29回;7月26日,自30回转由《少年报》续刊,至50回,《少年报》停刊,小说停载。1908年由香港《中国日报》出版社出版,共54回;卷首有章炳麟于丙午(1906)年九月所作序。(参考:颜廷亮《黄世仲作品诸问题小辨》)

注2:黄小配(1872—1912),名世仲,小配乃其字,一字配工,号棣荪、黄帝嫡裔,笔名禺山次郎、世次郎等,生于广东番禺县,1905年加入同盟会,参加过黄花岗起义,辛亥革命后任民团局长,编辑过《广东白话报》《粤东小说林》《中外小说林》等报纸杂志,创作小说《廿载繁

华梦》《大马扁》《宦海升沉录》《洪秀全演义》《宦海冤魂》《黄粱梦》《宦海潮》《党人碑》《义和团》《南汉演义》《朝鲜血》《十日建国志》《五日风声》《吴三桂演义》等;1912年为陈炯明所杀。

7月

本月

嘿生《玉佛缘》载《绣像小说》第53期,至58期,8回,载完。美国爱克乃斯·格平著《幻想翼》载《绣像小说》第53期,至55期载完;1908年,由商务印书馆出版。

周桂笙译《水底渡节》载《新小说》第2年第6号。

徐念慈译、美国西蒙·纽加武《黑行星》由小说林社出版。

东海觉我戏撰《新法螺先生谭》由小说林社出版,收录包天笑译《法螺先生谭》《法螺先生续谭》。

8月

15日,林纾、魏易同译,英国洛加德原著《拿破仑本纪》由北京学务官书局出版。

30日,林纾译《黑奴吁天录》由文明书局再版。

本月

法国嚣俄原著、包天笑译述《侠奴血》由小说林社出版。

林纾、魏易合译,英国司各德著《撒克逊劫后英雄略》由上海商务印书馆刊,1914年4月再版。

黄世仲《廿载繁华梦》连载于《时事画报》,至农历九月,载完。

周桂笙译《世界进化史》载《绣像小说》第57期,至第72期,共22回,未完。

9月

2日,袁世凯等奏请停科举,推广学堂,清政府诏令自丙午年停止科举。

19日,吴趼人(老少年)《新石头记》载《南方报》第28号,至12月20日,共11回。

29日,痛哭生第二《仇史》载在《醒狮》第1期,至第2期,载完。

10月

18日,陈景韩译述、日本押川春浪原著《白云塔》(《新红楼梦》)(49回)由上海时报馆出版。

27日,《二十世纪西游记》载《广益丛报》第 87 期。

28日,侠少年"游侠小说"《母大虫》载《醒狮》第 2 期。

11 月

16日,叶少吾(浪荡男儿)《上海之维新党》(《新党嫖界现形记》)由新世界小说社出版,9回。

本月

吴趼人《新笑史》下部载《新小说》第 2 年第 11 号,共 22 则。

本年

春,吴趼人任汉口《楚报》中文版编辑。

秋,周瘦鹃考入上海储实两等小学读书,1909 年夏季毕业。

王蕴章《苏台雪传奇》载《娱闲日报》,后载 1915—1916 年《小说新报》第 2—12 期。

朱贞木生。

姚鹓雏 12 岁,以第一名入松江府中。

徐卓呆回国,任苏州唐家湾小学体育教习。

程小青偶得柯南道尔《福尔摩斯探案》,甚为着迷,激发创作欲望。

郑逸梅入上海露香园路附近的敦仁学堂读书。

李涵秋 32 岁,正月赴武昌。结交汉上报界人士胡石庵等,在《公论新报》之"汉上消闲录"发表诗作。著小说《双花记》。农历六月五日,三女紫鸾生。

天虚我生陈蝶仙自沪上来函,谓涵秋在"沪上消闲录"上发表的《咏怜诗》五古三首"得陶诗神髓,为当今诗家数一数二之作"。作诗《上武汉报馆主笔愚庵》《寄石庵》《复武汉报馆主笔镂红》《为胡君石庵画松》《为石庵画帐额志别》《赠于醉六居士吉仪》等 31 题 60 首。

林纾、魏易译,英国哈葛得著《迦茵小传》于本年(光绪三十一年二月)由商务印书馆初版;1906 年(光绪三十二年九月)三版。

1906年（光绪三十二年　丙午）

1月

本月

梁启超主编的《新小说》停刊，该刊共出24号。

2月

本月

包天笑译《一捻红》(37回)由小说林社出版。

3月

4日，法国脱浑作、包天笑译《妾命薄》载《时报》第2版，至7日，共4次，载完。

8日，陈景韩(冷)"滑稽小说"《新西游记》载《时报》第2版，至1908年10月21日，载4节，94次，未完；其中，1906年4月3日至5日作者为包天笑。

4月

3日，吴趼人《中国侦探案》由广智书局出版，共收侦探案34则。

7日，李伯元以瘵卒，年40。由他主编的《绣像小说》也因此停刊，共出72期。

11日，包天笑《毒蛇牙》载《时报》第2版，至7月3日，共65次，载完。

13日，周桂笙译《地心旅行》(《地球隧》)由广智书局出版。佚名著《新党升官发财记》由作新社出版；小说原载1905年《大陆报》第3年第8号至第20号，16回。

24日，侦探小说《眼中留影》载《新闻报》第1、9或10版，至10月4日，40

回,载完。

29日,吴趼人《二十年目睹之怪现状》(16—31回)由广智书局出版。

5月

13日,包天笑《张先生》载《时报》第2版。

20日,包天笑《造人术》载《时报》第2版。

27日,包天笑《盗贼俱乐部》载《时报》第2版。

本月

《汉口中西报》在汉口花楼正街宝顺里成立,为商办性质。凤竹荪为总编,王痴吾、曾莘庐、贡少芹、朱钝根、胡瞿园先后担任编撰。以"开通风气,提倡商务学务"为宗旨。栏目设有短篇小说。

6月

17日,包天笑《新黄粱》载《时报》第2版。

22日,包天笑《卢生》《钏影楼谈屑》载《新新小说》第3年第9号。猿述、虫笔,苏格兰施高脱著《血之花》载《新新小说》第3年第9、10号。

24日,包天笑《五烟先生》载《时报》第2版。

7月

1日,包天笑《人力车夫》载《时报》第2版。

4日,包天笑《销金窟》连载于《时报》第2版,至10月21日,共84次,载完。

6日,徐念慈《未来之中国图书同盟会》载《图书月报》第1期,至8月4日第2期,载完。

8日,包天笑《爱国幼年会》载《时报》第2版。

15日,包天笑《纸扎常备军》载《时报》第2版。

16日,《新世界小说社报》月刊在上海创办,孙警僧编辑,出9期后停刊。

8月

5日,包天笑《新水浒之一斑·黑旋风大闹火车站》载《时报》第2版。

19日,包天笑《新儒林之一斑·瞧热闹蘧公孙赴宴》载《时报》第2版。

20日,谈小莲编《小说七日报》周刊创刊。宗旨为"开通智慧,鼓舞士气"。

26日,包天笑《虚业学堂》载《时报》第2版。

29日,遯园发表《拟东坡秋怀》于《广益丛报》第115期。《粤东小说林》创刊于广州,1907年5月11日转至香港办刊,改名为《中外小说林》;1908年1月,公理堂接办《中外小说林》,冠以"绘图"。三种小说林皆旬刊。主编为黄世仲。停刊时期不详。

注:据缪海荣硕士论文《〈中外小说林〉研究》,目前存世的三种小说林,共20期。"据目前所见的20期《中外小说林》残本,我们可以推断出它前后至少出版了37期"。三种小说林栏目一致:外书,载小说理论文章,如《文风之变迁与小说将来之位置》《小说风尚之进步以翻译说部为风气之先》《探险小说最足为中国社会增进勇敢之慧力》等;小说,如黄世仲《黄粱梦》《宦海潮》等;粤方言通俗文学,如木鱼、龙舟歌、粤讴、谈风、班本等。

本月

安徽旅扬公学在扬州花园巷由安徽同乡会筹设,初任堂长为徐公时,继任为程庆余(即程善之,名庆余)、黄淦、程廷熙、汪佑玲,费用由皖岸引捐。

9月

2日,包天笑《梦想世界》载《时报》第2版,至10月14日,载完。

18日,谢无量《血泪痕传奇·序》载《政艺通报》第5年第16号。

21日,周天籁出生在安徽休宁县临溪镇。

22日,黄世仲《宦海冤魂》开始在香港《少年报》连载,至1906年10月6日。

10月

2日,吴趼人《糊涂世界》由世界繁华报馆出版。

6日,《双义传》载《新闻报》,至11月18日,26节,载完。

9日,李伯元《文明小史》由商务印书馆出版。

16日,黄世仲主办的《粤东小说林》在香港创刊,黄世仲小说《黄粱梦》前7回连载于《粤东小说林》。《粤东小说林》停刊后,1907年7月1日在香港创刊《中外小说林》,《黄粱梦》第8回续刊于《中外小说林》。

18日,《公论新报》在汉口熊家巷后正街创刊,宦凤屏主办,为官商合办性质。

注:《本报报章》言:"本报持论以公平正大为宗旨,凡一切谀媚诡随之语,敲磕诈害之习,以及自由平等、流血革命、排满排外等语,均不得羼入。

报例,正张首上谕,次论说,国外要闻,各省新闻:分学界、军界、财政、路矿、农工商界、杂志等类,本省新闻;附张首时评,次艺文,说苑,小说,谐译,丛报,邸抄,各省辕抄。

本馆蒙上宪提倡,按日排销报纸1500份,所以维持者,甚至即应自尽半官报之义务。"

"该报'附张'以白话副刊的形式发行,定名《醒睡录》,四开小报,随报免费分送。内容大多有关社会政治和社会生活方面的劝勉之词,浅显易懂。这是湖北地区有报以来最先表示刊名,并将文艺各栏集中于一纸,又按日出版的第一份副刊。"(刘望龄《黑血·金鼓——辛亥前后湖北报刊史事长编(1866—1977)》,湖北教育出版社1991年4月版,第106页)

22日,陈景韩(署名"冷")译《飞花城主》载《时报》第2版连载,至1907年1月7日,共55次,载完。

28日,《竞业旬报》在上海创刊。竞业学会主办,编辑有傅君剑、谢诮庄、张丹斧、胡适等。以提倡民气,改良社会,高扬民族主义,抨击满清专制为宗旨,至1909年2月,出41期后停刊。

本月

吴趼人《恨海》(10回)由广智书局出版。

"汉口报界总发行所"在汉口后花楼街笃安里成立,此为湖北首个新闻报人团体。

11月

1日,《月月小说》在上海创刊。吴趼人《历史小说总序》《庆祝立宪》《俏皮话》载第1号。吴趼人历史小说《两晋演义》载第1号,至第10号,载23回。周桂笙译《八宝匣》,萧然郁生《乌托邦游记》载第1、2号。包天笑译、法国嚣俄著《铁窗红泪记》载第1号,至第18号,载完。燕市狗屠《中国进化小史》载第1号,2回,未完。周桂笙译《维多利亚宝带缘》载第1、6号。讷夫《上海之秘密》载第1号。大陆《新封神传》载第1、2—4、6、7号,载15回。周桂笙译《新庵译萃》载第1号,至第10号。

注:《月月小说》,月刊,月月小说社发行,第1卷第1—3号,汪惟甫(庆祺)任编辑兼发行人;至第1卷第4号,改由吴趼人编辑,汪惟甫担任发行与印刷;第1卷第9号始,许伏民接替吴趼人任编辑。1909年1月6日停刊,共出12期。《月月小说·序》认为,自梁启超发表《小说与群治之关系》后,随声附和者众,但是"自忘其真,抑何可笑也"。笔者以为,小说除进化群治外,还具有"补助记忆力"和"输入知识"的能力。而小说这种能力,能在"吾人丁于此道德沦亡之时会",帮助社会"挽此浇风"。"是故吾发大誓愿,将遍撰译历史小说,以为教科之助,历史云者,非徒记其事实之谓也,旌善惩恶之意";"社会小说,家庭小说,及科学、冒险等,或奇言之,或正言之,务使导之以入于道德范围之内,即艳情小说一种,亦必轨于正道,

乃入选焉,庶几借小说之趣味之感情,为德育之一助云尔"。《月月小说》更侧重借助小说的情感趣味加强伦理道德方面的教育。在吴趼人主编后,进一步将道德教育具体化到"陈说忠孝节义"上,以期"恢复我固有之道德"(《上海游骖录》跋),体现出道德保守主义的色彩。内容主要以小说为主,如吴趼人的《两晋演义》《上海游骖录》《劫余灰》,冷血的《破产》《乞食女儿》,天虚我生的《柳非烟》《新泪珠缘》,许伏民的《后官场现形记》等。小说理论主要有天僇生《小说与改良社会之关系》、吴趼人《历史小说总序》等。

8日,吴趼人《二十年目睹之怪现状》(31—45回)由广智书局出版。

16日,胡适(希强、铁儿)《真如岛》载《竞业旬报》第3期,至第4、6—10、24—28、35、37期。

19日,"杂记小说"《虚无党轶事》《女间谍》载《新闻报》第10版,至24日,载完。

25日,"社会小说"《钻石串》载《新闻报》第10版,至1908年1月9日,25回,载完。

30日,周桂笙《新庵随笔》、吴趼人《预备立宪》载《月月小说》第2号。王钟麒以"郁仁"署名发表诗《新年杂感示无畏》于《政艺通报》第5年第21号。

12月

17日,吴趼人《二十年目睹之怪现状》(46—55回)由广智书局出版;《二十年目睹之怪现状》(8册108回)由世界书局出版。

22日,"劄记小说"《虚无党轶事》第二则《炸烈弹》(英人贺兰杏都自述)载《新闻报》第10版,至24日,载完。

30日,周桂笙译《失舟得舟》载《月月小说》第3号,至第4号,载完。周桂笙《玄君会》,吴趼人《大改革》《义盗记》载《月月小说》第3号。

本年

秋,姚鹓雏创作小说《洗心梦》,为杨几园先生所赏识。

曾孝谷、李叔同等在日本东京成立春柳社。

吴趼人《九命奇冤》由上海广智书局出版;《胡宝玉》(一名《三十年来上海北里怪历史》)由乐群书局出版。

陈景韩(新中国之废物)《刺客谈》由新世界出版社出版。

《现世报》在《公论新报》馆内创刊,蔡蓴仙主办。有要电、游戏文章、齐东语、小说、词海、世说、楚词、花史、笑林、图画等栏目。

李涵秋继续就馆武昌,结交汉上文人张谷香、包柚斧等,并神交海上文人徐玉台等,作诗《怀答张香谷》《重阳大醉包柚斧斋中》等17题40首;其《双花记》载汉口《公论新报》。

李涵秋《瑶瑟夫人》本年(丙午年十月)由小说林总发行所发行。

向恺然因参加陈天华公葬活动被开除学籍,愤而东渡日本留学。

陈冷血、包天笑等著《短篇小说丛刻》初编由鸿文书局出版。

张春帆《九尾龟》(1—2集)由点石斋刊行,1907年刊3—5集,1908年刊第6集,1909年刊7—8集,1910年刊9—12集。

张春帆《黑狱》(24回)由点石斋刊印。

张春帆《新果报录》(16回)由申昌书局刊行。

周桂笙等译《最新侦探案汇刊》,新民丛报社译印,内收《窃毁拿破仑遗像案》(英国陶高能著,周桂笙译),《失女案》(著者不详,周桂笙译),《毒药案》(著者不详,无歆羡斋主译),《双公使》(著者不详,周桂笙译)。

包天笑译著教育小说《儿童修身之感情》于本年(光绪三十一年五月)由上海文明书局初版。

磻溪子、包天笑合译,英国麦度克原著《身毒叛乱记》于本年(丙午年闰四月)由小说林总发行所初版。

《游戏世界》在杭州创刊,由寅半生主编,崇实斋书庄发行。该刊主张"性情之可发达自由者,惟吾笔墨。笔墨之可以挥洒自由者,帷游戏文章",刊有小说、小说评论、游戏文字等,其中小说评论文章有寅半生《小说闲评》、陶佑曾《论小说之势力及其影响》等。

1907年（光绪三十三年　丁未）

1月

4日，王钟麒（署"王无生"）《张国维传》《堵胤锡传》于《国粹学报》第2年第12号（总24期）。威林乐干著"札记小说""虚无党轶事"《盗魂记》载《新闻报》第10版，至10日，载完。

13日，陈景韩《土里罪人》（又名《侦探之侦探》）载《时报》第2版，至5月7日，共82次，其中署名"冷"者80次，署名"笑"者2次；1908年8月27日由时报馆发行单行本；1917年1月由有正书局再版。

25日，包天笑《歇洛克来华第四案·藏枪案》载《时报》第2版。

28日，吴趼人《黑籍冤魂》载《月月小说》第4号，周桂笙译《左右敌》载《月月小说》第4号，至第9号，载完。

29日，包天笑《无音瀑》载《时报》第2版，2月6日载，共6次，载完。吴趼人《二十年目睹之怪现状》（56—65回）由广智书局出版。

2月

16日，包天笑《大吉羊》载《时报》第2版，包天笑《新闻纸之发源》载《时报》第9版。"写情小说"《小桥情史》载《新闻报》第20版，至6月6日，12章，载完。

19日，包天笑《亡国者之职业》载《时报》第5版。

20日，包天笑《滑稽旅行》载《时报》第2版，至5月7日载，共58次，载完；1907年10月21日由上海时报馆发行单行本。

25日，包天笑《新戏曲宜求高尚》载《时报》第5版。

27日，包天笑《新戏曲宜以动人感情为胜》载《时报》第5版。周桂笙译《飞访木星》，吴趼人《立宪万岁》《平步青云》《快升官》载《月月小说》第5号。

本月

《小说林》在上海创刊。曾朴《孽海花》自21回载第1、2、4期;徐卓呆著、徐念慈注《入场券》,黄人《小说林发刊词》,徐念慈《小说林缘起》载第1期。

注:《小说林》,月刊,小说林总编辑所编辑,总发行为小说林、宏文馆有限合资会社。黄人《小说林·发刊词》,"昔之视小说也太轻,而今之视小说又太重也",每出一种小说,"必自尸国民进化之功,评一小说,必大倡谣俗改良之旨",其实,皆"不问作小说者之本心",违背了小说的实质,其实,"小说者,文学之倾于美的方面之一种也"。徐念慈在《小说林缘起》中言:"所谓小说者,殆合理想美学,情感美学而居其最上乘者",强调小说的审美性质,倡导回归小说的本体。《小说林》刊载了一系列有理论价值的小说理论文章,如徐念慈《余之小说观》《小说小话》等。

3月

5日,包天笑《新名词》载《时报》第5版;陈景韩《不可解》载《时报》第5版,至5月17日,陈景韩、包天笑、倩、黑、镜、白、缁衣,共发表时评《不可解》100篇,其中陈景韩署名"冷"者62篇,包天笑署名"笑"者26篇,"倩"7篇。女魂《补天石》载《中国新女界杂志》第2期,至第3期,载完。

6日,包天笑《一夫多妻之政府》《悍妇口吻之台谏》载《时报》第5版。

9日,包天笑《制造乱民》《革命党之阶级渐高》《时慧宝》载《时报》第5版。

10日,包天笑《牛羊又从而牧之》《吾子以邻国为壑》载《时报》第5版。

14日,包天笑《戏剧中古香冠之不可废》《斗牛宫中之外国戏法》载《时报》第5版。

28日,吴趼人《上海游骖录》载《月月小说》第6号,至第8号,10回,载完。本日为农历二月十五日,陈栩园在杭州创办《著作林》月刊。

注1:钱仲联、傅璇琮、王运熙、章培恒、鲍克怡主编《中国文学大辞典》:《著作林》"创刊时间说法不一,或谓光绪三十二年(1906),或谓三十三年"。

上海图书馆编《中国近代期刊篇目汇录(第二卷)》称:"《著作林》,原刊不著出版年月,惟第十七期据广告出版于戊申六月,按'月刊一册,望日发行'推之,当系创刊丁未二月(1907年3月)。"

这里采信《中国近代期刊篇目汇录》所言之"丁未二月(1907年3月)"。

注2:陈栩园《著作林社章》(载21期)言:"本社月刊,社稿一编,即以著作林三字题名,每册以百二十页为率,选择精严,材料丰富。"

"本社经费自创版迄今,概系社主一人担任,并不招收股份,其有同志自愿赞助社费者,概登本编征信,助十元以上者,铸其肖像印之编首,以志不朽,其有言行足述者,并置小传。"

"本社在十六期以前,系用木板刷印……自十七期起,改用铅字排印,印成后,即行开炉浇铸锌版,虽千百年亦无朽烂之虞。"

"社员有介绍名人著作之权,即有推行本编保存国粹之责任,定章每介绍近人著作一名,即应推销本报一份。"

栏目以诗文词曲为主,兼及文薮、说部、乐府、杂俎等。载有天虚我生《栩园诗话》《遽龛诗话卷》《栩园新乐谱》《九宫曲谱正宗》《自由花传奇》《桐花笺传奇》《筝楼评诗记》《阑干曲》《遏云楼曲选》《古今词曲品》《南北社卷选瑜》(辑)、《络珠仙馆诗钞》(辑)、《金声集》(辑)、《雁来山馆诗钞》(辑)、《雨花草堂词选》(辑)、《吴中袖遗稿》(辑)、《艺苑同光集》(纂)、《四海丛谈》(辑)、"物语小说"《断爪感情记》、"理想小说"《分牛案》、"理想小说"《鸳鸯渡河》;潘飞声兰史《高阳台(金小宝词　史天香阁幽兰图　为李伯元君征索题)》;李涵秋《浣溪纱(夏日)》(7期)、《一半儿(扬州春事曲)》(9期),《怀天虚我生、陈蝶仙二首》(12期);陶报癖译、英国霍尔克尼"社会小说"《厌世之富翁》。目前可见者22期,停刊时间不详。

本月

天虚我生《桐花笺传奇》载《著作林》第2—9期、11期。

张春帆《九尾龟》初二集由点石斋刊行;二三四集出版月份不详;1907年9月,初二三四五集再版;1909年6月,第六集出版;1909年10月,第七集出版;1909年11月,第八集出版;1910年3月,第九集出版;1910年8月,第十集出版;1910年10月第十一、十二集出版;1911年2月18日,全十二集装订出版,至此点石斋版《九尾龟》全书十二集192回本出版完毕。

按1:点石斋版《九尾龟》出版情况:

1907年3月12日,《申报》第1版载《醒世小说九尾龟初二出版广告》:"如儒林外史细腻,如红楼梦放浪者,可以警拘可以悦惩,诸近世小说,惟海上列传,庶几近之,每部五集,每集定价大洋四角。总发行所上海棋盘街点石斋·四马路开明书店。"

1907年9月22日,《时报》第1版载《再版〈九尾龟〉初二三四五集出版广告》:"是书以绮丽之情怀,达炎凉之世态,其描写青楼口吻,惟妙惟肖,足令闻者解颐,见者动魄,然而盟山誓海,终属虚辞,水月镜花,多归幻境,彼沉酣于纸醉金迷之地者,阅此可为当头之棒喝,洵醒世小说中上乘禅也。原书出版,大为海内所欢迎,印行之本,早行告罄,重印付手民,以副阅者之望,原书五册,每册大洋四角,总发行所棋盘街点石斋开明书局及各大书局。"

1909年6月30日,《申报》第32页载《醒世九尾龟六册》出版广告:"醒世小说九尾龟六册出版,价洋四角。总发行所上海棋盘街中集成图书公司。"

1909年10月11日,《申报》第32页载《醒世小说九尾龟七册出版》广告:"醒世小说九尾龟七册出版,价洋四角。总发行所上海棋盘街中点石斋书局。"

1909年11月16日,《申报》第1版载《醒世小说九尾龟八册出版》广告:"醒世小说九尾龟八册出版,价洋四角。总发行所上海棋盘街中点石斋书局。"

1910年3月16日,《申报》第1版载《醒世小说九尾龟九册出版》广告:"醒世小说九尾龟九册出版,价洋四角。总发行所上海棋盘街中点石斋书局。"

1910年8月1日,《申报》第1版载《醒世小说九尾龟九册出版》广告:"醒世小说九尾龟十册出版,价洋四角。总发行所上海棋盘街中点石斋书局。"

1910年10月22日,《申报》第1版载《醒世小说九尾龟十一、十二册出版》广告:"醒世小说九尾龟九册出版,每册洋四角。总发行所上海棋盘街中点石斋书局。"

1911年2月18日,《申报》第1版载《醒世小说九尾龟全书出版》广告:"九尾龟一书,为近今小说界独一无二之作,早邀海内公鉴,著者绞数年脑汁,精心编著,是以每出一集,各界均争先睹为快,计初二三四集行销至今,不下数十万册,价值之高,毋庸赘述,现已全书告成,共十二集,每集十六回,一百九十二回。以一风流才子之章秋谷为全部主人,举二十年来花丛掌故、沪滨佳话及妓界伶界有名人物之历史,以玲珑剔透之笔,写为芬菲旖旎之文,尤其以青楼种种笼络伎俩神情口吻,摹写逼真,妙在髓处,指点足以唤醒青年,不少绝世妙文,亦醒世奇文。发行处,上海棋盘街点石斋书局。"

按2:1910年后其他版本《九尾龟》出版情况:

1910年1月22日,《申报》第1版载《上海华商集成图书公司广告》:"醒世小说九尾龟全部十册,每册四角。"

1911年1月14日,《申报》第1版载《集成公司新出各种新奇小说》:"醒世小说九尾龟全十二册,每册四角。"

1915年7月14日,《新闻报》第13版载《醒世小说九尾龟十二集全》出版广告:"《九尾龟》一书久已脍炙人口,毋庸赘述,全书十二集,分订六册,廉价发售。上海三马路西昼锦里内振寰书局。"

1916年8月25日,《申报》第14版载《重印绘图九尾龟》出版广告:"是书能唤醒痴迷,风行海内,亦无凡赘述,今用中国连四纸印,每部八本,一函定价洋一元六角,特价大洋八角,托本公司售。上海百新公司总发行。"

1916年10月15日,《新闻报》第13版载《石印绘图警世小说九尾龟》出版广告:"是书为当时名官巨商赌窟妓院,描写尽致,以酣畅淋漓之笔,叙有功世道之文,如温峤燃犀,百怪千奇,似天女散花,既香且绝。所叙事实,又属斑斑可考,蛛丝马迹,线索可寻,虽绮语缠绵,脱不尽风流旖旎之辞。然寓言八九,亦深得香草美人之旨,洵警世小说中独一无二之善本,亦酒后茶余无上上之消遣品,共一百九十二回。兹特装订八厚册,用中国上等连史印行,复加入插画,使阅者易醒目,每部一函,原价两元,现售特价八角,外埠加邮费一角半。时还书局启。"

1916年11月25日,《九尾龟》第十三集载《神州画报》,至1918年2月1日,载至第十四集第十二回,176次,未完。1916年12月,《神州日报》补印11月25日至12月20日所载之《九尾龟》。(12月16日,《申报》第1版载《爱读九尾龟、广陵潮者鉴》出版广告:"神州日报揭载两大名著极博欢迎,日日订报诸君,君须自上月二十五日补起,殊难应命,不为补寄,又使诸君有不窥全豹之憾,弥增歉悚,再思思维,惟将自上月廿五日起至本月二十日止所载之九尾龟、广陵潮全行补印,日内即可分赠,在阳历十二月二十日以前,倘荷诸君订阅,均可赠送一份,以酬盛意。神州日报馆特启。")

1917年5月25日,《申报》第14版载《五彩精印绘图大字本九尾龟》出版广告:"是书为漱六山房原著,专言苏沪社会情状,官商各界,妓院歌场,猥鄙之事,莫不历历如绘,刻画入微。凡阅过是书者,称为当头棒、警世钟,诚劝世之金针也。本局因思是书有功于世,特再精印五彩绘图大字本,字迹清晰,校对最精,以副爱读诸君雅意,计十二集西式平装六册定价二元,今特别先行廉价三百部,每部只收实洋一元,外部加寄费一角,售满三百部后,仍照定价发售。上海三马路西昼锦里内振寰书局。"

1918年7月22日,《申报》第14版载《醒世小说绘图九尾龟》出版广告:"是书为当时名官巨商赌窟妓院,描写尽致,以酣畅淋漓之笔,叙有功世道之文,如温峤燃犀,百怪千奇,似天女散花,既香且绝。所叙事实,又属斑斑可考,蛛丝马迹,线索可寻,虽绮语缠绵,脱不尽风流旖旎之辞。然寓言八九,亦深得香草美人之旨,洵警世小说中独一无二之善本,亦酒后茶余无上上之消遣品也,书凡二百余万言,兹特装订八厚册,用上等洋连史印行,复加入绘图,便阅者易于醒目。每部一函,原价一元四角,现收特价七角,五百部为限。上海交通图书馆。"

1921年12月11日,《新闻报》第13版载《最新艳史新九尾龟现已出版》:"巨宦门第,秘史最多,某大旅社,奸情毕露,奇闻怪事,举世目睹。《新九尾龟》揭其秘幕。大门户,丑史多,丑史皆造载那小姐少奶之手,所以前人在九尾龟小说之作,秉笔直书,宦海门第的丑事,但是老九尾龟的纪事,远隔十多年了,与最近发现的大不相同,所以再编一部新九尾龟的趣味小说,揭其后来发生之秘密史,旅馆风流案,知道他内容的人极少,看新九尾龟中所载的两个夫人换二个丈夫,就见得希奇极了,盍购一部,细品其味。注意:本书内容十余万言,精装三册,定价一元二角,六折实售七角二分,邮费加一。上海四马路中红屋世界书局发行。"

1922年10月10日,《最新九尾龟》第三十三集第十七回载《晶报》第3版,至1925年3月1日,载至第三十三集第二十四回,共113天次。1925年12月,《九尾龟》二十四集出全十二册袖珍本,由晶报馆发行。12月14日,《晶报》第1版载《九尾龟十三集至二十四集完全出版》:"漱六山房张春帆先生之新作《九尾龟》十三集至二十四集完全出版,分订十二册,一百九十二回,八十万言之长篇杰作,由王钝根、毕倚虹、孙东吴、陈小蝶、张丹翁、包天笑、天虚我生、张继斋、李浩然、王西神、严独鹤、周瘦鹃诸先生(以先后为序)题眉,彩色封面,袖珍小册,极便携带,岁暮围炉,君感岑寂乎?欲知十二集以后之章秋谷乎?不可不阅十三集至廿四集,此十二册乃最近最新事实,结束全书,首尾完具。定价每集大洋六角,全书须价一千部,每部只收三元。总经销处,上海晶报馆。"

1926年10月27日,《九尾龟》第廿五集第一回载《上海画报》第167期,至1927年9月6日第270期,载至第十一回,84次,未完。

1928年9月,《新九尾龟》二十四回、洋装三厚册本由世界书局出版,此书已经与当时的社会长篇香艳小说合流。9月30日,《新闻报》第22版载《新九尾龟》出版广告:"三十万言的长篇小说《新九尾龟》,打破新式女子的秘密,拆穿翻戏拆白的诡计,宣布军阀淫棍的诡计,揭破浪漫家的丑史,是罪恶社会的照妖镜!太太卖淫,老爷作窃,兄妹结婚,姊弟恋爱,岂非绝世奇闻,竟出现于上海滩!书中更有梅山七怪的角色,有著名滑头的黑心老班,跳黄浦江的大瘟生,有私通囚犯的女典狱官,吃白饭的大少爷,有枪毙亲夫的省长太太,逼死人命的浪女!五花八门:如舞台看戏!怪光陆离,如大变魔术!荡妇、淫棍、瘟生、拆白、瘪三、冬烘、军阀,这班人的袖里乾坤,在这本书中,和盘托出!阅此书,好比在上海阅历十年!走遍天下,终身不致吃亏!在小说中得到涉世的经验!"

4月

2日,王钟麒(王无生)《李定国传》载《国粹学报》第3年第2号(总27期)。

13日,"侠情小说"《饿鬼语》载《新闻报》第10或11版,至5月7日,8回,载完。

27日,周桂笙《上海侦探案》,周桂笙译述《解颐语》载《月月小说》第7号;吴趼人札记小说《趼廛剩墨》载《月月小说》第7号,至17号,载完。

28日,包天笑《金寿字》《王孙木路》载《时报》第9版。

5月

2日,徐念慈译《新新新法螺天话……科学之一斑》载《广益丛报》第132号,至第139号,载完。

8日,佛"侠情小说"《慧珠传》载《新闻报》第11或26或27版,至8月16日,58节,载完。

10日,包天笑《情网》载《时报》第2版,至1908年4月8日,共226次,载完;1913年8月下旬由有正书局再版。

26日,陶报癖《恨史》,吴趼人《查功课》载《月月小说》第8号。

6月

1日,欧阳予倩、李叔同等在东京本乡公园开演《黑奴吁天录》,演至2日。

9日,《江中缘》载《新闻报》第11版,至8月22日,14章,载完。

11日,包天笑《苏州之警察三则》载《时报》第9版。

12日,李涵秋《雌蝶影》载《时报》,至8月13日,载完。1908年4月,《雌蝶影》,由上海国宝图书室刊行;1921年4月由国学书室再版。

13日,包天笑《彗星来》载《时报》第9版。

14日,包天笑《膏泽下于民》《未有己不正而能正人者》载《时报》第9版。

20日,包天笑《善良烟户》《进步风潮》载《时报》第9版。

27日,包天笑《论实行禁烟事》载《时报》第2版。

30日,王钟麒署"郁仁"诗歌《赠无畏》《感事》载《广益丛报》第138期。

7月

5日,包天笑"时评"《豫言一》载《时报》第9版,至8月30日,共24则。

15日,秋瑾在绍兴就义,刘韵琴创作诗歌《吊秋瑾》。

22日,包天笑"时评"《预备立宪之一》载《时报》第9版,至8月5日,共6则。

本月

黄小配《宦海潮》第5回载《中外小说林》第1年第5期,至第2年第6期,共24期,未完。"1908年由香港世界公益报刊行。次年十月一日入英国博物院的馆藏。"(柳存仁《伦敦所见中国书目提要》)

黄小配《黄粱梦》自第8回载《中外小说林》第1期,至第2年第10期,共31回。

8月

7日,包天笑"时评"《有趣》《无趣》载《时报》第9版。

18日,刘鹗《老残游记二集》载《天津日日新闻》,至10月6日,9回,载完。1934年,林语堂从刘氏后人手中得到21—26回,以《老残游记二集》为题,在《人世间》半月刊发表;后由良友图书公司出版单行本。其后1962年中华书局《老残游记资料》又收录了后3回。刘氏死后还曾发现《老残游记外编》残稿4000多字。

24日,英国白来顿《曲中怨》载《新闻报》第11版,至12月4日,10章,载完。

9月

8日,包天笑"时评"《杀人之善举》《媚官之法》载《时报》第9版。

15日,包天笑"时评"《徐观察气死盐巡捕》载《时报》第9版。

19日,包天笑"时评"《奴才》《戏子》载《时报》第9版。

27日,包天笑"时评"《老人堂》载《时报》第9版。

10月

4日,包天笑"时评"《改》《代》载《时报》第9版。

6日,蒋景缄著、铤夸编译的《凤卮春》由小说林出版社出版。

7日,王钟麟(天僇生)《〈月月小说〉与改良社会之关系》载《月月小说》第9号;萧然郁生《新镜花缘》载《月月小说》第9号,至第23号,12回,9次。白眼《后官场现形记》载《月月小说》第9号,至第21号,8回,8次。黄伯耀《好姻缘》载《中外小说林》第12期。

14日,包天笑"时评"《苏州之自来水》《苏州之栗子摊》载《时报》第9版。

21日,陈景韩译述《滑稽旅行》8回本,由上海时报馆刊印。

22日,包天笑"时评"《借债》《禁烟》载《时报》第9版。

24日,包天笑"时评"《调查局》《统计处》载《时报》第9版。

11月

3日,《竞立社小说月报》创刊于上海,彭俞(亚东破佛)主编,上海竞立社小说月报社发行,停刊期限不详。

注:《竞立社小说月报》创刊号载竹泉生《竞立社小说月报·宗旨说》:"竞立社何以名,以志也,小而立身,大而立国,卑而立言,高而立德,是则本社之求为自立而立人者也,而所以竞立之道有三:……首以保存国粹为第一级竞立之手段……又以革除陋习为第二级竞立之手段……卒以扩展民权为第三级竞立之手段。"刊物以刊载小说为主,并设有社说、时评、文艺、杂志等。创刊号即载有小说八种:东亚破佛撰、盲道人评"历史小说"《空桐国史》,东亚破佛撰、儒冠和尚注"尚武小说"《歼鲸记》,铁汉初稿、勤补加评"社会小说"《过渡时代》,法国雷科著、天涯芳草译"裁判小说"《博浪椎》,英国白兰福著、大妙译并评"侦探小说"《窃图案》,英国葛露克著、钱塘朱陶、陈无我译"奇情小说"《满丽女郎》,竹泉生著"最旧传记小说"《竹泉生异闻传》,山阴醉客著"最新滑稽小说"《绍兴酒》。第2期刊出时间为11月29日,目前见2期。

20日,吴趼人《劫余灰》载《月月小说》第10号,至1909年1月第12号;1909年上海广智书局刊单行本。陈景韩《乞食儿女》、吴趼人《人镜学社龟哭传》载《月月小说》第10号。

21日,胡石庵"哀情小说"《灵均恨》连载于《汉口中西报》,署"天门山民石广氏"。

29日,吴趼人《剖心记》载《竞立社小说月报》第2期。

12月

5日,黄小配《广东世家传》载《社会公报》。

9日,恽铁樵《孽镜花》载《振华五日大事记》第45期,至24日第48期,载完。

17日,李涵秋"政治小说"《丐界四杰》载《公论新报》,至1908年1月12日,载完。本期《公论新报》刊发广告:"本馆自今日为始,于第二张第五版内添有新拟政治小说《丐界四杰》,于时局颇有关系,阅者注意,注意!"

19日,包天笑"时评"《打电报》《好事之徒》载《时报》第9版。王钟麟(天僇生)《中国历史小说史论》载《月月小说》第11号。吴趼人《云南野乘》载《月月小说》第11号,至第12、14号,载3回。陈景韩《破产》载《月月小说》第11、12号。吴趼人《发财秘诀》(《黄奴外史》)载《月月小说》第11号,至第14号,载10回。天虚我生《柳非烟》载《月月小说》第11号,至第18号,载20章。

本月

王钟麒署"天僇生"发表《秋瑾女史哀词》于《神州女报》第1年第1号。

本年

秋,李涵秋次子桂鸾生。与恽楚卿、葛韵梅、葛辨琴诗歌交往,为奸人所害,几成冤狱。岁末,回扬州。

林纾、魏易合译,美国华盛顿·欧文著《拊掌录》于本年(光绪三十三年四月)由商务印书馆初版。

包天笑译《滑稽旅行》由有正书局出单行本。

李涵秋著小说《姊妹花骨》《梨云劫》《并头莲》《滑稽魂》。《瑶瑟夫人》载《公论新报》,《琵琶怨》载《中西日报》,《并头莲》载《趣报》。与上海小说林社主任徐念慈神交,《双花记》由小说林社出版。作诗《六月大雨苦寒》《谢严弼臣为写屏风并惠墨迹》《前作长歌答弼臣》《门人陆仪阁新婚贺以诗时仍从余读书》等4首。

欧阳钜源(号茂苑惜秋生)逝世。

刘鹗《老残游记》由上海神州日报馆刊行。

八宝王郎(王濬卿)《冷眼观》(6卷30回)由小说林社刊行。

向恺然在日本考入宏文书院,加入同盟会。

张恨水阅读《西游记》《封神榜》《水浒传》《野叟曝言》《聊斋》《东莱博议》《袁王纲鉴》等。

徐卓呆著、徐念慈注《买路钱》载《小说林》第3期(丁未三月)。

包天笑短篇小说《三勇士》载《小说林》第4期(丁未六月)。

包天笑编述《碧血幕》载《小说林》第6期(丁未十月),至第9期(戊申正月),4回,未完。

徐卓呆著《温泉浴》载《小说林》第7期(丁未十一月)。

陈景韩《商界鬼蜮记》(8回)于本年(光绪三十三年十月下旬)由新小说社出铅印本。

1908年(光绪三十四年　戊申)

1月

4日,包天笑"时评"《妓女与官之比例》《官与妓女之比例》载《时报》第9版,至27日,共10则。"滑稽小说"《天上春秋》载《新闻报》第11版,至27日,18回,载完。

18日,天僇生《学究教育谈》,周桂笙译《猫日记》,吴趼人《无理取闹之西游记》载《月月小说》第12号。

28日,黄伯耀《烟海回澜》载《中外小说林》第18期。

本月

《新小说丛》(月刊)创刊。

注:《新小说丛》由区凤墀、李维帧、林紫虬等创办。新小说丛社编辑发行,在香港出版。第一期载黄恩熙《〈新小说丛〉序》,林文骢《〈新小说〉祝词》,丘菽园《新小说品》,文楷"短篇小说"《补情天》《盗尸》《破堡怪》,星如"短篇小说"《窃书》,晴岚老人译、法国贾波老著《情天孽障》,邱菽"历史小说"《两岁星》,李英圃译、英国弥士毕《奇缘》,郭若衡译、英国屈敦著"侦探艳情小说"《奇蓝珠》,李心灵、林紫虬译、法国朱保高比著"侠情小说"《八奶秘录》,夏荣光、黄恩熙"惊奇小说"《血刀缘》。目前可见2期,停刊期不详。

李涵秋作诗《蝴蝶》《恽楚卿以诗来复赠楚卿》《谢韵梅女士题双花记》《白桃花诗分咏有序》《答凤竹孙读我编定绮香馆十春诗戏效竹孙体》《郝烈妇诗》《雨中访陈砚农》《谢韵梅女士惠笺》《大旱谣》《中秋》《贺门人李伯永新婚》《金太守煦生过访赋此却寄》《汉阳镇署赴宴却寄韵梅》《九月既望金太守煦生以电信来报,柚斧生日未能渡江一叙,属代补祝,戏以诗答之》《两夜怀韵梅》《赠恽忏庵》《金煦生大兄惠来蟹一筐酒二瓶赋此奉谢》《毕司马岐山挽歌》《出郭》《归途遇雨》《感怀》《冬日偶成》《酬卞明府孟韬赠全唐诗四万八千九百首兼以述怀》《挽金芬世兄》《答罗浙波》《得家书知宝鸾诞五日忽殇》《江日晚渡》《为丁晓树画菊花》《于丁石庵座上见恽忏庵,余素不识,疏于酬答,忏庵行后,余始知之,良复失笑,赋此奉谢》《题徐锡侯玉照》等31首。

2月

2日,《新朔望报》半月刊在上海创刊,管西园、张丹斧主编,交替为《新朔报》《新望报》出刊;以"改良社会,增进学识,代表舆论"为宗旨。内容涉及图画、社会、政治、科学、文苑、小说、戏曲等。5月,更名为《国华报》。陈心来诗《芜城》发表于第1期。

5日,包天笑"时评"《财神宴》载《时报》第2版,至7日,共4则。"短篇小说"《升官发财》载《新闻报》第5版。"侦探小说"《连环计》载《新闻报》第21版,至3月14日,11章,载完。

8日,王钟麒署"天僇生"发表《剧场之教育》于《月月小说》第13号。包天笑《诸神大会议》载《月月小说》第13号,至第17号,未完。陈景韩《女侦探》载《月月小说》第13号,至第15号,载完。吴趼人《光绪万年》载《月月小说》第13号。

9日,黄伯耀(耀公)《奸淫报》载《岭南白话报》第1期,至第5期,载完。

11日,黄伯耀(耀公)《长恨天》载《中外小说林》第2年第1期。

16日,陈心来诗《题伯梁先生老而贫移家东村感其遇,诗以赠之》《题伯梁秋林读书图》发表于《新朔望报》第2期。

21日,黄伯耀《双美缘》载《中外小说林》第2年第2期。

25日,陈景韩《窟中人》载《时报》第2版,至1910年4月10日,共318次。

3月

9日,王钟麒(天僇生)的《中国三大家小说论赞》载《月月小说》第14号。天虚我生《花木兰传奇》载《著作林》第13期,至6月第16期。

20日,黄伯耀《宦海恶涛》载《中外小说林》第2年第4期。

22日,黄伯耀《恶因果》载《中外小说林》第2年第5期。

25日,包天笑"时评"《日本滑稽画谈之一、之二》载《时报》第9版。

26日,包天笑"时评"《政府之心(二)》载《时报》第9版。

4月

6日,包天笑"时评"《人种陈列馆》《官场普济堂》载《时报》第9版。

8日,包天笑"时评"《游戏之皇帝》载《时报》第9版。

10日,黄伯耀《凶仇报》载《中外小说林》第2年第7期。

11日,包天笑"时事小说"《运动家》载《时报》第6版。

12日,包天笑《莲花娘》连载于《时报》第2版,至18日,载完。

14日,包天笑"时评"《政府与国民》载《时报》第2版。

16日,包天笑"时评"《刘海之历史》《虾仁之风潮》载《时报》第2、5版。

20日,黄伯耀《片帆影》载《中外小说林》第2年第8期。包天笑《某县令》载《时报》第2版。

22日,包天笑《虚无党之一夜》连载《时报》第2版,至5月6日,共10次,载完。

30日,《缙绅镜》载《新闻报》第11或12版,至1909年4月6日,37回,未完。

本月

李涵秋《穷丐》载《小说林》第10期;开始写作《过渡镜》,著说部《孽海双鸳》。

姬文《市声》(2册36回)由上海商务印书馆初版;同年旧历八月再版。

5月

7日,包天笑《易魂新术》载《时报》,至6月28日,共42次,载完。

9日,黄伯耀《猛回头》载《中外小说林》第2年第10期。

16日,天放译述、天僇润词《洪荒载笔》(游记)载《神州日报》,至7月31日,未完。

31日,包天笑"时评"《呜呼,苏州之警察》载《时报》第2版。

本月

王钟麒(天僇生)的《孤臣碧血记》载《月月小说》第16号。

陈景韩《爆烈弹》载《月月小说》第16号,至第18号。

6月

16日,徐念慈逝于上海,李涵秋以《哭徐念慈》怀之。

18日,王钟麒署"天僇生"发表《西藏大势通论》于《广益丛报》第172号。

20日,包天笑"时评"《咨议局》载《时报》第5版,至28日,共7则。

28日,秦瘦鸥生于上海嘉定南大街李家弄。包天笑"时评"《印刷局乎学堂乎》载于《时报》第5版。

29日,包天笑《梅花落》连载于《时报》第2版,至8月28日,共300次,载完;包天笑"时评"《说铜圆》载《时报》第5版。

本月

冷(陈景韩)著《杀人公司》载《月月小说》第17号。

曾朴译述、大仲马著《马哥王后逸史》载《小说林》第11期,至第12期(戊申九月)。

7月

1日,包天笑"时评"《禁烟与膏捐》《纪宁波之膏捐》载《时报》第5版,至31日,共34则。

19日,江都杜课园《九江广东冲突之调停法》载《竞业旬报》第21期。

本月

天虚我生《断爪感情记》载《著作林》第17期,至21期,载完。

8月

1日,包天笑"时评"《今后之咨议局》载《时报》第5版,至31日,共31则。

23日,唐大郎出生于嘉定张马弄,父唐锦帆为落拓文人。

本月

黄小配著章回小说《洪秀全演义》由香港中国日报社印行(据杨世骥《文苑谈往》);最初在《有所谓报》及《少年报》附张连载。天虚我生(陈蝶仙)《新泪珠缘》载《月月小说》第19号,至第24号,载8回;1910年上海群学社铅印本。

陈景韩《俄国皇帝》载《月月小说》第19号,至第21号,未完。

包天笑《世界末日记》载《月月小说》第19号。

陆士谔《鬼国史》(《新鬼话连篇》)(2册6回)由改良小说社出版。

仙源苍园《扬州梦》由集成图书公司出版。

9月

13日,包天笑"时评"《新四民》载《时报》第5版,至29日,共17则。

16日,胡适《东洋车夫》载《竞业旬报》第27期。

25日,张丹斧《长夜歌并序》(33首)、《前刘海歌》(有序)、谐谈《大人世界》载《竞业旬报》第28期。

本月

天虚我生《分牛案》载《著作林》第 20 期,至第 21 期,载完。

吴趼人在《月月小说》第 20 号上发表《俏皮话》7 则。

天僇生《玉环外史》载《月月小说》第 20 号,至第 21、24 号。

10 月

3 日,包天笑"时评"《说苏省咨议局筹备处》载《时报》第 5 版,至 31 日,共 28 则。

5 日,《安徽白话报》在上海创刊,天僇生(无生生、王钟麒)《重阳登高》载《安徽白话报》第 1 期。

11 日,包天笑《秋星阁笔记》载《时报》第 2 版,至 1915 年 11 月 19 日,共 154 次。包天笑《杨女士》连载于《时报》第 2 版,至 12 日,载完。

15 日,张丹斧"社说"《自由结婚》,"词苑"《梦折臂行》(并序)、《杨度行》(有序)、《题荆轲图》《题陶潜图》《中夜口占》《无题十首之二》,"歌谣"《上海四类歌》(续),翻译短篇小说《学问贼》,时评《吓这样话说得长》《咦样样皆有新的吗》载《竞业旬报》第 30 期,署名"斧"。王钟麒(署"天僇生")"演说"《中国无国民说》载《安徽白话报》第 2 期。

25 日,张丹斧"歌谣"《顶刮刮》(有序)、《十劝郎小曲》(下盘棋调),"杂俎"《革命党被捉次受鞠种种的声音》载《竞业旬报》第 31 期,署名"斧"。宣古愚、方泽山分别发表"词苑"《前题》《题西洋装钟馗像》于《竞业旬报》第 31 期。

本月

《小说林》停刊,共刊行 12 期。

11 月

1 日,包天笑"时评"《诗钟世界》载于《时报》第 5 版,至 30 日,共 32 则。

4 日,张丹斧"社说"《笔头儿狠呢? 炸弹狠呢?》《达赖喇嘛是个英雄吗?》,词苑《罪诗八章》(翻译俄国物都西石夫诗作),歌谣《送丈夫出洋留学》(十杯酒)、《地理十八摸》载《竞业旬报》第 32 期,署名"斧"。

14 日,张丹斧《箓后人的话》《仿佛维多利亚》载《竞业旬报》第 33 期。

24 日,张丹斧"词苑"《和荷珠桂珠降乩诗》(有序),短篇小说《赵飞燕》载《竞业旬报》第 34 期。

本月

包天笑《古王宫》载《月月小说》第22号至第24号,2章,未完。

黄世仲《南汉演义》连载于《世界公益报》,至12月。

吴趼人《新石头记》(40回本)由改良小说社出版。

李涵秋《与柚斧久谈后堂出芋子见饷,斧告以为细君手制,虽微情可感矣,因谢以诗》、王钟麒《自叹》《短别纪言》《剑公以诗柚见怀……为答》(署名"毓仁")载《月月小说》第22号。

12月

1日,包天笑"时评"《城镇乡地方自治章程何如》载《时报》第5版,至30日,共30则。

5日,僇(王仲麒)《雪天情窟记》载《神州日报》,至1909年4月27日,未完。

本月

林纾译述《冰雪姻缘》成,并作序。

《白话小说》(月刊)创刊,停刊期不详。

大虚我生《鸳鸯渡河》载《著作林》第22期。

本年

程善之29岁,开始在扬州府中学教书,讲授历史,至1912年。"在府中学时,其乡人汪菊卣、凌蕉庵辈倡党议南都,善师时托病潜从之游,先是善师尝以醉心改革之论,为清吏所侦,赖其友洪可亭、许佩芳左右之,幸无事。"(包明叔《残水浒序》)

刘韵琴24岁,赴马来西亚马六甲,任华侨小学校长。

平襟亚在吕舍镇南货店当学徒,性喜读书,常为账房训斥,于是决心弃商从文,考入常熟简易师范。

朱瘦菊16岁,进报馆,通过补习夜校学习外语。

刘鹗因曾购买八国联军所掠之太仓储粮救济北京难民获罪,被发配新疆。

评花主人著《九尾狐》(60回)由社会小说社刊出。

英国柯南道尔著、西冷悟痴生译《三捕爱姆生》由集成图书公司刊出。

黄小配《廿载繁华梦》由上海书局出版。

包天笑译《空谷兰》由有正书局出版。

蒋景缄著述"义侠小说"《金篛叶》于本年(光绪戊申年三月)初版。

李涵秋《奇童案》,东海觉我识《丁未年小说界发行书目调查表》载《小说林》第9期(戊申年正月)。徐念慈(东海觉我)《余之小说观》载《小说林》第9期,至第10期。

吴趼人《趼人短篇九种》由月月小说社刊印,收《预备立宪》《黑籍冤魂》《立宪万岁》《平步青云》《快升官》《查功课》《人境学社鬼哭传》《无理取闹之西游记》《光绪万年》等。

范烟桥师从金天翮学国文,窥得文章奥窍。

1909年(宣统元年 己酉)

1月

3日,包天笑"时评"《官报谈一》载《时报》第5版,至31日,共13则。

2月

1日,包天笑"时评"《再告清厘各省财政者》载《时报》第5版,至28日,共29则。

15日,包天笑"教育小说"《馨儿就学记》载《教育杂志》第1年第1期,至1910年1月23日第1年第13期,共12次,10章,载完;宣统二年(1910)农历八月由商务印书馆初版;1922年3月第5版;1931年2月第10版;1935年5月国难后第1版。

16日,包天笑"时评"《宜速裁宦官》《再言各省宜设立财政调查会》载《时报》第3、5版。

19日,李涵秋与日本友人宴饮唱和,并作《二月二旬有九日偕日本冈幸七郎、中久喜信、周山由饮江、小剑南及宦海之、凤竹孙、萧端斋、寄傲生念陵诸君子宴于汉上之嘉宾楼即席叹二律》。

3月

1日,包天笑"时评"《如此而已》载《时报》第5版,至3月31日,共31则。

4月

1日,包天笑"时评"《譬如一瓜》载《时报》第5版,至11日,共11则。

17日,法国大仲马原著,笺骚、无我合译"历史哀情"《恨海潮》(原名《卖嫁衣》),载《新闻报》第27或36版,至8月21日,载完。

29日,《趣报》在汉口创刊。

5月

4日,陆士谔《也是西游记》载《华商联合报》第5期,至1910年3月6日第23、24期合刊;1914年由上海改良小说社石印。

6日,包天笑"时评"《告后之握江苏财政权者》载《时报》第5版,至31日,共26则。

15日,《民呼日报》创刊。王钟麒《穷民泪》载第1号,至6月3日第20号,未完。

31日,席子佩正式接办《申报》。为扩大销量,他积极着手改革《申报》,聘请张蕴和为总主笔。

本月

《扬子江小说报》(月刊)创刊,胡石庵主编,汉口中西日报社发行。停刊时间不详。报痴撰《〈扬子江小说报〉发刊词》。胡石庵哀情小说《湘灵瑟》载第1期,至9月14日第5期,未完。

6月

3日,包天笑"时评"《大火之善后》《地方自治与破除迷信》载《时报》第5、6版,至30日,共28则。僇(王仲麒)《财奴鬼瞰录》载《神州日报》,至7月20日,未完。

18日,李涵秋译《梨云劫》,蒋景缄《侠女魂》载《扬子江小说报》第2期,至第5期。李涵秋《沁香阁诗集》载《扬子江小说报》第2、3、4、5期;《沁香阁诗话》、短篇小说《王某》分别载《扬子江小说报》第4、5期。

本月

叶小凤《新儿女英雄》(12回2册)由改良小说社刊行。

7月

1日,包天笑"时评"《恩怨之于人甚矣哉》《安肃县之选举风潮》载《时报》第3、5版,至25日,共28则。

8月

4日,铁生原稿、天僇润词《姊妹花》在《神州日报》续载,至9月10日,上卷载完;7月18日,该小说始载《神州日报》附张,配插图。

20日,包天笑"时评"《说挑膏执照》载《时报》第5版,至31日,共13则。

23日,刘鹗逝世。

26日,王钟麒《大王神》载《安徽白话报》己酉第1期。

30日,王钟麒《伤心人语》载《神州日报》,至1910年1月12日,载完。

9月

1日,包天笑"时评"《可怜》连载《时报》第5版,至31日,共25则。

4日,海上漱石生《续海上繁华梦》初集载《图画日报》第20册。元和沈启明译"新新小说"《醮妇怨》载《新闻报》第27版,至11月25日,10回,未完。

5日,王钟麒分别以笔名"天僇""僇""郁"发表演说《论安徽白话报复活的关系》、短篇言情小说《白玫瑰》(未完)、活笑话《粉笔》于《安徽白话报》第2期。

6日,无术生"社会小说"《千里草》载《新闻报》第27版,至1910年1月12日,43次,未完。

13日,王度庐在北京地安门内司礼监胡同4号下层旗人家庭出生,原名王葆翔,字霄羽。

14日,《十日小说》在上海创刊,环球社编辑发行。张春帆《宦海》载第1期,至1910年1月11日第11期;本年由上海环球社刊铅印本。

本月

贡少芹出任《汉口中西报》副刊编辑,开始其报人生活。

10月

14日,《小说时报》在上海创刊。杨紫麟、包天笑合译《律师态度之华盛顿》,陈景韩《催醒术》,陈景韩译、俄国蒲轩根著《俄帝彼得》,许指严《电世界》载《小说时报》第1期。

注1:《小说时报》由狄平子创办,小说时报社主办,有正书局发行,包天笑、陈景韩编辑。据鲁卫鹏《〈小说时报〉研究》称:"毕倚虹参编《小说时报》,当在其入《时报》馆后,即民国五年(1916)后,此时距《小说时报》停刊的民国六年十一月(1917年11月)已经没有多少时日了。如此算来,毕倚虹可能参编的不过是第二十六期到第三十三期而已,再从刊物变化上来考察,毕氏当是从第二十七期才开始全面介入《小说时报》编辑的。"

《小说时报》初定为月刊,但出版时间周期不准,据鲁卫鹏《〈小说时报〉研究》:"民元前一般隔一到两个月出版一次;辛亥鼎革之后,则多以三个月左右为出版时间,有类季刊;但这也只是大略来说,因为有的时候,两期之间隔甚至长达五个月之久(如十七至十八期)。"刊物出33期,于1917年11月停刊。《小说时报》刊载名篇有陈景韩《催醒术》,包天笑的《一缕麻》等;长篇由高阳氏不才子《电世界》,太常仙蝶《社会写真》等;笔记有狄平子《平等阁琐言》《平等阁杂记》等;刊载周瘦鹃、张毅汉、包天笑、陈冷血等人翻译的大量外国作品。

注2:1922年,《小说时报》复刊,有正书局发行,李涵秋任编辑,出5期停刊。无创刊词,《本报条例》:"旧文学每薄新小说,新文学每薄旧小说,皆未免失于一偏之见。本报则但求佳构,不分新旧。"主要作者有李涵秋、贡少芹、俞牖云、赵苕狂、周瘦鹃等,载的名篇有李涵秋的长篇小说《怪家庭》、欧阳生的《欧阳生笔记》等。

17日,王钟麒《劫花泪史》载《民吁日报》,至20日,载完。

本月

八宝王郎《迷龙阵》由改良小说社出版。

11月

8日,包天笑"短篇实事"《飞行界之拿破仑》载《时报》第2版,至14日,6次,载完。王钟麒《藤花血传奇》载《民吁日报》,至19日,1出,未完。

12日,包天笑"时评"《老羞成怒宪政编查馆》《无股东资格之中国人》载《时报》第5、6版,至30日,共10则。

13日,包天笑《秋星阁笔记之三:一缕麻》、滑稽奇谈《鸭之飞行机》、各国时闻《氢气球探险记》、"名著杂译"《写真贴》载《小说时报》第2期。杨紫麟、包天笑合译,英国哈葛德著《大侠锦帔客传》2卷载《小说时报》第2期,至1910年1月11日第3期,26章,载完。许指严《龟生珠》载《十日小说》第6期。南社在苏州成立。

引:胡怀琛《南社的始末》(《越风》1935年2月2日第1期)节录:

一、缘起……

二、南社的发起及其集会。南社系成立于清宣统元年十月初一(公历一九〇九年十一月十三日),发起人为陈去病、高旭、柳弃疾等三人。……南社第一次集会的地点,是在苏州虎丘张东阳祠,时间是宣统元年冬季,我是在宣统三年夏季才加入的,第一次集会的情形,我当然不知道,后来从柳先生处得知第一次集会到会的人计有下面几位:社友:陈去病,字巢南,江苏吴江人,已故;柳亚子,以字行,江苏吴江人;朱锡梁,字梁任,江苏吴县人,已故;庞树柏,字檗子,江苏常熟人,已故;陈陶遗,以字行,江苏金山人;朱少屏,以字行,江苏上海人;俞锷,字剑华,江苏太仓人;冯平,字心侠,江苏宝山人;林懿均,字立山,江苏丹阳人;沈砺,字道非,浙江嘉善人;诸宗元,字贞壮,浙江山阴人,已故;胡颖之,字栗长,浙江山阴人;黄质,字宾虹,安徽歙县人;蔡守,字哲夫,广东顺德人;林之夏,字秋叶,福建闽侯人;景耀月,字秋陆,陕西芮县人;共十七人。来宾:张宋甄、张季龙,江苏阳湖人。

自第一次集会后,规定每年春秋两季,各集一次,地点临时酌定,为采集会便利起见,大概常在上海。在上海的地点,不是愚园,便是徐园。愚园今已废,遗址在静安寺路愚园路,徐园在康脑脱路,当时候是很清净的,现在已变成热闹区域了。

三、南社的职员。南社初起的组织,是公推编辑员三人,会计书记各一人,庶务三人,每岁一易,在集会时公举,连任者听,编辑三人,分为选文、选诗、选词三部,每人各管一部,第一次当选编辑员的是陈去病、高旭、庞树柏等三人;第二次当选的,为宁调元(字太一)、景耀月、王蕴章(字西神)等三人,但各人均忙于他务,一切都由柳亚子包办。从民国三年起,取消编辑员,改选主任一人,总揽社务,由柳亚子连任至民国六年八月后为止。最后的主任是姚光(字石子,松江金山人),支持残局也有六年之久。

四、南社的出版物。南社的出版物,用南社名义出版的始终只有《南社》一种,就是前而所说由编辑员编的社友之稿。自清宣统元年起,至民国十二年止,先后共出二十二集。每集分文、诗、词三类,规定文诗各四十页,词二十页,共一百页。但事实上,前数期,页数不足一百页,最后数期,又超过一百页,第二十三集,甚至分上下两册。第一集印数不多,我始终没有见过,我所见到的从第二集起,但因迁徙及屡次战争关系,系现在家里一本也没有了。

此外,胡朴安重选的《南社丛选》,他是用私人名义选辑,用私人名义印行的。内容是从南社第三集起,至第二十一集止(第二十二集未及录入),选出一部分比较简单、易读,他选辑的标准,是以人为重,大约每人的作品,只要《南社》中是收入的,他至少要选一二篇(他自己的一篇也不选)。此书有汪精卫、傅钝安、柳亚子诸人序,及其本人自序,说明选此书的命意,并连带说到关于南社的话。今以长文,不及备录,又有《南社小说集》一种,是用南社的名义编辑,而由文明书局出版的(出版在民国四五年间),至如社友个人的出版物,则多不胜计。

五、南社社友数目及其籍贯。南社社友在辛亥光复以前,还不十分多,在我加入时,怕还不满一百人。在辛亥以后,继续加入的很多,总数我不能知道得的确,大约总在一千以上。在辛亥以前加入的社友,宗旨比较的纯粹一些;在辛亥以后加入的,就很复杂了。到了民国八年八月后,就因内部的纠纷,而有趋于无形停顿之势。以后曾举行集会两次,发刊社集两期,至十二年十二月以后,始完全停止进行。但南社在社会上的地位,却已成为历史的了。

社友的籍贯,以江苏浙江两省为多。次则广东湖南福建四川安徽江西,再次则山西陕西山东湖北广西云南贵州河北河南甘肃辽宁各省,均有人加入,这是大概的情形,详细的社友地理分配表,我无法可以做。

民国元年,南京临时政府中要人,有许多位是南社社友。民国初年,上海及江浙内地国民党各报馆的记者,大多数是南社社友,今中央政府中要人,也有好多位是南社社友。而已经殉难及病故的社友,约数已在十分之一以上了。

六、南社廿周纪念及临时雅集。南社自停止进行以后,直到民国十七年,由第一次集会到会人发起,举行二十周纪念,于该年十一月十二日集会于虎丘冷香阁,那天虽然天气不好,有些小雨,但是有京沪杭各地赴会的人依旧很多。大家冒雨登山,很是高兴。当时曾提议恢复社务,但因种种关系,没有实行。到民国二十三年,又由柳亚子等发起,于三月四日晚上,在上海北四川路新亚酒店临时雅集。那天到会的人更多。社员及非社员(临时参加的)共一百零九人。那天晚上,我虽也到会,但是因事早退。第二天在报上见到那天晚上的情形,非常热闹。柳亚子先生也很高兴,曾当筵朗诵诗词,可惜我早退,不能一同"尽欢而散"。后来又发起点将,推蔡子民先生为晁天王(蔡先生是来宾),柳亚子先生为宋公明,以外各人都一一分配,刚巧连晁天王共一百零九人,这张点将录的名单,曾载于该时上海各日报……

七、附记新南社。在民国十二年间,曾由柳亚子发起,纠合一部分社友和非社友,组织新南社。新南社成立于十二年十月十日。柳亚子当选社长,邵力子、陈望道、胡朴安当选编辑员,曾出版社刊一册,名为《新南社社刊》,主编人是邵力子。该刊所载宣言,则为叶楚伧的,年出了一期以后,编没有续出。而新南社以后也只集会过一次,就无形的停止进行了。

注:南社在苏州虎丘正式成立,以研究文学、提倡气节为宗旨,社员最多时发展至1000多人,其中不少是通俗文学作家(当时已是或后来是),如王均卿、王钝根、王西神、王无生、包天笑、叶楚伧、朱鸳雏、闻野鹤、郑逸梅、刘豁公、陆澹盦、张冥飞、刘铁冷、许指严、贡少芹、沈禹钟、陈蝶仙、范烟桥、范君博、戚饭牛、程善之、周瘦鹃、姚民哀、姚鹓雏、胡寄尘、徐天啸、徐枕亚、蒋超著、赵苕狂等。

27日,陆士谔《官场新笑柄》载《华商联合报》第19期,至第23、24期合刊,载完。

12月

2日,包天笑"时评"《寸铁》载于《时报》第5版,至26日,共17则。

27日,张丹斧《扬子江白话丛报中兴发刊词并序》《扬子江白话丛报中兴歌》(歌唱)、《无题》(诗歌)载《扬子江白话丛报》中兴第1期。

本年

年初,徐枕亚21岁,至无锡西仓镇鸿西小学任教。

注:此时,徐枕亚总共创作旧体诗词800余首。任教期间,借宿西仓书法名家蔡荫庭家,兼任其孙蔡如松的家庭教师。蔡如松寡母陈佩芬出身书香之家,有才情,枕亚同情其遭遇,二人暗生情愫,诗词互赠,书信往返,暗诉衷肠。但囿于封建礼教,二人不可能结合,陈佩芬将侄女蔡蕊珠许配给徐枕亚。这段情缘后来成为《玉梨魂》的本事。

一年后,徐蔡结婚。然徐母有精神病,待媳妇苛刻,婆媳矛盾迅速恶化。徐枕亚夹在其中,非常苦闷,写了30首《惆怅诗》,30首《沉珠玉碎词》和30首《荡魂词》。

秋,姚鹓雏考入京师大学堂,师从林纾学古文。才华横溢,尤精诗词,1910年,与同窗林庚白艺冠同侪,二人准备各以百首诗合刊《太学二子集》;1910年岁末,与梅兰芳在韩家潭相识。

引：1914年7月，鹓雏撰《梅兰芳之佚事》载《中华实业报》之"梅陆集"，今抄录其文前"小识"：

己酉岁，余橐笔入都，始识兰芳于友人筵次，赏其雅俊，遂相过从，文酒之宴，殆无虚夕，因得略审其身世，武汉起事，浩然言归，闻其殚心艺事，不复应征，会林一厂入都，贻书相告，怀人感旧，时为耿耿，因于笔端，刊第三党发生一则，将以树立期之，于冯贾外，别树一帜也。今秋南下，余牢落乡处，歌场舞袖，踪迹隔绝，亦不复以聆音识曲自许矣。小凤解人，先得我心，拔识隽才，良非督督，感其高致，为书兰芳佚事数则贻之，吾自用吾法，故不欲为小凤之附和，亦不能恤亚子之怒我也。秋十月念五日，鹓雏识。

周瘦鹃考入上海民立中学，阅读了大量的英文作品。

年底，涵秋由湖北返扬，依然就馆李石泉家。该年作诗59首。

注：李涵秋本年诗作：《二月二旬有九日偕日本冈幸七郎、中久喜信、周山由饮江、小剑南及宓海之、凤竹孙、萧端斋、寄傲生念陵诸君子宴于汉上之嘉宾楼即席叹二律》《即席又赋呈诸君子》《席中赠报界诸君子想有同感》《二月九日送镜安往通山归而感赋却寄镜安》《送镜安弟之通山》《谢方瘦坡惠茗》《北风》《七月二十八夕寓中演盂兰会》《谢卞孟韬赠书扇》《和包柚斧读余说部感赠诗》《春雨》《闰二月十五日清明》《感怀》《春夜忆陈砚农》《诗战歌兼调子公》《三月十日与杨吉逢、许季莼、彭任甫、于古宜聚饮》《张季高观察招视二江内浙旅鄂学堂》《为忏云女士画月季花》《为叶兰陔画菊》《为罗麟阁太守题莫愁画帧》《答包柚斧》《有怀韵梅赋此奉寄》《戏酬王珊候》《诗》《贵人行》《再答包柚斧》《病血》《吊祢正平墓答布衣剑凫》《驯鸡吟却赠剑凫镜华慈舫听猿诸君子》《祈雨》《杨吉逢观察惠蟹》《辞宦屏凤酒召》《秋日咏怀》《与镜安弟夜坐》《自嘲》《家远》《鸟啼曲》《读辋川集》《答客》《灯下著广陵潮说部有作》《雨中出城东门得十四韵》《晚登黄鹤楼》《松》《闲遣》《偕于醉六至约园访彭任甫不遇临流惆怅看菊而归》《冬日戏题》《陶步兵断指歌》《秋晚野步》《辩琴女士日本结婚礼成诗以贺之兼示韵梅》《韵梅赠吾诗，谓吾近作多牢骚语赏其慧黠以二截酬之》《汉阳》《大风伤覆舟者》《酬金煦生太守》《贺柚斧纳妾芙蓉》《从柚斧室中觌庄绂裹女士画帧爱不释手赋此却寄》《冬月十四日夕张继(季)高观察招饮即席赋答并用元韵》《为萨寄农大令题泰巅访胜图》《题周云舫罗浮梦蝶仙馆诗草》《长至玉梅招饮九华楼即席赋赠并质筱痴》等59首。

何海鸣始识李涵秋，当时何海鸣弱冠，寄诗给涵秋，涵秋为易数字，刊之于《汉口公论报》。(何海鸣《李涵秋·涵秋荣哀录·哀辞》)"汉上消闲录"诗战爆发，涵秋"以撰著小说，用笔峭深，人咸侧目，偶尔作诗，得一字一句，人亦必指摘，而苛索，谓刘四善于骂人，余尝撰《论诗七古》一首，中有句云'门外野狐多凭陵'，刚灾枣梨，次日遂动诸诗家，以至手枪相恫吓"(李涵秋《芙蓉先生》)。

陆士谔《新孽海花》(又题《孽海花续编》)2册12回由上海改良小说社初版。

南浦蕙女士著《最近女界现形记》前5集于本年(宣统元年十一月)由上海

新新小说社发行;后6集于宣统二年(1910)六月刊印。海上漱石生侦探小说《一粒珠》(10章)由图书旬报出版;1926年5月由竞新书局再版,标为"武侠小说";1937年7月由上海文业书局出版,标为"侦探名著小说"。

吴趼人《新繁华梦》(5集40回)由上海汇通信记书局刊行。

蔡东藩,参加优贡考试,名列前茅,1910年,参加优贡朝考,列为一等,分发福建任候补知县,因痛恨官场恶习,仕途不顺,于辛亥年夏天称病,回到上海;受好友邵伯裳之托,著作《中等新论说文范》,于第二年一月由会文堂书局出版。

张恨水进入南昌大同小学读书,插班三年级。

郑逸梅考入苏州长元和公立第四高等小学堂读书,学习优异,常获书券奖励,购诗文笔记及《小说月报》。

1910年(宣统二年 庚戌)

1月

6日,包天笑"时评"《宪政债》载《时报》第5版。

10日,包天笑"时评"《今之督抚》载《时报》第5版。

11日,包天笑译《火车客》载《小说时报》第3期。

15日,蒋景缄《扬子江报更生诗以祝之》《军人魂》(续)载《扬子江白话丛报》中兴第2期。

2月

17日,化民"社会小说"《商场蠹》载《新闻报》,至11月13日,16回。

19日,包天笑"教育小说"《孤雏感遇记》载《教育杂志》第2年第1期,至1911年1月10日第12期,17章,载完;1913年3月,《孤雏感遇记》由商务印书馆初版;1915年5月12日,由商务印书馆再版。

22日,包天笑"时评"《杭州官场之滑稽谈》载《时报》第5版。

26日,程瞻庐"小说"《好身手》载《时报》第9版。

28日,包天笑"时评"《疑问》载《时报》第5版。

3月

10日,包天笑"时评"《新苏抚禁烟禁赌》载《时报》第5版。

14日,包天笑"时评"《敬告苏城救火会》载《时报》第5版。

25日,吴趼人《我佛山人札记小说》56则载《舆论时事报》,至6月20日;1922年由上海扫叶山房出版。

4月

1日,包天笑"时评"《风马牛》载《时报》第5版。

8日,包天笑"时评"《淘汰旧员》载《时报》第5版。

9日,王钟麒《哲教篇》载《广益丛报》第228号,署"天僇生"。

10日,包天笑译"侦探小说"《一粒砂》,陈景韩译、法国嚣俄著《聋裁判》,陈景韩译、奇霍夫著《六号室》载《小说时报》第4期。南社在杭州西湖唐庄第二次雅集,包天笑为庶务之一,王钟麒为编辑员之一。

11日,包天笑"小说"《空谷兰》载《时报》第2版,至1911年1月17日,共234次,载完。

5月

8日,陈景韩《学怕》载《华商联合会报》第6期,至第8期,载完。

18日,九华山人《扬州梦》载《南洋商报》第7期,至第13期,7回,未完。

22日,包天笑《妆服志》载《时报》第5版。

23日,包天笑"时评"《今之议员》载《时报》第5版。

26日,包天笑"时评"《钤制报馆与流氓》载《时报》第5版。

本月

《民声丛报》(半月刊)由陈其美创办于上海,旨在发扬国魂,内容涉及论说、时评、文苑、小说等。

6月

6日,包天笑"时评"《敬告新苏抚》载于《时报》第5版。

7日,陈景韩译《兄弟》,包天笑译《俄国之宝库》载《小说时报》第5期;陈景韩译、法国柴尔时原著《祖国》载《小说时报》第5期,至第6期,载完。

8日,包天笑"时评"《劝业会之小喧哗》载《时报》第5版。

9日,包天笑《妆服志》载《时报》第5版。

10日,包天笑"时评"《敬告新苏抚》载《时报》第5版。

22日,包天笑"时评"《妆服志》载《时报》第5版。吴趼人《情变》载《舆论时事报》,至9月,因作者病逝而辍,未完。时事报馆出版合订本。

25日,王钟麒《恨海鹃声谱》载《天铎报》第4版,至8月31日,15章,未完。

本月

陆士谔《新中国》(《立宪四十年后之中国》)(12回)由改良小说社再版。

7月

3日,包天笑"时评"《彗星笑谈》载《时报》第5版。

8日,包天笑"时评"《调验烟将军》载《时报》第5版。

10日,包天笑"时评"《跪香》载《时报》第5版。

22日,吴趼人《还我魂灵记》载《汉口中西报》第2张。

本月

王钟声、陆镜若、徐半梅等创办文艺新剧场,演出话剧《爱国血》《徐锡麟》《猛回头》《爱海波》等。

张恨水考入南昌甲种农业学校,在校期间,曾读《小说月报》刊载的林译小说,读《儒林外史》《桃花扇》《燕子笺》《牡丹亭》《长生殿》《燕山外史》《唐人说荟》等。

8月

5日,包天笑《新造人术》载《小说时报》第6期;恽铁樵译《黑衣娘》载《小说时报》第6期,至11月2日第7期,16章,载完。包天笑"时评"《请看今日江苏全省之彩票店》载《时报》第5版。

11日,包天笑"时评"《纠众调笑》载《时报》第5版。

13日,蒋景缄"家庭小说"《芦花棒喝记》载《舆论时事报》,至11月19日载完。

24日,包天笑"时评"《巡警保护马桶之笑谈》《缢死者之绳》载《时报》第6版。

25日,包天笑《上海竹枝词之一》载《时报》第9版。

26日,包天笑"时评"《上海竹枝词之二》载《时报》第5版。

29日,《小说月报》在上海创刊。

注:《小说月报》,由上海商务印书馆主办,月刊,前后延续22年,出版259期,附增刊1期,号外3册。1921年改革,茅盾任编辑,成为文学研究会的代会刊。此前10余年,由王蕴章、恽铁樵先后任编辑。本年8月至1911年12月,王蕴章担任首位编辑,至民元,因赴南京任民国临时政府职务,辞去编辑职务。1912年,由张元济提议,恽铁樵出任《小说月报》第二任编辑,至1917年离任,前后6年。1918年1月,王蕴章回任《小说月报》编辑,至1920年12月。此为《小说月报》前期。1921年,茅盾接任《小说月报》编辑,遂推行全面改革,将《小

说月报》改为新文学刊物。创刊号载有林纾、陈家麟合译长篇小说《双雄较剑录》8回;王蕴章"短篇小说"《钻石案》《碧玉环》;笔记《百文敏公佚事》《湛若水钤印堂序》《金瓶梅》《查小山》《某守备》《巧对》《九数最奇》;译丛有《英美报纸之发达》《英皇爱德华之遗闻片片》《谐史二则》《谐谈二则》;此外还有"文苑""新智识""改良新剧"等。

31日,包天笑"时评"《上海竹枝词之三》载《时报》第5版。

本月

何诹编译《碎琴楼》由上海环球书局印行,大明书局总发行。

9月

2日,包天笑"时评"《上海竹枝词之四》载于《时报》第5版。

10月

2日,王钟麒署"无生"发表国风《哀三省难民》于《广益丛报》第246期。

11日,《民立报》创办于上海,王钟麒是主干之一。

21日,吴趼人喘病发作,卒于沪寓,年45岁。

26日,包天笑"时评"《出卖孝廉方正》《广西与江苏》载于《时报》第5版。

本月

吴趼人《最近社会龌龊史》由广智书局出版。

陈景韩《侠客谈》由秋星社发行、时中书局印刷。

11月

1日,包天笑"时评"《罪过》载《时报》第5版,至27日,共7篇。黄世仲《十日建国志》载《南越报》,至10月29日。

2日,包天笑《秋星阁笔记:画符娘》载《小说时报》第7期;包天笑译、法国迦尔威尼著《秘密党魁》载《小说时报》第7期,至6月21日第9期,3卷载完。

4日,选"新译小说"《阿里巴巴遇盗记》载《新闻报》第2版,至12月10日,32次,载完。

26日,王蕴章《明珠宝剑》载《小说月报》第1年第4期。

本月

谢慧禅编辑的《上海白话报》在上海创刊。

12月

11日,化民"社会小说"《家庭痛》载《新闻报》第22版,至1911年8月14

日,12章,载完。

17日,王钟麒填写入社书,加入南社,介绍人为朱少屏、柳亚子。(《南社史长编》第176页)

26日,许指严《堕溷花》载《小说月报》第1年第5期。

本年

夏,王钟麒发表诗《赠友人》、文《报马君武书》于《南社》第2集。

年底,王钟麒词《蝶恋花》《凤凰台上忆吹箫》《贺新凉》《摸鱼儿·题自撰血泪痕传奇》《前调·为人题团扇》《如梦令》诗《梦游仙曲》《游仙消寒词》《赠美权四律》,文《明季烈士传叙》《明孺人诔》《秋瑾女史哀词》载《南社》第3集。

李涵秋应两淮高等小学之聘,为国文历史地理教员。继续写作《过渡镜》连载于《公论新报》。《姊妹花骨》载汉口《楚报》,《双鹃血》载汉口《鄂报》,《孽海鸳鸯》载《公论新报》。

梁启超《新中国未来记》由上海教育书店出版。

八宝土郎(土滽卿)《女界烂污史》(又题《东厕牡丹》)(2册14回)由自强轩刊行。

陆士谔著《新上海》(6编60回10册)由上海改良小说社刊,本年再版1—10编;1911年1月3版,收入说部丛书。

包天笑《碧海情波记》于本年(宣统二年九月)由秋星社初版。

1911年(宣统三年 辛亥)

1月

3日,詹大悲接办《大江白话报》,改名《大江报》。

注:《大江报》由詹大悲、何海鸣等编辑,以"增进人群道德,提倡社会真理,灌输国民常识"为宗旨,倡导排满革命,有鲜明的进步性,历时7个月停刊。

4日,包天笑"时评"《朱毛和同之纪念物·岂与哙伍哉》载《时报》第5版,至22日,共10则。

20日,恽铁樵翻译、美国却而司佳维著《波痕荑因》载《小说时报》第8期,至12期载完。陈景韩译《决斗》(署名"冷")载《小说时报》第8期,至11期,续完。

25日,许指严"小说"《三家村》载《小说月报》第1年第6期。

本月

吴趼人《二十年目睹之怪现状》(95—108回)、《趼廛笔记》由广智书局出版。

陆士谔《六路财神》(12回)由改良小说社出版,《新孽海花》由改良小说社再版。

2月

2日,包天笑"时评"《宣统三年关于各省之宪政》《辛亥年之新事物》载《时报》第9、10版,至16日,共7则。

8日,包天笑"长篇教育小说"《埋石弃石记》载《教育杂志》第3年第1期,至1912年3月10日第12期载完,共8次;本年12月,《埋石弃石记》由上海商务印书馆初版。

23日,许指严《香囊记》,徐卓呆《卖药童》载《小说月报》第2年第1期。

28日,《时报》副刊《滑稽时报》发刊,含滑稽谈、小说、漫画等栏目。

3月

25日,怅庵"醒世小说"《毒龙外史》,长佛"社会小说"《一日三迁》,抱真"哀情小说"《佛无灵》载《小说月报》第2年第2期。

4月

18日,影《未亡人语》,微《无线电语》,陈景韩译、法国嚣俄著《卖解女儿》载《小说时报》第9期。

5月

23日,许指严"侠情小说"《采苹别传》载《小说月报》第2年第4期。
本月
任天知率领进化团在安徽芜湖首演新剧《恨海》。
云间天赘生《商界现形记》由商业会社出版社出版。

6月

11日,《妇女时报》创刊于上海,有正书局出版,妇女时报社编辑发行,至1917年4月,出刊21期后停刊。卓呆、天笑"家庭小说"《虚荣》载第1期,至第6期,载完。天笑《包仲宣哀辞》,周瘦鹃"短篇小说"《落花怨》载第1期。
注:《妇女时报》,月刊,后出版常延期,由狄平子主办,包天笑、陈景韩轮流编辑。以提倡女子学问,增加女界知识,推动女学发展为宗旨。刊物栏目有论说、传记、游记、知识、诗词、小说等。作者有包天笑、周瘦鹃、汤剑我等。被誉为近代第一份女性商办综合刊物。

14日,黄世仲《五日风声》在《南越报》开始连载。
19日,包天笑"时评"《反老为童之新名词》载《时报》第6版,至28日,共4则。
21日,许指严《巫风记》载《小说月报》第2年第5期,至第7期,载完。
26日,王钟麒发表《悯秋篇》《自祝文》于《南社》第4集。
本月
天虚我生《浪子回头》(2册2卷10回)由改良小说社刊。
陆士谔《女界风流史》由大声小说社出版。

7月

2日,包天笑"时评"《试看上官之对于红知县》载《时报》第6版。

10日,刘韵琴《祭同学何君干卿文》载宁波《朔望报》第1期。

16日,包天笑"时评"《端午桥之魔》载《时报》第6版。

20日,许指严"社会小说"《醒游地狱记》载《小说月报》第2年第6期,至第10期,共12回,载完。包天笑时评《敬告"牺牲"之演剧家》载《时报》第13版。

30日,徐卓呆、包天笑《小学教师之妻》载《小说时报》第11期。陈景韩译、大仲马著《赛雪儿》载《小说时报》第11期,至第12期,载完。包天笑"时评"《时事杂缀》载《时报》第6版。

本月

苏曼殊再赴日本,拜访飞阁寺僧飞锡。

8月

1日,包天笑"时评"《敬告民政部》载《时报》第6版,至30日,共22则。

15日,徐卓呆组织的社会教育团开幕第一日,演出正剧《镜中影》。黄世仲《吴三桂演义》由香港循环日报馆出版。

19日,王蕴章《碧血花》,泣红(周瘦鹃)译、英国爱德门著《孤星怨》,许指严《绿窗残泪》,徐卓呆《葫芦旅行记》载《小说月报》临时增刊本。

24日,程瞻庐"长篇小说"《抱蛇记》载《吴声》第1卷第2期,至9月22日第3期,载2回,2次。

注:《吴声》7月26日创刊于苏州,由吴声社创办。刊物栏目有论说、短篇小说、长篇小说、文艺、人籁、笔记、改良新剧、笑言、杂俎、余录等,作者主要为吴声社成员,如程瞻庐、病蝉、病骥、青聿、梅梦等。目前可见者仅2、3期。

《申报·自由谈》第1期出刊,王钝根被聘为首任编辑。

注:土钝根载1913年《自由杂志》第1期的《自由杂志·序一》中阐明《自由谈》的宗旨:"自由谈者,救世文字,而非游戏文字也。虽或游戏其文字,而救世其精神也。"济航在1917年10月6日《申报·自由谈》中发表《游戏文章论》,进一步阐释此时《自由谈》"游戏文字"与"救世"的关系:"自来滑稽讽世之文,其感人深于正论。正论一而已,滑稽之文,固多端也。盖其吐词也,隽而谐;其寓意也,隐而讽,能以谕言中人之弊,妙语解人之颐,使世人皆闻而戒之。主文谲谏,往往托之事物而发挥之,虽有忠言谠论载于报章,而作者以为遇事直陈不若冷嘲热讽、嬉笑怒骂之文有效也。故民风吏孜日益切,而流行者日益广。官吏咨其笑骂,讽刺寓乎箴规,则世之所谓俳谈者乃所以警世也。文士读而善之,欲假文字之力挽颓靡之世局,上之则暗刺夫朝廷,下之则使社会以为鉴。虽有酷吏力无所施,言者既属无罪,禁之势有

不能,则其心自潜移默化。故其大则救国,次足移风,而使奸人得借以为资而耻,至悟其罪过,痛改以成良善之民而后已。"

30日,顽石公《男女现世宝》载《新闻报》第2版,后改至副刊登载,至1912年3月6日,20回,载完。

9月

2日,包天笑译《动物之同盟罢工》载《小说时报》第12期,5回,未完。贡少芹译小说《井底骷髅》载《广益丛报》第273号,至11月30日第281号,载完。

4日,陈景韩、包天笑"时评"《新政回头记》载《时报》第3版,至12日,共10次。

6日,包天笑"时评"《米与生命》载《时报》第6版,至24日,共7则。

10日,钝根《自由谈》载《申报·自由谈》。

引:钝根《自由谈》:

却说立宪国舆论省新闻县有一个大演说家,他学着西洋的法子,署起名来,先名后姓,所以人都称他自由谈先生,他是老生常谈的后嗣。十年前,老生常谈害了痰火,病死了。他便脱了家庭专制的羁束,整顿精神,要做一个新国民,特命儿子海外奇谈出洋游学。他自己本来能言善辩,出口多滑稽谈,时常合着几个知己朋友,在家里尊闻阁榴花轩内,抵掌而谈国事,真有高谈四座惊的气概。他又到处演说,立谈之顷,奇变百出,有时慷慨悲歌,有时缠绵悱恻,有时忽发奇想,使人破涕为笑,却从不肯咬文嚼字,瞎费心思,只一味的心直口快,没有一些期期艾艾的怯招儿。这么样几年一来,他的雄谈伟论,只管进步了。他的夫人妙谈,是女子大学的总教。他的女公子美谈,就是牛皮大王的福晋,他虽有这门高亲,却不喜趋附权贵。他的族长清谈,现任国务大臣,性耽逸乐,一天到晚,只管挥麈击壶的混闹,自由谈先生骂他是误国奸贼,不通问候。先生有侄子叫狂谈,贫窭像乞丐一般,先生却很契重他,常教他来家,扪虱而谈,言多微中。先生的族分很繁,再有情谈趣谈笑谈怪谈,都是他的弟兄辈,虽然也狠健谈,他却嫌他们一知半解,太多无稽之谈,有时和他们随便谈谈,不过付之一笑而已。他的从弟剧谈,是一个戏迷,镇日价喊唱,却还入调,狠有三分谈派,先生喜他借此讽世,冷嘲热骂,狠可消除胸中块垒,便劝他开了一座簇崭全新特别维新环球第一新新新舞台,又替他翻出新旧笑史丑史诨史,编成新戏,惩劝世人,补他演说的不及,这也算是谈氏族中新人物。还有一个老谈,是先生的远族兄,学问经济,都不得,只是郁郁不得志,现当民立报主笔,时常做些小说游戏文章消遣,先生常勉励他道,大丈夫应该出死力替国家诛奸戮佞,革故鼎新,专靠纸上空谈是没有用的,老谈也狠以为然。

17日,南社第五次雅集,地点在上海愚园,修改条例,王蕴章与宋教仁、景耀月被选为编辑员。

22日,周瘦鹃译、英国约翰麦特菲著《豪侈之我妻》,周瘦鹃《爱国花》载《妇女时报》第3期。

29日,"记事小说"《苏州吴县凤池庵冤案始末记》载《新闻报·杂俎》,至10月25日,14则。

10月

1日,包天笑"时评"《恭送江南机器炮》载《时报》第6版,至31日,共24则。

3日,九月九日重阳,同南社成立。

注:郑逸梅《辛亥之同南社》:"同南社之结合,其时在辛亥之际,烟桥等辍学归来,家居多暇,约知己八九人,觞咏于袁氏之复斋,命名曰同南社。盖复斋在吴江同里镇之南。而烟桥为同里人,故有是称也。社集年刊一册,分文录诗录词录……及民国十年,刊布社集几十册,社友已达三百有余。"(郑逸梅《淞云闲话》,上海日新出版社,1947年6月)

6日,张毅汉、包天笑合译《血印枪声记》载《小说时报》第14期,至第15期载完。陈景韩译、俄国蒲轩根著《神枪手》载《小说时报》第14期。

10日,李涵秋《过渡镜》在《公论新报》辍载。

16日,许指严《榜人女》载《小说月报》第2年第8期。

本月

柳亚子偕朱少屏、胡寄尘创办《警报》,鼓吹革命战绩,倡导民气。

为纪念南京光复,任天知进化团在上海张园演出《黄金赤血》《新加官》等戏剧。

11月

1日,包天笑"时评"《吾国民当有比较力》载《时报》第6版。

2日,包天笑"时评"《最后之胜利》《革命军武勇谈(一)》载《时报》第6版。

3日,包天笑"时评"《革命军武勇谈(二)》《资政院议员之无耻》载《时报》第6版。

4日,包天笑"时评"《平和改革之无望》《革命军武勇谈(三)》载《时报》第6版。

5日,包天笑"时评"《可喜之消息》载《时报》第6版。周瘦鹃译、美国诺顿著《将奈何》,周瘦鹃译、美国仇丽痕托麦司夫人著《飞行日记》载《妇女时报》第4期。

12日,黄小配《新汉建国记》载《新汉报》。

15日,泣红(周瘦鹃)译、法兰西情剧《爱之花》载《小说月报》第2年第9期,至第12期。许指严《棋缘小记》载《小说月报》第2年第9期。

20日,《国粹学报》停刊。共出82期。

本月

陆士谔《官场怪现状》由大声小说社、鸿文书局出版。

12月

10日,《新闻报》之《丛录》创刊,收录谐文韵语,至1912年4月1日改为《趣谈录》。

15日,许指严《掠卖惨史一》载《小说月报》第2年第10期。

本月

上海谋得利戏园上映《武汉战争》新闻片,此为中国电影新闻纪录片之始。

本年

秋,辛亥革命,因学校停课,姚鹓雏辍学南归,与沈虹瑛结婚。

鹓雏为病雀画题词:"六幅湘裙溅麝尘,秋来风物易伤神。大观园畔还回首,未必终为槛外人。"载《民国日报·星期画报》第2号。此为鹓雏较早发表在刊物上的文字。

逢一、朱鸳雏《加雷城之学校新教育法》载《松江教育杂志》第八期。

蒋景缄译著《盗窟花》《啼猩泪》连载《时事画报》。

辛亥扬州光复后,李石泉任民政长,李涵秋及镜安任秘书,旋辞去。

陆士谔《十尾龟》(40回)由新新小说社刊行。

陈景韩、包天笑译著《冷笑丛谈》由群学社出版。

周瘦鹃译《空针》出版。

范烟桥入吴长元公立中学读书,与顾颉刚、叶圣陶、吴湖帆、江红蕉、郑逸梅等同学。

徐卓呆创办社会教育团。

还珠楼主9岁,作《"一"字论》五千言,被誉为神童。

1912年（壬子）

1月

4日，包天笑"时评"《伍廷芳帽不宜为礼冠》载《时报》第6版，至31日，共21则。章太炎在上海创办《大共和日报》。

13日，包天笑译《结核菌物语》载《小说时报》第14期，至第16期，载完。周瘦鹃译、英国达维逊著《鸳鸯血》载《小说时报》第14期。许指严"社会小说"《掠卖惨史二》载《小说月报》第2年第11期。徐卓呆长篇"言情小说"《死后》载《小说月报》第2年第11期，至第12期。

26日，王钝根《风流老公使》载《申报·自由谈》。

28日，王钟麒署"天僇"发表"论说"《敬告诸友邦》于《广益丛报》第287号。

本月

陆士谔《血泪黄花》(《鄂州血》)(12回)由新小说林社出版。

2月

1日，包天笑"时评"《敬告陆军部》载《时报》第6版，至29日，共17则。

12日，恽铁樵短篇"社会小说"《欧蓼乳瓶》，甘作霖译《福尔摩斯侦探案》载《小说月报》第2年第12期。

13日，王钝根《富翁过年》载《申报·自由谈》。

18日，《群报》创刊，为共和促进会——共和党的言论机关。报馆设在武昌县华林工业传习所内。贡少芹任副刊主编。

28日，李定夷《薄幸郎》载《申报·自由谈》。

29日，李定夷《金陵游记》(光复以前之著作)载《申报·自由谈》，至3月3日，载完。

3月

1日,包天笑"时评"《借债之声》载《时报》第6版,至31日,共29则。

10日,《强国公报》在汉口创刊。贡少芹、胡瞿园为编辑。贡少芹《刀下余生记》《热血花传奇》《鹃啼血》在此登载。

11日,健客《孤旅记》载《新闻报》第10版,至20日,10次,载完。

13日,铁樵(恽树珏)短篇"社会小说"《新论字》,铁樵短篇"纪事小说"《赣榆奇案》(情侠原稿),不才(许指严)长篇"社会小说"《屠沽记上》载《小说月报》第3年第1期;指严长篇"言情小说"《劫花惨史》《小说月报》第3年第1期,至9月第6期,共6次,载完。徐啸天意译"哀情小说"长篇新剧《莺儿》开始在《小说月报》第3年第1期连载,至8月第5期,共5次。

4月

1日,《太平洋报》创刊。由同盟会员陈陶遗推荐,姚鹓雏入《太平洋报》任编辑,与叶楚伧、柳亚子、李叔同、胡朴安交。包天笑"时评"《老百姓》载《时报》第6版,至30日,共29则。《新闻报》副刊《趣谈录》创刊。

12日,铁樵短篇"记事小说"《孽海暗潮》载《小说月报》第3年第2期。

15日,《震旦民报》在汉口歆生路兴业里13号创刊。

18日,倜生《文明结婚》载《新闻报·趣谈录》;"爱情小说"《白鸽缘》载《新闻报·趣谈录》,至6月22日,7章,未完。

22日,王钝根《文明结婚》载《申报·自由谈》。

23日,王钝根《瞌睡》载《申报·自由谈》。

25日,包天笑"时评"《湖山生色》载《时报》第6版。

29日,王钝根《影戏园》载《申报·自由谈》。

5月

1日,包天笑"时评"《大马路所见》载《时报》第6版,至31日,共30则。徐枕亚"记事小说"《三云碑》开始载《民权画报》,至18日,16次,载完;复于1914年7月15日载《民权素》第2集。

3日,方《新水浒传》载《新闻报·趣谈录》,至8月18日,9回,52次;9月2日,改名《新五才子》续载《新闻报》,至1914年8月9日,32回,382次。

9日,姚鹓雏加入南社,编号为268,以诗词冠压群伦,有"南社巨子"之称。

11日,铁樵短篇"言情小说"《文字姻缘》,卓呆短篇"科学小说"《秘密室》载

《小说月报》第 3 年第 3 期。

12 日,苏曼殊"文言小说"《断鸿零雁记》在胡寄尘编的《太平洋报》文艺栏连载,原已在南洋泗水《汉文新报》登载开头一部分,至 8 月 7 日,载完;1919 年由上海广益书局始全文刊印;1924 年由商务印书馆刊英译本,梁仕乾译。

19 日,李定夷《鹃娘血》载《民权报·民权画报》,至 5 月 29 日,载完。王钝根《摹西》载《申报·自由谈》。

6 月

1 日,王钟麒《蝶恋花》《满江红·藤花血传奇题词》载《南社丛刻》第 5 集。包天笑《灵蛇发》载《时报》第 11 版,至 9 月 17 日,共 105 次,载完。包天笑"时评"《敬告许鼎霖》载《时报》第 6 版,至 30 日,共 25 则。

6 日,李定夷《賈玉怨》载《民权报》第 2 版,至 1913 年 4 月 12 日,28 回,载完;1914 年 7 月由国华书局初版,8 月再版。

11 日,王钝根《米袋老鼠》载《申报·自由谈》。

12 日,王钝根《开会记》载《申报·自由谈》。

19 日,王钝根《钟馗》载《申报·自由谈》,至 6 月 24 日,载完。

21 日,包天笑《秋星阁纪事诗》载《时报》第 10 版,至 6 月 23 日,3 次。

27 日,楼"滑稽小说"《覆辙鉴》载《新闻报·趣谈录》,至 11 月 8 日,16 回,65 次。

本月

在徐天啸的推荐下,徐枕亚、吴双热出任《民权报》编辑。徐枕亚负责地方新闻,吴双热负责编辑文艺副刊。

7 月

1 日,姚鹓雏《鸳鸯谱传奇》载《太平洋报》,至 7 出,未完。包天笑"时评"《广东与福建》载《时报》第 6 版,至 31 日,共 24 则。

5 日,《时报》附送《时报画报》第 1 号,分文不取。

10 日,周瘦鹃译、英国柯南·达利著《军人之恋》,周瘦鹃译、英国哈斯汀著《无名之女侠》载《妇女时报》第 7 期。包天笑译、法国爱克脱·麦罗著《苦儿流浪记》载《教育杂志》第 4 卷第 4 期,至第 6 卷第 12 期,共 24 次,载完。

16 日,周瘦鹃译、美国哈格利夫著《万里飞鸿记》载《民权画报》,至 27 日,载完。

20日《中华民报》在上海创办,总编辑邓家彦,编辑中的南社成员有胡怀琛、胡朴安、刘民畏、汪洋、程善之、管义华等。

26日,周瘦鹃译、英国窦伦特著《八万九千镑》载《小说时报》第16期。

28日,吴双热《兰娘哀史》载《民权画报》,至9月7日,42次,载完。

29日,黄炳南《纳凉闲谈》载《申报·自由谈》。该文建议将《申报·自由谈》的游戏文章整合为"自由谈同盟会",即后来的"自由谈话会"。

注:青年黄炳南建议将"心直口快""千金一笑""纳凉闲谈""一知半解""冷嘲热讽"等带游戏文章式短评的作者整合起来,组织"自由谈同盟会"。后冰庵建议改为"自由谈话会"。自由谈话会,以"扶掖国家,诱导社会,廉顽惩儒,劝善惩恶"为宗旨。自由谈话会同人必须有"自由思想",具"自由性情",有"自由精神",常"阅我自由谈"(嘉定二我:《自由谈》,9月28日刊),保持一定的发稿量,相互保持联系,以便团结一致,形成一个文人议政的共同体。他们推举王钝根为主持。这个群体以"文字因缘"为情感纽带,以"自由谈话会"为政治和社会理想平台。"文字因缘"是诗词唱和,在现代媒体上组成了一种情感的想象共同体。"自由谈话会"则突破了此前的游戏文章式的文人趣味,在《临时约法》言论自由条款保障下担任起知识分子的使命。"自由谈话会"的栏目,打破游戏谐文一味"诙谐"局限,提出"可以庄,可以谐"的文风,在功能上,除了强调"可以讽"外,更强调"可以劝",做到"不以寒蝉贻讥,不以飞蝗畏祸,既可为时局之鉴,尤足重言论之权"(槁木子:《自由谈话会》,1913年4月9日刊)。即打破文体和趣味的限制,以言论自由为重,以劝导政府和引导社会风气为旨归。

本月

恽铁樵"言情小说"《泥忆云》、"时事小说"《血花一幕》,许指严"侠义小说"《饲猫叟》载《小说月报》第3年第4期。

8月

1日,包天笑"时评"《南京公债票之发息问题》载《时报》第6版,至31日,共30则。

2日,姚鹓雏"小说"《梧桐秋雨》(《鸿雪印》)载《太平洋报》,至10月18日,未完。

3日,徐枕亚《玉梨魂》载《民权报》,至1913年5月29日,28章。

8日,黎元洪下令查封《大江报》,经理何海鸣逃逸到上海。

10日,《时报》第3版载:"汉口《大江报》因鼓吹无政府主义被官吏封禁,主笔何海鸣已逃。"

13日,《时报》第3版载:"黎副总统见武汉报界苦求,将《大江报》启封,并取消缉杀何海鸣之令,及释放被逮捕之主笔三人,已允所请。(十二日戌刻汉口专电)"

19日,王钝根《介末叫巧》载《申报·自由谈》。

20日,王钝根《垃圾桥相会》载《申报·自由谈》。

22日,包天笑《苦儿流浪记》载《教育杂志》第4年第4期,至1914年12月15日第6年第12期,30章,载完。

本月

还珠楼主10岁,随塾师王二爷游峨眉、青城,在峨眉仙峰寺僧教导下学练气功、武术。

徐枕亚《惆怅诗(七律15首)》载《小说月报》第3年第5期,至9月第6期。

管达如《说小说》载《小说月报》第3年第5期,至第7—11期。

9月

1日,包天笑"时评"《不识窍》载《时报》第6版,至30日,共30则。

8日,悟痴原著,吴双热润辞《女儿红》载《民权画报》,至10月1日,15次,载完。

16日,王钝根《同命老鸟》载《申报·自由谈》。

18日,包天笑译《雏形伯爵》开始连载于《时报》第6版,至11月29日,共58次,载完。

22日,《独立周报》在上海创刊,王钟麒为发行人,章士钊编辑。

25日,徐卓呆、包天笑《侮辱》载《妇女时报》第8期。

26日,包天笑"时评"《陶骏保其瞑目乎》载《时报》第6版。

29日,王钝根《光复大纪念》载《申报·自由谈》。

本月

甦庵《女权泪》载《小说月报》第3年第6期。

史量才向席裕福收买《申报》馆,乃于10月20日接办,是年日销7000份,1917年日销2万份。

周瘦鹃毕业于民立中学,留校教预科一年级英文。

10月

1日,包天笑"时评"《说六国银行团》载《时报》第6版,至30日,共30则。"贡少芹、徐新哉、何何山、李涵秋、蒋景缄等发起组织的《花花报》是日创刊,专制花丛韵事,'以助阅者兴趣'。馆设汉口小董家巷《群报》分社内,日出一大

张,用五色纸印刷。"(《黑血金·金鼓——辛亥前后湖北报刊史事长编(1866—1911)》)

6日,王钝根《发财诀》载《申报·自由谈》。

12日,《新闻报》副刊《趣谈录》更名为《庄谐录》。

15日,瘦鹤酒丐《姊妹同郎》载《申报·自由谈》,至24日,载完。

18日,《太平洋报》停刊,姚鹓雏返乡赋闲。

20日,天虚我生《鸳鸯血》载《申报·自由谈》,至12月1日,载完。

22日,陆士谔《清孝庄后外传》载《神州日报》,至25日,载完。

23日,王钝根在《申报·自由谈》开辟《自由谈话会》栏目,至1914年10月29日,共400余篇。

27日,陆士谔《清史演义》载《神州日报》,至1913年4月18日,20回,初集完。南社在上海愚园杏花村举行第七次雅集,王蕴章与高燮、柳亚子被选为编辑员,胡怀琛为会计。

30日,吴双热《孽冤镜》载《民权报》,至1913年7月27日,载完。热庐《心直口快》载《申报·自由谈》,指责外蒙分裂势力,倡言民族团结:"我堂堂汉满蒙回藏,五族共和,何辉煌。蒙人独立,实在自戕。既自戕,安能强。君不见,朝鲜已沦没,又不见俄国如虎狼。遭虎狼,多哀伤,天欲无言泪浪浪。"

本月

恽铁樵译《出山泉水》载《小说月报》第3卷第7期;林纾笔述、陈家麟口译、英国测次·希洛著《残禅曳声录》载《小说月报》第3年第7期,至11期;高阳不才子《新旧英雄》载《小说月报》第3年第7期,至第9期,载完。

11月

1日,包天笑"时评"《孟亭不可了》《选举人数之糊涂账》载《时报》第3、6版,至20日,共31则。

20日,天虚我生《鸳鸯血》载《申报·自由谈》,至12月1日,载完。

23日,李涵秋"侦探小说"《魔爱》载《新闻报·庄谐录》,至1913年2月15日,18章,42次,载完。

30日,包天笑译"侦探小说"《短剑》载《时报》第10版,至12月22日,共19次,载完。包天笑"时评"《戏子之势焰》载《时报》第6版。

本月

恽铁樵"哀情小说"《七十五里》、"冒险小说"《动物院叟》载《小说月报》第3

卷第 8 期;仙源苍园编述长篇"社会小说"《戏迷梦》载《小说月报》第 3 年第 8 期,至第 3 年第 10 期,3 次。

12 月

1 日,法国庞拿姆著、周瘦鹃译《六年中之拿破仑》载《小说时报》第 17 期。包天笑"时评"《不平》载《时报》第 6 版,至 31 日,共 33 则。

3 日,恽铁樵"短篇小说"《村老妪》,恽铁樵译"短篇小说"《冰洋双鲤》,徐枕亚"补白"《红楼梦词题》载《小说月报》第 3 卷第 10 期。

5 日,严独鹤《戒严!戒严!!》载《申报·自由谈》。

17 日,马二先生"事实短篇"《红叶飘零记》载《时报·滑稽余谈》,至 30 日,6 次,未完。

20 日,王钟麒发表《说科布多》于《地学杂志》第 11、12 期(总 29、30 期),署名"无生"。

23 日,包天笑短篇"逸话"《电气死刑》载《时报》第 6 版,至 30 日,共 7 次,载完。

25 日,包天笑"时评"《感谢丁义华君》载《时报》第 6 版。铁樵译《空未能空》(本威克斐牧师传中 The Hermit 篇),铁樵著"哀情小说"《雁声》,许指严"哀情小说"《猪仔还国记》,周瘦鹃"历史小说"《磨坊主人》载《小说月报》第 3 年第 9 期。

本月

周瘦鹃观看务本女校演出,与周吟萍一见钟情。

本年

冬,王小逸发表处女作《痴情花》。

贡少芹发表"政治小说"《留守风流史》于《群报》,讽刺黄兴。《震旦民报》立刻反击,发表马野马著《床下英雄传》、蔡寄鸥《新空城计传奇》,讽刺黎元洪。

刘韵琴从马六甲回国。

李伯通任第二任江都县视学,任职六年。

涵秋仍服务于两淮高等小学;《雪莲日记》连载于汉口《大汉报》,《秋冰别传》连载于汉口《强国公报》。

郑逸梅考入江苏省立第二中学,即草桥中学,与江红蕉、范烟桥、庞京周、叶圣陶、王伯祥、顾颉刚、吴湖帆、江小鹣等同学,校长王鼎丞为其题写"纸帐铜瓶室"匾额。

吴双热《兰娘哀史》由上海民权出版部出版。

向恺然《拳术》载《长沙日报》。

1913年（癸丑）

1月

3日，包天笑"时评"《民国二年之希望一》载《时报》第6版，至31日，共29则。包天笑翻译"侦探小说"《指纹》载《时报》第10版，至23日，共15次，载完。王钝根《外国便桶》载《申报·自由谈》。李涵秋"哀情小说"《双鹃血》载《大共和日报·附张》，至9月30日，断断续续连载56次，未完。

4日，王钝根《火油箱》载《申报·自由谈》。

5日，王钝根《尉迟恭第二》载《申报·自由谈》。

6日，王钝根《鳏鱼梦》载《申报·自由谈》

12日，王钟麒（署名"无生"）《海天新语》载《独立周报》第15期，至第2年第1期。

13日，周瘦鹃《豪杰之少女》载《时报》第2版，至16日，载完。

17日，周瘦鹃译《不速客之拿破仑》载《时报》第2版，至22日。

20日，王钝根《逆旅女子》载《申报·自由谈》。

23日，徐卓呆译、西班牙配特洛著《存根簿》载《时报》第2版，至25日，载完。

24日，包天笑"小说"《大宝窟王》载《时报》第10版，至12月27日，共220次，载完。

30日，王钝根《救火新法》载《申报·自由谈》。

2月

1日，包天笑"时评"《或问》载《时报》第6版，本月共27则。

10日，天虚我生《忆奴小传》载《申报·自由谈》，至11日，载完。

11日，《新闻报》副刊《庄谐录》更名为《庄谐丛录》。

12日,漱馨女士笔述、天虚我生润文《娇樱记》载《申报·自由谈》,至28日,载完。

14日,徐卓呆、包天笑译,和兰(荷兰)琅白尔紫著《小共和国》载《时报》第10版,至3月15日,34次,载完。

15日,包天笑《儿童历》载《中华教育界》1月号,至12月15日12月号,12章,12次,载完。徐卓呆《微笑》,周瘦鹃译、美国亨利哈特著《大仲马之大著作》,三郎《明珠坠渊记》载《小说月报》第3年第11期。

27日,王钝根《窘新郎》载《申报·自由谈》。

28日,王钝根《土人》载《申报·自由谈》。

3月

1日,包天笑"时评"《奇哉,国民党宁支部》载《时报》第6版,至31日,共31则。

2日,眲"社会小说"《百魅灯》载《新闻报·庄谐丛录》,至5月10日,30次,载完。

6日,周瘦鹃译、英国立却特麦希著《常青树小屋中之一夜》载《时报》第2版,至16日,10次,载完。

10日,天虚我生《自由花弹词》载《申报·自由谈》,至5月26日,载完。

17日,周瘦鹃译、英国维廉勒荀氏著《死人之室》载《时报》第2版,至4月7日,22次,载完。

4月

1日,包天笑"时评"《宋案事告各政党》载《时报》第9版,至30日,共29则。

16日,周瘦鹃译《女侠茜格诺小传》载《时报》第2版,至26日,11次,载完。

25日,铁樵"短篇小说"《烹鹰》,鲁迅(周逴)短篇小说《怀旧》,铁樵译"短篇小说"《食魔小影》载《小说月报》第4卷第1期。林纾笔述、永福力树萱口译,英国希洛著"长篇小说"《罗刹雌风》载《小说月报》第4年第1期,至8月25日第8期,共5次。湖东一蟹编《小说丛考》载《小说月报》第4年第1—11期。东吴旧孙撰《欧美小说丛谈》载《小说月报》第4年第1期。

注:恽铁樵在《怀旧》后附志按语:"实处可致力,空处不能致力,然初步不误,灵机人所

固有,非难事也。曾见青年才解握管,便讲词章,卒致满纸饳饤,无有是处,亟宜以此等文字药之。焦木附志。"

鲁迅在1934年5月6日《致杨霁云》:"现在都说我的第一篇小说是《狂人日记》,其实我的最初排了活字的东西,是一篇文言的短篇小说,登在《小说林》(?)上。那时恐怕还在革命之前,题目和笔名,都忘了,内容是讲私塾里道德事情,后有恽铁樵的批语,还得了几本小说,算是奖品。"

除鲁迅外,恽铁樵还提携和奖掖过像叶圣陶、程瞻庐、张恨水、程小青、许廑父、周瘦鹃等后进。

27日,周瘦鹃译、法国毛柏霜氏著《铁窗双鸳记》载《时报》第2版,至5月5日,9次,载完。

5月

1日,包天笑"时评"《可怜程雪老》载于《时报》第9版,至31日,共31则。

3日,天虚我生(栩)《丽绡记》载《申报·自由谈》,至6月4日,载完。

4日,姚鹓雏《止观室诗话》载《大同》周报第1期,此后在《大同》上发表诗作《代赠》《赠可生》《楼外楼一首》《云倦曲》《寿可生》《渔父挽诗》《浣溪纱》等。

注:《大同》创刊于上海,由大同学社发行。作者有凤痴、鹓雏、蔡子民、亚子、升伯、二痴等。18日停刊,共出3期。

6日,徐卓呆《冷热》载《时报》第2版,至14日,载完。

15日,程善之《西伯利铁道纪略》载《中华教育界》第2卷第5号。

16日,徐卓呆《三林檎》载《时报》第2版,至24日,载完。

25日,呆(徐卓呆)、笑(包天笑)"短篇小说"《海滨消息》,铁樵译"短篇小说"《情魔小影》载《小说月报》第4年第2期。徐卓呆《醉人之友》载《时报》第2版,至28日,载完。

29日,徐卓呆《二木哥》载《时报》第2版,至6月16日,载完。

6月

1日,包天笑"短篇小说"《黑头相公》载《时报》第2版;包天笑"时评"《忠告国民党人》载《时报》第9版,至30日,共30则。

7日,天虚我生《玉田恨史》载《申报·自由谈》,至26日,载完;1915年7月由上海栩园编译社出版。

18日,李涵秋"哀情小说"《姊妹花骨》载《大共和日报·附张》,至7月18日,载30天次,未完。

23日,徐卓呆译、托尔斯泰原著《三问题》载《时报》第2版,至7月5日,载完。

27日,天虚我生《黄金祟》载《申报·自由谈》,至10月31日,100次,载完。

7月

1日,包天笑"时评"《减政主义》载《时报》第9版,至31日,共33则。程善之《徐柏林飞艇史》载《东方杂志》第10卷第1号。

6日,包天笑、徐卓呆译托尔斯泰"短篇小说"《鼓》载《时报》第9版,至12日,共6次,载完。

16日,徐卓呆译、托尔斯泰著《小儿与成人》载《时报》第2版。

18日,周瘦鹃译《最后二十四点钟中之林肯》载《时报》第2版,至22日,5次,载完。

20日,陈小蝶《秋风扇》载《申报·自由谈》,至22日,载完。

25日,焦木译"短篇小说"《温斯冬》载《小说月报》第4年第3期。瞻庐长篇"哀情小说"《可怜侬》载《小说月报》第4卷第3期,至8月25日第4期。

26日,包天笑《少妇》载《时报》第2版。

27日,天虚我生《怜香小劫》载《申报·自由谈》,至28日,载完。

30日,程瞻庐《独立》(仿《西厢记·酬简》)载《申报·自由谈》。

31日,周瘦鹃《死声》载《时报》第2版。

本月

程善之参加讨袁之役,为孙中山秘书。"二次革命"失败后归隐扬州,专心教育事业。

王钟麒《建昌夷考》载《地学杂志》第4年第7期(总第37号),署名"无生"。

8月

1日,包天笑"时评"《正告程都督》载《时报》第9版,至31日,共32则。

5日,周瘦鹃《可怜》载《时报》第2版,至6日,载完。

7日,吴双热《女儿红》载《民权报》第11版,至13日,载完。

11日,《时报》第3版载:"南京于九号宣告二次独立,何海鸣为讨袁军总司令以都督府为司令部。"同版载:"昨日之变,即为第八师师长陈之骥镇平,昨夜陈之部下围住都督府,逼何海鸣退出,连夜将叛党告示撕去,今晨由陈出示声明,已将宁乱镇平,各军仍拟效忠中央政府,今日城门已开,出入无阻。(九日南京专电)"同版又载:"何海鸣等二十余人均拿获,押入第八师司令部,独立旗帜全行消灭……乱党运至都督府之银元二十四箱约十二万元,已为第八师拿获……闻何海鸣韩恢已经枪毙。(十日申刻南京专电)"

按:何海鸣在南京大致情形,可据《时报》及其他报刊所载窥知:

14日,《时报》载:"何海鸣等均经由狱释出,部署一切,正午时,各军几全赞助之,下午四点,何与羽党正式占据都督府,复竖讨袁军旗号。"(十一日南京路透特别访函)

15日,《时报》载:"何海鸣已任临时总司令,出示宣布独立,并由举祁性初为临时都督之说。"

18日,《时报》载:"十四日晨,张徐两军来袭天保城,何海鸣遂派兵至尧化门助战,枪炮隆隆之声,直至午后七句钟始止,两军死伤颇巨……十四下午四时,官军由孝陵卫攻天保城,鏖战甚猛,五时,遥见天保城对山(俗呼老虎山)兵多如蚁,以远镜测之,确系官军登山俯击天保城。此时都督府卫队仓皇逃窜,自内桥大街出南门而去,传说何海鸣等杂匪散兵中。"(十七日申刻南京专电)

20日,《时报》载:"十六日下午二时,何海鸣逃走,冯国璋军已入城,地方安靖。……何海鸣前日在信成银行内将存款悉数提去,以助军饷。"(十九日申刻南京专电)

27日,《时报》载:"星期六夜,宁城炮火殊无势力……叛军仍固守各城门(二十六日镇江专电)……柏文蔚、何海鸣,均失所在。星期一日正午,北军曾分攻三门,夜间复开炮猛击,叛军仍固守宁城(二十五日镇江专电)……昨夜(二十五日)接到南京无线电报云,南军大队弃城而去……张勋今晨进城……南军于此数日抵御北军甚力……南军早存降顺之心,惟惧张军进城,肆行杀戮,则不如死守之为愈,且张勋及手下之军队,久为南京百姓疾恶,不然南京早已破城多日矣,预料何海鸣柏文蔚二人已从容逸去。"

9月6日,《时报》载:"何海鸣,柏文蔚,韩恢闻均逃逸,何韩于城陷之前一日,犹在都督府,至何时出城,无人能悉,真正之罪魁,今悉逍遥法外,而军官乃泄恨于无辜之良民,呜呼冤哉!"(三日南京访函)

9月22,《时报》载《何海鸣愤激之宣言》,痛骂诸伟人,分析金陵失守原因。

10月23,《时报》载:"何海鸣昨午抵门司后,即赴神户,以至东京。"(念二日,东京专电)

10月28日《时报》:"何海鸣已抵东京。"(念七日东京电)

12月1日,《生活日报》第十页载《侦缉何海鸣》:"何海鸣于本年夏季据占南京时,曾向宁商会各绅董借现银拾余万两。及张军入城,何则携带余款,偕同伪财政司长曾少川、伪参谋赵松权……等潜出南门避匿无踪,前经商会各董禀呈张少轩都督,请通饬拿追究。张都督核准,特派遣部下……严缉。"

14日,周瘦鹃《霜刃碧血记》载《时报》第2版,至1914年1月8日,144

次,载完;1914年10月由有正书局出版。

20日,王钟麒《奢摩忏悔词自序》载《国是》第2期。

25日,许指严短篇《南阳女侠》(清代史外录之一),刘半侬短篇《假发》载《小说月报》第4年第4期。许指严"清秘史外录系列"开始连载于《小说月报》第4卷第4期,间或连载于《礼拜六》《繁华杂志》《新闻报》《小说新报》,共21篇,含《征苗轶闻》《象齿焚身录》《香妃异闻》《董小宛别传》等。

29日,程瞻庐《悲声》载《时报》第15版。

本月

郑正秋创办新剧剧团"新民剧社"。

王钟麒《说青岛》载《地学杂志》第4年第8期(总第38号),署名"旡生"。

吴双热、徐枕亚编辑《锦囊》(第1集)由民权出版部出版。

9月

1日,包天笑"时评"《保障议员法》载《时报》第9版,至30日,共30篇。

15日,《汉口中西报》复刊,报馆设在汉口后花楼街百子巷内。

20日,《自由杂志》创刊,王钝根兼任《自由杂志》主编。

25日,许指严"短篇小说"《广陵散》,焦木"短篇小说"《五十年》载《小说月报》第4卷第5期;林纾笔述、廖琇崑口译,法国德罗尼著长篇《义黑》载《小说月报》第4卷第5期,至10月25日第6期,载完。

本月

徐枕亚《玉梨魂》由民权出版部初版;1922年6月由上海清华书局21版;1929年8月由上海清华书局34版。1915年12月作为《雪鸿泪史》赠品由枕霞阁发行;1935年5月由上海小说世界社印行。1933年9月,何朴盦译为白话《玉梨魂》的《白话玉梨魂》(2册)由上海明华书局出版;《白话玉梨魂》还有1947年2月正气书局版。

王钟麒《策阿拉善》载《地学杂志》第4年第9期(总第39号),署名"旡生"。

10月

1日,包天笑"时评"《减政与裁兵》载《时报》第9版,至31日,共31篇。

2日,王钝根《扦脚事业》载《申报·自由谈》。

8日,王钝根《登高》载《申报·自由谈》。法国沙龙著、鸳译"侦探小说"《古塔双尸》载《新闻报·庄谐丛录》,至11月21次,23次,载完。

25日,徐枕亚短篇"侠情小说"《箫史》,半侬"警世短篇"《局骗》载《小说月报》第4年第6期。风月小报《自由花报》在汉口创刊。

本月

新剧团体"启民社"(初名启民新剧研究社)成立,由孙玉声主持。

王钟麒《说热河》载《地学杂志》第4年第10期(总第40号),署名"无生"。

11月

1日,徐卓呆著作、包天笑润色《新桃花扇》,忏红译、日本押川春浪著《怪僧踪》载《小说时报》第20期;揆、包天笑合译《欲海情波》载《小说时报》第20期,至第23期,22章,未完。包天笑"时评"《苏州石案》载《时报》第9版,至30日,共30篇。叶小凤"时评杂感"《小生活》载《生活日报·生活艺府》,至1914年6月24日,155次。花事小报《风月报》在汉口创刊。

3日,灵犀"时评"《各该文武长官来了》载《生活日报》第7版,至11日,8次,载完。

8日,姚鹓雏开始在《生活日报》发表诗词多篇,如《惜分飞》《示亚子》《海上赠兰芳集放翁句》等。

9日,叶小凤"小说"《壬癸风花梦》载《生活日报·生活艺府》,至1914年6月24日,17回,未完。

11日,灵犀《印度怪史·刺虎盟鸳记》载《生活日报》第2版,至12月12日,30次,载完。

25日,恽铁樵"短篇小说"《工人小史》,指严短篇"官僚小说"《金迷》,茧庐"短篇小说"《虎而冠》载《小说月报》第4年第7期。

30日,天虚我生《新物语》载《申报·自由谈》,至12月2日,载完。《游戏杂志》创刊。天虚我生《芙蓉影》载创刊号;吴东园《绿绮琴传奇》载创刊号,至第9期,载完;天虚我生《桐花笺传奇》载创刊号,至第8期,载第8出。

注:《游戏杂志》为月刊,王钝根编辑,中华图书馆发行。童爱楼在《游戏杂志·序》中言"本杂志搜集众长,独标一格,冀藉淳于微讽呼醒当世,顾此虽属游戏,岂得以游戏之哉,且今之所谓游戏文字,他日进为规人之必要,亦未可知",表达出"借游戏之词,滑稽之说,以针砭乎世俗规箴乎奸邪"的意图,栏目有插画、滑稽文、诗词选、译林、谭丛、小说、乐府、杂俎。1915年6月停刊,共出19期。

本月

曾朴译、法国嚣俄(雨果)著《九十三年》由有正书局出版。

12月

1日,包天笑"时评"《婢女为媒之江苏省长》载《时报》第9版,至31日,共32篇。

7日,天虚我生《拐匪案》载《申报·自由谈》。

10日,蛰庵、包天笑"教育小说"《少年机关师》连载于《教育研究》第8期,至1914年3月19日第11期,共4次。

注:《教育研究》本年5月创刊于上海,由江苏教育会编辑发行的综合性教育刊物,1—26期为月刊,第27期为季刊。

23日,王钟麒(天僇生)病逝于上海小花园寓次,留绝笔书于世。

25日,铁樵译"短篇小说"《印度婚嫁志异》《爱筏》,不才(许指严)"短篇小说"《秋坟断韵》,指严短篇"纪事小说"《拾幽并健儿事》,茧庐"短篇小说"《行路难》载《小说月报》第4年第8期。包天笑《钏影楼剧话》载《歌场新月》第2期。

28日,超然《釜底抽薪》载《申报·自由谈》,至29日,载完。包天笑、徐卓呆翻译"侦探小说"《灯塔》载《时报》第10版,至1914年1月9日,共16次,载完。

本月

眷秋《小说杂评》载《雅言》第1期。

本年

秋,刘韵琴赴日本留学,作诗歌《书愤》明志:"世事层波反复中,英雄落魄古今同。市庸调笑姑由尔,俗子何堪识乃翁。遮莫晦时可遵养,谁言他日不乘风。此躯为国须珍重,毋复伤麟怨道穷。"

周瘦鹃辞去民立中学教职,开始了职业作家、报人的生涯。

冬,程善之在《游戏杂志》第9期至第12期,发表《忏因笔记》。

注:《游戏杂志》所刊《忏因笔记》含:第9期上发表《红儿》《琴娜》《安腾芳》《丽春》;第12期发表《马晟》《钟大钟二》《莽赖》《乌梁海某佐领》《简大狮》《曾国藩》《可山轶事》《八百斤》《冯生》《蛇和尚》等笔记小说。

李涵秋受聘为江苏省第五师范国文历史教员,月薪70元。

汪笑侬赴上海,参演《宦海潮》,编演时事新剧《党人碑》《哭祖庙》《博浪锥》《受神台》等。

平襟亚师范毕业后,任吕舍公立小学校长兼教员。

周天籁入私塾读书,开始了两年的读书生涯。

宫白羽来北京求学,先后就读于朝阳大学附中、京兆一中。

黄小配逝世。

范烟桥20岁,读南京民国大学商科一年级。

向恺然任岳阳制革厂书记,创办国技学会;参加二次革命,出任讨袁军第一军军法官,兵败,再次东渡,就读日本东京中央大学。

郑逸梅翻译《克买湖游记》投《民权报》副刊,参加征文,获甲等;农历十二月二十四日,与周寿梅结婚。

张恨水考入苏州蒙藏垦殖学校。为应征《小说月报》征文启事,作《旧新娘》《梅花劫》,以"落花流水生"为笔名,投《小说月报》,得到编辑恽铁樵的回信"稿子很好,意思尤可钦佩,容缓选载"。学校解散,回潜山,仿《花月痕》作长篇白话《青衫泪》,十七回,未完。(谢家顺《张恨水年谱》)

1914年（甲寅）

1月

1日，张丹斧"言论"《颂辞·谨迓新新年》载《新闻报·庄谐丛录》，署名"丹翁"。王钝根《斯文扫地》载《申报·自由谈》。包天笑"言情小说"《电话》载《中华小说界》第1年第1期。徐卓呆、包天笑"侦探小说"《八一三》载《中华小说界》第1年第1期，至11月1日第11期，76节，载完。

4日，包天笑"时评"《资遣议员回籍》载《时报》第9版，至31日，共28篇。

6日，李涵秋《过渡镜》易名为《广陵潮》，在《大共和日报》连载。

10日，商务印书馆创办人、出版家夏瑞芳被刺身亡，年43岁。

15日，周瘦鹃、包天笑《炸弹》载《时报》第10版，至21日，载完。

25日，不才（许指严）短篇《明驼艳语》（弹华生纪闻之三）载《小说月报》第4卷第10号。自本年起，《小说月报》出版排序由"第×年×期"改为"第×卷第×号"。

29日，包天笑译"小说"《蓓德小传》载《时报》第10版，至9月17日，共119次。

31日，周瘦鹃译、法国玛黎瑟勒勃朗著《肱箧之王》载《时报》第3版，至7月21日，138次，23章，载完。

本月

胡寄尘著《弱女飘零记》由上海广益书局出版。

《民权报》被查封，徐枕亚改任《中华小说界》编辑。

2月

1日，陈景韩"讽世小说"《现身园》（署名"冷"），卓呆"滑稽小说"《其价太昂》，指严"哀艳小说"《虎丘香冢记》载《中华小说界》第1年第2期。包天笑

"时评"《新旧相搏击之中国》载《时报》,至28日,共28则。

11日,朱瘦菊《剧场人语》载《申报·自由谈》。

13日,天虚我生《红丝网》载《申报·自由谈》,至19日,载完。

15日,包天笑、张毅汉合译,美国伯伦那犁星著《蔷薇花》载《中华教育界》第14号。

23日,超然《新官场现形记》载《申报·自由谈》,至3月4日,10回,未完;4至9月,《游戏杂志》第4—7期载《新官场现形记》1—14回。

26日,周瘦鹃译《雾》载《申报·自由谈》,至3月6日,载完。

本月

吴双热长篇"哀情小说"《孽冤镜》由上海民权出版部出版,24章,徐枕亚为之作序。

3月

1日,半侬(刘半农)"侦探小说"《匕首》,周瘦鹃"复仇小说"《冰刃》,瞻庐"家庭小说"《慈母泪》载《中华小说界》第1年第3期。包天笑"时评"《赵秉钧卒》载《时报》,至31日,共31则。

5日,担夫"滑稽短篇"《宋遁初请客》载《新闻报·庄谐丛录》。

8日,王钝根《新荐店头》载《申报·自由谈》。

16日,程善之参加上海愚园举行的南社第八次雅集。

17日,应彬"滑稽短篇"《黄泉国》载《新闻报·庄谐丛录》。

24日,周瘦鹃《临去秋波》载《申报·自由谈》,至3月31日,载完。

25日,许指"严短篇小说"《砭仙》,茧庐"短篇小说"《尘海因缘史》,铁樵译"短篇小说"《催眠术》载《小说月报》第4卷第12号。

29日,南社在上海愚园举行第十次雅集,改编辑制为主任制。

本月

胡寄尘笔记小说集《黛痕剑影录》由上海广益书局出版。

海上漱石生《戏迷传》(2册30回)由锦章图书局出版。

引:习斌《晚清稀见小说鉴藏录》:"锦章图书局刊本虽然刊行于民初,但这部小说其实创作于晚清。该书初名《优孟衣冠传》,题'梦游上海人戏笔',光绪二十九年(1903)由笑林报馆刊行石印本。很显然,锦章图书局刊本是后来的翻印本,同时将书名改为《戏迷传》。"(《晚清稀见小说鉴藏录》,上海远东出版社2013年1月版,第71页)

王钟麒发表《凤凰台上忆吹箫》《满江红·赠谢无量》《摸鱼儿·秋感》《摸

鱼儿·赠人》《念奴娇·手帕》《菩萨蛮》《齐天乐·今河子》《鹧鸪天·纪事》《鹧鸪天·有忆》《金缕曲·寄无量》于《南社丛刻》第8集。

《南社丛刻》出版,因柳亚子、高燮、王蕴章未能就职,由胡怀琛代编。

4月

1日,包天笑"哀情小说"《椭圆形之小影》,冻华、枕亚"警世小说"《黄金魔力》,周瘦鹃"侦探小说"《足印》载《中华小说界》第1年第4期;包天笑"时评"《遣抚胁从》载《时报》第9版,至30日,共30则。

2日,竞"滑稽小说"《强盗修改为盗法则》载《新闻报·庄谐丛录》,至7日,5次。

6日,符"短篇警世小说"《灭狼新策》,丹翁"弹词"《新琵琶记》载《新闻报·庄谐丛录》。

8日,符"滑稽短篇"《虱知事》,丹翁《确论》《答客问》载《新闻报·庄谐丛录》。

9日,八宝"短篇侦探小说"《侦探犬》,丹翁"杂剧"《新汴梁国》载《新闻报·庄谐丛录》。

10日,撰、包天笑"教育小说"《牧牛牧师》载《教育研究》第12期,至7月10日第13期。张丹斧《徐娘迟醮》载《新闻报·庄谐丛录》。

11日,丹翁"弹词"《新扬州梦》载《新闻报·庄谐丛录》。

15日,张丹斧《土地娶亲》载《新闻报·庄谐丛录》。

18日,张丹斧译《梨花怨》(又名《拿破仑之媳》)载《新闻报·庄谐丛录》。

20日,张丹斧《速正屎》(又名《蜣蜋国》)载《新闻报·庄谐丛录》。

21日,竞"滑稽短篇"《皇帝狗》,丹翁"新曲"《五妻相思》载《新闻报·庄谐丛录》。

25日,刘铁冷、蒋箸超主编的《民权素》于上海创刊。何海鸣《乞儿之新年》,周瘦鹃《万里飞鸿记》,吴双热《半价》,徐枕亚《梅柳争春》,李定夷《鹃娘血》,蒋箸超《白骨散》载第1集。

注:《民权素》创刊于上海,至1916年4月15日终刊,共出17集。第一期由刘铁冷、蒋箸超合编,第2集开始,由蒋箸超独编;由民权部发行。1—5期,不定期出刊,第6期起,为月刊,每月15日发刊。栏目由名著、艺林、诗话、游记、说海、谈丛、谐薮、瀛闻、剧评、碎玉等。作者主要有徐枕亚、刘铁冷、吴双热、张东荪、章太炎、戴天仇等。

蒋箸超在创刊号《序一》:"革命而后,朝益忌野,民权运命截焉中斩,同人等冀有所表记,于是循文士之请,择其尤者,陆续都为书,此《民权素》之所由出也。"

包天笑、张毅汉合译"短篇小说"《心电站》,指严"短篇小说"《金川妖姬志》,卧园原著、铁樵校订"短篇小说"《罂花碧血记》载《小说月报》第 5 卷第 1 号;林纾笔述、陈家麟口译,英国马尺芒特著"长篇小说"《黑楼情孽》载《小说月报》第 5 卷第 1 号,至 7 月 25 日第 4 号。王蕴章《霜华影》载《小说月报》第 5 卷第 1、2 号。

王西神(尊农)"诗话"《然脂余韵》载《小说月报》第 5 卷第 1 号,至第 12 号,12 次;1922 年 10 月 5 日,《然脂补韵》载《无锡新报》第 4 版,至 1923 年 2 月 3 日,35 次;1926 年 6 月 1 日,《然脂续韵》载《自鸣钟》第 3 版,至 7 月 22 日,载 18 次。

本月

刘铁冷笔记小说集《铁冷丛谈》由民权出版部出版,共 6 卷 76 篇。

冯叔鸾《啸虹轩剧谈》由中华图书馆出版。

按:《啸虹轩剧谈》目录,卷上为"剧论":戏剧改良论,戏剧与社会之关系,戏之基本观念,戏之界说,戏之三要素,戏之性质,死戏活做法,戏病篇,论客串,论化装,旧剧脚本之精神,余之新旧剧今昔观,新旧剧之难易,岂有理之脚本,沪上剧界之流行病,论新剧脚本,论新剧人才,论红楼梦脚本之不易编,论红楼梦新剧之难演,最新戏剧家,喜剧与悲剧之分别,上海听戏者之程度进步矣,论评剧之难,论评剧家之道德,上海何故无正确之剧评乎,论剧界之党派,告柳亚子,驳黄远生之新剧谈;附卷:黄远生敬告贾璧云,钏影楼剧话之商榷,庞蘖子风月宝鉴剧谈之商榷。卷下为"剧评":贾璧云之鸿鸾禧,贾璧云之拾玉镯,冯贾之比较,梅兰芳,第一台观梅记,筱喜禄何故不与梅郎配戏乎,介绍王凤卿,王凤卿之朱砂痣,第一台之鼎盛春秋,王又宸之打棍出箱,朱素云王凤卿之取南郡,李百岁之丑表功,三弦王玉峰奏技记,杨小楼之连环套,壬子七月上海伶界联合会六班会串记,歌舞台观剧记(其一、其二),丹桂第一台观剧记(其一、其二),新新舞台观剧记(其一、其二、其三),大舞台观剧记,丹桂茶园观剧记,共和中舞台观剧记(其一、其二),肇明茶园观剧记,民国元年九月一号张园游览记,癸丑中秋夜张园会串自述,记法兰西人客串,癸丑九月八日张园会串记,记中舞台之客串,记大舞台之客串,记新民社之汪凌王三君,新民社之贼兄弟,新民社之情天恨,新民社之儿女英雄;附卷:海外剧场拾零,代拟时韵籁致小春秋记者书,送无恐优游伶影赴湘序,凌党宣言书,戏迷谈(六十五则),名伶轶事(五则)。

5 月

1 日,《小说丛报》创刊于上海,徐枕亚任编辑部主任。徐枕亚《雪鸿泪史》(托何梦霞日记别体小说)载创刊号,至 1916 年 1 月 10 日第 18 期,共 14 章,载

18次;1916年1月由上海清华书局出版,1924年1月13版。李定夷《潘郎怨》载创刊号,至1915年7月15日第12期,载12次。徐天啸"新剧"《自由梦》载创刊号,至9月第4期,4次。刘铁冷"革命外史之一"《缃云惨史》、"哀情小说"《血鸳鸯》,李定夷"滑稽小说"《乐人梦儿》,吴绮缘"社会小说"《女丈夫》,徐枕亚"神怪小说"《石人流血》,包独醒"纪事小说"《芙蓉绡》,吴双热"事实小说"《苦旅行》载创刊号。

注:《小说丛报》由原《民权素》同人刘铁冷、张留氓、徐枕亚、吴双热等人创办。大体为月刊,第1、3年各12期,第2年10期,第4年6本9期;1919年8月停刊,共45册,44期。徐枕亚一直任编辑部主任;发行者初为小说丛报社,至第23期(1916年第1期),王剑青改任发行者;吴双热增补为编辑部主任。主要撰稿人由徐枕亚、吴双热、李定夷、刘铁冷、徐啸天、郑逸梅等。

徐枕亚《发刊词》:"冷雨凄风之夜,鬼唱新声。落花飞絮之天,人温旧泪。如意事何来八九,春梦无痕;伤心人还有二三,劫灰共话。多难平生,难得又逢海上;不详名字,何妨再落人间。马生太贱,他日应无买骨之人;豹死诚甘,此时且作留皮之计。此《小说丛报》所由刊也。原夫小说者,徘优下技,难言经世文章。茶酒余闲,只供清谈资料。滑稽讽刺,徒托寓言。说鬼说神,更滋迷信。人家儿女,何劳替诉相思。海国春秋,毕竟干卿底事。至若诗篇投赠,寄美人香草之思。剧本翻新,学依样葫芦之画。嬉笑成文,莲开舌底。见闻随录,珠散盘中。凡兹入选篇章,尽是蹈虚文字。吾辈伴狂自喜,本非热心励志之徒。兹编错杂纷陈,难免游手好闲之诮。天胡此醉,斯人竟负苍生。客到穷愁知己惟留,斑管有口不谈家国。任他鹦鹉前头,寄情只在风花。寻我蠹虫生活,缪莲仙辑。梦笔生花,无聊极矣。王季任著,余音击筑,有嘅言之。即今文章有价,亦何小补。明时最怜歌哭,无端预怯大难。来日劫后残生,且自消磨于故纸个中。同志或有感于斯文。"

刊物载有徐枕亚《雪鸿泪史》《刻骨相思记》,姚鹓雏《燕蹴筝弦录》《风飐芙蓉记》,李定夷的《潘郎怨》,吴双热《断肠花》《燕语》《香国春秋》等。郑逸梅在《民国旧派文艺期刊丛话》中引刘铁冷的话:"余等之组合,以《民权报》为基本,一时凑集,全无派别。近人号余等为鸳鸯蝴蝶派,只因爱作对句故。须知尔时能为诗赋者伙,能为诗赋,即能作四六文,四六文之不适世用,不自民国始,不待他人之攻击。然袁氏淫威之下,欲哭不得,欲笑不能,于万分烦闷中,借此以泄其愤,以遣其愁,当亦为世人所许,不敢侈言倡导也。"因此,郑逸梅在评价《小说丛报》时说:"假使把《民权报》作为鸳鸯蝴蝶派的发祥地,那么《小说丛报》是鸳鸯蝴蝶派的大本营了。"

包天笑"时评"《潮州兵变》载《时报》第9版,至31日,共30篇。立"滑稽小说"《王姬下嫁》载《新闻报·庄谐丛录》。

7日,昂然"滑稽新剧"《截腿大战》载《新闻报·庄谐丛录》,至11日,载完。

14日,天虚我生《满园花》载《申报·自由谈》,至6月5日,载完。

25日,澍生、铁樵译,西班牙公主欧里亚"自述长篇"《西班牙宫闱琐语》载《小说月报》第5卷第2号,至8月25日第5号;东亚病夫(曾孟朴)译、法国嚣俄原著"长篇新剧"《银瓶怨》载《小说月报》第5卷第2号,至7月25日第4号;湖北陆军第二联空如君原译、铁樵重撰"短篇小说"《弱女救兄记》,天笑生译、俄国托尔斯泰原著"短篇小说"《六尺地》,指严《圆明园总管世家》载《小说月报》第5卷第2号。

本月

苏曼殊《天涯红泪记》载《国民》杂志第1年第1号,署名"三郎"。苏曼殊删订《燕子龛随笔》重新刊行。

王钟麒遗著《长别诸知好书》载《南社》第9集。

《香艳杂志》创刊,1916年8月停刊。

注:任军豪《〈香艳杂志〉研究》:马勤勤《〈香艳杂志〉出版时间考述》(《汉语言文学研究》2013年第3期)认为,《香艳杂志》第1期出版于1914年6月前后。任军豪在马勤勤的基础上,根据《申报》上所登《香艳杂志》广告,考订出其更精确的出版时间:"1914年,王文濡在《香艳杂志》出版之前,在《申报》上登了一则声明,称《香艳杂志》将于四月初一(4月25日)出版,但《申报》上最早的一次'《香艳杂志》出版'广告则是在1914年5月23日,其称'第一册甫出版',故可知《香艳杂志》第一期的出版时间应该是在1914年5月。"

1916年8月23日《申报》载"《香艳杂志》十二期出版"广告称:"本杂志自出版以来,历蒙海内欢迎,兹届十二期出版,为第一集之结束。"可知《香艳杂志》停刊应在1916年8月。

编辑主任为王均卿,编辑有张蓇荪、赵苕狂、邹翰飞、高太痴、蠻华室主、平等阁主、赵雨苍、王建民等。总发行所为上海棋盘街中华图书馆。据王均卿在创刊号《香艳杂志·发刊词》言:"此《香艳杂志》之所由刊也,综其大纲,厥端有六,其一为表扬懿行……其二为保存国学……其三为网罗异闻……其四为搜辑轶事……其五为提倡工艺……其六为平章风月。"故栏目设有谐文、谭薮、译林、诗文词选、说部、工艺栏、游戏栏等。载有小说《鸾怨》《二十鞭》《诗媒》《金钗缘》《一夕缘》《雨消云散》《负心郎》《鸾凤缘》《耳孽》《异梦记》《迷魂三娘》《二十六年之忍辱》《罗巾媒》《英雌》《迷魂三娘》《伶侠》《卖鸡子者之母》《雪婚记》等;传奇有《梅花簪》等,笔记诗话有《平等阁笔记》《蠻华室诗话》等。

6月

1日,徐枕亚"言情小说"《毒》,半侬"滑稽小说"《顽童日记》,陈家麟、陈大镫"醒世小说"《土馒头馅》,瞻庐"侠义小说"《翩鸿》,王蕴章《香骨桃》载《中华小说界》第6期。包天笑"时评"《十太保》载《时报》第9版,至30日,共30则。《黄花旬报》创刊。

注：《黄花旬报》由徐天啸编辑，栏目设有社论、记载、说海、艺林、庄谐录等。第 1 期载有吴双热"短篇纪念小说"《黄花》、"言情短篇"《爱之魔》(载至 11 日第 2 期)、"滑稽小说"《金钱世界》(载至 11 日第 2 期)。徐天啸《本报出世之感言》载《创刊号》："辛亥迄今，一转瞬耳。何令人有今昔之感耶？嗟乎，民国由黑暗而改革，由改革而黑暗。其变迁递嬗之迹，固彰彰在人耳目。执政者飞扬跋扈，恣意妄为；在野者放纵卑劣，苟且偷安，举国梦梦，如堕五里雾中。使无建言者出而破其迷梦，则人类亦几乎息矣。同人等眼冷心热，怒焉伤时，意欲以一得之愚，随时贡献于社会，以尽其应有之天职，无偏无党，立言必本乎良心，知我罪我，是非可听诸公论。今而后同人等，愿与同胞十日一见也。"至 11 日，出 2 期。

6 日，《礼拜六》周刊在上海创刊。周瘦鹃《拿破仑之友》，王钝根《礼拜六》载第 1 期。

注：《礼拜六》取名借鉴于美国《礼拜六晚邮报》。周瘦鹃在《闲话〈礼拜六〉》中说："《礼拜六》是个周刊，由我和老友王钝根分任编辑，规定每周六出版；因为美国有一本周刊，叫做《礼拜六晚邮报》，还是创刊于富兰克林之手，历史最长，销数最广，是欧美读者最喜爱的读物。所以我们的周刊，也就定名为《礼拜六》。"

《礼拜六》周刊前后发行 200 期。至 1916 年 4 月 29 日中辍，共 100 期，为前期；前 18 期，编辑为王钝根，第 19 期后，编辑为王钝根、孙剑秋。五年后，1921 年 3 月 19 日复刊，1923 年 2 月 10 日，停刊，此间刊载 100 期，为后期；后期中，前三十几期为周瘦鹃、王钝根合编，后为王钝根独编。

其创刊宗旨在王钝根的《〈礼拜六〉赘言》中有明确体现："买笑耗金钱，觅醉碍卫生，顾曲苦喧嚣，不若读小说之省俭而安乐也。且买笑觅醉顾曲，其乐为转瞬即逝，不能继续以至明日也。读小说则以小银元一枚，换得新奇小说数十篇，游倦归斋，挑灯展卷，或与良友抵掌评论，或伴爱妻并肩互读，意兴稍阑，则以其余留于明日读之。晴曦照窗，花香入座，一编在手，万虑都忘；劳瘁一周，安闲此日，不亦快哉！故人有不爱买笑、不爱觅醉、不爱顾曲，而未有不爱读小说者。"

其撰稿人阵容强大，几乎涵盖了当时大部分的通俗文学家，如周瘦鹃、陈蝶仙、严芙孙、许指严、李涵秋、沈禹钟、江红蕉、张碧梧、张枕绿、张舍我、范君博、俞天愤、徐卓呆、王西神、程瞻庐、王钝根、陈瀣一、郑逸梅、姚鹓雏、严独鹤、袁寒云、马二先生、吴灵园、汪逸庵等。小说主要以言情、社会为主，兼及其他类型。据贾金利《〈礼拜六〉杂志编辑思想评析》统计，100 期《礼拜六》几乎为纯小说周刊，前期载作品 640 篇，后期载作品 1800 多篇，多为短篇小说；在后期近 2000 部作品中，长篇仅 15 篇。而这 2000 多部作品中，"讲述男女之间爱情故事的小说大约占了三分之一"，如周瘦鹃《真假爱情》《花开花落》《恨不相逢未嫁时》《此恨绵绵无绝期》《午夜鹃声》《捣麝拗莲记》《之子于归》《一诺》《吉期》等，严芙孙《戴红谐乘》，朱鸳雏的《樱唇语堕》，张碧梧《虚伪的贞操》，吴双热《婚误》，江之华号《秋水伊人》等。

由于刊物契合时好，大受追捧，销量多达 2 万份。周瘦鹃在《闲话〈礼拜六〉》中回忆了当时的情形："民初刊物不多，《礼拜六》曾经风行一时，每逢星期六清早，发行《礼拜六》的中华图书馆(在上海市河南路广东路口、旧时扫叶山房的左隔壁)门前,就有许多读者在等候着。门一开,就争先恐后地涌进去购买。这情况倒像清早争买大饼油条一样。"张静庐于《在出版界二十年》中评价《礼拜六》的畅销:"《礼拜六》在这个时代真是再红也没有的刊物。"《礼拜六》两度热销,追慕者蜂起,如《七天》《礼拜三》《礼拜花》《半月》《七襄》等等,周瘦鹃在《〈礼拜六〉话旧》中说,"《礼拜六》两度在杂志中出现,两度引起上海小说杂志中兴的潮流,也不可不说是杂志界的先导者"。

7日,竞"谐趣小说"《财神吃花酒》载《新闻报·庄谐丛录》。

10日,叶圣陶"奇情小说"《玻璃窗内之画像》,李定夷"家庭小说"《假儿》,吴双热"滑稽小说"《虫学校》,刘铁冷"烟花小史"《忆香别传》,徐枕亚"红羊佚闻"《僧侠》载《小说丛报》第2期;严独鹤"滑稽小说"《小说迷》载《小说丛报》第2期,至7月20日第3期,载完。

13日,南社在《生活日报》发表启事,征求已故社员的遗著及照片,中有王无生。(《南社史长编》P367)

17日,竞"短篇小说"《伟丈夫之犯赌》载《新闻报·庄谐丛录》。

20日,周瘦鹃《行再相见》、陈小蝶《梧桐井》载《礼拜六》第3期。

22日,天虚我生《错姻缘》载《申报·自由谈》,至7月10日,载完。

25日,幼新、铁樵译,美国欧·亨利原著"短篇小说"《面包趣谭》,程善之"短篇小说"《虎头裔孙》《掠卖余谈》,指严"短篇小说"《骨董祸》载《小说月报》第5卷第3号。

27日,许指严《瑶台第一妃》,周瘦鹃《郎心何忍》《黑狱天良》载《礼拜六》第4期。

7月

1日,包天笑"时评"《少年》载《时报》第9版,至31日,共31则。许指严《时时纪念》,周瘦鹃《东方太晤士万岁》,张毅汉《余之七月一号之日记》载《时报》。程小青"侦探小说"《左手》,半侬(刘半农)"滑稽小说"《洋迷小影》,瞻庐"纪事小说"《秋苹》,张毅汉、包天笑译"科学小说"《发明家》载《中华小说界》第1年第7期。

4日,恽铁樵《都老爷》载《时报》,至6日,载完。胡寄尘《后悔》,陈小蝶《塔语斜阳》载《礼拜六》第5期。周瘦鹃《真假爱情》载《礼拜六》第5期,至11日第6期。

11日,许指严《香妃异闻》载《礼拜六》第6期;陈小蝶《香草美人》载《礼拜六》第 6 期,至 11 月 7 日第 23 期。

12 日,吴双热"滑稽小说"《金钱世界》载《五铜圆》第 2 期,至 9 月 20 日第 12 期,5 次,载完。

注:《五铜圆》,滑稽周刊,本年 7 月 5 日创刊,由五铜圆周刊社编辑发行。吴双热在创刊号《发刊词》中释名:"今夫的溜溜而转硠碌碌而滚,叮铃铃而鸣者,非铜圆耶? 今夫不翼而蓬蓬飞,不胫而快快走,人皆眉开眼笑以欢迎者,非铜圆耶? 吾人著书立说,亦当求其能的溜溜而转,环行乎地球,硠碌碌而滚,翻筋斗而周游世界,叮铃铃而作得意之鸣,蓬蓬而飞,飞遍东西南北,快快而走,走尽欧非美亚,如是者,岂不美哉? 岂不快活煞哉? 此本周报之所以铜圆名也。""名其书曰五铜圆,人不必问其价,而价在其中矣……以书中多放屁文字也,夫万物皆有价,而屁独无价,文字亦有价,而放屁文字则无价,人以五铜圆买许多热屁,再便宜当无有矣。夫屁则屁矣,尚有冷热之分耶? 则以书中多双热之屁,故谓之热屁也。孟子曰:我善养我浩然之气,热屁者,此特别的浩然之气也,所愿五铜圆出,而浩然之气,放乎四海,充塞乎天地之间,岂不快哉?!"内容有谐著文章、滑稽小说、诗话等,风格滑稽。作者主要有吴双热、徐天啸等,出至 10 月 4 日第 14 期而终刊。

14 日,王钝根《续水浒》载《申报·自由谈》。

15 日,毕倚虹、包天笑"奇情小说"《冢中人语》载《妇女时报》第 14 期,至 11 月 1 日第 15 期,载完。包天笑"时评"《服官本省者之心理》载《时报》第 9 版。王钝根《新派水浒》载《申报·自由谈》。刘铁冷《汪著熊味根传书后》,"记事短篇"《麦妇血》,谐薮《木美人传》,李定夷"幻情短篇"《青衫泪》,徐枕亚"记事短篇"《三云碑》,吴双热"滑稽短篇"《冬烘先生》《雀声》载《民权素》第 2 集;蒋箸超"伦理小说"《满腹干戈》载《民权素》第 2 集,至 1915 年 5 月 15 日第 6 集。

18 日,叶绍钧《穷愁》,周瘦鹃译《五十年前》载《礼拜六》第 7 期。

20 日,刘铁冷"革命外史之二"《弱女流浪记》,许指严"新聊斋之一"《豚尾怪》,徐枕亚"红羊佚闻"《草付道人》,叶圣陶"社会小说"《贫女泪》载《小说丛报》第 3 期;吴双热"滑稽小说"《学时髦》载《小说丛报》第 3 期,至 10 月 20 日第 5 期,3 次。杜绍棠"纪实小说"《鸳鸯错》载《小说丛报》第 3 期,署名"扬州小杜"。

21 日,天虚我生《风送美人来》载《申报·自由谈》,续 17 日吴觉迷之《风送美人来》。

22 日,严独鹤《续风送美人来》载《申报·自由谈》。

25 日,周瘦鹃《花开花落》载《礼拜六》第 8 期。天笑生译"短篇小说"《显微镜》,王绂章《辽东戍》,程善之"短篇小说"《崔慧瑛》载《小说月报》第 5 年第

4期。

26日,李涵秋《双花记》载《大共和画报》第7卷第26期,至10月10日第18期,共82次,载完。

30日,徐卓呆《近墨者》载《申报·自由谈》,至31日,载完。

本月

李定夷著哀情小说《贾玉怨》由国华书局初版,8月再版。

李涵秋《双鹃血》由国学书室出版。

修竹乡人《民国艳史》由文学书社出版。

8月

1日,周瘦鹃《恨不相逢未嫁时》,胡寄尘《好孩子》,朱瘦菊《柔乡苦海录》,吴觉迷《体面贼》,陈小蝶《香草美人》载《礼拜六》第9期。包天笑"时评"《复科举》载《时报》第9版,至31日,共32则。刘半侬《财奴小影》,包天笑《冤》,冷、绿"社会小说"《牢狱世界》载《中华小说界》第1年第8期。

8日,周瘦鹃《心碎矣》载《礼拜六》第10期。

10日,王钝根《危机一发》载《申报·自由谈》。

12日,严独鹤《乡邻有斗》载《新闻报·庄谐丛录》,至14日,2次,载完。

15日,周瘦鹃译"复仇小说"《雾中人面》,许指严《此中人语》(《盗桃源》),马二先生《阿木林》载《礼拜六》第11期。《新闻报》副刊正式由《庄谐丛录》改为《快活林》,严独鹤任《快活林》主笔,开始了他在《新闻报》副刊近30年的主笔生涯。

注1:《快活林》因"一·二八"事变于1932年1月30日停刊,1932年4月1日,更名为《新园林》,至太平洋战争爆发,《新园林》停刊,1945年12月1日复刊,至1949年5月停刊。

注2:1923年新闻报馆三十周年,严独鹤发表纪念文章《十年中之感想》,他在其中称《快活林》的四大宗旨:"新旧折中,雅俗参合,不事攻讦,不涉秽亵。""新旧折中"指"未尝皈依新化,亦不愿独弹古调,殆执其适中而已矣";"雅俗参合"意指"取通俗,求适于群众,但浅薄无味,或鄙俚不可卒读者,亦概不阑入,冀其俗不伤雅也";"不事攻讦"即"文人积习,好弄笔战,而每以报纸中之附刊,为其唯一之战场,顾战端一开,始而尚不过为事理之争,继则互讦阴私,各肆丑诋,秽恶之词,充塞满纸。旁观者至蹙额不堪承教,而执笔者且以此自喜,或竟视为别有妙用,谓可藉以吸引阅者之注意,而激增报纸之销数,此言未尝无理,然以谩骂动人,又岂正当之道,此固非《快活林》所敢效尤者也。自有《快活林》以迄今日,从未起一度之笔战,亦从未载一攻讦谩骂之文,即有意存挑衅者,亦宁深沟高垒以待之,未敢开关延敌,致起无谓之争,盖区区之意,以为他人吹求之论,在我正可藉为攻错之资,闻过则喜,非所敢望,

恶声必反,亦殊笑其取量之狭也";"不涉秽亵"指"小品文字,词多纤巧,意近滑稽,则涉笔成趣,时或不免于秽亵,此最大之弊也。顾《快活林》中颇思力矫斯海淫之作,败俗之文,向不敢实我篇幅,但编辑之际,时间或匆促,字里行间,或尚有失检者,则在爱我者有以教正之矣"。

注3:严独鹤在《编辑副刊的体验与感想》(载1948年1月的《报学杂志》)中谈办副刊法宝。如内容构成四大要素,即"其一是每期须有一篇好的短文(言论);其二是须有一幅好的漫画;其三是须有一部好的连载。唯有如此,方能相得益彰,吸引读者"。取材的"四个标准":"(一)俊雅而不深奥,(二)浅显而不粗俗,(三)轻松而不浮薄,(四)锐利而不尖刻。"

注4:严独鹤主编《新闻报》期间,组织了如李涵秋、平江不肖生、张恨水、顾明道等一批优秀的小说家为副刊写小说,刊载了一系列的优秀小说和笔记:李涵秋《魔爱》《并头莲》《沁香阁笔记》《侠凤奇缘》《梨娘怨》《战地莺花录》《魅镜》《好青年》《镜中人影》;平江不肖生《留东新史》《玉玦金环录》;程瞻庐《鸳鸯剑》;许瘦蝶《尚湖春》弹词;顾明道《荒江女侠》;张恨水《啼笑因缘》《太平花》《现代青年》《燕归来》《夜深沉》《水浒新传》《秦淮世家》《纸醉金迷》《玉交枝(上)》;笔记有刘成禺《世载堂杂忆》、汪东《寄庵随笔》。此外,1921年1月1日至1939年2月14日,还组织集锦小说《魔宫》《卖布叟》《过年》《双钏记》《痴耶》《旅客失踪》《老画师》《东方术士》《金钱梦》《投寄宝鉴》《奇电》《海国奇侠》《银河恨》《新婚》《新年乐》《同命鸟》《粉盒血印》《奇婚》《车中客》《秘密窟》《廉外风光》《横行》等。

16日,王钟麒《答陈伯弢书》载《南社》第11集。许指严《清秘史外录·象齿焚身录》载《新闻报·快活林》,至27日,12次,载完。

18日,严独鹤《雨师与朱光佛之谭话》载《新闻报》,至19日,载完。

22日,叶绍钧《博徒之儿》载《礼拜六》第12期。

23日,严独鹤《麻雀之护法神》载《新闻报》。

25日,程瞻庐"短篇小说"《祝县令》,西神残客翻译"短篇小说"《妙莲艳谛》,指严"短篇小说"《卖鱼娘》,程善之《双刀张》《绮兰》载《小说月报》第5卷第5号。

26日,严独鹤《十二点钟》载《新闻报》。

28日,马二先生《奴隶之希望》载《申报·自由谈》。

29日,周瘦鹃《冷与热》《遥指红楼是妾家》载《礼拜六》第13期。

30日,天虚我生《花木兰传奇》载《申报·自由谈》,至10月23日,载完。包天笑"时评"《代平内乱》载《时报》第9版。

本月

姚鹓雏开始在《江东杂志》载1至4期发表诗文多篇,第?期有编辑鹓雏的照片。

注:《江东杂志》,半月刊,在上海创刊,江东书局发行,天逸、破浪、师伶、鹓雏编辑,撰述

人主要有天逸、张破浪、天善、阿文、素兰、师伶、卧云、酒醉糊涂客等;发表小说,长篇有阿素《雨花镜》,张破浪《断食客》《棠英乡果录》《秋蛾碧血》等。共出 4 期,10 月停刊。

9月

1 日,张毅汉、包天笑《鹭诗女郎》,包天笑、毕倚虹《血塔》,包天笑、毕倚虹合译《红雪记》载《小说时报》第 23 期。包天笑"时评"《说公债》载《时报》第 9 版。冷、绿衣"社会小说"《牢狱世界》(续第 1 年第 8 期),瞻庐"纪事小说"《大梦大觉》,枕亚"警世小说"《再来人》,天笑、毅汉"滑稽小说"《良医》,周瘦鹃"义侠小说"《银十字架》载《中华小说界》第 1 年第 9 期。

李定夷"明季惨史"《陈阎二典史外传》,徐枕亚"红羊佚闻"《江采霞传》,若洲、刘铁冷"记事小说"《醉中错》载《小说丛报》第 4 期;王蕴章《绿绮台》载《小说丛报》第 4 期,至 1915 年 4 月 30 日第 10 期。姚鹓雏《菊影记》传奇载《小说丛报》第 4 期,至 1915 年 2 月 14 日第 7 期,第六出。

2 日,包天笑"时评"《虚事与空论》载《时报》第 9 版,至 30 日,共 28 则。严独鹤《木樨香味》载《新闻报》。

5 日,许指严《不知情》载《礼拜六》第 14 期。

10 日,吴双热"侠情小说"《女儿红》载《民权素》第 3 集,至第 4 集,2 次,载完。

12 日,吴双热《菱角西施》,周瘦鹃《翻云覆雨》,陈蝶仙《格鲁塞》载《礼拜六》第 15 期。

16 日,天虚我生《汝成为我命中之魔》载《申报·自由谈》,至 17 日,载完。

19 日,周瘦鹃《此恨绵绵无绝期》载《礼拜六》第 16 期。天虚我生《聋哑获贼》载《申报·自由谈》。

20 日,天虚我生、吴觉迷合译《嫣红劫》载《申报·自由谈》,至 1915 年 12 月 15 日,载完。

25 日,程善之"短篇小说"《飞来峰》《杨大头》载《小说月报》第 5 卷第 6 号。

26 日,周瘦鹃《情海祸水》,叶绍钧译《黑梅夫人》载《礼拜六》第 17 期。

本月

周瘦鹃在时报馆首次见到神交已久的包天笑。

陆镜若、冯叔鸾撰《伊蒲生(易卜生)之剧》载《俳优杂志》第 1 期。

《繁华杂志》创刊。海上漱石生《续海上繁华梦》载《繁华杂志》第 1 期,至 1915 年第 5 期,10 回,未完。海上漱石生《退醒庐随笔》载《繁华杂志》第 1 期,至1915年第6期。

注：《繁华杂志》为月刊，由锦章图书局编辑发行，编辑主任为海上漱石生，编辑有朱瘦菊、谈老谈、严谔声等。海上漱石生《繁华杂志序》称此杂志"诸体毕备，庄谐并列，此中有图画文艺，锦囊传记，又有译丛谈薮，最新小说，推而至吟啸歌剧，错综其间，更有滑稽游戏之文，一字一句，皆足以令人怡情，是书业，五花八门，笔意酣畅，外观装订之美，内察校雠之精，所以娱目赏心，足以为消遣之资，信可乐也"。栏目有文艺志、谭薮、译丛、传记、锦囊、滑稽魂、吟啸栏、小说林、新剧潮流、菊部纪余、游戏杂俎等。作者有朱瘦菊、许指严、海上漱石生、包独醒、陶报癖、周剑云、顾佛影、严谔声、徐哲身等，笔记有海上漱石生《退醒庐随笔》，小说有海上漱石生《续海上繁华梦》、老谈《误解结婚》、朱瘦菊《浣衣女》、昔醉《痴梦》等，还有顾佛影的《调查小说界》等。至1915年，出6期而终。

10月

1日，包天笑"时评"《暗无天日，包天笑之内地》载《时报》第9版，至31日，共31则。瞻庐"纪事小说"《罗雀儿》、瞻庐"言情小说"《圆月》，半侬"哀情小说"《默然》载于《中华小说界》第1年第10期。李定夷译《一千镑》载《新闻报·快活林》。

3日，周瘦鹃译《鬼新娘》载《礼拜六》第18期。

5日，周瘦鹃译《卖国奴之妻》载《时报》第13版，至12日，8次，载完。

6日，毕倚虹《上海新词典》载《时报》第14版，至11日，载完。

10日，周瘦鹃《阿郎安在》(《鹄声》)，周瘦鹃译《万不得已》，许指严《焦溪焚掠记》，叶绍钧《孤宵幻遇记》载《礼拜六》第19期。南社在上海愚园举行第十一次雅集，胡怀琛任干事。

14日，许指严《清秘史外录·征苗轶闻》载《新闻报·快活林》，至21日，载完。

16日，周瘦鹃译、英国维廉·勒苟著《杀人女》载《新闻报·快活林》，至26日，载完。东埜"鬼神小说"《蛇神》载《新闻报·快活林》。

17日，周瘦鹃译、法国施退尔夫人著《无可奈何花落去》，许指严《家学渊源记》，叶绍钧《飞絮沾泥录》载《礼拜六》第20期。

19日，李定夷译《恶作剧》载《新闻报·快活林》。

20日，刘铁冷"艳情小说"《菱塘艳女》，杜绍裳"奇情小说"《镜中缘》，徐枕亚"宋末惨史"《髑髅山》载《小说丛报》第5期。

21日，张毅汉《赁屋》载《时报》第13版，至25日，5次，载完。

22日,徐枕亚"滑稽神鬼小说"《季阿三》载《新闻报·快活林》;陆士谔"笔记"《曹仁父》载《新闻报·快活林》,至24日,3次,载完。

24日,周瘦鹃《似曾相识燕归来》载《礼拜六》第21期。徐卓呆《魔玉》载《申报·自由谈》,至12月7日,载完。

25日,程善之"短篇小说"《瞽叟传》《李四娘》载《小说月报》第5卷第7号;陈家麟译意、林纾笔述、法国巴鲁萨原著"短篇"《哀吹录》载《小说月报》第5卷第7号,至12月25日第10号;毅汉、天笑合译《断雁哀弦记》载《小说月报》第5年第7号,至1915年12月25日第12号,共7次,载完。

28日,张毅汉《死仇》载《时报》第13版,至11月2日,6次,载完。

29日,陆律西《没字碑》载《新闻报·快活林》。

31日,周瘦鹃译《觉悟》,程小青译《夫妇之秘密》载《礼拜六》第22期。

本月

天虚我生《生死鸳鸯》载《游戏杂志》第8期,至1915年2月第10期,载完。

刘铁冷《铁冷碎墨》由小说丛报社出版;至1926年10月7日,中原书局刊行第八版。

按:《铁冷碎墨》分六卷:第一卷为"说粹",所收小说有"艳情小说"《执牛耳》,"忏情小说"《棠彩》,"怨情小说"《赘婿》,"砭世小说"《傲骨》,"幻情小说"《空谷佳人》,"社会小说"《忙了一场空》,"言情小说"《离婚后之见面》,"艳情小说"《祸里奇缘》,"哀情小说"《苍溪断肠史》,"苦情小说"《孤雏血泪记》;第二卷为"谈屑",含《淮扬十日记》,《绮丽窗杂识》;第三卷为"游记",包《南都胜览》;第四卷为"瀛谈",名为《寰海异闻》(含《健足》《六指》《斧头鸟》《共和鸟》《二首牛》《长髯公》《绿蜂鸟》《瓶嘴巢》《力士》《善跳》《马术》《火戏》《大口》《骈生》《长鬣马》《埋葬虫》《草窠鼠》《电线运物》《陆军功狗》《猫哺松鼠》《鸡能知雨》《火油长管》《蚕戏》《食土》《绝技》《藤丝》《斗鱼》《剪嘴雀》《鱼护子卵》《电气杀牲》《磁圈代币》《塌鼻夜叉》《矮人》《冰雪自行车》《神抛珠祭》《跳舞》《活鬼》《飞蛇》《钩悬州》《钢板舟》《大渡船》《美报业》《鸡城》《金刚锯》《无弦弓》《棉质丝》《帆船》《大钟》《陨石》《大酒桶》《蝇食蚕》《杀人得妻》《巴希亚俗》《剃须鼻祖》《万年古鱼》《大井》《悬桥》《马虎》《象戏》《电机吸光》《钟表能言》《美人凌波》《龟岛大龟》《不识白人》《墨洲怪病》《雨蚁》《鸟藏果》《奥女泅水》《浴身奇癖》《齿蟹》《地道巨擘》《七年一雨》);第五卷为杂著,含有《香艳小品》(收《花里春秋》《相思曲》《新娘十索曲》《冷庐忆语》),《游戏文章》(收《笔责刘子文》《戏为狸奴弹事》《让叩头虫文》《汤婆子传》《美人约》《木美人传》《扑满小传》《壶子传》《责辫子军文(仿王子渊责髯奴文)》《寻夜壶广告》《逐烟鬼赋(仿杨子云逐贫赋)》《睡乡记》《王孙小传》《记滑稽贼》《辫子传》《债台记》《拟官僚请保荐书》《虎子传》《一粟先生传》《悼野菊文》《一毛先生传》《拟孔方劾某帅》《痴子求婚赋(仿梁元帝荡妇秋思赋)》《辫子都督六十寿序》《拟某校书致滑头大少书》《拟商王受敕活阎罗令(某知事燃香烙背师法商纣事详日报)》);第六卷为"零缣墨沈",含《新幻术》(《空杯生烟》《压线闻雷》《擦猫发电》《打棒》《扯绳》《飞蚨》《立卵》《线灰系物》《傀儡》《纸帽》《七指抬人》《猜钱》《画蛋》《钓鱼》《骷髅》《催眠》),《醒迷录》(收《施相公》《坑三姑娘》《五司徒》《石敢当》《痘神》《财神》《土地》《三官三元》《都天》《天妃》《刘猛将军》《黄道婆》)。

本月

李涵秋《广陵潮》由上海震亚图书局出版;1917年11月2版,1918年2月3版,1924年5月9版,1930年12月14版。

11月

1日,半侬"警世小说"《咏而归》,天笑、毅汉"滑稽小说"《大好头颅》载《中华小说界》第1年第11期。

2日,陆士谔《剑声花影》载《新闻报·快活林》,至12月14日,43次,载完。

5日,马二先生《福尔摩斯之门徒》载《新闻报·快活林》。

6日,马二先生《乞儿国》载《申报·自由谈》。周瘦鹃译、英国奥斯丁·莆利门著《屐齿痕》载《时报》第13版,至12月18日,载完。

7日,周瘦鹃《千钧一发》载《礼拜六》第23期。《七襄》杂志在上海创刊,姚鹓雏长篇小说《珠箔飘灯录》载第1期,至1915年1月17日第8期,载完;叶小凤著《古戍寒笳记》载第1期,至1915年1月17日第8期。1917年12月15日由小说丛报社初版,46回;1923年3月由崇文书局再版。

注:《七襄》为旬刊,每月三期,逢七发行,在上海创刊,1915年2月停刊,共出9期。由倦鹤(陈匪石)、叶小凤任编辑,姚鹓雏协编,主要撰稿人由倦鹤、小凤、鹓雏、冥飞、天逸、绮缘、劫灰、檗子、朴庵、太上、以太、寄尘等;所载小说主要有叶小凤《古戍寒笳记》、姚鹓雏《珠箔飘灯记》、倦鹤《法律之妾》、绮缘《弱女复仇记》、天逸《梅仙》、冥飞《文明人》、寄尘《江湖异人传》等。

14日,许指严《虎儿复仇记》,周瘦鹃译、法国埃尔芳士·陶苔氏著《阿兄》载《礼拜六》第24期。

20日,刘铁冷"艳情小说"《金闺第一宵》,李定夷"边事小说"《凉山客话》,吴双热"奇情小说"《险些儿打散鸳鸯》,徐枕亚、徐卓呆"记事小说"《骈指案》载《小说丛报》第6期;蒋箸超"孽情小说"《琵琶泪》载《小说丛报》第6期,至1915年4月30日第10期。毕倚虹《南通州琐记(十四则)》载《时报》第14版,至21日,载完。程瞻庐《足下》载《新闻报·快活林》。

21日,周瘦鹃《WAITING》,周瘦鹃译《但为卿故》载《礼拜六》第25期。

22日,陆律西《女强奸》载《新闻报·快活林》。

25日,西神《兰陵女侠》,瞻庐《长髯翁传》,指严《梅花岭遗事》载《小说月报》第5年第8号。

27日,包天笑"时评"《罗斯福之演说》载《时报》第9版。

28日,吴双热《快活林中鸟》载《新闻报·快活林》。包天笑"时评"《疏通》载《时报》第9版。周瘦鹃《中华民国之魂》,茹胜、许指严《素雪小史》,叶圣陶《终南捷径》载《礼拜六》第26期。

29日,包天笑"时评"《德不恨日而恨英》载《时报》第9版。

30日,包天笑"时评"《模范》载《时报》第9版。

12月

1日,包天笑"时评"《脱裤欤不脱裤欤》载《时报》第9版,至31日,共31则。卓呆"理想小说"《应接室》载《中华小说界》第1年第12期。严独鹤《储蓄票与刘鸿声》载《新闻报·快活林》。

2日,马二先生《鸳鸯影》载《新闻报·快活林》。

5日,周瘦鹃译《亚森罗苹之劲敌》载《礼拜六》第27期,至12日第28期。

8日,马二先生《鱼腹指环》载《申报·自由谈》。许指严《清秘史外录·董小宛别传》载《新闻报·快活林》,至23日,载完。

10日,《女子世界》月刊在上海创刊,天虚我生(陈栩园)主编。天虚我生《胡礼氏之笑史》《潇湘影弹词》《落花梦传奇》载创刊号;天虚我生《他之小史》载创刊号,至第6期。程瞻庐《后股夹郎》载《新闻报·快活林》。

12日,天虚我生《秘密之府》载《礼拜六》第28期,至1915年5月15日第50期,载完。

15日,包天笑、张毅汉合译"短篇名著"《狗之日记》,张毅汉、包天笑合著《忏悔》载《小说时报》第24期;包天笑、铁魂合译"言情长篇"《恨罗愁织记》载《小说时报》第24期,至第25期,12章,未完。

17日,陆律西《老少年》载《新闻报·快活林》。

19日,周瘦鹃《画里真真》,半侬《奉赠一圆》载《礼拜六》第29期。程瞻庐《邻妇效颦》载《新闻报·快活林》。

21日,张毅汉《铁窗琐话》载《时报》第13版,至28日,载完。《上海滩》创刊;毕倚虹《笳声鲽影记》载创刊号,至第3期,共4次。程善之"笔记小说"《红豆》,毕倚虹《上海闲话·商团中之棉花老寿星》《上海闲话·文学博士欤混账王八蛋欤》载创刊号。

注:《上海滩》为旬刊,农历甲寅年十一月初五日创刊,每月三册逢五出版,每册大洋一角,由上海派克路昌寿里之夏星社经理发行,上海滩社编辑部编辑。栏目设有图画、短篇小说、长篇小说、上海闲话、剧谈等。共出 5 期,至甲寅十二月十五日,即 1915 年 1 月 29 日停刊。

马二先生"红楼梦轶闻之一"《女伶外史》载《时报》第 13 版,至 23 日,载完。

26 日,严独鹤《祭天趣话》(一)载《新闻报·快活林》。

27 日,严独鹤《祭天趣话》(二)载《新闻报·快活林》。

29 日,马二先生《密约》载《申报·自由谈》。

31 日,程善之"言情小说"《双飞》,毕倚虹《上海闲话·男女合演之女子植权公司》《上海闲话·呜呼,商务印书馆之共和国教科书》《上海闲话·近视眼之制造机》《上海闲话·黑炭医》载《上海滩》第 2 期。

本年

姚鹓雏《卖花声·郊行即事同了公》等 9 首词载《织云杂志》第 2 期。

注:《织云杂志》9 月在上海创刊,席悟奕创办,顾痴邏编辑;东方印刷所印刷;上海扫叶山房南、北号,苏州扫叶山房苏号,松江扫叶山房松号发行;主要栏目有:文选、诗词选、谐文、谭丛、小说、传奇、杂俎、征献;主要作者有姚鹓雏、高吹万、王钝根、杨了公、朱鸳雏、闻野鹤等。载有野鹤《一封信》《秋月恨》;夏纶《杏花村传奇》等。

朱鸳雏"小说"《葛将军妾》载《香艳小品》第 3 期,"写情短篇"《清明记》载《江东杂志》第 2 期。

平江不肖生著《留东外史》。

程善之《小说丛刊》(共 18 篇)、《骈枝丛话》(75 篇)、散文《倦云忆语》由上海锦章图书局代发行。

范烟桥任八坼第一小学教员兼任八坼女子小学教员。

还珠楼主 12 岁,随母寄居苏州养育巷亲友家,就读草桥中学,其间,与大三岁的邻居文珠相恋。

周瘦鹃恋人周吟萍被迫嫁人。周瘦鹃在黄家阙新租一宅幢的房子,举家迁居。

1915年（乙卯）

1月

1日，王钝根《王小二过年记》载《申报·自由谈》。刘铁冷"怨情小说"《莫是藁砧归》，徐枕亚"哀情小说"《碎画》，李定夷"历史小说"《孤岛英雄传》，吴双热"复仇小说"《人不如猴》载《小说丛报》第7期。《小说海》在上海创刊，包天笑、张毅汉《女装警察》，程瞻庐《破涕为笑》，许指严《红花铺》载第1卷第1号。

注：《小说海》月刊，黄山民（恽铁樵）编辑，中国图书公司合记发行，代表人为周晋镳，印刷人为吴秉谦。出36期，1917年12月5日终刊。宇澄在创刊号上发表《发刊词》谈到"文字入人之深者，莫甚于小说，其势力视经史倍蓰也"，"是社会风俗，俚俗之小说造成之矣，不佞能小力薄，踌躇满志，觉能为社会尽力者盖寡，无已，其治小说，庶几不贤志小乎，此小说海所以刊也。小说海非海也，杂志而已，窃取古今说海名以为名耳，杂说谐文丛译，彙而录之，月刊一册，非片段文字，抑无取乎高深，此所以杂也。""文学随时代为转移，今世科学盛行，国文之用，日趋简便，绮靡诡谲，无所用之，浸假治小说而从事饾饤獭祭，甚无谓也。然所谓俚俗者，要当所言有隽味有至理"，"所谓文，非藻绘之谓，能达人所不能达之谓，故曰，辞达而已矣，吾侪执笔为文，非雅之难，而俗之难，知此中甘苦者，当不以吾为失言，蕲能以深入显出之笔墨，竟小说之作用，如是而已。今兹未能，悬此语以为进行之鹄耳，此小说海之宗旨也。"《小说海》内容充实，载长篇有林纾《孥云手》，许指严《模范街》，李涵秋《玉华惨史》；传奇有绛珠、吴东园《潇溪女史》《扬州梦》；短篇有姚鹓雏《玉珰缄札》《冰天鹈鲽》，王西神《夜航人语》，包天笑《女装警察》，向恺然《皖罗》，程小青《鬼窟》，喻血轮《苦海鸳》，刘半侬《女侦探》，徐卓呆《名马》，许指严《蓬莱仙馆》，程瞻庐《航海盗》等；笔记有汪国垣《小奢摩馆脞录》，姚公鹤《上海闲话》等。

2日，许指严《鱼壳外传》，周瘦鹃译、法国大仲马著《美人之头》，刘半侬译《疗妒》载《礼拜六》第31期。

3日，包天笑"时评"《弛赌》载《时报》第2张，至31日，共27则。

5日，《妇女杂志》在上海创刊。王西神在《妇女杂志》发表小品文《西神客话》,小说《一朵云》《姑恶鉴弹词》《笯凤哀音》,家庭常识《余兴·家庭俱乐部》等近300篇;王蕴章"杂剧"《可中亭传奇》载创刊号。

注:《妇女杂志》由妇女杂志社编辑,商务印书馆发行,第一卷由王蕴章编辑,第二卷改由朱胡彬夏任编辑。1931年12月1日停刊,共出到第17卷第12号。主要栏目有图画、论说、学艺、家政、小说、译海、文苑、美术、杂俎、传记、通讯、余兴等。主要载有小说叶小凤《中萃官传奇》,姚鹓雏《绣余语》《塞垣花泪》《碧栏绮影》《青衫残泪》《红鹦鹉》,李涵秋《雪莲日记》等。

7日,程瞻庐"滑稽短篇小说"《新旧配偶》载《新闻报·快活林》。

9日,周瘦鹃《旁贝城之末日》载《礼拜六》第32期。

10日,徐枕亚"烈情小说"《屈贞女》,李定夷"义侠小说"《难兄难弟》载《民权素》第4集;杨尘因《梨香社剧话》载《民权素》第4集,至1916年3月15日第16集,载14次。

15日,包天笑译、克兰克夫人著"教育小说"《二青年》载《教育杂志》第7卷第1号,至1917年6月20日第9卷第6号。

18日,常觉、见心、独鹤"侦探小说"《保罗别墅之惨剧》载《新闻报·快活林》,至4月4日,5章,共35次。

19日,瞻庐"滑稽短篇"《偷酱先生》载《新闻报·快活林》。程善之"笔记小说"《荷珠桂珠》,毕倚虹《上海闲话·呜呼,新剧之内幕书》载《上海滩》第4期。

23日,周瘦鹃译《五年之约》载《礼拜六》第34期。

25日,包天笑《病菌大会议》载《中华学生界》第1卷第1期,至11月25日第11期,15章,未完。王西神"短篇小说"《游侠别传》载《小说月报》第6卷第1号;容纯甫先生自叙、凤石译述、铁樵(恽树珏)校订长篇《西学东渐记》载《小说月报》第6卷第1号,至8月25日第8号。

29日,程善之"纪事小说"《千鹤子郁子》,毕倚虹《上海闲话·学堂公司》载《上海滩》第5期。

30日,周瘦鹃译《孝女歼仇记》载《礼拜六》第35期。

本月

《上海》杂志创刊,由陆澹盦、刘恨我、少瞻、忽成、梅痴、竹溯等编辑。陆澹盦长篇哀情小说《侠情记》载创刊号。

2月

1日,程瞻庐《诗魔》载《小说海》第1卷第2号。天笑"哀情小说"《飞来之日记》,瞻庐"游戏小说"《婴宁第二》,半侬"滑稽小说"《福尔摩斯之失败》,林纾"历史小说"《劫外昙花》载《中华小说界》第2卷第2期。包天笑"时评"《中日新交涉》载《时报》第4版,至28日,共28则。

4日,陆律西《新人旧人》载《新闻报·快活林》,至6日,载完。

6日,周瘦鹃译《怪客》,刘半侬译《哲学家》,俞天愤《卖菜心》载《礼拜六》第36期。

8日,程瞻庐《女佣谈话会》载《新闻报·快活林》。徐枕亚"哀情小说"《芙蓉扇》,刘铁冷"笔记"《铁冷杂记》(含《石林家训》《红爪鸦》《义雁冢》《东城仙》《谐联》《恶谑》《创解》《假爷头》《乡农黠语》《偷儿鸣谢》《寄鞋奇闻》《老表兄传》《贼之急智(二则)》《乔梓同庚》《哑梨》《慧童》)载《小说丛报》第8期。

13日,周瘦鹃《爱之牺牲》载《礼拜六》第37期。

20日,王钝根《财神语》载《申报·自由谈》。闲闲《苦女儿弹词》载《新闻报·快活林》,至5月6日,76次,15回,载完。周瘦鹃《午夜鹃声》《情天不老》,天虚我生《一行书》《天网》《密罗老人小传》,马二先生《赌》,王钝根《红楼劫》,苏汉、天虚我生译《嬉皮之王》载《礼拜六》第38期。

23日,毕倚虹《杭州琐记》载《时报》第5版,至3月1日,载完。

25日,许指严"短篇"《鸠媒》载《小说月报》第6卷第2号。周瘦鹃辑录"爱国丛谈"《为祖国故》载《申报·自由谈》,至3月11日,共10篇。第一篇前,作《为祖国故》,阐明辑录缘起。

引:《为祖国故》:

强邻侮吾,肆为要求,昨阅大陆报柏林消息,谓强邻政府,将称兵吾境,迫吾承诺,不达目的不止。果尔,吾国亡无日矣。嗟夫,国势阽危,于斯为极!正贾长沙痛哭流涕之日,非信陵君醇酒妇人之时。愿吾国人,其各兴起,毋再醉生梦死,置国事于弗顾。瘦鹃无状,虽未能执干戈以卫社稷,然而吾笔未茇,必为祖国稍尽其绵力。兹特辑欧美爱国丛谈十篇,汇刊于《自由谈》上。半为自己旧作,半为诸义家者述。统名曰:《为祖国故》。少缓,尚拟选译西国敌忾救国之说部,以勖国人。俾知彼西人之如何爱其祖国,国资为镜鉴,急起直追,他日者,或能使吾庄严灿烂五色之帜,猎猎风翻于凯歌声里,使彼野心国,弗谓泰无人,是则吾所以一瓣心香日夕祷诸国人者也。大中华民国四年二月二十有一日,瘦鹃识于怀兰室。

26日,王钝根《自由谈之自由谈》载《申报·自由谈》,呼吁大家团结起来,反对日本旨在灭亡中国的《二十一条》。

引:《自由谈之自由谈》:

有能卫我国家,御外侮者,我虽为之执贱役,亦所甚愿!

有能卫我国家,御外侮者,其人虽为我私仇,我当从此以后敬如神明!

有能卫我国家,御外侮者,其人虽与我平素政见不合,兹以对外故,当竭力助之!

有能卫我国家,御外侮者,其人虽为凶残暴横之悍将,今以对外故,当捐弃旧恨,祝其成功!

有能卫我国家,御外侮者,其人虽平日不修细行,流荡无赖者,以对外故,当以极尊重之礼,敬其救国之义!

有能卫我国家,御外侮者,其人虽为胡匪马贼,今以对外故,当视为国家之功人!

有能卫我国家,御外侮者,虽倾我所有财产,亦所不惜!

有以暴力思灭我国者,其人虽极文明,我必视为仇敌!

有以暴力思灭我国者,虽有世界第一之学校,我不愿受其教门外!

有以暴力思灭我国者,虽有极优美之商品,我必顾而之他!①

27日,周瘦鹃译、哈葛德著《红楼翠幌》载《礼拜六》第39期。

本月

姚鹓雏、陈倦鹤编辑的《七襄》杂志停刊。

徐枕亚《雪鸿泪史》由上海清华书局出版;1916年1月再版,1922年2月十二版,1924年1月13版;1931年由广东大通书局出版。

李涵秋《双花记》由国学书室出版。

3月

1日,半侬"滑稽小说"《影》,瘦鹃"言情小说"《桃李因缘》,寄尘"地理小说"《滕半仙传》载《中华小说界》第2卷第3期。包天笑"时评"《教育与实业》载《时报》第6版,至31日,共31则。李涵秋《沁香阁杂俎·骗术五》载《大共和日报·报余》。

3日,程瞻庐《贼日记》载《时报》第10版。

4日,李涵秋"游戏文章"②《吹法螺之孔子》、"小玩艺"《说不快》载《大共和日报·报余》。

5日,李涵秋"游戏文章"《吹法螺之孔子》(续)、"小玩艺"《反肢体的希望》、"杂俎"《屠户》载《大共和日报·报余》。

6日,屏周、周瘦鹃译,法国玛黎瑟勒勃郎著《亚森罗苹之失败》,天虚我生《两不死》载《礼拜六》第40期。朱瘦菊《阎罗王拒绝曾少卿》载《申报·自由

---

① 钝根:《自由谈之自由谈》,《自由谈》,《申报》第4张,1915年2月26日。
② 这些"游戏文章"后来由寿州人李警众整理,共55篇,结集为《沁香阁游戏文章》,1927年12月10日,由震亚书局出版。

谈》。李涵秋发表"游戏文章"《吹法螺之孔子》(续)、"小玩艺"《反肢体的希望》(续)、"沁香阁杂俎"《剜心》于《大共和日报·报余》。

7日,李涵秋"游戏文章"《吹法螺之孔子》(续)、"小玩艺"《新乐府四首》、"沁香阁杂俎"《刘烈女》载《大共和日报·报余》。

8日,李涵秋"游戏文章"《旧式婚姻刍议》、"小玩艺"《乙卯年物价贵贱比较表》、"沁香阁杂俎"《薛某》载《大共和日报·报余》。

9日,李涵秋"游戏文章"《放屁文章》、"小玩艺"《不可解》、"沁香阁杂俎"《剖腹》载《大共和日报·报余》。

10日,李涵秋"游戏文章"《拟组织抵制禁烟会意见书并简章》、"小玩艺"《笑电》、"沁香阁杂俎"《某官女》载《大共和日报·报余》。钝根《自由谈之自由谈》载《申报·自由谈》,他一方面斥责国民的麻木:"今日何日,乃强邻威逼,我国危急存亡之秋。务望我同胞群策群力,为政府外交之后盾。幸勿日事花天酒地,要知覆巢之下安完卵。我堂堂中华,至于今日,被人侮辱至此,有不奋然起者,非人也!"另一方面警告政府放弃对日和谈的幻想:"呜呼,以吾政府之苦心孤诣,力求和平,而犹不免于战耶?或谓日本要求之苛厉,不啻城下之盟,与其不战而即以战败国自处,毋宁一战!"

徐枕亚著、徐天啸编《枕亚浪墨初集》由上海清华书局初版,10月30日再版;1916年10月10日三版;1917年10月1日四版;1921年8月1日十版。

按:《枕亚浪墨初集》收,卷一"说蠡":"惨情小说"《余归也晚》,"孽情小说"《自由鉴》,"烈情小说"《一死难》,"哀情小说"《弃妇断肠史》,"妒情小说"《毒药瓶》;卷二"艺苑":《断碎文章》《枕霞阁吟草》《庚戌秋词》;卷三为"艳薮":《冰壶寒韵》《红楼梦余词》《惆怅诗》《珠沉玉碎词》《荡魂词》《闺情限字诗》;卷四为"谭荟":《营腾室丛拾》;卷五为"谐丛":《快活三郎文集》《快活三郎诗话》;卷六为"杂纂":《儿童俱乐部参观记》《闽游纪略》。

11日,李涵秋"游戏文章"《千古快事》、"小玩艺"《亡八》、"沁香阁杂俎"《火劫》载《大共和日报·报余》。

12日,李涵秋"游戏文章"《讨春雨檄文》、"小玩艺"《新谥法》、"沁香阁杂俎"《水灾》载《大共和日报·报余》。

13日,周瘦鹃《玫瑰有刺》,许指严《吾夫死于虎》载《礼拜六》第41期。李涵秋"游戏文章"《戏拟尼姑嫁和尚判服》、"小玩艺"《国务院拟定烟鬼赌鬼判服》、"沁香阁杂俎"《风灾》载《大共和日报·报余》。程瞻庐发表《快活林开篇》载《新闻报·快活林》。

王钝根《自由谈之自由谈》载《申报·自由谈》,号召大家与日本展开持久商战,"惟恐毅力不长,五分钟之热度,则我国商界终为世界各国所轻视矣。"他坚信,"若能持以坚忍,历久愈进,则他日必得美满之结果,不啻战胜疆场,使敌人俯首听命于我国旗之下也。"与此同时,他又与同仁一道,号召国人积极捐助救国储金,抵抗日本侵略。

14日,李涵秋"游戏文章"《竹城记》、"小玩艺"《新论语》载《大共和日报·报余》。

15日,李涵秋"游戏文章"《戏拟玉皇大帝谕旨》、"小玩艺"《说可爱》《说可丑》载《大共和日报·报余》。《双星杂志》在上海创刊,上虞人倪义抱主编。周瘦鹃《画中受宠》,姚鹓雏《双蝶影》,叶小凤《雌婿》,程瞻庐《事不谐矣》载第1期。许指严《拾可敦阿奴事》载第1期,至4月15日第2期,载完。

注:《双星杂志》为月刊,由双星杂志社编辑兼发行,黄松风、朱抱一主办兼编辑,栏目有小说、传记、笔记、谐海、铁史、传奇、余兴、补白、杂俎、文苑、余兴等,作者有李涵秋、许指严、程瞻庐、叶小凤、王蕴章、柳亚子、高旭、吴梅等;至6月25日,出版4期。9月9日(农历八月初一日),改《文星杂志》,由上海国学昌明社发行,倪义抱编辑。设有论说、传记、小说、传奇、文诗词杂著等。小说《尘海燃犀录》《秋冰别传》皆承《双星杂志》第4期续载。至1916年6月10日(丙辰农历五月初十日),《文星杂志》出至第4期,停刊。

16日,李涵秋"游戏文章"《拟妓女祭嫖客文》、"小玩艺"《花丛八不值得》载《大共和日报·报余》。

17日,王钝根正式离开《自由谈》。李涵秋"游戏文章"《戏拟乱党某某等悔过自首状》、"小玩艺"《民国之废物》载《大共和日报·报余》。

引:王钝根的离职启事:"钝根在《申报》创设《自由谈》,四年以来,蒙海内诸大文豪相率以诗文词曲小说笔记见寄,且引钝根为文字交,钝根不才,至感且幸。揭来中日交涉,全国恐慌,钝根主张激昂,与主者意见相左,不得已辞职,舍《自由谈》诸神交而去,良用歉。"(王钝根《钝根启事》,《礼拜六》1915年第44期,第63页。)

18日,吴觉迷接任《申报·自由谈》编辑,至1916年3月31日离职。李涵秋"游戏文章"《六字真言》、"小玩艺"《新相法》载《大共和日报·报余》。

注:吴觉迷继续了王钝根时期的"爱国丛谈"栏目并发扬光大之。本年2月25日由周瘦鹃辑录《爱国丛谈》10篇。吴觉迷接手后,突破了周瘦鹃《爱国丛谈》的范围,除了积极介绍国外的爱国人士外,还发掘本民族的爱国主义资源。至6月10日止,共发表"爱国丛谈"文章120余篇,记录女英雄冯陆贞、鸦片战争中的陈化成、中法战争中的冯子材等爱国将领的爱国事迹,颂扬他们的爱国主义精神。为鼓荡民气,提倡尚武精神,吴觉迷也继续了王钝根时期的"征求军人诗稿,激发爱国勇气"的征稿启事,登载了张承中将军等军界人士的诗稿,连载了桐城刘雨沛的《西戍途中日记》,记录西北苦寒,状写军旅艰辛,激发民众艰苦奋斗

的英雄主义精神。袁世凯积极推行帝制运动,《自由谈》虽没有给予激烈的抨击,但还是曲折幽微地表达了不满。

19日,李涵秋"游戏文章"《不倒翁传》、"小玩艺"《女子今昔风气》《咏史》载《大共和日报·报余》。

20日,周瘦鹃译《电》载《礼拜六》第42期。李涵秋"游戏文章"《不正经》、"小玩艺"《说趣》载《大共和日报·报余》。

21日,李涵秋"小玩艺"《说恨》载《大共和日报·报余》。

22日,李涵秋"游戏文章"《拟创办妓女半日学堂招生广告并附简章》、"小玩艺"《人而鬼》载《大共和日报·报余》。杨尘因"刺时短篇"《锻蠹机》,蒋箸超"滑稽短篇"《牛皮王》载《民权素》第5集。吴双热"实事小说"《花开花落》载《民权素》第5集,至11月15日第12集,载完,6次。

23日,李涵秋"游戏文章"《全国烟鬼结合团体以张国威檄》、"小玩艺"《选举时之各处忙》载《大共和日报·报余》。

24日,李涵秋"游戏文章"《拟腐儒哭八股》、"小玩艺"《新论语》载《大共和日报·报余》。

25日,包天笑、张毅汉合译《女小说家》载《中华妇女界》第1卷第3期。包天笑、张毅汉《儿兮归来》载《中华学生界》第1卷第3期。许指严"短篇小说"《琼儿曲本事》载《小说月报》第6卷第3号。李涵秋"游戏文章"《创办撮合公司广告》、"小玩艺"《拍马家须知》《升官图开局》载《大共和日报·报余》。刘铁冷"侠情小说"《枫林血帕记》、"红羊闻补"《傅善祥别传》,韩啸虎、徐枕亚"实事小说"《泣颜回》载《小说丛报》第9期。

26日,陆律西《分身术》载《新闻报·快活林》,至27日,载完。李涵秋"游戏文章"《贺戒烟死者书》、"小玩艺"《说可怕》载《大共和日报·报余》。

27日,周瘦鹃《爱国少年传》载《礼拜六》第43期。李涵秋"游戏文章"《戏拟众香国募借公债示文》、"小玩艺"《新论语》载《大共和日报·报余》。

28日,李涵秋"游戏文章"《传精传》、"小玩艺"《十二属之比喻》载《大共和日报·报余》。

29日,李涵秋"游戏文章"《种菜歌》《上元家宴》、"小玩艺"《阳话新翻出来》载《大共和日报·报余》。

30日,李涵秋"游戏文章"《拟新知事禀上司事》、"小玩艺"《新论语》载《大共和日报·报余》。

31日,李涵秋"文苑"《楚游集·秋夕》、"小玩艺"《新论语》载《大共和日报·报余》。

本月

周瘦鹃加入南社,编号为509。

李涵秋"札记小说"《琵琶怨》由国学书室出版,收《黄金霞》《纤纤》《郓楚卿》《秋蓉》《红仙》《叶红玉》6篇。《瑶瑟夫人》由国学书室出版,第二版。

《小说新报》在上海创刊。朱蓉华、李定夷《伉俪福》载创刊号,至1916年1月第12期,26章,12次,载完。英蜚"苦情长篇"《孽海波》载创刊1号,至6月第4期,8章,4次,载完。绮红"醒世小说"《狎邪镜》载创刊1号,至第4期,12回,4次,载完。

注1:《小说新报》由国华书局出版,沈仲华创办,定位月刊,但经常不能按时出刊。自创刊至终刊,编辑屡有更替,自创刊至第5年第7期,由李定夷任编辑部主任,时间最长;1919年8月第5年第8期开始由许指严任编辑部主任;第6年,包独醒任编辑;1919年12月12期后,被迫停刊。1922年复刊,即第7年,由贡少芹任编辑;第8年第1—9期,天台山农为编辑主任,朱大可、陈逸民任编辑;1921年停刊1年,1923年9月终刊,共出版8年,94期。其编辑宗旨大体可以从李定夷1915年2月所写载《小说新报》创刊号的《发刊词三》中体现,现抄录如下:

> 《小说新报》编辑竟,国华主任以发刊词属余,爰弁其端曰:慨夫齐谐诡诞,不厕四库之庋;郢说荒唐,群訾十洲之记。谈狐谈鬼,神话难稽,诲盗海淫,邪辞可耻。一曲春灯之扇,百回野叟之言,在作者虽游戏逢场,而议者等俳优误世。驯至卑雅调于么弦,抑丽辞为篷弄,徒见滥觞末季,语出非伦,不知嘀矢先声,理归正则。况采风问俗,偏九百之书,品翠题红,夸六朝之艳,纤不伤雅,易索解人;辞则传惰,何醒酣梦?纵豆棚瓜架,小儿女闲话之资;实警世觉民,有心人寄情之作也。嗟嗟!文章未老,竹素有情。逞笔端之褒贬,作皮里之阳秋,借乐府之新声,写古人之面目。东方曼倩,说来开笑口胡卢;西土文章,绎出少蟹行鹘突。重翻趣史,吹皱春池。画蝴蝶于罗裙,认鸳鸯于坠瓦。使竹林游歌,尚识黄公之垆,山阳室空,犹听邻家之笛。看来图画,道个中,劫后须眉,毫添颊上。着意于村讴俗唱,求老姬之诗解白公;用心于索隐猜谜,仿幼妇之碑传黄绢。爱情读新装简册,伦理讽旧日文章。借古鉴今,漫等妄言妄听,玩华丧实,是在见智见仁。发刊日,是为词。

小说作者阵容强大,李定夷、周瘦鹃、吴双热、俞廛云、海上说梦人、贡少芹、赵苕狂、俞天愤、许廑父、徐卓呆、许指严、吴东园等,发表长篇小说48部,如李定夷的《新上海现形记》《廿年苦节记》《辽西梦》《同命鸟》,贡少芹的《变相之宰相》《傻儿游沪记》《尘海燃犀录》,周瘦鹃《恐怖党》《井底埋香记》,赵苕狂《奸狐记》《黑痣人》《弹耶毒耶》《社会罪恶史》《无历村》,许廑父《珠江风月传》，许指严的《京华新梦》，俞天愤的《剑胆琴心录》，海上说梦人《古井重波记》，俞牖云《绿阳春好录》《风尘双雏传》，吴双热《无边风月传》等；短篇小说据栏目首位，每期十篇以上，数量多，质量高，以言情小说、历史掌故小说、家庭小说为主要题材类型，兼及滑稽、风俗等。

注2：朱大可(1898—1979)，浙江嘉兴人。原名朱奇，字大可，号莲垞，长乐老人，别署亚凤等。曾留学日本，协助其舅父天台山农编辑《小说新报》，与施济群等人合办《金钢钻》，任《新申报》副刊《小申报》主笔；曾任大夏大学、无锡国专上海分校、正始中学教职，撰述颇多，小说如《毒酒》《独身之父》，随笔如《巵语考证》70则、《郁波罗馆丛话》《亚凤巢随笔》《风生云楼随笔》《游天戏海室雅言》《生春云楼杂录》；诗词如《拥翠第二楼诗抄》《蒲石居联话》《蒲石居读碑小咏》等。工书法，善书论，著有《论书法绝句二十七首》(《墨池集》)，为人称道。

注3：天台山农(1878—1932.4.22)，原名刘青，字介玉，后改字玠丹，号天台山农。祖籍浙江黄岩，因其父刘子华驻防嘉兴，因移居嘉兴。7岁丧父，寡母周太夫人抚养成人。随徐尔藩读书。19岁赴黄岩应试，遭母丧而归，返里教读为生，后入嘉兴同知王桐笙家为西席。光绪三十二年，来苏州，任苏军四十二标一营书记长，后因营长卢世仪升任统领，随升至标部书记长。辛亥革命后，天台山农任苏军执法官。后随江北护军使刘之洁赴清江，仍任执法官。二次革命后，天台山农脱离军界，回嘉兴老家，苦练书法。不久后，随黄楚九上海鬻书为生。1929年，因病辞去新药业同业公会秘书，回乡养病，1932年4月22日病逝。(孙筹成《我与天台山农》，载《和平日报》，1948年7月27日)作为名报人，天台山农主持《新申报》副刊《小申报》，编辑《小说新报》等；本年5月7日至1931年7月19日，天台山农在《新闻报》发表谐著杂感近300则；1918年2月11日至1923年10月10日，在《大世界》发表谐著杂感文章近300则。

引：天台山农，刘介玉，浙江嘉兴人，为军界前辈。民国初元，来居上海，辄以馀暇作谐文小说，投余所辑之自由谈，渐亦旁及于新闻报。既而鬻书之业大盛，遂无暇作小说，顾得间仍以小品散作，披露报章杂志中，惟如凤毛麟角，不多见耳。现任小说新报编辑，然笔墨琐细，悉委其甥朱大可君，不甚过问云。——1924年1月15日《社会之花》第1卷第21期《本旬刊诸大名家小史》。

4月

1日，刘半侬译《八月二十》，程小青译《鬼妒》，许指严《双白奇冤》载《小说海》第1卷第4号。姚公鹤《上海闲话》载《小说海》第1卷第4号，至11月1日第11号；1917年7月由上海商务印书馆出单行本；1925年1月再版；1926年11月三版；1933年11月国难后第1版。周瘦鹃"伦理小说"《难兄难弟》载《中华小说界》第2卷第4期。包天笑"时评"《敬告中国银行》载《时报》第5版，至30日，共30则。

3日,周瘦鹃译《爱夫与爱国》《我教你们一首功课》载《礼拜六》第44期。

4日,程小青《医生之决斗》载《申报·自由谈》,至5日,载完。

5日,李涵秋《并头莲》载《新闻报·快活林》,至6月2日,载完。

10日,周瘦鹃《血性男儿》《好男儿不当如是耶》,陈小蝶《福尔摩斯之失败》载《礼拜六》第45期。

14日,王蕴章《锦树林传奇》载《国学杂志》第1期。

15日,叶小凤《情场奴吁》,姚鹓雏《帕语》,王西神《犬》《小星替月》,吴绮缘《薄情郎》载《双星杂志》第2期。

16日,程瞻庐《相依为命》载《新闻报·快活林》。

17日,程小青译《国与家》,叶绍钧《痴心男子》载《礼拜六》第46期。

25日,严独鹤《储蓄票开彩》载《新闻报·快活林》,至26日,载完。

30日,姚鹓雏《沈家园传奇》载《小说丛报》第10期,至8月12日第13期,共载四出。徐枕亚"传记小说"《神女》,楚声、刘铁冷"奇情小说"《更无一个是男儿》载《小说丛报》第10期。

本月

许指严"秘史外录"《女诸葛》,李定夷"华侨惨史第二则"《绝命书》、"滑稽小说"《痴丐》,包独醒"滑稽小说"《喜相逢》载《小说新报》第1年第2期。

贡少芹《美人劫》由中华书局初版;"哀情小说"贡少芹《鸳鸯梦》(2卷)由文明书局初版,1923年8月八版。

5月

1日,刘半侬译作《卑田院客》、许指严《团花枪》载《小说海》第1卷第5号。瞻庐"复仇小说"《吕二娘》载《中华小说界》第2卷第5期。包天笑"时评"《滑稽的》载《时报》第2版,至31日,共31则。

4日,外国缠夹先生著、半侬译"滑稽小说"《神鬼大跑马》载《新闻报·快活林》,至8日,载完。

5日,姚鹓雏《燕蹴筝弦录》由小说丛报社出版。

8日,屏周、周瘦鹃译《铁血鸳鸯》载《礼拜六》第49期。

9日,闲闲"演义"《三韩亡国史演义》载《新闻报·快活林》,至8月16日,98次,12回,载完。

10日,陆律西《今之鲁男》载《新闻报·快活林》。佚名《自由谈之自由谈》载《自由谈》,针对日本人下达签署《二十一条》的最后通牒,通俗作家号召国民

"各尽其能力,以抵御之",坚决拒绝日本无理要求,要求政府武力抵抗日本,"与其逐条承认而亡,毋宁与之一战而亡,盖战而亡,政府亦可以对吾人民,无人民亦不致怨政府。"

12日,陈冷《国民,尔忘五月七日之哀的美敦乎?》载《申报》第2版。作者告诫大家必须好好反省国民性,日本的"哀的美敦"施于中国,究其因在于中国的"弱",而国民的"自私自利,自暴自弃,自怠自惰而已。自私自利,自暴自弃,自怠自惰者,弱之原也"!

13日,陆士谔《喧宾夺主》载《新闻报·快活林》,至15日,载完。

15日,李涵秋《爱国丐》,程瞻庐《长桥侠影》,叶小凤《阿赉小传》,吴绮缘《可怜侬》载《双星杂志》第3期。周瘦鹃译《情人欤祖国欤》,马二先生《怨耦》载《礼拜六》第50期。刘铁冷"奇情小说"《更无一个是男儿》载《小说丛报》第10期,署名"楚声、铁冷"。杨尘因"滑稽短篇小说"《新旧妇人》,张冥飞"艳情短篇"《襟上酒痕》载《民权素》第6集。

22日,周瘦鹃《功……罪》载《礼拜六》第51期。

25日,陆律西《无瑕璧》载《新闻报》。铁樵"短篇小说"《李代桃僵》载《小说月报》第6卷第5号;林纾笔述、铅山胡朝梁口译、英国鹃刚伟著《云破月来缘》载《小说月报》第6卷第5号,至9月25日第9号。

29日,周瘦鹃《断肠日记》《同归于尽》载《礼拜六》第52期。

30日,刘铁冷"警世小说"《妾之奇祸》,徐枕亚、盛斯《白杨衰草鬼烦冤》,吴双热"滑稽四书演义"《宰予昼寝》,楚声、刘铁冷"纪实小说"《薄命怜卿甘作妾》,俞天愤"侦探小说"《烟丝》载《小说丛报》第11期。

本月

贡少芹《女学生之秘密记》由进步书局出版;1926年10月由文艺编译社11版;1931年4月13版。

6月

1日,许指严《萍花》载《小说海》第1卷第6号。瘦鹃"侦探小说"《十万圆》,天笑、毅汉"国民小说"《荔枝》,海登、半侬"言情小说"《情悟》载《中华小说界》第2卷第6期;汉声(刘铁冷)、亚星"历史小说"《回首百年》载《中华小说界》第2卷第6期,至8月1日第8期。包天笑"时评"《政府之一蔽》载《时报》第2版,至30日,共30则。李涵秋"游戏文章"《慰友人考县知事下第书》、"文苑"《感怀》《冬日偶感》《酬卞明府孟韬》载《大共和日报·报余》。

2日,李涵秋"游戏文章"《书囚犯救国储金事后》、"小玩艺"《新论语》载《大共和日报·报余》。

3日,许指严"侠情小说"《蛮触恨》载《新闻报·快活林》,至14日,12次,载完。李涵秋"游戏文章"《记客谈爱国犬事》、"小曲"《一字箴》载《大共和日报·报余》。

4日,李涵秋"游戏文章"《书义济游览会添悬中国国旗事后》、"小玩艺"《说金之名称》载《大共和日报·报余》。

5日,周瘦鹃《祖国重也》载《礼拜六》第53期。李涵秋"游戏文章"《戏拟腐儒拍卖书籍以作储金书》、"小玩艺"《八亡》载《大共和日报·报余》,"沁香阁笔记"《六藏》《偶对》《马子》载《新闻报·快活林》。

6日,李涵秋"游戏文章"《困兽记》、"小玩艺"《说债》载《大共和日报·报余》,"沁香阁笔记"《地官第井》《水龙》《打扁担》《蛾眉》载《新闻报·快活林》。

7日,李涵秋"游戏文章"《代烟界同胞上政府书》、"小玩艺"《有……即有》载《大共和日报·报余》,"沁香阁笔记"《风俗谈》《迁官面长》载《新闻报·快活林》。

8日,李涵秋"小玩艺"《说可惜》载《大共和日报·报余》,"沁香阁笔记"《白发药》《嫦娥》《迷楼》《管辂》载《新闻报·快活林》。

9日,李涵秋"游戏文章"《考试可以富国》、"小玩艺"《新论语》载《大共和日报·报余》,"沁香阁笔记"《袁子才先生轶事》载《新闻报·快活林》。

10日,李涵秋"游戏文章"《拟肃政使等联名弹劾某襄校书》、"小玩艺"《咏物五章：虱、蛆、蚊、跳蚤、臭虫》载《大共和日报·报余》,"沁香阁笔记"《花子先生》载《新闻报·快活林》。

11日,李涵秋"游戏文章"《新论语》、"小玩艺"《哭五更(川心调)》载《大共和日报·报余》,"沁香阁笔记"《陈邵平》载《新闻报·快活林》。

12日,周瘦鹃译《十年后》载《礼拜六》第54期。李涵秋"小玩艺"《新月令》载《大共和日报·报余》,"沁香阁笔记"《发匪遗闻》载《新闻报·快活林》。

13日,李涵秋"沁香阁笔记"《伪廉》《三教雅谑》《犯兽》载《新闻报·快活林》。

14日,李涵秋"小玩艺"《新论语》载《大共和日报·报余》,"沁香阁笔记"《尺二冤家》《相不足凭》《肉飞仙》《秋千》载《新闻报·快活林》。

15日,李涵秋"说苑"《沈金彪》《铁胎了》《王老娘》载《大共和日报·报余》,"沁香阁笔记"《陈若木先生轶事》载《新闻报·快活林》。杨尘因"孽情短篇"

《青娥劫》,张冥飞《曹碧碧》载《民权素》第7集。

16日,李涵秋"沁香阁笔记"《庸医杀人》载《新闻报·快活林》。

17日,李涵秋"沁香阁笔记"《胡某》载《新闻报·快活林》。

18日,李涵秋"游戏文章"《五月五日全国宜举行庆贺说》载《大共和日报·报余》,"沁香阁笔记"《云云》《雌雄龙》《倒异肩舆论》《得眼林》载《新闻报·快活林》。

19日,周瘦鹃《阿父之忏悔》载《礼拜六》第55期。李涵秋"游戏文章"《书报载可与诗社雅集陶然亭事后》、"小玩艺"《说卖之名称》载《大共和日报·报余》,"沁香阁笔记"《尸媾》载《新闻报·快活林》。

20日,李涵秋"游戏文章"《党人卜居》载《大共和日报·报余》,"沁香阁笔记"《某乙》载《新闻报·快活林》。

21日,李涵秋"游戏文章"《牝铭》、"小玩艺"《新论语》、"文苑"《江口晚渡》载《大共和日报·报余》,"沁香阁笔记"《地鸡地鸭》《画记》载《新闻报·快活林》。

22日,李涵秋"游戏文章"《冤桶传》、"小玩艺"《说法》、"文苑"《楚游集·挽周军门云卿》载《大共和日报·报余》,"沁香阁笔记"《古字》《荐新》《梁太子》《击瓯》载《新闻报·快活林》。

23日,李涵秋"文苑"《楚游集·二月九日送镜安弟往通山归而感赋却寄镜安》载《大共和日报·报余》,"沁香阁笔记"《彭公雪琴韵事》载《新闻报·快活林》。

24日,陆士谔《错认了冤家》载《新闻报》,至26日,载完。李涵秋"游戏文章"《戏拟某县佐再上某巡按禀》、"小玩艺"《说我之……》载《大共和日报·报余》,"沁香阁笔记"《蛇吃胭脂》载《新闻报·快活林》。

25日,姚鹓雏《劫外离鸳》,王蕴章《滑稽外传》,程瞻庐《沈小七》,一琦《红羊残屑》载《双星杂志》第4期。李涵秋《秋冰别传》载《双星杂志》第4期,未完,9月9日,《双星杂志》改名《文星杂志》,《秋冰别传》续载,至1916年1月5日第3期,四章,载完。铁樵译《披萝带荔》载《小说月报》第6卷第6号。李涵秋"游戏文章"《台姬铭》《烟室铭》、"小玩艺"《嫖客五更调》载《大共和日报·报余》,"沁香阁笔记"《黄均太》于《新闻报·快活林》。姚鹓雏《劫外离鸳》载《双星杂志》第4期。

26日,周瘦鹃《为国牺牲》载《礼拜六》第56期。李涵秋"游戏文章"《知事考试序》、"小玩艺"《说货》载《大共和日报·报余》,"沁香阁笔记"《汪石公太太》《温令》载《新闻报·快活林》。英国维廉·勒苟原著,常觉、鸣旦、天侔合译《密约》载《新闻报·快活林》,至1916年1月13日,36章,未完。

27日,陆律西《善学曾子》载《新闻报·快活林》。李涵秋"游戏文章"《厕屋铭》、"小玩艺"《八穷》载《大共和日报·报余》,"沁香阁笔记"《燕娘》载《新闻报·快活林》。

28日,李涵秋"游戏文章"《拟各省黑籍中人上陕甘各大员禀》、"小玩艺"《新论语》载《大共和日报·报余》,"沁香阁笔记"《年羹尧轶事》载《新闻报·快活林》。吴双热"奇情小说"《别来无恙》,赵绂章"英雄小说"《纪戚生述宋大帅轶事》,刘铁冷"言情小说"《刺绣无心抛弱线》,徐枕亚"名人轶事"《红豆庄盗案》,俞天愤"社会小说"《个中人》,吴绮缘"明季轶史"《侠妓殉国记》,包独醒"艳情小说"《拾芹佳话》,俞天愤"侦探小说"《芙蓉壁》,刘铁冷《妻梅媵菊记》,徐枕亚"清代战纪"《平回传信录》载《小说丛报》第1周年增刊。吴双热"滑稽小说"《快活三郎》载《小说丛报》第1周年增刊,至1916年8月10日第3年第1期,载完。

29日,李涵秋"游戏文章"《记梦瓜》、"小玩艺"《有无》载《大共和日报·报余》,"沁香阁笔记"《年羹尧轶事》(续)载《新闻报·快活林》。

30日,李涵秋"文苑"《楚游集·春日杂感》载《大共和日报·报余》,"沁香阁笔记"《孔某》载《新闻报·快活林》。

本月

贡少芹"滑稽寓意小说"《春梦》(2册)由文明书局、中华书局发行,文明书局印刷。

7月

1日,程小青《情囚》载《小说海》第1卷第7号;许指严《模范乡》载《小说海》第1卷第7号,至12月1日第12号,12章,6次,载完。瘦鹃"警世小说"《复水》,天笑、毅汉翻译"滑稽小说"《吾侄麦司之书翰》,半侬翻译、俄国文学家杜瑾讷夫著《杜瑾讷夫之名著》载《中华小说界》第2卷第7期。包天笑"时评"《用新人行新政》载《时报》第4版,至31日,共31则。李涵秋"沁香阁笔记"《李石泉轶事》载《新闻报·快活林》。

2日,天虚我生《间谍生涯》载《申报·自由谈》,至10月18日,载完;1916年1月由上海中华图书馆出版。李涵秋"沁香阁笔记"《李石泉轶事》(续)、《珊瑚妇人》《螺亭》《鞭乐》载《新闻报·快活林》。

3日,天虚我生《衣带冤魂》载《礼拜六》第57期,至24日第70期。李涵秋"沁香阁笔记"《程榴》载《新闻报·快活林》,至4日,载完。

5日,雪莲女士著、江都李涵秋润词《雪莲日记》载《妇女杂志》第1卷第7号,后连载于第10—12号,1916年第6、7号。程瞻庐《弱女回天录》载《妇女杂志》第1卷第7号,至8月5日第8号,载完。李涵秋"沁香阁笔记"《兵司马巷红水》载《新闻报·快活林》。

6日,李涵秋"沁香阁笔记"《十三人》载《新闻报·快活林》。

7日,李涵秋"沁香阁笔记"《秀才弑父》载《新闻报·快活林》。

8日,李涵秋"沁香阁笔记"《长春树》《刺蟒》《犬歌》载《新闻报·快活林》。

9日,李涵秋"沁香阁笔记"《肌肤生火》载《新闻报·快活林》。

10日,昙鸾(苏曼殊)《绛纱记》载《甲寅杂志》第1卷第7号。李涵秋"沁香阁笔记"《榴瑞堂》载《新闻报·快活林》。

11日,李涵秋"沁香阁笔记"《边振新》载《新闻报·快活林》。

12日,李涵秋"沁香阁笔记"《芙蓉先生》载《新闻报·快活林》,至13日,载完。

14日,李涵秋"沁香阁笔记"《荆州卫》载《新闻报·快活林》。范烟桥《郑板桥》载《时报·余兴》。

15日,刘铁冷"名人轶史"《双峰童年史》、"苦情小说"《可怜颜色经别年》,程瞻庐"技击小说"《方家祥》,赵绂章"英雄小说"《书文鲁斋》,俞天愤"惨情小说"《卖花声》,徐枕亚"滑稽历史小说"《三国志补》载《小说丛报》第12期。李涵秋"沁香阁笔记"《阴阳人》载《新闻报·快活林》。张冥飞"义侠短篇"《雪衣女》,杨尘因"家庭短篇"《女彗星》载《民权素》第8集。

16日,李涵秋"沁香阁笔记"《蓝氏》载《新闻报·快活林》,至17日,载完。

17日,周瘦鹃译《不闭之门》载《礼拜六》第59期。

18日,李涵秋"沁香阁笔记"《徐启垣》载《新闻报·快活林》,至19日,载完。

19日,程瞻庐《遗民泪》载《新闻报·快活林》,至23日,载完。

20日,包天笑、听鹂合译,法国华度甫著《拿破仑之情网》载《大中华》第1卷第7期,至第11期,载完;12月由中华书局出版单行本;1928年9月5版。李涵秋"沁香阁笔记"《东海王》载《新闻报·快活林》。

21日,李涵秋"沁香阁笔记"《吉氏》载《新闻报·快活林》,至23日,载完。

24日,周瘦鹃译《这一番花残月缺》载《礼拜六》第60期。李涵秋"沁香阁笔记"《王筱香》载《新闻报·快活林》,至26日,载完。

25日,包天笑、张毅汉《笑将军》,周瘦鹃《见义勇为》载《中华学生界》第1卷第7期。铁樵"短篇小说"《作者七日》,指严"短篇小说"《翠屏艳迹》载《小说月报》第6卷第7号。

27日,李涵秋"沁香阁笔记"《萧洵》载《新闻报·快活林》,至28日,载完。

29日,李涵秋"沁香阁笔记"《鸾戏志异》载《新闻报·快活林》,至8月4日,载完。

31日,周瘦鹃《鱼》载《礼拜六》第61期。

8月

1日,《小说大观》在上海创刊。包天笑《情空》《燕支井》,周瘦鹃翻译、美国马克·吐温著《妻》载第1集。包天笑译《琼岛仙葩》载第1集,至12月1日第3集,34章,上中下3卷,载完;1921年6月由上海文明书局出版。

注:《小说大观》由文明书局、中华书局发行,沈知芳任发行人,包天笑任编辑。季刊,1921年6月停刊,共出15集。其刊载小说之特点,可见其例言:容量与登载体制,"此为季刊杂志,每季发行一集,分四集,每集字数在三十万字以上,年合百万语言""每集所登小说,均首尾完全,除全篇极长至十余万字或二十余万字,分上下卷,或上中下卷。"小说宗旨亦可见例言"所载小说,均选择精严,宗旨纯正,有益于社会,有功于道德之作,无时下浮薄狂荡诲盗导淫之风"。"无论文言俗语,一以兴味为主,凡枯燥及冗长拖沓者皆不采"。定价一册一元,用郑逸梅在《民国旧派文艺期刊丛话》中说"在当时发行的杂志,每册至多四角,这一元的定价是最高的了"。该杂志撰述阵容强大,如包天笑在《钏影楼回忆录》中所言:"叶楚伧、姚鹓雏、陈蝶仙、范烟桥、周瘦鹃、张毅汉诸君,都是我部下的大将,后来又来一位毕倚虹,更是我的先锋队,因此我的阵容,也非常整齐,可以算得无懈可击了。"这些名家在《小说大观》上发表了一批高质量作品:长篇小说如包天笑的《琼岛仙葩》《复车》《战线中》《人耶非耶》,叶小凤的《如此京华》《蒙边鸣筑记》,孤桐《游侠外史》,赵苕狂的《死死生生》,刘半侬的《卖花女侠》《髯侠复仇记》《一身六表之疑案》,天虚我生的《车窗幻影》,毕倚虹、张碧梧译作《断指手印》,周瘦鹃的《至情》;短篇有包天笑的《牛棚絮语》《天竺礼佛记》,苏曼殊的《非梦记》;笔记有陈瀚一的《睇向斋闻见录》,许指严《小筑客谈》等。《小说大观》在期刊史上有重要地位,包天笑在《我与杂志界》中说"《小说大观》是一种季刊,一年出四期,小说杂志的有季刊,此为创始"。秋翁(平襟亚)在《三十年前之期刊》中如是评价:"杂志中最伟大最充实的要推《小说大观》为第一。"

包天笑"时评"《回忆》载《时报》第2版,至31日,共31则。包天笑、张毅汉"爱国小说"《大理石像》,半侬译《英王查理一世喋血记》载《中华小说界》第2

卷第8期。

5日,李涵秋"沁香阁笔记"《邱虎》于《新闻报·快活林》,至8日,2次,载完。

6日,李涵秋"沁香阁笔记"《王平》载《新闻报·快活林》,至7、9日,载完。

7日,程小青《爱河一波》载《申报·自由谈》,至12日,载完。周瘦鹃译、英国韦达著《慈母之心》载《礼拜六》第62期。

10日,苏曼殊著《焚剑记》(小说)载《甲寅杂志》第1卷第8号。李涵秋"沁香阁笔记"《黄鹤楼之哑妇》载《新闻报·快活林》。

11日,李涵秋"沁香阁笔记"《萧士成》载《新闻报·快活林》,至13日,载完。

12日,俞天愤"纪事小说"《豆饼观音》,刘铁冷"札记小说"《伏虎记》,吴双热"记事小说"《玉狮子》载《小说丛报》第13期。徐枕亚"惨情小说"《棒打鸳鸯录》载《小说丛报》第13期,至1916年7月20日第20期。徐枕亚"奇情小说"《刻骨相思记》载《小说丛报》第13期,至10月25日第15期。陈冷血《不谈政体》载《申报》第2版。

注:3日,袁世凯的美国顾问古德诺发表《共和与君主论》,为袁世凯称帝造势。12日,陈景韩发表《不谈政体》:"政体已成事实矣,何必多谈?总统已明白宣誓矣,更何必多谈?今日所宜谈者,宪法也,非政体也。古德诺者,宪法顾问也,非政体顾问。古德诺多事矣!何则谈政体,非今日所急也。"以此反对袁世凯称帝逆行。

13日,陆律西《夫妇之好》载《新闻报·快活林》,至14日,载完。

14日,叶绍钧(署"谷神")《良心上之敌忾》,周瘦鹃《噫》载《礼拜六》第63期。李涵秋"沁香阁笔记"《潘书琳》载《新闻报·快活林》。

注:《噫》含:《噫!无处投递之书》《噫!迟矣》《噫!最后之手笔》《噫!失望》。

15日,张冥飞"记事短篇"《双鸳塔》,杨尘因"苦情短篇"《哀蝉秋语》载《民权素》第9集。

16日,李涵秋"沁香阁笔记"《锁娣》载《新闻报·快活林》,至18日,载完。

17日,严独鹤《乞巧》载《新闻报·快活林》,至18日,载完。

19日,李涵秋"沁香阁笔记"《彩凤随鸦记》载《新闻报·快活林》,至24日,载完。张丹斧"弹词"《女拆白党》载《新闻报·快活林》,至12月27日,130次,17章,未完;1916年5月由上海震亚图书局出版单行本;1917年9月再版。

21日,程瞻庐《家徒壁立》载《新闻报·快活林》。周瘦鹃《噫》载《礼拜六》第64期,含《噫!祖母》《噫!最后之吻》《噫!归矣》《噫!斜阳下矣》。

22日,包天笑与张毅汉合译"小说"《红泪》载《时报》第6版,至1916年1月16日,共131次,未完。

25日,姚鹓雏"短篇小说"《圣乔治别传》载《小说月报》第6卷第8号。李涵秋"沁香阁笔记"《铁头头陀》载《新闻报·快活林》,至27日,载完。

27日,陈冷《杨度》载《申报》第2版,揭露杨度于23日成立的所谓筹安会,不过以研讨"共和政体得失"为名,行复辟帝制之实,其心可诛,其行可鄙!

28日,周瘦鹃《世界思潮》载《礼拜六》第65期。李涵秋"沁香阁笔记"《赭云》载《新闻报·快活林》,至9月1日,载完。

9月

1日,半侬"哲理小说"《诛心》,冷(陈景韩)译、美国堪能著"政治小说"《俄国之红狐》,蛰庵、天笑译"实业小说"《三十八年》,周瘦鹃译、法国玛黎瑟·勒勃朗著"侦探小说"《侦探家之亚森罗苹》载《中华小说界》第2卷第9期。许指严的《毗陵登陴记》载《小说海》第1卷第9号。

2日,包天笑"时评"《神速》载《时报》第2版,至30日,共27则。李涵秋"沁香阁笔记"《邹心如》于《新闻报·快活林》,至10日,载完。

3日,程瞻庐《恢复夫纲会》载《新闻报·快活林》,至4日,载完。

4日,周瘦鹃译《星》《故乡》载《礼拜六》第66期。

7日,范烟桥"纪实小说"《新思凡》载《时报·余兴》第13版。

9日,严独鹤"滑稽小说"《地藏王之牢骚》载《新闻报·快活林》,至10日,载完。

11日,周瘦鹃《噫之尾声》载《礼拜六》第67期。李涵秋"沁香阁笔记"《怀宁冤狱》载《新闻报·快活林》,至17日,载完。

15日,杨尘因"侠义短篇"《铁儿》,张冥飞"别体小说"《浣云日记》载《民权素》第10集;郑逸梅《慧心集》载《民权素》第10集,至1916年4月15日第17集,共7次。

18日,吴绮缘《莫教儿女误英雄》,瘦鹃《断坟残碣》载《礼拜六》第68期。李涵秋"沁香阁笔记"《青棠》载《新闻报·快活林》,至23日,载完。

20日,"太和"《拟筹安会征求大手笔启》载《新闻报·快活林》,嘲讽筹安会所谓劝进表和宣言的荒谬!程瞻庐"社会小说"《姑娘子》,吴双热"滑稽四书演义"《颜渊死》,俞天愤"侦探小说"《银烟盒》载《小说丛报》第14期。

25日,程瞻庐"短篇小说"《龙尾砚》,指严"短篇小说"《荒江老屋》载《小说月报》第 6 卷第 9 号。李涵秋"沁香阁笔记"《记唐烈妇事》载《新闻报·快活林》,至 28 日,载完。

28 日,剑鸣"滑稽小说"《时髦医生》载《新闻报·快活林》,至 29 日,载完。

29 日,吴悔公《戏代小百姓上筹安会书》,李涵秋"沁香阁笔记"《尚书第鬼》载《新闻报·快活林》。

30 日,蜇民"谐著"《时局预言》,遁公"滑稽小说"《呜呼我之梦》载《新闻版·快活林》。

本月

周瘦鹃《亡国奴之日记》(64 开袖珍本)由中华书局刊行,1916 年 5 月再版。

10 月

1 日,程瞻庐《蜜月泪影》,徐卓呆、成枫《名马》,许指严《蓬莱仙馆》载《小说海》第 1 年第 10 号。毕倚虹《梅雪争春记》,张毅汉《二十年前》,周瘦鹃《五十年后之重逢》,包天笑《冥鸿》,包天笑、张毅汉译《血婚衣》,刘半侬译《玉簪花》载《小说大观》第 2 集。叶小凤"侠情小说"《蒙边鸣筑记》载《小说大观》第 2 集;1921 年 6 月由上海文明书局出版,共 10 章。

2 日,严独鹤"短篇寓言"《一切无忌》载《新闻报·快活林》。包天笑"时评"《伟人乎君子乎》载《时报》第 2 版,至 30 日,共 26 则。姚鹓雏"复仇小说"《迷离月色》载《礼拜六》第 70 期。李涵秋"沁香阁笔记"《陈月珠》载《新闻报·快活林》,至 8 日,载完。

3 日,范烟桥《京口屐痕》载《时报·余兴》,至 5 日,载完;1916 年又载《余兴》第 22 期。

7 日,程瞻庐"滑稽小说"《满身印花税》载《新闻报·快活林》。

9 日,周瘦鹃"实事哀情小说"《捣麝拗莲记》,叶小凤"滑稽小说"《幕容大夫》,马二先生"寓言小说"《斩黄袍》载《礼拜六》第 71 期。李涵秋"沁香阁笔记"《方希孟》载《新闻报·快活林》,至 11 日,载完。

12 日,李涵秋"沁香阁笔记"《镜光岩》载《新闻报·快活林》,至 15 日,载完。

15 日,张冥飞"爱情短篇"《真正之爱情》、"滑稽短篇"《天魔会》,张庆霖《爱国之厨役》载《民权素》第 11 集。

17 日,李涵秋"沁香阁笔记"《吕凤梧》载《新闻报·快活林》,至 21 日,载完。

19日,陆律西"滑稽短篇"《看影戏》载《新闻报·快活林》,至21日,载完。

22日,李涵秋"沁香阁笔记"《义仆》载《新闻报·快活林》,至25日,载完。

23日,周瘦鹃"别裁小说"《珠珠日记》载《礼拜六》第73期。

25日,鹓雏"短篇"《玛志尼轶史》载《小说月报》第6卷第10号。畏庐(林纾)"戏述长篇"《冤海灵光》载《小说月报》第6卷10号,至1915年12月25日第12号。程瞻庐"言情小说"《梅仙小史》,俞天愤"侦探小说"《密码》,吴绮缘"实事小说"《贞妇血》载《小说丛报》第15期。

26日,李涵秋"沁香阁笔记"《媚蓉》载《新闻报·快活林》,至29日,载完。

30日,李涵秋"沁香阁笔记"《离愁杂志》载《新闻报·快活林》,至11月1日,载完。

本月

天虚我生编辑,陈小蝶、李常觉译,英国却而斯佳维著《柳暗花明录》由上海文明书局出版;1916年10月由申报出版部初版;1929年由上海文明书局四版。

通俗教育研究会第二次大会召开,新任教育总长张一麐致辞说:"近时小说,则上海出版者颇多恶劣,……宜多为调查,如书肆有贩而私售者,一经查出,必严其罚而火其书,用强制执行之法,务使此种不良之小说驱除无遗,此消极方面之办法也。而积极一方面,则编辑极有趣味之小说,寓忠孝节义之意,又必言词情节在能引人入胜,使社会上多读新制之小说,而视不良小说如毒药之不可复进,则社会必因之日良矣。"(《通俗教育研究会第一次报告书》)

南社在上海愚园举行第13次雅集。柳亚子因腿伤未到会,继续当选为主任。

11月

1日,包天笑"时评"《答客问》载《时报》第2版,至30日,共29则。冻华、徐枕亚"政治小说"《娜拉威罗倍》,半侬"侦探小说"《淡娥》,半侬译、俄国托尔斯泰著"社会小说"《如是我闻》,瘦鹃、屏周"复仇小说"《人欤猩猩欤》载《中华小说界》第2卷第11期。

2日,李涵秋"沁香阁笔记"《折狱二则》载《新闻报·快活林》,至5日,载完。

6日,李涵秋"沁香阁笔记"《辰州符》载《新闻报·快活林》,至9日,载完。

8日,程瞻庐"滑稽短篇"《辫子大会》载《新闻报·快活林》。

10日,李涵秋"沁香阁笔记"《绿柔》载《新闻报·快活林》,至14日,载完。

11日,陆律西"滑稽小说"《代表之妻》载《新闻报·快活林》,至13日,载完。

13日,天虚我生《孽海疑云》载《礼拜六》第76期,至1916年4月29日第100期;1916年5月由中华图书馆出版。叶小凤《陈大夫移宫记》载《礼拜六》第76期,至1916年3月18日第94期,七回,未完。周瘦鹃《酒徒之妻》,王钝根《列位光顾》载《礼拜六》第76期。

15日,李涵秋"沁香阁笔记"《楚昭王第二》载《新闻报·快活林》,至17日,载完。张冥飞"滑稽短篇"《水浒遗事补》载《民权素》第12集。许指严"侠情小说"《泣路记》(1册)由上海小说丛报社出版。

16日,程瞻庐"滑稽小说"《林生》,赵绂章"侠义小说"《崔将军》,俞天愤"哀情小说"《碧玉箫》载《小说丛报》第16期。

18日,李涵秋"沁香阁笔记"《情误》载《新闻报·快活林》,至21日,载完。

20日,王钝根"警世小说"《四少奶奶》,周瘦鹃译"伦理小说"《慈母》载《礼拜六》第77期。

22日,程瞻庐"滑稽短篇"《鬼迷张天师》载《新闻报·快活林》。李涵秋"沁香阁笔记"《义骡》载《新闻报·快活林》,至26日,载完。

27日,王钝根"哀情小说"《心许》,周瘦鹃《帷影》载《礼拜六》第78期。李涵秋"沁香阁笔记"《锦袱案》载《新闻报·快活林》,至30日,载完。

12月

1日,李涵秋"沁香阁笔记"《驴能言》载《新闻报·快活林》,至4日,载完。叶小凤"社会小说"《如此京华》载《小说大观》第3集,至12月30日,一集上下卷结束,共32回;1916年6月,《如此京华》下卷载《小说大观》第6集,至1916年12月第8集,共18回,载完;1921年由上进步书局出版,2卷,32回。毕倚虹"补白"词二首,包天笑《牛棚絮语》,陈景韩、绿衣女士译《乔装之半夜》(温脱浮斯女士日记),陈蝶仙译、英国柯南·达利著《赤鬼手》载《小说大观》第3集。许指严《莫多情》载《小说海》第1卷第12号。包天笑"时评"《敬告吾国上下》载《时报》第2版,至31日,共30则。汉声(刘铁冷)、亚星译,法国爱德华·嘉勖著"军事小说"《老鼓手》,志刚、枕亚"言情小说"《丑》,半侬译、美华盛顿·欧文"哀情小说"《暮寺钟声》,半侬"侦探小说"《淡娥》(续)载《中华小说界》第2

卷第12期。

2日,程瞻庐《屎裤儿》载《新闻报·快活林》。

4日,周瘦鹃"伦理小说"《有母在》,姚鹓雏"哀情小说"《怨》载《礼拜六》第79期。

5日,李涵秋"沁香阁笔记"《文娥》载《新闻报·快活林》,至7日,载完。

8日,李涵秋"沁香阁笔记"《弟兄斗富》载《新闻报·快活林》,至10日,载完。

11日,李涵秋"沁香阁笔记"《侠女》载《新闻报·快活林》,至15日,载完。

15日,刘铁冷"奇情小说"《坠鞭公子》,姚民哀"札记小说"《湘乡轶史》,吴双热"滑稽四书演义"《子夏问政》,天悢"怨情小说"《侬之骄妻》载《小说丛报》第17期。张冥飞"风俗短篇"《湘中巫》、"滑稽短篇"《粉骷髅》载《民权素》第13集。

16日,李涵秋"沁香阁笔记"《丐医》载《新闻报·快活林》,至18日,载完。

18日,天虚我生"侠情小说"《红蘩蕗别传》载《申报·自由谈》,至1916年6月25日,载完。严独鹤"滑稽小说"《今日之大姨太太》载《新闻报·快活林》。

19日,李涵秋"沁香阁笔记"《圆光》载《新闻报·快活林》,至22日,载完。

24日,李涵秋"沁香阁笔记"《惜花生》载《新闻报·快活林》,至27日,载完。

25日,姚鹓雏"短篇小说"《舣稜梦影》,瞻庐《断肠人语》,指严《焚琴》载《小说月报》第6卷第12号。

26日,严独鹤《玉皇何幸得佳儿》载《新闻报·快活林》。

28日,程瞻庐"滑稽小说"《五国警告》载《新闻报·快活林》。李涵秋"沁香阁笔记"《伪金砖》载《新闻报·快活林》,至31日,载完。曙峰"滑稽小说"《鬼闹》载《新闻报·快活林》,至31日,载完。

30日,周瘦鹃"哀情小说"《云影》,天虚我生"外交小说"《白龙鱼服》,孤桐(章士钊)"侠情小说"《游侠外史》,程小青"言情小说"《牺牲》,毕倚虹(署名"几庵")"补白"《灵凤词》、"掌故笔记"《清乘撅言》74首载《小说大观》第4集。

31日,范烟桥《新潮杂咏》载《时报·余兴》,至1916年2月6日,4续。

本月

李涵秋《并头莲》由国学书室出版。

本年

陈蝶衣"醒世小说"《鹦鹉晚香》载《小说新报》第1年第4至5期,2次,载完。

瀬江浊物"侠情小说"《破镜圆》载《小说新报》第1年第5至12期,20章,8次,载完。

陈蝶衣"言情侦探小说"《水落石出》载《小说新报》第1年第6至8期,12节,3次,载完。

剑虹"社会小说"《赌窟》载《小说新报》第1年第9至10期,8章,2次,载完。

姚鹓雏《燕蹴筝弦录》由小说丛报社出版;1916年5月再版。1936年10月由上海中原书局重版。

引:范烟桥《中国小说史》之《云间二雏》载其本事:"书记朱竹垞(彝尊)与其小姨之哀史,高吹万序云:"世传朱竹垞氏风怀一诗,实为其小姨而作。考竹垞娶于冯,其妻名福贞,字海媛,妻之妹名寿常,字静志,诗中所云'巧笑元名寿,妍娥合唤常'者,分藏其名最为明显……吾闻太仓杨云璈叔温有水仙缘小说,叙述此事甚详,其稿今藏其邑人陆君彤士处,惜刊布无人,未之获见,今姚子此记,不知与叔温氏著,有同焉者否?"

包天笑《云想花因记》由中华书局出版,共2册28章。

平襟亚至嘉定县任练西小学教员。其间,与姚鹓雏、朱鸳雏、杨了公、戚饭牛等相识,并在《时事新报》《七襄》等刊物发表杂文、短篇小说。

郑正秋(伯常)领导的新民剧社开始以家庭题材为内容编演新剧。各地剧团加以仿效,有的剧团使新剧走上庸俗的商业化道路。

汪笑侬进北京文翊社,排演时装京剧《党人碑》,讽刺袁世凯卖国丑行。

李涵秋长女嫁吴孝庄。应严独鹤之邀,为《新闻报·快活林》写小说,《并头莲》《沁香阁笔记》先后刊登于此。

刘韵琴从日本回国,任上海《中华新报》新闻记者。并在本年春到次年(1916)上半年,创作散文17篇,小说14篇,传奇1篇,笔记9篇。内容"基本上都是揭露、抨击或嘲笑袁世凯及其主要帮凶的"[①]。

程善之写信给柳亚子告知自己"茹素学佛状况,劝柳在卧疾闭门期间,研读佛书,作为养心良术"。程善之《与柳亚子书》:"碌碌一世,自问了无可言,而眼前巢幕之安危,又时时搅入怀抱。惟一睹佛书,则眸开心爽,故遂为之辟荤

[①] 李西亭:《近代女作家刘韵琴传略》,载刘韵琴著、李西亭注《韵琴诗词》,武汉工业大学出版社1996年3月版,第4页。

茹素,遂及一载,颇觉尤自得之意。不敢遽云成佛作祖,或亦以不材葆其天真乎?尊恙想已痊愈。矧联吟并影,福轶秦徐,能不令人诧为神州仙宅耶?佛氏之书,《楞严》最尚,而《金刚》三昧,通宗尤为了彻,私谓病榻维摩,能以余暇及此,亦养心良术也。"(《南社》第十六集)

江红蕉就读于江苏省立第二师范,数月后辍学,赴浙江萧山沙田局任职。受姐夫包天笑影响,开始从事小说创作;1919至1920年间,帮友人创办华商实业银行。

周天籁父亲因病逝世,10岁的周天籁辍学,回家务农。

徐卓呆参加民鸣社,担任编剧及演出工作,主演过《杨贵妃》等历史古装新剧。

因家计困难,程小青迁居苏州,为东吴大学外籍教师许安之、魏廉士教授中文。

张恨水随文明话剧团到湖南常德,登台参演《落花梦》;冬,与徐文淑结婚。

1916年（丙辰）

1月

1日，包天笑、张毅汉"爱国小说"《远寺钟声》载《中华小说界》第3卷第1期。周瘦鹃《私愿》载《礼拜六》第83期。李涵秋"沁香阁笔记"《马道婆》载《新闻报·快活林》，至4日，载完。

5日，李涵秋"沁香阁笔记"《谢镜红》载《新闻报·快活林》，至7日，载完。吴绮缘《自由毒》《杨娥传》载《文星杂志》第3期。

8日，李涵秋"沁香阁笔记"《杀虎堡》载《新闻报·快活林》，至12日，载完。

10日，刘铁冷"写情小说"《碧筒杯》、"伦理小说"《誓见母而后已》载《小说丛报》第18期。

11日，程瞻庐"小说"《双料国》载《新闻报·快活林》。

13日，严独鹤"滑稽小说"《挡驾》载《新闻报·快活林》。李涵秋"沁香阁笔记"《灵猇》载《新闻报·快活林》，至17日，载完。

15日，陆律西、独鹤"滑稽小说"《强而仕》载《新闻报·快活林》。杨尘因"忍情小说"《缩骨丹》、"滑稽短篇"《西游记佚闻》载《民权素》第14集。

18日，李涵秋"侠情小说"《侠凤奇缘》连载于《新闻报·快活林》，至1917年6月4日，载完。范烟桥"日记"《白门小住散记》载《时报·余兴》，至22日，载5次；后载1917年《余兴》第24期。

22日，《民国日报》创刊，姚鹓雏任文艺副刊《艺文部》主笔。姚鹓雏（湘君）《赫玉尺楼诗话》载《民国日报·艺文部》，至1917年12月12日，113次。叶小凤《古戍寒笳记》载《民国日报·艺文部》，至1917年6月23日，50回，载完。

26日，程瞻庐"滑稽事实"《进退两难》载《新闻报·快活林》。

27日，严独鹤"小说"《灶君缄口》载《新闻报·快活林》。

2月

1日,包天笑"社会小说"《京汉道中》,半侬"历史小说"《拿破仑瘐死之翻案》,汉声、亚星"军事小说"《战场絮语》,陈蝶仙"因果小说"《天网》载《中华小说界》第3卷第2期。

3日,姚鹓雏主编的《春声》由文明书局发行。叶小凤《博爱》,周瘦鹃《恨》,姚鹓雏《记湖杭异人事》《别尔爵邸》《我这谁》《宾河鹨影》《炊黍梦》,林纾《白福》《醒云》载第1集;姚鹓雏《檐曝余闻录》载第1集,至3月4日第2集,4章,未完。

注1:《春声》在上海创刊,发行人为沈知芳,文明书局、中华书局发行。1917年6月1日停刊,共6集。主要作者有林纾、檗子、小凤、周瘦鹃、鹓雏、倦鹤、苕狂、天笑、寄尘、天虚我生等人。

12日,朱鸳雏"惨情小说"《黄金地狱》载《礼拜六》第89期。

13日,严独鹤"滑稽小说"《月宫新谈话》载《新闻报·快活林》,至14日,载完。

15日,杨尘因"悲情小说"《惨红颜》、张冥飞"幻情小说"《牟珠船》载《民权素》第15集。

17日,徐卓呆"滑稽小说"《我之新年》载《申报·自由谈》,至21日,载完。

20日,严独鹤"滑稽小说"《绍兴师爷之好机会》载《新闻报·快活林》。

23日,程瞻庐"谐著"《戏拟女官服务规则》载《新闻报·快活林》,至24日,2次,载完。

25日,李详"笔记小说"《药里慵谈》4篇载《小说月报》第7卷第1号。

29,刘铁冷"趣情小说"《归期未有期》,俞天愤"侦探小说"《箧中人》,吴绮缘"幻情小说"《明月林下美人来》载《小说丛报》第19期。程瞻庐"滑稽小说"《塾师应试》载《新闻报·快活林》。

本月

包天笑《大宝魔王》由上海有正书局出版。

3月

1日,程瞻庐"短篇小说"《沉泪花》载《小说海》第2卷第3号。

4日,姚鹓雏"短篇小说"《父孝》《回首当年》,天虚我生"短篇小说"《女飞行家》,赵苕狂译《约指》,胡寄尘"短篇小说"《蟓首蛇心录》,周瘦鹃"短篇小说"《情苗怨果》载《春声》第2集。伯子"小说"《絮影萍痕》载《民国日报·艺文部》,至8月29日,10回,138次,未完。

7日,天虚我生《我之新年》载《申报·自由谈》,至11日,载完。

11日,程瞻庐"滑稽小说"《媒太太之怨詈声》载《新闻报·快活林》,至12日,2次,载完。

15日,杨尘因"社会小说"《弱女剖冤记》,张冥飞"侠情小说"《侠婢诛仇记》载《民权素》第16集。

17日,严独鹤"滑稽小说"《牢狱鸳鸯》载《新闻报·快活林》,至18日,载完。

18日,程小青"侠义小说"《复仇》载《申报·自由谈》,至26日,载完。

19日,程瞻庐"滑稽小说"《逐客令》载《新闻报·快活林》。

25日,程瞻庐"滑稽寓言"《板儿》载《新闻报·快活林》,至26日,2次,载完。王钝根《车夫问题》载《礼拜六》第95期。

27日,刘半侬《呜呼西南风》载《新闻报·快活林》,至28日,载完。

29日,刘铁冷"记事小说"《杨花别传》,徐枕亚"纪实小说"《孽债》,载《小说丛报》第20期。

本月

闻野鹤入《民国日报》为编辑。

4月

1日,许指严"短篇小说"《缅奴秽史》载《小说海》第2卷第4号。张毅汉、包天笑《礼物》,天虚我生《替身缘》,半侬《福尔摩斯大失败(第四案)》,周瘦鹃《情场侠骨》,徐卓呆《假定》,汉声、亚星《血海情天》载《中华小说界》第3卷第4期。包天笑《影梅忆语》,毕倚虹《我之罪》,毕倚虹、张碧梧合译《断指手印》,甦汉、无虚我生《鹞》,周瘦鹃《猴》,陈小蝶《西楼画影录》,叶小凤《仪鸾殿》载《小说大观》第5集。姚鹓雏接任《申报·自由谈》编辑,至10月30日离职。

注:姚鹓雏是古文家林琴南弟子,著名词章家。由于洪宪帝制的余波流韵,复古思潮甚嚣尘上,旧文艺作为载道之体,亦充斥文坛。姚鹓雏从自己的文化立场出发,大力提倡旧文艺,以南社作家为主干,发表诗词歌赋、诗话词话、游戏文字,一时旧文艺弥漫《自由谈》。这时《青年杂志》于年前创刊,新文化运动的号角已经吹响,姚鹓雏的办刊理念相较而言已经有些不合时宜。如本月6日,鹓雏言:"莲池大师上堂,竖一指曰:大众这个作么会?咄,铁蛇钻入海,撞到须弥山,今日时局,须有此大力量人,铁肩担上来,辣手做来。"虽是对时局发言,但隐晦难懂,如同参禅,是文人声口,难于与市民交流。因此,在半年后的10月30日,姚鹓

雏离开《自由谈》。此时,《自由谈》跌入低谷。

2日,姚鹓雏"短篇小说"《星期六矣》载《申报·自由谈》,至3日,载完。

3日,包天笑、张毅汉合译《赤死病》,胡寄尘《奴界轮回》,赵苕狂《日暴》,程小青《嫁祸》,姚鹓雏《花窖》《海鸥秋语》《海鸥秋语》,赵苕狂译《日暴》,程小青《嫁祸》载《春声》第3集。东垫《孤鸿影弹词》载《新闻报·快活林》,至1917年11月9日,36章,载完;1919年5月由上海新民印书馆出版单行本,2册;1935年再版。

6日,范烟桥"时事新剧"《醉翁之意不在酒》载《时报·余兴》,至8日,3次。

10日,范烟桥《新南柯传奇》载《时报·余兴》,至14日。

12日,陆律西"新石头记"《黛玉焚稿》载《新闻报·快活林》,至14日,载完。

15日,刘韵琴"爱情短篇"《琼华第二》,张冥飞"哀情短篇"《空山人语》,杨尘因"烈情小说"《婚仇》载《民权素》第17集。

16日,胡寄尘"短篇小说"《黄金美人》载《申报·自由谈》,至20日,载完。

22日,王钝根《浴室窃毛案》载《礼拜六》第99期。

29日,王钝根《百年一梦》载《礼拜六》第100期;至此,《礼拜六》周刊出满100期后停刊。胡寄尘《顽石》载《申报·自由谈》,至30日,载完。

5月

2日,包天笑"社会小说"《摩托车谈话会》,周瘦鹃"哀情小说"《情》,胡寄尘《密约》,茧翁《情殉》载《春声》第4集。

10日,"五九"国耻日一周年,李涵秋《国耻纪念日宜举行提灯会说》载《大共和日报·附张》,指出设立国耻纪念日的必要性。

引:《国耻纪念日宜举行提灯会说》:"五月九日为中日交涉解决之期,而一般爱国人民,咸具悲观,深痛主权之丧失,特以是日惟国耻纪念日,亦犹日人以是日为国庆纪念日之意云尔。"他号召在国耻纪念日举行提灯会之类的活动,提醒国民勿忘国耻,因为"吾国人民,志在酣嬉,而不知自惕也久矣,此次外交失败,断送主权,吾民未尝不痛政府之无能,一时引为大辱",但是"过此以往,仍复醉死梦生,脑筋中所有国耻二字,已渐灭不复存在"。1922年的5月9日国耻日,李涵秋还不忘在《小时报》发表《爱国鸟》,借布谷鸟叫声之"快快布谷",呼吁国民"快快救国"!

11日,严独鹤"滑稽短篇"《志士之去年今日》载《新闻报·快活林》,至13

日,载完。

14日,程瞻庐"滑稽短篇"《红娘怨》载《新闻报·快活林》,至16日,3次,载完。

18日,马二先生"时事短篇"《纸币害》载《新闻报·快活林》,至19日,载完。

20日,范烟桥《余兴点将录》载《时报·余兴》,至30日,5次。

22日,包天笑、张毅汉"侦探小说"《双指环》载《时报》第8版,至7月27日,载完。

23日,闻野鹤经要姚鹓雏介绍,入南社,入社书编号为609。

26日,马二先生"滑稽短篇"《该罚》载《新闻报·快活林》。

28日,程瞻庐"杜撰倭袍"《刁刘氏》载《新闻报·快活林》,至29日,2次,载完。

29日,刘铁冷"记事小说"《玉主记》载《小说丛报》第21期。

本月

不肖生《留东外史》由上海民权出版部刊行单行本,至1922年10月10号出齐,共10集160章;1927年8月4版;1930年9月10版;1929年8月,《留东外史补》由上海大东书局3版。

胡仪鄹、徐枕亚编辑《红羊佚闻》由小说丛报社再版;1915年1月旧初版。

6月

1日,李涵秋"长篇"《玉华惨史》载《小说海》第2卷第6号,又载7月1日第7号、8月1日第8号,10月1日第10号,载完。马二先生《翻云覆雨记》载《上海亚细亚报》,至11日,未完。包天笑、张毅汉《笑》,天虚我生《悭囊余臭》,刘半侬《愚民术》,程小青《劫后鸳鸯》载《中华小说界》第3卷第6期。

4日,贡少芹参加在上海愚园举行的南社第十三次雅集,他的南社编号590。

6日,《小说日报》在上海出版试行第1号,次日正式创刊。天愤"哀情长篇"《薄命碑》载《小说日报》第5版,至7月3日,28次,未完。

注:《小说日报》创办人兼主编徐枕亚、发行人黄玉汝。由小说日报社出版发行。本年7月3日后中辍,1922年3月复刊,100期后朱松庐(朱惺公)加入编辑,但迫于钱荒稿荒,徐枕亚、许廑夫不得不将《小说日报》转交黄归卿,1923年9月停刊,出60期。主要内容包括小说、艺文、杂录三部分,自第16起增加"俱乐部"专版,内设趣闻、剧谈、花史三栏。所刊作

品多为文言体,艺文杂录也"含有小说的趣味"。主要作家周瘦鹃、王钝根、徐枕亚、陈蝶仙、恽铁樵等。作品主要有许廑父《上海近十年目睹之怪现》《十年梦影录》,赵眠云《双云记》等。

10日,徐枕亚"哀情小说"《余之妻》载《小说日报》,至7月3日,24次。吴绮缘"别裁长篇"《冷红日记》连载《小说日报》,至7月4日,共21次;1916年由小说丛报社刊单行本。

17日,范烟桥"神怪小说"《霍霍磨刀》载《时报·余兴》。

25日,冷风《武侠丛谈序》载《小说月报》第7卷第6号。

28日,姚鹓雏"小说"《鬼雄情泪》载《申报·自由谈》,至30日,载完。

29日,程瞻庐"滑稽小说"《饿乡欢迎会》载《新闻报·快活林》,至30日,2次,载完。

本月

包天笑、听鹂译,法国大仲马著"历史小说"《嫁衣记》载《小说大观》第6集,至10月第7集;半侬"宫庭小说"《韩庐忆语》、"社会小说"《塾师》,程小青"侦探小说"《花后曲》,半侬、小青"侦探小说"《铜塔》,周瘦鹃译、狄根司著"言情小说"《至情》,周瘦鹃"爱国小说"《伟影》,张毅汉"哀情小说"《雪夜》载《小说大观》第6集。

贡少芹意译、英国莎士比著《盗花》由文明书局初版。

7月

1日,严独鹤"滑稽小说"《急惊风撞着慢郎中》载《新闻报·快活林》,至2日,载完。

9日,刘半侬"滑稽小说"《新地狱》载《新闻报·快活林》,至14日,载完。

10日,李详《寄怀王义门宣古愚》载《东方杂志》第13卷第7号。天虚我生"社会小说"《敲骨求金记》载《申报·自由谈》,至15日,载完。

15日,程瞻庐"滑稽小说"《遇洪而开》载《新闻报·快活林》,至16日,2次,载完。

16日,天虚我生"侦探小说"《情场蠹史》载《申报·自由谈》,至8月31日,载完。范烟桥"神怪小说"《降龙记》载《时报·余兴》。

20日,俞天愤"破迷小说"《怪履》载《小说丛报》第22期。

22日,范烟桥《新水浒回目》载《时报·余兴》,题为"回目"。

23日,范烟桥"纪事小说"《也是趣剧》载《时报·余兴》。

本月

毕倚虹译《检察官之妻》，毕倚虹、张碧梧合译《海盗欤》，包天笑、张毅汉《腰鞓》，周瘦鹃《红粉英雄》载《小说时报》第27号。

8月

3日，范烟桥"滑稽小说"《王道士捉妖》载《时报·余兴》。

4日，程瞻庐"滑稽小说"《山盟海誓》载《新闻报·快活林》。

5日，独鹤"滑稽小说"《牛女之交谪》载《新闻报·快活林》，至6日，载完。

10日，何海鸣《求幸福斋随笔初集》由民权出版部初版；1917年8月1日再版。俞天愤"侦探小说"《萤火》，吴绮缘"实事短篇"《锋镝余生》载《小说丛报》第3年第1期(自本期由"第×期"改为"第×年第×期")；吴双热"苦情小说"《断肠花》载《小说丛报》第3年第1期，至1917年1月10日第6期。)

16日，毕倚虹"滑稽小说"《未来之上海》载《时报》第8版，至12月23日，120天次。

19日，程瞻庐"滑稽小说"《土行孙》载《新闻报·快活林》，至20日，2次，载完。

23日，张碧梧"泰西神话"《延龄水》载《时报·余兴》。

26日，范烟桥"滑稽小说"《呆旅行》载《时报·余兴》。

本月

天虚我生《泪珠缘》(6集)由中华图书馆初版；1917年4月再版；1921年再版。

《晨钟报》创刊(后改名《晨报》)。

刘韵琴《韵琴杂著》由上海泰东书局出版。

9月

1日，《时事新报》发起"黑幕大悬赏"，征集《上海之黑幕》。程瞻庐《航船盗》载《小说海》第2卷第9号。

7日，闻野鹤"短篇小说"《画缘》载《民国日报·艺文部》，至13日，未完。

10日，吴绮缘"反聊斋"别裁短篇小说《棠仙》，俞天愤"滑稽艳情"《假须》，吴双热"警世短篇"《大除夕》，瑾瑜稿、吴双热润色"奇情短篇"《情感》，畹九译意、姚民哀笔述"趣情短篇"《蜡人》载《小说丛报》第3年第2期。

12日，范烟桥《小说话》载《时报·余兴》，至14日，3次。姚鹓雏"小说"

《错恨》载《民国日报·艺文部》,至29日,13次,载完。

18日,范烟桥《新桃花扇传奇》载《时报·余兴》,至20日,3次。

21日,范烟桥"风俗记"《黎里观会记》载《时报·余兴》,至22日,2次。

23日,范烟桥"写真小说"《可怜人语》载《时报·余兴》。

本月

包天笑、张毅汉《归来》《悲惨之目光》,毕倚虹《孤篷听雨记》,毕倚虹、张碧梧合译《电贼》,周瘦鹃译《堕落》,徐卓呆《姊妹》载《小说时报》第28号。

中旬,大东书局由吕子泉、王幼堂、沈骏声、王俊卿创办。

注:温州大学赵佳硕士学位论文《大东书局的文学出版情况研究》载,其机构初设上海宁波路;翌年设发行所于上海福州路昼锦里;1918年建编辑所于上海蒙古路森康里;1921年,发行所迁至福州路110号;1922年,世界书局迁总务处、编辑所、印刷所于北西藏路公益里;1930年,迁总厂于北福建路2号;1931年,迁总店于福州路山东路口310号。大东书局组织出版了一系列通俗文学刊物,如周瘦鹃主编的《半月》《紫罗兰》《新家庭》,周瘦鹃、赵苕狂主编的《游戏世界》,包天笑主编的《星期》等。出版通俗文学作品,长篇小说名著如包天笑的《上海春秋》《甲子絮谈》,海上说梦人的《剩粉残脂录》,张春帆的《政海》,姚民哀《南北十大奇侠传》等;小说集如《家庭说库》《社会镜》《说海精华》《家庭小说集》《倡门小说集》《言情小说集》《说晶》《别裁小说集》《东方亚森罗苹案》《东方福尔摩斯探案》等;此外,还结集出版了包天笑、沈禹钟、毕倚虹、张舍我、张枕绿、赵苕狂、何海鸣、胡寄尘、江红蕉、徐卓呆、严芙孙、袁寒云、周瘦鹃、张碧梧、范烟桥、许指严等名家的小说专集等。

教育部通俗教育研究会通令查禁《眉语》月刊及《金屋梦》《鸳鸯梦》等小说。

曾朴编述《孽海花》(第3册,21—24回)由望云山房刊行。

贡少芹《黎黄陂铁事》由翼文编译社发行;本年又由国华书局出版,1917年10月再版。

10月

3日,程瞻庐"滑稽小说"《骂山门》载《新闻报·快活林》,至4日,2次,载完。

6日,姚鹓雏"小说"《猫语》载《民国日报·艺文部》,至9日,4次。

7日,马二先生"札记小说"《花四宝》(革命轶闻之一)载《新闻报·快活林》,至9日,载完。

9日,程瞻庐"笔记"《佣余随笔》连载《新闻报·快活林》,至1917年2月21日,共载80次。

10日,姚鹓雏"小说"《国庆声中之一席话》载《申报·自由谈》,严独鹤"小说"《五十年后之国庆日》载《新闻报》"国庆增刊"。毕倚虹《民国十五年之双十节》载《时报·小时报》。《时事新报》的"黑幕征答"收到第一篇征答,即《拆白党黑幕》。徐天啸、徐枕亚"清宫秘史"《香莲塔》,赵绂章"诙奇短篇"《小南海》,俞天愦"社会短篇"《清凉》,吴绮缘"反聊斋"别裁短篇《梅婢》,许瘦蝶"革命短篇"《一句钟之独立史》载《小说丛报》第3年第3期。闻野鹤"言情小说"《情魔》载《民国日报·艺文部》,至17日,5次,载完。

17日,范烟桥"剧谈"《观梅漫纪》载《时报·余兴》,至18日,2次。

18日,姚鹓雏"小说"《眼镜谈话会》载《民国日报·艺文部》,至25日,8次,载完。

25日,张舍我"小说"《魔妇》载《民国日报·艺文部》,至29日,5次,载完。

30日,《时事新报》头版刊载《爱读〈上海黑幕〉者鉴》:"从近日各处购报诸公,均欲自10日起补购。奈本报存积无多,无以应命。"因此"定于阳历11月半,将黑幕汇印一纸,以与16日以后之报相衔接,凡购阅本报,即附送一份"。

31日,姚鹓雏"小说"《碧海青天》载《民国日报·艺文部》,至11月6日,4次。天虚我生担任《申报·自由谈》编辑。

注:本年12月1日,天虚我生在《新自由谈》添设"家庭常识"一栏,第一次将实用的科学知识作为专栏内容纳入副刊的范围,这不能说不是一个创举。周瘦鹃若干年后谈到这一事时还兴奋地说:"'家庭常识'与'益智录'当时大受读者的欢迎","这真是《自由谈》一页很有荣光的历史啊!"(周瘦鹃、黄寄萍:《本报六十年来之鳞爪》,1932年4月30日刊)《申报·自由谈》倡导实业救国,顺应了当年大众的期盼。

天虚我生在《自由谈》《新自由谈》上介绍现代科学知识的系列专栏共有五个,起止时间如下:"家庭常识"本年12月1至1918年10月29日,"新食谱"1917年1月31日至1917年5月31日,"杂录·验方摘要"1917年3月2日至1917年10月18日,"工业须知"1917年4月18日至1918年9月14日,"集益录"1917年4月11日至1918年9月9日。

本月

天虚我生"社会小说"《金钱魔力》,周瘦鹃"哀情小说"《西子湖底》,无为、舍我"战争小说"《血腥余载》,刘半侬"社会小说"《柳原学校》、"哀情小说"《看护妇》,程小青"侦探小说"《领钮》,包天笑、张毅汉译"言情小说"《井中人》,赵苕狂译"学校小说"《化妆之学生》,徐卓呆译、法国萨特著"悲剧"《热泪》载《小说大观》第7集。

天虚我生著、周之盛编订《天虚我生诗词曲稿》由中华图书馆印行。

天忏生、冬山编辑《八十三日之皇帝趣谈》(2册)由文艺编译社初版,1917年1月再版。

11月

1日,向恺然、刘半侬"短篇"《丹墀血》载《小说海》第2年第11号。

2日,成舍我"小说"《顽童感悔记》载《民国日报·艺文部》,至4日,3次。

8日,程瞻庐"滑稽小说"《外科医生》载《新闻报·快活林》,至9日,载完。

10日,天虚我生"侦探小说"《纸币案》载《申报·自由谈》,至12月1日,先后由孙千里、俞天愤续完。赵绂章"掌故短篇"《丁文诚轶事》,俞天愤"心理短篇"《蝦蟆》,吴绮缘"滑稽艳情"《绮缘》,姚民哀"怨情短篇"《侬是情场失意人》载《小说丛报》第3年第4期。

15日,周瘦鹃"教育短篇"《三年》载《申报·自由谈》,至19日,载完。

18日,李庄蝶"社会短篇"《宦海一夕谈》载《民国日报·艺文部》,至20日,3次。

19日,马二先生"剧本时事歌剧"《陨凤记》载《新闻报·快活林》,至21日,3次,载完。

20日,席子佩创办《新申报》,王钝根任副刊《自由新语》主笔。

21日,周瘦鹃担任《新申报》副刊《自由新语》特约撰述。由于《自由新语》主笔王钝根"兼营商业,暇晷极少,便委托我襄理一切",周瘦鹃一边为《自由新语》写稿,一边代理编辑,居然做得像模像样,开始了他"破题儿第一遭尝试副刊编辑的生活",自此与副刊编辑结缘。(周瘦鹃:《我与报纸副刊》,《报学月刊》1929年第1期,第58页)

22日,《时报》副刊《小时报》发刊,有"国内小新闻""本埠小新闻""菊部丛谈""砚滴""词林""笔记""小说"等栏目。马二先生"红楼歌剧"《潇湘探病》载《新闻报·快活林》,至24日,3次,载完。

23日,朱瘦菊"社会小说"《歇浦潮》载《新申报》,至1921年3月4日,96回登完后辍载,连载近年半;1921年5月由新民图书馆发行单行本初版;1921年9月,1922年3月,1922年9月分别发行第2、3、4版。程瞻庐"滑稽短篇"《徐娘》载《新闻报·快活林》,至24日,载完。许瘦蝶《尚湖春弹词》载《新闻报·快活林》,至1917年3月6日,16回,载完。

25日,李涵秋《广陵潮》(六十一回开始)连载于《神州日报·文艺俱乐部》,至1917年3月10日;《广陵潮》小说著者以事牵,率暂行停刊。1917年3月20

日开始续载,至10月13日,载至71回,未完。张春帆《九尾龟》第13集载《神州日报》之"神州画报栏";1918年3月1日载《神州日报·神州小说界》,至6月4日,2回,未完。马二先生"爱国歌剧"《蔡锷》载《新闻报·快活林》,至12月10日,14次;分《智出北京》《云南起义》《行军失途》《福冈星陨》4出。

本月

毕倚虹"理想小说"《中国女子未来记》载《妇女时报》第20号,至1917年4月第21号,2回,未完。

窦润庠、陈栩(天虚我生)《梅林雪》由中华书局出版。

何海鸣《琴嫣小传》由民权出版部出版。

12月

1日,许指严"短篇小说"《晋阳客话》,向恺然"短篇小说"《皖罗》,张舍我、刘半侬"短篇小说"《日光杀人案》,王无为、刘半侬"短篇小说"《兄弟侦探》载《小说海》第2卷第12号。

2日,《新闻报·快活林》举办"《快活林》夺标会"。第一次课题为《灯光人影》,连载至1917年2月19日,50次,为集体创作,其中有程小青,此为程小青的侦探处女作。主人翁本是"霍森",被手民排错为"霍桑",因大受欢迎,小青将错就错,遂以"霍桑"为其侦探小说主角。

6日,凤"侦探短篇"《五万镑》载《民国日报·艺文部》,至9日,4次,载完。

7日,程善之将所著《骈枝余话》《倦云忆语》《小说丛话》三书版权及所售余之五百余部捐赠南社。《民国日报》发表南社广告称:"本社社友歙县程善之先生以文学大家为小说巨子,琴南而下,殆罕与抗手者。近更结束风华,皈依禅悦,自谓当慎守绮语戒,不复再作。品格之高,可以想见。"

10日,吴绮缘"反聊斋"别裁小说《天台艳迹》,瘦楳"义侠短篇"《黑金》,俞天愤"神怪小说"《行尸欤走肉欤》,畹九译意、民哀笔述"趣情短篇"《急煞侬矣》载《小说丛报》第3年第5期。

11日,天虚我生"短篇"《嗟乎贼》载《申报·自由谈》。马二先生"红楼歌剧"《梅花络》载《新闻报·快活林》,至14日,4次,载完。

15日,马二先生"滑稽时事歌剧"《议员大决斗(代公堂)》载《新闻报·快活林》,至17日,3次,载完。姚鹓雏"小说"《离魂环佩》载《民国日报·艺文部》,至28日,5次,载完。

16日,范烟桥"奇情小说"《一饭之恩》载《时报·余兴》。

18日,范烟桥"寓言小说"《勃豀》载《时报·余兴》,至20日,共3次。

20日,李常觉、陈小蝶合译,天虚我生润文"社会短篇"《意登镇之选举》载《申报·自由谈》,至25日,载完。马二先生"剳记小说"《红叶》(革命轶闻之一)载《新闻报·快活林》,至21日,载完。

22日,马二先生"滑稽短篇"《芳邻怨》载《新闻报·快活林》,至23日,载完。

24日,包天笑、听鹂译,法国大仲马著"名家小说"《乔治传》载《时报·小时报》,至1917年8月13日,共223天次,载完。

本月

天虚我生《郁金香》由中华书局出版。

陈蝶仙译、英国柯区勋爵著《车窗幻影》,包天笑译"奇情小说"《紫貂裘》,包天笑著"言情小说"《补过》,周瘦鹃译、法国大仲马著"哲理小说"《梦耳》,徐卓呆"家庭小说"《梦中之秘密》,程小青"侦探小说"《司机人》载《小说大观》第8集。

徐卓呆译述《木乃伊》(2册)由中华书局出版。

天忏生、冬山编辑《黄克强蔡松坡轶事》由文艺编译社初版;1917年8月再版。

本年

春,周瘦鹃与胡凤君结婚。

冬,蔡东藩《清史通俗演义》由上海会文堂书局出版。

花奴"红羊佚事"《莺魂唤絮录》,李定夷"欧战中之情史"《辽西梦》载《小说新报》第2年第1至12期,12次,载完。

李定夷"节烈小说"《廿年苦节记》载《小说新报》第2年第1至2期,第4至12期,未分节,11次,载完。

裴郴、李定夷"军事小说"《古屋斜阳》载《小说新报》第2年第1至6期,第8至12期,32章,11次,载完。

吁公"社会小说"《长安琐语》载《小说新报》第2年第3、4期,未分节,2次,载完。

贡少芹译述、俄国贝斯尔原著"奇情侦探小说"《变相之宰相》载《小说新报》第2年第7、8期,10节,2次,载完。

赵苕狂译"怪异小说"《无历村》载《小说新报》第2年第1至7期,第9至

12期,11章,11次,载完。

杨尘因所作《新华春梦记》由泰东书局刊行;1920年8月3版;1936年6月再版。

郑逸梅毕业于草桥中学,因内兄周梵生关系,与袁寒云相识订交;与屠守拙义结金兰。

张恨水创作小说《紫玉成烟》《未婚妻》,笔记《桂窗零草》;后至苏州再次参加文明话剧团,与刘半农相识。

张石川编导电影《黑籍冤魂》在上海放映。

周瘦鹃、刘半侬、严独鹤、天虚我生、程小青等译,英国柯南道尔著《福尔摩斯侦探案全集》(12册)由中华书局出版,共44案。

1917年（丁巳）

1月

1日，周瘦鹃应严独鹤之邀，正式出任《新闻报·快活林》的特约撰述，至1918年3月，共123天，133天次。周瘦鹃《今日何日》载《新闻报·快活林》。

注：周瘦鹃担任《新闻报·快活林》的特约撰述后，一如既往地投入热情，在《快活林》"谈天说地，花样百出"，介绍逸闻趣事，登载格言谚语，述说情史艳迹，阐发莳花技艺，不一而足，相比《自由新语》，风格一致，但内容更加扩宽，如小说理论文章《小说谈屑》《艺花小言》，欧美名人格言等，都为《自由谈》的编辑作了演练。（周瘦鹃：《笔墨生涯五十年》，范伯群主编：《周瘦鹃文集》（下卷），文汇出版社2015年版，第582页）

5日，程小青"短篇小说"《鬼窟》《诈犬》，刘半侬"短篇小说"《女侦探》，许指严"短篇小说"《德三爷》载《小说海》第3卷第1号。马二先生"滑稽警世歌剧"《借债过年》载《新闻报·快活林》，至7日，3次，载完。

6日，胡寄尘"理想小说"《五十年后让海》载《民国日报·艺文部》，至18日，12次，未完。

10日，何海鸣（一雁）"札记"《金陵战纪》载《寸心》第1期，至7月1日第6期，共4次。畹九译意、民哀笔述"欧战趣闻"《铁血制鸳鸯》，赵绶章"纪事短篇"《李希孟》，吴绮缘"别裁短篇"《月明林下美人来》载《小说丛报》第3年第6期。

26日，《时事新报》头版刊载《爱读黑幕与黑幕投稿诸君均鉴》。该广告言，因投稿多，所以准备"另辟《上海黑幕（二）》"。马二先生"新年歌剧"《财神托兆》载《新闻报·快活林》。朱枫隐"谐文"《新年宝塔祝词（有引）》，天台山农"谐文"《接财神文（仿八股文）》，王钝根"谐文"《上海新年竹枝词》、"游戏小说"《锣鼓会议》，张春帆"谐文"《坐汽车之出风头（三解）》载《新申报·自由新语》。姚鹓雏"小说"《新年的回想》载《民国日报·艺文部》；舍我《小说杂评》载《民国日报·艺文部》,至 2 月 9 日,22 次。

27 日,程瞻庐"滑稽小说"《财神归国》载《新闻报·快活林》。

31 日,范烟桥"应时小说"《天花乱坠》载《时报·余兴》。马二先生"三国歌剧"《安喜县》载《新闻报·快活林》,至 2 月 3 日,载完;2 月 4—6 日,"三国歌剧"《七宝刀》;2 月 7—10 日,"清史歌剧"《乌金荡》载《新闻报·快活林》。

本月

天虚我生《火中莲》由中华书局发行。

程瞻庐《鸳鸯小印》由上海中华书局出版;1928 年 11 月再版。

《小说画报》创刊。叶小凤《母教》,周瘦鹃《檐下》,张毅汉《国旗之光》载第 1 号。包天笑《风云变幻记》载第 1 号,至第 22 号(自第 18 期,改"号"为"期",为统一起见本处皆用"号"排序),22 回。包天笑《友人之妻》载第 1、4、8、12 号。范烟桥《家室飘摇记》载第 1 号,至 5 月第 5 号,10 回。春明逐客(毕倚虹)《十年回首》载第 1 号,至 1918 年 12 月 1 日第 18 号,21 回,未完。天虚我生《新酒痕》载第 1 号,至 12 月第 12 号;11 月由文明书局出版单行本。

注:《小说画报》发行人为沈知芳,发行所为文明书局、上海书局,绘图者为钱病鹤,编辑者为包天笑。月刊,发行 22 期,1920 年 8 月终刊。其办刊宗旨可以体现在包天笑所撰《例言》与《短引》中。现录如下:

《例言》:

一、小说以白话为正宗,本杂志全用白话体,取其雅俗共赏,凡闺秀学生商界工人无不咸宜。

一、本杂志以自行撰述为大宗,所订定者皆一时文家,所撰小说均关于道德教育政治科学等最益身心最有兴味之作。

一、本杂志随时随节插以图画,引起读者之美观。

一、每期有短篇四五篇,长篇三四种,长篇每期必蝉联,决不中断。

一、本杂志版式精妙,纸张洁白,最为醒目。

一、本杂志为普及起见,取价极廉,准期出版,决不蹈时下拖延之习。

《短引》:

鄙人从事于小说界十余寒暑矣。惟检点旧稿,翻译多而撰述少,文言夥而俗话鲜,颇以为病也。盖文学进化之轨道,必由古语之文学变而为俗话之文学。中国先秦之文,多用俗话,观于楚辞墨庄,方言杂出,可为证也。自宋而后,文学界一大革命,即俗话文学之崛然特起。其一为儒家禅家之语录,其二即小说也。今忧时之彦,亦以吾国言文之不一致,为种种进化之障碍,引为大戚。若吾乡陈颂平先生等,奔走南北,创国语研究会,到处劝导,用心苦矣。而数千年来,语言文字相距愈远,一旦欲沟通之,夫岂易易耶?即如小说一道,近世竞译欧文,而恒出以词章之笔,务为高古,以取悦于文人学子。鄙人即不免坐此病,惟去进化之旨远矣。又以吾国小说家,不乏思想敏妙之士,奚必定欲借材异域?求群治之进化,非求诸吾自撰述之小说不可。乃本斯旨,创兹《小说画报》,词取浅显,意则高深,用为杂志体例,以为迟懒之鞭策,读者诸君其有以教诲之乎?天笑生识。

杂志所载以白话小说为主,雅俗共赏,取其兴味,随时随节插图,图文并茂,版式精妙。创作队伍亦高素质,如包天笑、周瘦鹃、毕倚虹、海上说梦人、范烟桥、朱鸳雏、徐卓呆、刘半侬、张碧梧、姚鹓雏、天虚我生、张毅汉等。刊载了一批高质量的小说:长篇如毕倚虹的《十年回首》,无可奈何斋主《考工野史》,朱鸳雏《峰屏泖镜录》,髯翁《同命鸳鸯》,包天笑《风云变幻记》,天虚我生《新酒痕》,海上说梦人《市井梼杌史》,今之伤心人《儒林别史》,姚鹓雏《恨海孤舟记》,刘半侬《歇浦陆沉记》;短篇如天笑的《邻家之哭声》《友人之妻》《行不得也》《白瓷缸》,周瘦鹃的《檐下》《飓风》,徐卓呆《一梦》,张碧梧《肉弹毁家记》,张毅汉《不忧庙》等。

2月

2日,《时事新报》头版刊载《本报特悬重金再征上海黑幕短篇答案通告》:"时值旧历新年,黑幕问题中之赌徒、拆白党两类妖魔又复乘时潜出,设局害人,本报嫉恶如仇,爰特更悬重金专征赌徒、拆白党两种短篇答案。"

4日,天虚我生"短篇小说"《红纂蕗轶事》载《申报·自由谈》,至6日,载完。

5日,张舍我、刘半侬"短篇小说"《失魂药》载《小说海》第3卷第2号。

7日,陈小蝶"滑稽童话"《化鹤奇谈》载《申报·自由谈》,至8日,载完。

9日,范烟桥"滑稽短篇"《一瞥》载《申报·自由谈》。

10日,天虚我生"科学短篇"《一百万金之竞赛》载《申报·自由谈》,至14日,载完。朱鸳雏、刘铁冷"言情长篇"《桃李因缘》,吴双热"社会寓言"《燕语》载《小说丛报》第3年第7期,至7月10日第12期,22章,6次,载完。吴绮缘"反聊斋"别裁小说《憨伉俪》,赵绂章"记事短篇"《天后宫之火》,俞天愤"奇情短篇"《兰因絮果》,畹九译意、姚民哀笔述"忏情小说"《离婚》载《小说丛报》第3年第7期。俞天愤《中国新侦探案》由上海小说丛极社初版;8月1日再版;1919年3月1日3版,含《啄木鸟》《偷香妙手》《鬼影》《金玉错》等20篇。

11日,马二先生"警世短篇"《番摊》载《新闻报·快活林》,至12日,载完。

13日,马二先生"红楼歌剧"《题园试玉》载《新闻报·快活林》,至17日,5

次,载完;26—28日,"红楼歌剧"《春灯抟虎记》载《新闻报·快活林》。

15日,瞻庐"滑稽短篇"《好教我左右做人难》载《新闻报·快活林》,至16日,载完。

18日,马二先生"时事歌剧"《争国教》载《新闻报·快活林》。

19日,刘半侬"苦恼小说"《三点钟》载《新闻报·快活林》,至20日,载完。

22日,周瘦鹃译、毛柏桑著"言情短篇"《幸福》载《申报·自由谈》,至23日,载完。马二先生"清史歌剧"《真假名士》载《新闻报·快活林》,至25日,4次,载完。

24日,陈小蝶"爱国短篇"《无名之女英雄》载《申报·自由谈》。

25日,《时事新报》宣布将"上海黑幕"列为永久性专栏。

26日,程瞻庐"滑稽小说"《拆字摊》载《新闻报·快活林》。

本月

天虚我生"长篇小说"《社会写真》载《小说时报》第30号,至4月第31号,载完。天笑、毅汉《律师》,周瘦鹃《何以报之》,刘半侬《文明》,程小青《红别墅中之圣节》载《小说时报》第30号。

《小说革命军》(不定期刊)在上海创刊,胡寄尘编,自己发行,仅出3期。

3月

1日,马二先生"短篇小说"《禁烟》载《新闻报·快活林》。

3日,马二先生"三国歌剧"《耒阳县》载《新闻报·快活林》,至6日,载完。

7日,马二先生"情史歌剧"《截江报》载《新闻报·快活林》,至12日,6次,载完。

10日,赵绂章"念秧小说"《十兄弟》,"反聊斋"别裁小说《笑姻缘》,劫后余生、姚民哀"忏情短篇"《绮冤》,俞天愤"滑稽侦探"《空中飞土》,张庆霖"哀情短篇"《女儿最怕伤春》,俞牖云"哀情小说"《秀兰恨史》载《小说丛报》第3年第8期。

12日,李涵秋"短篇小说"《姑恶》载《神州日报·文艺俱乐部》,至13日,载完。

14日,马二先生"社会小说"《上海秘密史》载《神州日报·文艺俱乐部》,至5月12日,9回,未完。李涵秋"短篇小说"《忏心人》载《神州日报·文艺俱乐部》,至3月15日,载完。

16日,周瘦鹃译、毛柏桑著《忏悔》载《申报·自由谈》,至27日,载完。李涵秋"短篇寓言小说"《梦境》载《神州日报·文艺俱乐部》。《时事新报》宣布将黑幕从报载改为出单行本图书。

17日,周瘦鹃《怀兰室杂俎》载《新闻报·快活林》,至4月25日,38次。

19日,李涵秋"短篇小说"《新念秧》载《神州日报·文艺俱乐部》。

26日,程瞻庐"滑稽小说"《第三步》载《新闻报·快活林》。

27日,姚鹓雏《懒孱杂缀》载《民国日报·艺文部》,至4月25日,12次。

30日,包天笑、张毅汉译"哀情小说"《落花流水》,姚鹓雏"奇情小说"《十五年前》载《小说大观》第9集。

31日,马二先生"讽世歌剧"《新拾金》载《新闻报·快活林》。

本月

许指严"长篇社会小说"《海市》《微波》在《说丛》第1期开始连载,因此刊物仅出2期,此两个长篇仅连载1次即终,未完。

贡少芹《新社会现形记》(3册40回)由新华书局出版。

周瘦鹃结集所译外国小说《欧美名家短篇小说丛刊》(3卷)由中华书局初版,收入"怀兰室丛书之一";1918年2月再版时更名为《欧美名家短篇小说丛刻》;1931年8月四版。

按:该《丛刊》收欧洲14国47位作家小说49篇。鲁迅时任教育部通俗教育研究会小说股主任,决定为该书授奖,与人共拟"空谷足音"的评语。评语谓"当此淫佚文学充塞坊肆时,得此一书,俾读者知所谓哀情惨情外,尚有更纯洁之作,则固昏夜之微光,鸡群之鸣鹤矣"。

周瘦鹃《红颜知己》由中华书局出版;1931年7月4版。

4月

1日,陆澹盦《澹盦诗话》载《时报·小时报》,至1919年3月21日,62次。

5日,刘半侬"短篇小说"《最后之跳舞》,许廑父"短篇小说"《败子回头》,心夫、许廑父"短篇小说"《鹃娘》载《小说海》第3卷第4号。

10日,范烟桥《同里人物志屑》载《时报·余兴》。

11日,天虚我生在《申报·自由谈》辟"集益录"一栏,栏目存至1918年9月9日。

15日,程小青"哲理小说"《良心》载《申报·自由谈》,至18日,载完。

17日,马二先生"滑稽歌剧"《龙华道》载《新闻报·快活林》。

18日,天虚我生在《申报·自由谈》辟"工业须知"一栏,栏目存至1918年

9月14日。

本月

天笑、毅汉同译《十镑之纸币》，倚虹《最后之言》，程小青《幕面舞》载《小说日报》第31号。

周瘦鹃译《情祟》由中华书局出版；1936年3月出至第6版。

姚鹓雏主编、周瘦鹃等著《南社小说集》由上海文明书局出版。

按：《南社小说集》收如下小说：周瘦鹃《自由》，成舍我《黑医生》，程善之《儿时》，叶小凤《贼之小说家》，王钝根《予之鬼友》，赵苕狂《奇症》，胡寄尘《黄金》，闻野鹤《媒毒》，姜杏痴《蛇齿》，叶中泠《云》，王大觉《红爪郎》，孙阿瑛《伤心人语》，贡少芹《哀川民》。

5月

1日，《时事新报》载《本报征求北京之黑幕》，将黑幕征答的地域范围从上海拓展到北京。

5日，程瞻庐"长篇小说"《凤英惨史》载《妇女杂志》第3卷第5号，至10月5日第10号，共13章，载完。周瘦鹃"哀情短篇"《不堪回首》载《新闻报·快活林》。

4日，天虚我生、李常觉、陈小蝶合译，英国却而斯佳维佳著"写情小说"《柳暗花明录》载《申报·自由谈》，至8月24日，载完。周瘦鹃《小说读屑》载《新闻报·快活林》，至1918年1月16日，15次。

6日，周瘦鹃《艺花小言》载《新闻报·快活林》，至1918年1月12日，13次。

10日，周瘦鹃《拿破仑情史》载《新闻报·快活林》。俞腴云"言情短篇"《青楼绮梦》，姚民哀"札记短篇"《吴三桂轶史》载《小说丛报》第3年第10期。

12日，周瘦鹃《欧美名人之结婚》载《新闻版·快活林》，至13日，2次。

14日，周瘦鹃"文字因缘"《文字因缘》载《申报·自由谈》，至25日，载完。李涵秋"短篇小说"《忘八》载《神州日报·文艺俱乐部》。

20日，徐枕亚著《枕亚浪墨续编》由清华书局出版；1919年2月再版；1919年8月三版；1927年4月七版；1931年4月九版。1935年5月由上海小说世界社印行。1946年8月由上海大众书局重版。

按：《枕亚浪墨续编》总目，卷一"说部"十四种："传记小说"《神女》，；卷二"绮谈"二种；卷三"笔记"四种；卷四"杂纂"三种。

21日，范烟桥《锡游小记》载《时报·余兴》，至22日。

23日,周瘦鹃《施各德情史》载《新闻报·快活林》。

本月

徐卓呆译述《日本柔术》由中华书局发行;1920年10月4版;1927年6月5版;1931年7月7版;1935年8月8版。

6月

1日,"拾尘"《送蚌将军归蚌埠序》载《新闻报·快活林》。文中对张勋的复辟阴谋发出警示,将张勋及其辫子兵的嗜血本质进行了痛快淋漓的揭露。严独鹤为该文加了编者按:"据近日情势,则蚌将军率虾兵蟹将,兴妖作怪矣。武人横行,中原多故,鹬蚌相争,尚不知呈何结果也。"

2日,闻野鹤"短篇小说"《影》载《民国日报·文坛艺薮》。

5日,李涵秋"奇情小说"《梨娘怨》载《新闻报·快活林》,至12月7日,载完。姚鹓雏"短篇小说"《冰天鹣鲽》载《小说海》第3卷第6号。闻野鹤"短篇小说"《贫》载《民国日报·文坛艺薮》。

7日,沈禹钟"短篇小说"《民意》载《民国日报·文坛艺薮》。程瞻庐《读〈西厢记〉感言》载《新闻报·快活林》。

引:程瞻庐巧妙地用《西厢记》中的人物影射当前的政局,达到不言而令人自明效果:"当相国寺被围之际,一般骄兵悍将,宣言将双文献出,万事全休,否则玉石不分,俱成齑粉。楚歌四面夫人围在核心,独有张生者,愿作调人,力筹退兵之策,此固夫人所馨香而祷祝者。"相国寺乃指总统府,骄兵悍将指督军团,夫人乃黎元洪,张生非张勋莫属。可是笔头一转:"张生此举,实含有极大之野心,彼将拥立幼童无知之欢郎,代夫人执行家政。"很清楚地点出要将尚在游戏寻欢的儿童溥仪代黎元洪来"统治"国家。

10日,吴绮缘"反聊斋"别裁小说《绛帐贻羞》,情痴、双热"哀情短篇"《呜呼好媳妇》,姚民哀、俞天愤"虚无党短篇"《一封书》载《小说丛报》第3年第11期。

11日,闻野鹤《章副总裁小传》载《民国日报·文坛艺薮》。

14日,瘦鹃《俾斯麦情史》载《新闻报·快活林》。

16日,闻野鹤"短篇小说"《我之小史》载《民国日报·文坛艺薮》,至21日,载完。周瘦鹃《世界名人之少年时代》载《新闻报·快活林》,至17日,2次。

17日,李涵秋"小说"《秋冰别传》载《神州日报》之《神州画报》,至7月31日,5章,44次,未完。

19日,枫隐《辫子出风头歌》载《新闻报·快活林》。

引：枫隐《辫子出风头歌》："黎公无法愿调和,急召辫帅进京中,调人愿效鲁连风,维时国会散不散,总统保不保,都在辫帅一言中。辫帅风头既出足,麾下辫兵亦威风,……谁人敢把辫兵惹,赛过深山猛大虫。"当时正值农历端午节,副刊的"谐著"上也发表几篇有关"端午新五毒"的文章,其中直指"蚌壳精"和"豚尾精"正是影射张勋乃当前之毒物。

21日,闻野鹤"小说"《雹碎春红记》载《民国日报·文坛艺薮》,至7月13日,载完。周瘦鹃"短篇寓言"《灯语》载《新闻报·快活林》,至22日,2次,载完。

24日,叶小凤"社会小说"《平等》载《民国日报·文坛艺薮》,至11月18日,10回,124次,载完。

30日,包天笑"言情小说"《泪点》,姚鹓雏"短篇小说"《冤亲》《梦棠小传》,徐卓呆"哲理小说"《青猫》,周瘦鹃译、法国大仲马"历史小说"《玫瑰一枝》载《小说大观》第10集。张毅汉"家庭小说"《藏珠记》载《小说大观》第10集,至9月30日第11集,35章,载完。刘半侬译、法国耶米曹拉原著"社会小说"《卖花女侠》载《小说大观》第10集,至12月第12集,3卷,载完。

本月

包天笑《绿毛》,姚鹓雏《焚笔》,张毅汉《天涯知己》,周瘦鹃《九华帐里》载《小说画报》第6号,今之伤心人《儒林别史》载《小说画报》第6号,至1918年6月1日第13号,28回。

天虚我生《满园花》《鸳鸯血》《琼花劫》《芙蓉影》《丽绡记》《疗妒针》《情网蛛丝》由中华图书馆出单行本;陈翠娜译述、天虚我生润文《薰莸录》初编、续编由中华书局出版。

7月

1日,程瞻庐《烦恼着唐三藏》载《新闻报·快活林》。

引：程瞻庐《烦恼着唐三藏》以唐僧徒弟猪八戒的一条豚尾不翼而飞讽喻张勋复辟必败："豚尾已在北京城中,惹出奇祸,将一座金碧辉煌之罗汉堂,闹得落花流水,八百罗汉,立时星散(按指勒令解散国会——笔者)。于是师徒聚议捕捉豚尾精之法,志在实行,至豚尾之运命如何,今尚在不可知之数,诸君毋躁,徐听最后之尾声可也。"

2日,陈冷《真力量》载《申报》第2版,至5日,4次。文中指出一定要彻底铲除复辟逆流之根。

引：陈冷《真力量》："阅者诸君,勿以今日北京所传复辟之消息为可骇而可怪也。盖其事有必至之势也,何则？欲知今日复辟之不能免,须先知以前革命之尚未成。何以尚未成？盖当时尚未用真力量也。当时借袁世凯欲自谋帝制之力量,因以告成。迨袁帝未成,而又身死,则其力量已解。而复辟之事,自然出现。盖以前之革命,仅启其端。而今后方为实行其事也,实行其事非真力量不可也。数年以来,人民之苦于反对调停疏通运动之中也,久矣。不得谓之治,而亦不得谓之乱。虽有忧时之心,而无可以发抒真力量之地。不能抒发真力量,则国家之基础永无巩固之时。阅者诸君,勿以今日北京所传复辟之消息为可悲而可伤也。是乃试验真力量之动机,而国家兴亡转移之关键也。阅者诸君其勿骇勿怪勿悲勿伤,其各奋发其真力量以求其真结果。"

5日,许指严"短篇小说"《卷蕴心》载《小说海》第3卷第7号。

7日,包天笑《帝制与复辟》载《时报》第2版,指出了张勋复辟的根源:"帝制与复辟,均为共和国中绝对不容有而未可加以轩轾者也。乃今日帝制派人,竟藉复辟而出头。抑知今日之复辟即前日不严惩帝制之结果,而今日不严惩复辟,即又酿成他日帝制之原因,如此循环相生,而国遂亡矣。"

8日,天台山农《分龙日之分龙说》载《新闻报·快活林》。

引:虽然认张勋为代表的复辟势力还在挣扎,但全国已一致声讨,大势已去。那天正值中国旧时的所谓"分龙日",天台山农《分龙日之分龙说》说到文武圣人(按文圣指康有为,武圣指张大帅——笔者)实行复辟,五色国旗,无端消灭,共和推翻,皇帝出现,亲皇郡王,开气蟒袍,浑身煊赫,辟既复矣,宗社党,保皇党,附龙攀凤,龙运复交。但到了今天分龙之日,"转瞬将打龙袍,人民痛饮黄龙之酒,皇帝复蹈祖龙之辙,神龙见首不见尾了。"实际上就预示了复辟已现必败之征兆。而报上又配以一幅"文武圣"抱着一个"小皇帝"的漫画,则更令人忍俊不禁。

14日,闻野鹤"别体滑稽小说"《穿窬家小史》载《民国日报·文坛艺薮》,至23日,载完。

10日,包天笑《诛张勋》载《时报》第2版。针对复辟被扑灭而未惩办罪魁张勋的怪状,文中提出"不诛张勋,何以谢天下;不诛张勋,何以杜复辟;不诛张勋,何以惩悍帅;不诛张勋,何以警戒一切坏乱法纪称兵迫胁之武人。故我谓今日之复辟,即前者不惩治帝制派有以养成之。若今犹取前者之态度也,我殊为共和国危"。吴绮缘"反聊斋"别裁小说《绿林尚义》,俞牖云"笔记短篇"《断头僧》,姚民哀"滑稽小说"《议员底事不须眉》载《小说丛报》第3年第12期。

20日,程瞻庐、忆珠楼主《王克琴与张勋留别书》载《新闻报·快活林》,至21日,2次。

22日,周瘦鹃"杂俎"《小说家轶事》载《新闻报·快活林》。

24日,闻野鹤"长篇艳情小说"《芳台春恨录》载《民国日报·文坛艺薮》,至8月11日,未完。姚鹓雏《赭玉尺楼杂说》载《民国日报·文坛艺薮》,至25日,2次。

本月

《南社丛刻》第20集出版,柳亚子登紧急布告,驱逐社员朱鸳雏。自在《南社史料·驱逐朱鸳雏经过》(1935年12月16日《越风》第5期);柳亚子《我和朱鸳雏的公案》(1936年2月2日《越风》第7期)。

引:自在《南社史料·驱逐朱鸳雏经过》:南社成立于胡清宣统元年十月初一日,以研究文学、提倡气节为宗旨。其经过已见胡寄尘氏《越风》第一期所著《南社的始末》,恕不赘述。但南社在民国六年夏间,内部曾发生一段纠纷,胡氏之文,未有叙及,为述如下,想亦可供谈南社者所乐闻欤?

社员中有朱鸳雏者,因在上海《中华新报》论诗,与柳亚子发生意见。朱诗宗宋,柳诗宗唐,派别不同,主张各异,本属寻常。且社中作诗者,宗派亦甚复杂,不能从同。如从文学上研究,绝无问题,无奈朱鸳雏少年气盛,缺乏涵养,于文论上,除论诗之外,涉及其他,肆意谩骂,轶出谭艺论文苑囿。于是柳亚子以南社主任名义,发布紧急布告,通知全体社员,驱逐朱鸳雏出社,文云:"兹有附名本社之松江人朱玺,号鸳雏,又号孽儿者,妄肆雌黄,腥闻昭著,业已驱逐出社,特此布告天下,咸使闻知。中华民国六年八月一日,南社主任柳弃疾白。"

同时并附斥朱玺一则,文云:"七月三十一日,中华新报,有署名朱鸳雏,所谓论诗斥柳亚子者,词既恶俗,旨尤鄙倍,语云:蟾蜍吐粪,不啻若自其口出,玺之谓矣。陈三立郑孝胥之门徒,乃下劣至此,亦闽派将衰之兆也。独惜仆以太丘道广,昔于知人,致令委巷小夫,阑入盟社,虽加窜逐,犹为坛坫之污,所当自劾以谢天下耳。嗟嗟!杨锡章门下之弄儿,周维新幕中之契弟,下流所归,君子不齿。善箝而口,勿令舐痈,善补而袴,勿令后穿,斯已矣,何猖猖狂吠为。"

此两文发布后,即有反响,广州有蔡哲夫者,当时以南社粤分社名义,胪列社员数十人名字,印发传单。并在广州《中华新报》广告,为朱张目,而向亚子攻击。但彼所用之社员名字,多未获得本人同意,遽然代为列入,手续失当,故遭多人非难。即余姓名,亦为其冒签。后余函知亚子声明,一面在上海《民国日报》登启事,声明原委,以昭核实。闻同此办理声明冒签者,亦有数人。

事后,南社职员,例行改选,亚子事前坚决声明不再连任主任职事,因此票选结果,姚石子当选主任。蔡哲夫与柳亚子自此断绝往来。而在民七至十二三年间,蔡努力介绍社友加入长沙南社湘支部,别树一帜,俨然今日之西南执行部也。直至民十七,余以双方均属多年之友,且为南社创办时之主要者,因一时误会,意见相左而至绝交,深为遗憾。乃从众商洽,互为谅解,始再通音问,但各以他事所羁,书翰鲜通耳。朱鸳雏闻亦逝世数年,顺此述及,以毕吾篇。

许指严《复辟半月记》由交通图书馆出版;《十叶野闻》由上海国华书局出版,11月再版。

按:《十叶野闻》共2册,含自叙1篇,43篇笔记小说:《奉安故事》《九王轶事(十则)》

《下嫁拾遗》《董妃秘史》《顾命异闻(三则)》《拾明珠相国秘事》《夺嫡妖乱志》《九汉外史》《鱼壳别传》《和珅轶事》《香厂惊艳》《礼部堂议和》《林夫人书》《圆明园修复议》《豹房故智》《孝贞后》《阎文介方正》《四春琐谭》《垂帘波影录》《热河行宫欢喜佛》《玛噶喇庙》《崔李两总管》《昌寿公主》《清末雀戏》《瓦将军试金台书院》《肃顺狱异闻》《刚愎自用》《毓屠户》《寇太监》《刘太监》《端王与溥儁》《荣禄与袁世凯》《控鹤珍闻》《瀛台起居注》《老庆记公司》《倚翠偎红》《某福晋》《磨盾秘闻》《小德张》《春阿氏案》《贺昌运》《吏部鹭官案》《流星有声》43则。

鸦雏《恨海孤舟记》载《小说画报》第7号,至1919年2月1日第20号,33回,共17次,未完。

引1:《恨海孤舟记·序言》(1917年7月《小说画报》第7号):鸦雏之生,二十有六年,容色苍老近三十许人,发有数茎白者,或者诏我,忧能伤人,子弗复尔?夫工愁善感,出之天性,即有津梁,弗能度也,抚膺四顾,百端交集,如信潮之弗可止,如奔涛之弗可御也,则我其为恨海之孤舟云尔,作恨海孤舟记。乙卯闰二月昼日,云间鸦雏姚锡均。

《恨海孤舟记》第33回末有鸦雏作《著余杂缀》:顷成一书,托体稗官,谊存风雅,缕述近事,皆出生平,当世轶事,颇亦牵率,书凡二卷,都廿万言,大抵步趋儒林,间摹花月……写花云仙写灵芝皆书中之主,难分轩轾,但觉云仙写得清俊,灵芝写得娇憨,云仙写得楚楚动人,灵芝写得风光细腻,云仙如雪水江瑶,灵芝如杨梅夏熟,各有恰到处,了不相犯……曩在都时,有鸿雪印说部之作,侈道一时听歌命酒情事,韩潭灯影,怊怅前尘,比来旧人渐成星散,独睠华玉貌珠喉,蜚声上苑,闻其绮年嗜学,渐娴歌诗,换羽移宫,都非凡响,中心欣慰,自诩知人,自离春明,辄已六稔,而鸿雪旧藁,亦随车尘马矢中同归于尽矣。此书中之作,则始发于南归,实继鸿雪之后也,风萍雨絮,到处留痕,后之视今,亦犹今之视昔,悲夫!

引2:范烟桥:《民国旧派小说史略》:"姚鸦雏的《恨海孤舟记》,写的也是文人流连妓院的生活,还是《海上花列传》的继承。不过不用苏白,而且不局限于上海一地,还有北京、哈尔滨等处。"

毕倚虹《有情眷属》,天笑、毅汉同译《燃箕余生》,周瘦鹃《贼之觉悟》载《小说时报》第32号。

贡少芹《复辟之黑幕》(2册)由翼文编译社出版。

按:《复辟之黑幕》分上下卷,上卷目录:张冠李戴,万岁在上安有老人坐位,辫发之笑史十则,瞿鸿机自称为圣人之师,张勋请封徐州王,尔将来为平肩王,复辟与服辟,北京城内之三多,康圣人之得意诗,张勋赌咒,有文武二圣保驾,失之易复之亦易,俺乃复辟伟人,何能做没胡子宰相,咫尺天威汗下如雨,传心殿臭味何来,张勋与张镇芳联宗,猜不到他们也做革命党,纸龙旗乃纸糊政府之证,袍褂靴帽之趣用,双料总督,万绳栻为张勋之坐探,文圣人大骂武圣人,他不出去我也不出去,以黎总统为管理员,真是心坎儿上的人,朱家宝终日叩头,梁鼎芬不谙鞠躬,他也说大义灭亲,不伦不类之名刺,五日京兆与五日内阁,你当配享太庙,逼宫之妙解,张逆有太上皇之徽号,王克琴将充御班头,此之谓名副其实,张逆之倚老卖老,小妾私逃,王克琴入觐瑾太妃,我不愿做奴才之奴才,张逆自称老千岁,我等是王爷的兵,五色旗上画死蛇,新空城计退兵策,骗了金钱不退兵,外阳内阴,康有为入圣超凡,康有为佛头着粪,走了南海圣人去请东海贤人,公使署不是大旅社,我不做民国革命党,捉獐,又有所谓十三太保者,张勋与清室倒算账,你今天跷辫子了,劳乃宣之顽固语,张逆请狐仙拆字,空中讨逆地道逃生,某督军滑稽中立,万绳栻偷清宫宝物,炮火光中小老婆,王克琴下堂求去,南池子不是放生池,共和误我复辟又误我,天子门生老帅世侄,梅光远谓他人父,辜鸿铭辜鸿恩,不在紫禁城骑马却来正阳门拉车,王乃澂国旗诡辩,杨寿枏双料头衔,劳乃宣临时抱佛脚,排长身边之小脚鞋,恭亲王挨两记耳光,五月十三日复辟之原因,复辟声中之刘喜奎,张逆误着王克琴裤子,是小妾使我不死,洪宪与复辟之比较,股份公司之内阁,某校长赔书,圣上及文武两圣之牌位,大家都拘入外国牢狱了,好个骑墙派,命理注定一逃字。

下卷目录:以辫子为购物之免票,辫子兵大闹度支部,天坛先农坛变作乞丐所,外报记者恶作剧,枪枝上悬小龙旗,曹兵敢与老张战三百合么,活像出丧之军队,赈济皇帝之趣闻,召见已故之陈夔龙,老倪与我不认亲了,文武两圣之吹牛,雷震春跌破头颅,张逆毁家救国之假话,朱家宝碰钉子,袁大化说大话,飞机上滑稽传单,梁胡子前倨后恭,警察正告辫子军,外人对梁敦彦之讽刺语,康有为之头不值一文钱,文圣人对武圣人叩头,回也非助我者也,皇帝虽小福气甚大,张勋想做老国丈,张逆轿内装设电机风扇,兵抬绿呢大轿,奏摺中有皇帝大总统之称谓,薛大可运动开报馆,刘师培呼张逆为干父,大财神说穷话,文圣人之外又有周公,你只合在凌烟阁上高卧,儿戏复辟之别解,张勋喝断卢沟桥,我也革民国的命,挖去讨逆军之讨字,张逆之得意语,军队中忽现娘子军,短期债票与短命皇帝,天师与雷公之谑语,梁财神之后又有张财神,有前清必有后清,张天师保玉皇大帝,误以孟津为天津,那里有两个张勋来,辫子比生命还宝贵,割发代首,收买大宗辫发,雷震春辫绕指挥刀,旗民呼张勋为二皇帝,他是复辟中之老前辈,江庸之滑稽函,五色旗战胜龙旗,果然是雷震春耳,开印大吉溜之大吉,雷霆与义军搭架子,梁鼎芬不承认康有为是广东人,尽忠不能尽孝,我从何处来仍向何处去,新三国之趣谈,怕炸弹乃满人之根性,打仗呀不曾干过这回事,詹天佑之滑稽答覆,刘二姑娘书,十二元购一条辫子,辫子革命,不愧为两国忠臣,辫兵卖米之怪现状,贼捉贼,逆骂逆,阮大胡子偏说张大辫是好汉,二姑娘仍做扬州梦,王克琴欲张勋为少年人,每个烟炮五十元,枪先离兵兵先离公,王八跑了,宣统求为颜回而不得,他不曾受人骗我倒受他骗了,荫昌两面不讨好,中清民国之怪闻,竟有三个年月日,三三九九之妙解,可谓挂印将军,滑稽政府,大餐阁员之雅谑。

8月

8日,周瘦鹃"杂俎"《惠林顿情史》载《新闻报·快活林》。

14日,包天笑、听鹂合译,法国孟巴桑著"短篇小说"《钟声》载《时报·小时报》,至23日,10次,载完。

19日,朱瘦菊"警世小说"《此中人语》(续编)自22次起载《大世界》第3版,至1918年3月2日,载完。

23日,《神州日报》广告载,李涵秋的《广陵潮》由震亚图书局出至第6集,1至4集每集售价各四角,5、6集各五角。

24日,包天笑、张毅汉合译"侦探小说"《鬼宅神机录》载《时报·小时报》,至11月23日,共90次,载完。周瘦鹃"杂俎"《狄根司情史》载《新闻报·快活林》。

25日,常觉、小蝶、天虚我生合译,英国却而司佳维氏著"社会小说"《贪嗔小史》载《申报·自由谈》,至12月3日,载完。

28日,朱瘦菊"短篇滑稽小说"《鬼话》载《新世界》第3版,至9月8日,12次,载完。

9月

1日,徐枕亚"侦探短篇"《通草花》,吴绮缘"反聊斋"别裁小说《画里真真》载《小说丛报》第4年第1期;枕亚"家庭长篇"《秋之魂》,天宣"白话长篇"《商妇琵琶记》载《小说丛报》第4年第1期,至1918年5月10日第6期,载至第5章。吴绮缘"艳海"《忆红楼记艳》载《小说丛报》第4年第1期,至1918年5月10日第6期,含《莲女》(第1期),《阿凤》(第2期),《柳莺》《裳红》(第3期),《当炉女》(第4期),《卖花声》《扑朔迷离》(第5期),《春楼花影》《花笑春风记》(第6期)。郑逸梅"艳海"《零脂断粉录》载《小说丛报》第4年第1期,至1919年5月20日第9期,8次。

5日,张舍我、刘半侬"短篇小说"《地图与珠》载《小说海》第3卷第9号。

14日,李涵秋"哀情小说"《姊妹花骨》载《神州日报》,至1918年1月11日,共116续,载完。周瘦鹃"杂俎"《接吻小史》载《新闻版·快活林》,至30日,4次。

30日,包天笑"言情小说"《回忆》,周瘦鹃"言情小说"《女贞花》,张毅汉"伦理小说"《龋齿》,鹓雏"历史小说"《焚芝记》载《小说大观》第11集。范烟桥由凌景坚、黄病蝶介绍,加入南社,入社号为969。

本月

上海文艺编译社编《民国叛人张勋传》出版。

何海鸣《奇童纵囚记》由中华书局出版;1930年3月3版。

10月

6日,济航《游戏文章论(仿欧阳修宦者传论)》载《申报·自由谈》。

引:《游戏文章论》:

自来滑稽讽世之文,其感人深于正论。正论一而已,滑稽之文,固多端也。盖其吐词也,隽而谐;其寓意也,隐而讽,能以喻言中人之弊,妙语解人之颐,使世人皆闻而戒之。主文谲谏,往往托以事物而发挥之,虽有忠言说论载于报章,而作者以为遇事直陈不若冷嘲热讽、嬉笑怒骂之文为有效也。故民风吏治日益坏,则游戏文章日益多。而报纸之价值日益高,则阅者之心日益切,而流行者日益广。官吏恣其笑骂,讥刺寓乎箴规,则世之所谓俳谐者乃所以警世也。文士读而善之,欲假文字之力挽颓靡之世局,上之则暗刺夫朝廷,下之则使社会以为鉴。虽有酷吏力无所施,言者既属无罪,禁之势有不能,则其心自潜移默化。故其大则救国,次足移风,而使奸人得借以为资而耻,至悟其罪过,痛改以成良善之民而后已。

10日,《时事新报》将一年来的黑幕征答汇编,题为《〈时事新报〉上海黑幕一年汇编》甲编上下两册,由上海时事新报馆出版。

按:《〈时事新报〉上海黑幕一年汇编》卷首有冯叔鸾、张东荪、恽铁樵等6篇序,内容有:秘密党之黑幕第一,男女拆白党之黑幕第二(上、下),市侩之黑幕第三,赌徒之黑幕第四,学界之黑幕第五,探警之黑幕第六,游民之黑幕第七,娼妓之黑幕第八,姨太太之黑幕第九,拐骗之黑幕第十(上、下),相公之黑幕第十一,洋奴之黑幕第十二,鸦片之黑幕第十三,苦力之黑幕第十四,青红帮之黑幕第十五(上、下),巫医之黑幕第十六。

其凡例言:本编黑幕以上海为限,"以改良社会为宗旨,是以不避嫌怨,凡属奸淫窃盗险诈拐骗种种罪恶,莫不尽情揭载,以冀幕中人迁善改过,善良者警戒趋避","本编黑幕投稿家多至百十人,本报搜求揭载,历一年之久,今特重新厘定,分十六类,并小黑幕百则,汇为一编,成此大观","本编黑幕揭载报端,始于民国五年双十节,迄于六年九月,凡篇中昨日明日今年明年诸语,乃登报时之昨明日与今明年,非重编时之昨明日与今明年也","黑幕重事不重人,是以本编独详事实,而对幕中人,则援隐恶之义,除经过官厅者外,绝无真姓真名并列者","黑幕不同小说,小说虚而黑幕实,小说疏远而黑幕切近,小说纡徐曲折,而黑幕直接痛快,是以本编黑幕,咸以记载体例,详叙事实,绝无描头画角,以及面壁虚构之弊","上海黑幕专注社会方面,是以下贱如相公、娼妓,穷困如瘪三、苦力,咸有专篇记载,务详务尽,而凡具有政治性质之官僚党派政客议员之类,则一律归入北京黑幕,将来北京黑幕继续出版,必更有慰各界殷殷属望也。"

15日,张碧梧"纪实短篇"《谁之罪欤》载《时报·余兴》,至17日,载完。徐枕亚"骇情短篇"《烛影刀声》,闻野鹤"社会小说"《批霞那之祸史》,吴绮缘"反聊斋"别裁小说《楼头盼盼》,范烟桥"纪事短篇"《棠红梨白》载《小说丛报》第4年第2期。

17日,周瘦鹃《记影戏(文化)》载《新闻报·快活林》。

18日,周瘦鹃《记欧洲影戏文化》载《新闻报·快活林》。

24日,朱瘦菊"滑稽侦探"《习惯》载《新世界》第3版,至12月4日,41次,载完。

25日,程瞻庐《孝女蔡蕙弹词》连载《小说月报》第8卷第10号,至12月25日第12号,共3次,载完。周瘦鹃"拿破仑著短篇小说"《同归于尽》载《新闻报·快活林》。

11月

10日,程瞻庐《鸳鸯剑弹词》连载《新闻报·快活林》,至1918年4月9日,共32回,载140次。张恂子"社会小说"《浦东潮》载《文友社第二支部月刊》第2期,至1919年9月10日第24期,3回,20次,未完;1919年10月10日,第3回续载《亦社》第3年第1期,至1921年5月第4年第5期,至第6回,15次,未完。

15日,吴绮缘"哀情短篇"《飞絮啼鹃记》,畹香口述、民哀戏笔"怨情小说"《三点红》,范烟桥"纪实小说"《喜怒无常》,俞天愤"惨情短篇"《纸鸳鸯》载《小说丛报》第4年第3期。

19日,闻野鹤"哀情小说"《警弦破梦录》载《新申报·自由新语》,至26日,载完。

24日,包天笑、听鹂合译,法国薄末·乔治著"政治小说"《议员铸鼎录》载《时报·小时报》,至1918年5月4日,共131次,载完。

30日,《教育公报》第4年第15期载《通俗教育研究会审核小说报告》关于周瘦鹃所译《欧美名家短篇小说丛刊》的评语,称:"《欧美名家短篇小说丛刊》凡欧美四十七家著作,国别计十有四,其中意、西、瑞典、荷兰、塞尔维亚,在中国皆属创见,所选亦多佳作,又每一篇署著者名氏,并附小像传略。用心颇为恳挚,不仅志在娱悦俗人之耳目,足为近来译事之光……当此淫佚文字充塞坊肆时,得此一书,俾读者知所谓哀情惨情之外,尚有更纯洁之作,则固亦昏夜之微光,鸡群之鸣鹤矣。"此文由时任教育部通俗教育研究会小说股审校干事的鲁迅与周作人合拟。

31日,周瘦鹃"杂俎"《名城末日记》载《新闻报·快活林》,至1918年1月3日,3次。

12月

4日,常觉、小蝶、天虚我生合译,英国却而司·迭更斯著"长篇小说"《二城风雨录》载《申报·自由谈》,至1918年5月14日,载完。

8日,李涵秋"爱国小说"《战地莺花录》载《新闻报·快活林》,至1919年8月10日,共609天次,载完。

15日,徐枕亚"言情小说"《一小时之悲欢离合》,张庆霖"爱情短篇"《玫瑰花》,吴绮缘"讽刺短篇"《战祸》,范烟桥"纪实短篇"《禁烟小史》,俞天愤"纪实短篇"《坠楼余生记》载《小说丛报》第4年第4期。

26日,闻野鹤"言情长篇"《剑底桃花录》载《新世界》,至1918年4月28日,4章,未完。

本月

包天笑"游记小说"《天竺礼佛记》、苏曼殊"言情小说"《非梦记》,周瘦鹃译、毛柏桑著"言情小说"《心照》与《鹦鹉》,张毅汉"伦理小说"《玉折花愁》、"言情小说"《桥上》,鹓雏"历史小说"《峨嵋老人》载《小说大观》第12集。

叶小凤《古戍寒笳记》由上海小说丛报社初版。

本年

贡少芹"滑稽长篇小说"《傻儿游沪记》(20回),赵苕狂"长篇小说"《日神娶妇录》(6卷)载《小说新报》第3年第1期,至第6期,载完。李定夷"艳情小说"《同命鸟》(又名《后伉俪福》)载《小说新报》第3年第1期,至第12期,28章,12次,载完。周瘦鹃译"哀情小说"《井底埋香记》载《小说新报》第3年7期,至第12期,22章,载完;1919年2月由国华书局出版。赵苕狂译"名家小说"《真假婚书》载《小说新报》第3年第7期,至第12期,14章,6次,载完。

徐枕亚《余之妻》由上海小说丛报社初版;1920年9月五版。1929年8月清华书局13版;1930年7月14版。1930年4月小说世界社10版。1946年12月广州开通书局再版。1934年3月,1947年10月,1949年6月,分别由大众书局重版。

漱六山房《九尾龟》(8卷192回)由上海交通图书馆出版。

平襟亚应光裕社成立150周年写纪念文章。

刘云若随父寓居保定,入城西中学读书。

范烟桥24岁,任八坼乡学务委员。

程小青任景海女子师范学校写作教员。

世界书局由沈知方创办。

注：据上海档案馆藏 1925 年《世界书局之概况》："本局创办于民国六年。"华东师大彭丽熔的硕士学位论文《世界书局文学出版情况研究(1917—1949)》称，"世界书局正式成立于 1921 年夏"，即"上海世界书局股份有限公司的成立时间，亦即世界书局正式挂牌营业时间，该局成立时，局址设在上海福州路山东路怀远里，并在怀远里口设门市部，于同年 7 月 7 日开张"。但世界书局的名称出现及其出版活动并非始于这一年，此前数年间，创办人沈知方即以广文书局、世界书局、中国第一书局等名义进行出版活动，所出书籍均委托沈氏同乡吕子泉、王幼堂、王均卿、沈骏声(后者为沈知方之侄)创办的大东书局发行，因此，这时的世界书局堪称是沈知方用以进行投机出版活动的一家"皮包公司"。

世界书局出版了大量的通俗文学期刊与通俗文学作品。刊物如李涵秋、张云石主编《快活》旬刊，张枕绿主编《良晨》，施济群主编的《红杂志》周刊，陆澹盦、施济群等编辑的《侦探世界》半月刊，江红蕉主编的《家庭杂志》，严独鹤主编的《红玫瑰》周刊等。文学作品长篇名著如平江不肖生的《留东外史》《江湖奇侠传》，李涵秋的《自由花范》《近十年目睹之怪现状》，姚民哀的《山东响马传》，海上说梦人的《新歇浦潮》，张焕亭的《北方奇侠传》等长篇小说；短篇小说集如通俗文学名家王西神、严独鹤、张枕绿、冯叔鸾、沈禹钟、江红蕉、张舍我、程瞻庐、何海鸣、徐卓呆等人的短篇小说集；侦探小说如白话注释本《福尔摩斯探案大全集》等。

1918年（戊午）

1月

1日，李常觉、陈小蝶、刘静一、马鹍魂、陈承祖、陈国章著，天虚我生润文《说苑导游录·文学指南号外增刊之一》由上海交通图书馆发行，1931年3月1日再版，1933年3月时还书局6版。

7日，朱瘦菊"滑稽侦探"《六零六》载《新世界》第3版，至2月13日，载完。

20日，包天笑"教育小说"《双雏泪》载《教育杂志》第10卷第1号，至1919年5月20日第11卷第5号，8章，载完。

18日，张舍我"演词"《国魂何在》载《天籁报》第4卷第8号，署名"沪江张舍我"。

注：上海理工大学档案馆编《沪江大学学术讲演录》言，该文为张舍我的演讲稿，"该演讲系张舍我在沪江大学就读期间所作"。

23日，周瘦鹃"哀情短篇"《怨鸟》载《新闻报·快活林》，至24日，载完。

25日，程瞻庐《明月珠弹词》连载《小说月报》第9卷第1号，至8月25日第8号，八回，共8次，载完；1919年9月由商务印书馆初版，1924年1月再版，1928年7月3版。

本月

包天笑《天笑短篇小说》（2册）由中华书局出版。

按：包天笑《天笑短篇小说》收20篇小说：《大好头颅》《大理石像》《吾侄麦司之书翰》《三十八年》《乔奇小传》《加拿大归客》《赠书女》《女小说家》《礼物》《黑帷》《无名之佳人》《石油灯》《荔枝》《德国腊肠》《伪医伪病》《京汉道中》《电话》《飞来之日记》《冤》《发明家》。

周瘦鹃译著《瘦鹃短篇小说》（2册）由中华书局出版；1921年5月3版；1930年11月6版。

注：《瘦鹃短篇小说》上册收《惆怅》《六月……六年》《良心上之裁判》《亡国奴之日记》

《祖国之徽》;下册收《贫民血》《懊憹》《幻影》《隐情》《谁之罪》,共10篇。

徐卓呆译著、董晢香润辞"侦探小说"《细君塔》由中华书局出版;1924年2月4版;1930年3月5版。

《小说俱乐部》(半月刊)创刊,苦海余生(刘锦江)编,上海中华编译所发行,消闲书室出版。撰稿人有"天虚我生"等。仅出一期。

2月

11日,陆澹盫《琼华馆笔记》载《大世界》第2版,至1920年2月24日,9次;1921年1月1日载《新声》杂志第1期,至10月1日第6期,共16则。

本月

张恨水任芜湖《皖江日报》总编,编副刊,撰时评。

3月

1日,路滨生编《绘图中国黑幕大观》4册,辑170个作者的黑幕724篇,百余万字,由中华图书集成公司出版。6月20日再版,10月10日三版,1919年1月30日4版,1919年7月20日5版。

按:《绘图中国黑幕大观》分政界、军界、学界、商界、报界、家庭、党会、匪类、江湖、翻戏、优伶、娼妓、僧道、拆白党、慈善事业、一切人物之黑幕。书前有蔡元培的亲笔影印书信:"覆者前于各报广告栏见黑幕大观,意为近世写实派小说一流,已函订预约券,今奉上邮局汇票贰元贰角。惠书益稔。诸子救世苦心深所钦佩,惟作序……因未读全书,率尔发言,不特自轻,兼亦轻大著也。必欲鄙人列名,即以函代序。"此外还有湖北督军王占元等人复函影印。作序者有王钝根、程瞻庐、吴东园等。

3日,漱石生(孙玉声)"警世小说"《黑幕中之黑幕》载《大世界》第3版,至7月31日,13回,174次,未完。

6日,姚民哀"记实小说"《名花漂泊》,吴绮缘"家庭短篇"《如是观》,俞牖云"苦情短篇"《萼仙恨史》,范烟桥"纪事短篇"《书陆耀庭事》载《小说丛报》第4年第5期。

10日,周瘦鹃《怀兰室衮艳杂话》载《新世界》第3版,至20日,8次。

12日,花萼(姚民哀)"滑稽小说"《曲辫子日记》载《新世界》第3版,至20日,载完。

18日,《时事新报》发布《本馆上海黑幕汇编第二编出版预告》。

30日,毕倚虹《集唐人词》《空斋》,包天笑"言情小说"《湖宫铃梦记》,叶小凤"社会小说"《蛮殿仙踪》,周瘦鹃"哀情小说"《隐慝》,张毅汉"奇情小说"《二蔷薇》、"侦探小说"《失忆病》,徐卓呆"讽世小说"《铜圆》载《小说大观》第13集。张毅汉"言情小说"《劫海鸳盟记》载《小说大观》第13集,至1921年6月1日第15集,3卷58章,载完。

4月

2日,襟霞阁主(平襟亚)"义烈小说"《烈女殉节记》载《新世界》第3版,至11日,载完。

18日,李涵秋"侠情小说"《剑钏双侠记》载天津《大公报》第3张,至1919年10月28日,共442天次,载完。

24日,杨尘因"长篇小说"《蘋娘小史》载《新世界》第3版,至1919年2月13日,30章。

本月

李涵秋《侠凤奇缘》(上集2册)由新闻报馆初版;10月,全集6册由清华书局初版;1922年1月4版;1924年6月5版;1930年6月7版。1935年8月,6册本由大众书局重版。1941年5月,由大众书局出新一版3册本。

5月

2日,苏曼殊病逝于上海广慈医院,时年35岁。

引：本月4日《时报》第6版记载《曼殊上人之怛化》："曼殊上人苏元瑛……自去岁胃病大作,时缠绵病榻,闻迭入某某医院治疗,间获小瘥,然不久辄增剧,至前日午后四时,竟怛化于广慈医院,由汪精卫先生代为理料棺验,昨日午后二时,成殓,今日午前十时,厝广肇山庄云。"

5日,张毅汉、包天笑合译,英国关维廉氏著"国事侦探"《英兰之危机》载《时报》第6版,至9月25日,载125次,载完。

6日,天虚我生《考正白香词谱》由栩园编译社出版。

9日,何海鸣《海鸣说集》由民权出版部初版,含《卖歌女郎》《赤子》《敌种》《面包》《秋闺梦》《鮀海归舟》《沧洲生》《曾几何时》《情维》《情让》《花英》《海外寄花》《好》《北京警犬侦探案之一》《北京警犬侦探案之二》。

10日,姚民哀"译本短篇"《模范英雄》,吴绮缘"讽世短篇"《倚闾泪》,张庆霖"风俗短篇"《盲妹》载《小说丛报》第4年第6期。

15日,常觉、小蝶合译,天虚我生润文,法国嚣俄著"长篇小说"《冰山奇侠传》载《申报·自由谈》,至9月13日,25章,载完。

21日,《教育部通俗教育研究会劝告小说家勿再编黑幕一类小说函稿》载《都市教育》第38期。

6月

1日,包天笑《七年公债票》,张碧梧《肉弹毁家记》,张毅汉《不忧庙》等小说载《小说画报》第13号。

8日,张恨水"游戏文章"《卜扇》载《申报·自由谈》。

15日,毕倚虹(署"天贶")《宗教改革伟人托尔斯泰之与马丁·路得》载《东方杂志》第15卷第6号。

20日,闻野鹤《野鹤零墨》由上海清华书局初版。

按:《野鹤零墨》收录如下作品,卷一为"稗粹":《春莺絮梦录》《古井波澜》《鸠鹊移巢记》《雹碎春红记》《我之小史》《玄珠》《铁血双鸳》《红鹃啼血记》《孤邸霜鸿》《补皱案》;卷二为"艳薮":《南天眉影录》《鸳瓦余麈志》《黛梦轩纪艳六种》;卷三为"笔札":《恤穋诗话》《恤穋词话》《恤穋三笔》《黄妳余扎》;卷四为"谐乘":《续笑笑录》《春笑轩谐著》。

27日,襟霞阁主(平襟亚)《剑魄萧魂录》载《新世界》第3版,至8月4日,载完。

本月

程善之的《文字初桄》由上海有正书局出版。

包天笑《考察日本新闻记略》由商务印书馆出版。

7月

1日,朱鸳雏、逸民"长篇小说"《峰屏泖镜录》载《小说画报》第14号,至第22号,载14回。包天笑《黑幕》,周瘦鹃《呜呼蜜月》,张毅汉《第七次》等短篇小说载《小说画报》第14号。

5日,程瞻庐《哀梨记弹词》载《妇女杂志》第4卷第7号,至12月5日第12号,共6回,载6次;1919年7月由商务印书馆出单行本。

本月

刘半依在北京大学作《通俗小说之积极教训与消极教训》的演讲,此文发表在《太平洋》杂志第1卷第10号,署名刘复。

天忏生(贡少芹)《洪宪宫闱秘史》(4册)由明华书局初版,8月再版;1935年9月重版,3册。

按：《洪宪宫闱秘史》初版分四集七编，第一集：第一编，总论。

第二编，洪宪后及诸妃之历史：第一节，小白菜过合之轶闻；第二节，高丽姨太太与小白菜争长之趣闻；第三节，美人试马肇奇祸；第四节，何妃艳事；第五节，干儿购妾赠假父；第六节，红红断颈刀头；第七节，洪述祖悌妹为奥援；第八节，侍婢为姬妾；第九节，居丧纳妾；第十节，桂儿与贵儿；第十一节，南极星旁两小星；第十二节，牺牲人命为红颜；第十三节，女校书为女秘书之趣谈；第十四节，阿香轶事；第十五节，翠媛与洪姨之关系；第十六节，候补姬妾之异闻。第三编，洪宪太子与公主及皇孙皇女等之历史：第一节，大阿哥轶事十则；第二节，皇二子之历史及其疏狂态度；第三节，袁诸子之历史及其行状；第四节，洪宪公主之韵事及艳史；第四编，改元前之宫闱秘史：第一节，闺中筹备帝制琐谈；第二节，豹房轶闻；第三节，敕封嫔妃之趣谈；第四节，内监与女官及诸妃争执之交涉；第五节，陆建章绝世奇闻之奏折。

第三集：第五编，改元后之宫闱秘史：第一节，家庭朝贺之怪剧；第二节，太子典学问题与改良教育之谕旨；第三节，家庭大闹革命两则；第四节，请办贡货之动议与解决；第五节，皇帝总统之双料头衔；第六节，电话中之秽亵秘史；第七节，手订祖训四大纲及宠妃之奢侈；第八节，御干儿之笑史四则；第九节，侍从女官之轶闻六则；第十节，琐事拾闻。第六编，帝制取消后之宫闱秘史：第一节，新华宫中之妖异；第二节，诸妃诅咒蔡将军之轶闻；第三节，袁太子劝止取消帝制书；第四节，一片娇喉啼泣声；第五节，周妈大闹新华宫；第六节，为呼陛下餐白刃；第七节，请愿书劝进表之珍藏；第八节，四皇子之风流艳史；第九节，诸妃窃取冕服上之珠钻；第十节，陈将军之夫人与洪妃。

第四集：第七编，袁帝升遐后之宫闱秘史：第一节，致疾之原因及诸妃子女侍疾之轶闻；第二节，弥留时之琐谈种种；第三节，高丽姨太太殉袁皇帝始末记；第四节，大典筹备处改设治丧所；第五节，诸妃争执服制之怪现状；第六节，死后祈福形形色色之轶谈；第七节，分产活剧；第八节，出丧声中之轶事种种；第九节，诸妃风流云散之琐谈种种。

第八编，结论。

8月

1日，包天笑《一病》，徐卓呆《病儿》，张毅汉《忏悔》等短篇小说载《小说画报》第15号。《小说季报》创刊。李涵秋"奇情小说"《还娇记》(一名《媸皮艳骨》)、杨尘因"社会长篇"《神州新泪痕》载第1集，至1920年5月15日第4集，载完。许廑父"哀情长篇"《恨之胎》，徐枕亚"哀情"《让婿记》，利言、一厂"滑稽"《七星游》载第1集，至1919年1月10日第2集，载完。短篇：贡少芹"轶闻"《文妒》，瘦鹃"哀情"《孤岛哀鹣记》，指严"纪事"《何物老妪》，徐卓呆"社会"《逸乎劳乎》，蒋箸超"艳情"《理想之臭虫》，民哀"社会"《不平》，许廑父"伦理"《车笠遗风》，吴双热"实事"《戎马因缘》，俞天愤"伦理"《母》，观弈"义侠"《没字书》，吴绮缘"悟情"《禅花梦影》，徐枕亚"社会"《梦》载第1集。

注：《小说季报》由徐枕亚编辑兼发行，清华书局为总发行所。徐枕亚《发刊弁言》言："鄙人不敏，以无聊文字，与诸君见面者六七年于兹矣。曩辑某报，颇荷社会赞许，初亦欲聚精会神，贯澈最初目的，为社会教育之一助。竭我驽钝，宏启士林，而共事者意见纷歧，以文字生涯，为利名渊薮，忌克之深，转为倾轧。知非同志，能不灰心？一再因循，徒留得敷衍之成绩。自治深负阅者，然不得已也。丈夫不能负长枪大戟，为国家干城，又不能著书立说，以经世有用之文章，先觉觉后，徒恃此雕虫小技，与天下相见，已自可羞，而况居心秽浊，见利忘义，腼为文人。而行为之卑污苟贱，有为市侩所不屑为者，此中国人心之所以不可问也。季报之辑，盖以答我多数阅者殷殷属望之意，赎我数年来怠懒惰弛之过，而为普天下文人留一本来面目。勿令彼盗名欺世之阴谋家，污我儒林一片土也。清者自清，浊者自浊，世多巨眼，自能识之，余何赘焉。七月七日虞山徐枕亚"

其栏目主要登载长短篇小说，兼及"史绎"等栏目。主要作家有徐枕亚、李涵秋、许指严、吴双热、许廑父、徐卓呆、杨尘因等，小说名篇有李涵秋《还娇记》、杨尘因《神州新泪痕》等，至1920年5月15日，出4集而终。

5日，天虚我生"滑稽小说"《魔毯》由中华图书馆出版。

10日，叶小凤"言情短篇"《韩生》，天虚我生、陈小翠"警世小说"《粉垣埋恨记》载《小说丛报》第4年第7期。吴双热"艳情长篇"《香国春秋》，朱鸳雏"长篇言情"《玉楼蛛网》载《小说丛报》第4年第7期，至1919年5月第9期。

11日，周瘦鹃"言情短篇"《贼媒》载《申报·自由谈》，至20日，载完。

19日，平襟亚于本日起，在《先施乐园日报》发表《金钩狐狸》《白水红颜》等短篇小说、谐谭等40余天次。徐卓呆"社会剧本"《恋爱以上之恋爱》载《先施乐园日报》第3版，至10月8日，48次，载完。

20日，周瘦鹃《拿破伦情人之日记》载《先施乐园日报》第3版，至9月18日，30次。

21日，徐卓呆"习艺所"《模范广告术》载《先施乐园日报》第2版，至1919年3月24日，178次，载完。周瘦鹃《紫罗兰庵随笔》载《先施乐园日报》第2版，至11月17日，17次。

22日，程小青"言情长篇小说"《爱海回波录》载《先施乐园日报》，至12月25日，110次，载完。

24日，徐卓呆(半梅)"滑稽短篇"《乐乐乐》载《先施乐园日报》第2版，至25日，2次，载完。

25日，李详"笔记小说"《药里慵谈》，张毅汉《时钟》，周瘦鹃《为祖国故》载《小说月报》第9卷第8号。

31日，许指严《新华秘记》(前编)由上海清华书局出版。

按：《新华秘记》(前编)目录：《瘦马阴谋》《小王爵》《修改新华宫》《北海射鸭》《金妃》《筹安会里幕》《救国储金》《七十万金之龙袍》《六君子》《琼岛古碑》《石家庄惨剧》《御弟革命》《玉娇》《京津兵变》《玉龙杯》《绿牌艳语》《国民推戴书》《大典筹备处》《金匮石室》《魏文帝与陈思王》《招待伟人》《张方案索隐》《武义亲王》《小凤仙》《十三太保》《毁宋案异闻》《女子请愿团(附妓女)》《国民代表活剧》《皇臣》《陆屠夫》《财神》《女官长》《乞丐请愿团》。

本月

《世界画报》(月刊)创刊，孙雪泥等编，上海生生美术公司发行。1927年10月停刊。

9月

1日，包天笑《邻家之哭声》，张毅汉《理想夫妇》，徐卓呆《嫁妹》等短篇小说载《小说画报》第16号。

2日，周瘦鹃译、法国嚣俄著"哀情小说"《热爱》载《先施乐园日报》第2版，至8日，7次；题为"世界短篇小说杰作集"。

12日，周瘦鹃译、美国欧文嚣俄著"伦理小说"《慈母》载《先施乐园日报》第2版，至18日，7次；题"世界短篇小说杰作集"。

14日，陆平子辑录《小说丛谈》载《先施乐园日报》第3版，至12月15日，20次，载完。

20日，许指严《新华秘记(后编)》由清华书局出版。

按：《新华秘记(后编)》收：《干儿孽》《十六御妻》《十七皇子》《十四公主》《钻石钏》《流水音》《喜日纪念》《谋杀黑幕四则》《春藕志闻五则》《遮羞钱》《又一黄角蜂》《妖由人兴五则》《两小妖》《手刃爱妾》《冰燕玉乳汤》《停止兑现》《芙蓉城主》《星命(附亡清者袁巤)》《女伟人》《居仁琐簿五则》《彼昏秽史》《欢喜佛》《大赌窟》《托孤四则》《喇嘛咒术二则》《析产异闻》《新华后案》《雍和宫宝物》《袁林》。

23日，汪笑侬病逝于上海，享年60岁。

25日，程瞻庐《藕丝缘弹词》载《小说月报》第9卷第9号，至1920年4月25日第11卷第4号，20回，共10次。1920年11月由上海商务印书馆出版，1927年1月再版，2册，20回。

26日，包天笑、张毅汉合译《捕谍》载《时报》第6版，至10月9日，共13次，载完。

28日，李觉常、陈小蝶"言情短篇"《五分钟》载《申报·自由谈》，至10月15日，载完。刘半侬译、周瘦鹃评"警世小说"《回音》载《先施乐园日报》第2版。

本月

许指严"历史笔记小说集"《指严余墨》由上海国华书局出版。

10月

1日,无可奈何斋《考工野史》载《小说画报》第17号,至1919年10月1日第22号,15回,未完。包天笑《情爱之俘虏》,卓呆《卖卜处》等短篇小说载《小说画报》第17号。

2日,周瘦鹃译、狄根司著"滑稽小说"《前尘》载《先施乐园日报》第2版,至11月16日,11次;题为"世界短篇小说杰作集"。

9日,半梅(徐卓呆)"社会小说"《巨眼怪物》载《先施乐园日报》第2版,至1919年2月8日,108次,载完。天虚我生因为家庭手工业社的事务渐趋正轨,无暇分身打理《自由谈》的编务,遂辞职。史量才一时找不到合适的继任人选,只好由总主笔陈景韩暂时代编《自由谈》。

10日,陈景韩负责《自由谈》的编务,至1920年3月31日。但从1919年5月起,陈景韩已将实际编务交周瘦鹃代理,不过这是周瘦鹃的"实习与考察期",名义上还是由陈景韩主编。

注:陈景韩在《自由谈》发表了他的第一篇《自由谈之自由谈》:

自由谈今日又复自由改革矣。

今日自由谈之自由改革,悉以自由主意为主意,每日闻见思想所及之自由及投稿所得之自由,集以编辑,不拘定格,故每日之自由谈有每日自由之象。此今后自由谈之自由也。

敢请披阅自由谈诸君,依然自由披阅,投稿自由谈诸君,益发自由投稿,谨布。

包天笑、张毅汉合译"小说"《酒牌》载《时报》第6版,至29日,共15次,载完。

19日,周瘦鹃"哀情小说"《哀弦》载《先施乐园日报》第2版,至20日,2次。

21日,程瞻庐(观钦)《望云居诗话》载《先施乐园日报》第2版,至1919年6月22日,40次。

27日,周瘦鹃译、俄国透琪纳夫著"哀情小说"《亡妻》载《先施乐园日报》第2版,至28日,2次,载完,题为"世界短篇小说杰作集"。

29日,陈冷发布《征求各地古迹照相片》的征稿启事:"中国为数千年之古国,各地研究照相之人,现亦甚多,本报因有征集各地古迹照片之愿。如有相片明显,而未见于外间印本者,斯为上等,每张酬洋二元;如相片明显而层见于印本者,斯为中等,每张酬洋一元;如为印刷物而非原片者不取。取者每日录其姓名于本栏,如有同式者,后到之相片寄还,不再奉酬。相片之后,须将古迹之历史略记之。"

注:至1919年2月4日,《自由谈》刊出了第一张风景照。从此,《自由谈》就初具读图时代的特质。《自由谈》的照片主要分四个部分的内容:一是中国古迹图,主要是1919年2月4日到6月5日连载的110帧古迹图;二是中国文物图,主要是1919年6月6日到7月1日的25帧瓷器和北魏石刻图;三是欧美的建筑风景图,其代表作为1919年7月19日至8月16日的27帧"世界伟观"建筑图,1919年9月4日至9月17日的17帧意大利奇诺弗造像,1919年10月1日到12月1日,56帧新大陆美景;四是从1919年12月23日至1920年1月18日的22帧世界运动照片。此时《自由谈》以照片的形式,直观地展示了中国悠久而辉煌的历史,在环球旅行还不发达的时代,它们真实地向国人介绍西方的物质文明成果,也及时向国人介绍世界运动赛事,给人以一种在场的感觉。作为一种新的艺术形式,照片进入《自由谈》,无论是内容的中西古今对比,还是形式的直观真实,都丰富了《自由谈》的审美面向,提升了其文化品位,有利于其实现富国利民的济世情怀。

31日,包天笑、张毅汉合译"欧战小说"《守望兵》载《时报》第6版,至11月7日,共8次,载完。

11月

5日,张枕绿"警世小说"《巧报》载《先施乐园日报》第2版,至10日,载6次。

7日,《时事新报》头版刊载《本报裁撤黑幕栏通告》。

8日,包天笑、张毅汉合译"讽世小说"《平和大会》载《时报》第6版,至24日,载完。

11日,姚鹓雏《宋诗讲习记》载《民国日报·艺文部》,至14日,4次。

26日,包天笑、张毅汉合译,英国维廉鸠氏著"欧战小说"《炸药》载《时报》第6版,至1919年2月17日,载61次,载完。

本月

海虞俞天愤著《中国侦探谈》由上海清华书局印行;1921年2月再版。

按:《中国侦探谈》收《双履印》《三棱镜》《鬼旅馆》《鸡公仔》《珠还》《风景画》《打人团》《血履》《花瓶》《伪币案》《遗嘱》《黑幕》。

饭牛亭长编《女学生之百面观》(2册)由上海南华书局出版。

按:《女学生之百面观》全书共6卷,收入以下作品:李定夷《为学甘身殉》《薄命女贞花》《白璧自无瑕》;贡少芹(天忏生)《刲股报亲恩》《誓死抗淫盗》《同穴不同衾》《雌雄浑莫辨》《好个胠箧家》《骗人终受骗》《情海起狂澜》《妓女学斯文》《洪宪女功臣》《绝妙诙谐语》《万里寻椿萌》；李涵秋《烟花队里人》《瑶光夺堉祸》；饭牛亭长《变相卖淫窟》《情丝缚武夫》《阴间去伸冤》《四金刚合传》《深中自由毒》《孽海归槎人》《法螺信口吹》《生前种慧根》《人力胜天定》《博施济南生灵》《高等扒儿手》《女中势利鬼》；新亭山人《共母演说家》《盲目女博士》《两个旧东西》；墨隐《同命假鸳鸯》《慷慨赴大义》《模范好女儿》《同归仞利天》《毁家办学堂》《美德堪风世》《嫉妒终非福》《芝草本无根》；泣花《呈控阿家翁》《三头讲义书》《翩翩惊鸿影》《密室叙幽情》《提倡不嫁会》《房事费谈论》；李木翁《好个离魂病》《不许学时髦》《罗敷已有家》；白头宫人《娇娃遇荡子》《春风满杏坛》《破镜喜重圆》《自由订婚》《恃势凌同学》《狠毒如蛇蝎》《谩藏诲盗》《吉士诱春女》；吴绮缘《殉国赴清流》《步武花家女》《妙计歼夷兵》《痛饮仇人血》《诛奸不惜身》《泉下报亲恩》《教子有义方》《义不事贰天》《愿学北宫女》《苦节事嬬姑》《巾帼好身手》《独立御群盗》；绿野《纯是盗虚声》《阿侬工媚术》《言行太夸诞》《为财伤身命》《祸人终自祸》《心毒如蛇蝎》《愿作负心人》《袁家女走狗》《一片爱才心》《宁为贵人妾》；忆红生《三生无夙约》《浑不解羞耻》《平等实行家》《又是藏春坞》《狂儿弄狡狯》；诛奸《怀春装假病》《衷曲有谁知》《青楼如乐土》；养晦《是菩萨心肠》《逾垣赴嘉会》《妒妇津中人》《盲人有盲福》《头等化妆手》《盛名满蜀郡》《团团富家婆》《最毒妇人心》《竞结先生欢》《姨妹做红娘》《黑心长舌妇》；隐名《鹣鲽好姻缘》《误中美人计》《鸳牒未曾注》；仲子《本性终难移》《婚姻纪念品》《终是玉关情》《社会交际花》《落花空有意》《学籍挂虚名》；戎马书生《说法效生公》《英灵竟不昧》《误尽女苍生》《荒淫无好报》《一封求婚书》《儿女英雄传》《情场奏凯歌》《射雀新条件》《狂女发狂论》。

12月

1日，包天笑《有夫之孀》《蜘蛛吃苍蝇》，张毅汉《一面》，华杰《女间谍》，徐卓呆《灰》载《小说画报》第18号。海上说梦人《市井桴杌史》载《小说画报》第18号，至1919年10月1日第22号，载6回，未完。

7日，张恨水杂感《逆来顺受》载《皖江日报·皖江丛载》。

10日，俞牖云"南巡佚闻"《眉子砚》，张庆霖"诙奇短篇"《乞种》，吴双热"艳海"《美人香草》，郑逸梅"艳海"《零脂残粉录》，张冥飞"笔记"《雨窗鬼话记》，程瞻庐"黑幕短篇"《鲫书鲛泪》、"谐薮"《昆虫游戏场记》载《小说丛报》第4年第8期。

26日，程小青"奇情小说"《剑光花影录》载《先施乐园日报》第2版，至1919年4月30日，26章，103次，未完。

本年

漱六山房(张春帆)《绘图〈九尾龟〉》(192回)由尚友山房印行。

吴双热"艳情小说"《无边风月传》(上、下)载《小说新报》第4年第1期,至1920年第6年第7期,40回,18次,载完。

徐枕亚独资创办清华书局。徐枕亚编,贡少芹、俞天愤、吴绮缘、姚民哀著《人海照妖镜》由小说丛报社出版;1921年1月再版。

李涵秋继祖母陈太夫人逝世。

范烟桥任吴江县劝学所劝学员。

宫白羽考入北京师范大学堂。

王度庐10岁,入私塾读书。

1919年（己未）

1月

1日，杨尘因《屋裏先生散记》载《新世界》第3版，至2月24日，15次。杨尘因始记日记，至10月31日，共304篇，录其与陈独秀、徐枕亚、周瘦鹃等人的交游，记其编辑工作、文学阅读等情况；2015年7月，经许丽莉整理，由广西师范大学出版社出版。包天笑《金钢钻》，张毅汉《废止死刑》，徐卓呆《嫉妒心》等短篇小说载《小说画报》第19号。

5日，程瞻庐《君子花弹词》载《妇女杂志》第5卷第1号，至12月第12号，共12回，载12次。

8日，张枕绿"侠情小说"《青楼相士记》载《先施乐园日报》第3版，至11日，载4次。

10日，短篇：贡少芹"轶闻"《贤妇狱》，程瞻庐"言情"《眼毒》，吴双热"诙谐"《黑将军》，吴绮缘"伦理"《倚间泪》，徐卓呆"社会"《小姑》，庆霖"社会"《红梅苑》，枕亚"滑稽"《一文钱》，沃丘仲子"侠义"《通江二侠传》载《小说季报》第2集；徐枕亚"哀情长篇"《蝶化梦》10章，本期载完。

11日，程瞻庐"新小说"《一枝笔》载《新闻报·快活林》。

12日，吴绮缘先后在《先施乐园日报》发表《王优昙传》《红楼梦本事诗》《桃花剑》《崖下孤花》《剑底情人》《十三颗珠》《钿匣明珠》《薄情郎》《蛮女戕奸》《玫瑰花刺》等，至1920年5月10日。仲密(周作人)《论黑幕》载《每周评论》第4号第2版，认为黑幕这种实录的东西，比虚构的更为恶劣。"我们决不说黑幕不应披露，且主张说黑幕极应披露，但绝不是如此披露。"

15日，钱玄同、宋云彬通信《"黑幕"书》载《新青年》第6卷第1号。钱指出黑幕书乃是袁洪帝制复古逆流的余孽，"黑幕书之类亦是一种复古，即所谓'淫书者'之嫡系"。

25日,程瞻庐"长篇小说"《茶寮小史》载《小说月报》第10卷第1号,至12月25日第12号,共24回,12次,载完;1920年3月由上海商务印书馆初版,1921年10月再版。

本月

许指严"社会小说"《今田畴》载《青年进步》第19册,至2月第20册。

周瘦鹃编译《世界秘史》由中华图书集成公司发行。

李定夷短篇小说集《定夷说集》(2册)由上海国华书局初版。

2月

1日,包天笑《中将夫人》,张毅汉《和合汤》,张碧梧《劫后余生》等短篇小说载《小说画报》第20号。

4日,王一之的《旅美观察谈》载《申报·自由谈》,至7月19日,共142天次;12月由申报馆结集出版,共274页,分上、下两部分,上部分名为《彼美人兮(上)》,下部分为《彼美人兮(下)》。

9日,半梅(徐卓呆)"言情小说"《蜕》载《先施乐园日报》第2版,至4月1日,52次,载完。

13日,胡寄尘、陈无我同译,法国圣批来著"写情小说"《神圣之爱情》载《申报·自由谈》,至19日,载完。

15日,周作人《再论"黑幕"》载《新青年》第6卷第2号。文称"'黑幕'是一种中国国民精神的出产物,很足为研究中国国民性社会情状心理者的资料,至于文学上的价值,却是'不值一文钱'"。杨尘因《儒林新史》载《民国日报·民国小说》,至3月23日,3回,35次,未完;本年,单行本2册20回由上海新民印书馆出版。

卓呆、惜秋同译,俄国托尔斯泰著"惨情小说"《白发梦》载《民国日报·民国小说》,至3月16日,16次,载完。

17日,林纾《蠡叟丛谈(十三)·荆生》载上海《新申报》第3版,至18日,2次;3月18日至22日发表《蠡叟丛谈(四十三)·妖梦》,反对新文化运动。

19日,包天笑、张毅汉同译,英国维廉勒鸠著"小说"《罗宫悲史》载《时报》第6版,至7月24日,共99次。

23日,姚民哀"稗屑"《息庐杂谈》载《民国日报·民国小说》,至3月23日,27次。

3月

3日,《晶报》在上海创刊。漱六山房《上海青楼之今昔观》载《晶报》第3版,至5月6日,22次;1938年1月31日—2月3日,《晶报》重载此文。陆澹盫"侦探小说"《黑衣盗》载《大世界》第3版,至7月4日,40章,120次,载完;7月5、10日,分别载颖川秋水、天台山农《黑衣盗小说序》各一篇;1920年4月由上海交通图书馆3版。

10日,张恨水"滑稽小说"《真假宝玉》载《民国日报·民国小说》,至16日,载完。

21日,周瘦鹃"短篇小说"《钱欤情欤》载《晶报》第3版,至4月9日,载完。

24日,胡寄尘《拟新体诗》载《晶报》第2版。

引:《拟新体诗》:

我家一只老雄鸡,喔喔喔,向我啼。

我问雄鸡,为什么喔喔喔向我啼?

雄鸡说:你老不懂鸟语,这便是我吟诗!

25日,徐卓呆"习艺所"《近世商略》载《先施乐园日报》第2版,至8月21日,112次,载完。

30日,丹翁作"俏皮话"《戏代蔡答林》。

引:《戏代蔡答林》:

京师林琴南蔡鹤庼旨趣不同,两贤相扼,诋諆往复,动累万言,林之近作,笔记《妖梦》一则中有元绪公者影蔡也,以龟拟人委巷,故称可耻,此老轻薄似亦稍过,因戏代蔡答林,忽成七律一首:

元绪元培若弟兄,臧家居鹤本无颃。文章我革我之命,小说君成君之名。

麟凤龙皆生异域,周秦汉岂在桐城。畏庐苟把畏驴叫,依样胡卢尽不清。

31日,《新世界》《大世界》第2版从本日起刊载了一系列论新诗的文章:本日,养吾《新体诗》;4月2日,恽秋星《论新体诗质养吾君》;4月5日,养吾《论新体诗答恽秋星君》;4月10日,养吾《论新体诗再答秋星君》;4月16日,养吾《论新体诗与白话三答养吾君》。1920年1月7日,无邪室主《异哉今之所谓新体诗者》;1月8日,无邪室主《新体诗致旧体诗书》;1月9日,无邪室主《旧体诗覆新体诗书》;1月10日,天台山农《新体诗旧体诗排解语》;4月19日,枫隐《论新体诗》。

4月

2日,半梅(徐卓呆)"怪异小说"《肖像画》载《先施乐园日报》第2版,至30

日,26次,待续。

6日,《时报·文艺周刊》创办,至1921年6月7日停刊,由包天笑、狄平子等人撰稿,登载诗话、笔记、小说、游记等。

7日,朱鸳雏"小说"《赭楼第一恨》载《新世界》第3版,至21日,未完;标"追记美貌,悼亡时之著作"。

11日,施济群翻译《谁是盗》载《新世界》第3版,至5月13日,载33次,8章。钟秀《文学革命说》载《新世界》第2版。26日,周剑云《文学革命平议》载《新世界》第2版。1925年12月13日,大堃《文学革命和革命文学》载《先施乐园日报》第2版。1926年3月7日,刘驾侯《文学革命申义》载《先施乐园日报》第2版。

13日,张恨水"讽刺小说"《小说迷魂游地府记》载《民国日报·民国小说》,至5月27日,9回,32次,载完。1931年3月15日又载《克雷斯》第1版,9回,64次,载完。

15日,周瘦鹃"短篇小说"《醉后》载《晶报》第3版,至5月3日,6次,载完。

20日,程小青、包天笑同译《决斗会》载《时报》第6版,至9月15日,分《然豆记》《呼吸生死》《蓝钻石》《客欤贼欤》《尅生液》《秘窟探险记》。

30日,丹翁"俏皮话"《我怕一打》载《晶报》第2版。

引:"俏皮话"《我怕一打》:

我作诗与诸文,怕黄叶翁;我写作,怕宋小坡;我论学,怕刘申叔;我谈禅,怕陈心来;我作时评,怕孙癯蝯;我从政,怕钱芥尘;我鉴古碑,怕秦纲孙;我说官话,怕王破园;我讲教育,怕余裴山;我说白话,怕胡适之;我骂人,怕成舍我。

5月

1日,李涵秋《战地莺花录》(1—6册)由新民图书馆初版,1920年5月1日再版,1922年4月又版,1923年6月1日5版;1926年8月1日由新民图书馆兄弟公司7版,1930年12月1日9版;1935年由新民印书馆5版。

3日,姚鹓雏"杂记"《槐淘絮语》载《晶报》第3版,至21日,共7次。《晶报》第3版载《新著预告》。

引:《新著预告》:

社会小说《爱克司光录》,李涵秋先生新著。爱克司光线,西医以照人肺腑者也,李涵秋先生之新著,描写社会之怪现状,无微不照,不啻爱克司光录,而其范围则较光线为广,故有斯名。

4日,程瞻庐《游戏问题》载《大世界》第2或3版,至10日,载7次。

6日,陈冷《表示》载《申报》第1张,针对军警"伤人……解散大学以及以军法处置所捕学生等事",谴责政府"专于压抑",而"当计有益于国"地"善为处置"学生诉求,"勿自蹈隙,转资人利",呼吁当局与学生一致对外,抵御外侮。周瘦鹃《妻之罪》载《晶报》第3版,至6月18日,14次,载完。

7日,陈冷《解散大学之无识》载《申报》第3版。该文揭露政府惩办游行示威来"摧残教育,是诚政府自杀中国之策也";逮捕学生进行严惩,是"毁国家之根本,以与一二人报仇泄恨",是无"国家观念之政府"的恶行,"国人必共弃之"。

9日,李涵秋"社会小说"《爱克司光录》载《晶报》第3版,至1923年5月15日,未完。

11日,周瘦鹃《教训》载《新申报·小申报》,支持爱国学生火烧赵家楼、痛殴章宗祥的义举。

引:《教训》:

曹汝霖住宅被焚,章宗祥被殴受创,凡吾国人之稍有血气者,无不抚掌称快。或谓曹失以住宅,曾不损其毫末,章被创不死,亦不足以快人意。予曰:此次之事,不必言快意,第谓吾国人对于外交上授一种强有力之教训可矣,今而后,衮衮诸公,有昧良忘国者乎?请记取曹汝霖家中之一场火,章宗祥身上之一顿打!

12日,周瘦鹃《呜呼!曹章之家属》载《新申报·小申报》,驳斥曹汝霖章宗祥家属联合起诉学生之说为荒谬。

引:《呜呼!曹章之家属》:

夫曹章媚外,通国皆知,国人皆曰可杀";"须知此次之事,实为四万万国民之公意,彼少数学生,特为国民代表而已,敢问曹章之家属,其能控告四万万国民,而尽置之法乎?"呼吁曹章两家家属"知大义……曹章之父,首宜去此二子,通告全国,略谓不肖子某某,昧良通敌,罔顾大义,某等爱国心切,不愿更以国贼为子",则曹章之父从此不朽。

张枕绿《怀胡适之先生》载《晶报》第2版。

14日,陈景韩签发王一之的《上海观察谈》,至7月22日,共25则;8月20日至30日,又签发了王一之的8则《济南观察谈》,展示上海人、济南人的一系列特性,透过上海、济南一隅来反思整个中国国民性。周瘦鹃《狂》载《新申报·小申报》,言爱国学生彭云峰因"觅曹汝霖未得,殴章宗祥不死,郁恨之余,遂致发狂",赞扬彭云峰之狂"为君子之狂",借此批评"国事日非,世风日下"。

15日,丹翁"小月旦"《爱克司光镜·俳体临江仙·刺伪貌也》,胡寄尘"俏皮话"《新体巧对》载《晶报》第 2 版。

引 1：《爱克司光镜·俳体临江仙·刺伪貌也》：

爱克司光镜子，无端横列街心，几人到此现原形，可怜经过者，都变小妖精。独有涵秋小说，亏他绝顶聪明，重将外史画儒林，笔儿花似发心与报同晶。

引 2："俏皮话《新体巧对》：

新名词有所谓面包问题者，西人食面，故曰面包问题。中国人食米，宜曰米问题，米问题可对醋风潮。

俗语诗称为打油诗，然则汉书下酒可对唐诗打油。

葫芦里卖得什么药，可对天地间竟有这样人。

俏皮话可对缩脚诗。

小月旦可对大风潮。

18 日，采双《北京学潮中之轶闻种种》载《晶报》第 2 版，文载：学生掌掴曹汝霖之父，脸颊之声如裂帛，且曰"你养得好儿子"。包天笑"新闻小说"《查烟委员》载《时报·文艺周刊》。

20 日，周瘦鹃"伦理短篇"《金缕衣》，吴双热"纪实短篇"《破镜奇缘》，许廑父"家庭短篇"《孝子驯悍记》，俞牖云"技击短篇"《金山寺僧》载《小说丛报》第 4 年第 9 期。

24 日，周瘦鹃《国魂安在》载《新申报·小申报》。

注：《国魂安在》中，周瘦鹃分析波兰由亡国而复国的原因，在于"其国人断脰沥血，百折不回，冀于劫灰中觅自由，……国虽亡，而国魂犹未亡也"。只要国魂未亡，国即不亡。而五四学生作为中国的"贤子孙横戈奋起，加以拯拔"的爱国之举，则不啻是"在上者习于颠顶，在下者耽于荒嬉"的中国大招国魂之举，于是周瘦鹃高呼"国人乎，曷兴乎来"！

27 日，半梅(徐卓呆)"伦理小说"《女》自《女(三)·酒痕》第 3 次开始载《先施乐园日报》第 2 版，至 7 月 1 日，31 次；至《女(八)·湖北》，待续。程小青"东方福尔摩斯探案"《江南燕》载《先施乐园日报》第 2 版，至 7 月 22 日，12 章，52 次，载完；后由上海友谊电影公司搬上银幕。

31 日，周瘦鹃开始出任《自由谈》特约撰述，至 1920 年 3 月 31 日，共 194 篇。周瘦鹃《小说杂谈》载《申报·自由谈》，至 12 月 29 日，共 17 篇，介绍狄根司、嚣俄等一批作家及其名著。

6月

2 日，周瘦鹃"短篇小说"《是何世界》载《申报·自由谈》。

3 日，记者发表"小月旦"《小月旦之过去与未来》载《晶极》第 2 版，称《晶报》"小月旦"等杂感文字由文言改为俗语,语体、文体都发生变化。

引:"小月旦"《小月旦之过去与未来》:

小月旦之作,为警醒社会而设也。自本极发刊以来,小月旦之著者,多为小词以寄讽,盖本长言不足,出以咏叹之意。读者嗜其隽雅,目为文人慧业者固不乏人,而一般普通社会仅具直觉的观念者,眇以主文谲谏之歌,诵则往往瞠目结舌,致憾于索解之无。从此,小月旦体裁之革新,所谓不能已已也。

本报之发刊,既以改良社会为主旨,故必求得大多数人之了解,然后能尽本报之天职,自今伊始,小月旦之文字一以清醒明快为主,文言俗话更迭为之,务求适合乎人人之心理,而不徒以雕章琢句为能事,度亦同胞斯旨之所许也。至若文人游戏,间为滑稽诗词之作,当别栏录之,以贡诸世之知者。

4日,周瘦鹃以"五九生"为笔名发表《见闻琐言》。至9月28日,共14篇,报导上海3日的罢工与罢市,鼓舞民气,并追踪报道学生的爱国反帝运动,号召大家"永远把'五月九日'四字刻在心上,不可忘却"。(五九生:《见闻琐言》,《申报·自由谈》,1919年6月4日)

6日,严独鹤在《新闻报·快活林》开辟主笔个人时评杂感专栏"谈话",并发表第一篇"谈话"《同胞听者》。周瘦鹃《X光》载《申报·自由谈》。

引:玖君《报人外史》(载1939年6月12日《奋报》第3版):

严先生新硎初试,主持副刊,正牌挂出,每日"谈话"开锣戏,一似名伶压轴,生旦净丑,五音联弹,精彩纷呈,叫座魔力,获意想不到之效力。读报者打开报纸披阅,不约而同,急找报屁股上第一篇"谈话",看他老先生有何高见,什么奇妙譬喻,麻将赌经如何设局,生花妙笔,写成屁股文学,同道效謦。二十余年来,副刊"谈话""闲话""小言"第一篇文字,为编者应有之义,推源其始,严先生开山祖师咧。

周瘦鹃"小月旦"《罢了》载《晶报》第2版。文称,学生罢课、商人罢市、工人罢工,目的是要政府罢黜三贼,拒绝签字。政府一日不答应要求,老百姓一日不结束三罢。

7日,周瘦鹃"爱国小说"《我教你们一首功课》载《先施乐园日报》第2版,至18日,7次,载完。严独鹤《留心假冒》载《新闻报·快活林》。

引:《留心假冒》

"本市商家罢市,秩序仍旧丝毫不乱;爱国学生,并且各人佩着布带,执着小旗,都写着'万勿暴动'的字样,帮同街警,维持秩序……有某国人扮着中国学生装束,在路上故意吵闹殴打,或是抛砖掷石,……简直是要借此肇事,嫁祸于学生。"

9日,周瘦鹃"小月旦"《拼命》载《晶报》第2版。该文就上海警察厅长逮捕并鞭打游行学生发表看法,讽刺厅长的无耻行为。程瞻庐《上海罢市新滩簧》

载《新闻报·快活林》。

引:《上海罢市新滩簧》:

矮子肚里疙瘩多,时时刻刻使诡计,有人轧在人丛里,口出不逊挑拨倪,顶好我倪起暴动,耐末俚笃出仔好生意,打坏一个东洋蹩脚生,索起赔偿宛比银行里厢大伙计;打破一爿东洋糕饼店,索起赔偿就是几万几千几百几,所以俚笃挑拨倪,奉劝诸位终要耐耐气,倘若不耐气,就要中诡计……所以暴动两字大家才要避一避……终要文明抵制有秩序。

11日,周瘦鹃"小说"《晨钟——为北京幽囚之学子作》载《申报·自由谈》,声援爱国学生,呼吁大家以五四运动作为爱国的晨钟:"唤大家牺牲一切,救可怜的中国!"

20日,周瘦鹃在《自由谈》设置"影戏话"专栏,至1920年3月19日,共15篇。

24日,姚鹓雏《鸡心》载《晶报》第3版,至7月6日,共4次。

29日,周瘦鹃译、法国嚣俄著"社会小说"《贫民血》载《先施乐园日报》第3版,至7月14日,15次,载完。

本月

李涵秋《涵秋笔记》由国学书室出版。

沈禹钟"爱国小说"《蒿目》载《携李》第1卷第1期,至11月第2期,共2回,未完。

包天笑《双雏泪》由商务印书馆初版;1920年10月再版。

7月

1日,周瘦鹃《情书话》载《申报·自由谈》,至1920年3月3日,共10篇,通过雨果、伏尔泰、拿破仑等人的情书,介绍进步的西方爱情观,呼应反对封建婚制,追求婚姻自由的时潮。

2日,陈伯源译《童子军游戏》载《申报·自由谈》,至9月3日,共48天次。徐卓呆(半梅)"写情小说"《香衾》载《先施乐园日报》第4版,至9月2日,56次,待续。

4日,周瘦鹃《国人之特性》载《新闻报·快活林》。

5日,蘧庐"社会小说"《海上销金窟》载《大世界》第3版,至1922年7月7日,9回,186节,载完。寒灰编纂《金刚卖国记》由上海国民社初版。

按:寒灰《卖国金刚记》又名《外交大痛史》,凡例言:"本书纯述外交失败卖国黑幕及国人激愤学界风潮等事实。"

9日,周瘦鹃《浪子》载《晶报》第3版,至8月6日,10次,载完。

15日,周瘦鹃"家庭小说"《六月……六年》载《先施乐园日报》第2版,至27日,13次,载完。

18日,漱六山房《青楼竹枝词》载《晶报》第2版,至12月3日,共5次;1939年5月30日重刊《晶报》之《二十年前之晶报》栏。姚鹓雏《长天遗响》载《晶报》第3版,至8月3日,共6次。

22日,程瞻庐"谐著"《水浒传补遗》载《新闻报·快活林》。

26日,周瘦鹃"谈话"《我之学生负贩观》载《新闻报·快活林》。

28日,周瘦鹃译、狄根司著《幻影》载《先施乐园日报》第2版,至8月7日,载完。秋叶译著《邮苑琐话》载《申报·自由谈》,至8月6日,9则,载完。

本月

程瞻庐《孝女蔡蕙弹词》由商务印书馆初版;1925年6月第3版;1928年8月第4版。

8月

8日,周瘦鹃"哀情小说"《良心上之裁判》载《先施乐园日报》第2版,至22日,14次,载完。张枕绿"社会小说"《想发财》载《先施乐园日报》第3版,至12日,载4次。

12日,周瘦鹃小说《幸运》载《晶报》第3版,至10月21日,载完。

13日,朱鸳雏《赭楼第一恨》自第2章续载《药风》第3版,至21日,第2章,载完;此前载《新世界》,本处接续《新世界》1919年4月21日。

13日,李涵秋"社会小说"《魅镜》载《新闻报·快活林》,至1920年8月21日,共368天次,载完。

24日,李涵秋为《晶报》题"出奇无穷"。

26日,姚鹓雏"寓言小说"《帕语》载《先施乐园日报》第3版,至9月4日,共10次,载完。

本月

张枕绿"社会笔记小说"《绿窗泼墨》由上海枕华出版社出版。

按:《绿窗泼墨》含小说:《簪花人》《贫富之界》《亡国后之爱情》《巧报》《无语》《青楼相士记》《辫结》《才子佳人》;纪零:《美人名马》《厨子秦镜蓉传》《爱国樵夫传》《拿破仑之爱情画》《贞男》《画家小史》《师弟》《茅儿》《黄哑》;艺屑:《巾国遗闻序》《振胜报发刊辞》《近世战略序》《丐题穷吟集穷言》《诗选》;瀛舣:《奇函》《怪眼》《旨酒三杯诗百首》《美人一笑值千金》

《万唤千呼浑不应》《三言两语便成婚》《赢得玉人回首顾》《不堪回首当年事》《文人奇疾》《仇视美女之美术家》《女优之价值》《美人遗发》《多夫之妇》《一刻钟之夫妇》《惜花人》《花光血色两相辉》《精神感触》《同心永爱》《质妻库》《老夫妇之新花样》《医生之广告新术》《残疾媒合社》《笑与不笑之比赛》《和平司的克》《狗之情敌》《大赌豪》《善睡之美妇人》《特别赠品》;谑余:《门面会话》《正经滑头传》《普通爱情小说摘略》《君子疾没世而名不称焉别义》;话剩:《小说小说》《韵语》。

9月

1日,包天笑"哀情小说"《Die》,毕倚虹"纪事小说"《情鬼》、"言情小说"《猩红》、补白《秋波馆杂感》,张毅汉"滑稽小说"《妒误》《吻缘》(张其訒即张毅汉),程小青"侦探小说"《石上名》,卓呆"家庭小说"《妹》载《小说大观》第14集。包天笑《谁之罪》,姚鹓雏《牺牲一切》,张毅汉《精神之爱》,朱鸳《媪变》载《小说画报》第21号。

4日,周瘦鹃译、毛柏桑著"哀情小说"《懊憹》载《先施乐园日报》第3版,至23日,20次,载完。

6日,丹翁"小月旦"《为什么?》载《晶报》第2版。

引:丹翁"小月旦"《为什么?》就胡适的所谓新生活发表看法,文称:"胡说有意思的生活叫做新生活,我说天下最有意思的莫如无益。

这两个字有人说过的,不为无益的事,宁悦有涯的生,不晓无益两字,可当得有意思当不得?

胡先生的话却全在建设,我全是破坏,你们却要抛去我的听他的,如听了我的,保管你吃亏罢了。"

7日,姚鹓雏小品文《霓裳余韵记》载《先施乐园日报》第4版,至24日,共8次。姚鹓雏出任《新申报》副刊《小申报》主笔,每日作《小评》一篇,共30篇。

18日,王钝根"讽世小说"《大绅士》载《申报·中国南洋兄弟烟草股份有限公司广告栏》。张恨水开始为《晶报》编发"北京特约通讯"。

20日,王钝根"讽世小说"《结局》载《申报·中国南洋兄弟烟草股份有限公司广告栏》。

23日,周瘦鹃"复仇小说"《石像》载《时报·小时报》,至26日,3次,载完。

26日,王钝根"惨情小说"《火中女儿》载《申报·中国南洋兄弟烟草股份有限公司广告栏》。

27日,程瞻庐《瞻庐醉话》载《友声日报》第3版,至10月5日,共7次。李涵秋打油诗《咏罚〈爱克斯光录〉事》载《晶报》第2版。

引:《咏罚〈爱克司光录〉事》:
美人今已在东方,列国都沾粉黛香。我把娇躯比中土,须知下笔不荒唐。
代人受过感神州,引得公堂笑不休。罚去大洋三十块,张三丰误李涵秋。
扒灰本是寻常事,何故饶饶议外交。可惜公家还欠审,不将翁媳坐西牢。

28日,天马会在上海成立,江小鹣、杨清磬等人发起。

本月

张恨水到北京,为《申报》驻京记者秦墨哂编发4条新闻稿,月薪10元。

张枕绿短篇社会小说集《爱个丝光》由上海枕华出版部出版。

按:《爱个丝光》含小说13篇:《夥友之面》《毕业文凭之代价》《电光里》《博爱》《孝子》《将来国民之母》《轮回》《海淫小说家》《呜呼评剧家》《电影》《想发财》《无钱之罪》《牌……爷……》。

海虞虞公编、海虞襟亚校订《民国骇闻》由襟霞图书馆印行。

10月

1日,短篇:许指严"纪实"《燕泥喋血》,吴双热"奇情"《借尸还魂记》,公酉"社会"《苦尽甘来》,吴绮缘"滑稽"《丑人多作怪》,俞天愤"纪事"《瓯》载《小说季报》第3集;许廑父"言情长篇"《心印》载《小说季报》第3集,至1920年5月15日第4集,载完。

2日,王钝根"滑稽小说"《闺房新语》载《申报·中国南洋兄弟烟草股份有限公司广告栏》。

6日,王钝根"滑稽小说"《新旧女子》载《申报·中国南洋兄弟烟草股份有限公司广告栏》,至10月8日,2次。

10日,李涵秋"短篇小说"《和儿》载《晶报·国庆增刊》。严独鹤"小说"《新中华》载《新闻报》之《国庆增刊》第1张。王钝根"社会小说"《彩票毒》载《申报·中国南洋兄弟烟草股份有限公司广告栏》,至10月16日,载完。

15日,丹翁"小月旦"《杂说》载《晶报》第2版,就新旧问题发表看法。

引:"小月旦"《杂说》:

新排旧,旧妒新,旧不胜新,理也。新代旧,旧更新,新又复旧,亦势也。有谓不管怎样复旧,断不复到太初之理,予曰:不然,岂独太初直欲反乎无极?某君谓新旧乃假定之辞。此语至平常,而竟无以为难。

21日,程瞻庐《瞻庐剩墨》载《友声日报》第2版,至23日,2次。苏曼殊"哀情小说"《碎簪记》载《先施乐园日报》第2版,至31日,11次,待续。

25日,周瘦鹃"谈话"《我之解放女子观》载《新闻报·快活林》。

29日,周瘦鹃"谈话"《解放男子》载《新闻报·快活林》。

30日,丹翁"小月旦"《新腐》载《晶报》第2版,讽刺盲目贩卖外国货的二道贩子;张碧梧"小说"《他》载《晶报》第3版。

引:"小月旦"《新腐》:

自从文学上有新派以来,凡在旧派的似乎势力有点不敌,原来新派劈头拿两个字一家伙压住旧派,动也不得动,这两个字念出并不为奇,就是"陈腐"。那晓天下事无独有偶,即从陈腐对面寻得一个名词,却好做个劲敌,这两个字,我尚未能想到,是友人钱兄说出来的,他说,例如甲报乙报丙报,姑且照新派所言是陈腐的了,不过丁报戊报他陈虽不陈,这个腐字他却辞不掉嗐,直接称他为"新腐"岂不是恰当甚可。因他所说的新话,那一句不是别人家的唾余,不得而已,如胡适之,或者说他新而不腐,即胡适之,丹翁还偶尔说过他是一位外国书呆子呢,其他随人言下转的朋友能说不是新腐吗?钱兄说过这话,我却又要在这外国书呆子对面立一个名词,叫做"中国书不呆子",但这六个字头衔放眼看来,办得到的还不多,我说到此,忽然想起两个阔人来,一个就是某氏,你如说他不是学究行吗?一个就是某氏,你若说他不是村汉行吗?至于拿满纸英文吓人的少年,千万勿要吃他嚇住,他的话在外国早经腐过的了,不过一层,小子的话也好比一方南京豆腐干,虽然生过蛆,嚼在舌头上,似乎还有点鲜味呢。

11月

2日,周瘦鹃"新小说"《家庭》载《新闻报·星期增刊》。周瘦鹃"社会小说"《英雄》载《时报·小时报》,至9日,2次。

4日,尚志《电话布满中国全国之先声》载《申报·自由谈》,至7日,4次。

9日,周瘦鹃译、意大利达能齐哇著"新小说"《风雪归魂》载《新闻报·星期增刊》。

15日,丹翁"小月旦"《新五伦》载《晶报》第2版。

引:"小月旦"《新五伦》:

长官下属,天泽之分很严,可以顶代君臣;东家伙计,尊亲兼至,可以顶代父子;租小屋结姘头顶代夫妇;同案做强盗,相护如手足,顶代兄弟,教习学生,互相敷衍,有时忙着救国,异口同声,正好顶代朋友。这就是叫做新五伦。

16日,程瞻庐"爱国小说"《沈小七》载《先施乐园日报》第2版,17日载第3版,至20日,共4次,载完。

18日,丹翁"小月旦"《新三戒》载《晶报》第2版,姚鹓雏《童话》载《晶报》第3版,至24日,共3次。

注:"小月旦"《新三戒》认为,老年戒之在色,上海遗老吃花酒;壮之时,戒之在得,看看

北京阔佬各省魔王那些伤天害理的东西,大些的腰缠千百万,小些的也卷几十万民脂民膏,都被剥削尽了;少年之时,戒之在斗了。

21日,包天笑"言情小说"《电话》载《先施乐园日报》第2版,至25日,载完。

23日,程瞻庐"新小说"《代名词》载《新闻报·星期增刊》。

26日,王钝根《冷暖阶级》载《新闻报·快活林》。

30日,周瘦鹃"哀情小说"《惆怅》载《先施乐园日报》第2版,至12月13日,载完。周瘦鹃"新小说"《镜台奴痛》载《新闻报·星期增刊》。张恨水《通红的老头子》载《晶报》第2版。

12月

1日,王钝根"滑稽小说"《救穷会》载《申报·中国南洋兄弟烟草股份有限公司广告栏》,至3日,载完。李涵秋《侠凤奇缘》载《北京白话报》,至1921年2月19日,载完。

3日,叶小凤《弄堂小史》载《民国日报》第12版,至17日,15次,载完。

4日,程瞻庐"笔记"《扑朔迷离录》载《新闻报·快活林》,至9日,4次。

5日,王钝根"哀情小说"《第二次》载《申报·中国南洋兄弟烟草股份有限公司广告栏》,至7日,载完。

7日,程瞻庐"新小说"《三变》载《新闻报·星期增刊》。

11日,王钝根"滑稽小说"《李小姐的腿与脖》载《申报·中国南洋兄弟烟草股份有限公司广告栏》,至13日,载完。

14日,周瘦鹃译"新小说"《欲望》载《新闻报·星期增刊》。程瞻庐"言情小说"《事不谐矣》载《先施乐园日报》第3版,至21日,8次,载完。

15日,王钝根"滑稽小说"《十二月十七日》载《申报·中国南洋兄弟烟草股份有限公司广告栏》。

17日,王钝根"滑稽小说"《烟酒婆卖局》载《申报·中国南洋兄弟烟草股份有限公司广告栏》。

18日,叶小凤《经纪人》载《民国日报》第12版,至31日,14次,载完。

19日,张碧梧译"小说"《毕竟为何》载《申报·自由谈》,至24日,载完。王钝根"滑稽小说"《又一星球》载《申报·中国南洋兄弟烟草股份有限公司广告栏》。

22日,李涵秋"爱国小说"《爱国丐》载《先施乐园日报》第2版,至29日,载完。

23日,王钝根"短篇小说"《微笑》载《申报·中国南洋兄弟烟草股份有限公司广告栏》。

25日,王钝根"短篇小说"《藤荫余香》载《申报·中国南洋兄弟烟草股份有限公司广告栏》。

29日,王钝根"言情小说"《永念》载《申报·中国南洋兄弟烟草股份有限公司广告栏》。

本月

闻野鹤编译、英国却而司迭更司著《鬼史》由东阜兄弟图书馆出版。

本年

程瞻庐"义侠短篇"《阿三小史》载《友声》杂志第1卷第1号,1920年7月16、17日,《先施乐园日报》第3版载《阿三小史》2次,载完。

周瘦鹃译述"侦探小说"《恐怖党》载《小说新报》第4年第1至3期,第4卷第4至11期,1920年第6年第1至12期,共12卷,22次,载完;1929年10月,单行本4册由国华新记书局出版,易名为《奇侠恐怖党》;1931年1月再版。

赵苕狂译述"奇情小说"《灵河三影录》载《小说新报》第4年第1至12期,16章,载完,10次。

烂柯山樵"写情小说"《好女儿》载《小说新报》第4年第1至12期,22章,载完。

李定夷"醒世小说"《新上海现形记》(初集、二集)载《小说新报》第4年第1至12期,初集,18回,载完;第5年第2、3、5期,二集,5回,未完。

赵苕狂译述"美国侦探小说丛书之一"《黑痣人》载《小说新报》第5年第1、2、3、5期,9章,4次,载完。

赵苕狂译述"美国侦探小说丛书之二"《弹耶毒耶》载《小说新报》第5年第6至9期,12章,4次,载完。

赵苕狂"美国侦探小说丛书之三"《歼狐记》载《小说新报》第5年第10、12期,第6卷第1、2期,10章,4次,载完。

俞天愤、徐枕亚"社会小说"《剑胆琴心录》(2卷)载《小说新报》第5年第1至4期,第6至12期;第6卷第1至7期,24回。

俞牗云"侠情小说"《风尘双雏传》载《小说新报》第5年第1至9、11、12期,第6卷第1至4期,30回,载完。

碧霞原稿、吴东园著,王钝根评"理想小说"《罗浮梦》载《小说新报》第5年第 4 至 7 期,20 章,载完。

许指严"时事小说"《京华新梦》载《小说新报》第 5 年第 8 期,至第 12 期,10 回,载完。

李涵秋《辫子怪》载《小说新报》第 5 年第 1 期,《吊欤？贺欤?》载《小说新报》第 5 年第 2 期;《无可奈何》载《新中国》杂志第 1 卷第 2、3 期,共三章,未完。

李涵秋次女艳鸾嫁卯玉书。李涵秋《姊妹花骨》《战地莺花录》由蔚文书局、清华书局出版。

李伯通任江都县教育会会长。

周天籁 13 岁,母亲改嫁,周天籁一人来到上海,进入徽州同乡开的当铺做学徒,至 1926 年,周天籁刻苦自学,打下了文学功底。

范烟桥 26 岁,辞学务委员,任吴江县第二高等小学历史教员。

宫白羽因父亲辞世而辍学,负担家计。

张恨水结识《益世报》编辑成舍我,被聘该报助编兼校对。

1920年（庚申）

1月

1日，周瘦鹃"应时小说"《羊猴语》载《申报·自由谈》。李涵秋"短篇小说"《细小二子过年》载《晶报》(第6版)。

2日，周瘦鹃"侠情小说"《箫心剑气录》载《先施乐园日报》第2版，至14日，载完；1917年12月由上海墨缘编译社出版单行本。

9日，张碧梧"武侠小说"《窗外迷香》载《先施乐园日报》第2版，至18日，载完。

12日，李涵秋"杂感"《卫生棺材》载《晶报》第2版。

15日，姚鹓雏"哀情小说"《劫外离鸾》载《先施乐园日报》第2版，至22日，载完。

18日，李涵秋"杂感"《米与钱之比较》载《晶报》第2版。

19日，平襟亚"武侠小说"《荒屿剑气》载《先施乐园日报》第2版，至25日，载完。

21日，马二先生"菊部丛谈"《扬州顾曲记》载《时报·小时报》。

25日，程瞻庐长篇小说《新旧家庭》载《小说月报》第11卷第1号，至12月25日第12号，共24回，载12次；1922年3月由商务印书馆出版，2册，24回；4月由商务印书馆出单行本。

27日，李涵秋"杂感"《做寿与过年》载《晶报》第2版。

30日，李涵秋"杂感"《铸铜像》载《晶报》第2版。

本月

沈雁冰《现在文学家的责任是什么》载《东方杂志》第17卷第1号，认为文学"不是供贵族赏玩的，是'血'与'泪'写成的，不是'浓情'和'艳意'做成，是人类中少不得的文章，不是茶余饭后消遣的东西"。

贡少芹译述、俄国贝尔斯著"奇情侦探小说"《变相之宰相》由上海国华书局出版。

2月

1日,《新趣味》创刊。

注:《新趣味》为半月刊,编辑者为新趣味研究会,实际由张枕绿编辑,由枕华出版社出版。创刊号《编辑杂谈》阐明宗旨、稿件要求:"本刊登载有趣味的著作,对于社会、政治、学术,下克己工夫的研究与批评,望得传达新潮的真趣,也望读者对于本刊的著作、编辑……种种方面,下从心的评论,使得虚衷受教,或是共同讨论,以达初愿。故在书端留出少许地位来,读者如用经济的文学手段,发挥意见,寄交本会,只要认为有刊载的价值,自当照登'读者评论'栏中……本刊以短篇小说为主体,附以别种饶有'新趣味'的著作,'诡言'中的稿子,借讥评的语气,作理见的商量,希望读者,下侧面的观察。"栏目有小说、传奇、诡言、杂记、读者评论。主要撰述人有张枕绿、周瘦鹃、贡少芹等。创刊号载"小说"有张枕绿《自该如此》《故人之子》、朱鸳雏《这朋友娶过妻了》、周瘦鹃《不如死》,"传奇"有贡少芹的《亡国恨》,"诡言"有张枕绿《男子束缚》《洋装名字》。1920年3月1日,出至第3期停刊。

3日,李涵秋"杂感"《辟公妻》载《晶报》第2版。

4日,吴绮缘"武侠小说"《剑底情人》载《先施乐园日报》第2版,至11日,载完。

5日,张舍我译、易卜生著《泰西名剧:遗恨》载《时报·小时报》,至5月3日,63次。

6日,李涵秋"沁香阁随笔"《扬州大舞台……》①载《晶报》第2版。

15日,李涵秋"杂感"《戏答马二先生读报质疑》载《晶报》第2版。

16日,张枕绿小说《婢与狗》《旧情书》《故人之子》,周瘦鹃《不如死》,贡少芹的传奇《亡国恨》,张枕绿的诡言《读〈胡适启事〉》《哼,只注意目录的新少年!》《〈个人一乡〉的名称》,张枕绿诗歌《一个没娘的孩儿》载《新趣味》第2期。

24日,李涵秋"沁香阁随笔"《连日彤云密布……》载《晶报》第2版。

26日,姚鹓雏"言情小说"《双蝶影》载《先施乐园日报》第4版,至3月4日,共7次,载完。

27日,李涵秋"沁香阁随笔"《入冬以来……》载《晶报》第2版。

---

① 因"沁香阁随笔"均无标题,因此,以起首一句话作为标题,以示方便。

3月

1日,处于见习期的周瘦鹃在《申报·自由谈》开设时政讽刺漫画,4月1日后,周瘦鹃出任编辑,继续刊载讽刺漫画,直至1925年5月9日停止,持续时间达5年又2个月。

注:漫画的内容以时政为主,对北洋政府的贪腐、帝国主义的侵略、军阀混战、议会的黑暗进行了辛辣的讽刺。

张枕绿《一个私逃的店徒》《飞烟》《越狱》《读李涵秋的〈沁香阁随笔〉》,周瘦鹃《不如死》,贡少芹传奇《亡国恨》载《新趣味》第3期。李涵秋"杂感"《元宝可以借得吗?》载《晶报》第2版。

3日,李涵秋"沁香阁随笔"《曩居武汉……》《戊戌岁……》载《晶报》第2版。

6日,姚鹓雏《夕阳红槛录》载《晶报》第3版,至7月6日,未完。姚鹓雏《伤生日记》载《新世界》第6版,至13日,载完。袁寒云《斝斋杂诗》载《晶报》第2版,至4月9日,35次。

9日,李涵秋"杂感"《纪念闲谈》载《晶报》第2版。

10日,雄倡、姚鹓雏"外交小说"《车中梦》载《先施乐园日报》第3或第4版,至13日,共4次,载完。

12日,李涵秋"杂感"《新年书所见》载《晶报》第2版。

15日,李涵秋"杂感"《新年杂说》、"沁香阁随笔"《元宵佳节……》载《晶报》第2版。

25日,周瘦鹃译、易卜生著《社会柱石》载《小说月报》第11卷第3号,至12月25日第12期,8次,载完;1921年10月,单行本2册由商务印书馆初版。

27日,李涵秋"杂感"《男女合校平议》载《晶报》第2版。

30日,李涵秋"沁香阁随笔"《〈红楼梦〉一书……》载《晶报》第2版。

4月

1日,周瘦鹃经过一年的考察,正式出任《申报·自由谈》编辑。周瘦鹃在《自由谈》设置"闲话"栏目,至1922年6月30日,共存在338天;《花生日琐记》载《自由谈》;小说《玫瑰小筑》载《自由谈》,至4日。周瘦鹃签发了程瞻庐的《众醉独醒》,至1921年9月10日,载429天次;1924年10月由自由杂志出版社出版,3册。

注:"闲话"栏目登载了一系列的风俗小品,如挈何的《上海闲话》、朽木的《檀岛旅行

记》、波的《杭州小录》、禹锤的《还乡日记》、中一的《游欧观察谈》、昭实的《巴黎繁会记》、寒烟的《塞王丧礼记》、振的《留英法学生琐谈》、许廑父的《粤侨纪闻》等,既丰富了他们的谈资,又大大开阔了市民大众的视野,更有利于市民日常生活习惯的改良。

2日,周瘦鹃载《申报·自由谈》推出"游记"栏目,至1922年的6月27日,共359次。

注:"游记"栏目的设置适应了当时正在兴起的消闲旅游文化,发表了一系列高质量的游记,如楚僧的《游欧漫记》、效实的《普陀山旅行记》、光祈的《欧游通讯》、白丁的《旧金山琐谈》等。

3日,周瘦鹃在《申报·自由谈》发表类似副刊主编按语的《自由谈之自由谈》,至1921年8月7日,共318天次。

9日,程小青"侦探小说"《鞋尖泥印》载《先施乐园日报》第3版,至16日,载完。李涵秋"杂感"《非孝》载《晶报》第2版。

13日,马二先生"菊部丛谈"《剧评改造的主张》载《时报·小时报》,至14日,2次。

14日,周瘦鹃组织《梅讯》载《申报·自由谈》,至5月6日,共42则,记录了梅兰芳从北京等车到离开上海前四处辞行的全过程。

15日,李涵秋"杂感"《非文人相轻》载《晶报》第2版。

17日,吴绮缘"武侠小说"《蛮女戕奸》载《先施乐园日报》第2版,至25日,载完。

18日,李涵秋"杂感"《自治与治他》、"沁香阁随笔"《尝笑中国人性最畏死……》载《晶报》第2版。

20日,马二先生"小说"《邻家夜谪》载《时报·小时报》。

24日,李涵秋"杂感"《气鼓鼓歌》载《晶报》第2版。

27日,李涵秋"杂感"《保安商标》载《晶报》第2版。

29日,马二先生"小说"《理想的妻》载《时报·小时报》。

30日,李涵秋"杂感"《浙江学潮的感想》载《晶报》第2版。

5月

1日,马二先生"小说"《闹市的新村》载《时报·小时报》。

2日,吴绮缘"侦探小说"《玫瑰花刺》载《先施乐园日报》第2版,至10日,载完。

3日,李涵秋"沁香阁随笔"《日前道经三祝巷……》载《晶报》第2版。

6日,赵苕狂"神怪小说"《约指》载《先施乐园日报》第3版,至9日,载完。李涵秋"杂感"《新体诗之商榷》载《晶报》第2版。马二先生"小说"《一个卖报女郎的遗书》载《时报·小时报》,至7日,2次,载完。

9日,李涵秋"沁香阁随笔"《梨花大鼓……》载《晶报》第2版。天虚我生《和花蕊夫人宫词》载《先施乐园日报》第2版,至16日,7次。

10日,铁冷"言情小说"《求婚小史》(24章)由小说丛报社4版,1936年11月由中原书局重版。

15日,短篇:许指严"至情"《金石同盟》,吴双热"纪实"《黑狱》,徐卓呆"言情"《日记之后半册》,天月"译本"《牺牲》载《小说季报》第4集;徐卓呆"言情长篇"《馒头镇》载《小说季报》第4集,载完。

21日,李涵秋"杂感"《中国人最大之弊病》载《晶报》第2版。金素兰编辑《蒋老五之艳史:天下第一有情人》由上海文明小说社出版;6月1日3版。

24日,李涵秋"沁香阁随笔"《社会上庆吊等事……》载《晶报》第2版。

26日,天虚我生"欧战小说"《女飞行家》载《先施乐园日报》第3版,至29日,4次。

27日,李涵秋"杂感"《食新不化》、"沁香阁随笔"《江苏第八中学学生……》载《晶报》第2版。

30日,姚鹓雏《父孝》载《先施乐园日报》第3版,至31日,载完。李涵秋"杂感"《爱与恶》载《晶报》第2版。马二先生"小说"《恋爱与友谊》载《时报·小时报》,至31日,2次,载完。

本月

陆澹盦《红手套》(2册)由上海逸社出版;1921年5月由上海图书馆出版;1932年8月由上海三星书局出版。

6月

1日,朱鸳雏《艳魅记》,许啸天《桃花娘》载《新华月刊》第1卷第1号。周瘦鹃"哀情小说"《情苗怨果》载《先施乐园日报》第3版,至7日,7次。

3日,李涵秋"杂感"《路走得少》载《晶报》第2版。

7日,《新闻报·快活林》推出"集锦小说",每星期七人,分别接龙,严独鹤写第一篇《海上月》,接着分别由陆律西、浩然、东雷、天虚我生、严谔声、徐枕亚续作,至13日,续完。至1922年1月23日,共推出52篇。

注:1922年1月23日,第52篇"集锦小说"文后有"集锦小说第五十三篇大可开始"的

话,但未见第 53 篇。

9 日,姚鹓雏"历史小说"《回首当年》载《先施乐园日报》第 3 版,至 13 日,共 5 次,载完。李涵秋"杂感"《呜呼某督军》、"沁香阁随笔"《江北警务……》载《晶报》第 2 版。

12 日,李涵秋"杂感"《药铺罢市》载《晶报》第 2 版。

15 日,李涵秋"沁香阁随笔"《英美公司……》载《晶报》第 2 版。

18 日,李涵秋"杂感"《米荒》载《晶报》第 2 版。

20 日,《申报·自由谈·端午号》发行。

21 日,李涵秋"杂感"《拿我赌咒》载《晶报》第 2 版。

30 日,李涵秋"杂感"《从军乐》载《晶报》第 2 版。马二先生"小说"《赌徒造化》载《时报·小时报》,至 7 月 1 日,2 次,载完。

本月

《图画周报》创刊于上海,后改名为《图画时报》,是我国第一份用铜版印刷的画报。

程小青《倭刀记》由商务印书馆出版。

7 月

3 日,李涵秋"杂感"《蝗》、"沁香阁随笔"《挽联挽诗……》载《晶报》第 2 版。

8 日,朱瘦菊"纪事小说"《美国惨杀案》载《大世界》第 3 版,至 12 日,载完。

12 日,李涵秋"杂感"《莲英》、"沁香阁随笔"《近日多怅触……》载《晶报》第 2 版。

15 日,李涵秋"杂感"《婆与媳》载《晶报》第 2 版。程瞻庐"义侠小说"《阿三小史》载《先施乐园日报》,至 17 日,载完。

18 日,李涵秋"沁香阁随笔"《镇江一赛会……》载《晶报》第 2 版。

21 日,李涵秋"沁香阁随笔"《天虚我生……》《城北有古刹……》载《晶报》第 2 版。

24 日,李涵秋"沁香阁随笔"《吾乡风俗……》载《晶报》第 2 版。

27 日,李涵秋"沁香阁随笔"《自人力车通以来……》载《晶报》第 2 版。

30 日,李涵秋"沁香阁随笔"《徐军统宝山……》载《晶报》第 2 版。

8 月

3 日,李涵秋"杂感"《诅我欤,爱我欤?》、"沁香阁随笔"《乙卯年……》载《晶报》第 2 版。

6 日,李涵秋"杂感"《为甚么改做民国?》载《晶报》第 2 版。

9 日,孙腥蝯《俳唵一噱》载《晶报》第 2 版,至 1921 年 11 月 9 日,共 60 次。

12 日,孙腥蝯《拉杂谈》载《晶报》第 2 版,至 9 月 27 日,10 次。

20 日,李涵秋在《快活林·七夕特刊》发表《牛郎怨》。

21 日,李涵秋"杂感"《谋事难》载《晶报》第 2 版。

22 日,李涵秋《好青年》连载于《新闻报·快活林》,至 1922 年 2 月 20 日,载完。

24 日,李涵秋"杂感"《安福》载《晶报》第 2 版。

27 日,程瞻庐《瞻庐剩墨》载《先施乐园日报》,至 28 日,2 次。李涵秋"杂感"《夏斋清供》载《晶报》第 2 版。

30 日,李涵秋"杂感"《唐诗新笺》载《晶报》第 2 版。

9 月

3 日,李涵秋"沁香阁随笔"《北人喜蓄百灵……》载《晶报》第 2 版。

5 日,朱瘦菊"游戏"《焰口》载《新世界》第 4 版,至 8 日,4 次。

6 日,闻野鹤"言情小说"《毒媒》载《先施乐园日报》第 2 版,至 11 日,载完。李涵秋"沁香阁随笔"《吾前所述……》载《晶报》第 2 版。

9 日,李涵秋"沁香阁随笔"《尝谓国中未尝无善人……》载《晶报》第 2 版。

18 日,李涵秋"杂感"《天时人事》载《晶报》第 2 版。

21 日,李涵秋"沁香阁随笔"《碧栏杆……》载《晶报》第 2 版。

22 日,赵苕狂"奇情小说"《奇症》载《先施乐园日报》第 3 版,至 28 日,6 次,载完。

24 日,李涵秋"沁香阁随笔"《萧正兴店主之子……》载《晶报》第 2 版。

26 日,农历中秋节,李涵秋《月宫惊变记》载《新闻报·中秋特刊》;马二先生"小说"《搭棚匠人》载《时报·小时报》,至 29 日,载完。周瘦鹃在《申报·自由谈》设置别出心裁的"中秋特号"。

注:周瘦鹃《笔墨生涯五十年》中回忆这个中秋号的设置和制作过程:

点缀时令,忽然心血来潮,想把版面排成圆形,以象征一轮团圆的明月。待向排字工友提出这个意图时,工友们面有难色,说从来没有排过这样的版面,不但费工费料,时间上怕来不及。我因报头和插画都是为了排作圆版面而设计的,早已准备好了,非在报上让读者赏月玩月不可。于是急匆匆地跑下三层楼,赶到排字房里去,凭三寸不烂之舌,向工友们说了不少好话,几乎声泪俱下;并且以我本人通宵守候着帮助排版,亲看大样作为条件,终于说服了工友们,立即动起手来。这一晚拼拼凑凑,拆拆排排,工友们费了很多工夫,尽了最大力量;我也实践诺言,通宵随侍在侧,直到东方发白,版面上出现了一轮明月,这才感激涕零,谢过了工友们,兴高采烈地回家去睡大觉了。这一页《自由谈》中秋号,我至今珍藏着,今天捡出来看时,见有朱鸳雏的笔记《妆楼记》、程瞻庐的谐著《月府大会记》、李涵秋的小说《月夜艳语》等九篇作品,以及钱病鹤的插画《姮娥夜夜愁》。

本月

徐枕亚《余之妻》由上海清华书局总发行,发行者为枕霞阁,第5版;1929年2月13版;1930年7月14版。1930年4月由小说世界社10版。1934年3月,1947年10月,1949年6月由大众书局重版。

何海鸣《中国工兵政策》由华星印书社初版。

10月

10日,李涵秋"杂感"《双十节缀言》载《晶报》第2版。

12日,李涵秋"杂感"《麻黄》载《晶报》第2版。

15日,李涵秋"杂感"《黄兴又活了》载《晶报》第2版。袁寒云"笔记"《丙辛秘苑》载《晶报》第3版,至12月27日,共33次。

21日,李涵秋"杂感"《说李督军》载《晶报》第2版。沈禹钟《延悔室九日诗话》载《时报·小时报》,至25日,共4次。

29日,姚鹓雏《记湖杭异人事》载《先施乐园日报》第2版,至30日。

本月

汪仲贤与夏月珊、夏月润合作,筹备把《华伦夫人之职业》搬上新舞台。

11月

1日,李涵秋"小说"《海天雏影》(又名《情错》)载《时报·小时报》,至1921年8月6日,15回,172次,载完。姚鹓雏《中国婚礼奇谈》载《申报·自由谈》,至30日,共6篇,介绍了中国婚礼中的若干奇风异俗。

5日,姚鹓雏"哀情小说"《别尔爵邸》载《先施乐园日报》第2版,至11日。

9日,李涵秋"杂感"《小说家仆龟奴》载《晶报》第2版。

13日,姚鹓雏"言情小说"《宾河鹣影》载《先施乐园日报》第2或3版,至12月27日,7章,43次,载完。

15日,李涵秋"沁香阁随笔"《近日目击两异事……》载《晶报》第2版。

18日,李涵秋"沁香阁随笔"《马生……》载《晶报》第2版。

21日,李涵秋"沁香阁随笔"《前日扬州军商学界……》载《晶报》第2版。

25日,姚鹓雏"小说"《霜天雁影录》载《时报·小时报》,至1921年2月11日,载31次,5回,未完。

本月

王莼农向商务印书馆提出辞职,茅盾应高梦旦之请,担任《小说月报》主编,并着手该刊的全面革新工作。

12月

3日,孙朣蠖《宝盖图宫秘史》载《晶报》第3版,至1921年7月9日,共34次。马二先生"笔记"《北京闻见录》载《时报·小时报》,至9日,3次。

6日,李涵秋"杂感"《女子新服装之诗》载《晶报》第2版。

9日,李涵秋"杂感"《续俳唫一噱》载《晶报》第2版。

12日,李涵秋"沁香阁随笔"《余撰〈双花记〉脱稿后……》载《晶报》第2版。

18日,张恨水《作新诗》载《晶报》第2版。李涵秋"沁香阁随笔"《雪压枯芦……》载《晶报》第3版。

27日,李涵秋"沁香阁随笔"《潘某直隶人……》载《晶报》第2版。

29日,胡寄尘"言情小说"《潇湘雁影》载《先施乐园日报》第2版,至1921年1月22日,9章,载完;1934年3月由上海广益书局出版单行本。

30日,李涵秋"沁香阁随笔"《自新体诗流行以来……》载《晶报》第3版。

31日,《人间地狱》刊登告白载《申报·自由谈》。

引:告白言:"自由谈明日出元旦特刊,全刊应时文字,以资点缀,自后日起,刊登章回体社会小说《人间地狱》。书为娑婆生杰作,描写社会中种种现状,有绘影绘声之妙,幸读者注意及之。此外各栏以篇幅短而文情精练者为主,投稿极欢迎,惟不可过长,笔记至多二千字,能以有趣味之杂作小品见寄者尤感。"

本月

《游戏新报》月刊创刊,范君博、郑逸梅、赵眠云编,上海新民图书馆、清华书局发行。

许指严"笔记掌故"《砚耕庐费墨》16则,范烟桥《新儒林外史》载《游戏新报》创刊号,2回。

海上漱石生"社会小说"《十姊妹》(6册)由上海文明书局出版。

本年

俞牖云"艳情小说"《绿杨春好录》载《小说新报》第 6 年第 1 期,至第 12 期,24 回;1934 年 6 月,易名为《春光艳影录》(2 册)由上海国华书局 4 版。

吴双热"滑稽小说"《一零八》载《小说新报》第 6 年第 1 期,至 1922 年第 7 年第 7 期,30 回,未完。

赵苕狂"社会小说"《社会罪恶史》载《小说新报》第 6 年第 2 期,1 章,未完。

李涵秋长子寿鸾结婚。涵秋辞去教职,一任著述。

许廑父因亲戚傅吉士帮助,任广东督军莫荣新秘书。

因四川大旱,家计困难,还珠楼主 18 岁,到平津谋生,在内务部任职,后任胡景翼军中书记。

1921年（辛酉）

1月

1日,李涵秋"短篇小说"《年语》载《晶报》第3版。《新声》在上海创刊。严独鹤"长篇小说"《人海梦》载第1期,至1922年5月1日第9期,载至第10回,第一集载完;1926年12月9日,《人海梦》续载《红玫瑰》第3卷第2期,至1928年4月11日第5卷第7期,载33回,未完;1924年12月1日,《人海梦》(第一集10回)由新生书局发行。叶小凤《弄堂小史》载《新声》第1期。

注:《新声》为月刊,新声杂志社主办,施济群编辑。撰述者有天虚我生、王钝根、朱瘦菊、朱大可、朱枫隐、邵力子、李浩然、李涵秋、李常觉、杭辛斋、周瘦鹃、周剑云、吴双热、施济群、孙漱石、徐枕亚、徐卓呆、陈小蝶、姚民哀、陆澹盦、张丹斧、张冥飞、张碧梧、许瘦蝶、屠守拙、冯小隐、杨尘因、程瞻庐、程小青、叶小凤、郑正秋、刘豁公、严谔声、严独鹤、陈小翠等。刊物栏目分思潮、名著、美术、谈荟、谐铎、戏言、花语、丛话、说海、余兴等。刊物载长篇小说有严独鹤《人海梦》,朱兰庵(姚民哀)《素心兰弹词》,天虚我生、李常觉的《旅行笑史》,海上漱石头生《一粒珠》。集锦小说有周瘦鹃、天虚我生、陈小蝶、朱大可、颍川秋水、李浩然、严谔声、胡寄尘、施济群、陆澹安合著的《哀鹈记》(2月8日《新声》第2册);李涵秋、朱大可、陆澹盦、施济群、徐枕亚、天台山农、胡寄尘、许指严、陆律西等人合作的《红鸳语》(1922年6月1日《新声》第10册);短篇小说有胡寄尘的《慈母与炮弹》,张碧梧的《良心》,周瘦鹃的《至爱》,程小青的《失意人》,陆律西的《银姑小史》,刘豁公的《十支光订婚小史》,朱枫隐的《一个催甲的写真》,吴双热的《雪》,张枕绿《影上爪痕》,许指严《上海瘟三码子日记》等。还有徐卓呆的《影戏话》,戚饭牛的《书坛清话》,花萼楼主(姚民哀)的《花底沧桑录》等。刊物共出10期,1922年6月1日停刊。

3日,李涵秋"沁香阁随笔"《古人性格及所为事……》载《晶报》第2版。

5日,眷秋《小说闲评》载《新闻报·快活林》,至2月3日,14次。

6日,李涵秋"沁香阁随笔"《善化人何应祺……》载《晶报》第2版。

9日,周瘦鹃载《自由谈》"启事"中宣布"《自由谈》自本年起,于每星期日推出《小说特刊》,以助读者兴趣,并征求投稿。凡以有关小说之文字惠寄,均所欢迎(来稿以五百字为限,无论登与不登,概不退还),又欢迎一千字以内之短篇小说,以创作为上,文言白话不拘"(《启事》,《自由谈》,《申报》第4张1921年1月9日),至8月7日,共出30号。

注:本日到8月7日期间,《自由谈》共推30期《小说特刊》,介绍国外小说思潮、外国小说家,展开小说批评,刊载短篇小说创作。这30期《小说特刊》不仅是研究中国现代小说史的重要文献,而且回应了时潮。西方的小说思潮,西方小说家的介绍乃至照片,满足了大众追求新锐,追逐文化明星的心理,亦符合趣味的要求。

本日《小说特刊》载有如下栏目与内容:"论文"有张舍我《短篇小说泛论》,"轶事"有周瘦鹃《说海珍闻录·法国毛柏桑氏》,"批评"有忍杰《小说批评》,"谈丛"有寂寞余生《小说丛谈(一)》,"杂录"有识小《说林拾隽·录林纾〈红礁画桨录〉》,"小说"有雪芳《卖报童子》、周瘦鹃《自由谈之自由谈》。周瘦鹃《自由谈之自由谈》言:"小说可以疗愁,为效殊神,秋中多感,百端交集,小楼听雨,每邑邑不乐,出一二名家小说读之,则郁抱为展,秋愁自蠲,正不必别觅疗愁方也。"

15日,李涵秋"沁香阁随笔"《杨梅孔雀……》载《晶报》第2版。

16日,《申报·自由谈》刊载《小说特刊》第2号。

注:《小说特刊》第2号刊载如下内容:"论文"有张舍我《短篇小说之定义》,"轶事"有周瘦鹃《说海珍闻录·巴尔石克》,"批评"有凤兮《海上小说家漫评(一)》,"谈丛"有寂寞余生《小说丛谈(二)》,"文苑"有林纾《大食故宫余载序》,"杂录"有识小《说林拾隽》,"小说"有金可庄《平等思想》、张碧梧《雪夜》;鹃《自由谈之自由谈》:"以薄荷油敷太阳穴,目中作微辛,泪簌簌下,然此泪实为强致,与心无关也。其能使心弦动而泪泉至者,莫若感情强烈之小说,予读黑奴吁天录而哭,读绛珠归天(红楼之一节)而哭,读茶花女而哭,读不如归而哭,泪之来,每出于不自觉,文人之笔,有胜于薄荷油多矣。"

18日,李涵秋"沁香阁随笔"《近日从友人处……》载《晶报》第2版。

20日,沈禹钟《延悔室诗话》载《时报·小时报》,至2月2日,共5次。

21日,李涵秋"沁香阁随笔"《汪君仪孙……》载《晶报》第2版。

23日,赵苕狂译、萧伯纳著"历史剧本"《噫嘻拿翁》载《先施乐园日报》第2版,至2月26日,34次。《申报·自由谈》载《小说特刊》第3号。

注:《小说特刊》第3号内容如下:"论文"有张舍我《短篇小说之要素》,"轶事"有周瘦鹃《说海珍闻录·柯南·道尔》,"批评"有凤兮《海上小说家漫评(二)》,"谈丛"有柳侯《旧小说谈荟》,"杂话"有牗云《法国最近文豪的非战争小说》,"琐录"有心老《说林拾隽》,"小说"有红蕉《私生子》,周瘦鹃《自由谈之自由谈》。周瘦鹃《自由谈之自由谈》:"青年涉世,每昧于世故人情,出而与社会相接触,则十步一网,百步一阱,偶一弗慎,辄深陷其中而不可出,可畏也。平居无事,无如多读有意识之社会小说,则世故人情,渐可洞晓。社会小说者,犹一世故人情

之教科书也。"

《商报》在上海创刊,张丹斧任副刊《百货陈列所》编辑。

27日,李涵秋"沁香阁随笔"《吾国南北……》载《晶报》第3版。

30日,李涵秋"沁香阁随笔"《吴绅福茨……》载《晶报》第3版。《申报·自由谈》载《小说特刊》第4号。

注:《小说特刊》第4号内容如下:"论文"有张舍我《短篇小说之特性及作法》,"轶事"有周瘦鹃《说海珍闻录·大仲马》,"批评"有凤兮《海上小说家漫评(二)》,"谈丛"有寂寞余生《小说丛谈(三)》,"杂话"有牖云《法国最近文豪的非战争小说》,"琐录"有心老《说林拾隽》,"小说"有张枕绿《苦恼之艳福》、纾庵《富贵》、周瘦鹃《自由谈之自由谈》。周瘦鹃《自由谈之自由谈》:"国事日非,民生愈困,三年以还,小说界之趋势亦变。时贤作品,率多抒写社会疾苦,一唱三叹,不同凡响,当兹岁暮天寒,一为展读,恍见行墨间有小民泪血之痕,与啼饥号寒之凄响也。"

本月

胡怀琛《白话文谈及白话诗谈》由广益书局出版。

徐枕亚编,贡少芹、俞尺愦、姚民哀、吴绮缘著《人海照妖镜》由小说丛报社出版。

2月

3日,李涵秋"杂感"《新童谣》,丹翁《旧翻新》载《晶报》第2版。

引:《旧翻新》:

以言学术,或有是非之分,而无新旧之分。旧者不适于用,从而旧之,宜也,乃适于用者,亦从而旧之;新者果适用,从而新之,亦宜也,已逆知其未必适于用,而仍从而新之,此非是非之分,乃人我之分也。

11日,李涵秋"短篇小说"《锣鼓》载《新闻报·快活林》;李涵秋《雏鸳影》载《商报·百货陈列所》,至1922年1月4日,共264次。

12日,李涵秋"杂感"《我闻如是》载《晶报》第2版。

13日,程瞻庐"说苑"《水浒考证》连载《新闻报·快活林》,至7月24日,共73次。朱瘦菊"记实短篇"《某太太》载《新世界》第5版,至19日,7次,载完。《申报·自由谈》载《小说特刊》第5号。

注:《小说特刊》第5号内容如下:"论文"有张舍我《短篇小说之分类》,"轶事"有周瘦鹃《说海珍闻录·嚣俄》,"谈丛"有寂寞余生《小说丛谈(四)》,"批评"有厚生《非战争主义的小说》,"小说界消息"载马克吐温、《礼拜六》复刊消息,"琐录"有心老《说林拾隽》,"小说"有雪芳《自立》、牖云《屐声》、周瘦鹃《自由谈之自由谈》。周瘦鹃《自由谈之自由谈》:"小说为美文

之一,词采上之点缀,固不可少。惟造意结构,实为小说主体,尤宜加意为之。庶春华秋实,相得益彰;若徒知词藻,而忽于造意,不重结构,则无异一泥塑或木雕之美人,虽镂金错采,涂泽甚工,而终觉其呆滞无生气也。"

15日,李涵秋"杂感"《〈晶报〉新开篇》载《晶报》第2版。

18日,李涵秋"杂感"《新年书所怪》载《晶报》第2版。

20日,《申报·自由谈》载《小说特刊》第6号。

注:《小说特刊》第6号内容如下:"论文"有张舍我《作小说之三步伐》,"轶事"有周瘦鹃《说海珍闻录·狄根司》,"批评"有吴灵园《小说闲评》,"谈丛"有寂寞余生《小说丛谈(五)》,"杂话"有张恨水《今小说家与古文人孰似》,"琐录"有只庵《说林拾隽》,"小说"有梅影髯主《医院》、周瘦鹃《自由谈之自由谈》。周瘦鹃《自由谈之自由谈》:"小说之佳者,其魔力不弱于美女子。每令人倾心相爱,不忍舍去,予尝以一夕读狄根司氏之《大卫·柯柏菲尔》(David Copperfiield),页复一页,终不觉倦,时则长夜垂阑,万籁如死,睡魔窥床莫能犯,敛避而去,虽损一夜之眠,而中心殊快慰也。"

24日,李涵秋"沁香阁随笔"《金凤初女士……》载《晶报》第3版。

27日,姚鹓雏"社会剧本"《炊黍梦》载《先施乐园日报》,至3月11日,载完。李涵秋"沁香阁随笔"《又书张相国建一楼……》载《晶报》第2版。《申报·自由谈》载《小说特刊》第7号。

注:《小说特刊》第7号内容如下:"论文"有张舍我《作小说有情形后之问题与答案》,"传记"有愿生《璐威大小说家琴生传》,"批评"有凤兮《我国现在之创作小说(上)》,"谈丛"有厚生《短篇小说与笔记(上)》,"琐录"有愤愚《说林拾隽》,"小说"有张碧梧《原来如此》,"小说界消息",周瘦鹃《自由谈之自由谈》。周瘦鹃《自由谈之自由谈》:"吾人治小说家言,时觉材料枯窘,无由着笔,不知材料固多,特患吾人之不自搜觅耳。歌馆剧场,通衢陋巷,无一非小说材料产生之所。得其一二琐事,即可作万言宏篇,而文思之来,亦若来水之启其机括,汩汩无尽矣。"

3月

1日,胡怀琛编辑《〈尝试集〉批评与讨论》(2册)由泰东书局出版,1922年5月1日再版,1923年3月三版。

按:《〈尝试集〉批评与讨论》分上下册,上册收:《尝试集批评》(含批评如下诗歌:《黄克强先生哀辞(原诗第九首)》《江上(原诗第八首)》《中秋(原诗第六首)》《蝴蝶(原诗第三首)》《三溪路上大雪里一个红叶(原诗第二编第五首)》《寒江(原诗第八首)》《小诗(原诗第二编第十九首)》《送任叔回四川》《讨论的信(一)·胡适致张东荪的信》《讨论的信(二)·胡怀琛致张东荪的信》《讨论的信(三)·刘大白致李石岑的信》《讨论的信(四)·胡怀琛致李石岑的信》《讨论的信(五)·刘大白致李石岑的信》《讨论的信(六)·胡怀琛致李石岑的信》《诗的音节》《讨论的信(七)·胡怀琛致朱执信函》《讨论的信(八)·朱执信答胡怀琛》《讨论的信(九)·胡怀琛致朱执信先生第二书》《讨论的信(十)·朱侨致胡适之函》《讨论的信(十一)·对于胡适之通信的意见》《讨论的信(十二)·刘伯棠致胡适之函》《讨论的信(十三)·批评尝试集到底没有错》《讨论的信(十四)·胡涣致李石岑函》《讨论的信(十五)·胡怀琛致李石岑函》《讨论的信(十六)·胡涣致李石岑第二函》《讨论的信(十七)·胡怀琛致李石岑第二函》《介绍最有价值的几种新书》。下册收《尝试集正谬》《讨论的信(一)·胡怀琛给李石岑的信》《讨论的信(二)·王崇植给胡怀琛的信》《讨论的信(三)·胡怀琛给王崇植的信》《讨论的信(三)·胡怀琛解释胡涣吴天放二君的怀疑》《讨论的信(四)·胡怀琛给胡适之的信》《讨论的信(五)·胡适答胡怀琛先生的信》《评胡怀琛的〈尝试集正谬〉》《评〈尝试集正谬〉及〈尝试集〉里的原作》《读胡怀琛先生的〈尝试集正谬〉》)。

3日,包天笑"社会小说"《一年有半》载《晶报》第3版,至1924年8月15日,四编,360次,未完。

6日,李涵秋"沁香阁随笔"《清乾隆帝南巡时……》载《晶报》第3版。《申报·自由谈》载《小说特刊》第8号。

注:《小说特刊》第8号内容如下:"论文"有张舍我《小说中之地方(setting)》《小说与创作力》,"轶事"有周瘦鹃《说海珍闻录·华盛顿欧闻》,"批评"有凤兮《我国现在之创作小说(下)》,"谈丛"有厚生《短篇小说与笔记(下)》,"杂话"有臑云《阜姆失败后意大利诗人唐南遮之文学事业》,"文苑"有瞿安吴梅《题周瘦鹃〈断肠日记〉》,"小说"有红蕉《他的姊子》,周瘦鹃《自由谈之自由谈》。周瘦鹃《自由谈之自由谈》:"哀情小说以能引人心酸泪洏者为上。作者走笔时,须自以为书中人物,举其中心所欲吐者,衔悲和泪以吐之,庶歌离吊梦,一一皆真。正不必实有其人,实有其事也。读小仲马之《茶花女》,吾心酸;读哈葛德之《迦茵传》,吾泪洏。此之谓哀情小说。"

9日,丹翁《敬书项城总统手稿〈戊戌纪略〉后》载《晶报》第2版。

引:《敬书项城总统手稿〈戊戌纪略〉后》:

予弱冠,读书京师,痛清政府之不纲,日求所以治安之策,以为德宗可与有为也,戊戌八月政变,德宗被幽,使非项城告密,那拉后何得复行专政,酿成拳匪之乱。予更事浅,故于当日项城之党后而不党帝,诚不解其用心。及辛亥革命,项城请清室退位,归政汉族,私以为得项城之用心,党后者,盖所以覆清也。戊戌之事,非忠于那拉后,正所以忠于汉族也。

12日,姚鹓雏"历史小说"《我为谁》载《先施乐园日报》,至17日,7次,载完。

13日,《申报·自由谈》载《小说特刊》第9号。

注:《小说特刊》第9号内容如下:"论文"有张舍我《小说中之竞争》,"批评"有吴灵园《小说闲评(二)》,"谈丛"有寂寞余生《小说丛谈(七)》,"新话"有臑云《非战小说——安得列夫和红笑》,"琐录"有只庵《说林拾隽》,"小说"有沈念劬《妇女之一生》,周瘦鹃《自由谈之自

由谈》。周瘦鹃《自由谈之自由谈》:"挽近俄法名家说部,迻译者蜂起,移其思想之花,植之吾土,诚盛事也。然雷同之作,多于束筍,如托尔斯泰、毛柏桑两家作品,往往一短篇而先后有五六人译之者。虽译笔不同,究有虎贲中郎之似,审慎如予,亦不复免,窃愿与薄海同文,商榷一防止之法也。"

15日,李涵秋"沁香阁随笔"《近有友人……》载《晶报》第3版。

18日,李涵秋"沁香阁随笔"《有某甲幼以修脚为业……》载《晶报》第3版。

19日,《礼拜六》复刊,刊号从101排起。王钝根《小雅琴语》《新年杂想》,周瘦鹃《一诺》《十七妙年华》《紫兰花片》,严独鹤《杀脱头》,朱鸳雏《画心》,张碧梧《一九二一》,陈小蝶《观剧作》,徐卓呆译《最后》,徐卓呆《雷》载《礼拜六》第101期。天虚我生、王钝根《我为谁》载《礼拜六》第101期,至11月12日第135期。程小青《断指党》载《礼拜六》第101期,至6月4日第112期,12章。

20日,《申报·自由谈》载《小说特刊》第10号。

注:《小说特刊》第10号内容如下:"论文"有黄厚生《论小说于教育上之价值(上)》,"轶事"有周瘦鹃《说海珍闻录·托尔斯泰》,"批评"有凤兮《我所见之自述体小说》,"谈丛"有汪珠《笔记与小说之区别》,"新话"有臞云《近代短篇小说的特色》,"琐录"有只庵《说林拾隽》,"小说"有朱保经《剥复小史》,周瘦鹃《自由谈之自由谈》。周瘦鹃《自由谈之自由谈》:"持花镜,观镜中花影,一瓣一萼,悉与真花同。持紫兰,镜中现紫兰,持玫瑰,镜中现玫瑰,迻译西方名家小说,亦当如是,庶不失其真。今人尚直译,良有以也。然中西文法不同,按字直译,终有钩辀格磔之弊,奈何?"

21日,李涵秋"沁香阁随笔"《今日苦须易白……》载《晶报》第3版。

24日,李涵秋"沁香阁随笔"《陇王书……》载《晶报》第2版。

26日,王钝根《贫女之颊》《社会服务观》,周瘦鹃《血》《姓的研究》《末叶》,徐卓呆《钟楼梦》《世界小事记》,苏曼殊、张枕绿《彭斯情诗》,张枕绿《愿大家废止家祭》载《礼拜六》第102期。

27日,张春帆《漱六山房日记》始载《晶报》。

按:《漱六山房日记》刊载情况:本日至5月12日载《晶报》,15则;1922年3月6日,《漱六山房日记》载《晶报》第2版,至5月24日,12则;1923年8月18日,《漱六山房日记》载《晶报》第2版,至9月30日,14则;1923年11月30日,《漱六山房日记》载《晶报》第2版,至1924年1月24日,共18则;1926年1月20日,《漱六山房日记·江淮战纪》载《时报》第10版,至2月16日,17则;1927年2月7日,《漱六山房日记》载《小日报》第2版,至1927年3月1日,载19则;1938年6月18日至6月30日,《漱六山房日记》重刊《晶报》之《二十年前之晶报》栏。

《申报·自由谈》载《小说特刊》第11号。

注:《小说特刊》第11号内容如下:"论文"有黄厚生《论小说于教育上之价值(下)》,"轶事"有周瘦鹃《说海珍闻录·史蒂芬孙》,"谈丛"有寂寞余生《小说丛谈(八)》,"新话"有镜性《小说应当改造了》,"琐录"有君豪《说林拾隽(一)》,"小说"有青芝《娇儿》,周瘦鹃《自由谈之自由谈》。周瘦鹃《自由谈之自由谈》:"小说之作,现有新旧两体,或崇新,或尚旧,果以何者为正宗,迄犹未能论定。鄙意不如新崇其新,旧尚其旧,各阿所好,一听读者之取舍,若因嫉妒而生疑忌,假批评以肆攻击,则徒见其量窄而已。"

本月

胡怀琛《新文学浅说》由上海泰东书局初版;1924年9月3版。

按:《新文学浅说》含:第一章,文学定义;第二章,文法;第三章,论理学与文学;第四章,修词学;第五章,美的文学(含十节);第六章,总结。

胡怀琛《大江集》由国家图书馆(上海麦家圈四马路口)出版;据1923年再版版权页:1921年3月,由上海棋盘街民智书局、上海四马路崇文书局初版;1923年8月再版。

按:《大江集》含:《胡怀琛自序》,诗歌《长江黄河》《采茶词四首》《饲蚕词四首》《自由钟》《老树》《明月》《送春诗》《流水》《落花》《世界》《为女生题画》《津浦火车中作》《哀青岛》《送友人往天平山看红叶》《海鸥》《秋叶》《冬日青菜》《菜花》《春游杂诗》《新禽言诗》《割麦插禾》《得过且过》《姑恶》《行不得也哥哥》《提壶卢》《虫言诗》《促织》《知了》《叫哥哥》《明月照积雪》《鸠以下译诗》《燕子》《百年歌》《爱情》《花子》《倩影》《短歌》《晚秋》《赠妻》《倘然》《荒坟》《附录》(《诗与诗人》《新派诗说》《诗学研究》)。

4月

2日,周瘦鹃《一念之微》《紫兰花片》《我的心已化了石块》,王钝根《松江六日记》《拈花微笑录》,朱鸳雏《爱国之妻》,张碧梧《虚荣》,江红蕉《造币厂》,沈禹钟《殉家记》,徐卓呆《隔墙声》《喷饭录》载《礼拜六》第103期。

3日,《申报·自由谈》载《小说特刊》第12号。

注:《小说特刊》第12号内容如下:"论文"有张舍我《说"竞争"》,"批评"有寂寞余生《复活后之〈礼拜六〉》,"谈丛"有恨水《〈花月痕〉考略》,志明《寻人》,"新话"有若渠《译小说一席谈》,"琐录"有幻梦《说林拾隽》,"小说"有梅影簃主《自然的爱》,周瘦鹃《自由谈之自由谈》。周瘦鹃《自由谈之自由谈》:"言情小说非不可作也,惟用意宜高洁,力避猥俗。当下笔时,作者必置其心于青天碧海之间,冥想乎人世不可得之情。而参以一二实事,以冰清玉洁之笔,曲为摹写,无俗念,无亵意,即其所言之情,自尔高洁。若涉想及于闺襜艳福,即堕入魔道中矣。"

9日,王钝根《踏青记》,江红蕉《前妻之子》,吴灵园《下乡记》,张碧梧《和气炮》,徐卓呆《失业》,天虚我生《词体情书》,张枕绿《沉醉》载《礼拜六》第104

期。李涵秋"沁香阁随笔"《民国官吏……》载《晶报》第 3 版。

10 日,《申报·自由谈》载《小说特刊》第 13 号。

注:《小说特刊》第 13 号内容如下:"论文"有张舍我《小说中情节之次序(一)》,"批评"有梅影簃主《小说闲评》,"谈丛"有寂寞余生《小说丛谈(九)》,"新话"有牖云《英国现代侦探小说家柯南道尔的近著》,"小说"有张碧梧《无母之儿》,周瘦鹃《自由谈之自由谈》。周瘦鹃《自由谈之自由谈》:"袁寒云曰:'小说以社会为最上选,言情备一格而已。而惨情者尤败人兴趣,著作愈佳,愈使人短气,每读瘦鹃此类之作,辄怆然掩卷。'允哉,袁子之言也。社会小说,固为小说眉目,悲天悯人之念,亦非社会小说不能写。而欲挽救世变,亦非社会小说不为功。挽近以来,颇知此事。顾生性善感,涉笔多悽响,恬管难鸣,哀弦不辍,袁子读吾文,姑作午夜鹃啼观可也。"

12 日,李涵秋"沁香阁随笔"《新年有耍猴戏者……》载《晶报》第 3 版。

16 日,王钝根《娶夫如之何》《拈花微笑录》,周瘦鹃《情书一束》,张碧梧《男女平等》,天虚我生《述怀》,张枕绿《贼》,朱鸳雏《兄弟》,周瘦鹃《别号的研究》,江红蕉《孕》载《礼拜六》第 105 期。

17 日,《申报·自由谈》载《小说特刊》第 14 号。

注:《小说特刊》第 14 号内容如下:"论文"有张舍我《小说中情节之次序(二)》,"批评"有吴灵园《小说闲评》,"谈丛"有寂寞余生《小说丛谈(十)》,"新话"有厚生《美利坚匈牙利的非战小说》,"琐录"有老芗《说林拾隽(一)》,"小说"有建中《烦恼》,周瘦鹃《自由谈之自由谈》。周瘦鹃《自由谈之自由谈》:"日者得徐汇某君书,谓因不得志于情,将蹈海死,请为说十万言,以张其事。读后深为慨叹,举以示吾友独鹤,鹤谓予多治哀情小说,实足导痴情人入于死地,某君其一也。斯言似颇成理,顾细思之,则又不然,盖予所作多无良果,不啻大声疾呼,警人以情致不可用,用情者必死,若仍用情,而至于舍身殉情,则彼自冒险,漠视吾之警告耳。虽然予当有以忏之。"

18 日,李涵秋"沁香阁随笔"《友人吴润之……》载《晶报》第 2 版。

21 日,李涵秋"沁香阁随笔"《扬州俗例……》载《晶报》第 3 版。

23 日,周瘦鹃《之子于归》,王钝根《请客……》,沈禹钟《折桂记》,张碧梧《三年后》,张枕绿译《无母之儿》,江红蕉《悔》载《礼拜六》第 106 期。

24 日,《申报·自由谈》载《小说特刊》第 15 号。

注:《小说特刊》第 15 号内容如下:"论文"有张舍我《小说中情节之次序(三)》,"批评"有樊琛《小说闲评》,"谈丛"有寂寞余生《小说丛谈(十一)》,"新语"有碧梧《小说家应当游历的必要》,"琐录"有幻梦《说林拾隽》,"小说"有王受生《死士》,周瘦鹃《自由谈之自由谈》。周瘦鹃《自由谈之自由谈》:"近癖留声机,朝夕得暇,每以一听为快。机片转处,歌乐齐鸣,几疑身在梨园中也。日者谋草说部,思路苦涩,适闻留声机声,忻然若有得,走笔两夕,遂成一篇,题曰《留声机片》,抒写哀情,差能尽致。于以知小说材料不患枯窘,端赖吾人之随时触机

而已。"

30日,王钝根《生儿观》,周瘦鹃《火车站》《紫兰花片》,严芙孙《沪事杂谈》《解放的女子》,张舍我新诗《我负他》,张碧梧《虚伪的贞操》,江红蕉《波》,徐卓呆《金表》载《礼拜六》第107期。

5月

1日,周瘦鹃译、法国毛柏霜著"小说"《一夜》载《春声日报》第3版,至12日,载完。《申报·自由谈》载《小说特刊》第16号。

注:《小说特刊》第16号内容如下:"论文"有张舍我《小说中情节之次序(四)》,"批评"有梅影簃主《小说闲评》,"谈丛"有寂寞余生《小说丛谈(十二)》,"琐录"有老芊《说林隽语》,"小说"有吴调梅《孤儿》,周瘦鹃《自由谈之自由谈》。周瘦鹃《自由谈之自由谈》:"社会小说良不易作,分章列回,已颇费力。复须纬以千奇百怪之事实,作者必世故饱经,见多识广,始克集事。吾友涵秋、瞻庐、海上说梦人等,均擅此。一作往往累一二十万言,如长江大河,奔赴腕底,有一泻千里之观。小子不敏,无能为役也。"

燕尘述意、许指严撰词"笔记"《三海秘录》始载《春声日报》第3版,至8月27日,共98次。

2日,杨尘因《儒林新史(三集)》载《春声日报》第3版,至7月18日,共28回,未完。

7日,周瘦鹃《留声机片》,袁寒云《铁丸金印记》,张碧梧《奢……俭》,严芙孙《穷女儿》,刘豁公《当家的》载《礼拜六》第108期。

8日,《饭后钟》创刊。吴双热"奇情小说"《片片桃花录》载创刊号,至1922年12月18日第2年第5期,13回,43次。

按:《饭后钟》为半月刊,创刊于常熟,王铸生发行,吴双热编辑,铸生社总发行。其创刊号所载《发刊辞》云:"舍赚钱主义,吃饭主义而外,其第三个主义,亦曰:得过且过而已矣。亦曰:做一日和尚撞一天钟而已矣。人皆学和尚,人皆学做和尚之撞钟,吾于是喟然而叹,憬然而思,嗟然而撞我饭后之钟!"此钟于"暮气沉沉之大中华国","墨以为罍,笔以为杵,日复一日而撞也者,何莫非报晓之钟哉?何莫非警世之钟哉?茫茫神州,钟声四起,其破天荒之第一声。厥为申报,由是一声发祥,众声响应,声之种子,愈播愈繁,吾虞一县治耳,而声嘈嘈然,晨钟四五,先我而鸣,然则我欲罍我墨杵我笔而撞我钟,不已晚乎?惟晚也,故以饭后名我钟。""吾乃饷之以饭后之钟,俾饱食终日无所用心者,有所载刺,俾安坐而食伸其懒腰者,有所排遣,不至受饭团作梗,以肥死,以懒死,以饱死,则是饭后钟,可造无量功德,我于是罍我墨杵我笔而撞我钟。"栏目有小言、谐著、新闻、诗钟、小说、歌集等。作者有吴双热、丁祖荫、方仁渊等。至1922年12月18日,出至第2年第5期,合41期,中辍。1927年4月24

日,《饭后钟》复出,仍由吴双热编辑,王铸生发行,发行所改为开文社,出至 11 月 18 日,21 期,停刊。

《申报·自由谈》载《小说特刊》第 17 号。

注:《小说特刊》第 17 号内容如下:"论文"有黄厚生《自杀说》,"批评"有吴灵园《小说闲评》,"谈丛"有寂寞余生《小说丛谈(十三)》,"新话"有厚生《获诺贝尔文学奖金的穷小说家——韩生》,"琐录"有絜庐《说林拾隽(一)》,"小说"有杨小仲《孙青岩先生的一生》,周瘦鹃《自由谈之自由谈》。周瘦鹃《自由谈之自由谈》:"义侠小说,为味至永。而描写亦殊不易。苟能以生龙活虎之笔,写生龙活虎之事,跃跃纸上,令人读之,恍觉月黑天高,有侠客仗剑而至,自尔神王。然数年以还,未见有此等著作也。曩者佣墨中华书局,常译《无名大侠》二卷,凡述六事,颇曲折有致,惜未付刊,予至今念之。"

10 日,文学研究会刊物《文学周报》(1922 年 5 月 11 日改名《文学旬刊》)创刊后,专设"杂谈"栏,批判通俗文学。

14 日,王钝根《黄钟怨》,陈小蝶《归凤记》,周瘦鹃《离婚后》,严芙孙《金和银》载《礼拜六》第 109 期。

15 日,张春帆(漱六山房主人)《巾语》载《晶报》第 2 版,至 7 月 27 日,25 天次。《申报·自由谈》载《小说特刊》第 18 号。

注:《小说特刊》第 18 号内容如下:"论文"有黄厚生《活的文学——小说》,"批评"有达纾庵《〈不如归〉抉微(上)》,"谈丛"有寂寞余生《小说丛谈(十四)》,"小说"有张碧梧《两个儿子》,周瘦鹃《自由谈之自由谈》。周瘦鹃《自由谈之自由谈》:"《留东外史》,闻为湖南向君所著,状物写人,俱活泼有生气。笔尖若设机括,圆转自如。其写景处,亦细针密缕,幽婉可爱。有时虽病微亵,顾不足为全书玷也。观其蔑视东人,处处为吾国人吐气,尤足令人神生。吾愿向君赓为之,以飨吾人也。"

17 日,徐卓呆(半梅)《影戏的过去、现在与未来》载《春声日报》第 2 版,至 19 日,3 次,载完。

21 日,周瘦鹃《父子》,陈小蝶《赤城瓀节》,江红蕉《姊之名誉》,俞天愤《墨圈》,张碧梧《一转瞬间》,王钝根《空影》,张舍我《五十封信》载《礼拜六》第 110 期。

22 日,《申报·自由谈》载《小说特刊》第 19 号。

注:《小说特刊》第 19 号内容如下:"论文"有张舍我《小说中情节之次序(四)》,"传记"有牖云《亚伦普小传》,"批评"有达纾龕《〈不如归〉抉微(中)》,"新话"有小松《小说新话》,"琐录"我爱玫瑰《说林拾隽》,"小说"有红蕉《古屋》,周瘦鹃《自由谈之自由谈》。周瘦鹃《自由谈之自由谈》:"小说之新旧,不在形式而在精神。苟精神上极新,则即不加新附号,不用她字,亦未始非新。反是,则虽大用她字,大加新附号,亦不得谓为新也。而令其冠西方博士之冠,衣西方博士之衣,即目为新人物得乎?"

24日,丹翁《我的闫瑞生影戏观》载《晶报》第2版。

28日,王钝根《汽车之神秘》,周瘦鹃《紫兰花片》《手》,张碧梧《我》,徐卓呆《二老人》,张枕绿《梦中忙话》,俞腴云《黄土》载《礼拜六》第111期。

29日,《申报·自由谈》载《小说特刊》第20号。

注:《小说特刊》第20号内容如下:"论文"有张舍我《小说中情节之次序(五)》,"传记"有腴云《高尔基小传》,"批评"有达纾盦《〈不如归〉抉微(下)》,"谈丛"有张恨水《西游记》考略》,"小说"有张枕绿《诊费》,周瘦鹃《自由谈之自由谈》。周瘦鹃《自由谈之自由谈》:"西方小说家写中国事实,往往隔靴搔痒,无有中肯者。或则妄加鄙薄,几疑中国人士尽为杀人越货之流与吸鸦片者。于是中国之丑,乃大暴于世界,不亦冤哉!今美国史葛立纳书公司史君来游中国,始知西方小说家涉想之谬,描写之误,吾愿其一帆归去,力为矫正。并望西方之士,咸来一游吾国,开其眼食也。"

15日,张碧梧译作"小说"《情爱之牺牲》载《春声日报》第3版,至29日,15次,载完。

31日,徐卓呆"小说"《火药库》载《春声日报》第3版,至6月6日,7次,载完。

本月

《消闲月刊》创刊。包天笑、江红蕉《无法投递》,天台山农《橘中乐》,俞天愤《临时疫院》,顾明道《树下老人》,俞腴云《石像之妻》,范烟桥《归来》《维新小史》,张枕绿《两难》,许指严笔记《砚耕庐废墨》(3则)载第1期。

注:《消闲月刊》创刊于苏州,编辑主任为赵眠云、郑逸梅,名誉编辑为范君博、尤半狂、顾明道、邓钝铁;代印者为苏州观西之华兴印书局,总发行所为苏州钮家巷之消闲月刊社。撰述人有王莼农、包天笑、包独醒、朱鸳雏、江红蕉、李涵秋、吴绮缘、吴双热、吴东园、周瘦鹃、周剑云、周拜花、姚鹓雏、袁寒云、胡寄尘、俞天愤、柳亚子、施济群、徐枕亚、陈去病、许指严、许瘦蝶、贡少芹、张丹斧、张碧梧、张枕绿、戚饭牛、杨尘因、赵苕狂、刘山农、郑逸梅、邹翰飞、顾明道等。栏目设有小说、诗话、笔记、集句、谐文、诗词、弹词、戏剧等。以发表小说为主。至本年10月,出10期停刊。第10期载《本社编辑部启事》:"本社赵眠云先生与宋女士结婚做西湖蜜月之游,郑逸梅先生兼数职,公私殊冗,致本月刊暂行结束,一俟来岁春和,再当整顿精神,以与诸君相见也。"

周瘦鹃译"侦探小说"《卫生俱乐部》由国华书局出版。

6月

1日,徐卓呆"苦情小说"《彗星》,姚鹓雏"言情小说"《他:勃拉克》,张碧梧译作"社会小说"《堕落》(俄·抹锡姆考著)、"奇情小说"《海角情波》,贡少芹

《血泪》载《小说大观》第 15 集。

4日,周瘦鹃《十年守寡》,张枕绿《功罪》,张碧梧《劳农》,吴双热《婚误》,严独鹤《斗口》,徐卓呆《不可思议的名片》,无虚生《她》,胡寄尘《紫罗兰诗补注》,严芙孙《内助》,张秋虫《何苦》载《礼拜六》第 112 期。

5日,《申报·自由谈》载《小说特刊》第 21 号。

注:《小说特刊》第 21 号内容如下:"论文"有厚生《小说与戏剧》,"批评"有吴灵园《小说闲评》,"批评"有寂寞余生《小说丛谈(十五)》,"小说"有红蕉《古屋(二)》,周瘦鹃《自由谈之自由谈》。周瘦鹃《自由谈之自由谈》:"小说命名,非易事也。往往有一作既成,而苦索不能得一佳名者。雕红刻翠,无当大雅,撷拾昔人诗句为之,复觉其未善,则无宁以白描为得,近作命名,如《一诺》《之子于归》《一念之微》《十年守寡》等,似尚可取也。"

6日,求幸福斋主人《己庚本事》载《晶报》第 2 版,至 8 月 18 日,20 次。张恨水《记江西会馆之堂会》载《春声日报》第 2 版。

10日,西谛《新旧文学的调和》《思想的反流》载《文学旬刊》第 4 号。

引1:《新旧文学的调和》言:"上海滑头文人所出的什么《消闲钟》《礼拜六》,根本上就不知道什么是文学,又有什么可调和呢?"蠢才《文学事业的堕落》载《文学旬刊》第 4 号,批评鸳蝴派作家"情愿卖去了自己的人格,拿高贵道德文学,当做消闲娱乐满足肉欲的东西还怕人家不知道,更在报上登起广告来,说是'宁可不讨小老嬷,不可不看《礼拜六》'。小老嬷是什么东西,难道小说是可以做小老嬷的代用品的吗?有喜欢讨小老嬷的中国民族,便应该有专做香艳小说肉麻文字的文学家,这是无足怪的,但是神圣清白的文学事业,真已被玷了不可洗刷的污点了。"

引2:《思想的反流》言:"《礼拜六》的诸位作者的思想本来是纯粹中国旧式的,却也时时冒充新式,做几首游戏的新诗;在陈陈相因的小说中,砌上几个'解放','家庭问题'的现成名次,同时却又大提倡'节''孝'。"

11日,王钝根《看护妇》,周瘦鹃《驼背哲学家》,沈禹钟《殡地》,俞天愤《故乡》,余空我《结果》,缪贼菌《礼拜六之新读者》,张碧梧《得失》,严芙孙《扫帚星》载《礼拜六》第 113 期。程小青《东方福尔摩斯探案·长春妓》载《礼拜六》第 113 期,至 9 月 3 日第 125 期,载 12 章。周瘦鹃将《申报·自由谈》"新闻拾遗"栏目撤去,改为"有趣味之零星小品,如小智囊,小笑话,小问答,小常识等"。

12日,《申报·自由谈》载《小说特刊》第 22 号。

注:《小说特刊》第 22 号内容如下:"论文"有张舍我《小说中情节之次序(六)》,"轶事"有牅云《都介涅夫与墨托温》,"谈丛"有寂寞余生《小说丛谈(十六)》,"杂话"有张枕绿《小说小话》,"琐录"有老艿《说林拾隽(一)》、老鹤《说林拾隽(二)》,"小说"有吴调梅《猛省》,周瘦

鹃《自由谈之自由谈》。周瘦鹃《自由谈之自由谈》："侦探小说以英国《福尔摩斯探案》为最著。其描写福尔摩斯也,在得一'静'字诀。无叫嚣隳突之弊。后有作者,咸不之及。吾友小青,读福尔摩斯探案者久,遂有东方福尔摩斯探案之作,钩心斗角,正复不弱于西方之福尔摩斯,吾殊愿观其有成也。"

13日,张恨水著、姚民哀评"小说"《京尘魅影录》载《春声日报》第3版,至8月8日,6回,56次,未完。

18日,寒云《题丹翁像》载《晶报》第2版。

引:《题丹翁像》:

五年前正少年场,美服翩翩跳粉墙。怪绝惠泉山阿福,摇身变作画眉郎。

五花大绑忒希奇,尚戴溜圆得尔皮。仿佛当年登菜市,梅花椿上把头低。

嘴上无毛事不牢,此翁口尚比樱桃。火齐吐处丹方渥,可忆凤凰台上箫。

周瘦鹃《脚》,徐卓呆《反叛》,张碧梧《病》,严芙孙《雪道里》,江红蕉《席卷而去》,沈禹钟《绵蛮录》载《礼拜六》第114期。

19日,《申报·自由谈》载《小说特刊》第23号。

注:《小说特刊》第23号内容如下:"论文"有张舍我《小说中情节之次序(七)》,"谈丛"有寂寞余生《小说丛谈(十七)》,"文苑"有吴灵园《诗的小说》,"新话"有徐絮《〈礼拜六〉之花》,"琐录"有明霞《说林拾隽》,"小说"有张枕绿《荣誉与健康》,周瘦鹃《自由谈之自由谈》。周瘦鹃《自由谈之自由谈》:"科学小说作者,英国有维尔斯氏,负一时盛名。所作甚精微,为读者所称。其有裨益于读者,亦殊匪细。盖假小说以灌输科学智识,其入人之深,实倍蓰于纯粹之科学。纯粹之科学多沉闷,此则活泼而有味。吾国其亦有科学的文学家乎?曷起而作科学小说?"

徐卓呆(半梅)"脚本"《心药》载《春声日报》第2版,至7月7日,19次,载完。

20日,圣陶《侮辱人们的人》载《文学旬刊》第5号。

引:《侮辱人们的人》言:《礼拜六》广告"宁可不娶小老嬷,不可不看《礼拜六》","实在是一种侮辱,普遍的侮辱,他们侮辱自己,侮辱文学,更侮辱他人!我从不肯诅咒他们,但我不得不诅咒他们的举动——这一举动。无论什么游戏的事总不至卑鄙到这样,游戏也要高尚和真诚啊!"

25日,《游戏世界》在上海创刊。

注:《游戏世界》为月刊,上海大东书局出版发行,周瘦鹃、赵苕狂编辑。撰述者有天台山农、王钝根、王莼农、包天笑、江红蕉、李涵秋、朱鸳雏、范君博、姚鹓雏、孙漱石、袁寒云、陈小蝶、徐卓呆、贡少芹、许指严、喻血轮、程小青、叶小凤、管际安、刘豁公、郑逸梅、杨尘因、冯小隐等。关于本刊宗旨,周瘦鹃在《游戏世界》创刊号上发表的《〈游戏世界〉的发刊词》已经言明,他痛斥当局所谓自治、统一,"名目固然是光明正大的,内中却黑暗得了不得!让他虚

虚实实,真真假假,有权有势的人,向口头,报上尽力去干;这向来是轮不到我们的——我们无权无势,只好就本业上着想,从本业上做起:特地请了二三十位的时下名流,各尽所长的分撰起来,成了一本最浅最新的杂志,贡献社会。希望稍稍弥补社会的缺陷!这就是本杂志的宗旨——曾记得《论语》上有那'游于艺'这一句话,又记得《毛诗》上有那'善戏谑兮,不为虐兮'这两句话,我就断章取义的,把他这两个字,做了我这本杂志的名字。""须知道孔圣所说的'游于艺',就是三育中发挥智育的意思。诗人所说的'善戏谑兮'就是古来所说的'庄言难入,谐言易听'的意思。可见这两个字,真是最正经的。""我们这本杂志,就同人的知识,同人的经验,东掇西拾的杂凑起来,""就那智育上,体育上能得稍稍有点儿发明,增进游戏的本能,为社会将来生活的准备,借此鸡口的'詹詹之言',唤醒那假惺惺的护法家、统一家、自治家,牛后的大吹特吹,这不是本杂志的'不鸣则已,一鸣惊人'么?"其栏目设置有说苑、谈荟、趣海、歌场、谐林、余兴、艺府、杂俎、补白等。长篇小说有心木《春明尘梦录》,顾佛影《新儒林外史》,包天笑译作《理想之美国》,忆凤《十五年侨沪记》,赵苕狂译作《空中盗》;短篇小说有朱凤竹《小学生笑史》,严独鹤《十年》,骆无涯《罪犯》,江红蕉《行乐图》,周瘦鹃《还珠记》,包天笑《新西游记》,赵苕狂《一瞥》,徐卓呆《倡门之死》,姚民哀《三妻之命》;笔记有喻血轮《蠢园随笔》;谐著有姚民哀《京华杂文》,李伯元《南亭亭长谐文》;歌场轶闻有颜五《近十年上海梨园变迁史》,补斋《民国十一年上海伶界的回溯》等;理论文章有姚民哀《小说闲话》,顾明道《小说杂谈》等。

袁寒云《紫罗兰娘日记》,沈禹钟《旧地》,郑逸梅《曼殊上人情诗》,陈小蝶《闻箫记》《花间致语》,天虚我生《笑啼难》,胡寄尘《可怜相爱不相识》,周瘦鹃《紫绡香屑》《真》,张舍我《纯洁的恋爱》载《礼拜六》第115期"爱情号"。

26日,《申报·自由谈》载《小说特刊》第24号。

注:《小说特刊》第24号内容如下:"论文"有张舍我《小说作法大要》,"谈丛"有寂寞余生《小说丛谈(十八)》,"文苑"有吴瘿《诗的小说·卖瓜人》,"杂话"有纡庵《小说谈屑》,"琐录"有范存忠《说林拾隽》,"小说"有侧帽逃禅《一握手》,周瘦鹃《自由谈之自由谈》。周瘦鹃《自由谈之自由谈》:"个人操守之坚苦否,是关于平昔之学养。严守心垒,宁能为外物所动?若徒归罪于小说,谓足使人失足,慎矣。西方小说,每一国无虑千万种,以言情为尤多,未闻其社会因以堕落。而吾国之犯奸杀案者,反多不识字之流。乌乎,可以思矣。惟小说之描写淫欲者,自当排斥之。"

30日,黄厚生《调和新旧文学进一解》,西谛《血和泪的文学》,《新旧文学果可以调和么》,郭沫若《致郑振铎先生信》载《文学旬刊》第6号。

注:《血和泪的文学》一文认为,"在此到处是榛棘,是悲惨,是枪声炮声的世界上","我们所需要的是血的文学,泪的文学,不是'雍容尔雅''吟风啸月'的冷血的产品",然"竟有人能之:满口的纯艺术,剽窃几个新的名辞,不断的做白话的鸳鸯蝴蝶式的情诗情文,或是唱道着与自然接近,满堆上云、月、树影、山光等字,他们的'不动心',真是孔孟所不及!"

西谛《新旧文学果可调和么》驳黄厚生的新旧文学调和论,认为,调和派的文学必是非驴非马的,是迁就,而"'迁就'就是堕落!"因此,"我们是决不欲化赤为紫的,是决不欲有丝毫的迁就的!"

郭沫若《致郑振铎先生信》言"先生攻击《礼拜六》那一类的文丐是我所愿意尽力声援的,那些流氓派的文人不攻倒,不说可以夺新文学的朱,更还可以乱旧文学的雅"。

本月

叶小凤"历史小说"《如此京华》由进步书局初版;1929年7月三版。

7月

2日,周瘦鹃《空墓》、陈小蝶《花间絮语》、江红蕉《哭》、严芙孙《新婚的第一夜》、张碧梧《雷锋塔下》载《礼拜六》第116期。

3日,《申报·自由谈》载《小说特刊》第25号。

注:《小说特刊》第25号内容如下:"论文"有张舍我《小说作法大要(二)》,"传记"有俞牗云《英国现代大小说家小传·哈弟》,"谈丛"有豁安《小说偶谈》,"文苑"有灵园《诗的小说·绑票行》,"小说"有刘凤译《求婚危史(上)》、周瘦鹃《自由谈之自由谈》。周瘦鹃《自由谈之自由谈》:"吾国民气销沈,非伊朝夕,每遇外侮,受一度刺激,少知振拔。及事过境迁,则又梦梦如故。药之之道,惟有多作爱国小说,以深刻之笔,写壮烈之事,俾拨动心弦,振振而动,而思所以自强强国之道。此其功效,正无异一贴奋兴剂也。近为《新声》撰《五月九日》一作,似亦足以拨动心弦者,愿吾国人一读之。"

9日,王钝根《嫌疑父》、周瘦鹃《改过》、江红蕉《笑》、陈小蝶《余味录》、张碧梧《人道》、朱鸳雏《待时》载《礼拜六》第117期。

10日,《申报·自由谈》载《小说特刊》第26号。

注:《小说特刊》第25号内容如下:"论文"有张舍我《小说作法大要(三)》,"传记"有俞牗云《英国现代大小说家小传·吉百龄》,"杂话"有宛扬《小说的论理》,"文苑"有吴灵《诗的小说·吴中田妇叹》,"小说"有张碧梧《铁匠的徒弟》、周瘦鹃《自由谈之自由谈》。周瘦鹃《自由谈之自由谈》:"《茶花女遗事》,或疑为小仲马自述其失意之情史。所谓亚猛著彭者,即小仲马自况也。以小仲马之风流蕴藉,固肖亚猛,而亚猛之父顽,则大仲马似不至是,故自述之说,殊不可信,大抵文人撰述,信笔所之,读者不必问其是否事实,亦不必问其是否为著者自述之作,若刻舟求剑,则失之迂矣。"

16日,周瘦鹃《护照》、王钝根《恋爱自由》、江红蕉《武林野话》《电车司机人》、张碧梧《疫》、严芙孙《蓝墨水》、徐卓呆《仙人》载《礼拜六》第118期。

17日,《申报·自由谈》载《小说特刊》第27号。

注:《小说特刊》第27号内容如下:"论文"有张舍我《小说作法大要(四)》,"传记"有俞牗云《英国现代大小说家小传·威尔斯》,"谈丛"有寂寞余生《小说丛谈(十八)》,"文苑"有吴

灵《诗的小说·节妇行》,"新语"有瘦鹃《说消闲之小说杂志》,"琐录"有梁治庵《说林拾隽》,"小说"有长风《解放》,周瘦鹃《自由谈之自由谈》。周瘦鹃《自由谈之自由谈》:"予初读小说,得《新小说》《新新小说》等数种。颇好冷先生之《侠客谈》,笔既冷隽,寓意亦有匣剑帷灯之妙。其写侠客,非必飞檐走壁,取人首级于百里外也。而壮侠之气,自姗彪于手眼间。把卷一读,剑气如生。此种义侠小说,今不可得矣。"

19 日,吴绮缘《劳商》载《春声日报》第 3 版,至 22 日,4 次,载完。

23 日,周瘦鹃《恩怨》,江红蕉《党派》,严芙孙《车之鉴》,张碧梧《妻……妾》载《礼拜六》第 119 期。刘豁公"社会小说"《一个无母的村童》载《春声日报》第 3 版,至 30 日,8 次,载完。

24 日,《申报·自由谈》载《小说特刊》第 28 号。

注:《小说特刊》第 28 号内容如下:"论文"有厚生《新旧小说论》,"传记"有俞牖云《英国现代大小说家小传·康拉特》,"文苑"有吴灵《诗的小说·哀荆南》,"杂话"有枕绿《小说小话》,"琐录"有寂寞余生《秤尘艳语》,"小说"有雷听民《银病》,周瘦鹃《自由谈之自由谈》。周瘦鹃《自由谈之自由谈》:"海上说梦人健笔独扛,为吾党健者。《歇浦潮》之作,具见魄力,比造《剩粉残脂录》一卷,将为吾《半月》张目,写海上闺帏密事,舍少艾而言徐娘,摘奸发伏,笔大如椽,其有功世道,良非浅鲜也。"

30 日,周瘦鹃《喜相逢》,江红蕉《武林野话》,徐卓呆《蚁的人类观》,张碧梧《汽车》载《礼拜六》第 120 期。玄《这也有功于世道么?》《棒与狗声》,西谛《消闲?!》载《文学旬刊》第 9 号。

引:《这也有功于世道么?》针对周瘦鹃对海上说梦人的《剩粉残脂录》"摘奸发伏,笔大如椽,其有功世道,良非浅鲜也"的赞词,批评《剩粉残脂录》一类,原也不配称做文学作品……名为警世,实则诲淫,是上海'文丐'的拿手好戏;狗只会作犬吠,原不足怪,只怪社会上许许多多的人为什么不来和'有功世道'这四个字伸伸冤!"

西谛《消闲?!》针对通俗文学作家所言"小说是供人茶余饭后的消闲的"的论点和消闲小说杂志的层出不穷,谴责购买消闲杂志的青年男女学生,批评他们是"'商女不知亡国恨,隔江犹唱后庭花'。我真不知这一班青年的头脑如何还这样麻木不仁?"

袁寒云《辟创作》载《晶报》第 2 版。

引:《辟创作》:

小说这种著作,必定要事实新奇,文理爽达,趣味浓厚,才能使看的人,越看越想看。要说到新字,必定有新思想,新学理,或是科学的,或是理想的,总要有实在的学问,有益于人,用极通顺流利的文法做出来,才够得上。说是新小说,若是像现在那一般妄徒,拿外国的文法,做中国的小说,还要加上外国的圈点,用外国的款式,什么的呀,底呀,地呀,她呀,闹得乌烟瘴气,一句通顺的句子也没有。人家一句话,他总要络络索索,弄成一大篇,他又分明写的中国字,至于内容,更说不到科学同理想啦。他还要自居为新,未免有点不知羞罢。海上某大大书店出的一种小说杂志,从前很有点价值。今年忽然也新起来了。内容著重的,就是新的创作。所谓创作呢,文法,学外国的样,圈点,学外国的样,款式,学外国的样,甚至连纪年,也用的是西历一千九百二十一年。他还要老着脸皮,说是创作。难道学了外国,就算创作吗?这种杂志,既然变了非驴非马,稍微有点小说智识的,是决不去看它。就是想去翻翻它,看它到底是怎么回事,顶多看上三五句,也就要头昏脑涨,废然掩卷了。

31日,《申报·自由谈》载《小说特刊》第29号。

注:《小说特刊》第29号内容如下:"论文"有张舍我《小说作法大要(五)》,"传记"有俞牖云《英国现代大小说家小传·彭耐德》,"文苑"有寂寞余生《诗的小说》,"杂话"有失名《小说小话》,"琐录"有寂寞余生《稗尘艳语》、吴明霞《说林拾隽》,"小说"有俞牖云《浪人的死》,周瘦鹃《自由谈之自由谈》。周瘦鹃《自由谈之自由谈》:"英国迭更司先生善为社会小说,描写人情世故,无不深刻入微,世之人翕然称之。今日吾国之社会,其阴险奸谲,什百倍于迭更司时代之英国,即使迭更司先生复活,亦将无从描写之矣。"

姚民哀《不幸之日记》载《春声日报》第3版,至8月5日,6次,载完。

本月

许指严、顾明道、俞牖云、吴双热、郑逸梅、赵眠云"集锦小说"《戍卒语》,许指严《边氓恨迹》,天台山农《橘中乐》,徐卓呆《古井》,范烟桥《维新小史》,吴灵园《檐滴》,顾明道《某富豪之家庭》,吴双热《兰闺秘记》《滑稽诗话》,姚民哀《富楼琐记》,张枕绿、秋镜《梦里的他》载《消闲月刊》第3期。

8月

1日,胡寄尘《一个被强盗捉去的新文化运动者底成绩》载《晶极》第3版,李涵秋杂文《晶娘小传》载《晶报》第2版。

7日,《申报·自由谈》载《小说特刊》第30号。

注:《小说特刊》第30号内容如下:"论文"有张舍我《小说作法大要(六)》,"批评"有俞牖云《评民众文学》,"谈丛"有寂寞余生《小说丛谈(二十)》,"新话"有厚牛《述小说之创作格》,"小说"有王受生《卫生》,周瘦鹃《自由谈之自由谈》。周瘦鹃《自由谈之自由谈》:"自由谈之小说特刊与读者相见,倏忽已三十度矣。虽曰无功,亦云无过。舍我执笔最劳,论文多精意。其他诸子,亦能就事论事,不越轨范。劳劳三十度,今后似可小休矣。下星期起,当翻新花样,更以家庭周刊贡献于读者,用志数语,为小说特刊道别。"

6日,周瘦鹃不再具体负责《礼拜六》编务,由王钝根独立编辑。周瘦鹃《友》,严芙孙《红蛋》,吴绮缘《慈善家》,张碧梧《未亡人》载《礼拜六》第121期。好春簃主(孙癯媛)《香妃嫁人记》载《晶报》第3版,至15日,4次,载完。

9日,李涵秋"社会小说"《爱克司光录》第2集在《晶报》上开始连载,至

1923年6月3日,203天次,第6回,未完。第2集后由程瞻庐续完。

10日,西谛《中国文人(?)对于文学的根本误解》载《文学旬刊》第10号。

引:《中国文人(?)对于文学的根本误解》言:"现在有一班自命为新或旧的文人(?)的人对于文学都有一种根本上的误解,就是:不是把文学当做人家消闲的东西,就是把它当做自己的偶然兴到的游戏文章。"

13日,周瘦鹃《死刑》,江红蕉《复仇》,张枕绿《谣言》载《礼拜六》第122期。

14日,周瘦鹃在《申报·自由谈》开设《家庭周刊》,至1923年3月18日,共80期;1923年4月1日,《家庭周刊》改为《家庭半月刊》,至1925年1月11日,共36期,二者共116期。张舍我《吾之改革家庭法》载《自由谈·家庭周刊》第1期。

20日,周瘦鹃《手套》,严芙孙《冰》,俞天愤《宿舍鸳鸯》,缪贼菌《蓝疤疤》,韦兰史《鬼在那儿》载《礼拜六》第123期。《华北新闻》副刊《小日报》创刊。张丹斧《小言·也算初次回天津的一个角色吗?》,马二先生"短篇小说"《鹦歌女郎》,姚鹓雏"短篇小说"《汙泥莲花》载创刊号。漱六山房《九尾龟》自第14集第1回始载创刊号,至1922年9月29日,载至第21集第1回。李涵秋、铁甕老人"社会小说"《社会罪恶史》载创刊号,至1922年6月,35回。

23日,李涵秋《好青年》自1920年8月22日载《新闻报·快活林》至今,已载至18回,暂辍,至11月16日起续载,至1922年2月20日,载完,共20回。24日《快活林》编者敬启:"李涵秋君因事北上,《好青年》小说暂停数日,俟李君安砚既定,仍当赓续。"

24日,程瞻庐《废妾》载《新闻报·快活林》,至10月15日,共49次,载完;1923年4月1日由新声书局出单行本,共6回;1925年12月由新声书局再版。

27日,周瘦鹃《代罪》,严芙孙《苹果》载《礼拜六》第124期。

本月

《东方朔》(月刊)创刊,沈禹钟、吴灵园编,上海群英书社发行,出2期。

许指严《边荒恨迹》,贡少芹《一个解放的女子》,吴绮缘《社会底罪恶》,朱枫隐《瞎五爷》,俞天愤《临时疫院》,郑逸梅《古人奇号志》,程小青《精神病》,李涵秋《情天孽海镜》,徐卓呆《古井》,顾明道《某富豪之家庭》,范烟桥《维新小史》,沈禹钟诗话《诗心录》载《消闲月刊》第4期。

李涵秋应财政部长张岱彬邀请北上为其秘书,后张因学潮去职不果行。年底应狄平子邀,赴沪上担任《小时报》《小说时报》主笔。

程善之作《先府君行述》。

9月

1日,程瞻庐《如是云云》载《新声》第5期,3章。

3日,周瘦鹃译《瘫》,张碧梧《打醮》,韦兰史《应酬》载《礼拜六》第125期。

9日,李涵秋"社会小说"《自由花范》载《时报·小时报》,至1922年8月30日,12章,共315天次,载完。

10日,程瞻庐"社会小说"《写真箱》连载《礼拜六》第126期,至1922年5月27日《礼拜六》第163期,共34回;1934年3月由宝华书局出版。周瘦鹃《旧约》,严芙孙《偷》,王钝根《懦夫自立会》,张碧梧《打盹》,张庆霖《承审与烟犯》,吴灵园《僧道无缘》,闻野鹤《匠》载《礼拜六》第126期。周天章"哀情短篇"《鸳侣劫》载《大世界》第3版,至13日,4次,载完。

记者《通讯》载《文学旬刊》第13号。

注:《通讯》言:"中国近年的小说,一言以蔽之只有一派,这就是'黑幕派',而《礼拜六》就是黑幕派道德结晶体,黑幕派小说只以淫俗不堪的文字刺戟起读者的色欲,没有结构,没有理想,在文学上根本没有立脚点,不比古典派旧浪漫派等等尚有其历史上的价值,它的路子是差得莫名其妙的;对于这一类东西,惟有痛骂一法。"

16日,《半月》在上海创刊。包天笑《再会》,李涵秋《绿沉韵语》,周瘦鹃《耳上金环》,严芙孙《闷葫芦》,张舍我《父子欤夫妇欤》,沈禹钟《春夜》,江红蕉《红泪》载第1卷第1号。张碧梧《双雄斗智记》载第1卷第1号,至1922年8月23日第24号,共22章,载完。海上说梦人《剩粉残脂录》载第1卷第1号,至1924年3月19日第3卷第13号,共47回,载43次。

注:《半月》为半月刊,周瘦鹃编辑,谢之光绘图,至1925年11月30日终刊,共4卷,基本上逢农历每月朔望出刊,每卷24号,合96号。第1、2、5号发行者署半月社,第3、4期及从第6号始,发行者署袁寒云;前4号为周瘦鹃独资主办,至第5号,因为资金困难,发行渠道不畅,经营权归大东书局;第5号始,总发行所署大东书局。(按:本年11月14日,《新闻报》登载声明:"周瘦鹃先生主编之《半月》,出版以来,名传遐迩,编辑印刷并极精美,允为杂志界之霸王。兹于第五期起由本局总主发行事,零售批发皆以本局为总汇,各大书坊仍有寄售。")刊物主要登载小说,兼及说林掌故、小品文、谈话、笔记等,办有若干期专号,如侦探小说号、武侠小说号、家庭号、滑稽号、妻妾问题号、春节特载等。主要撰稿人有包天笑、许指严、李涵秋、王钝根、姚民哀、江红蕉、范烟桥、袁寒云、海上说梦人、程瞻庐等;长篇小说主要有海上说梦人的《剩粉残脂录》,张碧梧《双雄斗智记》《白室记》、"宋悟奇家庭探案"系列,李涵秋《绿林英雄》,包天笑《甲子絮谈》,漱六山房主人《政海》,陈翠娜的《焚琴记》,陈小蝶的《灵鹣影》,朱鸳雏的《银箫集》,周瘦鹃译《匣剑帷剑》,求幸福斋主人《十丈京尘》;笔记有袁寒云的《洹上私乘》《三十年闻见行录》,独行客《二十年尘梦录》,许廑父的《能静庐笔记》,赵眠

云《心汉阁笔记》;短篇有周瘦鹃《洋行门前的弃妇》、江红蕉《循环妻妾》、范烟桥《两样》等,还有周瘦鹃每期的编辑手记《编辑室灯下》,谈话类的《半月谈话会》等。

24日,张春帆(漱六山房)《秋星泪语》载《晶报》第3版,至12月3日,21天次。周瘦鹃《小诈》,严芙孙《赛会》载《礼拜六》第128期。

28日,《四民报》创刊,林译丰经理,喻血轮主编;10月1日,出第4号。

本月

吴双热、赵眠云、郑逸梅、许指严、俞牖云、顾明道"集锦小说"《诗声》,许指严"掌故小说"《边荒恨迹》,贡少芹"讽世小说"《一个解放的女子》,俞天愤"滑稽小说"《临时疫院》,何海鸣《求幸福斋近诗》,顾明道"社会小说"《某富豪之家庭》,范烟桥"社会小说"《维新小史》,戚饭牛"弹词"《红绣鞋》载《消闲月刊》第5期。

10月

1日,姚民哀《清藻要绍录》,天虚我生《半月夫妻》,许指严《娜嬛缩影》,程瞻庐《解颐语》,江红蕉《不幸之邮差》,张枕绿《一妾一汽车主义》,范烟桥《画》,周瘦鹃《笑涡》,黄厚生《说林嚼蔗录》,严芙孙《黛红喈乘》载《半月》第1卷第2。赵苕狂《腊语》载《四民报》第15版,至1922年8月29日,共30则。

2日,张枕绿《破除迷信宜自家庭始》载《申报·家庭周刊》第7号。

3日,李涵秋"沁香阁随笔"《忆余寓汉时……》载《晶报》第2版。

5日,许廑父《十年目睹之怪现象》载《四民报》第15版,至13日,1回,未完。

6日,李涵秋"沁香阁随笔"《铅椠余暇……》载《晶报》第2版。

15日,张舍我《我与中国人之婚姻(上)》,袁寒云《侠隐豪飞记》,吴调梅《孽海归魂记》,徐卓呆《小说材料批发所》,程小青《自由女子》,李常觉、周瘦鹃《社会之蠹》载《半月》第1卷第3号,本期为"秋季小说号"。

引:周瘦鹃《编辑室灯下》:

《半月》的第一号第二号已备受读者的欢迎了。因此我们更要精益求精,见好于读者,这回第三号仿欧美杂志《春季小说号》《中夏小说号》的例,特刊一本《秋季小说号》,把杂作一起撤除,全用五六千字有价值有趣味的小说,更加上一本长篇剧本,叫做《社会之蠹》,是瘦鹃在三夜中赶成的,把一双眼也几乎在灯下逼坏了,造意是李常觉,陈义很高,本月二十三日务本女学二十周纪念将演此剧。本期因为是特刊小说号,所有铜版画和补白都是有关小说的有价值作品,请读者注意。小说家朱鸳雏,死了已几个月了,身后萧条,十分可怜,倘荷往时爱读朱君小说的读者,有所赠赙,请迳寄松江长桥南六十八号朱君的夫人许蟾仙女士,记者代朱君道谢。

10日,李涵秋短篇小说《三十节之筋斗》,贡少芹《贡少芹之九九与十十》载《商报·百货陈列所国庆增刊》。《小说新潮》创刊,月刊,陈铁生编辑,上海中央印刷公司发行,出3期,于12月15日停刊。副墨《三五因缘记》,屠守拙《杏坛的革命潮》,李涵秋《贫苦学生》,许指严《女风鉴》,贡少芹《大小老婆》,张秋虫《艳情小说家之艳史》载第1期;李涵秋《众生相》载第1期,至12月15日第3期,3回,未完。

16日,程瞻庐《原谅》连载《新闻报·快活林》,至12月4日,共47次;1923年4月由上海新声书局出单行本,1925年12月再版。张枕绿《请辟家庭娱乐室》载《申报·家庭周刊》第9号。

23日,张枕绿《妇人之言》载《申报·家庭周刊》第10号,至30日,载完。

27日,由于鲁迅的提点和介绍,宫白羽译作《坏孩子》载《晨报》副刊。

31日,张舍我《我与中国人之婚姻(下)》,包天笑《云霞出海记》,刘豁公《伤心》,严芙孙《花轿》,范烟桥《向平愿了》,周瘦鹃译《石人》,朱鸳雏《秋诗话》,郑逸梅《何海鸣将军诗》,沈禹钟《花影簃杂缀》载《半月》第1卷第4号。

本月

何海鸣《刘王传赞》《小瘦红阁诗话》,吴双热《香梦》,郑逸梅、赵眠云《眠云逸梅之艳史》,叶小凤《栖凤生》,张丹斧《毬场》,胡怀琛《时词剩话》,戚饭牛"弹词"《红绣鞋》,赵眠云、吴绮缘、范烟桥、郑逸梅、赵眠云、吴双热、顾明道、许指严"集锦小说"《兰蹇修》,徐枕亚《憎腾室丛拾》,李涵秋《情天孽镜》载《消闲月刊》第6期。

11月

1日,李涵秋出任《时报》副刊《小时报》主笔,发表《小言·小言》于《小时报》。

2日,李涵秋《小言·书所见》载《小时报》。

3日,李涵秋《小言·秀才色彩》载《小时报》。

4日,周瘦鹃在《申报·自由谈》设置《影戏谈》栏目,至1924年12月20日,共发表谈影文章51篇,讨论明星、名片、电影类型、功能、现状及存在的问题,积极引导大众树立正确影戏观。李涵秋《我之小说观》载《时报·小时报》,至1922年3月22日止,共96篇;《小言·盛宣怀》载《小时报》。

引:《我之小说观》:

作小说难乎?万事万物,布满宇宙,摄形入镜,俯拾即是,乌觌所谓难也。做小说不难乎？事如散沙,必待穿插,物无定影,重赖刻画,欲作小说,必先布局,局既布矣,又须立意,意已立矣,更贵遣词,如之何其不难也。涵秋学殖荒落,无所建树,惟浸淫此道者,逾二十年,得失心知,甘苦谁谅,旅居无赖,借破岑寂,聊为无统系之谈话,明达之士,或不讥诮,即有志于斯者,亦可藉此作他山之一助,若疑吾自命识途老马,贡其所知以自炫焉,则吾宁韬于言。

5日,李涵秋《小言·失业》载《小时报》。

6日,李涵秋《小言·居室难》载《小时报》。

7日,李涵秋《小言·爱财》载《小时报》。

8日,李涵秋《小言·劳工神圣》《艺林·谢方瘦坡惠茗、北风、夜坐》载《小时报》。笑天"苦情小说"《自由梦》载《大世界》第3版,至23日,16次。

9日,李涵秋《小言·西湖会议》载《小时报》。

10日,李涵秋《小言·借债》载《小时报》。

11日,李涵秋《小言·吝》载《小时报》。

12日,李涵秋《秋冰别传》开始连载于天津《小日报》第83号,《小言·舵工》载《小时报》。

13日,李涵秋《闲评：咏三个字》载《商报·百货陈列所》,《小言·高》载《小时报》。

14日,李涵秋《小言·冬防》载《小时报》。周瘦鹃《泉下归雁》,恽铁樵《无名女士》,程瞻庐《半月词典》,袁寒云《鸡声》,范烟桥《幽梦新影》,黄厚生《说林嚼蔗录》,张枕绿《适得其反》,张舍我《博爱与利己》,沈禹钟《故屋》,范烟桥《杂话》,朱鸳雏《秋诗话》载《半月》第1卷第5号。

15日,李涵秋《小言·和平》载《小时报》。李涵秋《锦匣案》,程瞻庐《天性与犬性》,贡少芹《菱花碑》,许指严《五色马监》,张秋虫《艳情小说家之艳史》,孙癯媛《赛金花杂事》载《小说新潮》第2期。

16日,李涵秋《好青年》续载于《新闻报·快活林》,此前于8月23日中辍。李涵秋《小言·书中人》载《小时报》。

17日,李涵秋《小言·仁》载《小时报》。

18日,李涵秋《小言·贝尔福之隽语》载《小时报》。

19日,李涵秋《小言·豁达大度》载《小时报》。周瘦鹃《著作权所有》,俞天愤《七百八十文的当票》,幼新《半分钟之小说》载《礼拜六》第136期。

20日,李涵秋《小言·程度之高》载《小时报》。

22日,李涵秋《小言·反常》载《小时报》。

23日,李涵秋《小言·纸币与银元》载《小时报》。

24日,李涵秋《小言·刘麻子》载《小时报》。

25日,李涵秋《小言·自杀》载《小时报》。

26日,李涵秋《小言·毁誉》载《小时报》。醉蝶"哀情短篇"《才媛劫》载《大世界》第3版,至27日,2次,载完。周瘦鹃《夫妇》,俞天愤《毒汁惨报》,剑秋《荒年泪》,李允臣《入赘五月记》载《礼拜天》第137期。

27日,李涵秋《小言·叶》《我之小说观》载《小时报》。

引:《我之小说观》:

《雌蝶影》一书约十万余言,只费我二十日心力,其时友朋过从甚密,予每成一章,必嘱友人试猜下文,作何状变态,有猜中者有猜而不中者,其猜中者我又故变其局,以博一笑,是以书未及半,其间幽思幻想,已令人捉摸不定,至于结穴,忽大开旗鼓,似此后仍有百出其奇之事迹,其实故作狡猾,以误阅者眼目,大抵我著此书时,心态愉快,所谓以文为戏者,是诚以文为戏矣。由包君柚斧转售之有正书局,平等阁主人读而爱好之,遂以重金购其稿,在十五年前,我与平等阁主人,已有文字之契,是亦一奇也。盖当时《雌蝶影》署名包柚斧,人咸不知为我所作,初版久售罄,再版闻归华北新闻,谓将仍用吾名,吾是以不复位故人讳也。

28日,李涵秋《我之小说观》《小言·纵火》载《小时报》。

引:《我之小说观》:

我因述及平等阁主人赏识我之《雌蝶影》,于我未曾知名之前,牵连忆及一事,既属可笑,又极可恼,在势不得不报告诸君,使诸君知天下事,大抵以耳代目者多,盖世无真赏也,久矣。承诸盛爱,今日读我《广陵潮》一书,交口称誉,以为尚不恶劣,诸君抑知此书,我于十五年前曾托友人张君仲丹携稿本至沪上求售,未及璧还,谓某书局编辑先生浏览一过,颇不惬意。无已,只予我每千字以五角小洋钱计算,苟不售者,或当实诸字簏,我初未敢自信,然一笑置之。迨后发现于《大共和报》,而声名乃忽鹊起。嗟夫,书则犹是也,而荣悴不同,至相悬天壤。夫然后知某书局编辑先生,不但目盲,窃恐鼻盲矣。因思世间不遇文士,如我《广陵潮》者,定不乏其人。故凡有以著说部见惠者,我必兢兢业业,寻绎至再,一字一句,不敢忽略,深恐以我所亲历之况味,转而使人感受不快,若夫享有大名之群公,已不在此列,是则我当预为声明者,一笑。

29日,李涵秋《小言·毅力》载《小时报》。《半月》第1卷第6号为"侦探小说号"。张舍我译作《皇冕宝石》,程小青《?》,袁寒云《万丈魔》载《半月》第1卷第6号。周瘦鹃《匣剑帷灯》载《半月》第1卷第6号,至1922年8月23日第24号,8章,载完。

引:周瘦鹃《编辑室灯下》:

本期因特刊侦探小说特号,请程小青君撰了一种《东方福尔摩斯探案》,标题《?》。先撰上篇,下篇留着要征求读者的答案,助大家兴趣,答案条例如下……本期所用侦探小说,都是极有价值之作,《福尔摩斯探案》《皇冕宝石》是英国大小说家柯南道尔新撰的,在伦敦海滨杂志中发表,传诵全欧,现由张舍我先生赶速译出,请读者注意。袁寒云先生生平最爱看侦探小说,此回特撰《万丈魔》一篇,据他自己说,是试作,其实也是杰作,请读者注意。

30日,李涵秋《小言·人口增加》载《小时报》。朱瘦菊"滑稽小说"《咸肉庄历险记》载《新世界》,至1922年1月29日,48次,载完。好春穋主(孙癯媛)《原敬佚事》载《晶报》第2版,至12月18日,载4次。

12月

1日,李涵秋《小言·哭》载《小时报》。

2日,李涵秋《小言·肉业罢市》载《小时报》。

3日,李涵秋《小言·地震》载《小时报》。

4日,李涵秋《小言·妇人女子》载《小时报》。黄正德《论家庭教育》载《申报·家庭周刊》,此后分别载11、18日,1922年1月8、15、22日,2月5日之《家庭周刊》。

5日,李涵秋《小言·铸铜像》载《小时报》。

6日,李涵秋《小言·气》载《小时报》。

7日,李涵秋《小言·平心》载《小时报》。

8日,李涵秋《小言·达观》载《小时报》。

9日,李涵秋《小言·驴子与娼妓》载《小时报》。马二先生"笔记"《京华珍闻》载《晶报》第2版,至30日,8次。

10日,李涵秋《小言·肥皂》载《小时报》。

11日,李涵秋《小言·月》载《小时报》。

12日,李涵秋《小言·金钱》载《小时报》。

13日,李涵秋《小言·时势》载《小时报》。王蕴章《秋鸿雪影》,求幸福斋主人《老琴师》,程瞻庐《粤讴楼头月》,赵苕狂《琴韵鞋声》,严芙孙《双臂记》,范烟桥《幽梦新影》,何海鸣《赞圣辞》载《半月》第1卷第7号。

14日,李涵秋《小言·瘪三》载《小时报》。

15日,李涵秋《小言·救生局》载《小时报》。许指严《阿山碧血录》,陆律西《名妓之真相》,竹笈《筹安趣史》,贡少芹《你是谁》,觉人《我的人死了》,周铁九《监督共管》载《小说新潮》第3期。

16日,李涵秋《小言·庸中佼佼》载《小时报》。

17日,李涵秋《小言·好人万岁》载《小时报》。

18日,李涵秋《小言·时》载《小时报》。鸥夷(范烟桥)《理想之新家庭》载

《申报·家庭周刊》,至1922年1月18日,载完。

19日,李涵秋《小言·敬惜字纸》载《小时报》。周瘦鹃《同病》,朱梦《暴富》,黄哀侬《丈夫欤奴隶欤》,蝶庵《一个考交易所的鬼》,姚赓夔《考试的罪恶》载《礼拜六》第140期。

20日,李涵秋《小言·麻绳捆我入阁》载《小时报》。

21日,李涵秋《小言·善言》载《小时报》。

22日,李涵秋《小言·冬至》载《小时报》。幻影《介绍雏鸳影的漏洞》。

23日,李涵秋《小言·取巧》载《小时报》。

24日,李涵秋《小言·读书难》载《小时报》。

25日,李涵秋《小言·圣诞节》载《小时报》。瀚《代答商贩君对于雏鸳影之质疑》载《商报·百货陈列所》。

26日,李涵秋《我之小说观》《小言·乞食团》载《小时报》。

引:《我之小说观》:

我为是言,并非藐视今人,遂谓其粗心浮气,不能领略作者书中之命意也。我以为潜心玩索,不徒赏识事迹之热闹,而独于章法字句条理脉络,不肯轻轻放松看过者,固亦不乏其人。然亦有走马看花,于粗枝大叶间,意谓觅得作者一二破绽,诩诩然自命为读书得间,好为他山之攻错者,亦所在多有,旅窗无赖,请略举一事,聊滋谈助。在我亦犹是与爱我者商榷文字之雅,实非自文其过,好为舌辩,以求胜也。今请先言《商》报所载《介绍雏鸳影漏洞》一篇而戏驳之。

27日,李涵秋《我之小说观》《小言·年》载《小时报》。

引:《我之小说观》:

吾方属稿时,适室外送十二月二十五日《商报》至,偶一检视,则有署瀚某君者,已为我作辩护士而辩护之。且其所言,皆我所欲言,我再絮絮未免示人以不广矣。兹将二君之言摘录于下:驳我者曰,五百两元宝论重量共计三十一斤四两,程琢如袖子有多宽能盛十锭大元宝呢,即使能盛,他又如何带得动呢?为我辩护者曰:此乃虚事,非实事,乃琢如口中之语,非著者叙述之句,盖世间本无撒谎之人,于其撒谎之前,而预补其漏洞者也,故愈有漏洞,愈显作者之细到,前后参照,定能明白。旨哉斯言,殆即我所谓宋人揠苗,咎孟轲之不经,郑恩覆蕉,讥列子之失实,其意亦犹是也。

徐枕亚妻子蔡蕊珠因病逝世,徐枕亚创作《悼亡词》百首,笔名由"东海三郎"改为"泣珠生"。袁寒云《龟盫杂诗》载《晶报》第2版,至1925年7月6日,13次。

28日,李涵秋《我之小说观》《小言·酒》载《小时报》。

引:《我之小说观》:

或曰,人之投问抵隙也,得无故故与先生为难乎?予闻而笑曰,子之为斯言也,亦浅之乎?测当世之君子矣。予也不才,于世无所表见,徒以笔墨为生活,生性落落,与世寡合,既少酬酢,更无好恶。何所罪于诸君子,而诸君子必苦相诘责耶?不过披沙面金乃见,剖璞而玉始辉,互相砥砺,互相切磋。圣叹云,此亦消遣法也。况盛名之下,其实难副。不知谁恶作剧,而加我以小说王之头衔。王言如丝,王言如纶,苟稍索焉,宜周公来剪桐之规,而楚子有迁鼎之诮也。

29日,李涵秋《小言·行路难》载《小时报》。汪珠《虎狼会之艳话》,朱鸳雏《圣诞之恩》,王蕴章《友人之妾》,张舍我《舍庐译賸》,唐志君《报应》,徐卓呆《死灰永燃》,程小青《?》,毕倚虹《半月一谈》载《半月》第1卷第8号。

30日,李涵秋《小言·青年》载《小时报》。

31日,李涵秋《我之小说观》《小言·周扶九》载《小时报》。

引:《我之小说观》:

以上云云,我因人加我以小说王之头衔,故戏效王之口吻,不自知其大言不惭也。今则书剪闲文,言归正传矣。我自著小说以来,其最大之漏洞,在为《广陵潮》之第七集。伍氏全眷已返扬州,而下文又从沪滨叙起。此缘著书时日相隔太远,执笔时偶不检点,遂聚九州铁,铸此大错。校对诸公当时亦有见及此,而书局主人坚嘱校对不可妄动鄙人一字一句,此则过于高视鄙人之过也。自是以后,诘问之书,多如束笋,甚至有疑鄙人别有命意,故故作此狡猾,以娱人之耳目者。此又高视鄙人之过也。无已,惟一笑置之,不能一一作答,且作答亦未由措辞,惟嘱再版时加以更正而已。文章千古,得失寸心,其有类此而为鄙人所不及知者,当亦不少。苟得幻影与商贩诸公之热心,随时指点,则鄙人方且感谢不暇,自欺欺人,余虽不肖,断不出此。

本年

许廑夫"社会小说"《珠江风月传》载《小说新报》第7年第1、2、3、4、6、7、11、12期,22回,载完。

刘云若回天津,就读扶轮中学。

范烟桥28岁,辞劝学员,兼任吴江县第一女子小学国文教员。

还珠楼主19岁,到天津任《大公报》校对、编辑。

王度庐13岁,考入景山高等小学,1924年肄业。

郑逸梅应程小青之约,重译《福尔摩斯探案》,担任《同姓案》《最后问题》《堕溷护花录》三种小说的翻译工作;为平襟亚校订《人海潮》。

李涵秋长孙出生。

1922年（壬戌）

1月

1日，《吴江》创刊，范烟桥任编辑，至1927年1月1日第222号，范烟桥在《吴江》共发表评论、小品文、诗词以及编后记等143条。李涵秋《小言·元旦》、"滑稽小说"《功狗》载《小时报》。

3日，李涵秋《我之小说观》《小言·怪》载《小时报》。

引：《我之小说观》：

即以指摘漏洞而论，亦须爬着痒处，使受之者，不一读通，即一读快。否则挟私嫌以攻讦，闹意见以诋訾，存心既偏，措辞遂不得当，此非求益于同文之微意也。死者汪破园尝谓我书读得多，路走得少，吾时艮髹其说，以为彼真能知我者，盖我读书，虽不能谓多，然路走得少，则无庸讳。且即使吾南走粤，北走燕，涉名山大川，足迹半天下，奈吾生性又落落寡合，不喜与人相酬酢，闭门造车，不知合辙与否，扣槃扪烛，在所不免。若夫署名知新某君讥我《好青年》中"牧童倒骑牛背吃草"一语，而亦谓之漏洞，此则殊可发噱。我苟自讳其短，不难托为手民误排，或书人抄誊时颠倒一二字，然我初不必讳也。盖我虽极不通，亦断无误认牧童尚会吃草之理也。类此等处，在理不能指为漏洞。然稍一不检，则挑剔遂至，执笔为小说又岂易言哉！

4日，李涵秋《小言·自治与特赦》载《小时报》。

5日，李涵秋《小言·腊八粥》载《小时报》。毕倚虹"社会小说"《人间地狱》载《申报·自由谈》，至1924年5月10日，60回，共343天次，载完。

注：由于《人间地狱》在读者中极具号召力，因此由包天笑在60回的基础上赓续20回，自1927年2月6日至1928年1月18日连载于《申报·自由谈》。

6日，李涵秋《小言·疑》载《小时报》。

7日，李涵秋《我之小说观》《小言·不平等》载《小时报》。周瘦鹃《又一孝子贤媳》，姚赓夔《一个懦夫的日记》，朱智光《小说之作者与读者》载《礼拜六》第143期。

引:《我之小说观》:

旧时小说,多无价值者。以其开首甫写一人,必先由作者将其人品身世详叙一遍,惟恐读者不识其真面目。试思此种笨笔有何意味,以下顺笔写去,遂无能出此范围。或竟有出此范围者,以至前后分成两橛而不相贯属。此譬如戏台上之奸雄,涂粉于鼻之故智,细味其神态,抑何可笑。以《红楼梦》之佳构,吾犹嫌其于宝玉出场时,所填之《西江月》词二阕,为落此种窠臼。此不必为前人讳也。

8日,李涵秋《我之小说观》《小言·真乐》载《小时报》。

引:《我之小说观》:

前人用笔,不及今人之精细。然而粗枝大叶,正不失其妩媚之态。今人过于修饰,有时亦嫌吃力。此中甘苦,非过来人不知,亦非过来人不肯说。一部《红楼梦》,固多精神团结处,然其脱略,亦间有之。此不独小说有然,文至司马诗至工部,可谓神乎其技矣,然苟览其全集,何尝篇足使人倾倒? 此《史记》所以有菁华之录,而唐诗亦有三百首之选也。《水浒》虽云描写一百单八人,然除武李鲁林花秦关索诸人外,其余亦不过尔尔。尤以写员外玉麒麟为足使人索然意尽,至其一字一句,多重复多拖沓,又不能不为大醇之小疵。

9日,李涵秋《我之小说观》《小言·殊欠平允》载《小时报》。

引:《我之小说观》:

吾嗜读《水浒》,不如嗜读《荡寇志》。俞仲华之才力,虽不及耐庵,然《荡寇志》之笔墨,却突过《水浒》。《水浒》有脱略处,而《荡寇志》则运腕工细,写书中诸人,亦奕奕有致,此则措辞之善,胜于前人故也。安乐村被兵火一节,写得何等声势,陈丽卿从书中直跳出来,揆之情理,亦复不爽毫黍。正不独忠义堂卢大哥一梦,为翻新易奇,与前书首尾衔接,天衣无缝也。一百单八人,各人有各人死法,下笔极有分寸,非徒取快一时,擒猕而草雉之也。施耐庵费许多力气,将一百八人布置出来;俞仲华亦费许多力气,将一百八人收拾了去,即谓仲华为耐庵之功臣,不当谓仲华为耐庵之劲敌。或又谓读《荡寇志》,坐视英雄授首,使人悒悒不快。此不免为古人瞒过,九泉有知,耐庵与仲华固当相视而笑者也。

10日,李涵秋《我之小说观》《小言·倒梁》载《小时报》。

引:《我之小说观》:

旧小说之弊病,在多从大处落墨。一篇之中,不外写昏君奸相,义夫节妇,贤父慈母,才子佳人。和尚则半皆淫凶,强盗率近于义侠,遭难者无不有团圆之日,作恶者无不有报应之时,陈陈相因,几于千篇一律。其有别出心裁者,又多凭其理想。飞头之国,刑天之民,狐亦能言,鬼还有影,似科学而非科学,似哲理而非哲理,虽足以取快于一时,再读之则使人昏昏欲睡矣。嗟乎,此小说界所以亦不得不出于革命也。

11日,李涵秋《我之小说观》《小言·拿钱不干事》载《小时报》。

引:《我之小说观》:

古人小说多有想入非非,不可以常理测度者。余生也晚,迄不知当日究竟有无其事。然彼竟有此魔力,哄动一时愚夫妇之耳目,致可惊诧也。吾国婚姻制度之不良,原不能自讳。即以指腹为婚而论,其举动已大乖人道。尤可怪者,莫如女子抛彩球一事。大旨先择吉日搭彩棚一所,使女郎高踞其巅,趋而奔走者,其数殆不下万人,女郎遂以手中彩球信手一掷,掷至谁何,即与谁何结为夫妇。大抵过于迷信鬼神,以为女儿终身由天而定,非人力所可勉强。其怪诞已极可笑,尤莫妙于所掷之人,其后非中状元即位至丞相,从无有失身于匪人者。吾不知其执笔时以何因缘,而作此幻想。不惜举吾国人之丑状,供人指摘。苟有祖龙之火,此等著作,烬之不可不速也。

12日,李涵秋《小言·画中人》载《小时报》。张舍我《影戏中之福尔摩斯》,求幸福斋主人《面孔的改造》,孙瘭媛《啸庼笔乘》,张枕绿《意中人之父》,徐卓呆《无进步的乡村生活》,范烟桥《芦花》《卧游录》,黄厚生《说林嚼蔗录》,毕倚虹《半月一谈》载《半月》第1卷第9号。

13日,李涵秋《我之小说观》《小言·函电》载《小时报》。

引:《我之小说观》:

一夫多妻,旧小说中最视为荣宠。信手铺张,通人齿冷,不恤也。由四美图而五美图、六美图、八美图、九美图、十美图,争奇斗胜。若非此不足以使阅者增加兴味,又恐仅仅选色于中国,其弊觉见不鲜也。于是有所谓番女者出焉,既有番女则必出于战斗。既欲战斗,则必设为元帅,而其元帅又必勇武且美,枪林箭雨之中,番女必擒获元帅,又必爱慕元帅,一经爱慕,则姻事遂成,甚至返戈相向。而所谓元帅者,遂转败为胜,坐享拜相封侯之洪福矣。问有是事实乎?曰:无有也。问有是情理乎?曰:无有也。伧夫不惜浪费笔墨以成此书;笨伯不惜浪费时日以读此书。金圣叹谓"咬人屎橛,不是好狗"。此真咬人屎橛之狗也,哀哉!

14日,李涵秋《我之小说观》《小言·年关》载《小时报》。刘豁公《孽缘记》,郑醉玉《爱情的价值》,李允臣《原来是他》载《礼拜六》第144期。

引:《我之小说观》:

我以上所持诸论,并非寻瑕索瘢,故故与古人为难也。不过毛举一二事,以见古人命意简单,志在出其笔墨,供人娱乐,对于风化及社会上,初无何等之贡献。除却八个马蹄分上下四条膀子定输赢,别无热闹;除却三寸气在千般用,一旦无常万事休,别无感慨;除却桃红柳绿艳阳天,倩佳人移步到庭前,别无缱绻;除却为人不做亏心事,半夜敲门不吃惊,别无抱负;除却各人自扫门前雪,休管他家瓦上霜,别无胸襟;除却踏破铁鞋无觅处,得来全不费工夫,别无奇妙。词固鄙俚,文尤直率,是以一般闺阁,各手一编,读之觉醰醰有味。若与以近人所著之社会小说,恐反觉琐碎缭绕,茫然寻不出头绪矣。(然吾所指之闺阁,系数十年前人物,若夫近日文化大进,女学士之程度有高出吾辈万万者,读者固不可以词害意也)

15日,李涵秋《我之小说观》《小言·限日去职》载《小时报》。

引:《我之小说观》:

然古人之作亦未可一概抹煞也。就措词论,以弹词小说为容易见长。忆小时曾读《梅柳争春》一书,清词丽句,层出不穷,不让《牡丹亭》《琵琶记》专美于前。此书近少刻本,想淹没久矣。他如《三笑姻缘》《白蛇传》《空箱记》,均用苏白,意思亦不恶劣,插科打诨,尤有风趣。《来生福》《天雨花》《笔生花》,篇幅既长,结构亦严整,当时名手所制。《倭袍》一名《果报录》,虽近狎亵,在逊清时刊为禁书,然其才力正不可没,余亦酷爱读之。若夫《瓦夫蓬》《梁山伯》《秦雪梅吊孝》,只足供妇孺玩赏,品斯下矣。《孟姜女寻夫》尤支离妄诞,以小姐身份,因一扇坠水,不惜解脱衣裤,欲往拾取,致以清白肌肤为万杞良偷觑。吾不知作者具何龌龊心理,竟亏他费如许墨,作如许字,麻木不仁。苟以夏楚痛挞之,彼定不知痛。

16日,李涵秋《小言·笔如刀》载《小时报》。

17日,李涵秋《小言·雪》载《小时报》。

18日,李涵秋《小言·凤凰》载《小时报》。毕倚虹《一个打拳的财政厅长》载《晶报》第2版,至1923年5月30日,毕倚虹以"清波"为笔名,共发表时评杂感、随笔小品77则。

19日,李涵秋《小言·爆竹》载《小时报》。

20日,李涵秋《小言·姜桂题》载《小时报》。

21日,李涵秋《我之小说观》《小言·索薪委员会》载《小时报》。

引:《我之小说观》:

必谓旧小说中全凭理想,无丝毫事实,此种议论当然不能成立。不过旧小说之写实,与新小说之写实却截然不同。新小说之写实者曰:吾人只须向街市中观察一遍,凡有所闻见,恃此一支笔,按图写去,则其技已毕。虽然写则写矣,不知于此一事中可否加以统系,加以布置。苟无统系,无布置,则此篇文字必不能成片段。万一经其暗中窜易,则写实二字,仍是欺人语耳。吾则以为离事实断不能成小说,此正无分新旧。旧小说能引人入胜者,正缘于其于事实上加一倍写法,而又能出乎人情之外,斯为善耳。吾非敢与创作诸文豪斤斤论辩,偶一商榷,亦正欲为小说界求一进步,诸文豪倘恕其愚,有以进而教之,是余之愿也。

22日,李涵秋《我之小说观》《小言·集款赎路》载《小时报》。

引:《我之小说观》:

《聊斋》一书,今之新学家所斥为某翁某生,无有价值者也。论其书中所叙之事迹,虽不值通人一笑。然其章法之紧严,文字之朴茂,苟非学有根底,良不足以望其肩背。吾辈虽不必效其体格,却不可不服其才力。必一概抹煞,谓此种著作,天地间无其立足之余地,亦未免矫枉过正。不欲保存国粹则已,如欲保存国粹,则此种著作或尚不再拉杂摧烧之列。

23日,李涵秋《小言·暂别》载《小时报》。

28日,《家庭》杂志在上海创刊。江红蕉《嫁后光阴》载第1期,至第11期,11回,未完。毕倚虹《苦恼家庭》载第1期,至12期,12回,未完。

注:《家庭》杂志为月刊,世界书局发行,江红蕉编辑,每月初一出版,至本年12月停刊,共出12期。《〈家庭〉杂志宣言》中宣称:"这册《家庭》杂志,并不是研究学问和提倡什么主

义,来标榜高大而自夸的意思的,我们这册《家庭》杂志是给各人家庭里的男女老少消遣的,是本书局营业物的一种,但是这本书里至少有许多赤红的良心在里面,至少可以给人们一种愉快,不至于有害而无益罢。"其稿件要求"文字要浅显,文言白话是不拘的","趣味要多一些","思想要新,但是没有偏激的","材料大都可以实用"。"我们因为这杂志是给人消遣的,所以小说约占五分之三的篇幅,其他稿件约占五分之二的篇幅,但是也许有个伸缩,总而言之,本杂志是一极活泼的杂志。"其目的,"可以设法使人们得到一种愉快之消遣,而多少可以得到一些实益"。作者有程小青、毕倚虹、范烟桥、江红蕉、徐卓呆等。长篇小说有毕倚虹《苦恼家庭》、范烟桥《玉交柯弹词》、江红蕉《嫁后光阴》,短篇小说有求幸福斋主人《田园式的家庭》《恶家庭》、包天笑《武装的姨太太》、江红蕉《两封邮局退还的家书》《邮政夫妻》《错了》、张碧梧《我最近的病》、程小青《东方福尔摩斯的儿童时代》,笔记有风筝《风筝楼笔记》等。杂志亦出专号,如装饰号、妇医号、脾气号等。

王钝根、包天笑、何海鸣、李涵秋、袁寒云、毕倚虹、周瘦鹃作《新年之回顾》(文),丁悚、张光宇、谢之光作《新年之回顾》(画),求幸福斋主《压岁钱》,沈禹钟《山居》,程瞻庐《鸡狗会话》《西洋参片》,张枕绿《悔悟》,孙瓅媛《啸廎笔乘》,严芙孙《招牌》,范烟桥《款客杂话》《新》(剧本),何海鸣《求幸福斋主人卖小说的说话》,张舍我《恋爱的界限》,陈小蝶《来鸿去雁》载《半月》第1卷第10号,本期为"春节号"。陈小蝶《灵鹣影》载《半月》第1卷第10号,至8月23日第24号,至第18出。实公《一个可怜的车夫》,周瘦鹃《新年好梦》载《礼拜六》第146期。

31日,李涵秋《小言·恭喜》载《小时报》。

本月

枕流阁主编辑《新九尾龟》(3册)由上海世界书局再版;1925年9月4版;1926年4月5版。

2月

1日,李涵秋《小言·财神日》载《小时报》。马二先生"笔记"《都门客思录》载《晶报》第3版,至5月21日,30次。

2日,李涵秋《小言·大好春光》载《小时报》。

3日,李涵秋《小言·人日》载《小时报》。许廑父《粤侨纪闻》载《申报·自由谈》,至20日,16次。贡少芹自本日不再兼任《新世界》编务工作。

4日,李涵秋《小言·立春》载《小时报》。

5日,李涵秋《小言·灯哄》载《小时报》。《家庭周刊》第23期载《申报·自由谈》,刊范烟桥《溺爱记(上)》,张枕绿《艺术和慈爱(上)》。

6日,李涵秋《小言·赎路》载《小时报》。张舍我"短篇小说"《窥楼记》载《申报·自由谈》,至9日,3次。

7日,李涵秋《小言·风波亭》载《小时报》。

8日,许指严"警世小说"《催命符》载《新闻报·快活林》,至20日,载完。李涵秋《小言·奉直交哄》《我之小说观》载《小时报》。

引:《我之小说观》:

今之学派,例有两种:偏于新者,视典籍若仇雠;偏于旧者,又避小说若寇盗。二者皆非也。我则以为,读《史记》《国语》若读小说,则其人必聪明绝顶。著小说而能脱胎于《史记》《国语》,则其人尤聪明绝顶。写帝王卿相,此一支笔;写伧夫俗子,此一支笔。事实虽不必苟同,而理法要不能或异,腐儒不察,睨小说而嚆唶叹曰:是区区者,胡足溷吾笔墨。则其所谓笔墨者,已可想见。或者学无根柢,妄肆涂抹,谓小说不难作,辄浪费笔墨,率尔成此一章一句,其人皆不足与谈小说。

9日,李涵秋《小言·上灯》载《小时报》。蒋寄声"警世短篇"《真害死人啦》载《新世界》第3版,至11日,3次。

10日,李涵秋《小言·万福桥》载《小时报》。吴绮缘"笔记"《感恩记》载《申报·自由谈》,至13日,3次。

11日,李涵秋《小言·元宵》《忆扬州》载《小时报》。毕倚虹《慈善事业》,沈禹钟《灯话》,孙瓅媛《啸庼笔乘》,张碧梧《月语》,范烟桥《吴舥》《猫》《狗与鸡》,马鹍魂《新年绮语》载《半月》第1卷第11号。

12日,李涵秋《小言·东路共管》载《小时报》。《家庭周刊》第24期载《申报·自由谈》,刊有范烟桥《溺爱记(下)》,张枕绿《艺术与慈爱(下)》。

13日,李涵秋《小言·七师风潮感言》载《小时报》。严独鹤《我之旧历新年》载《新闻报·快活林》。

14日,李涵秋《小言·膳费与开学》载《小时报》。

15日,李涵秋《小言·女孩只售一元》载《小时报》。严独鹤《偷闲学拜年》,烟桥《燕子新酒令》载《新闻报·快活林》。

16日,李涵秋《小言·燕不如鹏》载《小时报》。严独鹤《走天津》载《新闻报·快活林》。

17日,李涵秋《小言·北伐》载《小时报》。戚饭牛"弹词"《开会集款赎路》,懿荣"哀情短篇"《情天劫》载《新世界》第3版。

18日,李涵秋《小言·虫监》载《小时报》。朱瘦菊"言情小说"《金钱与爱情》载《新世界》第3版,至24日,8次,载完。

19日,李涵秋《小言·新村》载《小时报》。何叔子《笔记》《无竞斋随笔》载《新世界》第2版,至1926年2月25日,40次。

20日,李涵秋《小言·不负完全责任》载《小时报》。

21日,李涵秋《小言·时局》载《小时报》。程瞻庐"滑稽短篇"《小说材料》载《新闻报·快活林》,至22日,2次,载完。汪筱谢女士"游记"《游罗马教王宫观名画记》载《申报·自由谈》,至3月18日,22次。

22日,李涵秋《小言·易妻》载《小时报》。张恨水《皖江潮》载芜湖《工商日报·工商余兴》,至7月27日,11回,103天次,未完。

23日,李涵秋《小言·再谈万福桥》载《小时报》。

24日,李涵秋《小言·赠言》载《小时报》。李涵秋"社会小说"《镜中人影》开始连载于《新闻报·快活林》,至1923年5月21日,共483天次,15回,未完;后5回由程瞻庐补完。

25日,李涵秋《小言·婢妾》载《小时报》。

26日,李涵秋《小言·忧》载《小时报》。

27日,李涵秋《小言·雷与雪》载《小时报》。范烟桥《酒话(一)》《富家翁的起居注》《原来如此》《吴觚》,史酒囚《酒话(二)》,许指严《劳工艳话》,徐卓呆《水声》,张枕绿《阳春残华》,姚民哀《半月间的苦乐》,徐碧波《滑稽联吟》载《半月》第1卷第12号。

28日,李涵秋《小言·二月二》载《小时报》。

3月

1日,李涵秋《小言·霞飞将军》载《小时报》。

2日,李涵秋《小言·武力对待》载《小时报》。

3日,李涵秋《小言·华装跳舞》载《小时报》。《晶报》三周年纪念,余大雄开始连载《编辑纪略》系列文章,至5月15日,共21篇,介绍《晶报》三年来的办刊历程。

4日,李涵秋《小言·可怪》载《小时报》。

5日,李涵秋《小言·走雷》载《小时报》。《星期》周刊在上海创刊。老主顾(江红蕉)"社会小说"《交易所现形记》载第1期,至1923年2月4日第49期,14回,27次,载完。包天笑《星期》,毕倚虹《雪窖骑兵语》《莼波榭诗话》《宿小眉山馆呈县长恽衡叔》《星期谈话会》5则,徐卓呆《老牧师》,张毅汉《敌?》,江红蕉《雪箫再世记》,马二《腻友宵谈录(一)》载第1期。

注：《星期》由大东书局出版发行，包天笑编辑，周刊，至1923年3月4日停刊，共出50期。记者在创刊号《编辑室余墨》中谈道："本刊以白话为正宗，但偶然也有几篇文言的作品，不过比较的少数罢了。"栏目分"星期谈话会""社会百问题""读者之声"等。撰述人主要有包天笑、毕倚虹、张毅汉、徐卓呆、江红蕉、马二先生等。杂志以刊载小说为主。长篇小说有江红蕉的《交易所现形记》，不肖生《留东外史补》《猎人偶记》，天恨生《镇塔迦探案》；短篇小说有包天笑的《活动家》《三十年后之西湖》《世界大同以后》《世界大罢工》《素餐会》《堕落之窟》《爱情之弹力》《余夫分租》《合作大商店》《布衣会》《美人院》《世界女侠》，毕倚虹《雪窖骑兵语》《崔将军的妾》《雷下良心》《写意朋友》《青衣红泪记》《婚后的弟兄》《傀儡婚姻》，徐卓呆的《过去未来的寡妇》《不明白男子的心》《老牧师》《童墓》《两条道路》《被妇女蹂躏过的男子》《第二故乡》《风流债簿》，江红蕉《雪箫再世记》《郎曼婚姻》，范烟桥《海天雁影》《婚约》《将军休矣》《三岁族长的承重孙》，沈禹钟《扶正》，严芙孙《嫁衣》，何海鸣《逃妾》《嫁后》，张毅汉《敌？》张碧梧《疆场日记》《偏爱》，马二先生《离婚后之环境》《腻友宵谈录》；笔记有惜露《惜露庵札记》；"小说杂谈"若干篇等。

10日，李涵秋《小言·提灯会》载《小时报》。《申报·自由谈》推出《花朝特刊》，刊有沈禹钟《始芳记》等文。

12日，李涵秋《小言·名利》载《小时报》。包天笑《一个被遗弃的妇人》，求幸福斋主《倡门送嫁录》，张毅汉《金钱就是职业吗？》，马二《腻友宵谈录（二）》载《星期》第2期。毕倚虹以"清波"为笔名，至8月13日第24期，在《星期》发表时评杂感、小品随笔20条。朱瘦菊"短篇小说"《打破真节》载《新世界》第3版，至13日，2次，载完。

13日，李涵秋《小言·赛会》载《小时报》。周瘦鹃《雷神桥畔》，张舍我《舍庐译剩》，陈瀞一《寒夜漫钞》，袁寒云《夷雏》，江红蕉《代人受过》，张枕绿《一年辛苦为谁忙》，毕倚虹《半月一谈》，姚民哀《遗产制度》载《半月》第1卷第13号，1923年5月16日再版，本号为"春季号"。袁寒云《洹上私乘》载《半月》第1卷第13号，至8月23日第24号，载10次。朱鸳雏《银箫集》载《半月》第1卷第13号，至8月23日第24号，共7次。

注：《银箫集》含《返璞记》《卧雪记》《惨讹记》《离京记》《自媒记》《司书集》《天刑记》《坠玉记》《炙骨记》《衾讕记》《栽桑记》《逃暑记》《生还记》《散学记》等。

18日，李涵秋《小言·宴会》载《小时报》。

19日，李涵秋《小言·画鬼》载《小时报》。包天笑《活动的家》，张毅汉《箫》，骆无涯《票语》，江红蕉《教育大家》，范烟桥《海天雁影》，毕倚虹《莼波榭丛话》《海上妇女》《覆吴羽白君》《巴黎之鬼酒店》载《星期》第3期。周瘦鹃《爱之奋斗》，朱瘦狂《解放》，王念圣《我最喜欢礼拜六的原因》，凌影女士《礼拜六的趣味》,许廑父《小说模型》载《礼拜六》第153期。

21日,李涵秋《小言·春分》载《小时报》。智轩"笔记"《弃妇记》载《申报·自由谈》,至25日,5次。

23日,李涵秋《小言·大参案感言》载《小时报》。陈钧《小说丛谈》载《小时报》,至6月22日,84次。高吹万"游记"《游黄山日记》载《申报·自由谈》,至4月25日,22次。

25日,李涵秋《小言·巧不如拙》载《小时报》。周瘦鹃《神龙》,张碧梧《穷人家的女儿》,侯樵仲《天快亮了》载《礼拜六》第154期。

26日,包天笑《军阀家之狗》,毕倚虹《丹轩女士的"贞操"》《崔将军妾(上)》《巴黎之女擦背》《莼波榭丛话》,马二先生《秘书长的三个问题》,范烟桥《官》载《星期》第4期。

28日,姚民哀《沈阳少年传》,求幸福斋主《倡门之子》,孙瘿媛《啸庼笔乘》,周瘦鹃《雷神桥畔》,沈禹钟《巴黎艳乘》,江红蕉《瘖》,范烟桥《无事忙》,孙了红《电话中》载《半月》第1卷第14号。赵眠云《酒痕春绿馆酒痕》载《半月》第1卷第14期,至1924年7月16日第3卷第21号,14次;又载《消闲月刊》第3、4期(7、8)。皖江曹痴公"社会小说"《凤尾春闲录》载《大世界》第3版,至1923年12月27日,44回,468次,载完。

29日,李涵秋《小言·贼官》载《小时报》。沈禹钟《淞园醉游记》载《申报·自由谈》。

30日,李涵秋《小言·上巳》载《小时报》。周瘦鹃被《晶报》评选为海上一百名人之一。

31日,李涵秋《小言·汽车》载《小时报》。严独鹤《何处无钱》,程瞻庐《说拆》载《新闻报·快活林》。

本月

张石川、郑正秋、周剑云、郑鹧鸪、任矜苹在上海创办的明星影片股份有限公司正式成立。

程瞻庐《新旧家庭》(2册)由上海商务印书馆初版;1923年10月再版。

4月

1日,李涵秋《小言·论交》载《小时报》。周瘦鹃《旧恨》,林琴南《唐景》,青萍《恢复名誉之梦》,钱释云《一个黄包车夫》,陈死人《大律师》,潘惜花《魔力》载《礼拜六》第155期。

2日,李涵秋《小言·都天会》载《小时报》。《良晨》周报创刊,张枕绿编辑。周瘦鹃《我爱良晨》,李涵秋、张舍我、朱天石、包天白、张枕绿分别著同名小说《良晨》,张枕绿《小说和代价》,张凤《毛柏桑的报复手段》,庸安《读了〈域外小说集〉》,朱天石《期刊小说平议》,凤云《说海一沤录》载创刊号。毕倚虹《崔将军妾(中)》《一个最珍贵的洋囡囡》《周玉山的最后一首诗》,张碧梧《平等主义》,马二《腻友宵谈录(五)》,包天笑《宁为上海鸡》载《星期》第5期。

5日,李涵秋《小言·清明》载《小时报》。《申报·自由谈》推出"清明号",刊吴灵园《清明慨言》,沈禹钟《封树记》,程瞻庐《清明拉杂话》,张枕绿《吊偶》。

6日,李涵秋《小言·妾》载《小时报》。寒烟《未央般舞志》载《申报·自由谈》,至11日,5次。

8日,李涵秋《小言·消遣》载《小时报》。周瘦鹃《猫妒》,林琴南《唐景》,程晓耘女士《舟女复仇记》,张无诤《新诗》,苏海若《女丐》,顾凤泂《奔命》,周世勋《要命》载《礼拜六》第156期。

9日,李涵秋《小言·乩》载《小时报》。包天笑《猩红》《酒钱世界》《德国利俾瑟图书馆之格言》,毕倚虹《崔将军妾(下)》《五首雄健的诗》,马二《腻友宵谈录(六)》《星期谈话会》6则,徐卓呆《神经过敏》,谢豹《金钱的来路和去处》载《星期》第6期。张舍我《小说材料会恐慌么?》,吴灵园《消极和积极的小说》,朱天石《期刊小说平议》,张碧梧《良晨》,周瘦鹃译、法国毛柏桑《自尽》载《良晨》第2期。

10日,李涵秋《小言·女伶之发》载《小时报》。

11日,李涵秋《小言·赛会》载《小时报》。姚民哀《沈阳少年传》,袁寒云《艳云佳偶记》,范烟桥《故家乔木》,周瘦鹃《雷神桥畔》,徐卓呆《吃饭你懂么》,许廑父《时髦》,胡寄尘《不得了》,曹血侠《春归郎不归》,张舍我《小学生的外妇》,徐半梅《笑而不答》,赵苕狂《钻祸》,袁寒云《虎盦珠薮》载《半月》第1卷第15号。

《快活》旬刊创刊。

注:《快活》为旬刊,世界书局发行,李涵秋任编辑主任,张云石负责编辑。《快活》为专门小说期刊。其宗旨可在创刊号《〈快活〉宣言》中看出,"当枯寂劳苦之际,使人心目间别开境界,欣然喜、跃然起,豁然开朗,愁闷顿释,疲劳忽忘,惟佳小说有此魔力……行役之人,长日震撼于舟车之中,风尘扑面,雨淋日炙,欲息不得,欲止不能,读是一编,则心旷神怡,可以忘劳矣。风雨之际,枯坐一室,欲谈无友,欲出不得,读是一编,则奇事异态,百变不穷,可以破闷矣,愁苦之中,心烦虑乱,昏昏扰扰,左牵右制,读是一编,则清言佳景,层出涌现,可以扫

愁矣。"其作者多为通俗小说名家,如李涵秋、周瘦鹃、徐枕亚、程瞻庐、张碧梧、范烟桥、张舍我、张枕绿、姚民哀、江红蕉、杨尘因、许廑父、王蕴章、马二先生等。长篇小说有李涵秋《近十年目睹之怪现状》,徐枕亚《燕雁离魂记》,郑正秋《家庭现形记》,杨尘因《老残新游记》,张碧梧《毒瓶》《水里罪人》,海上说梦人《歇浦春梦记》等;短篇有徐卓呆《新人物》,李涵秋《五块钱的命》,江红蕉《先生之发》《旅行笑史》,王蕴章《滑稽之王》,程瞻庐《鬼趣》《不自由也自由》,许指严的《盂兰盛会》,何海鸣的《新婚妒误》等;《快活》还办了多期小说专号、特刊,如七夕特刊、中元特刊、滑稽号、重阳特刊等。至12月,《快活》共出36期,终刊。

12日,李涵秋《小言·春雨》载《小时报》。余空我《龙华杂感》载《申报·自由谈》,至13日,2次。

15日,李涵秋《小言·斗》载《小时报》。求幸福斋主人《小说话》载《晶报》第2版,至18日,2次。林琴南《德斋小传》,周瘦鹃《汽车之怨》,瞿寒影《小说丛谈》,徐恬审《再志丝厂怪现状》,赵子钝《王镇守使》,冯梦云《瞎凶》,沈荆香《掉包》载《礼拜六》第157期。

16日,李涵秋《小言·月》载《小时报》。吴灵园《短篇小说限字的非议》,张凤《陀司妥以夫士奇和他的〈可怜人〉》,范烟桥《我的小说史》,俞印民《〈良晨〉小说号漫评》,张枕绿《被底良心》,严芙孙《做小说的心血来潮》载《良晨》第3期。包天笑《十银元》《等》,毕倚虹《惜露庵札记》《湖上探春记》《错发财》,徐卓呆《自胎胞以至棺材》《两条道路》,张毅汉《生儿的报偿》载《星期》第7期。

17日,李涵秋《小言·负气》载《小时报》。

18日,李涵秋《小言·民盗》载《小时报》。

19日,李涵秋《小言·民心》载《小时报》。智轩"笔记"《妾祸记》载《申报·自由谈》,至24日,5次。

20日,李涵秋《小言·愚民政策》载《小时报》。

21日,李涵秋《小言·金少梅小影》载《小时报》。程瞻庐"警世短篇"《恶人世界》载《新闻报·快活林》,至22日,2次,载完。短篇:李涵秋《拆中拆》,许指严《牡丹劫》,严芙孙《麻面郎君》,徐枕亚《绝命书》,郑正秋《交易所底罪恶》,范烟桥《桃花女郎》,王莼农《禅房血案》,张舍我《妻镜》,徐半梅《余之未婚妻》,张枕绿《同梦》,江红蕉《谁教你堕落的》,程瞻庐《父子同恶报》,张碧梧《三十年》,吴公雄《不自由……毋宁死》,赵赤羽《小孤孀》载《快活》旬刊第2期;长篇:李涵秋"社会小说"《近十年目睹之怪现状》载《快活》旬刊第2期,至1923年3月21日第36期,26回,20次,未完;徐枕亚"哀情小说"《雁燕离魂记》载《快活》旬刊第2期,至11月3日第22期,14章,载完。

22日，李涵秋《小言·检定教员》载《小时报》。江红蕉《大千世界》载《礼拜六》第158期，至8月19日第175期，共11回，13次。

23日，李涵秋《小言·太平之福》载《小时报》。包天笑《三十年后之西湖》《蝴蝶园》，毕倚虹《青衣红泪记》《惜露庵札记》《富豪之龟》，范烟桥《渐渐消磨》，张碧梧《汽车夫感化所》，徐卓呆《两条道路》载《星期》第8期。朱天石《小说与插图》《期刊小说平议》，周凤云《说海一沤录》，严芙孙《做小说的心血来潮》，张枕绿《大丁前之酒》，范烟桥《暮春三月》，江红蕉《自由恋爱》载《良辰》第4期。

24日，李涵秋《小言·吃饭比赛》载《小时报》。

25日，李涵秋《小言·禁止宴会》载《小时报》。佩公《梅园鼋头渚游记》载《申报·自由谈》，至26日，2次。

26日，李涵秋《小言·骂》载《小时报》。

27日，李涵秋《小言·酝酿》载《小时报》。天虚我生、王钝根、沈禹钟、周楚白、姚赓夔、孙玃媛、袁寒云、张舍我、陈小蝶、张碧梧、蒋湘兰、张枕绿《儿时顽皮史》，袁寒云《儿童古玩图录》，周瘦鹃《华盛顿儿时之日记》《父与国》，程瞻庐《张寿喜》，严独鹤《我之儿童时代》，江红蕉《继母之病中》，毕倚虹《儿时》，张碧梧《弃儿》，范烟桥《顽具话》《夕阳西下》《新游戏：学校与社会》，张毅汉《思亲泪渍》，黄厚生《儿童与小说》，许廑父《顽童日记》，赵苕狂《侦探之友：儿戏》，徐卓呆《童话：分业村》，陈翠娜《焚琴记》载《半月》第1卷第16号，本期为"儿童号"本号1922年9月21日再版。

28日，李涵秋《小言·庆邸大火》载《小时报》。严独鹤"谈话"《统一满蒙》载《新闻报·快活林》。

29日，李涵秋《小言·塞上花》载《小时报》。周瘦鹃《鬼》，陈死人《涛声人语》载《礼拜六》第159期。

30日，李涵秋《小言·骗》载《小时报》。张枕绿《提倡小说宜自学校始》《窗外之人》，张舍我《怎么叫做写实小说》，朱天石《影片》《期刊小说平议》，吴灵园《遗摺》载《良晨》第5期。包天笑《病了》，求幸福斋主《嫁后》，徐卓呆《两条道路》《黑暗的野路》，毕倚虹《惜露厂札记》载《星期》第9期。

本月

吴亚公编辑《并头花》由上海志成书局出版。

程瞻庐《新旧家庭续集》（2册）由商务印书馆出版。

5月

1日,李涵秋《小言·兵智》载《小时报》。程小青"东方福尔摩斯"《猫儿眼》,张碧梧《一张照片》,江红蕉《萧郎画樱记》,郑正秋《一块肉》,程瞻庐《杏花村》,许指严《荆门一燕》,王西神《并蒂花》,张舍我《二十年后》,张枕绿《冒牌》,严芙孙《情人之子》,吴公雄《醋中错》载《快活》旬刊第3期;杨尘因"社会小说"《老残新游记》载《快活》旬刊第3期,至10月24日第21期,6章,未完;张碧梧译"侦探小说"《毒瓶》载《快活》旬刊第3期,至12月22日第25期,20章,载完。

西谛《悲观》载《文学旬刊》第36号。

注:《悲观》一文针对消闲杂志的雨后春笋般地茁起与"新文学到了现在真是一败涂地"的悲观论调,表示"对于现在这种消遣主义的作品的盛行,虽也伤心,但决不悲观",同时,认为"徒然消极的攻击他们这班'卖文为活'的人是无益的",因为"他们自寄生在以文艺为闲时的消遣的社会里",认为斗争的重点"不在于与这班'卖文为活'的人争斗,消极的把他们扫除,乃在于与这腐败的社会争斗,积极的把他们的那种旧眼光变换过"。

2日,李涵秋《小言·名实》载《小时报》。程瞻庐"讽世短篇"《起码孟尝君》载《新闻报·快活林》,至5日,共4次。

3日,李涵秋《小言·钩镰枪》载《小时报》。

5日,李涵秋《小言·学捐》载《小时报》。

6日,李涵秋《小言·说谎》载《小时报》。隐名《刀隙余生述》,周瘦鹃《奴爱》,吴兴郑六《无名英雄》,张碧梧《父子妾》,陈死人《后悔》载《礼拜六》第160期。

7日,李涵秋《小言·胜败》载《小时报》。张枕绿《小说杂志的未来观》《可怜的劣子》,张碧梧《小说小话》,何海鸣《求幸福斋小说话》,吴灵园《六畜》,沈井蛙《老虎皮》载《良晨》第6期。包天笑《沧州道中》,毕倚虹《捕马记》,徐卓呆《两条道路》《女校对员》,马二先生《土贩》,范烟桥《一星期的花》载《星期》第10期。

8日,李涵秋《小言·西报之言》载《小时报》。

9日,李涵秋《小言·爱国鸟》载《小时报》。袁寒云《倚虹小说话》载《晶报》第2版;7月3日,寒云再次发表关于毕绮虹小说的评论文章《倚虹小说》。严独鹤《谈话·国耻感言》,程瞻庐"谐著"《国耻与阋墙》载《新闻报·快活林》。

10日,李涵秋《小言·春燕已如客归》载《小时报》。昭实《繁华风转记》载《申报·自由谈》,至12月1日,24次;沈禹钟"笔记"《贻血记》载《申报·自由谈》,至11日,2次。

11日,李涵秋《小言·废袜》载《小时报》。沈禹钟《车尘》,海上说梦人《刺中秘密》,王蕴章《杏花春雨记》,江红蕉"英国最新探索"《一串项圈》,张舍我《六万元的钻戒》,张枕绿《妻之妹》,程瞻庐《但求化作女儿身》,许廑父《苦中乐》,严芙孙《嫣红珠》,徐枕亚《卖饧时节杜鹃声》载《快活》旬刊第4期。陈小蝶《湖上诗痕录》《湖楼春影辞》《理安溪梦记》,江红蕉《清游碎记》《猩红》,周瘦鹃《平湖秋月》,程善之《剑术纪闻》,王西神《贞松凋翠录》,刘豁公《余之中国影戏观》,姚民哀《堕落》,许指严《布饼胡》,赵苕狂《侦探之友:理想与实行》载《半月》第1卷第17号。

西谛《新文学观的建设》载《文学旬刊》第37期。

注:《新文学观的建设》认为,中国文学观有一派"以为文学只是供人娱乐的。在文人自身则以雕研文词,吟风弄月之诗赋,为自娱之具。在一般读者,则以谈神说怪,空诞无稽之小说,为消遣暇暑的东西","不明白文学究竟是什么的,他们不知道文学存在的原因,也不知文学的真正使命之所在"。这一派的"观念,则几乎充塞于全中国的'读者社会'(Reading Publec)与作者社会之中。现在《礼拜六》派与黑幕派的小说所以盛行之故,就因为这个文学观深中于人人心中之故"。因此,"不先把中国懒疲的'读者社会'的娱乐主义与庄严学者的传道主义除去,新文学的运动,虽不至绝对无望,至少也是要受十分的影响的。"

12日,李涵秋《小言·爱国丐》载《小时报》。铁遂《说跳舞》载《申报·自由谈》,至16日,4次。

14日,李涵秋《小言·只如打猎》载《小时报》。包天笑《堕落之窟》《离开》,徐卓呆《两条道路》《两等边三角形》,张毅汉《卖茶叶蛋的》,张碧梧《疆场日记》载《星期》第11期。《良晨》周刊创刊。张枕绿《小别七日》,范烟桥《灯下》,何海鸣《求幸福斋小说话》,周瘦鹃《海外文坛零拾》载第1号。

注:《良晨》为周刊,由张枕绿担任编辑,发行所为良晨好友社,社址为上海小南门外青龙桥一号。其缘起、文体要求、性质在第一期的《小叙寒暄》中有体现:"良晨周报本是大张报纸,现在增多材料,改装成册,重称第一号,使读者得从头备全,当此改制之始,敬为读者祝良晨……本报欢迎投稿,文体限定白话,所取材料,以短篇小说及关于小说的短论批评,轶事杂话为主,因为本报是小说专刊。"栏目有"小说""小说批评""小说杂话""小说消息""哑剧""理想派剧"。至本年6月11日,出刊5期,终刊。

15日,李涵秋《小言·蝇》载《小时报》,"沁香阁随笔"《艾君俊臣……》载《晶报》第2版。

16日,李涵秋《小言·变易姓名》载《小时报》。

17日,李涵秋《小言·自求其死》载《小时报》。

18日,李涵秋《小言·老子出力》载《小时报》。张友鹤《小说时报杂评》载《小时报》,至6月29日,7次。智轩"笔记"《历劫记》载《申报·自由谈》,至22日,5次。

19日,李涵秋《小言·叶子戏》载《小时报》。

20日,李涵秋《小言·嘴里放枪》载《小时报》。张碧梧《永定河边》,周瘦鹃《海上》,卧生《又断送了一个女青年》,俞时亮《报娘恩》,何立三《彩票毒》,逸瀛《礼拜六和父亲》载《礼拜六》第162期。

21日,李涵秋《小言·应酬饭碗》载《小时报》。张恨水《请教歪诗》载《晶报》第2版。马二先生《一幅仕女图》,姚民哀《京华血影》,沈禹钟《学界之怪现状》,张碧梧《模范家庭》,王蕴章《孝父》,刘豁公《可怜虫》,徐枕亚《冒牌博士》,严芙孙《劫后缘》,孙景康《雌老虎》,徐枕亚《死前三日》,徐半梅《防盗……被盗》,寿梅女士《王府艳姬》载《快活》旬刊第5期;郑正秋"社会小说"《家庭现形记》载《快活》旬刊第5期,至7月19日第11期,5节。张舍我《著作家的知行》,张枕绿《目前》,范烟桥《小说读者所应有事》,张舍我《小说小话》载《良晨》周刊第2期。包天笑《爱神之模型》《蝴蝶（新诗）》,毕倚虹《崔将军妾轶事》,袁寒云、毕倚虹《寒与虹的诗》,卓呆《风流债簿》《两条道路》,范烟桥《消遣问题》《花匠弊史》载《星期》第12期。C.P.《著作的态度》《私怨与贿赂》《丑恶描写》《白话文与作恶者》载《文学旬刊》第38期。

注:《著作的态度》一文批评通俗文学作家著作时所谓的"玩世"的态度和"名士"的特性。"所有的'文丐'几乎对于什么事都要取讥嘲的态度。《新闻报》上《快活林》的'谈话',便是最著之例子。作者似乎是全无心肠的人。说他不注意时事,他又时时讲到时事,不像消极的人,说他注意时事,他却对于无论怎样大的变故,无论怎样令人愤慨的事情,他却好像是一个局外人而不是一个中国人一样,反而说几句'开玩笑'的'俏皮话',博读者的一笑……他们的感情的热血似乎是已经冰结了,又似一副说笑话的留声机器,自动的在那里不休的唱……对于这种下流的无人性,无人心的人,我们除了尽力攻击,使之消灭以外,没有别的办法。"

《丑恶的描写》言:"几个新文学作家的'丑恶描写'……在描写丑恶的动作的地方,他们却实与黑幕派不相上下。大概他们是误信了'丑恶'是要赤裸裸的完全写出来的。"

《白话文与作恶者》言《礼拜六》式样的小说也用白话文,如"以前的许多淫书也都是用白话写的"一样,是用白话文作恶,"这可以说是加于新文学运动的一种侮蔑而已"。"这种作恶者本是随波逐流的,如到处潜伏着的病菌,牛乳里也要住着,垃圾里也要住着。我们自然不能因为有了病菌就把一切的牛乳都倒掉了,然而灭除这病菌的方术的施行,却是求新文学运动的安全的必要举动呀!"

22日,李涵秋《小言·跪哭挡驾》载《小时报》。陆律西"讽世短篇"《金屋梦》载《新闻报·快活林》,至25日,4次。

23日,李涵秋《小言·人参与脚皮》载《小时报》。沈禹钟"笔记"《春暮记》载《申报·自由谈》,至25日,3次。

24日,李涵秋《小言·想做皇帝》载《小时报》。陈家庆"杂录"《儿时杂忆》载《申报·自由谈》,至6月6日,7次。

25日,李涵秋《小言·磕头瘾》载《小时报》。梅魂《步行环游记》载《申报·自由谈》,至30日,5次。

26日,李涵秋《小言·面目黧黑》载《小时报》。

27日,李涵秋《小言·新旧》载《小时报》。姚民哀《倡门之女》,毕倚虹《北里婴儿》,吴灵园《西泠春访记》,徐卓呆《浴堂里的哲学家》,程善之《剑术纪闻》,范烟桥《半月趣史》,程小青《侦探之友：怪别墅》载《半月》第1卷第18号。

28日,李涵秋《小言·直鲁》载《小时报》。许指严"笔记"《西湖图》载《新闻报·快活林》,至30日,3次。何海鸣《太麻烦了》,张枕绿《南迁》《谁愿干这件事的举手》,张舍我《小说小话》,胡怀琛《五种新诗集的批评》载《良晨》第3期。包天笑《爱情的弹力》《多妻者之烦恼》(喜剧),毕倚虹《傀儡婚姻》《婚后的弟兄》,徐卓呆《抱牌位做亲的离婚广告》《爱情试验表》(喜剧),马二先生《一只红宝石戒指》,范烟桥《婚约》,骆无涯《婚后》载《星期》第13期(本期9月24日再版)。

29日,李涵秋《小言·夏虫》载《小时报》。周瘦鹃签发"珍重阁"《梅讯》载《申报·自由谈》,至7月11日,共34次,报道了梅兰芳重来上海的盛况。

30日,李涵秋《小言·离骚》载《小时报》。

31日,李涵秋《小言·端午》载《小时报》。《申报·自由谈》推出"端阳专号",刊吴灵园《端阳嘅言》,天恨生《端午节拆字》,严芙孙《不幸的端阳》等。端午节主题：张碧梧《新五毒现形记》,王蕴章《龙舟艳影》,海上说梦人《锺进士的失败》,张舍我《端阳之魂》,郑正秋《小脚粽之不平鸣》,杨尘因《雷峰塔》,严芙孙《端阳之蛇》,许廑父《圣人逃难》,沈禹钟《端午日之欢宴》,张枕绿《何不吊》,姚民哀《端阳剧话》,严芙孙《卖粽童子》；短篇：严独鹤《小学教师之妻》,马二先生《爱情之疑》,江红蕉《古篚良缘记》,张舍我《险极了》,贡少芹《时候离婚》,吴三侬《情疑》,王井水《厕中妻》载《快活》旬刊第6期。

本月

严独鹤编著《集锦小说》由上海大成书局出版。

6月

1日,李涵秋《小言·从长计议》载《小时报》。李涵秋、朱大可、陆澹盦、徐枕亚、天台山农、胡寄尘、许指严、陆律西、许瘦蝶合撰集锦小说《红鸳语》载《新声》第10期。

2日,李涵秋《小言·布衣素食会》载《小时报》。

3日,李涵秋《小言·冰桶》载《小时报》,"沁香阁笔记"《吾邑陈若木先生……》载《晶报》第3版。

4日,李涵秋《小言·狐狸精》载《小时报》。张友鸾《一夕》,张枕绿《星期婚姻号偶评》,张舍我《小说小话》载《良晨》周刊第4期。包天笑《独身主义者》,毕倚虹《雷下良心》,徐卓呆《疑云》,莼波《说苑拾零》,张碧梧《偏爱》载《星期》第14期。

5日,李涵秋《小言·博喻》载《小时报》。

6日,李涵秋《小言·国民善忘》载《小时报》,"沁香阁笔记"《风雅贼》《一杵八百文》载《晶报》第3版。

7日,李涵秋《小言·有饭大家吃》载《小时报》。范烟桥《普陀游记》载《申报·自由谈》,至16日,9次。

8日,李涵秋《小言·抱佛脚》载《小时报》。程瞻庐"社会小说"《思戢用光》载《新闻报·快活林》,至9日,2次。

9日,李涵秋《小言·骨董与月》载《小时报》。

10日,李涵秋《小言·毁誉》载《小时报》。短篇:马二先生《捉刀记》,沈禹钟《学徒趣史》,江红蕉《花好月圆》,范烟桥《娇妻被骗》,张碧梧《妆奁》,王蕴章《绿茉莉》,姚民哀《隐痛》,张舍我《最高点的爱》,徐半梅《几个二十年》,许一厂《两封情书》,郑逸梅《虎头》,张枕绿《自新之路》,俞印民《可怜春宵》载《快活》旬刊第7期。姚民哀《倡门之女》,求幸福斋主《十三个情人》,程善之《四十年闻见录》,吴灵园《西冷春访记》,严芙孙《归宁》载《半月》第1卷第19期。

11日,李涵秋《小言·平民》载《小时报》。徐卓呆《伫立》,张枕绿《话还未完》,周瘦鹃《海外文坛零拾》,胡寄尘《古人复活记》(诡作)载《良晨》第5期。包天笑《世界大罢工》,求幸福斋主《妆台外史》,严芙孙《嫁衣》,毕倚虹《惜露庵札记》载《星期》第15期。王钝根《试丐》,雷颠公《少年鑑》,星华《国耻纪念日之回顾》,吴文玙《爱国马贼记》,刘宗琦《可怜儿》,心英室主《恨不相逢未嫁时》载《礼拜六》第165期。

12日,李涵秋"沁香阁笔记"《彭烈妇》载《晶报》第3版。

15日,李涵秋"沁香阁笔记"《吴让之先生》载《晶报》第3版。

18日,李涵秋"沁香阁笔记"《沈子仪》《赛时迁》载《晶报》第3版。包天笑《金钱底下的伦理》,马二先生《家庭的牢狱》载《星期》第16期。毕倚虹《写意朋友》载《星期》第16期,至7月16日第20期,5次,载完。

20日,程小青"东方福尔摩斯"《一只鞋子》,张庆霖《三张怪信片》,马二先生《一位富翁的报酬》,王蕴章《一枝桃》,陆律西《嫁前之日记》,张枕绿《爱河障石》,许指严《自由女》,徐半梅《匣中之物》,范烟桥《假账》,严芙孙《幻术大家》载《快活》旬刊第8期。

25日,毕倚虹《写意朋友(二)》,包天笑《适馆授餐的新方式》,卓呆《用最后媒介物以后》,张毅汉《余屋分租》,范烟桥《海上》,施青萍《寂寞的街》载《星期》第17期。求幸福斋主《十三个情人(下)》,程善之《颍滨琐记》,严芙孙《刑场欢声》,何海鸣《评倚虹所撰的〈北里婴儿〉》载《半月》第1卷第20号。

29日,《快活》旬刊第9期为"妇女号",刊胡蝶《棠怨》,殷明珠《中国影戏谈》,寿梅女士《补天石》等22篇作品。

30日,马二先生"小说"《人身的手术化》载《晶报》第2版,至7月24日,8次,载完。

7月

1日,周瘦鹃将《自由谈》的"余沉"栏目改为"杂说",内容继续保持趣味性,但多一些现实的评说,多一些文字的智慧。周瘦鹃在《自由谈》辟"一片胡言"专栏,至22日,12天次。许指严"笔记"《湖艇漫笔》载《新闻报·快活林》,至18日,共13次,载完;1923年6月,《湖艇漫笔·西湖杂记》合刊由常州局前街新群书社发行。

2日,包天笑《游戏场的课程表》《画眉笑史》,毕倚虹《贫儿院长》《写意朋友(三)》,骆无涯《五十年后》,毕倚虹、何海鸣《海虹酬唱》载《星期》第18期。

6日,周瘦鹃在《申报·自由谈》发表报人杂感《随便说说》,至12月31日,共136天次。

9日,石楚青《小说杂谈》载《小时报》,至18日,8次。李涵秋"沁香阁笔记"《黔之某令》载《晶报》第3版。何海鸣《妓债》,程瞻庐《人头愿》,徐半梅《上帝之大缺陷》,张舍我《一个问题的两面观》,沈禹钟《瀛海逃情记》,张枕绿《未完》,王蕴章《新旧夫妻》,郑逸梅《秋霞》,许廑父《我之未生以前》,张碧梧《邻屋》,许指严《蛮触小史》,姚民哀《莫非是做梦呵》载《快活》旬刊第10期。江红蕉《释狱》,胡寄尘《漂泊》,程善之《四十年闻见录》,姚民哀《记齐村三义店》,徐卓呆《烂香蕉馆主》,程瞻庐《耳语》载《半月》第1卷第21号,本期为"夏季小说号"。包天笑《一个要紧人》,毕倚虹《写意朋友(三)》,徐卓呆《猴》载《星期》第19期。

下午,青社成立大会召开;此前,6月28日,在半淞园召开发起会议。青社以"互相取缔戒作有害世道人心之文为宗旨"。8月6日,青社在南京路东亚酒楼举行第二次聚餐会;12月2日下午7时,青社在东亚酒楼西餐部聚餐。

引:《小说家组织青社》(载《新闻报》,7月11日,第3张):

本埠诸小说家发起组织之青社,已于前日下午开成立大会。到者由包天笑、王钝根、严独鹤、周瘦鹃、毕倚虹、胡寄尘、沈禹钟、严芙孙、许廑父、徐卓呆、江红蕉、赵苕狂、程小青、张舍我、张枕绿、张碧梧诸君,其因事未能莅会之李涵秋、何海鸣、王西神、朱瘦菊诸君,亦各派代表。通过章程后,即选举职员,张舍我当选为庶务干事,张枕绿为文牍干事,严芙孙为会计干事云。

引:《小说家发起青社》(载《四民报》,6月30日,第3张):

上海小说家包天笑、张枕绿等,因近日各种出版小说杂志,多系言情侦探之作,海淫海盗,贻害青年,于世道人心,关系匪浅,故特商诸本埠各小说家,发起一联合团体,定名曰"青社",以互相取缔戒作有害世道人心之文为宗旨。前日已在半淞园举行发起会议,小说家如李涵秋、赵苕狂、周瘦鹃、严独鹤、许指严、许廑父、严芙孙等,均到会预议,结果,一致赞成组织,现已在发起人包天笑寓所,暂设筹备处,筹划组织方法,一俟赁定社址,订妥章程,即择日开会,宣告成立云。

10日,李涵秋《小言·今之小说家》载《小时报》。沈雁冰《自然主义与中国现代小说》载《小说月报》第13卷第7号。

注:《自然主义与中国现代小说》认为中国现代小说可分成新旧两派。旧派作者受游戏消遣、金钱主义的文学观念支配,"只知主观的向壁虚构",而不置"客观的观察"。新派作者对文学抱有严肃态度,但缺乏客观的描写态度,"内涵欠丰厚,欠复杂,用意太简单,太表面化"。为纠正这些弊病,自然主义是合适的良方。

11日,李涵秋《好青年》《魅镜》由国华书局出版。

12日,丹翁《戏代〈时事新报〉马叙伦辩护》载《晶报》第2版。

16日,包天笑《小公园》,U. U.《民国的虞美人》,徐卓呆《张家奶奶的三个时期》,毕倚虹《名流牙慧》《写意朋友(五)》,何海鸣《何海鸣君致毕倚虹君书》载《星期》20期。

19日,张舍我"问题小说"《自由恋爱的究竟》,何朴斋、俞慕古"东方亚森罗苹奇案"《盗宝》,程小青"东方福尔摩斯探案"《一个嗣子》,海上说梦人《发财》,

赵赤羽《平湖少爷》,江红蕉《狂笑》,郑际云、华吟水"影戏小说"《日光弹》,严芙孙《电灯厂》,刘豁公《金闺情眼》,范烟桥《酒楼》,吴调梅《再嫁》载《快活》旬刊第11期。

22日,周瘦鹃在《申报·自由谈》设立"消夏特刊",说:"日来暑甚,令人如处烘炉,浮李沉瓜,不足以驱炎威,庐山之瀑,莫干山之风,间尝涉想及之,而劳人草草,又弗克去,爱拓《自由谈》一日之地,作消夏特刊,聊以自娱,兼娱读者。"

23日,毕倚虹《人造桃花水》,包天笑《妓之节操》,徐卓呆《街心两对夫妻》载《星期》第21期。

24日,李涵秋"沁香阁笔记"《辛亥武昌光复拾遗(一)》,西湖人《不领悟的沈雁冰先生》分别载《晶报》第3、2版。张无诤(张天翼)"侦探之友"《少年书记》,求幸福斋主《倡门之母》,姚民哀《记齐村三义店》,张舍我《环境的不同》,严芙孙《七个月》载《半月》第1卷第22号。许廑父《能静庐笔记》载《半月》第1卷第22号,至11月19日第2卷第5号,共5次;又载《小说时报》壬戌第3、4期,《游戏世界》3月第10期、4月第11期。

27日,李涵秋"沁香阁笔记"《辛亥武昌光复拾遗(二)》载《晶报》第3版。马二先生"小说"《她底研究》载《晶报》第3版,至8月12日,6次。

28日,江红蕉《园中》,沈禹钟《瓜棚下》,王蕴章《雪浪春痕》,张碧梧《新婚避暑记》,程瞻庐《清凉世界》,张舍我《三度避暑》,张枕绿译、法国毛柏桑著《林中》,姚民哀《卖花姊妹》,李镜安《盗穴寻妻记》载《快活》旬刊第12期。

30日,李涵秋"沁香阁笔记"《辛亥武昌光复拾遗(三)》载《晶报》第3版。包天笑《余夫分租》,张碧梧《九九还原》载《星期》第22期。

本月

刘铁冷编《论说文百法》(2卷)由崇新书局出版。

8月

2日,周瘦鹃个人杂志《紫兰花片》创刊,刊物旨在"自娱,不解媚俗";至1926年12月初,出满24集,停刊。

3日,红燕《沈雁冰之淫评》载《晶报》第2版。

引:《沈雁冰之淫评》:

沈雁冰评论现代小说,不能说他没有一二见到语,就是他喜欢骂人,还是中国旧文人的积习,其实他的骂人,就是失坠他自己的人格。他在商务印书馆出版的《小说月报》上,做了一篇《自然主义与中国现代小说》,他说现代做章回体小说的,有一种是"自快其文字上的手淫"。果然像那种小说,吟风弄月,文人风流,未尝没有,但是沈雁冰说他是文字上的手淫,就令人误想到怎样的小说,是正当的淫法。而且沈雁冰只会评论人家的小说,如何淫法,自己却是从来没见他做过小说,何妨淫一次给人家看,教人家做个模范呢。人家吟风弄月的文字,是文字上的手淫,你提倡的的血与泪的文字,是文字上的一种什么淫呢?我劝你以后评论文艺,不要专用那些秽亵文字,不要专思想到那牝牡方寸之间去,你年纪还轻,不要害了色情狂,请你自己修省修省罢。

4日,李警众"杂感"《北窗闲话》载《小时报》,至11日,8次。

6日,李涵秋《小言·一个人力车夫》载《小时报》。张天翼(无诤)《人耶鬼耶》,包天笑《还有一票》《中国三大伟人》,徐卓呆《童墓》,毕倚虹《惜露庵札记》载《星期》第23期。

7日,徐卓呆《神圣职业》,胡寄尘、周瘦鹃《难看的面孔(一、二)》,姚民哀《记齐村三义店(下)》,许指严《日者妇》,赵苕狂《侦探之友:证据误人》载《半月》第1卷第23号。胡寄尘《二十二年前的照片》,张枕绿《艺术之淫》,范烟桥《一个无家室的人》,俞慕古、何朴斋《青头党》,郑逸梅《秋月庵》,张碧梧《病中之子》,顾明道《香饵》,沈荆香《原来是你》载《快活》旬刊第13期。

《红杂志》创刊,世界书局老板沈知芳请严独鹤担任编辑,严独鹤在创刊号发表《发刊词》。严独鹤《社会闲评》载创刊号,至24期,共8篇。海上说梦人《新歇浦潮》载创刊号,至1924年7月4日第98期,90回,共90次;1925年4月上海世界书局第3版。姚民哀《上海奇怪人》载创刊号,至第37期,共12次。

注1:《红杂志》周刊本月创刊,至1924年7月18日停刊,共100期。上海世界书局主办,严独鹤编辑。严独鹤虽位列编辑部主任,但实际工作由施济群主持。因世界书局的门面是红色油漆涂成,时称"红屋",因此,老板沈知芳将此杂志命名为《红杂志》。杂志以"趣味"为指归,主要刊载小说,文体以白话为主,间杂文言。主要撰稿人有向恺然、程瞻庐、严独鹤等;长篇连载有海上说梦人的《新歇浦潮》,平江不肖生的《江湖奇侠传》;短篇小说有严独鹤的《日夜箫声》《留学生》,陆澹盦的《最后之觉悟》,徐枕亚《记女侠刘燕声》,向恺然《岳麓书院之狐异》,李涵秋《瓷菩萨》,王西神《秋水人情》,程瞻庐《巧小姐》,徐卓呆《铁笼中的大实业家》,程小青《红宝石》,范烟桥《谁疼爱他》,何海鸣《小说家之妻》,胡寄尘《人生之一幕》等。

注2:《发刊词》:

杂志发刊,何必有词?今有词焉,亦不过如说书之开场白、唱戏之引子耳。兹试问杂志之可以命名者多矣,何独取乎红?或曰:国旗五色,首冠以红,斯《红杂志》,将以鼓吹文化,发扬国光也。然而兹事体大,非吾人所敢吹此牛也。或曰:红运大来,举世所喜,斯《红杂志》,将集名小说家之著作,异军特起于杂志界,大走其红运也。语虽有当,犹近于夸,尚非吾人所鼓吹此牛也。或曰:红,色彩中之最富丽者也,吾国社会习惯,于喜事必尚红。曰:惟红乃吉,斯效《红杂志》,殆将借吉祥文字,放一异彩,以博社会人士之欢迎也。是说也,庶几近之,然犹未也。红者心血,灿烂有光,斯《红杂志》,盖文人心血之结晶体耳。以文人心血之结晶,贡诸社会,文字有灵,当不为识者所弃也。英国有小说杂志,曰 Red Magazine 者,红光烨烨,照彻全球,今《红杂志》之梓行,其或者亦将驰赤骝、展朱轮,追随此外国老前辈,与之并驾齐驱乎。

注3:《花前小语》(载《红玫瑰》第5卷第24期,1929年9月出版):

本志自诞生以来,已有上了五年的历史。在这五年之中,虽不取什么急进主义,没有多大的进步;但是始终跟着这时代的潮流向前进,不肯落后一步。这是我们所敢自信的!

但是,我们并不以此为满足,觉得有更进一步的必要!因此,对于此后编辑的进行上,又几度考量,几度斟酌,决定下了一种方针。倘能依此方针而进行,或更能切合时代的需求,而得到读者们的同情。

现在,且一桩桩地分列在下面,请读者们指教,并在投稿时可以有上个标准:

一、主旨:常注意在"趣味"二字上,以能使读者感得兴趣为标准;而切戒文字趋于恶化和腐化——轻薄和下流。

二、文体:力求其能切合现在潮流;惟极端欧化,也所不采。

三、描写:以现代现实的社会为背景,务求与眼前的人情风俗相去不甚悬殊。

四、目的:在求其通俗化、群众化;并不以研求高深的文艺相标榜。

五、内容:小说、随笔、游记、各地通讯、学校中的故事、感想录……等项并重,务求相辅而行,并不侧重于某一项。

六、撰述:聘定基本撰述员二十人至三十人。由主编者察其擅长于何路文字,并适应读者的需求,而随时请某人撰写某项文字。

七、变化:对于内容及体裁,当时时适应于环境而加以变化,不拘泥于一格。

八、希望:极度的希望:读者不看本志则已,看了以后,一定不肯抛了不看,一定不肯失去了一期不看!——换一句话:每篇都有可以一读的价值;那读者自然会一心一意地想着它,不愿失去一期不看的了!

12日,袁寒云《小说迷的一封书》载《晶报》第2版。

注:寒云《小说迷的一封书》称,小说迷看了革新后的《小说月报》,"谁知越看越弄不明白,难道是我的眼睛花了不成?立刻用西湖水,把两眼洗了又洗,四面一望,觉得甚是清楚。遂又开展来看,不指望不但弄不明白,连字句都看不断了。我想大约这头一篇太高深了,遂接着第二第三,看了下去,一直看到末了,仿佛在五里雾中,简直是莫名其妙!……这月刊还有十一期,怎么处置呢?我拿了这月刊,去到收旧书的小店里,问他们可要收买。他们说,如有十卷以前的,都可以收的。我说,前十卷是我最要好的朋友,我岂肯出卖呀。他们又说,如其这一卷,同前十卷一样,我们也可以要。我说,要是一样,我也不来卖了。我想这月刊是卖

不成了。无精打采,夹了他,踱了回来。刚走到门口,一看,隔壁酱鸭店,正在拿了旧的报纸,包那切成块的酱肉酱鸭呢。我想,有了,这才可以废物利用的了。遂走到这店里,把这本月刊,递给那老板,说是送他包酱鸭的。那老板接过去,打开了书,并不看,凑在鼻上,闻了闻,摇摇头,说道,谢谢你先生,纸倒是上好的洋纸,可惜印的字,太臭了些,包起食物来,有点不大好呢。"

13日,包天笑《素餐会》,毕倚虹《五十八年前的西瓜价格》,《惜露庵札记》(署名"惜露"),徐卓呆《过去未来的寡妇》,范烟桥《一百度下书所见》载《星期》第24期。

17日,何海鸣《新婚妒误》,徐半梅《七度新婚》,张枕绿《护新人》,马二先生《海外奇缘》,王蕴章《猩红劫》,张舍我《我的新婚》,沈禹钟《战胜》,江红蕉《蜜月旅行史》,程瞻庐《不自由也自由》,俞印民《余之重婚》,许指严《冰弦尘印录》,张碧梧《爱情的劲敌》,许廑父《新婚惨史》,范烟桥《鸡鸣寺里》载《快活》旬刊第14期,本期为"新婚号"。

18日,马二先生《我所佩服的小说家》载《晶报》第2版,至27日,3次。求幸福斋主《惧内的侦探家》,严独鹤《留学生(一)》,胡寄尘《面之模型》,许指严《西妇之狗》,程小青《红宝石》载《红杂志》第2期。

19日,张恨水杂感《伤心人语》载《工商日报·工商余兴》,至23日,4次,载完。

20日,《申报·自由谈》发布启事:"前因家庭周刊将满五十期,特征求读者意见,应为何种周刊……以主张家庭周刊者为多,故仍继续家庭周刊"。许指严"笔记"《湖艇再笔》载《新闻报·快活林》第17版,至9月5日,共9次。包天笑《夕阳影里》,U.U.《罗星塔下》《翻译问题》,徐卓呆《头发换长生果》载《星期》第25期。

23日,张舍我《吴将军之夫人》,周瘦鹃《双星渡河录》,舒舍予《对于牛织相会的滑稽研究》,范烟桥《牺牲者》,毕倚虹《几庵笔记》,徐卓呆《叛离》,严芙孙《好看的面孔》载《半月》第1卷第24号。

25日,张恨水《断鸿秋影》载《工商日报·工商余兴》,至31日。马二先生《汽车》,徐卓呆《狭窄的世界》,严独鹤《留学生(二)》,王西神《十三个情人对面观》,程瞻庐《老鸨式的丈母》,张碧梧《红》载《红杂志》第3期。

27日,程瞻庐《七夕之家庭特刊》,赵赤羽《瞒过了天老爷》,王蕴章《针楼艳忆》,沈禹钟《七夕》,张碧梧《牛郎织女团圆记》,范烟桥《镭婚纪念》,姚民哀《道台之女》,汪集庭《沈阳侠妓传》载《快活》旬刊第15期,本期为"七夕特刊"。包天笑《专制的人类》,求幸福斋主《儿童公育》,卓呆《未能说话以前的说话》《半胎主义》,江红蕉《新生殖率》《试验品》,范烟桥《绿叶成阴子满枝》,《七个自杀的妇人》,胡寄尘《生育问题中的阎王》,周瘦鹃《生育上的加减乘除》载《星期》第26期,本期为"生育号"。

29日,部分通俗文学作家在苏州留园涵碧山庄结社,时值七夕,定名星社。成员最初为范烟桥、郑逸梅、顾明道等,继有江红蕉、徐卓呆、程小青、尤半狂、徐碧波、程瞻庐、严独鹤等加人,继又有包天笑、赵苕狂、颜文洁、陆澹庵、张枕红加入,共100余人,出版过《星报》《星光》等报刊。《申报·自由谈》专刊"七夕特刊"载有周瘦鹃《牛女相会和南北统一》,鸥夷《七夕纪事本末》,苏兆龙《拟织女禀天帝书》,绣君《七夕之古诗今诠》,江南顾九《七襄云锦录》,枫隐《七夕词话》,张南冷《七夕痛语》。

引:《牛女相会和南北统一》:

中国南北两派,倒好似牛郎织女,自从反目以来,好几年不肯相会,北方是牛郎,常发牛性,做事又像牛皮糖似的,纠缠不清,所以虽要和织女言归于好,总是不成功。南方是织女,也不像真织女么好说话,撒娇撒痴的,兀自投梭以拒,还有那些做鹊桥的政客也忒煞放刁,一会搭起来,一会儿又拆开了,倒像牛郎织女好一年一度相见,下界的南北可永不能统一呢,唉!

30日,李涵秋"沁香阁笔记"《倪翁小史(一)》载《晶报》第3版。

31日,李涵秋"社会小说"《怪家庭》载《小时报》,至1923年5月16日,至第17回,未完,后由贡芹孙补完;1926年10月10日,正集上、下两册由上海震亚书局初版,1931年5月1日再版;1935年5月1日,由李警众校订的正续集各2册由上海震亚书局初版。

本月

陈瀚一《睇向斋秘录》由文明书局出版。

9月

1日,严独鹤《汽车与贫民》,王西神《十三个情人对面观》,谈老谈《疯人日记》,程瞻庐《雄媳妇》,陆澹盦《最后之觉悟》,陆律西《红蝴蝶》载《红杂志》第4期。

2日,李涵秋《笔记·某大使》载《小时报》。

3日,青社社刊《长青》在上海创刊,至10月1日停刊,共5期。

注:《长青》为周刊,由包天笑任编辑,编辑所即设在包天笑上海爱尔近路庆祥里159号

半的寓所,发行所设上海英租界棋盘街著易堂书局。《长青》"本刊启事"阐明其创刊的性质、宗旨及著述团队:"本刊为青社同人所组织,为文艺上的评论,通文学界的消息,执笔者为王西神、王钝根、包天笑、江红蕉、朱瘦菊、沈禹钟、何海鸣、李涵秋、周瘦鹃、胡寄尘、徐卓呆、范烟桥、毕倚虹、许廑父、张舍我、张枕绿、张碧梧、程小青、程瞻庐、赵苕狂、严独鹤、严芙孙诸君,每星期出版一次,倘蒙海内文家加以指导,不胜欢迎。"刊物仅仅出5期,至10月1日停刊。(参考徐晓红《青社同人刊物——长青》,载《新文学史料》)

包天笑《盗的年谱》,毕倚虹《莼波榭丛话》《离婚后的三封信》,徐卓呆《防贼器》,向恺然《猎人偶记》,汪仲贤《游西湖的僻见》载《星期》第27期。好春簃主(孙癯蝯)《凤男小传》载《晶报》第2版,至10月22日,共13次。李涵秋《笔记·吕生》载《小时报》,"沁香阁笔记"《倪翁小史(二)》载《晶报》第2版。许瘦蝶"纪实短篇"《行路难》载《无锡新报》第4版,至6日,4次,载完。

5日,李涵秋《笔记·张丹叔中丞轶事》载《小时报》,至7日,2次,载完。

6日,程瞻庐《鬼趣》,徐卓呆《壬戌之秋七月既望》,郑逸梅《鸳鸯坟》,许指严《盂兰胜会》,赵眠云《中元纪念》;短篇:何海鸣《红偘人》,沈禹钟《烟具》,张庆霖《阿紫》,张碧梧《醉后》,严芙孙《双铃》载《快活》旬刊第16期,本期为"中元节特刊"。天虚我生等10余人《半月周岁》,袁唐志君、袁寒云《我的猫》,包天笑《慈善机关的广告》,王西神《管社山庄》,陈景韩《情的落空》,徐卓呆《半时间劳动制》,严芙孙《不相关的爱》,张枕绿《寄情之点》,赵苕狂《半月》,江红蕉《月下》,毕倚虹《吃人家饭的第一天》,范烟桥《不自由恋爱》,张舍我《两对自由恋爱者》,程小青《侦探之友:试卷》,陈小蝶《故琴心杂剧》载《半月》第2卷第1号,本期为"周年纪念号"。张碧梧《白室记》载《半月》第2卷第1号,至1923年8月26日第24号,21章,载完;1926年7月由大东书局出版。陈瀞一"笔记"《睇向斋逞肌谈》载《半月》第2卷第1号,至1923年8月12日第23号,7次。求幸福斋主(何海鸣)《十丈京尘》载《半月》第2卷第1号,至1924年8月30日第24号,40回,载完。周瘦鹃"剧本"《骄与爱》载《半月》第2卷第1号,至1923年4月16日第15号,载完。

8日,李涵秋《笔记·吕祖》载《小时报》。何海鸣《一个枪毙的人》,严独鹤《美人之罪过》,程瞻庐《苍蝇大闹森罗殿》《红字生涯》,许廑父《洛阳胡宦女》,胡寄尘《残梦》载《红杂志》第5期。

9日,李涵秋《笔记·神医》载《小时报》。

10日,包天笑《在夹层里》,汪仲贤《妓女嫁后的心》,张毅汉《男女同学》,张碧梧《四个生育过多的妇人》,向恺然《猎人偶记》,范烟桥《两件因果问题的参证》载《星期》第 28 期。

11 日,李芾甘《致〈文学旬刊〉》载《文学旬刊》第 19 号。

引:《致〈文学旬刊〉》:

近来《礼拜六》《半月》《快活》《游戏世界》等等杂志很发达,不能算是好现象,但是这也是应该的,因为中国现在的社会黑暗到了极点,所以这种东西才能受人欢迎的。西谛君说得好:"所以我觉得我们现在的工作……乃在于与这腐败的社会争斗,积极的把他们的那种旧眼光变换过。"

12 日,李涵秋《笔记·周扶九轶事》载《小时报》。

14 日,李涵秋《小言·文字感想》《笔记·恶请客》载《小时报》。

引:《文字感想》:

新秋风雨,彻夜不息,灯下读诸同文函寄之笔墨,至沉酣浓郁处,此心怦然,不能无动。新学家薄国学为不足道,故为钩輈格磔之文,以震其艰深也,一读之欲呕,再读之昏昏睡去矣。其性之偏耶,其识之陋耶,其头巾气未除耶,吾其然吾乌知其所以然。

15 日,严独鹤《月夜箫声》,马二先生《第一神相》,张舍我《阔绰》,程瞻庐《巧小姐》,程小青《歼仇记》,赵赤羽《急煞了》载《红杂志》第 6 期。

16 日,李涵秋《五块钱的命》,徐卓呆《新人物》,程瞻庐《夫妻小说迷》,马二先生《双料的戏迷家》,江红蕉《先生之发》,王蕴章《滑稽之王》,孙季康《五月初三夜》,姚民哀《眼泪制造厂》,俞慕古《干儿子》,谢豹《黄大》载《快活》旬刊第 17 期,本期为"滑稽号"。

17 日,包天笑《爱之电》,汪仲贤《痴人说梦》,范烟桥《将军休矣》,徐卓呆《第二故乡》,向恺然《猎人偶记》载《星期》第 29 期。

18 日,李涵秋《小言·有名无实》载《小时报》,《林芝祥的妻子》载《小时报》,至 10 月 4 日,载完。

20 日,鲁迅《"以震其艰深"》载《晨报副刊》第 3 版,署名"某生者"。

引:《"以震其艰深"》:

我先前只以为"钩輈格磔"是古人用他来形容鹧鸪的啼声,并无别的深意思;亏得这《文字感言》,才明白这是怪鹧鸪啼得"艰深"了,以此责备他的。但无论如何,艰深却不能令人"欲呕",闻鹧鸪而呕者,世固无之,即以文章论,"粤若稽古",注释纷纭,"绎即东雍",圈点不断,这总该可以算是艰深的了,可是也从未听说,有人因此反胃。呕吐的原因决不在乎别人文章的"艰深",是在乎自己的身体里的,大约因为"国学"积蓄得太多,笔不及写,所以涌出来了罢。

"以震其艰深也"的"震"字,从国学的门外汉看来也不通,但也许是为手民所误的,因为排字印报也是新学,或者也不免"以震其艰深"。否则,如此"国学",虽不艰深,却是恶作,真是一读之欲呕,再读之必呕矣。

国学国学,新学家既"薄为不足道",国学家又道而不能亨,你真要道尽途穷了。

21日,袁寒云《枕》,吕碧城《访旧记》,沈禹钟《环境之爱》,张舍我《舍庐漫志》,胡寄尘《奇怪的面孔》,姚民哀《将晓市声》,范烟桥《半月比例》载《半月》第2卷第2号。周瘦鹃译《我之忆语(德国废太子作)》载《半月》第2卷第2号,至1923年8月26日第24号,16次,载完。

星星《商务印书馆的嫌疑》载《晶报》第2版。该文认为《小说月报》攻击《礼拜六》《半页》等杂志及其作者,"说他是该死的下流,使他做的小说是穷极无聊,有人说,这是文学家的新旧之争,依我说,这话太高尚了罢。只不过是生活问题,换言之,即饭碗问题而已。他说做旧小说的人,穷极无聊,我承认这句话。倘说做新小说的人,都是富翁,都是资本家,只怕他们也未必承认罢。以穷人碰穷人,这其间就生出饭碗问题来了。"

22日,李涵秋短篇小说《林芝祥的妻子》载天津《小日报》第379号。严独鹤《政客之秘诀》,俞天愤《遗产》,严芙孙《销魂之地》,茆玉书述、李涵秋润辞《他是负心人吗》,程小青《歼仇记》载《红杂志》第7期。

23日,何慧心《评第三期〈长青〉》载《学灯》。

24日,包天笑《淞园吊影》,徐卓呆《看不见的四幅肖像画》,胡寄尘《一个要紧的虱子》,向恺然《猎人偶记》载《星期》第30期。

25日,徐卓呆《抽象的爱》,张枕绿《女儿归来了》,赵赤羽《毒医》,胡天心《红冰泪》,吴调梅《莲花落》,许指严《伏虎居士秘史》,张碧梧《一年前之回顾》载《快活》旬刊第18期。

28日,李涵秋《小言·上海杂感》载《小时报》。

29日,李涵秋《小言·上海杂感》载《小时报》。严独鹤《可怜之女郎》,海上漱石生《剪辫记》,陆澹盦《一夕话》,程瞻庐《延请主笔》,吴觉迷《姨太太的自杀》,胡寄尘《情阀》,定庵《卖花声里》载《红杂志》第8期。

10月

1日,包天笑《合作大商店》,毕倚虹《一星期的买办》,黄转陶《情天微云》,张毅汉《讣闻》,范烟桥《生活之歌》载《星期》第31期。

3日,严独鹤《团圞等待中秋节》,海上漱石生《桂花小史》,程瞻庐《中秋滑稽诗话》,朱枫隐《中秋好》,顾明道《蟾宫大会记》,颖川秋水《嫦娥应悔偷灵药之今日观》,谈老谈《嫦娥自述》,朱兰庵《中秋弹词》;短篇:马二先生《虚拟的官衔》,胡寄尘《弃妾》,程瞻庐《蠹鱼窠里的长生禄位》,吴觉迷《东方亚森罗苹》,姚民哀《秋天的棺材店老班》载《红杂志》第9期,本期为"中秋增刊"。

4日,鲁迅《所谓"国学"》载《晨报副刊》第3、4版。

引:《所谓"国学"》言:

现在暴发的"国学家"之所谓"国学"是甚么?一是商人遗老们翻印了几十部旧书赚钱。二是洋场上的文豪又做了几篇鸳鸯蝴蝶体小说出版。……洋场上的往古所谓文豪,"卿卿我我""鸳鸯蝴蝶"诚然做过一小堆,可是自有洋场以来,从没有人称这些文章(?)为国学,他们自己也并不以"国学家"自命的。现在不知何以,忽动奇想天开,也学了盐贩茶商,要凭空挨进"国学家"队里去了,然而事实很可惨,他们之所谓国学,是"拆白之事各处皆有而以上海一隅为最甚……试去翻一翻历史里的《儒林》或《文苑传》罢,可有一个将旧书当古董的鸿儒,可有一个以拆白饷阅者的文士"?

5日,李涵秋短篇小说《月饼》载《小时报》,至6日,载完。沈禹钟《客中佳节》,程瞻庐《月光底下的大宅子》,张枕绿《不重生男重生女》,王蕴章《秋籁阁》,赵赤羽《月饼》,姚民哀《中秋客话》,范烟桥《月色好么》,何朴斋《月圆时节》,吴讱之《月圆则亏》;短篇:张舍我《坠落史中的一段》,周消愁《梦游地府》,蒋春木《双梅新婚记》载《快活》旬刊第19期,本期为"中秋特刊"。何海鸣、陶报癖《离婚后的交情》,徐卓呆《嫁后的情书》,许廑父《倡门之父》,徐卓呆《我的处女作》载《半月》第2卷第3号。袁寒云《三十年闻见行录》载《半月》第2卷第3号,至1923年3月31日第2卷孙14号,6次。

6日,李涵秋"沁香阁笔记"《倪翁小史(四)》载《晶报》第2版。

8日,子严《读〈红杂志〉》载《晨报副刊》第3、4版。包天笑《合作大商店》,徐卓呆《代名词之移换》,汪仲贤《老白相人》,程小青《点头》,UU《老白相人》,张天翼(无诤)《空室》,罗瘿公《贺梅畹华福芝芳生子》载《星期》第32期。不肖生《留东外史补》载《星期》第32期,至1923年1月28日第48期,13章,第1集载完,17次。

注:《读〈红杂志〉》:

这班"旧文化的小说家"做的都是白话文,间或有以"国学"自豪的朋友,其国学却又欠亨,只落得留下作为话柄;他们的消闲主义虽然我仍旧以为有害,但比较六七年前,也并不见得更厉害,而且反有点衰弱的形势,这是我所乐观的原因了。

9日,严独鹤《烈士墓》,王西神《普天同庆》等特稿;小说:程小青《歼仇记》,赵赤羽《红心草》载《红杂志》第10期,本期为"国庆增刊"。

10日,李涵秋《小言·国庆》载《小时报》。张春帆(漱六山房)《最新九尾龟》自第33集第17回开始载《晶报》第3版,至1925年3月1日,113次,至24

回。毕倚虹《评笑台崔妾》载《晶报》第2版,至10月12日,载完。火炭《非记账式的小说来了》载《晶报》第2版,该文讽刺沈雁冰没能力做小说,"他的小说理论,只好永远是空论,胡乱谈谈而已。"

13日,子严《读〈笑〉第三期》载《晨报副刊》第4版。此文认为《笑》"看了并不发笑,只觉得皮肤上有点发痒……中国本来绝无感情的滑稽,也缺少理性的机智,所有的只是那些感觉的挑拨,听了叫人感到呵痒似的不愉快;这是最下等的诙谐,历来的滑稽文章大都如此,我们原也不能单去非难'笑之撰述者'们的。……那些'我们的小说'本来是'消闲'的东西,给那些觉得活着做人很是无聊想用方法把这生命消费过去的人们去看的东西;不想'消闲'的人去看他们,原是他自己的错呵"。

15日,程小青《钻耳环》(大隈斯探案之一),徐卓呆《星期日》,严芙孙《军乐声》,张碧梧《他为什么自杀的》,张庆霖《少年军官》,孙季康《这是谁害他的》,何心如《古屋灵鬼记》,吴调梅《落霞浦》,黄花痕《事到如今谁怜侬》载《快活》旬刊第20期。包天笑《破晓》,徐卓呆《背后谈妻者》,范烟桥《议郎写真》,郑逸梅《小说杂谈》,向恺然《猎人偶记》,无诤《小说杂谈》载《星期》第33期。

引:《小说杂谈》:

我说无论什么小说,都有益处。有人问道:哀情小说呢?这不过陪两滴眼泪罢咧。我道:益处怎么没有?譬如说,某人滥用情以致情场失意,于是阅者在情场上便谨慎些;譬如旧家庭的父母顽固以致酿成哀情,于是那些顽固或者有些觉悟,这岂不是益处吗?

滑稽小说是寻寻开心的,很有益于身心,可是很难做,要不外于"误""呆""顽",这几个字,我最喜欢看卓呆君的滑稽小说,如今卓呆看了我这条评论,不知以为何?

侦探小说最不好的是弄起评注来,阅者在评注中便能看得出罪人是谁,看下去便索然无味了。还有一件事要注意的,便是封面画,若是画一个犯案时的样子,也能猜得出罪人是谁。小说取的名也要注意,我从前看见一部侦探小说,叫《辣女儿》,封面画是一个女子拿着一柄长刀,内容是一个老人被刺,他有一女一子,我也不必说出凶手是谁,读者自然就明白了。

19日,许瘦蝶《病榻梦痕录》载《无锡新报》第4版,至21日,30次。周瘦鹃、王锦南、贡少芹、张碧梧、何海鸣等《我的家庭》14篇,沈禹钟《家难记》,包天笑《大家庭》,严芙孙《温公馆》,许廑父《家庭琐话》,王西神《三笑》,姚赓夔《隐痛》,徐桌呆《剩余者》,张碧梧《过后方知》,范烟桥《回味录》,胡寄生《家庭装饰的我见》,范烟桥《不能奋斗的时代化》,范菊高《家庭笑语录》,胡寄尘《乙种小家庭》,李定夷《渔家乐》,张枕绿《谁是没有名分的》,周瘦鹃《吾友的一家》,顾明道《家庭小言》,赵苕狂《画眉琐语》,包天笑《姨太太出门以前》,张舍我《请填空白》,胡寄尘《你还要哭么》,天放《兄弟》载《游戏世界》第17期,本期为"家庭号"。何海鸣《小说家之妻》,程瞻庐《毫毛变相》,徐卓呆《时髦税》,胡寄尘《安慰》,严芙孙《裤带的寿命》,程小青《奸仇记》载《红杂志》第11期;《红杂志》之"夺标小说"集《红屋》出版,共20卷。

21日,文丐《文丐的话》载《晶报》第3版。文称,卖文为生,是很正当的职业,理直气壮。

22日,张天翼(无净)《遗嘱》,包天笑《布衣会》,向恺然《蓝法师记》,江红蕉《三岁族长的承重孙》载《星期》第34期。何海鸣《求幸福斋丛话》(2集)由大东书局出版,1923年12月2日再版。

23日,王蕴章在《无锡新报》发表小说、诗话、小品、杂感等,至1925年1月1日,共300余篇。

24日,李涵秋"沁香阁笔记"《南海令之强项》载《晶报》第3版。沈禹钟《登高》,张冥飞《天上的重阳》,郑逸梅《九九缘》,张舍我《登高后的灾祸》,许廑父《重阳梦》,吴㔉之《三度重阳》,程瞻庐《登高之幻象》,张碧梧《重阳糕》;短篇:许指严《长生术》,张枕绿《秘而不宣》,徐枕亚《不幸之吾友》,严芙孙《卖笑之钱》,何心如《世外仙踪》载《快活》旬刊第21期,本期为"重阳特刊"。

27日,文丐《新文学家的韵事》载《晶报》第2版,文称:冰心追求的人多;茅盾英文不及格,投机新文化运动;郑振铎英文译错;周作人娶日女为妻,是留东外史某段原型,因与蔡元培同乡得以任教北大。程瞻庐《他的变迁》,王西神《将缫比素》,严独鹤《倒乱千秋过重阳》,胡寄尘《到底从哪里说起》,范烟桥《打》,陆律西《依样葫芦》载《红杂志》第12期。

29日,包天笑《第二的我》,严芙孙《婚宴》,向恺然《猎人偶记(六)》载《星期》35期。

30日,李涵秋《中国衣服》载《小时报》。

本月

徐枕亚《浪墨三集》《浪墨四集》由清华书局初版;1926年3月三版;1934年3月由大众书局重版。

按:《浪墨三集》目录:卷一,《经传井观》;卷二,《续冰壶寒韵》;卷三,《欲海归槎记》;卷四,《辟支璨记》;卷五,《哑哑录》;卷六,《蝶梦花痕录》;卷七,《诗梦钟声集》。

《浪墨四集》目录:卷一,《清史拾遗》;卷二,《蕾腾室丛拾》;卷三,《孤村喋血记》;卷四,《趣闻百韵》;卷五,《哑哑录》;卷六,《剖腹记》;卷七,《庋词选存》。

张碧梧短篇小说《真爱》载《快活》旬刊第28期。

周瘦鹃译《鲁滨逊归航记》由大东书局出版;1923年4月亦发行1版;1926

年2月4版。

11月

1日,沈雁冰《"写实小说之流弊"——请教吴宓君:黑幕派与礼拜六派是什么东西!》载《文学旬刊》第54号。

引:《写实小说之流弊》驳斥吴宓"一是认定《半月》《礼拜六》《星期》《快活》等等定期刊物上所登的小说;二是认定俄国的写实小说就等于中国的黑幕派和《礼拜六》派小说就是写实派文学。"批评《礼拜六》《半月》《星期》里的小说"常把人生的任何活动都作为笑谑的资料",批评"他们的'马车直达虎丘'等等的描写",批评"他们称赞张天师的符法,拥护孔圣人的礼教,崇拜社会上特权阶级的心理",认为,这些作品"都是进不得'艺术之宫'的"。

3日,李涵秋"沁香阁笔记"《猴瓢》载《晶报》第3版。青社一社员《劝冰先生》载《晶报》第2版。

引:《劝冰先生》:

我们青社是不奉陪的……并非怕你骂,你莫误会,我是好意要你长进啊……我觉得古今东西的大文学家,也多得很,他们的所以成为文学家,全是从他们作品上来的,决不是靠骂人上得来,就是北京你们那位祖师爷,好像他也不骂人罢。所以我此刻要劝你去邪归正,与其骂人,还是把工夫放在作品上,做些东西出来,叫大家看看。我们晓得了你真会有创作,那说不定我们也会佩服你崇拜你啊。总之我此次劝你,别无他意,一心要叫你成一个真的文学家,有创作的文学家,上流的文学家。

徐卓呆《不可思议的姊妹》,马二先生《不是她的坟》,张舍我《做奴仆的资格》,王袖沧《剪刀误》,吴虞公《一个弄蛇的叫化子》,程瞻庐《高头军》,平襟亚《恋爱的破产》,张碧梧《一个痛苦的少年》,何朴斋《地窖藏妻》载《快活》旬刊第22期。严独鹤《奇怪的失踪》,程瞻庐《七寸五分的眼光》,许廑父《时辰珠》,朱枫隐《两个妇人的谈话》,陆澹盦《儿女英雄》载《红杂志》第13期。许廑父《半月周年纪念大会记》,毕倚虹《新旧军衣》,徐卓呆《你为什么要娶妻》,范烟桥《信心》,何海鸣《一封讨论比丘尼的信》载《半月》第2卷第4号。

5日,程瞻庐《良心改造》载《新闻报·快活林》,至29日,共23次,载完。包天笑《新屋落成》,黄转陶《小说杂谈》,向恺然《蓝法师打虎》,徐卓呆《怕人山水》载《星期》第36期。

6日,文丐《争气》载《晶报》第2版。文称,《小说世界》向茅盾约稿,只是因为价钱谈不拢,才作罢;而非其它原因。

9日,火炭《告NQ》载《晶报》第3版。该文针对沈雁冰的批评,认为:"他的骂人,也不过满口说人家——除了他自己一派外——不是罢了,他又不是真能指摘出具体的话来……冰先生生成的这种骂人本能,我倒很赞成他,不过照我的意思,最好能够请他现在且别骂,到他那主任的杂志中,他自己几篇大作里头,别字减少了一点后,再行骂,似乎还不迟,到那时节骂起人来,一定格外有劲。"

10日,马二先生《孽海红筹》,严独鹤《奇怪的失踪》,俞天愤《范围》,朱枫隐《六畜会谈》,陆澹盦《儿女英雄》载《红杂志》第12期。雁冰《真有代表旧文化旧文艺的作品么?》《反动?》载《小说月报》第13卷第11号。

引:《真有代表旧文化旧文艺的作品么?》征引《晨报》子严的"杂感"关于通俗文学所谓思想上的恶趣味毒害国民的观点:"《礼拜六》以下的出版物所代表的并不是什么旧文化旧文学,只是现代的恶趣味——污毁一切的玩世与纵欲的人生观……《礼拜六》派(包括上海所有定期通俗刊物)的对于中国国民的毒害是趣味的恶化。……中国多是那些变态的人,《礼拜六》派的文人便是他们的豫言者:他们把人生当做游戏,玩弄,笑谑;他们并不想享乐人生,只把它百般揉搓使它污损以为快,在这地方尽够现出病理的状态来了……这样的下去,中国国民的生活不但将由人类的而入于完全动物的状态,且将更下而入于非生物的状态里去了。……子严君以为此派小说在思想上为害尤大,我也有同感;但是他们在文学上的恶影响,似乎也不容忽视,至少也要使在历史上有相当价值的中国旧文艺蒙受意外的奇辱!我希望宝爱真正中国旧文学的人们起来辩正!"

《反动?》认为:"'通俗刊物'之流行,决不是'反动',却是潜伏在中国国民性里的病菌得了机会而作最后一次的——也许还不是最后一次——发泄罢了。"

11日,孙瘅嫒《啸麈诗话》载《无锡新报》第4版,至4月8日,26次,载完。

12日,包天笑《两个小木鱼》,徐卓呆《嫉妒》,范烟桥《死路》,黄转陶《小说杂谈》载《星期》第37期。何海鸣《留声机片》,闸北徐公《侦探博士之三大奇案》,张冥飞《相片之仇(上)》,程小青"东方福尔摩斯探案"《冰人》,马二先生《香帕》,姚民哀《骈枝手印》,张碧梧《箱中女尸(上)》,徐卓呆《电车中之侦探术》,范菊高《和尚侦探》载《快活》旬刊第23号,本期为"侦探号"。

15日,《最小》创刊。何海鸣《汽车里面》,胡寄尘《一种特殊的情形》,徐卓呆《别体小说之沧桑》,周瘦鹃《别说我要工作了》,程小青《苏脑妙品》载创刊号。

注:《最小》为旬刊,阳历逢五发刊;自第13号改为二日刊,每份4张;后又改回旬刊;良晨好友社发行,张枕绿编辑。其发刊词《最小的宣言》:"本报抱提倡小说艺术的宗旨,继《良晨》和《长青》而发刊。我们曾得过往的教训,才作这样一个组织,预备至少维持三年。本报的篇幅最小,所以名称《最小报》。我们的志向不小。愿造为小报之'最'。"王西神、郑逸梅、毕倚虹、徐卓呆、胡寄尘、何海鸣、周瘦鹃等为主要撰稿人,作品有《关于小说之文》,小说有何

海鸣《汽车里面》《向晚的街市》，胡寄尘《一种特殊情形》，张枕绿《楼头门次》《再睡一会》《袄肩涎渍》，朱鸳雏的《白百合花》，张碧梧《改稿》等。至1926年6月25日，出版193期，停刊。

17日，孙漱石《好一个皮夹子》，张冥飞《一个当兵的下场》，胡寄尘《人道主义》，陆澹盦《儿女英雄》，郑逸梅《横塘曲》载《红杂志》第15期。

19日，徐卓呆《如此相逢》，许指严《手帕俱乐部》，陶报癖《予笔底之何海鸣》，赵苕狂《侦探之友：自寻烦恼》，陈瀣一《遗书之一节》载《半月》第2卷第5期。包天笑《蓝钻石戒指》，徐卓呆《妓女嫁后的心》，范烟桥《留声机》载《星期》第38期。

21日，马二先生《新诗话》载《晶报》第2版，至30日，2次。

23日，不肖生《聪明误用的青年（上）》，沈禹钟《股息》，许廑父《佛门情忏》，看经女史《四面受敌的省议员》，吴调梅《明白了》，张碧梧《箱中女尸（下）》，高廷光《蓝色的信封》，赵赤羽《草草之别》载《快活》旬刊第24期；张碧梧"侦探小说"《水里罪人》载《快活》旬刊第24期，至1923年3月21日第36期，10章，10次，载完。

24日，严独鹤《恋爱之镜（上）》，程瞻庐《阿凤》，程小青《奸仇记》，菊魂《原来如此》，陆澹盦《平民泪》，胡寄尘《无线电极》载《红杂志》第16期。

25日，《关于小说之文》载《最小》第1卷第2号，至1924年3月5日第164期，共载152则，作者有朱智先、潘祖贤、徐卓呆、张枕绿、楼剑南、胡寄尘、张舍我、范烟桥、胡寄尘、程小青、周瘦鹃、吴灵园、何海鸣、寒星、张学敏、无虚生、张碧梧、马鹃魂、听潮生、朱孝文、周振声、张凰、周浩泉、顾悼秋、一叶、叶克钧、江红蕉、徐冷波、程木公、金智周、张半泓、施青萍、陈悲尘、曼郎、田鸣皋、徐一蝉、蔡肖鸿、胡瘦鹤、凤云、吴哀吾、钱唐邨、孟刚、甄不肖、姚赓夔、文人、唐病愁、毕倚虹、黄转陶、红裳、朱瘦桐等。张枕绿"短篇小说"《楼头门次》，朱智先《小说文字之划一》，张枕绿《读者的环境》载《最小》第1卷第2号。

26日，张天翼《玉壶》《小说杂谈》，姚赓夔《大力士》，镜水生《小说杂谈》，包天笑《堕落之窟的一分子》，徐卓呆《不明白男子的心》载《星期》第39期。

引：《小说杂谈》：

吾友伊凉，做小说很好，我常对他说，你小说的思想很诡异，可以做侦探小说。他摇头道，我要到三四十岁才做。到了那时，阅历也深了，智识也多了。我心想，这话很对，同我年幼识浅，做起侦探小说来，不免有些不对，即如我那篇《空室》，便有不对之处。这是梦鸥告诉我的，说假使是抽抽空气死，那尸首，没有这般好看。第二天便写一张条子给我，说"尸身无损痕，面色青黯，眼开睛突，口鼻内流出清血水，仰面口开，舌有嚼破痕"。我笑道，若有人骂我,我也有遁辞。不过我现在声明了,便请阅者诸君原谅(这虽是《小说杂谈》,却是《无诤声明》)。

本月

张枕绿"小说集"《十七年后的》由上海良晨好友出版社出版。

12月

1日,严独鹤《恋爱之镜》,张舍我《三人的命运》,程小青《奸仇记》,西巫瘦铁《玷污灵魂的罪人》,程瞻庐《蚂蚁阵之声势》载《红杂志》第17期。

3日,陈冷血《爱情之小研究》,袁寒云《鸳鸯局图经》,王西神《菊影楼话堕》,朱鸳雏遗著《为谁嫁》,张枕绿《餐樱艳说》,徐卓呆《间接》,程瞻庐《泪之写照》,求幸福斋主《音乐组合》,范烟桥《吐绒记》《秘笈》,江红蕉《晓风残月》,俞牖云《文学与恋爱》,姚民哀《恋爱阶级》,周瘦鹃《情价》载《半月》第2卷第6号,本期为"情人号"。朱鸳雏遗著《红蚕茧集》载《半月》第2卷第6号,至1923年1月17日第9号,载3次。包天笑《不自由的自由》,卓呆《创作后的女弟子》,严芙孙《传染病》,范烟桥《归家》载《星期》第40期。许廑父主编《小说日报》在上海创刊。许廑父《上海近十年目睹之怪现象》开始连载于《小说日报》第1号第7版,至1923年4月19日第6版,125节,共249次,载完。张碧梧《无可奈何的爱》载《小说日报·星期增刊》第1期。

短篇:王西神《陌上花飞》,马二先生《画堂闻歌纪》,徐卓呆《麻醉期的呓语》,张舍我《一个月内的六封信》,程瞻庐《离合姻缘》,张枕绿《一块肉的反动》,严芙孙《新闻纸上的广告》,许廑父《他的离婚后的情形》,张碧梧《这是什么原因呢》;长篇:海上说梦人《歇浦春梦记》载《快活》旬刊第25期,本期为"离婚号"。

4日,《小说日报》第2号第2版载"小说界消息":"社会小说家李涵秋返扬嫁女,下月仍来沪。"

5日,朱天石"短篇小说"《官迷》,朱秋镜《痛哭者》;"关于小说之文":胡寄尘《消遣》,张枕绿《我从事著作前的预备》,徐卓呆《留在脑中的时间多少》,吴灵园《小说与新闻之别》,赵剑南《值得的牺牲》,范烟桥《卖文运动》,程小青《侦探小说的效用》载《最小》第1卷第3号。

6日,赵眠云、吴双热《双云记》载《小说日报》第4号第6版,至1923年1月8日,3回,33次,载完。《小说日报》第4号第2版推出"近代小说名家小史"系列,至1923年2月1日,共列恽铁樵、徐天啸、枕亚、胡寄尘、许指严、范烟桥、王钝根、俞天愤、张碧梧等。湖鹰《文妾》载《晶报》第2版,该文针对一本杂志的"编辑人说话":"希望诸君省下一些儿的租小房子玩小先生的光阴,来瞧瞧吾们的小杂志,把吾们的小杂志和小姥嬷一样的爱着,便足够了。"提请杂志社和书局老板,下笔留心,为小说家留些体面,免得被买主和新文学家骂为"文妾"。

7日,鉴秋"社会小说"《儒林趣史》载《无锡新报·艺府》,至23日,3回,17次,未完。严独鹤、马二先生、胡寄尘、陆澹盦"集锦小说"《匣中物》,陆澹盦《赖婚》,吴觉迷《将错就错之自由结婚》,马二先生《三年间的功罪》,顾明道《红娘日记》载《红杂志》第18期。

8日,《小说日报》第6号第2版载"小说界消息":"青社三日假东亚西蔡部开第五次聚餐会,并欢迎京来社员何海鸣君。"

9日,范烟桥《柱死的母子》载《新闻报·快活林》,至12日,载完。

10日,包天笑《废止婢妾大运动》,毕倚虹《金屋啼痕》,徐卓呆《桂喜的收房问题》,江红蕉《姨太太的美馔》,范烟桥《有幸有不幸》,沈禹钟《扶正》,严芙孙《宜男之相》,马二先生《一只被逐的狗》,张碧梧《万劫不复》,姚赓夔《人格之堕落》载《星期》第41期,此期为"婢妾号"。

11日,许廑父译、英国泰岱尔著《海天情梦》载《小说日报》第9号第2版,至14日,4次,载完,

12日,贡少芹《贼》载《小说日报》第10号第3版,署名"少芹"。

13日,徐枕亚手辑《无名女子诗》载《小说日报》第11号第10版,至1923年1月22日,21次。许廑父杂感《许子寓言》载《小说日报》第12版,至20日,7次。许廑父《幽梦影补》载《小说日报》第11号第12版,至27日,10次;12月28日至1923年1月5日,《幽梦续影补》载《小说日报》第33号第12版,4次。沈禹钟《奴颜记》,王西神《早嫁十年》,陈景鲁《恨》,程瞻庐《乐观派的穷鬼阿三》,不肖生《聪明误用的青年(中)》,张庆霖《同此佳期》,范菊高《三脚党》载《快活》旬刊第26期。

15日,施济群、程瞻庐、张舍我"集锦小说"《匣中物》,徐卓呆《万国货币改造大会》,程瞻庐《醋与蜜》,陆澹盦《赖婚》,豫舫旧主《另行设法》,顾明道《红娘日记》载《红杂志》第19期。"关于小说之文":张枕绿《我之祝"最小"》,徐卓呆《画龙点睛》,周瘦鹃《小说文字和女子的衣饰》,胡寄尘《小说杂志的封面》载《最小》第1卷第4号。许指严"社会小说"《女工泪》载《新闻报·快活林》,至18日,共5次,载完。

18 日,周瘦鹃《小说话·翻译西方名家作品的困难》载《小说日报》第 16 号第 2 版。《心声》半月刊创刊。严芙孙《淞滨残梦》载创刊号,至 1923 年第 2 卷第 6 号,15 回,载完。张冥飞《乡老儿上海游记》载创刊号,至第 4 号,共 4 次。贡少芹《贫富邻居》,求幸福斋主《倡门教育》,马二先生《京汉途中之回忆》,贡芹孙《沙场互市》,刘豁公《饯春剧本》,徐卓呆《一条落堕的路径》载创刊号。

注:《心声》半月刊,徐小麟主干,刘豁公编辑,王钝根主撰,郑子褒校订,心心照相馆发行。徐小麟在创刊号《心声发刊辞》中言:"本刊之作,所以矫时弊而正人心,务从良心发言,痛斥违心之论,忠言说议,或者以为逆耳,则付之小说稗官,取径不同,而所以明是非伸公道,其收效一也,编撰诸君,皆当世笃诚君子,耻为昧心之言,以取容悦,而隐于小说者,本刊之有益于社会人心,于斯可卜,非鄙人好为夸辞也。"刊物内容有小说、小品文、笔记等。作者有许廑父、贡少芹、马二先生、贡芹孙、王钝根、刘豁公、张冥飞、陆澹盦、海上漱石生、严芙孙等,至 1924 年 8 月 30 日《心声》第 3 卷第 8 期,1 卷 10 期,28 期,停刊。

21 日,许指严"笔记"《甦庵随笔》连载于《小说日报》,至 27 日,共 4 次,载完。

22 日,范烟桥《多波折的结婚》,程瞻庐《眼睛量器》,顾明道《新婚之后》,不肖生《聪明误用的青年(下)》,顾学三《金钱万恶》,朱迂公《五万元的头奖》载《快活》旬刊第 27 期。徐枕亚《记女侠刘燕燕事》,严独鹤《先知》,程小青《歼仇记》,程瞻庐《老鼠做亲》,陆澹盦《赖婚》载《红杂志》第 20 期。

24 日,毕倚虹《和寒云诗》载《星期》第 43 期。

25 日,何海鸣"短篇小说"《向晚的街市》,楼剑南《小爱》;"关于小说之文":张舍我《批评小说》,潘祖贤《一个做不完篇的恶习》,张枕绿《怎样救济不完篇的习惯》,徐卓呆《抵抗轮奸》载《最小》第 1 卷第 5 号。

27 日,《小说日报》第 25 号第 2 版载"小说界消息":"侦探小说家程小青氏,偕苏州《星报》主任范烟桥氏,于昨日(念四日)抵沪,与本报编辑主任许氏,有所接洽,二氏定于今日晚车返苏云。"马二先生《〈小说世界〉真是便宜货》载《晶报》第 2 版。

引:《〈小说世界〉真是便宜货》:

除了那位编辑先生叶劲风,是一个不见经传的人物外,其余《星期》主任天笑、《快活》主任涵秋、《小说月报》主任雁冰、《游戏世界》主任苕狂,以及古文大家林琴南,小说界的客串求幸福斋主等,真是一网打尽,冶新旧于一炉,萃各家杂志之特长,有了这一份《小说世界》之后,谁还再买别种小说杂志呢。

30 日,包天笑《美人院》,严芙孙《棺中》载《星期》第 44 期。《小说日报》第 28 号第 2 版载"小说界消息":"商务书馆《小说世界》出版后,因售价过廉,颇受著作界及出版界攻击,据闻此项杂志,每册须实本大洋二角,今仅售五分,亏折甚巨云。青社员张碧梧君,前为《半月》撰《双雄斗智记》一稿,颇受读者欢迎。现张君复传《东方亚森罗蘋氏奇案》一书,系紧接《双雄斗智记》续成;此书不日脱稿,张君拟自行出版云。"

本年

贡少芹"社会小说"《尘海燃犀录》载《小说新报》第 7 年第 1 至 12 期,12 回,上卷完。

李定夷"最新时事章回小说"《芝兰缘》载《小说新报》第 7 年第 1 至 10、12 期及 1923 年第 8 卷第 1、4、7 期,18 回,未完。

许廑父《珠江风月传》载《小说新报》第 7 年第 1 至 12 期,22 回,上集完。

李涵秋三女紫鸾嫁王筱园。李涵秋《好青年》《魅镜》《活现形》《雏鸳影》由国华书局出版。

程善之《小说丛话》《骈枝余话》再版。

《小说时报》复刊,李涵秋担任主编。李涵秋《怪家庭》续载《小说时报》第 1 至 5 期,署名涵秋,4 回,未完。

范烟桥 29 岁,迁居苏州温家岸,开始与沪上文坛广泛接触。

新华编辑社编《新鲜九尾龟》由新华书局出版。

郑逸梅任《申报·自由谈》《新闻报·快活林》《时报·小时报》三大副刊的特约撰述。

魏绍昌生于浙江上虞驿亭。

1923年(癸亥)

1月

1日,李涵秋《天蓬元帅》载《小时报》。毕倚虹《塔下》,顾明道《末路》,孙了红《最后一幕》,赵苕狂《我为什么不配叫忆凤》《半封可笑的信》,范菊高《小说评话》载《半月》第2卷第8期。张碧梧《吃饭难》载《小说日报》第30号第12版,署名"碧梧"。许廑父《近代小说家小史·周瘦鹃》载《小说日报》第30号第2版。

3日,张碧梧《剧谈·选择剧材的重要》载《小说日报》第32号第11版。微闻《〈小说世界〉价值论》载《晶报》第2版。

4日,周瘦鹃在《申报·自由谈》开设"一知半解"栏目,纯为知识介绍,但极具趣味性,至1925年9月28日结束,共载245天次。

5日,周瘦鹃将"随便说说"专栏改名为"三言两语",至1926年3月27日,共528天次。"关于小说之我":张舍我《创造自由》,程小青《小说界的前途》,赵苕狂《布景与不布景的小说》,张碧梧《改稿》,徐卓呆《我大不愿意》载《最小》第1卷第6期。

6日,袁寒云《泉摭》,何海鸣《我的白话词》,马二先生《京汉途中之回忆》,步林屋《命相误人》,徐卓呆《一条堕落的途径》,刘豁公《续弦秘记》,海上漱石生《写生术》,许廑父《慈爱与恋爱》,贡少芹《军官与匪首》,张碧梧《忏情记》载《心声》第1卷第2期。

7日,包天笑《教育家之妻》,徐卓呆《无理由的理由》,徐哲身《神奇的化学》,张碧梧《四面的面孔》载《星期》第45期。

9日,张碧梧小说《路旁的小乞丐》载《小说日报》第37号第3版。

10日,《小说世界》在上海创刊。李涵秋"短篇小说"《暮境痛语》,包天笑《一星期的新闻记者》,求幸福斋主《社会主义者》,胡寄尘《自由之代价》,王统照《夜谈》、沈雁冰重译、匈牙利裴都菲著《私奔》、徐卓呆《拘魂使者》、赵苕狂《茶匙》、叶劲风《懦人》载第1卷第1期。

注1:《小说世界》,周刊。商务印书馆主办,1—12卷编辑为叶劲风,13—18卷编辑为胡寄尘。每季为1卷,第17、18卷为季刊,每年1卷。1929年12月终刊,出至18卷第4期,264期。无发刊词。其作者有徐卓呆、张碧梧、程小青、李涵秋、林纾、姚鹓雏、何海鸣、张舍我、毕倚虹、赵苕狂、严芙孙、胡寄尘、范烟桥、许指严、张毅汉、孙瓕嫒、沈禹钟、徐哲身等。长篇小说有徐卓呆《万能术》,林纾《情天补恨录》《妖髡缳首记》,姚鹓雏《红薇记传奇》等;短篇小说数量庞大,如何海鸣、张碧梧、叶劲风等都在《小说世界》上发表了大量的短篇小说。

注2:《小说世界》推出后,引发新文学界的批判,《晨报副刊》刊登了一系列批判文章,如"疑古"的《"出人意表之外"的事》(本月10日)、荆生《意表之中的事》(本月23日),批判《小说世界》的出版,"正是当然的事","商人是以什么为终极的目的? 曰赚钱。文氓是以什么为终极的目的? 曰赚钱。那么只要有钱可赚,他们便是去制造贩卖'排泄物'给人吃。"本月15日,鲁迅署名"唐俟"在《晨报副刊》第11号上发表《唐俟君来信·关于〈小说世界〉》,批评《小说世界》,"说他流毒中国的青年,那似乎是过虑。倘有人能为这类小说(?)所害,则即使没有这类东西也还是废物,无从挽救的。与社会,尤其不相干,气类相同的鼓词和唱本,国内非常多,品格也相像,所以这些作品(?)也再不能'火上添油',使中国人堕落得更厉害了。"

疑古《"出人意表之外"的事》载《晨报副刊》。此文讽刺撰述者如包天笑、何海鸣、赵苕狂及其内容如提倡三纲五常、嫖赌纳妾等,"一言以蔽之,在时间的轨道上开倒车。"

11日,东枝《小说世界》载《晨报副刊》,讽刺《小说世界》的出版是牟利的商人、"礼拜六文人"和"看惯了粗直的旧文章"的读者三者合力的结果,看似是他们战胜和赢了新文学,实则是拉了历史的倒车。短篇:徐枕亚《嚼舌完贞记》,徐哲身《墙外桃花》,程小青《险买卖(大隈斯探案之二)》,郑逸梅《鸳鸯刀》,张庆霖《洪双斧》载《快活》旬刊第29期。

12日,严独鹤《如此牺牲》,程瞻庐《透视眼》,徐卓呆《极端》,许指严《满江黄》,胡寄尘《不平等》载《红杂志》第23期。毕倚虹《狱吏生涯》,李涵秋《沁香阁笔记·孙瓦匠》,张舍我《死的哲学》,胡寄尘《文王神课的代价》,徐卓呆《两个心》,赵苕狂《疯欤》,严芙孙《桥上》,叶劲风《你还要活在世上吗》载《小说世界》第1卷第2期。

14日,包天笑《街头的女子》《向恺然家之猴》,范烟桥《老乐师的仁慈》载《星期》第46期。

15日,张枕绿"短篇小说"《袄肩涎渍》;"关于小说之文":姚赓夔《先进与后进》,曼郎《青社文风大半"伊"》,徐卓呆《抽象的说明》载《最小》第1卷第7期。

17日,毕倚虹《湖上词》,范烟桥《垂死的兵》,周南陔《绮兰精舍杂记》,程小青、赵芝岩《侦探之友:剧贼角智录》,姚民哀《上海儿童》载《半月》第2卷第9号。

18日,许廑父《十年梦影录》载《小说日报》第46号第11版,至8月9日,1卷,共49次。马二先生"小说"《假借的体面》载《新闻报·快活林》,至20日,3次,载完。

19日,短篇:陆澹盦"李飞探案"《棉里针》,镜水生《一分钟》,何朴斋《慈善之贼》载《红杂志》第24期。李涵秋《沁香阁笔记》3则,求幸福斋主《诈欺取财的哲学家》,胡寄尘《上下》,卓呆《无家村》,沈禹钟《墟集》,沈雁冰重译、密克柴斯著《皇帝的衣服》,叶劲风《魂游》载《小说世界》第1卷第3期。许廑父《花史》载《小说日报》第47号第12版,至3月15日,33次,载完。

20日,《小说日报》第48号第2版载"小说界消息":"《快活》三十六期后,重定编制,闻世界书局主人已与向恺然、程小青接洽,拟多刊武侠及侦探稿。"

21日,浩然《论上海滩上的文人》载《晨报副刊》。

引:《论上海滩上的文人》反对新文学家以文丐、文娼指称鸳蝴作家,但在对待鸳蝴派作品的态度上与新文学作家基本一致,认为其作品"思想比较的陈腐……如提倡三纲五常,提倡嫖赌,提倡纳妾,提倡画脸谱的戏剧(?),提倡杀人不眨眼的什么大侠客,提倡女人缠足,反对女人剪发,反对生育限制,反对自由恋爱,反对文学,自命为国学家而专做虚字欠通的文章(?)……"艺术上,他们不学习西方的先进文学,"自然的造成手腕的拙笨,""稍微晦涩的文章就可以难倒他们"。

《小说日报》第49号第2版载"小说界消息":"商务书馆之《小说世界》销数甚旺,每期闻均达数万册云。"华秉丞《关于〈小说世界〉的话》载《文学旬刊》第62号。

引:《关于〈小说世界〉的话》:《小说世界》作者"根本的毛病在于态度不严肃……他们又没有所谓艺术,乘兴写去,写到怎样便怎样……他们因为不能进入人心的深处,不能察知世间的真相,所以没有自出心裁的描写,没有特造新铸的修辞。只见些传习的语句堆积成篇,而且这篇和那篇如其'张冠李戴'起来,也不至于头寸不合"。

《快活》旬刊第30期为"新妇女号",刊有胡蝶《前程》,徐婉云《飘萍记》等22篇作品,且作者均为女性。

胡寄尘《小说短论》载《晶报》第2版。包天笑《一路上的信》,吴灵园《上海人到乡下》,张碧梧《红绒绳鞋》载《星期》第47期。《游戏世界》第20期推出"侦探小说号",载有:包天笑《福尔摩斯再到上海》,何海鸣《血海情波》,程小青《孽镜》,徐卓呆《不是别人》,张碧梧《庸人自扰》,胡寄尘《外行侦探》,抱器

《豆腐面孔》,范烟桥《发》,顾明道《女学生之失踪》,姚民哀《三妻之命(上)》,陶报癖《钢笼宝(上)》,周瘦鹃《风流侠盗》,赵苕狂《四个时间》,骆无涯《情书》;"三分钟之小说":姚赓夔《健忘之我》,王锦南《著作家的化名表》,徐卓呆《情占》,退庵《坤伶内阁》,姚民哀《神话》;"世界谈话会":骆无涯《读小说者的心理一斑》,苕狂《也是编余琐话》。

22日,朱天目《照相里的遗嘱》,贡芹孙《唉!我原来是失望了》,徐碧波《红雨霏屑》,步林屋《东海轶闻》《集云轩诗》,冯叔鸾(署名"马二先生")《新旧戏并不相妨说》,刘蛰叟《缺月重圆记》,张庆霖《济南道中》,刘豁公《续弦秘记》载《心声》第1卷第3号。孙瘭蝯《好春簃笔记》载《心声》第1卷第3、8、9号,第2卷第4、5号。

23日,荆生《意表之中的事》载《晨报副刊》。

引:《意表之中的事》称"商务印书馆搜集了一点上海'流氓'的文章(?),出了一册《小说世界》,大家大惊小怪的嚷了起来,以为是出于'意表之外'的事件。其实这是极平常的意表之中的事。……商人是以什么为终极的目的的?曰赚钱。文氓是以什么为终极的目的?曰赚钱。那么只要有钱可赚,他们便是去制造贩卖'排泄物'给人吃,也正是当然的事。而且我们也不能去非难他的,因为他们的事业原是只管收进的白的是银子,黄的是金子,不管卖出的是什么的"。

24日,马二先生《无信用的〈小说世界〉》载《晶报》第2版。

25日,张枕绿"短篇小说"《再睡一会》;"关于小说之文":胡寄尘《一封曾被拒绝发表的信》载《最小》第1卷第8号。

26日,严独鹤《仇(一)》,何海鸣《脚之爱情》,陆澹盦"李飞探案"《棉里针(下)》,张庆霖《AA小史》载《红杂志》第25期。李涵秋《一夹钞票》,徐卓呆《古代奇病》,胡寄尘《癞虾蟆之日记》,程小青《酒后》,叶劲风《深闺梦里》《一个灵魂的价值》载《小说世界》第1卷第4期。

28日,《小说日报》第56号第2版载"小说界消息":"《小说新报》编辑贡少芹,因稿费问题,与国华书局经理沈某,拍案互骂,现贡已提出辞职,来年拟不复承办云。《快活》自三十六期后,拟稍作结束,再议续办。各周刊杂志,因受小说界廉价影响,销数为之大减,惟均无停办之说。"包天笑《不自然的笑》,范烟桥《鸡头肉》载《星期》48期。

31日,短篇:沈禹钟《遗影》,俞慕古"东方亚森罗苹奇案"《假票案》,张枕绿《如何是好》,汤秋桂"东方福尔摩斯"《覆舟》,吴切之《翻戏》载《快活》旬刊第31期。徐卓呆《色魔之子》,范烟桥《酒钱》,袁寒云《三十年闻见行录》,张南泠

《荐婿记》,吴田伧《爱的测量》《我的投稿话》,马鹃魂《向苕狂先生道歉的话》载《半月》第2卷第10号。

2月

1日,范烟桥《退一步想》载《新闻报·快活林》,至4日,载完。孙季康《近代小说名家小史·张碧梧》载《小说日报》第60号第2版。

2日,严独鹤《仇(二)》,王西神《汤饼筵》,程瞻庐《黑暗地狱里》,吴双热《洪奶奶的洪运》载《红杂志》第26期。叶劲风《罪痕》,胡寄尘《伤心之美术品》,徐卓呆《背道而驰的心》,烟桥《小说家之烦恼》,胡寄尘、陈学佳《顽皮的小孩》载《小说世界》第1卷第5期。

4日,包天笑《物质主义者》,徐卓呆《盗癖》,严芙孙《隔幕》载《星期》第49期。

5日,"关于小说之文":张枕绿《应时小说根本论》,胡寄尘《广说骂》,张枕绿《霍霜氏记吻之账》,义《镂尘精舍诗话》,潘祖贤《不碎的眼镜》,顾悼秋《美最小报》,徐卓呆《抬高与迎合》载《最小》第1卷第9号。

6日,瞎三话四斋主《舶来的编剧法》载《晶报》第2版,谈洪深的编剧;马二先生《看了〈玩偶之家〉影片以后》载《晶报》第3版。

9日,严独鹤《仇(三)》,程瞻庐《一块糖》,许廑父《误会》,吴觉迷《大年三十夜的一位姨太太》载《红杂志》第27期。胡寄尘《微生虫之世界》,叶劲风《午夜角声》,赵苕狂《同学少年》,卓呆《上下两对》,张碧梧《无母之儿》载《小说世界》第1卷第6期。

10日,短篇:程瞻庐《瞒了鱼雁》,虎头后人《卖梨娘》,姚民哀《女书记》,郑逸梅《短期之离婚》,谢芝田"东方福尔摩斯探案"《怪财神》,丐化者《一个丐化底小说家》载《快活》旬刊第32期。

11日,李涵秋"短篇小说"《老猪的大政方针》载《晶报》。

16日,陶报癖、何海鸣、贡少芹合写"集锦小说"《狗之自述》,步林屋《河间夫人小记》《颐和园秘记序》,何海鸣《我的白话词》,欧阳予倩《三岁的童养媳妇》,张碧梧《朱公馆的包车夫》,徐碧波《贫富交恶记》,马二先生《琴媒》载《心声》第1卷第4号。丁悚等9人合作《我家之新年》,天虚我生《新年乐谱》,周瘦鹃《先父之遗像》,毕倚虹《我之壬戌回顾》,朱鸳雏遗著《善堂惊梦》,陈小蝶《平昌度岁记》《新年即事诗》,范烟桥《前尘》,吴灵园《迎神之夜》,顾明道《同情的爱》,程小青《侦探之友:黑鬼》,郑逸梅《新年佳话对》,徐卓呆《不可思议之恋爱》,吴田伧《新年忆语》,马鹃魂《半月谈话会·品兰小语》载《半月》第 2 卷第 11 号,本期为"春节号"。胡寄尘《壬之面与癸之面》,许指严《吴市箫声》,张舍我《结婚难》,李涵秋《沁香阁笔记》,张碧梧《黑衣女郎》,卓呆《小说无题录》载《小说世界》第 1 卷第 7 期。《世界小报》创刊,由姚民哀主编。

19 日,《新闻报》三十周年纪念。涵秋《星先生文豹传赞》,严独鹤《三十而立》,程瞻庐《我之新闻报三十周纪念观》,天虚我生《新闻报三十周纪念·调寄貂裘换酒》,马二先生《祝新闻报三十周纪念》,周瘦鹃《我有一个哥哥》,西神残客《杂剧·剪淞快语》,徐卓呆《石佛》载《新闻报·快活林》特刊。

20 日,李涵秋在《快活林》发表《元帅府》。《小说日报》第 71 号第 2 版载"小说界消息":"本年海上各小说杂志,大都继续进行,而销数亦都不弱,说者谓此是中国小说界好景象云。"何海鸣《五十年后的娼妓》,王西神《少林嫡乳》,吴调梅《孙悟空堕凡记》,许指严《干净土》,张碧梧《个性的不同》,范烟桥《妻财》,赵赤羽《女婿是猪八戒》,李孟任《新年里头的大宅子》,章怡岩《怪刺客》载《快活》旬刊第 33 期。程瞻庐《元宝一夕话》,陆澹盦"李飞探案"《密码字典》,陆律西《才财之敌》,徐卓呆《急性的元旦》,许指严《七千万》载《红杂志》第 28 期,本期为"新年号"。

23 日,李涵秋《可怜一个小学教师》,徐卓呆《间接结婚》,张毅汉《黄金偶像》,叶劲风《母亲的心》,张舍我《热情》,范烟桥《效率》,胡寄尘《小说谈话》载《小说世界》第 1 卷第 8 期。自本日起至 1937 年 4 月 12 日,王蕴章在《新闻报》发表评论杂俎文字近 600 篇。《新闻报·快活林》"点将小说"开始刊载,共 17 期,分甲乙两组,大体隔日分别载甲乙组,至 11 月 8 日止。

按:第一期甲组为《新年之回顾》,分别为:王西神(23 日),沈禹钟(25 日),胡寄尘(27 日),达哉(3 月 1 日),澹盦(3 月 3 日),卓呆(3 月 5 日),律西(3 月 7 日);第一期乙组为《拜年》,分别为:大有(24 日),济群(26 日),指严(28 日),大可(3 月 2 日),舍我(3 月 4 日),芙孙(3 月 6 日),马二先生(3 月 8 日)。

第二期甲组为《一个军人》,分别为:胡寄尘(3 月 9 日),王西神(3 月 11 日),卓呆(3 月 13 日),陆律西(3 月 17 日),沈禹钟(3 月 19 日),陆澹盦(3 月 21 日);第二期乙组为《灯市》,分别为:大有(3 月 10 日),大可(3 月 12 日),济群(3 月 14 日),马二先生(3 月 16 日),严芙孙(3 月 18 日),张舍我(3 月 20 日),许指严(3 月 24 日)。

第三期甲组为《不知所云》,分别为:徐卓呆(3 月 23 日),王西神(3 月 25 日),胡寄尘(3 月 27 日),陆律西(3 月 29 日),陆澹盦(3 月 31 日),沈禹钟(4 月 2 日),达哉(4 月 4 日);第三期乙组为《半封信》,分别为:马二先生(3 月 24 日),严芙孙(3 月 26 日),许指严(3 月 28 日),大有(3 月 30 日),张舍我(4 月 1 日),大可(4 月 3 日),济群(4 月 5 日)。

第四期甲组为《剑侠》，分别为：陆澹盦(4月6日)，王西神(4月8日)，达哉(4月10日)，胡寄尘(4月12日)，徐卓呆(4月14日)，陆律西(4月16日)，沈禹钟(4月18日)；第四期乙组为《惧内记》，分别为：张舍我(4月7日)，严芙孙(4月9日)，大有(4月11日)，许指严(4月13日)，大可(4月15日)，济群(4月17日)，马二先生(4月19日)。

第五期甲组为《十年后》，分别为：陆律西(4月20日)，王西神(4月22日)，陆澹盦(4月24日)，徐卓呆(4月26日)，胡寄尘(4月28日)，达哉(4月30日)，沈禹钟(5月2日)；第五期乙组为《昨日今朝》，分别为：济群(4月21日)，大可(4月23日)，张舍我(4月25日)，大有(4月27日)，马二先生(4月29日)，严芙孙(5月1日)，许指严(5月3日)。

第六期甲组为《文丐》，分别为：胡寄尘(5月4日)，王西神(5月6日)，达哉(5月8日)，徐卓呆(5月12日)，沈禹钟(5月14日)，陆澹盦(5月18日)；第六期乙组为《进化》，分别为：大有(5月5日)，大可(5月7日)，许指严(5月11日)，张舍我(5月13日)，马二先生(5月15日)，严芙孙(5月17日)，济群(5月19日)。

第七期甲组为《盗贼世界》，分别为：王西神(5月20日)，陆律西(5月22日)，胡寄尘(5月24日)，徐卓呆(5月26日)，陆澹盦(5月28日)，沈禹钟(5月30日)，达哉(6月1日)；第七期乙组为《幸运》，分别为：许指严(5月21日)，马二先生(5月23日)，严芙孙(5月25日)，大有(5月27日)，大可(5月29日)，济群(5月31日)，张舍我(6月2日)。

第八期甲组为《无可奈何》，分别为：陆澹盦(6月3日)，王西神(6月5日)，胡寄尘(6月7日)，徐卓呆(6月9日)，卢律西(6月11日)，达哉(6月13日)，沈禹钟(6月15日)；第八期乙组为《奇狱》，分别为：大可(6月4日)，大有(6月6日)，济群(6月8日)，张舍我(6月10日)，许指严(6月12日)，马二先生(6月14日)，严芙孙(6月16日)。

第九期甲组为《画骗》，分别为：王西神(6月17日)，徐卓呆(6月21日)，陆澹盦(6月23日)，陆律西(6月25日)，胡寄尘(6月27日)，达哉(6月29日)，沈禹钟(7月1日)；第九期乙组为《角黍》，分别为：大有(6月20日)，张舍我(6月22日)，大可(6月24日)，马二先生(6月26日)，许指严(6月28日)，严芙孙(6月30日)，济群(7月2日)。

第十期甲组为《记账》，分别为：徐卓呆(7月3日)，陆律西(7月5日)，王西神(7月7日)，胡寄尘(7月9日)，达哉(7月11日)，陆澹盦(7月13日)，沈禹钟(7月15日)；第十期乙组为《邻居夜谪》，分别为：马二先生(7月4日)，大有(7月6日)，大可(7月8日)，张舍我(7月10日)，济群(7月12日)，许指严(7月14日)，严芙孙(7月16日)。

第十一期甲组为《洋楼》，分别为：胡寄尘(7月17日)，王西神(7月19日)，徐卓呆(7月21日)，陆律西(7月23日)，沈禹钟(7月25日)，陆澹盦(7月27日)，达哉(7月29日)；第十一期乙组为《新嫁娘之心理》，分别为：马二先生(7月18日)，许指严(7月20日)，施济群(7月22日)，大有(7月24日)，严芙孙(7月26日)，大可(7月28日)，张舍我(7月30日)。

第十二期甲组为《半页残稿》，分别为：胡寄尘(7月31日)，王西神(8月2日)，达哉(8月5日)，陆律西(8月7日)，徐卓呆(8月9日)，沈禹钟(8月11日)，陆澹盦(8月13日)；第十二期乙组为《纳凉》，分别为：大可(8月1日)，张舍我(8月4日)，许指严(8月6日)，马二先生(8月8日),施济群(8月10日),大有(8月12日),严芙孙(8月14日)。

第十三期甲组为《名誉》,分别为:陆律西(8月15日),王西神(8月17日),胡寄尘(8月21日),达哉(8月23日),徐卓呆(8月25日),陆澹盦(8月27日),沈禹钟(8月29日);第十三期乙组为《车中》,分别为:马二先生(8月16日),大可(8月18日),大有(8月22日),张舍我(8月24日),施济群(8月26日),调狂(8月28日),严芙孙(8月30日)。

第十四期甲组为《背后》,分别为:徐卓呆(8月31日),王西神(9月3日),达哉(9月5日),胡寄尘(9月7日),陆律西(9月9日),沈禹钟(9月11日),陆澹盦(9月14日);第十四期乙组为《不堪回首》,分别为:调狂(9月1日),严芙孙(9月4日),大可(9月6日),大有(9月8日),马二先生(9月10日),张舍我(9月12日),施济群(9月16日)。

第十五期甲组为《绿天深处》,分别为:王西神(9月17日),陆律西(9月19日),胡寄尘(9月22日),徐卓呆(9月24日),陆澹盦(9月28日),达哉(9月30日),沈禹钟(10月2日);第十五期乙组为《良心》,分别为:大可(9月18日),调狂(9月20日),大有(9月23日),济群(9月27日),张舍我(9月29日),马二先生(10月1日),严芙孙(10月3日)。

第十六期甲组为《强者之教训》,分别为:胡寄尘(10月5日),王西神(10月7日),徐卓呆(10月9日),达哉(10月13日),陆律西(10月15日),陆澹盦(10月20日),沈禹钟(10月22日);第十六期乙组为《码头小史》,分别为:调狂(10月6日),济群(10月8日),大可(10月12日),大有(10月14日),马二先生(10月19日),严芙孙(10月21日),张舍我(10月23日)。

第十七期甲组为《今昔不同》,分别为:徐卓呆(10月24日),王西神(10月26日)沈禹钟(10月28日),达哉(10月30日),胡寄尘(11月2日),陆律西(11月4日),陆澹盦(11月7日);第十七期乙组为《画中人》,分别为:严芙孙(10月25日),大有(10月27日),大可(10月29日),调狂(10月31日),济群(11月3日),张舍我(11月6日),马二先生(11月8日)。

24日,马二先生《宣传宗教之小说家》载《晶报》第2版。

25日,张枕绿"短篇小说"《隔一日》,朱镜秋《评〈十七年后的一吻〉》,姚赓夔《假归记》,朱镜秋《胡适》,胡寄尘《痛快之谈》载《最小》第1卷第10号。

27日,许廑父《论语新解》载《小说日报》第78号第10版,至3月4日,6次。

本月

李涵秋绘图《自由花范》(4册)由上海世界书局出版;1924年6月第3版。

海上说梦人《歇浦潮》(5集10册)由世界书局发行订正初版;1924年2月,1925年4月,1928年8月分别发行订正第2、3、4版。

3月

2日,周瘦鹃《黄包车夫的情人》载《晶报》第2版。陶报癖《甓斋挥麈》,周南陔《绮兰精舍笔记》，施青萍《伯叔之间》，钱释云《归》，周瘦鹃《骄与爱》，马鹃魂《滑稽名字话》，姚赓夔《随便说说》，吴田伧《关于拙作〈冒险的结合〉之几个问题》，何海鸣《V光线》，胡寄尘《闲人》，姚民哀《无情弹》，顾明道《我之处女作》载《半月》第2卷第12号。陈小蝶《武林旧思录》载《半月》第2卷第12号，至8月12日第23号，载8次；1926年3月由大东书局出版。

按：陈小蝶《武林旧思录》所载文章：《醉灵轩》《胡吹》《汤和尚》《莼菜》《金华神》《秦桧旧第》《姚勇忱》《太平军》《朱天君》《岳墓铁像》《打虎》《西铭先生》《皱月廊》《鼠荒》《邹眉生》《薙发令》《凤凰寺》《叶品三》《温元帅庙》《铜书铁画》《彭刚直梅花》《孝子坊》《拱宸桥》《杏官书》《秋狱》《白云庵签》《诂经精舍》《钱塘虎林》《雾凇》《牛皋墓》《李生》《旧旗营》《乙客》《八卦石》《贡院》。

赵苕狂《人生》，何海鸣《栗子香》，叶劲风《指着我的手》载《小说世界》第1卷第9期。沈禹钟《女儿最后之一幕》，张庆霖《旅馆血案》，周浩泉《妻》，严芙孙《梦里》，何朴斋《一个有钱的媳妇》，徐枕亚《围炉客话》，西巫瘦铁《真话》，姚民哀《度日艰难》载《快活》旬刊第34期。

3日，程瞻庐《新旧猪八戒》，陆澹盦"李飞探案"《密码字典》，胡寄尘《无所不可》，翟晓岚《妓女成因》载《红杂志》第29期。陶报癖、何海鸣、贡少芹合写"集锦小说"《狗之自述（二）》，贡少芹《题兰小集以应》，贡芹孙《营妓》，步林屋《袁政府元旦演剧记》《赠朱琴心序》《鼓娘西厢赞》，何海鸣《我的白话词》，徐枕亚《榴云惨史》，刘豁公《文姬归汉剧本》，陆律西《卖糖叟》，徐冷波《命运》，徐哲身《不生效力的告白》载《心声》第1卷第5号。

4日，包天笑《世界女侠》《大刀王五》，求幸福斋主《大沧二沧》，毕倚虹《嫉社记》，向恺然《我研究拳脚之实地练习》，姚鹓雏《嵩山五僧》，胡寄尘《侠少年》，张碧梧《黑夜飞刀》，姚赓夔《怪侠》，吴灵园《这不过一回书》载《星期》第50号，此期为"武侠号"。

5日，许廑父《九章文解》载《小说日报》第84号第10版，至20日，12次。《小说日报》第84号第2版载"小说界消息"："小说新报因稿费问题，及后期出版关系，去年主任贡少芹与发行经理沈某，拍案互骂，现少芹愤而辞职，继任尚未定谁人，外间且有袁寒云接办之说，缘少芹原与寒云约定合办，并已宣布十二期新报内，故传说如是，其实此说早已打销矣。青年杂志生涯颇不见佳。"张枕绿"短篇小说"《头等产室中》，胡道静"短篇小说"《为了一只碗》；"关于小说之文"：程小青《霍桑和包朗的命意》；张枕绿《小报之自小》载《最小》第1卷第11期。

6日,马二先生"小说"《新女诫》载《晶报》第3版,至4月12日,10次,载完。

9日,胡寄尘《心上的影片》,卓呆《十六行眼泪》,叶劲风《一封不合时宜的信》载《小说世界》第1卷第10期。王西神《我之新年趣事》,吴双热《人不如狗》,徐哲身《别开生面之翰墨缘》,姚民哀《红娘日记》,严独鹤《拜年》载《红杂志》第30期。

12日,短篇:张枕绿《项圈》,王袖沧《春雨离缘》,许一厂《荒刹春色》,何心如《旅馆中的风流案》,王井水《吉夕忏语》,茆玉书《养媳》,姚民哀《婚姻苦乐》,谢豹《拾蟹记》,金啸梅《侦探之子》载《快活》旬刊第35期。

13日,许廑父"滑稽小说"《堂子里的电话》载《小说日报》第92号第2版,至14日,2次,载完。该小说先于1922年6月28日载《四民报》第12版。

15日,朱天石《恍惚》,楼剑南《玫瑰之家的晚上》,吴弱思《两篇项圈》,胡寄尘《论小说盛衰之理》,王立方《历史可改为小说体》,顾哀梅《咳与唉》,钱唐邨《小说小说》,《乙未生函枕绿覆》,张枕绿《文化与文丐》载《最小》第1卷第12号。

引:《文化与文丐》:

有一部分自命为新文化宣传者,常把那班不取新形式的作者,骂为文丐,不知何所取何义。我听得有一个人说,"新文化"三字,可解作"新式底文绉绉底叫化子"。这样讲来,那所谓"新式底文绉绉底叫化子",倒比较的有出典有来历了。

16日,徐卓呆《轻重》,胡寄尘《中国小说考源》载《小说世界》第1卷第11期。短篇:严独鹤《理想中的妻子》,何海鸣《一件卷逃案》,陆澹盦"李飞探案"《狐祟(上)》,姚民哀《红娘日记》载《红杂志》第31期。

17日,徐卓呆《家庭同盟罢工》,姚民哀《无情弹》,郑逸梅《云屏窃艳》,沈家骧《联想》,赵眠云《酒痕春绿馆酒痕》,陶报癖《难道他不是人么》,张南泠《后母的心》,周瘦鹃《骄与爱》;"妇女俱乐部":圣因女士《纽约病中七日记》,袁唐志君《盗尸》,卢健女士《自由和活泼》,蒻倩《原来如此》载《半月》第2卷第13号。周瘦鹃《匍匐之人》载《半月》第2卷第13号,至4月16日第15号,3次,载完。

引:记者《编辑室灯下》(载《半月》第2第13号):

《半月》出版,备受各方面之佳评,深为感荷。最近又见《晶报》有寒云《癸亥杂讽》云:"《半月》丰标故故妍,争传海上有神仙,无双杂志无双笔,毕竟周郎自不凡。海上杂志,风起云行,不逾岁而风流云散矣。惟瘦鹃所编《半月》,不稍懈忽,灵光鲁殿,应推第一。非予阿私,实一时公论也。"又杭州《兰友旬刊》小说杂志评云:"《半月》取材清灵隽雅,封面绝艳,编制新颖,足见瘦鹃匠心独运,杂志中当推为第一。"以上二评,奖借过常,自问谫陋,弥益惭悚,然来日方长,知所自勉矣。

英国福尔摩斯侦探案作者柯南·道尔氏,近又撰《匍匐之人》("The Creeping Man")一篇,载三月份美国某杂志,瘦鹃甫于二十五日得之,亟为赶译,设法刊入本期,度亦为读者所乐闻乎。柯氏近年所撰《福尔摩斯侦探案》,舍第一卷所刊《皇冕宝石》《雷神桥畔》二种外,此为第三种,别无他作。

马二《中国的影戏》载《晶报》第2版。陶报癖、何海鸣、贡少芹合写"集锦小说"《狗之自述(下)》,步林屋《袁项城诗》《山人醉语》《新岁剧谈》,刘豁公《哀梨室剧谈》《哀梨室谐乘》《鼓话》,顾明道《一个处女的梦》,徐枕亚《榴云惨史(续)》,刘豁公《文姬归汉剧本(续)》,许廑父《孽》,姚民哀《宫监离婚记》,颖川秋水《新猪头三命名记》,王钝根《驻颜术》,何海鸣《集离骚句题兰香集》载《心声》第1卷第6号。

21日,短篇:程小青《种瓜得瓜》,张子樵《韩狮儿》,何朴斋"东方亚森罗苹奇案"《古画》,张碧梧《割麦插禾》,顾明道《雌雄剑》,张庆霖《覆水重收》,许廑父《双侠传》,王野苹《井中刀》,幕面女郎《笑涡》,王剑舞《儿女英雄》,天涯过客《钻圈案》载《快活》旬刊第36期。

22日,徐枕亚《败子列传》载《小说日报》第101号第2版,至25日,4次。徐枕亚、蒋箸超著《儿女金鉴录》载《小说日报》第101号第4版,至8月29日,130次,载完。徐枕亚《亡妻蕊珠事略》载《小说日报》第101号第5版,至28日,7次,载完。

23日,张碧梧《最后的一瞥》,何海鸣《钱太贵了》,叶劲风《勋章》,胡寄尘《鸥侣闻歌记》,徐卓呆《吃饭》,赵苕狂《猜疑》,范烟桥《归田》载《小说世界》第1卷第12期。短篇:严独鹤《三张过时的贺年卡》,张舍我《字纸篓里的回声》,胡寄尘《人生之一幕》,陆澹盦"李飞探案"《狐祟(下)》载《红杂志》第32期。

24日,许廑父杂文《劝劝上海人》载《小说日报》第103号第5版,至4月13日,9次。

25日,周瘦鹃在《申报·自由谈》推出"小说半月刊",至1924年12月14日,共35期。胡寄生《镜子之吸力》,张碧梧《母亲的遗像》,许廑父《缘》,漱玉《无聊的还乡》载第1号。张枕绿《往日夫妻》,江红蕉《惭耶》,张舍我《什么叫做"礼拜六派"?》,张碧梧《小说衰败的原因》,徐卓呆《小说题目谈》,胡寄尘《三个世界》,张枕绿《呵呵》《〈不知所云〉之评》,郑逸梅《恋衾杂感》,周瘦鹃《人生苦恼》载《最小》第1卷第13号;自本期起,《最小》改为两日刊。

引:《什么叫做"礼拜六派"?》:

一部份自命新文化小说家,每批评不用新式圈点小说作者为"礼拜六派",批评不用新式圈点的小说为黑幕派小说。题目以为《礼拜六》里发表的小说,足代表微妙十几个人的个性、文风、特点和主张,以为要看我们十几个人的作品,或者要观察我们十几个人的著作的个性、文风、特点和主张,只要费小洋一角,买一本《礼拜六》一翻便够了。所以我们费尽了心血,或自信也许有人赞许于文艺上有价值的作品,他们也决不肯一看,等到要作批评小说的文字,便闭着眼睛,瞎说一句"他是'礼拜六派',是一篇卑鄙的黑幕小说"。那些不懂"何为小说"的少年,也应声道"礼拜六派,黑幕小说",唉,这就叫做"礼拜六派"吗?

27日,张枕绿、王立方《四吻》,江红蕉《我对于今年小说界的希望》,张舍我《谁做黑幕小说?》,徐卓呆《储蓄生命的所在》,赵苕狂《一块文丐的牌子》,郑逸梅《花街柳巷》,张枕绿《夫妇称呼》载《最小》第1卷第14号。

引1:《谁做黑幕小说?》:

一部份新式圈点的小说家,常说"礼拜六派"的小说,是卑鄙龌龊的非人道的黑幕小说。我们原不大去理他们的。因为我们的小说,是否卑鄙龌龊,是否非人道的,是否黑幕小说,或者是否有文艺的价值,只要有群众的观览和批评。他们的骂,原是极少有价值的,不料那些以提高小说艺术价值的新文化小说家(?)竟会专门提倡性欲主义,专门描写男女的情事,什么提倡兽性主义,描写男和女的同性恋爱,简直说一句,描写"鸡奸",读者不信,请看《创造》杂志第一二两册内郁某的小说,和郁某的专集《沉沦》一书。新式圈点的小说,他们不是说小说在文学上占据很高的地位吗?然而到底谁是做黑幕小说的?

引2:《一块文丐的牌子》:

哈哈,"文丐"这个名词,近来竟通行起来了。我也是"文丐"的一分子,怎肯放弃这个好名词,所以高高兴兴的,去做了一块"文丐赵苕狂寓"的牌子,就在寓所门前挂了起来了。当时我的心中,也得意的了不得。觉得这块招牌一挂出去,比着什么外交部王交通部张还要煊赫得多了。四邻对之都要减色呢……丐头恶狠狠的对我说道:"你不是赵苕狂么,你不是一个'文丐'么,你既然带了这个丐字的头衔,应当懂得规矩,怎么也不向我那里去报到,就把牌子挂了起来了,这是什么道理啊?"我听了,一时倒回答不出什么话,只得支吾道:"我这个文丐,与你手下那些乞丐有些不同呢。"丐头道:"既然称得丐,总是一样的,只要受我的管辖,不过我瞧你的模样,也不像是个乞丐,想来是闹得玩的。不如把那块牌子取了进来,免得招人之疑罢。不然,我可真要干涉了。"我无奈,只好当着他面,把牌子取下来了。等那丐头走后,我不觉叹道:"唉,承那几位新文化老爷瞧得起我,给我一个文丐的好头衔,谁知竟被这个可恶的丐头,硬生生把他来取消了,难道新文化老爷的势力,不及一个丐头么?"

29日,张舍我《"礼拜六派"哪里去了?》,无虚生《霍桑包朗命名的研究》,王立方《做侦探小说与真做侦探》,俞千芳《小说中作者说话》载《最小》第1卷第15号。

30日,徐卓呆《马尾》,徐哲身《恩仇》,胡寄尘《诗意》,叶劲风《仁术》载《小说世界》第1卷第13期。

31日,徐枕亚《无聊斋说荟》载《小说日报》第110号第2版,至7月23日,22次,载完。范烟桥《内助》,胡寄尘《过渡时代的痛苦》,孙了红《同是倡门》,袁寒云《三十年闻见行录》,周瘦鹃《我之忆语》《骄与爱》,袁寒云《寒云藏古》;"妇女俱乐部":圣因女士《约纽病中七日记》,陈翠娜《邃园感伤图记》,明漪女士《香草笺》,温倩华《黛吟楼诗词稿》载《半月》第2卷第14号。张枕绿"短篇小说"《强笑》,严芙孙《请罪》,楼一叶《形式的改革》,范烟桥《三个世界》,何海鸣《倡门之粥》,郑逸梅《恋衾杂感》载《最小》第1卷第16号。王西神《钻婚》,徐卓呆《洋装的抄袭家》,程瞻庐《热心》,沈禹钟《缝衣女》载《红杂志》第33期。

本月

叶小凤《古戍寒笳记》由上海崇文书局初版。

4月

1日,杨尘因《漂泊萍花记》载《世界最小报》,至9月15日,载完。步林屋《袁项城诗》《山人醉语》《集云乩词》《剧话》,颍川秋水《反送穷文》,孙朧媛《常惺惺斋日录》,天台山农《张欣生唱春》,许廑父《碧海双精》,张庆霖《铜床》,刘豁公《文姬归汉剧本(三)》,徐哲身《怪妻妾》,潘予且《张大妈的生日》,童爱楼《值年生肖宜改良》《送春》《悲歌》载《心声》第1卷第7号。李涵秋《并头莲》由新声书局初版,1925年12月1日再版。

2日,徐枕亚笔记《剩墨》载《小说日报》第112号第5版,至14日,9次。楼一叶《平凡的家书》《一句公平话》,何海鸣《枕绿的作品及其夫人》,姚赓夔《关于直译小说的小谈》,张枕绿《伉俪三年记》《吾之家庭琐述》载《最小》第1卷第17号。

4日,张枕绿《宇宙》,黄转陶《变化》,范烟桥《老牌》,楼一叶《作家的传记》,严芙孙《描写倡门的小说》,胡寄尘《小说短论》,张枕绿《禁止招贴》,郑逸梅《银灯琐记》,郑际云《笨极的介绍〈不知所云集〉》载《最小》第1卷第18号。

6日,短篇:程瞻庐《一片清明野哭声》,向恺然《岳麓书院之狐异》,张碧梧《金钱下的家庭》,流浪《少奶奶之回顾》载《红杂志》第34期。姚鹓雏《红薇记传奇》,叶劲风《我们的国旗》,王西神《花村仙眷》,恽铁樵《笑祸》,胡寄尘《未来之自杀的人》,何海鸣《雏鸡记》,程小青《璁玉串》,徐卓呆《宴会后》,赵苕狂《典当》载《小说世界》第2卷第1期"特刊号"。

8日,徐枕亚《杂忆诗补遗》载《小说日报》第118号第5版,至10日,3次。

张枕绿《停和开》;"关于小说之文":胡寄尘《长篇小说不能发展的原因》,毕倚虹《娑婆小记》,楼一叶《侧面描写的危险》,严芙孙《点将嵌字》,姚赓夔《情天微云(四)》载《最小》第1卷第20号。

9日,敲锣阿四《〈小说世界〉卖野人头》载《晶报》第2版。

10日,张枕绿《三次相逢》,楼一叶《晚饭之后》;"关于小说之文":孟刚《〈小说世界〉的特刊号》,凤云女士《读〈家庭〉杂志有疑》,钱唐邨《不祥的名词〈武侠号〉》,楼一叶《时间与情绪》,蔡肖鸿《小说在杂志上的地位》,徐卓呆《理想的舍我夫人》,毕倚虹《娑婆小记》,郑逸梅《爱娇之宴》载《最小》第1卷第21号。

11日,姚民哀《斜眼》载《世界最小报》,至19日,载完。

12日,徐枕亚笔记小说《再来和尚》载《小说日报》第122号第5版,至14日,4次。朱天石《西冷茶味》;"关于小说之文":毕倚虹《娑婆小记》,国爱葵《〈好青年〉之一疵》,生我《〈广陵潮〉之一疵》,叶寒声《估计小说的价值》载《最小》第1卷第22号。

13日,短篇:严独鹤《干净的心》,程瞻庐《迎猛将》,胡寄尘《金钱万能》,严芙孙《二十八岁》,范烟桥《谁疼爱他》载《红杂志》第35期。张碧梧《生活压死的劳动者》,徐卓呆《示威》,张舍我《三迁》,叶劲风《家庭之一幕》,范佩萸《人类的将来》载《小说世界》第2卷第2期。

14日,朱天石《巢居阁下的笑》,王立方《倡门中的死尸》;"关于小说之文":听潮生《精神……原质》;郑逸梅《瘦腰大腹》载《最小》第1卷第23号。

16日,徐卓呆《百年后之社会》,施青萍《山歌绽俊》,郑逸梅《粉盘余馨》载《半月》第2卷第15号。张枕绿《疯人著作》载《半月》第2卷第15号,至5月16日第17号,2次,载完。步林屋《山人说鬼》《菩萨行》《和樊山老人》《答敏生海上捧角谈》,陶报癖《化仇记》,朱大可《兰香集序》,刘豁公《华屋沧桑》《文姬归汉(四)》,张碧梧《爱情的涨落》,马二先生《理想者事实也》,吴东园《古阄塚》,顾明道《摆渡船口》,郑逸梅《古酒名录》,张庆霖《新西游记》,童爱楼《西湖怀古》《月湖草堂笔记》载《心声》第1卷第8号。何海鸣《私娼日记》载《心声》第1卷第8号,至第9号,载2次。朱天石《月下老人庙》;"关于小说之文":江红蕉《答凤云女士》,凤云女士《越加怀疑》,范烟桥《欠账》,张碧梧《小说作者的身份问题》,程木公《小说机器》,听潮生《小说小话》;黄转陶《徒负虚名之迷楼》载《最小》第1卷第24号。

引:《小说作者的身份问题》:

小说的本旨,本在乎寓言警众,或搜罗社会上的弱点,做成小说,促社会改良,那末小说作者怎能忍受他们的轻视呢?

《小说机器》:

读了江红蕉先生的痛心话,不得不为小说家放声一哭,他把作者比工具,我不如直截痛快说一句,就唤做"制造小说的机器"罢,唉,可叹!像《快活林》的点将小说,据个中人云,今天点着某人,当天四点钟以前必须交卷,试想每天早晨见了报上点着自己,就此马上捉笔了,照着别人想出的题目,也这么做上一篇,匆促间送去,要做得十全十美,恐怕难以办到罢。纵使作者文思,在偶然勃发的时候,或者也会做出一段好的来,不过总是机械作用罢了。

18日,朱天石《断桥下的消暑》;"关于小说之文":听潮生《小说中的人名》,张枕绿《小说中的人名和社会习惯》,张碧梧《小说作者今后的责任》;范烟桥《洋迷》载《最小》第1卷第25号。

20日,短篇:程瞻庐《三王墓》,顾明道《佣人大罢工》,徐卓呆《醉麻花》载《红杂志》第36期。赵苕狂《窗内和窗外》,沈禹钟《枕上》,徐哲身《殉爱》,胡怀琛《中国地方文学的一斑》载《小说世界》第2卷第3期。朱天石《假山石下的偷吻》,张枕绿《重来》;"关于小说之文":周浩泉《诸家作品和水果的比喻》,谢鄂常《胡寄尘与数目》,华白铁《一字派小说》;何海鸣《〈不知所云〉云》载《最小》第1卷第26号。

引:《诸家作品和水果的比喻》:

包天笑的作品像橄榄。橄榄不是一种很高尚的果品么?嚼时并不觉什么好吃,过后才觉回味,这很像他的作品,文词虽浅,而用意却深。

何海鸣的作品像青梅。青梅人人知道是很酸的,但是人人都喜欢吃他,这就像他的作品,明明知道里面包藏着许多心酸的文章,但读者总舍不得,因为要酸出眼泪来就不读他。

胡寄尘的作品像哀梨。哀梨是果中上品,爽润可口,这就像他的作品,豪放流利,读之足以开拓胸怀。

徐卓呆的作品像柠檬。柠檬谁不知道是能开胃口的水果,他的作品,大半如此,读了便可以使人忘忧解愁。

周瘦鹃的作品像柑子。柑子的味道虽甜,总带几分苦气。这就像他的作品,虽也有些乐观派的,但多半总是赢人眼泪的文字。

毕倚虹的作品像荔子。荔子是果中佳品,甜润无匹,虽食百颗而不厌。这就像他的作品,畅快顺口,并无半点涩气,虽长惟觉其速完。

张枕绿的作品像新会橙。新会橙是广橘中最好的一种。组织甚密,质坚而味隽,这就像近来做欧派的作品虽多,而只有他往往以极经济的笔法,写出极深刻的文章来。短小精悍,的确有些相像。

李涵秋的作品像甘蔗。甘蔗是人人喜吃的水果,越是老头越是甜。这就像他的作品,雅俗共赏,惟其为旧式,所以反而人人都喜欢读他。

程小青的作品像波罗蜜。波罗蜜本非中国产,但因为别有风味,所以倒人人喜欢。这就像他的作品,专事侦探,虽然仿自泰西,却自成一格。

张舍我的作品像塘藕。塘藕是苏州山塘的出产品,冰清玉洁。这就像他的作品,不事铺张,文朴而意深。

江红蕉的作品像樱桃。樱桃亦果中佳品,有色有味,这很像他的作品,秀丽天然。

张碧梧的作品像水蜜桃。水蜜桃是果中可口之品,但须防其烂坏,这就像他的作品,未尝不隽,但有时微嫌不纯。

严芙孙的作品像香蕉。香蕉也可润一时口舌,但不能多食,这就像他的作品,尚不能独当一面。

以上所述,乃是照我个人的眼光写来,决不敢说是大众的一种公喻,所以,好好坏坏,还须望那几位著作家不要生恼。

22日,朱天石《飞来峰脚的碎画片》,张枕绿《一去》;"关于小说之文":朱智光《说商业小说之寥落》,钱唐邺《小说小话》载《最小》第1卷第27号。

24日,童心园《国语课》,叶克钧《三不做》,钱唐邺《店柜前》,朱天石《三潭笛韵》;"关于小说之文":朱智光《说特刊小说》,张枕绿《晚书店》载《最小》第1卷第28号。

26日,朱天石《雷锋塔下的丝巾》,张枕绿《灌药时》,王立方《妓女之颊》,听潮生《灯下之梦》;"关于小说之文":程木公《续说商业小说》载《最小》第1卷第29号。

27日,张碧梧《男女的节操》,卓呆《父亲的义务》,赵苕狂《贼之储蓄》,叶劲风《父亲之墓》,胡寄尘《中国民间文学之一斑》载《小说世界》第2卷第4期。短篇:严独鹤《校长口中的话》,俞天愤《铁锁》,程瞻庐《继母苦》,徐耻痕《红娘日记》载《红杂志》第37期。

28日,朱天石《湖心避雨》;"关于小说之文":张枕绿《读小说的时间》;胡道静《迷信谈》;徐碧波《春云舒卷录》载《最小》第1卷第30号。

30日,陈小蝶《溪山两梦诗》,程瞻庐《水浒传图像考证》,徐卓呆《月下》,屠守拙《射虎率记》,范菊高《滑稽的接吻画片》,黄转陶《战祸》,袁寒云《寒云藏古》,胡亚光《滑稽名字话》,姚赓夔《随便说说》,严芙孙《烦恼》,张南泠《秋水伊人》载《半月》第2期第16号。朱天石《孤山梅坞》;"关于小说之文":徐卓呆《布景装错了》,程木公《〈小说世界〉的弄》;张枕绿《最小式的报纸》;徐碧波《灵丝袅袅录》(至5月4日第33期,3次)载《最小》第2卷第31号。

本月

279

卫飞琼《侍儿艳事》由上海世界书局5版。

胡怀琛《中国诗学通评》由上海大东书局初版;1924年2月再版,7月3版;1926年1月4版。

5月

1日,冯叔鸾与天醉译作《女飞行家蓓儿小传(一)》(英国葛威廉著),林屋山人《林屋友议》《谈京剧之工尺》,陆律西《生活难》,许廑父《伊疯了》,刘豁公《华屋沧桑(中)》《文姬归汉(五)》,松庐《小说家的婚后》,童爱楼《小笔记》,郑逸梅《花扶月影录》,陶报癖《小说与心理》载《心声》第1卷第9号。

2日,朱天石《绿荫深处》,郑逸梅"闲文"《脚带式之小报》载《最小》第2卷第32号。

4日,叶劲风《吾夫之著作》,张庆霖《红叶道上》,胡寄尘《低足》,范烟桥《静物语》,徐哲身《汽车下之鬼语》,张舍我《千万人与一人》,骆无涯《如此家庭》载《小说世界》第2卷第5期。朱天石《划船队》,吴哀吾"最小的小说"《悔不惧内》《扑满》《隔离》《小窃》,郑逸梅"闲文"《与猪头三》载《最小》第2卷第33号。短篇:严独鹤《二十年后》,程瞻庐《精神苦痛》,张庆霖《两个媳妇》,徐耻痕《红娘日记》载《红杂志》第38期。

6日,天笑《林畏庐先生轶话》载《晶报》第2版。朱天石《鱼与饼》,听潮生(陈灵犀、猫双栖室主人)"闲文"《人尽父也》,郑逸梅《谈情片羽》载《最小》第2卷第34号。

8日,朱天石《茅亭清梦》;"关于小说之文":张枕绿《急就之作》,陈悲尘《莫明其妙》;吴绮缘《蝴蝶花》,听潮生《有误书蝠作融者拈此调之》载《最小》第2卷第35号。

11日,张碧梧《爱情与生命》,范烟桥《婚后》,不肖生《三十年前巴陵之大盗窟》载《小说世界》第2卷第6期。短篇:程瞻庐《曹大家参观女权会》,赵苕狂《小说院》,严芙孙《逃学教员》,赵赤羽《热水袋》,吴觉迷《生育改造家》;国耻增刊:程瞻庐《耻》,屠守拙《卧薪尝胆室楹联》,缪贼菌《国耻新道情》,周世勋《亡国以后》,醒侬《不承认二十一条》载《红杂志》第39期。

12日,张枕绿《决试》,朱天石《疯妇人》;"关于小说之文":钱唐邨《这真是劲风了》;"闲文":周瘦鹃《儿女亲家》,何海鸣《何诹的怨诗》,张枕绿《千里雁毛记》载《最小》第2卷第37号。

14日,听潮生《指掌之触》;"关于小说之文":徐一蝉《便桶上和床上读小说》,吴哀吾《小说我见》;"闲文":听潮生《打吗啡针》,郑逸梅《各有所长》,赵眠云《诗钟拾隽》载《最小》第2卷第38号。

15日,丹翁《赠王徵君应诏入都序》载《晶报》第2版,表达对王国维的惋惜与赞美。

16日,开篇《呜呼五月九日》,周瘦鹃《亡国奴家里的燕子》,童心园《疤痕》,张无诤(张天翼)《噩梦》,范烟桥《儿孙福》《谈瀛录》,陶报癖《百年后的牺牲》,赵眠云《酒痕春绿馆酒痕》,徐冷波《女性的男子》载《半月》第2卷第17号。冯叔鸾与天醉译作《女飞行家蓓儿小传(二)》(英国葛威廉著),步林屋《山人醉语》《仿红楼曲笺》,严芙孙《旅馆灯光(上)》,陶报癖《分手的一席话》,顾明道《一个犯罪的工人》,郑逸梅《红泪生潮馆赘墨》《酒徒佳话》,刘豁公《华屋沧桑(下)》,闻野鹤《日本文坛之鸟瞰》,童爱楼《苏台杂诗》载《心声》第1卷第10号。朱天石《坟头丐女》;"关于小说之文":周振声《为抄袭家辩护》,张枕绿《"最短之短篇小说"短引》;"闲文":张枕绿《安坐而谈》,听潮生《校长之账》,郑逸梅《梅龛》载《最小》第2卷第39号。

17日,《新闻报》第1张第3版广告李涵秋著作《广陵潮》及《战地莺花录》。

引:《新闻报》广告:李涵秋先生为小说界之杰才,《广陵潮》及《战地莺花录》为先生生平极得意之杰作,凡曾见是书者,莫不兴观止之叹。兹将价目列下:社会小说《广陵潮》一至四集,每集四角;五至八集,每集八角;八集十二册,定价四元八角。爱国小说《战地莺花录》全书六册,定价三元。照价七折,邮费加一。总发行所:上海棋盘街交通路新民图书馆兄弟公司,震亚图书局。

18日,《快活林》登载涵秋死耗证实:"本馆昨晚接涵秋先生哲嗣李寿鸾、桂鸾昆仲来函,谓涵秋先生实于五月十三日晚九时,谈笑之间,忽然气闭倒地,事出仓促,施救无效,遽归道山。吾人日前尚冀先生之死,传之非真,今接来函,乃已征实。伤哉!《小说日报》第158号第2版载"小说界消息":"小说家李涵秋氏,闻已于本月十三日夜逝世云。"丹翁《哭涵秋》,大雄《李涵秋哀辞》载《晶报》第2版。毕倚虹《李涵秋先生的死后观》载《晶报》第3版。

引:《李涵秋先生的死后观》:

平心而论,李先生于章回体白话社会小说,不愧为一作手,在一时代的文艺上,确有位置。短篇实非先生所长。李先生死后,于小说界上,却呈一种"旧式小说家凋落"之感想。李先生所著,于中流社会及妇女界之魔力极大。以地域论,内地迷信李先生,较京沪为甚;以年龄论,四十、五十之人,较青年为甚。缘李先生之思想,颇能真切代表中国过渡时代大多数中年以后人们的心理,以是得阅者盛大的同情。换言之,李先生实一中国社会的保守主义者,亦即中国小说界的旧派描写者。

胡寄尘《奋斗以后》,许指严《急景凋零》,张枕绿《一只疑惑的小燕》,顾佛影《一个神秘的青年》,严芙孙《生儿之夜》,胡寄尘《研究与创作》载《小说世界》第2卷第7期。朱天石《白衣裙与红辫结》;"关于小说之文":无虚生《我谈家庭杂志》;"闲文":张凰《一跌而逝》,郑逸梅《不孝》载《最小》第2卷第40号。

20日,短篇:徐卓呆《卖屋广告》,金寒英《原来是你》,张碧梧《女尸》载《红杂志》第40期。朱天石《大石块》;"关于小说之文":叶克钧《便桶上床上读小说之李女士观》;"闲文":张枕绿《自愿以身为质的好汉子》,郑逸梅《想着就写》载《最小》第2卷第41号。

21日,丹翁《请骂》《赠清波》、清波(毕倚虹)《小说年鉴？骗钱年鉴？》载《晶报》第2版。

22日,朱天石《小青墓侧》,徐冷波《虚惊》;"关于小说之文":听潮生《床上不当读小说》,朱智先《小说与口才》;"闲文":张枕绿《好整以暇》,陆昌熙《愿代涵秋死》,袁寒云《分明》,徐碧波《红雨霏屑》,听潮生《十七字诗》载《最小》第2卷第42号。

24日,朱天石《烟霞洞口》,许瘦蝶《婆媳》;"闲文":张枕绿《追悼同庆》,听潮生《最小记》载《最小》第2卷第43号。

25日,张碧梧《爱情与生命》,毕倚虹《道德破产》,江红蕉《财产与爱情》,王西神《洋水仙》,胡寄尘《诗歌杂忆》载《小说世界》第2卷第8期。短篇:求幸福斋主《项圈》,吴双热《还租》,漱石生《小青冢》,程瞻庐《吕仙做寿》,王薇子《药误记》载《红杂志》第41期。

26日,程瞻庐"社会小说"《忙》连载《新闻报·快活林》,至6月15日,共21次,载完。朱天石《买醉杏花村》,叶克钧《便桶上也不当读小说》,张枕绿《小说体的广告议》;"闲文":张枕绿《匪邮》,李涵秋遗著《清代名人手札跋》,郑逸梅《销魂词摘句》载《最小》第2卷第44号。

28日,朱天石《强舌》《梦》;"关于小说之文":徐一蝉《再谈便桶上和床上读小说》,张枕绿《讨论收场》;"闲文":听潮生《人不如畜》,徐哲身《风雨渡皖江》载《最小》第2卷第45号。

30日,袁寒云《美术杂言》,丁悚《画余随笔》,胡亚光《写生的方法和大义》,胡寄尘《宇宙之美》,郑逸梅《茶熟香温录》,姚赓夔《钤话》,徐冷波《不出名的美术家》,毕倚虹《美术家之情人》,徐卓呆《天然美的脸》,范烟桥《婚钤》,周瘦鹃《末一叶》载《半月》第2卷第18号,此为"美术号"。须弥(钱芥尘)《涵秋轶事》载《晶报》第3版。

引:《涵秋轶事》:

张岱杉氏,雅好说部,搜求至富,披览至速,每谓毕倚虹先生之《十年回首》(见《小说画报》)与《广陵潮》,为近世两大杰作,屡属余招涵秋任其私人记室,十年之夏,涵秋已束装北上,甫抵京口,则津浦车阻水中断,淹滞京口数日,不得已仍返扬,犹冀他日再膺此约,孰意涵秋今竟长逝,终其身未克北行耶,呜呼……

《广陵潮》之名,则余所拟,每回原稿寄到,大雄先生必先睹为快,时大雄任《大共和》总主笔也。

涵秋治长篇小说,往往先成若干万言,再分章回体,曾谓余,除《广陵潮》外,当以《爱克司光录》为最惬意,是编为大雄命名,征涵秋特著者,宜其精粹也。

《广陵潮》今成《广陵散》矣,惟云麟与淑仪之最后遇合,余曾举以询涵秋。涵秋曰:以旧道德言,孀居不宜再醮,以新伦理言,嫠妇仅可适人。惟云麟不独有妻,且有红珠为媵,若再益以淑仪,将置淑仪于何等?此等力求圆满之小说结构,匪特庸俗,抑且卑下,决不蹈此窠臼。拟以淑仪外出求学,服务社会为止境,其对云麟终以若即若离之笔写之。余大倾服。

不识涵秋者,初见之,类似乡学究,实则涵秋至通达,偶作谐谈,冷隽有致,有时尤尖刻……

31日,冯叔鸾与天醉译作《女飞行家蓓儿小传(三)》(英国葛威廉著),林屋山人《九娘子小传》《兰香集序》《飞公绿牡丹诗话》《听鼓杂诗》,徐卓呆《乡下客人》,严芙孙《旅馆灯光(下)》,孙䁔媛《常惺惺斋日录》,张舍我重译、法国勒勃朗著《二十万法郎之赏格》,吴东园《东园杂记》,黄转陶《逝了》,郑逸梅《熏香摘艳录》,朱大可《风生云楼随笔》,刘豁公《文姬归汉剧本(七)》,徐哲身《谁的丈夫》载《心声》第2卷第1号。

本月

赵苕狂"醒世小说"《墙外桃花记》由中国第一书局初版;1924年1月再版。

6月

1日,毕倚虹出任《时报》副刊《小时报》编辑。毕倚虹"小言"《二十元与制宪》载《小时报》,至1926年3月31日,以"清波"为笔名发表"小言"646天次。毕倚虹(清波)《黑暗上海》载《时报·小时报》第14版,至1925年9月16日,19回,498次,未完。1925年9月29日,《时报·小时报》发布"启事":"毕清波君遭母丧,《黑暗上海》小说,未能执笔,暂停,阅者鉴谅。"范烟桥《鸥夷室杂碎》载《时报》第14版,至10月1日,67次。叶劲风《北京的石头》,胡寄尘《旅行日记之一节》,西神《红叶秋痕》,沈禹钟《新村》,陆律西《自鸣钟》,张枕绿《一个学徒的私账》载《小说世界》第2卷第9期。短篇:严独鹤《真耶假耶》,求幸福斋主《项圈》,陈达哉《酒窖奇逢》,赵赤羽《夕阳湖影》载《红杂志》第42期。

8日,何海鸣《穷人的钱》,沈禹钟《街忏记》,江红蕉《财产与爱情》载《小说世界》第2卷第10期。

10日,范烟桥《评胡寄尘最短之短篇小说》载《时报·小时报》。

12日,李涵秋遗著"沁香阁笔记"《神相》载《晶报》第3版。俞天愤辑《花史辑览》载《小说日报》第6版,至9月17日,45次。

14日,刘豁公《我的罪言》《文姬归汉剧本(八)》,林屋山人《噱谈录》,徐卓呆《乡下客人》,孙腥媛《常惺惺斋日录》,张舍我重译、法国勒勃朗著《二十万法郎之赏格》,吴东园《东园杂记》,朱大可《风生云楼随笔》,范烟桥《笛声》,许瘦蝶《行路难》,郑逸梅《鼠蠹余录》《红楼生潮馆掇艳》,徐哲身《归鞍驮得小妻归》,童爱楼《四明杂诗》,冯叔鸾与天醉译作《女飞行家蓓儿小传(四)》(英国葛威廉著)载《心声》第2卷第2号。张无诤(张天翼)"侦探之友"《铁锚印》,胡寄尘《胡寄尘旅行诗集》,徐卓呆《半段美人》《月下》,范烟桥《名物脍炙录》,陶报癖《麈斋挥尘》,骆无涯《情爱的支配者》,施青萍《童妃纪》,张无诤《铁锚印》,陈小蝶《群仙馆杂剧》,唐志君《怪梦》载《半月》第2卷第19号。范烟桥《枣庄一瞥录》载《新闻报·快活林》,至16日,载完。

《侦探世界》创刊。沈知方《宣言》,李常觉、陈小蝶、天虚我生《十一点钟》,腕翁《苏脑妙品》,求幸福斋主《瓜园通客》,陆澹盦《隔窗人面》,王定庵《镖师吕兴》,海上漱石生《红指模》,徐卓呆《母亲之秘密》,范烟桥《侦探杂谈》,程小青《古塔上》《侦探小说作法之管见(2则)》《怨海波》,郑逸梅《侦探之狂喜》,何朴斋《赌窟》,张舍我《实事侦探录》,赵苕狂《裹中物》,胡寄尘《一件顶简单的侦探案》,顾明道《狮儿》,曾经沧海室主《指纹略说》,陆澹盦《编余赘墨》,不肖生《近代侠义英雄传(两回)》载创刊号。不肖生《近代侠义英雄传》载创刊号,至1924年第24期,载50回。

15日,沈禹钟《新屋》,西巫瘦铁《一个疯魔的艺术家》,叶劲风《一个悔改的罪人》载《小说世界》第2卷第11期。沈禹钟长篇说部《酒国春秋》载《平川半月刊》第8号第1张,至1924年3月20日第20号第7版,共3回,10次,未完。短篇:程瞻庐《一真一假》,胡寄尘《花谢了》,徐卓呆《途中人》,张碧梧《生时和死后》,卢梦殊《冬烘》载《红杂志》第44期。

16日,不肖生《留东新史》载《新闻报·快活林》,至1924年6月29日,28章,载完,共349次。

17日,求幸福斋主《京尘杂记》载《新闻报·快活林》,至6日。

18日,李涵秋遗著"沁香阁笔记"《四大人》《三官塘鱼》载《晶报》第3版。

21日,李涵秋遗著"沁香阁笔记"《富翁奇好》载《晶报》第3版。

22日,短篇:程瞻庐《人狗会议》,缪贼菌《怕老婆日记》,韦兰史《别有原因》,俞天愤《三间破房子》载《红杂志》第45期。毕倚虹《黑奴式的僧侣》,胡寄尘《为你牺牲》,何海鸣《总统的早餐》载《小说世界》第2卷第12期。

23日,《时报》第10版载《孙筹成入山晤匪之经过谈》,至25日,2次,载完。《新闻报》第3张第1版载《孙筹成之入山晤匪经过谈》。

24日,李涵秋遗著"沁香阁笔记"《地仙》《二十七名》载《晶报》第3版。

28日,李镜安《先兄涵秋事略》《李涵秋先生著作一览表》,周瘦鹃《我与李涵秋先生》,胡寄尘《说海感旧录之一》,求幸福斋主《悼涵秋先生》,范烟桥《吊李涵秋先生》,骆无涯《纪念李涵秋》,郑逸梅《挽李君涵秋》,吴明霞《吊李涵秋先生》,吴田伧《李涵秋先生之死》,张碧梧《记李涵秋先生轶事》,俞牖云《涵秋轶事》,阿杏《李涵秋轶事》,赵苕狂《两篇账目》,陈瀇一《卖橄榄者》,沈禹钟《迁居》,屠守拙《半月杂俎》,徐卓呆《月下》载《半月》第2卷第20号,本期为"呜呼,李涵秋先生"专号。求幸福斋主《家庭间的侦探》,张舍我《实事侦探录(3则)》,程小青《捉刀人》,茧翁《偷鸡专家的新发明》,王西神《绿净园》,海上漱石生《红指模》,何朴斋《侦探小说之价值》,陆澹盦《隔窗人面》,曾经沧海室主《指纹略说(续)》,俞天愤《扁舟》,徐卓呆《去而复来的别针》,云《怪可怜的,虐狗的判罚》,张碧梧《弄巧成拙》,范烟桥《侦探小说琐话》,姚赓夔《侦探小说杂谈》,赵苕狂《榻下人》,王天恨《一双钻戒》,程小青《怨海波(两章)》,茧翁《奇妙的判罚》,不肖生《近代侠义英雄传(两回)》载《侦探世界》第2期。

29日,胡寄尘《伤心的俏皮话》,何海鸣《权威》,卓呆《终局》,叶劲风《苏格拉底之死》载《小说世界》第2卷第13期。

30日,李涵秋遗著"沁香阁笔记"《科场趣闻》载《晶报》第2版。

本月

赵苕狂为世界书局编"现代名人杰作"小说集之《白雪》出版,嗣后又分别出版《凄风》《月圆》《红叶》,此四部小说集合称"锦囊四妙"。

注:据《民国时期总书目(下)》载:《白雪》,本月初版,1929年4月6版,含沈禹钟《股息》《车尘》《客中佳节》,胡寄尘《人生之一幕》《安慰》,江红蕉《狂笑》,严芙孙《销魂之地》,张枕绿《未完》等10部小说;《凄风》,1925年4月3版,含徐枕亚《卖场时节杜鹃声》《死前之三日》,江红蕉《半页之日记》,徐卓呆《壬戌之秋七月既望》,张枕绿《护新人》,胡寄尘《国庆家不庆》等10篇小说;《月圆》,1925年4月3版,含程瞻庐《不自由也自由》,江红蕉《大好姻缘》,

马二先生《海外奇缘》,张枕绿《艺术之淫》,范烟桥《多波折的结婚》,严芙孙《麻面郎》,张碧梧《重阳糕》,陆律西《嫁前之日记》等10篇小说;《红叶》,1929年4月6版,含江红蕉《萧郎画樱记》,马二先生《一幅仕女图》,张舍我《毋忘余》,范烟桥《快活之夜》,徐哲身《墙外桃花》,沈禹钟《清溪春影》等10篇小说。

胡怀琛《新诗概说》由商务印书馆初版;1925年12月3版;1933年2月,国难后第1版。

海上漱石生《还魂茶》由海上退醒庐出版。

7月

3日,淞鹰(毕倚虹)《反对程瞻庐续李涵秋》,天贶生(毕倚虹)《戏为〈晶报〉寄程瞻庐》载《晶报》第2版。刘豁公《我的罪言(二)》《文姬归汉剧本(九)》,梅花馆主《听鼓偶述(二)》,林屋山人《辇下遗闻》,朱大可《赠金少梅集序》,孙臞媛《常惺惺斋日录(二)》,徐卓呆"侦探小说"《二而一》,颍川秋水《苍蝇游记》《钟进士沪游受困记》《千金一笑录》,海上漱石生《沪壖菊部拾遗志(一)》,张舍我重译、法国勒勃朗著《二十万法郎之赏格(三)》,郑逸梅《滴粉搓酥录》《红泪生潮馆掇艳》载《心声》第2卷第3号。

6日,恽铁樵《大西洋冬夜被难记》,天虚我生《为人作嫁》,何海鸣《疫》,王西神《江天小阁》,许指严《西泠拾翠记》,叶劲风《爬虫(讽刺画)》《新坟》,不肖生《陈雅田》,沈禹钟《归期》,赵苕狂《真确的职业观》,胡寄尘《归有光的小说文》载《小说世界》第3卷第1期。短篇:胡寄尘《徐君小说的反面》,程瞻庐《银珠的喷嚏》,刘望实《打退了相思魔》,王袖沧《钗分镜合记》载《红杂志》第47期。

8日,《时报》广告言:"苏州星社之《星光》已出版,计上下两册,作者凡二十四人,人各撰小说一篇,附作者小传肖像。"

9日,李涵秋遗著"沁香阁笔记"《玉狮》载《晶报》第3版。

10日,许廑父《今水浒》载《小说日报》第211号第5版,至8月2日,2回,载23次。

12日,淞鹰(毕倚虹)《评"穷人之妻"》载《晶报》第2版;李涵秋遗著"沁香阁笔记"《马宝》载《晶报》第3版。

13日,《小说日报》第214号第2版载"小说界消息":"李涵秋先生物故后,说部同人颇有发起开会追悼者,久而未成,论者谓中国小说界人才无几,而缺乏团结力如此,深为抱憾云。"短篇:赵苕狂《英雄事业》,海上漱石生《进步》,

程瞻庐《匣子世界》、王西神《钱语》、求幸福斋主《演说席边》载《红杂志》第48期。包天笑《四等车》、沈禹钟《婴儿》、程小青《猫眼祟》、徐卓呆《死人的面孔》、范烟桥《故乡》、李涵秋遗稿《衣带中之毒蝎》载《小说世界》第3卷第2期。

14日，《半月》继续刊布《呜呼李涵秋》的纪念文字：程瞻庐《悼李涵秋》、陈蹇髯《涵秋之诗》、石楚青《韵花旧馆之回忆》、龚夔石《李涵秋先生诗话》、何海鸣《新文化先生们对于涵秋死后的杂感》、罗五洲《祭李涵秋先生文》等。范烟桥《难乎其为师》、张舍我《默默无语》、徐卓呆《月下》、胡寄尘《说海感旧录之二》、范菊高《闲园笔记》、吴田伧《谁实为之》、骆无涯《我之处女作》，"妇女俱乐部"：顾青瑶女士《青瑶印话》、陈翠娜《翠楼词草》、莹心女士《姊》、云奇女士《秋月泛湖图跋》、吴碧琼女士《冒雨登金山》栏载《半月》第2卷第21期。贶《时报》载："苏州星社近定期每星期举行茶话会一次，第一次在顾明道处，九日，到者小青君博等九人，第二次拟在范烟桥处。"(7月14日，《时报》第13版)李涵秋《中国侦探之趣史》、向恺然《好奇欤，好色欤》、范烟桥《侦探与洗冤录》、程小青《十字架(上)》《侦探小说作法之管见》、曾经沧海室主《指纹略说》、徐卓呆《失败》、茧翁《警察的护身甲》、张碧梧《我亲见的三位侠客》、赵苕狂《三个字母》、陈达哉《侦探式的青鸟家》、范烟桥《侦探小说琐谈》、顾明道《海盗之王》、茧翁《囚室的颜色》、金寒英《小刀党》、曾经沧海室主《指纹略说》、徐耻痕《连环党》、张舍我《实事侦探录(2则)》、程小青《怨海波(两章)》、何朴斋《侦探小说的作法》、不肖生《近代侠义英雄传(两回)》载《侦探世界》第3期。

《小说旬报》创刊，朱松庐编辑。

17日，《小说日报》第218号第2版载"小说界消息"："世界书局已将李涵秋氏遗著《新广陵潮》《近十年目睹怪现状》两书付印，不日出版。闻氏之介弟镜安氏已提起交涉。"

18日，李涵秋遗著"沁香阁笔记"《王钦之》载《晶报》第3版。

19日，冯叔鸾与天醉译作《女飞行家蓓儿小传》(英国葛威廉著)、徐卓呆译"侦探小说"《二而一》、林屋山人《寒云说曲》、求幸福斋主《两般身世》、颍川秋水《金锁语》、姚民哀《歪嘴阿福》、郑逸梅《今人与古人同名号偶摘》《古酒徒志》、朱大可《风生云楼随笔》、屠守拙《溥天下能有几人》《之乎也者矣焉哉樛杂碎》、海上漱石生《沪壖菊部拾遗志》、洪深《评薄汉命》、爱楼《和苏州人相骂》载《心声》第2卷第4号。木公"社会小说"《春申江畔》载《钟声》第14期第3版，至11月10日，17次。

20日，短篇：严独鹤《断送了他》、胡寄尘《将来的大力士》、陆西律《老账房》载《红杂志》第49期。叶劲风《牺牲者谁》,记者《编者与读者》,忆秋生《柯南·道尔勋爵传》,胡寄尘《影戏馆里的一点钟》,徐卓呆《有奖当票》,沈禹钟《破产记》,赵苕狂《小说家的真知己》载《小说世界》第3卷第3期。

22日,《星光》创刊于上海,10月28日停刊,共出15期。许廑父《淞滨三年记》载第1号第3版,至10月21日,2回,13次,未完。

24日,《小说日报》第225号第1版载许廑父、李定夷等《为徐枕亚先生夫人敬征悼词》启事。潘无朕《徐枕亚悼亡诗序》载《小说日报》第225号第7版,25日至8月25日,发表悼蔡蕊珠词若干,题为《泣珠集》,共32次。

引:《为徐枕亚先生夫人敬征悼词》启事:

凡与先生交者,莫不知先生为多情人,而其夫人蔡蕊珠女士,则为红颜薄命之尤,与先生伉俪十三年,其生平历史,实一部绝妙哀情小说资料,盛年夭折,先生伤之,制联挽之曰:"总算好夫妻,幸其死不乐其生,先我逍遥脱尘网;可怜小儿女,知有父竟忘有母,对人嬉笑着麻衣。"观此联,可以知其梗概矣。同人等与先生善,敬为代征悼词,冀以稍杀其悲痛。先生尚有自撰亡妻传略及杂忆诗四十首,哀感顽艳,字字血泪,合印一册,欲阅者请函开姓名住址,附邮三分,向清华书局索取,即当寄奉。先生自言将有《蕊碎珠沉记》说部之著,倘蒙海内人文,赐以珠玉,不论何种文字,均所欢迎,拟汇刊卷首,出版后各赠一册,藉留纪念,尚祈不吝赐教。

27日,李涵秋遗著"沁香阁笔记"《常奎管》载《晶报》第3版。编者《银幕上的艺术》《编者与读者》,胡寄尘《亲爱的朋友》,徐卓呆《长短》,许指严《春酒》,沈禹钟《车站》,陆律西《人生应吃的苦》载《小说世界》第3卷第4期。短篇:严独鹤《笑的变化》,向恺然《三个猴儿的故事》,许指严《此非恶物》载《红杂志》第50期。

28日,徐卓呆《小说家之爱》,张无诤(张天翼)《月下》,张南泠《京尘鼓话》,郑逸梅《捣麝集》,范菊高《评名家小说集》,徐枕亚《亡妻蕊珠事略》,胡寄尘《不了解》《说海感旧录之三》,范菊高《评名家小说集》,赵眠云《酒痕春绿馆酒痕》,沈家骧《情感之初恋》,郑逸梅《捣麝集》载《半月》第2卷第22号。海上漱石生《柳五娘》,茧翁(程小青)《皮肤印》《怪室》《也是一件冤狱》《怨海波(两章)》,曾经沧海室主《指纹略说》,向恺然《好奇欤好色欤(下)》,赵苕狂《谁是霍桑》,张碧梧《不翼而飞》,芝《最好没有题目》,徐卓呆《诱惑》,范烟桥《侦探小说琐话》,张庆霖《狗儿》,徐耻痕《连环党(下)》,王天恨《雪里红》,何朴斋《白巾黑字》,香《两个小小窃》,郑逸梅《巾帼福尔摩斯》,范烟桥《侦探小说琐话》,不肖生《近代侠义英雄传(两回)》,陆澹盦《辑余赘墨》载《侦探世界》第4期出版。

本月

《文学旬刊》自第 81 期起更名《文学》,发表《本刊改革宣言》。

引:《本刊改革宣言》:

以文学为消遣品,以卑劣的思想与游戏态度来侮蔑文艺,熏染青年头脑的,我们则认他们为"敌",以我们的力量,努力把他们扫出文艺界以外。抱传统的文艺观,想闭塞我们文艺界前进之路的,或想向后退去的,我们则认他们为"敌",以我们的力量,努力与他们奋斗。至于其他和我们在同路上走的人,即使他们的主张与态度和我们不同,我们还是认他们为"友"的。

程小青"东方福尔摩斯探案"《窗外人》由大东书局出版。

徐枕亚编《挽联指南》由清华书局出版。

李涵秋、程瞻庐著《镜中人影》(6 册)由大成图书局初版,1925 年 10 月 3 版,1927 年 7 月 6 版,1929 年 10 月 8 版,1933 年 6 月 11 版;1937 年 7 月由上海文业书局发行第 1 版。

李涵秋《近十年目睹之怪现状》(4 册)由世界书局初版;1928 年 4 月 4 版。

8 月

2 日,冯叔鸾与天醉译作《女飞行家蓓儿小传》(英国葛威廉著),求幸福斋主《两般身世(下)》,林屋山人《张勋次姬小传》,陶报癖《蚊语》《男子缠脚考》《这又何妨》,刘豁公《一笑缘》,徐卓呆"侦探小说"《二而一(三)》,海上漱石生《沪壖菊部拾遗志》,颖川秋水《过总统瘾法》《竹夫人小传》,顾佛影《南洋归客谈》,童爱楼《咏四大古迹》,郑逸梅《特别尚友录》载《心声》第 2 卷第 5 号。

3 日,编者《银幕上的艺术》《编者与读者》,王西神《鹦鹉楼头》,赵苕狂《慈母之心》,叶劲风《暗示》,顾明道《救火钟》,张枕绿《球》载《小说世界》第 3 卷第 5 期。

4 日,周瘦鹃兄周伯琴逝世。周瘦鹃在 12 日《半月》第 2 卷第 23 号发表《哭阿兄》,沉痛悼念。

6 日,丹翁《报界弄钱指南》载《晶报》第 2 版,该文揭露,津贴名为赞助,实则贿赂,贿赂把报纸的舆论代表资格断送了,因为销路大跌。"生"报道:"星社第五次雅集在东吴大学吴语科茶点。"(《时报》第 13 版)

10 日,沈禹钟《归国》,胡寄尘《听琴》,徐卓呆《阿菊的死》,张舍我《自杀》,陆律西《金钱伉俪》,张碧梧译《情急智生》载《小说世界》第 3 卷第 6 期。短篇:严独鹤《千年红》,海上漱石生《十二红》,何海鸣《孝子金婚记》,程瞻庐《香樱小劫》,徐卓呆《红头阿三小传》,赵苕狂《白鲞》载《红杂志》第51期。

12日,周瘦鹃《哭阿兄》《编辑室灯下》,马鹃魂《柳碧痕女士》,周南陔《消夏杂缀》,张碧梧《邻舍家的夫妻》,陈瀫一《睇响斋逗肛谈》,徐志仁《铁工小史》,张南冷《花语》,吴田伧《放大》,午桥《北京鼓姬小史》载《半月》第2卷第23号。

引:《编辑室灯下》:

记者新构,先兄伯琴之丧,伤心已极,故本期有《哭阿兄》之作,先兄于本刊创办时,颇著劳绩,如荷读者诸君赐以哀挽文字,存殁均感。再我之忆语因哭兄后心绪恶劣,未能迻译,暂停一期,准于下期附离婚问题号后刊完。

向恺然《半副牙牌》,陆澹盦《夜半钟声》,茧翁(程小青)《贼童》《无敌术》《女子警探的成绩》《怨海波(两章)》,张舍我《实事侦探录》《不测之祸》,马二先生《谁非假冒的》,王天恨《侦探小说杂话》,徐卓呆《红珠》,范烟桥《侦探小说琐话》《鳖鱼三传》《我之所好》《旧小说》,曾经沧海室主《指纹略说》,张碧梧《神枪》,王警涛《翡翠环》,王天恨《秘约》,郑逸梅《侦探译屑》,许廑父《冰霜桃李》,香《聋哑的丐儿》,不肖生《近代侠义英雄传(两回)》载《侦探世界》第5期。

15日,浮云《看了〈镜中人影〉以后》载《晶报》第2版。

16日,许指严于下午九时于沪逝世。

按:25日,《晨光》第10期设《呜呼许指严先生》专栏,悼念许指严先生;载有徐因时《哭许师指严》,吕君豪《许指严先生逝世感言》,富鹏《哀许指严先生》。

11月8日,《文学研究社》第12号设"追悼许指严先生"特刊,由潘逸园辑录。载有如下纪念文章:潘锄农《许指严先生小史》,严独鹤《吊许指严先生》,吴绮缘《哀许指严先生》,范烟桥《哭许指严先生》,施济群《吊许指严先生》,马英《哀许指严先生》,潘逸园《呜呼许指严》,焦桐《哭许指严》,罗五洲《哭许指严先生》,赵眠云《挽许指严先生》,姚民哀《挽许指严先生》,沈禹钟《哭许师指严》,吴安庆《哭许指严先生》,陈碧漪女士《哭许指严先生》,李少岳《哭许指严先生》,马英《哭许指严先生》,周琢初《哭许指严先生》,郭璞生《哭许指严先生》,汪权《哭许指严先生》,刘显山《哭许指严先生》,陈龙友《哭许指严先生》,潘逸园《挽许指严先生》;撰写挽联者有罗功武、天台山农、吴绮缘、蔡少铭、李家孚、詹功祐、李家恒女士、吕君粹、徐心澄、李少岳、郭浊颓、周琢初、黄容建、朱楚畹、李家声、陈龙友、静清女士。

此外,1924年1月6日《鸿光》第7期载范文虎《悼许指严先生》。

17日,短篇:严独鹤《千年红(下)》,马二先生《片面的恋爱》,程瞻庐《美术心》,秀鸾女士《春秋》载《红杂志》第53期。冯叔鸾与天醉译作《女飞行家蓓儿小传》(英国葛威廉著),林屋山人《异嗜记(一)》《红梅诗》,何海鸣《三日间的情死狂(上)》,海上漱石生《沪壖菊部拾遗》,陶报癖《蚊语(下)》《好条陈》,许廑父《参观小菜场记》,刘豁公《一笑缘(二)》,孙膡蝬《常惺惺斋日录》,姚民哀《花萼楼杂记》，顾明道《词床异梦》，谢鄂常《两个没有妻小的男子》，童爱楼《天童山游记》，徐哲身《珠还》，徐卓呆译"侦探小说"《二而一（四）》，徐碧波《偷吻记》载《心声》第2卷第6号。胡寄尘《玩物》，徐卓呆《二等车中的总理先生》，徐冷波《军人之觉悟》载《小说世界》第3卷第7期。

《鸳湖杂志》在嘉兴创刊，由沈剑濡、孙韵楼编辑。风格上追求庄谐皆备、喜怒咸宜，作者有王西神、朱瘦菊、许廑父等。

19日，吴绮缘"理想小说"《百年后之中国》载《星光》第3版，至9月30日，7次，载完。

21日，严芙孙编《全国小说名家专集》，由上海云轩出版部出版。

按：《全国小说名家专集》收录通俗小说家32人，载其传记，有王钝根、李涵秋、胡寄尘、徐卓呆、海上说梦人、陆律西、程小青、恽铁樵、王西神、何海鸣、施济群、徐枕亚、范烟桥、许指严、张枕绿、赵苕狂、包天笑、沈禹钟、姚民哀、海上漱石生、贡少芹、许廑父、张舍我、刘豁公、江红蕉、周瘦鹃、毕倚虹、冯叔鸾、程瞻庐、张碧梧、严独鹤、严芙孙。

24日，寒云《看了〈全国小说名家专集〉以后》载《晶报》第2版。程小青《黄钻石》，沈禹钟《环祷》，胡寄尘《民间诗人》载《小说世界》第3卷第8期。短篇：李涵秋《磁菩萨》，程瞻庐《煤店里的娘娘》，徐枕亚《三虎村》，徐卓呆《机会》，秀鸾女士《春秋》载《红杂志》第53期。

25日，周瘦鹃等著小说集《小小说选》由上海大东书局出版，1924年3月3版。

按：《小小说选》收：周瘦鹃《等》，叶小凤《突阵》，徐卓呆《天然美的脸》，陈冷血《情的落空》，张碧梧《雪夜》，严芙孙《七个月》，骆无涯《清晓》，张枕绿《袄涎渍》，赵君豪《旧地重临》，江红蕉《私生子》，天虚我生《半月夫妻》，毕倚虹《离婚后的儿女》，张舍我《两对自由恋爱者》，胡寄尘《相爱不相识》，王钝根《嫌疑父》，范烟桥《画》，何海鸣《汽车里面》，包天笑《病了》，沈禹钟《殡地》，赵苕狂《对屋》。

26日，毕倚虹《不离婚的离婚》，范烟桥《离鸾别录》，周瘦鹃《不实行的离婚》，胡寄尘《离婚曲》，徐卓呆《无形的离婚》，顾明道《离婚惨史》，张枕绿《短期离婚》，朱枫隐《中国古代离婚考》，周南陔《我之离婚观》，骆无涯《离婚后之会面》，瞿道援《隐痛》，华吟水《离婚小志》，范菊高《离婚后的月夜》，王天恨《离婚的根本避免谈》，黄转陶《离婚的先导》，胡丹冰《记未婚前之离婚条件》，吴田伧《不成功的美国式离婚》，瞿道援《离婚问题之研究》，徐冷波《伊为什么要离婚》，张子涵《离婚的保障》，张南泠《萍踪》，天鸥《离婚趣史》，范佩荑《飞花散蝶记》，吴田伧《离婚痛言》，胡丹冰《爱情的离婚》；"五分钟小说"栏含王天恨《莫名其妙的离婚》,华同一《无形的离婚》,吴来盦《不祥的离婚》,邱剑飞《悔之晚矣》,筱云《离婚后之觉悟》载《半月》第 2 卷第 24 号,本期为"离婚问题号"。何海鸣《五人团》,陆澹盦《夜半钟声(下)》,张冥飞《孝女捕仇记》,茧翁(程小青)《探访案情的竞争》《探访案情的竞争(二)》《怨海波(两章)》,马二先生《谁非假冒的(下)》,何朴斋《谈侦探小说》,曾经沧海室主《指纹略说》,徐卓呆《门外汉乎》,范烟桥《侦探小说琐话》,姚民哀《山东响马传》,沈禹钟《游侠新传》,孙了红《傀儡剧》,王天恨《真与假》,曾经沧海室主《指纹略说》,不肖生《近代侠义英雄传(两回)》,陆澹盦《辑余赘墨》载《侦探世界》第 6 期。

27 日,冯叔鸾与天醉译作《女飞行家蓓儿小传》(英国葛威廉著),林屋山人《宦者李莲英小传》《绿牡丹集序》,海上漱石生《沪壖菊部拾遗志》,顾明道《海上的姨太》,徐卓呆"侦探小说"《一而二》,童爱楼《蝶坟游记》《爱楼题诗画》《类似议员》,孙朦媛《常惺惺斋日录》,刘豁公《一笑缘(三)》,姚民哀《花萼楼杂记》,郑逸梅《销魂余录》载《心声》第 2 卷第 7 号。婪尾生"社会小说"《文妖演义》载《心声》第 2 卷第 7 号,至 1924 年 8 月 30 日第 3 卷第 8 号,12 回,未完,12 次。丹翁《挽许指严》载《晶报》第 2 版。

30 日,无聊《无聊文人》载《晶报》第 2 版。

引:《无聊文人》:

胡适之给一个文学家的信中,曾说及自己向不反对白话文的欧化倾向,但也是不得已而为之,代人传话时,无可奈何,方把这较不自然的话来达他,不意今之人有意学欧化语调,读之满纸不自然了。又说:……新文学家若不能使用寻常日用的自然语言,绝不能打倒上海滩的无聊文人,这班人,不是漫骂能打倒的,不是文丐文倡一类绰号能打倒的,新文学家能运用老百姓的话语时,他们自然不战而败……

请问,新文学家除了这一点儿不自然的语调,还剩些什么,圈点符号么?如果照胡先生那么去做,这班胡先生旗下的新文人,用什么来区别,用什么来表示自己的优点呢?人家看来,无聊文人,与非无聊文人,外表而完全一样了。

无聊文人这个称呼,确是比文丐文倡高明得多了,不过胡先生也不能跳出这个范围。因为今年春间,有一位接近胡先生的人,曾经说起,胡先生近来无聊之极,在那里学骈文。最近又得到杭州友人的通信,说,胡先生在沪上避暑,很觉无聊,天天在那里把李涵秋的《广陵潮》消遣着。如此看来,胡先生倒是一位实践的无聊文人,若使能够请他屈留在上海滩上,那真可以与上海滩上原有的无聊文人,成一样的气味了。

31 日,短篇:赵苕狂《抄袭家的良心》,严独鹤《夏天的弄堂谈话会》,李浩然《轩辕公司》,王西神《秋水人情》载《红杂志》第 54 期。赵苕狂《钱的去处》,胡寄尘《妾与儿》,沈禹钟《半夜里的月亮》,徐哲身《恶人墓》,张碧梧《血书》载

《小说世界》第3卷第9期。

本月

范烟桥《烟丝集》由苏州秋社出版。

9月

3日,孙瞩媛《好春簃摭谈》载《晶报》第2版,续至1924年1月15日。

7日,陈小蝶《醉灵轩诗话》载《时报·小时报》,至28日,载9次;此前6月14日,陈小蝶《醉灵轩诗话》载《半月》第2卷第19期,至8月12日第23号,载3次。范烟桥《转机》,潘予且《父母之心》,余空我《弄瓦》,黄宾虹《书话》,朱维基、张枕绿《弦琴》,张碧梧《奇形宝石》,胡寄尘《琉球神话》载《小说世界》第3卷第10期。徐枕亚《余家再来之友》载《小说日报》第270号第3版,至9日,3次。短篇:徐卓呆《贮物室内的女尸》,赵苕狂《论调不同》,沈禹钟《楼空》,许指严《红友》,金纯女士《恶嫂子》载《红杂志》第55期。

11日,胡寄尘《盗亦有道》,程小青(茧翁)《漆匣子》《法官的慈悲》《第二号室(两章)》,徐卓呆《小苏州》,张舍我《实事侦探录(2则)》《陷网(上)》,顾明道《技击拾遗补》《夺马记》,张碧梧《复仇》,何朴斋《谈侦探小说》《秘密》,沈禹钟《游侠新传》,曾经沧海室主《指纹略说》,王天恨《黑衣妇人》,顾明道《来无影》,香岛渔郎《谁是贼》,不肖生《近代侠义英雄传(两回)》,陆澹盦《编辑者言》载《侦探世界》第7期。

14日,胡寄尘《希腊奇士》载《小说世界》第3卷第11期。

15日,赵眠云《钟声》载《钟声》周刊第9期第3版,至10月13日,5次。

17日,姚鹓雏《文学进化论》载广州《民国日报》,至24日止。

21日,李涵秋遗著《新广陵潮》载《晶报》第3版,至12月15日,1回,未完。李涵秋遗著"沁香阁笔记"《某绅之趣史》载《晶报》第3版。短篇:何海鸣《害人精》,胡寄尘《祝福》,张舍我《两条法则》,陆律西《父子》,伍受真《闷葫芦》载《红杂志》第57期。陆律西《劫余灰》,张枕绿《兄弟文豪》,张碧梧《旧仇新恨》载《小说世界》第3卷第12期。

24日,爱钝《半年毕业小说家》载《晶报》第2版。

25日,徐卓呆《日本名小说家有岛武郎情死之真相》,包天笑《罣碍》,周南陔《消夏杂缀》,周瘦鹃《英雄与畜生》,胡寄尘《死后》,范烟桥《骄阳之花》,陈小蝶《兰因记》(至23号,11次),鲍眕《侦探小说摭谈》,俞啸琴《〈半月〉二周纪念》,郑逸梅《半月娘偶记》,吴田伦《待月》,齐天碧《读〈半月〉所得的新智识》,

王天恨《天上的月与人间的月》,顾明道《黄垆痛语》,姚赓夔《文人百趣》,赵眠云《郑逸梅小轶事》载《半月》第3卷第1号。李涵秋《绿林怪杰》载《半月》第3卷第1号,至1924年7月5日第4卷第14号,载32回;1926年3月由大东书局出版,18章;1928年4月再版。张碧梧"家庭侦探宋悟奇新探案"《钻石别针》载《半月》第3卷第1号,自此,张碧梧推出其"宋悟奇家庭探案"系列,登载在《半月》《紫罗兰》等刊物。

按:"宋悟奇家庭探案"系列所含篇目及其刊载情况:《钻石别针》(本月25日《半月》第3卷第1号),《作法自毙》(11月8日《半月》第3卷第4号),《鸿飞冥冥》(12月8日《半月》第3卷第6号),《两败俱伤》(1924年2月29日《半月》第3卷第11号),《红鬼丸》(1924年4月18日《半月》第3卷第15号),《鬼脸》(1924年5月18日《半月》第3卷第17号),《狐疑》(1926年6月2日《半月》第3卷第18号),《遗嘱的变化》(1924年6月16日《半月》第3卷第19号),《披屋中的病人》(1924年7月2日《半月》第3卷第20号),《杯中红酒》(1924年7月16日《半月》第3卷第21号),《一封匿名信》(1925年1月9日《半月》第4卷第3号),《无名火》(1925年1月24日《半月》第4卷第4号),《自讨苦吃》(1925年9月2日《半月》第4卷第18号),《一张会单》(1925年11月1日《半月》第4卷第22号);《木脚》(1925年12月23日《紫罗兰》第1卷第2号),《一束情书》(1926年1月14日《紫罗兰》第1卷第3号),《皮箱中的儿尸》(1926年1月28日《紫罗兰》第1卷第4号),《招聘教师的广告》(1926年3月14日《紫罗兰》第1卷第7号),《黑衣人》(1926年4月12日《紫罗兰》第1卷第9号),《三星在户》(1926年5月12日《紫罗兰》第1卷第11号),《梅花尸》(1926年5月26日《紫罗兰》第1卷第12号),《三星党》(1926年6月24日《紫罗兰》第1卷第14号),《六指人》(1926年9月7日《紫罗兰》第1卷第19号),《看戏归来》(1926年9月21日《紫罗兰》第1卷第20号),《包车中》(1926年10月7日《紫罗兰》第1卷第21号),《一睡不起》(1926年10月21日《紫罗兰》第1卷第22号),《白皮鞋》(1926年10月28日《紫罗兰》第1卷第23号),《一夜的失踪》(1926年12月19日《紫罗兰》第2卷第1号),《死人之室》(1927年1月18日《紫罗兰》第2卷第3号),《吃了年夜饭后》(1927年2月《紫罗兰》第2卷第5号),《卖花声》(1927年3月4日《紫罗兰》第2卷第6号),《主笔的失踪》(1927年5月1日《紫罗兰》第2卷第8号),《莲瓣之痕》(1927年5月15日《紫罗兰》第2卷第9号),《惊鸿一瞥》(1927年5月31日《紫罗兰》第2卷第10号),《跳楼》(1927年6月14日《紫罗兰》第2卷第11号),《酸性的恋爱》(1927年7月13日《紫罗兰》第2卷第13号),《歌残舞歇》(1927年7月29日《紫罗兰》第2卷第14号),《失宝记》(1927年8月12日《紫罗兰》第2卷第15号),《重圆记》(1927年8月27日《紫罗兰》第2卷第16号),《毁面记》(1927年9月10日《紫罗兰》第2卷第17号),《舞衣》(1927年9月26日《紫罗兰》第2卷第18号),《同命记》(1927年10月25日《紫罗兰》第2卷第20号),《亭子间里的血案》(1927年11月8日《紫罗兰》第2卷第21号),《血染阶前》(1927年11月24日《紫罗兰》第2卷第22号),《内交外攻》(1927年12月8日《紫罗兰》第2卷第23号)、《舱中的遗函》(1927年12月24日《紫罗兰》第2卷第24号)等。后由大东书局择《狐疑》《作法自毙》《遗嘱的变化》《红鬼丸》《披屋中的病人》《两败俱伤》《鸿飞冥冥》等结集为《宋悟奇家庭侦探案》2册。

《绿竹》半月刊在常熟创刊。

注：《绿竹》半月刊为常熟益社定期刊物之一，社址在江苏常熟西泾岸，名誉主编为徐枕亚、吴双热、俞天愤，编辑主任为漱绿生，主编为俞梦花，编辑为季梦蝶，发行为刘建如。俞梦花在"创刊号"发表《和读者诸君相见底话》："我们所以要取《绿竹》两字来名本刊，没有别的缘故，不过因为同志们，都是学识谫陋，简直贸然把文字来和读者相见，十分惭愧，所以取虚心似竹的意思，希望通人硕士批评教导，好使同人得到许多益处，这是吾们很切实感激的。"创刊号有周瘦鹃所题"绿竹"，有苏州波光主任徐碧波所题"一庭绿意"。目前所见最后一期为1924年8月15日出刊的第1集第23期。

陆澹盦《怪函》，姚民哀《山东响马传》，徐耻痕《水上枪声》《窃鞋》，赵苕狂《重来》，徐卓呆《鼠侦探》，程小青(茧翁)《最后之胜利》《一种盗贼所不敢取的东西》，顾明道《奇童》《荒岛奇侠》，张碧梧《白鸽》，郑逸梅《程学启轶事》，张舍我《实事侦探》，俞天赘《一封书》，李振华《软柄短剑》，张舍我《实事侦探录(2则)》，程小青《第二号室(两章)》，不肖生《近代侠义英雄传(两回)》，施济群《编辑者言》载《侦探世界》第8期。

28日，短篇：王西神《最后的一滴》，程瞻庐《名实相反》，顾明道《神秘派之小说》，沈禹钟《索梦》，张玉如女士《深情全在不言中》载《红杂志》第58期。范烟桥《不肖》，徐卓呆《最妥当的方法》，张碧梧《明天》载《小说世界》第3卷第13期。

29日，范菊高译《西方笑林》载《时报·小时报》，至10月7日，5次。

本月

徐卓呆《岂有此理之日记》由上海晓星书局初版。

10月

5日，许指严遗稿《不劳而获》，王西神《落叶》，张舍我《二个崇拜小说家者》，徐卓呆《万能术》(至1924年1月25日第5卷第4号，共66次)，程小青《险的循环》，贡少芹《狗的阶级》，张碧梧《化为乌有》，叶劲风《租界》，胡寄尘《柳宗元的小说文学》载《小说世界》第4卷第1期，此期为"国庆纪念特刊号"。短篇：何海鸣《丈夫的责任》，赵苕狂《人面不知何处去》，范烟桥《迷信的家庭》，海上漱石生《蚁斗》；双十增刊：程瞻庐《聋子耳朵里的双十节》，胡寄尘《五色旗下之小说》，颍川秋水《庆祝双十节七言四章》载《红杂志》第59期。

7日,我亦潮中人《〈歇浦潮〉之索隐》载《星光》第3版,至28日,4次;11月7日至12月2日,续载《星华》第2版,4次。

8日,爱虹生《〈人间地狱〉忽来春药》载《晶报》第2版,文赞毕倚虹《人间地狱》"每期回目,情文相生,香艳欲滴,在近今的长篇小说当中,却不大寻得出像他这般贴切细腻典雅"。范菊高译《一笑录》载《时报·小时报》,至16日,6次。

10日,冯叔鸾与天醉译作《女飞行家蓓儿小传》(英国葛威廉著),刘豁公《我的罪言》,海上漱石生《沪壖菊部拾遗志》,孙腥媛《常惺惺斋日录》,林屋山人《张勋诸妾小纪》《集云轩乩诗》,王钝根《奋斗环境之英雄》,徐卓呆"侦探小说"《一而二(二)》,徐哲身《两个龌龊的灵魂》,平襟亚《小说家之情场笑史》,吴东园《东园杂记》,范菊高《娸女恨》,何海鸣《海鸣诗存》载《心声》第2卷第8号。袁寒云《叶子新书》,徐卓呆《日本名小说家有岛武郎情死之真相》,沈禹钟《邂逅记》,周南陔《消夏杂缀》,周瘦鹃《死神与医士》,沈家骧《天上人间》,范菊高《微雨》,张碧梧"侦探小说"《两张遗嘱》,程小青《恐怖》,周瘦鹃《我与裴君》载《半月》第3卷第2号;本期附载"影戏场",含周瘦鹃《罗克自传》,浴泪生《美国影戏明星范朋士小史》,陈小蝶《影戏刍言》,周世勋《影片译名谈》,陈文炎《爱情影片》,郭本裕《摄影片时应先知之事项》。张冥飞《孝女报恩记》,郑逸梅《侦探琐话》,程小青(茧翁)《十二小时的自由》《模范监狱中的罪犯生活》《第二号室(两章)》,张舍我《实事侦探录(2则)》,姚民哀《山东响马传》,徐卓呆《幸运》,顾明道《农人李福》《红衣女郎》,何朴斋《鲁宾入狱》,茫匀《镖行与绿林》,王定庵《剧贩》,张碧梧《蜡烛油》,程季枚《病房谋杀案》,沈启孙《神经作用》,范烟桥《转寄》,王梦九《友人毕君佚事》,不肖生《近代侠义英雄传(两回)》载《侦探世界》第9期。

引:《侦探世界·编辑者言》:陆澹盦先生已将本杂志编辑职务辞退,本局经理沈知方先生,同独鹤、鄙人等,挽留再三,澹盦因校务繁冗,未允续任,故十三期起,谨请赵苕狂先生担任辑务,特此布闻。

12日,赵苕狂《职业问题》,胡寄尘《情网余生》,张枕绿《歧视》,张碧梧《慈爱与恋爱》载《小说世界》第4卷第2期。徐卓呆《虚荣疯子》,严独鹤《避灾回国的两个勇敢儿童》,胡寄尘《我之儿时》,林笑绿《蛇郎哥》载《红杂志》第60期。

14日,新南社成立,在上海小花园都益处菜馆举行第一次聚餐,通俗文学作家叶楚伧被选为干事之一。

15日,包天笑以"微妙"为笔名在《晶报》发表杂感小品,至1940年1月16

日,近900则。海上说梦人《对于〈歇浦潮索隐〉的话》载《晶报》第2版,至24日,三续。

18日,为对抗《晶报》,施济群与陆澹盦、朱大可、严独鹤、郑子褒、海上漱石生、严芙孙等创办《金钢钻》报,至1937年8月13日停刊。程瞻庐《奈何天》连载《金钢钻》第3版,至1925年6月9日,10回,共136次。何海鸣《广告式的著作家》载《金钢钻》第3版,至11月9日,8次,载完。

19日,短篇:严独鹤《两奇人》,徐卓呆《人造人种》,顾明道《试验品》,陈小菊《赌博者的马老二》载《红杂志》第61期。王西神《春者相音》,胡寄尘《一幕悲剧》,余空我《以后》载《小说世界》第4卷第3期。

23日,《无锡新报》第3版载《锡闻报总编辑程小青君辞职》:"吴门小说家程小青君前受本邑《锡闻报》之聘,为该报名誉总编辑,近该报出版才四十余日,而程君忽辞去撰述及总编辑职务,声明自即日起,与该报脱离关系。"毕倚虹等组织的中国文艺协会在上海寿石山房集会,宣告成立。

24日,袁寒云《叶子新书》,徐卓呆《日本名小说家有岛武郎情死之真相(续)》,王钝根《家庭地狱》,王西神《老圃秋容》,周瘦鹃《节妇坊》,陶报癖《甓斋挥尘》,程瞻庐《秋之夜》,顾明道《羊》,程小青"侦探小说"《恐怖》载《半月》第3卷第3号。向恺然《纪杨少伯师徒遇剑客事》,王天恨《贼之侦探家》《不平者》《一件离奇案》,赵苕狂《匣上指纹》,俞慕古《侦探译稿和创作的两面观》,徐卓呆《有妻者》,范海容《女侠》,程小青《我的婚姻》《侦探小说的效用》《小说中的四大侦探》《第二号室(两章)》,胡亚光《侦探小说拾零》,俞天愤《三封信》,顾明道《花刀刘二》,李茫匂《镖行与绿林》,庞忆楼《箱尸》,周振声《未来之劲敌》,丁永森《一万金镑》,顾明道《跛足者》,不肖生《近代侠义英雄传(两回)》,施济群《编辑者言》载《侦探世界》第10期。

25日,刘豁公《双十感言》,孙膁嫒《国誓》,林屋山人《林屋友议》《秋声诗纪异》,余云岫《与恽铁樵论群经见智录》,朱大可《新书品》,海上漱石生《沪壖菊部拾遗志》,陶报癖"白描创作"《惊心的声浪》,徐卓呆"侦探小说"《一而二(三)》,冯叔鸾与天醉译作《女飞行家蓓儿小传(十)》(英国葛威廉著)载《心声》第2卷第9号。

26日,短篇:程瞻庐《侠举子弹词》,俞亮时《深巷的柝声》,王天恨《讨债与借债》,沈禹钟《残稿》载《红杂志》第62期。胡寄尘《恐慌》,徐卓呆《万能术》,张碧梧《金钱教育》,张枕绿《老厌物》载《小说世界》第4卷第4期。

27日,集锦小说《江南大侠》载《金钢钻》第2版,至1924年1月9日,共20

节,载完,由朱大可、徐卓呆、严芙孙、赵苕狂、胡寄尘、陆律西、施济群、严独鹤、陆澹盦、程瞻庐合著。1933年9月1日,《江南大侠》重载《金钢钻月刊》第1卷第1期。

本月

胡怀琛编辑《中国文学通评》由大东书局初版,1924年7月再版。

11月

2日,沈禹钟《巷外》,何朴斋《钻镯》,张碧梧《疯》,程瞻庐《一阵腥风》载《红杂志》第63期。何海鸣《小厮奇梦记》,范烟桥《珠还》,张枕绿《誓》载《小说世界》第4卷第5期。

3日,毕倚虹短篇小说《嫌疑犯之薙头匠》载《晶报》第3版。

4日,孙癯媆《茜窗琐录》载《星华》扩充号第2版,至1924年2月5日,6次。

5日,马二先生"影戏谈"《电影名剧谈》载《新闻报·快活林》,至6日,2次。

6日,施济群开始在《金钢钻》发表时评杂感、游戏文章、游记小品等,至1937年5月22日,近300条,其中如《冰庐虎话》18则、《小说家之种种》36则、《湘游随笔》33则、《双洞琐记》5则等。郑逸梅《捧角》载《金钢钻》第2版,至1937年8月4日,共发表时评杂感、掌故笔记、小品随笔1346天次。

8日,程瞻庐《望云居随笔》,胡寄尘《村妪的政见》,顾寿康《浩劫余生之血泪语》,解弢《小说八字评》,一粟《街坊速记》,周瘦鹃《疯人院》,施青萍《红禅室漫记》,马鹓魂《血泪之痕》,吴梅孙《断肠语》,姚赓夔《忏》,胡寄尘《我之处女作》,王天恨《我之处女作》,周瘦鹃《说海珠玑》,张碧梧"侦探小说"《作法自毙》,程小青"侦探小说"《恐怖》载《半月》第3卷第4号。何海鸣《一个星期的上海侦探》,闸北徐公《利用电线的盗贼》《犯罪的种种》,张舍我《陷网》,金惕夫《游方僧》,徐卓呆《犯罪的趣味》,狗厂《吃金刚钻者》,向恺然《纪杨少伯师徒遇剑客事》,王天恨《剧场笑史》《继母之赐》,程小青《我的婚姻》《第二号室内(两章)》,王西神《松耶柏耶》,徐耻痕《浜内之尸》,黄转陶《刘勇》,隐者《密札》,卓弗灵《暗杀大总统》,张碧梧《念年前事》,不肖生《近代侠义英雄传(两回)》载《侦探世界》第11期。

9日,短篇:陆澹盦"李飞探案"《古塔孤囚(上)》,陆律西《虚荣》,严独鹤《演说以后》,程瞻庐《生死离婚》,李无咎《一天的欢喜》载《红杂志》第64期。

许指严《幸运与欲望》,烟桥《半世烦恼》载《小说世界》第4卷第6期。

10日,《新闻报·快活林》推出"点将会小说",至1924年12月27日,共出20期,中辍,作品有《新红楼》《钻影枪声》《粉墙血印》《梦中事》,作者为严芙孙、马二先生、陆澹盦、陆律西、施济群、张舍我、朱大可、天台山农、大有、王西神、达哉,耻痕等。

12日,程瞻庐《望云居杂缀》连载《金钢钻》第2版,至1924年10月30日载完,共4次。

15日,短篇:严独鹤《拆白的阶级》,王薇子《逃兵》,陆澹盦"李飞探案"《古塔孤囚(中)》,徐荷公《现良记》载《红杂志》第65期。

16日,叶劲风《时代之花》,胡寄尘《访友归来》,烟桥《风檐灯夕》载《小说世界》第4卷第7期。

21日,郑逸梅《小说史之需要》载《金钢钻》第2版。

22日,姚鹓雏《小说学概论》,陈小蝶《菊谱》,徐卓呆《赤裸裸的男子丑态》,周瘦鹃《挑夫之肩》,紫兰主人《诗之告示》,何海鸣《求幸福斋论诗》,黄转陶《故乡》,张碧梧"侦探小说"《鹰缘》,郑逸梅《秋鸿羽落》载《半月》第3卷第5号;本期附载"影戏场":周瘦鹃《罗克自传》,周世勋《影话》,顾肯夫《现在的中国影戏》,浴泪生《意国影戏明星范伦迭诺小史》,识小《上海影戏公司之新消息》。

程瞻庐《李蛮牛》,徐卓呆《出狱后》,王定庵《白光如电》,胡寄尘《怪病人》,王天恨《园尸》,马二先生《蚌虫》,闸北徐公《沟中银币》,金惕夫《天宁寺僧》《颜希回》《桂林僧》,鹿厂《路工仇杀案》,卓弗灵《法庭上之时钟》,颍川秋水《跛道人》,王蜷庐《很奇怪的一封信》,程小青《我的婚姻(续)》《第二号室(两章)》,不肖生《近代侠义英雄传(两回)》,黄梅隐《锄奸团》,芝岩《侦探小说的寿命》载《侦探世界》第12期。短篇:求幸福斋主《丝光布》,陆澹盦"李飞探案"《古塔孤囚(下)》,程瞻庐《洋灯罩》,沈禹钟《排字人》载《红杂志》第66期。

23日,何海鸣《最初的忧患》,卓呆《杀人行善》,叶劲风《时代之花》载《小说世界》第4卷第8期。林屋山人《林屋友议》,刘豁公《孝女殊仇记》,天台山农《汽车……枉死城》,余云岫《与恽铁樵论群经见智录书》,顾明道《培嵝小史》,海上漱石生《沪壖菊部拾遗志》,郑逸梅《搓玉团香录》,童爱楼《咏各部诗》载《心声》第2卷第10号。

引1:《本社特别启事》(节录)(载《心声》第2卷第10号):

南洋兄弟烟草公司之出版《图画小说汇编》,系刘豁公、王钝根两先生杰作,由周柏生、张光宇、谢之光诸先生摘要绘图,美且难并得未曾有,顷承惠赐五百部作为本刊赠品,拜领之余,不胜感荷,谨志数语藉申谢忱。

引2:刘豁公《编辑赘言》(节录)(载《心声》第2卷第10号):

本刊出版以来,因为得着许多文友的赞助,材料日见丰富,大有琳琅满目,美不胜收之慨,但是关于批评一路的文字,还不多见,从下一期起,我想另辟一栏专载批评文字,请诸君对于本刊以及其他书报所载的文字一一加以切实的批评。不过批这种评,须要把那作品优劣的所在细细剖解出来,不能随便加上几句老生常谈的考语就算了事。这是要请大家注意的。

29日,短篇:程瞻庐《连续梦》,徐卓呆《旧金表之秘密》,张碧梧《跛足画师》载《红杂志》第67期。

30日,毕倚虹《香鹃初幕》载《晶报》第2版,记载周瘦鹃艳史;12月3日,周瘦鹃《为〈香鹃初幕〉声明》载《晶报》第3版,力辩所谓艳史与事实不符;12月6日,丁悚《〈香鹃初幕声明〉之声明》载《晶报》第3版,亦极力为周氏开脱。

引:《香鹃初幕》:

周瘦鹃……顾谈情而终身未昵一妓……小蝶潜以花笺著瘦鹃名,召伎吟香来。吟香,吴姬翘楚也,能捉笔为小文,酷嗜小说,小说家之名著历史,香能琅琅上口,历历如数家珍,就中尤钦倒瘦鹃,前已托江红蕉致拳拳于紫罗庵,盖心心相印久矣。俄而香来,一见如旧相识,短榻软语,若不胜情,绵邈之思,溢于言表,姗姗去后,珍重订后约,知己之感,鹃殊不能已也。明日,鹃归海上,急检所著《月痕》两册(《月痕》乃鹃之短篇隽制,十九谈情,人谓是瘦鹃之血泪文章也),媵以邮票百分,付邮筒致吟香,吟香得此,开笺三复,芳心宛宛,正不知何以安排……鹃以邮花相贻者,意别有在,殆诏吟香以鱼雁往复,慰情于无之策耳,此正鹃之慧心过人处。

程小青《未来神》,叶劲风《假面具圣人》载《小说世界》第4卷第9期。

本月

贡少芹撰述、贡芹孙编校《李涵秋》由上海震亚图书局初版;1928年5月3版。

张舍我出任上海小说专修学校校长,该校以"教授小说文学,造就小说人才为宗旨"。

引:《上海小说专修招生及章程》载,学校宗旨为"教授小说文学,造就小说人才""依照美国哥伦比亚大学小说科校外部办法编发讲义通信教授";"教员:王农(小说修辞学)、江红蕉(批改课卷)、胡寄尘(小说与哲学)、张枕绿(批改课卷)、张舍我(小说解剖学)、程小青(侦探小说专科)、赵苕狂(小说译学);赞助员:王钝根、包天笑、向恺然、余大雄、步林屋、周瘦鹃、施济群、徐卓呆、陈飞公、毕倚虹、张叔良、刘豁公、严独鹤";"校址:上海西门内静修路合德里六号"。(载1923年11月2日《红杂志》第63期)

12月

6日,短篇:严独鹤《污点》,程瞻庐《青纱帐》,王西神《生财之道》,徐卓呆《无情拳》,胡寄尘《神秘的中国》,沈禹钟《死所》载《红杂志》第68期。

7日,何海鸣《后门口的舆论》,王西神《莲房褪粉录》,顾明道《老教员》,张碧梧《地道》,叶劲风《抚州的一夜》载《小说世界》第4卷第10期。

8日,周瘦鹃译、英国柯南道尔著《柩中人》,程小青《异途同归》,陆澹盦《烟波》,张碧梧《鸿飞冥冥》,徐卓呆《外行侦探与外行窃贼》,张无诤(张天翼)《X》,王天恨《三种证据》,李云子《弹力》,王雪影《订婚指环》,姚赓夔《谁耶》,何朴斋《草屋》,冯六《绑票》,黄转陶《古屋宝藏》,陈惜桂《跳舞会中》,马鹃魂《无法纪之邦》载《半月》第3卷第6号,本期为"侦探小说号"。

林屋山人《梅兰芳诸京伶莅沪记》《梅郎曲》《宛转歌送寒云北归》《锐头将军歌》,刘豁公《穷边情史(上)》《贺畹华生日》,孙朦蝮《常惺惺斋日录》,陶报癖《小说家天门胡石庵小史》《心声瘦词》《湘垣奇异市招志》,徐碧波《瘦马秘记》载《心声》半月刊第3卷第1号。

程小青《不可思议》《第二号室(三章)》,向恺然《纪林齐青师徒轶事》,闸北徐公《支票通信法》《车中客》,徐卓呆《贼医病》,胡寄尘《今游侠传》,程小青《侦探小说和科学》,张碧梧《一张名片》,黄转陶《刘小春》《李八》《瘦月娘》,何朴斋《毒针》,顾明道《卖解女复仇记》,张无诤《斧》,赵苕狂《黑夜贼眼》,胡寄尘《鸽子案》,赵芝岩《赔了一顿饭》,渺然《心理推测》;"侦探谈话会":杨荫孙《欺诈大王》,张舍我《林中碎尸》,程小青《苏格兰场四大侦探(上)》,徐耻痕《侦探与扑克》;"银幕上的侦探":陶凤子《无聊的接吻》,蝶魂女士《银幕碎影》,徐卓呆《小指的主人》,编者《侦探谜》,王天恨《又一巾帼福尔摩斯》,不肖生《近代侠义英雄传(两回)》,赵芝岩《侦探的供给者》,赵苕狂《编余琐话》载《侦探世界》第13期。

12日,郑逸梅《请小说家效法》载《金钢钻》第3版。

13日,短篇:何海鸣《家声》,赵苕狂《佣妇之泪》,侯疑始《狗德》,陆律西《渔舟奇女》载《红杂志》第69期。

14日,胡寄尘《冷酷的我》,沈禹钟《灯光》,叶劲风《不要跑得太快了》,赵苕狂《自新》,张枕绿《似曾相识》载《小说世界》第4卷第11期。

17日,云上"社会小说"《眼底沧桑》载《大世界》第3版,至1926年1月29日,33回,573次,载完;1926年2月6日,云上《眼底沧桑题跋》载《大世界》第3版。

21日,短篇:徐卓呆《初次接到异性的书信》,胡寄尘《新君子国》,红柳村人《离婚的商榷》,王定庵《报恩的杀人》载《红杂志》第70期。倚虹《红叶姻缘》载《晶报》第2版,文载,夏正十一月十一日,江红蕉与叶绍铭女士(叶绍钧之妹)结婚事。何海鸣《资格》,胡寄尘《天真之恋爱》,顾明道《声价》,徐哲身《不满意》,张碧梧《作法自毙》载《小说世界》第4卷第12期。

22日,袁寒云《婉转》,陈瀞一《政海谵言》(至20号,8次),郑逸梅《天平参笏记》,张舍我《邻女之爱》,范烟桥《小说话》,周瘦鹃《在山泉》,陆澹盦《烟波》,程瞻庐《望云居随笔》,陶报癖《香莲艳话》,顾明道《圣诞之梦》,范菊高《破碎的琴》,郑逸梅《秋鸿羽落》,钱释云《说海珠玑》,张碧梧"侦探小说"《额上的十字》载《半月》第3卷第7号。

胡寄尘《朝鲜英雄传》,狗厂《越狱名家》,徐卓呆《信用证》,王天恨《刀光血影录》,向恺然《纪林齐青师徒轶事(下)》,闸北徐公《月夜的鬼》,李定夷《捧角家之竞争(上)》,程小青《第十号室的主人》,卓弗灵《钮子与徽章》,王天恨《卫生俱乐部》,郑逸梅《侦探琐话》,张碧梧《破屋中的血渍》,陶凤子《罪恶之父》,陆律西《还珠记》,赵芝岩《事实探案和侦探小说》,赵苕狂《医贼病》,徐卓呆《伪牧师》,徐卓呆、胡寄尘、赵苕狂"集锦小说"《念佛珠》,沈禹钟《码头窃案》,香岛渔郎《怪房客》,范菊高《金鸡心》,王天恨《实事侦探谈》,程小青《苏格兰场的四大侦探(下)》,闸北徐公《掘地道的贼盗》,曾经沧海室主《英国地方监狱罪犯状况》,王天恨《卖油叟》,胡寄尘《茶博士之革命史》,春梦《家庭妙喻》,禄尔摩斯《我所想望的》,徐卓呆《窃贼处置法》,编者《侦探小说大悬赏》,程小青《第二号室(两章)》,不肖生《近代侠义英雄传(两回)》,曾经沧海室主《错误的疑点》,赵苕狂《编余琐话》载《侦探世界》第14期。

23日,步林屋《梅兰芳莅沪记》《答梅兰芳》《宛转歌》《迎梅曲》,刘豁公《穷边情史(下)》,何海鸣《己未杂诗》《心室赋此戊午》,马二先生、天醉译《女飞行家蓓儿小传》,顾佛影《邮袋解放》,陶报癖《又一位琴艳亲王》《三张与桓侯有缘》《张冥飞轶事》,黄转陶《夏天傍晚》,郑逸梅《香暖雪屏录》,海上漱石生《沪壖菊部拾遗志》载《心声》半月刊第3卷第2号。

27日,新年特刊:程瞻庐《第一天的家庭》,赵苕狂《去年今日》,徐耻痕《新年闺训弹词》,沈禹钟《时节的慰藉》,陈达哉《民国十三年元旦闲话》,朱枫隐《十三集锦》;短篇:严独鹤《归田梦》,陆律西《救火车》,赵苕狂《婚后序》,许甘蕴辛《嫁后十年》,范菊高《嫁后》,明夷女士《嫁后三月之幸福》,顾诚安《嫁后日记》,蕙瑛女士《嫁后之第一夕》载《红杂志》第71期。

28日,赵苕狂《穷出头》,叶劲风《尸变》,胡寄尘《民间诗人》《侯方域的小说文学》，顾佛影《一本古书》，许瘦鹤《参观之后》载《小说世界》第4卷第13期。

本月

《南社》第22集出版，载程善之《译蒙古军歌》，王钟麒文《东晋南宋合论》《感遇篇》《贾谊李广赞》《庐陵重修益国周文忠公祠碑》《赵武灵王胡服论》《周美权纪念图序》。

贡少芹、吴虞公、江荫香编辑《奇谋秘计》由世界书局4版。

徐卓呆编"笑话"《调笑录》由上海大东书局出版。

本年

秋，范烟桥担任无锡《苏民报》副刊《余勇》助理编辑。

海上说梦人"哀情小说"《古井重波记》载《小说新报》第8卷第1至5期，不分节，载完。

徐卓呆"社会小说"《针线娘》(30节)，顾佛影"哀情小说"《斜阳烟柳录》(8回，载完)，规世山樵"明代秘纪"《珰祸记》(16回)载《小说新报》第8卷第1至9期。

南海冯六译述"亚森罗苹奇案"《卅棺岛》(8章)载《小说新报》第8卷第5至9期。

不肖生《绘图江湖奇侠传》第1、2集20回，《近代侠义英雄传》第1、2集20回由世界书局出版。

徐卓呆"滑稽诗集"《不知所云集》由世界书局初版；1923年11月15日再版；1924年6月3版；1925年2月20日4版；1925年9月21日5版；1926年10月25日6版；1927年3月1日7版；1927年8月10日8版；1927年11月30日9版；1928年5月5日10版；1929年2月25日11版；1929年9月15日增补12版。

南社停止活动。柳亚子、叶楚伧、邵力子、陈望道等在上海发起成立"新南社"，表示由反对白话文转向拥护白话文，支持新文化运动，出版《新南社社刊》1期。

成舍我创办联合通讯社，张恨水辞《益世报》职务，协助成舍我，兼《今报》编辑。

周瘦鹃编《紫兰小谱》由大东书局出版，收入"紫罗兰龛小丛书"；1928年10月4版。

何海鸣《海鸣诗存》由侨务旬刊社出版。

1924年（甲子）

1月

1日，毕倚虹《十三幕》载《晶报》第2版，至24日，载3次。周瘦鹃参加民立中学20周年校庆，于2月5日《半月》第3卷第10号发表《狂欢三日记》，记录盛况。毕倚虹与汪琫玮女士在东亚酒楼结婚。

引：天凤《虹琫姻缘》（载4日《晶报》第2版）言：元旦，毕倚虹君与汪琫玮女士在东亚酒楼结婚，海上文人，均趋贺……四时，行……婚礼毕，来宾颂辞，马二先生上……以穆桂英配杨宗保喻，提倡男女平等……邵力子上，……颂辞，诉旧式婚姻之痛苦，诟多妻主义为罪恶，赞新人究竟澈底觉悟，归于自由恋爱……七时，梅兰芳偕谬子及二侍从至，……严君独鹤忽弃本席，而就梅坐……

4日，何海鸣《面具》，程瞻庐《尖头的命运》，高天栖《嫁后的第三日》，俞天愤《嫁后之称呼》，许乙厂《金华惨状》载《红杂志》第72期。林琴南《三种死法》，何海鸣《三角形的生命》，胡寄尘《金钱之价值》，王西神《双珠艳影》，沈禹钟《眼科医生》，周瘦鹃《恩爱与恋爱》，程小青《漏点》，赵苕狂《复仇》，叶劲风《磨石》《机心》，张碧梧《牧师之前》载《小说世界》第5卷第1期。

5日，《社会之花》在上海创刊，王钝根主编。毕倚虹等为创刊题字。毕倚虹、李韵琴合译《纽约娼妓的生活》载创刊号，至3月25日第8期，载完，不分节，8次。冯叔鸾《裴士康坎坷记》，张秋虫《经济》，王钝根《倚虹新夫人之特别称谓》，周瘦鹃《祝社会之花》，严独鹤《钝根与社会之花》，钝根《上海种种社会之花》，不肖生《变色谈》，徐哲身《临清六绝》，王钝根《本旬刊诸大名家小史》，刘豁公《毁身殉爱记》，吕碧城《词》，严芙孙《自杀会》，郑逸梅《凄迷梦余录》，何海鸣《风流罪人》，襟霞阁主（平襟亚）《文坛感旧录：朱鸳雏死后成名》《社会百怪录》载创刊号；毕倚虹，刘韵琴合译《纽约娼妓的生活》载创刊号，至3月25日第8期，8次，载完。

注1：《社会之花》由藜青社发行，王钝根任编辑部主任，大陆图书公司发行。王钝根在创刊号《发刊辞》中说："以《社会之花》名，盖定于藜青社张巨清君，出版预告既布报纸，见者咸以为是游扬妓人之作也。""张君若曰：吾国之社会，沉闷极矣，宜有以愉快之，黯淡极矣，宜有以鲜美之，本旬刊自比于花，将使社会得此而愉快而鲜美。抑更有进者，花之为物，能吸炭气，输养气，裨益吾人之呼吸而延长其寿命……本旬刊搜纪社会新闻，彰善瘅恶，亦所以吸社会之炭气，而输以养气也，将见识字者人置一编，珍为养生却患之要品，又岂得以寻常小品文艺仅足供赏心悦目者目之哉！"点明宗旨。刊物阵容强大，如周瘦鹃、刘豁公、吕碧城、陈蝶仙、郑逸梅、沈禹钟、严独鹤、徐哲身、毕倚虹、平江不肖生、马二先生、尤半狂、求幸福斋主人、严芙孙、闻野鹤、张碧梧、朱鸳雏、张舍我、陈小蝶、张秋虫等，皆一时之选。本旬刊刊载小说众多，如不肖生《变色谈》，毕倚虹《割爱记》，张碧梧《虞美人》，顾佛影《土穴藏儿记》，徐哲身《王三少奶奶的镜》，严芙孙《希望》，徐卓呆《退坛》，周瘦鹃《几生修到作王郎》，陆律西《双鸳侣》，沈禹钟《车中的杂碎》，马二先生译文《真假新娘》等；游记小品有吕碧城《横滨梦影录》，随笔有夹谷山农《持平轩漫录》，陶一呆《三顾庐谈汇》，吴红芍《剑影楼漫录》等。还有王钝根的《本旬刊诸大名家小史》登载了毕倚虹等一系列小说家的生平史料。该刊至1925年11月30日停刊，出到第2卷第18号，共出2卷36期。

注2：大陆图书公司，由世界书局原营业部主任贺润生在20世纪20年代创办，公司设在白克路九如里，曾与张巨清等人组织藜青社，从事图书出版与刊物发行活动。如陆韵娥撰述的《闺秀相思记》即由大陆图书公司1923年6月出版，沈雏鹤的《壮姑杀贼记》由该公司1922年5月出版；1924年1月5日，他们又出版了《社会之花》旬刊。

注3：创刊号《编辑者言》：

当今小说界著作最多笔政最烦的要算周瘦鹃了，但是他为了《社会之花》，也竟忙里偷闲，作了一篇《祝社会之花》，文词隽美，可喜可爱。

独鹤也是一个很忙的忙人，并且轻易不肯做文章给人家的，这回居然为本旬刊做了一篇《钝根与社会之花》，诙谐到极点了。诸君看了，管情笑得肚子疼。

倚虹是最时髦的小说家，他近来和李韵琴君合译一篇《纽约娼妓的生活》，那是极有价值的东西。上海有几家报馆和书局，抢着要买这篇稿子，到底被钝根用极高价的现款买得了。这总算是《社会之花》初出马的第一回胜仗。

中国第一滑稽大家徐卓呆先生，瘦鹃绰号他叫做笑匠，这位笑匠，新作了一篇引人发笑的小说《侦探家里的贼》给本旬刊求得了，预料读者诸君见了，定必拊掌大笑，但怕一般侦探家看了，笑得有些勉强。

不肖生在今日侦探小说界的大名，也是数一数二的了，他为了友谊起见，情愿把替别人家做小说的精神省下来，供给《社会之花》，你们瞧这够多么交情，如今请看他第一篇作品《变色谈》罢。

马二先生不用说是老名士了，他这回给本旬刊做了篇《裴士康坎坷记》，他近来狠用心在译著上，诸君读了，就晓得非比寻常咧。

张秋虫是张丹斧所称道的小家伙,这小家伙真厉害,本旬刊这一期有他的《经济》一篇,可把上海那些滑稽名人挖苦了个透顶了。

刘豁公是《心声》半月刊的编辑主任,他也是从百忙中替本旬刊作了篇《毁身殉爱记》,陈义很高,就可以见得作者的道德。

6日,陈瀚一《政海谵言》,海上说梦人《弃儿本事》,范烟桥《柳色》,胡寄尘《西迁录》,周瘦鹃《魔鬼》,施青萍《圣诞华筵记》,沈家骧《疑……决》,范菊高《反目》《文坛趣话》,沈家骧《"疯人院"的袅袅余韵》载《半月》第3卷第8号。

程瞻庐《燕石》,黄转陶《卖饼人》,程小青《乌骨鸡(上)》,施济群《急智》,徐卓呆《犯罪本能》,王天恨《摄格卡脱探案的作者是谁》,李定夷《捧角家之竞争(下)》,黄转陶《秦平》,徐耻痕《玉雀》,张碧梧《侦探小说之三大难点》,王天恨《婚夜》,卓弗灵《囚人待遇改善法》,闸北徐公《粗莽的侦探》,胡寄尘《蟹子偷鞋案》,陈绮禅《侠僧》,范佩萸《金笔》,茧翁(程小青)《骇人的经历》《关于歇洛克福尔摩斯的话(上)》,陶凤子《闺中艳贼》,张碧梧《侦探长片之失败》,赵芝岩《侦探日记》,程小青《第二号室(三章)》,不肖生《近代侠义英雄传(两回)》,张碧梧《侦探小说琐话》,闸北徐公《杖中珠》,赵苕狂《编余琐话》载《侦探世界》第15期。

11日,程瞻庐《别裁小小说》《嫁后之忏》,红柳村人《失眠症》,沈禹钟《车厢中》,陶凤子《香唾》,徐卓呆《嫁后的第一节》,许太和《后嫁的贞女》,蒋吟秋《嫁后两年中》载《红杂志》第73期。程小青《可怖的魔神》,沈禹钟《卖锡》,赵苕狂《马欤船欤》,顾佛影《赴喜筵的苦趣》,张枕绿《滋味》,张碧梧《恩怨》载《小说世界》第5卷第2期。

15日,毕倚虹《割爱记》,林屋山人《社会之花》,不肖生《变色谈》,张舍我《痛苦之爱》,步林屋《剧谈录》,王钝根《新交际场中之怪相》,胡憨珠《归帆》,王钝根《朱鸳雏小史补》,王钝根《本旬刊作者诸大名家小史(续)》(含严独鹤、步林屋、天台山农)载《社会之花》第1卷第2期,本期为"普通号"。吴绮缘《军阀现形记》载《星华》第3版,至2月5日,4次,1回,未完。

18日,胡寄尘《新点金术》,顾明道《沉闷的人》,贡少芹《离奇的恋爱》,徐冷波《天真》,张碧梧《谁尸其咎》载《小说世界》第5卷第3期。徐卓呆《暗助宗社党的日本女子》,顾明道《红楼琴声》,王定庵《发针》,杨小仲《行述》,叶天魂《嫁后的命运》,王野苹《嫁后的伊》载《红杂志》第74期。

20日,陈瀚一《政海谵言》,孙了红《四封信》,沈禹钟《婚夕》,周瘦鹃《圣人》,吴田伧《丐业》,张碧梧《爱……恨》载《半月》第3卷第9号。

何海鸣《无妄之灾(上)》,张碧梧《侦探小说琐话》,顾明道《秘密之园》,茧翁(程小青)《世界警探的大会议》《乌骨鸡(中)》,黄转陶《盲僧》,范烟桥《中国式的侦探》,闸北徐公《火车中的剪绺》,沈禹钟《打包僧》《冯某》,徐卓呆《抄袭家》,天放《印花》,王天恨《火车上》,闸北徐公《野狗拒盗》,何朴斋《锦匣》,王天恨《某侠士》,程瞻庐《流言》,卓呆《臭贼》,春梦《五秒钟笑话》,牵丝攀藤馆主《葡萄架下谈天录》,程小青《关于歇洛克·福尔摩斯的话(下)》,张碧梧《侦探小说之难处》,赵芝岩《侦探日记(二)》,闸北徐公《牙医与搜查》《古指纹》,程小青《毛狮子(二章)》,不肖生《近代侠义英雄传(两回)》,张枕绿《侦探小说与神怪小说》,赵君狂《编余琐话》载《侦探世界》第16期。

25日,毕倚虹《割爱记》,徐卓呆《黑蝴蝶》,天虚我生《新年娱乐品之无敌牌谱》,不肖生《变色谈》,王钝根《本旬刊作者诸大名家小史·陈小蝶》,张舍我、周善宝《浴堂中的社会学》,桃花潭主《小说名家徐哲身趣史》载《社会之花》第1卷第3期。

引:《社会之花·编辑者言》;

近来各家杂志,都有了理事编辑。他们看理事编辑的身分,简直是编辑部里头打杂的,所以他们除聘请个头等名家担任编辑名义之外,再花几十元钱,雇上许多三四等角儿,充当抄写奔走之役。可怜这几位先生的姓名,就排印在本书的末页编辑者某某之后,用很小的字挤着,很不舒服。按老板的意思,是借此卖弄阔排场,大爷们有得是钱。什么大文豪大小说家,都被他用钱收在门下当理事编辑咧。咳!他哪里晓得理事编辑,是编辑部中最有权力的职位。他不但可以指挥全部编辑者,遵照他的支配取去稿件,他并且可以主张笔政以外的一切事务。现在那些杂志老板,把理事编辑的界说弄错了,也谅是知识欠缺的缘故。咱倒不必怪他,只可怪那些大文豪小说家,自己当了理事编辑的名义,却做了打杂的职务,还没有明白过来,这就未免太难了。我敢说一句武断话,杂志界的添设理事编辑,谅全是学了《礼拜六》的样儿。却不知《礼拜六》当时,本不愿意分立名目,只为了一段不得已的原因。《礼拜六》自一百零一期起,钝根邀请瘦鹃合办编辑,那么《礼拜六》底页上应具的编辑人姓名,当然是两人并列了,不过那底页并没有请两人亲自起草,只由印刷主任某君随当去办。他便把两人的名字,写做瘦鹃在前,钝根在后,可是瘦鹃素性谦让,他总以为论年龄资格,及《礼拜六》百期以前的成例,该让钝根居先,立逼某君更改。钝根知道了,哪里肯依,他以为瘦鹃文才比自己高,时望比自己大,该让瘦鹃居先,又立逼着某君改回来。只弄得某君左右为难,瘦鹃和钝根相持不下。后来还是钝根想出个调停办法,分做了两个名义,到底瘦鹃让钝根居了理事编辑之名,钝根让瘦鹃占了第一行的位置,其实钝根也并没有自居理事,指挥编辑,瘦鹃也并没有但顾编辑,不兼理事,不过为了这一张小小底页排列位置的先后,倒累及了许多人误解理事编辑的名义,也算是瘦鹃钝根造了一些小孽,阿弥陀佛。

贡少芹《汽车下》,蒋吟秋《双生子是遗传》,程小青《五百磅的代价》,何海鸣《朋友》,胡寄尘《女英雄》,赵苕狂《适意的不适意》载《小说世界》第5卷第4期。严独鹤《朱楼锁恨》,杨冠伦《得奖的一幕》,王西神《嫁后之回忆》,成秋凤《嫁后的倩云》,红柳村人《试验后》,许指严《唾绒遗痛》载《红杂志》第75期。

27日,孙癯媛(朣媛)《列宁小史》载《晶报》第2版,至6月21日,共16次。

本月

张枕绿"短篇言情笔记小说集"《缠绵》由上海良晨好友社出版。

按:《缠绵》所含小说:《洗心记》《绣囊记》《吻眠记》《遗履记》《痴棠记》《葩萃记》《代笔记》《援艳记》《吊波记》《心许记》《全孝记》《袖珍记》《帕证记》《像异记》《恒情记》《就役记》《幻艳记》《重谐记》。

2月

1日,程瞻庐《无形的刀》,严独鹤《过年》,严芙孙《死活》,张梦飞《两颗心》,红柳村《焦烂的骨殖》载《红杂志》第76期。王西神《职业》,徐卓呆《旧洋伞》《那更不要》,张碧梧《父亲的真爱》,徐卓呆《爱》,胡寄尘《中国文人结社考源》载《小说世界》第5卷第5期。

2日,林屋山人《甲子杂言》,刘豁公《哀梨室戏谈》《哀梨室随笔》,孙朣媛《常惺惺斋日录》,陶报癖《好一个时髦畜生》《西国名剌谭》,张舍我、朱孝文《元旦的情书》,郑逸梅《吟粉歌翠录》,顾明道《天伦之乐》载《心声》第3卷第3号。

5日,严独鹤《贼与夫人》,施济群《谁的贺年片》,程小青《新年的消遣》,徐卓呆《侦探与新年》,沈禹钟《压岁钱》,顾明道《鹦鹉螺》,徐耻痕《误了》,陶凤子《惭愧》,赵苕狂《新年中之胡闲》,忆琴室主《新年中之侦探世界消息》,向恺然《天宁寺的和尚》,罴士《观察力》,何海鸣《无妄之灾》,沈禹钟《游侠新传》,天放《蜜饯人》,程小青《乌骨鸡(下)》,徐耻痕《侦探小说琐话》《理发店中之秘密》,范菊高《角智》,罴士《秘函》,王天恨《嫌疑犯》,张碧梧《侦探小说琐话》,何朴斋《婚变》,黄转陶《卖解女》,范佩荑《炒米糕》,程小青《毛狮子(二章)》,徐卓呆《剪绺的秘密》,不肖生《近代侠义英雄传》,赵苕狂《编余琐话》载《侦探世界》第17期。

沈禹钟《新年杂考》,陈瀼一《岁首回溯记》,袁寒云《豕尾集》,恽铁樵《如今何日》,吕碧城《秘密求婚会》,程瞻庐《相思话》,张静庐《电灯与爱情》,范烟桥《一个胜似一个》,施青萍《采胜记》,徐卓呆《犬类与人类》,郑逸梅《豕鼠对》,程小青《碧海一浪》,姚赓夔《香车纪艳诗本事》,吴田伧《平等精神》,王天恨《贺年片话》,徐冷波《可怜的W》,周瘦鹃《吸血记》,顾明道《红妆季布》,范烟桥《名画家吴湖帆轶事》,周瘦鹃《狂欢三日记》,冯漱红《我心目中之周瘦鹃》载《半月》第3卷第10号,本期为"春节号"。

8日,徐卓呆《伤风的留声机片》,沈禹钟《食单》,程小青《一封遗失的信》,叶劲风《冬之一夜》,范烟桥《劳人》,徐冷波《逼死》,徐哲身《一个饿死的官僚》载《小说世界》第5卷第6期。叶小凤"社会小说"《前辈先生》载《民国日报》第8版,至7月19日,第1卷20回,载完;1926年2月16日,《前辈先生》第二卷载《民国日报·民国闲话》,至4月6日,4回,未完。"新年俱乐部":程瞻庐《旧历新年竹枝词》,陆律西《鼠年新开篇》,朱兰庵《新年开篇》,徐耻痕《新年红》,缪贼菌《新岁咏红》,胡寄尘《恕不贺年》,朱枫隐《新春联》,海上漱石生《年锣鼓》,徐卓呆《祖宗说话》,施济群《鼠声人语》,姚民哀《甲子纪元表》;短篇:严独鹤《新年的人生观》,何海鸣《鼠子归来记》,赵苕狂《新年大会》,程瞻庐《接财神》,沈禹钟《新甲子》载《红杂志》第77期。

15日,短篇:陆澹盦"李飞探案"《合浦还珠》,程瞻庐《离合悲欢一杯酒》,徐卓呆《婚姻问题》,胡寄尘《儿子的希望》,顾明道《一张遗弃的贺年片》载《红杂志》第78期。冯叔鸾《维也纳行记》,沈禹钟《新甲子与社会之花》,不肖生《变色谈》,王钝根《甲子正误》,顾佛影《土穴藏儿记》,钝根《本旬刊作者诸大名家小史·马二先生》,刘豁公《不可思议之医术》,张静庐《阿娥的嫁人问题》载《社会之花》第1卷第4期,此期为"新年特别号"。何海鸣《前世纪的母亲》,徐卓呆《关门》《跷脚》《后天夜里》,叶劲风《星星之火》,赵苕狂《面的问题》,陆律西《那个便宜》,张碧梧《逼杀》载《小说世界》第5卷第7期。

19日,陈瀣一《政海谵言》,徐卓呆《某女士的遗书》,恽铁樵《药盦随笔》,周瘦鹃《新年的礼物》,胡寄尘《西迁录》,沈家骧《艺海一勺》,张碧梧《两败俱伤》,郑逸梅《盍簪小志(一)》,黄转陶《新年》,张舍我、倪廉卿《年年今日》,老伧《我的新年回忆》载《半月》第3卷第11号。

马二先生《偷税(上)》,何海鸣《无妄之灾(下)》,程小青《倒指印》,王天恨《吓了一跳》,凤子《一愤成名》,徐卓呆《贿选案》,徐耻痕《侦探小说琐话》,姚民哀《山东响马传》,王天恨《无头贺年片》,赵芝岩《不速客》,闸北徐公《可怕的犬》,茧翁(程小青)《监狱中的商人》,沈禹钟《一小时间内》,王天恨《钻石之王》,胡寄尘《侠探》,陈绮禅《奇丐》,范佩萸《伞上的焦孔》,郑逸梅《黄铁镖》,程小青《科学的侦探术(一)》,赵芝岩《侦探日记(三)》,程小青《毛狮子(二章)》,不肖生《近代侠义英雄传(两回)》,赵苕狂《编余琐话》载《侦探世界》第

18期。

22日,严独鹤《春灯旧影》,胡寄尘《两张照片》,王薇子《碎箜篌记》,陆澹盦"李飞探案"《合浦还珠(中)》载《红杂志》第79期。

23日,胡寄尘《宴会之后》,程小青《因果》,王西神《过墟小志》,徐卓呆《帽子里的麻雀》载《小说世界》第5卷第8期。

25日,张碧梧《生活的破绽》,罗晴渊《沙场旧梦》,钝根《本旬刊作者诸大名家小史·陈翠娜》载《社会之花》第1卷第5期。

引:《编辑者言》:

本期有不出名的小说家罗晴渊先生所作《沙场旧梦》一篇,极有价值,罗先生是一位军医,所以生平经历战场的情况最多,他写出来的小说,都是剀切沉痛,不是寻常小说家梦想得到的。

27日,陆澹盦《制造小说材料》载《金钢钻》第2版。

29日,胡寄尘《二老者》,向恺然《熊与虎》,冰庐主人《箍烂头》,陆澹盦"李飞探案"《合浦还珠(下)》载《红杂志》第80期。沈禹钟《腊人》,徐卓呆《买历本》,徐碧波《南浔小行记》,张碧梧《煅蟆毒》载《小说世界》第5卷第9期。

3月

1日,范菊高《双红豆馆笔记》载《时报·小时报》,至12月11日,21次。张恨水《铁门研究》载《晶报》第3版。

5日,王钝根《我与文艳亲王之情史》,沈禹钟《春灯照夥录》,载《社会之花》第1卷第6期。张碧梧译《窗中怪影录》载《社会之花》第1卷第6期,至6月15日第16期,5章,载完,11次。冯叔鸾《改良中国剧之肛测》,求幸福斋主《海派新剧观》,林屋山人《沪上老伶工记》,张谬子《剧谈零拾》,许廑父《名伶荀慧生小传》,海上漱石生《沪壖菊部拾遗志(十一)》,顾佛影《昆仑奴》,徐慕云《卖马摇板之老词》,陶报癖《开脸之由来》《霓裳羽衣杂考》《一红回顾录》《歌风余音》《万古千秋雨又来》载《心声》第3卷第4号,本期为"戏剧号"。周瘦鹃《女子之嫁后》,程瞻庐《望云居随笔》,张毅汉《智竞》,施青萍《红禅室漫记》,张碧梧《一打鸡蛋》,郑逸梅《盍簪小志(二)》,陈翠娜《翠楼吟草》,范菊高《小说谈》,俞梦花《我爱半月》载《半月》第3卷第12号。

孙了红《半个羽党》,茧翁(程小青)《扒手的控诉》《壁藏》《虎口中的急智》《科学的侦探术(二)》《毛狮子(二章)》《电椅》《动物侦探(上)》,马二先生《偷税(下)》,姚民哀《山东响马传》,张碧梧《多此一举》,闸北徐公《同党杀害》《断臂案》《一种报告》,顾明道《虎穴余生记》《侦探笑谈》,王天恨《剧贼妙语》,徐耻痕《不劳而获》《贼的急智》,何朴斋《人头党》,陶凤子《长发女郎》,蝶魂女士《银幕碎影》,王天恨《盗爱名画》,姚赓夔《侦探小说杂话》,郑君平《新书案》,胡寄尘《红玫瑰与福尔摩斯》,门角里福尔摩斯《本地风光》,徐卓呆《零碎笑话》,不肖生《近代侠义英雄传(两回)》,王天恨《实在的奇案》,赵苕狂《编余琐话》载《侦探世界》第19期。

7日,叶劲风《头衔》,程小青《爱的变迁》,范烟桥《互助》,赵苕狂《宣讲少年》,徐卓呆《大小月底》载《小说世界》第5卷第10期。李浩然《雪中樵叟》,程瞻庐《雨后》,向恺然《虾蟆妖》,徐卓呆《阿宝(上)》,张鸢如《一位独身主义者的嫁后》载《红杂志》第81期。

10日,金庸出生于浙江海宁,本名查良镛。

13日,马二先生"影戏谈"《中国(自制)影片谈》载《新闻报·快活林》,至9日,4次。

14日,赵苕狂《寂寞之夜》,程瞻庐《评〈疯人〉日记》,徐卓呆《阿宝(下)》,缪贼菌《原来是他》载《红杂志》第82期。沈禹钟《夜之醉乱》,徐卓呆《嫁后同学录》,范烟桥《祭文》,陆律西《千载名》载《小说世界》第5卷第11期。

15日,徐哲身《王三少奶奶的镜》,罗晴渊《春夜》,沈禹钟《金钱之光》,王钝根《本旬刊作者诸大名家小史·罗晴渊》,童爱楼《诗》载《社会之花》第1卷第7期。

引:《编辑者言》:

《社会之花》……第一期出版后,发行主任告诉我,销到一万两千多本,在今日的市面上,已经算是很好的了。这因为内容丰富,全是名家名作,再者人性厌故喜新,读者诸君,也未能免俗,所以出到第四五期,销路就减少了,第六期有我那篇骗人的游戏小说《我与文艳亲王之情史》,引起人家的好奇心,都要买一本看看,到底是怎么一回事,因此又增加了二千多份的销数,但是这样的诡道……可一而不可再。我常对书丛中人说,民国以来,社会上欢迎小说的热度,有一种波浪式的起落,很为显明,如民国三四年,是起得很高的时候,到后来一落千丈,直到民国十年,我才觉得一般人读小说的兴致回复过来了,试把《礼拜六》重行出版,果然销路大好,比三四年的高度更高,于是各种小说杂志,一时并起,直到十一年冬,我觉得热度,又退了,所以把《礼拜六》挨到二百期,又宣告暂停了。去年下半年,小说杂志的市况,实在是疲软不堪,有几家正在那里计议停刊。而藜青社诸君,竟敢在这个时候创办《社会之花》,可谓胆大包天,只可惜读者诸君不悉书丛内情,没有觉得《社会之花》创办人逆流奋斗的勇敢罢了。

……读者有认定牌号的癖性……崇拜独鹤的非独鹤文字不看,爱慕瘦鹃的非瘦鹃小说不读,那就无法相强了。其实无论那一种小说定期刊,如果定要每期有独鹤瘦鹃天笑倚虹漱石林屋寄尘卓呆马二先生海上说梦人不肖生等数十名家著作,无一不备,事实上哪里办得到呢?平心论之,每期只要有一篇有价值的作品,哪怕他只有数十个字的短篇,我只花一角钱,就得买他回来,看了之后,心中愉快。

19日,周瘦鹃《文艳亲王下嫁王钝根记》《术士》,包天笑《挥霍与懒惰》,程瞻庐《半月碎锦》,黄转陶《情忏》,郑逸梅"说林珍闻"《盍簪小志》,孙了红《古木寒鸦》,张碧梧《一个漏洞》,吴灵园《清闲集》载《半月》第3卷第13号。

孙了红《白熊》,徐卓呆《尸旁夜话》,天然《青年囚人之梦》,程小青《贼》《随机触发》《科学的侦探术(三)》《毛狮子(二章)》,闸北徐公《九盎斯的别针》《囚人的愿望》,编者《侦探谜答案》,顾明道《无我上人》,天壤王郎《试验》,赵苕狂《鹦鹉口中》,沈禹钟《谢吉士》,王天恨《实在的奇案》《妓之病》《小旅馆中》《一笑而已》《乞丐的急智》,陶凤子《可疑之阿母》,胡寄尘《一百件无头案》,何朴斋《女尸》,鸳侠《神怪之妓》,杨小仲《流离》,中立书生《笔与墨之大战争》,酸秀才《上海打醋诗》,阿苕《老大徒伤》,胡道静《三捉鲁宾》,不肖生《近代侠义英雄传(两回)》,赵苕狂《编余琐话》载《侦探世界》第20期。

20日,《微光》半日刊创刊,姚赓夔主编,至5月20日停刊,社址爱文义路39号。

21日,程瞻庐《青年与环境》,何朴斋《酒黄宝石》,周蝶《一竿红日卖花声》,马汉声《殖骨江南》,王天恨《奇怪的寻母广告》载《红杂志》第83期。王西神《红雪春痕》,徐卓呆"剧本"《舆论》,张枕绿《茉莉别墅》,许廑父《一念之差》载《小说世界》第5卷第12期。

22日,梁羽生生于广西蒙山县书香门第,原名陈文统。

25日,张秋虫《江上芙蓉记》,罗晴渊《沙场旧梦(二)》,钝根戏作《软玉温香馆烂脚记》,徐哲身《咏雪》,严芙孙《铁窗一瞥》载《社会之花》第1卷第8期。

28日,向恺然《皋兰城楼上的白猿》,陈达哉《陈七郎》,刘豁公《霞飞帐下之英雄》,沈禹钟《环境势力下的女郎》载《红杂志》第84期。沈禹钟《痛创的一天》,胡寄尘《评章行严选名家小说》,程小青《谁是奸细》,贡少芹《亡友之妻》,徐卓呆《无钱旅行的女子》载《小说世界》第5卷第13期。

本月

求幸福斋主"社会小说"《倡门红泪》由大东书局出版。

陆澹盦译"侦探小说"《老虎党》(2册)由上海世界书局发行。

4月

4日，胡寄尘《两个假面具》，程小青《不速客》，求幸福斋主《虎之犯罪》，沈禹钟《睡梦式的人生》，徐卓呆《父亲》，赵苕狂《罪恶制造所》载《小说世界》第6卷第1期。

陈瀚一《政海谌言》，江红蕉《母亲的心血》，程瞻庐《望云居杂缀》，周瘦鹃《新婚第一夜》，黄转陶《半月杂录》，张南泠《情之进步》，郑逸梅"说林珍闻"《秋鸿羽落补遗》，徐卓呆"喜剧"《新式丈夫》载《半月》第3卷第14号。

向恺然《吴六剃头》，锺瑶《不幸之侦探》，程小青(茧翁)《黑吃黑》《毛狮子》《动物侦探》，顾明道《海岛鏖兵记》，郑逸梅《醉和尚》，徐卓呆《临时强盗》，胡寄尘《越南义士传》，何朴斋《佳人作贼》，王天恨《自投法网》，张庆霖《红绳》，徐卓呆《关于宝石的犯罪及侦探(上)》，曾经沧海室主《警察犬》，吴羽白《侦探常识一斑》，阿苕《一日一人》，陶啸秋《唯一之疑点(其一)》，吴说修《唯一之疑点(其二)》，俞天愤《唯一之疑点(其三)》，门角福尔摩斯《巴黎新骗术》，绛娟《侦探口中之救命声》，不肖生《近代侠义英雄传(两回)》，忆凤《轻罪重罚》，赵苕狂《编余琐话》载《侦探世界》第21期。

求幸福斋主《大观园梦史》，程瞻庐《黄金作祟(上)》，俞亮时《看护妇日记》，陈达哉《车中》，顾明道《嫁后之嫁后》载《红杂志》第85期。

5日，无名女子《我也嫁给钝根》，钝根《王正廷与顾维钧》，沈禹钟《忧患之邻》，陆律西《为小失大》，徐卓呆《和儿的悲伤》，徐哲身《驿中对月》，罗晴渊《十日离情》载《社会之花》第1卷第9期。

11日，贡少芹《女与媳》，南海冯六《红钻石》载《小说世界》第6卷第2期。

严独鹤《易魂术》，程瞻庐《黄金作祟(下)》，王天恨《断碑荒冢》，红柳村人《轮回》，瞿道援《嫁后之环境》载《红杂志》第86期。

13日，林屋山人《甲子漫言》《甲子新岁诗钞》，刘豁公《雅凤奇缘》《佛影丛刊序》，孙朣媛《常惺惺斋日录》，许廑父《何雅秋小传》，屠守拙《我的儿时》，徐哲身《他的觉悟》，顾明道《表面》，冯叔鸾与天醉译作《女飞行家蓓儿小传(续)》(英国葛威廉著)载《心声》第3卷第5号。

15日，罗晴渊《沙场旧梦》，吕碧城《横滨梦影录》，严芙孙《希望》载《社会之花》第1卷第10期。

16日，《世界晚报》创刊，成舍我主办，张恨水任副刊《夜光》编辑。张恨水《春明外史》载《世界晚报》副刊《夜光》创刊号，至1929年1月24日，载完；1930年5月由上海世界书局出版单行本。

18日,爱娇(包天笑)《邵飘萍被捕记》载《晶报》第2版。程小青《黑窖中》,胡寄尘《牧童之觉悟》,赵苕狂《儿戏》,徐卓呆《闭着眼睛》载《小说世界》第6卷第3期。周瘦鹃《对邻的小楼》,胡寄尘《字纸篓中的呼吁声》,郑逸梅《稗苑佳品》,顾明道《两页日记》,陶报癖《香莲艳话》,范菊高《半面》,郑逸梅《名刺话》,黄转陶《忆旧录》,张碧梧"侦探小说"《红鬼丸》,徐卓呆"喜剧"《新式丈夫》载《半月》第3卷15号。程小青(茧翁)《假绅士》《定判前的祷告》《舞场奇遇(共两章)》,闸北徐公《犯罪人之趣谈》,张舍我《迟矣(上)》,冰樵《不男不女之侠客》,陈达哉《残烟》,天放《贼的急智》,姚民哀《山东响马传》,南海冯六《猾鬼》,何朴斋《亚森罗苹与福尔摩斯》,胡寄尘《新七侠传》,徐耻痕《二等车中》,陶寒翠《金蔷薇》,爱娜女士《银幕现身记》,刘豁公《机诈的循环》,徐卓呆《交换条件》,王天恨《一笑而已》《戏猜三位文友》《冤冤相报》,天然《失窃的笑话》,不肖生《近代侠义英雄传(两回)》,赵苕狂《编余琐话》载《侦探世界》第22期。

王西神《头颅的代价》,农盦《嫁后之未婚夫》,朱松庐《乐观》,姚民哀《势力的灯光》载《红杂志》第87期。

25日,徐卓呆《狭路飞车》,程瞻庐《两对不伦不类的夫妻》,许廑父《合居祸》,徐耻痕《谁是谁非》载《红杂志》第88期。沈禹钟《女儿之心》,王钝根《本句刊作者诸大名家小史·徐哲身》,沈禹钟《移家记》《馄饨诗》,徐哲身《舟中感怀诗》,张碧梧《歧路之口》载《社会之花》第1卷第11期。冯叔鸾译《真假新娘》载《社会之花》第1卷第11期,至6月15日第16期,载完,5次。叶劲风《哭友》,徐卓呆《父亲的职业》载《小说世界》第6卷第4期。

30日,张春帆(漱六山房)《瓢城杂记》载《晶报》第2版,至6月12日,共9次。

5月

2日,程瞻庐《仙阀做寿》,胡寄尘《交际博士》,红柳村人《鸾飘凤泊(上)》,黄寅谷《无名女侠》,朱枫隐《齐人乞食章弹词》载《红杂志》第89期。胡寄尘《补救》载《小说世界》第6卷第5期。马二先生"游记"《游湖小志》载《新闻报·快活林》,至5日,4次。

4日,陈灏一《倡伎与国家》,包天笑《从政与从良》,王西神《红烛筵前》,吴调梅《侠妓红姑传》,徐卓呆《倡门之衣》,郑逸梅《章台艳韵》,范烟桥《一哭》,含凉(范烟桥)《女闾记珠》,严芙孙《杨奶奶的女儿》,张碧梧《视死如归》,姚赓夔《古色古香录》,顾明道《两两比较》,沈研石《都门娼妓一斑》,孙了红《半月沧桑》，瞿道援《论废娼问题》，黄转陶《清夜悲声》，王天恨《鸠江之娼妓》，张南泠《十年前后》，姚赓夔《倡门中的恋爱》，周瘦鹃《天堂与地狱》，沈家骧《风雨声里》，求幸福斋主《温文派的嫖客》载《半月》第3卷第16号，本期为"娼妓问题号"。

向恺然《江阴包师傅轶事》，赵苕狂《复仇奇遇》，天壤王郎《侦探小说的题名》，何朴斋《保险箱》，小侦探《由他猜猜》，程小青《赏钱》《圣诞节的特赦》《舞场的奇遇(共两章)》，天放《惊涛历险记》，胡寄尘《外行侦探案》，何海鸣《美国侦探公会广告》，赵芝岩《囊中珠》，王天恨《雪冤》《法官之面》，张舍我《迟矣(下)》，陶凤子《我妻之秘密》，天放《独创的大盗》《机警的教师》，徐卓呆《关于宝石的犯罪及侦探(中)》，门角里福尔摩斯《奇怪的呼声》，何海鸣《美国模范监狱之成》，不肖生《近代侠义英雄传(两回)》，赵苕狂《编余琐话》载《侦探世界》第23期。

5日，徐哲身《古意》，沈禹钟《情痴记》载《社会之花》第1卷第12期。钝根《拈花微笑录》载《社会之花》第1卷第12期，至9月5日第6期，5次。

7日，严独鹤《桃花血(上)》，春梦《儒林拾遗》，刘望实《一个银圆》，红柳村人《鸾飘凤泊(下)》，胡寄尘《快乐在何处》，高晴云《朔风中的一个老警士》载《红杂志》第90期。

9日，马二先生《五九纪念的意义》，严独鹤《国耻纪念》，程蟾庐《每饭不忘》，柳絮《又是五九之耻》，沈禹锺《国耻广说》，朱大可《金缕曲》载《新闻报·快活林》之"国耻纪念特刊"。贡少芹《亡国恨传奇》载《风人》，至10月27日，58次，未完。

注：《风人》，3日刊小报，6日创刊，由贡少芹出版，1927年3月21日停刊。据黄黄在《近年来上海小报沧桑录》记载："《风人》为继《晶》《钻》两报而起之三日刊。海上小报若以出版资格，《风人》当列第三，其创刊号出版于甲子清和之三日。编者贡少芹，少芹善小说家言，其子芹孙，亦以能文鸣，故一时有贡家父子兵之称。《风人》初出，内容颇见精彩，撰著者亦一时知名之士，如黄叶翁，何海鸣，孙甕鞖，舒舍予诸君。且彼时小报无多，故尝能与《晶》《钻》旗鼓相当。但稿件多取外埠，如北京、汉口，故人称为'裁剪专家'。其后则逐渐退步，即标题之木刻，都出自贡君一人手笔，不易引人注目。出至八九期时，与《钻》报突起笔战，互相诋諆。其导火线则因高伯岩之杭州《柳丝报》剧评一稿，遽起名票友四非上人、张小渔之责难。参加者甚众，如梅花馆主、吴听雨、曹痴公等，莫不挥笔洒墨，磨砺以须，因之成为两报之战。最后由小报联合会之调解，乃宣告停战。此时《风人》已出至百余期，印刷上竭力改良，精神为之一振，故销路亦见起色，且间有盈余矣。但自百五十期后，不知以何因缘，忽日渐萎靡，印刷迥不如前，而取稿更滥，微闻一因稿件之缺乏，而主要原因，则实困于经济。盖尔时贡少

芹、芹孙以《风人》之盈余,办一《虹报》,未数期而遽遭失败,致牵连《风人》亦蒙影响。勉强维持,至二百三十二期,遂而宣传搁浅。原因固为经济,实则少芹丧女丧媳,老怀固极颓唐,而芹孙则蜂腰中断,更不免鹊脑思深也。二阅月后,少芹得契友温某之助,虽勉强将《风人》复活,然终以经济上元气已伤,无术延长寿命,迄乎二百五十号,从此《风人》遂成为小报界一种过去之名字矣。"

叶劲风《课外的一课》《百孔千疮的大国民》,程小青《歇洛克福尔摩斯》载《小说世界》第 6 卷第 6 期,此号为"国耻特刊号"。

14 日,包天笑《海上蜃楼》载《申报·自由谈》,至 1925 年 8 月 11 日,20回,196 天次。1926 年 11 月,《海上蜃楼》由中华书局出版,20 回。

15 日,向恺然《喜鹊曹三》,朱大可《毒酒(上)》,严独鹤《桃花血(下)》,陈达哉《凑趣的扒手》载《红杂志》第 91 期。天虚我生《再仿荀况○○赋》,徐卓呆《退坛》,沈禹钟《希望之梦》,童爱楼《武陵游记》,周瘦鹃《几生修到作王郎》,徐哲身《诗》载《社会之花》第 1 卷第 13 期。

17 日,《小说特刊》创刊,为上海《天韵报》副刊,原为旬刊,后改为周刊。11月 23 日停刊,共出 17 期。

18 日,曹血侠、张涤俗《五月九日之血泊鸳鸯》,沈禹钟《两日记者》,江红蕉《呕气》,周瘦鹃《他来么》,顾明道《画意之诗》,胡石予《游湖什》,张碧梧"侦探小说"《鬼脸》,郑逸梅《名刺话》,黄转陶《说海忆旧录》,徐卓呆"喜剧"《新式丈夫(下)》载《半月》第 3 卷第 17 号。

程小青《绝命书》,向恺然《拳术家李存义之死》,何海鸣《古巴监狱观》,徐卓呆《贼捉贼》,沈禹钟《情牍》,门角里福尔摩斯《真盗假盗》,姚民哀《老鸦党》,范菊高《颗颅粉》,王天恨《窃钻与窃照》,忆凤(赵苕狂)《窃而非窃》,徐卓呆《关于宝石的犯罪及侦探(下)》,何海鸣《德国最有名之侦探犬》,李瀛洲《怪水夫》,程小青《舞场奇遇记(共两章)》,不肖生《近代侠义英雄传(共四回)》,赵苕狂《编余琐话》载《侦探世界》第 24 期。

引:苕狂《别矣诸君(节录)》:
在这半年之中,在编辑上,狠发现了几个困难之点,如今拉拉杂杂的,把来写在下面:(一)侦探的作品太少,同文中做别的种的小说的却很多,做侦探小说的,不过寥寥数人,并且侦探小说,比别的一般小说,来得费时,来得难做,不要说别人了,就是这几位侦探专门作家,也都视为畏途,轻易不肯落笔,因此一来,侦探的作品就少了起来,作品一少,编辑上就大感困难,不能指挥如意了。(二)编辑的时间太短,半月一期,编辑别种杂志,或者狠觉从容,编到侦探杂志,那就十分困难了,因为就把这半月中,全国侦探小说作家所产出来的作品一齐都收了拢来,有时还恐不敷一期之用,何况事实上不见能办得到如此呢,但是光阴是不等待你的,眨眨眼半个月已到了,为要免去脱期起见,不免胡乱排入几篇,至于说到选择精严四个字,那是在如此现状的侦探小说界中,万万不能办到的了。(三)读者的责备太多……

19日,清波(毕倚虹)《我看了〈少奶奶的扇子〉以后》载《时报·小时报》,至21日,3次。刘豁公《哀梨室呓语》《扑克诗》,林屋山人《歌场杂言》《林屋杂记》,郑逸梅《粉艳脂柔录》,许廑父《炎凉镜(一)》,徐卓呆《海盗(上)》,陶报癖《湘垣前菊国大王唐福连小传》载《心声》第3卷第6号。

21日,马二先生《看了〈少奶奶的扇子〉最后的话》载《晶报》第3版。马二先生《评〈少奶奶的扇子〉》载《新闻报·快活林》,至22日,2次。

23日,短篇:向恺然《两矿工》,朱大可《毒酒下》,刘望实《福气》,红柳村人《悲喜交集》载《红杂志》第92期。

25日,刘豁公《糟糠镜》,陆律西《鸳鸯侣》,沈禹钟《善城三日记》载《社会之花》第1卷第14期。

30日,短篇:王薇子《围城记》,王西神《一行作史》,胡寄尘《魔鬼》,俞慕古《侠骨柔肠》,张鸢如《犬语》载《红杂志》第93期。

本月

周瘦鹃编《紫兰芽》由上海大东书局出版;1927年8月再版。

闻野鹤《白话诗研究》由梁溪图书馆再版;1930年5月由青年书社出版。

包天笑等著《说海精华》(4册)由上海大东书局3版。

按:《说海精华》收:包天笑《一弹》《沧州道中》《两个小木鱼》《教育家之妻》,周瘦鹃《生育上之加减乘除》,毕倚虹《雪窖骑兵语》《捕马记》《一星期的买办》《贫儿院长》《金屋啼痕》,向恺然《蓝法师捉鬼记》《蓝法师打虎记》,徐卓呆《头发换长生果》《怕人山水》《创作后的女弟子》《被妇女蹂躏过的男子》《未能说话以前的说话》《老牧师》《盗癖》《看不见的四幅肖像画》《第二故乡》《抱牌位做亲的离婚广告》,胡寄尘《生育问题中的阎王》,骆无涯《票语》,程小青《点头》,张毅汉《箫》,张碧梧《疆场日记》《平等主义》,徐悸玉《回忆》,江红蕉《试验品》,范烟桥《将军休矣》,王后哲《临刑的回忆》,陈无我《血发》,李伊凉《过去的黄金时代》,姚赓夔《人格之堕落》,蒋吟秋《老年会》,李菊庐《松韵的死》,自求多福斋主《何处是干净土》,黄罕岷《名医》,天恨生《战场痛语》,陆鄂不《金钱与声》,蒋乐天《一笑》,西河渔父《硫化轻》,游仪声《病中一梦》,汪乐观《十元》,钮醒我《一个新郎的自述》,唐振常《老乐师的仁慈》,老芦《雏婢哀鸣记》,沈红泪《疯》,吴羽白《肥饶疗法》,沈慕才《牧牛儿》,金郎尐《LLL》,赵毓祥《除夕》,王禅闲《新黄粱》,侯筱周《一个出征的兵与一个逃难的女儿》,共55篇。

包天笑等著"短篇社会小说"集《社会镜》(3册)由大东书局3版,收小说35篇。

按:《社会镜》收小说:包天笑《蓝钻石戒指》《还有一票》《不自由的自由》《十银圆》;毕倚

虹《七个自杀的妇人》;徐卓呆《无理由的理由》;马二先生《土贩》;范烟桥《归家》《渐渐消磨》《议郎写真》;沈家骧《雨中》《误了》《晚祷》《琴弦》;张无诤《苦衷》;王后哲《梳头》;张引平《一袋米》;吴灵园《送行》《木匠店里一番话》;姚赓夔《冲喜》;谢豹《金钱的来路和去处》;顾梁鹓《戏院中之名片》;自求多福斋主《哀鸿泪》;朱觉庵《一个黄包车夫》;蔡印禅《写字匠》;高叔达《五年》;张惕庵《一个旧礼教下订婚的女子》;扬声远《一个十六七岁的老叟》;许寄生《悔》;俞青萍《农人一家的死》《寂寞的街》;陈云柯《一个月的牢狱》;周卧云《两元钱的命》;翟秀峰《六克拉半的钻戒》;俞天愤《击柝者的冤痛语》。

顾佛影《佛影丛刊》由浦东旬刊社出版。

按:《佛影丛刊》收:《小茵窝诗草》;《红梵词》;《横波曲》;《籨衍丛钞》;《红梵精舍笔记》:《画竹记》,《盗窟记》,《焚书记》,《傻福记一》,《傻福记二》,《易囚记》;《灯唇说集》:《韩愁杜叹录》,《郁金堂上》,《邮袋中之秘密》,《如此西湖》,《教育家的嘴巴》,《神秘青年》,《我为侠客》,《一夕狂欢记》;《剪裁集》。

张舍我编辑《短篇小说作法》《戏剧构造法》由梁溪图书馆再版。

按:《短篇小说作法》目录:第一章、短篇小说的定义和特性,第二章、短篇小说的发端,第三章、结构法,第四章、观察点,第五章、写景法,第六章、描写人物,第七章、对话,第八章、动情的要素,第九章、作法总论。

注:赵景深《暗中摸索》言:"张舍我的《短篇小说作法》也是使我佩服的书,后来才知道他是大半取材于Williams的那一本。"(孙立明编《先生的读书经》,首都经济贸易大学出版社,第188页)威廉《短篇小说作法研究》(张志澄译,1928年商务印书馆出版)是张舍我小说理论的重要来源,张丽华的《现代中国"短篇小说"的兴起》、罗萌《张舍我与"情绪机械学"——民初"短篇小说"的理论译介与构形》亦持此观点。

6月

1日,徐卓呆"小说"《走马灯》由梁溪图书馆出版;1935年5月由新文化书社再版。

2日,《明星》半月刊由浙江王江泾月圆社创办,沈剑濡、沈西贫编辑,许廑父、施济群、周瘦鹃等任名誉编辑。该刊为《鸳湖杂志》的延续。范烟桥《鸱夷室杂缀》,周瘦鹃《强盗式的丈夫》,胡寄尘《一册诗稿》,陈灏一《政海谠言》,姚赓夔《心痕》,孙了红"东方亚森罗苹案"《眼镜会》,郑逸梅"说海珍闻"《名刺话》,张碧梧"家庭侦探宋悟奇探案"《狐疑》,陈翠娜《西湖诗梦影续》载《半月》第3卷第18号。

3日,老飞《题〈人间地狱〉柬淞鹰》载《晶报》第2版。

5日,沈禹钟《遐想》,王钝根《戏拟妓女广告》《特别改良卫生笑话》,马二先生《真假新娘》,蹉跎生《金夫之阱》,童爱楼《游月湖花隐之息影草庐记》载《社会之花》第1卷第15期。

6日,天狼(毕倚虹)《湖上情俘记》载《晶报》第3版。端阳特刊:程瞻庐《钟馗啖鬼》,陆律西《端阳节即景歌》,王定庵《太仓竞渡竹枝词》,朱枫隐《端阳乐苦词》;短篇:向恺然《一个三十年前的盗》,朱大可《独身之父》,胡寄尘《大合串》,潘钮农《荐保之累》,健碧斑红馆主《新旧文豪》载《红杂志》第94期。

12日,天狼(毕倚虹)《坤鼎记》载《晶报》第3版。

13日,短篇:徐卓呆《悉随尊意》,胡寄尘《小英雄传》,向恺然《无锡老二》载《红杂志》第95期。

15日,张慧剑《同车记》,沈禹钟《刘孝子诗并序》,天啸《怜香小劫》,沈禹钟《车中的杂碎》载《社会之花》第1卷第16期。天狼(毕倚虹)《乾炉记》载《晶报》第3版。

16日,徐卓呆《不肖子》,张枕绿《绿窗旧话》,周瘦鹃《寡妻》《是何世界》,郑逸梅《秋鸿羽落补遗》,黄转陶《说海忆旧录》,张碧梧《遗嘱的变化》,王天恨《同意乎》,郑逸梅《余所爱半月中的图画文字》,范菊高《闲园杂话》,鹅池《为什么做小说》载《半月》第3卷第19号。

20日,短篇:严独鹤《教训与环境》,范烟桥《故人之子》,冰庐主人《垂死的老妇》,杨心累《曾淑九》载《红杂志》第96期。

25日,张碧梧《盲人》,冯叔鸾《啸虹轩述异》,严独鹤《谁有闲钱》,沈禹钟《娘家》,王西神《秋平云馆碎墨》,天虚我生《神怪之窟》,刘豁公《我所听见的怪事》,陈小蝶《僬侥新志》,陈翠娜《是耶非耶》,钝根《述龙》《鬼电话》载《社会之花》第1卷第17期。

27日,短篇:徐卓呆《隐身衣》,陆律西《老什之一席话》,陈达哉《黑衣娘》,俪玉牛《营门七首》,张梦飞《环境的逼迫》载《红杂志》第97期。

30日,不肖生《玉玦金环录》载《新闻报·快活林》,至1926年11月23日,14章,共565次,载完。

本月

上海世界书局出版名家短篇小说集10种。李涵秋《侠凤奇缘》(6册)由上海清华书局出版,第5版。

注:世界书局小说集绝大多数为《红杂志》《红玫瑰》上登载过的名家短篇,主要含:严独鹤的《独鹤小说集》(6篇)、沈禹钟的《禹钟小说集》(7篇)、王西神的《西神小说集》(9篇)、冯叔鸾的《叔鸾小说集》(10篇)、张枕绿《枕绿小说集》(9篇)、张舍我《舍我小说集》(7篇)、何

海鸣《海鸣小说集》(7篇)、徐卓呆《卓呆小说集》(7篇)、江红蕉《红蕉小说集》(6篇)、程瞻庐《瞻庐小说集》(8篇);1926年1月,这套小说集再版,1929年3月3版。这些小说集开头都有一篇赵苕狂作的作家传记。

平襟亚编《中国恶讼师》(4集)由上海公记书局13版。

徐枕亚《燕雁离魂记》由上海世界书局初版;1929年10月6版;1935年8月11版。

海上说梦人《(绘图)新歇浦潮》(9集)由上海世界书局出版;1925年4月3版;1928年4月4版。

包天笑《上海春秋》第一集(2册)由大东书局出版;11月,第二集(2册)出版;1925年6月,第三集(2册)出版;1927年6月,第四集(2册)出版。

胡怀琛《小诗研究》由商务印书馆初版;1926年1月再版;1927年7月3版;1933年5月国难后第1版。

按:《小诗研究》除自序外,分十四章,分别为:第一章、绪论,第二章、诗是什么,第三章、中国诗与外国诗,第四章、新诗与旧诗,第五章、什么是小诗,第六章、小诗的来源(上),第七章、小诗的来源(中),第八章、小诗的来源(下),第九章、小诗与普通的新诗,第十章、小诗与中国的旧诗,第十一章、小诗实质上的要素,第十二章、小诗形式上的条件,第十三章、小诗的成绩(上),第十四章、小诗的成绩(下)。

7月

2日,沈剑濡小说集《剑儒说集》由浙江嘉兴毅汉社发行,共收小说30余篇。何海鸣《从良的教训》,赵眠云《酒痕春绿馆酒痕》,周瘦鹃《良心上的死刑》,刘豁安《补读楼拉杂话》,顾明道《祖国之光》,孙了红《自杀以后》,郑逸梅《小说杂志丛话》,张碧梧"侦探小说"《披屋中的病人》,张南泠《京尘偶拾》载《半月》第3卷第20号。林屋山人《橘宦杂记》《鼓词儿》,刘豁公《谭派》,程小青《火车贼与旅馆贼》,顾明道《我友之死》《我之剧谈》,徐卓呆《海盗(下)》,许廑父《炎凉镜(二)》,求幸福斋主《汽车的三个时期》载《心声》第3卷第7号。

4日,短篇:徐卓呆《恋爱药》,顾明道《金钢钻的价值》,陈达哉《循环报复》,王憨薔《Z光……》,张蕨苹《血吻》,施济群《奢与戚》载《红杂志》第98期。

5日,笑侬《白吃大王》载《社会之花》第1卷第18期。

11日,短篇:赵苕狂《谁是罪人》,胡寄尘《无中生有之灵学家》,朱迁公《香船现形记》,徐卓呆《白化》载《红杂志》第99期。

12日,马二先生"志怪"《影戏家与鬼之谈话》载《新闻报·快活林》,至15

日,4次,载完。

15日,冯叔鸾译《女明星日记之一页》,刘豁公《李代桃僵记》,笑侬《川中战祸之一幕》,沈禹钟《居停主人》载《社会之花》第2卷第1号。钝根《温柔乡》载《社会之花》第2卷第1号,至第8号,7回,未完。

16日,陈小蝶《琴盲传》,郑逸梅《珍果艳史》,程小青《断指余波》,赵眠云《酒痕春绿馆酒痕》,周瘦鹃《梦尽时》,沈家骧《失恋者》,郑逸梅《小说杂志丛话》,张碧梧"侦探小说"《杯中红酒》,《半月谈话会》载《半月》第3卷第21期。

18日,短篇:赵苕狂《谁是罪人》,张冥飞《小说家的材料》,朱迂公《遗产害》,孙季康《风流菩萨》,张庆霖《淘枯井》载《红杂志》第100期。

19日,范菊高《旧小说杂谈》载《时报·小时报》,至24日,6次。

21日,叶小凤"小说"《模范市》载《民国日报·杭育》,至9月4日,6回,44次。

25日,冯叔鸾《一个社会之花》,沈禹钟《铅华记》,钝根《黄弈住往事》,刘恨我《支票》,钝根《温柔乡》载《社会之花》第2卷第2号。

本月

乌目山僧《海上大观园》由东亚书局初版;1936年10月由中央书局3版。

8月

1日,周瘦鹃《众目》,徐卓呆《姨太太让渡记》,顾明道《模特儿》,刘恨我《理想的丈夫》,郑逸梅《小说杂志丛话》,王天恨"两出独幕剧"《佛堂中》《盗窟》载《半月》第3卷第22号。

2日,《红玫瑰》周刊创刊,为《红杂志》之延续。严独鹤为名誉编辑,赵苕狂负责实际编务。程瞻庐、李涵秋《新广陵潮》载创刊号,至1926年10月9日第2卷第50期,共50回;1929年10月由上海世界书局出版,5册。

注:《红玫瑰》主张办刊风格如红玫瑰"富玉繁华""色相波艳,为雅俗共赏"。刊物仍以小说为主,长篇除续载不肖生《江湖奇侠传》外,还载有姚民哀的《四海游龙传》《箬帽山王》,严独鹤《人海梦》,赵苕狂《玉碎珠沉录》《江湖怪侠》,张恨水《别有天地》,程瞻庐《新广陵潮》《快活神仙传》《葫芦》《滑稽新史》《童年的耳轮》等。短篇小说有包天笑《倡门之病》,程小青《第二弹》,天虚我生《芙蓉案》,范烟桥《疯人随感录》,张枕绿《探吴记》,徐卓呆《穷人的贞操》,孙了红《玫瑰之影》,李定夷《赌毒》等。该刊组织特刊有夏季号、伦理号、少年恩物号、因果号、消夏号、妇女号、娼妓号、妇女心理号、百花生日号、小说家号等。自第4年改为旬刊,出刊长达9年。

3日,郑逸梅《销魂诗话》载《金钢钻》第3版,至9日,载完。

4日,姚民哀《十八大好老秘传》载《世界最小报》,至19日,载完。

5日,闻野鹤《病床之侧》,沈禹钟《午饭》,刘豁公《哀梨室随笔》载《社会之花》第2卷第3期。

9日,冯叔鸾《宦海中之不幸者》载《红玫瑰》第2期,署名"马二先生"。

11日,况蕙风的《餐樱庑漫笔》载《申报·自由谈》,至1926年5月20日,202天次。

15日,黄转陶《留法归谈》,周瘦鹃《大水中》,张碧梧《豹头山》,沈家骧《堕落》,范菊高《情网》,姚赓夔《明秋馆曲》,黄转陶《月常团圞斋杂缀》载《半月》第3卷第23期。沈家骧《霜天酸泪》,沈禹钟《悲凉之宅》,西巫瘦铁《恋爱之梦》载《社会之花》第2卷第4号。

18日,郑逸梅《题独鹤〈人海梦〉说部》载《金钢钻》第3版。

22日,周瘦鹃《五年为期》载《世界最小报》,至31日,载完。

25日,沈禹钟《僵蚕重茧记》,沈家骧《钟声》载《社会之花》第2卷第5号。

30日,陈瀞一《毁石记》,包天笑《家庭活字典》,张枕绿《夫睡》,江红蕉《主笔夫人的失踪》,范烟桥《祖父》,周瘦鹃《避暑期间的三封信》,范菊高《别说下去罢》,吴田伧《邮发》,王天恨《家主的权威》,达纡庵《垂死之夕》,刘恨我《婚前的一夜》,范菊高《家庭里的人物》,吴灵园《清娟书舍志》,蒋吟秋《家庭之我》,郑逸梅《余之家庭》,姚赓夔《喜剧》,范佩萸《机匠的家》,王红绡"家庭短剧"《左右难》,胡同光《美满家庭之破坏者》,潘寄梦《黑暗家庭的一幕》,徐碧波《新婚旧履》,听潮生《张太太》载《半月》第3卷第24号,本期为"家庭号"。

本月

赵苕狂编《滑稽探案集》由世界书局初版;1925年3月再版。

陆澹盫《李飞探案集》由世界书局出版。

按:《李飞探案》收《棉里针》(1922年《红杂志》24—25期)、《怪函》(1923年《侦探世界》第8期)、《古塔孤囚》(1923年《红杂志》第2卷第14—16期)、《隔窗人面》(1923年《侦探世界》第1、2期)、《夜半钟声》(1923年《侦探世界》第5、6期)。此外,未收入《李飞探案集》而属李飞探案者还有:《密码字典》(1922年《红杂志》第28、29期)、《狐祟》(1922年《红杂志》第31、32期)、《合浦还珠》(1924年《红杂志》第28—30期)、《三A党》(1926年《红玫瑰》第3卷5—8期);属于"李飞新探案"者有:《烟波》(1923年12月8日—12月22日《半月》第3卷6、7号)

赵苕狂编辑《协作探案集》由世界书局初版。

9月

3日,丹翁《与刘海粟先生论莫特儿》载《晶报》第2版。

5日,许指严遗著《刘合范传》载《社会之花》第2卷第6期。

15日,冯叔鸾《失箱记》,江红蕉《螺钿刀案》,沈家骧《缠绵与烦恼》,樊樊山《诗二首》载《社会之花》第2卷第7期。

24日,倚虹《观〈美人剑〉》《红粉回戈记》分别载《晶报》第2、3版。

28日,《新闻报·快活林》"点将会"第17期推出"非战小说"系列。

按:"非战小说"分8组,每组分甲乙,所有小说篇目如下:律西《无告村》(28日),刘豁公《故乡》(10月1日),徐卓呆《为着谁来》(10月2日),朱大可《战争的因果》(10月4日),天台山农《斗鸡》(10月5日),调狂《酒场旧感》(10月8日),西神《骨肉》(10月9日),大有《促织》(10月13日),耻痕《兄……弟》(10月15日),舍我《归去》(10月19日),达哉《梦》(10月20日),马二先生《战胜之后》(10月21日),严芙孙《斗力者》(10月26日),澹盦《侬之罪》(10月27日),沈禹钟《来不及了》(10月28日),济群《战争的下场》(10月29日)。

30日,周瘦鹃再次荣登《晶报》之《重修上海一百名人表》。

10月

3日,林屋山人《人间地狱序》、曼妙(包天笑)《江山万里楼两序》分别载《晶报》第3、2版。

6日,生J.C.《新广陵潮的时代》、无厄《记瘿公殁后遗事》分别载《晶报》第2、3版。

9日,寒云《〈人间地狱〉序》载《晶报》第3版。程瞻庐《雷峰塔倒》载《金钢钻》第3版。林琴南于早二时逝世。

10日,《海报》在上海创刊。海上说梦人《新此中人语》,王小逸《众生相》曾连载《海报》。

注:《海报》主笔为朱瘦菊,作者有周瘦鹃、海上说梦人、王小逸、赵眠云、顾佛影等,1925年3月11日,出50期,终刊。

22日,《时报·小时报》载"艺术界消息":"苏州星社刻由程小青君发起,拟征集同志,往战地参观兵灾后之惨状,凭各人眼光,发挥一非战作品,将来汇刊成集后,即作为星社第三出版物,且藉以凭吊此次东南战祸云。"

23日,范烟桥《小说与战争》载《时报·小时报》。

24日,范烟桥《战争中的小说家》载《时报·小时报》。

25日,范烟桥《记宜兴之围》载《新闻报·快活林》,至1949年4月27日,以"含凉生""含凉"为笔名在《新闻报》发表杂感、小品随笔等达165天次。

28日,范烟桥、严独鹤《风鹤余谈》载《新闻报·快活林》,至12月2日,载完。

本月

毕倚虹《人间地狱》1到6集,即1—60回由自由杂志社出版。

程瞻庐《众醉独醒》(3集)由自由杂志社出版;1925年5月再版。

11月

1日,马二先生"时评"《后顾之忧》载《幻报》第2版,至28日,共12次。

4日,毕倚虹《评〈诱婚〉》载《时报·小时报》,至5日,2次,载完。

引:《评〈诱婚〉》:

明星公司新摄《诱婚》片成,余昨往观,爰略致妄评如次:

一、主义纯正,此片意在提倡人民注意乡土产物,权利勿为外人所攫夺,其颇能引起爱护乡土利益之观念,际此国中权利,动为外人辗转豪夺私产之时,此片正适合此潮流也。惟片中于自治会演说词等等,反覆声明,字幕太多,虽说明正义,别具苦心,然影片一娱乐品,庄严之议论,现于银幕太多,似予观者以沉闷之感耳。

二、穿插自然,以盗开石油矿为经,以云英席颂坚之诱婚为纬,极穿插之能事,中间史斐成一怒而去,使席颂坚得遂结婚之愿,情节无牵强之弊,编脚本者,大见匠心。最后云英泅逝,颂坚自杀,均各自然。

三、演员进步,耐梅女士饰云英,已较《采茶女》《玉梨魂》诸片,由活泼而进于自然,由自然而进入沉着,进步突飞,可惊也。郑鹧鸪之席坚颂,尤能使观众满意,当高泽民被捕入狱,云英泣求营救时,一喷烟一抚下颚,表情深刻,阴矣。盖状奸人者,宜从细微处描写,若剑拔弩张,咬牙切齿,是暴徒耳,非所以状极险小人,鹧鸪于此思过半矣。黄君甫饰戆仆,亦佳。然郑正秋所饰之高泽民,微嫌其流于极板滞,无论何种场合,均系一副脸,一副精神,稍稍减色。某君饰史斐成,态度近于委琐,不似一海外留学归来之新人物,宜乎云英初爱而中弃之也,一笑。

四、布景适合,影片中布景,繁固佳矣,然一味注意布景,转悖剧情。《诱婚》片中布景,吾人虽不能认为已臻佳境,似亦适合剧情。鸳湖泛舟数片,其意不免剽窃《采茶女》西溪渔舟情话之嫌,然得此扁舟柔橹,容与中流,亦正不恶,湖上桥头,临风腻语,尤有画意。惜片中于高泽民之"退思草堂""书室""棋枰",自治会之"讲台",席颂坚之"大门""写字间",重重叠叠,一映再映,未免令阅者生厌,是又拘于剧情,而疏于换景也。

平心而论,《诱婚》一片,已超过《玉梨魂》多多。明星公司能更加以改良,逐渐进步,不难为上海影戏界之先觉也。虽然《诱婚》一片难免"记账式小说"之嫌疑,未必为一部分人所许。予于此点已贡诸该公司任矜苹君,任君亦颇不以余言为妄,任君能以虚心接受他人之批评,任君之襟怀正不可及,非若局量褊浅之流,闻谀词则喜,见贬词则怒,甚至迁怒个人,破裂友谊,报以恶声。呜乎,今日我辈执笔,对于一事一艺下批评,振管便觉荆棘满前,可叹也。

24日,毕倚虹《十月姻缘记》载《晶报》第3、4版,此小说以其亡妻汪琫琤女士与自己十个月的姻缘为本事;又载本日《时报·小时报》。

27日,倚虹《银生泪》载《晶报》第2版,至30日,2次,载完。

30日,丹翁《马二的影戏》载《晶报》第2版。陆士谔《诊余随笔》载《金钢钻》第2版,至1925年6月12日,28次。

本月

张秋虫《秋波》(言情短篇集)由上海商报馆出版,共收13篇短篇小说:《秋波》《归后》《危险》《两张当票》《江上芙蓉记》《夜深了》《良心》《何苦》《粉面妖魔》《经济》《燕语》《桑新仁的死》《胡孙王》。

海上漱石生《你来了么》《海上燃犀录》3册由上海图书馆初版。

12月

1日,包天笑"社会小说"《憔悴京华》载《上海夜报》第3版,至25日,12次,未完。毕倚虹《这几天的段祺瑞》载《上海夜报》第2版,至1925年4月5日,共发表时评杂感93条。

注:《上海夜报》为日报,由毕倚虹创办于本日,每日下午七时出刊,毕倚虹自任编辑,其宗旨为创刊号《第一天的几句话》:"我们认定文艺作品,是调剂人生的恩物,因此我们关于这一种的文字,也很注意,使本报为群众灯下的良伴。"内容涵盖社会新闻、时事评论、名人轶事、小说等,其副刊有《灯下》《绣幕银灯》《小夜报》等,因毕倚虹创办《上海画报》而无暇顾及,于1925年5月31日停刊。马光仁主编《上海新闻史》称其为"小报界的第一份夜报,以刊登旧派文艺作品和社会新闻为主"。

2日,娑婆生(毕倚虹)《春江花月夜》载《上海夜报》第3版,至1925年3月3日,45次,1回,未完。

3日,赵眠云《古今名人奇秘录》载《金钢钻》第3版,至1925年4月12日,共18次。

5日,潘毅华、马鹃魂编辑,顾肯夫、周瘦鹃助译《钟楼怪人》由环球影片公司出版。

8日,周瘦鹃编剧、上海大陆影片公司摄制的《水火鸳鸯》首映。范烟桥(含凉生)《小说的流派》载《时报·小时报》,至10日,3次。

9日,曼妙(包天笑)《记戏剧协社之独幕剧》载《晶报》第2版。

11日,包天笑《甲子絮谈》载《半月》第4卷第1号,至1925年11月30日第24期,20回,未完;1926年3月由上海大东书局出版,20回。张春帆(漱六山房)《政海》载《半月》第4卷第1号,至1925年11月30日第24号,20回,载完。《毕倚虹夫人汪瑈玶女士遗像》《汪瑈玶女士遗迹》(照片)载《半月》第4卷第1号;袁寒云《闻蘗对酒谭》,陈灏一《半月闻见录》,毕倚虹《第一梦》,程瞻庐《望云居杂缀》,江红蕉《战媒》,范烟桥《雨夜》,胡寄尘《无形的炮弹》,顾明道《三幕》,范烟桥《妇女装饰之最近观》,周瘦鹃《杀》,郑逸梅《著作家小轶事》,王天恨《说海周旋录》,郑逸梅《侦探小说话》,张碧梧"侦探小说"《乱离中的衣箱》,张碧梧"论说"《兵战与商战》,周瘦鹃"小说"《我的爸爸呢》,姚赓夔《花雨缤纷录》,毕倚虹《十月姻缘记》载《半月》第4卷第1号。

12日,许瘦蝶《游兵琐记》载《金钢钻》第2版,至1925年3月12日,29次。天狼(毕倚虹)《南浦情波记》载《晶报》第3版。

15日,倚虹《访墓记》载《晶报》第2版,记虹桥万国公墓访汪瑈玶之墓的情景,发寒士之慨:"一棺之地,值五十金,葬仪丰俭,悉随人意,大约至简二百金"。寒云《题倚虹悼亡集兼以叙唁》载《晶报》第3版。

21日,包天笑(拈花)《记张謇与沈寿事》载《晶报》第2版,至1925年12月3日,共13次。

25日,沈禹钟《海滨》,尤半狂《青氈轩渠录》,黄转陶《二十四度中秋》,张慧剑《荒村食面记》载《社会之花》第2卷第9号。

26日,周瘦鹃《爱妻的金丝雀与六十岁的老母》,张枕绿《小公子之臀》,胡寄尘《爱与不爱》,沈家骧《疯》,姚赓夔《遗惠》,范烟桥《妇女装饰之最近观》,朱鸳雏遗著《污泥莲花》,姚赓夔"侦探小说"《不测之死》,郑逸梅《著作家小轶事》,王天恨《说海周旋录》,顾凤孙《德国之历史小说丛书》载《半月》第4卷第2号。

27日,毕倚虹《一梦回声》载《晶报》第2版。该文讲述在《半月》第4卷第1号发表的小说《第一梦》的缘起。

本月

徐卓呆《影戏学》由上海华先商业社图书部出版,共8章;2018年3月由东方出版社出版。

本年

张友鸾与平民大学的同学周灵均等,组织文学社团"星星社",并与"绿波社"创办文学同仁刊物《文学周刊》,作为《京报》附设的第六种刊物,每星期六免费赠送《京报》的订户。

包天笑被上海明星影片股份有限公司邀为剧本作者。

郑正秋将徐枕亚的《玉梨魂》改编成电影。

吴绮缘在常州组织梅社,创办《烂花》杂志。

平襟亚编《刀笔菁华续集》由上海亚东书局发行。

引:3月8日《新闻报》第4张第2版告白:"刀笔文章心思与笔墨皆尖刻入微,字字见血,入木三分,本书正集,风行海内,续集尤出尤奇,三百多篇,血性文章,比正集内容更有精彩奇绝妙绝,不可不看""全书四册,锐利尖刻,饶有趣味,工于心计者,当手各一编。四册一套,定价一元二角"。

注:6月9日《新闻报》第3张第1版载《省令查禁〈刀笔菁华〉》称,《刀笔菁华》正续集"违反出版法条文甚多,不惟诲淫诲盗,妨害治安,败坏风俗,且有牵涉政治,污辱元首之处,此书自非严禁发行不可",勒令上海亚东书局遵照法令将违法内容割去。据《查禁〈刀笔菁华〉之结果》(7月20日《新闻报》第4张第2版)一文所载,经书局派员校准,亚东书局现已易手,"自五月十七日李万兴等接手以后,并无此项禁书出售",此禁亦不了了之。

1925年（乙丑）

1月

1日，范烟桥《王小二过年记》载《新闻报·快活林》。娑婆生《应时的〈人间地狱〉》载《晶报》第2版，至6日，3次。

8日，毕倚虹《哀琤小记》载《时报·小时报》，至10日，3次。

引：《哀琤小记》：

民国十四年元日，余以报纸休刊，得小休息，午后往京江公所丙舍，视亡妻琤琤殡宫，一棺相望，已极怆恨，庭前两老柳，惟余干桠枝，寒鸦盘旋，啼声如泣，天阴沉，方作雪，朔风凄厉中人欲绝。回忆去年今日，方与琤琤在东亚酒楼结缡，事之不堪回首，有如此者，低徊久之，得二十八字云：衰柳昏鸦雪欲飞，冲寒挥涕一依依，去年今日黄昏近，绣帔花冠缓缓归。

9日，天虚我生《栩园丛话》，王西神《香婴秘笈》，郑逸梅《剪灯杂记》，江红蕉《茭白壳的命运》《今年之时装》，周瘦鹃《挽毕汪琤琤女士》《世界中最幸运的人》，马鹃魂《剧散了》，王天恨《田家乐》，范烟桥《妇女装饰之最近观》，张碧梧"侦探小说"《一封匿名信》；黄转陶《盍簪小志》，王天恨《说海周旋录》，顾凤孙《说海一勺·德国之历史小说丛书》，陈小蝶《苏行感事诗》，严芙孙"小说"《战后》，郑逸梅"琐话"《印章偶语》载《半月》第4卷第3号。

12日，毕倚虹《银灯秘记》载《晶报》第2版，至15日，载2次。

24日，袁寒云《围炉唱和诗》，求幸福斋主《闺中怨语》，沈家骧《壁上观战记》，周瘦鹃《恋人手织的一双手套》，胡寄尘《人生的寂寞》，黄转陶《绝响》，江红蕉《今年之时装》，范烟桥《妇女装饰之最近观》，张碧梧"侦探小说"《无名火》，王天恨"小说"《昨日今朝》、"短剧"《拜年》、"杂作"《贺年片话》，天虚我生《咏美人手》，王天恨《拊掌新谭》，张枕绿"谈话"《小宗教家云云》，范烟桥"小说"《割爱》，刘恨我"艺屑"《小说一得》，郑逸梅《秭苑花神》载《半月》第4卷第4号。

本月

胡怀琛《中国八大诗人》由商务印书馆初版;1931年3月第4版,收入王云五主编《国学小丛书》;1933年2月国难后第1版;1935年2月国难后第2版。

包天笑"社会侦探小说"《慧琴小传》由上海国学书室出版。

贡少芹《尘海燃犀录》由上海国华书局出版。

2月

7日,漱石生(孙玉声)《退醒庐笔记》载《大世界》第2版,至7月16日,151次,载完。

8日,程小青《影戏作法的研究》载《上海夜报》第4版,至10日,3次。

20日,《世界日报》创刊,张恨水任副刊《明珠》编辑。

23日,袁寒云《闻韰对酒谭》,王西神《秋云平室野乘》,周瘦鹃译、英国柯南道尔著"福尔摩斯新探案"《利诱记》,程瞻庐《望云居随笔》,沈禹钟《归宁》,郑逸梅《著作家小轶事》,黄转陶《盍簪小志》,王天恨"侦探小说"《飞来之尸》载《半月》第4卷第5号。

本月

蝶庐编《影戏小说十三种》由上海竞智图书馆出版。

3月

1日,毕倚虹《评"不堪回首"》载《晶报》第2版。

9日,陈小蝶《异史补》,陈灏一、张静庐《书两武人事:杨化昭、张宗昌》,求幸福斋主《包四阎罗》,周瘦鹃《游侠丛谈》,徐卓呆《侠客之子》,赵眠云《心汉阁笔记》,U. U.《马路侠客》,曹血侠《梁溪奇侠》,范烟桥《无名指》,郑逸梅《挥麈余谭》,张枕绿《安全福地》,贺天健《无锡兵祸中之大侠》,顾明道《盗窟夺珠记》,唐梅溪《犬侠》,沈家骧《天外飞来的第二只金镖》,王红绡《双红室笔乘》,黄转陶《双疑记》,王天恨《意外》,姚民哀《孤塔三头记》,程瞻庐《记鱼壳》,胡寄尘《猎人一夕话》,马鹃魂《哀王子平力士》《新式侠客》,胡同光《记侠盗》,刘恨我《夺兰赠珠记》,钱释云《红女》,周瘦鹃《拯艳记》载《半月》第4卷第6号,本期为"武侠号"。

11日,赵眠云《记谐先生语》载《光报》第3版,至14日,2次;又于1927年8月10日、1928年11月5日分别载《笑报》第3、2版。

21日,海上漱石生《长笛声》载《金钢钻》第3版,至4月6日,6次,载完;

1933年9月1日重载《金钢钻月刊》第1卷第1集。

24日,袁寒云《吴越专研记》,陈小蝶《异史补》,徐卓呆《我没看见》,郑逸梅《名花艳史》《著作家小轶事》,周瘦鹃《照相馆前的疯人》《紫罗兰龛谐乘》,范烟桥《失业者》,姚赓夔《漂泊的心》,黄转陶《盍簪小志》,王天恨《说海周旋录》,胡寄尘《螺屋笔记》,刘恨我《送嫁》,范菊高《情波(上)》载《半月》第4卷第7号。

25日,钱释云《孤雁归来》,西巫瘦铁《前尘》载《社会之花》第2卷第10号。

本月

漱六山房《九尾龟》4册由三友书社初版。

包天笑《留芳记》由中华书局出版,20回;8月,再版;1928年3月15日,《留芳记》21回载《蔷薇》第1期,后未续。

4月

1日,郑逸梅《梅瓣集》由上海图书馆出版。

3日,天狼(毕倚虹)《剑影钗光记》载《晶报》第2版。

5日,沈禹钟《萱照庐随笔》,钱释云《牺牲品》载《社会之花》第2卷第11号。

7日,徐卓呆《务本女校的庭前》,沈家骧《燕子楼头残草》,周瘦鹃《拯艳记》,顾佛影《绿林学校》,胡亚光《知事太太》,郑逸梅《著作家小轶事》,黄转陶《盍簪小志》,王天恨《说海周旋录》,王天恨"清明风雨录"小说专栏:《一枝桃》(侦探小说)、《新孀》(哀情小说)、《呜呼战》(非战小说)、《柳语》(讽世小说)、《墓中人》(社会小说),范菊高《情波(中)》载《半月》第4卷第8号。

15日,淞鹰(毕倚虹)《哭鹧鸪》载《晶报》第2版。徐哲身《解语花的小说评》,吴灵园《西湖幽赏录》,西巫瘦铁《旅途中的一瞥》,刘恨我《神秘底社会》载《社会之花》第2卷第12号。

18日,杜鹃《郑鹧鸪遗闻》载《晶报》第2版。

23日,周瘦鹃《女儿坟上的慈母》,徐卓呆《拆信的老朋友》,沈家骧《孤寂》,刘恨我《归》,王天恨《不可救药的人》,郑逸梅《小说杂志丛话》,黄转陶《盍簪小志》,陈翠娜《西溪归隐图记》载《半月》第4卷第9号。

25日,吴灵园《西湖幽赏录(续)》,刘恨我《技击琐录》载《社会之花》第2卷第13号。

本月

范烟桥《孤掌惊鸣记》由大东书局3版。

周瘦鹃《紫罗兰外集》(2册)由大东书局出版。

漱六山房《九尾龟》(6册)由共和书局初版;1929年12月3版。

5月

1日,《新上海》月刊创刊。求幸福斋主《上海的大小》、江红蕉《没有摄成的影片》、范佩萸《钱袋空了》、范菊高《旅客的生活》、徐卓呆《明日之上海》载创刊号。不肖生《回头是岸》载创刊号,至1926年12月1日第2年第3期,8回,未完。

按:《新上海》由乙丑社编辑部编辑,新上海杂志社发行。创刊号《发刊词》中言:"本杂志撰述诸同仁,居上海者多,而刊行之日,又适为上海和平永庆之时,用假里巷之谈,效曝人之献,此本杂志命名之意也。夫小说九百,本自虞初,其情足以感人心,移风俗,辅佐教化之不逮,故本杂志所载,多小说家言,虽不敢谓尽征翔实,然亦未必皆齐东之语,不过择事之可纪者录而志之,以备刍荛之采耳。"栏目有市政研究、社会百态、艺术、小说等。作者有沈禹钟、范佩萸、范烟桥、张枕绿、严独鹤、郑逸梅、徐卓呆、胡寄尘、何海鸣、包天笑、江红蕉、范菊高等。小说有不肖生《回头是岸》,包天笑《新上海》,程瞻庐《半渚生重游上海记》,范烟桥《从上海来》等。1927年9月1日出至第2年第12期停刊。

6日,张碧梧《海上新潮》载《上海夜报》第4版,至28日,21次,1回,未完。

7日,天虚我生《六三园看樱花记》,周瘦鹃《西湖春词》《宝藏》,刘豁公《五九歌》,范烟桥《最后的一封信》,马鹃魂《闲居遗墨》,徐卓呆《盼望中的邮信》,施青萍《弃家记》,钱释云《红叶秋痕》,王天恨"侦探小说"《匿名恫吓信》,郑逸梅《著作家小轶事》,黄转陶《盍簪小志》载《半月》第4卷第10号。

16日,《新闻报》第2版开辟《艺海》专栏,由严独鹤编辑。其"主旨"有三:"一、为艺术界介绍作者","二、为艺术界传播消息","三、引起民众对于艺术之兴趣";"为艺术界竭其鼓吹之责,使社会人士,对于艺术,咸具欣赏之精神与研究之意味。总之,艺术之为用,自其大者言之,实具有培养国民德性与宣扬国家文化之力,使各种艺术,能昌明至于极点,其收效或且视教育为尤普,此则本报对于艺术家之希望,窃愿尽其辅助之责者也。"涉及电影、戏剧、评书等艺术的相关批评与理论知识,持续至1943年6月30日。海上漱石生《戏剧界之取譬》载《新闻报·艺海》,至27日,5次。

18日,海上漱石生《京剧简单考》载《新闻报·艺海》,至8月8日,6次。

21日,毕倚虹《挽郑鹧鸪》载《晶报》第2版。

22日,陈小蝶《异史补》,周瘦鹃《湖舫坐雨录》,陈灏一《杨泗洲遗诗》,徐卓呆《怀素室》,赵眠云《心汉阁笔记》,沈家骧《雪夜》,范烟桥《一路哭》,俞牖云《西门之来客》,马鹃魂《劫灰记》,顾明道《稗苑谈屑》,刘恨我《滑稽新体诗》,范烟桥《有什么分别》,郑逸梅《特别尚友录》载《半月》第4卷第11号。

25日,王天恨《恩仇了了》载《社会之花》第2卷第14号。

30日,范烟桥《茗边琐录》载《新闻报·快活林》,至31日。

本月

刘豁公《上海竹枝词》由雕龙出版部再版。

6月

1日,周瘦鹃《三言两语》载《申报·自由谈》,声援"五卅"运动。文中说:"地上一抹一抹的血痕,被一夜雨水冲洗了,但愿我们心上所印悲惨的印象,不要也和血痕一样淡化",显示了像叶圣陶《五月三十一日急雨中》的满腔悲愤。

3日,《晶报》第2版刊载了一系列声援"五卅"运动、抨击帝国主义罪行的文章。丹翁《血冷》、神妙《时报之三特点》批评"各报议定,附刊之文艺栏撤去,以尽量登载此次流血惨剧新闻,各报均允诺,而《时报》独否,必欲保留《小时报》"的不义行为。纷纷《谁是暴徒》、曼妙《罢市琐闻》、瘿公《惨剧感赋》抨击帝国主义杀戮,"十里洋场笼霸权,黄须碧眼势熏天。可怜积弱奄奄者,民命何曾值一钱"。

5日,天虚我生《栩园谐缀》,何海鸣"滑稽历史剧话"《貂蝉》,徐卓呆《回家以前》《付诸一笑录》,范烟桥《徐卓呆的滑稽史》,胡寄尘《S先生传》,顾明道《荒唐战史》,沈家骧《马桶上》,郑逸梅《滑稽字纸篓》,黄转陶《燃脐笑纪》,范佩萸《笑片》,王天恨《谁是亲夫》,马鹃魂《梦学博士》,王天恨"侦探小说"《滑稽凶手》,周瘦鹃《懒人》,红绡生"笑剧"《即君家物》,范烟桥《物极必反》,赵眠云《豆腐阿三墓志铭》,吴闻天《我之幼年时代》,胡同光《无聊之滑稽家》载《半月》第4卷第12号,本期为"滑稽号"。

6日,丹翁《哀者胜》载《晶报》第2版。《上海画报》在上海创刊。毕倚虹《沪潮中我之历险记》载创刊号。毕倚虹"理想小说"《极乐世界》载创刊号,至1927年6月27日第247期,8回,48次,载完。

引:《哀者胜》:

"务要时时刻刻不忘这个哀字,且万不宜于哀字之外,另造成一丝一毫叫行凶的有丝毫减哀的理由。"丹翁《时股时股三嗅而作》继续讽刺《小时报》不参加罢市。曼妙《罢市琐闻(二)》报道各界人士罢市的义举:"华洋电话局接线生,虽以大餐贿他们,但是他们还是坚持罢工。"虹口米店拒绝给日本人送米,日本人只好改吃面包。牛肉庄拒绝卖牛肉给西人。拒绝乘坐工部局的电车。北火车站学生演说。国货香烟,大为活跃。墙上所贴帝国两字,帝字均画成龟字。

注:《上海画报》由毕倚虹创办,并任编辑。初为三日刊,1932年2月改为五日刊。70期后由周瘦鹃接编,至431期由钱芥尘主编。今可见847期,第847期出版时间为1932年12月26日。

7日,郑振铎《"谴责小说"》载《文学周报》第176期。

引:《"谴责小说"》认为"谴责小说"以真实人物为书中人物形象"本也无妨,但决不可以揭发人间的黑幕、披露人们的隐私为目的,否则就玷污小说的尊严,堕落为黑幕小说"。文章还阐述了小说创作的有关问题,指出小说创作应注入作者自己的喜怒哀乐,创造"使人喜,使人悲,使人身历其境"的艺术境界,同时还应给读者指明"理想的世界"和"希望的火星"。

9日,毕倚虹《约翰潮》载《上海画报》第2号,记载上海圣约翰大学的学潮运动。《晶报》载丹翁《外行存款》,讽刺在"五卅"运动中存款到外国银行的中国富翁。瘿公《花之泪》赞扬花界的爱国义举:"灯红酒绿意如何,颦蹙尊前恨转多。屏却筝琶浑解事,比来我亦厌闻歌。上海花界中人,自商界罢市后,堂差亦概不应征,归账路头,完全牺牲,闻彼等尝语人曰:吾侪虽操贱业,然亦中国人,宁忍漠然于此惨剧哉,噫,吾今而知此中亦有人也。"此外,还载有闲云《沪潮杂记》、陶陶《流血中之李湘君》等。

15日,毕倚虹《赠后记》载《上海画报》第4号。

21日,丹翁《帝国主义的正当防卫》载《晶报》第2版,驳斥英国领事对于"五卅"惨案纯属个人正当防卫的谬论:英领事"对这回惨案狠为悲戚,不过本人手里拿的是能打死人的东西,他们虽极反对打死人,他们那帝国主义附在身上,好似非打死人不可的一般,那么,不是他们打死人,是那空空洞洞的帝国主义打死人了"。

袁寒云《听朱荇青弹琵琶记》,陈小蝶《异史补》,周瘦鹃《古塔招魂记》,黄转陶《吴笳追怀录》,徐卓呆《造墓记》,赵眠云《心汉阁笔记》,郑逸梅《梅龛杂碎》《半月点将录》,范菊高《名片主》,张南冷《无聊律师》,朱涤秋《秋籁阁联话》,朱天石遗著"理想派剧"《笑话》,黄转陶《对于"一个男子同时可恋爱二女子否?"之意见》,姚赓夔《战灾记》载《半月》第4卷第13号。

24日,毕倚虹《张学良与本报记者之谈话》《车亭送张记》载《上海画报》第7号。

30日,毕倚虹《上海新竹枝》三首载《上海画报》第9号。

7月

3日,《小说世界》第11卷第1期推出"爱国运动纪念专号",号召国民对"五卅流血纪念,永矢无忘"。毕倚虹《张舍我包办心血》载《上海画报》第10号,署名"赆"。

5日,周瘦鹃《马喜菊》,江红蕉《无名氏的情书》,顾明道《赌祸记》,沈家骧《督办的姨太太与司事的老母》,刘恨我《一吻》,朱天石遗著《进退维谷》,王红绡《双红室谐缀》,王天恨《强奸式的婚姻》,姚赓夔《愿有情人毋成眷属》载《半月》第4卷第14号。

6日,毕倚虹(署名"赆")《影讯》载《上海画报》第11号。

9、12、15日,《上海画报》第12、13、14号载毕倚虹《极乐世界》第二回"汰弱留强专科选种,数典忘祖开局造人",为连载之第12、13、14次。

12日,毕倚虹《题〈留芳记〉》《评"重返故乡"影片》载《上海画报》第13号。

18日,毕倚虹《愿英国政府与人民一回想》载《上海画报》第15号。

21日,求幸福斋主《可怜的债主》,范烟桥《市招杂话》,周瘦鹃《西市辇尸记》,赵眠云《心汉阁笔记》,王天恨《消灭肉躯的毒药汁》;"说林珍闻":郑逸梅《来鸿集中之隽语》,王天恨《说海周旋录》;陈翠娜《翠楼吟草》载《半月》第4卷第15号。海上漱石生《退醒庐谐著》载《大世界》第2版,至1926年3月17日,共228次。

24日,毕倚虹《还扬小记》载《上海画报》第17号。

30日,毕倚虹《昙花记》载《上海画报》第19号。沈禹钟《安慰》,钝根《栏杆靴》,刘恨我《寄人篱下》载《社会之花》第2卷第15号。丹翁《甲寅复活的感想》,不群《劝章行严勿办杂志》载《晶报》第2版,讽刺《甲寅》杂志的性质:只好预备寿世,问世恐怕不容易。

本月

黄嘉谟根据苏曼殊小说《断鸿零雁记》改编成戏剧《断鸿零雁》,厦门思明报社刊。

周瘦鹃译《心弦》由大东书局出版;1928年6月再版。

注:《心弦》含《焚兰记》4章、《同命记》4章、《艳蛊记》4章、《赤书记》3章、《慰情记》5章、《沉沙记》4章、《镜圆记》4章、《重光记》4章、《海媒记》4章、《护花记》4章。

8月

3日,炯炯(钱芥尘)《为章行严进一解》载《晶报》第2版。

4日,范烟桥《砚波小记》,赵眠云、黄转陶、范烟桥、郑逸梅、顾明道、蒋吟秋、姚赓夔《沧浪生》,沈家骧《燕子楼头残草》,周瘦鹃《登天之路》,谢鄂常《返棹记》,程小青《一幅画》;"半月杂碎"含郑逸梅《半月娘偶记》,程瞻庐《半规月长城挂》,程瞻庐《屈曲阑干月半规》,梅子馨《半月》《倚梅阁诗中之半月》,纸帐铜瓶室主《半月广告》;"小天地"栏含王天恨《园中》(小说),范菊高《理想的朋友》(小说)载《半月》第4卷第16号。

5日,因"五卅"运动暂时停刊的《自由谈》复刊,周瘦鹃在复刊第一天头条《三言两语》中重提"五卅":"砰砰的枪声,红红的血痕,孤儿寡妇们热热的眼泪,哀哀的哭泣。这是我们中国民族史上所留着的绝大纪念,任是经过了两个多月,已成陈迹,而我们的心头脑底,似乎还耿耿难忘吧!……《自由谈》销声匿迹,已两个多月了。如今卷土重来,满望欢欢喜喜的说几句乐观的话。然而交涉停顿,胜利难期。在下在本报上和读者相见,只索'流泪眼'望'流泪眼'罢了。"

6日,毕倚虹"小品文"《晨光读画记》载《上海画报》第21号。卓武侯《章行严却喜倡门小说》,曼妙《吕碧城停舞记》载《晶报》第2版。

9日,毕倚虹《致包天笑书》载《上海画报》第22号,记毕倚虹读包天笑《留芳记》的观感。

10日,海上漱石生《书场回忆》载《新闻报·艺海》,至9月23日,5次。

12日,毕倚虹《天马一瞥》载《上海画报》第23号,记毕倚虹于天马会馆第十一届美术展览会的观感,并发表包天笑《天笑答倚虹书》。

19日,陈小蝶《异史补》,张静庐《试情记》,周瘦鹃《铮儿之病中》,郑逸梅《凝酥韵话》,范烟桥《假寐》,赵眠云《心汉阁笔记》,王天恨《神秘的剧贼》《银河迢递录》载《半月》第4卷第17号。

23日,包天笑《黑海银灯》载《三日画报》第8期,至1926年6月8日《三日画报》第93期,80次,第1卷完。

24日,倚虹《记"新庭"跳舞会》《老妈式的政治》载《上海画报》第28号。毕倚虹《我之"重返故乡"》载《上海画报》第28号,至30日第29期,2次。

27日,严独鹤《特设国女监》载《新闻报·快活林》讽刺北洋政府镇压女师大学潮的卑劣手段:"最可怪的,是当局处置这些女学生,竟和对待罪犯一般,临时雇用女仆,驱逐学生出校。这已经是很可笑的了;而尤其奇怪的,是段执政还说,学生如果抗拒,便收入女监。"青旗《章行严组织妈妈队》载《晶报》第2版。

引:《章行严组织妈妈队》:

当五卅风潮起来的时候,北京各界,为示威的游行,教育家新闻界的太太们,也组织了太太队,随众游行。太太也是女国民,一样的为救国运动。此刻北京的女师大,因为女学生盘踞学校中,不肯出去。章行严派了老妈子四十人,汽车八辆,冲开女师大后门,两个妈妈挟持着一个女生,强拖上汽车,说:"请小姐们暂时出校。"女学生等均弱不禁风,怎禁得这般力大如虎,面目狰狞的老妈子。早被他一个个挟上汽车,一时间嘤嘤哭泣之声,令异性的见了,也人人为之酸鼻。有人走过石驸马大街,见这个情状,错疑是北京大抢亲,哈哈。

28日,周瘦鹃《三言两语》载《申报·自由谈》。针对北洋政府镇压女师大学潮,文中讽刺道:"章士钊为了女师大女生厮守着学堂不肯走,他一时倒没有法儿想。这也是他福至性灵,斗的计上心来,便召集了三四十个壮健的老妈子,浩浩荡荡杀奔女师大而去。末了儿毕竟马到成功,奏凯而归。这种雷厉风行的手段,我们不得不佩服他,但是女学堂不止女师大一所,起风潮亦在所难免,照区区愚见,不如组织一个常备老妈子队,专为应付女学堂风潮之用,免得临时召集,或有措手不及之虞……但不知密司脱章可能容纳我这条陈么?"

本月

海上漱石生《如此官场》(全4册)由上海图书馆出版。

9月

2日,尤半狂《纳妾后》,江红蕉《循环妻妾》,范烟桥《两样》,徐卓呆《两短篇》,张碧梧《自讨苦吃》,周瘦鹃《洋行门前的弃妇》,顾明道《订婚之后》,黄转陶《为什么要娶妾》,范菊高《机会》,范佩萸《不如夫人》,潘寄梦《妻妾问题》,刘恨我《妾不如妻》,吴闻天《死的原因》,郑逸梅《宵灯煮梦录》,吴田伦《老生常谈》,王天恨"问题剧本"《东西两个妻》,刘豁公《吾其鱼乎》,赵眠云《扶正悬案》,王天恨《妻欤妾欤》,王红绡"笑剧"《赏格》载《半月》第4卷第18号,本期为"妻妾问题号"。

6日,炯炯《白话文言大激战·文言不能成军》载《晶报》第2版。

7日,漱石生《梨园杂志》载《新闻报·艺海》,至9日,2次;13日起,改名《梨园杂记》,至10月15日,9次。

9日,C.J.生《答甲寅周刊》载《晶报》第2版。

14日,《紫葡萄画报》创刊,半月刊,周瘦鹃创办,自任编辑,编辑部设周瘦鹃寓所,至12月30日,出17期,停刊。

18日,袁寒云《客述唐才常死难事》,沈禹钟《有些疯了》,程瞻庐《望云居笔记》,周瘦鹃《杀子之母》,王天恨《红粉青锋记》载《半月》第4卷第19号。

19日,程瞻庐《清夜钟》载《针报》第3版,至1926年10月10日,3回,共52次,未完。

23日,程小青《霍桑探案·新婚劫》载《新闻报·快活林》,至11月4日,40次,载完。

27日,青旗《丁甘仁与恽铁樵》载《晶报》第2版。

30日,毕倚虹《〈盲孤女〉的我感》载《上海画报》第39号。程小青《无形之弹》,许廑父《爪痕之今昔观》载《社会之花》第2卷第16期。

本月

胡怀琛《中国民歌研究》由商务印书馆初版;1933年3月国难后第一版,收入王云五主编的《百科小丛书》。

10月

1日,范烟桥"社会小说"《新过渡录》载《新上海》第1年第6期,至1927年9月1日第2年第12期,20回。

2日,包天笑《诱惑》载《申报·自由谈》,至12月31日,共44天次。《新月》在上海创刊。江红蕉"社会小说"《海上明月》载创刊号,至11月1日第2号,2回,未完,2次。

注:《新月》杂志由程小青、钱释云主编,新月杂志社出版,月刊,1926年终刊,共10号。载有小说如江红蕉《海上明月》、包天笑《模特儿自述》、漱石生《机关枪》、姚民哀《两杯茶教》、孙了红《古砖》、程小青《骗心术》、徐卓呆《全国丈夫同盟罢工始末记》、程瞻庐《提倡非孝的烧香老太婆》等;载笔记如漱石生《余之古今小说观》、胡寄尘《百瓶花斋笔记》、干凤琳的《故国珍闻》等。

周瘦鹃《弁言》,范烟桥《月饼小识》,王天恨《中秋之夜》,周瘦鹃《小厂主》,程瞻庐《望云居笔记》,顾明道《一个难解决的恋爱问题》,赵眠云《心汉阁笔记》,吴灵园《浅见》,范菊高《捻红录》,陈翠娜《翠楼吟草》载《半月》第4卷第20号。

6日,曼妙《记周瘦鹃之病》载《晶报》第2版。毕倚虹(婆婆生)《新人间地狱》载《上海画报》第41号,至1926年1月16日第74期,载32次,2回,未完。

10日,张碧梧《追忆》载《时报》之《小时报双十节特刊》,至11日,载完。

13日,下午二时,徐枕亚与状元刘春霖之女刘芷云(沅颖)在北京中国饭店举行婚礼。

14日,张恨水小说《鹿死谁手》载《世界日报·明珠》。漱石生《观潮游记》载《大世界》第2版,至21日,8次。

15日,《李涵秋介弟镜安君来书》载《晶报》第3版,介绍李涵秋子女现状,回应关于李涵秋之女紫兰女士堕入风尘之事。

18日,梦觉生《冒充李涵秋女之东方紫兰》载《晶报》第3版,文称"东方紫兰,盖即上年德庆里之龙宅小老四也"。陈小蝶《异史补》,范烟桥《天雨了》,赵眠云《心汉阁笔记》,周瘦鹃《莲花出土记》,吴田伧《从政惨史》,张碧梧"侦探小说"《奁具中的毒针》,郑逸梅《来鸿集中之隽语》,胡同光《嘤鸣杂录》;王天恨"小小说"《以德报怨》,吴田伧"小小说"《想不开》,张南泠"小小说"《一瓶汽水》载《半月》第4卷第21号。

27日,张恨水《装了金了》载《世界日报·明珠》,至11月3日,载完。

30日,许廑父《私心》载《社会之花》第2卷第17号。

11月

1日,张秋虫《小聚》,赵眠云《心汉阁笔记》,周瘦鹃《亡妻的遗爱》,郑逸梅《纸帐铜瓶室瑼志》,沈家骧《归期》,张南泠《秋宵杂摭》,梅子馨《说林珍闻》,张碧梧"侦探小说"《一张会单》,王天恨"侦探小说"《网中刀》,吴灵园"论说"《风俗》,王天恨"小说"《泥泞》载《半月》第4卷第22号。

漱石生《余之古今小说观》,陈小蝶《醉灵轩读画记》,范烟桥《诗钟与楹联》;短篇及杂作:胡寄尘《弟弟的猫》,程瞻庐《童谣话》,赵苕狂《最后之觉悟》,小生《新禽言》,沈家骧《婚议》,张枕绿《十鸽乱盘》,顾明道《恋爱之果》,尤半狂《梅花清梦庐丛脞》,张碧梧《为谁辛苦》,达纾庵《宝石小志》,范菊高《甜心》,谢常鄂《心痕之一》,郑逸梅《盍簪补志》,钱释云《女明星惨死记》,天水生《圆芬楼诗存》,茧翁(程小青)《恋爱问题之种种》;长篇:漱石生《机关枪》,江红蕉《海上明月》,程小青《验心术》;"余光":胡怀琛《中国宜以菊花为国花议》,茧翁《电影界趣闻》,程小青《虞游杂咏》,胡石予《游拙政园记》,蒋吟秋《大块趣史》,黄转陶《记陶冷月之言》,吴闻天《新月新酒令》,金石寿《大人传》,徐碧波《昨是今非》,周之尚《银幕谈屑》,醉宜《一钱见血》;"补白":逸梅《茶肆联》,菊高《名字趣谈》,香雾《意想不到的言语》,漱玉《秋窗砚滴》,郑逸梅《星友之八字评》,碧波《奇思》,阿菊《电影的模特儿》载《新月》第1卷第2号。

5日,马二先生"小说"《情天魔窟》载《新闻报·快活林》,至12月31日,56次。

6日,丹翁《不怕跌》载《晶报》第2版,文称,办报三德行:敢说话,不要钱,不怕跌;关键是信用,不能跌。本日起,《小说世界》刊出一批通俗文学作家的小说创作谈文章:程小青《侦探小说创作之一得》载《小说世界》12卷6期。

9日,丹翁《商会》载《晶报》第2版,讽刺商会从保护商人沦为"专门代军阀筹饷而设"的机构。

12日,陆士谔《管见录》载《金钢钻》第3版,至1926年4月14日,11次。

15日,毕倚虹《观"可怜的闺女"以后》载《上海画报》第54期,至21日第56期,2次,载完。

16日,陈小蝶《异史补》,沈禹钟《死耗》,郑逸梅《羽禽艳乘》,周瘦鹃《紫罗兰盦困病记》,王天恨《说海周旋录》《网中刀》,吴灵园"论说"《无》,陈小蝶《杂诗》,王红绡"小说"《毫无意识》载《半月》第4卷第23号。

20日,胡寄尘《我之短篇小说经验谈》载《小说世界》12卷8期。

24日,张秋虫《负心》载《红玫瑰》第2卷第13期。

27日,禹钟《小说作法之一得》载《小说世界》12卷9期。

30日,谷剑尘《戏剧与表演》,任矜蘋《张织云之六面》,周瘦鹃《徐卓呆与猪有缘》,乡下人《说书闲评》,丁悚《谈话匣》,恽铁樵《诗谜偶谈》,老匏《滩簧杂谭》,张碧梧《悲苦之爱》,周瘦鹃《恋人之尸》,姚民哀《狱中人语》,俞牖云《隐痛》,王天恨《梦中的知己》;特辟"半月纪念"专栏,载金则鸣《半月碎锦》,周良斌《半月半打》,陈于德《半月泉》,俞宪章《半月情史》,秋痕《半月》,陈积勋《半月长诗》,长发其祥室主《半月点将录》,王天恨《我对于半月杂志四年来的回顾》;还有"小天地""杂俎"等栏目及郑逸梅《许指严先生遗诗》载《半月》第4卷第24号,本期为"临别纪念号"。

范烟桥《诗钟与楹联(下)》,毛吟嗟《书法句言》,姚民哀《中国会党秘密小史·两杯茶教》,茧翁《恋爱问题之种种(三)》《第二期画谜揭晓》,天水生《圆芬楼诗存》,姚赓夔《缄爱集》,张碧梧译《为谁辛苦(下)》,江柳生《滑稽广告一束》,黑雾《律师的公费》,陶寒翠《坠楼记》;"小说谈话会":胡寄尘《中国的古小说》,顾明道《武侠小说丛谈》,朱载《侦探小说作法及管见》,徐碧波《小说杂话》,说中人《小说杂谈》;俞天愤《四阵雨》,程小青《发明与报酬》,笑话《田韵达》,陈积勋《白居易诗》,一谔《战事之旅行》,黄若玄《公园东斋》,海上漱石生《机关枪》,逸梅《梅龛谈屑》,黑雾《海外瀛谈》,陈霭麓《名士风流》,释云《菊花诗》;"社会镜":姚民哀《近代社会之虚伪》,吴梦云《票诈记》,孟涵春《谈花会》;钱释云《窗外歌声》,蒋志范《官箴三则》;"戏剧讨论":《南阳关韩擒虎的髯口问题》,菊屏《万石厂剧话》,胡憨珠《髯口功用之我见》;黑雾《儿子的口才》;"余光":王天恨《嫁前与嫁后》,顾醉荑《望夫记》,刘恨我《意外》,陈积勋《怕老婆》,白邺《不幸的妇人》,程小青《柯南探案之二:独眼教主》;"电影世界":郭树兹《心理学与导演学》,周之尚《评论与评论者》,程小青《美国电影界的统计》,茧翁《明星趣史》,大别《关于巴黎一妇人的一件事》,邓树滋《国产影片成绩不佳的最大原因》,鲁平《评"倾国美人"》,周之尚《评"海上英雄"》,范朋克《银幕话》,朱心田《记黎明晖女士》载《新月》第1卷第3号。

藜青社《停刊声明》,许厪父《粤海贞魂》,刘恨我《徐云霖小探案》载《社会之花》第2卷第18号。

引:《停刊声明》:

本杂志内容丰富,作品优美,出版以来,风行一时,备承社会称许,良深感荷。第自去秋江浙军兴,作者流离,来稿阕乏,暂而停顿。迨五卅惨案发生,罢市罢工,因又濡滞,屡次延缓,无任内疚。迩来时局不靖,兵燹迭起,人心浮惑,营业艰难。故自本期出版后(共三十六册),本杂志暂行停刊,特此声明,并对于阅者及大陆图书公司,敬表谦忱。——上海藜青社谨启

本月

王钝根任《国货评论社》社长。

徐枕亚"哀情小说"《梨云梦》由上海小说世界社四版。

12月

1日,李涵秋《并头莲》由上海新声书局再版。

8日,赵眠云《时事谐谈(咏)》载《晓报》第2版,至1926年1月23日,6次。

9日,张恨水《甚于画眉》载《世界日报·明珠》,至1926年1月8日,载完。

12日,毕倚虹《边城画角哀》《江南乙丑谣》载《上海画报》第63期。

15日,毕倚虹《评"风雨之夜"》载《上海画报》第64期。

16日,《紫罗兰》在上海创刊。包天笑《玉笑珠香》载创刊号,至1927年3月18日第2卷第7号,16回,未完。陈小蝶《画狱》载创刊号,至1926年3月14日第1卷第7号,5章,5次。王小逸《春水微波》载创刊号,至1927年1月4日第2卷第2号,共16回,未完;1928年续写《春水微波》;1930年1月由上海玫瑰书店出版,大东书局发行,32回。

注1:《紫罗兰》为半月刊。1930年6月15日终刊,共4卷,每卷24期,共96期。编辑

者为周瘦鹃,印刷、发行均为大东书局。《紫罗兰》与《半月》有继承关系,亦有相当方面的创新,周瘦鹃在《创刊号》的《编辑室灯下》言:"《半月》结束,《紫罗兰》继起,颇思别出机杼,与读者相见。版式改为20开,为他杂志所未有。排法亦力求新颖美观,随时插入图案画与仕女画,此系效法欧美杂志,中国杂志中未之见也。以卷首铜图地位,改为《紫罗兰》画报,以作中坚。图画与文字并重,以期尽美,此亦从来杂志中所未有之伟举,度亦为读者所欢迎乎!"作者依然以《半月》撰稿人为班底,增加了王小逸等。长篇连载有姚民哀的《荆棘江湖》,包天笑的《玉笑珠香》,王小逸的《春水微波》,张碧梧的《方多麦士传》《金齿人》,漱六山房主人《紫兰女侠》《虎穴情波》等。增加了"小天地"栏目,"小天地"有"谈丛""艺话""谐著""译林""小说""杂俎"等栏目。还有"读者俱乐部""紫罗兰画报"等。至1931年8月,暂停数月,至1932年4月,继续刊行第9期,1932年8月,出第10期,1933年4月出第12期,至此停刊,共出1卷12期。

注2:《画狱》因陈小蝶为汽车所伤而中辍;1926年3月28日《紫罗兰》半月刊载《〈画狱〉作者陈小蝶君来函》:"弟为汽车伤鼻,震及脑际,流血盈碗,医生言鼻创十日可愈,脑筋非经半载不能复原,尤宜谢绝一切文字。以是《画狱》当然不能握笔。以此意布之报尾,以谢读者。一俟痊愈,即当握笔。并以谢绝其他文债也。即颂。"

23日,赵眠云《时事竹枝词》载《光报》第3版,至1926年1月29日,7次。

30日,求幸福斋主《荡妇》,范烟桥《咀稗甘苦语》,周瘦鹃译《绛珠怨》,顾明道《裁缝匠的玩物》,尤半狂《梅花清梦庐丛脞》,张碧梧"侦探小说"《木脚》;"小天地":陈小蝶《无题》,沈禹钟《记歌女美芬》,蒋吟秋《儿时回味录》,郑逸梅《天平红叶记》,周瘦鹃《十年前后》,朱天石遗著"戏剧"《他》载《紫罗兰》第1卷第2号;附载《紫罗兰画报》第2号部分目次:吕碧城《记同命鸟》,袁寒云《齐天乐》,周瘦鹃《偷进风帘看挽头》,余空我《记李画师》,郑逸梅《惩梦》。

姚民哀《中国会党秘密小史·两杯茶教》,吴灵园《长夜》,沈禹钟《赠灵园》,沈家骧《燕子楼头残草》,范烟桥《东斋的晚间》,钱释云《乐社诗》,张菊屏《那拉氏九世复仇记》,陶寒翠《宵会记》,浮云《求婚笑谈》,枫隐《京焦游记》,许吟花《幽窗清话》,尤半狂《神秘之友》,海上漱石生《机关枪》,韩道明《满江红》,程小青《实验的测候谈》,俞亮时《姊弟》,陈莲痕《歇后别史》,杀羽《逸梅造谣》,火雪明《情之病》,顾明道《秋窗漫墨》;"说林珍闻":俞天愤《嘤鸣小志》,郑逸梅《来鸿隽语》,金智周《小说家轶事》;程小青《柯柯探案之二:独眼教主》;"小说谈话会":范烟桥《小说与个性》,陶寒翠《说苑珠林》,环《小说杂谈》;逸梅《书坛艺屑》;"社会镜":鸥夷《真是非》,姚民哀《社会镜》,朱宪英《我之婚姻观》,团圞生《死得好快》,涵春《社会杂谈》;彭云上《惆怅诗》;"戏剧讨论":胡憨珠《狐尾的我见》,徐以礼《赵云可以戴夫子盔么》;"余光":范烟桥《陶冷月之新中国画》,吴明霞《珠楼随笔》,枫隐《谈屑》,郑逸梅《半月清游记》,曹秀琳《催命符》,S. T.《心血》,跛足《自由恋爱》,林凋叶《相亲》;徐刘沅颖《答樊山师(小说家徐枕亚新夫人近作)》;"电影世界":邓树滋《心理学与导演学》,周之尚《评论与评论者》,影述《美国电影明星之薪金》,记者《影界佳话》,黄铁明《观重吻后所感》,钝之《小说家与编剧家》,周之尚《评"谁是母亲"》,邓树滋《丽林甘许自述记》载《新月》第1卷第4号。

本月

向恺然《江湖小侠传》由世界书局再版;1925年闰四月初版;1933年4月六版。

刘豁公、王钝根编《说部精英乙丑花》由上海五洲书报社发行。

叶小凤《蒙边鸣筑记》由文明书局再版。

本年

周瘦鹃主持并主要参与翻译《亚森罗苹全集》由大东书局出版,收28部小说。其中,10部长篇,18部短片,分24册。周瘦鹃翻译其中16部,沈禹钟、孙了红等参与了其他小说的翻译。

周瘦鹃参与翻译《福尔摩斯新探案全集》由大东书局出版,收小说9部,分4册。

徐卓呆译《人肉市场》由上海世界书局出版。

汪仲贤与徐卓呆合办开心影片公司。

应沈缦云之邀,王蕴章游历南洋。

本年开始,姚鹓雏任江苏省长陈陶遗秘书长,兼任东南大学、河海工程学院、南京美术学院、江苏医政学院国文教席达十余年之久。

王度庐17岁,入精精眼镜店当学徒,后入《平报》、电报局作见习生。(参考徐斯年、顾迎新《王度庐年表》)

1926年（丙寅）

1月

2日，包天笑《和平之神裁判》载《小说世界》第13卷第1期。

3日，张恨水《怪诗人张楚萍传》载《世界画报》，至17日，载完。

7日，包天笑《假钞案》载《申报·自由谈》，至15日，载完。

11日，张碧梧担任《时报》副刊《小时报》编辑，发表第一篇"小言"《军阀之末日平和之先声》，至1927年1月16日卸任编辑发表的《年关下的小损失》，共发表"小言"140天次。

13日，张恂子开始执律师业。

14日，张碧梧"侦探小说"《一束情书》，周瘦鹃《诉衷情》，郑逸梅《模特儿谈》，张枕绿《瘾君子之妻》，王天恨《临终》；"说林珍闻"：徐碧波《第一面》；"小小说选"：朱鸳雏《朋友》，张碧梧《自杀后》，姚赓夔《喜剧记》，马鹃魂《蜂痴记》，谢鄂常《线袋》，王天恨《杜鹃枝上月三更》载《紫罗兰》第1卷第3号。附《紫罗兰画报》第3号部分目次：周瘦鹃《仙露明珠》，姚赓夔《汤娥舞略谈》，郑逸梅《某名士之寿文》《新争坐记》。

15日，海上漱石生"怪异小说"《樟柳人》由上海图书馆出版。

16日，包天笑《五分钟健忘病》《雨中别金陵》载《小说世界》第13卷第3期。程小青"侦探小说"《两粒珠》载《新闻报·快活林》，至3月16日，8章，49次，载完。

17日，包天笑《恩与仇(又名《多情的女伶》)》载《申报·自由谈》，至5月7日，69天次。

20日，漱六山房主人《漱六山房日记·江淮战纪》载《时报·小时报》，至2月16日，共17次。

23日，胡寄尘《百瓶花斋笔记》，姚民哀《中国秘密会党小史·两杯茶教》，胡寄尘《蚂蚁的话》,赵眠云《菊因缘》,朱䴖《杨芷芳探案·伊人》,吴梦云《失恋的心》,黄转陶《牛皮记者》,程小青《柯柯探案之三·巴黎之裙》;"杂作":尤半狂《梅花清梦庐丛脞》,吴明霞《国花》,江柳声《续意想不到的语言》,菊屏《奇虫》,俞梦花《秋水芙蓉穋瑛录》,许吟花《说说笑笑》;"说谈话会":沈家骧《佛头着粪录》,朱䴖《东方福尔摩斯赘言》;"社会镜":小记者《行长与优伶之黑幕》,姚民哀《社会镜(二)》,蒋吟秋《说书漫话》,涵春《社会杂谈》;"余光":郑逸梅《梅瓣余芬》,曹蜗隐《银灯趣话》,蕨藐《古币》,前人《鬼蛋》,史南池《新月掌故》,香《往事》,吴闻天《回忆》,寒碧《觉悟》,邓树滋《丽琳甘许自述记(下)》载《新月》第1卷第5号。

24日,张春帆(漱六山房主人)《汉皋小记》载《晶报》第3版,至27日,2次。

25日,张恨水杂论《晚清小说家之派别》,小说《找事》载《世界日报·明珠》。

26日,《时报·小时报》刊登转告一则:"余兴部小说栏,现组织一'转轮大会',已商得江红蕉、何海鸣、沈禹钟、程瞻庐、程小青(以首字笔画多少为次)诸先生之同意,各就专长撰作各体裁之短篇小说,如红蕉之家庭,海鸣之倡门,禹钟之社会,瞻庐之滑稽,小青之侦探,均系素负时誉,为国人所爱读者,今乃荟萃于本栏,诚属罕有之盛举,定于本月二十八日起,开始刊登。"

按:转轮大会第一期第二篇为沈禹钟《拾遗记》,载本月28日至2月8日之《小时报》,共12次;第一期第二篇为程瞻庐"滑稽小说"《三十年后的国文》,载2月18日至2月22日《小时报》,共5次;第一期第三篇为程小青"侦探小说"《惊人之活剧》,载《小时报》2月24日至2月28日,共5次;第一期第四篇为求幸福斋主何海鸣"倡门小说"《谢青云南征记》,载3月1日至3月9日《小时报》,共9次;第一期第五篇为江红蕉"家庭小说"《老处女》,载3月10日至3月18日《小时报》,共9次;第二期第一篇为沈禹钟《制履之夕》,载3月19日至3月29日《小时报》,共11次;第二期第二篇为张慧剑《离弦箭》,载3月30日至4月2日《小时报》,共4次;因程小青、何海鸣未能如期寄稿,临时增加两次《轮外新声》:一为道希《学者的风度》(4月3日至8日),一为华凯《三疑案》(4月9日至19日);第二期第三篇为程小青《爱的波折》,载4月23日至4月30日《小时报》,共8次;第二期第四篇为江红蕉《银烛》,载5月24日至6月15日《小时报》,共21次;第二期第五篇为张枕绿《说给父亲听的白米价》,载6月18日至6月19日《小时报》,共2次。第三期第一篇为张枕绿《说给父亲听的白米价》三至五,载6月20日至6月23日《小时报》,共3次;第三期第二篇为范烟桥《醉了》,载6月24日至6月29日《小时报》,共6次;第三期第三篇为程瞻庐《十分财气》,载6月30日至7月8日《小时报》,共9次;第三期第四篇为沈禹钟《友人之死》,载7月9日至7月13日《小时报》,共5次;第三期第五篇为程小青"霍桑探案"《玉兰花》,载7月14日至8月5日,21次;第三期第六篇为江红蕉"伦理小说"《昙花》,载8月6日至8月26日《小时报》,共20次,此为江红蕉因丧女之痛而作。第四期第一篇为范烟桥《寂寞》,载8月27日至9月3日《小时报》,共8次;第四期第二篇为张碧梧《退一步想》,载9月4日至9月12日《小时报》,共9次;第四期第三篇为程瞻庐《招寻失主》,载9月12日至9月21日《小时报》,共10次;第四期第四篇为沈禹钟《围城中》,载9月21日至9月29日《小时报》,共9次;第四期第五篇为程小青《自由的滋味》,载9月29日至10月9日《小时报》,共11次;第四期第六篇为江红蕉《电影场之犬》,载10月11日至10月17日《小时报》,共6次。第五期第一篇为范烟桥《依然故我》,载10月17日至10月26日《小时报》,共8次;第五期第二篇为张碧梧《到乡间去》,载10月27日至10月31日《小时报》,共5次;第五期第三篇为程瞻庐《诗经癖》,载11月1日至11月7日《小时报》,共7次;第五期第四篇为程小青"霍桑探案"《海盗》,载11月8日至11月23日《小时报》,共14次;第五期第五篇为何海鸣《靴里的孤魂野鬼》,载11月23日至12月6日《小时报》,共15次;第五期第六篇为沈禹钟《桑麻记》,载12月7日至12月19日《小时报》,共11次;第五期第七篇为江红蕉《秀发》,载12月20日至12月31日《小时报》,共12次。第六期第一篇为范烟桥《倡门的侠客》,载1927年1月3日至1月9日《小时报》,共7次;第六期第二篇为程瞻庐《四姐探母》,载1927年1月9日至1月17日《小时报》,共9次;第六期第三篇为程小青《更夫日记》,载1927年1月27日至2月10日《小时报》,共8次。

28日,程瞻庐《一误再误》,赵眠云《酒痕新绿馆酒痕》,周瘦鹃《惜余欢》,郑逸梅《梅龛绀珠》;张碧梧"侦探小说"《皮箱中的儿尸》;"说林珍闻":郑逸梅《贺年片话》,蒋吟秋《贺年片小史》;"小天地":郑逸梅《同居》(小说),张碧梧《死后》(小说)载《紫罗兰》第1卷第4号。附录《紫罗兰画报》第4号部分目次:陈小翠《近代小说品》,程小青《趣讼一束》,周瘦鹃《齿唇与接吻》,郑逸梅《吴中之废珥会》。

29日,范烟桥《两宋小说史略》,包天笑《红纬帽》载《小说世界》第13卷第5期。

本月

江红蕉著《红蕉小说集》由上海世界书局初版,卷首由赵苕狂撰《江红蕉》小传1篇,收长篇小说6篇:《萧郎画樱记》《园中》《大好姻缘》《花好月圆》《古篋良缘记》《蜜月旅行笑史》。

引:《江红蕉》:

江君红蕉之作小说,盖在九年以前。惟曩者所作,署名不一,或一篇署一名,署作红蕉者,盖在四年前也。四年之前,红蕉方襄助其友人创办某银行,无暇及文墨,张君碧梧则方肆力移述,于小说界有重望,与红蕉曾共事于浙江之萧山,治沙地税课,颇相莫逆。既来海上,仍时相过从,乃谓红蕉曰:子盍稍撷余暇,仍理旧纸,作小说家言,有隽味焉。红蕉曰:诺,吾方遘一顽感,将述之。立成《沥血记》一篇,不求人知,乃别署一名曰红蕉,盖以碧梧在旁,有所触发于心也。且红蕉之署此名,固尚有一段故实在,则其从伯江建霞先生,即刊《灵鹣阁丛书》,有才子之目者,南游粤中,著清丽之词若干首,曾有《红蕉词》之刊行。今海内存者仅二本,而红蕉得其一,弥为珍爱,因即取以为署,用志不忘耳。孰知不数年间,此红蕉二字,竟为小说界中之一红名哉。红蕉所为小说,均秀丽有致,多言情之作。而红蕉则自谓作社会小说,似较有把握。曾草《私生子》一篇,刊《申报》,仅千言,而写私生子为社会所凌逼,及其天才品格之高贵,使人无不涕下。有粤人张铸英及四川女中学杨女士者,竟驰函询闻此私生子为谁,皆愿助一臂之力以扶持之,初不料红蕉所写之私生子,乃为理想中人物也。夫一理想中之人物,红蕉写之,乃能使读者之注意如此,则其艺术之精,盖可知矣。红蕉尝谓小说与社会有极密切之相互关系,将穷其力而启发之焉,红蕉勉哉。红蕉名铸,吴县人,年二十七,去年结婚,新妇叶女士绝美。红叶姻缘,人称佳话云。

2月

12日,天狼(毕倚虹)《丙寅上海文艺界之预言》载《晶报》第2版。

13日,周瘦鹃《燕归梁》,顾佛影《余之窗》,范烟桥《修饰》,王天恨《眼镜》;"妇女与装饰":毕倚虹《旗袍》,朱鸳雏遗著《旗袍》,程瞻庐《记旗袍女子之言》,周瘦鹃《我不反对旗袍》,江红蕉《云想衣裳记》;"新年说荟":王天恨《桃符更新录》,王红绡《贺年片话》;"小天地":姚民哀《紫罗兰稽古录》(谈丛),蒋吟秋《称谓谐谈》(谐者),郑逸梅、蒋春木合译《西方释梦录》(译林),王天恨《以德报怨》(小说),郑逸梅《余爱读之长篇说部》(杂俎)载《紫罗兰》第1卷第5号。附录《紫罗兰画报》第5号部分目录:吕碧城《雪梦》《浣溪纱》,毕汪琫琤《初雪》,高太痴《浣溪纱》。

18日,程瞻庐"滑稽小说"《三十年后的国文》载《时报·小时报》,至22日,共5次。周瘦鹃《十分钟中四十元》载《晶报》第3版。

19日,张恨水《新捉鬼传》载《世界日报·明珠》,至7月4日,载完。

24日,求幸福斋主《续〈九尾龟〉中之广东苏妓》载《晶报》第3版。

25日,张恨水小说《创作家之美的创作》,杂感《何必作小说家》载《世界日报·明珠》。

27日,王小逸《海市人头》载《新世界》第3版,至12月14日,9回,83次。求幸福斋主《爱之影》,范烟桥《爱盾余墨》,江红蕉《苦衷》,张静庐《访英记》,范烟桥《今之孟梁》,郑逸梅《恋花爱叶录》,沈家骥《霜天晓角》,俞牖云《疯人之一》,吴绮缘《阿琐小传》,范菊高《撩丝》,姚赓夔《剩余之弦》,黄转陶《小铁匠的单恋》,王天恨《恰好恋爱》,顾明道《盲目的恋爱》,黄转陶《情的猜疑》,姚啸秋《伊人》,潘心伊《最后的时间》,曹梦鱼《爱情之酝酿》,孙不才《断肠花》,胡天农《一个礼拜》,何芳洲《长相思》,蒋吟秋《恋爱的成功》,刘冷笑《嫉妒》,徐公达《私奔》载《紫罗兰》第1卷第6号,本期为"恋爱号"。附录《紫罗兰画报》第6号部分目录:周瘦鹃《春灯话》,郑逸梅《兰闺新酒筹》《慧心小语》。

28日,上虞刘笑天《过来人语》载《新新日报》第2版,至7月9日,共30次。程小青《国画嘅言》载《新新日报》第2版,至3月2日,3次。

本月

张个侬"武侠小说"《奇侠英雄传》由进化书局、世界书局发行。

3月

1日,求幸福斋主《谢青云南征记》载《时报·小时报》,至9日,9次。

5日,张恨水《京尘幻影录》载《益世报》副刊,至1928年9月12日,载完。包天笑《神交的夫妇》载《小说世界》第13卷第5期。

6日,淞鹰《观〈早生贵子〉》载《晶报》第3版。赵苕狂《从良后的第一天》,求幸福斋主《倡门之夫》,程瞻庐《青楼绛帐》,忆风《海上北里节日一览表》,江红蕉《冒名之妓》,徐耻痕《如此良宵》,沈家骧《家声》,张秋虫《花里闭门记》载《红玫瑰》第2卷第14号,本期为"娼妓问题号"。

12日,曼妙《蔡元培之俭德》,天马《吴稚晖之口宽债紧说》载《晶报》第2版。

14日,毕倚虹(娑婆生)《红粉金戈记》载《时报·小时报》,至4月3日,共19次,1回,未完。任二北《旧萝曲语》,沈禹钟《醉之慰安》,赵眠云《酒痕新绿馆酒痕》,周瘦鹃《孤雁儿》,郑逸梅《模特儿谈》,姚赓夔《放荡的一生》,张碧梧"侦探小说"《招聘教师的广告》;另辟有"妇女之乐园"栏载《紫罗兰》第1卷第7号。附录《紫罗兰画报》第7号部分目录:周瘦鹃《白梅花下琐记》,陈小蝶《罗巾辞》,程小青《宝石语》,郑逸梅《观瑞云峰记》。

《星社团拜会(共计念一篇)》:程小青《缘起》,吴闻天《考据家》,范君博《致莲痕书》,陈莲痕《星友语录》,程瞻庐《春睡》,范菊高《桥上》,范烟桥《珍珠塔之文学观》,顾明道《神秘之声》,蒋吟秋《劫后之家》,周克骧《记李子廉》,黄转陶《说林嚼舌》,程小青《新酒令》,赵眠云《拆字奇验》,尤半狂《元旦之武力统一梦》,郑逸梅《元旦星聚珍闻》,范佩萸《银幕之前》,杨剑花《晴翠簃丛话》,姚赓夔《未曾寄的一封信》,孙纪于《银爱私党》,屠守拙《岁朝星聚记》,尤次范《元旦狂欢之回忆》,金季鹤《如此倡门》;程瞻庐《童谣谈》,姚民哀《谐文谥联絮》,蒋吟秋《吴谚迷话》,梦觉生《东方罗兰》,孙了红《良心治疗院》,顾明道《滑稽新游记》,程小青《柯柯探案之三:巴黎之裙(下)》,陶寒翠《烧邓记》,朱狝《贺年片》,胡憨珠《新年中之应时戏》,俞亮时《岁尾年头记》,徐碧波《幸而免》,郑逸梅《贺片补话》,金周智《新年消闲之种种》,张菊屏《万石厂剧话》,俞梦花《芙蓉花片》,陈积勋《贺年片》,跛足《恋爱婚约》,沈中路《淞禅浪墨》载《新月》第1卷第6号。《时报·小时报》推出《文坛百话》栏,"评论当代文艺,或记述艺林轶事",至7月19日,共刊300节,122次。

17日,赵眠云《戚之忏》载《新新日报》第2版,至24日,4次。

19日,包天笑《钏影楼笔记》载《上海画报》第92期,至1927年6月30日第248期,39则。

20日,漱石生《江浙探梅记》载《金钢钻》第2版,至31日,12次。姚民哀"党会小说"《走驹走血记》载《红玫瑰》第2卷第16期,至4月10日第19期,4节,4次,载完。

21日,天狼(毕倚虹)《电影新竹枝》载《晶报》第3版。

25日,严独鹤《善哉善哉》载《新闻报·快活林》,声讨段祺瑞政府在"三一八惨案"中疯狂屠杀学生的暴行:"干木本来是一心念佛的,当然应该慈悲为本,不料这回却忽然……大开杀戒,真是罪过。开了杀戒之后,又忽然要哀悼,这简直是猫哭老鼠了;不但哀悼,又忽然要善后。我想既善后,前何必恶,况且别的可以善后,这死者不可复生,又何必善其后呢?……或者请干木先生自己出来捻着佛珠,合掌当胸,念几声善哉善哉。"

27日,周瘦鹃《三言两语》载《申报·自由谈》。段祺瑞为首的北洋政府屠杀进步学生,制造了"三一八惨案",文中写道:"我看了北京惨案中死伤的调查表,不禁吓了一跳,想段大执政的手段,委实可算得第一等辣了。任是那震动中外的'五卅惨案',也没有死伤这样多的人啊!唉,外边人要杀,自己人又要杀,这真是从哪里说起?"

28日,求幸福斋主《东交民巷琐记》,周瘦鹃《女冠子》,张舍我《他的一生》,赵眠云《酒痕新绿馆酒痕》,徐碧波《吴山趣影记》;"说林珍闻":蒋吟秋《小说家的题名趣谈》,郑逸梅《著作界的明星》《谈谈小报》;"小天地":陈小蝶《高楼》(文苑),王天恨《逃人》(小说),吴灵园《西湖之古今来》载《紫罗兰》第1卷第8号。附录《紫罗兰画报》第8号部分目录:周瘦鹃《情书话》,马鹃魂《一减一》,徐碧波《齐璧小识》,黄转陶《李公赠笏记》。

本月

顾明道《侠骨恩仇记》由大东书局出版；1929年8月再版。

李东野、程瞻庐《情血》由世界书局5版。

藕香室主人著述《苏佩秋艳史》有世界书局6版。

4月

3日，春柳《柳亚子轶事》载《晶报》第3版。

12日，任二北《旧萝曲话》，求幸福斋主《银幕上的丈夫》，张庆霖《觉庐杂记》，陈绿桥《四年之后》，范烟桥《清宫半日记》，周瘦鹃译、法国柯贝著《一饼金》，赵眠云《酒痕新绿馆酒痕》；张碧梧"侦探小说"《黑衣人》；"小天地"：吴灵园《谈社会党》（谈话），王天恨《心艮斋偶笔》（笔记），郑逸梅《春花小颂》（杂俎）载《紫罗兰》第1卷第9号。附录《紫罗兰画报》第9号部分目录：马鹃魂《有没有笑》，周瘦鹃《吹香嚼蕊录》，吴灵园《西湖话》，郑逸梅《探梅两日记》，郑逸梅《慧心小语》。

15日，姚鹓雏《风飐芙蓉记》由中原书局发行，小说丛报社再版；1936年10月由中原书局4版。

17日，张秋虫《失意》，程瞻庐《营长太太》载《红玫瑰》第2卷第20期。

21日，陆士谔《寒魔自述》载《金钢钻》，至24日，载完。

23日，包天笑《爱情尺牍》载《小说世界》第13卷第17期。

24日，何海鸣《孤军》载《红玫瑰》第2卷第21期，至5月8日第23期，3次。《银灯》在上海创刊，毕倚虹创办，江红蕉任编辑。

注：据《郑逸梅选集》第6卷载："《银灯》杂志，主干者毕倚虹，编辑者江红蕉，发行者望平街161号银灯社。1926年4月24日刊行。预告上，倚虹写一长篇小说《海上胭脂井》，可是患病未能实践，只写了《银灯辞》《蘋泪梅啼记》两短篇。红蕉也写了《花坛腻宴记》和《国产影片之危机》。其他如向恺然的《云南之蛇》，杨尘因的《京剧之盛衰谈》，凝冰的《女子装饰漫话》，凤昔醉的《刘别谦之艺术天才》等。图画都是电影明星的照相。书本是横式的，只出一期。"

26日，晚香簃主《抱微逸史》，干凤琳女士《宫闱秘史·故国珍闻》（含《喜读报章》《乃祖入梦》《苦矣绍英》），程小青《小说之四步》，白云如《云楼琐碎》，张静庐《我之小说经验谈》，茧翁《笑林》，沈苏约《小说杂谈》，郑逸梅《美人泪》，朱宪英《恋爱之不幸》，陶寒翠《林书丛论》；短篇：范烟桥《四指手》，陶寒翠《情型记》，沈家骧《凯旋》，范菊高《裂纹》；"补白"：姚民哀《花萼楼墨余录》，童昔非《柜边闲话》;长篇:陶寒翠《春梦影》,程小青《陷阱记》;"余光":我《我与天愤》,凡鸟《苏兰舫小史》,郑逸梅《记侦探小说家程小青轶事》,范绍庭《郑板桥轶事》,金智周《小说名家轶事》,陈铿《三年以后》,蕨蘋《奇虫》,陈积勋《落花飞絮》载《新月》第2卷第1号。

朱鸳雏遗著《上海闲谈》,周瘦鹃《卅六鸳鸯楼》,沈家骧《春色》,赵眠云《酒痕新绿馆酒痕》,范菊高《心的束缚》,郑逸梅《槎溪访墓记》,谢鄂常《欢场苦笑》;"小天地":郑逸梅《戏拟小花园丛书目次》载《紫罗兰》第1卷第10号。附录《紫罗兰画报》第10号部分目录:陈小蝶《重题山城风雨图》,周瘦鹃《曲话》,王天恨《盍各言尔志》,周拜花《拟古》。

27日,浮云《记毕倚虹之病》载《晶报》第2版。

30日,炯炯《嗟呼,萍飘何处?》,天笑《哀哉,吾友飘萍》载《晶报》第2版,悼念邵飘萍。

注:《京报》社长兼主笔邵飘萍被奉系军阀以"宣传赤化,流毒社会,贻误青年"为罪名逮捕。26日被害。

陆士谔《澹泊轩三笔》载《金钢钻》第1版,至7月18日,9次。

本月

周瘦鹃译述《翻雨覆雨录》由中华书局4版;1928年11月5版。

程小青《东方福尔摩斯探案》由上海大东书局出版。

注:《东方福尔摩斯探案》收:《试卷》《怪别墅》《断指余波》《自由女子》《霍桑的小友》《黑鬼》《异途同归》。

5月

1日,张秋虫《真与假》,程瞻庐《谈谈娘娘》,陶寒翠《小酌》载《红玫瑰》第2卷第22期。

3日,曼妙(包天笑)《青萍忆语》载《晶报》第2版,回忆邵飘萍。

5日,包天笑《义女》载《申报·自由谈》,至28日,载完。

6日,青旗《张学良是邵飘萍的知己》载《晶报》第2版。

8日,张秋虫《回家》,程瞻庐《中西说部同轨录》,张慧剑《在天津》,沈家骧《阑干万里心》载《红玫瑰》第2卷第23期。

9日,浮云《邵飘萍也是张学良之知己》载《晶报》第2版。

12日,朱鸳雏遗著《上海闲谈》,赵眠云《鹨口鹣鲽记》,周瘦鹃《小楼连苑》,顾明道《雏凤血》,王天恨《双红室谐缀》,张碧梧"侦探小说"《三星在户》;"说林珍闻"：郑逸梅《稗苑趣话》，吴闻天《作者新酒令》，潘寄梦《紫兰人名令》，陈积勋《紫罗兰点将录》；"小天地"：郑逸梅《寒山春雨记》(游记)，吴闻天《良心的裁判》(小说)载《紫罗兰》第1卷第11号。附录《紫罗兰画报》第11号部分目录：陈翠娜《翠楼吟草》，周瘦鹃《王次回之恋人》，周舞成《补小翠评近人说部》，吴灵园《西湖话》，郑逸梅《吊樱记》，范烟桥《新露筋记》。

晚香簃主《抱微逸史》，干凤琳女士《宫闱秘史·故国珍闻》(含《善者无聊》《剪发原因》《载漪被波》)，漱石生《余之章回小说观》，姚民哀《花萼楼墨余录》，程瞻庐《小说杂评》，许吟花《张敬尧轶事》，陶寒翠《林书丛论·(一)欧文小说》，尤半狂《瘦颈郎的情史》，钱释云《返影记》，南冠《林琴南轶事》，张静庐《雁岭倩影》，程小青《陷阱记·第二章》，孙了红《鲁霍斗智记·古砖·第一节》，陶寒翠长篇社会小说《春梦影·第二回》；"读者文坛"：胡嫣红《春夜哀弦》，听潮生《未来的公馆》载《新月》第2卷第2号。

15日，毕倚虹逝世。

16日，《时报》发布消息"本报记者毕倚虹君逝世"；戈公振《哀倚虹》，张碧梧《悼毕倚虹先生》载《时报》。随后又有悼念文字陆续发《小时报》：离尘《挽毕倚虹先生》(17日)，梦绮《挽倚虹》(18日)，鹤柴《挽毕倚虹先生》(19日)，狄平子《挽毕倚虹先生》(20日)，伍稼清《悼倚虹先生》(21日)，胡寄尘、蜀魂《挽毕倚虹先生》《悼倚虹》，南海少华《集韩魏公陆天随句挽毕倚虹先生》(6月3日)，瘦依《挽倚虹先生》(6月16日)等。毕倚虹大殓。

18日，《上海画报》第112期载："本报创办人毕倚虹先生于本月初四日(十五号)巳时病终，择初五日(十六号)子时大殓，此报读者诸君。"本期刊载毕倚虹的诗笺注、遗书手稿，周瘦鹃《哭倚虹老友》，炯炯(钱芥尘)《呜呼毕倚虹先生》《毕倚虹先生所著书目》等。《晶报》亦推出一系列纪念毕倚虹的文字：包天笑(曼妙)《毕倚虹为经济所杀》《挽倚虹》，余大雄《毕倚虹君遗像》，庞京周《挽倚虹》，江红蕉《哭倚虹》，吴湖帆《挽倚虹》等；《晶报》自此日还登载毕倚虹遗著《霞楼忏语》，至6月30日，载15次。

引：《霞楼忏语》：

是短篇为倚虹未刊小说之一残稿，年代在五六年前，据红蕉言，或在萧山时代，稿纸用天笑撰稿之红格稿本，本事似有所依据，惟所云朱老九朱老十者(见后)现均已逝世矣。呜呼，倚虹生前，卖文为活，不留誊稿，今于故后，经其介弟介清及长次两公子，搜其遗稿，仅获此数叶，虽吉光片羽，弥复可宝也(大雄)。

21日，周瘦鹃《倚虹忆语》，记者《倚虹丧讯》载《上海画报》113期。包天笑

《送葬记》载《晶报》第 2 版。

引：《送葬记》：

丙寅五月十八日，同人举毕倚虹先生之殡，呜呼，关于料理倚虹遗骸之事，至此告一结束矣。孙东吴先生语我，十余年来，亲戚故旧之丧，未尝一送，中年已过，更不欲以是悲戚撄心，乃于倚虹之殡，似中心诏我必来一送者。时送殡者虽不过寥寥二三十人，然其发于至诚，似较诸豪富之宾从杂众，为可贵也。

倚虹之殡，仪从甚简，前导为安南巡捕两人，继以音乐队一组，音乐之后，亲友持香步行恭送，有挥泪者，有静默作深思者。亲友之后，即为倚虹之遗孤男子四人，长者十六，幼者九龄，其后即为舆梓之花车，驾以黑色之两马，梓后两马，一为缪夫人及三女公子，一为倚虹之令妹及亲眷。一路行列，整齐严肃，虽其行甚缓，然无零落之象。沿途观者，莫名其妙，但觉其子女甚稚，当为一中年短命之人，犹忆倚虹生前，曾语我曰：余道行最怕遇出丧，以此凄然于心，恒令回车以避，今道上行人，不知与倚虹亦有同此感想者乎？

缪夫人以上午自医院归，则但见赫然一棺，不复见倚虹之面，拊棺一恸几绝，于是儿女辈均号哭失声，亲戚中之解劝者亦哭，家人仆妇亦哭，邻里亦哭，吊客之车夫亦垂泪不已，酿成一片眼泪世界，然则人类固亦为有感情之动物欤？倚虹撰小说，常能叙悲，而选题尤妙，如所谓《人间地狱》，《极乐世界》等等，抑知君之室中，乃有一哀情好小说曰《眼泪世界》，汝其起地下而一执笔乎？呜呼，我书至此，亦成为眼泪世界之一国矣。

殡过辣斐德路故居，即汪瑓琤夫人毕命地，倚虹之所以迁居者，以与汪夫人感情最好，谓室中陈列，触目均忆想亡人，孰知移家不及两月，乃亦追踪而去，亲朋间有谓汪夫人病肺，倚虹之病传染而来，是耶非耶？我无以断之，总之倚虹与汪夫人爱情之笃，对于汪夫人故世悼痛之深，则身心皆受一打击。今之殡宫，在京江公所，与汪夫人并棺而眠，夜台不患寂寞，冥鸿有便，其再寄我湖上塔下之词也耶。

24 日，周瘦鹃《执拂痛记》载《上海画报》第 114 期，记毕倚虹大殓之情状。记者《倚虹七十元问题》载《晶报》第 2 版。该文称，毕倚虹欠张慧冲七十元，倚虹于殁前三日，东拼西凑七十元，由文超律师凑三十元，交给张慧冲。

26 日，干凤琳女士《宫闱秘史·故国珍闻》(含《载沣忧谗》《小说有癖》《纳采盛况》《册立典礼》《帝王大度》《民国待遇》)，吴云梦《殇儿》，阿淑《读书偶记(一)》，范烟桥《头之种种》，茧《笑林》，姚民哀《花萼楼墨余录》，沈家骧《温馨甜蜜的爱》，汪恂如《寒翠…翰翠》，顾醉臾《小说琐谈》，陶寒翠《林书丛论·(一)欧文小说(中)》，姚民哀《碎珠词本事》，曹梦鱼《瀛闻零拾》，张静庐《雁岭倩影(二)》，程小青《陷阱记·第三章》，孙了红《鲁霍斗智记·古砖·第二节》，陶寒翠《春梦影·第三回》；"读者文坛"：香《赠心》，林涧叶《惨剧》，素衣《半杯茶》载《新月》第 2 卷第 3 号。

"电影界"：洪深《影片之道德问题》，朱瘦菊《将上银幕之〈西厢记〉》，周剑云《小情人与四月里底蔷薇处处开》,徐卓呆《答瘦鹃》,任矜蘋《上海十二女明星》,周世勋《银星花语》,程步高《国产影片调查录》,周瘦鹃《凰孤飞》,郑逸梅《银灯琐志》,范烟桥《银幕上的真眼泪》,卢楚宝《银幕漫谈》,严芙孙《我与萧郎》,范烟桥《〈空谷兰〉之苏州观》,江红蕉《名导演家》,王雪影《奉垣影业谭》,徐心芹《玫瑰花香》,黄转陶《痾欤》,陈敏生《美国名导演家葛立斐斯之轶闻》,王天恨《黑黯的明星》,蒋吟秋《影戏场中》,胡天农《秋波》,徐碧波《〈倡门子之〉本事》,林俪琴《银幕下的单恋者》;张碧梧"侦探小说"《梅花尸》载《紫罗兰》第1卷第12号,本期为"电影号"。

27日,天马《上海各报记者的白话化》、《倚虹遗孤教育扶助会简章》分别载《晶报》第2、3版。

引:《上海各报记者的白话化》:

自从白话文流行以来,我们《晶报》里的文字,常常的文言白话,兼收并蓄,不过《晶报》中的白话文,并不是近来所谓新文化家的白话文,为行文流利,雅俗共赏起见,因为吾国的小说语录等等,一向是用白话的,近来上海有许多名记者,都见他们做白话文了,如新闻报馆的文公达,他在某小报上,也做了白话文……可见白话文的流行于报界,已成一种不可掩的事实。惟有《申报》《新闻报》两家,壁垒森严,牢不可破,他们决不杂入白话文,但是像冷血诸君,小说也都是白话的,不是不能做白话,大概是一种体制关系吗?

29日,包天笑《富人之女》载《申报·自由谈》,至6月26日,共29天次。张恨水《伤心人语:哀海上小说家毕倚虹》载《世界晚报·夜光》。

30日,毕倚虹开吊。孙东吴、马凤池等在《晶报》发表悼念文字。《倚虹遗孤教育扶助会简章》载《上海画报》第116号。行云《申新鹃鹤也是白话化》载《晶报》第2版。

引:《申新鹃鹤也是白话化》:

其实《申报》上瘦鹃先生的"三言两语",全是白话文,不过近来把这栏去掉了。《新闻报》独鹤先生的谈话,近来也全是白话,到现在没有改变。鹃鹤两先生,可以说是白话化。我想说申新两报时评不杂入白话文,是可以;若说申新两报全部,不杂入白话文,是不可以的。本来做白话文必定要文言优美的人,才能语无枝蔓,申新两报能文之士甚多,何不做几段白话时评,一新耳目呢?或说,白话文没有文言简单,《申报》为节省篇幅起见,所以时评不用白话,我想善做白话文的,也决不啰嗦,我总希望申新打破这旧式的壁垒。

本月

何朴斋、孙了红《东方亚森罗苹案》由大东书局出版。

6月

3日,神妙《五卅纪念中之报界》,袁寒云《挽倚虹》,曼妙《倚虹灵前之所见》载《晶报》第2版。

引:《五卅纪念中之报界》:

去岁五卅风潮盛时,倚虹曾有血溅新闻界之作,登载《晶报》,其时各报应上海工商学联合会之请,关于文艺附刊均停止,而倚虹所编之《小时报》,最后停刊。今年五卅纪念,上海印刷总工会,亦有此要求,但各报以接函已迟,且均上版,不及卸除。惟《商报》之《商余》,《民国》之《闲话》,则均停版。而《小时报》,亦停刊一日。然《小时报》之停刊,不仅为五卅纪念,而是日适为倚虹开吊之日,《小时报》之创立,实为倚虹与天笑成之,然天笑不过为文字之助,而倚虹实为其主干,然则印刷工会之请求,冥冥中亦所以追悼倚虹也欤?

5日,张秋虫《她的新生活》,赵苕狂《归车中》,程瞻庐《黄牛叹气》《新妇女的一幕》,何海鸣《交际之花》,江红蕉《剖指者之妻》,沈家骥《例题》,徐耻痕《生离死别》,程小青《妇女与装饰》,范烟桥《海天一瞥》载《红玫瑰》第2卷第27期。

6日,《上海画报》第118期"周年纪念号"。张丹斧题对联"是亦云霓属望未毕,兼擅花鸟著意才周",戈公振《我国关于报纸二大发明之一(上)》,王西神《〈上海画报〉周年的感谢》,包天笑《〈上海画报〉出版前之回忆》,江红蕉《六月六日》。周瘦鹃发表《去年今日》,悼念毕倚虹。

9日,寒云子撰《娑婆生传》载《晶极》第3版,至12日,2次;张春帆(漱六山房)《挽倚虹》载《晶报》第3版;唐有壬《现代评论主角致本报书》载《晶报》第2版,至15日,3次,载完。

10日,包天笑《蜡姬》载《太平洋画报》第1卷第1号。《紫罗兰》第1卷第13号推出《呜呼,毕倚虹先生》专号,悼念毕倚虹。

按:《紫罗兰》第1卷第13号《呜呼,毕倚虹先生》所载文章及图片:《毕倚虹先生遗像及其墨迹》,钱芥尘(炯炯)《呜呼毕倚虹先生》《毕倚虹先生所著书目》,灼灼《毕倚虹先生之短篇小说》,周瘦鹃《哭倚虹老友》《执绋痛记》《倚虹忆语》,孙东吴《毕倚虹君诔词》《记倚虹遗诗》,江红蕉《哭倚虹》,范烟桥《呜呼倚虹》,王天恨《呜呼毕倚虹》,徐碧波《呜呼毕倚虹先生》,姚鹓雏《倚虹之死》,梅子馨《倚虹琐话》;挽联有:包天笑、袁寒云、王西神、文公达、张丹翁、严独鹤、狄平子、冯叔鸾、吴湖帆、范烟桥、庞京周、恽丁戌、孙东吴、马凤池、庸庵;挽诗:袁寒云、杨千里、步林屋、香岩、陈佐彤、陈道量、姚鹓雏、沈瘦碧。此期还载倚虹遗著:《莼波榭丛话》《湖上词》《倚虹零墨》。

此外,本期还载有:沈家骥《心曲》,赵眠云《酒痕新绿馆酒痕》,周瘦鹃《酷相思》,郑逸梅《花舫载酒记》,陶寒翠《夏夜梦》;小天地:蒋吟秋《西湖十二宜》,范菊高《吹牛谈话会》,孙了红《梦尽时》。附录《紫罗兰画报》第12号部分目录：周瘦鹃《个人第一》，郑逸梅《赏牡丹花》，黄转陶《避痂录》等。

晚香簃主《抱微逸史》，干凤琳女士《宫闱秘史·故国珍闻》(含《结婚礼节》《后妃小史》《贺客众多》《东海称臣》《痛哭武定》)，漱石生《余之章节小说观》，郑逸梅《濠溪别墅之一瞥》，沈苏约《小说杂谈》，陶寒翠《林书丛论·(一)欧文小说(下)》，尤半狂《梅花清梦庐丛脞》，心存《九死一生的白大官》，范佩荬《小说里的女子》，索隐《呻吟记》，元月轩主《金少梅轶闻》，张静庐《雁岭倩影(三)》，程小青《陷阱记·第四章》，陶寒翠《春梦影·第四回》；"余光"：吴闻天《是你?》，朱宪英《一刹那的快活》，许吟花《双溺记》，张菊屏《甜之别》载《新月》第2卷第4号。

11日，张秋虫《银海新潮》连载《三日画报》第94期，至12月21日157期，共4回，56次；1927年9月9日，转刊《上海画报》第271期，自第5回开始，至1928年7月9日367期，10回。叶小凤"小说"《体面攸关》载《民国日报·民国闲话》，至7月25日，10回，40次。

12日，曼妙《刘海粟以刀锯鼎镬保模特儿》载《晶报》第2版。张秋虫《遗爱记》载《红玫瑰》第2卷第28期。

14日，《梦痕》(不定期刊)由上海春申出版社出版发行，王天恨、曹梦鱼主编，仅出1期。

15日，《星极》三日刊在苏州创刊，由范烟桥等编辑，属苏州星社刊物，9月1日创办《会书场》副刊，1927年1月22日停刊。周瘦鹃接任《良友》编辑，于第5期开始负责编务，至1927年1月15日第12期。漱石生《九华山游记》载《大世界》第2版，至28日，14次。拈花《辩女尼身殉倚虹事》载《晶报》第2版。

引：

《辩女尼身殉倚虹事》：《上海画报》载："杭州大悲庵女尼妙香，殉倚虹而自缢，女尼本萧山陈云珍女士，以倚虹长萧绍兴沙田局，遇于萧山汤绅宅，一见钟情，遂致香巢别筑，既不愿嫁某富豪，舍身为尼，今闻倚虹死，乃以身殉。……此种记载，谬戾已极，且重诬死友，更为道义所不许。……倚虹之纵情声色，我辈亦无庸为之讳，但大都属之伎流。倚虹生前自道，谓生平从未与人家闺媛有幽爱，实为今世界之最规矩人。"

24日，范烟桥《醉了》载《时报·小时报》，至29日，载6次。包天笑(拈花)《毕倚虹前清之履历》载《晶报》第3版。

袁寒云、健伯合译《沉舟》，周瘦鹃《归去难》，赵眠云《酒痕新绿馆酒痕》，范烟桥《安步当车》，贺天健《长剑倚天室武侠摭遗记》，范菊高《伊的回答》，王天恨《双红室谐缀》;张碧梧"侦探小说"《三星党》;"小小说选":吴闻天《午饭时》,王天恨《欢喜与烦恼》,荆剑民《心病》,朱宪英《哀弦》,周邦彦《情书》,沈心冷《寒夜》,林俪琴《友误》,王汉威《结晶品》,胡天农《青灯嚼果录》载《紫罗兰》第1卷第14号。附录《紫罗兰画报》第13号部分目录:周瘦鹃《白话的情词》,郑逸梅《游龙寿山房记》。

《上海画报》第124期载《倚虹丧讯之结束》:"倚虹故后,赙仪与教育扶助会,约得款四千圆之谱,略举梗概,丧中黄楚九、臧伯庸两先生合送八百圆,毕宅所收赙仪,约一千余圆,扶助会一千余圆(以后尚有续收,七月份仍在晶报及本报广告栏报告),天虚我生、小蝶、李常觉、涂筱巢四君一次集款六百圆,为其次公子肄业民立中学之用(已承民立校长允为免除学费),其长公子则进南洋中学。倚虹丧讯至此可告一结束矣。"

27日,《上海画报》第125期发表张丹斧小品文《大雄怕下雨》,炯炯(钱芥尘)之《上海之小报潮》。包天笑《情的贸易(又名《风流少奶奶》)》载《申报·自由谈》,至8月31日,共48天次。马二先生"笔记"《珠江蛙语》载《晶报》第3版,至7月3日,3次。

30日,程瞻庐《十分财气》连载《时报·小时报》,至7月9日,共8次。钱芥尘(炯炯)《张学良厚赙倚虹》载《晶报》第2版。

本月

周瘦鹃译述《欧美名家小说集》(全2册)由大东书局出版。

周瘦鹃译、德国废太子著《我之忆语》由大东书局出版。

7月

3日,《福尔摩斯》创刊于上海,胡雄飞、姚吉光、汤笔花、吴微雨等主持报务。程瞻庐《一生享用不尽》,赵颐年《情海惊涛》,张秋虫《惧内》载《红玫瑰》第2卷第31期。《张军长学良特赙毕倚虹君之亲笔书翰》载《上海画报》第127期;言:"芥尘兄先生:毕君倚虹身后萧条,良闻之深为痛悼,特敬奠仪正千元,请转送其家为荷。"张丹斧《捉放熊鼓儿词》载《上海画报》127期,署名"无厄"。

5日,张恨水《荆棘山河》载《世界日报·明珠》,至8月9日,1回,35次;10月4日,改由《交际明星》续载,至10月4日;10月5日,续由《明珠》连载,至1927年2月1日,5回,145次。

6日,丹翁《恭维刘海粟》载《上海画报》第128期。大方《哭倚虹》载《晶报》第3版,联云:"遭家不造,作无益聊有涯,纸墨已能供饮啖;视死如归,以人间为地狱,膏兰何惜自煎烧。"

7日,《北洋画报》在天津创刊。喜晴雨轩主《津桥蝶影录》载创刊号,至1927年7月2日第100期,第一集载完,共44次。

注:《北洋画报》由冯武越、谭北林、吴秋尘主编,先为半周刊,逢周三、周六各出版一次;后改为三日刊,最为隔日刊。其宗旨体现在创刊号载《记者》《要说的几句话》:"中国的报纸杂志,就现今人民知识程度而论,就算够发达的了。然而,社会所最需要的画报,却还十分缺乏,画报的好处,在于人人能看,人人喜欢看,因之画报应当利用这个优点,容纳一切能用图画和照片传布的事物,实行普及知识的任务,不应拿画报当做一种文人游戏品看,举凡时事、美术、科学、艺术、游戏,种种的画片和文字,画报均应选登,然后才能成为一种完善的报纸,这样组织完备的画报,中国还没有一个,所以同人按着这个宗旨,刊行这半周刊,将来发达以后,再改为日刊,也说不定。不过大凡一个报纸的发达,不单靠报纸本身的善进,必须社会的人们从旁帮忙,所以我们在这创刊的时候,希望社会各界的人士,多多的指教和帮助我们。"作者有张谬子、王小逸、刘云若、袁寒云等。载有喜晴雨轩主《津桥蝶影录》、刘云若《换巢鸾凤》等通俗小说。1937年7月29日停刊,共出32卷,1587多期。

9日,迦公《哭倚虹》,拈花《毕公子刮目记》载《晶报》第2版;《毕公子刮目记》记载,毕倚虹七公子毕庆杭,居包天笑家,有沙眼,包天笑为其刮沙眼。

10日,徐枕亚《湖上吟》,程小青《幻术家的厄运》,周瘦鹃《春去也》;"说林珍闻":郑逸梅《忆四亡友》;"小天地":金季鹤《章台柳枝词》,王天恨《窗中怪影》,范菊高《谁是破坏家庭幸福者》载《紫罗兰》第1卷第15号。附录《紫罗兰画报》第14号部分目录:姚赓夔《哀倚虹》,周瘦鹃《百合》,范烟桥《日课》,郑逸梅《沧浪抚碣记》。

11日,《时报》第2版载《毕庶澄在青之措施·聘何海鸣等编纂战史》。

引:《毕庶澄在青之措施·聘何海鸣等编纂战史》:

毕氏自前岁随鲁张入关,迄今率同所部,历经滦州、江阴、曹州、徐州、海州、烟台、天津,诸战役,每战必临敌指挥,曾受伤数次,现拟组织以编纂处,将屡次战役之事迹,编为战史传记等书,颁给部下,以资观摩,附带编纂军事学书籍,以作部下讲授学科之用,已聘就何海鸣为总纂,尤半狂为编纂,从事编辑。

18日,胡说博士(包天笑)《上海大变》载《晶报》第3版,至1927年1月27日,载完。马二先生"笔记"《五羊回忆录》载《晶报》第3版,至8月12日,7次。

21日,拈花(包天笑)《读章孤桐书邵振青书后》载《晶报》第2版。

24日,陈小蝶《清游小识》,周瘦鹃《情长久》,赵眠云《虱簃小谈》,范菊高《破碎的旗衫》,王天恨《绿脚带》;"说林珍闻":白沙泪痕《哀倚虹》;"小天地":郑逸梅《两位画家的轶事》(轶事),高天栖《离婚后的妈妈》(小说)载《紫罗兰》

第1卷第16号。附录《紫罗兰画报》第15号部分目录：胡寄尘《希腊有织女》，周瘦鹃《浴话》，王天恨《矛盾语》，郑逸梅《双浮图记》，范烟桥《学圃花木观》。

27日，丹翁《毕倚虹临坛》载《上海画报》第135期。拈花(包天笑)《观〈最后之笑〉电景剧之感想》载《晶报》第2版。

本月

贡少芹石知耻合译"侦探小说"《一粒钻》由上海文明书局3版；1929年9月4版。

刘半侬译、法国小仲马著《茶花女》(戏剧)由北京北新书局刊行。

刘半侬主编《世界日报》副刊，前后约半年。

郑逸梅编《小说集》由上海竞新书局出版，收小说26篇，作者有包天笑、周瘦鹃、许指严、张枕绿等。

胡怀琛《胡怀琛诗歌丛稿》由商务印书馆出版。

按：《胡怀琛诗歌丛稿》分《秋雪诗》《旅行杂诗》《四时杂诗》《新年杂诗》《天衣集》《神蛇集》《燕游诗草选译》《秋雪词》《新道情》《重编大江集》《春怨词》《诗意》《放歌》《今乐府》14个部分。

8月

1日，张春帆(漱六山房主人)《情网球》载《时报·小时报》，至1927年1月4日，24回，载135次，载完。《小日报》创刊。包天笑《春城飞絮》载《小日报》第3版，至1927年4月6日，10回，178次，未完。

注：《小日报》创始人为舒舍予，出资人为韩啸虎(即4月1日《小日报》创始人之弟)。孟兆臣《中国近代小报史》将其编辑和撰稿人队伍分为两个时期："第一时期从创刊至民国二十六年八月十一日，第二个时期从民国三十六年四月二十八日至民国三十七年八月。"第一时期又分四段："舒舍予、韩啸虎老板，沈吉诚编辑时期为第一阶段。查士端、黄光益老板，冯梦云编辑为第二阶段。查士端、黄光益老板，七贤(包天笑、江红蕉、范烟桥、姚赓夔、黄转陶、查士端、黄光益)轮流编辑为第三阶段。查士端、黄光益老板，尤半狂编辑为第四阶段。"第二阶段撰稿人主要有王小逸、周天籁、勒梦、柳絮、老凤、凤三等。目前上海图书馆所存《小日报》最后一期小日报为1948年8月31日。

7日，张秋虫《虚愿》，程瞻庐《上海滩上的异人》，忧患余生《原谅》，汪放庵《河干》载《红玫瑰》第2卷第36期。

8日，朱鸳雏遗著《上海闲谈》，周瘦鹃《乌夜啼》，张秋虫《病秋记》，顾佛影《记潘小镜子事》；"小天地"：沈禹钟《时事慨言》(社说)，马鹃魂《颓塔残经记》(笔记)，王天恨《怪异丛谈》(谈丛)，姚赓夔《哀文记》(小说)载《紫罗兰》第1卷第17号。附录《紫罗兰画报》第16号部分目录：周瘦鹃《闺人之赌》，郑逸梅《悼园追胜记》，郑逸梅《集句佳联》，范烟桥《桐荫小论画》，赵眠云《冯玉祥拆字》，天虚我生《高阳台咏佛手》。

9日，因林白水逝世，《晶报》第2版刊载丹翁《林白水》、马二先生《吊白水先生》、炯炯《林白水谈屑》。

10日，张恨水《交际明星》载《世界日报·明珠》，至10月4日，50次，未完。

12日，炯炯《成舍我与〈神州日报〉》载《晶报》第2版。

14日，张秋虫《三角式的儿子》，俞天愤《也算受资本家的一次教训》载《红玫瑰》第2卷第37期。向恺然《至人与神蟒》载《红玫瑰》第2卷第37期，至21日第38期，2次，载完。丹翁《夜飞鹊》《口工》，周瘦鹃《殖边庆功记》，钱芥尘《林白水谈屑补》，蓬翁《附录林白水小传》载《上海画报》第141期。

15日，包天笑《两个女同学》载《申报·自由谈》，至9月13日，共30天次。炯炯《章太炎开药方》、瘫公《林白水与生春红》分别载《晶报》第2、3版。

21日，赵苕狂《最近的懊恼事》，徐碧波《小说家之嗜好》，冯叔鸾《红玫瑰》载《红玫瑰》第2卷第38期。

22日，"消夏小集"：天虚我生《消夏杂忆》，程瞻庐《谈虎色变》，程小青《谈冰》，徐卓呆《我今年的消夏法》，赵眠云《冰娘小传》《暑中游意园记》，顾明道《夏之夜》，蒋吟秋《消夏漫墨》《暑期理想录》，陶寒翠《幸福之宫》，郑逸梅《拙政园赏荚记》《消夏胜话》，范菊高《翡翠扇》《情似蜜》，顾醉英《读碎琴楼小说书后》，马鹃魂《蕉话》，姚赓夔《凉梦》《消夏漫录》，黄转陶《消夏的沧桑》，徐碧波《我之消夏谈》，周瘦鹃《一丛花》，江红蕉《松子冻》，范烟桥《吴门消夏录》《儿时》载《紫罗兰》第1卷第18号，此期为"消夏号"。附录《紫罗兰画报》第17号部分目录：天虚我生《庆春泽咏龟》，周瘦鹃《晚香玉畔读诗记》，郑逸梅《怡园流觯记》。

23日，丹翁《画报容易？》，周瘦鹃《哭像记》载《上海画报》第144期。

27日，范烟桥《寂寞》载《时报·小时报》，至31日，5次。

本月

王度庐侠情小说《护花铃》连载于《小小日报》。

包天笑《诱惑》（又名《一个可怜的闺女》）由自由杂志社发行。

李涵秋《战地莺花录》（6册）由上海新民图书馆7版。

359

9月

3日,《小说世界》第14卷第10期出版"女子文艺专号"。此后于同年第15卷第7期、第16卷第4期分别出版第二次、第三次"女子文艺专号"。

4日,张恨水《观日剧记》载《爱丝》第3版,至7日,2次,载完。

6日,拈花《倚虹归槟记》载《晶报》第2版。

7日,沈禹钟《纳凉》,赵眠云《虱蟭小谈》,周瘦鹃《恋情深》,王天恨《双红室笔乘》;张碧梧"侦探小说"《六指人》;"小天地":朱佛徒《林白水死后》(谈丛),范菊高《来沪杂趣》(谐乘),姚赓夔《微微的一笑》(小说)载《紫罗兰》第1卷第19号。附录《紫罗兰画报》第18号部分目录:周瘦鹃《介绍逊帝出宫影片》,毕倚虹遗著《光绪宫词》。

14日,包天笑《穷人之女》载《申报·自由谈》,至11月27日,共69天次。

17日,胡石庵逝世。

18日,天马《章太炎追踪康南海》载《晶报》第2版。

21日,"中秋":朱鸳雏遗著《妆楼记》,李涵秋遗著《月夜艳语》,求幸福斋主《三个夜晚》,周瘦鹃《猴掌》,范菊高《冲突后》,王天恨《双红室笔乘》;张碧梧"侦探小说"《看戏归来》;"小天地":王天恨《观〈倡门之子〉后》(批评),姚赓宸《爱之网》(小说)载《紫罗兰》第1卷第20号。附录《紫罗兰画报》第19号部分目录:范烟桥《解将军传》,陈翠娜《秋夕》,胡石予《离恨集》。

27日,行云《记林琴南遗画展览会》载《晶报》第2版。

本月

赵苕狂编《现代侠义英雄传》(3册)由世界书局初版。

10月

5日,骆无涯创办《荒唐世界》,开横报先河。秦瘦鸥《草泽英雄传》载《荒唐世界》第1版,至1927年6月22日,4回,80次,未完。

7日,朱鸳雏遗著《上海闲谈》,周瘦鹃《烛影摇红》,程小青《新装后之西湖》,张枕绿《江邨夜话》,赵眠云《虱蟭小谈》,王天恨《家庭幻术》,张碧梧"侦探小说"《包车中》;"小天地":郑逸梅《宦海一勺》(笔记),王天恨《几个朋友的徽号谭》(谐著)载《紫罗兰》第1卷第21号。附录《紫罗兰画报》第20号部分目录:周瘦鹃《紫罗兰盦致语》,倚虹遗著《光绪宫词》,江红蕉《萧萧女郎》,黄转陶《寇英杰轶事》。丹翁《和吴秀才京汉车中所作上下句韵》载《上海画报》第159期。

10日,《上海画报》第160期发表丹翁《国庆和毕(有序)》。序曰:去年国庆毕倚虹有诗:"国庆年年有,今年大不同。纷纷道林纸,画报一窝风。"今年倚虹云毕,而诸画报亦零落殆尽,既逢国庆,何可不畅和其诗,因得20首。

10日,范烟桥《十五年前之回忆》载《时报·小时报》。

13日,丹翁《赋得蒋志清》,张春帆《汉皋回想记》,钱芥尘《毕倚虹之谶语》载《上海画报》第162期。

16日,张秋虫《迟暮》载《红玫瑰》第2卷第46期。丹翁《慰谢鸿勋将军锯胺》《喜贤囊长财(步李一山韵)》《再和》《附李一山先生原作》载《上海画报》第163期。

17日,范烟桥《依然故我》载《时报·小时报》,至26日,8次。

21日,金人《徐志摩再婚记》,浮云《冯玉祥伉俪课读记》,周瘦鹃《一夕虚惊记》载《上海画报》第165期。朱鸳雏遗著《银箫余韵》,范烟桥《瞑目》,周瘦鹃《游侠儿》,范烟桥《苏州一妇人》,沈家骥《权威》,诸文艺《记学究先生》;张碧梧"侦探小说"《一睡不起》;"非战之声":杨慕苏《悲哀的笑声》,胡嫣红《为什么牺牲呢》,沈启孙《兵》,余择明《逃军》载《紫罗兰》第1卷第22号。附录《紫罗兰画报》第21号部分目录:倚虹遗著《光绪宫词》,郑逸梅《遂园啸傲记》,陈小翠《醉太平》,张毅汉《军车一得》,郑逸梅《惠荫园赏桂记》。

23日,程小青《谈西杂志》载《新闻报·快活林》,至25日,载3次。

30日,寒云《说邮》载《晶报》第3版,至1927年11月6日,50次。

本月

至1929年8月,张恨水的《春明外史》(1—3册)由北京《世界晚报》社出版;1931年3—5月,12集本由上海世界书局初版;1935年5月,全2集本出版;1935年12月,足本《春明外史》(全一册)由世界书局初版,1936年9月再版;1945年1月,4册蓉版刊行;1947年3月,新版全2册由世界书局出第6版。

王度庐武侠小说《青衫剑客》连载《小小日报》。

周瘦鹃、骆无涯编《小说丛谭》由大东书局出版。

11月

1日,程瞻庐《诗经癖》连载《时报》第8版,至7日,共7次。张恨水《谈长篇小说》载《世界晚报·夜光》,至4日,2次,载完。

3日,天丝《徐志摩再婚记补遗》,周瘦鹃《参观黎明晖女士婚礼记》,丹翁

《报荒(并序)》载《上海画报》第169期。《报荒》之序曰："大雄言,鲁省义威张长腿将军,忽然禁止南北各报纸入境,使我著怪话《晶报》端,因以歪诗载《上画》焉;《貌似》:陈君公侠似老谈(中年之谈善吾先生),蒋君百器似查三(本报查士端先生)。介石若做夏月润,焕章真成夏月珊。子玉贡芹孙可扮茂如(何丰林),贡少芹能顽何人? 配演孙总理,除却天知(任调梅也)再下凡。"

5日,周瘦鹃《焚稿记》,沈家骧《醉落魄》,范烟桥《鸥夷室杂札》,顾明道《摆渡船口》,姚民哀《红枪七祖师》,张碧梧《书侠士刘飞鹏事》,张碧梧"侦探小说"《白皮鞋》载《紫罗兰》第1卷第23号。

引:《本志特别启事》:

比来战云密布,民不聊生。故本志第二十四号之特刊,即拟定为"非战号"。藉为和平之呼吁,如荷。海内同文与读者诸君,有关于非战小说杂作见惠者,无任欢迎。件寄上海小西门内何家弄荣贵坊五号紫罗兰社,请以一星期为限,迟恐不及,此告。

13日,谢啼红小品杂文《张碧梧的天文学》载《小日报》第2版,至1948年6月12日,共发表小品杂文161天次。海上漱石生"探险小说"《一线天》,"军事小说"《机关枪》,"社会小说"《还魂茶》,"哀情小说"《孤鸾恨》,"武侠小说"《金钟罩》,"怪异小说"《樟柳人》,"家庭小说"《怪夫妇》,"政治小说"《破蒲扇》,"侦探小说"《匣中人》由上海图书馆出版,合称"退醒庐小说十种"。

18日,天笑《我之对于第二梦》载《晶报》第2版。

19日,谈瀛客《非战感言》,周瘦鹃《红笑》,吴灵园《兵和上帝》,程小青《祖母与孙儿》,江红蕉《乱离之犬》,范烟桥《车厢里的病军官》,张碧梧《围城中的一瞥》,赵眠云《将军身后》,郑逸梅《小说家之非战》,黄转陶《危墙之下》,徐碧波《人间何处再生缘》,王天恨《惊梦》,曹梦鱼《满江红》,范菊高《老人之言》,范佩萸《两张照片》,姚赓夔《枯骨》,杨剑花《无谓之牺牲》,蒋吟秋《马马虎虎》,胡嫣红《魂兮归来》,高天栖《海天阔处》,汪放庵《惊心》,谈紫电《伤兵泪语》,汪漱予《恶魔》,陈麟书《战地怨鹈》,冯漱红《军士与军官》,曹梦鱼《战瘢》,刘凤生《予欲无言》,朱佩青《劫余思痛录》,章倚云《历劫琐记》载《紫罗兰》第1卷第24号,此期为"非战号"。

按:"非战号"载《侦探小说丛书》广告:

瘦鹃主编《侦探小说丛书》。此书为周瘦鹃先生所主编,中为程小青著《霍桑探案》三种;周瘦鹃译《聂卡脱探案》三种,又《南森李探案》二种,又《白来克探案》一种;张舍我著及徐卓呆译探案各一种;共十种十三册,作袖珍本装订,文情俱皆佳胜,为侦探小说中精品。(目录)小青《东方福尔摩斯探案:五福船》一册、《东方福尔摩斯探案:窗外人》一册、《东方福尔摩斯探案:铁轨上》一册;瘦鹃《聂卡脱侦探案:空房人语》二册、《聂卡脱侦探案:留声机上》二册、《聂卡脱侦探案：金窟》二册，《南森李侦探案：大泽秘密》一册，《白来克侦探案：催眠术》一册；舍我《尸变》一册；卓呆《第三手》一册。

23日，漱石生《曒城访菊记》载《大世界》第2版，至28日，6次。龙川居士《读漱石生〈一线天〉小说书后》载《大世界》第3版。

24日，程小青《霍桑探案：灰衣人》载《新闻报·快活林》，至1927年1月19日，54次，7章，载完。

27日，包天笑《记清理毕倚虹押款事》载《晶报》第2版。丹翁《休道》载《上海画报》第177期。

28日，包天笑《空门忏语》载《申报·自由谈》，至1927年1月28日，共58天次。陆士谔"医药论坛"《小闲话》载《金钢钻》第1版，至1933年5月24日，647次。

《时报》第1—2张载《鲁张将南下之措施·何海鸣组织反赤宣讲队》："张宗昌虽定二十七日率大军南下，据其亲信者云，非至鲁军齐集浦口蚌埠一带，暂不启行……张昨委任何海鸣为讨赤联军宣讲队司令，管凤冈、彭世梁为副司令，就鲁境招集中学生二千名，编为三队，俟到苏后，再于上海招集苏皖赣浙闽五省学生，充宣讲队，分发各省宣讲。"

龙川居士《谈漱石生〈樟柳人〉小说书后》载《大世界》第3版；29日发表《读漱石生〈还魂茶〉小说书后》；12月1、3、5、6日分别发表《谈漱石生〈匳中人〉小说书后》《谈漱石生〈金钟罩〉小说书后》《谈漱石生〈孤鸾恨〉小说书后》《谈漱石生〈十种小说〉总书后》。

30日，《上海画报》第178期发表丹翁《贺鲁军宣传队总司令何海鸣先生》："海翁真到一鸣时，抓总宣传把令司。各处便衣先别动，那篇小说不平词。既成噜匕嚛匕矣，而又吹吹打打之。饭碗苟能化吾化，双方齐唱老丹诗。"

本月

海上漱石生《退醒庐笔记》(2册)由上海图书馆出版。

周瘦鹃编短篇社会小说集《家庭小说集》由大东书局出版，2册，载47篇小说；1931年3月再版。

按：《家庭小说集》收如下小说：徐卓呆《我没看见》《务本女校的庭前》《拆信的老朋友》《盼望中的邮件》《怀素室》《造墓记》《回家以前》，胡寄尘《无形的炮弹》，蓝剑青《富翁之子》，吴田伦《不成功的美国式离婚》《邮发》，张南泠《后母的心》《萍踪》，吴闻天《死的原因》，谢鄂常《返棹记》，刘恨我《理想的丈夫》《婚前的一夜》《妾不如妻》，朱冰蝶《归家》《洪老太太的死后》，朱天石《进退维谷》，沈家骕《天上人间》《嫁》，朱松庐《觉悟之后》《沈妈妈的秘密日记》，方秩音《家变》，范佩英《不如夫人》，瞿道援《嫁后》，荆剑民《异父兄弟》，姚民哀《不良的家庭教育》《上海人家的普通传染病》，姚赓夔《遗惠》，朱涤秋《阋墙记》，王天恨《田家乐》《家主的权威》，周瘦鹃《洋行门前的弃妇》，宗耐《饭店前面的弃夫》，沈禹钟《死耗》，江红蕉《循环妻妾》，范烟桥《最后的一封信》《两样》，吴灵园《浅见》，天恨生《谁是我的亲爱》，施青萍《弃家记》，黄转陶《为什么要娶妾》，顾明道《羊》，潘寄梦《妻妾问题》等47篇。

周瘦鹃编《倡门小说集》由大东书局出版，收11篇小说。

按：《倡门小说集》收如下小说：周瘦鹃《天堂与地狱》，许廑父《倡门之父》，包天笑《从政与从良》《云霞出海记》，求幸福斋主（何海鸣）《倡门之母》《老琴师》《倡门之子》《温文派的嫖客》《从良的教训》，姚民哀《倡门之女》，徐卓呆《倡门之衣》等11篇。

周瘦鹃编《言情小说集》(4册)由大东书局出版，收85篇小说。

按：《言情小说集》收：王西神《香樱秘笈》，胡寄尘《爱与不爱》，张静庐《电灯与爱情》，石征鸿《不自由毋宁死》，陈文炎《你去问你母亲吧》，唐型《伊》，吴陵天恨《情痴》，陈绿桥《课读之夜》，朱冰蝶《微微一笑》《残酒》《嘤鸣》《嘤鸣余波》，沈家骧《失恋者》《情感之初变》《疑决》《背约》《归期》《孤寂》《疯》《天真之爱》，梅孤芳《回忆》，钱释云《战血情泪》《归》《旧恨》，孙了红《自杀以后》，陶孟英《一个骸骨的梦》，李伊凉《现在我怒了你》，天华生《风雨重阳》，张耀华《小花朵》《绒衣》，K.Z.《所谓伊人》《春灯酒痕》，黄转陶《情人与化人》《情忏》，荆剑民《惆怅》《同命环》《伤心之地》，顾明道《订婚之夜》《一个难解决的恋爱问题》《同性恋爱》，赵赤羽《同性恋爱》《驱海记》，胡嫣红《红珍珠泪语》《秋宵酒后》《红泪春潮》，范菊高《机会》《情波》，江红蕉《无名氏的情书》《战媒》，姚赓夔《漂泊的心》《心痕》《忏》，吴田伧《冒险的结合》《爱的测量》，张南泠《秋水伊人》《玉玲珑馆》《情之进步》，金啸梅《他为什么死》《我怎么也蹈了覆辙》《铁窗艳迹》，赵眠云《沦浪生》，蔡孤桐《误吻》《玉无瑕》，西巫瘦铁《月下人语》，刘恨我《一吻》《归》，何心冷《伊要嫁人了》，骆无涯《离婚后之会面》，陈松龄《花残月缺》，张蕨苹《血吻》，普生《荷影》，马鹓魂《剧散了》《遗爱》，吴云梦《初恋之沉醉》，朱松庐《失恋之后》，萧菊君《神圣的爱情与艺术》，俞腩云《隐痛》，潘奇梦《心死》，汤佳秋《空相忆》，叶寒庐《第七次来信》，范佩英《欠资》，徐冷波《恋爱之神》，包天白《情幕窥心记》，静波《伊的心》，王雪影《互寄的贺年片》。

12月

6日，黄转陶《关于〈忏悔〉的几点》，龙如自北京寄《记陆小曼》载《晶报》第2版。

19日，姚民哀《荆棘江湖》载《紫罗兰》第2卷第1号，至1930年6月1日第4卷第23号，45回，未完。杨云史《杨圻谥妻记》，求幸福斋主《灾妓》，赵眠云《借生记》，周瘦鹃译"福尔摩斯探案"《讳疾记》，马鹓魂《出家》，张碧梧"侦探小说"《一夜的失踪》载《紫罗兰》第2卷第1号。冯六译、白朗著"亚森罗苹奇案"《怪美人》载《紫罗兰》第2卷第1号,至1927年12月8日第2卷第23号,14章,载完,14次。附录《紫罗兰画报》第1号部分目录:周瘦鹃《海外诗笺》,陈小蝶《宫柳寄郑海藏先生》,徐碧波《滑稽墓志》,姚赓夔《亲吻隽谭》。

21日,美埙《郁达夫之旧诗》,转陶《天笑遇暴记》载《晶报》第2版。

注:《天笑遇暴记》载,包天笑夜间被歹徒抢劫,损失狐皮大衣,金表及表链,眼镜一副,钱袋一枚,中置铜圆二三十枚,呢手套一副。

漱石生《风声鹤唳中之浙游记》载《大世界》第2版,至1927年1月3日,12次。

24日,黄转陶《包天笑失物复得》载《晶报》第2版。

27日,爱娇(包天笑)《裁判张竞生、夏丐尊笔墨官司》,黄转陶《记〈良心复活〉开映之盛况》分别载《晶报》第2、3版。

注:《良心复活》即《忏悔》,包天笑根据托尔斯泰《复活》编剧。

本月

陈慎言《如此家庭》由北京晨报社出版,7回。

王度庐《残阳碎梦》载《小小日报》。

本年

王蕴章从南洋回国,历任上海沪江大学、南方大学、暨南大学教职。

经《东方日报》副刊编辑吴秋尘推荐,刘云若出任《北洋画报》编辑。

王度庐以"王霄羽"为笔名,在《小小日报》发表《半瓶香水》《黄色粉笔》《红绫枕》等。

1927年（丁卯）

1月

1日,程小青《福尔摩斯征婚记》载《福尔摩斯》第1版,至8日,3次。程瞻庐《快活神仙传》载《红玫瑰》第3卷第1期,至1928年1月14日第50期,50回,载完;1929年5月由上海世界书局出单行本,5册。

3日,范烟桥《倡门的侠客》载《时报·小时报》,至9日,7次。

4日,杨云史《杨圻谥妻记》,周瘦鹃译《狮鼍记》,顾醉萸《归梓记》,顾明道《明星脱辐记》,郑逸梅《润格璨记》,陶寒翠《妇女书简》,范菊高《情书珍闻》,王天恨《溃兵》,郑逸梅《游环秀山庄记》(笔记),陈翠娜《山居漫兴》(文苑),徐碧波《瀛海杂谭》(译林),范菊高《遗传性》(谐著),王天恨《酒汉》(小说),徐冷波《他的一生》(小说)载《紫罗兰》第2卷第2号。附录《紫罗兰画报》第2号部分目录:求幸福斋主《勇敢的西班牙小说家》,陈翠娜《解佩令》,黄转陶《王铁珊轶事》,周瘦鹃《紫兰碎片》,徐碧波《灵红袅袅录》。

6日,张春帆(漱六山房)"社会小说"《魔海》载《时报·小时报》,至10月17日,30回,194次。包天笑(钏影)《梅兰芳致赙毕倚虹》载《晶报》第2版。

8日,姚民哀《党会秘记》载《红玫瑰》第3卷第2期,至5月28日第3卷第17期,4次。

11日,程瞻庐《四姐探母》载《时报》第8版,至17日,共9次。

14日,陶报癖病逝于长沙,年42岁。

引:3月16日《联益之友》第40期载郑逸梅《悼陶报癖先生》:"欧君和先生为密友,故得讯最早,得讯后,即致不佞一札,有陶报癖先生于昨夏正十二月十一日遘疟逝世,用先代告云。"

16日,屠守拙《元旦星聚追记》载《联益之友》第36期。

引:屠守拙《元旦星聚追记》摘录:十六年元旦,苏州星社同人依例聚餐,来聚餐者枫隐、瞻庐、小青、碧波、明道、君博、半狂、闻天、眠云、逸梅、若玄、转陶、佩英、季鹤、守拙,适符三五团圞之数,又有沈亚公、赵震初两客星,济济一堂,一年来未有之盛也。

18日,杨云史《杨圻谂妻记》,周瘦鹃译《狮鼍记(下)》,顾醉萸《晨曦记》,陶寒翠《拒伧》,赵眠云《兰蕙双清记》,刘恨我《下场》,张碧梧"侦探小说"《死人之室》;小天地:周瘦鹃《心弦凄响》,徐碧波《如此收场》载《紫罗兰》第2卷第3号。附录《紫罗兰画报》第3号部分目录:黎明晖《聪明人的家庭》,周瘦鹃《相思话》,蒋吟秋《踏雪寻梅记》。

20日,张春帆(漱六山房)"击技短篇"《翻山掌》载《新闻报·快活林》,至27日,载8次。

21日,《上海画报》第195期发表丹翁《贺马二先生》,周瘦鹃《十二月十二日》。

23日,包天笑《空门忏语补》载《申报·自由谈》,至28日,5次,载完。

2月

2日,漱石生《上海新年风俗之变迁》载《金钢钻》第3版,至20日,4次。漱石生《夏历新年谐吟》载《大世界》第2版,至17日,16次。周瘦鹃《迎新春》,郑逸梅《疢心室丛拾》,陶寒翠《最后的贺年》《俪离记》载《紫罗兰》第2卷第4号。附录《紫罗兰画报》第4号部分目录:周瘦鹃《岁首丛缀》,范烟桥《与人之言》。

7日,漱六山房主人《漱六山房日记》载《时报·小时报》,至3月1日,共19次。

12日,包天笑(钏影)《任凤苞厚赙毕倚虹》载《晶报》第2版。

15日,张恨水《金粉世家》载《世界日报·明珠》,至1932年5月22日,120回,2196次,载完;1932年12月,《金粉世家》12册由世界书局出版。

16日,杨云史《杨圻谂妻记》,周瘦鹃译、英国柯南道尔著"福尔摩斯最新探案"《藏尸记(上)》,郑逸梅《润格琐志》,沈家骧《法庭上》,张碧梧"侦探小说"《吃了年夜饭后》;"小天地":范烟桥《谈美》(谈话),范佩英《元宵灯下》(应时文字),陈翠娜《翠吟楼诗稿》(文苑),徐碧波《滑稽算术题》(谐著),王天恨《红绿之争》(小说)载《紫罗兰》第2卷第5号。附录《紫罗兰画报》第5号部分目录:周瘦鹃《春灯杂缀》,姚赓夔《亲吻隽谈》。

本月

成仿吾《打倒低级的趣味》载《洪水》第3卷第26期。

3月

4日,周瘦鹃《春宵曲》,张碧梧《卖花声》,马鹃魂《春愁》;"小天地"(第4号特刊):徐碧波《弄春记》,周瘦鹃译、英国柯南道尔著"福尔摩斯最新探案"《藏尸记(下)》,梅子馨《春闺琐忆》载《紫罗兰》第2卷第6号。附录《紫罗兰画报》第6号部分目录:周瘦鹃《紫罗兰话》,王天恨《花朝杂缀》,马鹃魂《中西之春》,徐碧波《嚼蕊吹香录》。

16日,顾明道"长篇武侠"《金龙山下》载《联谊之友》第40期,至8月21日第51期,12次,载完。

17日,江红蕉撰"社会小说"《到上海去》载《新闻报·快活林》,至8月18日,载153次。

18日,杨云史《杨圻谥妻记》,周瘦鹃译《幕面记》,郑逸梅《月份牌谈》,顾醉萸《关于苏曼殊之记述》;"小天地":徐碧波《蝴蝶》,张碧梧《三迁》,范佩萸《四面楚歌》载《紫罗兰》第2卷第7号。附录《紫罗兰画报》第7号部分目录:周瘦鹃《紫罗兰话》,陈翠娜《西湖杂忆诗》,徐碧波《画苑神话》。

本月

平襟亚《人海潮》由新村书社出版,大受欢迎,7月再版,10月3版,半年发行5万部,盈利超过10万元,为其开办中央书店攒下资本。1928年6月中央书店4版,5册,50回;1935年7月15版。

注:自骆无涯创办《荒唐世界》以来,上海"横报"汛滥,平襟亚因办《开心报》,发表《伍大姐按摩得腻友》讽刺交际花陆小曼与翁瑞午之间的暧昧,《吕碧城豢狗轶闻》讽刺吕碧城私生活,被讼,化名沈亚公,隐匿苏州,杜门不出,撰写《人海潮》,全书50回,凡50余万言。

4月

3日,张春帆(漱六山房)《金陵琐记》载《小日报》第3版,至14日,共12次。微妙(包天笑)《康有为小史》、野草《唐瑛画象西迁记》分别载《晶报》第2、3版。

6日,林屋山人《南海轶事》载《晶报》第3版。

9日,胡说博士(包天笑)《乡下人到上海》载《晶报》,至7月27日,第1章载完。

15日,郁达夫在《洪水》第3卷第31期上发表《杂评曼殊的作品》,认为苏曼殊是一个才子、奇人,但不是天才。批评了他的诗作和译诗,还批评了苏氏的小说《碎簪记》和《断鸿零雁记》,认为其技巧并不高明,"太不写实,做作得太过"。

24日,宝凤《程霖生之陈独秀行踪谭》载《晶报》第2版。

27日,神猫《陈独秀行踪谈》载《晶报》第2版。

30日,无愁《〈一缕麻〉之历史谈》载《晶报》第3版。

本月

徐枕亚"奇情小说"《刻骨相思记》由上海清华书局再版;1936年3月由上海大众书局5版;1947年5月由上海大众书局出版。

5月

1日,杨云史《杨圻谙妻记》,朱鸳雏遗著《过茔记》,紫兰主人选《清明词》,徐碧波《余香记》,严芙孙《人鬼》,王天恨《凭吊记》,周瘦鹃《丑奴儿》,张秋虫《断袂记》,顾明道《病中》,赵眠云《雪尘》,顾醉萸《蘅儿的死》,沈家骧《诗意画景拾隽》,张碧梧"侦探小说"《主笔失踪》载《紫罗兰》第2卷第8号。附录《紫罗兰画报》第8号部分目录:周瘦鹃《紫罗兰畔琐话》,徐碧波《香帕隽谈》,包独醒《初三词》。

9日,冷荻生《新儒林新史》载《噜哩噜苏》第2版,至18日,3次。

15日,杨云史《杨圻谙妻记》,周瘦鹃译《移尸记》,陶寒翠《复仇》,张碧梧"侦探小说"《莲瓣之痕》;骨肉之痛:蒋吟秋《哭妹泪痕》载《紫罗兰》第2卷第9号。附录《紫罗兰画报》第9号部分目录:周瘦鹃《紫罗兰畔琐话》,陈翠娜《翠吟楼词》,郑逸梅《记涵碧庄之济颠石》,姚赓夔《拊掌小录》,徐碧波《杜鹃》。

18日,蒋箸超逝世。

引:《新闻报》(21日)载《蒋箸超逝世》:"前《民权报》主笔蒋箸超先生,于本月十八日下午三时病故沪寓箸庐,海内知交,莫不哀恸,蒋氏身后萧条,遗下妻子五人,所有一切丧事,概由友人料理。"

31日,王红绡《中山轶事零拾》,江红蕉《恋爱的帝国主义》,周瘦鹃译《感恩多》,张慧剑《娜嬛小记》,杨剑花《月份牌续谈》,张碧梧"侦探小说"《惊鸿一瞥》;"小小说选":范烟桥《老了》,姚赓夔《梦里县华》载《紫罗兰》第2卷第10号。附录《紫罗兰画报》第10号部分目录:周瘦鹃《送春》,范烟桥《聚头小识》,陈翠娜《翠楼吟草》。

本月

上海大东书局出版《名家说集》16部。

按:这套《名家说集》为短篇小说集,包括:包天笑《包天笑说集》(12篇),江红蕉《江红蕉说集》(14 篇),许指严《许指严说集》(6 篇),周瘦鹃《周瘦鹃说集》(上、下册,22 篇),范烟桥《范烟桥说集》(上、下册,32 篇),徐卓呆《徐卓呆说集》(35 篇),张舍我《张舍我说集》(8 篇),张枕绿《张枕绿说集》(11 篇),严芙孙《严芙孙说集》(9 篇),何海鸣《何海鸣说集》,张碧梧《张碧梧说集》(8 篇),胡寄尘《胡寄尘说集》(14 篇),赵苕狂《赵苕狂说集》(10 篇),袁寒云《袁寒云说集》(4 篇),毕倚虹《倚虹说集(上下集,24 篇,1926 年 6 月出版)》,沈禹钟《沈禹钟说集》(14 篇,1926 年 12 月出版)。

郑逸梅著、赵眠云编《艺游集》(2 册)由潮音楼出版社出版。

秦瘦鸥著《蒋介石先生传记》,秦瘦鸥编《蒋介石全集》《蒋介石最近言论》《蒋介石先生演讲集》由三民公司出版。

6月

5日,姚民哀"党会小说"《独眼大盗》载《红玫瑰》第 3 卷第 18 期,至 8 月 20 日第 29 期,12 节,11 次,载完。

6日,曼妙《未观〈美人计〉之前》载《晶报》第 2 版。

9日,丹翁《贺老友胡圣人开书店》载《晶报》第 2 版,调侃胡适的新月书店。

12日,天马《宜取缔不良刊物》,丹翁《王国维》载《晶报》第 2 版,后文就王国维之死发表看法。

引:《王国维》:

中国的国学,现在正是存亡绝续的时候,我们虽欢喜,总算心有余而力不足,王先生将小学经学龟学古铜学,讲得明明白白,人说他是当今的第一把交椅咧,留着一条老命,就算保存国粹,比从前活着修史的人关系更大。……然则不死,何以能表示自己一种孤忠的态度呢?我看态度一定不同,几年前,我在哈同花园看见王先生,身穿炉银摹本的军机马褂,脊梁上还有一条很粗的辫子拖着,报上说,安徽有位南书房的翰林,因为辫子被人剪去,就服鸦片殉了辫子,王先生殉国,大约他的辫子也就跟着殉国了,辫存则国存,固然是忠臣,国亡辫不亡,也不能不算是忠臣,辫子果然算国粹的商标,可也就是纲常名教的商标,诸公睁开眼瞅一瞅,那有辫子的皆是清朝的遗臣,死不死,倒不成问题,忠,他总算忠定了,可怜王先生是死了,真不容易。

13日,刘豁公"清史歌剧"《香妃恨》载《小日报》第 3 版,至 7 月 21 日,载完。

14日,天虚我生《品茶小志》,杨云史《杨圻谑妻记》,张慧剑《鸽》,马鹃魂《性交接吻与婚姻的小研究》,周瘦鹃译《复仇者》,赵眠云《素鹃》,徐国桢《好青年》,顾志筠《择婿记》,张碧梧"侦探小说"《跳楼》载《紫罗兰》第 2 卷第 11 号。

附录《紫罗兰画报》第 11 号部分目录:周瘦鹃《紫罗兰畔琐话》,郑逸梅《银灯裸影记》,姚赓夔《滑稽墓志》,叶小凤《回周庄途中所见》,纸帐铜瓶室主《电影中之帝诏》。

15日,白燕《新儒林新史》载《玫瑰》第3版,至7月30日,10次,载完。

22日,《荒唐世界》停刊。

29日,筱痴《情死者连筱痴君之绝笔》,江红蕉《天文学家的自杀》,范烟桥《爱之萌蘖》,顾明道《不结婚的恋爱》,陶寒翠《抉择》,姚赓夔《花梢微雨》,姚民哀《情媪自讼记》,刘恨我《割爱》,曹梦鱼《苦恼的恋爱》,汪放庵《意缠绵》,胡翔云《寒潮的幽咽》,胡天农《怀人泪空垂》,潘寄梦《嫁心记》,谈紫电《恋爱与障碍》,周瘦鹃译"侦探小说"《意难忘》;"小小说选":蒋吟秋《恋爱中的一封信》,徐碧波《单恋》,姚赓夔《郎曼》,徐国桢《爱之梦》,郑逸梅《他变了个样儿了》,王天恨《哀鹃记》载《紫罗兰》第2卷第12号,此期为"恋爱号"。附录《紫罗兰画报》第12号部分目录:周瘦鹃《爱海珠玑》,林纾遗墨《说部中之情话》,姚鹓雏遗墨《樱唇语堕选》,紫兰主人《银屏词选》。

30日,爱娇(包天笑)《敬告大奶奶博士》载《晶报》第2版。爱娇认为,胡适们提倡解放乳房主义,当从妓院开始,因为上海妓院向来开风气之先,"胡博士热心那个大奶奶的运动,当先从吃花酒尝试起"。

7月

3日,《晶报》第3版载:"程小青、徐碧波、钱释云等,创办之苏州公园电影院,近日正在公园内自行建屋,开决于本月十五号以前竣工云。"

按:1929年9月6日《小日报》载剑花所作消息:"苏州公园电影院,为小说家程小青、徐碧波等所创,岁获厚利,今夏营业尤佳,盈余六七百金云。"

6日,闲花《记东亚病夫续〈孽海花〉详情》载《晶报》第2版。赵焕亭"武侠轶闻"《山东七怪》载《北画副刊》第1期,至9月10日第20期,载至第6回,20次;自9月7日起,续载《北洋画报》第121期,至1929年5月2日第7卷第313期,载至第2集,194次;1938年11月12日,又载《香海画报》第16期,至1939年7月16日第135期,至第15回,未完。

9日,野草《未开张之云裳公司》载《晶报》第2版,文载唐瑛女士等合资筹办云裳公司的情况。

13日,周瘦鹃《情书话》,骆无涯《醋意》,周桂笙《莫干山游记》,周瘦鹃译《沉默之人》,赵眠云《幻中福》,刘恨我《情俘》,王天恨《双红室笔乘》,张碧梧"侦探小说"《酸性的恋爱》;"小天地":徐碧波《学究趣史》(谐著),王红绡《银钗》(小说)载《紫罗兰》第 2 卷第 13 号。附录《紫罗兰画报》第 13 号部分目录：周瘦鹃《茉莉花畔琐话》，郑逸梅《美利坚之西瓜》，含凉生(范烟桥)《车遁记》。

15 日，丹翁《唐多令·咏放乳》《题妇女慰劳会特刊》载《上海画报》第 253 期。

18 日，张春帆(漱六山房)《荔枝谈》载《新闻报·快活林》，《荔枝谈补》载 26 日《新闻报·快活林》。

21 日，丹翁《唐瑛女士》，周瘦鹃《狂欢别记》载《上海画报》第 255 期。

29 日，天虚我生《湖畔》，周瘦鹃译《洪炉》，黄转陶《荷荡之游》，陶寒翠《花梦》，郑逸梅《淞滨小志》，徐国桢《筵前》，张碧梧"侦探小说"《歌残舞歇》，范烟桥《历下烟云录》；"小天地"：徐碧波《缠绵情绪四封书》，王天恨《热》载《紫罗兰》第 2 卷第 14 号。附录《紫罗兰画报》第 14 号部分目录：周瘦鹃《徐汇裙屐录》。

周瘦鹃在《申报·自由谈》设置"红氍毹"栏目，介绍京剧名伶名剧及名票等的行状，至 1930 年 6 月 6 日，介绍了坤伶青衣冯梦云、冯素莲、王宝莲、琴雪芳的身世、演技及其生活的片段。

31 日，张春帆(漱六山房)《春江琐记》载《小日报》第 3 版，至 8 月 19 日，17 天次。

本月

秦瘦鸥毕业于上海商科大学经济系。

8 月

1 日，紫《红氍毹》载《申报·自由谈》。

引：《红氍毹》：

日之夕，表演剧艺于中央大戏院,四日六日为爱美剧《少奶奶的扇子》。除戏剧协社之洪深、钱剑秋、应云卫、陈宪谟诸君外，更有郑慧琛、谭徐霞青、戴竹书、张培仙诸女士，郭德华、季匀之诸君。而最难得者，则请交际界夙著声誉之唐瑛女士饰少奶奶，璧合珠联，不可多得。五日则演昆剧京剧，有陆小曼女士之思凡，唐瑛女士之拾画，叫绝。徐老太太之游园扫花，陆小曼女士江小鹣君李小真君之汾阳湾，欧阳予倩君之面摊飞等，亦极为名贵。平日无由观赏者，此次该会复出特刊一册，由大东书局承印，图画文字，备极精美，编辑者为徐志摩君。

3 日，丹翁《唐多令》《观唐瑛女士花部题名真迹》，周瘦鹃《我与少奶奶的扇子》载《上海画报》第 259 期。

6 日，无厈(丹翁)《打醮》，丹翁《友鹤师鹃》，周瘦鹃《唐瑛女士访问记》载

《上海画报》第260期。

7日,鄂吕弓《红氍毹上说曼鹓》载《申报·自由谈》。

引:《红氍毹上说曼鹓》:

慰劳会之第二日,大轴戏为陆小曼女士及江小鹣李小虞二君之《汾河湾》。

小曼女士之柳迎春,做工细腻,使腔新颖,出窑之身段,表情周到,潇洒可喜,可谓其美无极,貌丰腴而端庄,眸子尤精明。"儿的父……"一段,歌来如珠走玉盘,宛转可人,"还不见娇儿回来",由高渐低,令人生无限情感。快板一段,玲玲如振玉,累累者若贯珠,不可胜赞。窑中对白,咬字极爽利,"有志气,有心胸"两句,间以薄怒,悲怨之气,悉能传出。以鞋戏薛郎时之表情,娇憨可爱,楚楚动人。及知丁山打雁身亡数句散板,如飘风急雨之骤至,闻者鼻酸。女士能将全剧之喜怒哀乐描写得入木三分,可嘉也。

12日,丹翁《如梦令·题陆小曼女士新装小象》,周瘦鹃《摄片助饷会题名记》载《上海画报》第262期。周瘦鹃《情书话》《柳色黄》,顾醉萸《女子恋爱尺牍拾隽》,范菊高《崎岖》,蒋吟秋《兰闺乞巧记》,张碧梧"侦探小说"《失宝记》;"小天地":吴灵园《非鬼神》(杂说);"小小说选集":徐碧波《书中人》,刘恨我《忆》,王天恨《何不离》,姚赓夔《辜负了》载《紫罗兰》第2卷第15号。附录《紫罗兰画报》第15号部分目录:周瘦鹃《吹兰小语》,徐碧波《泣灵记》,郑逸梅《淞园涉胜记》。

引:本期载《紫罗兰重要启事》:

《紫罗兰》第二卷第十八号拟出特刊"歌舞号",专载有价值之短篇小说与杂作,以研究歌剧舞蹈为宗旨,如承诸文友惠稿,务希于阴历八月十五日以前邮寄上海西门内蓬莱路何家弄底荣贵坊五号紫罗兰杂志社收,无任欢迎。

16日,陆士谔《谒禹陵记》载《金钢钻》第1版,至27日,5次。

19日,海上漱石生"武侠小说"《嵩山拳叟》载《新闻报·快活林》,至1928年1月17日,36章,载完。

24日,《上海画报》第266期发表丹翁《再叠小蝶先生韵》:董事咏霓裳,诗成扑鼻香。画帧活烟麓,写笔淡钟张。庄子小因比,魏收惊未尝。将军笑元体,软化贵妃旁。

26日,张个侬"武侠小说"《南北游侠传》载《罗宾汉》第3版,至1929年8月17日,16回,186次,未完;1929年7月由上海南北书局出版。

27日,周瘦鹃译《蝶恋花》,范菊高《一角朱楼》,赵眠云《纳宠记》,张碧梧"侦探小说"《重圆记》;"小天地":徐碧波《别署小谈》(琐谈)载《紫罗兰》第2卷第16号。附录《紫罗兰画报》第16号部分目录:周瘦鹃《紫兰花片》,徐碧波《灌药时》,郑逸梅《记两个为电影而牺牲者》。丹翁《恭送陈洁如女士》(署名

"无厄"),《蝶恋花》,《戏赠适之兄》载《上海画报》第 267 期。

30 日,丹翁《与小蝶论画》载《上海画报》第 268 期。

本月

姚鹓雏开始任江苏省政府第一科科长,南京特别市秘书长,至次年 7 月。

引 1：1931 年 8 月 5 日,朱凤蔚《南社人物小志(八二)》载"姚石子姚鹓雏"(下)载有姚鹓雏小传：云间姚鹓雏,县名已记忆不清,喜酒能诗,与刘三高天梅叶楚伧齐名,尝一度任《申报·自由谈》编辑,后觉鸡肋无味,乃去而之南洋,任华侨学校教授,兼《华侨报》总纂。民十六七之间,何应钦李宗仁以一七军之一部,在龙潭击溃孙传芳渡江六七万之众,李德邻胜后权大,既以白健生卫成淞沪,又以张伯璇(定璠)任沪特别市长,更荐何民魂为京特别市长,鹓雏与民魂有旧,被征辟为京市府秘书长,京市擘划,多半出其手,桂系武汉地盘既失,鹓雏随民魂连带辞职,现充江苏省教育厅秘书,俯仰随人,不甚得志。然较之革命有大劳绩,而妻号子啼,不能得温饱者,则鹓雏亦足以自豪矣。

引 2：1944 年 11 月 10 日老凤在《东方日报》发表《姚鹓雏》：他报有记最近来沪作寓公之何民魂,而想起何民魂为南京市长时之秘书长姚鹓雏,他报末将先生从前有记姚鹓雏曾为沪市府秘书长者,实误。姚鹓雏不但未做过沪市府秘书长且亦未曾做过沪市任何机关秘书,盖京市府非沪也。

姚鹓雏名锡均,字雄伯,号鹓雏,别号宛若,松江人,有才名,诗词文皆擅,入南社甚早,与高天梅、杨了公、姚石子齐名,民初曾任《太平洋报》主笔。柳亚子和朱鸳雏,为江西派同光体诗派问题大开笔战(江西派同光体,是奉黄山谷为鼻祖,而推尊陈散原郑海藏为领袖,凡姚鹓雏、朱鸳雏、胡先骕、闻野鹤、蔡寒琼等皆属之),鹓雏助鸳雏为与亚子战,后来鹓雏先退出战团,而同亚子化干戈为玉帛,厥后曾继朱鸳雏之后,而任《申报·自由谈》辑务。何民魂任南京市长,征为秘书长。何氏交卸后,鹓雏尝一度屈就苏教厅秘书,沪战后消息久滞,不知其鸾飘何处矣。

9 月

3 日,张恨水《红学至点滴》载《世界日报·明珠》,至 18 日,10 次,载完。

9 日,《上海画报》第 271 期发表丹翁《审美》、张秋虫《银海新潮》并《特告》："张秋虫先生自署百花同日生,著《银海新潮》嬉笑怒骂皆成文章,刻画描摹,穷形尽致,斯诚小说界之异军突起也已。前四回登《三日画报》,今续成十回,自第五回起,付本报刊载,并将一至四回,印成单行本,每本定价大洋四角,订阅本报者只收一角五分,新订者列入赠品中,按码洋算,预约黑暗上海者,皆可凭券取书一册,不另取资,现在装订中,准阴历八月底出版,决不衍期。"《银海新潮》自本期至 1928 年 7 月 12 日第 371 期共载 89 次,从第 5 回到第 10 回载完。

10日,周瘦鹃《新情史》、《传言玉女》(译),范烟桥《青岛一瞥录》,赵眠云《素兰杀我》,张碧梧"侦探小说"《毁面记》;"小小说选":黄转陶《送别》,王天恨《一个可怜的忠仆》,徐碧波《钞》,范佩萸《眼泪的家庭》,张南泠《婚后》载《紫罗兰》第2卷第17号。附录《紫罗兰画报》第17号部分目录:周瘦鹃《晚香玉畔》,范君博《啼咕词》,徐碧波《衡艳记》。

15日,丹翁《捧张光宇先生》,周瘦鹃《勿轻视有色人种》载《上海画报》第273期。

18日,严独鹤"影评"《观〈血泪碑〉影剧后之我见》载《新闻报·快活林》。丹翁《戏题洹上四言诗后》载《上海画报》第274期。

21日,丹翁《原韵答步老》《美得要命》,周瘦鹃《艺苑花絮录》载《上海画报》第275期。

26日,天虚我生《栩园杂忆》,吕碧城《说舞》,周瘦鹃《献衷心》,范烟桥《说柘枝舞》,顾明道《眼光不同》,姚民哀《歌舞集成》,姚啸秋《灰色的舞衣》,花萼楼主《歌台碎锦录》,尤栖冰《邻家的箫声》,张碧梧"侦探小说"《舞衣》;"酣歌恒舞录":蒋吟秋《歌舞小语》,郑逸梅《红氍观舞记》,紫兰主人《听歌词话》,姚啸秋《歌声》,朱宪英《舞后》载《紫罗兰》第2卷第18号,此期为"歌舞号"。附录《紫罗兰画报》第18号"歌舞号"部分目录:黎明晖《隔窗谁弄悲婀娜》,黎明晖、俞志君《歌侣舞伴》,唐瑛《新歌雅奏》,胡蝶歌舞团《三胡蝶》。

27日,丹翁《瘦鹃误瘦鹤》,周瘦鹃《宴会趣话》载《上海画报》第277期。

30日,丹翁《明眼识二秋》,周瘦鹃《艺苑花絮录》载《上海画报》第278期。

本月

李涵秋《爱克司光录》(4册)由上海中央书局初版,10月再版;1935年3月4版。

平江不肖生的《玉玦金环录》4册由上海中央书店出版。

郑逸梅《红花儿》《慧心粲齿集》由潮音楼出版社出版。

胡怀琛《中国文学辨正》由商务印书馆初版;1933年5月国难后第1版,6月国难后第2版。

张个侬《九义十八侠》由上海校经山房出版。

10月

10日,陈小蝶《新罗敷怨歌》,范烟桥《不能不打谁》,严芙孙《识途琐记》,周瘦鹃译《于飞乐》,赵眠云《心汉阁笔记》,范烟桥"侦探小说"《历下烟雨录》;"小天地":王天恨《欧西拊掌录》(谐著);张稚甫《紫罗兰点将录》(琐录)载《紫罗兰》第2卷第19号。附录《紫罗兰画报》第19号部分目录:周瘦鹃《紫罗兰盫小宴记》,陈小蝶《逝者》,徐碧波《秋花诠志》,顾醉萸《圣湖泛月记》。

12日,丹翁《书胡圣人快语记后·参看前期》,周瘦鹃《百星偿愿记》载《上海画报》第282期。

15日,丹翁《戏赠小蝶先生(有序)》《歌呈徐夫人陆小曼女士》,周瘦鹃《银幕上之奇女子》《虞山星辉记》载《上海画报》第283期。钏影(包天笑)《与东亚病夫一席话》载《晶报》第2版。

引:《歌呈徐夫人陆小曼女士》:

我有两好友,梅生与瑞午,三人同一车,昨诣小曼夫人所,夫人饷以美国之蒲桃,饮以欧西五色之仙醪,并令绝色雏鬟为我摘蟹螯,酒罢夫人有仙意,倚床低唱人间戏,翁兄操弦夸妙手,黄兄拍板擅,殊致翁兄本为当代第一流名票,故能节节言其曲之妙,酒间忽来一贵客,夫人呼曰穆伯伯,政治大家字藕初,中外闻人谁不识,伯伯事忙坐片刻,我辈直闹到二鼓以后,才扶醉出。

25日,周瘦鹃《新情史》、《现代生活》(译),范烟桥《黄垆之痛》,顾明道《订婚问题》,张碧梧"侦探小说"《同命记》;"小小说选":张碧梧《环境的诱惑》,范佩萸《厌世》,王天恨《一件蓝湖绸的女棉袄》载《紫罗兰》第2卷第20号。附录《紫罗兰画报》第20号部分目录:周瘦鹃《莫愁湖之秋》,郑逸梅《观翠盘舞记》。《琼报》创刊。

30日,丹翁《赠荀慧生联》载《上海画报》第288期,联云:"日下声名数鸣鹤,江南士女学熏衣。"同期刊周瘦鹃《曼华小志》,道听《小报告》。《小报告》言:"袁抱存(即袁寒云)君所组《红豆报》,明日出版,闻稿件极为丰富。"

本月

叶小凤"社会小说"《前辈先生》(20回)由上海光华书局初版;1929年9月2版;1936年7月由大光书局再版。

赵眠云、郑逸梅编《小说家言》(1册)由潮音楼出版社出版。

李涵秋《双花记》由上海画极出版部发行。

涵秋遗著《沁香阁诗集》(4册)由震亚书局出版。

11月

3日,丹翁《捧活不捧活》载《上海画报》第289期,与胡适唱和。曼妙(包天笑)《东亚病夫重编〈孽海花〉》,钏影(包天笑)《〈复活〉与〈良心复活〉》载《晶报》

第2版。

5日,上海《时事新报》副刊《电影周刊》创刊,敏时任主编。

6日,《上海画报》第290期发表丹翁《捧天马》,周瘦鹃《天马会中的三位老友》。

8日,周瘦鹃《新情史》、《脱羁之马》(译),赵眠云《心汉阁笔记》,范烟桥《八卦桥的点心钱》,张碧梧"侦探小说"《亭子间的血案》;"小天地":王红绡《瀛闻零拾》(译林),徐碧波《怎忍心走啊》(小说),范菊高《茶肆中的神秘》(小说),王天恨《慎无造因》(小说)载《紫罗兰》第2卷第21号。附录《紫罗兰画报》第21号部分目录:周瘦鹃《吹香嚼蕊录》,郑逸梅《宋园访墓记》,袁刘梅真《忆江南》,姚赓夔《归舟》。

11日,张春帆(漱六山房)《情毒》载《联益之友》第59期,至1928年6月11日第80期,21次,载完。

12日,周瘦鹃《天马一瞥记》,林屋山人《天蟾观剧记》,吉孚《胡适口中之"礼"》,丹翁《胡适名字考证书后》载《上海画报》第292期。

引:《胡适名字考证书后》:
胡正之将胡适讹反"文"丢了又因何?政翁自是川老鼠,适老确为徽骆驼,月旦您顽旬竞业,风头他出大共和,教员记者今虽异,爱比西提总发(一作法,以二君皆谙法律也)科。

15日,丹翁《评洹上行楷书》,周瘦鹃《新说苑》载《上海画报》第293期。钏影(天笑)《姚鹓雏独游清凉山》载《晶报》第2版。

18日,丹翁《三教元来是一家?》《游天马会遥识唐女士敬赠》,周瘦鹃《吃看并记》载《上海画报》第294期。范烟桥(含凉生)《三本〈孽海花〉说之更正》载《锡报》第3版。

21日,丹翁《打倒模特儿》《朕凌霄》,周瘦鹃《翠婚》载《上海画报》第295期。

24日,丹翁《小报与小报馆》载《晶报》第2版。周瘦鹃《翠婚佳话》、《一杯茶》(译),范烟桥《荒寺歌声》,赵眠云《心汉阁笔记》,顾明道《主义下的牺牲者》,张碧梧"侦探小说"《血染阶前》;"小天地":袁刘梅真《艳诗廿首》(文苑),徐碧波《画里》(小说),范佩荑《梦》(小说),王天恨《不可思议的良觌》(小说),朱天石《横竖是个死》(剧本)载《紫罗兰》第2卷第22号。附录《紫罗兰画报》第22号部分目录:周瘦鹃《吹香嚼蕊录》,郑逸梅《狮林赏菊记》,王天恨《壁上照片》。

引:本期载《紫罗兰重要启事》:"本刊第二卷第二十四号拟出一特刊,定名'青年苦闷号',专载有价值之短篇小说与杂作等,凡关于家庭社会婚姻恋爱以及生活上之种种苦闷,皆可尽情发泄,而思所以排解之道。如承诸文友惠稿,请于阴历十一月底邮寄至上海西门内蓬莱路何家弄底荣贵坊五号紫罗兰杂志社收。毋任欢迎。"

27日,张恨水短篇小说《难言之隐》载《世界画报》第112期,至12月25日第115期,载完;1932年1月,重刊《万岁》杂志第1卷第1号。

28日,张个侬"侦探小说"《孰死吾夫》(又名《离奇惨杀案》)载《小金钢钻》第3版,至1928年1月1日,2章,11次,未完;1928年6月由人心书局出版单行本,3册。

12月

3日,张恂子《芜湖看花记》载《金钢钻》第2版,至9日,3次。

6日,丹翁《蒋宋结婚以后》《传矣》(署名"无厄")、《挽吴仓老》,周瘦鹃《车窘记》,道听《郁达夫恋爱记》载《上海画报》第300期。

8日,网蛛生(平襟亚)《文妖活现形》载《福尔摩斯》第2版,至26日,未完。周瘦鹃《新情史》、《红死》(译),张慧剑《灯阁漫钞》,赵眠云《心汉阁笔记》,张碧梧"侦探小说"《内外交攻》;"小天地":范佩萸《闲园丛译》(译林),柯定盦《湖上深痕》(小说)载《紫罗兰》第2卷第23号。附录《紫罗兰画报》第23号部分目录:周瘦鹃《紫罗兰畔琐记》,陈小蝶《观荀慧生绣襦记》,郑逸梅《记两个奇怪朋友》。

9日,丹翁《捧翁瑞午》,周瘦鹃《我之回忆中之吴昌老》载《上海画报》第301期。

12日,丹翁《郑毓秀博士书书后》《洹上用美成同叔词为桂姐题名字》《月不当头》载《上海画报》第302期。周瘦鹃《天马剧艺会琐记》载《上海画报》第302期,至15日,2次。

15日,丹翁《释捧》《题舍予游戏化妆》,徐志摩《海粟的画》,滕固《海粟小传》,江红蕉《以思想为中枢的现代大画家》载《上海画报》第303期。

18日,丹翁《题三义图》《莫名其妙》,炯炯《介绍(范烟桥)中国小说史》载《上海画报》第304期。

21日,陆士谔《冬窗随笔》载《金钢钻》第4版,至1928年1月16日,9次。

24日,徐志摩《青年曲》,周瘦鹃译《快乐》,范烟桥《到哪里去寻快乐》,张慧剑《疠》,顾明道《故乡》,胡嫣红《三日》,徐宿雨《失爱的孔雀》,杨剑花《歧途的徘徊》,汪放庵《黯然》,胡天农《飘零》,林俪琴《绿荫蔽日》,柯定盦《芳草之上》,

谈紫电《一个难解决的问题》,张碧梧"侦探小说"《舱中的遗函》;"单恋":赵林少《单恋者的一封信》,翟愚盦《单恋者之死(一)》,陈汉英《单恋者之死(二)》;"悼亡":丁秋碧《雨窗泪絮》,王宗炎《断雁》,杨圻《怀夫人降鸾记》;"小小说选":廖国芳《幽怨》,朱宪英《三蝴蝶》,姚啸秋《闲愁》载《紫罗兰》第2卷第24号;本期为"青年苦闷号"。附录《紫罗兰画报》第24号部分目录:周瘦鹃《岁首丛缀》,张慧剑《归梦记》,郑逸梅《记但君之一夕话》。

本月

范烟桥著《中国小说史》由苏州秋叶社出版。

张恨水因编报、创作小说,积劳成疾,提出辞编务职,由左笑鸿暂代。

柳亚子、柳无忌编《苏曼殊年谱及其他》由北新书局出版,收"民国丛书"第三编。

本年

春,程善之向金陵刻经处施资二十七元六角九分,为"先母叶太夫人施资敬刊(《药师如来本愿功德经》),丈此愿力,求为往生净土,早证菩提"。

张春帆(漱六山房)《鸭蛋英雄》载《旅行杂志》第1卷第1期春季号、第2期夏季号、第3期秋季号。周瘦鹃《愿花长好》《两度庐山》《旅行者言》《冬夜诉心》分别载《旅行杂志》第1卷第1至4期。

徐碧波编《山东响马特刊》由友联影片公司出版。

但杜宇、殷明珠办上海影戏公司,聘郑逸梅担任字幕及说明书撰述,任小明星但二春教师。

宫白羽应张恨水之邀,为《世界日报·明珠》写武侠小说,开始创作其首部武侠作品《青衫豪侠》。

按:《青衫豪侠》全书13章,前2章载《明珠》,后11章于1931年续载《益世晚报》。1942年,前6章以《青林七侠》为名,由天津正大书局出单行本;后7章以《粉骷髅》为名,由正大书局出版;后1947年6月,两书合璧,以《青衫豪侠》为名,由协和书店出版。(参见倪斯霆《白羽武侠小说知多少》,载《旧文旧史旧版本》,上海远东出版社,2012年7月版)。

王度庐任北京宽街夜授计民小学会计。

平襟亚回上海,在福州路328弄创办中央书店(此书店至1955年方歇业)、万象书屋。

注:中央书店,1927年由平襟亚创办,初址在麦家圈,后以中央书店出版《人海潮》,一炮走红,赚了大笔钱,将店址迁至上海福州路326弄世界里6号,门口贴对联一副"忆则屡中,

乐且未央",后写《人心大变》《人海新潮》均由中央书店出版,风行一时。中央书店创办后,以标点本出版诸如《袁中郎集》等晚明文学,汇编为"国学珍本文库",颇受好评,影印《金瓶梅词话》等标点本,薄利多销,赚了大笔钱。平襟亚的中央书店针对"一折八扣"书价虽廉而质量极差的问题,改进书的品质,大败同行,为中央书店挣了名和利,在行内名气大振。中央书店印了大批通俗文学作品,如孙了红的《侠盗鲁平奇案》,朱鹤影《鸳鸯剑》,王小逸《神秘之窟》,徐卓呆《女侠红裤子》,不肖生《江湖大侠传》《玉玦金环录》,张秋虫《海市莺花》《新山海经》,缥缈生的《海市人妖》,网蛛生的《人心大变》《秋翁说集》,李涵秋的《爱克司光录》,张恂九《江湖义贼传》等。1941年,中央书店发行出版《万象》月刊、《万象十日刊》,1947年9月至1949年3月,还出版了诸如《林语堂选集》《王独清选集》《巴金选集》《鲁彦选集》《田汉选集》《冰心选集》等新文学家作品集。抗战中,平襟亚因书店出版有抗日作品,被日本宪兵逮捕,关了几十天,罚了一大笔钱,中央书店从此一蹶不振。1949年以后,中央书店并入通联书店。

"十三五"国家重点出版物出版规划项目
国家社科基金重大项目

百年中国通俗文学价值评估

大事记卷（下）

汤哲声 总主编
黄诚 编著

江苏凤凰教育出版社
Phoenix Education Publishing, Ltd

1928年（戊辰）

1月

1日，《申报·自由谈》发布"特别启事"："本馆近鉴吾国报纸对于增加阅者兴趣及愉快之滑稽漫画尚少提倡，爰自民国十七年一月一日起，采用《改造博士》滑稽画一种，逐日刊登《自由谈》。"由此拉开了连环漫画在副刊上登载的序幕。漫画《改造博士》（中国第一画社制作）载《申报·自由谈》，至6月6日，共164次。由于读者强烈要求赓续，于11月6日开始续登，至1929年结束时，前后共217天次。

程瞻庐长篇小说《葫芦》连载《红玫瑰》第4卷第1期，至7月11日第20期，共20章，20次；1929年由上海世界书局出单行本。自第4卷第1期起，《红玫瑰》由周刊改为旬刊，逢每月1日、11日、21日出刊。

《首都市政周刊》创刊，包天笑任编辑。

6日，漱六山房（张春帆）《春江续纪》载《小日报》第3版，至16日，载完。丹翁《戏咏诗人徐志摩先生鼻》《张丹翁赠陆小曼女士联，附小启》，周瘦鹃《理想中之新事业——妇女公共便所》载《上海画报》第310期。

引：《戏咏诗人徐志摩先生鼻》：

英国道人牛（牛鼻道人英国公徐勋），相攸象亦优。拥吟安石谢，打倒豁公刘。守宅充门钥，登床代帐钩。准开新月好，并不触眉头。

《张丹翁赠陆小曼女士联，附小启》：

昨晚元旦，忽然高兴，撰书一联，赠小曼女士，释文云：小词不俗体怀宝，仙画无师已动人，自谓精绝，可以制版，惟边趻"为"字，非徐先生尊鼻象形也，呵呵。

9日，丹翁《大方与林屋》《我做个财政次长罢》载《上海画报》第311期。

23日，《龙报》由蔡钧徒所创办，至1932年1月18日，出316期。

27日，张春帆（漱六山房）《风尘剑侠》载《新闻报·快活林》至6月3日，12

回;1928年8月由上海时还书局发行洋装12回本1册;1929年3月,续集1册由上海时还书局出版。

28日,包天笑《幽谷莺声》载《申报·自由谈》,至6月6日,共69天次。

本月

秦瘦鸥任职京沪、沪杭甬铁路局,直至1937年12月。

2月

1日,上海《民国日报》副刊《文艺周刊》创刊,上海艺光社、晨光艺术会合编。

3日,春茧生(张恂子)《欲海沧桑》载《金钢钻》第3版,至1929年4月22日,8回,未完;4月由上海新声书局发行单行本,4卷48回。

丹翁《贺张兼校长宗昌》,周瘦鹃《革面》载《上海画报》第319期。

6日,丹翁《捧新艳秋玉华女郎》《恭烦唐总理瑛倒串摄影》《清平乐》,漱六山房《宋子文长财后各要人之略历》,周瘦鹃《文字厄志感》《改业》载《上海画报》第320期。

引:《改业》一文谈了文学家改业的情况:"吾国之文艺界,则荆棘遍地,非如西方之为一玫瑰花林也。故一般文艺家,咸望然去之,反投身以入他业,与西方适成一反比例。故十年以还,如叶小凤、姚鹓雏投身以入政治界,天虚我生改业为牙粉与化妆品之制造家,恽铁樵改业为医士(可与柯南道尔氏之以医生而改业为小说家相对照),王钝根改业为广告家,张枕绿改业为信封信笺之制造者,张舍我改业为人寿保险人,严芙孙改无可改,遂去而卖卜,恃一闷葫芦,以糊其口。而最近又得一消息,则英文学专家沈问梅,亦逃出文艺界,去而为汽车公司老板矣。"

9日,丹翁《咏本报之二瘦》,周瘦鹃《歌宴双记》载《上海画报》第321期。

12日,丹翁《打倒马褂词》《挽潘月桥先生》载《上海画报》第322期。

15日,丹翁《胡圣圣吴圣》载《上海画报》第323期。

16日,江红蕉《满面春风》载《小日报》第3版,至3月21日,24次。

27日,妙英《胡适之演说做贼》载《晶报》第2版。丹翁《题黄(金荣)张(啸林)杜(月笙)三公合影》载《上海画报》第327期。

引:《题黄(金荣)张(啸林)杜(月笙)三公合影》:

三公风采前期见,生佛真能护万家,正要一亭老居士,白描上画坐莲花。

本月

周湘笙"长篇香艳社会小说"《帘外桃花记》由上海大中书局重版发行。

3月

2日,漫画《毛郎艳史》载《申报·自由谈》,至8月2日,共94天次,讲述了毛郎追求温馨诗女士之情史。《红玫瑰画报》创刊,赵苕狂主编。

注:《红玫瑰画报》由世界书局内宣传部发行,《红玫瑰》杂志主任赵苕狂编辑,非卖品,月出一期,随《红玫瑰》杂志附送。创刊号载有赵苕狂《发刊小言》:"一日为大风雨之夕,与朋侪聚饮于豫丰泰,已被酒,辄大言曰:杂志之与画报,犹鱼之与熊掌,二者不可得而兼,倘得兼而有之,行见纸贵洛阳,万人争诵矣。时锦南在座,笑曰:奚为不可兼?夫杂志之所重者,为图画与文字;画报之所重者,亦为图画与文字。固一而二,二而一者也。倘杂志能以画报为佐,画报能丽杂志而行,不更佳乎?今子所辑之《红玫瑰》,固亦小著成效矣。脱即以此为尝试之地,当知余言之非谬。自有此一席话,而发刊《红玫瑰画报》之动机于以成。今则理想果成为事实矣。所负负者,身非名庖,鱼既失饪,复有熊燔失时之虞。是则不特愧对读者,且将重累良友招失言之诮矣。噫!"画报由图画、论说、小品文等构成。至12月22日,出11期。

3日,丹翁《我所欢迎之二徐》,周瘦鹃《琴宴追记》载《上海画报》第328期。

4日,《骆驼画报》创刊。赵苕狂《春申江畔》载《骆驼画报》第1版,至9月19日,62次。

注:《骆驼画报》为三日刊,由赵苕狂、曹梦鱼编辑,主要以小品、小说、图画为主,作者有严独鹤、周瘦鹃、江红蕉、朱剑芒、陈小蝶、王西神等,至12月20日,出73期。

5日,张恨水《天上人间》载《晨报副刊》,至6月5日,3回,92次,中辍,8月27日重载《上海画报》第386期,至1932年12月21日第846期,10回,379次。

9日,丹翁《怀独鹤》《徐朗老绑我一票》,周瘦鹃《春华小宴》,瘦鸥《宋美龄怒斥汽车夫》载《上海画报》第330期。

11日,姚民哀《侠骨恩雠记》载《红玫瑰》第4卷第11期,至7月11日第20期,10章,10次,载完。

18日,丹翁《三灵一体》载《晶报》第2版,调侃胡适。

24日,周瘦鹃《记陆画师之缔昏》,丹翁《题李秋君女士书》载《上海画报》第335期。

30日,丹翁《敬语瘦鸥先生》,周瘦鹃《刘艳琴拜爷记》载《上海画报》第337期。

本月

江红蕉撰"社会小说"《嫁后光阴》,由上海世界书局3版。

姚鹓雏任《时报》编辑,为《时报》撰写时评40多篇,署名"龙公"。

4月

1日,张春帆(漱六山房)《金屋灵龟》载《小日报》第3版,至30日,5回,30次。《电影月报》创刊,周剑云、徐碧波等任编辑。张秋虫《水银灯》载《电影月报》第1期,至1929年9月15日第11、12期,载至第八回。

引:百花同日生既著《水银灯》,示稿记者,攮以刊于本报,刊迨四期,生谓不爽意处,索归改作,笔酣墨舞,倍觉淋漓,痛快处如并州剪,如哀家梨,非生固不能曲曲绘写,如圣叹所谓"岂不快哉"者,乃者本报经董事会议决于十二期停刊后,适生以第八回来,并作一小结束,亟用并载本期中,倘亦读者所愿闻欤,记者识。(9月15日《电影月报》第11、12期)

3日,《上海画报》第338期载丹翁《题紫罗兰》:"紫罗兰见几何期,三卷初行更陆离。正与春人修禊事(清明出版),常教月季让花时。屏风如展唐宫画,片玉同传宋猱词。自喜丹翁才未尽,犹能办此集中诗。"

5日,周瘦鹃《辛先生的心》,范烟桥《蘋末微风》,张慧剑《吴彦复与彭嫣》;小小说选:顾明道《春宵》,杨剑花《侠客谈》(含《李铁弹》《西林寺客僧》《侠盗》《某少年》《某丐者》《方金雄》),沈钟灵"最短之小说"《失恋者》,郑逸梅《上方之游》;"妇女与装饰":张碧梧《打破这连环套》载《紫罗兰》第3卷第1号。

张春帆(漱六山房)《虎穴情波》载《紫罗兰》第3卷第1号,至10月13日第14号,12回,载12次。毕倚虹《芳菲菲堂丛话》载《紫罗兰》第3卷第1号,至12月26日第19号,共14次。周瘦鹃、张碧梧译、法国勒白朗著《亚森罗苹最新奇案》载《紫罗兰》第3卷第1号,至10月13日第14号,载完,含《珍珠项圈》《英王的情书》《赌后》《金齿人》《古塔奇案》《断桥》《化身人》《车中怪手》。

12日,《上海画报》第341期载丹翁《追悼会的吟坛》,并有黄梅生拍摄的《张丹翁先生最近小影》。周瘦鹃《吴淞之一日》载《上海画报》第341期,至342期,2次。

15日,丹翁《说梅生先生摄影之神妙》,周瘦鹃《敬题丹翁造像》载《上海画报》第342期。

20日,"曼殊上人示寂十周纪念":姚鹓雏《感旧诗》,周瘦鹃《曼殊忆语》《岛》,顾悼秋《年华风柳》,江红蕉《已嫁的恋人》,赵眠云《兰韵集》,范烟桥《落霞》,张碧梧《美国儿童的电影热》,郑逸梅《禊湖之行》,周瘦鹃、张碧梧译《亚森罗苹最新奇案:英王的情书》载《紫罗兰》第3卷第2号。

21日,《上海漫画》创刊,张光宇主编。1930年6月停刊,共出110期。

24日,丹翁《春晚怀人诗》,周瘦鹃《观人体影片记》《吴中之名园》载《上海画报》第345期。

27日,丹翁《说伶女》载《上海画报》第346期。

29日,张恨水"长篇小说"《银汉双星》载《华北画报》第18期第1版,至1929年7月14日第81期第4版,10回,58次,载完。

本月

漱六山房《黑海银星》载《旅行杂志》第2卷第1期,至11月第4期,7回,4次,载完。

李涵秋《(绘图)自由花范》由上海世界书局4版。

5月

4日,周瘦鹃译《樱岛绣袍》,范烟桥《失踪》,郑逸梅《怡寿欢谎记》,周瘦鹃、张碧梧译《亚森罗苹最新奇案·赌后(上)》;说海新潮:廖国芳《贞节坊》,胡天农《春夜》,沈吉诚《静芳的半生》,玄若《哑吧的心坎里》,杨剑花《自然的收获》,朱惜民《赖婚》载《紫罗兰》第3卷第3号。

6日,《裸体文学》载《晶报》第2版。

引:《裸体文学》:

其实文言,好比人着了衣裳,戴了帽子,白话简直是裸体。衣冠当中,偶像固然不少,优孟也不少,就是裸体当中,不能说没有石膏像和模特儿的画,且而好端端活着的人,脱光了,没有动人的地方,也就和走肉行尸一般了,并不能说裸体就算全活。有朝一日,又有一个提倡文言的圣人出现,那个当儿,裸体的文学又该死了,实在亦没有死的道理。埃及古坟里的壁画,现在倒画上了时髦女人的衣服,以为最新的花样,它那画里厢的女人,朝前面一斩齐的短头发和光着膀子的马甲,现在的女人,倒又学她出起风头来。死的美且可以活,死的文学,到底死不透,偏教它暂时死一回顽顽,大约也非圣人不能。

14日,南京国民政府公布《著作权法》和《著作权法施行细则》。

15日,丹翁《西江月》,周瘦鹃《读改七芗词》载《上海画报》第352期。

18日,周瘦鹃《哀莫大于心死》,丹翁《题上期金胡两坤伶妙影》载《上海画报》第353期。

19日,徐卓呆《罢宴》,范烟桥《沪西沪北之壮游》,周瘦鹃译《一个灵魂破碎的人》,顾醉萸《江上琵琶记》,陶寒翠《色变》,周瘦鹃、张碧梧译《亚森罗苹最新奇案·赌后(下)》;"锦簇花团":陈小蝶"评论"《菊话》,赵眠云"笔记"《鬼媒》,杨剑花"译林"《译海一勺》载《紫罗兰》第3卷第4号。

30日,丹翁《五卅》,周瘦鹃《红青展画记》载《上海画报》第357期。

本月

明星影片公司根据《江湖奇侠传》改编的武侠神怪片《火烧红莲寺》,郑正秋编,张百川导演,在上海公映。《火烧红莲寺》3 年之内,连拍 18 集。据不完全统计,1928—1931 年间,上海大小约 50 家电影公司拍摄的近 400 部影片中,武侠神怪片占 250 部。

程小青侦探小说集《玉兰花》由上海社会新闻社出版,收《爱之波折》《惊人之话》《棋逢敌手》《玉兰花》等。

曹痴公"长篇社会香艳小说"《品花新鉴》(4 册)由上海新光书店出版。

6月

2 日,张秋虫《烦恼的安慰》,范烟桥《拜云参月记》,周瘦鹃译《盗与官》,赵眠云《变幻中之美满因缘》,郑逸梅《览胜稽古记》,周瘦鹃、张碧梧译《亚森罗苹最新奇案·金齿人》载《紫罗兰》第 3 卷第 5 号。

引:本期载《特刊征稿》:"本刊第三卷第六号拟出特刊曰'书翰小说号',专载有价值之短篇小说,悉以书翰组合而成,或情书,或家书,或讨论社会问题,均无不可,间加杂作,亦作书翰体,除请特约诸君撰述外,亦欢迎投稿。请于一星期内寄上海牯岭路一百零一号大东书局编译所转紫罗兰社为荷。"

3 日,丹翁《共舞台之环燕》,周瘦鹃《樽边赏雪记》载《上海画报》第 358 期。

5 日,包天笑《春江梦》载《新闻报·快活林》,至 1929 年 2 月 5 日,240 次,16 回,载完;1929 年 7 月由大益图书局出版。张恨水《长篇与短篇》载《世界时报·明珠》,至 6 日,2 次。

6 日,丹翁《本报三周纪念感作》,周瘦鹃《吾们的三周纪念》载《上海画报》第 359 期,诗云:"纪岁三周感怎么?倚虹未信逝清波。期期上画从头数,不惑才能十倍多。流光过眼不须惊,画里沧桑倍有情。记取年年好花鸟,黄梅时节杜鹃声。"

《平报》三日刊出版,由漱六山房、张春帆编辑,馆址设在上海西藏路福昌里 626 号张春帆家中,作者有张春帆、步林屋、范烟桥、平襟亚等。

9 日,亦庵、包天笑合译,法国茂里梅著《维纳司铜像》载《申报·自由谈》,至 7 月 12 日,载完。

10 日,包天笑《新封神榜》载《小日报》第 2 版,至 12 月 20 日,169 次,4 回。

15 日,神猫《唐瑛教舞记》,包天笑《山海关诗》载《晶报》第 2 版。

18 日,说部中之情书:骆无涯《小阿媛的情书》,江红蕉《你是金子他是银子》,周瘦鹃译《言为心声》,马鹃魂《心的贡献》,杨剑花《秋鸿片羽》,顾学范《遗书》，胡天农《记忆中的三封信》，马玺《处女的热情》，朱宪英《写给谁的信》，忆情生《秋雁泪痕》，佩青《春鸿》，林俪琴《兰言》载《紫罗兰》第3卷第6号，本期为"书翰小说号"。周瘦鹃《天马会之半小时》载《上海画报》第363期，至21日第364期，2次。

  按：第九届"天马会"在上海举行，周瘦鹃参观。

  20日，张恨水《短篇之起法》载《世界日报·明珠》，至21日，载完。

  21日，丹翁《一剪梅》载《上海画报》第364期，词云："莫干山既瘦鹃兄，丹也吴门，黄也南京。鹃兄果未别春申，丹也回程，黄也回程。报馆虽然在望平，要问张先生，先问梅生，路蒲而白里新民，干女名伶蒋丽霞君。"

  24日，丹翁《小报的优点》，曼妙《姚鹓雏走马丁家巷》载《晶报》第2版；吴侬《孽海中之一小花》载《晶报》第3版，载洪文卿后世的状况。

  引：《孽海中之一小花》：

  文卿死后，其子亦早亡，而家道遂中落，嗣一孙，曰润民，润民有子，曰植甫，居于祠堂中。去岁，润民为子植甫娶一妇，名邱杏珍，系武林女塾之高材生。乃过门以后，即受翁姑之虐待。盖洪氏家境虽萧条，而亦必摆出状元门第之排场，阿翁每晚必饮酒，必令其媳侍立执壶，以午膳后先起立出席，罚其在祠堂上点香烛跪一小时。杏珍不堪其虐，乃以详情缮就一函，送诸苏州妇女协会，请求救济。妇女协会以家庭间事，亦惟有劝令和解。此事载诸吴县日报，录有邱杏珍原函，因名之为《新孽海花》，迩来苏州各报，颇能注意社会上事，吴县日报为吴语所扩充，盖苏州各日报中之翘楚也。惟末有"苟曾孟朴在世"云云，则曾君安然在沪，方续撰其《孽海花》至三十余回云。

  张恨水《诗人之家》载《世界画报》第140期，至8月12日第147期，7次。

本月

  李涵秋《还娇记》(2册)由上海清华书局出版第3版；1934年1月由大众书局3版。

  许指严《三十二朝皇宫艳史》5编4册，由上海新光书局出版。

  周瘦鹃编纂《忆语选》由大东书局出版，此为"紫罗兰盦小丛书之五"。

  注：《忆语选》收《影梅庵忆语》《香畹楼忆语》《小螺庵病榻忆语》《秋灯琐忆》《眉珠盦忆语》《小灵忆语》《菊影楼话堕》。

  平襟亚《人心大变》4册由中央书店初版；1934年重印。

7月

  2日，张恨水短篇小说《张碧娥》载《益世报·益世俱乐部》。程小青《见义勇为》，张慧剑《归》，郑逸梅《记天平之游》，周瘦鹃、张碧梧译《亚森罗苹最新奇案:十二个黑小子》、陈小翠《送青瑶之庐山》、袁刘梅真《捣练子》载《紫罗兰》第3卷第7号。

6日,丹翁《张学良》载《上海画报》第369期,谈张学良的东北易帜。

11日,程瞻庐长篇小说《情茧》连载《红玫瑰》第4卷第21期,至12月1日第36期,共16章,载16次;1929年由上海世界书局出版单行本。

12日,天马《为胡适之、张竞生两博士一仲裁·为了大奶奶问题》载《晶报》第2版。

13日,包天笑译《一个新闻记者》载《申报·自由谈》,至12月6日,载完。张春帆(漱六山房)《锦衣骠骑》载《三星》第3版,至8月10日,载1回;8月20日自第2回续载《红报》第3版,至12月16日,至第2回,未完。

15日,张恨水《春明新史》载《上海画报》第372期,至1929年5月21日第469期,3回,85次,未完。

注:9月20日,张恨水《春明新史》载沈阳《新民晚报·小说海》。1930年10月27日,《春明新史》重载《社会日报》第3版,至1931年9月22日,10回,321次;1935年4月15日,《春明新史》重载《社会月报》第1卷第7期,至1935年8月15日《社会月报》第1卷第11期,10回,载完。1930年12月,《春明新史》由沈阳新民晚报社出版,10回。

17日,范烟桥《一年容易》、张慧剑《闻铃阁杂记》、周瘦鹃译《沙妍霞》、顾醉萸《红蒶片片》、赵眠云《失踪》、周瘦鹃、张碧梧译《亚森罗苹最新奇案·古塔奇案》、王天恨《非战小说略谭》、杨剑花《唾弃以前》、胡天农《初恋狂》、廖国芳《情弦痛语》载《紫罗兰》第3卷第8号。

27日,《上海画报》第376期载《国学书室之小说笔记为炎夏无上之消遣品》广告一则,列有如下小说、笔记:张丹斧《拆白党》三角;张秋虫《银海新潮》四角;毕倚虹《黑暗上海》三元;李涵秋《涵秋笔记》二册一元二角,《琵琶怨》四角,《双花记》四角,《雌蝶影》四角,《双鹣血》五角,《瑶瑟夫人》三角。

30日,丹翁《咏溥仪读三民主义》载《上海画报》第377期。

31日,顾明道《吃喜酒的前一天》、周瘦鹃译《沙妍霞》、罗晴渊《罗浮梦影》、俞膺云《苏州的女郎》、郑逸梅《虹口公园纪游》、周瘦鹃、张碧梧译《亚森罗苹最新奇案·断桥》载《紫罗兰》第3卷第9号。

本月

张恂子(春茧生)"长篇社会香艳小说"《海上迷宫》(4册,50回)由上海沪滨书局出版。

8月

1日,程瞻庐"言情小说"《依旧春风》载《联谊之友》第85期,至1930年1月1日第136期,共50次,载完。

3日,漫画《陶哥儿》载《申报·自由谈》,至1929年2月4日,共142天次,记录顽童陶哥的顽皮趣事。

7日,漫画《旅行家》载《申报·自由谈》,至9月25日,共50天次,讲述了旅行家鲍德凯和仆人旅行过程中的趣事,充满了讽刺意味。

12日,周瘦鹃"游记"《山中琐记》载《上海画报》第381期,至9月21日第394期,12次,载完。

15日,张秋虫《芳时》,郑逸梅《妇女装束屑谈》,周瘦鹃译《父》,杨剑花《蓼斋漫笔》,顾凤孙《俄罗斯短篇小说之王柴霍甫》,徐碧波《灯明后》,范菊高《糊窗的破报》,王天恨《血花》,俞牖云《桃花人面》载《紫罗兰》第3卷第10号。

21日,丹翁《玉梅令》载《上海画报》第384期,后附梅生的谢词"丹老词章之佳妙,冠绝一时,女伶得其一捧,无不大名立致,新艳秋之成名,得丹老力不少也,承赐佳词,谢谢,梅"。

24日,丹翁《和田中吊奉张诗韵》载《上海画报》第385期。

27日,钏影《写陈佩忍女公子诗》,宝凤《记洪深家中析产事》载《晶报》第2版。

29日,周瘦鹃《花》,胡寄尘《津沽旧话》,范烟桥《独身者的生活》,周瘦鹃、张碧梧合译《亚森罗苹最新奇案·化身人(上)》;小小说选:刘恨我《鲜与萎》,俞牖云《恐怖之夜》,姚啸秋《小阁中》载《紫罗兰》第3卷第11号。

本月

范烟桥《齐东新语》《别有世界》分别由苏州小说林社、上海世界书局出版。

程瞻庐"滑稽小说"《街谈巷语》由世界书局出版;1929年5月第2版。

张个侬"长篇社会香艳小说"《海上交际花》由上海世界书局初版;1929年5月2版。

9月

9日,露珠《胡适之之徽州国宝谭》载《晶报》第2版。

14日,范烟桥《小说与自杀》,王钝根《返魂记》,程小青《自杀后》,张毅汉《帝力》,顾明道《出死入生》,罗晴渊《名誉之死》,沈冠亚《旧创》,林俪琴《愉快之死》,马鹃魂《人潮》,吴奇真《亡妻》,钱唐邨《病院中》,胡丹冰《他爱妻死后的他》,一女萍士《午夜枭声》,蜀魂《碎骨酬情记》,赵林少《此日侬生此日死》,周瘦鹃译《自杀者》,周瘦鹃、张碧梧合译《亚森罗苹最新奇案·化身人(下)》载《紫罗兰》第3卷第12号,本期为"死的问题号"。

19日,严芙孙《闷葫芦》载《龙报》第3版,至12月19日,未完。

28日,陈小蝶《白酒》,周瘦鹃译《死仇》,郑逸梅《妇女装束新谈》,周瘦鹃、张碧梧译《亚森罗苹最新奇案·车中怪手(上)》载《紫罗兰》第3卷第13号。

本月

张恂子(春茧生)《孽海春潮》由上海民治书店出版。

10月

1日,范烟桥(含凉生)《浮生梦呓》载《小日报》第3版,至1929年6月22日,10回,186次。张恨水《剑胆琴心》载《新晨报》副刊,至1930年7月3日,上部10回,575次,载完;1930年9月由《新晨报》营业部出版。

3日,丹翁《福将》载《上海画报》第398期,赞黄梅生捧角一捧就成,堪称福将。

5日,雁声"社会小说"《落英缤纷记》载《北京画报》第53期,至1930年11月6日第133期,8回,66次,载完。1930年11月27日,续作《春雨梨花》载《北京画报》,至1932年7月30日,8回,96次,未完。

6日,丹翁《别久》载《上海画报》第399期表:"别久忽临上海滩,小春阳历有梅看。亟思介老来吴会,且与鹃兄话莫干。徐步两山仍并大,蒋蓉二丽可称难,下期上画庆双十,摄影何人伴老丹。"天笑自述《包天笑被控始末记》载《晶报》第2版。

9日,《金钢钻》第3版载"二分"著《清宫十三朝演义之花红》:"《清宫十三朝演义》一书,以书局广告术争胜。在近年新出小说中,其销行之广,获利之丰,竟无能与此书抗者,至今犹再版不已……其小说之是否有文学上或历史上任何之价值,姑不具论,唯闻《十三朝》一书,至最近结算,盈余凡三万余金,书局固仅藉此书弋利,而一般店伙终岁碌碌,亦唯对此存一线之希望,果也花红提出,得二百金,诸伙大喜。"

10日,丹翁《双十双百纪念志庆》,周瘦鹃《双喜临门》,漱六山房《双十双庆》,舍予《本报二十花甲国庆四百纪念》载《上海画报》第400期。

10日,漱六山房(张春帆)"武侠小说"《风雷鹡鸰》载《平报》,至1929年1月6日,未完。

13日,张秋虫《A先生的日记》,周瘦鹃译《诱惑》,胡嫣红《夜的故事》,周瘦鹃、张碧梧译《亚森罗苹最新奇案·车中怪手(下)》;"花团锦簇":程瞻庐《望云室尺一牍》,郑逸梅《一个悟澈人生观的导演》载《紫罗兰》第3卷第14号。

15日,丹翁《歌呈徐夫人陆小曼女士》,周瘦鹃《银幕上之奇女子》载《上海画报》第402期。

引:广告《毕倚虹之遗著〈黑暗上海〉全书出版》:

是书为白话章回体小说,曾载《时报》,绵亘数年之久,煌煌巨著,都三十万言。末两回系倚虹先生残稿,红蕉先生补完,一气呵成,天衣无缝,顽艳而不流于荡冶,细腻而不失诸冗烦,与"黑幕派"之空中楼阁不同,与"钞票派"之采取报章更异。以结构论,颇似吴研人之《怪现状》;以文字论,直类吴敬梓之《儒林外史》。久居上海者可供参考,未来上海者可作南针,洵近顷不可多得之长篇小说也。书凡六册,一千余页,定价大洋三圆。特价一千部,每部只收大洋一圆八角。发行所:上海望平街七号二楼上海画报馆。

21日,《今报》由蔡钧徒创办,至12月3日,出14期。张恂子小说《色界天》载《今报》第1版,至12月3日,1回,6次,未完。

27日,周瘦鹃《胡适之先生谈片》,秦王《孙吴办报之我闻》载《上海画报》第406期。张秋虫《两个女子的日记》,余空我《白门怀旧记》,周瘦鹃译《嫉妒》,方人《名人轶事琐忆》,胡嫣红《水的故事》,周瘦鹃、张碧梧译"法兰西第一巨盗奇案"《方多麦士传》第一回载《紫罗兰》第3卷第15号。范烟桥《吴宫花草》载《紫罗兰》第3卷第15号,至1929年3月11日第24号,共12回,载完。

本月

张恂子(春茧生)"社会香艳小说"《欲海新潮》由上海新新书店出版。

11月

10日,彭康《革命文艺与大众文艺》载《创造月刊》第2卷第4期。

12日,张春帆(漱六山房)《扬子江三日刊引》载《扬子江》第2版,至1929年2月4日,共发表时评杂感、小品随笔共25天次。

12日,俞牖云《小脚》,周瘦鹃译《长相思》,张慧剑《夜行记》,郑逸梅《灵岩之秋》,范菊高《如此相逢》,周瘦鹃、张碧梧译"法兰西第一巨盗奇案"《方多麦士传》第二回载《紫罗兰》第3卷第16号。

《上海画报》第411期发表丹翁《总理诞日纪念赞》:"诞生总理,拯我中国;万秋纪念,厥惟今日;况正统一,东西南北。上画特刊,于是乎出;在天之寿,与天无极。"

15日,钏影《南社纪念雅集小记》载《晶报》第2版。丹翁《题海粟特刊》载《上海画报》第412期:"海粟画家刘,画家第一流。特刊在上海,奉使到欧洲,开派几千载。垂声两半球,梅生百忙里,摄影送登舟。"

21日,张个侬"武侠小说"《怪侠传》载《罗宾汉》第3版,1回,1次,未完。

24日,丹翁《志君女士嘱赠浦子灵》载《上海画报》第415期。

26日,周瘦鹃译《漂泊者》,徐碧波《珠珠三记》,胡媽红《雪的故事》,郑逸梅《梅盦杂碎》,林俪琴《新雁过妆楼》,周瘦鹃、张碧梧译"法兰西第一巨盗奇案"《方多麦士传》第三回;"小小说选":俞腩云《爱者》,黄厚生《爱的一幕》,王天恨《重赏之下》,廖国芳《舌剑唇枪》载《紫罗兰》第3卷第17号。

30日,丹翁《贺鹤雪》,周瘦鹃《鹤巢观光记》载《上海画报》第417期。

本月

姚鹓雏任国民政府第四集团军总司令秘书长,兼特别党部秘书,至1929年2月卸任。

法·玛利瑟·勃朗特著、周瘦鹃译《犹太灯》由中华书局出版5版;1917年7月初版。

12月

1日,张恨水任《北平朝报》总编。

3日,丹翁《南坤北坤南北坤》,周瘦鹃《红氍毹上之姊妹花枝》载《上海画报》第418期。

6日,张恂子《太平天国革命史演义》(1—30回)由上海民治书店出版;1929年4月14日,31—60回出版;1930年,全书易名为《红羊豪侠传》,仍由该书店出版。

7日,包天笑译《圣诞礼物》载《申报·自由谈》,至16日,载完。

12日,毕倚虹《离婚后的儿女》,范烟桥《旧沙发》,俞腩云《心灰的复活》,孙了红《烟嘴》,胡天农《圣人》,胡静屏《无题》,林俪琴《屈服》,唐梅溪《婚姻的代价》,高天栖《我的婚姻史》,林俪琴《关雎之咏》,周瘦鹃译"剧本"《新郎》载《紫罗兰》第3卷第18号,本期为"婚姻问题号"。

15日,银星《异军突起之大光明影戏院》,丹翁《报花》载《上海画报》第422期。《晶报》第2版载消息:"马二先生冯叔鸾君,此次随新内政部长阎锡山南下,抵沪后,休憩半日,即夜折往首都,不便须来沪。"

18日,包天笑《盲目的爱情》载《申报·自由谈》,至1929年7月2日,24

章,124天次。《大侦探》三日刊创刊,李飞主编,主要登载社会小说和侦探小说,1929年3月3日终刊。

21日,赵苕狂《江湖怪侠》载《红玫瑰》第5卷第36期,至1931年2月11日第6卷第36期,32章,31次,载完。

26日,周瘦鹃、张碧梧译"法兰西第一巨盗奇案"《方多麦士传》第四回,周瘦鹃译《他是不能久活的了》,孙了红《计》,郑逸梅《梁溪鸿雪》,胡天农《雪夜》载《紫罗兰》第3卷第19号。

本年

春,范烟桥应王西神聘,任正风中学国学主任,暑假后即离开;秋,由陈去病介绍,任职持志大学教授小说。

郑逸梅为上海影戏公司编剧本《糖美人》《国色天香》《万丈魔》《三生石》《新婚前夜》等;为友联公司电影《虞美人》写说明书及对白。

刘云若编辑《北洋画报》,因不堪冯武越敲诈,辞职,出任《商报》副刊主笔。

徐碧波编《红蝴蝶特刊》由友联影片公司出版。

1929年（己巳）

1月

1日，《海光》月刊创刊。张春帆(漱六山房)"体育言情小说"《球王怪史》载1930年3月1日第2卷第3期，至1931年11月第3卷第12期，20回，19次，载完。

4日，孙朤媛逝世。

引：本月12日，《晶报》载《讣告孙朤媛君之丧》："本报记者孙朤媛一字瘟公，近年，以病不恒属稿。去夏，应于右任先生之召，在审计院任文书科主任一职，朝出暮归，勤劳无怠，而胃病辄时发时愈……于一月四日酉时，遽归道山。"

11日，周瘦鹃译《黑猫》，庞檗子《抱香簃随笔》，程瞻庐《望云居谈荟》，周瘦鹃、张碧梧译"法兰西第一巨盗奇案"《方多麦士传》第五回载《紫罗兰》第3卷第20号。

12日，周瘦鹃《几句告别的话》载《上海画报》第431期，辞去《上海画报》编辑，由钱芥尘接任。丹翁《哀瘟公》载《晶报》第2版。

引：《哀瘟公》：

瘟公的学问和品行，真算得个第一流人物。此人若确为做官而死，那末，稚老不赞成我做官，倒又似乎很看得起我的哩。瘟公和涵秋、倚虹，算得《晶报》三根台柱子。数年之间，次第摧折，这不是他们三家头相约，要试试后来台柱子撑当的力量吗？

13日，汤笔花"警世小说"《上海的魔》载《大常识》第30期第3版，至6月20日，1回，30次，未完。

18日，丹翁《寒之友》载《上海画报》第433期："画家第一流，如何浮海去？刘先生海粟，金针莫轻度。岁寒海着花，画中时一遇。会曰寒之友，点点得佳誉。吾徒赵含英，丹(非谓丹翁)青初学步(非谓步老)。上海之画会，上海画报布。我诗虽非诗，人笑我自赋。"

20日,顾明道"哀情小说"《碧血美人记》(4册)由上海海左书局初版。

21日,丹翁《新申合作》载《上海画报》第434期。

25日,张恨水《战地斜阳》载《世界日报·夜光》,至2月8日,载完。庞檗子《抱香簃随笔》,周瘦鹃译《送君南浦》,汪放庵《青春》,林俪琴《绵邈的想像》,周瘦鹃、张碧梧译"法兰西第一巨盗奇案"《方多麦士传》第六回,郑逸梅《圣宴记》,胡石予《半兰旧庐近诗》载《紫罗兰》第3卷第21号。

30日,丹翁《新东北杂志》载《上海画报》第437期。

本月

周瘦鹃《情海潮音录》载《旅行杂志》第3卷第1号,至12月第12期,共12次。

程小青《舞女生涯》载《旅行杂志》第3卷第1号,至4月第4期,4次,载完。

秦瘦鸥"言情小说"《孽海涛》由上海雪茵书店出版,16回。

李涵秋《活现形》(原名《雏鸳影》)(4册)由上海国华新记书局出版,贡芹孙续完。

赵苕狂为世界书局编辑短篇小说集"玫瑰丛刊",含如下书籍:吕伯攸《谣言的来源》《接吻》,徐国桢《临流》,陈霭麓《凄惶》《黄昏》,王天恨《搁在一处》《秋风》,赵苕狂《微波》,石江《三别》,吴克勤《道是无情却有情》。

胡怀琛《诗歌学ABC》《诗词学ABC》由世界书局出版,收入世界书局《ABC丛书》文艺部。

2月

10日,庞檗子《抱香簃随笔》,周瘦鹃译《忠实》,雪影生《一封没有发出的怪信》,胡天农《帷里》,杨剑花《苏台胜迹小志》,周瘦鹃、张碧梧译"法兰西第一巨盗奇案"《方多麦士传》第七回,顾明道《贺年》载《紫罗兰》第3卷第22号。

12日,程瞻庐长篇小说《滑稽新史》连载《红玫瑰》第5卷第1期,至12月21日第36期,共30回,30次。

13日,程小青《霍桑探案:紫信笺》载《新闻报·快活林》,至4月16日,10章60次,载完。姚民哀"江湖秘闻"《四海群龙记》载《红玫瑰》第5卷第35期,36回,载完。

15日,张恨水《斯人记》载《世界晚报·夜光》,至1930年11月19日,24回,载完;1936年10月由南京人报社出版;1945年11月由重庆万象周刊社出版。

16日,江红蕉《满面春风》载《小日报》第3版,至3月11日,载完。

24日,庞檗子《抱香簃随笔》,周瘦鹃译《你记得么?》,周瘦鹃、张碧梧译"法兰西第一巨盗奇案"《方多麦士传》第八回;张毅汉《军人》载《紫罗兰》第3卷第23号。

27日,丹翁《赠慕邢》《戏题诗哲泰谷尔诗人徐志摩合影》载《上海画报》第442期。

本月

缥缈生"社会小说"《海市人妖》(又名《钩心斗角记》)由上海中央书店出版。

3月

1日,屠守拙《夏历新年星社聚餐记》载《联益之友》第106期,记正月初四,星社在苏州郡庙前中央饭店欢宴的场景。

3日,童话《象兄猴弟》载《申报·自由谈》,至30日,共23天次,讲述象兄猴弟趣事。张恨水《旧年怀旧》载《上海画报》第443期,至4月15日第457期,5次;1931年2月17—19日,重载《社会日报》第2版。

9日,炯炯《毕倚虹遗孤教育费之善后》载《晶报》第2版。

11日,程小青《侦探小说在文学上之位置》,周瘦鹃译《失踪的姊姊》,张碧梧《珍珠头面》,王天恨《钻别针》,郭兰馨《情探》,胡天农《骗》,庞檗子《抱香簃随笔》;周瘦鹃、张碧梧译"法兰西第一巨盗奇案"《方多麦士传》第九、十回载《紫罗兰》第3卷第24号,本期为"侦探小说号"。

18日,《上海画报》第448期发表丹翁《捧圣》:"多年不捧圣人胡,老友宁真怪我无。大道微闻到东北,贤豪那个不欢呼;梅生见面常谈你,小曼开筵懒请吾。考据发明用科学,他们白白费功夫。"

24日,丹翁《泰戈尔与严琦兰》载《上海画报》第450期。

引:《泰戈尔与严琦兰》:

梅生深夜言,明晨六钟起,摄一诗人像,印度泰戈尔。摄影机在琦兰家,梅生往寻兰卧矣。兰姊代取与梅生,门外数语匆匆行。次日兼为兰摄影,兰堂亭午作小饮。春游老少六人同,同往沙发花园中,娇女有藕君,是为兰女兄,更有孔大家瑾,莫先生琼。梅生摄兰坐石马,复摄藕于木兰下,摄瑾亭侧琼水边,六人共摄长无舍,队中着一鹤发翁,中国诗人可笑也。

27日,丹翁《芰荷香·闻临妇清歌》载《上海画报》第451期。本期《上海画报》载《胡适之先生答丹翁诗》:"庆祥老友多零落,只有丹翁大不同。唤作圣人成典故,收来干女尽玲珑。顽皮文字人人笑,怠赖声名日日红。多些年年相捧意,老胡怎敢怪丹翁。丹翁忽然疑我怪他,不敢不答。胡适十八·三·十九。"

28日,张恨水《双红烛下》载《北平朝报·鹊声》。

29日,张恨水《爸爸的信来了》载《北平朝报·鹊声》。

30日,张恨水《饭馆中的一角》载《北平朝报·鹊声》,至31日,载完。

本月

郑逸梅《茶熟香温录》由上海益新书社出版;1937年2月再版。该书收录掌故笔记216则。

4月

1日,张恨水《怪人张楚萍传》载《北平朝报·鹊声》,至5日,载完。

15日,《小日报》载"晴翠"告示:"小说家顾明道近撰"哀情小说"《美人碧血记》已出版,有星社范烟桥杨剑花序文,郑逸梅赵眠云等题词,内容丰富,销行颇畅。"(1月20日,《美人碧血记》由上海海左书局初版。)

16日,赵眠云《张之江轶事》载《笑报》第3版;《黄克强轶事》分别载22、25日《笑报》第3版。

17日,顾明道"长篇武侠小说"《荒江女侠》载《新闻报·快活林》,至11月29日,正集20回,共325次,载完;1930年12月1日,续集载《新闻报·快活林》第13版,至1931年8月31日,14回,共264次,载完。

引:1930年2月20日,《荒江女侠》出版预志:

顾明道著武侠小说《荒江女侠》,前曾排日刊登本林,文情并茂,友联影片公司将该书情节摄制影片,先出一二两集,由电影女明星徐琴芳为主角,即饰女侠玉琴,衣服行头皆新制者,不日可以出映于银幕之上矣。

初集亦由木埠大益图书局钮君购得版权,出单行本,复请独鹤逐回加评,胡亚光逐回绘图,以及诸名流题咏,日内亦将出版,以供爱读者之需。但初集仅作一小结束,令人有未窥全豹之憾。兹闻顾君已从事撰著续集,将与爱读小说者相见。至初集出版,并由名画家钱病鹤将为此书绘一女侠骑驴出塞图,将来拟制二色版,附书奉赠云。

24日,赵苕狂《上海朋友》载《徽报》第3版,至6月6日,1回,12次,未完。

本月

程瞻庐《葫芦》由上海世界书局出版。

徐枕亚《让婿记》由上海清华书局3版。

5月

19日,姚鹓雏以"龙公"为笔名撰写《龙套人语》(又名《江左十年目睹记》),载《时报》第5版,至11月20日,载123次。1930年2月,上海竞智图书馆初版。

27日,丹翁《题秦瘦鸥先生梁孟造像》载《上海画报》第471期。

本月

张恂子(春茧生)《销魂地狱》由上海大星书局出版。

赵苕狂编著《个中秘密》由上海世界书局4版。

张个侬《模范青年》由上海海左书局出版。

严独鹤随上海新闻记者团到北京考察,经钱芥尘介绍,认识张恨水,向张恨水约稿。

6月

1日,胡怀琛《中国文学史略》由大新书局十版,此书为中学师范用书。

3日,丹翁《国父奉安哀词》载《上海画报》第473期。

6日,丹翁《本报四周纪念有作》,陈蝶衣《上画四周纪念与五卅》载《上海画报》第474期。

9日,丹翁《捧西湖博览会》载《上海画报》第475期。

10日,百花同日生(张秋虫)《初夜》由上海时还书局初版。

15日,丹翁《捧荒江女侠》,余空我《说几句梦话》载《上海画报》第477期。

18日,丹翁《题洹上二牙印》载《上海画报》第478期。

21日,丹翁《题张汉卿将军亲试掷标枪图》载《上海画报》第479期。

23日,范烟桥(含凉生)《未来之上海》载《小日报》第3版,至10月20日,16章,共107次。

30日,丹翁《题吴稚老自刻姓名印》载《上海画报》第482期。

本月

赵苕狂为世界书局编辑"红皮小丛书",其中含赵苕狂著《弄堂博士》《四角恋爱》(小说),徐国桢著《上海的研究》《关于女人及其他》(论著),张慧剑《湖山味》(散文),徐卓呆《丈母娘借伞》《醉后嗅苹果》(小说),陈霭麓《良人》《湖上》(小说),王天恨《幻迹》(小说)。

周瘦鹃编《湖上》由上海大东书局出版。

赵焕亭《北方奇侠传》(6册)由上海世界书局出版。

李涵秋《广陵潮》(10 集 16 册)由上海震亚书局 13 版;1931 年 12 月 15 版;1939 年 4 月 16 版;1941 年 7 月 17 版。

《中华》(半月刊)创刊,周瘦鹃、严独鹤编,上海东方图书出版社发行,7 月停刊。

徐卓呆"滑稽故事集"《醉后嗅苹果》由上海世界书局出版,收 11 篇滑稽故事。

7月

1 日,张春帆(漱六山房)《革命外史:紫兰女侠》载《紫罗兰》第 4 卷第 1 号,至 1930 年 6 月 15 日第 24 期,24 回,24 次。周瘦鹃在《紫罗兰》第 4 卷第 1 号推出"少少许集"专栏,专门译介俄国柴霍甫(契诃夫)的作品,至 1930 年 6 月 15 日第 4 卷第 24 号,共 23 篇。袁寒云、周瘦鹃《紫罗兰曲》,陈小蝶《醉灵日记》,张慧剑《雏树》,周瘦鹃《鬼情人》,程小青《霍桑的训话》,赵苕狂《小姊妹》,张碧梧《轰动欧洲之德国伪太子妃案》,胡嫣红《竹报》,周瘦鹃、张碧梧译"法兰西第一巨盗奇案"《方多麦士传》第二卷十一回;徐卓呆译《二十八岁的耶稣》,郑逸梅《吴中古宅记》载《紫罗兰》第 4 卷第 1 号。

7 日,《铁报》在上海南京路昼锦里创刊。

9 日,张恨水《〈玉梨魂〉价值堕落之原因》载《世界日报·明珠》。

12 日,丹翁《闻召公赠须弥荔支感赋》,舍予《湖博馆所记略》载《上海画报》第 486 期。

15 日,丹翁《题报界张老上画二像》,不哭《哭个明白的王无能》载《上海画报》第 487 期。陈小翠《春球曲》,陈小蝶《醉灵日记》,周瘦鹃《二尺三寸长之母亲》,徐卓呆《颈中之针》,顾明道《色的诱惑》,张碧梧《万里从夫之西方烈妇》,曹梦鱼《旅行的故事》,周瘦鹃、张碧梧译"法兰西第一巨盗奇案"《方多麦士传》十二回载《紫罗兰》第 4 卷第 2 号。

18 日,丹翁《捧陕灾赈济展览会》载《上海画报》第 488 期。

20 日,《小日报》载:"著名评论剧界马二先生现仍供职北平卫戍司令部,每晚偕其新夫人,游于公园,意甚得意。"

24 日,丹翁《为留侯借箸前筹》载《上海画报》第 490 期。

27 日,丹翁《送观光记者如杭团》《捧南国爱美社》载《上海画报》第 491 期。

29 日,杨了公逝世。

30 日,陆士谔《义友记》载《金钢钻》第 4 版,至 9 月 21 日,17 次。

本月

郑逸梅"杂作小说"集《羽翠鳞红集》由上海益新书社出版;1934年3月再版;1937年2月3版。

8月

1日,薛寿衡《游天平》,陈小蝶《醉灵日记》,范烟桥《残废者》,周瘦鹃译《我能购买女子》,苏海客《水先生小传》,唐梅溪《春宵》,张碧梧《世界最大赌窟之秘密史》,王警涛《药渣》,周瘦鹃、张碧梧译"法兰西第一巨盗奇案"《方多麦士传》第十三回载《紫罗兰》第4卷第3号。

3日,丹翁《赠恨水》载《上海画报》第493期。

6日,包天笑《心上温馨》载《申报·自由谈》,至1930年3月19日,载完。

10日,谢啼红时评杂感《女子解放与袴》载《铁报》第3版,至1949年6月10日,计500余篇。

12日,丹翁《吴江县长杨公千里到官孙铁舟先生乞朱竹坪高士刻羊脂白玉印贺之因赋》载《上海画报》第496期。

15日,丹翁《调寄镇西·题张汉卿将军海滨造象》载《上海画报》第497期。陈翠娜《高阳台》,陈小蝶《醉灵日记》,吴云梦《欲求》,胡天农《空舲峡之夜》,张碧梧《罪犯们的和善的天使》,廖国芳《白丝巾》,周瘦鹃、张碧梧译"法兰西第一巨盗奇案"《方多麦士传》第十四回载《紫罗兰》第4卷第4号。

18日,丹翁《为辽宁江浙教育考察团赋一剪梅小词并呈适之博士黄郎二先生》载《上海画报》第498期:"东北人文在沈阳,上有天堂下与苏杭,前程三角总难量,博士帮忙,妙语从旁。莫孤当局热心肠,考察担当,教育宣传,团团灵隐线天光,摄警顽黄,赠静山郎。"

24日,丹翁《庆本期五百纪念》,炯炯《戈公振之画报谈》,周瘦鹃《五百号纪念的献词》载《上海画报》第500期。

27日,丹翁《戏书胡圣人哲学关店后》载《上海画报》第501期:"哲学让科学,似恐遭物忌。圣之时者也,示无所竞利,我初疑圣人,虽圣或未至,今闻此哲理,群圣知莫企。自言哲学饭,以后吃不易,然哲学关店,未免不经济,宁光济不经经,别有生意,对门见新月,胡然而天帝,其实无为无不为,胡弗(仿佛美总统)尝试,文明戏。"

本月

张秋虫(百花同日生)《海市莺花》由中央书店出版。

骆无涯《荒唐梦》由上海玫瑰书局出版。

不肖生"香艳小说"《留东艳史》（2册）由上海亚洲书局3版。

9月

1日，张大千《春娘曲》，陈小蝶《醉灵日记》，张慧剑《访问》，周瘦鹃《颠倒性别之怪女奇男》，王警涛《著作家之妻》，徐枕亚《哭女词》，林俪琴《酒》，赵眠云《心汉阁杂记》，周瘦鹃、张碧梧译"法兰西第一巨盗奇案"《方多麦士传》第十五回载《紫罗兰》第4卷第5号。

6日，丹翁《咏新闻报之快活林之荒江女侠夺婿》载《上海画报》第504期。

10日，范烟桥《湖上》载《小日报》第3版，至23日，10次。

12日，丹翁《读闽侯林亚杰先生石庐金石书志》载《上海画报》第506期。

14日，张恨水《小小说的作法》载《世界日报·明珠》。

15日，丹翁《老成兴趣》载《上海画报》第507期。吴石华《闺词》，陈小蝶《醉灵日记》，范烟桥《虎烈拉》，周瘦鹃《世界上最孤寂的一人》，林俪琴《一粒痣》，郑逸梅《吴门话雨记》，张碧梧《全世界最可惊怖之奇案》，周瘦鹃、张碧梧译"法兰西第一巨盗奇案"《方多麦士传》十六回载《紫罗兰》第4卷第6号。

18日，丹翁《歪诗敬答适公》载《上海画报》第508期。

21日，丹翁《扬州四大艺术家歌》载《上海画报》第509期。

24日，丹翁《恭贺舍予兄秣陵饭店》载《上海画报》第510期。

27日，《上海画报》第511期发表丹翁《捧茶神夏宜滋》；《求征》启事一则：如将民国十六七年本报所载之《银海新潮》小说，自第五回起自第十回止，剪贴或钞写齐全送至望平街七号，审查无误者，当赠银币十五圆，以先到为限。

30日，《上海画报》第512期发表丹翁《捧关中阎甘园先生为赈灾全家演剧》。

本月

张恂子"社会长篇香艳小说"《色界天》四集由大星书局出版。

10月

1日，海上漱石生（孙玉声）《呆侠》载《上海报》第3版，至4月29日，30回，209次，载完。包天笑《上海的解剖》载《上海报》第3版，至1930年5月23日，12回，233次，载完。天虚我生《忆秋娘》，陈小蝶《醉灵日记》，胡嫣红《天问》，张慧剑《小品》，王警涛《酒后的甜吻》，赵眠云《心汉阁杂记》，范烟桥《双剑奇侠传正伪》，周瘦鹃、张碧梧译"法兰西第一巨盗奇案"《方多麦士传》第十七回载《紫罗兰》第4卷第7号。

2日，张秋虫《新山海经》载《小日报》，至11月26日，共35节，未完。1930年1月，《新山海经》，由上海中央书店出版，共50回；1933年5月再版。

3日，丹翁《题陕振游艺特刊》载《上海画报》第513期。

6日，姜公(张秋虫)《三姝媚》载《晶报》第7版，至11月9日，32次，载完。

9日，丹翁《双十国庆》载《上海画报》第515期。

10日，平襟亚《百大秘密》由上海中央书店出版；1935年1月重版；1936年4月3版。

按：《百大秘密》出版过程：1925年12月30日，申新两报就登大幅广告，为《百大秘密》出版造势，1926年3月3日、12日，《开心》发表"最近上海百大秘密略摘子目"，为《百大秘密》出版继续造势，但是不料剧情反转，反被吕碧城诉讼，以致出版搁浅。1926年4月10日，《时报》登载《发售百大秘密之判决》。1926年12月30日，《福尔摩斯》载依依《百大秘密与人海潮》一文，谈"去年此日，申新两报，登有极大广告，说有一部《百大秘密》出版，出版的是一家共和书局，同时，共和书局，又出张小报，名叫《开心》，不料为了一篇稿子，冒犯了人，在公堂控告，主办人名登爱书，归根结蒂，开心弄得不开心，《百大秘密》一书，也因此终归秘密，可怜书局老板，遍求作者做稿，托印刷所排印，实指望秘密大白，并且发些小财，现在大不开心了，百大秘密，倒真正成了百大秘密，现在听闻有署名网蛛生的，做了一部长篇小说叫做《人海潮》，书计五十回，据说就是《百大秘密》的文字，变化成功，《百大秘密》原有文字，一篇归一篇的，现在《人海潮》，乃是一篇一篇联合拢来，但《人海潮》出版之后，是否开心，那在不可知之数了"。本月22日，《新闻报》"介绍百大秘密"："《百大秘密》一书，为小说家平襟亚君最近精心结撰之作品，此书文字与图画并皆佳妙，在文艺上可为创作，麦家圈中央书店印行，现已发售，昨承惠赠一集，特此志谢，并为绍介。"

12日，丹翁《吊重九》载《上海画报》第516期。张恨水《明天见》载《安琪儿》创刊号，至11月16日，第6期，6次，载完。

15日，丹翁《宣传国术》载《上海画报》第517期。陈小蝶《醉灵日记》，胡嫣红《琐碎的事情》，唐梅溪《呜呼瑜》，周瘦鹃《终成事实的怪梦》，胡天农《小微与爱丽》，郑逸梅《吴中古墓志》，张碧梧译"法兰西第一巨盗奇案"《方多麦士传》第十八回载《紫罗兰》第4卷第8号。

27日，拂云里《十里莺花梦》载《金钢钻》第3版，至1930年10月6日，113次，10回，载完。

按：1930年10月6日《金钢钻》第2版《十里莺花梦》第10回文末编者按："此书共二十回，自本报披露后，竟受读者热烈之欢迎，催促发售单行本。本馆现循读者之要求，已将全书付印,准于年内出版,分订二册,暂定实售大洋一元(或须在一元之外)。"

本月

李涵秋、程瞻庐《新广陵潮》(5集)由世界书局出版。

胡怀琛《中国小说研究》由商务印书馆初版,收入王云五主编《万有文库》第一集第一千种。

11月

1日,张恨水《甚于画眉》重载《世界晚报·夜光》,至12月27日,载完。陈小蝶《醉灵日记》,张慧剑《邻》,范烟桥《湖上词》,林俪琴《玻璃监狱》,张碧梧《遗嘱的怪秘收藏法》,赵眠云《心汉阁杂记》,周瘦鹃、张碧梧译"法兰西第一巨盗奇案"《方多麦士传》第十九回载《紫罗兰》第4卷第9号。

《社会日报》创刊。徐枕亚"哀情小说"《血泪相思记》载第3版,至12月31日,6章60次,载完。张恂子"香艳武侠小说"《峨眉剑》载第3版,至12月20日,5回,43次,未完。

3日,丹翁《哲学恋爱》载《上海画报》第523期。

5日,张恨水《世外群龙传》(即《剑胆琴心》)载《南京晚报·秦淮月》,至1932年9月16日,10回,594次,载完。

6日,《上海画报》第524期发表丹翁《勉圣》:"近日圣人胡,疑非孔氏徒。您真顽邓析,我便泣杨朱。只要乐其乐,何伤觚不觚(典故似见圣作)。鼓非攻不怯,子产竹刑无。"本期另载丹翁《为秣陵饭店主人翁作对联二副》。

9日,王小逸《众生相》载《金钢钻》第4版,至1930年10月6日,6回,58次。

12日,丹翁《民众的杨贵妃(参看前期本报)》载《上海画报》第526期。

15日,丹翁《二黄合作》载《上海画报》第527期。陈小蝶《醉灵日记》,胡嫣红《银箫杂记》,唐梅溪《江上》,范烟桥《〈儿女英雄传〉考证》,金俊仁《林四小姐》,张碧梧《海底之蜜月旅行》,周瘦鹃、张碧梧译"法兰西第一巨盗奇案"《方多麦士传》第二十回载《紫罗兰》第4卷第10号。

张秋虫自扬州来上海,寓居大东旅社,平襟亚、张振宇来社拜访。

24日,丹翁《捧阁夫人赵云阁女士书联助振》载《上海画报》第530期。

27日,《上海画报》第531期发表丹翁《文章六俊》:"文章年少称英奇,几人兼擅绝代之风仪。老夫目中得六俊,际会江左并一时。蒋君稼孙吾所识,其艺术左吴仓石而右王国维。黄君躬厂近造像,欣从散原彊村间见之。吾家恨水小说妙天下;秦君瘦鸥不愧山抹微云词;袁君仲燕甫弱冠,鼎鼎四海名已垂。五人好似各成梁孟足媲美,惟有俞君逸少孤鸾歌五噫。俞君择俪苟何为,盍早珠联璧合我为赋新诗。"

12月

1日,陈小蝶《醉灵日记》,张慧剑《喝醉了酒的人》,赵眠云《香溪之游》,唐梅溪《白云游子意》,郑逸梅《佣余杂记》,周瘦鹃"少许许集"《人生的片段》,张碧梧《奇异的求婚法》,张碧梧译"法兰西第一巨盗奇案"《方多麦士传》第二十一回载《紫罗兰》第4卷第11号。

13日,徐卓呆《无聊》载《新闻报·快活林》,至1930年2月12日,10章,52次,载完。

15日,陈小蝶《醉灵日记》,徐卓呆《伊最后的信》,胡嫣红《银箫杂记》,赵眠云《心汉阁杂记》,顾明道《愁城》,张慧剑《笏山记》,林俪琴《博爱》,唐梅溪《凉风天末》,胡天农《恨》,金俊仁《春宵诉心》,尤半狂《大律师小传》,周瘦鹃译《金星》,张碧梧《有缘千里来相会》,周瘦鹃、张碧梧译"法兰西第一巨盗奇案"《方多麦士传》二十二回载《紫罗兰》第4卷第12号。

18日,丹翁《戏咏吴稚老白嚼蛆》载《上海画报》第538期。爱娇(天笑)"三幕喜剧"《豆腐店》载《晶报》第2版,至27日,3次。

21日,张恂子"武侠小说"《双侠同仇记》载《社会日报》第2版,2回,11次,未完。

24日,丹翁《国术》载《上海画报》第540期。

本月

海上漱石生"新奇侠义小说"《九仙剑正集》由上海时还书局四版。

本年

许廑父受会文堂书局之约,续编蔡东藩《民国通俗演义》后两集,即120回至200回,后因故止续写到160回。

还珠楼主27岁,任同乡、大众银行董事长孙仲山家庭教师,与孙家二小姐孙经洵发生恋情。

1930年（庚午）

1月

1日，张碧梧《穷奢极欲之土耳其王子》，吕碧城《鸿雪因缘》，俞牖云《产了九胎的女人》，张慧剑《读八指头陀诗》，胡翔云《蘋儿的日记》，廖国芳《铜炉》，周瘦鹃、张碧梧译"法兰西第一巨盗奇案"《方多麦士传》二十三回载《紫罗兰》第4卷第13号。

《机联会刊》创刊于上海，由上海机制国货工厂联合会任编辑，天虚我生为总编辑，上海机制国货工厂联合会出版发行，上海大东书局印行。该刊提倡国货，天虚我生是核心人物，至1948年3月16日，共出222期。

3日，张恂子"武侠香艳长篇"《三剑奇侠传》载《海报》，至11月24日，共85次，未完；1931年3月由时还书局初版；1935、1936年均有重新印行。

5日，张恨水《〈水浒〉人物论赞》载《世界晚报·夜光》，至3月7日，共36则。

10日，求幸福斋主《京沽鼙鼓记》载《大亚画报》第202期，至1931年2月25日第283期，77次，载完。

12日，丹翁《陪高士谒何将军请揽古物》，俞俞《丹翁之训词》载《上海画报》第546期。

15日，丹翁《两渡村人近于山西收得"应侯作生杙姜隲敦"，二事石家庄新出土灿然朱绿器盖同文赋诗当下注脚》，"下人"《上画五虎赞》载《上海画报》第547期。吕碧城《鸿雪因缘》，程小青《胜利者》，林俪琴《艺术与体育之战》，赵眠云《心汉阁杂记》，胡翔云《病中随笔》，张碧梧《各种民族之奇装异饰》，周瘦鹃、张碧梧译"法兰西第一巨盗奇案"《方多麦士传》二十四回载《紫罗兰》第4卷第14号。

21日，丹翁《上画五虎将》载《上海画报》第549期。

24日,《上海画报》第550期发表丹翁《游周觉书家展览会》:"周觉名书家,独设展览会,苏州护龙街,张皇一巨肆,我从饱眼福……"

27日,丹翁《还阳》,阿木林《时报馆与天蟾舞台》载《上海画报》第551期。

30日,《上海画报》第552期发表丹翁《废人》:"废人废历过废年,废时废业用废钱。遗老乡愚犹可说,阿婆童稚本堪怜。相沿简直神经病。有瘾几乎鸦片烟,虽对诸君无办法,鞠躬敬贺早升仙。"

2月

1日,吕碧城《鸿雪因缘》,周瘦鹃译、俄国柴霍甫著《少许许集》,张慧剑《她的购买力》,周瘦鹃、张碧梧译"法兰西第一巨盗奇案"《方多麦士传》二十五回载《紫罗兰》第4卷第15号。

3日,丹翁《陈俞两词人新著〈春江花月夜〉小说属题》载《上海画报》第553期。

15日,丹翁《题名伶小留香馆主荀慧生专刊》载上海画报》第557期。吕碧城《鸿雪因缘》,胡嫣红《葬礼》,张慧剑《在异乡》,赵眠云《心汉阁杂记》,杜涝滨、赵苕狂《凄惶之夜》,徐冷波《随感录》,张慧剑《市楼琐记》,金俊仁《情书》,周瘦鹃、张碧梧译"法兰西第一巨盗奇案"《方多麦士传》二十六回载《紫罗兰》第4卷第16号。

18日,丹翁《题赵女士新刻徐夫人友淑钱芥老余空我先生三象印》载《上海画报》第558期。

19日,范烟桥(含凉生)《新京一瞥》载《小日报》第2版,至20日,2次。

本月

张恂子《红羊豪侠传》由上海民强书局刊行。

陈慎言《断送京华记》(2册)由京报馆出版部,收入"京报丛书小说"。

张恨水辞去《世界晚报》《世界日报》副刊主编职务,专事创作。

周瘦鹃《可歌可泣》载《旅行杂志》第4卷第1号,至12月第12期,11次,载完。

郑逸梅"武侠小说"《玉霄双剑记》由上海益新书社出版,2册,24回。

3月

1日,范菊高《只穿一天的旗衫》,吕碧城《鸿雪因缘》,张慧剑《你的弟与妹》,张碧梧译"法兰西第一巨盗奇案"《方多麦士传》二十七回载《紫罗兰》第4

卷第 17 号。张恂子(春茧生)《黑海潮》由上海春江书局出版。

11 日,程瞻庐童话《儿童百宝箱》连载《红玫瑰》第 6 卷第 1 期,至 1931 年 2 月 11 日第 36 期,共 9 篇,载 11 次。姚民哀"江湖秘闻之二"《箬帽山王》载《红玫瑰》第 6 卷第 1 期,至 1931 年 1 月 21 日第 6 卷第 34 期,36 回,34 次,载完;1931 年 5 月由上海世界书局出版单行本,4 册。

12 日,丹翁《艺事》载《上海画报》第 565 期。

14 日,范烟桥《针祸记》载《小日报》第 3 版,至 18 日,5 次。

15 日,丹翁《题本报所载倪云林宝墨》载《上海画报》第 566 期。周瘦鹃、张碧梧译"法兰西第一巨盗奇案"《方多麦士传》二十八回载《紫罗兰》第 4 卷第 18 号。

17 日,张恨水《啼笑因缘》载《新闻报·快活林》,至 11 月 30 日,22 回,载完;9 月 24 日,《世界日报·明珠》转载《啼笑因缘》,至 11 月 27 日,8 回;12 月由三友书社出版。1932 年,明星公司将其拍成 6 集电影,由严独鹤编剧,胡蝶、郑正秋担纲男女主角,部分彩色、部分有声。

18 日,丹翁《如是》,一读者《鲁迅的"书籍和财色"》载《上海画报》第 567 期。

24 日,《上海画报》第 569 期发表丹翁《躺下来罢》:"日前观某先生白话文,拈此四字为题从而韵之。四字止安愚,斯真老氏徒。虽仍脚踢有,但已目标无。不想攀人矣,何伤占地乎？天和日载上,且省仰头颅。"

27 日,丹翁《题陈巨来先生所刻印迹》载《上海画报》第 570 期。

本月

郑逸梅编《最新苏州游览指南》由大东书局出版。

秦瘦鸥《孽海涛》(4 册)由爱光书店再版。

4 月

1 日,黄南丁"武侠小说"《天涯奇人传》第二集载《黄报》第 3 版,至 6 月 7 日,5 回,16 次,未完。

注:1929 年 12 月 11 日,闲在《小日报》中称:"黄南丁君之长篇武侠小说《天涯奇人传》第一集十万言,已由益新书社印行,该书笔法,大有《奇侠精忠传》之赵焕亭君作风,所谓武侠中含有香艳文字者是也。"

周瘦鹃、张碧梧译"法兰西第一巨盗奇案"《方多麦士传》二十九回载《紫罗兰》第 4 卷第 19 号。

3日,丹翁《读天健氏绘事作品》载《上海画报》第572期。

5日,张秋虫《花月春风》载《商声》第3版,至6月2日,1回,共20次。

15日,丹翁《恭维白党元老》载《上海画报》第576期。张枸子"社会小说"《泥犁地狱》载《克雷斯》第3版,至7月21日,3回,共26次,未完。吕碧城《鸿雪因缘》,唐梅溪《春之痕》,范菊高《志忑》,赵眠云《心汉阁杂记》,张慧剑《七绝偶存》,周瘦鹃、张碧梧译"法兰西第一巨盗奇案"《方多麦士传》三十回载《紫罗兰》第4卷第20号。

22日,《上海画报》第578期发表丹翁《题吴门顾明道先生〈啼鹃新录〉》:"春城处处听啼鹃,何处春人不可怜。一代风骚比忠厚,两般花鸟托缠绵。后先公瑾(谓瘦鹃)称高致,伯仲伊川(谓瞻庐)擅少年。东望昆山继清响,足当音学五书传。"

24日,丹翁《祝某君出洋宣传中国之医术》载《上海画报》第579期。张恨水《告别朋友们》载《世界晚报·夜光》《世界日报·明珠》,阐释辞职原因。

本月

张春帆"武侠小说"《天王老子》由上海中央书店出版。

李涵秋遗著、潄六山房评注《革命外史》载《旅行杂志》第4卷第4号,至12月第12号,24回,载完。

徐卓呆"小说"《无聊》由上海益新书社出版,10章,含"二十年前的故乡""野蛮国""哥嫂""小学教师""旧情人""鱼阵""奇祸""赃物""投票""舟中"。

顾明道《哀鹣记》由上海益新书社初版;1931年5月再版;1934年3月3版;1934年8月4版;1936年6月5版;1938年5月6版。

5月

1日,吕碧城《鸿雪因缘》,唐梅溪《春之痕》,林俪琴《祈求》,赵眠云《心汉阁杂记》,周瘦鹃、张碧梧译"法兰西第一巨盗奇案"《方多麦士传》三十一回载《紫罗兰》第4卷第21号。

《湖上之花》在杭州创刊,朱松庐主编,西泠文艺出版社发行。内容讲求兴味,文体不拘文白,6月15日出2期终刊。

3日,丹翁《胡展堂先生双印高士所刻题诗以志钦慕》载《上海画报》第582期。秦瘦鸥《草泽英雄传》载《上海报》第3版,至1932年3月29日,32回,共670次,载完。

按:此《草译英雄传》与《荒唐世界》所载之《草译英雄传》系同一作品,此次重载,前4回的回目被更改。

4日,顾明道《海上英雄》载《小日报》第3版,至9月21日,第八回,共133次,载完。1931年5月16日至1932年6月25日,《海上英雄续集》续载《小日报》第3版,载完。

6日,丹翁《五毒》载《上海画报》第583期。

9日,《上海画报》第584期发表丹翁《五九》:"影响诸端五九临,但谈小节愤犹深。银行虽不关穷汉,邮局都难汇俸金。且笑强权作戎首,可知弱者得天心。疑添几个星期日,月朔从容数到今。"

12日,丹翁《赠图画周先生》载《上海画报》第585期。

15日,《上海画报》第586期发表丹翁《捕甘地》:"武力捕甘地,英雄未足称。求仁真易得,仗义确堪憎。卧辙虽无补,呼天或暗应。戳穿讳凌弱,当局惨无能。"吕碧城《鸿雪因缘》,胡嫣红《银箫杂记》,张慧剑《无题》,胡天农《一个纪念日》,王乐志《童养媳之呼吁》,周瘦鹃、张碧梧译"法兰西第一巨盗奇案"《方多麦士传》三十二回载《紫罗兰》第4卷第22号。

16日,包天笑《芳草天涯》载《上海日报》第3版,至11月14日,共156次,未完。张恂子《朔南大侠传》载《上海日报》第3版,至1931年7月12日,共32回,368次,载完。

18日,"记者"《毕倚虹夫人劬学成功》,丹翁《捧孙菊老》载《上海画报》第587期。

27日,道听《叶楚伧眷念毕倚虹》,丹翁《逸少宿旗亭》载《上海画报》第590期。

30日,丹翁《赋得官草稿》载《上海画报》第591期。

本月

徐卓呆著《女侠红裤子》由中央书店出版;1934年11月再版;1935年2月3版。

温柔生"社会香艳小说"《新上海潮》由上海国华书局出版。

6月

1日,陈慎言《幕中人语》载《大公报(天津)》第9版,至11月29日,31次,10节。吕碧城《鸿雪因缘》,张慧剑《转达》,郑逸梅《吴中小掌故》,胡嫣红《银箫杂记》,金俊仁《痛苦的来源》,周瘦鹃、张碧梧译"法兰西第一巨盗奇案"《方多麦士传》三十二回载《紫罗兰》第4卷第23号。

3日,丹翁《严独鹤先生小印逸少求含英所刻因题》《观寒云篆书有作》载《上海画报》第592期。黄南丁"武侠小说"《红粉侠》载《龙报》第2版,至1932年1月27日,共175次,28回。

6日,含凉生(范烟桥)《到上海去》载《小日报》第3版,至9日,4次。

10日,胡怀琛《中国文学评价》由上海华通书局初版。

12日,丹翁《咏知足老人萝春阁三字巨额》载《上海画报》第595期。

15日,丹翁《赞美鱼颖》载《上海画报》第596期。吕碧城《鸿雪因缘》,张慧剑《信》,胡嫣红《银箫杂记》,胡翔云《搬家》,胡天农《春宵苦短》,张慧剑译《紫色菌》,汪放庵《伊的来信》,金俊仁《风骚的胡太太》,张闻铃译、莫泊桑著《介绍信》,陈小蝶《葬心记序》,顾佛影《南商调》,郑逸梅《万佛楼藏扇记》,刘恨我《旧都新话》,周瘦鹃、张碧梧译"法兰西第一巨盗奇案"《方多麦士传》三十三、三十四回载《紫罗兰》第4卷第24号。

19日,含凉生(范烟桥)《到苏州去》载《小日报》第3版,至20日,2次。

本月

王艺编《明宫艳史》由会文堂新记书局九版。

7月

1日,张悠然《白门秋柳记》由南京晚报出版社出版。

9日,张恨水《旧京俏皮话诀》载《上海画报》第604期,至8月2日第619期,6次,载完。

12日,张恨水《关于小说史料拾零》载《上海画报》第605期。

本月

吴门不读生"社会香艳小说"《云雨潮》(第1集12回)由却尔斯登报馆出版;12月31日,第2集12回出版;至1931年8月5日,全书4册48号由曼丽书店发行。

许指严、许啸天"历史小说"《民国春秋演义》由上海国民图书公司出版。

8月

3日,《上海画报》第612期发表丹翁《浴妙》,马二先生《轮盘三十六门之研究》开始登载,至9月9日第624期,共12次。

6日,丹翁《书快活林茉莉欧洲选美纪后》载《上海画报》第613期。

15日,漱六山房《第一佳人浪漫史》载《平报》,至1931年3月3日,未完。

17日,《天津商报图画半周刊》创刊。刘云若《红杏出墙记》载创刊号,至1931年6月10日第2卷第30期,第4回,第79次;1931年6月14日,自第80次、第4回续载《天津商报画刊》第2卷第31期,至1936年6月24日第18卷第20期,12回,793天次,载完;1946年6月由励力出版社出版。

顾明道"武侠小说"《黄袍国王》载《大上海》,至1931年2月14日,未完。

30日,《上海画报》第621期发表丹翁《女警察》:"设施女警察,当局有良心。安得顾明道,代征方玉琴。开门睡全埠,绑票歇从今。印捕难为佛,辅之观世音。"

本月

许廑父"武侠小说"《历代剑侠传》,由上海南方书局出版,9册,100回,每回配插图1帧。

郑逸梅《浣花嚼雪录》由益新书社出版。

张个侬"长篇写实小说"《情海潮》(40回)由上海大亚书局发行。

9月

3日,《上海画报》第622期发表丹翁《书独鹤先生特殊风味后》。本期载《张秋虫先生杰作〈新山海经〉》广告:"全书五大厚册,定价大洋五元,特价三元,向上海画报馆购取者,每部只收大洋二元五角,外埠加挂号费二角一分,全书回目如次……"

4日,张秋虫(百花同日生)"香艳社会长篇"《野草花》载《响报》第3版,至1931年4月28日,共载34节,未完。

6日,天马《宜取缔武侠小说》载《晶报》第2版。

22日,漱六山房《侠女降龙记》载《新闻报·快活林》。

24日,丹翁《哀谭》载《上海画报》第630期,哀悼谭延闿。

30日,丹翁《藕丝》载《上海画报》第631期。本期载阿稳《次韵谢丹翁(有引)》,引曰:"往岁十二月,丹翁题小子与甘老合影,甘老戏予曰:汝立,便成了天罡侍者。后旋蜀,未之见也,旧事重提,次韵答之,礼也。"

30日,顾明道"言情小说"《白璧之玷》连载《小日报》第3版,至10月24日,共19次,载完。

本月

漱六山房《海洋大侠:球龙》由龙光书局出版;1931年3月再版;1931年5月3版。

10月

3日,丹翁《寿考书家五虎将》载《上海画报》第632期。

10日,《上海画报》第634期发表丹翁《国庆》:海内愈澄清,愈多国庆争。巨公标作品,报阀闹承平。何处不介老,吾家有汉卿。讴歌于上画,表示大欢迎。

18日,天马《胡适之适可而止》载《晶报》第2版。

27日,张恨水《春明新史》载《社会日报》第3版,至1931年9月22日,10回,321次,载完。漱六山房(张春帆)《大刀王五》载《社会日报》第3版,至1932年8月18日,28回,566次,载完。范烟桥《说部漫谈》载《小日报》第3版,至12月17日,共10则。

本月

张恂子《姊妹侠》(4册)由上海醒民出版社出版;11月由上海新智书局出版。

11月

3日,谁《胡适之笔墨官司》载《晶报》第2版。拂云生《花影灯痕》载《金钢钻》第2版,至1931年11月15日,108次,11回,载完;1935年2月,载《金钢钻月刊》第2卷第1集,至4月第4集,4回,未完。

15日,丹翁《善孖大千两先生约吃自制肴馔》载《上海画报》第646期:"赵四将军回府了,巧于吴县府前逢。探怀欣见双翼德,捎帖偏劳一子龙。渴欲座中灌独鹤,馋兼楼上疗宾虹。含英未便邀同去,被请有无信一封?"

18日,丹翁《二十年前之马马胡胡》载《上海画报》第647期。

20日,张恨水《上月份的津贴》载《世界晚报·夜光》,至22日,3次,载完。

23日,张恨水《真假宝玉》重载《世界晚报·夜光》,至26日,载完。吉宇《徐枕亚艳史》载《社会日报》第3版,至25日,2次,载完。

27日,张恨水《来错了》载《世界晚报·夜光》,至28日,载完。

12月

4日,周瘦鹃"名家短篇创作"《罪人》载《市民日报》第3版,至14日,11次,载完。

5日,张恨水《我的小说过程》载《现代社会》第1卷第5期,至19日第7期,3次,载完。

26日,张春帆(漱六山房)《电影外史》载《影戏生活》第1卷第1期,至1931年6月27日第24期,23回,23次,未完。

27日,记者《恨水先生津浦道中一封书》载《上海画报》第660期。

30日,范烟桥《星社雅集预记》载《小日报》第3版。

本年

春,刘云若出任《天风报》副刊《黑旋风》编辑。

秋,张恨水到上海,结识世界书局老板沈知芳,以4000元出售《春明外史》《金粉世家》版权,并预约以4000元为世界书局作四部长篇。

程善之《倦云忆语》由上海文艺小丛书社出版。

程小青为上海世界书局用白话重新编译《福尔摩斯探案大全集》54册。

刘云若主编天津《天风报》附刊《黑旋风》;开始创作《春风回梦记》。

许廑父出任《浙江商报》主编,后《东南日报》副刊《小筑》主笔。

郑逸梅由陆丹林、许半龙介绍,加入南社。

注:据张明观《关于郑逸梅的南社社籍》一文考据:1923年12月《南社丛刻》第22集出版,南社活动就停顿,1923年10月14日,新南社成立,但1924年10月10日,新南社"就没有举行集会,新南社就此无形停顿了","新南社亦已停顿六年","郑逸梅并非南社、新南社社员",但"南社、新南社后,还有南社纪念会",据《南社纪念会条例》规定:"非社友而表同情于南社及新南社者,得加入为志愿会员,但须有当然会员二人以上之介绍。"1936年2月7日,南社纪念会载上海福州路同兴楼第二次聚餐,郑逸梅参加。可知郑逸梅为南社纪念会会员。(张明观《柳亚子史料札记二集》,上海人民出版社,2014年10月)

世界书局来苏州设编译所,范烟桥任局外编辑。

王度庐辞去计民小学教职,任家庭教师,认识李丹荃,后结为伉俪;在《小小日报》写"谈天"专栏,以"柳今"为笔名发表杂感小品。

1931年（辛未）

1月

1日,求幸福斋主《房租》载《社会日报》第2版,至7日,载7次。范烟桥《太平间》载《社会日报》第2版,至5日,5次,载完。范烟桥《王小二过年》载《新闻报·快活林》之"元旦特刊"。周瘦鹃译、俄国亚佛钦古著《不可思议》载《社会日报》第1版,至3日,3次,载完;后载1935年4月15日《社会月报》第1卷第7期。徐卓呆《节约学研究所》载《社会日报》第2版,至5日,5次。张恨水《属羊的》载《北平晨报·北晨画刊》之"新年特刊"。张恨水《旧京新年》载《社会日报》第1版,至3日,3次。

3日,蔡钧徒与阎重楼发起组织龙社票房开办,以提倡艺术,研究剧学为宗旨,社址在上海大世界对面福昌里六二三号,蔡钧徒,阎重楼为会长;于25日正式成立,选举韦钟秀任总务主任。

5日,范烟桥《海濡新年》载《小日报》第3版,至6日。秦瘦鸥小说《歌女白莲花之死》载《社会日报》第2版,至7日,3次,载完。

6日,张恨水《满城风雨》载《晨报》副刊《北晨艺圃》,至1932年10月8日,10回,载完;1934年9月由汉口大众书局出版。

7日,赵林少"社会小说"《海上曥痕》载《上海报》第3版,至2月26日,2章,20次,未完。

9日,陆澹盦《滇垣飞鸿》载《金钢钻》第2版,至15日,3次。

13日,王天恨"短篇哀艳小说"《颐和园》载《龙报》第3版,至10月6日,64次,7章。

15日,何海鸣《故都春梦》载《社会日报》第2版,至2月14日,第2回,31次,载完;从第3回起更名为《故都残梦》,第32次续载,至1933年3月30日,28回,475次,未完。求幸福斋主(何海鸣)《当头棒》载《小日报》第3版,至

1932年3月15日,18回,349次,未完。

27日,张恨水《我的小说过程》载《上海画报》第669期,至2月12日第674期,6次,载完。文殊《陈散原不撰张作霖墓志》载《晶报》第3版。

本月

漱六山房《九尾龟》由开文书局出版。

《新家庭》(月刊)创刊。徐卓呆《女》,毕倚虹遗著《离婚后的儿女》《离婚后的三封信》,张慧剑《淫奔者》,周瘦鹃译、法国杜德著《一朵紫罗兰》载创刊号。

注:《新家庭》杂志由上海大东书局发行,周瘦鹃任编辑。周瘦鹃在《〈新家庭〉出版宣言》中说:"家庭是人们身心寄托的所在,""里面充塞着无穷的爱,""你要慰安,给你慰安,你要幸福,给你幸福";"我们因鉴于家庭与各个人的关系的重要,因此有《新家庭》杂志之作,每月出版一次,参考美国 Ladies Home Journal、Woman's Home Companion,英国 The Home Magazine、Modern Home 等编制,从事编辑。一切材料,都求其新颖有味,成为家庭中最良好的读物。"作家队伍有张恨水、徐卓呆、张碧梧、张慧剑、周瘦鹃、天虚我生等。作品有张恨水的《自朝至暮》,徐卓呆《女》,陈漱芳翻译《亚森罗苹最新奇案·碧眼女郎》,周瘦鹃译作《冷的紫罗兰》,朱松庐《琴弦回响录》,陈翠娜《翠楼新吟稿》等。1933年4月,出12期,停刊。

张恨水《似水流年》载《旅行杂志》第5卷第1号,至1932年12月第6卷第12号,共24次。

2月

3日,丹翁《文丐的纸》载《晶报》第2版。

10日,张恨水《小说考微》开始在北平《晨报》副刊《北晨艺圃》连载,至8月25日,载完,共30篇,论述小说这种文体的历史起源和沿革。《社会日报》载路人乙《杭石君冯叔鸾任公安局秘书》:"自袁良氏辞去公安局长职后,继任者为陈希曾氏,定于今日莅新,并延杭石君。冯叔鸾两名记者担任秘书云。"

11日,张恨水《别有天地》载《红玫瑰》第6卷第36期,至1932年1月11日第7卷第30期,25回,载完。

12日,《上海画报》第674期发表丹翁《文匄》:"文人自称匄,闻之殊不平。所以办报者,锡以花子名。我讳莫如深,不可不力争。文匄我者谁?请还诸仁兄。商界若匄我,惨败于先令。学界若匄我,薪水拿勿成。军界若匄我,伸手大得可怜生。政界若匄我,夫人赌钱永不赢。北平事实但来告,排吸施粥如长鲸。且无军政商学界,文绉都含孔泡情。于是宣传到独鹤,丹翁惟有不作声。"

17日,骆无涯《自由花》载《社会日报》第2版,至21日,5次。

18日,丹翁《稚老篆法》载《上海画报》第676期。

21日,丹翁《方慎庵先生见赠医书四宝》《雪》载《上海画报》第677期。

24日,《上海画报》第678期发表丹翁《报涨》:"画报重文艺,小报持清议。非画报小报,事实赖详记。三种并辔驰,各各好生意。金涨纸亦涨,略呼不景气。但报价随涨,依然可获利,阅报者愈增,贩报愈得计。"

28日,求幸福斋主《马浚健儿》载《大亚画报》第284期,至8月15日第317期,33次。

本月

《华光》(半月刊)创刊,郑逸梅、张文杰编,上海飙浪文艺社发行,仅出1期。

3月

7日,张秋虫、张恂子等集体创作的"集锦社会小说"《轮窟丽姝》载《社会日报》第2版,至16日,10次,载完;此为《社会日报》集锦小说第一组。后全文载1935年4月15日《社会月报》第1卷第7期。

10日,李薰风"社会言情小说"《春城花絮》载《庸报》第12页,至1932年5月6日,12回,412次,载完。

12日,《上海画报》第682期发表丹翁《探梅》:"邓尉探梅擅雅名,不来一次负人生。僧心光福分寒煖,友口苏州苦送迎。铁轨车忙上和下,汽油船载快而轻。耳中贯满星期晚,不是回申即晋京。"

13日,何海鸣《藏春记》载《中华画报》第1卷第1期,至1932年9月23日第2卷第200期,12回,188次。

15日,《上海画报》第683期发表丹翁《新室孔方兄》《作品》:"文字勿露骨,诗歌重写心。空中何必语,弦外本无音。神静温如玉,功深嫩似金。显然呈理趣,容易解人寻。"

17日,"集锦小说"第二组"社会小说"《空谷箫声》载《社会日报》第2版,至26日,载完。作者依次为余空我、吴农花、张舍我、汪仲贤、江红蕉、俞逸芬、王小逸、秦瘦鸥、徐卓呆、施济群。

18日,丹翁《女画家》载《上海画报》第684期。

21日,《上海画报》第685期发表丹翁《善卖》:"艺术重自玩,不必眩卖钱。目光在卖钱,纵卖亦可怜。玩久难自秘,不禁人宣传。岂但卖一世,起马千万年。甘秘千万年,耻受瞽者煽。"春风《初民逸话·何海鸣困守金陵之役》载《小日报》第2版,至22日,2次。姚民哀"江湖秘闻之三"《生死朋友》载《红玫瑰》第7卷第1期,至11月1日第23期,23回,23次,未完。

22日,袁寒云逝于天津。

引:本月23日《新闻报》第4版载《袁寒云在津病逝》:"天津,袁寒云廿二日上午病逝津寓。"

24日,丹翁《笑辍丹开小说家》载《上海画报》第686期。

26日,全人《周瘦鹃与刘半农·她与伊之关系》载《小日报》第3版。

27日,丹翁《挽寒云先生》载《上海画报》第687期:"河山不朽名公子,道艺难忘几故人。"另,本期《上海画报》载《讣告》登载袁寒云逝世讣告,炯炯、逸芬、道听都有纪念文字。丹翁《哀寒云》、俞逸芬《洹上夫子痛语》,天倪《挽寒云》载《晶》第2版;宝凤阁主《寒云忆语》载《晶报》第2版,至4月24日,共7次。范烟桥《呜呼寒云》载《小日报》第2版,至28日,载完。

"集锦小说"第三组"探险小说"《万花谷》载《社会日报》,至4月5日,载完。作者依次为海上漱石生、徐枕亚、朱大可、溢芳、南丁、姚民哀、吉宇、顾佛影、陈灵犀、许廑父。

30日,丹翁《〈社会日报〉之汪仲贤》载《上海画报》第688期。

本月

胡怀琛《一般作文法》由世界书局初版;9月再版。

李涵秋《好青年》由上海国华新记书局出版。

4月

1日,汪仲贤(沧海客)《歌场冶史》载《社会日报》第2版,至1941年8月6日,共632次;1935年由上海社会出版社出版,2集,30回。王小逸《风流夫婿》自44节开始载《上海日报》第2版,至8月31日,共166次,未完。一笑《周瘦鹃用她字之例外》载《小日报》第3版。

2日,张秋虫(百花同日生)《海上红楼》自58节开始载《上海日报》第2版,至11月30日,30回,共287次,载完。周瘦鹃中篇小说《落花流水》载《ABC日报》第3版,至4月10日,9次,载完。

3日,何海鸣《痛悼寒云》载《中华画报》第1卷第4期,至10日第5期,上下,载完。

6日,"集锦小说"第四组"哀情小说"《病榻的悲哀》载《社会日报》第1版,至4月15日,载完。作者依次为刘豁公、韦兰史、曹痴公、胡憨珠、蒋剑侯、姚苏凤、张枕绿、陈达哉、严芙孙、陈蝶野。

11日,周瘦鹃中篇小说《真正的家》载《ABC日报》第3版,至27日,16次,载完。

16日,"集锦小说"第五组"哀情小说"《胭脂印》连载《社会日报》第1版,至30日,共12次,10节,载完;由啼红、谢豹、燕子、碧波、释云、禹钟、瞻庐、烟桥、佩英、明道、小青合著。

27日,曼妙(包天笑)《读〈越缦堂日记〉》载《晶报》第3版。

28日,周瘦鹃中篇小说《钗分钿合》载《ABC日报》第3版,至5月19日,21次,载完。

30日,丹翁《姓氏婚姻家庭三问题》,曼妙(包天笑)《跑马场之节孝坊》载《晶报》第2版。

本月

刘云若《春风回梦记》由大陆广告公司出版。

5月

1日,"集锦小说"第六组"倡门小说"《香茵小传》载《社会日报》第1版,至5月26日,载完。作者依次为冯梦云、陈听潮、张庆林、赵君豪、平襟亚、朱瘦菊、徐哲身、胡梯维、宋痴萍、何海鸣。李涵秋《怪家庭》续集(2册)由上海震亚书局出版。

2日,张秋虫《今梼杌》载《利利周报》第3版,至6月6日,载6次。

3日,丹翁《小报记者》载《上海画报》第699期:"如今小报实难为,谁肯平空得罪谁?阅者欢迎谈要政,老夫避免赋歪诗。事详处处诬虽不,笔重时时悔莫追。颇费思量八方面,等闲可有漏恭维。"

7日,李薰风"长篇社会言情小说"《弦外余音》载《庸报》第12页,至1933年5月11日,10回,369次,载完。

9日,孙东吴《报界耆宿席子佩作古》载《晶报》第2版。

16日,顾明道《海上英雄续集》载《小日报》第2版,至1932年6月25日,10回,共933次,载完。

18日,丹翁《赋得有妇之夫》载《上海画报》第704期。

20日,周瘦鹃"中篇小说"《五日之皇帝》载《ABC日报》第3版,至6月2日,13次,载完。

21日,渊渊《席子佩氏轶事》载《晶报》第2版。

24日,范烟桥《说海一勺》载《新闻报·快活林》。

27日,"集锦小说"第七组"非战小说"《和平之神》载《社会日报》第1版,至6月11日,载完。作者依次为芥尘、大雄、迦公、剑云、浩然、碧梧、谔声、药樵、苕狂、东吴。丹翁《题川主席刘公玉印》《上芥老》《鹤鹊之价值》载《上海画报》第707期;《鹤鹊之价值》:"特刊好友索题诗,非特刊诗暂缓之。逸少舍予金面大,丹翁芥老感情私。半狂不怕捉不住,大雄有病逃有词。才晓鹤鹊药甘草,一言九鼎万方知。"

30日,丹翁《老友》载《上海画报》第708期:"芥老上画大雄晶,开心蹩脚没淘成,有何道艺非顽艺,如此人生要怎生。胡圣阔因难骑拢,超观来了最欢迎,余皆二十年前样,只我霜毛多几茎。"

本月

王度庐"哀情小说"《缠命丝》、"社会小说"《燕燕莺莺》载《小小日报》。

6月

1日,姚民哀《双龙伏虎记》载《上海报》第4版,至1938年3月31日,64回,共997次,载完。

3日,周瘦鹃中篇小说《小说家之妻》载《ABC日报》第3版,至23日,20次,载完。

9日,丹翁《敬挽席佩老》载《上海画报》第711期:"众老成忠最少年,识荆胜国在光宣。追尘日本维新后,启智中华革命前。月旦选材皆俊杰,风仪临会似神仙。移时山斗从容去,继武人间几大贤。"

10日,张恨水《三个时代》载《申报·自由谈》,至23日,载完。

19日,周瘦鹃在《申报·自由谈》发表《点滴》,至9月2日,共9篇。

24日,周瘦鹃中篇小说《女贞花》载《ABC日报》第3版,至7月8日,14次,载完。

30日,道听《胡适之追念杨千里》载《晶报》第2版。杨千里是胡适的国文老师,胡适在《四十自述》中有专门记载。

本月

秦瘦鸥译、英国萨克斯洛茂尔著《世界之末日》载《旅行杂志》第5卷第6号,至1932年3月第6卷第3号,10次,载完。

7月

2日,"集锦长篇小说"《宣南艳囮》载《社会日报》第1版,至12月1日,8回,77次,载完。主要作者依次为梅花馆主、陆士谔、王西神、郑正秋、王天恨、杨尘因、疑始。

5日,汪仲贤(汪优游)《苏台芳草》载《世界晨报》第1版,至1932年9月5日,24回,载343次,载完。徐卓呆"家庭小说"《金色美人》载《世界晨报》第1版,至10月11日,9节,88次。吴双热"武艳长篇"《公孙剑》载《世界晨报》第1版,至8月10日,3回,35次。联珠长篇《镜花水月》载《世界晨报》第1版,至1932年1月9日,17回,168次,载完。作者依次为漱六山房、周瘦鹃、徐天啸、施济群、余空我、姚凤苏、顾明道、范烟桥、程瞻庐、程小青、许廑父、俞逸芬、钱芥尘、黄转陶、江红蕉、张秋虫、徐枕亚等名家。

9日,周瘦鹃"中篇小说"《还珠记》载《ABC日报》第2版,至7月16日,8次,载完。

15日,丹翁《题江都黄汉侯先生刻扇竹骨神龙兰亭》载《上海画报》第723期。陆澹盦《滇游随笔》载《金钢钻》第2版,至12月9日,48次;1935年1月23日,李伯东《滇游随笔赘言》载《金钢钻》第2版,至3月17日,26次。

17日,周瘦鹃"中篇小说"《虚惊》载《ABC日报》第2版,至24日,载完。

18日,朱松庐著、汤笔花评长篇小说《银海星槎》载《影戏生活》第1卷第27期,至1932年1月2日第51期,24回,载完。

26日,周瘦鹃"中篇小说"《十年之恨》载《ABC日报》第2版,至8月10日,15次,载完。

27日,鲁迅《上海文艺之一瞥》载《文艺新闻》周刊第20号第1版,至8月3日,载完。该文批评了洋场才子,他们自比贾宝玉,把青楼妓女比作佳人,于是佳人才子的书就产生了。内容多半是,才子独看上了这些被人轻视的佳人,受了千阻万挠,终成佳话之类,这样的文章盛行了几年。

本月
海上漱石生"武侠小说"《金陵双女侠》3册由上海时还书局初版。

8月

9日,《上海画报》第731期载丹翁《题辽宁三都护六桥先生姬人玉并女史香珊瑚馆遗稿》、《徐志摩先生来信》,后文辩明小报所谓徐陆失和的谣传。

14日,周瘦鹃中篇小说《妒情记》载《ABC日报》第2版,至10月7日,41

次,载完。

18日,《上海画报》第734期载丹翁《公鲁游兴》:"昨晤贵池刘公鲁,也要游览辽宁焉……约我同往我亦乐,至多两星期留连,俟我商之大雄氏,如有暇则喜欲颠。"

22日,张恂子《近百年上海历史演义》由上海南星书局出版,80回。

23日,张秋虫《嬉笑怒骂集》载《社会日报》第2版。

本月

张恨水小说《满江红》和《落霞孤鹜》由上海世界书局初版。

《近代名家小说集》(共20部)由上海思厂出版部初版。作者有钱释云、顾明道、张碧梧、张枕绿、赵苕狂、孙了红、包天笑、胡寄尘、范烟桥、吴灵园等。

胡怀琛《中国文学史概要》由商务印书馆初版;1934年9月国难后第1版。

周瘦鹃译《欧美名家短篇小说丛刊》(3册)由中华书局4版。

9月

1日,汪仲贤《咖啡之妻》载《福尔摩斯》第2版,至17日,载完。张恨水《太平花》载上海《新闻报·快活林》,至1933年3月26日,载完;1933年6月,上海三友书社出版单行本。江红蕉《丈夫的妻子》载《申报·自由谈》。

2日,陶行知《不除庭草斋夫谈荟》载《申报·自由谈》,至1932年1月29日,98天次。

18日,汪仲贤《红毛龟》载《福尔摩斯》第2版,至30日,载完。

21日,丹翁《日吹》载《晶报》第2版,就"九一八事变"发表看法。

24日,周瘦鹃在《申报·自由谈》发表《痛心的话》,至10月20日,共26篇。赵苕狂长篇小说《歇浦灵光》载《灵光》第2版,至11月23日,2回,18次。丹翁《不抵抗》,道听《日军暴行中之东北人物》,神狮《日军侵略辽吉之集观》载《晶报》第2版。

引:《不抵抗》:

东北国军,采用不抵抗主义,故日兵能炮轰兵工厂,侵据大营衙署,解除军警武装,捕去高级官吏,横冲直撞,如入无人之境。因追念甲午痛史,满清旧式军队,尚与周旋两年。今乃于十五小时以内,辽吉一带要地,自吉长以至营口,奚啻千余里,尽归掌握,在彼称曰障占领,在我直地方失守而已。彼于最近外交史,诚难寻成例,而吾人欲为定一适当名词,盖亦不易。日人藉口南满路轨被毁,径攘沿路各地,度彼未始不师去年俄人为中东路案,强占沿路地带之故智,而变本加厉。但前次抵抗结果,外交至竟失败,此次不抵抗之结果,外交倘可胜利乎？嗟嗟,虽吾侪无识之老民,固只以为困兽犹斗。而曰不抵抗,则吾侪与生俱来之一点热血,将安所用之？是又不得不泪墨成词,以哀贤者之苦心耳。惟有水来土堰,水至知寻土晚,惜土故多情,做土本来无怨,辗转辗转,肯待磋商方面。

27日,丹翁《国难哀鸣曲》载《晶报》第2版。

引：《国难哀鸣曲》：

不抵抗,无先例,人但知,一甘地。印度对英国,用此不抵抗而抵抗,抵抗而不抵抗之主义。

以外则有法对德,因他赔款迟。法兵占鲁尔,德兵退避之。商店各罢市,购物不理伊。袖手云遇贼,遭捕即跟随。但宁死不屈,一切任所施。是曰：消极抵抗。国际又一例如斯。

春秋有桀齐,厥例若相似。杀父兄,系子弟,毁宗庙,迁重器。诸侯多谋伐寡人,或者畏齐之强,无此事,今竟思动天下兵。安得孟子,教他出令返旆,屁滚尿流歇把戏。

哀鸣曲,正独唱,在何处,在报上忽然发见六个啥圈圈,同时又联想到,当当当当当五个字声浪。

六个啥圈圈,漫漫听我言海上。凡东报,兴高采烈,如军队号数,皆以第○○队,代纪焉。

28日,漱六山房《脂粉英雄》载《上海日报》第1版,至30日,未完。

29日,范伯群生于浙江湖州。

30日,丹翁《国难哀鸣曲》载《晶报》第2版。

引：《国难哀鸣曲》：

日军无赖尤,处处滑而油,初要组一中日共同调查会。既而国际联盟派员调查,他摇头,用彼盾陷彼矛,脸一老,怕甚羞。关起门来骗骗人容易,一千五百方里的辽吉,明明在那里丢。

曲直早分,调查何必,曲直调查,偏要中国一径歪斯缠,无非欲直彼之曲,而曲我之直。

本月

张春帆"警世长篇"《反倭袍》由上海大众书局出版。

10月

1日,《新闻报》开始连载顾明道、刘信秋、杨宗亮、郑逸梅、孙怀瑾、挹泉、殷静秋、马协忠、济航、寄鹤、郑逸梅、许慕镛、抱冲、师孟女士、龚剑虹、王德文、抱秋、独鹤、逸鸥等人的《救国之声》,至12月28日,共53次。

3日,丹翁《日本阴谋》载《晶报》第2版。

4日,汪仲贤《国家将亡》载《福尔摩斯》第2版,至16日,载完。

6日,丹翁《陈蝶衣词人朱铭庆女士新婚致词》载《上海画报》第748期。

7日,范烟桥《无线电话》载《小日报》第3版,至15日。

10日,张恨水《京尘幻影录》载《社会日报》第2版,至1933年7月24日,10回,337次,载完。求幸福斋主《痛自责》载《新报》第2版,至19日,共4次。周瘦鹃《为国难事吁求全国家庭一致勿用国货》载《新家庭》第1卷第9号。

12日,丹翁《新三巨》载《上海画报》第750期。

16日,徐卓呆"长篇小说"《桥上人》载《机联会刊》第44期,至1934年1月15日第87期,共40次,载完。

17日,汪仲贤《野鸡父亲》载《福尔摩斯》第2版,至11月2日,载完。周瘦鹃中篇小说《妇役之泪》载《ABC日报》第2版。

20日,笑峰(瞿秋白)《吉诃德的时代》载《北斗》杂志第1卷第2期。

引:《吉诃德的时代》称:"武侠小说连环图画满天飞的中国里面,那中国的西万谛斯……还在摇篮里呢,还是没有进娘胎?!不是的,这些西万谛斯根本就不把几万万'欧化之外的读者'当人看待。"

21日,丹翁《推广和平(蝶恋花)》载《上海画报》第753期。

22日,求幸福斋主《沈阳回忆录》载《新报》第1版,至12月28日,共11次。

24日,丹翁《面子》载《上海画报》第754期。周瘦鹃将《自由谈》的"痛心的话"栏目改为"抗日之声"。

25日,网蛛生(平襟亚)、王定九《摩登女郎日记》载《ABC日报》第2版,至11月15日,载完。

27日,丹翁《壶瓶》载《上海画报》第755期。

30日,包天笑《乡下人又到上海》载《申报·自由谈》,至12月3日,共35次,载完。丹翁《鉴物》载《上海画报》第756期。

本月

江红蕉撰"社会言情小说"《灰色眼镜》,由上海长城书局初版。

张恨水《银汉双星》(2册,10回)由上海大众书局出版,并由联华影业公司搬上银幕。

赵君豪编《小说晶》由积渊阁出版社出版,含余空我《再见》、周瘦鹃《伦敦独一的女车夫》、程小青《假父》、赵叔雍《明月楼》、漱六山房《辰州派之武术》、严独鹤《落花时节》等小说。

11月

1日,程小青《霍桑探案:白衣怪》载《上海报》第3版,至1932年8月6

日,18 章,共 235 次,载完。

4 日,汪仲贤《二尾子》载《福尔摩斯》第 2 版,至 16 日,载完。

9 日,汪仲贤《古怪病》载《福尔摩斯》第 2 版,至 12 月 11 日,载完。

12 日,《上海画报》第 760 期载丹翁《苟日》:"苟日亡巴旦,真不是好物。自己作大盗,要主人负责。寇沉死不退,立志进吞黑。主人取自卫,安见无特识。鼫鼠具五技,黔驴能几踢。正恐步步逼,步步入荆棘。苟日好为之,最后看颜色。"

15 日,张恨水《对〈太平花〉意义的一段报告》载《新闻报·快活林》。

18 日,丹翁《改李义山》载《上海画报》第 762 期。

21 日,丹翁《戏贺浩然先生登台》载《上海画报》第 763 期。

24 日,《上海画报》第 764 期载丹翁《阋墙》:"皇帝亲王也阋墙,此其所以谓皇王。有江山且江山送,无有江山何必忙。五族犹嫌御侮迟,本来一族忽分离。阋墙藉问墙安在?阋到无墙可阋时。"丹翁《虽败犹荣》、绛雪《悼诗人徐志摩》分别载《晶报》第 2、3 版。

27 日,丹翁《调查团》,章行严《挽徐志摩君》,如是《溥仪赴满之琐闻》,武士《徐志摩底诗魂归来》,天倪《挽徐志摩》载《晶报》第 2 版。

30 日,丹翁《半个面包》载《晶报》第 2 版。

引:《半个面包》:

东省权利,国联亦深知,足抵中国全体之半。国人倘不与争,日本故自有一面包,朝鲜一面包,再增中国之半个面包,已不啻两个半。而中国之面包,只有半个,岂不惨哉?爰成一绝:染指忽忽下语难,不妨戏喻面包残。主人何必多哀怨,犹胜充饥画饼看。

12 月

3 日,王天恨"社会小说"《春花秋月》载《龙报》第 1 版,至 1932 年 1 月 27 日,2 回,共 18 次,未完。

9 日,丹翁《匪国》载《上海画报》第 769 期:"不自匪其国,而将国匪人。本来盗憎主,其与鬼为邻。早欲东陵卧,何劳西子颦。半'匪'溥天下,'王'土(土匪之土)莫'非'臣。"

12 日,丹翁《伯夷就纣》载《上海画报》第 770 期。

15 日,丹翁《看报之感》载《上海画报》第 771 期。程瞻庐《望云居谈荟》载《金钢钻》第 3 版,至 1932 年 1 月 6 日,共 7 次,载完。

27 日,顾明道"国难小说"《小白龙》载《金钢钻》第 2 版,至 1932 年 1 月 18

日,载完,共 8 次。

本月

张恨水《敬以一瓣心香致祭徐君》载《北晨学园》第 12 期"哀悼徐志摩专号",哀悼徐志摩。

本年

许廑父任《浙江商报》主编、社长。

上海交易所风潮,范烟桥买卖标金,损失逾万,负债数千;冬,任教东吴大学附属中学国文教员,辞持志大学教职。

王度庐 23 岁,任《小小日报》编辑。

淞沪会战爆发,程小青夫妇向十九路军将士捐羽绒背心,请十九路军负伤营长住到自己家中养伤。

张恨水创办北平华北美专,任校长,兼国文教员。秋,张恨水与春明女中学生周淑云结婚。

1932年（壬申）

1月

1日,顾明道《海外争霸录》载《世界晨报》第4版,至5日,共5次,载完。张恨水《以一当百》载《新闻报·快活林》。张恨水《旧时京华》载南京《民生报》,至6月11日,8回,110次,未完。丹翁《扩张军缩》载《上海画报》第776期。范烟桥《几个元旦》载《世界晨报》第4版,至5日,5次,含《新闻记者的元旦》《小学教师的元旦》《星社雅集的元旦》《倦眼饥肠的元旦》《泉声鼓韵的元旦》。

3日,程小青《科学救国与侦探小说》载《世界晨报》第2版,至5日,3次。

6日,丹翁《读红楼》载《上海画报》第778期。

18日,丹翁《义勇军》载《晶报》第2版。

引:《义勇军》:

凡一国亡,既无此国军队与彼国战。齐民或不堪苦楚而人自为战,远者如扬州十日,嘉定屠城,近者如朝鲜己未三一运动,台湾雾社之役,虽未尝不义勇,然亦悲壮淋漓,令人凄绝。暴日入辽以后,欲尽灭我国官民武力,穷追狂杀,寻常百姓,向设围子,用资保卫,既遭蹂躏,舍命周旋,以几处孤军,敌一仇国,胜或保全一角,败则家破人亡,此为何等酸辛之境! 或谓中国犹若无恙,然以视扬州嘉定故事,朝鲜台湾近闻,复何区别哉? 诗以哀之。

21日,丹翁《杭育》,冻蝇《溥仪的近状与嗜好》载《晶报》第2、3版。《晶报》第3版《小说预告》:张恨水《锦片前程》:"旨在爱国,语则缠绵,热烈风流,一炉共冶,是诚经心得意之作。"

21日,范烟桥《罢课》载《金钢钻》第3版,至4月15日,6次。丹翁《独立国》载《上海画报》第782期:"三字费经营,难求实称名。高歌寄生草,倒筑受降城。纸虎那烦戳,金鸡犹暂撑。红孩伴合掌,飞脚看王英。"

25日,《铁报》出至此日,于次日暂停,至1934年9月7日复刊。

27日,张恨水《锦片前程》载《晶报》第3版,至1935年12月1日,未完。
丹翁《战守和降亡》载《晶报》第2版。

本月

张恨水《春明新史》由北平远恒书社出版。

陈慎言《海上情葩》由北平晨报社初版。

李涵秋《活现形》由上海国华新记书局出版。

2月

5日,还珠楼主与孙经洵结婚。

11日,赵焕亭《姑妄言之》载《北洋画报》第738期,至1933年4月4日第915期,共175次,未完。

本月

李伯通"长篇社会小说"《丛菊泪》(6册)由广益书局出版。1998年5月由江苏广陵古籍刻印社影印出版,分上下两册。

3月

10日,汪仲贤(汪优游、UU)《恐怖之窟》载《社会日报》第2版,至4月22日,共38次。

21日,潘兕公《二小姐》(后改名为《飞湍》)载《上海画报》第792期,至12月21日第846期,53次,未完。

24日,来函《陆小曼的一封信》载《晶报》第2版。

本月

张恨水《弯弓集》由北平远恒书社初版。

4月

1日,《新闻报》副刊更名为《新园林》,严独鹤发表"谈话"《〈新园林〉与新生命(园丁的几句话)》。

9日,施济群、韦兰史、郑逸梅合编《金钢钻小说集》由金钢钻报馆发行,地址:上海天津路。陆澹盦《百奇人传》载《金钢钻》第3版,至1934年10月30日,录《燕锷》《坛子李》《花铃》等。

按:《金刚钻小说集》收录:施济群(济公)《序言》,健碧《小说赘言》,惊蝶《张恨水与失节》,陆澹盦《英雄谱》《殷铿》《燕锷》《酒人刘九》《说部卮言》,还吾《炸弹声中》,兰史《文学与史学》,废物《山农象赞》《谈〈品花宝鉴〉》,徐卓呆《甚乐甚乐之徐碧波》《徐先生》,汪仲贤《泥马渡康王》,一得《我亦谈谈〈红楼梦〉》,周瘦鹃《倔强可喜之嚣俄》,惊蝶《小说枝谈》,俞逸芬《水浒后传》,问白《小说之基于时代价值》,郑逸梅《林译小说》《章太炎轶事》,程小青《不肖子》,陈彩凤《一小说家》,漱六山房《吴佩孚》,顾飞女士《念奴娇》,陆士谔《猫之自述》,范烟桥《西征随笔之文字狱》,海上漱石生《退醒庐著书谈》,程瞻庐《说海蠡测》,嚆嚆《熟谈三国之乌龟》,癖龙《红楼臆说》,耐庵后人《小说家轶事》,纸帐《谈星社小说家》。

陆澹盦《说部卮言·水浒》载《金钢钻》第3版,至8月20日,57次,载完。

21日,张恨水《仇敌夫妻》载《福尔摩斯》第2版,至5月9日,载完。张恨水国难剧本《热血之花》载《上海画报》第798期,至6月26日第811期,27幕,载完。张恨水《弯弓集自序》载《社会日报》第2版,至22日,2次。

24日,张恨水国难小说《九月十八日》载《社会小说》第2版,载完。

本月

姚鹓雏任江苏省政府秘书,后任第一科科长,至1937年11月离职。

《申报》创刊六十周年,周瘦鹃在《自由谈》组织纪念专刊。

周瘦鹃《为国难事吁求全国家庭一致勿用日货》载《新家庭》第1卷第9号。

5月

6日,徐卓呆《金钢钻小说集·徐先生》载《金钢钻》,至18日,载完。漱六山房《锦笑珠啼》载《大报》,至8月30日,未完。

20日,钱杏邨《上海事变与鸳鸯蝴蝶派文艺》载《北斗》第2卷第2期,批评以张恨水和徐卓呆等鸳鸯蝴蝶派作家所作"国难小说","是充分的反映了封建余孽以及部分的小市民层对于这一伟大事变的认识,和在这一时期间的生活观点的全部"。

21日,张春帆(漱六山房)《吴佩孚轶事》载《金钢钻》第3版,至6月6日。

27日,网蛛生(平襟亚)《人海新潮》载《社会日报》第2版,至9月6日,10回,共103次,载完。《东方日报》第1期长篇小说点将大会《醉卧沙场》载第4版,至8月17日,共83次,载完;作者有严独鹤、陈大悲、周瘦鹃、平襟亚、张春帆。汪仲贤《风尘怪杰》载《东方日报》第4版,至1934年9月7日,26回,共665次,未完。张恨水《如此春城》载《东方日报》第2版,至11月22日,5回,共179次,未完。

28日,谢啼红小品杂感《西南东非有高低》载《东方日报》第2版,至1947

年9月26日,共发表小品杂感243次。

本月

李涵秋《魅镜》由上海国华新记书局出版。

6月

9日,陆士谔《金钢钻小说集·猫之自述》载《金钢钻》,至6月15日,载完。张恨水《是谁之过》载《大报》,至8月3日,未完。

12日,程小青杂评《国画的将来》载《金钢钻》第4版,至7月15日,10次。

21日,郑逸梅《林译小说谈》《章太炎佚闻》载《金钢钻》第3版。

24日,海上漱石生《退醒庐著书谭》载《金钢钻》第3版,至8月20日,32次。

25日,张恨水《第二皇后》载《世界日报·明珠》,至1933年5月14日,未完。

7月

1日,捉刀人"热的小说"《王公馆》载《时代日报》第4版,至1933年10月17日,共12期,共444次,载完。汪仲贤《朱八嫁》载《时代日报》第4版,至1933年5月21日,52章,276次,载完;1948年5月,《朱八嫁》由震华书局出版。《珊瑚》在苏州创刊。程瞻庐"长篇社会小说"《不可思议》载《珊瑚》第1卷第1号,至1933年6月16日第2卷第12号,共20回,载完。顾明道《国难家仇》载《珊瑚》第1卷第1号,至1934年6月16日第2卷第12号,共20回,20次,载完。范烟桥自《珊瑚》第1卷第1号至1934年5月16日第4卷第10号(即46期)以"含凉""含凉生"为笔名共发表《国难中的苏州》等时评杂感、随笔小品24天次。

注:《珊瑚》为半月刊,由苏州珊瑚半月刊社出版,发行人为叶文彬,编辑主任为范烟桥。《珊瑚》的办刊宗旨大体体现在范烟桥载创刊号的《不惜珊瑚持与人》一文中,他在文中提到《珊瑚》命名的缘由:"山海经:'珊瑚生海中,欲取之,先作铁网,沉水,珊瑚贯网而生,岁高二三尺,有枝无叶,形如小树,因绞网出之。'从来把文字比珊瑚,收罗文字的比结网者,我希望结了这个网,把国内作者的美底文艺,逐渐的收拢来,供献给读者。珊瑚的颜色,有红有白有青有黑,这小册子的文艺,也是五光十色,什么都有一点。"其办刊宗旨在于"以美的文艺,发挥奋斗精神,激励爱国的情绪,以期达到文化救国的目的"。其内容涵盖小说、小品、诗词、掌故轶闻、剧本等。撰述人有范烟桥、柳亚子、顾明道、程小青、徐碧波、包天笑、吴双热、周瘦

鹃、汪仲贤、陈瀣一、陈佩忍等。刊物还专设珊瑚画报一目,刊登名画、摄影及名物考古与漫画。长篇小说有顾明道《国难家仇》《秋水伊人》,程小青译作《绿箭手》,季金鹤的《龙吟虎啸》,程瞻庐的《不可思议》等;中篇小说有范菊高的《貂蝉》,宪章的《松花江上》,徐卓呆《食指短》,程小青的《八十四》;短篇有严独鹤的《缺痕》,周瘦鹃《死后》,求幸福斋主《傀儡的悲剧》《房间》,红蕉《睡眠不足》,姚凤苏的《忘情》,陈莲痕的《伪国残影》。学术文章有凌景埏《再生缘考》,吴霜厓《瞿安读曲记》,含凉的《〈孽海花〉的小考证》,张阴人《乱弹考》,胡寄尘《中国小说的起源及其演变》。笔记有陈佩忍的《浩歌堂近谭》,陈瀣一《燕蓟鳞爪录》。杂组有邓启炘《抵抗日记》等。至1934年6月16日,《珊瑚》出至第4卷第12号,共48号,终刊。

13日,徐卓呆《荒唐博士》载《小日报》第2版,至9月1日,7回,49次。

8日,周天籁《儿时散记》载《新闻报本埠附刊》第1版,至15日,载完。

16日,范烟桥《〈孽海花〉的小考证》载《珊瑚》第1卷第2号。

20日,田汉《戏剧大众化和大众化戏剧》载《北斗》第2卷第3、4期合刊。

本月

还珠楼主《蜀山剑侠传》连载《天风报》,还珠楼主被聘任《天风报》副刊编辑。

按:《蜀山剑侠传》出版情况:1933年4月,《蜀山剑侠传》第一集单行本由百城书局出版;1933年7月,《蜀山剑侠传》续集单行本由文岚簃奎记古宋印书局出版,10、12月《蜀山剑侠传》第3、4集陆续出版;1934年4、9、11月,《蜀山剑侠传》第5、6、7集单行本出版;1935年2、5、8、12月,《蜀山剑侠传》第8、9、10、11集分别出版;1936年2、4、7、10月,《蜀山剑侠传》第12、13、14、15集分别出版;1937年2、8月,《蜀山剑侠传》第16、17集出版;1938年5、10月,《蜀山剑侠传》第18、19集改由天津励力印书局出版;1939年6月,1940年11、12月,1941年9、11月,1942年1、5、8、10、11、12月,1943年2、6、9月,《蜀山剑侠传》20、21、22、23、24、25、26、27、28、29、30、31、32、33集出版;1946年10月,《蜀山剑侠传》第34、35、36集由上海励力出版社出版;1947年3、7、8、9、10、11、12月,《蜀山剑侠传》第37、38、39、40、41、42、43集由正气书局发行,1948年1、3、4、5、6、7、9月,《蜀山剑侠传》第44、45、46、47、48、49、50集。(参见周清霖《还珠楼主李寿民先生年谱》)

胡怀琛(胡寄尘)"历史小说"《真西游记》由国光印书局初版,1933年9月再版。

郑振铎《论武侠小说》收入新中国书局版《海燕》。

引:《论武侠小说(节录)》称:

一般民众,在受了极端的暴政的压迫之时,满肚子的填塞着不平与愤怒,却又因力量不足,不能反抗,于是他们的幼稚心理上,乃悬盼着有一类"超人"的侠客出来……这完全是一种根性鄙劣的幻想,欲以这种不可能的幻想,来宽慰了自己无希望的反抗的心理的。武侠小说之所以盛行于唐代藩镇跋扈之时,与乎西洋的武力侵入中国之时,都是原因于此……武侠小说的流行于复古时代的今日,又何足为奇呢!仅在这三四年中,不知坊间究竟出版了多少部这一类的小说。自《江湖奇侠传》以次,几乎每一部都有很普遍的影响……他们乃是使强者盲动以自戕,弱者不动以待变的。他们使本来落伍退化的民族,更退化了,更无知了,更宴安于以外的收获了。他们滋养着我们自五四时代以来便努力在打倒的一切鄙劣的民族性!……我们正需要着一次真实的彻底的启蒙运动呢!而扫荡了一切倒流的谬误的武侠思想,便是这个新启蒙运动所要第一件努力的事。

8月

1日,《万岁杂志》创刊。张春帆《烟花女侠》载第1卷第1期,至12月16日第10期,共10回。何海鸣《摩登儿女经》载第1卷第1期;徐卓呆《非嫁同盟会》载第1卷第1期,至12月16日第10期,共10回;张恂子《魔窟仙鸳》载第1卷第1期,至12月16日第10期,共8回;张秋虫《离恨天》载第1卷第1期,至12月16日第10期,共9回。周瘦鹃译《埋香记》,张静庐《桙机外史》,徐卓呆《矛盾的中国》,郑逸梅《宜男诗之灵效》,范烟桥《苏州闲话》,张恨水《难言之隐》,汪仲贤《烟犯》,冯叔鸾《合欢床记》载第1卷第1期。张恂子《说坛秘乘》载第1卷第1期,至8月16日第2期,2次,载完。

注:《万岁杂志》创刊于上海,万岁出版社编印,现代书局上海总店发行,张秋虫主干,文字撰述人有王钝根、王小逸、何海鸣、汪仲贤、周瘦鹃、徐卓呆、范烟桥、侯疑始、张秋虫、张春帆、张恂子、张恨水、张冥飞、张慧剑、张碧梧、张静庐、冯叔鸾、严独鹤,图画撰稿人有丁悚、张光宇、张振宇、张荻寒、张乐平、黄文农、曹涵美、叶浅予、鲁少飞;在创刊号中,其宣称"本志执笔者,皆海内第一流名画家名小说家,所登各稿,尤青钱万选,备极严格,抱宁缺毋滥之宗旨,取铁面无私之态度,凡侥幸成名之作,敷衍塞责之作品,一概置之高阁,弗令滥竽充数,固不徒以内容丰富形式美丽见长,读者不但先睹为快,抑且百读不厌,人人踊跃争购,什袭珍藏,故销行之广偏,流传之久远,定远在一切出版物之上,尤非有时间性之日报,阅后即随手弃置者,所可同日而语。"编者在《万岁万岁》中言:"薄薄一本杂志,渺乎其小,微乎其轻——狂夫之言,无关宏旨,雕虫之技,不合大人……可怜,我——个敢说我们,因为新文学家眼光中的我们,虽然是这样,但是除了一个我以外,恐怕还没有人就肯承认——只是一个时代落伍者,不曾受过新文化洗礼的无聊文人。既没有文学的思想,创作的天才,世界的眼光,又不能迎合潮流,将中国的文字改头换面,将西方的文法生吞活剥,定制一身西装,模仿一点欧化,硬嵌几个蟹行的文字,剽窃几句倒装的语气,俨然便是来路货的新古典派的文学,摇身一变,做一个文坛的投机分子,麻醉一般以耳为目的青年,使他们共同盲从这新的偶像。所以,就是抛弃了军国大事的发言权,早从文学的立场而论,我也还配胡说些什么近乎腐化而不免不犯幼稚病的话么!虽然我还不是攻击的焦点的'礼拜六派',然而无论如何,在文艺界的赤色帝国主义的控制之下,总逃不了作'鬼话文'的嫌疑,和其他种种御制的罪名!话虽如此,但是

在这一本杂志第一次和读者见面的时候,总不能便脱略形迹……滥发那些高不可攀,大而无当的宗旨和主义:先说这本杂志的定名,《万岁》两字,就有许多朋友的纷纷指摘,以为过于滑稽,不甚妥当。我不敢自赞从善如流,却也不甘知过不改,但是——请问他们的高见,大约都不外乎:(一)'万岁'二字,类似东洋化;(二)富有封建思想。这种论调,哈,实在太滑稽得想入非非,丝毫没有成立的理由和价值了!须知'万岁'二字,实在是中国出的土货,并非稗贩而至的舶来品——犹之乎中国有许多孤本古籍,流传到日本,而中国反已绝版,一般少见而多所怪的中国人,看见这本在日本翻印的书籍,倒疑心定是日本人冒名杜撰而决非中国的旧制——说这话的,未免过于数典忘祖了。其次,这两个字,虽因具有善颂善祷的意思,曾一度为献媚于帝王家的臣工所借用,但是究竟并非帝王家特制的御用品,何况于青天白日之下,百度维新,无所禁忌,言论完全自由,文学盛倡革命,何以单单对于这两个字,必须保留专制的淫威,禁止人民之援用,难道还怕亵渎了帝王的尊严么?……的确难怪要受新文学家的讥笑和攻击,全国之大,我们这一班做小说的朋友,统计起来,能有几个?这几个当中,又能有几个是有真才实学的?更能有几个是肯注精会神的?我虽然胸中毫无大志,口中不敢大言,但是创刊这本薄薄的杂志,倒也并不肯妄自菲薄,对于选材方面,主张非常严格,宁缺毋滥,凡是浪得虚名的文豪,一概不敢请教,敷衍塞责,滥竽充数的稿件,更绝对不稍通融,如此,就越发的有才难之叹了!所以,特约撰述,竟寥寥不满二十人,而筹备了一两月之久,到今天才能出版。"发表小说如《摩登儿女经》《烟花女侠》《魔窟仙侣》《离恨天》等,至12月16日,出10期,停刊。

刘云若《婀娜英雄》载《中华画报》第177期,至1933年7月26日第324期,2回,148次。《婀娜英雄》第8章第505次载《新光杂志》1944年第5卷第2期,至第3期,506次,八章,未完;1945年由北京书店出版。郑逸梅《画苑人物志》载《金钢钻》第3版,至8月20日,载20则,含程瑶笙、樊少云、赵子云、蔡震渊、钱云鹤、陈子清、吴待秋、贺天健、朱其石、陶冷月、钱化佛、冯超然、马万里、马孟容、张津光、吴湖帆等。

恨水自北平寄《义勇军之无线电机》载《晶报》第2版。

11日,程瞻庐《黑暗天堂》载《上海报》第3版,至1933年7月17日,32章,共339次,未完;1934年3月由新上海书局出版,3册,40章。

16日,张春帆(漱六山房)《海上青楼沿革记》载《万岁杂志》第1卷第2期,至12月1日第9期,8次。王钝根《越想越糊涂》,何海鸣《可怜小儿女》,王小逸《麟凤龟龙》,张碧梧译《园艺新话》,张春帆《梼杌外史》,范烟桥《三笑弹词之纠误》《上海剧谈》《苏州闲话》载《万岁杂志》第1卷第2期。

21日,捉刀人(王小逸)《天外奇峰》载《金钢钻》第2版,至1934年8月7日,共三十三峰,载680次。张恂子《摩登小史》载《金钢钻》,至11月12日,7

回,82次,未完。汪仲贤《僵先生》载《金钢钻》,至9月14日,载完;9月15日至24日,陆士谔续写完。陆澹盦《落花流水》载《金钢钻》,至1933年6月3日,6回,271次,未完。陆澹盦《旧小说的研究》载《金钢钻》第2版,至1934年12月8日,含郑逸梅《陆士谔与〈西游记〉》载《金钢钻》第2版。《旧小说的研究·红楼梦》100次(至11月29日),《旧小说的研究·三国演义》(三国志)57次(1933年1月2日至3月5日),《旧小说的研究·儒林外史》65次(1933年5月10日至7月13日),《旧小说的研究·儿女英雄传》5次(1934年9月10日至12月8日)。漱石生《沪壖旧录》载《金钢钻》第2版,至1933年10月17日,共416次。

22日,戚饭牛《热昏水浒传》载《金钢钻》,至10月9日,未完。

24日,郑逸梅《与〈金钢钻〉之一段因缘》载《金钢钻》第2版。

26日,顾明道撰《撰余偶谈》6则载《金钢钻》第2版,至31日,载完。

30日,恨水自北平寄《不求人》载《晶报》第2版。赵眠云《名人轶事》系列载《金钢钻》第1版,至12月6日,共43次,涉及杨宇霆之死、张謇提倡布衣、蔡锷伤于医药的真相、段祺瑞厚恤棋友、黄兴死前艳史、吴佩孚画竹还笋、阎锡山汾酒壶、黎元洪被称为黎菩萨的由来、宋教仁遇杨铁口、张之洞养疾妙用、李鸿章被民众所诬、李纯的断臂妾等。

本月

郑逸梅"掌故小品集"《孤芳集》由上海盖新书社出版,内含甲编87则,乙编58则,共145则。

9月

1日,赵焕亭《康八太爷》载《社会日报》第2版,至1933年11月29日,20回,410次,未完。张碧梧《瘦奶奶的死》,陈瀚一《三四五合编》,陈小蝶《蝶粉》载《万岁杂志》第1卷第3期。张恨水《甚于画眉》载《万岁杂志》第1卷第3期,至10月1日第5期,载完。

4日,郑逸梅《不能躬与其盛的星社雅集》载《金钢钻》第2版。

5日,张恨水《一日之间》载《新北平》,至24日,中辍。

6日,恨水自北平寄《孙殿英将殿群英》载《晶报》第2版。

8日,顾明道撰"短篇小说"《荒》载《金钢钻》第1版,至14日,载完。

9日,江红蕉《海边》载《金钢钻》第1版,至14日,5次。

11日,郑逸梅《余之著书谈》载《金钢钻》第2版。

12日,郑逸梅《余之编辑谈》载《金钢钻》第2版。

15日,郑逸梅《谭茶陵之书扇》,王钝根《铃语》载《万岁杂志》第1卷第4期。

16日,顾明道撰"武侠小说"《海外争霸记》载《上海商报(1932—1937)》第4版,至1933年3月22日,九回,共136次。

18日,郑逸梅《九一八痛言》载《金钢钻》第2版。求幸福斋主《关内风光》载《大亚画报》第324期,至1933年3月29日第374期,4回,42次,未完。丹翁《九一八》,削颖《九一八回忆记》,恨水自北京寄《陈公博卜居傍故宫》载《晶报》第2版。《新闻报·新园林》推出"九一八特刊",严独鹤《救亡雪耻》,程瞻庐《九一八周年感言》,顾明道《劫后哀黎》,程小青《睡狮乎,睡猪乎?》,空我上人《九一八?》,范烟桥《聊且快意》,徐木熙《秋风吹到九一八》,鸡晨《门阙和危险》载《新园林·九一八特刊》。

22日,求幸福斋主《张宗昌之个性》载《社会日报》第2版,至10月1日,共10次。

23日,郑逸梅《星社趣屑》载《金钢钻》第2版,至25日,3次,载完。

25日,陈慎言《文人傀儡》载《上海商报》第4版,至10月12日,1回,13次,因篇幅有限,稿件拥挤,暂停刊载。

陆士谔《上海小掌故》载《金钢钻》第2版,至10月8日,12次。
本月
张恨水《满江红》由上海世界书局初版。

上海大众书局出版胡寄尘的小说《喜》、何海鸣的小说《怒》、包天笑的小说《哀》、徐卓呆的《乐》。

10月

1日,《新闻报》综合性副刊《茶话》创刊,严谔声任编辑。尤半狂《笑话小姐》,张徇子《读律余谈》载《万岁杂志》第1卷第5期。秦瘦鸥"侦探说部"《四义士》载《上海报》,至1933年4月30日,10章,共203次。

2日,郑逸梅《汤剑我的死》载《金钢钻》第2版,至2日,载完。

6日,《晶报》由三日刊改为日刊。丹翁《每日发刊与改作日刊》载《晶报》第2版。

引:《每日发刊与改作日刊》:
从民国廿一年之十月十日,将每日发刊,但每日发刊与改作日刊不同,其不同之点有三:

一、日刊有日刊之组织,三日刊有三日刊之组织,日刊则每日三餐之面饭,三日刊则偶尔一尝之点心,聚三餐作点心,一盘陈列,花样宜多,择而食之,各就所嗜,不必兼快朵颐。今《晶报》化之日刊,只是每日发刊之三日刊,并无日刊之要素。《晶报》本定三日刊外,另于明年三月三日,出一种日刊,兹因组织未备,但以三日刊每日发刊,一面谋花样簇新,于最短期间促其实现。

二、晶报自民八三月三日至今,经过十三年七月有六日,发行至一千六百十八号,算一小段落。嗣后每日发刊,与向来三日刊之《晶报》,故为一气贯通,吾人并有三种筹划,即另出《晶报》新的三日刊及《晶报》周刊,各树精神,与相呼应,亦希望于最短期间促其实现。

三、每日发刊之《晶报》,读者只须以十四年来,对于《晶报》之信用,对于《晶报》之好评,给以相当的信用批评。宜知《晶报》决不令所用心血,随便腐化。如采取已往擅场,增设未来门类,游艺审美,雅俗咸宜,由简趋繁,五光十色。惟际此过渡,亦甚期诸赏鉴名家锡以改良之月旦也。为之赞曰:

晶晶每日三而一,单仍复兮今逾昔,如三月兮如三秋,长相见兮喜不隔。

8日,程小青《关于侦探小说的话》载《金钢钻》第2版,至21日,12次。

10日,漱六山房(张春帆)《柳城鸣镝记》载《福尔摩斯》第1版,至1933年6月14日,载完。张恨水《水浒别传》载《新晨报》,至1934年8月4日,载完。

12日,求幸福斋主《张宗昌与日本》载《社会日报》第2版,至14日,载3次。

15日,郑逸梅《小报取材的趋向》载《金钢钻》第2版。

16日,陈小蝶《匡庐杂记》,尤半狂《超人与非人》载《万岁杂志》第1卷第6期;求幸福斋主《古欢集》载《万岁杂志》第1卷第6、7期。汤笔花长篇小说《银幕上的梦》载《影戏生活》第2版,至1933年1月13日,3章,81次,未完。

20日,张恨水《中国小说之起源》载《益世报·语林》,至22日,载完。恨水自北平寄《西北可卧游矣》载《晶报》第2版。

21日,道听《陈独秀轶事》,小杰《陈独秀可免一死欤》载《晶报》第2版。

22日,丹翁《焉能独秀》《寿孙玉声先生七十》载《晶报》第2、3版。

23日,郑逸梅《谈谈孙玉声先生》载《金钢钻》第2版。梦庵《陈独秀之生死观》、卓呆《我妻之奇迹》分别载《晶报》第2、3版。

24日,丹翁《果盘政治》,杞柳《陈独秀轶事补》载《晶报》第2版。

25日,郑逸梅《武侠小说的通病》载《金钢钻》第2版。

26日,张恨水《苏炳文抗日策略》,怀霜《蔡元培等营救陈独秀》载《晶报》第2版。郑逸梅《纪故词人黄摩西事》载《金钢钻》第2版。

27日,恨水《于学忠之去异》载《晶报》第2版。

28日,丹翁《戒严与静谧》,恨水自北平寄《吉兆胡同松菊犹存》载《晶报》第2版。

29日,《琼报》停刊。张春帆(漱六山房)《〈秋星泪语〉中之人物》载《晶报》第3版,至31日,3次。

30日,郑逸梅《居家最相宜的苏州》载《金钢钻》第2版,至31日,载完。天鹅自北平寄《沈伊默生死一儒冠》载《晶报》第3版。

本月

程瞻庐《唐祝文周四杰传》由上海大众书局出版,1933年1月重版,1937年再版,共100回。

11月

1日,包天笑《冠盖京华》载《晶报》第2版,至1936年3月2日,28节,共1135次,载完。包天笑《法家坠欢记》,陈小蝶《匡庐杂记》,王小逸《黄年夫妇》,尤半狂《超人与非人》载《万岁杂志》第1卷第7期。

3日,侃侃《陈独秀将起用说》载《晶报》第2版。

5日,程瞻庐"杂俎"《吴谚谜》载《金钢钻》第2版,至1933年3月26日,共4次,载完。

8日,求幸福斋主《张宗昌与刘怀周》载《社会日报》第4版,至10日,共3次。

9日,白门《陈独秀军政部挥毫》载《晶报》第2版。

16日,汪仲贤《江山万里图》,冯叔鸾《做官秘诀》,尤半狂《超人与非人》载《万岁杂志》第1卷第8期。

20日,曼妙《〈镜花缘〉补》载《晶报》第3版。

21日,郑逸梅《朱鸳雏遗札》载《金钢钻》第2版。

22日,郑逸梅《李涵秋遗札》载《金钢钻》第2版。

24日,恨水《伍朝枢冬日著单衣》载《晶报》第2版。

25日,求幸福斋主《张宗昌之家事》载《社会日报》第2版,至27日,3次。郑逸梅《钻馆人物小志》载《金钢钻》第2版,至26日,2次。

27日,漱六山房《青春之狂》载《大报》,至27日,未完。

28日,汪仲贤《沪语新辞典图说》连载《社会日报》第1版,至1933年3月31日,共57则。郑逸梅《蒋箸超遗札》载《金钢钻》第2版。

29日,谛谛《未来战争之小说观》载《晶报》第3版。《自由谈》发布"启事":

"本刊自12月1日起,将重新革新,所用稿件,概系特约撰述。自即日起,停收外稿,敬希投稿诸君注意为幸。"

31日,周瘦鹃离开12年又7月的《自由谈》,结束了通俗文学作家主持《自由谈》。黎烈文着手改革《自由谈》,引入鲁迅等新文学作家作品,将《自由谈》纳入新文化运动的轨道。

本月

苏曼殊《苏曼殊遗著》由亚细亚书局出版。

12月

1日,黎烈文接任《自由谈》编辑。尤半狂《大师》载《万岁杂志》第1卷第9期。

3日,郑逸梅《孙臒媛遗札》载《金钢钻》第2版。

5日,郑逸梅《纪江南文学三大家佚事》载《金钢钻》第2版,至7日,3次,载完,即"武进钱梦琴,昆山胡石予,金山高吹万"。

11日,孙了红《侠盗鲁平奇案:人造梦》载《东方日报》第2版,至1933年3月6日,7节,56次,未完。

14日,郑逸梅《文坛轶话》载《金钢钻》第2版,至1933年1月21日,8次。

29日,陆士谔小说杂谈《说小说》载《金钢钻》第2版,至1935年1月16日,10次。

本月

贡少芹编、蒋景缄译"复仇小说"《女杰麦尼华传》(2册)由文明书局6版。

本年

程善之被聘为国难会议会员。

不肖生的《三山奇侠》由艺光书店出版发行。

周瘦鹃移居苏州,开始潜心钻研盆景艺术。

1933年（癸酉）

1月

1日，求幸福斋主《晓风残月》载《风月画报》第1卷第1期，至12月13日第2卷第15期，14回，100次，载完。1934年8月5日，《晓风残月》次集续载《风月画报》第4卷第10期，至第44期，共18回。

2日，顾明道"武侠小说"《龙山王》载《金钢钻》第1版，至10月17日，245次，载完。汪仲贤《角先生》载《金钢钻》，至31日，载完。徐卓呆"滑稽小说"《章郎艳史》载《夜报》第3版，至2月21日，48次，载完。

7日，顾明道"爱国小说"《如此江山》载《新闻报本埠附刊》第5版，至1934年2月7日，20回，共368次。

引：1935年1月28日，顾明道在《新闻报本埠附刊》发表《〈如此江山〉涕泪中》："拙作《如此江山》刊本报本埠附刊，现由三友书社出版，全书以淞沪战役为骨干，值此'一二八'三周纪念，感伤无已，因作此文以写吾哀，作者附志。"附"第X回，碧血青冢临风吊烈士，斜阳芳草洒泪读冥鸿"。

10日，《申报》副刊《春秋》创刊，周瘦鹃出任编辑。

13日，刘云若《红杏出墙记》载《正气报》，至5月22日，1回，27次，未完。

21日，张秋虫《损人之心》载《社会日报》第2版，至2月6日，未完。

24日，张恨水《别来无恙》载《晶报》第2版。

28日，郑逸梅《去年今日》载《金钢钻》第2版。

29日，郑逸梅《倭祸之回忆》载《金钢钻》第2版，至2月1日，4次，载完。

本月

张恨水著《秘密谷》载《旅行杂志》第7卷第1号，至1934年12月1日第8卷第12期，共24次。1941年6月上海百新书局出版；1949年3月8版。

程小青《湖亭惨景》《舞女血》《父与女》由上海文华美术图书公司出版。

张恨水《啼笑因缘续集》由上海三友书社初版;2月,再版。

2月

1日,李薰风《北平小姐》载《时报》第7版,至8月8日,载完。汪仲贤《官僚写真:歇力笑》载《金钢钻》,至3月7日,载完。茅盾《封建的小市民文艺》载《东方杂志》第30卷第3号。

引:《封建的小市民文艺》称:"1930年,中国的'武侠小说'盛极一时。自《江湖奇侠传》以下,摹仿因袭的武侠小说,少说也有百来种罢,同时国产影片方面,也是'武侠片'的全盛时代;《火烧红莲寺》出足了风头以后,一时以'火烧……'号召的影片,恐怕也有十来种。这些小说的读者大部分是小市民——即所谓小资产阶级;而这些影片的看客更无例外地是小市民,特别是小市民层的青年……这种'武侠狂'的现象不是偶然的。一方面,这是封建的小市民要求'出路'的反映,而另一方面,这又是封建势力对于动摇中的小市民给的一碗迷魂汤。……小市民文艺另有一种半封建的形式,那就是《啼笑因缘》。这部小说既摄制为电影,又编排为舞台剧,为弹词——就只还没有制成'连环图画小说'。这部小说的读者大部分是小市民层中的成年人……《啼笑因缘》是感伤的气氛多,因而血气方刚的青年人就觉得远不如《火烧红莲寺》那样对劲了。"

5日,丹翁《调停》、包天笑("曼妙")《短篇小说·查房间——无锡写实之一》分别载《晶报》第2、3版。

6日,丹翁《大亚细亚主义》、张恨水《意想不到之前方寒度》载《晶报》第2版,无诤《绮语拾零·掌心研究》、《湘渚兰芬绰约才》载《晶报》第3版。

8日,许瘦蝶《感逝吟》载《金钢钻》第2版,至21日,9次。

10日,丹翁《文明豆腐》、包天笑("微妙")《合浦有路》分别载《晶报》第2、3版。

11日,郑逸梅《礼拜六派》载《金钢钻》第2版。丹翁《寓》,包天笑("微笑")《刘夫人诉冤记者会》载《晶报》第2版。

12日,求幸福斋主《段门二丁》载《社会日报》第2版,至13日,2次。

13日,郑逸梅《采芳撷艳录》载《金钢钻》第2版,至21日,3次,载完。

16日,郑逸梅《小说家之诗》载《金钢钻》第2版,至12月7日,75次。丹翁《欢迎萧伯纳》,包天笑("曼妙")《吴稚晖所谈的两种行业》载《晶报》第2版。

17日,丹翁《拔河外交》载《晶报》第2版,将英代表的国联与日本之间在伪"满洲国"的外交博弈称之为"拔河外交"或"伸拳外交"。

19日,丹翁《电洋》载《晶报》第2版,张丹斧("老丹")《姬公跑鸢》、行云《张恨水提倡义勇军》载《晶报》第3版。

22日,徐卓呆《烈女潘金莲》载《夜报》第1版,至4月3日,40次,载完。郑逸梅《述林琴南译茶花女遗事》载《金钢钻》第2版。

23日,丹翁《死守热河》、包天笑("微笑")《冯玉祥将统率义勇军》载《晶报》第2版,包天笑("曼妙")《春来犹是叫哥哥》载《晶报》第3版。

24日,丹翁《作态》载《晶报》第2版,包天笑("微笑")《胡适是萧伯讷知己》载《晶报》第3版。郑逸梅《在报屁股上谈谈屁股》载《金刚钻》第2版。

3月

1日,徐卓呆《地球笑》载《新闻夜报》,至9月4日,25回,共184次,载完。丹翁《非比甲午》载《晶报》第2版。

2日,丹翁《满不在乎》,湘如《胡适以不招待待萧伯纳》载《晶报》第2版。

3日,张恨水《我与〈晶报〉》载《晶报》第3版。

4日,汪仲贤"社会小说"《江湖流浪记》载《社会日报》第2版,至1937年5月2日,44回,1406次,未完。张恨水的《东北四连载》载《申报·春秋》,至1934年8月16日,共453天次。

5日,丹翁《藉口》,包天笑("微笑")《热河谣传与地方协会》载《晶报》第2版。

6日,丹翁《整个的》,怀霜《胡适之反对民权同盟》载《晶报》第2版。

7日,丹翁《热河论》,道听《记汤玉麟(上)》,包天笑("微笑")《孙科主张蒋氏北上督师》载《晶报》第2版。

8日,汪仲贤《毯大王》连载《金刚钻》第2版,至4月19日,共43次。丹翁《何以谢国人》,道听《记汤玉麟(下)》载《晶报》第2版。

9日,丹翁《绝交以后》、包天笑("微笑")《血魂团警告跳舞场》分别载《晶报》第2、3版。

10日,赵焕亭《忆凤庐说梦》载《社会日报》第2版,至11月24日,未完。丹翁《欺瞒的责任》,乙之《万福麟遗嘱内容》载《晶报》第2版。

12日,丹翁《热鉴》,包天笑("微笑")《宋子文不耐长途飞行》载《晶报》第2版。

13日,丹翁《欢迎军火》,削颖《汤玉麟祸热记(一)》,包天笑("微笑")《虹桥机场之片刻门禁》载《晶报》第2版。

14日,丹翁《觍张》、侃侃《张学良莅沪花絮录》、削颖《汤玉麟祸热记(二)》载《晶报》第2版,受生《胡圣之法治主张》载《晶报》第3版。

17日,丹翁《守口》,削颖《汤玉麟祸热记(三)》载《晶报》第2版。陈灵犀时评杂感《七弗八搭先生阁随笔》载《社会日报》第2版,至1934年6月29日,共165次。

21日,丹翁《军缩》,桐叶《前线痛语(一)》载《晶报》第2版。陈灵犀时评杂感《无话不谈》载《社会日报》第2版,至1935年7月27日,共355次。

22日,丹翁《身先士卒》,桐叶《前线痛语(二)》载《晶报》第2版。

23日,丹翁《车轮战》,桐叶《前线痛语(三)》载《晶报》第2版。

24日,丹翁《债人》,桐叶《前线痛语(四)》载《晶报》第2版。

27日,丹翁《大刀救国》载《晶报》第2版。张恨水《现代青年》载《新闻报·快活林》,至1934年7月30日,36回,466次,载完;1934年9月上海摄影社出版,1935年6月由上海三友出版社初版,1940年9月三友书社3版,1941年2月三友书社4版,1946年8月改版后第3版。

28日,丹翁《独裁》,天倪《说刀》,包天笑("微笑")《孙科之闲情逸致》载《晶报》第2版。

29日,丹翁《非常儿》,段祺瑞《病中吟》,包天笑("微笑")《黄伯樵之愤慨语》载《晶报》第2版。

30日,郑逸梅《文字生涯谈》载《金钢钻》第2版,至31日,载完。

31日,丹翁《金铁皆鸣》、包天笑("微笑")《日本高唱静观论》载《晶报》第2版,张丹斧("丹翁")《雅讼不成记》载《晶报》第3版。

本月

徐哲身《清代三杰曾左彭》由大众书局初版;1933年6月再版;1937年4月重版。

柳亚子选编、苏曼殊著《曼殊作品选集》由光华书局付印,5月出版。

程善之《倦云忆语》由上海文艺小丛书社再版。

4月

1日,丹翁《勿轻犹》,包天笑("微笑")《蒋来沪误传经过》,《自由谈之四个新笔名》("微妙")载《晶报》第2版。徐訏《忐忑》(戏剧)载《新时代》第4卷第3期。

2日,丹翁《拆城说》,张恨水《今日与南宋》,包天笑("微笑")《戴戟之航空救国捐》载《晶报》第2版。

3日,丹翁《毒气》载《晶报》第2版,包天笑("微笑")《记者会中之文公达》

载《晶报》第3版。

4日,丹翁《独捐》载《晶报》第2版,包天笑("微妙")《市井人语》载《晶报》第3版,至4月11日,共13次。徐卓呆"滑稽小说"《毛先生》载《夜报》第1版,至5月14日,40次,载完。

6日,李薰风《球场上底蔷薇》载《北洋画报》第916期,至1934年10月6日第1150期,11节,共225天次,载完。

7日,丹翁《官僚政客》、张恨水《黄师岳让符翁照垣》载《晶报》第2版,张丹斧("丹翁")《同样》载《晶报》第3版。

10日,丹翁《瞎取缔》,包天笑("微妙")《观梅会与伪满国花》分别载《晶报》第3版。

11日,丹翁《啤酒国》、张恨水《孙殿英不怕死》载《晶报》第2版,丹翁《忽见辩翁》载《晶报》第3版。

12日,郑逸梅《到乡下去》载《金钢钻》第2版,至13日,载完。丹翁《不承认主义》载《晶报》第2版,丹翁《替姬书联》《梅图》载《晶报》第3版。

16日,丹翁《戴罪立功》,微笑《赴美代表产生之曲折》,微妙(包天笑)《记铁展》载《晶报》第2版。

17日,丹翁《播音战》、微笑《今日之港粤报纸》载《晶报》第2版,丹翁《随笔谈谈·谈为字》载《晶报》第3版。

18日,丹翁《火坑》,饮光《大刀队人语》载《晶报》第2版。

22日,丹翁《伪之伪》,道听《胡适之真有勇气》载《晶报》第2版。

23日,丹翁《大搬家》、微妙《等候五十年》、微笑《张知本徘徊观望》载《晶报》第2版,丹翁《杰妆黄壮二印》载《晶报》第3版。

24日,丹翁《本位》、张恨水《叫化子军队抗日·方振武旧部由晋北上》载《晶报》第2版,丹翁《丹翁诗话》载《晶报》第3版。

26日,郑逸梅《谈〈浮生六记〉》载《金钢钻》第2版,至27日;5月5日,又有《谈〈浮生六记〉之余谈》。

27日,丹翁《从局部麻醉到心脏麻痹》,行云《自由谈腰斩张资平》载《晶报》第2版。

本月

秦瘦鸥译、华雷斯著《残烛遗痕》载《旅行杂志》第7卷第4号,至1934年1月1日第8卷第1期,10次,载完;1946年5月由上海三民图书公司印行。

张恂子"武侠小说"《江湖义贼传》由上海中央书店初版。

5月

1日,张恨水《满城风雨》载《上海报》第3版,至1934年5月7日,9回,360次,未完。

10日,张恨水《铁血情丝》(即《剑胆琴心》)载《金钢钻》,至11月27日,未完;1933年12月,由上海金钢钻报馆初版。程瞻庐《〈一捧雪〉之考正》载《金钢钻》第2版,至18日,共9次。汪仲贤《老枪之友》载《金钢钻》第2版,至6月4日,共26次。

12日,郑逸梅在《金钢钻》发表小品掌故专栏《清言霏玉》,载至1934年8月31日。

13日,郑逸梅《谈〈孽海花〉》载《金钢钻》第1版。

15日,徐卓呆"滑稽小说"《妻财》载《夜报》第1版,至6月24日,40次,载完。

18日,丹翁《买路钱》,微妙《记空防听音机》载《晶报》第2版。郑逸梅《银星轶话》载《金钢钻》第1版,至19日,载完。

19日,丹翁《平不可陷》、英英《弹词家脚本之秘密谈》分别载《晶报》第2、3版。

20日,何海鸣《沧海遗经:鼓王记》载《社会日报》第2版,至6月8日,19次,载完。丹翁《独脚与畸形》载《晶报》第2版;无诤(丹翁)《睹彼美兮累累而来》,谛谛《关于连环图画小说》,周越然《〈琵琶记〉之版本》载《晶报》第3版。

22日,丹翁《休战状态》载《晶报》第2版,丹翁《随笔谈谈·说脚》、周越然《〈琵琶记〉版本(再续)》载《晶报》第3版。

24日,丹翁《面面观》载《晶报》第2版。

25日,郑逸梅《谈〈西游记〉》载《金钢钻》第1版,至28日,4次,载完。予且"独幕话剧"《航空救国》载《光华附中半月刊》第9期。

26日,丹翁《和为贵》载《晶报》第2版。

27日,又君《张恨水京华小住》载《晶报》第2版。

28日,张春帆(漱六山房)《落英狼藉诉东风》载《社会日报》第1版,至29日,2次。

30日,丹翁《五卅纪念》《烂脚丫磨牙》载《晶报》第2版。

6月

2日,丹翁《几步和平》、余韵《春蚕与秋收》、拾闻《洪深被搜之揣测》载《晶报》第2版,丹翁《随便谈谈》载《晶报》第3版。

5日,张春帆《落花消息》载《社会日报》第1版。丹翁《侵略乎……自卫乎》、伶仃《丁玲失踪以后》载《晶报》第2版,微妙《苏俄新开大饭店》载《晶报》第3版。

9日,郑逸梅《我国的妇女》载《金钢钻》第1版,至10日。

10日,丹翁《吃剩》,芳菲《关于美棉借款之一谈话》载《晶报》第2版。予且"剧本"《六三之前夜》《吾爱吾师,吾尤爱真理》《六三三部曲》载《光华附中半月刊·六三特刊》。

12日,张春帆《步步梅花》载《社会日报》第1版。

13日,丹翁《非武装区域》《于右任先生印也》载《晶报》第2版。

17日,张春帆《落红如雨》载《社会日报》第1版。丹翁《伪军》,冻蝇《文坛阵势的开展》载《晶报》第2版。

引:《文坛阵势的开展》:

左翼的文学观摩会如鲁迅、蹇先艾、沈雁冰、郑振铎与右翼的文艺漫谈会如郁达夫、张资平、林语堂、胡怀琛诸君,"都挥着笔尖儿,跃跃欲试的想来个三百合,但是虽已交绥过几次,总还算是局部的战争,据说将有主力大战"。

19日,丹翁《不同意》,天倪《胡适之与苏东坡》载《晶报》第2版。

20日,丹翁《扶头》,微妙《国际之讨债与赖债》载《晶报》第2版,晓狮《章行严辩词中之卯蒲》、笑我《徐树铮之遗橐》载《晶报》第3版。

22日,丹翁《债面》载《晶报》第2版,削颖《胡适的国际间推测》、郭沫若《致丹翁》载《晶报》第3版。

23日,丹翁《林肯》,张恨水《周大文过来了》,湘如《新文化提倡旧八股》载《晶报》第2版。

24日,丹翁《水哉》、如是《杨(杏佛)先生哀吊纪闻》载《晶报》第2版,周越然《〈西厢记〉之版本(上)》载《晶报》第3版。

25日,徐卓呆"滑稽小说"《未来派大学》载《夜报》第1版,至8月3日,40次,载完。丹翁《洋站笼》杞柳《杨杏佛双料总干事》,侃侃《杨杏佛为自由而死》载《晶报》第2版;周越然《〈西厢记〉版本(中)》载《晶报》第3版。

26日,丹翁《谈中东路》、微妙《欢迎巴比塞来沪》、怀霜《杨(杏佛)案嫌疑缠夹二》载《晶报》第2版,周越然《〈西厢记〉之版本(下)》载《晶报》第3版。

27日,何海鸣《沧海遗经:迷香记》载《社会日报》第2版,至7月29日,33次,载完。

28日,张春帆《二房东一怒害双鸳》载《社会日报》第1版,至29日,2次。

本月

爱花室主著《吴门艳史》由环球书局初版,1934年3月再版。

胡怀琛《记叙文作法范例》由大华书局初版。

按:大华书局组织出版《作文丛书》,丛书"由专家编辑,用极浅显明白之文笔,伸述各体文章之作法,方法精密,立意严整,每一种文体之构成与其特殊性,无不以科学方法加以分析,明白畅晓,要言不烦,读者阅后立可得一最正确之观念而十分明了其写作方法"。该丛书10册,其中8册为胡怀琛编著:《作文概论》《记叙文作法范例》《抒情文作法范例》《说明作法范例》《小品文作法范例》《游记作法范例》《诗歌作法范例》。

7月

1日,胡寄尘《文坛老话》载《珊瑚》第3卷第1号,至11月1日第3卷第9号,10节。包天笑《回忆》载《珊瑚》第3卷第1号,至12月16日第12号,共9次。

引:《珊瑚》第3卷第1号编者按《结网者言》:"包天笑先生的〈回忆〉,是他的自传,一个作家的自传,何等重要!虽只短短的三十年,也可以看出文坛六面画的一画;况且包先生在过去的文坛上,握住过权威的呢。他说:'写的都是老实话。'所以中间的人、地、事,完全是实在,不是隐射,比他在数年前为《申报》写的《海上唇楼》更有味,因为《海上度楼》里的他,就化名为祖书城,并不老实地说是'我'。"

此9篇回忆分别是:《青州从事》《海上生明月》《乘风破浪》《第四等人》《云门山下》《太守来也》《小江南》《吉祥之红》《请安》。

顾明道长篇《秋水伊人》载《珊瑚》第3卷第1号,至1934年6月1日第4卷第11号,第11回,共11次,未完;其中《秋水伊人(一)》为范烟桥《秋水伊人·序言》。

引:《秋水伊人·序言》:

我没有认识明道以前,曾替明道写了一篇《啼鹃录·序》,我狠反对他写哀情,赚人家宝贝的眼泪。但,不久他就转变了作风,写《荒江侠女》,因了风行一时,书贾便一窝蜂的请他写武侠,哀情正当不写了。前年,他偶然写了一部《哀鹣记》,是把陆放翁的失恋史来做骨子的,我看了狠同情,以为有真实的史片的小说,是狠有价值的。并且这里所写的哀情,含有重大的意义,不单是才子佳人为阶级所限当不得配合,他所包含的东西是有永久性的,虽是隔着六七百年,仍旧可以反映到现时代而并不没落的。

去年,我主办《珊瑚》半月刊,本想请他写一部有史实的哀情小说,比《哀鹣记》更伟大些。但,为了当时的环境关系,非有国难家仇那般热烈的小说不可。今年看了舒铁云的《瓶水斋集》,发见了两桩哀感顽艳的诗史,我就再参考各种书籍,综合起来成了下回一大推的话。

近人柴小梵《梵天庐丛录》记舒铁云事,末云:

"……贵州土司由龙幺妹者,美而善战,勒保欲为铁云执柯,铁云婉辞之,后为诗记其事,时传为佳话"。

光绪《顺天府志》根据陈文述撰《瓶水斋诗集》云:

当勒保征苗时,檄调土兵。贵州土司龙跃病,命其妹龙氏帅兵驰抵军门。龙氏年十八,长身白皙,结束上马,出入矢石间,所战必捷,秦良玉不是过也。事平后,勒保为龙氏执柯,将以归位,位婉辞之。惟光绪丁亥任邱边保枢刻《瓶水斋诗集》,无陈序,而陈撰之《舒铁云传》中云:……君在勒侯戎幕,苗女从征者曰龙幺妹,侯欲以归君,君辞曰:非所堪也!

则舒氏辞昏之故,在"非所堪也",嘉庆二十一年钱唐陈裴之撰墓志铭,根据传中语,加"侯以是深器之"一句,然《瓶水斋集》中,而《黔苗竹枝词》绝无一语及之,所作幺妹诗,亦寻常投赠之作,似舒氏于幺妹固无动于心。而黔苗竹枝词写彼中风土人情,殊有夷夏之见,故寄答沈小如诗第五首云:

若问西南事,知君笑欲瑳。地遥天较近,人少石偏多。瘴疠秋霜杀,昏姻夜月歌(原注:苗俗智跳月而合男女);参军听蛮女,不解意云何?

盖语言不通,自无情歌可达也,《幺妹诗》有序云:

水西土千德龙跃,其先从讨吴三桂有功,世袭所职,狆苗之畔,幕府檄调土兵来赴,适跃卧疾,惧逗扰,乃遣兵其幺妹帅屯练二百,驰诣军门从征,前后凡二十余战,擒获最夥,岁除藏事,赏以牛酒银牌,令还本寨,而加擢军功一级,妹年十有八岁,形貌长白,结束上马,出设矢石间,指挥如意,亦绝缴之步兵也。时王备兵留后与义,属不佞为诗送之,以烘耀其归,因有是作。凡苗以行第最稚者为"幺"云。

落之若无意。诗云:

健妇犹当胜丈夫,雍容小字彼尤妹。然脂暝写蒋三妹,歃血请行唐四姑……

我写完了给明道看,他说这东西狠可以写成一部比《哀鹈记》更曲折更热闹的哀情小说,并且我还有这时代里许多穿插的资料,可以把这个故事,衬托得更烂漫些。我听了自然十分欢喜,便请他布局着手,想着《瓶水斋集》里有一句"秋水伊人何远"的诗,连想到《诗经》上的"秋水伊人",觉得狠能象征舒先生和龙幺妹,文珠的"离合悲欢",便用为书名。

谁知因人天气的霉令,使多病的明道失眠,吃苦水,我如何再能不情地去逼他动笔。所以这一期先来个开场白。不等书完了"索隐",先自把书中的纲要说了出来,倒狠像元曲的楔子,不过楔子不是别人做的,所以还得算序言!

范烟桥,二二,六,一五

丹翁《傀儡学术》载《晶报》第2版,张恨水《齐白石之章》载《晶报》第3版。

2日,丹翁《歌英》、钏影(包天笑)《参观苏州美术学校记》分别载《晶报》第2,3版。

3日,张春帆《楚二胡吹花嚼蕊》载《社会日报》第1版。

5日,丹翁《日阀军财阀》载《晶报》第2版。

10日,求幸福斋主(何海鸣)《饿鬼十八姨传》载《社会日报》第2版,至13日,未完。

15日,丹翁《读法西斯党规有感》、张恨水《平政会柬请死记者》、湘如《谢冰心须眉之母》载《晶报》第2版,削颖《削颖纳妾记》、微妙《好谈因果说郑垂》载《晶报》第3版。

17日,丹翁《冯氏丹心》、道听《上海开埠之珍闻趣史(一)》载《晶报》第2版,郭沫若《答红鱼》载《晶报》第3版。

18日,丹翁《名称之拙》,道听《上海开埠之珍闻趣史(二)》载《晶报》第2版。

20日,丹翁《监视思想》、张恨水《热河遍地是匪》载《晶报》第2版,道听《臧伯庸独吊丈人峰》载《晶报》第3版。

25日,丹翁《德妇时妆》,飞英《丁玲之生死问题》载《晶报》第2版。

28日,丹翁《无为外交》载《晶报》第2版。

本月

江红蕉长篇小说《不可能的事》,由上海长城书局初版。

8月

5日,丹翁《华东共和国》载《晶报》第2版。

9日,丹翁《不满内战》,张恨水《"东四""十一条"详注》载《晶报》第2版。

11日,张春帆《玉簪挥泪怨东风》载《社会日报》第1版,至12日,2次。张春帆《社会写真:黄包车夫》载《金钢钻》第2版,至13日,3次,载完。丹翁《经济封锁》载《晶报》第2版;曼妙《余沈寿石湖筑其墓》载《晶报》第3版。

12日,丹翁《华侨悲泪》,张恨水《山西再上建设之路》,曼妙《五十万歌》载《晶报》第2版。

13日,天虚我生《自由花弹词》载《新春秋》第2版,至12月21日,4回,37次。丹翁《几段杂想》载《晶报》第2版,曼(包天笑)《补上二万》载《晶报》第3版。

15日,郑逸梅《谈武侠小说中的飞檐走壁》载《金钢钻》第1版,至16日,2次。

17日,丹翁《识字运动》,冻蝇《偶述丁玲一页史》载《晶报》第2版。

18日,丹翁《几段杂想》,张恨水《中国一矮人》分别载《晶报》第2、3版。

20日,丹翁《世界通信班》,张恨水《何其巩杯酒释麻烦》载《晶报》第2版。

22日,丹翁《巡按》、张恨水《十亩地一棵高粱·冯玉祥是独苗儿》载《晶报》第2版,丹翁《记海粟大师之嗜古》载《晶报》第3版。

25日,心云《张资平和周瘦鹃》载《小日报》第3版。

引:《张资平和周瘦鹃》:"有人遇张,询以新旧文艺之意见,张对旧小说,亦颇致钦佩。张并对人言,本人之学做小说,均得力于周瘦鹃,盖自多读周瘦鹃之小说后,因而亦能握管也。"

9月

1日,《金钢钻月刊》在上海创刊。陆澹盦《百人奇传》载第1卷第1集,至1934年9月1日第12集,含《绿衣女》《金翼蝉》《银蝶儿》《长安土人》《明珠》《卖薤翁》6篇。张恨水《怪诗人张楚萍传》,郑逸梅《双梅花盦杂谭》,施济群《笑话》,徐哲身《随便谈谈》,袁克文(寒云)《龟厂剩稿》,孙㿽蝥《啸麈剩墨》,程瞻庐《南园随笔》,陆士谔《诊余随笔》,朱偶㣲《百怪人传》(19则),何海鸣《广告式的著作家》,徐哲身《庚申记》,施济群(济公)《黄包车夫》,缪贼菌《技术琐闻(5则)》载第1卷第1集。程瞻庐《雨中花》载第1卷第1集,至1934年6月1日第9集,18回,9次,上集载完;1935年1月1日《雨中花》(下集)续载第2卷第1集,至1935年4月1日第4集,7回,4次,未完。张佝子《摩登小史》载第1卷第1集,至1934年9月1日第12集,24回,共12次,载完。

注:《金钢钻月刊》,施济群任编辑兼发行者,自第7期开始,徐行素任助理编辑《金钢钻月刊》出版,大众书局经销。创刊号上,海上漱石生作《序》言:因《金钢钻》报"洵洋洋大观哉,然报纸皮藏不易,偶设一不慎,每致有散失之虞,故供一时之快览则可,欲作永远之保存,则不可";且"篇幅长短不一,版式更参差不齐,检阅之不便殊甚",须为《金钢钻》报动人目光之文字"建一珍藏之所,而仍令储之宝山,秘其之燦之光华,不获供人随时欣赏,可憾孰甚于此,今《金钢钻》报主人有鉴及斯,爰为披沙炼金,发其十年来所积之宝库,并搜采名家近日之新作品,择尤刊行《金钢钻》集,月出一册,短篇者一次竣之,长篇者分期蝉联而下,有初靡不有终,一年得十二册,可以分类改订,藉备插架之需"。点明本刊与《金钢钻》报之关系,及其作品的来源,发行周期。作者有海上漱石生、郑逸梅、程瞻庐、张恨水、陆澹盦、施济群、陆士谔、孙㿽蝥、徐哲身、袁寒云等。作品有集锦小说《江南大侠》,郑逸梅《双梅花盦杂谭》,陆澹盦《百奇人传》,海上漱石生《长笛声》等。至1935年4月1日《金刚钻月刊》第2卷第4集,共出16集,停刊。

求幸福斋主《腥红热的颂赞》载《金钢钻》第1版,至26日,载完。

3日,徐卓呆《到田间去》载《夜报》第1版,至10月13日,40次,载完。郑逸梅《苏州的茶居》载《金钢钻》第1版,至4日,2次。丹翁《模范地窖》《挽林屋山人》,记者《林屋山人之哀讯(一)》载《晶报》第2版。

引:《林屋山人之哀讯》:

林屋山人不幸于一日清晨,遽归道山。哀耗既讣本馆,同人靡不震悼。山人遗骸,暂寄中国殡仪馆,以待其公子虞初君,由豫到沪,而后殓殡。凡平日知山人者,犹可往瞻遗容……山人氏步,原字章五,以名孝廉佐项城幕。民八九间,偕寒云公子至沪,主中国济生会事。以系中州杞县籍,初著稿件,恒署杞人。既入《晶报》,称林屋山人,此后即以山人著誉海上。近数年,独旅此邦,不无寥寂,偶病中风,遂戒饮泼兰地酒。义女数百人,亦分散各地。

扶乩余暇,仅至乐园天韵楼小坐,即执笔撰述。亦减心情,一月前,大雄特至济生会相访,见山人腰腿之间各生一疖,而步履如恒,而虽瘦削,面神气尚佳,方约秋间,同作西湖之游。比讣至,大雄怆然曰:十余载之交游,岂图永别之际,尚留此一点印象于怀以为纪念耶。

4日,何海鸣《沧海遗经:兰交记》载《社会日报》第2版,至10月4日,30次,载完。丹翁《黑舌症》,记者《林屋山人之哀讯(二)》载《晶报》第2版。

引:《林屋山人之哀讯》:林屋山人言"他日其葬我武林虎跑之侧,碑书'林屋山人之墓'可耳","浙省府已有明文,以西湖为名胜地,禁人埋骨青山","山人……今欲得一抔土又未能,岂与西子无缘耶"。

5日,丹翁《江河满地》《林屋山人遗像》载《晶报》第2版,丹翁《二林》载《晶报》第3版。

6日,丹翁《脑筋分裂》载《晶报》第2版。

7日,郑逸梅《林屋山人佚事》载《金钢钻》第1版,至8日,2次。

9日,丹翁《三级交》、妙桂馥兰相《张恨水皖游》载《晶报》第2版,记者《林屋山人盖棺记》、丹翁《哭红鱼》载《晶报》第3版。郑逸梅《林屋山人佚事补遗》载《金钢钻》第1版。

10日,黄春荪、胡雄笙创办《新上海》杂志,王钝根任主干。张秋虫"长篇小说"《病叶狂花》,王天恨"长篇小说"《迷楼新史》载第1卷第1期,至1935年9月1日第10期,10回,未完。丹翁《抢险》、余余《挽林屋夫子》分别载《晶报》第2、3版。

12日,丹翁《自自乘说到自制》、神狮《林屋山人余哀录》分别载《晶报》第2、3版。

13日,丹翁《梁惠王用心》、文丐《新文学家的骂爷骂娘》载《晶报》第2版,金祖同《忆红鱼师》、岭父《张竞生最近艳话》载《晶报》第3版。

15日,范烟桥掌故小品《珊瑚网》载《社会日报》第2版,至12月12日,83次。

18日,丹翁《九一八》载《晶报》第2版,记者《本报争信誉之诉讼》载《晶报》

第3版,至22日,2次。

引:《本报争信誉之诉讼》:邵洵美在《十日谈》旬刊发表文章,"侮蔑本报",起诉邵洵美。

22日,丹翁《风吹易位》载《晶报》第2版。

23日,丹翁《勾搭》,然《王钝根作书警世》载《晶报》第2版。

引:《王钝根作书警世》:王钝根"此番来京,发起作书警世之宏愿,志在救国。叶楚伧氏之介绍文,兹为转录如下:'老友王君钝根,为报界先进,文名满海内。十年来厌世学佛,韬光养晦,惟以鬻书佐生活,其书法古媚秀逸,识者无不爱之。兹因痛心国难,不忍苟安,泣念前敌将士血肉涂地,而后方官吏歌舞沸天,人心一死,国亡无日。爰发悲愿,选取古人卧薪尝胆之文词,时贤救国雪耻之言论,并自撰警语,书为联屏卷轴之类。俾全国同胞,悬之座右,晨夕省览,触目警心,当可延长五分钟之热度,且于政府长期抵抗之进行,大有裨益。日前来京,暂寓白下路孟渊旅社,对于索书者,不计润资,爱国诸君,宜为揄扬,助其推广。叶楚伧谨启。'王有心人也,开此风气,人心果不死,甚望当仁不让,后起者接踵而来,暮鼓晨钟,俾警醒世人之迷梦也"。

28日,丹翁《华北蠕蠕》载《晶报》第2版。

30日,丹翁《所谓同文》载《晶报》第2版,微妙《改联》、仙南《许钦文带铐作文章》载《晶报》第3版。

本月

胡怀琛《小品文作法范例》《议论文作法范例》由大华书局初版。胡怀琛(胡寄尘)弹词《血泪碑(附罗霄女侠)》由上海广益书局续版。

10月

1日,程瞻庐《金钢钻与济公》《尝胆庐偶语》《妄言妄听》,赵苕狂《今夕斋丛谈(19则)》,陆士谔《僵先生(二)》《温热新解》,汪仲贤《僵先生(一、三)》,施济群《剑侠(二则)》,王小逸《笑痕》、陆澹盦《啼笑因缘之商榷》载《金钢钻月刊》第1卷第2集。

2日,丹翁《糟粕》《陈弟》分别载《晶报》第2、3版。

4日,丹翁《杂感》、忆英《记〈苦儿流浪记〉》分别载《晶报》第2、3版。

5日,求幸福斋主《大官落伍之凄惨运命》载《社会日报》第2版,至7日,3次,载完。

9日,徐卓呆《烟灰老四》自第9回开始载《上海商报》第2版,至1934年8月14日,25回,载完。1935年7月8日,《时报》广告:"徐卓呆著《烟灰老四》小说出版""全书七万余言,由上海商报社出版。"

10日,丹翁《双十节》,曼妙《三十二年之晶报》载《晶报》第2版。张春帆

(漱六山房)《民元双十节之摩登少女》载《社会日报》第 2 版。张秋虫"笔记"《花影楼散记》载《新上海》第 1 卷第 2 期,至 9 月 1 日第 10 期,8 次,9 则。

15 日,求幸福斋主《郑燕侯别传》载《社会日报》第 2 版,至 17 日,3 次,载完。

16 日,丹翁《东方饕餮》、钏影(包天笑)《追悼陈佩忍君》分别载《晶报》第 2、3 版。

17 日,丹翁《哀丝》载《晶报》第 2 版。该文称,真丝被人造丝打败,丝织品又次第被毛棉等别的东西打倒,"中国故以丝茶为实业大宗,茶既滞销,丝又如此,国家如何不穷,老百姓如何不苦?"李薰风《春城歌女》载《时报》第 9 版,至 1934 年 12 月 10 日,10 回,401 次,载完;1941 年由励力出版社发行单行本,2 册。刘云若创办《大报》。刘云若《续春风回梦记》,还珠楼主《蛮荒侠隐记》载《大报》。

18 日,漱石玉《旧上海新上海竹枝词》载《金钢钻》第 1 版,至 1934 年 2 月 11 日,共 110 次。

21 日,丹翁《三年有成》、削颖《金息侯著〈光宣小记〉》分别载《晶报》第 2、3 版。

23 日,丹翁《国糖》《恨蠹》载《晶报》第 2 版,微妙《购买欲》载《晶报》第 3 版。

24 日,丹翁《麻醉教育》、微英《茅盾不作〈春蚕〉评》分别载《晶报》第 2、3 版。

25 日,丹翁《丰荒》载《晶报》第 2 版。

31 日,丹翁《婚盛》载《晶报》第 2 版,微妙《记王无能》载《晶报》第 3 版。

本月

计志中、徐半梅(徐卓呆)《小学生文库》第 1"笑话类"《笑话》(2 册)由商务印书馆出版。

陈慎言《故都秘录》(2 册)由四社出版部出版,13 回;曾载《时事新报》。

引:北平人《陈慎言(八)》(《一四七画报》1947 年第 9 卷第 5 期):"那时候上海新闻报自发表张恨水先生《啼笑因缘》以来,销路大振,……上海四大报如《时报》《时事新报》等亦各自向北方发掘新人,为上海读者一新头脑。北方的小说作家能够以小说与江南读者相见,并与洋场才子相抗衡者,不过仅有三人,张恨水先生为首,陈慎言先生为第二。作品《故都秘录》亦极能号召读者,隔年并曾出版专书。该小说之女主角,有人谓为系贵族坤伶陶××,陈慎言先生为彼作小说不下三四篇,《故都》中也只是限于片断的描写。"

11月

1日,汪仲贤《恼人春色》连载《金钢钻》第1版,至1936年4月14日,20回,869次。1946年,《恼人春色》由上海万象书屋出版,共38回。程小青《霍桑探案:活尸》自第6章61次起载《上海报》第3版,至1934年2月28日,16章,173次,未完。漱六山房《本来面目》《皇后》,朱大可《湖上》《饮酒诗》,赵焕亭《今夕斋丛谈(卷二)12则》,汪仲贤《角先生》,徐卓呆《床下虎》、陆士谔《正名》《寒魔自述记》《环游人身记》,施济群《冰庐随笔》,杨尘因《裂腹分骸记》,顾明道《磨剑录》载《金钢钻月刊》第1卷第3集。

2日,丹翁《学抬头》载《晶报》第2版,曼妙《因吃"川糟"而书此》、钏影(包天笑)《咏蟹美人》载《晶报》第3版。

3日,丹翁《为纸账目》、妙相《张徇子代人受过》分别载《晶报》第2、3版。

4日,丹翁《统制》《三瓦两舍》《陈程》载《晶报》第2版,曼妙《蔡无忌以羊易牛》、丹翁《马湛翁鬻书约》载《晶报》第3版。郑逸梅《老圃秋容谈》载《金钢钻》第1版,至6日,3次。

5日,捉刀人(王小逸)《姊妹淘》载《时代日报》第2版,至1935年4月14日,共"三批无名的姊妹们",489次,载完。

8日,丹翁《歌女服装》、钏影《记〈缘督庐日记〉抄》分别载《晶报》第2、3版。

10日,丹翁《婚后之需》载《晶报》第2版,微妙《说被绑之杨寿生》、钏影《张仲仁挽王引才》载《晶报》第3版。

12日,丹翁《民国八十年钱粮》载《晶报》第2版。

13日,丹翁《百灵庙》载《晶报》第2版。

20日,何海鸣《沧海遗经:飞雪记》载《社会日报》第2版,至12月20日,32次,载完。予且"独幕话剧"《秋扇》《排演戏剧的三重难点》《光华附中话剧之过去现在及将来》载《光华附中半月刊》第2卷第3期之《戏剧特刊》。

23日,丹翁《打屁股》、天倪《喜小说的心理解剖》分别载《晶报》第2、3版。

24日,丹翁《三个主子》、微妙《谈第二期航空券头奖》分别载《晶报》第2、3版。

27日,求幸福斋主《记沽上诗妓朱笑君》载《社会日报》第2版,至28日,2次,载完。

30日,丹翁《矛盾》,微妙《记苏州通商银行》载《晶报》第2版。

12月

1日,徐訏著《本质》(小说)载《现代》第4卷第2期。徐訏著《自杀》(戏剧)载《新时代》第5卷第6期。汪仲贤《歇力笑》,朱大可《游天戏海室雅言》,郑逸梅《画苑人物志(20则)》,陆澹盦《滇游随笔》,马二先生《定命新录二则》载《金钢钻月刊》第1卷第4集。

2日,求幸福斋主《陈光远受宠若惊》载《社会日报》第2版,至4日,3次,载完。丹翁《三三》、微妙《赛金花逝世之传闻》分别载《晶报》第2、3版。

4日,丹翁《第五位与未入流》、湘如《梁宗岱串演〈赖婚〉》分别载《晶报》第2、3版。

7日,赵焕亭《今夕斋丛谈》载《金钢钻》,至31日。丹翁《逆子读〈孝经〉》载《晶报》第2版,冻蝇《赛金花犹在人间》、微妙《苏州之出城里条子》载《晶报》第3版。

10日,予且编"话剧"《罪与罚》载《光华附中半月刊》第2卷第4期。

11日,丹翁《德琵琶》、丹翁《一帘红雨沐春风》分别载《晶报》第2、3版。

注:《德琵琶》讽刺德国翻译中国名著《琵琶记》中出现的种种谬误。《一帘红雨沐春风》载张恨水在沪宴饮,人为之征妓女名何丽娜者,"此伎袭其名,而貌甚寝,张为蹙额,而此何丽娜尤肆其謇笑也"。

14日,范烟桥《杏坛花雨》载《新闻报·新园林》,至15日,载完。

16日,赵焕亭《记鼓姬黑白妮》载《金钢钻》第1版,至31日,共16次。范烟桥《关于弹词的话》载《新闻报·新园林》。

20日,求幸福斋主《市隐生涯》载《风月画报》第3卷第2期,至1934年2月4日第4卷第7期,8回,51次,载完。

23日,丹翁《倭军刀》载《晶报》第2版,天壤《〈北洋画报〉易主记》载《晶报》第3版。

24日,郑逸梅《长篇小说之赓读谈》载《金钢钻》第1版。

27日,郑逸梅《酒话》载《金钢钻》第1版,至1934年2月2日,8次,载完。

29日,丹翁《大扫除》载《晶报》第2版。

30日,丹翁《千金保笑》、微妙《记〈生活〉停刊之经过》分别载《晶报》第2、3版。

本年

司马翎生,原名吴思明,广东汕头人。

徐哲身《反啼笑因缘》由锦文堂书局出版。
程善之《残水浒》由新江苏日报馆出版。
刘韵琴离开上海,回到兴化。

1934年（甲戌）

1月

1日，徐碧波《消逝了的国货年》，顾明道《一年容易》，徐耻痕《空头支票》，张恨水《新正元旦准演吉祥新戏》，范烟桥《王小二过年》载《新闻报·新园林》之"元旦特刊"。阿迦、张春帆(漱六山房)《北里拾零·花国小事记》载《社会日报》第2版。周瘦鹃在《申报·春秋》开设《儿童》周刊，逢星期天出刊。

2日，黄南丁"腥风集"《化血丹》载《金钢钻》第2版，至29日，28次，载完；2月6日，《绵条蛇》载《金钢钻》第2版，至3月16日，34次，载完；4月3日，《蛇王》载《金钢钻》第2版，至4月23日，21次，载完。

10日，海上漱石生《中华民国二十三年颂》，施济群《二十三年元旦一日记》，赵焕亭《记强项吏施昌年》，王小逸《女学生必读》，汪仲贤《主张公开研究性交》，陆士谔《告守缺女史》载《金钢钻月刊》第1卷第5集。丹翁《皇帝》载《晶报》第2版，丹翁《石大泉》、微妙(包天笑)《汪精卫是浙江人》载《晶报》第3版。许廑父《海上二十年来剧场掌故》载《越国春秋》第50期，至7月1日第71期，10节。

12日，何海鸣《沧海遗经：随喜记》载《社会日报》第2版，至2月22日，36次，载完。

13日，丹翁《科学家内阁》《韩斋古印存》载《晶报》第2版。

16日，周天籁《甜甜的随笔》载《新闻报本埠附刊》第2版，至26日，共3次。

18日，求幸福斋主《随便谈谈·〈庸报〉与我》载《社会日报》第2版，至22日，5次，载完。

23日，丹翁《回墨索里尼夫人而祝其他名夫人》载《晶报》第2版。

24日，丹翁《佛转世》载《晶报》第2版，丹翁《杂记》、爱娇《天马行空记》载

《晶报》第3版。

25日,丹翁《不景气》载《晶报》第2版,丹翁《杂记》、爱娇《伪论语》载《晶报》第3版。

27日,丹翁《广话报》载《晶报》第2版,曼妙《记金瓶梅词话》载《晶报》第3版。

31日,丹翁《德党魁之争》,张恨水《新绿宜人叶古红》载《晶报》第2版。
本月
陆澹盦编《书中乐》由上海明远广播无线电台出版。

2月

1日,程瞻庐《徘徊岐路》载《金钢钻》第2版,至10日,共10次。

2日,张恨水《北雁南飞》载《晨报》第4版,至1935年10月18日,38回;2册,1946、1947年由山城出版社出版。

3日,丹翁《贺罗长函》,天倪《评书籍净化运动》载《晶报》第2版。

4日,郑逸梅《岁寒三友话》载《金钢钻》第2版,至6日,3次,载完。

6日,求幸福斋主《说冷》载《社会日报》第2版,至11日,6次,载完。丹翁《大劫》、曼妙《记民立女中学校》分别载《晶报》第2、3版。

7日,郑逸梅《金鱼话》载《金钢钻》第2版,至8日,载完。丹翁《赠书》,芳菲《统制文化之实行》载《晶报》第2版。

10日,程瞻庐《〈金钢钻月刊〉开篇》《新年儿戏考》《狗洞铭》,严独鹤《元旦之金刚钻》,海上漱石生《上海新年风俗之变迁》,郑逸梅《岁朝图话》《吻话》《乳之美》《银灯秘艳》,陆士谔《附子之研究》,施济群《众生相·序》,顾明道《三奇人》,赵焕亭《李联珠》,汪仲贤《咖啡之妻》载《金钢钻月刊》第1卷第6集。

17日,赵焕亭《太常仙蝶》载《金钢钻》,18日载完。顾明道《奈何天》开始连载《新闻报·本埠附刊》,至12月31日,17回,共250次,未完。海上漱石生(孙玉声)"创格弹词"《醋鸳鸯》载《金钢钻》第1版,至10月16日,24回,240次,载完;1935年1月重载《金钢钻月刊》第2卷第1集,至1935年4月第4期,共8回,上卷载完。

18日,陆士谔《西厢开篇》载《金钢钻》第1版,至3月4日,未完。

19日,赵焕亭《纪赵菁衫先生》载《金钢钻》第2版,至25日载完,共7次。丹翁《开笔》,张恨水《犯人与贵人》载《晶报》第2版。

20日,求幸福斋主《言之伤心:离乱狗》载《社会日报》第2版,至23日,4

次,载完。

24日,丹翁《记者工作时间》、恨水《西湖十可厌》分别载《晶报》第2、3版。

27日,郑逸梅《施蛰存之旧作》载《金钢钻》第2版。

3月

4日,求幸福斋主《天津之红衣天后》载《社会日报》第2版,至6日,3次,载完。

3日,丹翁《十五周纪念》、瘦鹃《月圆年记》、爱娇《〈晶报〉十五周纪念开篇》载《晶报》第2版,张恨水《依然通信祝明年》载《晶报》第3版,大雄《纪念日回想》载《晶报》第1版。

引:《纪念日回想》:

我们没有表明宗旨,也没有自吹优点,仿佛有人替我们定出一个范围,说《晶报》馆是个海内名士的机关,《晶报》是个会骂人的报纸。

据我个人的回想,《晶报》是个利用时机产出的一种刊物。《晶报》原附于《神州日报》,民六民七,钱芥尘君与我陆续接办《神州日报》以后,都很注重在附张,极力招致海上名士担任作品。两年以内,辟有怪话、文艺俱乐部等栏。到了民八,我大规模的向各报馆的好友,请他们随意供给的杰作(未完)。

4日,丹翁《十五周回想》、烟桥《晶之团圆》、漱六山房《〈晶报〉十五而立》、徐卓呆《革命的小报》载《晶报》第2版,大雄《纪念日回想(续)》载《晶报》第1版。

引:《纪念日回想》:

恰巧那时各大报最沉闷的时代,于是有叶楚伧、周瘦鹃、姚鹓雏、胡寄尘、欧阳予倩诸君的小说,冯小隐、马二先生、张谬子的剧谈,漱六山房、姚民哀的花事,张丹翁怪话以杂裹古董的文艺,多用照片插画如沈伯尘、丁悚、江小鹣诸画家都在本报执笔,这就是《晶报》呱呱坠地时的本来面目。以后仍是继续随着时代,自然成长,将来再说吧。

我在《晶报》出版后的第四年,曾经做过一篇《编辑纪略》,说说以往的馆中趣事。那时候我并不执笔撰稿,也不采访新闻,每三天到各个朋友的地方跑跑,催他们做稿子,于是《红杂志》替我题绰号,叫做脚编辑,又在文人点将录里,派我做神行太保戴宗戴院长这个人物。金圣叹批的《水浒传》上说明他除掉会跑以外,并无特长,是个中下人物。《红杂志》的意思,当然是骂我的,然而我只要《晶报》有好稿子,人家就派我做鼓上蚤时迁也无不可,可惜以后人才凋丧,老将无几,我也只好做做外勤记者,要想过那脚编辑的快活日子,不可得了。然而我那篇《编辑纪略》中,曾经吹过本报稿件,不要剪子编辑。十五年来,除掉偶尔有几篇外稿,是一稿双投的,的确没有转载过别报的新闻。现在我是手脚并用,却亦没有废了我的手足。

5日,赵焕亭《即墨纪游并新婚词》载《金钢钻》第2版,至8日,4次,载完。丹翁《大杂烩》、张恨水《我与丹翁》、马二先生《晶报之蜕变》载《晶报》第2版,丹翁《新语林·妇女欺人》载《晶报》第3版,余大雄《纪念回想》载《晶报》第1版。

引:《纪念回想》:

丹翁说《晶报》是一碗大杂烩,好像太宽泛了。哪一种报纸不是杂烩,不过杂烩当中大的有一品锅,小的有炒什锦,《晶报》烹调有限,容易入味罢了。这碗杂烩,也可分为若干时期:第一期,注重于小说剧谈花事;第二期,变为说怪话,打笔头官司;第三期,寒云、今觉加入后,颇注意于考古;第四期,倚虹、天笑、须弥执笔后,渐批评时事。以后北平名伶,沪人以屡次听歌,司空见惯,馆友互斗笔阵,好像要引起真的肝火,我怕双方拆伙,赶紧鸣金收军,平亭了事。寒云的《訾斋骨董》,今觉的《邮话》,渐渐的搬演完了,小说不便登载数种以上,当然向那取不尽用之不竭的新闻方面,设法寻途径。好的笔记,妙的游谈,也在欢迎之列。可惜特约的几个朋友,不大旅行,外来的投稿,摸不着本报性质,往往照寻常游记做法,满纸都是渣滓。其他投来的新闻稿,好的委实不少,但是姓名住址,大都隐秘,我不愿替人受过,大半只好割爱,于是不得不由馆中特约者亲自下厨房了。这碗小杂烩,我个人觉得味儿比以前简单些,然时代变迁,也只得如此吧。今后我或者能发挥一二理想,以副阅者诸公雅望。

6日,微妙《弹词丛话(一)》载《晶报》第3版。严独鹤介弟严畹滋病逝。

7日,丹翁《西北文彰》、微妙《记陈去病追悼会》分别载《晶报》第2、3版。

8日,丹翁《空魔》,曼妙《南社聚餐记》载《晶报》第2版。

9日,丹翁《食人肉》、微妙《弹词丛话(二)》分别载《晶报》第2、3版。

13日,丹翁《假审判》、微妙《弹词丛话(三)》分别载《晶报》第2、3版。

14日,郑逸梅《风筝话》载《金钢钻》第2版,至15日,载完。

16日,赵焕亭《忆凤庐小品》载《社会日报》第2版,至5月1日载完,5则,共18次。丹翁《洋先生》、微妙《弹词丛话(四)》分别载《晶报》第2、3版。

19日,丹翁《放风筝》、微妙《弹词丛话(五)》分别载《晶报》第2、3版。

22日,丹翁《观表册有感》、微妙《弹词丛话(六)》分别载《晶报》第2、3版。

23日,张秋虫(百花同日生)《捆仙绳》载《小日报》,至9月15日,共147次,未完。郑逸梅《谈鸽》载《金钢钻》第2版,至25日,3次,载完。

26日,求幸福斋主《平津仅存之两坤班》载《社会日报》第2版,至29日,4次,载完。丹翁《广田外交》、微妙《弹词丛话(七)》分别载《晶报》第2、3版。

28日,郑逸梅《谈杏》载《金钢钻》第2版,至29日,载完。海上漱石生《六十年前梨园往事录》载《时报·戏剧》,至3月29日,28次。

30日,郑逸梅《国色天香话》载《金钢钻》第2版,至4月3日,5次,载完。

31日,丹翁《破坏摩登》、微妙《弹词丛话(八)》分别载《晶报》第2、3版。
本月
程瞻庐《社会写真箱》由宝华书局出版。

4月
1日,秦瘦鸥译、德龄女士著《御香缥缈录》载《申报·春秋》,至1935年11与19日,共459天次;1936年4月由上海申报馆出版。张恨水《雪湖双溺记》,郑逸梅《无所不谈(21则)》《金钢钻谈》《妆饰溯源》,韦兰史《说海一涔》,汪仲贤《野鸡父亲》,陆士谔《侠谈》,载《金钢钻月刊》第1卷第7集。海上漱石生《退醒庐谐著》载《金钢钻月刊》第1卷第7集,至8月1日第11集,共98则。丹翁《浪漫》、道听《章太炎寿段合肥文》载《晶报》第2版,爱娇《一块钱跳七跳》载《晶报》第3版。

3日,丹翁《除籍》、微妙《弹词丛话(九)》分别载《晶报》第2、3版。

4日,郑逸梅《童年时代之琐屑》载《金钢钻》第2版,至5日,载完。

7日,郑逸梅《谈桃》载《金钢钻》第2版,至8日,载完。丹翁《垃圾机器》、微妙《弹词丛话(十)》分别载《晶报》第2、3版。

9日,郑逸梅《谈海棠》载《金钢钻》第2版,至10日,载完。丹翁《文献》、谛谛《人力车问题》分别载《晶报》第2、3版。

10日,丹翁《吴三桂》、伊人《胡适之的不知为不知》分别载《晶报》第2、3版。

11日,丹翁《捉黄鱼》、微妙《市井人语(十三)·红房子》分别载《晶报》第2、3版。

12日,丹翁《美女盗》、微妙《弹词丛话(十一)》分别载《晶报》第2、3版。

14日,丹翁《国联磐石》、冻蝇《郭沫若谈鸡说狗》分别载《晶报》第2、3版。

17日,郑逸梅《茶谈》载《金钢钻》第2版,至19日,3次,载完。

19日,丹翁《两租界》、微妙《弹词丛话(十二)》分别载《晶报》第2、3版。

21日,丹翁《骂词考》,微妙(包天笑)《陈嘉庚虽败犹荣》载《晶报》第2版。

22日,陆士谔"讽刺小说"《八仙失道》载《金钢钻》第2版,至5月23日,载完;又载8月1日《金钢钻月刊》第1卷第11集。郑逸梅《梅龛散记》载《金钢钻》第2版,至7月23日,42次;1936年3月23日载《上海报》第7或6或8版,至1937年8月10日,25次;1939年1月14日载《新闻报·茶话》,至6月23日,8次;1939年11月1日载《永安月刊》第7期,至1940年4月1日第12

期,4次。

25日,《福尔摩斯》载《许啸天跳出文化圈改行开咖啡店》,称许啸天将在上海静安寺路附近开咖啡店。

28日,丹翁《变戏法政治》,昭绥《林语堂文章有价》,微妙《读了〈人间世〉》载《晶报》第2版。

本月

张恨水《美人恩》由上海世界书局出版。

郑逸梅《逸梅小品》由上海中华书局出版,续集12月出版。

5月

1日,汪仲贤《球大王》,求幸福斋主《腥红热的颂赞》,郑逸梅《说苑杂谈(三则)》,张乙庐《海上尘影录》,程小青《国画的将来》,载《金钢钻月刊》第1卷第8集。丹翁《圣人生活话》、章行严《浦边斥米图记(上)》载《晶报》第2版,微妙《弹词丛话(十三)》载《晶报》第3版。陈灵犀时评杂感《七勿搭八先生阁随便集》载《社会日报》第2版,至1935年7月29日,178次。

2日,章行严《浦边米图记(下)》载《晶报》第2版。

4日,丹翁《原料人》《题朱太翁家传》、神狮《恨水前程》载《晶报》第2版,钏影《方红宝联》载《晶报》第3版。

7日,张恨水由北平出发,游历西北,至7月14日,返回南京,赴上海。

9日,丹翁《水鸟外交》、微妙《弹词丛话(十四)》分别载《晶报》第2、3版。

10日,丹翁《西土不照空》、行云《张恨水旅行前》载《晶报》分别第2、3版。

13日,丹翁《杂感》载《晶报》第2版,漱六山房《吴门风味(一)》载《晶报》第3版,至16日,共5次。

14日,求幸福斋主《天津情死案的汇报与假想》载《社会日报》第2版,至18日,共5次。

16日,丹翁《赤膊》,张恨水《中原碉堡》载《晶报》第2版。刘云若在《大报》副刊小说版签发郑证因第一部"武侠小说"《风尘三侠》,至1935年6月;1942、1943年由京华出版社陆续出版。

18日,丹翁《盐毒》、爱娇《碟仙不灵记》分别载《晶报》第2、3版。

19日,张恂子"现身说法"《入狱记》载《社会日报》第2版,至6月9日,23次,载完。

22日,丹翁《超特急》、张恨水《黄河鲤及其他》载《晶报》第2版,神鸢《张竞生谈标准美人》载《晶报》第3版。

25日,丹翁《一文钱》载《晶报》第2版,冻蝇《〈人间世〉比论〈语贵〉五分》、憩庵《小学生误中小说毒》载《晶报》第3版。

26日,丹翁《孟子教育》、云屏《黄庐隐生平》载《晶报》第2版,曼翁《卧病三日记》载《晶报》第3版。

30日,丹翁《满身冷汗》、张恨水《邵力子陋室安居》载《晶报》第2版,微妙《江南名士鲥鱼会》载《晶报》第3版。

31日,丹翁《穷喻》载《晶报》第2版,白露《陈佩忍将埋骨湖山》、丹翁《述与削颖兄》载《晶报》第3版。

本月

徐碧波笔记小说集《流水》再版。

按:《流水集》收:《春暮记》《闻琴记》《客病记》《梦尽记》《避难记》《画鬼记》《争春记》《夏临记》《酸化记》《车腹记》《野哭记》《香嚏记》《荒宴记》《征尘记》《斗巧记》《餐英记》《屏月记》《殊魔记》《船唇记》《奠灵记》《嚼梦记》《郊行记》《衡艳记》《芳邻记》《车尘记》《联珠记》《菊瘦记》《泣灵记》《心篆记》《灯影记》《影趣记》《坎壈记》《泣巧记》《偷吻记》《还珠记》《探珠记》《绘红记》《送春记》《惨窃记》《仳离记》等40篇。

何一峰《江湖怪侠传》(5册)由上海百新书局初版;1937年5月12版。

6月

1日,郑逸梅《无所不谈(15则)》,吴绮缘《喜相逢》,严芙孙稿、我美述《恨绵绵》载《金钢钻月刊》第1卷第9集。

10日,丹翁《记暑假期》、微妙《小品年》载《晶报》第2版,丹翁《致削颖兄》载《晶报》第3版。

12日,张恨水《西北土世界》载《晶报》第3版。

17日,张春帆(漱六山房)《吴门移家记》载《晶报》第3版,至29日,共10次。

19日,丹翁《耆老》载《晶报》第2版,冻蝇《丁玲女士由在人间》、无诤(张丹斧)《海棠春影认来真》载《晶报》第3版。

23日,丹翁《横死之损失》载《晶报》第2版,芳菲《丁玲存亡之谜》、爱娇《蜜色大衣》载《晶报》第3版。

25日,丹翁《救丐末议》、钏影《黄袍》载《晶报》第2版,行云《丁玲确在人间》载《晶报》第3版。

27日,求幸福斋主《革命历险记:夏口狱中生活》载《社会日报》第2版,至7月18日,共22次。10月25日,求幸福斋主《革命历险记:汉口分府始末》载《社会日报》第2版,至11月17日,33次,载完。

本月

还珠楼主《蛮荒侠隐记》第1集(第2集时,改为《蛮荒侠隐》)由天津励力出版社出版,至1941年11月,出版5集,共25回,未完。

7月

1日,朱大可《亚凤巢诗·金陵寄友》,郑逸梅《浴话》,陆士谔《蚺蛇》,汪仲贤《古怪病》载《金钢钻月刊》第1卷第10集。

3日,丹翁《遗产税》载《晶报》第2版,丹翁《郭徵吉金图像》、张恨水《陇海路如何西进》载《晶报》第3版。

4日,丹翁《市容》载《晶报》第2版,微妙《周湘云潇湘白云图》、张恨水《汽车驰过曲江池》载《晶报》第3版。

5日,丹翁《通车话》,张恨水《甘肃人才三大区》载《晶报》第2版。

6日,丹翁《热昏雨》载《晶报》第2版,天倪《鲁迅日记中一个问题》、张恨水《西安水盆大肉》载《晶报》第3版。

10日,丹翁《年老告退》、张恨水《朱绍良失一巨臂》载《晶报》第2版,微妙《寒山寺印象记》、丹翁《西瓜》载《晶报》第3版。

12日,张春帆(漱六山房)《热浪下之卫生谈》载《晶报》第3版,至14日,共3次。

13日,丹翁《佛教宣化》《中郎》载《晶报》第2版,舍翁《电台创说扬州书》载《晶报》第3版。

14日,刘半农去世。丹翁《设关》载《晶报》第2版,丹翁《汀象》、西阶《〈闲话扬州〉之易君左》、芳菲《关于赛金花》载《晶报》第3版。

16日,张恨水《哀刘半农先生》载南京《民生报》。

17日,丹翁《妇女》、削颖《刘半农逝世巚语》、白露《烟花三月下扬州案》载《晶报》第2版,丹翁《标语》、爱娇《待诏与博士》载《晶报》第3版。

18日,丹翁《热话》,仙南《悼刘半侬先生》,削颖《张恨水闲话关中道(一)》载《晶报》第2版。

19日,丹翁《防旱》、爱娇《胡文虎与王公弢》、削颖《张恨水闲话关中道(二)》载《晶报》第2版,曹聚仁《白话,大众语》、丹翁《没落》载《晶报》第3版。

20日，丹翁《男女避道》、削颖《张恨水闲话关中道（三）》载《晶报》第2版；曼妙《二百万收买诰身帖》、瘦鹃《金鱼谈片补》载《晶报》第3版。

22日，丹翁《停止政治活动》、削颖《张恨水闲话关中道（四）》、微妙《对于刘半农一更正》载《晶报》第2版，漱六山房《贴水揩油》、丹翁《众语学》载《晶报》第3版。

23日，丹翁《崇德祈雨》、张恨水《中央第一师》载《晶报》第2版，丹翁《藕》、舍翁《电台再说播扬州》、曼妙《鱼的产后，狗的经期》载《晶报》第3版。

24日，丹翁《说婺源》、张恨水《关于夜光杯》载《晶报》第2版，西阶《张竞生千里鹅毛》、裴伍《闲话扬州前之苏州》载《晶报》第3版。

25日，丹翁《小人》、张恨水《宝鸡新古物》载《晶报》第2版，丹翁《写扇子》、西阶《胡蝶驰书赛金花》载《晶报》第3版。

27日，丹翁《鹅功》载《晶报》第2版，张竞生《郑重"活国宝"之一封信》载《晶报》第3版。

29日，丹翁《孔子纪念周》《丹翁》载《晶报》第2版，小隐《三十年来之寒山寺》、丹翁《月食》《素食》载《晶报》第3版。

31日，张恨水《燕归来》载《新闻报·新园林》，至1936年6月26日，42回，664次，载完；1942年2月由天津唯一书店出版单行本。

本月

胡怀琛《初中应用文教本》由大华书局初版。

8月

1日，徐卓呆《萍哥的信》载《新夜报》，至9月9日，40次，载完。陆士谔《八仙失道》，郑逸梅《朋友的趣事（21则）》《睹物思人录》，张恂子《芜湖看花记》，汪仲贤《国家将亡》载《金钢钻月刊》第1卷第11集。丹翁《寿萧伯纳》载《晶报》第2版，丹翁《横竖》、西阶《梅花三弄，附记张恨水之行踪》载《晶报》第3版。

2日，丹翁《关客》《起承转合》载《晶报》第2版，湘如《刘半农身后琐闻》、妙相《晶楼五老》载《晶报》第3版。

5日，丹翁《裸腿谈》载《晶报》第2版，微妙《华侨中之扦脚做亲》载《晶报》第3版。

6日，丹翁《吊兴登堡》载《晶报》第2版，微妙《日记话》载《晶报》第3版。

8日，丹翁《终身领袖》载《晶报》第2版，丹翁《甘丹》、微妙《日记话（二）》载

《晶报》第3版。

9日,丹翁《生活大众语》载《晶报》第2版,白露《〈闲话扬州〉调解难》、丹翁《第二遍》、天倪《说日记》载《晶报》第3版。

10日,不肖生《赵老同与尤四喇叭》载《山西国术体育旬刊》第1卷第1期,至20日第2期,载完。丹翁《职业教育》、乘云《刘半侬死前之又一不吉》载《晶报》第2版,丹翁《学不足》载《晶报》第3版。

11日,王小逸《军中妇人》载《金钢钻》第2版,至9月3日,1回,22次,未完;爱去先生(王小逸)《人体展览会》载《金钢钻》,至1937年4月22日,5展,734次,载完。丹翁《虎口问题》载《晶报》第2版,微妙《日记话(三)》载《晶报》第3版。

12日,丹翁《美金搬场》、微妙《战淞沪中之陆小曼》载《晶报》第2版,白露《自寻烦恼大众语》载《晶报》第3版。

14日,丹翁《瘪三》载《晶报》第2版,微妙《浮生六记之杂忆》、天倪《刘半农所写李碑疑点》、无净《怀方红宝得句》载《晶报》第3版。

17日,丹翁《动物节》载《晶报》第2版,天倪《李碑补述》、微妙《日记话(四)》载《晶报》第3版。

18日,丹翁《缺米问题》、芳菲《大众话一场无结果》载《晶报》第2版,爱娇《三扑落》载《晶报》第3版。

21日,张恨水《小西天》载《申报·春秋》,至1936年3月25日,共420天次。丹翁《俄事》载《晶报》第2版,微妙《日记话(五)》载《晶报》第3版。

24日,丹翁《数目的感想》《看诵》载《晶报》第2版,鹊尾《人力车的趣谈》载《晶报》第3版。

26日,丹翁《先师诞辰》、微妙《记一个电气家庭》载《晶报》第2版,葭湘《致丹翁》载《晶报》第3版。

27日,丹翁《建设登高》载《晶报》第2版,漱六山房《虞山碧玉林荷宝》、代柳《胡适之的文字谈》载《晶报》第3版。

31日,丹翁《众语原来》载《晶报》第2版,丹翁《孤寡》载《晶报》第3版。

本月

范烟桥编《销魂词选》(全1册)由上海中央书店出版。

胡怀琛《中国小说的起源及其演变》由南京正中书局初版。

9月

1日,陆澹盦译《离魂误》,海上漱石生《花天焰口秘言》载《金钢钻月刊》第1卷第12集。

4日,丹翁《小病》载《晶报》第2版,冻蝇《章太炎之读书法》载《晶报》第3版。

6日,丹翁《文章圈子》载《晶报》第2版。

7日,吴双热逝世,享年51岁。

引:本月9日《新闻报》第9版载《常熟小说家吴双热作古》:"邑人吴双热,系著名小说家。鼎革时,与现任考试院长戴季陶氏,共办《民权报》,鼓吹革命,有功民国。近年撰著长篇小说,有慕其文学,请讲国文者,君亦抽暇允许之。前旬忽患赤痢,医治罔效,于七日未亥作古,享寿五十一岁,闻者咸深惋惜。"

9日,丹翁《下山下车》载《晶报》第2版,曼妙《〈负曝闲谈〉评考之评考(上)》载《晶报》第3版。

10日,丹翁《外交花步》载《晶报》第2版,丹翁《戏打六更》、曼妙《〈负曝闲谈〉评考之评考(下)》载《晶报》第3版。

13日,丹翁《国际古赆》载《晶报》第2版,西阶《章太炎引证金瓶梅》、丹翁《申叔书法》载《晶报》第3版。

18日,丹翁《"九一八"三周年》《筷子》载《晶报》第2版,冻蝇《张竞生在沪居所》载《晶报》第3版。

21日,求幸福斋主《写在〈失女记〉之后》载《社会日报》第2版,至24日,共4次。

24日,丹翁《军火棺材》、白露《易君左放爆竹的话》载《晶报》第2版,爱娇《南京将有倒老爷》、曼妙《苦瓜》载《晶报》第3版。

25日,丹翁《关中不歌舞》、曼妙《日本招待衍圣公》载《晶报》第2版,许惜红《沪游忆语(一)》载《晶报》第3版。

26日,丹翁《印邮告集邮花》、谛谛《胡圣人不满孔圣人》载《晶报》第2版,许惜红《沪游忆语(二)》载《晶报》第3版。

27日,丹翁《敬惜字帀》载《晶报》第2版,丹翁《题高士兰》、许惜红《沪游忆语(三)》载《晶报》第3版。

28日,丹翁《欧佛会韦陀》载《晶报》第2版,芳菲《禁演〈赛金花〉之风波》、许惜红《沪游忆语(四)》载《晶报》第3版。

29日,丹翁《歇浦潮》载《晶报》第2版,丹翁《曼老愚公高士梅》、许惜红《沪游忆语(五)》载《晶报》第 3 版。求幸福斋主《述魏赵灵飞夫人》载《社会日报》第 2 版,至 30 日,2 次,载完。

30 日,丹翁《东方禁娼会议》载《晶报》第 2 版,曼妙《石湖秋月照楞伽》、许惜红《沪游忆语(六)》载《晶报》第 3 版。

10 月

1 日,顾明道《蓬门红泪》载《上海报》第 7 版,至 1936 年 8 月 28 日,16 回,647 次,载完;1939 年 3 月由文业书局出版。程瞻庐长篇小说《秋千影》载《上海报》第 6 版,至 1937 年 8 月 14 日,共 54 回,953 次。丹翁《古钱会》《葭郑小咏》载《晶报》第 2 版,许惜红《沪游忆语(七)》载《晶报》第 3 版。

2 日,丹翁《技术合作》载《晶报》第 2 版,许惜红《沪游忆语(八)》载《晶报》第 3 版。

3 日,丹翁《花罗》载《晶报》第 2 版,许惜红《沪游忆语(九)》载《晶报》第 3 版。

4 日,丹翁《妇女从军》、微妙《一种断绝生殖的毒气(上)》载《晶报》第 2 版,许惜红《沪游忆语(十)》载《晶报》第 3 版。

5 日,丹翁《冀属怪电》、微妙《一种断绝生殖的毒气(下)》、可可《文学不死大祸不止》、我闻《苏州潘氏之古物》载《晶报》第 2 版,丹翁《画之病趣》《饮光说字》、许惜红《沪游忆语(十一)》载《晶报》第 3 版。程瞻庐《秦桧反对傀儡国》、严独鹤《无人之岛》载《新闻报·新园林》。

6 日,丹翁《黄金美人》载《晶报》第 2 版,许惜红《沪游忆语(十二)》载《晶报》第 3 版。

7 日,丹翁《淫词艳曲》载《晶报》第 2 版,许惜红《沪游忆语(十三)》载《晶报》第 3 版。

8 日,丹翁《恕不招待学生》载《晶报》第 2 版,许惜红《沪游忆语(十四)》载《晶报》第 3 版。

9 日,丹翁《各有顽头》载《晶报》第 2 版,许惜红《沪游忆语(十五)》载《晶报》第 3 版。

10 日,张秋虫《家常便饭》载《社会日报》第 2 版,至 17 日,载完。求幸福斋主《坏在这三上的国庆》载《社会日报》第 2 版,至 12 日,共 3 次。丹翁《双十国庆》《东北飞机场》、徐卓呆《如何过此双十节》、张恨水《双十与北平棚匠》《蒋张食量》载《晶报》第 2 版,丹翁《邹适老谈苏州潘氏古鼎》、西阶《家庆斯国庆·毕倚虹先生有后》载《晶报》第3版。

11日,刘云若《换巢鸾凤》载《北洋画报》第1152期,至1937年7月20日第1583期,2回,423次,未完;1941年5月由上海励力出版社出版,2回。丹翁《存废文字之争》载《晶报》第2版,寒英《张竞生垦殖徐闻》、微妙《郑孝胥金月梅艳史》、无诤《妇道吟》、许惜红《沪游忆语(十六)》载《晶报》第3版。

13日,丹翁《双十节后》载《晶报》第2版,许惜红《沪游忆语(十七)》载《晶报》第3版。

14日,丹翁《时间性》、西阶《李伯行析产记》载《晶报》第2版,微妙《看了〈傀儡〉》、无诤《题〈女儿经〉〈傀儡〉二片》、丹翁《题朱高士四画》、许惜红《沪游忆语(十八)》载《晶报》第3版。

15日,丹翁《警世标语》载《晶报》第2版,许惜红《沪游忆语(十九)》、乙之《〈女儿经〉之大皮包》载《晶报》第3版。

16日,丹翁《废重九》、无诤《李伯行析产记(二)》载《晶报》第2版,漱六山房《漱六观梅记》、许惜红《沪游忆语(二十)》载《晶报》第3版。

17日,丹翁《台民》载《晶报》第2版,无诤《为汪君益三释愤》、爱娇《白绒衫》、许惜红《沪游忆语(二一)》载《晶报》第3版。海上漱石生"警世新剧"《芙蓉毒》载《金钢钻》,至1935年1月16日,22幕,89次,载完。

18日,丹翁《茶烟一样》、微妙《学日本的好样》载《晶报》第2版,曼妙《茶壶上的植物》、许惜红《沪游忆语(二二)》载《晶报》第3版。

19日,丹翁《不离经》《龚展虞竹报俄闻》载《晶报》第2版,丹翁《龚集龚诗宝燕楼》、玄郎《冻煞徐卓呆》、无诤《谭亚男宝宝》、许惜红《沪游忆语(二三)》载《晶报》第3版。

20日,丹翁《谭〈傀儡〉有感》、王老虎《李伯行析产记(三)》载《晶报》第2版,钏影《赵欣伯妻余铭盘小史(上)》、许惜红《沪游忆语(二四)》载《晶报》第3版。

21日,张恨水《屠沽列传》载《武汉日报·鹦鹉洲》,至1935年12月12日,25回,324次,未完。丹翁《名器》载《晶报》第2版,钏影《赵欣伯妻余铭盘小史(中)》、许惜红《沪游忆语(二五)》载《晶报》第3版。

22日,丹翁《跪哭》、无诤《问佛》载《晶报》第2版,钏影《赵欣伯妻余铭盘小史(下)》、许惜红《沪游忆语(二六)》载《晶报》第3版。

23日,丹翁《权威记者》、微妙《胡愈之日日读天书》载《晶报》第2版,无诤《记跳豆》、许惜红《沪游忆语(二七)》载《晶报》第3版。

24日,丹翁《寿如东海》、张恨水《牯岭一妇人》载《晶报》第2版,无诤《谈余铭盘之逸事》、危言庵《赛金花挽半农联》、爱娇《日耳曼颠倒小乔红》、许惜红《沪游忆语(二八)》载《晶报》第3版。

25日,丹翁《锡的飞机场飞机》载《晶报》第2版,捕风《镏半农哀挽汇录》、丹翁《论江道樊分隶笔法》、许惜红《沪游忆语(二九)》载《晶报》第3版。

26日,丹翁《冷锅爆热豆》载《晶报》第2版,许惜红《沪游忆语(三〇)载《晶报》第3版。

27日,丹翁《娶婚别国》载《晶报》第2版,许惜红《沪游忆语(三一)》载《晶报》第3版。

28日,丹翁《飞非家殁美人》载《晶报》第2版,丹翁《程云翁小品文》、微妙《鲍星槎盗窟谭相》、许惜红《沪游忆语(三二)》载《晶报》第3版。

29日,丹翁《一个怪妙相》、爱娇《做双鞋子表情》载《晶报》第2版,无诤《花片唫》、许惜红《沪游忆语(三三)》载《晶报》第3版。

30日,丹翁《女照八万张》载《晶报》第2版,许惜红《沪游忆语(三四)》载《晶报》第3版。

31日,丹翁《追求》载《晶报》第2版,许惜红《沪游忆语(三五)》载《晶报》第3版。

本月

程善之《程善之先生时评汇刊》由新江苏报馆出版。

李伯通《北桥诗钞》印行。

11月

1日,丹翁《学者不寿》载《晶报》第2版。

2日,丹翁《禁止学生跳舞》载《晶报》第2版,许惜红《沪游忆语(三六)》载《晶报》第3版。

3日,丹翁《古物不私》《士英漫画》、"化佛名家钱化佛君像"载《晶报》第2版,无诤《齐云歌》载《晶报》第3版。

4日,丹翁《王开火车》载《晶报》第2版,丹翁《赵含英湘省游览》、许惜红《沪游忆语(三六)》载《晶报》第3版。

5日,丹翁《滥用名词》、曼妙《戴文节药纸作山水》载《晶报》第2版,老饕《小吃谭》、无诤《袅袅梅痕五朵云》、许惜红《沪游忆语(三七)》载《晶报》第3版。

6日,丹翁《取缔老爷太太》载《晶报》第2版,无诤《丽丽往事低徊记》、许惜红《沪游忆语(三八)》载《晶报》第3版。

7日,丹翁《羊角哀》载《晶报》第2版,许惜红《沪游忆语(三九)》载《晶报》第3版。

8日,丹翁《天师自杀》载《晶报》第2版,丹翁《论篆》、许惜红《沪游忆语(四十)》载《晶报》第3版。

9日,丹翁《贩卖华人案》载《晶报》第2版,许惜红《沪游忆语(四一)》载《晶报》第3版。

10日,丹翁《化管为租》载《晶报》第2版,许惜红《沪游忆语(四二)》载《晶报》第3版。

11日,丹翁《华侨入蒙》载《晶报》第2版。

12日,丹翁《通奸问题》载《晶报》第2版,恨水《王梦白死于痔》、许惜红《沪游忆语(四三)》载《晶报》第3版。

13日,丹翁《白宫之酒》、张恨水《西北人言(上)》载《晶报》第2版,微妙《霜叶红于二月花》、许惜红《沪游忆语(四四)》载《晶报》第3版。

14日,丹翁《发言人》、成言《欧阳予倩之话剧运动》、恨水《西北人言(下)》载《晶报》第2版,伊人《旧小说一折八扣研究》载《晶报》第3版。

15日,丹翁《璧还波史》载《晶报》第2版,伊人《章行严诗赞龚翁》、许惜红《沪游忆语(四五)》载《晶报》第3版。

16日,丹翁《哀史量才先生》、侃侃《史公子脱险谭》、白露《史量才之日者预言》载《晶报》第2版,包天笑《追忆史量才先生》载《晶报》第2版,至17日,载完。

17日,丹翁《八分钟手术》载《晶报》第2版,伊人《旧小说一折八扣研究(二)》、许惜红《沪游忆语(四六)》、行云《〈礼拜六〉复活》载《晶报》第3版。

19日,丹翁《海源阁》载《晶报》第2版,丹翁《戏题自画竹》、微妙《史案余闻》、许惜红《沪游忆语(四七)》载《晶报》第3版。

20日,丹翁《大学毕业生》《戏题自画竹》载《晶报》第2版,爱娇《猫医院》载《晶报》第3版。

21日,丹翁《日移民》载《晶报》第2版,郑家相《致丹翁》、陇头外史《史案余闻(续)》、曼妙《记江建霞先生遗著》载《晶报》第3版。

22日,丹翁《斗争快乐》《寒云画松》载《晶报》第2版,天倪《题刘海若画》载《晶报》第3版。

23日,丹翁《挽手同行》,天倪《包可珍毕业演奏》载《晶报》第2版,微妙《记陀罗尼经被》、伊人《旧小说一折八扣研究(三)》载《晶报》第3版。张春帆(漱六山房)《病榻琐谈》载《晶报》第3版,至12月3日,共10次。

24日,丹翁《有妇之夫禁舞》《题姬先生书陈太夫人寿文》载《晶报》第2版,曼妙《记五洲之甘油提炼厂》、益轸《艳窟沧桑录》、良玉《鲞鱼经验谭》载《晶报》第3版。程瞻庐《〈岳传〉正误》载《新闻报·新园林》,至1935年6月12日,共16次。

25日,丹翁《文章派别》,微妙《参观自然科学研究所记(一)》载《晶报》第2版。

26日,丹翁《快上快》、微妙《参观自然科学研究所记(二)》载《晶报》第2版,丹翁《破帖斋刊叶氏书》载《晶报》第3版。

27日,丹翁《学生国货年》、张恨水《平市扩大华北渐安》载《晶报》第2版,钏影《曾孟朴与〈孽海花〉》载《晶报》第3版。

28日,何海鸣《文白之争与大众语的我见》载《社会日报》第2版,至12月7日,共9次。丹翁《通奸自由》,微妙《参观自然科学研究所(三)》载《晶报》第2版。

29日,丹翁《望定礼》载《晶报》第2版,丹翁《高斋画集》、阿鸳《章太炎造屋有波折》、微妙《记美术暖春炉》载《晶报》第3版。

30日,丹翁《张天师之讼》载《晶报》第2版,阿鸳《苏州之特别会书》载《晶报》第3版。

本月

胡怀琛编著《中国小说概论》由世界书局出版。

12月

1日,丹翁《不嫁同盟》载《晶报》第2版,张恨水《新艳秋搬演〈赛金花〉》、芳菲《折扇话(一)》载《晶报》第3版。

2日,丹翁《化妆跳舞》,微妙《参观自然科学研究所记(四)》载《晶报》第2版。

3日,丹翁《倚老的老话》载《晶报》第2版,丹翁《长生未央璧》载《晶报》第3版。

4日,丹翁《古物何处去》载《晶报》第2版,芳菲《赛金花与孙三儿》、张恨水《王殿玉三弦绝技》载《晶报》第3版。

5日,丹翁《厨夫训练》载《晶报》第2版,丹翁《高士刻刘健中君双印》、芳菲《折扇话(二)》载《晶报》第3版。

6日,丹翁《国事游泳》、行云《史量才壮怀未遂》载《晶报》第2版,削颖《二妙书画记》载《晶报》第3版。

7日,丹翁《人造棉丝》《倪高凤梁孟图象》载《晶报》第2版,芳菲《靠不住的博物志》载《晶报》第3版。

8日,丹翁《王道》《戏题自画松石》载《晶报》第2版。

9日,丹翁《科学食品》载《晶报》第2版,吴侬《异军突起之女说书》、兰陵卡子《沪游忆语书后》载《晶报》第3版。

10日,丹翁《勿饮萨加非》《题含英女士画》载《晶报》第2版,曼妙《曾读〈庄子·秋水篇〉》载《晶报》第3版。

11日,丹翁《筵席当捐》载《晶报》第2版,流浪者《旧小说一折八扣之补纪》载《晶报》第3版。

12日,丹翁《金治病》载《晶报》第2版,丹翁《荔支酒》载《晶报》第3版。

13日,丹翁《斐猎滨中医》载《晶报》第2版,郑家相《致丹翁》、芳菲《折扇话(三)》载《晶报》第3版。

14日,丹翁《写实失败》载《晶报》第2版,项慎初《章太炎先生妙句之解释》、修梅《断鸿零雁将入画》载《晶报》第3版。

15日,丹翁《必要吞》载《晶报》第2版,丹翁《周一桌》载《晶报》第3版。

16日,丹翁《女招待》载《晶报》第2版,微妙《楞伽山下一渔村》载《晶报》第3版。

17日,丹翁《四十强兵》载《晶报》第2版。

18日,丹翁《福氏古物》载《晶报》第2版,曼妙《〈湘绮日记〉拉杂语》载《晶报》第3版。廷璧《新体诗的没落》载《金钢钻》第2版,至1935年1月7日,3次。

19日,丹翁《殷富捐》载《晶报》第2版,丹翁《周大医师联话》、曼妙《〈湘绮日记〉拉杂语(二)》载《晶报》第3版。

20日,丹翁《日市议员喷水》、谛谛《胡适对于感电之感想》载《晶报》第2版,冻蝇《郭沫若著作盛行日本》载《晶报》第3版。范烟桥《茶烟歇》由上海中孚书局初版发行。

21日,丹翁《娼寮区域》载《晶报》第2版,吴侬《女说书的不平鸣》载《晶报》第3版。

22日,丹翁《拿破仑情书》载《晶报》第2版,芳菲《折扇话(四)》载《晶报》第3版。张恨水《三万里山水人物志》载《北晨画刊》第3卷第6期,至1935年8月3日第5卷第12期,21次。

23日,丹翁《猴蛇有害否》、漱六山房《王用宾之气节》载《晶报》第2版,削颖《杨云史六十寿记》载《晶报》第3版。

24日,丹翁《中外冬至》载《晶报》第2版,丹翁《卢氏涅金》、无厄(丹翁)《题朱高士墨荷》载《晶报》第3版。

25日,丹翁《纠正租界称呼》、桐叶《史公追悼会速写》载《晶报》第2版,曼妙《〈湘绮日记〉拉杂语(三)》、百合《记黎明晖》载《晶报》第3版。

26日,丹翁《讣话》载《晶报》第2版,爱娇《与某女士论烫发》载《晶报》第3版。

27日,丹翁《保管古物》载《晶报》第2版,丹翁《周初石龟文》、曼妙《〈湘绮日记〉拉杂语(四)》、百合《记宣景琳》载《晶报》第3版。

28日,丹翁《国绸礼服》载《晶报》第2版,无净(丹翁)《圣善子方书后》、西阶《观影杂谭(一)》、百合《〈再生花〉先映原因》载《晶报》第3版。

29日,丹翁《狼子团》载《晶报》第2版,佚名《再略谈宣炉》、大漠诗人《简丹翁迦公》、西阶《观影杂谭(二)》载《晶报》第3版。

30日,丹翁《跪话》载《晶报》第2版,百合《声片的抬头与阮玲玉》载《晶报》第3版。

31日,丹翁《迎岁》《孔庙古乐》,微妙《完了》载《晶报》第2版。

本月

王小逸《神秘之窟》由上海中央书店出版。

苏曼殊《苏曼殊小说集》由大达图书供应社出版。

本年

秋,吴双热逝世。

范烟桥助弟范镠编辑《苏州明报》副刊《明晶》,撰长篇小说《花草苏州》,连载数月,中辍,旋编《新吴江》日报,因经济原因,很快夭折。

海上漱石生《〈红楼梦〉考证》由上海印书馆出版。

王度庐36岁,赴西安,任陕西省教育厅编审室办事员,编辑《民意报》。

郑逸梅辞去《金钢钻》编辑,专任中孚书局编辑,编辑戚饭牛《饭牛翁小丛书》、王西神《云外朱楼集》、赵眠云《云片》、郑逸梅《逸梅小品》。

按:《饭牛翁小丛书》3册5卷,8月19日(农历七月十日)由中孚书局出版;王西神《云外朱楼集》于11月由中孚书局出版;赵眠云《云片》于7月由中孚书局出版;郑逸梅《逸梅小品》《逸梅小品续集》分别于4、12月由中孚书局出版;

1935年（乙亥）

1月

1日，张恨水《平沪通车》载《旅行杂志》第9卷第1号，至第12号；1943年8月上海百新书局出版单行本。张恨水《天明寨》载《中央日报·中央公园》，至1936年7月30日，40章，454次，载完。丹翁《廿四年元旦》、伊人《陈少白前辈行述》载《晶报》第2版，曼妙"新年小说"《结婚年·纪念元旦集团结婚》、丹翁《长毋相忘日入千金》载《晶报》第3版。

4日，陆士谔《枫冷吴江》载《金钢钻》第2版，至11日，8次，载完。

8日，丹翁《萨尔》、微妙《曾孟朴哀母文》载《晶报》第2版，湘如《赛金花本事已出版》、丹翁《何玫女士象牙印》载《晶报》第3版。

12日，丹翁《韩荆州》载《晶报》第2版，吴侬《读了赛金花本事》、许惜红《西湖一酒家》载《晶报》第3版。

13日，丹翁《徽鼻圣人》载《晶报》第2版，芳菲《邮话》、百合《桃李劫中陈波儿》载《晶报》第3版。

15日，丹翁《对绝食的圣人绝食》、成言《胡适受学位记》载《晶报》第2版。郑逸梅《梅龛杂记》载《金钢钻》第2版，至7月25日，62次。

17日，海上漱石生《王小三过年》载《金钢钻》第1版，至31日，载完。

20日，张春帆(漱六山房)《妇女救国的生活》载《金钢钻》第2版，续载31日，载2次。

24日，陆士谔《西游逸记》载《金钢钻》第2版，至29日，6次，载完。

28日，张恨水《宋哲元现在北平》载《晶报》第2版。

31日，丹翁《倒一折，学术救国》《题含英山水卷》分别载《晶报》第2、3版。

本月

陆澹盦《满江红弹词》，由上海新声社出版。

海上漱石生"武侠小说"《嵩山拳叟》由上海时还书局出版。

蒋中正《新生活运动纲要》,叶楚伧《新运谈话》,海上漱石生《民国二十四年元旦颂词》,程瞻庐《释亥》,范烟桥《几个有意味的元旦》,爱去先生(王小逸)《二十四年的新希望》,张恨水《妻之女友》,胡寄尘《萨坡赛路上杂记(7则)》,江红蕉《海边》,徐卓呆《怪播音台(一,33则)》,程瞻庐《〈一捧雪〉之考证》,陆士谔《著作界之今昔观》,顾明道《小白龙》,钱释云《黑衣女》载《金钢钻月刊》第2卷第1集。

许指严"历史笔记小说"《清史野闻》由上海国华新记书局。

2月

1日,丹翁《散落金条》载《晶报》第2版,微妙《一文钱之两故事》、冷芳《〈空谷兰〉之今昔比较观》载《晶报》第3版。

7日,海上漱石生《退醒庐余墨》载《金钢钻》,至8月31日,未完,181次。

9日,陈灵犀游记《湖南之行》载《社会日报》第2版,至3月15日,8节,35次。

10日,丹翁《天空和平》《题朱高士画屏》、恨水《察东空间》载《晶报》第2版,丹翁《集秦斯之大观》、张恨水《彰仪门外接财神》载《晶报》第3版。

11日,丹翁《燕和凤凰》、恨水《戢翼翘嫁女》载《晶报》第2版,微妙《空谷兰中之宣景琳》载《晶报》第3版。

12日,丹翁《外人采古》、张恨水《尚小云接办富连成》分别载《晶报》第2、3版。

13日,丹翁《钱运米统》,张恨水《陈兴亚老作壮游》载《晶报》第2版。

14日,丹翁《太阳黑点歌》、微妙《何处探梅香雪海》分别载《晶报》第2、3版。

15日,丹翁《都市计险》、无诤《红绮冰纹记》分别载《晶报》第2、3版。

16日,丹翁《旧灯新上》载《晶报》第2版。

17日,丹翁《颂币小词》、微妙《电报局神秘之库》载《晶报》第2版,丹翁《题张文绮小象》载《晶报》第3版。

18日,丹翁《第一富女婚》载《晶报》第2版。

19日,丹翁《存文·调寄好时光》载《晶报》第2版。

20日,丹翁《建筑峥嵘》《权与摄》载《晶报》第2版。

21日,丹翁《三伟大》载《晶报》第2版,吴侬《大众语春联》、丹翁《今觉饮光两先生小学谈(上)》、爱娇《王三太太出殡记》载《晶报》第3版。

22日,丹翁《观光》、微妙《汤济沧身后是非》载《晶报》第2版,丹翁《今觉饮光两先生小学谈(下)》《题朱高士画屏》载《晶报》第3版。

23日,丹翁《帚子》载《晶报》第2版。

24日,丹翁《桃谍》、微妙《由熊毛追述熊朱》、杞柳《胡适之南游踪迹追述》载《晶报》第2版,丹翁《天赐金钱》载《晶报》第3版。

25日,丹翁《又来白雾》载《晶报》第2版,丹翁《张善子画》、百合《苏联影展中国作品预测》载《晶报》第3版。

26日,丹翁《鼓励食鱼》、恨水《少一小说收藏家矣》载《晶报》第2版,百合《明星搬场问题》载《晶报》第3版。

27日,丹翁《夫人滑雪》、张恨水《老人结婚年》分别载《晶报》第2、3版。

28日,丹翁《佛化灌音》、百合《说赵丹》分别载《晶报》第2、3版。

本月

《俱乐部》月刊创刊,仅出1期。孙玉声、孙雪泥编,上海图画书局出版。

汪仲贤《老枪之友》,胡寄尘《福履理路诗话(11则)》,徐卓呆《怪播音台(33则)》,陆澹盦《旧小说的研究·〈红楼梦〉(上)》载《金钢钻月刊》第2卷第2集。

范烟桥《作诗门径》由上海中央书店出版,2018年5月由文化艺术出版社出版,收"民国诗学论著丛刊"。

3月

1日,张秋虫"社会小说"《酒痕花影》载《社会日报》第1版,至7月17日,8回,110次。

2日,丹翁《古物交换》《大舌头》载《晶报》第2版,丹翁《车小倾》、无厄《今觉翁之说邮字》载《晶报》第3版。

3日,丹翁《本晶成丁之岁》,曼妙《晶报馆速写》载《晶报》第2版。

4日,丹翁《殡仪贺婚》、周瘦鹃《三月三日天气新》分别载《晶报》第2、3版。

5日,丹翁《再说存文》、张恨水《吴佩孚之生活费》载《晶报》第2版,丹翁《丁印佳书三种》载《晶报》第3版。

6日,丹翁《时间性》载《晶报》第2版,迦公《晶报馆速写(二)》、丹翁《前辈瞎来来》载《晶报》第3版。

7日,丹翁《禁痰运动》载《晶报》、吴侬《陆冠曾家搜烟风潮》分别载《晶报》第2、3版。

8日,丹翁《病趣》载《晶报》第2版,丹翁《安邑斤半金》、芳菲《简字不如草书》载《晶报》第3版。

9日,丹翁《杂咏》《卢氏》分别载《晶报》第2、3版。

10日,丹翁《杂咏》载《晶报》第2版,丹翁《燕钵》、行云《阮玲玉厌世》载《晶报》第3版。

11日,陈慎言《满山红》自83节开始载《时报》,至1936年1月8日,12回,载完。丹翁《世界平章》载《晶报》第2版,丹翁《同是》、无厄《吊阮星》、百合《悼阮玲玉》载《晶报》第3版。

12日,丹翁《手头字》,微妙《阮玲玉死于人言》,丹翁《天象富昌》,小英《阮玲玉自杀泪痕》载《晶报》。

13日,丹翁《阮玲玉》《周之银符》分别载《晶报》第2、3版。

14日,丹翁《失业保险》《刀纹半两》分别载《晶报》第2、3版。

15日,丹翁《二奇》载《晶报》第2版,丹翁《邦西小匕》、我见《哀玲一束》载《晶报》第3版。

16日,向恺然"纪实小说"《江湖异人志》载《社会日报》第2版,至4月21日,载完。丹翁《春振》、亨玉《阮丧余闻》载《晶报》第2版,丹翁《又一品邦西少匕》载《晶报》第3版。

17日,丹翁《杂咏》、微妙《电报局飞电传市情》载《晶报》第2版,丹翁《叟之印》、爱娇《南京之独立银行》载《晶报》第3版。

18日,丹翁《春之寝》、杞柳《余叔岩续弦记》分别载《晶报》第2、3版。

19日,丹翁《春笋闽虾》载《晶报》第2版,丹翁《邦》、一笑《访问滑稽包天笑记》载《晶报》第3版。

20日,丹翁《女化男》载《晶报》第2版。

21日,丹翁《尊农》《高士画佛》载《晶报》第2版。

22日,丹翁《穷相摸金》、微妙《上海地产家之僵块》载《晶报》第2版,丹翁《一夕幕吉》《两周金文辞大系图录》载《晶报》第3版。

23日,丹翁《古物统一》载《晶报》第2版,丹翁《五铢幕屮》、一笑《天笑家之一蛋糕》载《晶报》第3版。

24日,丹翁《未始化》《结锈五铢》分别载《晶报》第2、3版。

25日,丹翁《金子老兄》《唯美》分别载《晶报》第2、3版。

26日,丹翁《星云》,微妙《刘成禺侠义多情》载《晶报》第2版。

27日,丹翁《犯法行乐》载《晶报》第2版,郑家相《答丹翁》、丹翁《通讯》载

《晶报》第3版。

28日,丹翁《纠正银洋》载《晶报》第2版,微妙《万人空巷看鸢灯》、西阶《刘景桂是张恨水高足》载《晶报》第3版。

29日,丹翁《长垣之水》载《晶报》第2版。

30日,求幸福斋主《嫖的三个时期》载《金钢钻》第2版,至4月28日,载30次。丹翁《女夫观》,微妙《忠告上海地产商(上)》载《晶报》第2版。

31日,丹翁《大电鱼》,微妙《忠告上海地产商(下)》载《晶报》第2版。

4月

7日,丹翁《艺展预展》载《晶报》第2版,丹翁《永安五男》、曼妙《今年花事谈》载《晶报》第3版。

8日,丹翁《汉字注音》载《晶报》第2版,丹翁《梁充釽五十二尚爱》、伊人《包天笑第二之近景》载《晶报》第3版。

13日,丹翁《空中降米》,湘如《胡适之反对广州读经之余波》载《晶报》第2版。

14日,求幸福斋主《太太论》载《社会日报》第2版,至22日,共9次。丹翁《名儒讲学》、孟文《消息》(关于吴双热安葬)载《晶报》第2版,丹翁《济阴传形》载《晶报》第3版。

引:《消息》(关于吴双热安葬):

虞山名小说家吴双热君,去秋逝世,日前安葬,吴氏生前著作甚富,民元曾任民权报副刊编辑。于右任先生挽以联云:信念因缘依净土,虞初文字照名山。戴传贤先生联云:高节卓不群,夙有文字惊海内;壮怀犹未竟,留将事业付儿孙。两公皆吴旧雨。

15日,丹翁《旧学新知》载《晶报》第2版,丹翁《鼻文小圭》、吐纳《水烟袋上之感想(一)》载《晶报》第3版。

16日,黄转陶"掌故笔记"《鳞爪录》载《金钢钻》第2版,至7月6日,19则。

19日,丹翁《罚字盲》、无厄《他有呢》载《晶报》第2版,丹翁《简妙》载《晶报》第3版。

29日,丹翁《乞童》《观艺展后江舫题句》、《安阴》分别载《晶报》第2、3版。

本月

徐卓呆《怪播音台(31则)》,胡寄尘《福履理路诗话》,陆士谔《日本汉医复兴记》载《金钢钻月刊》第2卷第4集。

郑逸梅《花果小品》由中孚书局初版;1936年2月再版。

5月

2日,微妙《渔光曲与打渔杀家》载《晶报》第2版。

3日,张恨水《金碧争辉》载《锡报》第2张第2版,至1937年7月,未完。

5日,丹翁《团婚之益》、无诤《黛绿良缘记》分别载《晶报》第2、3版。

8日,丹翁《颉典》、微妙《上海不识字人的分析》载《晶报》第2版。

11日,丹翁《暹米》载《晶报》、潄六山房《呜呼杨敦甫(一)》分别载《晶报》第2、3版。

12日,丹翁《风气》、微妙《张季鸾谈成渝铁路》载《晶报》第2版,潄六山房《呜呼杨敦甫(二)》载《晶报》第3版。

13日,丹翁《指摸》载《晶报》第2版,潄六山房《呜呼杨敦甫(三)》、金祖同《寒云书跋零拾》载《晶报》第3版。

14日,丹翁《比干》、微妙《读经不问胡适之》载《晶报》第2版,丹翁《玉蛤蜊》、金祖同《寒云书跋零拾(下)》载《晶报》第3版。

18日,丹翁《自然知识》、敬《中华戏曲专科学校志(一)》分别载《晶报》第2、3版。

19日,丹翁《殿寔女足》、敬《中华戏曲专科学校志(二)》分别载《晶报》第2、3版。

20日,丹翁《和平工具》、白露《记史量才之成主》、辛生《史量才举殡纪盛》、微妙《东南医院军火案》载《晶报》第2版,敬《中华戏曲专科学校志(三)》、曼妙《狄平子养生术》载《晶报》第3版。

21日,丹翁《绝食不死》、敬《中华戏曲专科学校志(四)》分别载《晶报》第2、3版。

22日,丹翁《王宝川》、一执拂者《史氏灵梓运杭鳞爪》载《晶报》第2版,敬《中华戏曲专科学校志(五)》、丹翁《曹魏玉环》、杞柳《说书界之人才月旦》载《晶报》第3版。

23日,丹翁《空中多事》、微妙《俞飞鸭》载《晶报》第2版,敬《中华戏曲专科学校志(六)》载《晶报》第3版。

25日,丹翁《国老游踪》、宜闲《闲话苏扬》载《晶报》第2版,丹翁《东周》载《晶报》第3版。

26日,丹翁《清壁运动》《官考》分别载《晶报》第2、3版。

27日,丹翁《创后之兴》、微妙《称父为君辩》分别载《晶报》第2、3版。

28日,求幸福斋主《哀白逾桓》载《社会日报》第2版,至6月1日,载5次。

29日,丹翁《好肉》、微妙《西游记与白蛇传》分别载《晶报》第2、3版。

本月

还珠楼主《青城十九侠》载《新北平报》。

注:据周清霖《还珠楼主林寿民先生年表》,《青城十九侠》出版情况:本年5、7、9、12月,1937年3月,1938年3月《青城十九侠》第1、2、3、4、5、6集由天津文岚簃印书局出版;1938年10月至1943年10月,《青城十九侠》第7—24集由励力印书局出版。

6月

2日,张恂子"奇情小说"《虎窟双雏》载《金钢钻》第2版,至1936年12月31日,24回,载完。陆澹盫《啼笑因缘弹词》载《金钢钻》第2版,至8日,未完。

10日,微妙《上海坍》载《晶报》第2版,丹翁《济阴》、湘如《周作人为刘半农志墓》载《晶报》第3版。

13日,丹翁《世界失业数》《赵含英血色梅花》分别载《晶报》第2、3版。

17日,丹翁《郑成功墨迹》载《晶报》第2版,丹翁《严卯》、舞迷《舞的观感(一)》载《晶报》第3版。

18日,丹翁《猫吃鼠》、微妙《黄王可以北行矣》、丹翁《交仁》载《晶报》第2版,西阶《大方联话》、舞迷《舞的观感(二)》载《晶报》第3版。

19日,丹翁《萧老头子》载《晶报》第2版,丹翁《徐臧》、舞迷《舞的观感(三)》载《晶报》第3版。

20日,丹翁《甘霖》、舞迷《舞的观感(四)》分别载《晶报》第2、3版。

21日,丹翁《武德》、舞迷《舞的观感(五)》分别载《晶报》第2、3版。

22日,丹翁《国货纸笔》载《晶报》第2版,丹翁《大哉至正》、舞迷《舞的观感(六)》、无诤《丽丽重张色相倈》载《晶报》第3版。

23日,曾朴卒。丹翁《默祝》载《晶报》第2版,丹翁《淳祐当百》、舞迷《舞的观感(七)》、益轸《舞林花片》、影人《不景气下之电影院》载《晶报》第3版。

24日,丹翁《总统均财》载《晶报》第2版,舞迷《舞的观感(八)》、流浪者《香港影业谭》载《晶报》第3版。施济群主编、爱梅"别裁小说"《众生相》载《金钢钻》第2版,至28日,5次。

25日,丹翁《妙女丝》、伊人《郑孝胥丢官得句》载《晶报》第2版,刘承赞《林屋山人传(上)》、爱娇《风行一时之黑眼镜》、舞迷《舞的观感(九)》载《晶报》第

3版。

26日,丹翁《自杀之冠》、微妙《白云深处有人家》载《晶报》第2版,刘承赞《林屋山人传(下)》、舞迷《舞的观感(十)》、无诤《闲话怀中林妹妹》、丹翁《廥中》载《晶报》第3版。

27日,丹翁《天难做》载《晶报》第2版,俶西《印画》、舞迷《舞的观感(十一)》载《晶报》第3版。

28日,丹翁《人口减少》载《晶报》第2版,微妙《真假十六岁》、舞迷《舞的观感(十一)》载《晶报》第3版。范烟桥(署名"含凉")《东亚病夫死于穷》载《小日报》第2版。

30日,包天笑《追怀曾孟朴先生》载《晶报》第2版,至7月5日,载5次。

7月

1日,张恨水迁新居,其居题额为"废庐"。

7日,丹翁《小学》《大元至治》分别载《晶报》第2、3版,张春帆《我的食单》载《晶报》第3版,至17日,载11次。

8日,丹翁《陆移》、微妙《意阿两国的豪语》载《晶报》第2版,丹翁《天德背殷》《汪仲贤所作》载《晶报》第3版。九鼎《张恨水买宅故都,题额废庐》载《上海报》第2版。

9日,丹翁《爆其石》《五铢四出》分别载《晶报》第2、3版。

10日,丹翁《上帝之子》载《晶报》第2版,丹翁《马形无字铜币》、冷芳《胡蝶归国问答趣谈》载《晶报》第3版。

13日,丹翁《黑脚》、无诤《赠邗上闲鸥》载《晶报》第2版,舞迷《舞的观感(十五)》载《晶报》第3版。张恨水《废庐诗词剩》载《天津商报画刊》第14卷第44期。

14日,丹翁《县长浮木》载《晶报》第2版,丹翁《五行大布》、舞迷《舞的观感(十六)》载《晶报》第3版,张春帆(漱六山房)《病中琐记》载《晶报》第3版,至21日,载8次。

15日,丹翁《决斗》载《晶报》第2版,丹翁《天帝使者玉印》、舞迷《舞的观感(十六)》载《晶报》第3版。

16日,郑正秋逝世。

注:郑正秋生于1889年1月25日。

18日,徐卓呆"滑稽小说"《高邻》载《新夜报》,至8月16日,载完。丹翁

《蚊与疮》载《晶报》第2版,丹翁《汉人墨迹》、梅子《郑正秋召赴修文》载《晶报》第3版。

19日,丹翁《金兄生气》、冷芳《郑正秋先生轶事(一)》、微妙《郑正秋之三个时期》载《晶报》第2版,丹翁《大历元宝》载《晶报》第3版。

20日,丹翁《郑正秋》、梅子《郑丧殡礼记》载《晶报》第2版,丹翁《景和》载《晶报》第3版。

21日,丹翁《雨解炎》、冷芳《郑正秋先生轶事(二)》载《晶报》第2版,漱六山房《病中琐记(八)》载《晶报》第3版。

22日,丹翁《马山占金》、冻蝇《补纪郑正秋》、冷芳《郑正秋先生轶事(三)》、云英《张君励创学海书院》载《晶报》第2版,丹翁《摇头大观》、菲微《章行严发挥大手笔》载《晶报》第3版。

23日,丹翁《车马陨生》、冷芳《郑正秋先生轶事(四)》载《晶报》第2版,漱六山房《美的研究》载《晶报》第3版,至26日,4次。

24日,丹翁《小船太平》、微妙《多圆桌少讲台》载《晶报》第2版,冯叔鸾《挽正秋老友》、丹翁《颠倒两甾,顺跑两甾》、冷芳《郑正秋先生轶事(五)》载《晶报》第3版。

25日,丹翁《灾荒丰稔》《唯美》载《晶报》第2版。

26日,恽铁樵卒。丹翁《盗戏裸》、冷芳《郑正秋先生轶事(六)》分别载《晶报》第2、3版。

27日,漱六山房《打倒不景气》载《晶报》第3版,至28日,2次。

31日,张春帆《文丐之稿费》载《晶报》第2版。

本月

郑逸梅《逸梅丛谈》(2册)由校经山房书局出版。

苏曼殊《苏曼殊全集》由群众图书公司出版。

8月

1日,陈灵犀《先生阁七勿搭八集》载《社会日报》第2版,至1937年8月20日,388次。

2日,汪仲贤(U.U.)《闲话》载《社会日报》第1版,至1936年1月23日,68次。

3日,丹翁《发美》、微妙《悼恽侯二先生》载《晶报》第2版,丹翁《汉雕字瑞玉》、马二先生《悼郑正秋君(上)》载《晶报》第3版。

4日,丹翁《暑天演戏》载《晶报》第2版,丹翁《合同小璧》、百合《明星公司新阵容》、马二先生《悼郑正秋君(下)》载《晶报》第3版。

9日,丹翁《接引光方》、微妙《我所希望的妇女义赈会(上)》载《晶报》第2版,丹翁《且庚》载《晶报》第3版。

10日,漱六山房张春帆因中风病逝于上海。丹翁《千里驹》、微妙《我所希望的妇女义赈会(下)》载《晶报》第2版,丹翁《含英为天倪画扇》载《晶报》第3版。陈灵犀时评杂感《清谈》载《社会日报》第2版,至1939年6月28日,352次。

11日,捉刀人《乱红飞絮》连载《世界晨报》第4版,至1937年4月24日,共载579次,载完。

12日,吉光《悼漱六山房张春帆先生》载《福尔摩斯》第2版,伊人《记漱六山房之病》载《晶报》第3版。

13日,漱六山房《海上青楼沿革记补》载《小日报》第2版,至15日,3次。丹翁《十六高尔基》载《晶报》第2版,丹翁《咸丰大钱》、大雄《秋风秋雨哭春帆》载《晶报》第3版。

引:《秋风秋雨哭春帆》:

乌乎春帆,果蜕化矣!当八日午夜,得钱芥尘先生电,谓春帆风疾复作,遂冒雨驱车往视。盖知凡中风者经年或间二载后,如苶再发,泰半不救,故急欲与之作最后谈也。孰知予至已晚,春帆神志模糊,不复识廿年旧友。怅生平不谙医术,无和缓良方,徒深扼腕。昨报记漱六山房之病,固知其将不起,报甫付印,丧条踵至,哀哉。十一日午,驰往中国殡仪馆,与春帆遗骸永别。林屋山人之公子步虞初君适任招待,哭春帆之余,复感念《晶报》老友林屋寒云瓕嫒倚虹涵秋文农诸子,先后弃尘仙去,才人寥落,宁不可悲?遂不忍待春帆一棺附身,即先拭泪而出也。

予交春帆,在民五六间,时春帆哀乐中年,不似《九尾龟》说部中之章秋谷矣。而豪情逸致,犹存不可一世之概焉。近数年来,春帆忽拘谨特甚,壮志消磨。一月前犹为木晶撰稿三则,其《美的研究》篇,系其旧稿,余如《病中琐记》(参照七月十四日至廿一日本报)及《打倒不景气》(参照七月廿七八两日本报)二文,嗟穷叹病,状至可怜,阅之讶其改常,知非吉朕。且缀以诗,有"忘机久觉身如寄,有病方知健是仙,省识浮生原梦幻,夕阳绚烂正无边"之句,即今思之,不啻绝笔,回读一过,为之黯然。

14日,丹翁《婴团集婚》载《晶报》第2版,丹翁《安南奇品》、慎盦《悼老友张春帆并志其病状》、迦公《张春帆君诔》、大雄《张春帆之九尾龟自跋(上)》载《晶报》第3版。

引1:《悼老友张春帆并志其病状》:

呜呼,春帆死矣!忆予知交中义气相投,性情契合如春帆者,指不多屈,兹于转瞬间溘然长逝,能无令人兴无涯之戚耶?按吾春帆生平历史,及其遗著之价值,与夫社会上所得之地位,不惟沪上诸名流,耳熟能详,即全国之文学家、小说家,靡不望风倾倒,当有传其著述,表其学术思想,以为当世之模楷,而供后人之凭吊者,无候予之喋喋为也。惟予与春帆交谊之笃,及为春帆前后治病情状,不可不覼缕之,以见死生有命,殊非人力所能挽回耳。忆与春帆识面之始,系因周君筱卿,两腿病风,久治不愈,予以针药并进,数日霍然。当时春帆目睹,遂与予一见如故。然而不过订为文字交,往还数年,诗酒论心,诉合无间。去冬春帆忽患肢麻舌强,半身不遂,胡君雄飞代为告急,予即驰往诊视,承示前医杨姓之方,予未加可否,但慰之曰:我来无恐,自当为君针膏肓,起废疾,恢复从前之健康。即出针针灸,并为疏方促服之,顷刻肢麻顿止。三日即能行,七日即来予寓续针,予嘱以勿多行动,春帆笑曰:今既行动如常,何能累君逐日枉驾耶?其自爱及爱予如是。自此,每十日八日,多不过半月,必相见一次,见则讨论诗文,口如悬河,每逾数小时不倦。一月前,予见其神气之间,每有失其常态之意,即劝其服予自制之预防中风药。君又笑云:前疾根株久净,何防之有?予戏之曰:君早年不无用之太过,今天热事烦,仍以防之为是。盖不便直告以神气萧索,恐增其忧虑,特假词以劝预防耳。不料君竟不注意,立秋之日,予赴友人之宴,方入席,连接家中电告云,君又中风,已来请数次矣。予立驰往,见其神昏目闭,面色青白,知觉在有无间,大汗淋漓,小便自遗,脉细如丝,有来无去,一望而知为虚脱之症。即饬车夫回寓,取野参一枝,加附子同煎以回阳,既又虑其垂危,参少无济,春帆又力不能购参,复自回寓,将所余野参两支倾囊送去,合计约一两,冀救其危。忽接君家电话云,现有前曾为治中风,自命十三科中医博士某君者,主张非泻不可。予闻之顿足。次日往视,见大雄乡兄邦俊仁兄皆在坐。西医则以冰镇,西医一道,予为门外汉,噤不敢发声。第三日再往视,则见口张腹胀,大气急出,痰声如锯。予知危在顷刻,无所措手足。下午接电,果逝矣。呜呼,使春帆肯早服预防药,或者可不至此,即至病发危急。设肯服参附一大剂,或可救十中一二。乃一误再误,直视其脾肾双绝而莫救。岂非死生有命,非人力所能挽救耶?吾悼春帆,吾益增无涯之虑矣。

引2:《张春帆君诔》:

维民国乙亥秋八月十日,琴川张春帆君卒,乌乎哀哉!予与君友,越十有八载矣。始识君于灯红酒绿飞花醉月之中,终别君于市紧钱荒病宪困颜之日。华楼一席之语,黄庐千古之诀,回首在目,抚衷伤逝,能毋凄然而为诔乎,遂为诔曰(诔词略)。

15日,丹翁《悼漱六山房》载《晶报》第2版。

引:《悼漱六山房》:

名小说家又弱一个,漱六山房张春帆先生逝世矣!忆昔晶社同人,春帆涵秋两先生,称一时瑜亮。涵秋竟早行十余年,而林屋山人与先生皆以中风薨,颇有叹先生为多福者,何以故?尝闻雄翁谈,人生百岁亦死,十岁一岁亦死,倘当死时,并不患眠眠床卧枕之疾,则福分过人远矣。斯言达哉!报上称先生歪嘴即去,步先生或亦如是。不过平生好友,未及一握弥留之手,斯犹后死者之痛心耳。去岁,先生赠我雪茄一匣,以其名贵,偶吸一两支,而今尚存半。

此后睹匣如睹先生,纪念品不愈足宝乎?因谨赋诗奉悼焉。

16日,范烟桥《悼张春帆先生》载《新闻报·新园林》。

17日,郑逸梅《我所知于漱六山房者》载《金钢钻》第2版,续载18日,2次,载完。

18日,丹翁《盗侠》,谔谔《郭沫若大谈孔子吃饭》载《晶报》第2版。

22日,洋洋《忆漱六山房》载《上海报》第6版,至23日,载完,2次。

27日,丹翁《子婿打》、微妙《中国妇女在那里》载《晶报》第2版,梅子《郑正秋追悼记》载《晶报》第3版。

本月

陆澹盦《啼笑因缘弹词前集》(2册)由上海三一公司出版。

郑逸梅《小品大观》(2册)由校经山房书局出版。

9月

1日,赵焕亭《剑底莺声》载《金钢钻》第1版,至1937年1月26日,共68回,共468次,载完。

3日,丹翁《聋哑瞎》、冰庐《郑正秋身后问题》分别载《晶报》第2、3版。

4日,张恨水词作《浣溪沙》载《金钢钻》第1版。

9日,丹翁《意气》、微妙《劝鲁苏且勿鲁苏》载《晶报》第2版,丹翁《杂记》载《晶报》第3版。

10日,丹翁《武力》,微妙《送丧宜步行》载《晶报》第2版。

11日,海上漱石生"乡村素描"《蟋蟀》载《金钢钻》第2版,至26日,16次,载完。

12日,赵焕亭《鸿雁恩仇录》载《晨报》,至1936年1月25日,15回,未完。

13日,丹翁《马可尼》、曼妙《锡沪路上一瞥(上)》载《晶报》第2版,绍绥《郑正秋之赙金问题》载《晶报》第3版。

14日,丹翁《欧选小姐》,曼妙《锡沪路上一瞥(下)》载《晶报》第2版。

15日,丹翁《凸变》、曼妙《稻田最怕是秋热》载《晶报》第2版,马二先生《津游杂咏》载《晶报》第3版。

18日,丹翁《苏联保古》,天壤《我与九一八(一)》载《晶报》第2版。

19日,丹翁《第三帝国》,微妙《黄河回老家》,天壤《我与九一八(二)》载《晶报》第2版。天厂《眼底沧桑录》载《福尔摩斯》第2版,至10月14日,20次。

20日,《立报》创刊,张恨水任副刊《花果山》编辑。张恨水《艺术之宫》载

《立报·花果山》,至1937年6月5日,24章,613次,载完。包天笑《丹桂第一台》,张恨水《这第一柱香》,范烟桥《中国第一义庄》载《立报·花果山》。丹翁《经济制裁》,天壤《我与九一八(三)》载《晶报》第2版。

23日,包天笑《二十年前的新闻界》载《立报·花果山》,至11月14日,共10次。

24日,范烟桥"掌故小品"《苏味道》载《社会日报》第2版,至1936年1月15日。

27日,顾明道撰长篇《惜分飞》载《新闻报·本埠附刊》第2版,至1938年9月12日,32回,共851次。

10月

1日,张恨水开始在《立报·花果山》陆续发表"古代白话"《小说人物小论》,至10月11日,论说人物如林黛玉、猪八戒、武大郎、薛仁贵、卖油郎、孙权、宋江、唐伯虎、姜子牙等。

5日,张恨水《卖油郎》载《立报·花果山》。

8日,丹翁《无聊》、微妙《日满统制文化政策谈(上)》载《晶报》第2版,丹翁《赵含英北平艺展》载《晶报》第3版。

9日,丹翁《征文备庆》、微妙《日满统制文化政策谈(下)》载《晶报》第2版。

10日,丹翁《双十国庆》、恨水《不堪回首》载《晶报》第2版,曼妙《国庆与国鸡》载《晶报》第3版。

11日,丹翁《交换言语》、微妙《曾(孟朴)宅丧礼可取法之二事》载《晶报》第2版。张恨水《姜子牙》载《立报·花果山》。

13日,丹翁《余庆》载《晶报》第2版,芳菲《听了姚民哀的说书》、露轩《好莱坞速写》、丹翁《丹鸟到门》载《晶报》第3版。

14日,丹翁《转圜》、梧棬《梧棬话旧(一)》载《晶报》第2版,捧腹《窑业公所》载《晶报》第3版。

15日,丹翁《空中旅馆》、伊人《黄季刚逸事(一)》载《晶报》第2版,丹翁《丹翁词话》,梧棬《梧棬话旧(二)》载《晶报》第3版。

16日,丹翁《物价暴腾》,伊人《黄季刚逸事(二)》载《晶报》第2版。

17日,丹翁《黑傀儡》,梧棬《新闻常识补遗》载《晶报》第2版

18日,丹翁《炯射牛目》《墨色》分别载《晶报》第2、3版。

19日,丹翁《美人鱼》《方块字》载《晶报》第2版。范烟桥(含凉生)《关于曾

孟朴的话》载《新闻报·新园林》。

20日,丹翁《张孝若》、栖倦《栖倦话旧(三)》载《晶报》第2版,丹翁《同治刀钱》载《晶报》第3版。

21日,丹翁《异同》、栖倦《栖倦话旧(四)》载《晶报》第2版,曼妙《华洋义赈会赈灾连索》、丹翁《偶书》、益轸《舞话》载《晶报》第3版。郑振铎作《中国新文学大系·文学论争集·导言》(收入1935年10月由良友图书出版公司出版的《文学论争集》)。

引:《中国新文学大系·文学论争集·导言》:

鸳鸯蝴蝶派的大本营是在上海。他们对于文学的态度,完全是抱着游戏的态度的。……对于国家大事乃至小小的琐故,全是以冷嘲的态度出之。他们没有一点热情,没有一点的同情心。只是迎合着当时社会的一时的下流嗜好,在喋喋的闲谈着,在装小丑,说笑话,在写着大量的黑幕小说,以及鸳鸯蝴蝶派的小说来维持他们的'花天酒地'的颓废生活……但当《小说月报》初改革的时间,他们却也感觉到自己的危机的到临,曾夺其酒色淘空了的精神,作最后的挣扎。他们在他们势力所及的一个圈子里,对《小说月报》下总攻击令。冷嘲热骂,延长到好几个月未已……但过了一时,他们便也自动的收了场。《礼拜六》《游戏杂志》一类的刊物,便也因读者们的逐渐减少而停刊了。然而在各日报的副刊上,他们的势力还相当的大。他们的精灵也还复活在所谓'海派'的躯壳里,直到于今天而未全灭。

22日,丹翁《空中无敌舰》,栖倦《栖倦话旧(五)》载《晶报》第2版。张恨水《坐汽车大王》载《立报》第3版。

23日,丹翁《吾从众》,记者《漱六夫人之逝》载《晶报》第2版。张恨水《忆江南》载《立报·花果山》。

24日,丹翁《扒手大王》《偶得》,迦公《哀戈公振君》,微妙《刘哲买梨记》载《晶报》第2版。

25日,丹翁《悼戈公振先生》、西阶《戈公振遗事(上)》、白露《戈公振生前之回顾》、爱娇《战地黑鸳鸯》载《晶报》第2版,丹翁《康熙钱》载《晶报》第3版。

26日,丹翁《荣誉解决》、侃侃《戈公振先生之人缘》、西阶《戈公振遗事(下)》、伊人《戈公振一棺附体》载《晶报》第2版,天倪《挽戈公振君》、丹翁《和瞻老贻惠泉诗韵》载《晶报》第3版。

27日,丹翁《风影之谭》、天壤《追忆戈公振》、栖倦《戈公振是报界一宗资本》载《晶报》第2版,书痴《我再谈谈一折八扣书》、墨衫《瘦西湖禅嫂风流》载《晶报》第3版。

28日,丹翁《国家的人》、栖倦《栖倦话旧(六)》、曼妙《科学社庆祝廿周小记》载《晶报》第2版,白露《戈公振之丧费》、丹翁《寿方老》载《晶报》第3版。

29日,丹翁《都飞来》、栩栩《栩栩话旧(七)》、微妙《中国租界为世界模范》载《晶报》第2版,丹翁《唯美》载《晶报》第3版。

30日,丹翁《好人公道》、曼妙《我的"所望于申报"(上)》载《晶报》第2版,伊人《黄季刚逸事(三)》载《晶报》第3版。

31日,丹翁《阿国第二》、曼妙《我的所望于申报(下)》、伊人《戈公振与黄任之同病误》、丹翁《戈公乃弟》载《晶报》第2版,病风《赛金花欲归不得》载《晶报》第3版。

本月

夏征农《读〈啼笑因缘〉——答伍臣君》收入《文学问答集》,由生活书店出版。

引:《读〈啼笑因缘〉》:

《啼笑因缘》产生的社会基础是中国畸形的社会发展,以及由此出现的"同一时间的相隔悬殊的生活样式";《啼笑因缘》并未把握住时代精神,其"所把握的所描写的,却只是一社会上的浮雕,消极的,歪曲的,杂乱无章的。于是在整个故事的结构上,也就形成一种'偶然'的凑合,逃不出传奇小说那种'唱戏脱了节,除非神仙来接'的圈套"。因为"在大动乱的时代内,在从某一社会到另一社会的过期内,小有产市民层常是一方面追寻纸醉金迷的高级生活,别一方面却在毒恨当前万恶社会。在《啼笑因缘》内,对于这种群众心理,却恰巧投射了一副兴奋剂",赢得了市民阶层的追捧。《啼笑因缘》的思想"无疑地是带有近代有产者的基调的,在全书内不仅构成本书骨干的樊家树的恋爱问题,即那些'卑躬下士'的平民思想,以及'锄强扶弱'的侠义行为,也均是从有产者的观点出发"。《啼笑因缘》所表现的爱情观是"欣赏主义的恋爱观","这种恋爱观的出发点,乃是否定女子的人格,而以金钱身分为武器,以欣赏为归宿的性爱商品化的必然现象。"

11月

1日,丹翁《人造机》、微妙《劝劝徐先生与徐小姐》载《晶报》第2版,七〇八《徐卓呆父女之广告战》、神獒《铅印金瓶梅词话内容》、伊人《黄季刚逸事(四)》载《晶报》第3版。

2日,丹翁《海话》,栩栩《太炎讲学弦外音》载《晶报》第2版。

4日,丹翁《词之甚》载《晶报》第2版,吴侬《记男女合唱的弹词》、冰冰《胡蝶婚典近讯》载《晶报》第3版。

5日,丹翁《转注文明》载《晶报》第2版,丹翁《钟鏄》、张静庐《刊印金瓶梅词话的话》载《晶报》第3版。

9日,丹翁《虫背字》,曼妙《邵力子令嫒集团结婚》载《晶报》第2版。

11日,丹翁《香蕉皮》《兴趣翻转》、西阶《张恨水将著太平天国衍义》载《晶报》第2版,丹翁《无字古小圜金》载《晶报》第3版。

13日,范烟桥《陈去病先生年表》载《小日报》第2版,至15日,3次。

17日,丹翁《抬价》,栖倦《栖倦话旧(八)》、神葵《孙传芳膝下黄金》,芳菲《孙传芳轶事》载《晶报》第2版。

18日,丹翁《移居仙星》、栖倦《栖倦话旧(九)》、芳菲《将军不死在床上》、昭绥《邹韬奋之小报大报谈》载《晶报》第2版,天壤《孙传芳北居遗事》、伊人《照空和尚尘心动》、爱娇《玉臂之玷》载《晶报》第3版。

23日,包天笑《小说人物小论》载《立报·花果山》,至12月24日,共5篇。

按:《小说人物小论》含:《刘阿斗》(11月23日),《西门庆》(11月26日),《紫鹃》(12月3日),《土行孙》(12月24日)。

26日,丹翁《银器忌硬》、侃侃《邵女公子与胡蝶》载《晶报》第2版,冰冰《蝶婚酒滴》载《晶报》第3版。

27日,丹翁《国货可爱》、微妙《施剑翘自首问题》载《晶报》第2版,丹翁《书在张文绮小像前》载《晶报》第3版。

29日,丹翁《时古不抵》、栖倦《栖倦话旧》载《晶报》第2版,丹翁《王僧虔印》载《晶报》第3版。

本月

徐卓呆《笑话三千》(3册)由上海中央书店出版。

刘铁冷《作文描写辞典》由中原书局出版。

12月

1日,丹翁《使唤》,栖倦《栖倦话旧·蝎妇》载《晶报》第2版。

2日,丹翁《莎萧》载《晶报》第2版,宝凤《恨水前程谈锦片》、西阶《张恨水三个时代·新人旧人小说来源》、丹翁《皇皇》载《晶报》第3版。张恨水《新人旧人》载《晶报》第3版,至1937年5月21日,18回,462次,载完。

3日,范烟桥《悼"小说考证"作者》载《新闻报·新园林》。

7日,丹翁《婚戒纪念》、微妙《对意煤油制裁问题》载《晶报》第2版,了翁《胡适之为澄衷初小学生》载《晶报》第3版。

9日,范烟桥(含凉)《记铁琴铜剑楼》载《立报·花果山》。

12日,丹翁《文明饼干》,栖倦《栖倦话旧》载《晶报》第2版。

14日,丹翁《和平丧钟》《丹翁诗话》,栖倦《栖倦话旧》载《晶报》第2版。

15日,丹翁《自存共存》、微妙《疟疾传播全世界》载《晶报》第2版,侃侃《我也来谈谈白玉霜》、丹翁《咸丰十五反文》载《晶报》第3版。

17日,丹翁《王宝川》、微妙《农村破产年甚一年》、侃侃《戈公振葬礼别纪》载《晶报》第2版,丹翁《祺祥横直》、冰冰《胡蝶演剧两近事》载《晶报》第3版。

22日,丹翁《霍尔》载《晶报》第2版,丹翁《胡适论学近著》、一记者《世界书局暂发生活费》载《晶报》第3版。

23日,丹翁《新角》《丹翁诗话》、曼妙《读了〈断肠续命记〉》载《晶报》第2版,冷芳《田汉之牢骚话》载《晶报》第3版。

24日,丹翁《大赦》《丹翁诗话》、曼妙《王均卿不是苏州人》载《晶报》第2版,丹翁《闲话咸丰》载《晶报》第3版。

27日,丹翁《神力》《报端之诗》载《晶报》第2版,西阶《林语堂赞美一折书》载《晶报》第3版。

28日,丹翁《罗马电梯》载《晶报》第2版,丹翁《咸三时器》、西阶《水浒金瓶梅中两八字》载《晶报》第3版。

30日,丹翁《阿之终军》、曼妙《悼唐有壬君》载《晶报》第2版,莞尔《水浒金瓶两八字释义》、丹翁《拨灯法》载《晶报》第3版。

31日,丹翁《迎年》、冰冰《但杜宇之巧思》分别载《晶报》第2、3版。

本年

程善之、李伯通任教于扬州国学专科学校。

郑逸梅由汪仲贤介绍,任共舞台及新华影业公司宣传主任,与欧阳予倩等同事;参加孙玉声主持的鸣社;自第4期起,任《明星日报》编辑。

张恨水被华北伪政权列入黑名单。

王度庐27岁,与李丹荃结婚。

范烟桥任上海明星影片公司文书科长,辑录《明星实录》达10万言。

1936年（丙子）

1月

1日，范烟桥《王小二过年》载《新闻报·新园林》之"元旦特刊"。张恨水《如此江山》载《旅行杂志》第10卷第1号，至1937年7月1日第11卷第7号，24章；1941年8月由上海百新书局出版。秦瘦鸥小说《万事通》载《旅行杂志》第10卷第1号，至12月1日第12号，12次，载完。

6日，徐卓呆（李阿毛）《闲话》载《铁报》第4版，至13日，4次。

8日，丹翁《三化》、微妙《大公报风行南北》载《晶报》第2版，丹翁《丹翁诗话》载《晶报》第3版。

9日，丹翁《一再摧红》载《晶报》第2版，曼妙《万金难买早春来》、丹翁《鹿脯》、冰冰《任矜蘋艺华设计记》载《晶报》第3版。

10日，陈慎言《虚无夫人》载《时报》第1张，至1937年7月31日，未完。

11日，丹翁《雨油罩门》、栖卷《栖卷话旧》、微妙《苏州之怪汽车案》载《晶报》第2版，丹翁《临池》载《晶报》第3版。

12日，丹翁《土星脱帽》载《晶报》第2版，丹翁《昨与金祖同君谈话》、冰冰《银海慈航记》载《晶报》第3版。

13日，丹翁《縊偶》载《晶报》第2版，丹翁《姚氏墨》、冰冰《洪深的新千字文》载《晶报》第3版。

14日，丹翁《马可尼金》、曼妙《记自由农场》载《晶报》第2版，丹翁《郑家相函及拓本》载《晶报》第3版。

15日，丹翁《圣人不死》、曼妙《记国学会沪事务所》载《晶报》第2版。

20日，丹翁《新旧年关》、微妙《蒋公子随众受庭训》载《晶报》第2版，丹翁《丹翁诗话》载《晶报》第3版。

本月

顾明道《草莽奇人传》(4册)由南方书店出版。

秦瘦鸥编《蒋介石文集(增订版)》由三民图书公司出版。

冀东伪政权将张恨水列入黑名单,当时张虽与《立报》约期已满,因北归不成,不得不到南京和张友鸾创办《南京人报》。这是张恨水一生唯一由自己出资办的报纸。《南京人报》4月正式出版,年末,张恨水举家由北平迁到南京。

2月

7日,范烟桥、严独鹤《小王山信宿小记》载《新闻报·新园林》,至8日。丹翁《狂风大雹》、西阶《悼冯武越君(前北洋画报主干)》、无诤《今古奇谭》载《晶报》第2版,丹翁《草书》、微妙《两路车上的茶饭问题》载《晶报》第3版。

8日,丹翁《月色》《书法》载《晶报》第2版,微妙《蜓蚰可使阳痿的研究》、银丝《红莲寺人物云散风流》载《晶报》第3版。

9日,丹翁《春江花月夜》、微妙《中国文字的古典派》载《晶报》第2版。

10日,丹翁《飞鸟》、西阶《京戏由来溯源》分别载《晶报》第2、3版。

11日,范烟桥《南社纪念会聚餐记》载《新闻报·新园林》。

12日,丹翁《食对》、微妙《两路车上的书报销场》载《晶报》第2版,琵琶《世界书局积极奋斗》、丹翁《丹翁诗话》载《晶报》第3版。

14日,丹翁《新花朝》、微妙《解放婢女的感言》分别载《晶报》第2、3版。

16日,丹翁《诗史》、冷巢《曼殊大师年谱纠谬》载《晶报》第2版,丹翁《五五铢铢颠倒合背》载《晶报》第3版。

25日,丹翁《太精》、微妙《对于重婚的解答》载《晶报》第2版,丹翁《天兴通宝》、兰陵卡子《北平书场小记》载《晶报》第3版。

27日,丹翁《艺不落伍》、微妙《中国的节育问题(上)》载《晶报》第2版,无诤《重门叠户溯源》载《晶报》第3版。

28日,丹翁《匈片》,微妙《中国的节育问题(下)》载《晶报》第2版。

本月

郑逸梅《花果小品》由上海中孚书局出版第2版。

3月

2日,李薰风"长篇小说"《玫瑰仙子》载《玫瑰画报》第2期,至10月19日第68期,67次,5回,未完。

3日,张恨水《是为庆》载《晶报》第2版。

5日,丹翁《梦后口占》、微妙《国学论衡一公案》、无厄《冈与殆》载《晶报》第2版,一株《神女生涯今昔观》载《晶报》第3版。

8日,丹翁《春寒》、微妙《钱江大桥》、仓公《柳亚子其娟娟乎》载《晶报》第2版,丹翁《中都》《春在》载《晶报》第3版。

9日,丹翁《妇顾问》、马二先生《晶报回忆》载《晶报》第2版,一沤《关于海上儒林一故事》载《晶报》第3版。

10日,丹翁《美人骷髅》载《晶报》第2版,丹翁《厕简楼》、芳菲《阮玲玉营葬漱浦》载《晶报》第3版。

11日,范烟桥(含凉)《上海杂碎》载《时代日报》第4版,至4月30日,共44天次。

14日,丹翁《博物馆》、微妙《不欢迎山额夫人的理由》载《晶报》第2版,西阶《唐大郎笃于友谊》载《晶报》第3版。

15日,李薰风"家庭小说"《如此家庭》载天津《家庭周刊》乙种第101期,至5月31日第108期,1回,8次,未完。丹翁《全球通话》载《晶报》第2版,青萍《失业与考试》、丹翁《九方皋》载《晶报》第3版。

17日,丹翁《制裁风韵》《折笔》、青萍《证交多浙籍同乡》、无诤(丹翁)《今古奇谭》载《晶报》第2版,西阶《说古本小说》载《晶报》第3版。

19日,丹翁《移眼于臀》《字典》、微妙《日本在华设厂的计划》、西阶《黄炎培之袁世凯观》载《晶报》第2版,冷芳《胡蝶病喉割治记》载《晶报》第3版。

20日,丹翁《非夷所思》、西阶《孙传芳也是同盟会》载《晶报》第2版,是谁《南京掌故谈(一)》载《晶报》第2版,至25日,6次。

23日,丹翁《和平条约》、微妙《西湖发现金钱豹》载《晶报》第2版,银筝《白门花絮(一)》载《晶报》第2版,至4月7日,11次。

25日,丹翁《燕妙》、微妙《舍钱乞丐者有罚》载《晶报》第2版,西阶《大学教授女儿读书唱戏》载《晶报》第3版。

26日,丹翁《凸如》载《晶报》第2版,西阶《南京人报内容精警》、丹翁《题画》载《晶报》第3版。

27日,丹翁《墓碑》《上巳》、微妙《为取缔医费进一解》载《晶报》第2版,四十五《南京小型报之开张》载《晶报》第3版。

30日,张恨水《换巢鸾凤》载《申报·春秋》,至1939年8月10日,载207次,15回,未完。

本月

何一峰"武侠小说"《铁血健儿》(4册)由上海南方书店出版。

4月

1日,李阿毛(徐卓呆)《年轻男子不易度日》载《晶报》第2版,至1937年8月27日,共发表小品随笔、时评杂感等文章444天次。

4日,李阿毛《日本怪语新解》载《社会日报》第2版,至7月30日,110次,载完。丹翁《心理》、西阶《报馆街鲁殿灵光(上)》载《晶报》第2版,微妙《记日本东京的雅叙园》、冰心《徐来离鸾握手记》载《晶报》第3版。

5日,丹翁《交情》、白露《中华书局之风水》、西阶《报馆街鲁殿灵光(下)》、无诤《今古奇谈》、李阿毛《日本的国际飞行场》载《晶报》第2版,微妙《邮话·信封与邮戳》、四十五《卖报西施》、冰心《朱宝霞再求蹦蹦》载《晶报》第3版。

8日,《南京人报》创刊,张恨水撰发刊词。张恨水《角鼓声中》《中原豪侠传》载《南京人报》副刊《南华经》,至1937年底,随《南京人报》停刊而中辍。丹翁《明后》、微妙《今年新闻界的进步》、西阶《杨千里旅平杂咏》、无诤《今古奇谭》载《晶报》第2版,冰心《唐瑛不称李夫人》载《晶报》第3版。

20日,丹翁《小吃》《丹翁词话》,曼妙《说说大公报的长处》,无诤《今古奇谭》载《晶报》第2版。

21日,丹翁《今年黄流》、无诤《今古奇谭》载《晶报》第2版,丹翁《材不材》、青萍《林罗脱离向导社》载《晶报》第3版。

24日,丹翁《化犯》载《晶报》第2版,丹翁《含英刻印》、银丝《赵丹等集团结婚》载《晶报》第3版。

25日,丹翁《马登岸》、无诤《今古奇谭》载《晶报》第2版,西阶《中央通俗小说库之精美》载《晶报》第3版。

27日,丹翁《印度幽默》、微妙《文艺社春游茶话》载《晶报》第2版,无厄道人《碑檦》、乙之《刘宝全三唱马鞍山》、丹翁《蜂蜜》载《晶报》第3版。

29日,范烟桥《文艺与电影的联系》载《新闻报·新园林》。

本月

古吴江阴香"武侠小说"《风尘三侠》由上海大达图书供应社再版。

5月

3日,丹翁《古物出口》载《晶报》第2版,吴侬《苏州的七塔》、冷芳《蝶霜初见别记》、明星公司来函《夏佩珍与明星公司之一段渊源》载《晶报》第3版。

7日,丹翁《秤国》、微妙《对于托儿所的希望》载《晶报》第2版,银丝《欧阳予倩拒窘隽谈》载《晶报》第3版。

8日,李阿毛《麻将在日本》载《晶报》第2版,至9日,2次,载完。丹翁《白水滩》《倒字齐刀》分别载《晶报》第2、3版。

9日,丹翁《上宾》、曼妙《副刊要新闻化》载《晶报》第2版,丹翁《大定折十合背》、影迷《银星芳龄志》载《晶报》第3版。

10日,丹翁《换换口味》、曼妙《乡下人到上海补遗》载《晶报》第2版,鹊尾《刘宝全不宜贵族化》载《晶报》第3版。

11日,丹翁《双簧》《高士为笑老刻印》、无厄《文化调和》载《晶报》第2版,芳菲《光裕社书戏记内篇》、乙之《鼓书场壁垒一新》载《晶报》第3版。

12日,李阿毛《日本的和尚》载《晶报》第2版,至13日,2次,载完。

14日,曼妙《哀悼胡汉民先生》,丹翁《吴泉》《挽展老》载《晶报》第2版。

15日,丹翁《大贤》、春柳《中央褒扬胡主席之第一步》、天倪《哀胡汉民先生》、侃侃《胡展堂先生之词令》、叶恭绰《胡汉民之年龄籍贯》、曼妙《日水兵被杀案的离奇》载《晶报》第2版,丹翁《俞剑华氏作品》载《晶报》第3版。

18日,丹翁《瓦雀》、西阶《"报人"胡汉民》、微妙《防止走私宜由人民努力》载《晶报》第2版,金梁《瓜圃述异·金山寺僧》载《晶报》第3版。

19日,陈灵犀"杂感"《先生阁七荤八素集》载《社会日报》第2版,至1940年3月31日,621次。

20日,丹翁《感情》、微妙《邹韬奋香港开日报》载《晶报》第2版,金梁《瓜圃述异·清史馆》载《晶报》第3版。

21日,徐凌霄著《皮黄文学研究》(第一辑)由世界编译馆北平分馆出版。

23日,丹翁《生动》载《晶报》第2版,微妙《天津大量浮尸案》、夏佩珍《拍摄啼笑因缘经过》载《晶报》第3版。百花同日生(张秋虫)《花花公子》载《沪声》第1卷第2期,至6月13日第5期,共4次。

24日,李阿毛《走私专家》载《晶报》第2版,至25日,2次,载完。丹翁《名词》、曼妙《活魂灵》载《晶报》第2版,夏佩珍《拍摄啼笑因缘经过(续)》载《晶报》第3版。

25日,丹翁《陶陶》、曼妙《观顾萌亭个展》载《晶报》第2版,丹翁《有声无形之空》、平允《夏佩珍啼笑因果》载《晶报》第3版。

27日,丹翁《走和》、微妙《马荣妨害名誉案》载《晶报》第2版,红叶《田汉之在京生活》、丹翁《含英之诗》载《晶报》第3版。

30日,饶舌、张㤡子《出版界现形记》载《金钢钻》第2版。

6月

1日,包天笑《三舞女》自31次开始续载《立报》第6版,至1937年8月13日,17章,488次,未完。李阿毛《老学生日记》载《立报》第6版,至9月19日,159次,载完。

2日,江红蕉《临时夫人》载《铁报》第4版,至11日,共10次。

3日,丹翁《六三》《古市》、微妙《史量才埋骨天马山》、青萍《胡孟嘉接血代价》载《晶报》第2版。

4日,丹翁《放生》《老友画誉》、青萍《胡孟嘉逝世讯》载《晶报》第2版,金梁《瓜圃数异·齐白石》、丹翁《小笔》、墨衫《邗江一艺人》载《晶报》第3版。

5日,丹翁《冤刀烟瘾》《绝唱》、金梁《瓜圃述异·吴佩孚》载《晶报》第2版。

6日,丹翁《六言诗》载《晶报》第2版,丹翁《染黑》、金梁《瓜圃述异·赛金花》、微妙《茶馆论(上)》载《晶报》第3版。李阿毛《废止汉字运动》载《晶报》第2版,至8日,3次,载完。

7日,丹翁《事盲》载《晶报》第2版,丹翁《知味》、微妙《茶馆论(下)》、徐卓呆《陈小蝶东游吟兴》、红叶《黎锦晖爱护梁溪》载《晶报》第3版。

8日,丹翁《西瓜火球》、青萍《胡孟嘉之遗产》载《晶报》第2版,银丝《王先生重回天一记》、伊人《赛金花近景》载《晶报》第3版。

9日,丹翁《名角当面》、微妙《林语堂再斥申报》载《晶报》第2版。

10日,丹翁《亮话》《书画之知》载《晶报》第2版,微妙《白门心影成电影》、丹翁《冷墓志》载《晶报》第3版。

15日,丹翁《工具》《挽余杭先生》、西阶《陈陶遗精写孙墓志》载《晶报》第2版,丹翁《瓜圃》载《晶报》第3版。

16日,丹翁《罐头》、微妙《章太炎先生印象记(上)》、西阶《悼章太炎先生(上)》载《晶报》第2版,天倪《挽章太炎先生》、丹翁《引商刻羽》载《晶报》第3版。

17日,丹翁《志感》、侃侃《章太炎喜欢做政治家》、微妙《章太炎先生印象记(下)》、西阶《悼章太炎先生(二)》载《晶报》第2版,丹翁《读词》、无净《是月也大蚊化为天蚊》载《晶报》第3版。

18日,丹翁《空洞洞》、西阶《悼章太炎先生(三)》载《晶报》第2版,微妙《病榻杂写》载《晶报》第3版。

19日,丹翁《阿王明星》、西阶《悼章太炎先生(四)》载《晶报》第2版,芳菲《记赛金花座谈会》载《晶报》第3版。

20日,丹翁《急雨》、西阶《悼章太炎先生(五)》载《晶报》第2版,秋水《南京人报友人》载《晶报》第3版。

21日,丹翁《日蚀》《腹泻》、西阶《悼章太炎先生(六)》载《晶报》第2版,莞尔《弹词皇后疑醉仙本记》、红叶《刘恨我鸳谱将谐》载《晶报》第3版。

22日,丹翁《阴霾》、无净《今古奇谭》、西阶《悼章太炎先生(七)》载《晶报》第2版,捲《张恨水南京得女弟》、成言《丁玲女士暂不南旋》载《晶报》第3版。

23日,丹翁《旧端午》、微妙《西川常耀老人星》载《晶报》第2版,无厄《好不好》、银史《明星公司扩展新法规》载《晶报》第3版。

24日,丹翁《节后》、天壤《章太炎遗事(一)》载《晶报》第2版,吴禊云《刘恨我丧明痛语》载《晶报》第3版。

25日,丹翁《星球吻》《星球不吻》、天壤《章太炎遗事(二)》载《晶报》第2版,丹翁《憾友》载《晶报》第3版。

26日,丹翁《无味》、天壤《章太炎遗事(三)》载《晶报》第2版,微妙《述一农村小学事》载《晶报》第3版。

27日,丹翁《不敢说》载《晶报》第2版,汪了翁《章太炎之早年》、丹翁《陈画宣题》载《晶报》第3版。张恨水《夜深沉》载《新闻报·茶话》,至1939年3月7日,41回,568次;1941年6月上海三友书社出版单行本,后由国华影业公司拍成电影。

28日,丹翁《秀气》、冰冰《林语堂浮海西游》、西阶《陶菊隐与林琴南》载《晶报》第2版,丹翁《题茶神扇》载《晶报》第3版。

30日,李阿毛《日本的戏剧》载《晶报》第2版,至7月2日,3次,载完。

本月

陆澹盦《啼笑因缘弹词续集》(2册)由莲花出版馆出版。

程小青《霍桑探案外集》由大众书局出版。

按:《霍桑探案外集》6册,16编,收如下作品:1.《江南燕》,2.《无头案》,3.《黑面团》,4.《无罪之凶手》,5.《白纱巾》,6.《窗》,7.《灰衣人》,8.《紫信笺》,9.《两粒珠》,10.《轮痕与血迹》,11.《怪房客》,12.《误会》,13.《官迷》,14.《酒后》,15.《新婚劫》,16.《霍桑的童年》。

郑逸梅《瓶笙花影录》(2册)由校经山房书局初版。

7月

1日,丹翁《人造心脏》、微妙《章太炎年谱商榷》、伊人《郑振铎之一笔账问题》载《晶报》第2版,丹翁《传是》、无厄《好睡》载《晶报》第3版。

5日,李阿毛《目黑的雅叙园》载《晶报》第2版,至9日,5次,载完。

26日,郑逸梅《张恨水之写稿生活》载《上海报》第6版。

28日,丹翁《玩具》《笔墨之外》、曼妙《高梦旦从此长眠》载《晶报》第2版,冷芳《宣景琳奔丧来沪》载《晶报》第3版。

30日,丹翁《秋收》、西阶《寒云有子克家》载《晶报》第2版,微妙《金通尹丧明之痛》、曼妙《狗熊传》载《晶报》第3版。

31日,李阿毛《日本通》载《社会日报》第2版,至1937年4月19日,250次,载完。

8月

1日,张恨水《风雪之夜》载《中央日报·中央公园》,至1937年3月1日,12章,166次,中辍。

2日,丹翁《看雨》、微妙《关于赤膊问题(上)》载《晶报》第2版,宗宾万《陈景韩公子生平》、西阶《张谬公南迁记》载《晶报》第3版。

3日,丹翁《游泳》、微妙《关于赤膊问题(下)》载《晶报》第2版,冰冰《郑正秋周年祭礼记》、天倪《和恨水停艇听笛诗》、丹翁《晋碑》载《晶报》第3版。

5日,李阿毛《东京的交通祸》载《晶报》第2版,至8日,3次,载完。

6日,丹翁《风翼》、微妙《记陈景韩公子》载《晶报》第2版,西阶《于佩文适寒云与再嫁》、丹翁《介谒》载《晶报》第3版。

14日,赵焕亭《龙虎斗》载《玫瑰画报》第48期,至10月9日第65期,2回,共18次。

15日,鲁迅《答徐懋庸并关于抗日统一战线问题》载《作家》月刊第1卷第5号(又刊于9月1日《解放》半月刊第1卷第5期)。文章称:"我以为文艺家在抗日问题上的联合是无条件的,只要他不是汉奸,愿意或赞成抗日,则不论叫哥哥妹妹,之乎者也,或鸳鸯蝴蝶都无妨,但在文学问题上我们仍可以互相批判。"

21日,朱凤蔚《话剧界奇才汪优游》载《社会日报》第2版,至22日,载完。丹翁《海井上哨》、西阶《陈冷血评报界三总理》、无诤《骑驴颂》载《晶报》第2版,微妙《水灵山岛剧荒凉》、丹翁《三遗》载《晶报》第3版,李阿毛《日光之游》载《晶报》第2版,至26日,4次,载完。

22日,陈灵犀《读鲁迅关于统一战线问题应为徐懋庸先生辩白几句话》载

《社会日报》第2版。

24日,李阿毛《箱根》载《晶报》第2版,至25日,2次,载完。

25日,丹翁《一枝之价》、七〇八《林语堂之阔旅行》、丹翁《荆关董臣》载《晶报》第2版。

26日,张恂子《养疴杂笔》载《金钢钻》第3版,至10月9日,28次。

29日,李阿毛《留日女生之夏生活》载《晶报》第2版,至30日,2次。

本月

周天籁"儿童文学"《甜甜》由上海文光书局出版。

9月

5日,程小青译《奎宁探案·绅士帽》载《上海报》第7版,至1937年8月14日,17章,435次;1938年9月1日续载,至11月27日,续85次,全书终。

引:1938年9月1日《奎宁探案·绅士帽》前言:"《绅士帽》在八一三之前,已在本报刊载二百余期,现在继续在本版刊载。"

10日,李阿毛《麻烦的租屋》载《晶报》第2版,至13日,4次,载完。

16日,汪仲贤《芳草天涯》载《世界晨报》第4版,至1937年6月2日,25回,共246次。李阿毛《未来富翁的制造法》载《晶报》第2版,至18日,3次,载完。

18日,张恂子时评杂感《九一八五周年》载《金钢钻》第3版。

20日,李阿毛《招待难》载《晶报》第2版,至22日,3次,载完。

21日,郑逸梅《记首期之〈小说月报〉》载《上海报》第8版。

24日,李阿毛《间谍恐怖》载《晶报》第2版,至10月4日,11次,载完。

25日,郑逸梅《张园安恺第之四大金刚》载《上海报》第7版,至28日,4次。

27日,徐枕亚病逝。

10月

2日,丹翁《月之秋》、微妙《苏州美术学校一瞥》载《晶报》第2版,桐花《张大千独往独来》载《晶报》第3版。

3日,丹翁《两性之寿》、西阶《神州日报新阵容》载《晶报》第2版,天壤《郑孝胥叫金月梅条子·也谭续孽海花》载《晶报》第3版。

5日,丹翁《物价》、无厄《知味》载《晶报》第2版,微妙《银幕上的未来世界》、丹翁《赠贻》载《晶报》第3版。

13日,李阿毛《再谈灸》载《晶报》第2版,至15日,3次,载完。王度庐武侠小说《黄河游侠传》连载《平报》,至1937年4月17日,载完。

14日,范烟桥《一部冷书》载《新闻报·新园林》。丹翁《秋兴》、微妙《不要养成许多小土豪·保甲制度是否要与地方自治合辙》、西阶《鲁迅花边文学化名奇妙》载《晶报》第2版,金梁《太平天国史之一页》、丹翁《纪尹唐二印》载《晶报》第3版。

16日,李阿毛《大量生产之医学博士》载《晶报》第2版,至17日,2次,载完。

18日,丹翁《养疾》载《晶报》第2版,西阶《报人报道》、丹翁《一剪梅》载《晶报》第3版。

19日,李阿毛《盗贼研究》载《晶报》第2版,至20日,2次,载完。

22日,丹翁《挽鲁迅》、微妙《灌输儿童爱国知识》、闻韶《关于鲁迅》,弹铗《鲁迅大殓的一刹那》载《晶报》第2版,丹翁《搬家》载《晶报》第3版。

23日,丹翁《车上》,弹铗《鲁迅出殡之一瞥》,侃侃、闻韶《关于鲁迅种种》载《晶报》第2版;无诤《叶古红祝天倪诗》载《晶报》第3版。

24日,丹翁《整书》、微妙《国际义勇队》、闻韶《鲁迅殡后余闻》、一粟《谁知鲁迅也多妻》载《晶报》第2版,西阶《群强报主人陆哀逝世》、邘上闲鸥《易厂治印》载《晶报》第3版。

25日,丹翁《新旧文人》,微妙《以一日贡献国家》,晓波《鲁迅与周作人》载《晶报》第2版。

28日,丹翁《双管》,斑马《鲁迅夫人的伟大》,微妙《新生活宴》载《晶报》第2版。

29日,丹翁《力学》、无厄《子弟》载《晶报》第2版,公达《姚民哀重来歇浦》、言成《康南海家世追述》载《晶报》第3版。

本月

文艺界部分作家发表《文艺界同人为团结御侮与言论自由宣言》,"主张全国文学界同人,应不分新旧派别,为抗日救国而联合"。通俗文学作家签名的有包天笑、周瘦鹃等人。

徐枕亚《兰闺恨》由中原书局重版。

11月

3日,李阿毛《中日开战与日本财界》载《晶报》第2版,至5日,3次,载完。

5日,丹翁《事在人为》、天倪《哀段芝泉先生》、闻韶《段氏宜获荣典》、西阶《北洋派与国民党携手之第一人》、秋水《段合肥国葬提议》、微妙《读报杂话(上)》载《晶报》第2版。

6日,丹翁《共同防共》、宝凤《段合肥殓礼哀纪》载《晶报》第2版,微妙《读报杂话(下)》、丹翁《糖贵甜》载《晶报》第3版。

8日,丹翁《观虎》、曼妙《黄山合建芝泉寺》载《晶报》第2版,削颖《三角同盟与段公子》、弹铗《全国漫画易地展览讯》、镇开《崔通约挽鲁迅诗》、无诤《李素兰小传》载《晶报》第3版。

9日,范烟桥《水浒的背景——原始是太行山》载《新闻报·新园林》。

10日,朱鸳雏著、时希圣编《朱鸳雏遗著》由大通图书社出版。

按:《朱鸳雏遗著》收:小品文《巨灵记》《诛情记》《绝粮记》《情诗集自跋》《非嫁记》《艳魅记》《过茔记》《惨讻记》《离京记》《圣诞记》《兄弟记》《惊梦记》《待时记》《污莲记》;手札;与妇笺(节录十九通);诗歌十九首;纪念文十七则。

予且"独幕话剧"《离心力》(又名《晚霞》)载《光华附中半月刊》第4卷第8期。

11日,丹翁《报留》、西阶《中国文化上大贡献标准草书·于右任先生近年工作告成》、无厄《非病》载《晶报》第2版,丹翁《初寒》、微妙《卓别麟次作拿破仑》载《晶报》第3版。

12日,丹翁《练习》、微妙《但闻旧都哭》、李阿毛《内山完造》载《晶报》第2版,墨衫《少爷壮丁》载《晶报》第3版。陆士谔《南窗随笔》载《金钢钻》第4版,至1937年6月8日,11次。

17日,范烟桥、严独鹤《词林谭助》载《新闻报·新园林》,至12月1日,2次。

24日,耳食《官僚现形记》载《金钢钻》第4版,至12月11日,15次,载完。

25日,李阿毛《三大报馆》载《晶报》第2版,至12月2日,8次,载完。

27日,丹翁《弗喜》《缩临汉人急就》、曼妙《赛金花观后感(上)》载《晶报》第2版,言三书《赛金花中之克夫人》、无厄《杨子云》载《晶报》第3版。

28日,丹翁《水果》、微妙《大公报未识空军出动》、曼妙《赛金花观后感(中)》载《晶报》第2版,弹铗《钱化佛捐款援绥》载《晶报》第3版。

29日,无厄《佛经小说》、曼妙《赛金花观后感(下)》载《晶报》第2版,丹翁《山容》、范烟桥《书龙胜厅志后》载《晶报》第3版。

30日,黄南丁意译"影片小说"《璇宫艳史》载《小日报》第3版,至1937年1月25日,3章,52次。

12月

1日,赵焕亭《侠骨丹心》载《铁报》第2版,至1937年5月27日,共20回,小结束,载168次。

注:1937年5月27日《铁报》在《侠骨丹心》20回后有"编者志":"《侠骨丹心》小说,刊至二十回止,暂作一小结束,全书至此,仅微露端倪,以后尚有许多热闹节目,当另刊单行本,以飨诸君。"

4日,丹翁《鼻子》载《晶报》第2版,曹聚仁《赛金花的演出》载《晶报》第3版,李阿毛《自杀之市》载《晶报》第2版,至9日,6次,载完。

5日,赵焕亭《酷吏别传》载《东方日报》第4版,至1937年7月14日,10回,未完,150次。

6日,丹翁《跑墨》载《晶报》第2版,西阶《对赛金花之印象》、芳菲《赛金花可以无憾矣》载《晶报》第3版。

7日,范烟桥《蒲留仙与王渔洋》载《新闻报·新园林》。丹翁《地妙》载《晶报》第2版,无厄《赛金花》载《晶报》第3版。

8日,丹翁《文同》载《晶报》第2版,无厄《自悟》、言成《赛金花身后谭》载《晶报》第3版。

10日,丹翁《江山美人》载《晶报》第2版,西阶《读书小识》、侃侃《赛金花的两种论调》载《晶报》第3版。予且"书报介绍"《奥尼尔》载《光华附中半月刊》第4卷第9、10期《戏剧特刊》。

11日,丹翁《老少》载《晶报》第2版,芳菲《赛金花杂碎(上)》、梯公《庚子以后之赛金花》载《晶报》第3版。

12日,丹翁《嘴腿铭》载《晶报》第2版,芳菲《赛金花杂碎(下)》、无厄《移观》载《晶报》第3版。

15日,李阿毛《佛法无边》载《晶报》第2版,至20日,5次,载完。

本月

漱六山房著、湖上渔隐标点《九尾龟》(4册)由达文书店出版。

本年

国民党中宣部制定《取缔反动文艺书籍一览》,内列自1929年3月至本年3月七年内被禁文艺书籍364种,被禁社会科学书籍676种。

刘云若《香闺梦》由唯一书店出版。

秦瘦鸥《中国国民革命史》由三民图书公司出版。

程瞻庐任省立苏州图书馆总务部主任。

1937年（丁丑）

1月

1日，严独鹤《新年的欢祝》，程瞻庐《元旦献词》，程小青《光明在眼前了》，徐碧波《元旦执笔杀敌大捷》，王西神《牛与人》，黄转陶《战神的迁避》，张恨水《钟先生的春联》，范烟桥《王小二过年》载《新闻报》第7版之《新园林元旦特刊》。秦瘦鸥译、英国华雷斯著"侦探小说"《幽屋血案》载《旅行杂志》第11卷第1号，至6月1日第6号，6次，载完；1940年7月由春江书局出版，1941年3月第3版；1946年5月由三民图书公司再版。张恨水《第二皇后》载《健康家庭》第1期"新娘专号"，至7月1日第3期，分上中下3次，载完。

3日，小白《周瘦鹃笔下有"伊"无"她"》，天喜《一九三七年之文坛幻想》，巴八《一切为国》载《福尔摩斯》第4版。

9日，范烟桥《永乐大典与太平天国宝钞》载《新闻报·新园林》，至10日。

24日，李阿毛《穷光蛋之性生活》载《晶报》第2版，至28日，载完。

31日，李阿毛《电影公司与原作料》载《晶报》第2版，至2月8日，9次，载完。

本月

周天籁著、丰子恺绘图"儿童文学"《梅花接哥哥》由上海文光书局初版；4月再版。

2月

6日，张恨水《市井列传》载南京《新民报·社会新闻》，至7月31日，119次，未完。

20日，李阿毛《新剧五十年祭》载《晶报》第2版，至21日，2次，载完。

22日，丹翁《圆滑》、微妙《愿事业部与民增利》载《晶报》第2版，小读《海上四大金刚奇书的著者·请问辛报曾迭君说是吴趼人遗著的理由》、丹翁《吴中三味》、大雄《从浅草观音台到新吉原·东茗小品记之九》载《晶报》第3版。

23日,李阿毛《电影明星》载《晶报》第3版,至25日,3次。

25日,程瞻庐杂感笔记《两间琐言》载《上海报》第7版,至8月13日,共148次。

27日,李阿毛《三原山喷火口》载《晶报》第2版,至3月5日,4次,载完。

28日,严独鹤"谈话"《爱国工人》,范烟桥《星社雅集歌》载《新闻报·新园林》。

3月

1日,陆澹盦《蠡测录》载《金钢钻》第3版,至4月25日,47次。

6日,李阿毛《两部特殊影片》载《晶报》第2版,至7日,2次,载完。余大雄《离别东京以前的杂话·东茗小品记之十七》载《晶报》第2版,至9日,4次。

7日,丹翁《近人》、天倪《时事哙》载《晶报》第2版,小读《为四大金刚奇书作者答曾迭君(上)》载《晶报》第3版。

8日,丹翁《费用》、李阿毛《漂亮朋友》载《晶报》第2版,小读《为四大金刚奇书作者答曾迭君(下)》、无诤《丽丽老六小传》载《晶报》第3版,包天笑《病榻琐语》载《晶报》第2版,至12日,5次。

9日,李阿毛《宝冢女明星之同性爱》载《晶报》第2版,至16日,8次,载完。

12日,谈善吾逝世。

引:本月15日《新闻报》载《报界耆宿谈善吾先生逝世》:"报界耆宿谈善吾先生于本月十二日十一时寿终于南京官邸,享年七十。谈公努力报界有年,曾于宣统间与于右任先生共办《民呼》《民吁》《民立》等三报,时称'竖三民',声誉卓著,尤为海内所宗仰,著作颇丰,今遽尔老成凋谢,同深怆悼。"

13日,贡少芹逝世于江西修水。李阿毛"滑稽小说"《结婚读本》载《礼拜六》第681期,至5月22日第691期,11次,载完。

17日,周瘦鹃之子周榕因练习自行车,不慎坠落苏州紫罗兰庵附近池塘溺亡。周氏好友纷纷撰文慰问,如20日,剑侯《养儿子好比过五关·慰周瘦鹃丧明之痛》(《新闻报·新园林》);23日,鱼庵《星社电慰周瘦鹃》(《金钢钻》第4版);为表示丧明之痛,周氏连续发表悼文,如《人间可哀录》(《申报·春秋》,29日至4月6日,5次),《与榕儿书》(《申报·春秋》5月4日至5日,2次),《再与榕儿书》(《申报·春秋》,7月6日至7日,2次)。

19日,余大雄《金谷町一望无垠的茶园·东茗小品记之十九》载《晶报》第2版,至20日,2次。

20日,《讣告本报编辑刘天倪先生之丧》、丹翁《绿香》、无厄道人(丹翁)《情理》载《晶报》第2版。

引:《讣告本报编辑刘天倪先生之丧》:"本报编辑刘天倪先生襄亭,自本月十二日起,突患肺炎重症,医治无效,遽于十九日巳时,在沪西爱文义路赫德路口渭德里四号寓所逝世,爱读本报诸君,闻此恶耗,谅亦同深哀悼,特此讣告,维祈公鉴。"

21日,李阿毛《类似宗教团体》载《晶报》第3版,至28日,8次,载完。丹翁《人之用》、西阶《挽刘襄亭先生》、大雄《刘襄亭君之回忆》、微妙《哀刘襄亭先生·呜呼老友又弱一个》,"刘襄亭先生遗像"载《晶报》第2版,丹翁《翠》载《晶报》第3版。

引1:《刘襄亭君之回忆》:

刘君在时报数载,由副刊编辑兼任总编辑滓任总编辑,旋脱离赴皖长榷务,未久因病仍归海上,至民十八年,乃入本报任编辑,七稔以来,体日羸瘦,自前岁起,每至馆,未及去冠,辄先取痰盂置案侧,随写随咳,痰涌如潮,往往气促心荡,须进糖果,方可再行握管,至今春而病态益甚,十一日犹力疾来馆,编辑时咳嗽不止,翌日竟卧床不能复起。

引2:《哀刘襄亭先生》:

忆余之识襄亭,为毕倚虹先生所介绍,倚虹与刘氏为戚属,且为好友,当时诗酒之宴,辄有襄亭在座,时其尊翁子鹤先生,亦为海上名寓公,而襄亭温文尔雅,固翩翩佳公子也。以博淹之才,长于词章,下笔千言,倚马可待,时毕倚虹方从事于时报之编辑工作,而其尊翁畏三先生则从政于浙水间,拟令倚虹随宦至杭,不欲其弄笔为记者生涯,于是思及继任之人,而倚虹与余皆以襄亭为荐,狄平子亦深慕其才,是为襄亭入新闻界之由来也。

呜呼,襄亭今年才五十有一耳,余且痴长十年,家世出于名门,环绕膝下者,有丈夫子三,女子子二,孙枝秀发,长孙女且苗条矣,况以向平之愿已了,执经课子,含饴弄孙,家庭之乐怡然,红袖伴汝添香,青藜为君照夜,乃竟天不假年,呜呼哀哉!

22日,丹翁《古名士》《哭天倪》、憩庵《挽天倪先生》、微妙《新旧铜辅币问题》载《晶报》第2版,大雄《德川旧邸浮月楼的小宴》载《晶报》第3版。

23日,丹翁《脊骨外交》、微妙《民众训练的纠纷》载《晶报》第2版,大雄《宇治桥头的雨中眺望·东茗小品记之二十》载《晶报》第3版,至25日,3次。

24日,丹翁《浮生》、微妙《农村建设与地方自治》载《晶报》第2版,大雄《刘襄亭君之回忆(二)》《守治桥头的雨中眺望·东茗小品记之二十一》载《晶报》第3版。

25日,丹翁《甲骨学》、微妙(包天笑)《竟将牢狱作家庭》载《晶报》第2版。严独鹤"谈话"《筵前诉苦》载《新闻报·新园林》。

26日,丹翁《提要》、微妙《西政府军屡告捷音》、大雄《逐渐欧美化的神户·东茗小品记之三》载《晶报》第2版,路人《申曲偶谈》载《晶报》第3版。

27日,丹翁《经济提携》、大雄《阪神水族馆的半小时·东茗小品记之二十二》载《晶报》第2版,曼妙《谢小天开篇有序》载《晶报》第3版。

28日,丹翁《明前》、无厄道人《门户》载《晶报》第2版,多山《金息侯六十自述》、微妙《刘襄亭之日记》、墨衫《悼刘襄亭先生》、大雄《阪神水族馆的半小时·东茗小品记之二十二》载《晶报》第3版。

29日,丹翁《春笋》、微妙《李维诺夫的夫人》载《晶报》第2版,大雄《宝冢的少女歌剧团·东茗小品记之二十三》载《晶报》第3版。严独鹤"谈话"《纪念与奋斗》载《新闻报·新园林》。

30日,丹翁《称道航空》载《晶报》第2版,憨庵《易君左之巧思妙文》、大雄《宝冢的少女歌剧团·东茗小品记之二十三》载《晶报》第3版。

31日,丹翁《辞通》、微妙《热带鱼玩赏记(一)》载《晶报》第2版,《刘襄亭之日记(一)》、大雄《宝冢的少女歌剧团·东茗小品记之二十三》载《晶报》第3版。

引:《刘襄亭之日记(一)》:

刘襄亭君之日记,至简洁,故虽亘七八载,仅得二十九册,尝以示予,予称之为李越缦体也,逝世后,公子洛丞,以末册示,读之如对故人,不胜哀感,因思读者诸君,殆亦有愿一阅此日记者,摘抄数则,以资纪念(雄识)。

本月

《上海生活》(月刊)创刊,顾冷观、严独鹤编,上海联华广告公司发行。1941年12月停刊。

徐哲身《绍兴师爷轶事》由文业书局发行第2版;1936年3月初版,7月再版。

按:《绍兴师爷轶事》收:《妻无貂蝉之貌》,《翁壮而鳏叔大未娶》,《敲门便叫三娘子》,《位列前班不敢后顾》,《万寿无疆》,《科场奇闻》,《夜航船》,《夜航船其二》,《屡战屡败》,《大清一统》,《最无所赦》,《此缸几文一斤》,《私拆皇城》,《一船蛔虫》,《还有一个小撇》,《偷画》,《吃得开心当得有趣》,《原来如此》,《小绍兴师爷》,《乡下人吃屙》,《小小教训》,《太子挨屁股》,《一只猛虎》,《文王卦》,《缢痕何多》,《鞋底为何不湿》,《好在今天落雨》,《要你知道我刁师爷的厉害》,《躲又躲不过挺又挺不了如何办才好呢》,《只要累施小术》,《叔嫂通奸不要紧》,《只要假做一个贼》,《只要一张状子》,《少女怀春讼师害讼师》。

4月

1日,丹翁《儿玉白卷》、侃侃《纸价飞涨中之报馆》、微妙《热带鱼玩赏记(下)》载《晶报》第2版,大雄抄《刘襄亭之日记(二)》、大雄《宝冢的少女歌剧团·东茗小品记之二十三》载《晶报》第3版。金警钟《嵩山少林寺游记》载《晶报》第3版,至8日,8次,载完。《少年周报》创刊。予且长篇小说《敏儿求学记》载创刊号,至10月25日第22、23期,22节,22次。

按:《少年周报》由潘予且编辑兼发行人,中华书局发行,据其《投稿简章》言:"本报主旨在灌输少年时代知识,培养少年良好德行,陶冶少年活泼情感,训练少年实用技能",社址在上海海防路海防村30号;栏目有小说,故事,散文,常识等,作者有潘予且、舒新城、文楚、胡梅轩等;作品有《敏儿求学记》《风与日》《化学游戏》等;至10月25日,第1卷第22/23合期,共出22次,23期。

2日,丹翁《五年以后》、微妙《粤省洋米免税问题·古语成事不说今言既成事实》载《晶报》第2版,大雄抄《刘襄亭之日记(三)》载《晶报》第3版。

3日,丹翁《莱因》、微妙《钱基博教训大公报》载《晶报》第2版,大雄抄《刘襄亭之日记(四)》、丹翁《春风风人》、大雄《宝冢的少女歌剧团·东茗小品记之二十三》载《晶报》第3版。

4日,丹翁《口径》载《晶报》第2版,大雄抄《刘襄亭之日记(五)》、无厄道人《承先启后》载《晶报》第3版。

5日,丹翁《脱班》载《晶报》第2版,微妙《月明如水恨无涯》、大雄《大阪毕竟是个商业区·东茗小品记之二十四》载《晶报》第3版。

6日,丹翁《慰渴》、微妙《苏农行试办购地放款》载《晶报》第2版,大雄抄《刘襄亭之日记(六)》载《晶报》第3版。

7日,丹翁《亡命乐园》、无厄道人《强叟》载《晶报》第2版,大雄抄《刘襄亭之日记(七)》载《晶报》第3版。

8日,丹翁《东方美》,微妙《大公报之敢言》,丹翁《愚不可及》载《晶报》第2版。

9日,丹翁《祭陵》《游赏》载《晶报》第2版,微妙《一个度量的比较》、泥人《林语堂英著广销之臆测》载《晶报》第3版。

10日,丹翁《雨前》、大雄抄《刘襄亭之日记(八)》分别载《晶报》第2、3版。

11日,丹翁《商羊》、微妙《丰都原非鬼世界》、泥人《林语堂口中的"我们"》载《晶报》第2版,大雄抄《刘襄亭之日记(九)》载《晶报》第3版。

12日,丹翁《所以然》、微妙《李叔同发见冬郎墓·行脚闽中无意中访得之》载《晶报》第2版,大雄抄《刘襄亭之日记(十)》载《晶报》第3版。

13日,丹翁《河豚笋》、微妙《祝京滇周览之前途》载《晶报》第2版,大雄抄《刘襄亭之日记(十一)》载《晶报》第3版。

14日,丹翁《铜圆》、无厄《谁作》载《晶报》第2版,大雄抄《刘襄亭之日记(十二)》、芳菲《吴稚老两件马褂》载《晶报》第3版。

15日,丹翁《软与硬》、无厄道人《秦笔》载《晶报》第2版,大雄抄《刘襄亭之日记(十三)》、微妙《与徐卓呆谈中风》载《晶报》第3版。

16日,丹翁《修好》《报股》载《晶报》第2版,大雄抄《刘襄亭之日记(十四)》《又经过神户长崎回国·东茗小品记之二十五》载《晶报》第3版。

17日,丹翁《失业减》《男性乐园》、大雄抄《刘襄亭之日记(十五)》分别载《晶报》第2、3版。

18日,王度庐武侠《燕赵悲歌传》载《平报·平报味之素》,至7月9日,6章,78次,载完。丹翁《希氏之忙》《春雨》、微妙《参观祖师山拜香记》、周瘦鹃《不祥的池子》载《晶报》第2版,大雄抄《刘襄亭之日记(十六)》载《晶报》第3版。

19日,丹翁《京滇》《高鼻》、大雄抄《刘襄亭之日记(十七)》分别载《晶报》第2、3版。

20日,丹翁《花妙》、微妙《海上宫殿·惊涛骇浪之中涌起淫宫玉殿》载《晶报》第2版,大雄抄《刘襄亭之日记(十八)》、丹翁《丹翁诗话》载《晶报》第3版。

21日,丹翁《□玉宝衣》、微妙《期望华南米业公司》载《晶报》第2版,大雄抄《刘襄亭之日记(十九)》载《晶报》第3版。

22日,丹翁《薴丝》、微妙《小爸爸》载《晶报》第2版,大雄抄《刘襄亭之日记(二十)》载《晶报》第3版。

23日,丹翁《瑞典网球》、微妙《废除童养媳制度》载《晶报》第2版,大雄抄《刘襄亭之日记(二十一)》、丹翁《救疯》载《晶报》第3版。

24日,丹翁《太平操》、微妙《永不见第二次大战》、无厄道人《鹰攫孩飞》载《晶报》第2版,大雄抄《刘襄亭之日记(二十二)》载《晶报》第3版。

25日,丹翁《巴黎之工》《客菜》、余裴山《挽刘襄亭老友》载《晶报》第2版,大雄抄《刘襄亭之日记(二十三)》、微妙《告化鸡》、墨衫《田汉游览镇江及瘦西湖》载《晶报》第3版。严独鹤遭金甡袭击。

26日,丹翁《媲美夷吾》载《晶报》第2版,大雄抄《刘襄亭之日记(二十四)》、丹翁《矿采》、微妙《半淞园黄头儿竞赛记》载《晶报》第3版。

27日,丹翁《绕轴邮飞》、西阶《慰严独鹤先生》、墨衫《王柏龄易地疗养》载《晶报》第2版,大雄抄《刘襄亭之日记(二十五)》、小读《四金刚与二怪物》载《晶报》第3版。

28日,丹翁《妇女军》、芳菲《小试金刀鹤颈红》载《晶报》第2版,大雄抄《刘襄亭之日记(二十六)》载《晶报》第3版。

29日,丹翁《看客》、微妙《疯狗与疯人》分别载《晶报》第2、3版。

30日,捉刀人"香艳长篇"《蝶恋花》连载《世界晨报》第4版,至8月3日,85节,共85天次。丹翁《汉文迎拒》载《晶报》第2版,四十五《鹤伤报道》载《晶报》第3版。

5月

3日,丹翁《汉萧》《丹翁诗话》、微妙《报人不看报》载《晶报》第2版,雪颖《杨云史不忘陈美美》载《晶报》第3版。

4日,丹翁《忧乐》《佳蔬》《哭西崮》载《晶报》第2版,微妙《看了〈日出〉以后》载《晶报》第3版。

5日,丹翁《西班牙》,余裴山《复旦校友节的回忆(一)》载《晶报》第2版。

6日,丹翁《夏五》,余裴山《复旦校友节的回忆(二)》,无厄道人《点铁成金》载《晶报》第2版。

7日,丹翁《工作之余》,微妙《梅兰芳所得税》,余裴山《复旦校友节的回忆(三)》载《晶报》第2版。

8日,李阿毛《谈盆景》载《晶报》第2版,至14日,5次,载完;丹翁《户口》、微妙《修正土地法原则》、余裴山《复旦校友节的回忆(四)》载《晶报》第2版,丹翁《苗王弓卍》载《晶报》第3版。严独鹤"谈话"《刀锋下的报告》载《新闻报·新园林》,至13日,6次,谈遇暴事。

9日,丹翁《称人》、海外古人一泓寄函《欧洲通讯·哭刘襄亭》、微妙《农具站》、余裴山《复旦校友节的回忆(五)》载《晶报》第2版,军潮《赛金花的瓦全主义》、吴蒙《弹词家滑稽大结婚》载《晶报》第3版。

10日,陆澹盦《彊学录》载《金钢钻》第3版,至8月13日,80次。

20日,湘真《不肖生不走江湖走官途》载《小日报》第3版。文称湖南省主席"以向为办事能手,且前所拟之各项改良地方推选国术计划甚佳,允宜罗致,庶几英雄有用武之地,遂于日昨,电其旋湘,并委以省政府秘书之职"。

本月

徐哲身"武侠小说"《昆仑剑侠传》由上海春明书店7版；1939年3月10版；1947年4月出版新版。

6月

1日，丹翁《阁下》，吴蒙《我之五卅回忆》，微妙《与打击者以打击》载《晶报》第2版。

2日，丹翁《三羊开泰》《小盹》、微妙《儿童世界》载《晶报》第2版，李阿毛《江湾说此无体育》、大雄《双钩奇笔》、无厄道人《精华》载《晶报》第3版。

3日，丹翁《相师》、微妙《祝温溪造纸公司》载《晶报》第2版，冰冰《蓝苹婚变之自白》载《晶报》第3版。

4日，丹翁《夏之六》、微妙《再与卓呆谈盆景·盆景中之小人物小瀑布》分别载《晶报》第2、3版。

5日，丹翁《冷不防》、微妙《武则天剧本之商讨（上）·业余剧团不久上演之一史剧》载《晶报》第2版，李阿毛《路旁的怪装饰品》、斑斑《闻于陈独秀之字说》载《晶报》第3版。

6日，丹翁《梅天》、无厄道人《胃口》、微妙《武则天剧本之商讨（下）·业余剧团不久上演之一史剧》载《晶报》第2版，李阿毛《再答微妙谈盆景》载《晶报》第3版。张恨水《芒种》载《立报·小茶馆》，至8月13日，3章，未完。

10日，丹翁《墨汁》、李阿毛《赴杭杂谈》载《晶报》第2版，微妙《一篇荒谬的小说·〈中国文艺〉中之〈祭灶〉》、健帆《弹词二妙》、丹翁《赠章》载《晶报》第3版。

12日，李阿毛《蝶墅》载《晶报》第3版，至13日，2次，载完。

13日，丹翁《旧端午》、微妙《冀东伪组织五年计划（上）》载《晶报》第2版，玉壶《蕉花与琼花》、健庵《被控重婚之弹词家》、冰冰《麒麟童将摄明末遗恨》载《晶报》第3版。

14日，丹翁《文曲》、微妙《冀东伪组织五年计划（下）》载《晶报》第2版，栖棬《冬虫夏草》、丹翁《阳国玉琮》载《晶报》第3版。

15日，丹翁《墅韵》载《晶报》第2版，微妙《参观京滇周览电影》、李阿毛《太阳灯可治白虎》载《晶报》第3版。

22日，丹翁《异同》、李阿毛《悼老友汪仲贤君》、丹翁《百丁居》载《晶报》第2版，曼妙《同声顾曲记·同声集十周纪念之彩兴》载《晶报》第3版。

23日,李阿毛《姑苏台》载《晶报》第2版,至25日,3次,载完。

26日,鱼庵《沈禹钟与王钝根》载《金钢钻》第4版,言"沈先生从原籍到了上海,想要谋事";称"王先生方膺联华出版社编辑《快乐家庭杂志》"。

27日,李阿毛《苏州汪义庄假山》载《晶报》第3版,至28日,2次,载完。

30日,李阿毛《谈石湖》载《晶报》第3版,至7月3日,4次,载完。

本月

徐卓呆《无线电播音》由上海商务印书馆出版。

7月

1日,秦瘦鸥《不义之财》载《旅行杂志》第11卷第7号。

2日,范烟桥《茶烟歇》载《社会日报》第2版,至1945年6月28日。

5日,求幸福斋主(何海鸣)《家》载《上海报》第3版,至27日,20次。

6日,张恨水《泪影歌声》载北平《实报·小实报》,至9月3日,未完。

10日,丹翁《三用》,微妙《卢沟晓月释义》载《晶报》第2版。

11日,丹翁《考校不易》、微妙《含悲忍痛说卢沟》、丹翁《赵含英之刻印》载《晶报》第2版,憨庵《迦龛画扇》载《晶报》第3版。

12日,丹翁《芦笋·调寄浣溪沙》、微妙《宁为玉碎毋为瓦全》、李阿毛《在华日人何不登记》载《晶报》第2版,墨衫《运商学潮》、丹翁《帐韵》载《晶报》第3版。

15日,顾明道撰长篇《黄金美人》载《现代家庭》第7期,至1939年6月16日第12期,14章,共11次。

17日,丹翁《谈之闲》、微妙《我们要打破既成事实》、李阿毛《一个日侨的牢骚话》载《晶报》第2版,健帆《吴观蠡集句赠三徐》载《晶报》第3版。

18日,丹翁《童稚》《花香》,微妙《日本陆军当局之谬论》载《晶报》第2版。

19日,微妙《宋哲元不受捐款感言》、李阿毛《四十万日军来华的疑问》载《晶报》第2版,丹翁《洋盘》、西阶《北平电话与南京人报》、翼翼《鲁迅纪念会别纪》载《晶报》第3版。

21日,微妙《抗敌后援会宜普遍全国》、李阿毛《北平日侨的搬来搬去》载《晶报》第2版,无厄道人《千秋》载《晶报》第3版。

23日,李阿毛《卢沟桥事件的真目的》、丹翁《小大从公》分别载《晶报》第2、3版。严独鹤"谈话"《抗敌后援》载《新闻报·新园林》。

25日,李阿毛《解决中日问题的一个主张》载《晶报》第2版,唐志君"短篇小说"《弃妇的血泪痕(一)》、丹翁《当告》载《晶报》第3版。

26日,丹翁《如此》载《晶报》第2版,李阿毛《一个慈爱的祖父》、唐志君"短篇小说"《弃妇的血泪痕(二)》载《晶报》第3版。周瘦鹃《卢沟桥之歌》载《申报·春秋》。

27日,丹翁《以敌为师》、李阿毛《迷子札》、微妙《我准备人亦准备》载《晶报》第2版,唐志君"短篇小说"《弃妇的血泪痕(三)》载《晶报》第3版。

28日,微妙《哀者胜解》、李阿毛《一个巡捕的搬场观》载《晶报》第2版,唐志君"短篇小说"《弃妇的血泪痕(四)》、丹翁《暑之凉》《题高士画》载《晶报》第3版。

29日,丹翁《笑话》、微妙《我们要军民一体》、李阿毛《大事船中的日本》载《晶报》第2版,丹翁《哀西班》载《晶报》第3版。

30日,微妙《放鞭炮不算浪费》,西阶《鲁迅最后遗作不必再借重内山》载《晶报》第2版。严独鹤"谈话"《最后关头》载《新闻报·新园林》。

31日,无厄道人《横槊》、微妙《北平今为平安城》载《晶报》第2版,丹翁《才难》、李阿毛《为什么》载《晶报》第3版。严独鹤"谈话"《哀故都》载《新闻报·新园林》。

本月

语文社编《通俗化问题讨论集》(第1集)由上海新知书店出版。

8月

1日,顾明道《磨剑录·聂士成》载《新闻报》第15版。程瞻庐《宋代汉奸殷鉴录》载《上海报》第7版,至12日,载完。丹翁《送客》,微妙《毁灭我文化机关》载《晶报》第2版。

2日,微妙《政府如何领导人民》载《晶报》第2版。严独鹤"谈话"《尸骸与傀儡》载《新闻报·新园林》。诚夫《忆旧录》载《申报·春秋》,至3日,2次,追忆周瘦鹃长子周榕。

3日,微妙《骂人汉奸要慎重》载《晶报》第2版,李阿毛《日本人的死数》、丹翁《混斗》、玉壶《水浒传书后》载《晶报》第3版。

4日,丹翁《凉意》,微妙《留东学生宜转学苏联》载《晶报》第2版。

5日,曼妙《上海的米》、李阿毛《日国扰乱中国沿海之不智》载《晶报》第2版,南屏《悼石遗翁》、丹翁《文章段落》载《晶报》第3版。

6日,丹翁《遗臭》、微妙《持久战先齐持久心》载《晶报》第2版,徐慕云《民族英雄·刘永福(一)》、李阿毛《海军同学哀诔汪优游》、西阶《介绍〈原野〉》载《晶报》第3版。

7日,严独鹤"谈话"《米贵》载《新闻报·新园林》。

9日,周瘦鹃《平津哀歌》载《申报·春秋》。秦瘦鸥《天网恢恢》载《旅行杂志》第11卷第8号,至1940年第14卷第8号,14次,载完。丹翁《梁山》,李阿毛《一个日本军官的受训》载《晶报》第2版。严独鹤"谈话"《搬家与救国》载《新闻报·新园林》。

10日,微妙《通州事件敌宜反省》载《晶报》第2版,李阿毛《青岛日兵慎防失踪》、墨衫《暴风雨之下》载《晶报》第3版。

11日,丹翁《修道》、微妙《日本之北进南守策》载《晶报》第2版,李阿毛《莫性急(上)》载《晶报》第3版。

12日,丹翁《接侨》、李阿毛《莫性急(中)》分别载《晶报》第2、3版。严独鹤"谈话"《伟大的汽车夫》载《新闻报·新园林》。

13日,丹翁《米与谣》载《晶报》第2版,丹翁《客多能》、李阿毛《莫性急(下)》、玉壶《西游封神两演义》载《晶报》第3版。严独鹤"谈话"《沙场收骨》载《新闻报·新园林》。《金钢钻》报停刊。

14日,《申报·春秋》因日寇进攻上海而暂时停刊。丹翁《观车》、微妙《俞市长刚强不屈》载《晶报》第2版,李阿毛《比打更凶》载《晶报》第3版。毅录《何海鸣对平津失陷之痛语》载《小日报》新闻版。

15日,李阿毛《解剖下的日本》载《晶报》第2版,至27日,6次,载完。

本月

日军入侵上海,明星公司停顿,范烟桥回苏州,后回同里老家避难。

胡怀琛《萨坡赛路杂记》由广益书局出版。

10月

5日,《战时日报》创刊,冯梦云、龚之方编辑。

注:为了更好地宣传抗日,冯梦云、龚之方、蔡钓徒、陈蝶衣、毛子佩等爱国报人整合《大晶报》《小日报》《正气报》《世界晨报》《明星日报》《东方日报》《铁报》《金钢钻》《福尔摩斯》等小报的力量,共同发行《战时日报》。《战时日报》为四开四版,冯梦云、龚之方主编,姚吉光任经理兼发行。创刊号载《发刊词》言明宗旨:"我们为什么要办这样一张小型刊物,我们是不愿在这样大的时代进行中,来放弃我们的责任。我们未曾忘记自己是一个大中华民国的百姓,我们知道自己是有五千年历史的黄帝子孙,所以我们要干,干到敌人的铁骑,不再来践踏

我们的国土为止。同志们,请大家努力吧!"其内容主要宣传抗日。本年 12 月 11 日被迫停刊,仅存 3 个多月。(参考洪煜《近代上海小报与市民文化研究(1897—1937)》,第 70—72 页)

11 日,张丹斧逝世于苏州。

按:张丹斧去世后,友朋哀挽者众,如包天笑《哀悼张丹斧先生·晶楼五老又弱一个》(23 至 24 日《晶报》,2 次),观蠡《哀张丹斧先生》(26 至 28 日《晶报》,3 次)。此外还有王西神、小隐、许息盫、余裴山、杜进高等人的挽联悼文。

12 月

15 日,谢啼红笔记小品《迍邅散记》载《力报》第 2 版,至 1947 年 1 月 21 日,共 1582 次。

23 日,徐卓呆《金华歌舞团》载《力报》第 2 版,至 1938 年 3 月 31 日,100 次,载完。

25 日,日本在上海成立新闻检查所,强迫各报接受检查。为抗拒检查,《申报》《大公报》《时事新报》等自行停刊。随后,《申报》《大公报》《时事新报》等相继在汉口、重庆、香港等地复刊。

12 月,俞天愤卒。1881 年生于常熟。

注:据陆蔚明《俞天愤传》,载《吴中耆旧集:苏州文化人物传》,江苏文史资料第 53 辑,苏州文史资料第 20 辑;1991 年 12 月。

本年

初夏,日军逼近苏杭,程小青迁居黟县,自办东吴大学附中,宣讲爱国大义。

严独鹤去世界书局杂志部总编职务,创办大经中学,自任校长,后因不堪日伪胁迫,愤而解散学校。

许廑父任浙江省建设厅长武廷飏机要秘书,针对抗日时期污浊的社会风气,在《东南日报》发表《新镜花缘》,针砭时弊。

汪仲贤逝世。

镇江沦陷,程善之随《新江苏报》社迁泰州,后渡江避沪。在《新江苏报》服务十余年,致力抗日宣传生死不渝。

1938年（戊寅）

1月

1日，秦瘦鸥《大时代的动荡中》载《旅行杂志》第12卷第1号。

13日，徐卓呆滑稽创作《照相机》载《社会日报》第2版，至17日，载完。

15日，《新民报》复刊，张恨水编辑副刊《最后关头》，其小说《疯狂》载《新民报·最后关头》，至1939年10月20日，10回，载完。

补：本日开始至1945年12月3日，张恨水先后主持重庆《新民报》副刊《最后关头》《上下古今谈》，几乎将这种抗日热情贯穿于整个抗战八年。

18日，胡寄尘逝世。

引：19日《晶报》载《文学家胡怀琛逝世》："今天下午大殓文学家胡怀琛，号寄尘……茹素已十余年，体弱多病，战后深痛时艰，旧病复发，医治无效，不幸于昨（十八日）清晨六时逝世，年五十二岁。"

张恨水《陈散原殉难》载《新民报·最后关头》，赞扬陈散原先生怒拒日寇的劝降，绝食殉国，坚守民族大义的精神！

19日，张恨水《征途》载《晶报》第3版，至9月23日，246次，载完。张恨水"忆南京系列"《见梅花忆南京》载《新民报·最后关头》，至3月3日，载10则。

注：张恨水通过追忆明孝陵、鸡鸣寺、清凉山、永仓巷等名胜的昔日的美及其难忘的经历，来反衬"大好河山，忍令沦于夷狄"①的现实惨境。张恨水斥责日本人在沦陷区肆意搜刮中国人财物，"还不许说是抢走，要作为中国人的招待"，连"寇兵掳去的妇女"，也要叫"招待品"，企图以此美名来掩盖侵华的罪行。②

25日，徐卓呆"滑稽小说"《我爱爸爸》载《晶报》第2版，至7月28日，142

---

① 张恨水：《见梅花·忆南京之一》，《最后关头》，《新民报》，1938年1月19日。
② 张恨水：《招待品》，《最后关头》，《新民报》，1938年2月15日。

次,载完。

2月

1日,秦瘦鸥《二舅》载《旅行杂志》第12卷第2号。张恨水《游击队》载《申报》(汉口版),至7月8日,158次,10节,载完。

15日,顾明道《黛痕剑影录》载《生报》第2版,至3月22日,共86次,未完。曾载1935年2月1日《俱乐部》第1期,仅1回。

本月

宫白羽、郑证因《十二金钱镖》(上部二人合作,下部宫白羽独立完成)载《庸报》第6版;1938年11月,单行本第一集由天津书局出版,后陆续由宫白羽自己成立的正华出版部出版,至1943年,共出版16卷。

3月

2日,戚饭牛逝世。

引:《戚饭牛作古》:"戚饭牛……不幸于本月二日下午五时三刻,突然气闭捐馆,享年六十有一。"(载《时报》第2版,1938年3月10日)

6日,顾明道"武侠小说"《磨剑录》载《社会日报》第2版,至8月23日,25次,共含《王赳》《水怪唐四郎》《高杰》《田伶》《箭侠》《贺十五姑》《焦琏》《柴秃儿》《怪道人》《蝴蝶兜》《唐雄夫》《郑胡》等。

11日,包天笑《新上海春秋》载《晶报》,至1940年1月27日,30回,共583次,未完。

15日,张恨水《傀儡戏不能上演》载《新民报·最后关头》,怒斥了王克敏、汤尔和、周佛海、汪精卫等汉奸的恶行,疾呼必须对汉奸严惩,还历史以正义。

25日,捉刀人《鸾和散辑:假婚》载《社会日报》第2版,至30日,6次,载完。孙癯蝯《杀人魔王张献忠之一生》载《力报》第2版,至28日,4次。

26日,顾明道撰《磨剑录·王赳》载《社会日报》第2版,至28日,载完。

31日,顾明道撰《磨剑录·水怪唐四郎》载《社会日报》第2版。张恨水《北方军人》载《新民报·最后关头》,高度赞扬了临沂大战台儿庄之战中中国军人以弱胜强的壮举。

本月

范烟桥母舅严宝礼主办《文汇报》,范烟桥赴上海任其秘书,并帮助杨锡珍女士筹办锡珍女学,兼任迁沪的东吴大学附中国文教员。

4月

1日,张恨水《桃花港》载香港《立报·花果山》,至7月31日,15章,120次,未完。《社会日报》推出每周说苑栏目,名家小说如:云裳《瘗父记》(7日),百花同日生(张秋虫)《墙西私记》(8日),绵蛮《丽文本传》(15日),张恂子《堕侨记》(20日),陈灵犀《阿狗本纪》(29日),持矛人译《挺挞记》(5月6日),范烟桥《处子脱兔》(5月13日),云裳《沉珠记》(5月20日),轶刘《紫薇国王》(5月27日),顾明道《张家玉》(6月3日),范烟桥《爱国之泪》(6月17日),顾明道《惆怅》(7月22日),范烟桥《报贩列传》(8月5日),张恂子《滑稽列传》(8月26日),顾明道《废》(9月9日),范烟桥《湖滨揭竿记》(9月16日),百花同日生《樱痕记》(9月23日)等。秦瘦鸥《恋爱之梦》载《旅行杂志》第12卷第4期,至5月1日第5期,2次,载完。

4日,顾明道《磨剑录·高杰》载《社会日报》第2版,至5日,载完;顾明道《磨剑录·箭侠》载《社会日报》第2版,载完。

8日,捉刀人《鸾和散辑:蝇绿》载《社会日报》第2版,至14日,7次,载完。

11日,顾明道《磨剑录·田伶》载《社会日报》第2版,至13日,3次,载完。

16日,捉刀人《鸾和散辑:蠕隐》载《社会日报》第2版,至22日,7次,载完。

20日,范烟桥《流离语》载《社会日报》第2版,至5月19日,8次。

23日,捉刀人《鸾和散辑:三迁》载《社会日报》第2版,至29日,共7次,载完。

27日,张恨水《冲锋》载重庆《时事新报·青光》,至8月22日,12章,载完;1946年12月由重庆新民报社出版,更名为《巷战之夜》,增首末各增1章,共14章。

28日,顾明道《磨剑录·贺十五姑》载《社会日报》第2版,至30日,3次。

30日,捉刀人《鸾和散辑:十嫁》载《社会日报》第2版,至5月7日,共8次,载完。

本月

向恺然《江湖大侠传》由上海中央书店初版;1942年2月出版。

5月

3日,张恨水《小心得可怜》载《新民报·最后关头》,批评了消极抗战甚至不利抗战的种种表现。他批评国民政府不敢发动群众,片面抗战的错误。他认为"民众有巨大的力量,是抗战之本",辛亥、五四、到北伐的胜利,离不开民众的全力支持。"但抗战快一年,没有进行民众动员",批评国民政府"把'水能载舟,亦能覆舟'八个字囫囵吞下去,以至于绕道三十里,而不敢过河。实在小心得可怜了"。

8日,捉刀人《鸾和散辑:邮诱》载《社会日报》第2版,至15日,8次,载完。

9日,顾明道撰《磨剑录·焦琏》载《社会日报》第2版,至10日,载完。

11日,通俗读书编刊社连续两天举行关于旧形式利用问题讨论会,谈到旧形式的利用与大众启蒙运动的关系以及与新文学运动的关系等。捉刀人《鸳鸯谱》连载《力报》第2版,至1941年9月30日,共36谱,411天次,载完。

按:王小逸《鸳鸯谱》36谱分别为:"月明林下美人来""一寸相思一寸灰""说尽心中无限事""蓬门今始为君开""拟托良媒益自伤""小姑居处本无郎""无端嫁得金龟婿""海燕双栖玳瑁梁""楼上花枝笑独眠""蓝田日暖玉生烟""花开堪折直须折""今年花开又一年""太真含笑入帘来""珠箔银屏迤逦开""斜拔玉钗灯影畔""暂将团扇共徘徊""不把双眉斗画长""重帏深下莫愁堂""鸳鸯瓦冷霜华重""云雨巫山枉断肠""初闻涕泪满衣裳""卧后清宵细细长""商女不知亡国恨""罗衣欲换更添香""山形依旧枕寒流""细草春香小洞幽""花径不曾缘客扫""新妆宜面下朱楼""犹是音书滞一乡""未妨惆怅是清狂""旧时王谢堂前燕""飞上枝头变凤凰""多情却似总无情""泪尽罗巾梦不成""今夜偏知春气暖""楚腰纤细掌中轻"。

16日,捉刀人《鸾和散辑:电灾》载《社会日报》第2版,至23日,共8次。

17日,顾明道《磨剑录·柴秃儿》载《社会日报》第2版。

24日,捉刀人《鸾和散辑:粥粥》载《社会日报》第2版,至6月2日,共10次。

27日,顾明道《磨剑录·陈老樵》载《社会日报》第2版,至28日,载完。张恨水《仇人土肥原》载《新民报·最后关头》,历数土肥原贤二从北洋军阀时期到现在在中国犯下了一系列战争罪行,如煽动军阀战争,策划皇姑屯事件,制造"九·一八"惨剧,炮制伪"满洲国",甚至直接率兵威逼开封,既揭露了土肥原贤二战争狂人的真面目,又以此梳理自北洋至今日本的侵华史,告诫国人,毋忘侵略历史,严惩敌酋!

本月

秦瘦鸥任《大美晚报》等报编辑。

6月

1日,秦瘦鸥《小店主》载《旅行杂志》第12卷第6号,至7月1日第7号,2

次,载完。王度庐《河岳游侠传》载《青岛新民报》,至11月15日,载完。

3日,捉刀人《鸢和散辑:绵绵》载《社会日报》第2版,至10日,共8次。

6日,范烟桥《偶得集》载《社会日报》第3版,至1939年1月15日。爱去先生(王小逸)《万花筒》载《社会日报》第3版,至1939年4月2日。

按:《万花筒》含如下系列:《蔷薇花》(6日—24日),《长乐未央》(25日—7月16日),《一声何满子》(7月17日—8月6日),《鹣鹣鲽鲽双双》(8月7日—8月25日),《酒家何处有》(8月26日—9月16日),《载鬼一车》(9月17日—10月9日),《寇深矣》(10月10日—11月3日),《鱼与熊掌》(11月4日—11月27日),《夕阳无限好》(11月28日—12月21日),《一蟹不如一蟹》(12月22日—1939年1月10日),《家书抵万金》(1939年1月11日—1939年2月7日),《康熙字典》(1939年2月8日—3月8日),《第六等》(1939年3月9日—4月2日)。

7日,古龙生于香港,原名熊耀华,祖籍江西。

11日,捉刀人《鸢和散辑:织恨》载《社会日报》第2版,至19日,共9次。

13日,顾明道《磨剑录·怪道人》载《社会日报》第2版,14日载完。张恂子诗词《覆巢近草》载《社会日报》第2版,至8月28日,12次。孙筹成《回苏十日记》载《上海报》第2版,至8月30日,60次,载完。

20日,捉刀人《鸢和散辑:渔欢》载《社会日报》第2版,至28日,共9次。

23日,顾明道《磨剑录·蝶蝶儿》载《社会日报》第2版,24—28日,共6次,载完。

29日,捉刀人《鸢和散辑:北遁》连载《社会日报》第2版,至7月8日,载10次。

7月

1日,捉刀人《桑中人语》连载《锡报》第2版,至1939年1月19日,载完。

按:《桑中人语》分如下部分:"一索""二难""三绝""四愁""五员""六根""七情""八仙""九合""十雨",每一种20则,共200则,载200次。

9日,捉刀人《鸢和散辑:南归》载《社会日报》第2版,至17日,共9次。

18日,捉刀人《鸢和散辑:楼笑》载《社会日报》第2版,至25日,共8次。

26日,捉刀人《鸢和散辑:街嗔》载《社会日报》第2版,至8月3日,共9次。

8月

1日,秦瘦鸥《热带鱼》载《旅行杂志》第12卷第8期。

2日,顾明道《磨剑录·唐雄夫》载《社会日报》第2版,至4日,载完。

4日,捉刀人《鸾和散辑:李阅》载《社会日报》第2版,至11日,共8次。

12日,捉刀人《鸾和散辑:狱荒》载《社会日报》第2版,至19日,共8次。

20日,捉刀人《鸾和散辑:母爱》载《社会日报》第2版,至28日,共9次。

21日,徐卓呆滑稽长篇《一重天》载《晶报》第2版,至1939年4月23日,载完。捉刀人《今杂事秘》连载《晶报》第4版,至1940年1月27日,共402次。

按:《今事杂秘》分:"秘月"10则,"古风"10则,"三六"10则,"二五"11则,"交通"10则,"阴私"10则,"塌乡"11则,"子舍"10则,"同嗜"15则,"异趣"15则,"绥绥"15则,"冥冥"15则,"晚晴"15则,"早熟"15则,"井波"14则,"池皱"15则,"妻市"17则,"女牢"15则,"肥哄"15则,"戆欢"16则,"鸦阵"16则,"鸡窠"16则,"柴话"17则,"油腔"19则,"觅四"17则,"杀千"18则,"交臂"17则,"扛心"16则,"萍聚"9则。

23日,顾明道《磨剑录·郑胡》载《社会日报》第2版。

29日,捉刀人《鸾和散辑:儿戏》载《社会日报》第2版,至9月6日,共9次。

本月

刘云若《碧海青天》由天津金城印书局出版。

徐枕亚哀情短篇小说集《情海指南》由上海中原书局出版。

9月

1日,顾明道《荒江女侠》(六集)载《锡报》第4版,至1939年2月12日,5回,共142次。

4日,美国范达痕著、程小青译《凡士探案:紫色屋》载《时报》第4版,至1939年5月21日,19章,243次,载完。

7日,捉刀人《鸾和散辑:情俘》载《社会日报》第2版,至15日,载9次。

13日,顾明道《虎啸龙吟录》载《新闻报》第18版,至1940年4月10日,共276次。

注:《虎啸龙吟录·小引》:

昔司马子长作游侠列传,痛恨儒墨,排摈游侠,有感于当时政网严密,以武犯禁,致布衣之侠,赴士之厄困,称扬游侠,一唱三叹,传诵古今,欧阳永叔作一行传,以为自古忠臣义士多于出乱世,而贤材之徒,穷居陋巷,屠贩山林,必有老死而世莫见者,乃欲于五代沧海横流之时,搜求志洁行芳,守义不屈之士,亟亟作传,以达其廉顽立懦之志,此二子者,表忠扬烈,阐幽发微,明潜德于泉壤,树后人之楷模,其用意不可谓不深且远也。……风雨如晦,鸡鸣不已,蒐奇述异,吊古伤今,继子查长永叔之志,殆亦吾辈执笔者可为之事欤,是以忠肝义胆,碧血青磷,宁做国殇,不为贼俘,慷慨杀身,仁人志士,吾得而记述之,海天万里,探险投荒,民族先驱,泽及后裔,王海外扶余,寒异族心胆,吾得而阐明之,击剑扛鼎,有力如虎,姿称天人,艺擅不世,红线之亚,昆仑之俦,吾得而掇拾之,灵光侠气,萃于一编,不亦足使耽奇揽异之士,快意读之,眉飞色舞,而浮一大白也哉! 虽然,四郊多垒,烽烟遍地,今何时也……

14日,不肖生《异丐记》载《香海画报》第1期,至10月29日,共14次,载完。

15日,《新江苏报》复刊,程善之发表《复刊露布》,以笔名"一粟"发表《烧活人之武士道》于副刊《血潮》。

17日,捉刀人长篇小说《豆腐西施》载《香海画报》,至1939年3月25日,55节,共55天次。

21日,捉刀人《鸾和散辑:欲偶》载《社会日报》第2版,至10月2日,共12次。

22日,周天籁《孤岛浮雕》载《迅报》第2版,至1939年8月17日,7章,共298次。

27日,张恨水《严肃起来》载《新民报·最后关头》。张恨水痛斥,在前方浴血抗战,千万难民,流离失所,"欧洲风云动荡,全人类面临法西斯的浩劫"的危急时刻,重庆及其他后方城市则是歌舞升平,纸醉金迷,一派欢乐太平的景象,"这不是表示人民的镇定,是表示人民的麻木",告诫国人"要加倍地勉励,加倍地严肃,最好停止一切快乐"。

本月

张恂子《剑珠缘》(4册)由醒民出版社六版。

10月

3日,捉刀人《鸾和散辑:书空》载《社会日报》第2版,至9日,共7次。病鸳《记小说家赵焕亭》载《上海报》第4版。

引:《记小说家赵焕亭》:

赵绂章先生焕亭,河北玉田人,治小说家言,以北派武侠见称于时,盖先生不但能文章,且精武事,故春秋近六十,而神采奕奕,矍铄异常,先生于清季谋科中式北闱后,不乐进仕,退守林园,诗酒自娱。其友刘髯公初创新天津报于津门,先生偶为小说付之,一篇刊出,万人争诵,此为其著撰说部鬻稿报馆之始,各报见之,亦争相罗致,辗转请托,遂使发生无穷兴趣,作品亦层出靡已,但多精心结构,一洗滥造粗制之风。北洋军阀曹仲珊吴子玉鼎盛时期,刘髯公以报人遥闻军幕戎机,位备咨询,并因与曹兼有戚谊,颇获信任,尝拟介赵进谒吴子玉,俾作活动,却之曰:吾苟看中烂羊头,当不自今日始,早由八股中图功名富贵矣,其悃愊无华如此。所撰长篇武侠说部,最初流传于南中者,忆为《马鹞子全传》,尚系石印本,厥后上海益新书局特丐其著《北方奇侠传》《双剑奇侠传》《英雄走国记》等长篇,不下十数种,而《奇侠精忠传》一书,则脍炙人口,深得施耐庵水浒神来之笔,寒云主人尝誉之曰"昔有施耐庵,今有赵焕亭"。龙门借奖,益增声誉,其实先生之笔,矫若游龙,喑呜咤叱中,间以细腻绮丽,往往描写侠女红妆,矫健婀娜毕举,惊心动魄,又足令人倾折此老之风趣也。

10日,顾明道《碧血忠魂录》载《社会日报》第3版,至1939年2月2日,53次,载完;共分几个部分:《男儿祈战死》(10日—11月13日),《匹夫有责》(11月14日—12月10日),《海上孤军》(12月12日—1939年2月2日)。捉刀人《针毡私记》连载《社会日报》第2版,1940年至9月6日,共485次。

按:《针毡私记》分:"锄奸记"14则,"饮鸩记"16则,"倾家记"15则,"暴富记"16则,"屈膝记"16则,"腐心记"18则,"乱流记"20则,"绝粒记"20则,"获虎记"19则,"听莺记"20则,"一饭记"20则,"三妇记"21则,"覆车记"14则,"蹈海记"21则,"客至记"18则,"潮来记"20则,"口惠记"19则,"目睹记"18则,"捐扇记"27则,"沉珠记"22则,"河上记"22则,"桥头记"21则,"失马记"20则,"逐鹿记"21则,"大块记"17则,"小试"18则,"闻铃记"21则,"挝鼓记"24则,"染指记"22则,"现形记"23则,"长征记"23则,"短气记"22则,"付丙记"24则,"在寅记"20则。

张恨水抵重庆,经张友鸾介绍,结识将复刊的重庆《新民报》总经理陈铭德,并被聘为该报主笔兼副刊主编。

《橄榄》杂志创刊,程小青、徐碧波编辑。

注:《橄榄》杂志由何怀远发行,编辑部在上海同孚路同孚邨四号,印刷部在上海山海关路406弄406号人文印书馆。创刊号载有杨清馨《漫画》、周瘦鹃《苦茶集》、孙筹成《卖橄榄》、茧(A)《数字游戏》、屠守拙《鲸铿余韵》、碧(B)《征求诗钟》、烟桥、碧波《集锦联话》、丁悚《漫画》、红雨(C)《征上联》、胡亚光、胡旭出《讽刺画》、胡亚光《画谜》、顾明道《历史上不知姓名之人物》、程小青《算学博士》、郑逸梅《海上溜冰溯源》、金季鹤《诗谜简史》等。刊物出至1939年4月6日第5期中辍,第5期为"清明号",载有顾明道《无名古墓》、郑逸梅《闲话清明》、屠守拙《愧对先人》、徐碧波《清明开篇》、程小青《扫墓》、金季鹤《学诗一得》、黄太玄《哀犹太人》等。

引:卖橄榄者《卖橄榄者引言》载创刊号,可作宣言观,现录如下:

记得在小时候,每逢到了凉风送爽的秋天,便听得"卖橄榄"的清脆而悠扬的调子,开始从那幽静的小巷中透送出来,那仿佛含有诗意的调子,给我留下了深刻的印象——我认为它足以涤烦襟,散沉闷,醒醉梦,提精神;至于那卖橄榄的所喊卖的小小的"橄榄",更具有这种功能,更不用说了。

在这几个年头,困居在异样的环境的孤岛上,谁也觉得无可奈何地可怜。在无可奈何中,出卖几个橄榄,给人们涤涤烦襟,散散沉闷,醒醒醉梦,提提精神,似乎也算不得无聊,不过这集子里的图画文字,能不能具有橄榄的功能,那只能让读者们去评定了。

橄榄有苦尽甘来的滋味。我们很想把它来做一种象征,藉以安慰一般焦虑悲愤、颓丧、失望的人们。来,来,嚼一个橄榄罢,甘味就在眼前,我们振作些,准备未来的工作罢。

在任何书报创刊时,总要邀请几个名家来露一露脸,借此号召一下。可是我们这个小小的摊基,排场既小,作品虽也都出于名家——摊主的当然除外——似乎用不着挂起金字招牌来。好在读者们的味觉都是很灵敏的,只消把橄榄一送入口,我相信都能很容易地辨别出来。

15日,张恨水《日本在外交上进攻》载重庆《新民报·最后关头》。

18日,余大雄被杀。

本月

陆澹盦主创《安邦定国志弹词》(第1集)由上海新声出版社出版。

还珠楼主《云海争奇记》连载于《实报》,1940—1943年由天津励力出版社出10册;1946年10月—1947年2月,上海两利书局出11册。

徐卓呆著"滑稽奇趣小说"《快活神仙》由奉天翔志书局出版。

11月

13日,通俗文艺座谈会在开智小学召开,老舍、老向等出席指导。

16日,王度庐《宝剑金钗记》载《青岛新民报》,至1939年7月29日,载完;1939年由青岛新民报社出版,1948年由上海励力出版社出版。

19日,张秋虫《脂粉愁城》载《力报》第3版,至1939年8月9日,6回,221次。

27日,包天笑《断指女郎》载《申报·春秋》,至12月11日,载完。

本月

徐枕亚"社会小说"《梨筠泪史》由奉天艺光书店初版;1941年4月再版;1943年3月三版。

12月

3日,徐卓呆"滑稽小说"《贼博士》载《现世报》周刊31期,至1939年9月30日第74期,43次。

12日,田舍郎《花开花落》载《迅报》第2版,至1939年6月28日,160次,未完。

15日,张恨水《中原豪侠传》更名为《新游侠传》载《晶报》第3版,至1941

年1月27日,296次。

17日,桑旦华《无边风月》载《东方日报》第3版,至1940年8月5日,540次。

19日,允平《抗战声中忆平江不肖生玉田赵焕亭》载《力报》。

引:《抗战声中忆平江不肖生玉田赵焕亭》:

善写会党武侠小说之姚民哀,其死耗既经各报证实,于是使我想起中国小说家中,以善写武侠小说驰名者,除姚民哀外,尚有赵焕亭及不肖生向恺然两君,此数人者,在民初出版界中,皆享隆誉,所著说部,皆风行一时,历久不衰。其间尤以不肖生之留东外史、江湖奇侠传两书,销路最广,几至人手一卷。按赵向两人,在最近十年间,皆隐居故乡,不再以写作为生。赵之故里在河北之玉田,其地昔尝划入"冀东政府"之内,自平津失陷后,殷汝耕势倒逃亡,玉田遂直辖于"华北政府",一年以来,该地游击队继起,八路军之铁骑,已深入冀东一带,而赵君鉴于河山沦陷,土地易主,则亦领导当地民众,组自卫军,辅助八路军作战。玉田民风素勇悍,重武轻文,男子皆以习武为风尚,故自沦陷以来,仍能利用民间武力,不时出击,而赵君为国术前辈,更得民众之信仰爱戴,奉之为领袖也。

不肖生为湘省之平江人,其地现已为抗战最前线,自武汉放弃后,中日两军,即相持于平江汨罗间,不肖生于政府发动抗战前,即为湘主席何键所罗致,担任国术馆教职,后战事开始,乡省成为后方军事核心,君遂调入练兵总监部任事,最近据湘省来人说,谓君于平江吃紧之际,即遄返故乡,领导组织民众,在日军后方,作英勇之游击战也。

本月

新加坡华文文坛发生关于小说"通俗"与"媚俗"的论争。

本年

夏,李伯通逝世于扬州。

赵眠云任国华中学校长,郑逸梅任副校长,程瞻庐、程小青、顾明道、范烟桥、蒋吟秋等任教员。

1939年（己卯）

1月

1日，包天笑《雨过天青》载《申报·春秋》，至1940年5月29日，共287天次；1946年11月由上海春明书店出版，24回。包天笑《大时代的夫妇》载《旅行杂志》第13卷第1号，至12月第12号，23回，共12次；1943年6月由中国旅行社初版。

8日，黄南丁"武侠艳情小说"《草莽英雄》第2回、第32次起载《生报》第3版，至7月13日，195次，5回，未完。

20日，张恨水《潜山血》载香港《立报·花果山》，载止时间不详。

24日，捉刀人《群莺乱飞》载《锡报》第2版，至1940年3月8日，共353次。

本月

《罗汉菜》(不定期刊)创刊，上海三乐农产社发行，载有顾明道小说《新人》、长篇小说《花萼荣悴记》等，1946年5月出50期后终刊。顾明道"短篇小说"《新人》载《罗汉菜》第1期，至4月第2期，2次，载完。

注：《罗汉菜》宗旨见第1期征稿启事："本刊以提供实业，发展国民生计，并研究事业成败与住宅安危及人生修养之究竟为总宗旨。内容分漫谈、实业、法味、文艺、成功人鉴、谈因、乐圃、宅运、歌曲、小说等栏。"文艺栏以诗文国学为主，"宅运、小说、歌曲三栏，已由专家特约，勿必投稿"。

2月

17日，张恨水《哀〈花月痕〉作者》载《新民报·最后关头》。

23日，今史氏"民国夜乘"《政海尘梦录》发布刊载预告，自3月1日起，登载《上海报》第2版，至3月31日，载31次；4月1日开始，载《奋报》第2版，至

8月28日,载32—181次;8月29日开始,载《袖珍报》第2版,至10月10日,载182—233次,载完。

25日,恨水《无法安贫焉能知命》(散文)载《抗战文艺》第3卷第11期。

3月

4日,《五云日升楼》周报创刊。海上漱石生《掌心剑》载第1集第1期,至4月15日第7期,共7次,至第2回,未完;自第8期起,由汪剑鸣续。红绡"连续奇情长篇纪实"《党会艳史》载第1集第1期,至10月14日第33期,至第2篇,共24次,未完;小春《学宫春色》载第1集第1期,至1940年4月15日第2集第2期,载37次,未完;许月旦《清代琐事摭谈》载第1集第1期,至3月18日第3期,3次;谢豹《啼红璅记》载第1集第1期,至6月24日第17期,共11次;张秋虫《薑宦杂札》载第1集第1期,至3月18日第3期,3次;虎头公子《屠龙解牛录》载第1集第1期,至6月24日第17期,共5篇,9次。

注:《五云日升楼》周报由顾怀冰发行兼总编辑,逢每周六出版一册,发行所为上海香港路五十九号内三层楼三百零一号。创刊号有茶博士《卷首闲话》:"今天为本报诞生出世之第一日,也就是本楼开张骏发的第一天,本报拾这五个字为名,很显明的本报是像开一爿茶馆店,无老无少,无贵无贱,都可以到本楼来,化上一毛钱,泡上一壶茶,谈谈天,说说地,纵横九万里,上下五千年,古往今来,海阔天空,尽许你高谈阔论,但是本楼开设在孤岛中心,先挂起了'非常时期,莫论国事'的牌子,今夕只可谈风月了,请各位茶客原谅。"作家阵容有海上漱石生、许月旦、谢啼红、张秋虫、蔡陆仙、汪剑鸣、金小春、顾醉萸、不销魂斋主、虎头公子、悔九生等。栏目有笔记、文虎、诗词、小说、闲话等。内容有许月旦的笔记《清代琐事摭谈》,玩空《摭谈随笔》,赵苕狂《新浮生六记》,小说有赵苕狂《海上群芳谱》,红绡《党会艳史》,小春《学宫春色》,海上漱石生、汪剑鸣《掌心剑》,闲话有茶博士《瞎三话四》《每周茗谭》等。至1942年1月15日出至第3集第11期。

8日,海上漱石生孙玉声在上海逝世。

引1:顾怀冰《悼孙玉声先生》:"海上漱石生孙玉声先生,已于本月八日上午二时逝世,一代文豪,遽赴玉楼之召,海内同文,共深惋惜,文坛名宿,又弱一个矣。"(《五云日升楼》周报第1集第2期,3月11日)

引2:倪古莲《孙玉声老师逝世志哀》:"先业师孙玉声先生,世居歇浦,笔名海上漱石生,才华冠世,诗词歌赋,骈散古文,无不擅长,少壮时无志仕途,而独具远识,倡导新闻事业,及为小说家言,以唤醒世俗作己任,实为吾国文艺界之老前辈,所著长篇说部,历刊各大日报及单行本,不下五六十种,尤以《海上繁华梦》一书,享盛名最早而最著,光绪癸巳年间,与汪汉溪先生等发起创办新闻报,即任为第一任总主笔,经十九年之久,旋经申报之聘,一度任申报要职,民国癸亥年间,担任《时事新报·上海》附张主编,开海上报纸发行本埠附刊之先河……光绪末叶,先生尝集同道刊繁华报,内容虽不外吟风弄月,却为现代小型报之鼻祖,游戏场报如大世界者,自创刊迄今,在先生主持下,取材谨严,内容精湛,廿余年来如一日,胜于同类刊物,亦属有目共赏之事实。而先生绝不自吝其学,尤乐于教育英才,无论请业为弟子者,私淑其师资者,或投稿于该报者,均循循善诱,悉心改卷,金针度人,详加指示。今文艺界中,除其门人外,出身于大世界报撰述者,亦屈指难计,如即享盛名之李涵秋、海上说梦人等之名著,其章回对偶,泰半请益于先生为之修正,而汪仲贤近年第一部创作《歌场冶史》,全文亦由先生润删,乃得各斐然成章。先生居恒酷为嗜戏,颇有心得,每为伶人所崇拜,竟以前台经理而被推为伶界联合会会长,兼任台榛苓学校校长,剧界子弟蒙其雨化,功绩更著,尝为伶联会创刊《梨园公报》,内容丰美,任何剧报,不能企及,伶人视若良友,先生又好作名山览胜,每届春秋二季,必参加诗社之旅行集会……八一三后,痛国难之日亟,伤家产之荡然(先生之祖宅,在城内篾竹街,自署退醒庐,故晚年又号退醒庐主,此次国军西退,故居尽毁于火,兼以积劳致疾,然又能勉为文字生活,大世界报之笔政,未尝中辍,最近且为,同文顾怀冰编辑之《五云日升楼》周刊,撰长篇小说《掌心剑》,而不料未竟全稿,已成最后绝笔,盖自上月廿八,偶因肝风,入同德医院疗养,并延中西名医诊断,竟以年高力衰,遽于月之八日丑时逝世,距生于同治二年癸亥十二月二十四日寅时,享寿七十有七,其夫人公子文孙等,均随侍在侧,遗体送入上海殡仪馆,于九日下午二时大殓。"(载《华洋月刊》,1939年3月15日,第4卷第10期)

11日,赵苕狂"社会香艳滑稽小说"《海上群芳谱》载《五云日升楼》第1集第3期,至1941年2月25日第2集第12期,14回,未完,载62次。

18日,赵苕狂《新浮生六记》载《五云日升楼》第1集第3期,至1940年8月15日第2集第6期,共3节,18次。

本月

朱贞木《玉龙冈》由上海元昌印书馆出版。

朱贞木《飞天神龙》由上海元昌印书馆出版。

陈慎言《情海断魂记》(上集2册)由天津书局出版;4月,下集2册版。

徐哲身《情丝泪痕》(2册)由上海春明书店初版;1946年5月3版;1947年3月由上海新陆书局出版新版4册。

4月

1日,张恨水《蜀道难》载《旅行杂志》第13卷第5期,至12月1日第12期,12章,载完;1944年8月由成都百新书店出版。《正报》创刊。捉刀人《夜行船》载《正报》,至9月1日,共152次。

注：《正报》，馆址在上海河南路525号，副刊为《正经》，除载有顾明道《柳暗花明》外，还载有徐卓呆《玉不碎》、王小逸《夜行船》、赵焕亭《天门遁》等。

按：《夜行船》分6部分："春水绿波"26则，"渔火两三星"23则，"行不得也哥哥"23则，"月上柳梢头"24则，"欸乃一声"29则，"醉醒愁未醒"27则。

顾明道《柳暗花明》载《正报》第2版，至7月14日，5回，98次，未完。徐卓呆《玉不碎》载《正报》第2版，至7月15日，104次，未完。程小青、柳存仁合译《圣徒奇案：毒蛇党》载《正报》第2版，至7月13日，未完。

10日，梯公(胡治藩)《翼楼随笔》载《社会日报》第6版，至5月18日，37次。王小逸《赵钱孙李》载《社会日报》第6版，至1941年5月9日，32回，677次，载完。横云阁主《南词摘艳录》载《社会日报》第6版，至1940年9月26日，136次。

15日，捉刀人《陌上花开》载《力报》，至1947年2月5日，16回，载420次。捉刀人《蝴蝶梦》载《好莱坞日报》第1版，至6月30日，共77次。

按：《蝴蝶梦》共四梦："别是一番滋味在心头"20则，"落花流水春去也"20则，"梅子黄时雨"20则，"丁香笑吐娇无限"17则。

17日，捉刀人《回郊多垒》载《上海生活》第3年第4期，至1941年10月17日第5年第10期，共57次。

18日，爱去先生(王小逸)《无边小览》载《力报》第2版，至1940年2月12日，286次，载完。

按：《无边小览》分如下部分："破晓""拗春""榴下""鹦前""墙笑""船吻""双鹏""双雕""一蟹""乌合""狐疑""长舌""短兵""凝眸""寡疾""多情"等。

21日，包天笑续写毕倚虹《乌托邦》(《理想世界》)载《晶报》，至7月24日，载完。

24日，王度庐《落絮飘香》载《青岛新民报》，至1940年2月2日，载完；1948年由上海励力出版社出版。

25日，徐卓呆小说《妹妹我爱你》载《晶报》第4版，至11月11日，167次，载完。

5月

1日，捉刀人《到处为家》载《香海画报》第68期第2版，至10月14日，共93次。

3日，王定九小品文《闲话上海·孤岛缤纷录》载《奋报》第3版，至6月9

日,13 幕 41 则。

4 日,赵焕亭《天门道》载《正报》第 3 版,至 7 月 14 日,5 回,66 次,未完。《社会日报》载《赵焕亭丧明之痛》:"玉田赵焕亭先生为北派武侠小说名家,去岁有丧明之痛,故作品在上海极少见,最近始有长篇武侠小说《天门道》之作,将在某报发表。"

10 日,顾明道"武侠说部"《孤城血》载《好莱坞日报》第 1 版,至 6 月 30 日,6 章,60 次,未完。徐哲身"武侠香艳小说"《胭脂侠》载《好莱坞日报》第 1 版,至 6 月 30 日,8 则,51 次,未完。

注:《好莱坞日报》,3 月 26 日创刊,发行人为许企伟,编辑为陆醒鸥,林逸云任经理兼主编,日出一小张,专载歌舞、电影、小说等,发行量约为 1000 份;其创刊号所载《发刊词》:"本报内容设施不矜奇,不炫异,不导淫秽诲盗,不谈邦国政治,不扬个人之隐私,只以小品文章,述古翻今,寓切磋于娱乐之中,虽螳臂难与挡车,鸟声可以求友。本报之署名好莱坞者,取义于美国电影事业之发源地,俾人尽皆知,容易记忆,自创自办,完全独立,与其他同名之事业固风马牛不相及也。读者不乏贤明,尚希源源指教。"主要作者为王小逸、顾明道、陆醒鸥、徐哲身、周天籁等。长篇连载有周天籁《四季花开》(1940 年 1 月 5 日至 5 月 7 日,108 节,未完);田舍郎《奇侠朗德山》(1940 年 1 月 6 日至 5 月 4 日,109 节,未完);捉刀人(王小逸)《蝴蝶梦》(本年 4 月 15 日至 6 月 30 日,77 节,未完),《善女人正传》(自第 7 回开始,1940 年 1 月 1 日至 2 月 17 日,载 143 节,未完);徐哲身(养花轩主)《胭脂侠》(本日至 6 月 30 日,51 节,未完),《火烧桃花庵》(本月 28 日至 1940 年 1 月 5 日,112 节,未完)。该报至 1941 年 11 月 26 日终刊。

11 日,张恨水《重庆旅感录》载《晶报》,至 14 日,4 次,载完。周瘦鹃《吹兰小品》载《社会日报》第 5 版,至 1942 年 8 月 18 日,31 次,载完。

17 日,顾明道《浊世神龙》载《上海生活》第 3 年第 5 期,至 1941 年 8 月 17 日第 5 年第 9 期,共 29 回,载完,共 29 次。

注:《上海生活》,1937 年 3 月 1 日创刊于上海,编辑人先后有戈的、顾冷观等,发行人先后有钱瑞祥、徐警吾等等,严独鹤为名誉编辑主任;发刊辞:

"一看本刊内容,读者便能知道,我们办的事什么一种刊物,读者一定要说,内容太杂了,是的,我这里,从态度严肃的政治经济文字,以至文艺、电影、戏剧、妇女、医药等等文字,都有一点,而这正是本刊的特点。

"我们要求,这刊物对于留心国内国外大事的人要看,对于爱好文艺作品的人要看,对于注意电影、戏剧以至妇女、医药等各方面的人也都要看它,看他爱看的一部分。这就是本刊内容之所以难,目的在求更多的读者。

"然而我们对于任何一部分,在内容上却要求不空虚,不无聊,不低级趣味,文字仅求通俗,内容却力避庸俗,这就是本刊严守的立场,是要杂而不芜。

"话虽如此,这一期创刊号,内容却太平凡了,照例,一本刊物的发刊,第一期总是特别精彩的,而本刊则因出版匆促了,有许多佳稿,不及交来,或交来而不及赶排,故都留待下期了,因此,这一期的内容,颇是平常的,读者等着下一期的出版,一定与这期面目不同的,特在此说明一声。"

21日,老凤《引凤楼集缀》载《社会日报》第6版,至1945年2月10日,453次。

22日,张恨水随笔小品《山城万感》载江西《前线日报·战地》,至28日,4次。

28日,徐哲身"神怪剑侠警世长篇小说"《火烧桃花庵》载《好莱坞日报》,至1940年1月6日,22次,26章,未完。《永安月刊》创刊,郑留、麦友云、郑逸梅编。周瘦鹃《卖花女子张红蘋》载创刊号。

注:《永安月刊》由上海永安有限公司发行。主编为郑留,特约编辑为麦友云、梁燕、刘鲁文、吴匡。内容偏重图画,文字为辅;1942年6月1日37期增加副刊"繁星",由郑逸梅编辑,逐步注重趣味小品,多掌故。至1949年3月1日停刊,共出118期,另附《第二次世界大战画报》《胜利画报》两辑。

《永安月刊》第1期《创刊小言》谈其创刊背景及目的、内容:"黎明在望,大地昏黑,时代之波洪动荡不定。一般人士每感焦躁不安矣。夫不安则精神与行动均将交蒙,其弊扩而充之,足以影响百业前进之精神及社会秩序,进而至于动摇国本,为害之烈,概可想见。求安之道,衣食与娱乐仅得其表耳,未得其里也。欲求表里俱安,要沉着镇静,则必有赖于文字。盖藉文字之力,将宁静其精神,鼓励其振作,辅助其发展,裨益其身心,永安月刊之创标的在是矣……其内容包含甚广。举凡是以辅助商业家庭及个人知识与夫散文、小品、图画、摄影等,无不兼收博采。取材求富,选择求精,务使手是册者有拆醒破睡之功。"

本月

刘云若《春风回梦记》由天津精益书局出版;1941年7月由天津励力出版社5版;1942年3月25日由大连聚胜堂立记书局出版;1943年12月由天津励力出版社出版,1945年11月再版。

李涵秋《活现形》(4册)由国华新记书局10版。

顾明道《花萼荣悴记》载《罗汉菜》第3期,至1940年第10—12期合刊,第7回,载完。

6月

10日,玖君《报人外史》载《奋报》第3版,至1940年11月30日,其中,1939年8月29日至9月20日载《袖珍报》,载33节,328次,依次介绍如下报人：严独鹤、蔡钓徒、余大雄、钱华、朱惺公、李浩然、严谔声、小记者、土老头儿、赵君豪、周瘦鹃、平襟亚、吴微雨、唐大郎、王小逸、蒋剑侯、顾执中、张若谷、黄寄萍、冯梦云、朱瘦竹、卢溢芳、易立人、王雪尘、张秋虫、周孝庵、吴承达、周天籁、王大苏、孙筹成、谢啼红。

13日,张恨水收到董必武寄给他的"平江惨案"的讣告,在重庆《新华日报》上发表挽联"抗战无惭君且死,同情有泪我何言"。

17日,张恨水《到农村去》(即《石头城外》)载《上海生活》第3年第6期,至1941年4月17日第5年第4期,16节,载完。

19日,赵焕亭《白莲剑影记》从第50回连载《新天津画报》第6卷第19期,至1941年12月24日第12卷第24期,载至1424次,未完。

21日,刘云若《画梁换燕记》载《妇女新都会画报》第1期,共34次。

22日,包天笑《新闻旧话》载《晶报》第6版,至1940年1月22日,共40次。

7月

1日,秦瘦鸥《钗光剑影》载《奋报》第2版,至8月28日,6回,59次,中辍;8月29日起,自60次开始续载《袖珍报》第2版,至11月4日,127次,12回,中辍;11月5日,《奋报》第2版从128次,12回开始续载,至1940年9月26日,32回,440次,未完。张秋虫《太平犬》载《上海宁波公会》,至9月25日,未完。

2日,张秋虫《探海灯》载《香海画报》第128期,至1940年3月9日第210期,82次,14回,未完。

3日,周天籁《亭子间嫂嫂》载《东方日报》第2版,至1940年12月20日,共519次。

15日,《玫瑰》半月刊创刊。顾明道《处女飘零记》载创刊号,至8月31日第4期,共4次,第4章,载完。赵苕狂《新江湖奇侠传》载创刊号,至1940年3月16日第2卷第3期,共6回,未完。

注:《玫瑰》半月刊,主编为顾明道、赵苕狂,小花园编辑为马秀珍、图画编辑为胡亚光、沈涤尘,发行人为武于铭,发行者为玫瑰出版社,社址为上海同孚路二二七弄四号。《玫瑰》创刊号的"花前小言"说:《玫瑰》为"消闲的读物",但"以《玫瑰》为名,当然是象征玫瑰的多刺,时时得给予人们以一些小刺激!如此,这或者正也是,目下困居孤岛上的一般人们所需的吧?可就说不到'误国'了";"至在执笔者方面,大多数是从前《红玫瑰》杂志社中的老同

志,再加上不少最近文坛上的有名人物,阵容之整齐,可说一时无两!"如程小青、徐碧波、郑逸梅、顾明道、周瘦鹃、赵苕狂等,文章风格延续《红玫瑰",提倡"不放纵不严肃,一切作品,全以兴趣为归宿";载有长篇小说如顾明道《处女飘零记》、赵苕狂《新江湖奇侠传》、程小青译作《独眼龙》。

18日,捉刀人《三字经》载《迅报》第1版,至8月11日,共24次。

本月

《东南风》半月刊创刊,顾冷观编,上海联华广告公司发行,本年9月停刊。

程瞻庐《富贵春梦》由奉天大东书局出版。

周天籁"儿童文学"《黄牛通信集》由上海春江书局出版。

按:《黄牛通信集》收《佩佩姊姊来信》、《复佩佩姊信》、《甜甜来信》、《复甜甜信》、《给小老虎信》、《小老虎复信》、《甜甜复信》、《林大宝来信》、《复林大宝信》、《程德林来信》、《复程德林信》、《给王思信》、《王思复信》、《甜甜来信》、《复甜甜信》、《米老鼠来信》、《复米老鼠信》、《佩佩姊来信》、《黄牛复信》、《程德林来信》、《复程德林信》、《阿花妹妹来信》、《复阿花妹妹信》、《满天星来信》、《复满天星信》、《佩佩姊来信》、《复佩佩姊信》、《给甜甜信》、《甜甜复信》、《再给甜甜信》、《甜甜再复信》、《米老鼠来信》、《复米老鼠信》、《周先生来信》、《复周先生信》。

8月

12日,平襟亚(襟霞阁主)《催醒术》载《社会日报》第3版。

15日,魏紫电《蛮荒奇侠传》载《小说日报》第3版,至1941年8月31日,共20回,载714次,未完。谢啼红小品笔记《灯边话堕》载《小说日报》第3版,至1941年12月21日,155次。捉刀人《隽侣榜》载《小说日报》第1版,至1940年7月10日,323次,载完。欧尔特毕格斯原著,程小青、庞啸龙合译《陈查礼侦探案:百乐门血案》载《小说日报》第1版,至10月23日,10章,70次,载完。德国沙克基著,徐卓呆译《代理皇子》载《小说日报》第2版,至10月1日,14章,47次,载完。赵焕亭《侠义英雄谱》载《小说日报》第2版,至11月28日,16回,106次,未完。陈慎言《情海槎》载《小说日报》第2版,至1940年10月19日,20回,共424次。

补:《侠义英雄谱》文后"编者按":"赵焕亭先生为本报所撰《侠义英雄谱》刊至今日为止,续稿犹未寄到,因先生远在玉田(河北省),邮程阻隔,顷已去函,请先生陆续撰著,一俟寄来,即当赓续刊载也。"

刘云若《情海归帆》(下册5—10回)由天津京津出版社初版;1940年7月10日,第3册11—15回初版;1941年5月20日,第4册16—20回出版;1941年10月5日,第5册21—25回发行;1941年10月15日,第6册26—30回发行。1942年8月15日、9月15日,第7册上、下集发行。

18日,周天籁《花花草草》载《迅报》第1版,至10月21日,共60次。

22日,孙筹成《临城大劫案目击记》载《奋报》第3版,至28日,7次;29日,续载《袖珍报》第3版,至9月30日,共40次,载完。

24日,平襟亚(襟霞阁主)《小说偶谭》载《小说日报》第2版,至9月6日,8次。

27日,包天笑《钏影楼笔记》载《晶报》第6版,至10月15日,共12次。

本月

周天籁"儿童文学"《可爱的学校》由上海春江书局出版。

9月

1日,《时报》停刊,历时35年余。周瘦鹃《吻》,张若谷《新文人的旧诗》载《永安月刊》第5期。

10日,平襟亚(襟霞阁主)笔记《书城搜奇录》载《社会日报》第2版,至11月20日,66次;含《云斋广录》《双桃记》《素娥艳史》《濮阳奇遇》。

11日,世界书局创办人沈知方逝世。

12日,戚饭牛遗著掌故小品《牛边小记》载《迅报》第2版,至10月14日,共32次。

15日,捉刀人《隽侣榜》载《小说日报》第1版,至1940年7月10日,共323次。

本月

王度庐《宝剑金钗记》由新民报社出版。

10月

1日,周瘦鹃《紫兰花片》载《永安月刊》第6期。

3日,陈灵犀杂感《自说》载《社会日报》第3版,至1944年2月22日,共362次。

6日,周天籁《小花园阿七》载《晶报》第6版,至1940年1月27日,共112次。

10日,毕倚虹著、包天笑(钏影)笺注《毕倚虹日记》载《晶报》第6版,至11月29日,共25次。

11日,《鲁迅风》创刊。

注：《鲁迅风》由冯梦云任编辑人，来小雍发行，经销处为中国文化服务社。创刊号《发刊词》言："我们应该学习鲁迅先生的斗争精神，但谁都忘却我们更应该学习鲁迅先生的斗争精神所附丽的学术业绩。"创刊号载有《发刊词》《鲁迅先生书简（一）》，景宋《〈鲁迅风〉与鲁迅》，唐弢《鲁迅的杂感》，石灵《圣诞树下》，关铭等《偶语两则》，江渐离《街头杂写》，桂芳《红姑娘》，文载道《岁寒漫笔》，辨微《游击战的杂感》，吉力《检查琐谈》，柯灵《逆旅》，《编后语》。作者有萧红、柯灵、景宋、唐弢、巴人等。第1—13期为周刊，逢每周三发行。自1939年5月20日第14期开始，改为半月刊，逢每月五日、二十日发行，经销处也改为金星书店，至1939年9月5日，出至19期，停刊。

12日，赵苕狂掌故笔记小品《狂庐醉笔》载《总汇报》第3版，至1940年6月30日，共119天次。

18日，捉刀人《鸳和新辑：续命》载《香海画报》第2版，至12月13日，共16次，载完。

20日，捉刀人《东方未明》载《上海商报》，至1941年9月19日，分14部分：春之花、诚则灵、鲜矣仁、大哉问、游于艺、发乎情、多且旨、整以暇、怀与安、人焉瘦、赐也达、是耶非、铿然鸣、性乃迁。

21日，恨水著《敌国的疯兵》载重庆《新民报》，至11月30日。周天籁《老枪阿根》载《现世报》周刊第76期，至1940年4月27日第102期，共27次。

25日，张恨水《不如蔡京》载重庆《新民报》。

11月

1日，周瘦鹃《紫兰花片》，黄寄萍《报人逸话》，郑逸梅《梅庵散记》，陈灵犀《老板》载《永安月刊》第7期。

5日，捉刀人《醇酒妇人》载《奋报》第1版，至1940年9月5日，分"高粱"25则、"少艾"24则、"浊醪"27则、"丽质"27则、"心醉"28则、"目迷"31则、"白干"25则、"红晕"25则、"颂德"30则、"歌功"29则、"巨眼"21则，共292次。

6日，刘云若《江湖红豆记》续载《三六九画报》，载12次，续载《戏剧报》。

18日，徐卓呆小说《妹妹我恨你》载《晶报》第6版，至1940年1月27日，71次。

本月

周瘦鹃《紫罗兰言情丛刊》由时还书局重版，含《文字因缘》《心碎矣》《行再相见》《此恨绵绵无绝期》《情弹》《幽恨》《最后之接吻》《画里真真》《劫灰双鸳记》《情天不老》《爱之牺牲》《私愿》《心许》《哀鹃历劫记》《恨不相逢未嫁时》。

12月

1日,张恨水《八十一梦》载重庆《新民报·最后关头》,至1941年4月25日,载完;1942年3月、5月、9月、12月、1944年4月,新民报社出版5次。1946年5月8日,上海《一周间》第2期开始根据张恨水原著将每一梦改编为小段介绍文字,光昂作画逐一配图;至1946年10月10日第15期,至65梦,未完。周瘦鹃《紫兰花片》,郑逸梅《梅庵散记》,顾明道《母爱》载《永安月刊》第8期。

5日,包天笑《钏影楼日记》载《晶报》第4版,1940年1月27日,载46次。

9日,范烟桥(含凉)《战后上海电影业的回顾》载《艺海周刊》第9期,至1940年2月3日第17期,4次,载完。

10日,宫白羽《白羽自传:话柄》由正华学校出版。

16日,捉刀人《鸾和新辑:添丁》载《香海画报》第2版,至1940年2月14日,共16次,载完。

17日,顾明道《尘海缤纷录》载《上海生活》第3年第12期,至1941年12月22日第5年冬至号,共20次。

31日,田舍郎《男男女女》载《东方日报》第2版,至1940年11月15日,共198次,未完。

本年

范烟桥根据叶楚伧《古戍寒笳记》编写电影剧本《乱世英雄》;兼编《苏州公报》。

程瞻庐《风月泪史》由东方书店出版。

宫白羽在天津自办正华小学,任校长。

郑逸梅任上海音乐专修馆文学课,兼爱群女中课程。

1940年（庚辰）

1月

1日，张恨水《负贩列传》载《旅行杂志》第14卷第1号，至1942年1月1日第16卷第1号，上集12章、下集11章，未完；1942年续完，1943年易名为《丹凤街》由重庆教育书店出版，1947年1月重庆新民出版社再版。捉刀人《善女人正传》自第7回载于《好莱坞日报》第1版，至2月17日，载至第9回。周瘦鹃《舞话》载《永安月刊》第9期。健帆《横云阁剩墨》载《小说日报》第2版，至1941年4月15日，62次。

5日，周天籁《四季花开》载《好莱坞日报》第1版，至5月7日，108次，未完。

6日，田舍郎《奇侠郎德山》载《好莱坞日报》第1版，至5月4日，109次，未完。

8日，姜公(张秋虫)《画虎新编·新徐策跑城》载《晶报》，至3月1日，载完。

16日，范烟桥《汪星堂病遇胭脂贼》载《小说日报》第2版，至22日，7次，载完。

2月

1日，周瘦鹃《紫兰花片》，郑逸梅《梅庵散记》载《永安月刊》第10期。

3日，王度庐《古城新月》载《青岛新民报》，至1941年4月10日，载完；1948年12月由上海励力出版社出版。

10日，顾明道《海岛鏖兵记》载《新闻夜报》，至1941年11月9日，32回，623次，载完；1943年2月由上海春明书店出版。

11日，张恨水《水浒新传》载《新闻报·茶话》，至1941年12月27日，46

回,60次,未完;1942年续至70回,1943年7月由重庆建中出版社出版;1947年3月由南京建中出版社出沪第1版。周瘦鹃《新瓤词〈集定公句〉》载《小说日报》第2版,至3月5日,22次;1949年5月26日,又载《铁报》第3版,至5月31日,6次。

13日,郑逸梅《尺牍丛话》载《自修》第101期,至1942年8月18日第233期,载127次。

14日,爱去先生(王小逸)《轩渠小史》载《力报》第2版,至4月20日,52次,载完。内容含"大无畏""小有才""三艳妇"。

17日,捉刀人《鸢和新辑:奋臂》载《香海画报》第204期,至3月6日第209期,7次,载完。

18日,孙了红《侠盗鲁平奇案:三十三号屋》载《小说日报》第2版,至4月21日,14节,67次,载完。

本月

程小青"圣徒奇案"《窝赃大王》由上海华联广告公司出版部出版。

3月

1日,周瘦鹃《紫兰花片》,郑逸梅《梅庵散记》载《永安月刊》第11期。

7日,张恨水《蜀道难》载《奋报》第2版,至14日,8次,未完;1941年10月由上海百新书店初版,1942年2月再版,1946年4月7版,1947年2月9版,1948年6月出版蓉版。

10日,张恨水《前线的安徽,安徽的前线》载《皖报·战士》,至7月22日,8章,91次,中辍。

22日,程小青译《陈查礼探案:夜光表》载《小说日报》第2版,至11月20日,22章,载完;1939年9月由上海中央书店初版,1946年8月再印,1948年12月9版。

24日,十时,天虚我生病逝于上海,时年62岁。

25日,平襟亚(襟亚阁主、襟霞阁主)"长篇侦探"《灯光血影录》载《奋报》第2版,至8月3日,26章,130次,载完。

28日,谢啼红《天虚我生不虚此生》载《力报》第2版,至31日,4次。九君《文学家又实业家栩园老人陈蝶仙小史》载《奋报》第1版。

本月

刘云若《旧巷斜阳》载《天风报》。

4月

1日,孙了红《侠盗鲁平奇案:蛇誓》载《社会日报》第1版,至10月12日,18章,192次,载完。田舍郎《无花果》载《社会日报》第4版,至12月12日,未完。程小青撰侦探小说《考尔门奇案》载《生报》第1版,至4月30日,29次。郑逸梅《梅庵散记》载《永安月刊》第12期。周瘦鹃《损失了一部活的万宝全书——悼念本刊特约撰约天虚我生陈栩园先生》载《申报·衣食住行》。

2日,陈灵犀《猫双栖楼随记》载《社会日报》第2版,至1944年2月27日,951次。谢啼红《镫边话堕·天虚我生逸闻》载《小说日报》第2版,至5日,3次。

7日,王度庐《舞鹤鸣鸾记》载《青岛新民报》,至1941年3月15日,载完;本年由新民报社印行。

16日,张爱玲《我的天才梦》参加《西风》月刊三周年纪念征文活动,获名誉奖第三名;次年由上海西风社出版。捉刀人《无轨电车》载《好莱坞日报》第2版,至8月2日,分"让座"19次,"接班"25次。

26日,孙了红《侠盗鲁平奇案:画室之谜》载《小说日报》第2版,至10月5日,4章,未完。

27日,爱去先生《满天飞》载《力报》第2版,至1941年1月20日,273次,载完。

本月

顾明道《荒江女侠》(6集)(小说)由文业书局出版。

5月

1日,郑逸梅《天虚我生往事》,周瘦鹃《嚼蕊吹香录》载《永安月刊》第13期。

8日,王定九(定公)小品文《孤人散记》载《奋报》第4版,至7月23日,43次。

19日,《申报·星期增刊》推出"国货特辑",纪念天虚我生,载有神禹《悼陈栩园先生》,周瘦鹃《哭陈栩园文》,天虚我生《天虚我生自传》等文章。

20日,程小青《陈栩园先生给我的印象》载《申报·衣食住行》。

23日,《晶报》停刊。

6月

1日,程小青《霍桑探案:舞后的归宿》载《申报·春秋》,至12月5日,共

186天次。周瘦鹃《嚼蕊吹香录》载《永安月刊》第14期。

27日,周瘦鹃《紫罗兰盦绝句》载《小说日报》第2版,至9月15日,53次。

28日,周瘦鹃《和李后主词》载《社会日报》第2版,至8月7日,41次。

7月

1日,捉刀人《万里愁城》载《力报》第1版,至1941年7月6日,共20章,载325天次。周天籁《风流寡妇》载《力报》第2版,至11月28日,150次,载完。周瘦鹃《嚼蕊吹香录》、郑逸梅《艺坛掌故》载《永安月刊》第15期。牛鼻子《浮生私记》载《奋报》第2版,至9月30日,64次。

23日,张镜人《天虚我生陈栩园先生之成功史》载《自修》第124期。

31日,周天籁《七小姐》载《品报》第3版,至10月9日,71次,未完。田舍郎《绿杨邨》载《品报》第3版,至10月9日,66次,未完。桑旦华《儿家春色》载《品报》第3版,至10月9日,71次;单行本上、下册分别于1941年4、6月由群利出版社初版。

本月

顾明道《磨剑录》由上海明道出版社出版。

8月

1日,周瘦鹃《嚼蕊吹香录》、郑逸梅《名人小逸事》载《永安月刊》第16期。

16日,王度庐《风雨双龙剑》载南京《京报》,至1941年5月9日,载完;1941年由南京京报社印行;1948年由上海励力出版社出版。

9月

1日,郑逸梅《村居随笔》载《永安月刊》第17期。捉刀人《明月谁家》载《小说日报》第1版,至1942年12月31日,共402天次。包天笑《桃源艳迹》载《东方日报》第1版,至1941年10月12日,18回,391次,载完。锺吉宇《侠婢忏情记》载《东方日报》第1版,至1941年5月4日,8回,载完;1942年11月由上海二酉出版社初版,1946年10月重版。

8日,捉刀人《姊妹篇》载《社会日报》第2版,至11月23日,共74次。

11日,谢啼红《海天新语》载《品报》第1版,至10月9日,30次。

17日,秋翁(平襟亚)《秋斋杂感》载《社会日报》第2版,至1942年1月16日,52次;1942年3月5日,又载《社会日报》第2版,至7月30日,13次。

本月

秦瘦鸥《余音》载《旅行杂志》第14卷第9期,至12月第12期,4次,载完。
陈慎言《幕中人语》由北京华龙印书馆出版。

10月

1日,田舍郎《春色满园》载《春秋日报》第2版,至10月22日,21次,未完;10月23日,《春秋日报》更名为《上海小报》,《春色满园》续载《上海小报》第2版,至10月25日,《春色满园》更名为《花落谁家》,继续载《上海小报》第1版,至1941年1月6日,94次,载完。周天籁《常熟二媛》载《春秋日报》,至10月22日,22次,未完,10月23日,续载《上海小报》第2版,至1941年4月15日,175次,未完。郑逸梅《辛亥革命之回忆》载《永安月刊》第18期。周瘦鹃《清闲集》载《永安月刊》第18期,至1942年8月1日第39期,21次。

《小说月报》月刊在上海创刊。包天笑《换巢鸾凤》载第1期,至1944年5月15日第41期,40回,载完。张恨水《赵玉玲本纪》载第1期,至1942年2月1日第17期,17章,未完。顾明道《剑气笳声》载第1期,至1942年9月1日第2卷第12期,24回,载完。李薰风《风尘三女子》载第1期,至1941年5月1日第5期,8回,未完。程小青译、毕格斯著《陈查礼侦探案：鹦鹉声》载第1期,至1942年8月1日第23期,22章,载完。顾明道《剑气笳声》载第1期,至1942年8月1日第23期,载23回,共23次。

注:《小说月报》为月刊,由联华广告公司出版部发行,发行人为陆守伦,名誉编辑为严独鹤,编辑为顾冷观。宗旨可见第1期《创刊的话》:"一看本刊的名称,读者一定会明白本刊的内容,这就是说既称《小说月报》,那自然是以小说为主,散文小品为辅。如果一定要分起界限来,这就难了;我们没有门户之见,新的旧的,各种体裁都是欢迎的。读者也许要说,内容太杂了。是的,这里我们坦白的回答,并没有其他高明的见解,只是在纯正的原则下,提起我们的笔来。而这正是本刊的特点。再从一般观察上来讲,最近来大小各丛刊载的小说,张张上总得有几张——尤其是小型报,差不多一半以上的篇幅专刊小说——这可以证明现在读小说的人之多,多余读其他一切的文章,我认为这是自然的趋势,因为上海是孤岛。而小说呢,自有它的特长,自有它的风格,至少,总要比空虚的、无聊的,低级趣味的文学要好得多了。我们希望能够贡献一点劫后文化的微力。"期刊栏目有短篇译作、短篇小说、散文笔记、长篇连载,长篇译作,作者主要有范烟桥、包天笑、徐碧波、周瘦鹃、张恂子、王小逸、陈蝶衣、张恨水、郑逸梅、顾明道、李薰风、秦瘦鸥、陈灵犀等。载有长篇小说如包天笑的《换巢鸾凤》,张恨水《赵玉玲本纪》,顾明道《剑气笳声》,李薰风《风尘三女子》等。1944年11月25日出第45期后停刊。

12日,陈慎言《新型家庭》载《立言画刊》第107期,至1942年4月18日第186期,18章,载71次。

13日,《社会日报》第2版开始连载"名家集体"长篇创作《新镜花缘》,由灵犀、襟亚、烟桥、眉子、育青、独鹤、梯公、叔良、采芝室主、卓呆、周瘦鹃、健帆、老凤、二郎、顾明道、茧翁、龚翁、大郎、刘三、南腔北调人、过宜、诵韩、漫郎、鉴周、瘦鸥、非非、金科、徐碧波、欧阳骏、陈开椿、啸厂、吴起贤、李雪、捉刀人、玲珑、晋阳后裔、青鸾集体创作,至1942年5月5日,36章,共543次,载完。

23日,小凤"小说"《红豆美人》载《上海小报》第3版,至12月3日,41次,未完。桑旦华《四姊妹》自22节起载《上海小报》,至1941年4月15日,178次;此前1—21节载《春秋日报》1940年10月1日至22日。

本月

陈慎言《恨海难填》由北京华龙印书馆出版,10章。

范烟桥编电影剧本《秦淮世家》由大众影讯社出版。

朱贞木《虎啸龙吟》(原名铁板铜琶录)(第1集)由天津大昌书局出版;第2集,11月出版;第3集,1941年4月出版;第4集,1941年6月出版。1948年10月由上海励力出版社发行第1版(6册);1949年6月发行第2版。

11月

1日,郑逸梅《名人识小录》载《永安月刊》第19期。刘云若《翠袖黄衫》第1集1—4回由天津新联合出版社初版;第2、3、4集分别于1941年5月、1942年5月、1943年出版;1948年1月由上海育才书局出版;1940—1943年2月,《翠袖黄衫》曾连载《新民报》(北平)。

11日,周天籁《铁皮阿金》载《上海小报》第1版,至1941年2月28日,共91次,未完。

13日,江红蕉《红蕉舞话》载《上海小报》第3版,至12月1日,共10次。

20日,范烟桥《忙里偷闲录》载《社会日报》第2版,至1941年4月29日,共39次。

28日,捉刀人《试金石》载《社会日报》第2版,至1941年2月21日,共71次,载完。

30日,顾明道《花萼恨》载《健康家庭》第2年第8期,1941年9月第3年第6期(总第13期),第11章完,共11次。1941年9月由上海春明书局出版,

1946年5月、1948年7月再版。

本月

张恨水《欢喜冤家》由上海晨报社出版；1944年3月，易名为《天河配》，由重庆礼华书店发行；1948年10月由上海建中出版社出第二版。

张恨水《秦淮世家》由上海三友书社初版；1940年12月再版；1942年8月4版，11月5版；1947年1月改版后第2版；1949年3月，改版后第3版。

12月

1日，赵苕狂《江湖游侠传》载《上海时报》，至12月20日，3回，未完。周瘦鹃《我与中西莳花会》，郑逸梅《艺苑丛话》载《永安月刊》第20期。

7日，叶素在《上海周报》第2卷第26期发表《礼拜六派的重振》，从《小说月报》内容仍然是"色情神怪、没有什么"，提出"我们依然热望在今日民族的共同责任下重新振奋起来的"，"但我们所期待的是扬弃了旧的毒雾，发扬的固有的优秀能力，具备着新的民族国家的认识，勇敢的投身到战斗中来的礼拜六派的重振。"

9日，顾明道《磨剑录续·南海酒徒》载《浙江公报》第2期。

10日，《新天津画报》载芷《沽上文人小介·古越朱贞木》。

引：《沽上文人小介·古越朱贞木》：

古越朱贞木先生，长于六法，仿古作品，有耕烟风趣，间作人物花鸟，亦精致可喜，尤工铁笔，诗画钤记，均系自制，诗亦清丽，文笔尤为放达，曾著武侠小说铁板铜琶录，文笔清新，气魄宏伟，为近代罕见之武侠小说。

21日，周天籁《三少奶奶》载《东方日报》第2版，至1941年3月31日，91次，完。周天籁《俏皮女郎》载《跳舞日报》，至1941年1月22日，31次，未完。

本年

陈慎言《海上情葩》《名士与美人》由北平义文书局出版；陈慎言《花生大王》由北平华龙印书馆出版。

朱贞木《铁板铜琶录》由天津大昌书局出版。

刘云若《同命鸳鸯》由广艺书局出版。

范烟桥任金星影业公司文书，兼国华影业公司编剧，为其编写剧本《西厢记》《秦淮世家》《三笑》。

郑逸梅任执教大夏大学附中、大同大学附中。

1941年（辛巳）

1月

1日，秦瘦鸥《秋海棠》开始连载于《申报·春秋》，至1942年2月13日，共17章。1942年7月，《秋海棠》（又名《梨园世家》第一部）由金城图书公司出版，1册，18回，该版至1944年1月，共出7版。1944年10月由沈阳东方书店再版；1982年以《梨园世家》第2部为题，创作《秋海棠》续集《梅宝》。包天笑《绑误》载《小说月报》第4期。郑逸梅《消寒杂撷》载《永安月刊》第21期。

3日，刘云若《云霞出海记》载《三六九画报》第7卷第1期，至1942年12月29日第18卷第18期，189次，载完；1942年初，更名为《梨花魅影》载《麒麟》；1943年由满洲杂志社出版，仍名《梨花魅影》（参见侯福志《刘云若社会言情小说经眼录》，上海远东出版社2016年版，第208页）；1947年6月，《梨花魅影》由上海国泰书局出版；1943年7月，《云霞出海记》由励力出版社初版；1949年3月，易名为《梨园世家》由上海六合书局出版。郑证因《鹰爪王》载《三六九画报》第7卷第1期，至1945年10月6日第35卷第11期，中辍；1946年1月11日移载《一四七画报》第1卷第1期，至11月4日第7卷第8期，载完。1942年8月至1950年初由励力出版社出版，22集，145章。

7日，捉刀人《如花越女》载《绍兴戏报》，至3月5日，共48天次，载完。田舍郎《我的太太》载《上海小报》第2版，至1月18日，12次，载完。襟霞阁主《新春励志》载《社会日报》第2版，至17日，4次。

19日，田舍郎《急景凋年》载《上海小报》第2版，至23日，5次，载完。

30日，田舍郎《恭喜发财篇》载《上海小报》第2版，至2月3日，5次，载完。襟霞阁主《凭吊庆余里遗址——并追忆过去纠纷的始末！》载《社会日报》第2版，至2月5日，7次。

本月

秦瘦鸥"世界侦探名著"《蒙面人》载《旅行杂志》第15卷第1期,至11月1日第16卷第11期,上下集载完。

刘云若《海誓山盟》由北平二友出版社出版。

2月

1日,郑逸梅《樽边谈助》载《永安月刊》第22期。

4日,田舍郎《老板娘》载《上海小报》第2版,至12日,9次,载完。

14日,田舍郎《阁先生传》载《上海小报》第2版,至3月6日,11次,载完。

本月

程小青《珠项圈》《恐怖的活剧》由世界书局出版。

不肖生《江湖大侠传》由上海中央书店出版。

3月

1日,赵焕亭《风尘侠隐记》载《社会日报》第1版,至1942年5月19日,23回,未完。秦瘦鸥译、依茄华雷斯著"世界侦探名著"《蓝手》载《社会日报》第2版,至12月27日,48章,载完。徐碧波《举世瞩目的荷属东印度》,郑逸梅《袯愁小录》载《永安月刊》第23期。

2日,捉刀人《银样蜡枪头》连载《社会日报》第2版,至12月4日,33章,共263天次。

按:《银样蜡枪头》分12部分:"欢笑声中所演的悲剧""人生何处不相逢""生平第一得意之作""玉皇大帝降生二十一年""俱乐部变为俱哀部""永别了安纳金路""姊妹花与喇叭花""不可一日无此君""滑天下之大稽荒天下之大唐""南无银样蜡枪头菩萨""你的是我的我的不是你的""流水落花春去也"。

7日,田舍郎《自己写照》载《上海小报》第2版,至24日,18次,载完。

15日,捉刀人《求诸野》载《中国商报》第8版,至4月12日,共28次。

16日,王度庐《卧虎藏龙传》载《青岛新民报》,至1942年3月6日,载完;1948年5月,易名为《卧虎藏龙》由上海励力出版社出版。

本月

徐哲身《双姝泪》(2册)由大众书局出版。

4月

1日,周天籁《亭子间嫂嫂外传》载《东方日报》第2版,至8月31日,153

次,载完。郑逸梅《困居随笔》载《永安月刊》第 24 期。刘云若《燕子人家》载《庸报》第 4 版,至 1942 年 9 月 30 日,4 回,516 次,载完。

11 日,王度庐《海上虹霞》载《青岛新民报》,至 8 月 27 日,载完;1949 年由上海励力出版社出版。

25,刘云若《酒眼灯唇录》由天津生流出版社出版;1940 年 9 月 22 日,初版 1—4000 册。

5月

1 日,郑逸梅《诗笺小识》载《永安月刊》第 25 期。《乐观》创刊,周瘦鹃任编辑,1942 年 4 月停刊。周瘦鹃译、意大利墨索利尼著《蛾眉鸩毒》载第 1 期,至 1942 年 4 月 1 日第 12 期,12 次,14 章。范烟桥《疯女郎》,胡山源《缘话》载第 1 期,至 6 月 1 日第 2 期,2 次,载完。程小青《寒衣》,徐卓呆《大奶奶主义》,顾明道《放鹤山庄》,包天笑《撤防》载第 1 期。

引:周瘦鹃在《乐观》创刊号的《发刊辞》中写道:"我是一个爱美成癖的人……可是宇宙间虽充满着天然的美,和人为的美,巨耐不幸得很,偏偏生在这万分丑恶的时代。一阵阵的血雨腥风,一重重的愁云惨雾,把那一切美景美感,全都破坏了……知我者谓我心忧,不知我者谓我何求?……愿大家排除悲观,走向乐观之路,抱着乐观,乐观光明之来临。"

2 日,张恨水《牛马走》载《新民报》,至 1945 年 11 月 3 日,后改名《魍魉世界》。

8 日,锺吉宇《油瓶女儿》载《东方日报》第 1 版,至 1942 年 12 月 5 日,564 次,7 回。

10 日,王度庐《彩凤银蛇传》载《京报》,至 1942 年 3 月 1 日,载完。

15 日,捉刀人《人马廋》载《中国商报》,至 31 日,共 17 次。

6月

1 日,秦瘦鸥《荷芬兰馨室随笔卷之一·雨窗怀旧录》载《小说月报》第 9 期,至 1943 年 2 月 1 日第 29 期,8 次;1942 年 5 月 1 日至 30 日,《荷芬兰馨室随笔卷之二·京沪沪杭甬铁路的回忆》载《政汇报》第 2 版。郑逸梅《诗笺续识》,徐碧波《美日海军现势》载《永安月刊》第 26 期。天虚我生《难中竹报》,程育真《南京路上》,秦瘦鸥《一个洋囡囡》,张枕绿《缺席》,顾明道《民族英雄传》,郑逸梅《卜居小谈》载《乐观》第 2 期。

18 日,王小逸《自君之出矣》载《社会日报》第 2 版,至 1942 年 4 月 26 日,

12章,289次,未完。

本月

张恨水《夜深沉》由上海三友书屋出版。

刘云若《酒眼灯唇录》由生流出版社出版。

徐枕亚《玉梨魂》由大众书局出版。

7月

1日,赵焕亭《双鞭将》载《新民报半月刊》第3卷第13期,至1942年4月15日第4卷第8期,6回,载完,19次。包天笑《劫掠》,胡山源《我的娱乐》,秦瘦鸥《风雪故人来》,张枕绿《从众与公开》载《乐观》第3期。徐碧波《畸零人》载《乐观》第3期,至8月1日第4期,2次。郑逸梅《名人识小录》载《永安月刊》第27期。

《万象》杂志在上海创刊。徐卓呆《李阿毛外传》载创刊号,至1942年6月1日第1年第12期,12节,12次,载完。孙了红的"侠盗鲁平奇案"系列载创刊号,至1943年6月1日第2年第12期,含《鬼手》《血纸人》《三十三号屋》《一〇二》《窃齿记》。爱雷奎宁著,程小青、庞啸龙合译"奎宁探案"《希腊棺材》载创刊号,至1943年8月1日第3年第2期,29章,载完。王小逸《石榴红》载创刊号,至第1943年9月1日第2年第3期,15节。张恨水《胭脂泪》载创刊号,至1944年3月2日第3年第8期,32节,载完。网蛛生《游钓之乡》,秋翁《孔夫子的苦闷》,周瘦鹃《戊寅春仲黟沪道中纪行诗》,陈灵犀《辟尘小语》,顾明道《训练》,范烟桥《陆放翁寄恨钗头凤(三言体)》载创刊号。

注1:郑逸梅《梁溪邹翰飞之后人》,顾明道《油瓶小姐》,赵焕亭《围炉夜话》,张秋虫《嫁魅记》,程小青"柯柯探案"《验心术》载《万象》号外。

注2:《万象》为月刊,发行者为中央书店,出版者为万象书屋,发行人为平襟亚。以1943年6月为界,前期编辑人为陈蝶衣,后期编辑人为柯灵。陈蝶衣在创刊号的《编辑室》中谈到编辑方针:"我们的编辑方针,在这一时期的取材上就不啻有了概括的说明,第一:我们要想使读者看到一点'言之有物'的东西,因此将特别侧重于新科学知识的介绍,以及有时间性的各种记述。第二:我们将竭力使内容趋向广泛化,趣味化,避免单纯和沉闷,例如有价值的电影与戏剧,以及家庭间或宴会间的小规模游戏方法,我们将陆续的采集材料,推荐或贡献于读者之前。此外,关于学术上的研究(问题讨论)与隽永有味的短篇小说,当然也是我们的主要材料之一。"组稿注重知识性,趣味性。"不背离时代意识","忠于现实"。同时注重调和新旧雅俗。如创刊号的稿件中有秋翁的《孔夫子的苦闷》、中国第一部卡通电影《铁扇公主》,《医学上的新发明:女性的青春美》,知识性、趣味性兼具;《李阿毛外传》《石榴红》《胭

脂泪》等长篇小说关注现实,紧扣时代意识;内中既有张恨水、徐卓呆、周瘦鹃、孙了红、程小青、范烟桥、顾明道这样的通俗文学大家,也有丁谛(吴调公)、赵景深、周如晦(阿英)这样的新文学人物。刊物还在力辨自己"跟所谓的鸳鸯蝴蝶派实在是很隔膜的",并且在第2年第4、5号上推出"通俗文学运动专号",刊载陈蝶衣《通俗文学运动》,丁谛《通俗文学的定义》,危月燕《从大众语说到通俗文学》,胡山源《通俗文学的教育性》,予且《通俗文学的写作》,文宗山《通俗文艺与通俗戏剧》,对通俗文学与新文学的关系、通俗文学的特点、源流及未来的发展提出许多真知灼见。

柯灵主编后,芦焚、张爱玲、叶绍钧、丰子恺、俞平伯、楼适夷、李健吾、唐弢、王统照、端木蕻良、沈从文、丁玲等人加入撰稿人队伍,逐步将《万象》朝新文学刊物方向扭,但由于市场的反映和经营的要求,1944年12月《万象·编辑室》中言"《万象》原是通俗性的一般杂志,所以我们还不能毅然和趣味绝缘",逐步放弃了新诗的刊载,保留笑话集锦、世界猎奇等栏目,增加万象闲话等栏目,依然有张恨水的小说,郑逸梅的小品,倚虹的《食味小志》等。因柯灵被日军逮捕,1945年6月1日,万象终刊,出43期,加1期号外,共44期。

注3:《万象十日刊》,1942年5月1日创刊于上海,是《万象》月刊的衍生刊物,由万象书屋出版,中央书店发行,陈蝶衣主编,偏重知识文艺,知识方面如生物、武器、文房四宝、饮食美容、游戏服饰、京剧评弹等;文艺上有秋翁的《猪八戒游上海》,春茧生《相思寨》,郑逸梅的《搴芳挹秀录》等。同年7月21日终刊,共出9期。

注4:陈蝶衣:1909年10月12日生于江苏武进鸣凤大兴桥,原名陈哲勋,笔名狄薏、陈式、陈涤夷、玉鸳生、方忭,15岁入《新闻报》,任抄写员,20岁调任编辑部,其间,得到同乡张春帆和步林屋的提点。1932年年底,创办《明星日报》,策划第一届"电影皇后选举大会",胡蝶当选第一届电影皇后。1941年7月1日,任《万象》月刊编辑。1943年8月15日,《春秋》创刊,陈蝶衣出任编辑,至1946年8月1日,《春秋》中辍,离开《春秋》。1945年春,为电影《倾国倾城》写插曲《凤凰于飞》。1946年3月15日,入小报《铁报》担任编辑,至1949年6月。1949年,任《大报》编辑。1952年随上海新华影业公司去香港发展,从此移居香港。20世纪60年代末,离开影视圈,到《香港时报》工作。1987年,获香港电台主办的香港第十届"十大中文歌曲"颁奖大会,获最高荣誉"金针奖"。1996年11月,获香港乐坛最高荣誉—创作人协会终身成就奖。2007年10月14日,在香港逝世。作为著名作词家,陈蝶衣创作了诸如《凤凰于飞》《南屏晚钟》《香格里拉》《人面桃花》《我是一只画眉鸟》等一批脍炙人口的歌曲;作为编剧,创作了《小凤仙》《新红楼梦》等一批高质量的剧本;出版诗集《花巢诗叶》;创作弹词《香妃》,长篇小说《银幕外史》,集锦小说《大情人》(《甦报》),随笔《低眉散记》228则(《小说日报》,1940年9月2日至1941年7月16日),随笔《话匣子》103则(《社会日报》)。

注5:《万象》"侠盗鲁平系列":第一篇《鬼手》载《万象》创刊号。第2篇《窃齿记》载9月1日《万象》第3期;第3篇《血纸人》上、中、下分别载1942年5月1日《万象》第1年第11期,1942年6月1日《万象》第1年第12期,1932年7月1日第1年第1期;第4篇《三十三号屋》分别连载1942年8月1日、9月1日、10月1日《万象》第2年第2、3、4期;第5篇《一

○二》上中下、四、五、六分别载1942年11、12月1日、1943年1、3、5、6月1日、《万象》第2年第5、6、7、9、11、12期。1943年10月,《鬼手》《窃齿记》《血纸人》《三十三号屋》结集为《侠盗鲁平奇案》由中央书店出版。陈蝶衣在1942年6月1日《万象》的《编辑室》栏评价孙了红"实在是一个了不起的天才作家——也是中国唯一的反侦探小说作家……在他的笔下便产生了一个神秘莫测的小说人物——侠盗鲁平","鲁平始终是不出面的人物,这在侦探小说中是一个创格。了红先生不但思想敏捷,而且在他的作品中,充满着一种冷峭的讽刺的力"。

5日,周天籁《人间魔王》载《品报》第3版,至11月30日,147次,载完。

25日,张恨水《戴安澜师长之死》载《新民报·上下古今谈》,赞扬戴安澜将军在缅甸之战中打出了中国军人精神,其马革裹尸,是"我们的光荣"。

本月

刘云若《燕子人家》(第1卷)由新联合出版社出版;11月,第2卷出版;1942年2、6月,第3、4卷出版;1943年5月,第5卷出版。1941年9月(康德八年九月)5日由章福记书局出版第1集。1943年,《燕子人家》(1—6集)由国民书局出版。1947年4月15日由正气书局出版2册本。

8月

1日,田舍郎《风流孽债》载《东方日报》第3版,至1944年3月2日,共850次。王小逸《三不管》载《东方日报》第1版,至1942年5月3日,263次,载完。锺吉宇《南荒女侠》载《东方日报》第1版,至1943年2月21日,511次,11回。徐碧波《美国三十一位总统的剖析》,郑逸梅《逭暑漫话》载《永安月刊》第28期。秋翁《江郎别传》,郑逸梅《消夏谈屑》,范烟桥《沈云英代父守孤城(三言体)》,包天笑《写信》,徐卓呆《崔莺莺之夫(独幕趣剧)》,周瘦鹃《戊寅春仲黔沪道中纪行诗(下)》载《万象》第1年第2期。范烟桥《生之哀歌》,徐卓呆《小性命》,胡山源《我的娱乐》载《乐观》第4期。

10日,还珠楼主《轮蹄》始载《新北京报》,1943年9月,由励力书局出版,后改为《征轮侠影》续完;1948年10月由上海三新书店初版,4册。

14日,狄平子逝世。

注:《觉有情半月刊》第46、47期载:"我国佛学界前辈狄平子居士(楚青),于八月十四日逝世,寿七十岁。"

15日,周天籁《牛鼻子得道》载《吉报》,至12月1日,载完。

16日,柳淡云《满园春色》载《品报》第3版,至1942年3月16日,20章,201次,载完。

28日,王度庐《虞美人》载《青岛新民报》,至1943年10月6日,载完;1948年由上海励力出版社出版。

本月

刘云若《春水红霞》由天津励力出版社出版;刘云若《旧巷斜阳》由天津文华出版社陆续出版,至1943年5月出全;刘云若《翠袖黄衫》由章福记书局出版。

郑证因《武林侠踪》(又名:铁伞先生)第1卷由天津艺林书店初版;11月,第2卷初版;1942年4月,第3卷初版;1943年1月,第4卷初版。

周天籁《亭子间嫂嫂》(3册)由上海友益书局出版。

9月

1日,周天籁《海上一妇人》载《东方日报》第2版,至1942年2月14日,165次,载完。郑逸梅《艺海回澜录》载《永安月刊》第29期。秋翁《潘金莲的出走》,范烟桥《花蕊夫人》,沈禹钟《长句》载《万象》第1年第3期。郑逸梅《偷闲漫笔》,范烟桥《黎明》,程育真《黑眼镜》,徐卓呆《母之梦》,周瘦鹃《感逝》,沈禹钟《种苔记》载《乐观》第5期;顾明道《白门柳色》载《乐观》第5期,至10月1日第6期,2次。

本月

刘云若《换巢鸾凤》《海誓山盟》由天津励力出版社新版。

徐哲身《峨眉山飞侠传》由春明书店出版。

10月

1日,捉刀人《快活林》载《力报》第2版,至1942年3月7日,共143次。包天笑《钏影楼笔记》载《小说月报》第13期,至1944年9月15日第44期,26篇。郑逸梅《余之集札癖》载《永安月刊》第30期。秋翁《秦始皇入海求仙》,包天笑《五七之夜》,陈灵犀《辟尘小语》,网蛛生《自然界的战士——蟋蟀》,郑逸梅《小说丛话》载《万象》第1年第4期。包天笑《重圆》,徐碧波《上海的色情网》,王小逸《眉婚》载《乐观》第6期。

10日,刘云若《情海归帆》由天津京津出版社出版。

19日,刘恨我客死贵州独山旅次。

引:本年11月21日,《小说日报》载《冯士璋追悼刘恨我》:"刘恨我战前寓沪,为各报著述极丰,事变以来,不甘蛰伏,以身许国,作西南之行,迄今五载,不料于十月十九日,客死贵州独山旅次,噩耗传来,知友靡不悼惜。"

11月

1日,包天笑《妆台奴隶》载《东方日报》第2版,至1942年7月7日,24章,240次,载完。张恨水《偶像》载《新民报》晚刊,至1943年3月28日,载完;1943年由重庆新民报社出版,1947年由南京新民报社出版,24章。郑逸梅《革命杂札》载《永安月刊》第31期。秋翁《贾宝玉出家》《秋斋夜读抄》,网蛛生《窗帘》,郑逸梅《小说丛话》,陈灵犀《昙花宴》载《万象》第1年第5期。徐卓呆《爱子身上衣》,秦瘦鸥《落叶》载《乐观》第7期;程小青《霍桑探案:血匕首》,徐碧波《影事前尘录》载《乐观》第7期,至1942年4月1日第12期,6次。

16日,田舍郎《王家庄》载《吉报》,至1942年5月4日,载完。

24日,徐天啸病逝于重庆歌乐山中央医院。

引:据沈秋农《徐天啸传略》:"徐风,字天啸别号天涯沦落人,晚号印禅,为南社社员,与胞弟学觉(字枕亚)同为鸳鸯蝴蝶派重要人物。……1886年农历十一月初十,天啸出生于江苏常熟城内善祥巷25号徐宅……年十六补诸生……1912年3月,戴季陶等人创办的《民权报》在沪创刊……戴季陶多次相邀徐至该馆共事……天啸卒业后,又为戴氏坚邀,遂到馆供职,主笔政……由天啸主编,枕亚、吴双热协助编辑的《黄花旬刊》亦于(1914年)同年6月问世,该刊附设于《小说丛报》社内。……1930年8月,天啸由国民政府考试院院长戴季陶之荐,赴宁任考试院秘书……1941年农历十月初六日(11月24日)于重庆歌乐山中央医院溘然而逝,享年56岁。"(载《吴中耆旧集》,第225—227页)

12月

1日,周天籁《风流千金》载《吉报》,至1942年9月30日,366节,载完。张恨水《上下古今谈》随笔专栏载《新民报》,至1945年12月3日,发表文章千余篇。郑逸梅《南檐负曝谈》载《永安月刊》第32期。秋翁《沈万三充军》,郑逸梅《小说丛语》,徐文滢《民国以来的章回小说》,范烟桥《刘三秀破家奇遇》载《万象》第1年第6期。包天笑《中表之亲》,张枕绿《诗之生命线》《初次接触的都市浮象》,顾明道《女友》载《乐观》第8期。

5日,佐思(王元化)《礼拜六派新旧小说家的比较》载《横眉》奔流新集之三。文章认为:"时间会使某些新文学家落伍,也会使某些旧小说家进步。我们在礼拜六派的新旧小说家的不同的姿态中间,就可以看出这种变化。这是才能问题,也是历史问题。"

29日,周瘦鹃《无题集句三百首》载《社会日报》第2版,至1942年2月28日,46次。1942年4月15日至5月5日,《无题集句》续21次。

本年

刘云若《海誓山盟》(3册)由天津励力出版社出版,其中中册、下册均为9月出版,上册出版的具体月份不详。

刘云若著《小扬州志》由天津书局出版。

冯玉奇著《舞宫春艳》由大文书局出版。

1942年（壬午）

1月

1日，郑逸梅《诂林精舍一席谈》载《永安月刊》第33期。秋翁《王小二过年》《秋斋杂感》，网蛛生《新人的一日》，包天笑《吐小传》，郑逸梅《小说丛话》载《万象》第1年第7期。范烟桥《上海太太》，徐卓呆《暗影》载《乐观》第9期。

7日，顾明道《情幻》载《保甲周报》第4期，1943年1月16日，共11次。

本月

日军进入租界。《申报》被接管，为保气节，周瘦鹃辞去《申报》一切职务。

2月

1日，郑逸梅《先师胡石予先生之画梅》，徐碧波《世界的最》载《永安月刊》第34期。秋翁《孙悟空大战青狮怪》，郑逸梅《小说丛话》，顾明道《粉笔生涯》，网蛛生《贼的故事》，冯平《滑雪的机械原理》，秋翁《秋斋谈往》，徐文滢《水浒传中的政治哲学》，徐卓呆《赵五娘的秘密(独幕剧)》载《万象》第1年第8期。胡山源《我的字》，张枕绿《说本分》，周瘦鹃《紫罗兰开篇》载《乐观》第10期。

21日，周天籁《李凤姐》载《东方日报》第2版，至5月31日，101次，载完。王小逸《大众情人》载《万象报》第3版，至28日，8次，未完；3月1日，《万象报》更名为《万言报》，王小逸《大众情人》续载《万言报》第3版，至6月15日，74次，未完。谢啼红《壬午散记》载《万象报》（《万言报》）第3版，至3月13日，共21次。

本月

刘云若《回风舞柳记》(上册)由天津唯一书店初版；1943年6月，下册初版。

上海世界书局推出程小青《霍桑探案袖珍丛刊》，此丛刊后一再发行，至

1947年4月,再版4次。

按:《霍桑探案袖珍丛刊》收30册,74部小说,分别为:1.《珠项圈》,2.《黄浦江中》,3.《八十四》,4.《轮下血》,5.《裹棉刀》,6.《恐怖的话剧》,7.《舞女的归宿》(即《雨夜枪声》),8.《白衣怪》,9.《催命符》,10.《矛盾圈》,11.《紫信笺》(附《怪房客》),12.《魔窟双花》,13.《两粒珠》(附《轮痕与血迹》),14.《灰衣人》,15.《夜半呼声》,16.《霜刃碧血》(附《海船客》),17.《新婚劫》(附《无罪之凶手》《官迷》《酒后》《误会》),18.《难兄难弟》(附《附窗》),19.《江南燕》(附《无头案》),20.《活尸》,21.《案中案》(附《险婚姻》),22.《青春之火》(赴《怪电话》《浪漫余韵》),23.《五福党》,24.《舞宫魔影》(附《第二张照》《犬吠声》),25.《狐裘女》(附《猫儿眼》《嗣子之死》《项圈的幻变》),26.《断指团》(附《一只鞋》《楼头人面》《催眠术》),27.《沾泥花》(附《第二弹》《鹦鹉声》《蜜中酸》),28.《逃犯》(附《乌骨鸡》《虱》《断指余波》),29.《血手印》(附《请君入瓮》《反抗者》《单恋》《别墅之怪》《幻术家的暗示》《地狱之门》),30.《黑地牢》(附《古钢表》《黑脸鬼》《王冕珠》《打赌》《一个绅士》《毋宁死》《试卷》)。

3月

1日,秋翁《郭秀才诛妖》,郑逸梅《小说丛话》,网蛛生《接财神》,秋翁《秋斋说笑》载《万象》第1年第9期。顾明道《隐士》,周瘦鹃《纪义士梅》,徐碧波《天刑璞记》载《乐观》第11期。

2日,王度庐《纤纤剑》载南京《京报》,至10月31日,载完。

7日,王度庐《铁骑银瓶传》载《青岛新民报》,载止日期不详;1948年5月由上海励力出版社出版,易名《铁骑银瓶》。

12日,捉刀人《鸾和散辑:嬉春》载《力报》第1版,至4月2日,共22次。

14日,谢啼红小品文《闲情偶寄》载《万言报》第2版,至6月13日,共80次。

20日,刘云若《红杏出墙记》(第1集)由艺光书店发行。

21日,程善之离开上海,去常州。

28日,周天籁《亭子间嫂嫂新传》载《万言报》第1版,至8月31日,共144次,未完。

4月

1日,周天籁《迎春坊》载《品报》第1版,至5月31日,58次,未完。郑逸梅《先师胡石予先生之画梅》载《永安月刊》第35期。秋翁《张巡杀妾飨将士》,郑逸梅《小说丛话》,平襟亚《记浪漫画师虞世侯》,秋翁《秋斋笔谈》,陈灵犀《吃饭》载《万象》第1年第10期。

3日,捉刀人《鸾和散辑:戏玉》连载《力报》第1版,至25日,共23次。顾明道(虎头书生)《侠女喋血记》载《小说月报》第18期,至12月1日第27期,10章,载完。

12日,程善之由沪迁宜兴张渚,于常州途中因脑溢血病故。

26日,捉刀人《鸾和散辑:奇梦》连载《力报》第1版,至5月17日,共22次。

5月

1日,张恨水《回春之曲》载《海报》第1版,至1945年8月15日,22回,874次。张恂子《海上新潮》载《海报》第4版,至1943年3月31日,5回,298次。赵焕亭《红粉金戈》载《海报》第3版,至6月9日,3回,40次,未完。顾明道《国色刘三秀》载《海报》第2版,至10月31日,18回,183次,载完。平襟亚(秋翁)笔记杂感《秋斋笔谈》载《海报》第2版,至1945年8月16日,264次。

注:《海报》,1942年创刊于上海,社址为上海九江路330号,4版,终刊为1945年8月18日。其发刊词"海誓":"大时代的洪流在急捷震荡中,奔腾无已,举世不定,虽处在这地球之一角的人们,不论是哭是笑,或是啼笑皆非的人们,大家虽则度着这样的安闲生活,而精神上总不免有着空虚的感觉。当然,这有其种种不同的理由,而精神食粮的缺乏,也未尝不是一个原因?因为一时高兴,几位挣扎在苦难中的伙伴们要想为大众的精神食粮,来于一些儿'产销工作',经过长时间的计议和准备,我们这种运输食粮的小海舶——《海报》,今天居然和大家开始相见了,我们相信这食粮都是相当宝贵的,为大众而努力,确曾艰苦经营,费尽了许多的人力、物力与心机,《海报》只是一个小生命,同时,除了想为大众供给美好的精神食粮外,《海报》也绝对没有任何其他的目的。我们誓以热烈的血枕,尽最大的努力,为大众服务,自今以后,一切全以大众的好恶,为好恶,不计成败利钝,但知埋头苦干,以蕲致我们最高理想的实现。"为给大众提供精神食粮,《海报》组织了一批优秀的小说作者,写作了一批高质量的小说,除上述作家作品外,还有:

自本日,何家支(王小逸)《鸟鸣春》开始连载,至12月29日,共231次,其中,《呢喃》(5月1—17日)、《啁啾》(5月18日—6月14日)、《呖呖》(6月15日—7月9日)、《嘤嘤》(7月10日—8月5日)、《关关》(8月6日—9月3日)、《粥粥》(9月4日—10月8日)、《燕燕涎涎》(10月9日—21日)、《架架格格》(10月22日—11月19日)、《姑恶》(11月20日—12月16日)、《伯劳》(12月17日—29日)。

自2日,吴绿绮《新聊着》开始连载,至1942年11月8日,共22回,未完。

自11月13日,顾明道《荒江女侠新传》开始连载,至1943年10月14日,共12回,载完,共365次。

郑逸梅《遣愁漫笔》载《永安月刊》第36期。秋翁《齐人馈女乐》《春宵菊宴记》,孙了红"侠盗鲁平奇案之三"《血纸人(上)》,郑逸梅《小说丛话》载《万象》第1年第11期。

2日,吴绮缘《新聊斋》载《海报》,至1943年6月2日,227天次。

3日,谢啼红小品《梦生春草》载《海报》第3版,至1947年7月28日,69次;1949年2月21日至6月5日,载《铁报》第3版,8次。

5日,田舍郎《作孽夫妻》载《吉报》,至8月31日,111次,载完。

本月

《万象十日刊》在上海创刊,由陈蝶衣、周炼霞主编,奉天三友书局出版,中央书店发行,7月停刊。

白羽《十二金钱镖》由复庆永书局出版,标康德九年五月二十日,收入"白羽小说丛书"。

6月

1日,周天籁《楼头春色》载《东方日报》第2版,至9月30日,122次,未完;1946年9月22日,又载《甦报》第3版,至1947年1月20日,103次。秋翁《新白蛇传》,孙了红"侠盗鲁平奇案之三"《血纸人(中)》,郑逸梅《小说丛话》载《万象》第1年第12期。《永安月刊》第37期增加"繁星"栏目,由郑逸梅编辑;文字版载有蒋吟秋《吴山纪游》,郑逸梅《蕉窗谈画》;"繁星"栏载有纸帐铜瓶室主《姚黄独秀记》,程小青《银幕上的时间过程》,丁悚《记薛玲仙》,徐碧波《一幕趣剧》,顾明道《汤团》,程瞻庐《时贤诗录》。

引:"(繁星)小言":当明月隐藏着云间的时候,整个宇宙端赖"繁星"的照耀,"繁星"虽小,自有其价值!"繁星"是本刊的副刊,其所以另辟一栏的原因,无非想令读者增加一点兴趣而已。"繁星"预备专采短小精悍的文字,除将请各名家执笔外,投稿一律欢迎。"繁星"因为筹备时间逼促,本期容有未能尽者,以后当逐渐改进,务使成为快乐园地。

10日,赵焕亭《忆凤庐谭荟》载《海报》周报第3版,至1944年7月3日,共载139次。1945年12月5日,赵焕亭《忆凤庐谈荟》载《海光》周报第1期,至1946年2月20日第12期,8则。

16日,捉刀人《鸢和散辑:怪婚》载《力报》第1版,至7月12日,共26次。

27日,田舍郎《阿毛娘》载《万言报》第3版,至8月31日,共66次,未完。

30日,戈茅《什么是"民族文学运动"?》载《新华日报》。

本月

刘云若《小扬州志》由奉天鸿兴书局出版。

7月

1日,蒋吟秋《吴山纪游》,郑逸梅《记香雪园》,徐卓呆《张聋瞽》,顾明道《枇杷大少与荷花大少》,徐碧波《银海一沤》,丁悚《流行歌曲琐谈》,胡朴安《演杜诗》载《永安月刊》第38期。秋翁《第一〇一回镜花缘》,孙了红"侠盗鲁平奇案之三"《血纸人(下)》,陈蝶衣《风雨中的行列》,郑逸梅《林译小说》载《万象》第2年第1期。

2日,王小逸《多事之秋》载《社会日报》第2版,至1943年1月9日,2章176次。

7日,晋察冀军区政治部出版抗日根据地唯一的画报《晋察冀画报》。林华《文汇报兴亡录》载《海报》第3版,至8月15日,35次。

13日,捉刀人《鸾和散辑:越俎》载《力报》第1版,至8月11日,共28次。

15日,秦瘦鸥著《秋海棠》由上海金城图书公司出版单行本。

按:《秋海棠》此后及其剧本出版情况:1943年6月,由金城图书公司再版;1944年7月,由上海东方书店出版;1945年,由百新书店出版;1946年3月,改变为"五幕七景"大悲剧剧本,由百新书店出版;1957年2月,由上海文化出版社出版,同时,由中国对外翻译公司出版;1980年2月,由江西人民出版社出版;1991年12月,由百花洲文艺出版社出版;1994年1月,由北京燕山出版社出版,与周瘦鹃《新秋海棠》合出,收入"鸳鸯蝴蝶派八大经典作"丛书;1998年1月,收入《秦瘦鸥代表作》由华夏出版社出版,李淑英编选;2005年,由云南人民出版社出版,此为彩图本;2009年1月,由人民文学出版社出版,收入"中国现代长篇小说藏本"丛书;2009年8月,由人民文学出版社出版,收入"秦瘦鸥作品精编";2016年1月,由岳麓书社出版,收入"民国经典小说"丛书。

22日,王蕴章病逝于南京,享年58岁。

补:抗日期间,因生活困难,王蕴章不得已出任伪《实业报》主笔,为人不齿,郁郁而终。

30日,秋翁《〈杏花天〉作者予且先生》载《海报》第2版;8月1日起,予且"小说"《杏花天》载《海报》第3版,至1943年1月15日,160次,载完。

本月

刘云若《旧巷斜阳》(第8册)由天津文华出版社出版。

8月

1日,王小逸《夜未央》载《东方日报》第4版,至12月31日,152次,载完。郑逸梅《犹贤撧谈》《小说漫谈》,蒋吟秋《画梅散记》,钱萼孙《句漏洞》载《永安月刊》第39期。程小青"柯柯探案"《巴黎之裙》载《永安月刊》第39期,至12月1日第43期,7节,共5次。秋翁《孟尝君遣散三千客》《秋斋说笑》,徐卓呆《西施之歌》,郑逸梅《小说丛话》,陈蝶衣《一个"兜得转"的人》,张秋虫《疑谳记》,孙了红"侠盗鲁平奇案之四"《三十三号屋(上)》,载《万象》第2年第2期。

12日,捉刀人《鸾和散辑:移樽》载《力报》第1版,至9月10日,共30次。

本月

周天籁《亭子间嫂嫂》(2册)由上海友益书局初版。

9月

1日,吴绮缘《秋灯煮梦录:虬髯客》载《力报》第2版,至9月15日。程小青译《斐洛凡士探案探案之一:赌窟奇案》载《小说月报》第24期,至1943年12月15日第39期,15章。纸帐铜瓶室主《眼福与口服》《记静思庐之昙花》,张碧梧《蓝桥奇遇》,钱萼孙《梦苕诗草》,徐碧波《银海一沤》载《永安月刊》第40期。秋翁《义姑姊片言退齐兵》,孙了红"侠盗鲁平奇案之四"《三十三号屋(中)》,郑逸梅《小说丛话》载《万象》第2年第3期。

11日,捉刀人《鸾和散辑:肥异》载《力报》第1版,至10月29日,共44次。

10月

1日,周天籁《碧玉姻缘》载《东方日报》第2版,至1943年3月18日,159次,载完。予且《浅水姑娘》载《小说月报》第25期,至1943年10月15日第37期,32章,载完。予且《乳娘曲》载《万家》第2年第4期,至1943年6月1日第2年第12期,9次,载完。包天笑《金粉世家》载《小说月报》第25期,至12月1日第27期,载完。徐碧波《大洋洲的全貌》《病房中》,张碧梧《离婚记》,纸帐铜瓶室主《海上艺林谈往录》《朋从偶记》,顾明道《过五关》,蒋吟秋《秋庐印话》载《永安月刊》第41期。

《万象》杂志第2年第4期推出"通俗文学运动"专号(上),至11月1日第2年第5期,共推出2期,讨论通俗文学的发展问题。孙了红"侠盗鲁平奇案之四"《三十三号屋(下)》载《万象》第2年第4期。

按:《万象》杂志通俗文学讨论的文章主要有:陈蝶衣《通俗文学运动》、危月燕《从大众语说到通俗文学》、丁谛《通俗文学的定义》(《万象》第2年第4期);11月1日,胡山源《通俗文学的教育性》、予且《通俗文学的写作》、文宗山《通俗文艺与通俗戏剧》(《万象》杂志第2年第5期)。

24日,周天籁《牵牛花》载《社会日报》第2版,至11月29日,37次,未完。

30日,白羽《粉骷髅》由新京书店出版部发行。

本月

平襟亚短篇小说集《秋翁说集》由中央书店出版,收《秦始皇入海求仙》等17篇小说。

11月

1日,捉刀人《故园花》载《力报》第2版,至1943年7月26日,共254次。唐大郎《乱刀集》载《东方日报》第2版,至12月25日,54次,未完。李信之《福尔摩斯话匣》载《万象》第2年第5期,至1943年4月1日第2年第10期,5次。徐碧波《印度琐谭》《伊朗小志》,纸帐铜瓶室主《海上艺林谈往录(二)》《烛炮绀珠》,范君博《百俳词》,顾冷观《生活片段》,蒋吟秋《客中诗簏》,顾明道《谓他人母》,屠守拙《婚礼小谈座》载《永安月刊》第42期。孙了红"侠盗鲁平奇案之五"《一○二(上)》,范君博《比珠词》载《万象》第2年第5期。

《大众》创刊于上海。包天笑《拈花记》载创刊号,至1945年7月1日第32期,41章。张恨水《京尘影事》载创刊号,至1945年5月1日5月号,30章,载完。程小青译、范达痕著《凡士探案:咖啡馆》载创刊号,至1943年8月1日8月号,19章,载完。且予《寻燕记》,包天笑《造女人的原料》,顾明道《弃妇》,徐卓呆《温习》,何家支《十妇人》载创刊号。

注:《大众》,月刊,编辑兼发行人为钱须弥,由大众出版社发行,地址为上海北京路三八四号。其《发刊献辞》表明其宗旨:"说话有时候,有地方,然而也有不限于一定时候或一定地方的,这便是一种合于永久人性的说话,以及一种有益于日常生活的说话。""我们今日为什么不谈政治了?因为政治是一种专门学问,自有专家来谈,以我们的浅陋,实觉无从谈起,我们也不谈风月,因为遍地烽烟,万方多难,以我们的鲁钝,亦觉不忍再谈。我们愿在政治和风月以外,谈一点适合于永久人性的东西,谈一点有益于日常生活的东西。我们的谈话对象,既是大众,便以大众命名。我们有时站在十字街头说话,有时亦不免在象牙塔中清谈,我们愿十字街头的读者,勿责我们不合时宜,亦愿象牙塔中的读者,勿骂我们低级趣味。"作者主要由包天笑、予且、顾明道、徐卓呆、孙了红、秦瘦鸥、徐碧波等;载有包天笑《拈花记》,程小青《咖啡馆》,张恨水《京尘影事》等长篇小说。至1945年7月1日,出32期,停刊。

13日,顾明道《荒江女侠新传》载《海报》第2版,至1943年10月14日,12回,365次,载完;1947年9月由文业书局出版单行本。

25日,冯梦云被特务抓捕。

本月

朱贞木《龙冈豹隐记》(第1集1—9章、第2集10—17章)由天津合作出版社出版,至1943年出齐;其中第3集18—25章,1943年2月出版;第4集不详;第5集30—35章,1943年5月出版;第6集1943年10月出版。

刘云若《旧巷斜阳》(第9册)由文华出版社出版;刘云若《湖海香盟》(第1集第1回)由五洲书局同记出版,收入"新北京报丛书"。

12月

1日,徐碧波《从高加索说到达加碧》《天崩地坼录》,纸帐铜瓶室主《海上艺林谈往(三)》《剪灯话剩》,范君博《自述》,蒋吟秋《东吴感逝》载《永安月刊》第43期。孙了红"侠盗鲁平奇案之五"《一〇二(中)》载《万象》第2年第6期。

本月

张恨水《巷战之夜》(《冲锋》)由重庆新民报社重庆分社出版。

顾明道《红颜薄命》由奉天三友书周出版。

刘云若《湖海香盟》(第2集第2—3回)由五洲书局同记出版,收"新北京报丛书";1943年4月,第3集第3回出版。1946年10月,全书再版。

本年

21名东吴附中教员临时组织正养中学,推举范烟桥为校长;范兼任国华影业公司编剧,编剧本《无花果》《解语花》等。

1943年（癸未）

1月

1日,包天笑《秋星阁笔记》载《大众》1943年新年特大号,至1945年1月1日1月号,14次。程瞻庐《轧油》,纸帐铜瓶室主《海上艺林谈往录(四)》《炉边谭片》,高吹万《看云》,徐碧波《离婚以后》,包天笑《小说人物小论》,顾明道《义助记》载《永安月刊》第44期。秋翁《新年的惆怅》,郑逸梅《涤砚余沈》《献岁的话》,孙了红"侠盗鲁平奇案之五"《一〇二(续)》,载《万象》第2年第7期。

4日,刘云若《粉黛江湖》自第2回,第76次载《新天津画报》第4卷第1期(第4782号),至12月24日第12卷第24期,第4回,308次;本年由天津流云出版社出版。

7日,张恨水《新黄粱》载《东方日报》第3版,至10月15日,8回,282次,未完。

9日,刘云若《紫陌红尘》载《三六九画报》第340号,至6月29日第389号,2回,50次;本年5、10月,单行本上、下册先后由天津流云出版社出版。

18日,求幸福斋主《由蔡京说到蔡襄与王安石》载《社会日报》第2版,至19日,2次,载完。

19日,赵苕狂掌故笔记小品《忆凤楼醉墨》载《中国商报》第4版,至4月10日,10次。

20日,《万岁》半月刊在上海创刊,危月燕主编,至5月16日,出8期,停刊。顾明道《梅龙影》载第1期,至5月16日第8期,8节,共8次。张恨水《江亭秋》载第1期,至2月5日第2期,2次;包天笑《复古村》载第1期,至3月5日第4期,4次。

23日,王度庐《舞剑飞花录》载南京《京报》,至1944年1月18日,载完;1949年更名为《洛阳豪客》,由上海励力出版社出版。

本月

顾明道《红妆侠影》由春明书店出版。

还珠楼主《皋兰异人传》(2集4回)由励力出版社初版。

秦瘦鸥任中国银行衡阳分行文书主任,至1944年10月。

2月

1日,周天籁《亭子间嫂嫂新传》自291次始续载《吉报》,至4月2日,366节,载完。顾明道《处女心》载《永安月刊》第45期,至10月1日第53期,共八章,载16次。纸帐铜瓶室主《海上艺林谈往录(五)》《丧志漫笔》,陆澹盦《好大王碑》,陈小翠《题画》,蒋吟秋《忆妹泪墨》载《永安月刊》第45期。包天笑《乡下男人》载《小说月报》第29期,至4月1日第31期,3次。郑逸梅《围炉余话》载《万象》第2年第8期。

21日,锺吉宇《柳林奇侠传》载《东方日报》第2版,至1944年5月14日,58回,514次。

23日,周天籁《女人百态》载《吉报》,至1944年3月31日,198次,未完。

本月

刘云若《燕子人家》由国民书店出版。

徐訏《鬼恋》由成都东方书社初版;1943年8月再版;1946年10月由上海夜窗书屋18版,1947年3月19版,1949年4月23版。

3月

1日,顾明道《小桃红》载《小说月报》第30期,至11月15日第38期,8回完。纸帐铜瓶室主《记故词翁陈鹤柴遗事》《搴芳披草录》,蒋吟秋《娑罗花馆印记》,徐碧波《轧》,周晨鸡《读书一得》载《永安月刊》第46期。孙了红"侠盗鲁平奇案之五"《一〇二(四)》,唐弢、高吹万、陈烈、陈小翠、沈恩孚、陈乃文《诗之集》,程育真《笼羽》,郑逸梅《茗余杂札》,秋翁《杨云史与陈美美》载《万象》第2年第9期。

11日,秋翁(平襟亚)《民初秘乘》载《社会日报》第2版,至1944年2月8日,83次。

13日,程瞻庐病逝于苏州。

引:芮鸿初《悼程瞻庐先生》:"瞻庐先生胃疾复发,病势凶险,进医院诊治,并未好转,至本月十三日上午与世长辞"。(《新闻报》第4版,1943年3月24日。)

18日,何家支(王小逸)《丽人行》载《海》第2版,至1945年4月29日,15章,548次,载完。

19日,周天籁《风化区》载《东方日报》第2版,至1944年5月20日,417次,载完。

4月

1日,田舍郎《王老虎》载《吉报》,至4月26日,未完。郑逸梅《小说丛谈》,网珠生《文化区与风化区》,吴观蠡《访问梅兰芳的回忆》,孙了红译、爱特茄·华莱斯原著《李德尔探案:诗人警察》,叶德均《卫道者的小说观》载《万象》第2年第10期。

后期《紫罗兰》在上海创刊,周瘦鹃任编辑。长篇:周瘦鹃《秋海棠》续作《新秋海棠》载创刊号,至1944年4月第12期,12回,载完;1944年10月由上海晨钟出版社出版。程小青《龙虎斗》载创刊号,至1944年4月12期,载完。朱瘦菊《金银花》载创刊号,至1944年4月第4期。胡山源《龙女》载创刊号,至第18期,18节,18次。短篇:予且《修容记》,丁谛《我们的利市》,范烟桥《马将篇》,施济美《野草》,秦瘦鸥《死灰》,顾明道《昆仑奴》;小品:郑逸梅《幽碧语》,徐碧波《心狱》,陈小蝶《定山胜语》,周铮、庄熙皓《趣味的盆栽》载创刊号。

注1:后期《紫罗兰》由紫罗兰月刊社发行,主编为周瘦鹃,出版者为林振浚。周瘦鹃在创刊号发表《写在紫罗兰前头(一)》,阐述了《紫罗兰》月刊创办的背景、困难,以及他创办此刊的情感动力和心灵寄托:

紫罗兰盦主人独坐长廊之下,遥望着一盆紫罗兰,不断地发着遐想。他的一颗心像游丝般飘呀飘的,飘过了长江万里,直飘到蜀道巫峡之间。因为有一位象征这紫罗兰的人儿,正离乡背井,托迹在那里,勇敢地和生活奋斗着,不知何年何月,方可重见……忽然足音跫然,从门外闯进一长一短两位绅士,那长的是旧友孙芹阶先生,一位素昧平生,而满现着精明干练的神情……那一位是银都广告公司总经理林振浚先生……林先生是广告界的权威,而平日爱好文艺,发扬都市文化起见,想创办一种月刊,只因谬采虚声,愿以编辑事宜全权相托,并过去对于十余年前我所主办的紫罗兰半月刊,留着极深刻的印象,所以打算仍然定名紫罗兰。我一听这话,顿时兴奋起来,也并不考虑此时办杂志是否相宜;也忘却了一来自己从事老画生活,早和文化界绝缘,竟兴高采烈地满口答允下来。……第二天,我奔走了好半天,到大众社访钱须弥先生,又到万象书店访平襟亚先生,探明一切,听了他们说起开支浩大,先就气馁了一半。末了再到某印刷所去,把我所计划的紫罗兰,请他们作精密的估价,不料白报纸的价格已飞涨得使人不敢相信,而其他油印装订等费,也已涨了有六成光景,一张估价单开出来,更把我吓得倒躲倒躲,不管三七二十一,且把它向孙先生处一送,请他转致林先生。一连三星期,眼见得纸价日日涨夜大,简是把竿头直上似的。我更不敢向孙林二先生催问……谁知过不了三天,孙先生忽地来了一个电话,说林先生明天奉约上银行俱乐部去吃中饭,大家谈谈紫罗兰的事……林先生笑道:"……大家都可以办下去,我们为什么不能办?好在我这里有左辅右弼,分头出马,对于广告发行等事,都有相当把握,只要你肯撑起铁肩,独挑这副编辑的重担,那就再好没有,别的倒不用你担心。"……于是经过了两个月来大家合伙儿的干,干,埋头苦干,这文艺园地里的一丛紫罗兰,居然灿烂地开放出来了。这全仗诸位作家们的心血,助我培植而成,我自己断断不敢居功,但是有两点我所沾沾自喜的:一则我可借此告慰于盟兄袁寒云先生之灵;当我在民十五年间初办紫罗兰半月刊时,他是朋友中赞助我最热心的一个。如今见紫罗兰十余年后粲然重放,也许要含笑九泉,并暗暗地呵护看我吧。二则我可借此再度奉献象征紫罗兰的伊人,她是我三十年来灵魂上的监督,三十年前使我力图上进,三十年使我不敢堕落。如今她万里投荒,久疏音问,要是听得了紫罗兰重放的消息,藉悉故人别来无恙,尚知振作,也许能使她凄凉的心坎上,得到一丝暖意吧。

创刊号《写在紫罗兰前头(二)》介绍了《紫罗兰》月刊的性质与栏目:"本刊是一个综合性的刊物,文学与科学合流,小说与散文并重,趣味与意义兼顾,语体与文言兼收。这一片紫罗兰的园地,永远地公开着,欢迎大家欣赏、指示,更赐以珍贵的稿子——情文并茂的作品。(一切关于编辑范围内的信札和稿件,请迳寄上海愚园路六〇八弄九十四号紫罗兰盦)

《紫罗兰》月刊出至1945年3月,共出18期。

顾明道撰《黄罏痛语:我与程瞻庐先生》载《新闻报》第4版。

引:《黄罏痛语:我与程瞻庐先生》:

回忆余在弱冠时,即喜涂抹,尝读《中华小说界》杂志,见有短篇《婴宁第二》(?)仿聊斋体裁,作者署名瞻庐,颇心仪其人,后有某友言瞻庐在本邑王家为西席,因介绍余往见,此为余与瞻庐订交之始。初识荆时,瞻庐仿伏案为《小说月报》(商务出版者)撰弹词,即以稿授余观,而余方出版《啼鹃录》说集,丐其赐一题词,瞻庐立允无难色,与余谈,蔼然可亲,意甚相合。

……

事变后,瞻庐亦来海上,故人重逢,唏嘘道往事,其执教之女校亦迁沪,瞻庐遂仍授课,惟半日耳,下午辄往书场听评话弹词,晚则友人饮酒,而秤官家言辍笔不书。余方叹其清闲生活为余所弗如也。余办明道国学补习社,曾请其来社演讲国学,寓庄于谐,听者动容。……及前年女校停办,瞻庐亦返苏,临去时曾莅余舍话别,惜余外出未及见,不料即此一去,不复能睹其道貌矣。

纸帐铜瓶室主《尺牍丛话》《微茫梦堕录》,蒋吟秋《有感》,季金鹤《有无涯斋忆语》,徐碧波《往事如烟录》,张毅汉《由之与知之》,周南陔《暮郊》载《永安月刊》第47期。

2日,林华《星社两社友》载《东方日报》第2版。

引：《星社两社友》：

事变前,苏州之星社,为当地文人之一大集团,旋又扩大范围,广招同文入社者,初不限于吴王台畔人士,是以社友日众,其中自以包天笑程瞻庐居元老地位,兹不幸程君已物化。而散处各方之星社社友,不愿图其散漫,兹拟有重振星社之谋,并任如何纪念程君,藉以淬励同文,微闻星社社友中,颇多脱离笔墨生涯,改营商业,可见文人之不易为业。社友江红蕉君昔年文名甚盛,曾主编《新申报》副刊《小申报》,独创一格,新颖可爱,其他各刊物争相罗致江君小说,以资号召,与李涵秋毕倚虹辈,并驾齐驱。自《新申报》易主,江君脱离报界,乃入美亚绸厂为记室,历赴外埠考察,战事发生始归抵沪上,时文汇报方称雄报坛,慕江名,延为探访部主任,惟对于外界之约撰文稿者,无论小品长篇,谢绝已久,迄今年多年,此志不渝,故于文坛上几遗忘其名矣。除江君以外,尚有一程小青君,著侦探小说之圣手,其翻译之霍桑探案,尤脍炙人口,久推小说界之祭酒,近年以来,谢绝笔事,藉以休养,故非有关系密切之知友约稿,每不愿握管,本学期起,任范烟桥君创办之正养中学国文教员,以范君为同乡同文,而又为昔年东吴大学之老同事,情谊难却,始允为人师焉。

本月

刘云若《歌舞江山》(5卷)由新联合出版社出版;刘云若《旧巷斜阳》(第5卷)由章福记出版社出版。

5月

1日,顾明道《素心兰》载《大众》5月号,至8月1日8月号,共4次。纸帐铜瓶室主《尺牍丛话》《自娱室随笔》,季金鹤《有无涯斋忆语》,蒋吟秋《家书》,李伯琦《上海新竹枝词》,赵眠云《姚苏凤之妻》载《永安月刊》第48期。吴观蠡《童芷苓言慧珠——白门斗法记》,朱鸳雏遗著《诛情记》,秋翁《书城猎奇》,孙了红"侠盗鲁平奇案之五"《一〇二(五)》,范君博《书宣古愚》载《万象》第2年第11期。

16日,顾明道《明月天涯》载《新闻报·茶话》,至11月11日,共147次,不得已暂停。

补:本年11月11日,《新闻报》载顾明道"作者启事":

兹因忽染肺疾,体力不支,遵医生之嘱及良友之劝,暂停笔,本报主者以同情拙著《明月天涯》自即日起不得已暂行停刊,其他刊物中所载拙作亦只得同时中辍,一俟贱体稍痊再当与读者诸君相见也。

20日,刘云若《粉黛江湖》(第1集)由天津流云出版社初版;7月20日,第2集初版;9、10月,第3、4集先后初版。1947年6月由上海国泰书局出版。1949年3月,1—3回更名为《燕都黛影》,4—7回易名为《湖山烟云》,由上海六合书局一版发行。

本月

张爱玲小说《沉香屑：第一炉香》发表在《紫罗兰》第2期。周瘦鹃在"写在紫罗兰前头"，记录了他与张爱玲的交往。徐卓呆《绝对安静的五日》，程育真《遗憾》，徐碧波《心狱》载《紫罗兰》第2期。

引：周瘦鹃的"写在紫罗兰前头"："我一看标题叫做《沉香屑》，第一篇标明'第一炉香'，第二篇标明'第二炉香'，就这么一看，我已觉得它很别致，很有意味了。当下我就请她把这稿本留在我这里，容细细拜读……我们长谈了一点多钟，方始作别。当夜我就在灯下读起她的《沉香屑》来，一壁读，一壁击节，觉得它的风格很像英国名作家SomersetMaughm的作品，而又受一些《红楼梦》的影响，不管别人读了以为如何，我却是'深喜之'了。一星期后，张女士来问我读后的意见，我把这些话一说，她表示心悦神服，因为她正是S. Maughm作品的爱好者，而《红楼梦》也是她所喜读的。我问她愿不愿将《沉香屑》发表在《紫罗兰》里，她一口应允，……如今我郑重地发表了这篇《沉香屑》，请读者共同来欣赏张女士一种特殊情调的作品，而对于当年香港所谓高等华人的那种骄奢淫逸的生活，也可得到一个深刻的印象。"

在《万象》编辑室，张爱玲与柯灵会晤，谈小说稿《心经》，十分投机。

6月

1日，纸帐铜瓶室主《尺牍丛话》《支离杂札》，季金鹤《美前总统哈定死事之秘密》，蒋吟秋《沪滨杂录》，徐卓呆《谈庭园之体》载《永安月刊》第49期。吴观蠡《西行心印录》，孙了红"侠盗鲁平奇案之五"《一〇二(续完)》载《万象》第2年第12期。

10日，周瘦鹃《吾母今年七十六矣》，陈小蝶《定山脞话》，张爱玲《沉香屑(续)》，徐碧波《心狱》，顾明道《不倒翁》载《紫罗兰》第3期。

19日，张恨水《第二条路》载《新民报》晚刊，至1945年12月17日，48章，载完；1947年2月，易名《傲霜花》由上海百新书店出版。

25日，王小逸《燕双栖》载《东方日报》第2版，至12月1日，5章，158次，载完。

26日，张恨水《石头城外》载《万象周刊》第1期，至1945年7月28日第110期，15节，载完；1945年6月，由重庆万象周刊社出版。

本月

刘云若《春之花》由天津光明书局出版。

7月

1日,吴绮缘开始在《东方日报》发表《桃李花》,至1944年8月18日,共301次。纸帐铜瓶室主《说林凋谢录》《蕉阴销夏录》,季金鹤《如是我闻》,徐碧波《乞丐艺术》载《永安月刊》第50期。郑逸梅《茗余杂札》,秋翁《一年来的回顾》载《万象》第3年第1期。

10日,周瘦鹃《紫兰小筑九日记》,张爱玲《沉香屑(续)》,徐碧波《心狱(续)》载《紫罗兰》第4期。

本月

还珠楼主《天山飞侠》(《边塞英雄谱》)(第1集)由北京新华书局初版,1943年9月、1944年1月,第2、3集先后出版。

8月

1日,纸帐铜瓶室主《说林凋谢录》《养和杂札》,徐碧波《壶中日月录》,蒋吟秋《集放翁诗》载《永安月刊》第51期。天命《星社溯往》,张爱玲《心经》,秋翁《不得不说的话》(出版者言),孙了红《生活在同情中》(随笔)载《万象》第3年第2期。

按:《星社溯往》介绍了星社发起成立的动机、刊物等。星社成员都是"很爱好文艺了,所以这一个偶然的结合,虽然只是友情的契投,实际也有着心灵的吸引力。这种动力成了以后扩大的推动"。正是这种动力,"在民国十年的七夕,集会于苏州留园拥翠山庄,因为当时在又一村合摄一影,要题几个字以留纪念,就由范烟桥提了'星社雅集',他的取义是这天正是双星渡河之夕,并且星的象征,是微笑而发着灿烂的光芒,正和他们'不贤识小'的襟怀相合。想不到后来星斗满天,未然成东南一个文艺的集团。"他们以"茶话""酒集"举行雅集,谈诗论文,联络感情,互通声气。他们有自己的刊物,"在结集前七天,赵眠云、范烟桥已在苏州刊行一种小型报名《星》,因是周刊,所以题这个名字,到三十五期而止。上面说范烟桥因了七夕而题星社之名,固然是有理由的,可是先星社而生的星报,未尝不是后来作为社名的一个张本,这里应该加以补充的。(民国)十五年6月,他们又死灰复燃了,由赵眠云、范烟桥、黄转陶、吴闻天合辑三日刊,仍名《星报》,这时候组织较为完密,内容相当充实,一切都取法上海的《晶报》,并且委托《晶报》在上海分销,每期销一千余份,到七十期而止。"此外,赵眠云、范烟桥还编印过两册《星光》,是星社社友的小说集。赵眠云为某书局编印《小说家言》;郑逸梅为某书局编印《罗星集》。"

9日,王定九(定公)《朵云》载《社会日报》第1版,至12月2日,82次。

10日,郑逸梅《上海租界小掌故》,张爱玲《沉香屑·第二炉香》,徐碧波《心狱(续)》载《紫罗兰》月刊第5期;本期载有《南岛风光专页》。

15日,顾明道《剑影脂痕》载《大上海》周刊第1期,至9月26日第7期,共6回,载7次。

《春秋》月刊在上海创刊。陈蝶衣编,上海商社商务书报发行所发行,中间曾因故停刊两次,1949年3月结束。孙了红《侠盗鲁平奇案:木偶的戏剧》载创刊号,至11月15日第1年第4期,4次。程小春译、英国杞德烈斯著"圣徒奇案之六"《女首领》载创刊号,至1944年8月5日第1年第9期,9章,载完;1946年1月、1948年10月分别由世界书局再版、三版。张恨水《世外群龙》载创刊号,至1945年8月1日第2年第7期,17回,17次。

本月

《全面周刊》创刊,秦瘦鸥编,上海全面周刊社发行,9月停刊。

9月

1日,纸帐铜瓶室主《说林凋谢录》《抱秋小集》,季金鹤《如是我闻》,蒋吟秋《秋庐散墨》载《永安月刊》第52期。郑逸梅《园艺琐谈》,张爱玲《心经》载《万象》第3年第3期。

10日,张爱玲《倾城之恋》载《杂志》第11卷第6期。蒋吟秋《谈艺琐录》,徐碧波《心许》,徐碧波《心狱(续)》,张爱玲《沉香屑·第二炉香(续)》,郑逸梅《微茫梦堕录》载《紫罗兰》第6期;本期载有《社会群像》专栏。

12日,周天籁《海上艳行记》自134次开始续载《吉报》,至1944年2月14日,642次,未完。田舍郎《叔嫂之间》载《吉报》,至1944年2月14日,未完。

13日,王小逸《小姐观止》自12节开始续载《繁华报》第1版,至10月31日,56次,未完。

25日,范烟桥《五十述怀》载《社会日报》第2版。

10月

1日,纸帐铜瓶室主《藏扇杂话》《昙花逞艳记》载《永安月刊》第53期。郑逸梅《百衲语》载《万象》第3年第4期。

10日,范烟桥《述怀诗自笺》,徐碧波《心狱(续)》,郑逸梅《谪余随笔》载《紫罗兰》第7期;本期载有《秋》专刊。

本月

刘云若《海誓山盟(续集)》(下册)由上海励力出版社出版;1947年5月,续集由上海广艺书局再版,易名为《好梦难回》;1948年5月,广艺书局又版,封面标"续一夜春晓"。

11月

1日,纸帐铜瓶室主《藏扇杂话》《梅庵谈艺》,汤国梨《题娄东十老图》,徐碧波《吴门识小》载《永安月刊》第54期。张爱玲《琉璃瓦》载《万象》第3年第5期。

7日,王小逸《浊海繁花》载《繁华报》第2版,至1944年8月31日,共8章,277次。田舍郎《暴发户》载《繁华报》第2版,至1944年9月30日,256次,载完。

10日,张爱玲《金锁记》(小说)连载于上海《杂志》第12卷第2、3期。徐碧波《心狱尾声》,郑逸梅《檐花愁对录》载《紫罗兰》第8期;本期载《恋》专刊。

11日,"默公"《顾明道病入膏肓》载《东方日报》第2版。
引:《顾明道病入膏肓》:
顾明道,苏州人,在旧文坛上颇有微名,无奈他两足瘫痪,真是天生缺憾,幸而两手无病,尚可信笔挥写,平时靠砚田收获,藉以糊口。战后来做海上寓公,除写小说外,又附设明道国学补习夜校,藉此过度着艰难岁月。前几天听说他每天下午便发潮热,这是身体太亏,而又过分劳苦的征象,但是若教他休息,那么砚田荒芜,收获不多,上有七十余岁的老母,下有妻子和女儿,一家数口,都靠着他一只秃笔,将如何是好呢?
最近由朱葵叔医生替他义务治疗,证明他是肺病第三期,力劝不可再动笔墨,劳伤脑力。

16日,张恨水《梅兰芳与周作人》载《新民报·上下古今谈》,赞扬梅兰芳留须明志,坚守清苦,"靠着当卖过日子""不趋奉敌人"的行动,彰显出"沦陷区无限的贞坚之士"的民族气节。

20日,徐蔚南《苏曼殊的小说》载《文艺先锋》第3卷第5期。

25日,黑旋风《流氓喋血记》载《繁华报》第3版,至1945年4月20日,480次,未完。

本月
《天下》月刊在上海创刊,叶劲风主编。

12月

1日,田舍郎《现世人家》载《力报》第2版,至1944年9月17日,202次。郑逸梅《浮生六记之佚稿》,徐碧波《出得门来》,严独鹤《祝烟桥寿》,周瘦鹃《又》,纸帐铜瓶室主《记故小说家何诹及其遗作》载《永安月刊》第55期。

10日,范烟桥《感逝》,郑逸梅《蝶梦余录》载《紫罗兰》第9期。本期载《健美》专刊。

本年

白羽《大泽龙蛇传》由唯一书店出版。

张恨水《大江东去》由重庆新民报社出版;1946年8月由南京新民报社出版沪三版,12月出版沪四版。

郑逸梅任志心学院教授,兼任徐汇女中、江南联合中学课务。

1944年（甲申）

1月

1日，纸帐铜瓶室主《余之小手册》《新岁杂识》，陈小翠《题钟馗嫁妹图》，徐碧波《我今年新年以后的希望》，蒋吟秋《五年来之元日诗》载《永安月刊》第56期。刘云若《冰弦弹月》自第二回起载《新民报》半月刊创刊号，至5月1日第9期，7次，未完；1949年1、2月，由上海正气书局出版。张爱玲《连环套》载《万象》第3年第7期，至6月1日第12期，5次，未完。

5日，《大方》（小报化杂志）创刊，王小逸、谢啼红编辑，至2月25日，3期终刊。唐大郎《记大方》，吴绮缘《义女群》，陈小蝶《两生行》载创刊号；长篇：王小逸《三妇之家》，桑旦华《模范闺女》，由舍郎《女病人》载创刊号，至2月25日第1卷第3号，3次，未完。

10日，周瘦鹃《等待》载《紫罗兰》第10期；本期载有《冬》专刊。

19日，王度庐《大漠双鸳谱》载南京《京报》，至7月3日，载完。

2月

1日，纸帐铜瓶室主《星社文献》《甘茶杂札》，胡亚光《白下回忆录》，徐碧波《信手招来》，半兰主人《书余天遂事》，方慎盦《知止居士五十述怀》载《永安月刊》第57期。

17日，冯梦云因宣传抗日，被日寇杀害。

本月

郑逸梅《养晦小识》载《紫罗兰》第11期。本期设《游于艺》专刊。

3月

1日，胡朴安《南社诗话》，纸帐铜瓶室主《南社文献》《味灯漫札》，陈小翠

《拗春曲》,钱萼荪《壶中天》,蒋吟秋《访黄园偕逸梅石龛》,胡亚光《墨屑》,徐碧波《身边杂拌》,屠守拙《访梅打油诗》载《永安月刊》第58期。陈灵犀《一点通》载《社会日报》第2版,至10月18日,44次。

本月

程小青《龙虎斗:福尔摩斯与亚森罗苹的搏斗》由世界书局出版,含《钻石项圈》《潜艇图》等。

4月

1日,何海鸣《步兵别传》载《同袍》月刊第1卷第1期,至12月15日第2卷第2、3期合卷,8次,本节完,全书未完。胡朴安《南社诗话(二)》,纸帐铜瓶室主《星社文献》《怡怡小录》,姚石子《记赵烈文能静居日记》,屠守拙《烛炮偶笔》,胡亚光《梦蝶楼杂感》,徐碧波《人生漫笔》载《永安月刊》第59期。

14日,周瘦鹃"杂俎"《紫兰花片》载《海报》第2版,至1945年8月18日,63次。

15日,程小青译、英国杞德烈斯著《圣徒奇案之一:怪旅店》载《小说月报》第40期,至11月25日第45期,6章;1946年1月由世界书局再版,1948年11月3版。

16日,周瘦鹃《紫罗兰盦集句诗》载《社会日报》第3版,至5月22日,9次。

本月

徐碧波《苏州屋檐下》载《紫罗兰》第12期;本期设《夫妇之道》专刊。

秦瘦鸥短篇小说选《二舅》由上海太平书局出版,1册,载12篇小说:《给他母亲杀死的?》《十二年了》《这不过是秋天》《小店主》《一个洋囝囝》《热带鱼》《落叶》《同学少年》《风雨故人来》《第三者》《恋之梦》。

5月

1日,迅雨撰《论张爱玲的小说》载《万象》第3年第11期。胡朴安《南社诗话(三)》,蒋吟秋《忙里偷闲录》,包天笑《钏影楼杂记》,纸帐铜瓶室主《尺牍赘谈》《自娱偶存》,范君博《岁华丽语》,徐碧波《报复》,杨剑花《茗边偶掇》,谢闲鸥《上海的书画社》,胡亚光《艺海一笑录》载《永安月刊》第60期。

8日,陈灵犀《常欢喜斋常谭》载《社会日报》第3版,至1945年4月29日,118次。

14日,平襟亚以秋翁的笔名在《海报》发表《一针见血》,指责张爱玲没有履行约定,《连环套》写到第六期戛然而止,多拿了《万象》一千元稿费不还之事。后来还在《海报》上发表《记某女作家的一千元灰钿》讽刺张爱玲的"生意眼""市侩气息"。顾明道病逝。

补:15日,《新闻报》登"顾明道作古":

顾明道先生抱病已久,忽于昨日逝世,定今日下午三时在胶州路昌平路大众殡仪馆大殓。

16日,神鱼《顾明道惨死记》载《社会日报》:顾先生早年为吴门某校教师,施济群严独鹤辑红杂志时,发起征文,顾得第二名,嗣后顾选有作品投寄该报,遂为文艺中人。所著《荒江女侠》说部,且摄为影片,文名之盛,亦不亚于张恨水、不肖生辈。去年因物价高涨,煮字不足疗饥,惟新闻报当局,仍致稿费如恒,且由五百元增至一千元,在馆之对待执笔人,已不可为不厚,而顾先生得此,亦无异杯水车薪,生活益难,病根益深,郁郁以死,虽非横死,亦为惨死也。顾之作品,细腻熨帖,述女儿故事,绘声绘影,与《秋海棠》作者秦瘦鸥先生笔下,有相似处。

16日,严独鹤在《新闻报》第4版发表《哀顾明道兄》。

引:《哀顾明道兄》:

名小说家顾明道兄,于本月十四日下午四时逝世。……明道兄今年也不过四十八岁,他十四岁就丧父,那时节已是家业荡然,全靠着他母亲以针线所入,略积了些钱,供给学费,才能继续读书,他自知家境十分困苦,因此在青年求学的时期,异常努力,毕业以后,又专心于志,钻研国学,终于文化阶层里,占到了一席位置,可是毕生心血,就消耗在辛勤写作之中,而且毕生命运,也就埋藏在文字生涯之中了。

明道兄在廿岁后,就得了足疾,不良于行(近十年来更双足俱废)。他的体质,又是非常瘦弱,差不多常带着病的。在以前笔耕所入,除供家用而外,身体上还勉强可以略资培补。自从战事发生后,他从苏州迁居上海,在这样物价逐步高涨的情形之下,生活的鞭策,一天紧似一天,哪里还能得到相当的休息,每日蛰伏斗室,埋首疾写,而又清操自励,不肯轻易干人,似这样劳苦煎熬了几年,便于去年秋天,触发了肺疾,并且等到发现,已经是狠严重而不易挽救的了。

明道兄是毫无积蓄的,这一笔疗治肺病的医药费,便只得他的亲戚友好门人,一方面量力资助,一面再代为各方筹募(本馆也曾一度担任医药费,送明道入红十字会分院治疗,住院约三十多天)。从去秋到如今,一共也经过了八九个月的时间,耗费了不少钱,可是明道的病还是一天深似一天。到了最近半个多月,他自知不起,对于探病的戚友,只垂着两行泪说:"蒙知交的厚意,和各界的援助,真是铭心刻骨,可惜没法图报了,而且身后之事,还须累及诸公,加以援手,九泉有知,自当永永感戴。"鸟死鸣哀,凄惨已极。

讲到明道兄的身后之事,目前殡殓所需,虽然由族戚友好,急急地为他筹措,但依眼前的物价,无论怎样力求节省,依然不敷甚巨,只得先行厝宕,再图凑集。尤其使戚友们感到困迫的,是明道兄一身已矣,却还有七旬老母和寡妻孤儿(明道生一子一女,子年十五,肄业初中,女年更幼),此后何以为生,真是一个急需解决而又无法解决的大问题。在万不得已的情况下,只有希望与明道兄生前有交谊者,能从丰赙赠,更希望平时爱阅明道兄小说的读者,和同情于寒素之士的慷慨君子,能予以道义上之援助,庶使死者不致含恨重泉,生者不致流离失所(如有致送明道赙赠者,今日请送大众殡仪馆,十七日起由本馆社会总务部代收)。

张恨水五十初度,"文抗"、新闻协会、新民报社联合发起祝寿活动。重庆《新民报》及其晚刊推出张恨水先生五十岁寿辰、创作三十年纪念特辑。

21日,周天籁《混血女儿》载《东方日报》第2版,至8月31日,102节,载完。锺吉宇《黄龙奇侠传》载《东方日报》第3版,至8月31日,100次,12回。

10日,张爱玲《红玫瑰与白玫瑰》载《杂志》第13卷第2期,至7月10日第4期,3次。

20日,张恨水《总答谢一并自我检讨》载重庆《新民报》,至22日。该文概述其创作历程,表达对"鸳鸯蝴蝶派""礼拜六派"及章回体小说的看法。

本月

徐碧波《明天》,郑逸梅《采菲小集》,周瘦鹃《风和日丽之辰》载《紫罗兰》第13期;本期附载《紫罗兰小画报》;海上说梦人《新歇浦潮》载《紫罗兰》第13期,至12月第18期,7回,未完,6次。周瘦鹃《爱的供伏——附〈记得词〉一百首》载《紫罗兰》第13期,至11月第17期,回顾与周吟萍的恋爱往事。

6月

1日,胡朴安《南社诗话(四)》,予且《索隐记》,高吹万《感旧漫录(二)》,纸帐铜瓶室主《悼顾明道兄》,屠守拙《星社在苏州》,郑逸梅《斗茗清谈》《"繁星"两年》,袁容舫《樊樊山之晚景》,范烟桥《愚楼日记》,知止居士《悼钱云鹤》,屠守拙《拙庐赘言》,姚石子《遣怀》,徐碧波《零星之什》,胡亚光《读画墨屑》,杨剑花《灯唇语賸》载《永安月刊》第61期。

补:《"繁星"两年》:

本刊自问世以来,瞬已五周年,在此五周中,世变风云,动荡诡谲,而发行刊物,种种艰困,不易应付,本刊幸赖读者及同文致爱护,得以维持不替,是深堪感荷,并藉以自慰者也。即"繁星"一栏,蒙诸朋好珠玉纷投,匡我不逮,亦有二周年之历史,而此二周年中,人事变迁,如曩时按期撰稿之陈子涵度,邅走燕北,消息杳然。刘瞻命、金季鹤二君,则多病辍笔,久不以佳著见饷,顾子明道,溘然长逝。即何之硕、吕伯攸、夏石盦、陈念云诸子,亦意兴阑珊,不复从事于此。惟丁健行、徐碧波、蒋吟秋、胡亚光、袁容舫、丁仲祜、范君博、谢闲鸥、屠守拙、蒋春木、李晓耘、杨剑花、金通谦诸君子,妙笔生花,清言霏玉,使"繁星"光芒,照耀艺苑,于此纪念特大号中,不能不向以上诸君子申我谢意也。

10日,《风雨谈》第12期(创刊周年纪念号)刊出推荐的十种新出的中国新文学书籍,有予且、丁谛、秦瘦鸥、纪果庵、陶晶孙、柳雨生、文载道、谭正璧、路易士、杨之华等的作品。

15日,包天笑《燕归来》载《小说月报》第42期,至11月25日第45期,4章,未完。

本月

周瘦鹃《悬崖之上》,郑逸梅《叹凤伤麟录》载《紫罗兰》第14期;本期附载《紫兰花片》。

7月

1日,浩《李秀成记》,胡朴安《南社诗话(五)》,胡寄尘遗稿《趣史》,纸帐铜瓶室主《南社摭谭》《恼花小语》,屠体乾《挽明道社兄》,蒋吟秋《客中酬唱集》《养庐漫墨》,徐碧波《零星之什》载《永安月刊》第62期。

4日,王度庐《春明小侠》载南京《京报》,至1945年2月25日,载20章。

29日,刘云若《银汉红墙》载《立言画报》第305期,至1945年5月26日第340期,2回,载34次,未完。

30日,张恨水《衡阳与斯大林格勒》载《新民报·上下古今谈》。

注:衡阳保卫战,中国士兵在武器装备极其落后的情况下,坚守一个多月,"足以证明中国军人能战,能苦战。"张恨水认为,如果中国军队有苏联红军那样先进的装备,"衡阳城郊根本不用打这样久,就把敌人打退了","相信衡阳守军的精神足与斯大林格勒苏军一比",号召"全国军人都应该向衡阳城内外忠勇的将士学习"!

本月

刘云若《鼙鼓霓裳》由正大书局出版;1943年2月—1944年曾连载《新民报》,未完。

8月

1日,张恨水杂感小品《七人座谈》栏"两都赋"系列载《新民报》,至1945年1月30日,共27篇。胡朴安《南社诗话(六)》,纸帐铜瓶室主《南社摭谭》《媚古谈荟》,范君博《岁华丽语》,徐碧波《零星之什》,蒋吟秋《画友凋零录》,屠守拙《以写余心》,胡亚光《记唐云之风趣》载《永安月刊》第63期。

9日,周瘦鹃诗《长记》载《海报》第3版,至1945年2月2日,13次。

26日,《杂志》社在康乐酒家召开了张爱玲小说集《传奇》评茶会。谭正璧、陶亢德等参加,张爱玲至会听取意见。

29日,张恨水杂感随笔《小世说》栏载《新民报》晚刊,至9月15日,共发表1篇"序"及15篇"儒行"。

本月

范烟桥《主办与轿盘头》,杨剑花《樱桃篇》,徐碧波《迟暮》,周瘦鹃《悬崖之上》(续)载《紫罗兰》第15期;本期附载《紫兰花片·夏之专页》。

9月

1日,周天籁《歌国皇后》载《东方日报》第2版,至30日,30次,载完。胡朴安《南社诗话(七)》,高吹万《感旧漫录(四)》,纸帐铜瓶室主《南社摭谭》,胡寄尘(趣史(续)》,郑逸梅《桐荫闲札》,徐碧波《全家福》,蒋吟秋《村居散记》载《永安月刊》第64期。《万象》第4年第3期推出"三十年前上海滩",载有包天笑《我与新闻界》,范烟桥《上海行》,郑逸梅《三十年前之书画家》,朱凤蔚《民初上海忆语》,秋翁《三十年前之期刊》,周剑云《剧坛怀旧录》,张石川《一束陈旧的断片》,郑逸梅《绿窗絮语》《丛残偶拾》。锺吉宇《多情女教师》载《东方日报》第3版,至30日,30次。

4日,包天笑《电之国》载《社会日报》,至10月25日,4章,39次。

19日,何海鸣《癸丑金陵战纪》载《三六九画报》第29卷第6期,至1945年1月6日第31卷第2期,共32次。

20日,周瘦鹃《我为什么写〈秋海棠〉》载《海报》第3版,至9月21日,2次。

本月

范烟桥《垂虹桥》,郑逸梅《淞云小语》,徐碧波《星期一》载《紫罗兰》第16期;本期附载《紫兰花片》(此期《紫罗兰花片》以说茶谈酒为主题)。

10月

1日,田舍郎《混账东西》载《繁华报》第3版,至1945年2月26日,97次,未完。包天笑《一缕麻》上卷载《大众》10月号,至11月号,上下卷,载完。

按:包天笑《一缕麻·重写前言》交代重写缘起:"约在民国元二年间,余曾写一短篇小说,曰《一缕麻》。其中本事则得之一女佣口中,盖女佣于无意中告吾内人,而余曾拢拾之以为题材。这不能说是向壁虚造,实有此事。俄而梅碗华以其故事,编为新剧,缀玉轩丛谈中不是曾道及此事,且云因此戏而感化两家婚姻之事,这不是我写小说始料所及的呢。记得此一短篇,曾登载于时报馆所发行之《小说时报》,事越三十年矣。《小说时报》久已绝版,有人谈及《一缕麻》小说事,而叩询其文,余亦茫然,仅约略得起轮廓而已。然此轮廓,亦为梅畹华之曾编新剧,施之文采,被以管弦,而亦得流传入口。当时余不存稿,而遍索《小说时报》的曾登此文者,亦不可得,朋辈有欲索观此篇小说者,余无以应也。后知畹华所编之新剧,都有剧本,而《一缕麻》之剧本,颇闻有齐如山、吴震修两先生之审定者,其中且有较原作改动处,我以为畹华之剧本,必高出我之小说也。亦拟走畹华居处,一询其剧本,惟以彼近来谢绝红氍,且《一缕麻》之所谓时装剧者,也久不演了。数日前,偶得三十年前《一缕麻》的旧稿,则为文言体者,意有未惬,乃为重写一过。"

胡朴安《南社诗话(八)》,杨剑花《红蓼随笔》,纸帐铜瓶室主《南社摭谭》《秋蛩小语》,高吹万《感旧漫录(五)》,范君博《百俳词》,徐碧波《多福饼》,吴绮缘《梦中口占》,屠守拙《笔头佳话》,蒋吟秋《秋庐近诗》,胡亚光《记郑石桥》载《永安月刊》第65期。包天笑《我与新闻界(续)》,郑逸梅《三十年前上海滩的补充话》载《万象》第4年第4期。

2日,钟吉宇《释迦牟尼佛》载《东方日报》第3版,至1945年9月18日,321次,22回。

11日,徐卓呆《李阿毛信箱》载《铁报》第4版,至1947年6月30日,398次。

23日,徐卓呆(李阿毛)《东线无战事》载《力报》第3版,至10月28日,载完。

28日,范烟桥以"含凉""含凉生"在《海报》发表时评杂感、小品随笔等,至1945年8月17日,共162天次。

本月

张秋虫"社会小说"《未婚之妻》由上海惜阴书局出版。

11月

1日,"集锦小说"第一组《红叶》载《海报》第2版,至10日,作者有钱芥尘、包天笑、秋翁(平襟亚)、周瘦鹃、余空我、谢啼红、范烟桥、程小青、郑逸梅、徐卓呆、王小逸。胡朴安《南社诗话(九)》,李伯琦《张文祥刺马督记》,纸帐铜瓶室主《粲英集》《朋好言行录》,胡寄尘《趣史(续)》,高吹万《感旧漫录(六)》,屠守拙《百样锦》,含凉(范烟桥)《稗屑》,徐碧波《万寿山》,蒋吟秋《自题画梅》载《永安月刊》第66期。包天笑《我与新闻界》载《万象》第4年第5期。秋翁游记

《北游心影》载《海报》第2版，至17日，16次，载完。

10日，张爱玲《殷宝滟送楼会》（列女传之一）（小说）载《杂志》第14卷第2期。

11日，"集锦小说"第二组《喜相逢》载《海报》第2版，至20日，作者有胡梯维、朱大可、张三、一方、炼霞、凤三、小平、陈蝶衣、陈灵犀、啼红、贞白。

15日，范烟桥（含凉）《唐伯虎三事》载《海报》第3版。

16日，李阿毛《日本戏院营业法》载《力报》第2版，至18日，3次，载完。

21日，"集锦小说"《上海大变》载《海报》第2版，至30日，作者有大苏、太白、小春、九公、丁慕琴、若梅、天籁等。

本月

郑逸梅《渺渺予怀录》，范烟桥《同学少年都不贱》，徐碧波《佛脚恳携录》载《紫罗兰》第17期；本期附载《紫兰花片》（本期《紫兰花片》以谈吃食为主题）。

张恨水辞去重庆《新民报》经理。

12月

1日，捉刀人《新纺棉花》载《海报》第2版，至1945年1月3日，32次，载完。胡朴安《南社诗话（十）》，纸帐铜瓶室主《款冬丛拾》《知非赘言》，高吹万《感旧漫录（七）》，含凉《稗屑》，范君博《连理枝》，蒋吟秋《病愈闲墨》载《永安月刊》第67期。

18日，存仁《秦瘦鸥与〈秋海棠〉》载《社会日报》第2版，至20日，3次，载完。

本月

周瘦鹃《写在紫罗兰前头》言："在纸老虎大肆淫威之下，有好多刊物都已销声匿迹，而我们这一朵柔弱的紫罗兰，也因不胜蹂躏而只剩奄奄一息了。可是我们偏不服气，力能挣扎时，还想作最后的挣扎，于是这十八期终于在今天与亲爱的读者相见了……这一期出版以后，下一期何时再可与读者重见，还在未定之天，要是从此也跟着别的刊物销声匿迹，那么这一回就要和读者告别了，祝您们健康与快乐！——民国三十三年十二月周瘦鹃识于紫罗兰盦"（引《紫罗兰》第18期，12月）

叶楚伧《叶楚伧文存》由正中书局出版，收入《民国丛书》第4编。

秦瘦鸥任重庆《新民报》主笔，至1946年3月。

1945年（乙酉）

1月

1日，包天笑《新年旧话》载《大众》1月号，至2月号，载完。李阿毛《明星戏迷传》载《海报》第2版，至7月28日，156次，载完。胡朴安《南社诗话（十一）》，范烟桥《元旦书空》，杨剑花《庾岭花开话早梅》，纸帐铜瓶室主《南社撦谭补遗》载《永安月刊》第68期。

7日，汪仲贤《放蛆楼嘲谑》载《社会日报》第2版，至2月6日，共30次。

15日，张恨水《谈"上下古今谈"》载《艺文志》创刊号。

本月

德龄著、秦瘦鸥译《瀛台泣血记》由百新书店出版。

2月

1日，胡朴安《南社诗话（十二）》，纸帐铜瓶室主《南社撦谭补续》，高吹万《感旧漫录（八）》，郑逸梅《涉笔成趣》，含凉《太平天国的历法》，屠守拙《百样锦》，徐碧波《敬师闲话》，江红蕉《和知止居士韵》载《永安月刊》第69期。

3日，周瘦鹃《泣血辞》载《海报》第3版，至12日，9次。

7日，汪仲贤《滚进滚出的人》载《社会日报》第2版，至28日，15则。

8日，何海鸣病逝。

引1：3月18日《海报》第3版载十翁《何海鸣之死》：

去年冬至感疾，缠绵床笫，延至二月八日逝世。

引2：高斐如《诔亡师何海鸣》（载《中公校刊》第3期）：

民廿九年，先生重来南京，蛰寓白鹭洲，仍事写作，数口之家，仰仗一身，虽任职国府宪政实施委员会，奈官俸菲薄，生活高昂何？家境清贫，几患断炊之虞，以致日日眉攒，卒为忧患所杀，享年五十有五。先生卅三年秋初任教我校，授吾级经学暨文字学等，讵造化忌才，遽夺良师,病不弥月,终于本年仲春溘逝。

10日,包天笑《我与杂志界》载《杂志》第14卷第5期,至3月10日第6期,2次,载完。

18日,汪优游(汪仲贤)《燕子泪》载《社会日报》第3版,至4月27日,共69次。

3月

1日,胡朴安《南社诗话(十三)》,纸帐铜瓶室主《郁伊杂编》《庸言》,知止居士《记账必要》,蒋吟秋《呵冻零墨》,含凉《记老仆春宵》,徐碧波《锦灰堆》,陶冷月《题蒋子英百花长卷》,屠守拙《百样锦》,陶冷月《作画自诗》载《永安月刊》第70期。

5日,蔡东藩因疟疾去世。

9日,范烟桥述意、吴友如绘图《六十年前上海滩》载《社会日报》第2版,至6月16日,100次,载完。

10日,张爱玲《创世纪》载《杂志》第14卷第6期、第15卷第1、3期。《杂志》社"编辑后称《创世纪》与《金锁记》有相似之气氛,其必为广大读者所重视,殆无疑义"。范烟桥(含凉)《点石斋画报》载《社会日报》第3版。

16日,周天籁《红梅阁》载《东方日报》第3版,至6月24日,98次,载完。

21日,予且《予且随笔》载《新闻报·茶话》至8月18日,70次。

30日,田舍郎《生意人》载《繁华报》第3版,至6月30日,共86次。

4月

1日,《海报》推出李阿毛的"李阿毛主答"栏目,至8月15日,共134次。曼妙《独养儿子》,胡朴安《南社诗话(十四)》,纸帐铜瓶室主《南社撦谭补续》《春梦呓语》,范烟桥《新历法》,屠守拙《春回浪墨》,胡亚光《绘余偶拾》载《永安月刊》第71期。周瘦鹃《采香集》载《社会日报》第2版,至8月11日,27次。

7日,李阿毛《现代情歌》载《力报》第2版,至30日,载完。

14日,李阿毛《詹周氏·蒋士彦:若有其事对谈记》载《光化日报》第2版,至30日,17节,载完。

15日,范烟桥《马兰头》载《光化日报》第2版,至9月16日,范烟桥以"含凉"为笔名在《光化日报》发表时评杂感、小品随笔达81天次。

5月

1日,李阿毛《摸道人鸢话》载《光化日报》第3版,至5月31日,31次,载完。海派小说名家扶轮会载《海报》第3版,至7月7日,共有如下名家名作:包天笑《夜袭》(1日—5日),文宗山《爱情的测验》(6日—10日),予且《杨柳》(11日—14日),潘柳黛《春从我家起》(15日—18日),吴绮缘《割爱记》(19日—27日),程小青《催眠术》(28日—6月8日),周小平《小茉莉》(6月9日—6月20日),周瘦鹃《死后的刹那》(6月21日—6月26日),范烟桥《夹竹桃》(6月27日—7月2日),苏青《一个梦》(7月3日—7月7日)。何家支(王小逸)《双飞燕》载《海报》第2版,至8月18日,4章,101次,未完;其中,《王代梁海燕》(5月1日—17日),《乌衣旧燕》(5月28日—6月21日),《琼楼新燕》(6月22日—7月23日),《画堂春燕》(7月24日—8月17日),《风帘雏燕》(8月18日);《双飞燕》之《投怀玉燕》于10月10日自第20次续载《铁报》,至1946年3月29日,分《投怀玉燕》《呢喃新燕》《辞巢白燕》《衔泥双燕》《荒林孤燕》《夕阳归燕》《离家娇燕》。王度庐《琼楼双剑记》从第2章载南京《京报》,未完。王度庐《锦绣豪雄传》载青岛《民民民》月刊,未完。胡朴安《南社诗话(十五)》,纸帐铜瓶室主《南社摭谭补续》《落英缤纷》,谢闲鸥《自题美人图》,蒋吟秋《教书乐》《和唐人诗》,屠守拙《春归谈春》,范烟桥《杂世说》,包天笑《题烟桥纪念册》载《永安月刊》第72期。

7日,陈灵犀《辟尘龛日记》载《社会日报》第3版,至8月17日,94次。

9日,予且《予且随笔》载《海报》第3版,至8月16日,30次。

6月

1日,包天笑《七十自述》载《语林》第1卷第5期。胡朴安《南社诗话(十六)》,纸帐铜瓶室主《六年来的杂志潮》,高吹万《感旧漫录》载《永安月刊》第73期。

4日,范烟桥(含凉)《现代传记的我见》载《社会日报》第3版。

9日,星社同人《星社白事》载《海报》第2版。

引:《星社白事》:

同人发起合作书画扇,以润资助顾明道先生遗族,兹得一百余万元,定即日截止,决议以三分之二送遗族,以三分之一为其子女教育费,账目俟结算后公布,并代向回顾诸君道谢,复因积件过多,须至六月底交件,请备鉴谅——星社同人谨启,六月七日。

20日,王小逸《花外流莺》载《吉报》,至7月31日,未完。

21日,周瘦鹃小说《死后的刹那》载《海报》第3版,至26日,6次。

24日,张恨水《一段旅途回忆——追忆在茅盾先生五十寿辰之日》载重庆《新华日报》。

本月

程小青《霍桑探案:魔窟双花》(收《霍桑探案袖珍丛刊》之十二)由世界书局初版;1947年2月3版。

7月

1日,捉刀人《十八般文艺》载《海报》第2版,至8月18日,共49次。张恨水《武侠小说在下层社会》载重庆《新华日报》。李伯琦《清代学制》,胡朴安《南社诗话》,高吹万《感旧漫录》,纸帐铜瓶室主《耳佣目僟录》《蘼芜一片》,范烟桥《手册选珠》,浮云居士《包天笑先生七十》,屠守拙《蒲觞余沥》载《永安月刊》第74期。

4日,秋翁(平襟亚)《秋窗述异》载《社会日报》第2版,至8月15日,12次。

21日,张爱玲出席上海《杂志》社举办的讨论关于生活与艺术的问题的纳凉座谈会并发言。8月,《纳凉会记》在《杂志》上发表。

28日,范烟桥《暮雨萧萧曲》载《力报》第3版,至9月18日,范烟桥以"含凉"为笔名在《力报》发表小品随笔、时评杂感29条。

8月

1日,高吹万《感旧漫录》,纸帐铜瓶室主《民初之绝版小说》,李伯琦《近时异人小传》,郑逸梅《会心独赏录》,蒋吟秋《不堪回首》《山居》,范烟桥《鸥夷室偶拾》,徐碧波《糟说》,屠守拙《销夏嘅言》,知止居士《佣余谈画》载《永安月刊》第75期。

5日,张恨水《〈儿女英雄传〉的背景》载重庆《新华日报》。

7日,《社会日报》停刊。

9日,周瘦鹃《一生低首紫罗兰》载《社会日报》第3版。

14日,刘韵琴病逝。

23日,范烟桥(含凉)《文汇报的鳞爪》载《光化日报》第3版。

本月

经周恩来介绍,张恨水认识了正在重庆谈判的毛泽东主席。

9月

1日,郑逸梅《八年痛定记》,纸帐铜瓶室主《我的教书生活》《娱穷散笔》,范烟桥《箕踞》,蒋吟秋《可园》,徐碧波《浣暑集》,屠守拙《巧辞捃拾》,载《永安月刊》第76期。

10月

1日,范烟桥《抗战逸话》载《立报》第3版,至11月17日,29次。郑逸梅《双庆之种种》,纸帐铜瓶室主《我的教书生活》,高吹万《感旧漫录》,郑逸梅《忭舞余录》,范烟桥《不忘渭阳》,蒋吟秋《乙酉俚吟》,胡亚光《梦蝶楼随笔》,徐碧波《胜利以后》载《永安月刊》第77期。

9日,严独鹤在《立报》第3版发表《金箍棒》等时评杂感文字,几乎每天一篇,至1946年5月19日,共152则。

10日,秋翁"笔记杂感"《秋斋笔谈》载《铁报》第2版,至1949年6月13日,共150次。

18日,范烟桥《珍珠栗》载《铁报》第3版,至1949年4月3日,共发表小品、杂感等共308天次。

22日,《福尔摩斯》停刊。

11月

1日,郑逸梅《近数十年来之社史》《海晏小语》,高吹万《感旧漫录》,蒋吟秋《返乡》,胡亚光《造像琐话》,知止居士《伪币罪恶史》,范烟桥《菊花诗》,白齐《军犬小史》,葩叟《海上和平竹枝词》载《永安月刊》第78期。

3日,二月河生,原名凌解放。

10日,刘云若《白河月》载《天津民国日报》,至1946年12月7日,载完;1947年4月由上海正新出版社出版。

17日,范烟桥以"含凉"为笔名在《海风》第1期发表《叶小凤戒酒》等小品随笔,时评杂感,至1946年7月27日,共23天次。

22日,《申报》在上海复刊。

28日,周瘦鹃《白门思痛录》载《立报·花果山》。

12月

1日,徐碧波《灯明了》,纸帐铜瓶室主《南社在苏州》《聊以解忧》,高吹万

《感旧漫录》,安定居士《蝶梦余墨》,范烟桥《花萼相辉图》,屠守拙《心海热潮》载《永安月刊》第79期。

3日,张恨水《告别重庆》载《新民报·上下古今谈》,辞报职,次日启程返北平。

5日,李阿毛《新戏迷传》载《海光》第1期第2版,至1946年7月31日第33期,33次,载完。秋翁《秋斋忆语:敌宪兵队二十八天》载《海光》周刊第1期,至1946年4月17日第20期,40节,20次,载完。

10日,捉刀人《藕断丝连体:观光团》载《铁报》第2版,至1946年3月29日,共81次。

23日,范烟桥以"含凉"为笔名在《新上海》第1期发表《虹口两月记》,至1946年11月10日,共发表时评杂感、小品随笔22天次。

本月

张恨水散文集《山窗小品》(收56篇散文)由上海杂志公司出版。

本年

冬,许廑父返回杭州;编《工商报》。

戴愚庵卒,生年不详。

注:戴愚庵,名锡庚,字渔清,号渔庵,别署愚园老人,浙江绍兴人。主要作品有《沽上英雄谱》,1926—1927年在《东方朔》连载,1932年左右又在《天津益世报》晚刊继续连载,1936年左右由益世报馆汇集出版,2册8回。《沽水游侠》1945年2月在《三六九画报》连载,至4月中断,共3回。此外,还有《沽上混混史》等。

程小青《案中案》由上海世界书局初版,收入《霍桑探案袖珍丛刊》之二十一。

刘云若曾一度在天津中原银行任职;刘云若《燕子人家》由满洲新闻社出版。

郑逸梅任诚明文学院教授,与许啸天同事。

1946年（丙戌）

1月

1日，李伯琦《赛金花异闻》，纸帐铜瓶室主《前尘影事（上）》，杨剑花《往事回忆录》载《永安月刊》第80期。

3日，范烟桥《王小二过年》载《新闻报》第2版。

15日，《新侦探》创刊，由程小青主编，上海艺文书局出版。栏目有图照探案，特载，短、中、长篇侦探小说，杂俎等，主要撰稿人有程小青、周瘦鹃、姚苏凤、徐碧波、何卓呆等。至1947年6月1日，出17期终刊。创刊号载：论文：程小青《论侦探小说》，姚苏凤《霍桑探案序》；短篇：徐卓呆《君子之子》，周瘦鹃译《第五供状》，程育真译《我是纳粹间谍》，何澄译《重要关键》；中篇：吕白庐译、爱雷奎宁著《奎宁探案：菲洲旅客》；研究：罗薇《科学侦探术（秘密通信）》，陈传薪《犯罪学讲话（犯罪学的范围）》；小探案：叶叶《自卫还是谋杀》，寿芝《车中尸》等。程小青《霍桑探案：百宝箱》载创刊号，至1947年6月1日第17期，17次；剑虹译，R. F. Schabelitz、Willetta Ann Barber同著《画中线索》载创刊号，至1947年1月1日第15期，15次，26节，载完。

本月

《新上海》（周刊）创刊，上海《新上海周报》社发行。1947年5月停刊。

2月

1日，纸帐铜瓶室主《前尘影事（下）》《霖雪新录》，范烟桥《执著》，屠守拙《苏台片羽》，徐碧波《献花椒颂录》载《永安月刊》第81期。

15日，叶小凤病逝于上海。姚鹓雏增补为检察院监察委员，兼主任秘书。张恨水《由通俗小说谈到民间文学思想》载南京《新民报》晚刊副刊《夜航船》。程小青《霍桑探案：〈毋宁死〉》，程育真译《白色康乃馨》，海伦译《女子地下工作者裘克琳),永修译《三个纸烟尾》,萧隆译《化身爵士》,周瘦鹃译《秘窟洗冤记》载《新侦探》第2期。

16日,张恨水小说《人心大变》载南京《新民报》晚刊之《夜航船》,至26日,载完。

21日,刘云若《粉墨筝琶》载《一四七画报》第2卷第1期,至1948年第21卷第12期,7回,191次;此页登广告"刘云若《粉墨筝琶》第三集现已出售,青、济、并、唐、锦、保,各书店均售"。12月,由北京一四七画报社出版。

3月

1日,纸帐铜瓶室主《前尘影事补谈》《芳晖佳语》,杨剑花《宋词史话(上)》,徐清秋《求书散记》,屠守拙《丙戌杂俎》,徐碧波《索居賸墨》载《永安月刊》第82期。

15日,徐卓呆《两个坏蛋》,海伦译《显灵》,克企译、劳勃茨著《一粒钮子》,周瘦鹃译《秘窟洗冤记》载《新侦探》第3期。

18日,捉刀人《七弦琴》载《海燕》周刊第1期,至6月3日第12期。捉刀人《鸾和新辑:春之花》载《香海画报》第1期第2版,至4月15日第5期,5次。

31日,捉刀人《活观音》载《沪光》周报第1期,至4月28日第5期,5节,共5次。

4月

1日,《大侦探》月刊在上海创刊,孙了红编辑,吴承达发行,上海第一编辑公司出版。孙了红译《煤油灯》,王承天"侦探卡通"《医师夫人之死》,吴镜法译《马铃薯袋里的死尸》,刘柳影译《疯人的把戏》,饶磊译《渔网死尸》,凯蒂译《第五只钥匙》,王贸译《毒鼠药》,胡萼译《雪夜血案》载创刊号;翠谷译、爱雷·奎宁著《奎宁探案:健身院惨剧》载创刊号,至1947年3月10日第9期,17章,8次。捉刀人《雾中花》载《上海滩》第1期,至5月22日,共5节,6次。杨剑花《宋词史话(续)》,纸帐铜瓶室主《清玩偶记》《鸥梦余录》载《永安月刊》第83期。

4日,北平《新民报》创刊,张恨水任经理兼编副刊《北海》。张恨水小说《巴山夜雨》载《新民报·北海》,至1948年12月6日,载完。

15日,徐碧波《钞》,长啸译《风雪中》,文心《线与针》,高风译《收藏家》,程小青译、英国杞德烈斯著《圣徒奇案:人造钻石》载《新侦探》第4期。

24日,吴绮缘《现代红楼梦》载《铁报》,至9月6日。秋翁"写实连载"《近八年目睹之怪现象》载《海光》周刊第21期,至7月24日第32期,24节,11次。

30日,范烟桥《读书杂记》载《立报·花果山》,至5月12日,3次。捉刀人《鸾和新辑:哑而美》载《香海画报》第7期第2版,至6月17日第14期,8次,未完。

5月

1日,张恨水《巴山夜雨》载《新民报》,至6月30日,3章,61次,未完;7月1日,从60次开始续载《新民晚报》,至1947年5月24日,11章,342次,未完。李伯琦《伪满帝鳞爪》、孙颂陀《萧心剑气楼随笔》、杨剑花《宋词史话》、郑逸梅《清玩偶记》《绿天野话》,安定居士《梦蝶楼杂缀》、徐碧波《记随园之伟大》载《永安月刊》第84期。

4日,张恨水《继承五四精神》载《新民报·北海》。刘云若《烟月楼台》载《北戴河》,至1948年12月。

10日,范烟桥《吴语》载《立报·花果山》,至8月7日,22次。

15日,余茜蒂《升平街大破盗窟记》、红叶《猁犬悍盗》、顾志鸿译《蒙面人》、张亚府译《逃税者之死》、孙了红译"电影侦探"《新婚血案》、宁远译《炉边谈话》、凯蒂译《第五只钥匙》、钱昌年译《神经错乱》、刘柳影译《在圣经之前忏悔》、吴镜法译《瞎了眼的凶手》《浴缸女尸》载《大侦探》第2期。

18日,刘云若《水珮风裳》载《星期六画报》,至1949年1月第139期,载完;1948年12月由上海广艺书局出版单行本。

21日,周天籁《上海夜莺》载《上海特写》第1期,至1947年2月1日第30期,载28次。周天籁《雅子姑娘》载《东南风》第9期,至6月25日第14期,共6次。

26日,张恨水《虎贲万岁》载北平《新民报》第2版,至1947年3月23日,载完;1946年7月由上海百新书店出版。

30日,张恨水《抗战文人素描》载《新民报·北海》,至6月27日,共20次。涉及文人依次如下:郭沫若、茅盾、老舍、巴金、王平陵、易君左、冰心女士、卢冀野、章士钊、胡风、谢冰莹、老向、华林、金满成、胡秋原、梁实秋、陆晶清、丁玲、姚凤苏、孙伏园。

31日,范烟桥(含凉)《梅兰芳家乘补正》载《铁报》第2版。

本月

北平文学艺术界联合会成立,张恨水为主任理事。

6月

1日,邵殿生译《三层楼公寓》,周家道译《泄漏秘密的心》,程小青译《柯柯探案:女间谍》载《新侦探》第5期。陆丹林《徐世昌的一生》,张秋虫《墙西梦影》,纸帐铜瓶室主《牙慧闲拾》《洹上公子袁寒云》,晓耘《抱山簃随笔》,李伯琦《四十年前婚礼回忆》,屠守拙《絮语》,杨达明"小说"《梦阑珊》载《永安月刊》第85期。《少女》月刊在上海创刊,陈蝶衣、韦茵编辑,上海第一编辑公司发行,仅出3期。

3日,范烟桥《顾明道逝世二周祭》载《新闻报》第11版。

4日,范烟桥《钟馗像的考据》载《新闻报》第8版。

5日,《茶话》在上海创刊,至1949年4月15日,出35期。

注:《茶话》发行人为陆守伦,编辑人为顾冷观、吕白华,联华图书有限公司出版。内容载有图画、小说、小品文、笔记等。作者有包天笑、范烟桥、徐卓呆、张健帆等。

8日,周天籁《六年》载《快活林》第19期,至8月20日,8次,载完。

15日,包天笑《花坞夕阳》载《今报》,至11月15日,15章,152次。

16日,海伦译《昌功者》,徐卓呆《桑间挑子》,何澄《蛛网》,程小青译《柯柯探案:女间谍》载《新侦探》第6期。

24日,张恨水《鲁迅与标点》载《新民报·北海》。

26日,捉刀人《肥人小史》载《凌霄》第2期,未完。

本月

刘云若《红杏出墙记》由励力出版社出版。

张恨水《红楼女性的新估价》载《妇女与家庭》创刊号。

本月

张恨水《热血之花》由上海三友书店第1版,10月第2版。1935年1月三友书社第1版,1947年5月第3版,1949年3月第4版。

7月

1日,蔡中曾《电灯机钮上的血》,殷鉴译《镜中幻影》,何澄《一片奶油》,程小青译《奎宁探案:三个跛子(上)》载《新侦探》第7期。王小逸《前度桃花》载《罗宾汉》第2版,至9月18日,未完。陆丹林《大明顺天国起义始末》,张秋虫

"小说"《惊弦私记》,陆澹盦《幸免记》(散文),李伯琦《岑春煊遗闻》(掌故),碧翁《吊屠守拙词兄》,徐碧波《记随园之伟大(续)》,郑逸梅《花间小语》《南社在广东》(纪实),杨剑花《梧桐叶落时》(小说)载《永安月刊》第86期。

5日,张恨水《"广陵潮"新估价》载南京《新民报》晚刊副刊《夜航船》。

16日,沈涟译、施密司著《讲故事》,汪经武《好色之徒》,程小青译《奎宁探案:三个跛子(下)》载《新侦探》第8期。

31日,捉刀人《鸳和新辑:诚则灵》连载《香雪海》第1期第2版,至8月14日第3期,3次。

本月

张恨水《虎贲万岁》(《武陵虎啸》)由上海百新书店出版。

周瘦鹃《新秋海棠》由正气书局出版。

林镜主编《世界侦探小说名著丛刊》由上海国风书店出版。

8月

1日,秦瘦鸥译、希尔顿著《乱世余生》载《大众夜报》第3版,至1947年1月30日,共166次。还珠楼主《柳湖侠隐》载《大众夜报》第2版,至1947年1月12日,4回,未完。还珠楼主《蜀山剑侠新传》载《铁报》第2版,至1948年1月20日,6回,未完。《铁报》还推出"故事新编",共13篇,至10月30日。

补:《铁报》先后发表的"故事新编"有:徐卓呆《玻璃国》(1日—6日),吕伯攸《陶渊明到上海》(7日—11日),包天笑《子华使于齐》(12日—15日),蔡夷白《冒公子落难记》(16日—20日),陈灵犀《镜花奇缘》(21日—26日),张恂子《杨贵妃下海》(27日—9月1日),吴绮缘《现代红楼梦》(9月2日—9月6日),陆澹盦《舞弊国游记》(9月7日—9月11日),梁岱庵续写《乌龙院之梦》(9月12日—9月21日),王小逸《乱说西游记》(9月22日—9月27日),文宗山《民国儒林外史》(9月28日—10月6日),谢啼红《新官场现形记》(10月7日—10月25日),陈丹蘋《热昏封神榜》(10月27日—10月30日)。

自在《吴佩孚杨云史述评》(人物),徐碧波《吴中文献保存实录》(文献),李伯琦《盗陵彙纪》(掌故),陈定山《又》(序文),张秋虫《惊弦私记(下)》(小说),郑逸梅《鼎脔》(散文)载《永安月刊》第87期。

方轶群译《一颗枪弹》,黄嘉历译《脂粉虎》,杨春译《黑影的追逐》,宋锡译《珠宝店窃案》,沈毅《荣德生绑案内幕》,沈鸿渐译《谋杀》,吴镜法译《矿山绿林》,顾志鸿译《天网恢恢》,许靖孚译《狠心妇》,红叶译《子夜枪声》载《大侦探》第4期。谢雷达《鲁森探案:箭祸》,雍彦译《眼睛一霎》,程小青译《圣徒奇案:

一个爱好玩具的人(上)》载《新侦探》第9期。

3日,周天籁《翠堤藏春》载《礼拜六》第740期,至1947年6月8日第784期,共42次。

7日,捉刀人《肥人小史》载《春海》第1期,至11日,未完。范烟桥(含凉)《欧阳予倩之梅派戏》载《铁报》第2版。

15日,捉刀人《云鬟苍颜》载《诚报》第2版,至10月16日,共60次。还珠楼主(李寿民)《武当异人传》载《诚报》第2版,至11月28日,59节,未完;1946年10月,第1集由上海两利书局初版发行。

16日,汪经武《海葬》,何澄译《包罗德探案:造谣者》,高风《一一二一号》,紫竹《死拼》,程小青译《圣徒奇案:一个爱玩具的人(下)》载《新侦探》第10期。秋翁《人海新潮》载《沪报》第1版,至10月1日,40次,载完。捉刀人《女儿乐》载《沪报》,至1947年3月31日,14回,218次,载完。还珠楼主《峨眉七友》(《蜀山剑侠传续集》)载《沪报》第2版,至1947年4月8日,193次,未完。范烟桥以"含凉"为笔名在《诚报》第3版发表《庐山会议》等时评杂感、小品随笔,至11月27日,共49天次。田舍郎《现世男女》载《罗宾汉》第2版,至1947年4月30日,246次,载完。

21日,李阿毛《明星戏迷传》载《沪报》第2版,至11月8日,53次,载完。陈灵犀《镜花奇缘》载《铁报》第2版,至26日,6次。

22日,周瘦鹃《紫罗兰龛长短句》载《小说日报》第2版,至12月27日,15次。

30日,孙了红《侠盗鲁平奇案:梯形纸币》载《诚报》第1版,至11月1日,21章,64次,载完。冯蘅《海上艳后》载《诚报》第2版,至11月28日,91次。

本月

《寒光》月刊创刊于上海。

9月

1日,张恨水《纸醉金迷》载《新闻报·新园林》,至1948年11月20日,72章,789次;分4集由上海百新书店分别于1949年3、4、5、6月出版,4集分别题为《纸醉金迷》《一夕殷勤》《此间乐》《谁征服了谁》。张恨水《山窗小品》(散文集)由上海杂志公司出版。叶淑瑜《施剑翘复仇记》(纪实),李伯琦《吴佩孚遗事》(人物),顾佛影《呆斋随笔》,钝齐《剑媒》(小说),郑逸梅《秋兴》《清玩偶记(续)》,刘铁冷《镂冰室话旧》(随笔),知止居士《画苑趣史》(纪实),胡亚光

《痛定记》(记述),郑际云《云间人物志》(人物)载《永安月刊》第88期。

茜蒂译《地下工作》(又名《二十八弹》),金发《宝兰小姐日记》,陈翠《天堂血案》,吴镜法译《矿山绿林(下)》,方轶群译《薄命女侍》,黄嘉历《大侦探陈查礼杀人》,凯蒂译《从门缝中射击》,丙之译《夜莺别墅传奇》,顾志鸿《广州女间谍》,许靖孚译《机密文件》,沈鸿渐译《珠宝贼》载《大侦探》第5期。

3日,捉刀人《燕燕于飞》连载《快活林》第28期,至11月25日第40期,8回,共11次。

15日,刘禺生《世载堂杂忆》载《新闻报·新园林》,至1948年10月7日,670次。

16日,邵殿生《神父》,曾孝先《车尸案》,程小青译《圣徒奇案:艺术摄影师》载《新侦探》第11期。

22日,《甦报》创刊。捉刀人《花底鸳鸯》载《甦报》第2版,至12月31日,96次,载完。

24日,范烟桥《星社的回忆》载《新闻报》第16版。

27日,范烟桥《九月授衣》,严独鹤《失学登记》载《新闻报·新园林》。

本月

周天籁"言情小说"《春之恋》由上海粹文社出版;1946年12月,1947年1月均有出版。

10月

1日,殷鉴《四种可能性》,邵殿生《外交手腕》,张为佐《哑侦探》,汪君武《玩纸牌》,程小青译《圣徒奇案:艺术摄影师(下)》载《新侦探》第12期。还珠楼主《侠丐木尊者》载《今报》,至6日,载完。枫园《刘三与苏曼殊》(人物),璧瑞《宝珠崖》(小说),郑逸梅《秋英偶拾》《关于徐天啸》,徐碧波《随园轶事》(掌故),顾佛影《呆斋随笔》,蒋吟秋《和桥公五十述怀》,上官青《邂逅》(小说),杨剑花《炸弹爆发案》(小说)载《永安月刊》第89期。

2日,吴绮缘在《新闻报》发表《今古奇谈》,至1947年8月21日,共283天次。

4日,吴俊译《美人关》,佐良《邓国庆受骗记》,冯雪山译《纸袋强盗》,艾珑《一千万元杀人血案》,田毅译《无头女尸》,凯蒂译《从门缝中射击》,志鸿《侦探小姐》,吴镜法、方轶群《崔寿眉嘴里的狐妖——苏州静心庵实访》载《大侦探》第6期。

5日,包天笑《钏影楼日记》载《茶话》第5期,至1949年4月15日第35期,26次。

6日,范烟桥《荒江女侠与顾明道》载《新闻报·新园林》。

9日,捉刀人(王小逸)《寻芳记》载《大众夜报》第2版,至12月16日,共55次。

12日,包天笑"教育小说"《活动学校》载《今报》,至13日,载完。范烟桥以含凉为笔名发表《鸱夷》等笔记小品、时评杂感于《沪报》第3版,至1947年4月10日,共49天次。

14日,张恂子"武侠短篇"《钢鞋尖》载《今报》,至16日,载完。

16日,曾孝先《章彬探案:黄金崇》,高风译《懊恼的回忆》,程小青译《奎宁探案:觅宝藏(上)》载《新侦探》第13期。《飞报》在社会凤阳路二二八弄卅五号创刊,发行人为郭永荣。周天籁《吉普嫂嫂》载《飞报》第3版,至1947年3月26日,共159次。苏广成《飞来凤》载《飞报》第3版,至1947年3月30日,163次,载完。披发散人《捞血党》载《飞报》第4版,至1947年2月25日,129次,载完。田舍郎《田家风月》载《飞报》第2版,至1947年3月30日,163次,载完。桑旦华《三奶奶》载《飞报》第2版,至1947年3月30日,163次,载完。锺吉宇《白日狼啼》载《飞报》第1版,至1947年4月13日,175次,载完。范烟桥《星社小集》载《铁报》第2版。

引:《星社小集》:

双十节,严独鹤夫妇到苏州,星社同人就借此机会,发起雅集,在"吴苑"茗谈以后,到松鹤楼欢宴。深居简出的赵眠云、忙于社会事业的范君博,都联翩而至,最难得的是吴闻天与徐碧波,特地从上海赶来,其他有周瘦鹃、程小青、蒋吟秋、柳君然,可算得胜利以后,星社第一次的盛会。为了酒食的提调,去约了苏州明报社长张叔良来,几知他喧宾夺主,抢着请客,我笑说,新闻记者吃十一方,我们吃了十二方了。酒过数巡,明报的总编辑顾浩然也来了,他说过去爱读诸星的作品,现在从闻名而见面,不胜欣幸,我说这又用得老话说的,久闻大名,如雷贯耳,一见之下,不过如此矣。

17日,徐碧波"哀情小说"《女疯子》载《今报》,至19日,载完。

30日,捉刀人《黛绿脂红》载《诚报》第2版,至11月20日,22次,未完。

本月

刘云若《湖海香盟》由天津五洲书局再版。

还珠楼主《柳湖侠隐》(第1集)由上海正气书局出版,至1948年5月第6集出版,共13回。

11月

1日,殷鉴《包罗德探案：黄色的泽兰花》,曾孝先《章彬探案：一颗钮扣》,毓苹译、鲍威尔著《喷他回去》,雍彦译《无名氏》,程小青译《奎宁探案：觅宝藏(下)》载《新侦探》第14期。张恨水《雾中花》载《今报》,至28日,28节,未完。捉刀人《秋波艳》载《戏报》第2版,至30日,共30次。眉君《林语堂郭沫若与周树人》(人物),顾佛影《呆斋随笔》,郑逸梅《低回小语》(散文),刘铁冷《镂冰室话旧》,杨剑花《周末宵谈会》(小说),徐碧波《关于肾精子》(医药)载《永安月刊》第90期。

6日,秦瘦鸥《落叶》载《今报》,至9日,载完。

13日,周瘦鹃《鱼菊忆语》载《今报》,至16日,载完。

15日,宋雪译《三个巫师》,佐良《上海故事》,方轶群译《良心的谴责》,志鸿《美国女警局长》,陈珊瑛译《好莱坞大盗》,蒋容新译《神秘的爆炸》,周平《大破"黑手套"》,贾立煌译《从试管中探捕凶犯》,黄嘉历译《富翁暴死记》,方衡译《三个墓穴》,漆静孙译《无线索奇案》,金绂译《六瓶粉红药水》,方远译《后门口的鞋子印》,吴镜法译《一枝霰雾枪》,沈鸿渐《一个蒙骗了希特勒的反间谍》载《大侦探》第7期。

21日,张恂子《剑光艳影》载《国民午报》第2版,至12月14日,1回,29次,未完。

23日,捉刀人《媚儿眼》载《诚报》第2版,至28日,未完。

24日,范烟桥《三愿堂日记》载《新闻报·新园林》,至25日,载完。

周瘦鹃与俞文英举行婚礼。

引：本年本月20日《立报·花果山》载泾渭《瘦鹃喜讯》："今瘦鹃卜吉于本月二十四日与俞文英女士在吴县宫巷内养昌福孔雀厅举行婚礼矣。"

25日,"点将小说"《当太太出外的时候》载《诚报》,执笔者分两组：秋翁、周炼霞、张恂子、凤三、范烟桥、盛琴仙、周小平、苏青、吕伯攸为一组,叶禾子、黄次郎、丁芝、徐淦、兰儿、李阿毛、谢千梦、谭惟翰为一组;至28日,未完。

本月

郑逸梅《人物品藻录》由上海日新出版社初版。

范烟桥"三言体通俗小说"《花蕊夫人》由上海日新出版社初版。

12月

1日,陆丹林《郁达夫毁家前后》(人物),叶淑瑜《安得海伏诛始末》(掌故),

纸帐铜瓶室主《仕女画》《微言》(散文),顾佛影《呆斋随笔》,徐碧波《黄园持螯赏菊记》(纪述),杨剑花《闲话苏州》(风土)载《永安月刊》第91期。捉刀人《香艳杂志:东·家·墙》载《飞报》第2版,至4日,4次,载完。张恂子《霜锋饮血记》载《新上海》周刊第44期,至1947年12月15日第96期,3回,21次,未完。

2日,范烟桥《浮生六记作者沈三白》载《新闻报·新园林》。王度庐《紫凤镖》载《青岛时报》,至1947年7月18日,载完。

5日,捉刀人《香艳杂志:万能夫人》载《飞报》第2版,至9日,4次,载完。

8日,范烟桥《再生缘作者陈端生》载《新闻报·新园林》。

9日,周瘦鹃《往事前尘说大千》载《立报·花果山》,至10日,2次。

10日,捉刀人《香艳杂志:葛十三》载《飞报》第2版,至16日,7次,载完。

14日,周瘦鹃《扫眉才子陈翠娜》载《立报·花果山》,至14日,2次。

17日,捉刀人《香艳杂志:空中夫妻》载《飞报》第2版,至19日,3次,载完。

18日,范烟桥《凤双飞作者程蕙英》载《新闻报·新园林》。王小逸《今世冤家》载《诚报》第2版,至1947年3月20日,6回,载完。

20日,捉刀人《香艳杂志:徐淑第二》载《飞报》第2版,至26日,7次,载完。

27日,捉刀人《香艳杂志:哑妇》载《飞报》第2版,至1947年1月3日,6次,载完。

31日,范烟桥《王小二过年》载《新闻报·新园林》。

12月,还珠楼主《峨眉七矮》第1集由正气书局出版,至1947年9月,出版至第3集,9回。

本年

施济群因脑溢血,病逝于上海龙华路小桃园其侄女寓所。

引:纸帐《施济群中风逝世》(载1946年6月9日《铁报》):

小型报先进施济群,战后以环境恶劣,即将其具有十余年历史之金钢钻报停止刊行,从事于医,设诊于北河路,生涯尚称不恶,及日军进占租界,暴行益复炽烈,济群愤而由浙入内地,拟投效于重庆政府,不意途中被阻,进退维谷者凡半年,铩羽归来,只得仍以岐黄术维持其生计。然一经间辍,沪上病家不知其返中应诊,就医者寥寥,为遣愁计,乃向亲友处募贷巨款,拟出版一杂志,藉以提倡文艺,定名《新月》,谓暴日落新月将升也。讵料被敌伪留难,以致未果,济群以在沪无事可为,又复离申他去,谋发展其医务,直至胜利来临,乃重返沪渎,然北河路屋,已顶替与人,不能收回,遂暂寓其姪家,在龙华路小桃园,予欲访晤之,人事卒卒,未成事实也。一昨途遇莲坨词人见告,济群突患中风,于一日前逝世,从此人天永隔,为之悼惜者久之。

范烟桥任教东吴大学,讲授小说,兼为春明书局编尺牍,任多家小型报及《新闻报·新园林》撰述,同时编辑《国货展望》。

林语堂任新中国法商学院文学教授,与郑逸梅商榷《浮生六记》佚稿问题,以备英译。

周天籁《花同良宵》由春明书店出版;周天籁《风流千金》由文光书局出版;周天籁《春之恋》由天津励力出版社出版。

1947年（丁亥）

1月

1日,高风《真假医士》,宋锡译《恶魔日》,汪毓苹译《蓝指印》,程小青译、英国杞德烈斯著《圣徒奇案：大施主(上)》载《新侦探》第15期。孟颣《美国特务人员中的神枪手》,佐良《艳尸奇案》,文田《神秘少女》,钟易《亚西亚太子号》,沙风译《地下室》,诸波《秘密的墓穴》,长川《一把菜刀》,志鸿《被遗弃了的野餐》,钟南《冷霜的行踪》载《大侦探》第8期。孙了红《蓝色响尾蛇》(又名《一九四七年的侠盗鲁平》)载《大侦探》第8期,至10月31日第15期,22节,载完;1948年9月由上海大地出版社发行单行本初版,10月再版;另有"三十七年四月初版"者。陆丹林《清史稿的谬误》(考据),凤侣《江亢虎和他的社会党》(人物),高吹万《哭卓庵从侄》,林瑛《袁世凯起用之始末》(掌故),顾佛影《呆斋随笔》,朱淇缘《漫谈郁达夫与王映霞》(人物),剑尘《八年苦斗的昆明剧运》(戏剧),李家咸《安得海伏诛记拾遗》(掌故),纸帐铜瓶室主《回忆张丹斧》《村居呵冻录》,刘铁冷《镂冰室碎墨》载《永安月刊》第92期。

5日,捉刀人《香艳杂志：馒庵记趣》载《飞报》第2版,至11日,共7次,载完。

12日,捉刀人《香艳杂志：新婚者言》载《飞报》第2版,至21日,共10次,载完。

13日,许啸天"长篇小说"《夜娘》载《益世报》第8版,至4月7日,12节,56次,载完。

17日,范烟桥《师承痛忆录》载《新闻报·新园林》,至18日,载完。

24日,张恨水《大江东去》载北平《新民报》,至7月21日;1940年曾载香港《国民日报》。

25日,捉刀人《香艳杂志：春香》载《飞报》第2版,至2月4日,共12次,载完。洋场小凤《脂粉魔王》载《诚报》第2版,至3月19日,55节,载完。

本月

刘云若《绛雪兰云》载《中南报》;刘云若《一夜春晓》由上海文艺书局出版。

《新华日报》创刊两周年,潘梓年邀请张恨水、张友鸾等为《新华日报》编辑讲授办报技巧经验。

德龄著、秦瘦鸥译《瀛台泣血记(光绪帝毕生血泪史)》《御香缥缈录(慈禧太后生活实录)》由百新书店发行沪3版;1945年1月初版;1946年4月发行沪1版;1946年9月发行沪2版。

2月

1日,汪经武译《包罗森探案:遗传病》,曾孝先《章彬探案:疯女》,汪逸《蓝色绝命书》,程小青译、英国纪德烈斯著《圣徒奇案:大施主(下)》,程小青《侦探小说真会走运吗?》载《新侦探》第16期。张恨水《搜孤救孤考》载《沪报》第4版,至3日,3次,载完。刘铁冷《民初之文坛》(专论),陆丹林《忆念谢玉岑词人》(人物),朱大可《蒲石居联话》(联话),郑逸梅《绀珠新集》(散文),纸帐铜瓶室主《死矣金季鹤》(人物),杨剑花《哗变》(小说),碧翁《记文艺茶话会》(纪述)载《永安月刊》第93期。

4日,周瘦鹃《二十余年的老伴》载《立报·花果山》,至5日,2次;此"老伴"为"申报馆里那一只卷篷写字台"。

5日,捉刀人《香艳杂志:痴妯娌》载《飞报》第2版,至16日,12次,载完。

8日,范烟桥《完书记》载《新闻报》第18版,至10日,载完。

10日,范烟桥(含凉)《四十年前的剧运》载《新闻报·新园林》。

17日,捉刀人《香艳杂志:婢妾世家》载《飞报》第2版,至3月5日,13次,载完。

21日,吴绮缘《春梦痕》载《小日报》第3版,至4月21日,载完。

3月

1日,秦瘦鸥《危城记》载《申报·自由谈》,至6月22日,104次,载完。陆丹林《黄花岗上党人碑》(掌故),霜枫《"三一八"事件漫谭》(随笔),自在《刘海粟与模特儿》(艺术),徐碧波《识文文山之端砚》(随笔),纸帐铜瓶室主《金鹤望先生之生前》(人物),郑逸梅《小慧集》(散文),杨剑花《黄叶村》(小说)载《永安月刊》第94期。

6日,捉刀人《香艳杂志：十与三之比》载《飞报》第2版,至17日,12次,载完。

10日,叶乃白译《七年大恨》,赵坚《独行侠斗法》,舒子谟《兆丰公寓奇尸》,俞龙《黑眼睛》,宋锡译《自动锁》,桑牧《呼号秘密》,龚义《半夜飞火记》,顾世璋译《有裂痕的S》,龚江译《鸡心小饰盒》,舒风《朱先生不在家》载《大侦探》第9期。

12日,张恨水《冒险的乐园》载《真报》第1版,至4月19日,39次,未完。张恂子《胭脂剑》载《真报》第2版,至9月25日,2回,196次。

18日,捉刀人《香艳杂志：四姊妹》载《飞报》第2版,至31日,14次,载完。

21日,王小逸《李公馆》载《诚报》第2版,至8月5日,135次,载完。

24日,张恨水《偶像》重载北平《新晚报》,至11月23日。

31日,周天籁《小桃红》载《飞报》第3版,至9月21日,176次,载完;桑旦华《黑寡妇》载《飞报》第2版,至11月5日,218次,载完;田舍郎《黄花艳曲》载《飞报》第2版,至7月29日,122次,载完。

4月

1日,吴绮缘在《导报》发表《游侠外传》,至10月31日,含《白燕儿》《沈晚霞》《引凤山庄》《朱孝子》《薛灵珠》《博徒邹二》。捉刀人《花月春风》载《导报》第4版,至8月15日,共95次。捉刀人《香艳杂志：驻颜术》载《飞报》第2版,至15日,共15次。周天籁《卖相思》载《沪报》第3版,至5月15日,45次,未完。王小逸《赛杨妃》载《沪报》第2版,至5月15日,44次,未完。周天籁《情弦变音记》载《甦报》第2版,至29日,28次,未完。捉刀人《花月春风》载《导报》第4版,至8月15日,分"园会"15次,"村妖"14次,"琼瑶"16次,"盂盌"16次,"芳邻"14次,"僚婿"14次,"蜜意柔情"7次,"梦中情人"14次,"仙乡"3次,"袁慕昭"3次。陆丹林《李提摩太与中国新政》(掌故),叶淑瑜《记民六府院争斗之前因后果》(考据),朱大可《蒲石居联话》,刘铁冷《镂冰室碎墨》(随笔),许瘦蝶《蝶窠偶语》(随笔),郑逸梅《哓哓录》《自我作古》,霜枫《昙花一现的戊戌政变》(掌故)载《永安月刊》第95期。郑逸梅《庭园之趣味》由上海园艺事业改进协会出版委员会出版。

6日,捉刀人《第一风流最损人》载《力报》第2版,至7月5日,共74次。

15日,刘云若《白河月》由上海正新出版社初版。

16日,捉刀人《花月春风·村妖》载《导报》第2版,至29日,14次。捉刀人《香艳杂志：巾戏》载《飞报》第2版，至25日，载完。

25日，白羽《十二金钱镖续集》载《力报》第2版，至1948年2月16日，2章，220次，未完。

26日，捉刀人《香艳杂志：南方之强》载《飞报》第2版，至5月5日，10次，载完。

28日，包天笑《秋星阁笔记》载《小日报》第2版，至7月24日，共7次。包天笑《劫后》载《小日报》第2版，至10月12日，14章，168次，载完。徐卓呆《荒江女侠弹词》载《小日报》第3版，至9月17日，136次。

本月

后期《乐观》（月刊）创刊，仍为周瘦鹃编，上海银都广告出版社发行，仅出1期。创刊号载有：徐碧波《空气》，胡山源《癞好婆》，程育真《云天的变幻》，陈蝶野《书画船》，张枕绿《谈木蜥螂》，范烟桥《女押衙巧使金蝉计》，郑逸梅《参之种种》，程小青《波谲云诡录》。

秦瘦鸥"短篇社会小说集"《第三者》由上海波涛出版社出版，载12篇小说：《给他母亲杀死的？》《十二年了》《这不过是秋天》《小店主》《一个洋囝囝》《热带鱼》《落叶》《同学少年》《风雨故人来》《第三者》《恋之梦》。

5月

1日，还珠楼主《柳湖侠隐新集》载《小日报》第2版，至9月17日，2回，未完。刘云若《燕子春灯》载《小日报》第3版，至8月8日，1回，未完。周天籁《酒色财气》载《风报》，至4日，4次，未完。田舍郎《太平庄》载《风报》，至1948年1月14日，245次，未完。捉刀人《花月春风·琼瑶》载《导报》第2版，至17日，16次。王度庐《太平天国情侠传》载青岛《民治报》，未完。叶淑瑜《张勋复辟之演成及失败之经过》（掌故），王削颖《赵飞燕玉印原流考》（考据），陈斯馨《女作家陈衡哲》（人物），朱大可《蒲石居联话》，许瘦蝶《悼飞室杂缀》（随笔），郑逸梅《蓠淞小语》《生生死死录》（散文），杨剑花《时代的插曲》（小说）载《永安月刊》第96期。

2日，田舍郎《作孽姻缘》载《光报》第2版，至8月3日，94次，载完。捉刀人《万紫千红》载《光报》第2版，至9月30日，17节，151次，载完。范烟桥《追念胡寄尘》载《新闻报·新园林》，至3日，载完。

5日，周天籁《夜夜春宵》载《风报》，至8月16日，104次，未完。

6日，捉刀人《香艳杂志：帘外桃花》载《飞报》第2版，至21日，16次，载完。

8日,范烟桥《孽海花写作之动机》载《新闻报·新园林》。

13日,范烟桥《虞山小游》载《新闻报·新园林》,至15日,载完。

16日,范烟桥《孽海花作者自述》载《新闻报·新园林》,至17日,载完。

18日,捉刀人《花月春风·孟盈》载《导报》第2版,至6月2日,16次。

19日,王度庐《清末侠客传》载青岛《大中报》,止载日期不详,1948年分《绣带银镖》《冷间凄芳》由上海励力出版社出版。

20日,秋翁《秋斋笔谈》载《小日报》第2版,至1948年2月10日,34次。

21日,王小逸《商人妇》载《真报》第3版,至7月30次,64次,载完。

22日,捉刀人《香艳杂志:小洋鸡》载《飞报》第2版,至6月7日,共16次。范烟桥《五石脂摘录:革命诗人陈佩忍遗著》载《新闻报·新园林》,至5月23日。

本月

周瘦鹃译《世界名家短篇小说全集》由大东书局出版。

徐枕亚《刻骨相思记》由大众书局再版。

6月

1日,田舍郎《里巷风月》载《诚报》第3版,至1948年3月1日,171次,载完。陆丹林《值得介绍的人物》(人物),眉君《联圣方地山的联》(联话),朱大可《蒲石居联话》,许瘦蝶《蝶窠偶语》(随笔),刘铁冷《镂冰室碎墨》(随笔),纸帐铜瓶室主《买愁新集》《郑笺》(散文),杨剑花《卞老师的转变》(小说),徐碧波《第九天》(小说),姚鹓雏《杂诗二首》载《永安月刊》第97期。曹国平《半夜枪声》,殷鉴译《包罗德探案:梦》,高风《小知识》,经武译《奎宁探案:暗中恋人》载《新侦探》第17期。

3日,捉刀人《花月春风·芳邻》载《导报》第2版,至23日,14次。

8日,捉刀人《香艳杂志:准未亡人》载《飞报》第2版,至24日,17次,载完。

11日,王度庐《晚香玉》载《青岛时报》,至1948年1月31日,载完;1948年由上海励力出版社出版。慧剑《报坛风月》载《力报》第1版,至1948年6月7日,10回,284次。

13日,陈灵犀游记《镇扬之行》载《小日报》第2版,至30日,15次。

15日,张乐平"漫画"《三毛流浪记》载《大公报(上海版)》,至1949年1月

7日,252次。

24日,捉刀人《花月春风·僚嬃》载《导报》第2版,至7月7日,14次。

25日,捉刀人《香艳杂志:美人关》载《飞报》第2版,至7月6日,11次,载完。

26日。捉刀人《红心草》载《东方日报》第2版,至11月30日,共157次。田舍郎《小苏州》载《东方日报》第3版,至12月30日,185次,载完。

29日,锺吉宇《多情女侠》载《东方日报》第4版,至1948年6月10日,326次。

本月

《生活》(月刊)创刊,陈涤夷(蝶衣)、文宗山编,上海生活月刊社发行,1948年3月停刊。

《大家》(月刊)创刊,唐云旌(大郎)编,上海山河图书公司出版,仅出3期。

郑逸梅《淞云闲话》由日新出版社初版。

7月

1日,周天籁《美人鱼》载《大风报》第3版,至9日,9次,未完。许瘦蝶《蝶窠偶语》(随笔),陆丹林《渝州历史上的民族英雄》(掌故),纸帐铜瓶室主《病废后之胡石予诗人》(人物)、《集腋》(散文),杨剑花《竹林七贤之清谈及其影响》,徐碧波《同气连枝》(小说)载《永安月刊》第98期。蕙风《罗兰秘记》,子荷《电椅岂能杀人》,义《天方夜谭式的一夜》,胡索《王丁宝恕》,张杰光译《雪佛兰轿车艳尸记》,博文治《从都城公寓到京华公寓》,陆倩译《百万金香水秘方》,顾志鸿《水淹七君子》,熊方中译《最后一关》载《大侦探》第11期。

2日,王小逸《无轨电车》载《罗宾汉》第2版,至12月31日。还珠楼主《黑孩儿》载《罗宾汉》第2版,至1948年2月9日,载完。李薰风《天桥姑娘》载《光报》第3版,至9月30日,91次,未完。

7日,捉刀人《香艳杂志:小桥流水》载《飞报》第2版,至19日,13次。

9日,《西山集体纪游》载《新闻报·新园林》,至29日,作者有闻达、范烟桥、周瘦鹃、程小青。

19日,王度庐《雍正与年羹尧》载《青岛时报》,至1948年4月;1948年更名为《新血滴子》,由上海励力出版社出版。

20日,捉刀人《花月春风·蜜意柔情》载《导报》第2版,至26日,7次。捉刀人《香艳杂志:万里寻兄》载《飞报》第2版,至8月7日,19次,载完。

27日,捉刀人《花月春风·梦中情人》载《导报》第2版,至8月9日,14次。

30日,田舍郎《乱世风情》载《飞报》第2版,至1948年2月9日,190次,载完。

8月

1日,周天籁《夜上海》载《小说周报》第1期,至11月18日第11期,载完。刘云若《故国啼鹃》载《星期五画报》第1期,至1948年11月5日第66期,61次,1回。洋场小凤《欲海群魔》载《诚报》第3版,至1948年2月29日,192次,载完。许瘦蝶《悼飞室杂缀》(随笔),陆丹林《民国前的教会女学》(教育),纸帐铜瓶室主《关于胡朴安大师》(人物)、《饮冰余话》(散文),姚鹓雏《杂诗》,刘铁冷《镂冰室碎墨》,杨剑花《多事的丁公馆》(小说)载《永安月刊》第99期。

3日,无边《赵焕亭与还珠楼主》载《小日报》。

引:《赵焕亭与还珠楼主》:

赵焕亭与还珠楼主,同称北派武侠小说家,两人所著武侠小说,何止等身,直可充栋。尝默念两人一生精力,先后交瘁于楮墨中,辄不胜同病相怜之感。赵焕亭人已不闻于消息。还珠楼主,近正鬻文沪上,二人有一相同之点,即两人之文章作品,但甚简练精湛,不苟一字,不泛一言,而赵文古茂可爱,固皆文坛高手。

5日,田舍郎《小梅香》载《罗宾汉》第2版,至1948年4月30日。

6日,王小逸《十八变》载《诚报》第3版,至9月30日,56次,载完。

8日,捉刀人《香艳杂志:盲女》载《飞报》第2版,至20日,13次。

10日,捉刀人《花月春风·仙乡》载《导报》第2版,至12日,3次;13日—15日,《花月春风·袁慕昭》载《导报》第2版。

14日,范烟桥《古戍寒笳记本事》载《新闻报·新园林》。陈娟娟《香岛艳尸:香港最新事实探案》,金传经译《为了上帝》,杨恨吾《蜘蛛精(一九四七的福尔摩斯)》,黄嘉历《一根蓝白绳子》,周迈译《水底箱死尸》,罗且思《结婚十三年》,乔治松译《死里逃生》,封其伦《一刻之差》,薛祥《原子间谍》,郭城《四角恋爱》,唐华译《贩毒者》载《大侦探》第12期。

17日,张恨水《五子登科》载《新民报·画刊》,至1949年2月26日,未完。

21日,捉刀人《香艳杂志:蓬门丽质》载《飞报》第2版,至9月9日,20次,载完。

23日,吴绮缘开始在《新闻报》第4版发表《小桃红》,至1949年4月26

日,9回,载549次。

27日,范烟桥《经师人师夫子》载《新闻报·新园林》。

本月

周天籁"言情小说"《铁骨冰心》由上海育才书店出版;1948年10月再版。

9月

1日,还珠楼主《虎爪山王》载《永安月刊》第100期,至1948年1月1日第104期,载完,不分节。郑逸梅"散文"《百草》《覆瓿余札》,徐碧波"小说"《孔怀兄弟》,许瘦蝶"联话"《蝶窠偶语》,吴绮缘小说《栖鸾庄》,姚鹓雏《南社琐记》,陆丹林《交通界耆宿叶恭绰》载《永安月刊》第100期。

6日,《甦报》见最后一期。

9日,吴绮缘《风絮霜兰》载《群报》,至10月18日,2回,29次,未完。

10日,捉刀人《香艳杂志:十美图》载《飞报》第3版,至10月1日,22次,载完。范烟桥《古戍寒笳记本事补》载《新闻报·新园林》,至12日,3次。

11日,钱化佛口述、郑逸梅撰编《三十年来之上海》(原名《拈花微笑录》)由学者出版社出版。

15日,林微音《英国肥皂大王白来恩跳海之谜》,裘忆枫《五个血指印》,李耳译《寒山白骨》,张正方《宣铁吾将军浮雕》,沈毅《杭州无头大血案》载《大侦探》第13期。

17日,周天籁《红楼春深》载《辛报》,至17日,未完。

20日,征凡《卅六年来的〈自由谈〉》载《申报·自由谈》。

22日,周天籁《新桃源记》载《飞报》第3版,至12月27日,6章,98次,载完。

23日,捉刀人《吹灯新录》载《小日报》第3版,至1948年2月21日,10回,150次。

26日,慧剑《跨海征东》载《力报》第3版,至1948年7月31日,9回,280次。

本月

郑证因《子母金梭》由上海励力出版社出版。

10月

1日,王小逸《妇人观止》载《诚报》第3版,至1948年9月15日,20章,

329次,载完。陆丹林《黎元洪被逼革命》(史话),叶淑瑜《东西太后交哄记》(掌故),周瘦鹃《雪窦纪游》(纪游),郑逸梅《秋灯偶笔》(散文),胡亚光《永安百期宴》(纪实)载《永安月刊》第101期。朱自清《论严肃》载《中国作家》创刊号。

引:《论严肃》:

鸳鸯蝴蝶派的小说意在供人们茶余酒后消遣,不严肃……在中国文学的传统里,小说和词曲(包括戏曲)更是小道中的小道,就因为是消遣的,不严肃。不严肃也就是不正经;小说通常称为"闲书",不是正经书。词为"诗余",曲又为"词余";称为"余"当然也不是正经的了。鸳鸯蝴蝶派的小说意在供人们茶余酒后的消遣,倒是中国小说的正宗。

2日,捉刀人《香艳杂志:第三代》载《飞报》第3版,至23日,21次。

15日,杨恨吾《你不要走》,吴佐良《白色的康乃馨》,沈毅《杭州无头大血案(下)》,丁芝《情海疑云》,易金《铁钓大盗(上)》,林豪《新婚之夜:一张怪遗嘱》载《大侦探》第14期。

24日,王小逸《夹竹桃》载《群报》,至25日,未完。捉刀人《香艳杂志:奇癖》载《飞报》第3版,至11月14日,22次,载完。

28日,王小逸《轻薄桃花》载《真报》第3版,至1948年7月5日,225次,载完。

31日,茜蒂《谁杀死了筱丹桂》,长川《狐火》,易金《铁钓大盗(下)》,玫漪《鬼故事》载《大侦探》第15期。

本月

徐枕亚《余之妻》由大众书局出版。

顾明道《胭脂盗》由上海百新书店出版。

11月

1日,叶淑瑜《护国将军蔡松坡云南起义之经过》(史话),郑逸梅《秋草》(散文),许瘦蝶《蝶窠偶语》(联话)载《永安月刊》第102期。

2日,百花同日生(张秋虫)《三十六宫》载《上海人报》第2版,至1948年1月15日,73次,未完。

6日,桑旦华《王小妹》载《飞报》第2版,至1948年8月17日,289次,载完。范烟桥(含凉)《星社复活》载《铁报》第3版。

引:《星社复活》:

余于壬戌之秋,与赵眠云兄等有星社之发起,初仅八人,后扩至百人,在文艺界颇露微芒,抗战军兴,隐蛰弗动,虽有小组之聚餐,未尝用星社之名义也,顷在君龙画室集旧知新雨十一人,为文酒之会,其间隶星社与冷红画社者各半,冷红益消沉,乃谋星社复活,每月举行雅集一次,下届已定在紫兰小筑持螯对菊,更下一次则拟在寒舍饯秋焉。

11日,吴闻天在苏州病逝。

15日,捉刀人《香艳杂志:三度作新娘》载《飞报》第3版,至12月6日,22次,载完。

16日,周天籁《艳婢记》载《辛报》,至1948年1月31日,74次,载完。

21日,周天籁《相思草》载《小日报》第3版,至1948年2月24日,未完。

24日,张恨水《大江东去》载《新民报·北海》,至1948年7月21日,20回,载完。

25日,范烟桥《读"古今小说"》载《新闻报·新园林》。

27日,张恨水《文坛撼树录》载《新民报·北海》,至1948年1月10日,23则。

本月

郑逸梅《小阳秋》由上海日新出版社出版。

12月

1日,自在《蔡锷秘密出京及其他》(史话),陆丹林《陆士衡的平复帖》,纸帐铜瓶室主《唾余偶拾》《东鳞西爪》(散文)载《永安月刊》第103期。

4日,张恨水"小说"《人迹板桥霜》载《立报》第2版,至1948年2月1日,54次,载完。

5日,张恨水小说《人迹板桥霜》载北平《新民报·画刊》,至1948年2月1日,载完。

7日,捉刀人《香艳杂志:酒徒之妇》载《飞报》第2版,至31日,24次,载完。

11日,程小青"侦探小说"《计中计》载《飞报》第2版,至27日,17次,载完。

13日,刘云若《秋扇春风》载《新闻周报》,3次,1948年续载《自由晚报》。

18日,范烟桥《记胡石予师》载《新闻报·新园林》,至20日,3次,载完。

20日,孙了红《航空邮件》,佐良《杀人者》,杨岐译述《蛇蝎美人》,顾志鸿《小王的失踪》,南燕生《会讲话的死人(美国实事探案)》,孟兆《蛮荒擒酋记》,味闲《铁盒里的秘密》载《大侦探》第16期。

28日,周天籁《落花照离人》载《飞报》第3版,至1948年5月7日,120

次,载完。

本月

程小青"侦探奇情长篇小说"《假面女郎》由上海复新书局出版。

郑证因《贞娘屠虎记》由上海励力出版社出版;1949年4月又出版。

王度庐《剑气珠光》由励力出版社、文光书店同时出版;1949年4月由上海励力出版社出版。

1948年（戊子）

1月

1日，范烟桥《王小二过年》载《新闻报·中华民国三十七年〈新园林〉元旦特刊》。捉刀人《香艳杂志：三十七号》载《飞报》第3版，至23日，共20次，载完。张恨水小说《一路福星》载《旅行杂志》第22卷第1期，至12月1日第12期，19章，未完。郑逸梅《饯岁余话》《国文程度的低落》(散文)，许瘦蝶《记陈蝶仙》(人物)载《永安月刊》第104期。田舍郎《二姐夫》载《罗宾汉》第3版，至1949年2月13日。

5日，吴绮缘开始在《罗宾汉》发表《新升官图》，至12月31日，10回，289天次。捉刀人《换巢鸾凤》载《东方日报》第2版，至7月1日，163次。王小逸《乱世双雏》载《铁报》第3版，至12月31日，载完。姚凤苏译、英国彭德莱著侦探小说《豪门血案》载《铁报》第2版，至8月3日，载完。田舍郎《宁波阿姨》载《东方日报》第3版，至5月27日，130次，载完。

7日，范烟桥(含凉)《说梦》载《新闻报·新园林》，至9日，3次。

9日，张恂子《芙蓉剑》载《真报》第2版，至7月9日，176次，载完。

12日，范烟桥《金鹤望周年祭》载《新闻报·新园林》。

14日，李阿毛《社会百态图》载《铁报》第2版，至20日，共7次，载完。张恨水《文言与语体不可偏废》载《晓报》副刊《万象》周刊。

24日，捉刀人《香艳杂志：陈艳秋》载《飞报》第3版，至2月9日，共17次，载完。

26日，周瘦鹃《紫罗兰盦小诗》载《新闻报·新园林》，至3月8日，4次。

31日，范烟桥《朱子家训的考证》载《新闻报·新园林》，至2月1日，载完。

本月

刘云若《艺海春光》《歌舞江山》由上海广艺书局初版。

2月

1日,王度庐《粉墨婵娟》载《青岛时报》,至7月10日,载完;1948年由元昌印书馆出版。林英《清代帝王的生活》(掌故),许瘦蝶《记王恩甫》(人物),纸帐铜瓶室主《自娱小品》《遗嘱》(散文)载《永安月刊》第105期。

傅宾江《祸从口出》,杨恨吾《画柚里的秘密》,姚凤索译《非渡宫艳尸奇案》,姚凤译《劫车贼》,齐丙译、多洛赛瑞逸原著《阿利巴巴大破秘密党》,金华译《雪地血尸》,孟颇译《奎宁探案:谋杀游戏(上)》,唐庸译《医药杂志碎片》,孙了红《航空邮件(下)》,建中《绿蜂侠(又名《大破炸车党》)》载《大侦探》第17期。

9日,捉刀人《香艳杂志:嬉春图》载《飞报》第3版,至3月5日,22次,载完。

本月

朱贞木《边塞风云》由上海平津书店出版。

郑证因《铁狮王》由三益书店出版。

周天籁"香艳言情小说"《梅花姑娘》由上海文光书局出版。

3月

1日,周天籁《肉》载《大风报》第3版,至5月31日,90次,载完。捉刀人《鸾和新辑》连载《大风报》第3版,至7月8日,含"飞蓬"20次、"掷果"24次、"婚变"21次,"情絮"24次,"老郎"28次。周天籁《电影巨头艳史》载《电影话剧》第2期,至7月16日第10期,9次,9章,未完。纸帐铜瓶室主《随感一束》《东坡生日会诗人》(散文),许瘦蝶《许说》(考据)载《永安月刊》第106期。

黄骏《翡翠奇案》,怀白《十三号房间的女客》,佐严《邓国庆爱女失踪之秘》,叶旦译《恐怖的白康乃馨》,奇红《第一流的大侦探——照相机》,叶廉白《马氏三雄》,吴佐良《疤面人》,艾德文《公路血案》,索陲《大侦探落圈套》,全惠译《神秘少妇》,贝悌译《一吻送命》,尚耕《偷运酒的傢伙》,方义伦译《玫瑰酒店沙乐美》,孟颇译《奎宁探案:谋杀游戏(下)》载《大侦探》第18期。

3日,含凉《乡下人到上海》载《铁报》第3版。

6日,张恨水小说《五子登科》载南京《新民报》晚刊之《夜航船》,至6月30日,载完。捉刀人《香艳杂志:相思戒》在《飞报》第3版,至26日,共21次,载完。

9日,含凉《金松岑并未入南社》载《铁报》第3版。

10日,包天笑《三姊妹》载《茶话》22期,至5月10日第24期,三卷载完。

21日,捉刀人《掷果》载《大风报》第3版,至4月13日,共24次。

27日,捉刀人《香艳杂志:愁城》载《飞报》第3版,至4月15日,共21次,载完。

本月

张恨水《丁亥守岁》载《世说》第6期。

4月

1日,叶淑瑜《清代两掌故》,郑逸梅《鸣哀言善录》《日记》,高吹万《石达开后人石继志之冤狱》,许瘦蝶《记施济群》载《永安月刊》第107期。

2日,吴绮缘《春梦之梦》载《大公报》,至1949年4月25日,180次,未完。

11日,范烟桥《劫火话金山》载《新闻报·快活林》,至13日,3次。

16日,捉刀人《香艳杂志:玉芙蓉》载《飞报》第3版,至5月7日,21次,载完。

27日,许啸天"专论"《中国教育在历史路线上》载《益世报》第1版,至5月6日,9次,载完。

29日,王度庐《宝刀飞》载《青岛时报》,至9月17日,载完;1948年由上海励力出版社出版。

本月

秦瘦鸥《危城记》由上海怀正文化社出版。

郑证因《边城侠侣》由上海育才书店出版。

郑逸梅《三国闲话》由广益书局初版。

5月

1日,还珠楼主《大侠狄龙子》载《罗宾汉》第2版,至7月6日,382次。自在《补正日人笔下的梁士诒》(考据),晚松轩主《毕倚虹之爱犬》(人物),郑逸梅《逝者如斯》《日记》《原始性之种种》载《永安月刊》第108期。

林微音《雪夜飞屋记》载《大侦探》第20期,至11月1日第26期,共7次;姚苏凤译、英国亚伽莎·克利斯丹原作"心理大侦探包罗德探案之一"《皇苑传奇》载《大侦探》第20期,至1949年第34期,13章,15次;叶廉白《开刀间死人》,雷狄屋《雌老虎》,澍公《捉放》,何善慧《999》,刘中和《无疾而终》,屈维思

《独臂大盗》，宗嘉良《天赐横财》，谭世毅《后门口的脚印》载《大侦探》第20期。

8日，周天籁《青春乐》载《飞报》第3版，至9月26日，144次，载完。捉刀人《香艳杂志：马前雪》载《飞报》第3版，至30日，共23次，载完。

18日，捉刀人《浅笑轻颦集》载《辛报》，至1949年1月28日，232次，载完。

30日，范烟桥《老残游记的预言》载《新闻报·新园林》。

31日，捉刀人《香艳杂志：掌上明珠》载《飞报》第3版，至6月29日，22次，载完。

本月

郑证因《七剑下辽东》（4册）、《野人山》（2册）由上海育才书局初版；郑证因《五凤朝阳刀》由上海励力出版社初版。

朱贞木《罗刹夫人》由天津雕龙出版社出版，续出至1949年12月，6集34章（参见魏绍昌《民国通俗小说书目资料汇编1》）；1949年12月由广益书局出版；1951年4月由上海正华书局初版。

6月

1日，周天籁《张将军之妾》载《大风报》第2版，至7月31日，58次，载完。林英《清德宗崩殂实录》（掌故），郑逸梅《逝者如斯》《三国陵墓考》，朱大可《双枪女儿行》（小说），杨剑花《公寓里的戏迷》（小说），许瘦蝶《谈〈顾鸿影弹词〉题跋》载《永安月刊》第109期。

微《恐怖手》，王仲业译《酒吧间老板的惨死》，蕙凤《监狱天堂》，徐怀真译《木屋腐尸》，林季昌《钦克探案：中央银行神秘劫案》，顾志鸿《绿林五虎》，胡永仁译《纸袋大盗》载《大侦探》第21期。

4日，郑逸梅掌故笔记《今心史》载《和平日报》第5版，至1949年4月28日，160次。

6日，周天籁《柳浪闻莺》载《真报》第2版，至10月12日，载完。

12日，范烟桥《王韬与黄畹》载《新闻报·新园林》，至14日，载完。

17日，赵眠云病逝。

引：《赵眠云作古》（载1948年6月19日《飞报》第2版）：

小说家赵眠云，著作等身，不独小说家言，又擅诗书画三绝，夙为艺林推重，然先生年来体弱多病，自返吴门故里，以鬻书画为活，聊以度日。讵料一病三日，前日（十七）夜与世长别。呜呼，小说家又弱一个，书之以告其沪上亲友。

26日,范烟桥《哀赵眠云》载《新闻报·新园林》。

28日,田舍郎《阴错阳差》载《东方日报》第3版,至10月21日,135次,载完。

30日,捉刀人《香艳杂志:赛金莲》载《飞报》第3版,至7月24日,共25次,载完。

本月

还珠楼主《大漠英雄》(第1集)由上海百新书店出版,至1949年3月,出至6集,12回。

王度庐《风雨双龙剑》由上海育才书局初版,10月再版;1949年1月又初版。

7月

1日,叶淑瑜《朱一贵据台湾记》(掌故),郑逸梅《招凉珠》(随笔),许瘦蝶《责病目文》(散文)载《永安月刊》第110期。雍华译《大咸湖曝尸》,东君《谨访扒手》,凌裘丽《吗啡大王的徒弟》,张冠青译《逃妻》,纪德尧《海边凶宅》载《大侦探》第22期。

6日,王小逸"哀情"名著《孤星泪》载《力报》第2版,至10月31日,85次,载完。

7日,张恨水《小说回目》载上海《新民报》晚刊副刊《夜光杯》。

15日,包天笑《新白蛇传》载《茶话》第26期,至1949年4月15日第35期,10章,未完。

11日,捉刀人《小妇》载《大风报》第2版,至8月11日,31次。

15日,王度庐《燕市侠伶》载《青岛时报》,至10月;1948年12月由上海励力出版社初版。

16日,刘中和《中国政府秘密文件被盗记》,龚慈《假钞票大王》,郭佩译《销魂王子》,本庸《飞机场上的尸体》,陈金山《当心骗局》,林季昌译《梦魇弄的死人》,葛纠纹译《农场血案》载《大侦探》第23期。

25日,捉刀人《香艳杂志:香水精》载《飞报》第3版,至8月21日,共28次,载完。

本月

郑证因《金刀访双煞》由上海励力出版社出版,8月又版。

刘云若《恨不相逢未嫁时》由上海广艺书局出版。

还珠楼主《大侠狄龙子》第1集由正气书局出版，至1951年3月出至12集，共29回，未完。

王度庐《古城新月》由上海励力出版社出版，12月又版。

程小青编译"侦探小说集"《谁是奸细》由上海广益书局2版；1947年12月初版；1949年2月3版。

按：《谁是奸细》收《谁是奸细》《蓝钻石》《一杯酒》《不祥之花》《侥幸的自由》《心刑》。

8月

1日，田舍郎《天下太平》载《大风报》第2版，至9月2日，32次。周天籁《亭子间嫂嫂新传》载《大风报》第3版，至15日，15次，未完。王小逸《酒·色·财》载《真报》第2版，至1949年3月31日，222次，载完。叶淑瑜《民国初年组阁纠纷之内幕》，郑逸梅《逝者如斯》《哭赵眠云》载《永安月刊》第111期。

3日，捉刀人《碧桃花下》载《东方日报》第2版，至1949年2月27日，198次。

7日，周天籁《千里香》载《大风报》第3版，至9月18日，44次，未完。

10日，田舍郎《缺德之家》载《诚报》第3版，至10月16日，66次，载完。

22日，捉刀人《香艳杂志：抢花大王》载《飞报》第3版，至9月16日，26次，载完。

28日，李阿毛、董天野合作《洋泾浜图说》载《飞报》第2版，至1949年5月16日，共250次，另1次结束语，载完。

31日，徐国桢《还珠楼主及其作品的研究》载《宇宙》第3期，至12月30日第5期，3次，载完；1949年2月由正气书局出版。

注：《宇宙》为月刊，1945年11月10日创刊，由徐慧棠、沈毓刚任编辑，冯葆善发行，至1946年6月1日，出5期，中辍；1948年6月15日，复刊，改由陈蝶衣、沈毓刚编辑；冯葆善、罗斌发行，宇宙杂志社出版，华书报社总经销。至1948年12月30日，出5期，停刊，前后共出10期。

本月

白羽《十二金钱镖》（第4、5卷）由上海百新书店发行第1版；此外，第1卷第1版于1月刊行，第2、3卷第1版于7月刊行，第6、7、8卷第1版分别于9、11、12月刊行，第9卷第1版于1949年1月刊行，第10、11卷第1版于1949年2月刊行，第12卷第1版于1949年4月刊行。

9月

1日,陈慎言《望穿秋水》载《力报》第2版,至1949年3月6日,3章,178次。王度庐《姊妹春秋载》载《力报》第2版,至1949年2月8日,14章,150次。吴绮缘《新聊斋》载《力报》第2版,至1949年3月27日,载198天次。

按:《新聊斋》含:《黄金梦》《神仙眷侣》《群蛇参王》《神相叶先生》《天宁异僧》《金甲神》《蜀山老猿》《曾生》《峨眉神僧》《侠丐》《王二》《捕蛇杨叟》《魍魉》《黄粱梦》《静海僧侣》《古刹奇案》《天师符》《洞房恶剧》《狐妾》《吴辰晋》《婉姑》《我来也》《姑嫂庄》《灭门盗》《巨蛇》《心神》《祝由科》《听骰子》《嵩山道士》《行尸术》《狐异》《石狮妖》《黄将军》《蜇虫》《人妖》《巴山猿》《白莲教》《若禅上人》《异丐》《天开山》《神相》《断足僧》《罗浮君》等。

叶淑瑜《李成栋爱妾沈蕙娘殉国始末》(掌故),卞孝萱《西京碑林记略》(笔记),自在《谈艺琐记》(散文),徐碧波《星社三亡友小传》(传记),晚松轩主《吴佩孚伉俪情深》(人物),陆丹林《女词人吕碧城》(人物),纸帐铜瓶室主《近事琐记》(散文),陈从周《陆丹林与郑逸梅》(随笔),朱大可《蒲石居读碑小咏》(诗),许瘦蝶《记孙次青》(人物)载《永安月刊》第112期。

16日,陈亮《皮货栈突遭巨劫》,家敏译《一张烧剩的夜报》,长川《一碗稀饭丧命》,天行《第七号地窟(上)》,方世固《老板做贼就擒记》载《大侦探》第24期。

17日,王小逸《到处为家》载《诚报》第2版,至1949年4月27日,共255次。捉刀人《香艳杂志:无独有偶》载《飞报》第3版,至10月12日,共25次,载完。

19日,周瘦鹃第六女公子与华侨李君结婚。张恂子《钢鞋尖》载《导报》第2版,至22日,4次。

20日,还珠楼主《武当七女》载《大风报》第2版,至27日,未完。王度庐《金刚玉宝剑》载《青岛公报》,至1949年2月,续载于《联青晚报》;1949年4月由上海励力出版社出版。

24日,王度庐《龙虎铁连环》载青岛《军民晚报》,至10月;1949年2月由上海励力出版社初版。

27日,周天籁《科长太太》载《飞报》第3版,至1949年1月28日,119次,载完。

28日,田舍郎《少年夫妻》载《飞报》第2版,至1949年2月14日,136次,载完。

本月

郑证因《离魂于母圈》由上海励力出版社出版;续集于7月出版,10月,续集又版。

《通俗说部丛书》由上海广益书局出版。

还珠楼主《长眉真人》(第1集)由正气书局出版,至1949年3月,出至6集,24回,未完。

孙了红"侦探小说"《紫色游泳衣》由上海大地出版社出版。

10月

1日,陆丹林《淮南三吕的诗词》(诗话),杨剑花《清末爱国歌佚话》(随笔),朱大可《蒲石居读碑小咏》,叶淑瑜《李成栋爱妾沈蕙娘殉国始末》(掌故),纸帐铜瓶室主《半月日记》《记刘公鲁若干事》载《永安月刊》第113期。杨濂《怎样做一个好的证人》,吴伯录《少将杀妻》,洪山《杀人犯和假钞票》,郑狄克《一杯残奶》,志鸿译《八十一号警备车》,朱梅隽译《白宫一命》,天行《第七号地窟(下)》,司马圣译《扑克牌杀人》载《大侦探》第25期。

13日,捉刀人《香艳杂志:寒雨连江》载《飞报》第3版,至11月6日,25次,载完。

14日,周天籁《快乐之家》载《真报》第2版,至11月7日,25次;次日,更名为《太太万岁》续载《真报》第2版,至1949年2月13日,113次,载完。

16日,张恨水《雾中花》载《万象周刊》新1卷第2期,至11月20日第7期。杨传濂《一大豪门被暗杀》,梅隽译《湖上飞弹(上)》,愚园《卡尔登公寓艳尸》,邵子善《狼狈为奸》,怡和译"福尔摩斯最新探案"《伦敦空袭之夜》,美国秘密警察部长口述、惠特曼记《假钞票大本营破获记》载《大侦探》第26期。

27日,包天笑《活动学校》载《导报》第2版,至29日,3次。

本月

刘云若《京华春色》由上海广艺书局出版;此外,1947年7月亦有出版。

郑证因《火焚少林寺》由新华书店出版;1949年7月由上海励力出版社出版。郑证因《边塞双侠》由北平新华书局初版;12月由上海励力出版社初版。

孙了红《夜猎记》由上海大地出版社初版,11月再版。

徐哲身《巾帼英雄》由上海春明书店3版;1941年4月2版。

张恨水辞去《新民报》所有职务,做职业作家。

11月

1日,陆丹林《亮节高风赵尧生》(人物),许啸天《人生何处不相逢》(散文),纸帐铜瓶室主《勤俭运动之先驱者》《郑子曰》,叶淑瑜《李成栋爱妾沈蕙娘殉国始末》(掌故),卞孝萱《江都两方家世述》(人物),许瘦蝶《记吴东园》(人物)载《永安月刊》第114期。

5日,赵苕狂《新浮生六记》载《锡报》第4版,至20日,1章,14次,未完。

7日,捉刀人《香艳杂志:赵钱孙李》载《飞报》第3版,至12月1日,共25次,载完。《和平日报》载郑逸梅《诗人许瘦蝶病逝鹤溪》:"年逾古稀之诗人许瘦蝶,顷以逝世鹤溪闻矣。"

21日,张恨水《玉交枝》载《新闻报·新园林》,至1949年5月25日,9章,未完;1950年12月由上海正气书局发行单行本。

本月

郑证因《大侠铁琵琶》由上海正气书局出版;1950年10月再版;1950年4月亦出一版。

还珠楼主《蜀山剑侠后传》(第1集)由上海正气书局出版,至1949年3月,出至第5集20回,未完。

郑逸梅《近代野乘》由上海新中书局出版。

12月

1日,陆丹林《我的人生侧影》,郑逸梅《湖上行》(游记),纸帐铜瓶室主《墨语》(随笔),许啸天《我与话剧的关系》(散文)载《永安月刊》第115期。程可经《一场罗宋》,施引璋《钞票一张变两张》,愚园《金发模特儿》,洪山《硬卡一角》,梅隽译《湖上飞弹(下)》,诸农《红玫瑰故娘》载《大侦探》第27期;繁镜译《黑石党》载《大侦探》第27期,至1949年第33期,7次,11章,载完。

2日,捉刀人《香艳杂志:艳于花》载《飞报》,至1949年1月1日,共31次,载完。

6日,张恨水小说《开门雪尚飘》载《世界日报·明珠》,至1949年1月23日,载完。

9日,吴绮缘《燕邯侠影》载《铁报》第2版,至1949年6月13日,85次,3回。

13日,许啸天遭车祸逝世。赵苕狂《江湖独行侠》载《诚报》第2版,至1949年4月30日,127次,未完。

25日,吴伯录《五盗临门》,长川《红皮鞋》,顾士勋《吸血魔王》,维士《雾里的尸体》,汤佩声译《风流女伶》,徐林森《午夜枪声》载《大侦探》第28期。

本月

朱贞木《闯王外传》由上海元昌印书馆开始出版,续出至1950年6月,6册;另见《闯王外传》(第4集)于1951年3月由上海武训出版社初版。

郑证因《江汉侠踪》由上海广艺书局出版;《雪山四侠》由上海无昌印书馆出版。

王度庐《宝剑金钗》(2册)由上海励力出版社出版;另见1947年9月版及1948年3月版。

周天籁《卿何薄命》《肉》由上海影艺出版公司出版。

1949年（己丑）

1月

1日,周天籁《恋爱十年》载《辛报》,至4月8日,89次,载完。王小逸《连理枝》载《大风报》第2版,至2月28日,未完。范烟桥《王小二过年》载《新闻报》第7版。王度庐《玉佩金刀记》载青岛《民治报》,止载日期不详。张恨水《写作生涯回忆》载北平《新民报》,至2月13日,载完。陆丹林《白发苍颜五十三》(随笔),许啸天《十万青年》(散文),胡亚光《感忆天虚我生》(人物),郑逸梅《自说自话》《幽心偶写》,杨剑花《民初制定国歌案始末》(考据),徐碧波《生我劬劳》(散文),朱大可《蒲石居读碑小咏》(诗)载《永安月刊》第116期。

5日,捉刀人《香艳杂志：多宝姑娘》载《飞报》第3版,至28日,24次,载完。王小逸《春满江南》载《罗宾汉》第2版,至6月8日,未完。王小逸《楼上花枝》载《铁报》第3版,至6月13日,未完。

6日,汪东《寄庵随笔》载《新闻报·新园林》,至5月21日,115则。

15日,赵苕狂笔记小品文《狂庐随笔》载无锡《人报》第4版,至3月2日,共26条。

20日,周天籁《桃李争春》自第4次起载《风报》,至3月31日,70次,载完。

21日,吴伯录《实事侦探：血溅宋公园》,陈吉思《好莱坞鸦片大王》,长川《尾随的人》,恨吾《黑丝绒窗帘》,王承天《我太运气了》,米洛《警犬上头阵》,静安《风流窃贼》载《大侦探》第29期。

本月

刘云若《水弦弹月记》(1—3集)由上海正气书局出版,2月第4集出版;刘云若《翠楼杨柳》《艺海春光》《逐水桃花》(《翠楼杨柳》续集)、《歌舞江山》由上海广艺书局出版。

郑证因《七剑下辽东》由上海育才书局再版；《铁笔峰》由上海正气书局出版；《金刀访双煞》由上海励力出版社出版。

周天籁、袁地依"言情小说"《电影巨头艳史》由上海电影话剧社初版。

黄鸣岐编《苏曼殊评传》由上海百新书店股份有限公司第1版。

2月

1日，陆丹林《达夫遗诗编后记》(随笔)、《凤凰熊希龄》(人物)，郑逸梅《信芳小札》《冒雨赴川记》，徐碧波《关于徐啸天》(人物)载《永安月刊》第117期。

2日，周天籁《小桥流水人家》载《飞报》第3版，至5月9日，83次，载完。捉刀人《香艳杂志：阿绥》载《飞报》第3版，至3月3日，共30次，载完。

4日，北平《新民报》新总编王达仁《北平〈新民报〉——载国特统治下迫害的一页》载北平《新民报》，指责张恨水是特务帮凶。3月1、2、3、4日，北平《新民报》发表了一系列批评张恨水的文章。

15日，恨吾《杨庆和银楼案》，郝礼生《尸泄春光》，长川《怪信》，刘冠先《支加哥"1A"》，艾德华《法官玩扑克》，夏莱士《老新郎送命》载《大侦探》第30期。

17日，周天籁《梅花扇》载《真报》第2版，至28日，12次，未完。

24日，田舍郎《流水多情》载《罗宾汉》第3版，至7月9日，载完。

本月

周天籁《桃源艳迹》由银花出版社出版；"言情小说"《粉红色的炸弹》由天下出版社出版；"香艳言情小说"《欲》由世界书报社出版；《姨太太》由天蓝出版社出版。

郑证因《弧形剑》由上海育才出版社出版，9月发行续集册；《龙凤双侠》由上海元益书局2版。

王度庐《龙虎铁连环》由励力出版社出版。

3月

1日，叶淑瑜《庚子东南互保之经过》(掌故)，陆丹林《吴昌硕与齐白石》(人物)，碧翁《漫谈〈乱世佳人〉》(散文)，许疚庵《说苑轶闻》(随笔)，纸帐铜瓶室主《谈民初绝版笔记》《无伦次语》，陈从周《徐志摩家书》(书札)载《永安月刊》第118期。顾士勋《纽约城的暗影：模特儿和大医师之间一奇案》，吴伯录《真如一命案：伪保长吃三枪》，谭玉龙《警察博物馆》，愚园《影中人》，孔士《苏格兰场大秘密》载《大侦探》第31期。

4日,捉刀人《香艳杂志:天壤王郎》载《飞报》第3版,至30日,共27次,载完。

6日,赵苕狂"艳情长篇"《红楼夜雨》载无锡《人报》第4版,至25日,1回,共17次,未完。

7日,赵苕狂《南天双侠》载《力报》第2版,至15日,9次,未完。

15日,范烟桥《施耐庵之谜》载《新闻报·新园林》。

16日,林斌《情幻劫》,吴伯录《北站箱尸奇案秘密》,冯月静《同花一条龙:海上名交际花艳窟秘记》,幼华《秘密武器》,海佛礼《人财两失》,雍华译《死神的宴会》载《大侦探》第32期。

20日,陈慎言《还乡梦》载《大公报》(上海),至5月24日,未完。

24日,范烟桥《水浒与张士诚》载《新闻报·新园林》,至25日,载完。

31日,捉刀人《香艳杂志:婢妾之间》载《飞报》第3版,至4月29日,30次,载完。

本月

刘云若《燕都黛影》《湖山烟云》《梨园世家》由六合书局出版。

朱贞木《艳魔岛》《飞天神龙》《炼魂谷》(《飞天神龙》续集)由上海元昌印书馆发行第1版。

许啸天《天堂春梦》由名家小说社再版。

郑证因《巴山剑侠》由上海励力出版社再版;《蓉城三老》由上海广艺书局出版。

周天籁"言情小说"《菱花二媛》由上海影艺出版社出版。

叶剑英在北京饭店宴请张恨水等北京知名人士,宣讲文艺政策。

4月

1日,田舍郎《常州嫂嫂》载《大风报》第2版,至30日,29次,上集载完。周天籁《模特儿秘记》载《风报》,至26日,未完。周天籁《出卖灵肉的人》载《大风报》第2版,至30日,30次,未完。王小逸《花前月下》第2节续载《大风报》第2版,至30日,30次,未完。

13日,范烟桥《水浒人物像赞》载《新闻报·新园林》,至14日,载完。

15日,包天笑《天上人间》载《茶话》第35期,未完。

20日,严独鹤"谈话"《茫茫江水》载《新闻报·新园林》,此为严独鹤在《新闻报》副刊最后一篇"谈话"。

27日,田舍郎《江南草绿》载《飞报》第3版,至7月9日,67次,未完。

30日,捉刀人《香艳杂志:皆大欢喜》载《飞报》第3版,至6月1日,32次,载完。

本月

徐哲身《昆仑剑侠》由春明书店出版。

王度庐《风尘四杰》由励力出版社出版。

郑证因《贞娘屠虎记》由上海励力出版社出版;《龙虎斗三湘》由上海正气书局再版,10月重庆初版(上海正气书局出版,重庆万有书局发行)。

5月

4日,姚凤苏《划梦传奇》载《铁报》第2版,至6月13日,3章,未完。

10日,周天籁《魂断虹桥》载《飞报》第3版,至6月28日,47次,未完。

19日,李阿毛《退职丈夫外传》载《飞报》第3版,至6月28日,38次,载完。

27日,上海解放;翌日,上海市人民政府正式成立。《新闻报》停刊。

本月

周天籁《裙带亲》由上海文化企业公司出版。

刘云若《孽海情波》由上海协和书店出版。

朱贞木《郁金香》由上海元昌印书馆出版。

郑证因《一字剑》由元益书局出版;《金梭吕云娘》由上海元昌印书馆发行第1版。

张恨水因高血压发作,致半身不遂。

6月

2日,捉刀人《香艳杂志:解语花》载《飞报》第3版,至25日,24次,载完。

9日,吴绮缘《烽火双鹅》载《罗宾汉》第2版,至7月9日,2回,30天次,未完。予且《翠小姐传》载《罗宾汉》第3版,至28日,未完。王小逸《铁蹄下》载《罗宾汉》第2版,至7月9日,未完。

13日,《铁报》出至复刊1230期,不见下期。

本月

刘云若《返照楼台》《落花归燕》由上海广艺书局出版。

郑证因《铁燕金蓑》由上海元昌印书馆发行第 1 版;《终南四侠》由协新书局初版;

7 月

2 日,第一次全国文代会召开,张恨水作为特邀代表,但因病未能到会,周恩来派人专程探望。

7 日,《大报》在上海创刊,陈蝶衣为总编,冯亦代、李之华先后任社长,1952 年 3 月 1 日停刊。

9 日,小报《罗宾汉》停刊。

25 日,《亦报》在上海创刊,创办人为唐大郎、龚之方,1952 年 11 月 20 日停办。

本月

张恨水加入文协。

吴绮缘短篇小说集《奇人奇事录》由上海中国新光印书馆出版。

王度庐《春秋戟》由春秋书店出版。

郑证因《峨嵋双剑》由上海广艺书局出版;《云中雁》(上册)由上海励力出版社出版,下册于 8 月出版。

8 月

15 日,人民政府军管会代表祝志澄、卢鸣谷接管上海世界书局。

本月

刘云若《返照楼台(续集)》由上海广艺书局出版。

郑证因《铁玲叟》由上海广益书局出版。

9 月

本月

郑证因《青狼谷》《黑凤凰》《丐侠》由上海广艺书局出版。

10 月

16 日,张恨水《玉交枝》续载《亦报》,至 1950 年 2 月,9 章;1950 年 12 月,由正气书局出版,18 章。

本月

范烟桥被选为苏州各界人民代表大会代表。

郑证因《淮上风云》由上海广艺书局出版。

白羽《十二金钱镖》渝初版由百新书店出版,百新书店重庆发行所发行,代表人为苏乃康;附有1938年11月(沦陷沽上时)白羽的初版"自序";1942年4月25日,白羽的三版"自序"。

朱贞木《翼王传(续)》由上海广艺书局发行。

11月

本月

《工商日报》因经济困难停刊,许廑父自此赋闲杭州。

郑证因《边荒异叟》由上海正气书局出版;《回头崖》《铁马庄》由上海元昌印书馆出版;《琅琊岛》(2册)由上海广益书局出版。

12月

14日,张恨水口授,张小水笔录致余程万公开信,旋以《张恨水函余程万,希望他走向人民》为题发表在上海《大公报》。

本月

朱贞木《五狮一凤》由上海育才书局出版,至1950年1月出齐。

本年

强逊《大破毒蛇党》,余爱渌《神枪手之死》,端木洪《大侦探洋场历险记》,陈湘《谁最后死的》,王克洵《新婚奇劫案》,湘潭《在美国受训的:中国大侦探》,曹达均《贼大王》,文思《夺宝记》载《大侦探》第33期。

顾志鸿《一个谋杀自己的人》,葛雷译《黑牧丹》,倪诚《夜劫汽油站》,傅律己译《借刀杀人》,余渊《技穷匕首现》载《大侦探》第34期。

林斌《香岛人妖》,紫虹《柯南道尔恨透福尔摩斯》,曾声《这里有着春天顽愚者偏说落叶遍地》,范幼华《阎王的请帖》,静心《梁上君子》,虎啸《杭州别墅大血案》,林微音《杀人夜》载《大侦探》第35期。

顾士勋《毒吻》,范幼华《鸿门宴》,文川《绝缘》,林微音《荒村夜雨荆棘尖》,司马圣译《婚魔》,雍华译《聋医之死》《红线》,张洪祥《你犯罪了》,曾声《这里有着春天顽愚者偏说落叶遍地(二)》载《大侦探》第36期。

郑证因《双凤歼仇》《女侠燕凌云》《龙虎风云》《铁伞先生》由上海励力出版

社出版。

梁羽生广州岭南大学国际经济学毕业,定居香港,与金庸同任香港《大公报》副刊编辑。

周天籁"社会小说"《裙带亲》由上海文化企业公司出版。

1950年（庚寅）

1月

本月

还珠楼主在苏州与贾植芳相识。

郑证因《燕尾镖》由上海育才书局出版。

2月

18日,刘云若患心脏病逝世。

22日,张恨水小说《贫贱夫妻》载《亦报》,至3月21日,载完。

本月

上海世界书局停止活动。

3月

本月

还珠楼主《独手丐》(第1、2集)由元昌印书馆出版,至1951年5月,14集,58回,出完。

郑证因"侦探小说"《风雪中人》(3册),《苗山血泪》(续集)由上海广艺书局出版;《牧野英雄》(1册)由上海正气书局出版。

4月

17日,张恨水应邀参加北京市文代会筹备会。

本月

朱贞木《七杀碑》由上海正气书局开始出版,续出至1951年3月。

郑证因《龙江奇女》《大侠铁琵琶》由上海正气书局出版;《岷江侠女》由上

海建文书局出版。

张恨水逐渐康复。

5月
18日,张恨水出席北京市文代会。

本月

郑证因《尼山劫》(第1集)由上海广益书局出版;本年陆续发行第2—7集。

6月
本月

还珠楼主《黑森林》第1集由上海民生书店出版,至1951年5月,出至第11集,36回;《黑森林》末尾,作者附结束语:"全书至此结束,作者现已放弃武侠旧作,不久将有新作品贡献社会,敬乞读者不吝指教批评为幸。"

8月
本月

朱贞木《庶人剑》由上海广艺书局开始出版,续出至1951年3月。

9月
本月

月底,至10月初,作为特邀代表,周瘦鹃出席苏州市第一届人民代表会议。周瘦鹃、范烟桥出席苏南地区第一届文代会,范烟桥被选为文联副主席。

郑证因《凤城怪客》由上海文汇书店出版;《烽火忠魂》第1集出版,第2、3集10月出版,第4集12月出版。

11月
29日,姚鹓雏当选为松江县副县长。

本月

张毅汉逝世于香港。

郑证因《塞外惊鸿》(第1集)由上海新流出版社出版;1951年1月、3月分别出版第2、3集,5月出版第4、5集;《枫菱渡》(第1集)由上海协和书局出版。

12月
13日,张恨水散文《梦中得诗》载上海《新民晚报·晚会》。
本月
郑证因《乌龙山》由上海新流书店出版;《秦岭风云》由上海汇文书店出版。

本年
初,金庸回北京赴任外交部,因出身不果。
郑证因《荒山侠踪》开始由上海正华书店出版,至1951年出至第7集。
平襟亚任上海市新评弹作者联谊会副会长、主委,至1956年。
周天籁在上海八仙桥青年会做临时工一年。
范烟桥为评弹艺人唐耿良写《太平天国》;为《新民晚报》副刊《新评弹》创作弹词及理论文章,后辑成《人民英雄郭忠田(弹词)》,1952年1月由苏南人民出版社出版。
王度庐任旅大行政公署教育厅编审委员。
郑逸梅接受教育思想改造。
刘铁冷卒。
古龙随家人由香港赴台,就读台湾师院附中初中部。

1951年（辛卯）

1月

31日,张恨水应邀写作《纪念北京解放两周年感言》载《光明日报》特刊。

本月

朱贞木《苗疆风云》由上海正华书店开始出版,续出至1951年3月。

3月

本月

王钝根病逝。

郑证因《小天台》由上海汇文书店出版;《戈壁双姝》(第1集)由上海汇文书店出版,本年又出续集与第3集。

4月

26日,金庸父亲查枢卿被枪决,罪名为"搞粮、窝藏土匪,图谋杀害干部"。

本月

朱贞木《罗刹夫人续集》由上海正华书局出版。

6月

本月

朱贞木《铁汉》由上海利益出版社出版。

秦瘦鸥《刘瞎子开眼》由上海百新书店出版。

11月

本月

周瘦鹃出任苏州市园林管理处副主任。

本年

郑证因《鹤顶回春》(第1集)、《火中莲》(第1集)由正华书店出版;《铁指翁》由汇文书店出版。

平襟亚创作长篇弹词《三上轿》,全书11回,共计20万字。

周天籁与文友相约去香港办报纸,不果;至邵氏兄弟影业公司担任宣传工作,至60岁才离开邵氏。

范烟桥在苏南第三届暑假研究班参加政治学习。苏州市第四届各界人民代表会议仍当选为代表,担任苏南文联常委及创作推进委员会副主委。

王度庐调任旅大师专任教。

1952年(壬辰)

6月
本月
张恨水任文化部顾问。

8月
本月
张恨水申请加入中华全国作协。

10月
本月
张恨水正式参加北京市文联小说组活动。

12月
本月
秦瘦鸥任香港《文汇报》副刊编辑部主任,创办集文出版社,兼任总编。

本年
范烟桥任调整后的苏高中教员,任苏南行政公署文化教育委员会委员,任苏州电气公司监察委员。

还珠楼主北上,担任总政京剧团编导、尚小云剧团编导、北京京剧三团编导、北京戏曲编导委员会委员,在协和医院戒除鸦片。

大东书局参加公私合营。

黄易出生。

金庸任《新晚报·下午茶座》编辑,创作《绝代佳人》等剧本。

1953年(癸巳)

3月
本月
周瘦鹃担任江苏省文史研究馆馆员。

6月
19日,陈毅登门拜访周瘦鹃,鼓励周瘦鹃继续创作。
本月
严谔声任上海市文史馆副馆长。

8月
本月
张恨水开始撰写《梁山伯与祝英台》,10月完稿。

12月
本月
熊召政生于湖北英山。

本年
夏,王度庐调沈阳东北试验小学,任语文教师。
赵苕狂卒。

1954年（甲午）

1月

1日，张恨水《梁山伯与祝英台》载香港《大公报·小说天地》，至5月3日，载完。温瑞安生于英属马来亚霹雳州美罗埠火车头。

20日，梁羽生第一部武侠小说《龙虎斗京华》载香港《新晚报·天方夜谭》，至8月1日，载完。1954年9月由香港文宗出版社出版。

2月

本月
向恺然任湖南省文史馆员。

6月

21日，叶剑英到苏州，拜访周瘦鹃。周瘦鹃当选苏州人大代表。

25日，姚鹓雏因胃病逝世。

7月

3日，张恨水《秋江》载香港《大公报·小说天地》，至10月4日，载完。1955年9月，由北京通俗文艺出版社出版。

本月
周瘦鹃当选江苏省人大代表。8月5日至10日，出席省第一次人代会。范烟桥为香港《大公报》副刊撰小品文，为香港《新晚报》写《唐伯虎外传》。古龙考入成功中学。

8月
11日,梁羽生《草莽龙蛇传》载香港《新晚报·天方夜谭》,至1955年2月5日,12回,载完。

11月
本月
张平出生于陕西西安。

本年
春,周瘦鹃开始为香港《大公报》撰述散文小品,这些小品散文结集为《花前琐记》,1955年6月由通俗文艺出版社出版。

琼瑶16岁,第一次自杀。

陈小蝶(定山)《春申旧闻》第一集由台北晨光月刊出版;1964年,《春申旧闻》出版,无出版社。

注:(美)何振模著,张笑川、张生、唐艳香译《上海的美国人社区形成与对革命的反应(1919—1928)》参考文献载"陈定山,《春申旧闻》,无出版社,1964年。【译者按:查台湾大学图书馆藏有《春申旧闻》第一集,台北:晨光月刊,1954年版】"(上海辞书出版社,2014年12月,第198页)

1955年（乙未）

1月

1日,张恨水《魍魉世界》(《牛马走》)载香港《大公报·小说天地》,至1956年2月11日,载完。

本月

张恨水《白蛇传》由北京通俗文艺出版社出版。

2月

8日,金庸武侠处女作《书剑恩仇录》载《新晚报·天方夜谭》,至1956年9月5日,载完。

8月

1日,宫白羽《绿林豪杰传》载香港《大公报·小说天地》,至1956年1月26日,载完,并由香港文宗出版社出版单行本。

10月

本月

周瘦鹃出任苏州市文物古迹保管委员会副主任。

张恨水《啼笑因缘》由北京通俗文艺出版社出版。

按：张恨水《啼笑因缘》及其续作、改编此后的出版情况：1980年5月,《啼笑因缘》由浙江人民出版社出版；1981年5月,张恨水原著,郁茹改编,刘国辉绘画《啼笑因缘连环画》由浙江人民美术出版社出版；1981年7月,《啼笑因缘》由北京出版社出版；1982年4月,《啼笑因缘》由台湾"国家出版社"出版,收入"中国古典白话小说"丛书；1985年5月,张恨水《啼笑因缘》由安徽文艺出版社出版,收入"现代皖籍名作家丛书"；1987年,《啼笑因缘》由浙江文艺出版社出版;1988年6月,张恨水原著,姚荫梅改编《啼笑因缘》弹词2册由上海文艺出版社出版;1989年10月,徐哲身《反啼笑因缘》由江苏古籍出版社出版,收入"民国通俗小说选刊";1989年12月,惜红馆主《续啼笑因缘》由江苏古籍出版社出版,收入"民国通俗小说选刊";1993年1月,《啼笑因缘》由北岳文艺出版社出版,为《张恨水全集》之一;1994年1月,《啼笑因缘》由北京燕山出版社出版;1997年4月,《啼笑因缘》由群众出版社出版,收入"张恨水作品经典"丛书;2000年1月,《啼笑因缘》由北岳文艺出版社出版,收入"张恨水小说精品集";2000年7月,《啼笑因缘》由中国青年出版社出版,收入"百年百种优秀中国文学图书"丛书;2000年9月,《啼笑因缘》5册由中国盲文出版社出版;2003年1月,《啼笑因缘》由团结出版社出版,收入"张恨水世纪精品"丛书;2003年1月,《啼笑因缘》由江苏文艺出版社出版;2003年1月,《啼笑因缘》由北岳文艺出版社出版;2003年6月,《啼笑因缘》由贵州人民出版社出版;2004年1月,《啼笑因缘》由中国友谊出版公司出版,收入"张恨水作品精选集";2004年4月,《啼笑因缘》由时代文艺出版社出版,收入"中国现代文学名家经典文库"丛书;2004年5月,《啼笑因缘》由北京文化艺术出版社出版,收入"张恨水小说荧屏热播系列";2005年4月,《啼笑因缘》由浙江文艺出版社出版,收入"小说老店"丛书;2007年,《啼笑因缘》由团结出版社出版,收入"张恨水世纪精品"丛书;2008年1月,《啼笑因缘》由陕西师大出版社出版,收入"张恨水小说经典"丛书;2008年4月,《啼笑因缘》由江苏文艺出版社出版,收入"现代小说经典丛书";2009年1月,《啼笑因缘》由中国盲文出版社出版,收入"名家名作"丛书;2009年4月,《啼笑因缘》由人民文学出版社出版,该版本配张明明插图;2009年4月,《啼笑因缘》由人民文学出版社出版,收入"张恨水长篇小说经典"丛书;2010年1月,《啼笑因缘》由华夏出版社出版,收入"中国现代文学百家"丛书;2010年6月,《啼笑因缘》由新华出版社出版,收入"新华现当代文学佳作丛书";2011年1月,《啼笑因缘》由华夏出版社、陕西师大出版社出版;2011年4月,《啼笑因缘》由天津人民出版社出版,收入"大家经典系列"丛书;2011年4月,《啼笑因缘》由江苏文艺出版社出版;2013年7月,《啼笑因缘》由国际文化出版公司出版;2014年6月,《啼笑因缘》由岳麓书社出版,收入"民国经典小说"丛书;2014年12月,《啼笑因缘》由天津人民出版社出版,收入"锦绣文丛"丛书;2015年4月,《啼笑因缘》由人民文学出版社出版,收入"张恨水名作插画珍藏版"丛书;2016年5月,《啼笑因缘》由江苏文艺出版社出版,收入"人生悦读系列丛书";2018年1月,《啼笑因缘》由江苏文艺出版社出版;2018年3月,《啼笑因缘》由中国文史出版社出版,收入"民国通俗小说经典文库张恨水卷";2018年4月,《啼笑因缘》由远方出版社出版;2018年10月,《啼笑因缘》由安徽文艺出版社出版;2018年12月,《啼笑因缘》由华东师大出版社出版。

11月

本月

古龙小说《从北国到南国》载《晨光》杂志第3卷第9期。

12 月
本月
蔡东藩《前汉通俗史演义》(2 册)由上海文化出版社出版。

本年
年初,大东书局并入上海科技出版社。
冬,朱贞木因哮喘与心脏病并发,在天津逝世。
范烟桥为国外华侨报纸写《李秀成演义》;当选江苏第一届政协委员,担任苏州文化处处长。

1956年（丙申）

1月

1日，金庸《碧血剑》载香港《商报》，至12月31日。

13日，文化部签发《关于续发处理反动、淫秽、荒诞图书参考目录的通知(56)(文陈出密字第9号)》。

引：《通知》第二条(中国出版科学研究所、中央档案馆编《中华人民共和国出版史料》第8辑,中国书籍出版社2002年)：

一些人专门编写反动、淫秽、荒诞的图书,如徐訏、无名氏、仇章专门编写政治上反动的、描写特务间谍的小说,张竞生、王小逸(捉刀人)、蓝白黑、笑生、待燕楼主、冷如雁、田舍郎、桑旦华专门编写含有反动政治内容或淫秽、色情成分的言情小说,朱贞木、郑证因、李寿民(还珠楼主)、王度庐、宫白羽、徐春羽专门编写含有反动政治内容或淫秽色情成分的神怪、荒诞的武侠小说。为了肃清反对、淫秽、荒诞的图书,请各省市文化局在审读图书时,对于徐訏……徐春羽等二十一人编写的图书特别加以注意。但决定是否处理和如何处理,仍应按书籍内容而定。

30日，至2月7日，政协第二届全国委员会第二次会议在北京举行，张恨水曾列席会议。

2月

15日，梁羽生《七剑下天山》载香港《大公报·小说林》，至1957年3月31日。

本月

周瘦鹃、周铮《园艺杂谈》由上海文化出版社出版。

3月

本月

周瘦鹃出任苏州市政建设委员会副主任。

周梅森出生于扬州。

8月

18日,梁羽生《塞外奇侠传》(《飞红巾》)载香港《周末报》,至1957年2月23日,28回,载完;1957年,由香港伟青书店出版。

本月

周瘦鹃加入民进,介绍人为柴德赓、范烟桥。

9月

本月

周瘦鹃散文集《花花草草》由上海文化出版社出版。

10月

13日,周瘦鹃《永恒的知己之感——追念我所敬爱的鲁迅先生》载《文汇报·笔会》。

24日,金庸、梁羽生、百剑堂主在《大公报》开"三剑楼随笔"专栏,写作《〈相思曲〉与小说》。

本月

还珠楼主《岳飞传》由香港文宗出版社出版。

周瘦鹃《岁朝清供》由艺美图书公司出版。

11月

15日,周瘦鹃参加江苏省第二次文代会,当选省文联委员。

本月

周瘦鹃《农村杂唱》由江苏人民出版社出版。

12月

本月

周瘦鹃散文小品集《花前续记》由江苏人民出版社出版。

范烟桥短篇小说集《花蕊夫人》由上海文化出版社出版。

本年

秦瘦鸥调离香港《文汇报》,出任上海文艺出版社、辞书出版社编审。

范烟桥加入民进,任民进苏州委员会副主委,任苏州市政协副秘书长,当选民进中央候补委员;文化处改为文化局,范烟桥任局长;范烟桥当选江苏文联副主席、苏州第二届人民代表大会代表。

向恺然任全国第一次武术观摩大会裁判,受到时任国家体委主任贺龙的接见。

王度庐加入民进,当选沈阳市第六届人大代表。

司马翎自香港赴台,就读台湾政治大学政治系。

1957年（丁酉）

1月
1日，金庸《射雕英雄传》开始载香港《商报》，至1959年5月19日，载完。

2月
11日，陈慎言七十寿辰，张恨水参加寿庆，并赋诗。
本月
张恨水列席最高国务会议第二次扩大会议。张恨水《回忆〈啼笑因缘〉的创作过程》载《文艺世纪》第2期。
范烟桥将《唐伯虎外传》改写为《唐伯虎故事》，由江苏人民出版社出版。

3月
本月
郑逸梅《上海旧话2》由上海文化出版社出版。

4月
本月
张恨水《五子登科》载哈尔滨《北方》月刊第4至第6期，本年由上海文化出版社出版。

5月
16日，还珠楼主《剧孟》载上海《新闻日报》，至7月25日，载7回，71天次；12月，《剧孟》由河北人民出版社出版。
本月

张恨水《章回小说为何遭遇轻视?》《我们不能走偏了》载《文艺报》第4、10期。

6月
本月

周瘦鹃的散文集《盆栽趣味》由上海文化出版社出版。

纪庸、范烟桥编《五人义——明代苏州人民抗暴的斗争》由江苏人民出版社出版。

7月
本月

徐卓呆(徐半梅)《话剧创始期回忆录》,中国戏剧出版社出版。

8月

5日,梁羽生《白发魔女传》载香港《新晚报·天方夜谭》,至1958年9月8日,32回,载完;1958年,由香港天地图书公司出版。

本月

平襟亚受聘上海文史馆馆员。

9月
本月

阎真生于湖南长沙。

张恨水原著小说,徐汲平、成骏编剧《啼笑因缘(评剧)》由辽宁人民出版社出版。

10月

26日,张恨水《记者外传》载《新闻日报·人民广场》,至1958年6月24日,上部30回,载完。

本月

张恨水《章回小说的变迁》载《北京文艺》第10月号。

12月

19日,《文艺报》组织"老舍作品《茶馆》座谈会",张恨水应邀参加并发言。

27日,向恺然病逝。之前被划为右派。

本月

张恨水小说《孟姜女》由北京出版社出版。

本年

秋,古龙考入淡江英专(淡江大学前身)。

郑逸梅被评为一级教师,担任语文教研组长。

范烟桥、陈洁编《神龟》由通俗文艺出版社出版。

程小青著、孙铁生绘图《生死关头》由江苏人民出版社出版。

卧龙生第一部武侠《风尘侠隐》载台湾《成功晚报》,后由台湾玉书出版社出版。

琼瑶19岁,就读台北第二女子高中,与语文老师恋爱,高考落榜,第二次自杀。

姚雪垠开始创作《李自成》;《李自成》第一、二、三、四、五卷分别于1963、1976、1981、1999、1999年由中国青年出版社出版。

1958年（戊戌）

1月
本月

周瘦鹃《花前新记》由江苏人民出版社出版。

2月
本月

涂树平《评还珠楼主的武侠小说〈剧孟〉》载《读书月报》第2期，批评《剧孟》"满纸荒唐言，一套骗人语"。

陈慎言编著"中篇说部"《叶含嫣》由北京出版社出版。

4月

10日，还珠楼主《游侠列传·郭解》载泰国《中原报》；9月9日至11月14日，载《羊城晚报》，67天次。

5月
本月

还珠楼主传奇小说《十五贯》（14回）由河北人民出版社出版。此书"根据昆苏剧团《十五贯》演出本改编"。

陈慎言"中篇说部"《空印盒》由北京出版社出版。

6月
本月

《文艺学习》刊载《不许还珠楼主继续放毒》，还珠楼主读后，次日凌晨脑溢血发作。

7 月
本月
琼瑶第二次高考落榜,决心放弃高考,当一名作家。

10 月
1 日,周瘦鹃赴北京参加国庆观礼。

本年
范烟桥改任文物保管委员会副主任,当选苏州市第三届人大代表。
郑逸梅担任晋元中学副校长。
孙了红逝世。
陈慎言逝世。
徐卓呆逝世
古龙辍学,从事武侠小说创作,解决生计问题。
卧龙生《飞燕惊龙》载《大华晚报》,连载时间近 20 年。
诸葛青云《墨剑双英》载《自立晚报》。
司马翎《关洛风云录》由台湾真善美出版社出版。
金庸《射雕英雄传》由香港峨眉电影公司摄制成电影。
包天笑写作《新白蛇传》(30 万字)。

1959年（己亥）*

1月1日，梁羽生《萍踪侠影录》载香港《大公报·小说林》，至1960年2月16日，21回；后由伟青书店出版时，修订为31回。

2月9日，金庸《雪山飞狐》载香港《新晚报·天方夜谭》，至6月18日，载完。

3月，周瘦鹃当选第三届全国政协委员。金庸创办《野马》杂志。

4月，周瘦鹃赴京参加政协三届一次会议，受到毛泽东主席和周恩来总理接见，深受鼓舞。琼瑶21岁，与庆筠结婚。

5月20日，《明报》在香港创刊，金庸任社长兼总编辑。《神雕侠侣》开始连载《明报》，至1961年7月8日，载完。

6月24日，李先念来苏州访问周瘦鹃。

9月，张恨水任中央文史馆馆员。

本年

范烟桥创作《李秀成在苏州》《杨芷、任环御倭寇》；当选为江苏省政协常委。

古龙开始创作《苍穹神剑》，1960年出版。

黄易上新界沙田小学二年级，看卧龙生《仙鹤神针》，四年级迷上武侠小说。

诸葛青云《紫电青霜》载《自立晚报》。

金庸与沈宝新创办野马出版社。

---

* 从本年度开始，不再按月记事，而是直接按日期记事。——编者

1960年（庚子）

1月11日，金庸《飞狐外传》始载于《武侠与历史》。

2月，还珠楼主口授，秘书侯增笔录"历史小说"《杜甫》，至1961年2月18日，共11回。

7月20日，张恨水参加北京市第三次文代会。

7月27日，包天笑《我与鸳鸯蝴蝶派》载香港《文汇报》。

11月29日，十世班禅、时任全国人大副委员长陈叔通来苏州，参观周瘦鹃的盆景园。

12月，刘禺生《世载堂杂忆》由中华书局出版，收入"近代史料笔记丛刊"。

本年

夏，范烟桥出席中国民进中央委员会扩大会议，受到毛主席接见；创作章回小说《韩世忠与梁红玉》，《苏州新咏》一百余首，《北行杂诗》三十余首。

秋，周瘦鹃创作诗歌《苏州好》百首，为中国共产党成立40周年献礼。

郑证因逝世。

诸葛青云《天心七剑》载《自立晚报》。

司马翎《剑神传》由台湾真善美出版社出版。

1961年(辛丑)

1月11日,金庸《鸳鸯刀》连载《武侠与历史》,至5月31日,载完。

2月21日,还珠楼主在北京西单皮库胡同29号寓所病逝,时年59岁。

5月9日,刘伯承来访周瘦鹃家。

7月6日,金庸《倚天屠龙记》开始连载《明报》,至1963年9月2日,载完。

7月,琼瑶23岁,完成《情人谷》。

8月8日,梅兰芳逝世,周瘦鹃写12首悼念诗,作《寄亡友梅兰芳同志》,沉痛哀悼梅兰芳。

10月12日,梁羽生《云海玉弓缘》载香港《新晚报·天方夜谭》,至1963年8月9日,52回,载完;后由诗歌伟青书店和天地图书公司出版。

10月,金庸《白马啸西风》载《明报》,至11月载完。

本年

范烟桥创作《南冠草》,为《鸳鸯蝴蝶派研究资料》写作《民国旧派小说史略》。

陆鱼《少年行》由真善美出版社出版。

1962年（壬寅）

3月，周瘦鹃正式加入中国作协，成为会员。

4月15日，下午，周瘦鹃受到毛主席接见，交谈半小时；魏绍昌编《老残游记资料》《孽海花资料》由中华书局出版。

5月20日，张恨水《我和长篇连载》载上海《新民晚报·夜光杯》。

5月，张恨水长篇章回小说《卓文君传》由中国新闻社发往国外发表。

6月17日，金庸创办《明报》副刊"自由谈"。

6月，周瘦鹃、程小青等在松鹤楼为程小青庆贺70华诞。

9月，王跃文出生于湖南溆浦县。

10月，古龙《护花铃》由台湾春秋出版公司出版。

11月，周瘦鹃游记小品《行云集》由江苏人民出版社出版，郭沫若题写书名。范烟桥创作《苏州四才子》，将《永昌演义》改写《李自成演义》，由苏州市《文史资料选辑》出版；主持编辑《苏州景物诗辑》，由文学艺术工作者联合会出版。

12月，范烟桥出席民进中央委员会扩大会议；连任苏州市民进副主委兼秘书长。

本年

春节，中央文史馆馆员张恨水应邀出席国务院在人民大会堂举行的春节团拜会。

秋，周瘦鹃在香港《文汇报》开设《姑苏书简》专栏，发表书信体散文。这些散文以《姑苏书简》为名，由新华出版社1995年结集出版。

蔡东藩《前汉演义》《后汉演义》由江苏人民出版社出版。

郑逸梅《民国旧派文艺期刊丛谈》收入《鸳鸯蝴蝶派研究资料》出版。

张恨水应文史馆要求,写作《我的生活与创作》自传。

琼瑶 24 岁,其《情人谷》《黑茧》《幸运草》等载《皇冠》,皇冠杂志社长平襟亚向其写信约稿。

1963年（癸卯）

1月1日,范烟桥参加全国政协七十以上老人宴会,周总理到会致辞敬酒,范烟桥撰《七十述怀》诗征和。梁羽生《大唐游侠传》载香港《大公报·小说林》,至1964年6月14日,40回;由香港伟青书店出版。琼瑶成名作《窗外》载《皇冠》。

1月3日,周恩来总理访问周瘦鹃的爱莲堂。

1月,蔡东藩《两晋演义》由江苏人民出版社出版,收入"中国历代演义"。

4月24日,周瘦鹃《笔墨生涯五十年》载香港《文汇报》专栏《姑苏书简》,至25日,载完。

5月,古龙《大旗英雄传》载《公论报》,至12月,194集。

6月16日,周瘦鹃《笔墨生涯鳞爪》载香港《文汇报》专栏《姑苏书简》,至17日,载完。

9月3日,金庸《天龙八部》载《明报》《南洋商报》,至1966年5月27日,载完。10月由真善美出版社陆续出齐;1980年由台湾皇鼎图书有限公司出版;1988年由广州文化出版社出版。

本年

秋,张恨水致信周瘦鹃,请赴苏州实习的长女张明明转交。

古龙与第一任妻子郑月霞定居台北瑞芳镇。

温瑞安9岁,撰写长篇小说《龙虎风云录》。

经廖承志圈定,郑逸梅为香港《大公报》《文汇报》《新晚报》撰稿,服务统战工作。

琼瑶25岁。冬,与平鑫涛见面,接受电视台专访。

亦舒小说集《甜呓》出版。

1964年（甲辰）

1月10日,朱德、康克清访问周瘦鹃的爱莲堂。

1月12日,金庸《素心剑》(《连城诀》)载《东南亚周刊》,至1965年2月28日,载完。

1月25日,田汉来苏州看望周瘦鹃;27日,周瘦鹃陪田汉至苏州邓尉观赏梅花。

3月,琼瑶《幸运草》由皇冠出版社初版,1988年7月第26版。

按:此后,琼瑶作品的出版情况之不完全统计如下:

1966年12月,琼瑶《寒烟翠》由皇冠杂志社出版,1984年4月,再版。

1966年10月,琼瑶《几度夕阳红》由皇冠杂志社出版。

1967年8月,琼瑶《翦翦风》由皇冠杂志社1版,1981年9月又版。

1967年8月,琼瑶《月满西楼》由皇冠杂志社1版,1989年10月26版。

1969年12月,琼瑶《一帘幽梦》由皇冠杂志社初版,1982年12月再版。

1969年12月,琼瑶《星河》由皇冠杂志社初版,1985年12月第13版。

1970年2月,琼瑶《梦的衣裳》由皇冠杂志社初版,1985年6月第9版。

1973年6月,琼瑶《彩云飞》由皇冠杂志社初版。

1975年3月,琼瑶《女朋友》由皇冠出版社初版,1980年5月、1981年11月又版。

1975年9月,琼瑶《碧云天》由皇冠杂志社初版,1985年7月,12版。

1975年,琼瑶《六个梦》由皇冠杂志社出版。

1981年12月,琼瑶《燃烧吧,火鸟》由皇冠杂志社1版;1982年4月又版。

1984年2月,琼瑶《失火的天堂》由皇冠杂志社初版,1984年12月又出版。

1985年5月,琼瑶《彩云飞》由江西人民出版社1版1印,1986年5月1版2印。

1985年6月,琼瑶《浪花》由云南人民出版社出版。

1985年7月,琼瑶《在水一方》由江苏人民出版社1版1印。

1985年8月,琼瑶《烟雨濛濛》由云南人民出版社1版,1986年6月1版3印。

1985年8月,琼瑶《燃烧吧,火鸟》由鹭江出版社1版1印,1986年3月1版2印。

1985年9月,琼瑶《彩霞满天》由广西人民出版社出版。

1985年9月,琼瑶《几度夕阳红》由鹭江出版社出版。

1985年10月,琼瑶《雁儿在林梢》由江苏文艺出版社出版。

1985年10月,琼瑶《寒烟翠》由青海文艺出版社出版。

1985年10月,琼瑶《我是一片云》由海峡文艺出版社1版1印,1986年6月,1版3印。

1985年10月,琼瑶《月朦胧鸟朦胧》由作家出版社1版1印。

1985年10月,琼瑶《剪剪风》由北岳文艺出版社1版1印。

1985年12月,琼瑶《寒烟翠》由山东文艺出版社出版。

1985年12月,琼瑶《冰儿》由皇冠杂志社1版。

1986年1月,琼瑶《喷泉》由贵州人民出版社1版1印。

1986年3月,琼瑶《窗外》由中国文联出版公司1版1印。

1986年4月,琼瑶《庭院深深》由四川青年出版社初版,1986年5月1版1印。

1986年4月,琼瑶《女朋友》由重庆文艺出版社1版1印。

1986年5月,琼瑶《聚散两依依》由江苏文艺出版社1版1印。

1986年5月,琼瑶《穿紫衣的女人》由漓江出版社1版1印。

1986年5月,琼瑶《不曾失落的日子》由云南民族出版社1版1印。

1986年5月,琼瑶《燃烧吧,火鸟》《昨夜之灯》《匆匆,太匆匆》由海天出版社1版1印。

1986年5月,琼瑶《无限相思》由北方文艺出版社1版1印。

1986年5月,琼瑶《风力百合》由青海人民出版社1版1印。

1986年6月,琼瑶《心有千千结》由作家出版社1版1印,1990年9月1版13印。

1986年6月,琼瑶《梦的衣裳》由作家出版社1版1印。

1986年6月,琼瑶《梦的衣裳》由鹭江出版社1版1印;1987年1版2印;1988年2月1版3印。

1986年6月,琼瑶《人在天涯》由中国文联出版社公司1版1印。

1986年6月,琼瑶《燃烧吧,火鸟》由广西人民出版社1版1印。

1986年6月,琼瑶《月满西楼》由广西人民出版社1版1印。

1986年7月,琼瑶《匆匆,太匆匆》由江苏文艺出版社1版1印。

1986年8月,琼瑶《但愿人长久》《星河》由花城出版社1版1印。

1986年10月,琼瑶《失火的天堂》由中国友谊出版公司出版。

1986年10月,琼瑶《六个梦》由宁夏文艺出版社1版1印。

1986年11月,琼瑶《水灵:给竹风的故事集》由时事出版社出版。

1986年12月,琼瑶《碧云天》由时事出版社1版1印。

1987年1月,琼瑶《几度夕阳红》由山东文艺出版社1版1印;1990年6月新1版1印。

1987年3月,琼瑶《一帘幽梦》由浙江文艺出版社出版;1989年9月,由作家出版社出版,1989年12月1版2印,1993年2月1版3印;1994年4月,作家出版社2版第6次印刷;1990年12月,由轻工业出版社出版;1996年2月,由花城出版社出版,收入"琼瑶全集";2005年11月,长江文艺出版社第1版,2007年7月,长江文艺出版社第2版;2018年1月,湖南文艺出版社出版精装版。

1987年3月,琼瑶《剪剪风》由北岳文艺出版社1版1印,1993年11月1版3印。

1987年4月,琼瑶等著《幸运草》由春风文艺出版社1版1印,内收琼瑶《幸运草》,标"中篇爱情小说";琼瑶《花语》,标"中篇伦理小说";张爱玲《此恨绵绵》,标"中篇社会小说";此外还有宁宣成的侦探小说《一封截获的密电》等。

1987年7月,琼瑶著,高志茹编选《琼瑶的诗》由春风文艺出版社出版。

1987年9月,琼瑶《幸运草》由华岳文艺出版社1版1印。

1988年2月,琼瑶《寒烟翠》由工人出版社出版。

1988年2月,琼瑶《莫忘今宵》《燃烧吧,火鸟》由甘肃人民出版社出版。

1988年2月,琼瑶《紫贝壳》由百花文艺出版社1版1印。

1988年2月,琼瑶《冰儿》由华夏出版社1版1印。

1988年4月,琼瑶《紫贝壳》由农村读物出版社1版1印。

1988年4月,琼瑶《潮声》由湖南文艺出版社出版。

1988年4月,琼瑶《白狐》由北方文艺出版社出版。

1988年4月,琼瑶《彩云飞》由时代文艺出版社1版1印。

1988年4月,琼瑶《海鸥飞处》由作家出版社1版1印。

1988年5月,琼瑶《海鸥飞处》由四川文艺出版社1版1印。

1988年5月,琼瑶《月朦胧 鸟朦胧》由作家出版社1版5印。

1988年6月,琼瑶《寒烟翠》由工人出版社2印。

1988年7月,琼瑶《船》由中国青年出版社出版。

1988年8月,琼瑶《昨夜之灯》由农村读物出版社出版。

1988年8月,琼瑶《庭院深深》由华文出版社1版1印,1988年12月1版2印;1990年4月1版4印。

1988年9月,琼瑶《问斜阳》由作家出版社1版1印;2版2印。

1988年9月,琼瑶《聚散两依依》由广西人民出版社1版1印。

1988年10月,琼瑶《彩云飞》由百花文艺出版社1版,1990年5月第1次印刷。

1988年10月,琼瑶《秋歌》由作家出版社出版,1989年9月1版4印;1996年1月,花城出版社出版,收入"琼瑶全集"。

1988年10月,琼瑶《女朋友》由作家出版社1版1印;1989年11月1版2印;1993年2月1版5印。

1988年11月,琼瑶《聚散两依依》《碧云天》由山东文艺出版社1版1印。

1988年12月,琼瑶《失火的天堂》《十个故事——琼瑶自选集》由百花文艺出版社出版。

1988年12月,琼瑶《剪不断的乡愁》由作家出版社1版1印。

1989年1月,琼瑶《月满西楼》由百花文艺出版社1版1印。

1989年2月,琼瑶《燃烧吧,火鸟》由百花文艺出版社1版1印,1990年5月1版2印。

1989年3月,琼瑶《翦翦风》由山东文艺出版社1版1印,1991年2月1版2印。

1989年7月,琼瑶《月圆良宵》由海峡文艺出版社1版,1989年8月1印。

1989年9月,琼瑶《金盏花》由作家出版社1版1印。

1989年9月,琼瑶《梦的衣裳》由作家出版社1版5印。

1989年10月,琼瑶《不曾失落的日子——我的生活和我的童年》由作家出版社1版1印。

1989年11月,琼瑶《女朋友》由作家出版社1版2印。

1990年1月,琼瑶《人在天涯》由云南人民出版社出版。

1990年3月,琼瑶《寒烟翠》由工人出版社2版6印。

1990年3月,琼瑶《琼瑶自传——我的故事》由作家出版社1版2印。

1990年4月,琼瑶《浪花》由作家出版社1版2印。

1990年4月,琼瑶《琼瑶影视金曲集》由中国广播电视出版社1版1印。

1990年5月,琼瑶《潮女》由花城出版社出版。

1990年5月,琼瑶《十个故事——琼瑶自选集》由百花文艺出版社1版2印。

1991年4月,琼瑶《紫贝壳》由作家出版社1版1印。

1991年7月,琼瑶《烟雨濛濛》由作家出版社1版1印。

1991年9月,琼瑶《星河》《望夫崖》由作家出版社1版1印。

1991年10月,琼瑶《窗外》由作家出版社1版2印。

1991年10月,琼瑶《寒烟翠》由作家出版社2版2印。

1991年10月,琼瑶《月朦胧 鸟朦胧》由作家出版社1版4印。

1992年2月,琼瑶《一颗红豆》由作家出版社1版2印。

1992年3月,琼瑶《船》由作家出版社1版1印。

1992年4月,琼瑶《我是一片云》由作家出版社1版1印。

1992年6月,琼瑶《碧云天》由作家出版社1版1印。

1992年6月,琼瑶《庭院深深》由作家出版社1版1印。

1992年7月,琼瑶《幸运草》由作家出版社1版1印。

1992年8月,琼瑶《幻羽天使》由北岳文艺出版社1版1印。

1992年9月,琼瑶《挑情劫》由中国民间文艺出版社1版1印。

1992年9月,琼瑶《昨夜之灯》由作家出版社1版2印。

1992年9月,琼瑶《金盏花》由作家出版社2版4印。

1992年10月,琼瑶《梦难缘》由青海人民出版社1版1印。

1992年10月,琼瑶《为你而生》由北岳文艺出版社1版1印。

1992年12月,琼瑶《翦翦风》由作家出版社1版1印。

1992年12月,芳霏《夜的阴霭:我是一片云外传》由北岳文艺出版社1版1印。

1993年1月,琼瑶《幽怨黄昏》由百花文艺出版社1版1印。

1993年1月,琼瑶《幸运草》由作家出版社1版2印。

1993年2月,琼瑶《星河》由作家出版社1版3印。

1993年2月,琼瑶《月朦胧　鸟朦胧》由作家出版社1版5印。

1993年2月,琼瑶《问斜阳》由作家出版社2版3印。

1993年4月,琼瑶《青青河边草》由作家出版社1版1印。

1993年4月,琼瑶《青青河边草》由海天出版社1版2印。

1993年6月,琼瑶《彩云飞》《月满西楼》《雁儿在林梢》《潮声》由作家出版社1版1印。

1993年7月,琼瑶《烟雨濛濛》《燃烧吧,火鸟》由作家出版社1版1印。

1993年8月,琼瑶《梦的衣裳》由作家出版社1版1印。

1993年10月,琼瑶《剪不断的乡愁》《海鸥飞处》由作家出版社1版1印。

1993年10月,琼瑶《黄色百合园》由中国文联出版公司1版1印。

1993年11月,琼瑶《梅花烙》由作家出版社1版1印,作为"梅花三弄"之一;1994年4月,《水云间》作为"梅花三弄"之二由作家出版社1版1印;1994年4月,《鬼丈夫》作为"梅花三弄"之三由作家出版社1版1印。

1993年11月,琼瑶《在水一方》由作家出版社1版1印。

1993年12月,琼瑶"温馨系列"由北方文艺出版社1版,1994年1月1印,收《租妻》《柔情可驯》《情天恨海》《情缘深深》《雪中花》《情思萦怀》《梦中情人》。

1994年4月,琼瑶《寒烟翠》《幸运草》由作家出版社2版第6次印刷。

1994年6月,琼瑶《鬼丈夫》;7月《梅花烙》《水云间》由作家出版社1版1印,合称"梅花三弄"。

1994年8月,琼瑶《踏花归去》《花心大姐》《花都女郎》《花落情浓》《爱的归处》由黄山书社1版1印;合称"花之情系列"。

1994年9月,琼瑶《旧情绵绵》《此情无限》《情妇女人》《浪漫黄昏》《邮购新娘》《情惑之吻》《花痴少女》由黄山书社1版1印,合称"爱之情系列"。

1994年12月,琼瑶《雾锁重楼》由花城出版社1版1印,为"两个永恒"丛书之二。

1995年1月,琼瑶《青鸟依依》《紫风铃》由青海人民出版社1版1印。

1995年3月,琼瑶最新爱情小说《春雨丝丝》系列由中原农民出版社1版1印,分《归梦趁风絮》《未来如梦》《萧萧雨中情》《歌罢满帘风》《共醉青苔处》《把酒劝斜阳》《暗情盈袖》《冷冷谁同醉》。

1995年5月,琼瑶《紫风铃》由青海人民出版社1版1印。

1995年6月,琼瑶《试问斜阳》《风雨寄相思》《寂寞的星星》由贵州人民出版社1版1印。

1995年6月,琼瑶《红粉情》由青海人民出版社1版1印。

1995年9月,琼瑶《海鸥飞处》由作家出版社2版6印。

1995年10月,林自勇为琼瑶《彩霞满天》所著《彩霞在眉梢》,由甘肃人民出版社1版1印。

1995年11月,琼瑶《爱的追忆》《飞越迷情》《玫瑰情话》《挚情永在》由宁夏人民出版社1版1印。

1996年1月,琼瑶《烟雨濛濛》由作家出版社1版1印。

1996年1、2月、1997、1998、1999、2003年,琼瑶《琼瑶全集》67册由花城出版社、南海出版公司、北京十月文艺出版社出版。1—57册,由花城出版社2002年2月1版2印;1—63册,2003年11月重印。

注:《琼瑶全集》收:《窗外》《幸运草》《六个梦》《烟雨濛濛》《菟丝花》《几度夕阳红》2册《潮声》《船》《紫贝壳》《寒烟翠》《月满西楼》《翦翦风》《彩云飞》《庭院深深》《星河》《水灵》《白狐》《海鸥飞处》《心有千千结》《一帘幽梦》《浪花》《碧云天》《女朋友》《在水一方》《秋歌》《人在天涯》《我是一片云》《月朦胧 鸟朦胧》《雁儿在林梢》《一颗红豆》《彩霞满天》《金盏花》《梦的衣裳》《聚散两依依》《却上心头》《问斜阳》《燃烧吧!火鸟》《昨夜之灯》《匆匆太匆匆》《失火的天堂》《我的故事》《冰儿》《剪不断的乡愁》《雪珂》《望夫崖》《青青河边草》《梅花烙》《鬼丈夫》《水云间》《新月格格》《烟锁重楼》《还珠格格·阴错阳差》《还珠格格·水深火热》《还珠格格·真相大白》《苍天有泪·无语问苍天》《苍天有泪·爱恨千千万》《苍天有泪·人间有天堂》(以上为花城出版社出版);《还珠格格·风云再起》《还珠格格·生死相许》《还珠格格·悲喜重重》《还珠格格·浪迹天涯》《还珠格格·红尘作伴》《还珠格格·天上人间》3册。

1998年1月,琼瑶《苍天有泪》3册由花城出版社出版,即《苍天有泪·无语问苍天》《苍天有泪·爱恨千千万》《苍天有泪·人间有天堂》,分别为《琼瑶全集》花城版之54、55、56。

1999年3月,琼瑶《还珠格格续二之一·珠联璧合》《还珠格格续二之二·再续前缘》由花城出版社1版1印。

1999年4月,琼瑶《还珠格格(第二部)》5册由南海出版公司1版1印,即《风云再起》《生死相许》《悲喜重重》《浪迹天涯》《红尘作伴》,分别为《琼瑶全集》之57、58、59、60、61。

1999年10月,琼瑶《琼瑶作品集》30册61种由花城出版社1版1印。

注:《琼瑶作品集》收:《窗外》《幸运草》《六个梦》《菟丝花》《几度夕阳红》《潮声》《船》《紫贝壳》《寒烟翠》《翦翦风》《彩云飞》《庭院深深》《星河》《水灵》《白狐》《海鸥飞处》《心有千千结》《一帘幽梦》《浪花》《碧云天》《女朋友》《在水一方》《秋歌》《人在天涯》《我是一片云》《月朦胧鸟朦胧》《雁儿在林梢》《一颗红豆》《彩霞满天》《金盏花》《梦的衣裳》《聚散两依依》《却上心头》《问斜阳》《燃烧吧!火鸟》《昨夜之灯》《匆匆,太匆匆》《失火的天堂》《我的故事》《冰儿》《剪不断的乡愁》《雪珂》《望夫崖》《青青河边草》《梅花烙》《水云间》《新月格格》《烟锁重楼》《还珠格格之阴错阳差》《还珠格格之水深火热》《还珠格格之真相大白》《还珠格格之无语问苍天》《还珠格格之爱恨千千万》《还珠格格之人间有天堂》《还珠格格之风云再起》《还珠格格

之生死相许》《还珠格格之悲喜重重》《还珠格格之浪迹天涯》《还珠格格之红尘作伴》。

1999年11月,琼瑶《琼瑶全集(袖珍版)》由内蒙古文化出版社出版。

2001年9月,琼瑶《烟雨濛濛》由作家出版社1版2印。

2001年9月,琼瑶《情深深雨濛濛》由广西人民出版社1版1印。

2003年7月,《还珠格格(第三部)·天上人间》3册由北京十月文艺出版社1版1印。

2004年7月,琼瑶《琼瑶全集》开始由长江文艺出版社出版,2004年7月:《窗外》(第1)、《燃烧吧,火鸟》(第2)、《雁儿在林梢》(第3)、《我是一片云》(第4)、《月朦胧鸟朦胧》(第5)、《在水一方》(第6)、《烟雨濛濛》(第7)、《金盏花》(第8)、《水灵》(第9)、《伊利红豆》(第10);2005年6月:《幸运草》(第11)、《六个梦》(第12)、《菟丝花》(第13)、《几度夕阳红》2册(第14)、《潮声》(第15)、《船》(第16)、《紫贝壳》(第17)、《寒烟翠》(第18)、《月满西楼》(第19)、《翦翦风》(第20);2005年11月:《彩云飞》(第21)、《庭院深深》(第22)、《星河》(第23)、《白狐》(第24)、《海鸥飞处》(第25)、《心有千千结》(第26)、《一帘幽梦》(第27)、《浪花》(第28);2007年7月:《女朋友》(第29)、《人在天涯》(第30)、《碧云天》(第31)、《秋歌》(32)、《彩霞满天》(第33)、《梦的衣裳》(第34)、《聚散两依依》(第35)、《却上心头》(36)、《向斜阳》(第37)、《昨夜之灯》(第38)、《匆匆,太匆匆》(第39)、《失火的天堂》(第40);2008年8月:《我的故事》(第41)、《冰儿》(第42)、《剪不断的乡愁》(第43)、《雪珂》(第44)、《望夫崖》(第45)、《青青河边草》(第46)、《梅花烙》(47)、《水云间》(48)、《新月格格》(第49)、《烟锁重楼》(第50)、《还珠格格之阴错阳差》(第51)、《还珠格格之水深火热》(第52)、《还珠格格之真相大白》(第53)。

2004年11月,琼瑶《琼瑶全集》(封底又言《琼瑶作品集》)由花城出版社1版1印。

注:此版《琼瑶全集》收:《船》《冰儿》《雪珂》《潮声》《窗外》《秋歌》《星河》《水灵》《水云间》《问斜阳》《望夫崖》《彩霞满天》《苍天有泪》《海鸥飞处》《却上心头》《新月格格》《一粒红豆》《烟雨濛濛》《在水一方》《我是一片云》《青青河边草》《心有千千结》《剪不断的乡愁》《碧云天》《六个梦》《翦翦风》《金盏花》《彩云飞》《梅花烙》《鬼丈夫》《寒烟翠》《女朋友》《菟丝花》《幸运草》《紫贝壳》《梦的衣裳》《告慰真情》《人在天涯》《庭院深深》《烟锁重楼》《我的故事》《一帘幽梦》《还珠格格》《雁儿在林梢》《失火的天堂》《聚散两依依》《匆匆,太匆匆》《燃烧吧!火鸟》《月朦胧,鸟朦胧》。

2012年5月至7月,琼瑶《琼瑶自选集》由新星出版社出版;收《窗外》(4月)、《几度夕阳红》(5月)、《船》(5月)、《在水一方》(6月)、《我是一片云》(6月)、《失火的天堂》(6月)、《彩霞满天》(6月)、《烟雨濛濛》(5月)、《庭院深深》(6月)、《苍天有泪》(7月)。

2013年9月,琼瑶《琼瑶全集》开始由北京十月文艺出版社出版,为"执笔五十载纪念全集"。2015年1月出齐。

注:此全集共分七辑,分别为:第一辑收《寒烟翠》《翦翦风》《彩云飞》《碧云天》《一颗红豆》《梦的衣裳》《匆匆,太匆匆》。2014年5月,第二辑收《窗外》《船》《一帘幽梦》《彩霞满天》《燃烧吧!火鸟》《冰儿》;2014年6月,第三辑收《几度夕阳红》《菟丝花》《庭院深深》《星河》

《海鸥飞处》《雁儿在林梢》《却上心头》;2014年10月,第四辑收《烟雨濛濛》《我是一片云》《聚散两依依》《问斜阳》《昨夜之灯》《失火的天堂》《新月格格》;2015年1月,第五辑收《紫贝壳》《心有千千结》《浪花》《秋歌》《月朦胧鸟朦胧》《人在天涯》《金盏花》;2014年7月,第六辑收《雪珂》《望夫崖》《青青河边草》《梅花烙》《水云间》《烟锁重楼》《苍天有泪》;2015年1月,第七辑收《幸运草》《潮声》《月满西楼》《水灵》《女朋友》《六个梦》《白狐》。

2017年8月,琼瑶《雪花飘落之前:我生命中最后的一课》由天下文化出版公司出版;2018年3月,由中国友谊出版公司1版1印。

2018年1月,琼瑶《窗外》《一帘幽梦》《在水一方》《烟雨濛濛》《庭院深深》《几度夕阳红》由湖南文艺出版社1版1印,此6册书收入"光影辑"。

2018年6月,琼瑶《还珠格格》全六册由湖南文艺出版社出版。

4月29日,高阳《李娃》载《联合报》副刊,至12月24日,载完;1965年4月由皇冠出版社出版。

5月16日,周瘦鹃、郑逸梅、陶冷月七十寿辰,上海友人如朱大可、程小青、管际安、徐碧波、严独鹤夫妇、余空我、姚凤苏、平襟亚、江红蕉、丁慕琴、陆澹盦、沈禹钟、胡亚光、孙筹成等18名共聚上海新雅酒楼,为三人祝寿。

6月,古龙《浣花洗剑录》载《民族晚报》,1964年10月至1966年5月由真善美出版社出版;1976年11月,修订本3册由汉麟出版社出版;1979年夏,由香港武林出版社再版,3册;1991年1月,香港天地图书出版社出版5册本。

9月14日,古龙《武林外史》开始连载于香港《华侨日报》;1965年2月至1967年2月,由台湾春秋图书有限公司出版第7至44册。(据程维钧《古龙小说原貌探究》,广州出版社2018年版,第78页)

11月23日,李定夷因患胸膜炎肺部积水去世,享年73岁。

本年

张恨水七十初度,老友陈铭德等为其祝寿。

温瑞安10岁,诗歌《月亮》发表香港《世界儿童》。

麦家出生于浙江富阳大源蒋家村。

周瘦鹃《花弄影集》由香港上海书局出版。

1965年（乙巳）

7月6日,陈景韩病逝于上海华东医院,享年87岁。
8月,琼瑶小说《追求》被改编成电影,以《婉君表妹》为题,登上银幕。

本年
夏,周瘦鹃为定居香港的包天笑90大寿写诗祝寿。
郑逸梅《清娱漫笔》由香港上海书局出版。

1966年（丙午）

3月，宫白羽因肺气肿逝世。

5月12日，琼瑶《窗外》被改编成同名电影，在台放映。

5月，古龙《绝代双骄》载《公论报》，至79集，1966年9月—1969年2月由春秋出版社陆续出版；1971年4月由邵氏电影公司改编为《玉面狐》，古龙作品首次登上银幕。

5月16日，《中共中央关于开展无产阶级文化大革命的通知》在中央政治局扩大会议上通过，"文革"开始。

6月11日，金庸《侠客行》载《东南亚周刊》，至1967年4月19日，载完。

7月初，周瘦鹃收藏的报刊书籍、著作手稿等被没收，焚毁。

8月26日，郑逸梅家被抄，次日被关进牛棚，戴上"反动学术权威"帽子。

8月31日晚，范烟桥家被抄。

8月，周瘦鹃家多次被红卫兵查抄。

本年

古龙《名剑风流》(40章)由台湾春秋图书有限公司出版；1974年开始由万盛图书馆有限公司出版；1988年由文化艺术出版社出版；1994年由花城出版社出版；1992年由海峡文艺出版社出版。

王度庐被审查，入"有问题人的学习班"。

郑逸梅退休。

1967年（丁未）

2月15日，张恨水因脑溢血逝世。

3月28日，范烟桥胃溃疡复发，31日因心肌梗塞去世。

3月，琼瑶与平鑫涛成立火鸟影业公司，筹备摄制《月满西楼》《幸运草》。

4月20日，金庸《笑傲江湖》载《明报》，至1969年10月12日，载完。

5月14日，琼瑶《翦翦风》完稿。

本年

春，周瘦鹃被扣上"反动学术权威""鸳鸯蝴蝶派""牛鬼蛇神"的帽子，多次被批斗。

秋，周瘦鹃被隔离审查，后以身体原因被勒令回家写检查。

周天籁受邀去台北，任台北《华报》社编辑兼特约作家，以周老夫笔名发表散文小品，结集为《轻松轻松集》《逍遥逍遥集》《开心开心集》。

古龙《铁血传奇》由真善美出版社出版；1971年11月至1972年6月，易名《风流盗帅》载香港《武侠春秋》；1977年，易名《楚留香传奇》由真善美出版社出版。

包天笑《壬寅杂诗·鸳鸯蝴蝶派》中不认同将自己定位为"鸳蝴派"。

引：《壬寅杂诗·鸳鸯蝴蝶派》之"注"："一九五九年出版的《中国文学史》，大谈其鸳鸯蝴蝶派，说我是这个派的主流。又说我'作品体裁多样，长篇、短篇、话剧、诗歌、无不染指'。读之不胜愧悚。最近上海友人又赠我以魏绍昌所编《鸳鸯蝴蝶派研究资料》一书，厚厚一巨册，当然对我亦无怨词。我虽不愿戴鸳鸯蝴蝶的帽子，然亦无申诉之余地，有许多同文说是'乱点鸳鸯谱'，我也未免语涉不庄。试想我当时亲老家贫，卖文为活，不免东涂西抹，安足供文学史的资料呢？"（转引王稼句《关于鸳鸯蝴蝶派》，《看书琐记二集》，山东画报出版社，2008年12月，第68页）

1968年(戊申)

1月7日,周瘦鹃在花园中跌倒,右手腕骨折。

3月9日,琼瑶《彩云飞》完稿;本年,火鸟影业公司拍摄完《月满西楼》《陌生人》后解散。

3月12日,周瘦鹃被张春桥点名批判。14日,批判文章在《新苏州、红苏州报·联合报》刊出,周瘦鹃受到非人的迫害。

7月1日,高阳《慈禧前传》载《联合报》,至1969年4月6日,载完;1971年4月由皇冠出版社出版。

8月12日,晚11时许,周瘦鹃不堪侮辱,投井自沉。

8月26日,严独鹤病逝于上海。

1969年(己酉)

3月25日,琼瑶《庭院深深》完稿。
10月24日,金庸《鹿鼎记》始载《明报》,至1972年9月23日,载完。
12月20日,琼瑶《星河》初稿完稿,12月26日修正完毕。

本年

严谔声去世。

王度庐结束被审查,恢复身份。

古龙为导演徐增宏创作剧本《萧十一郎》;1970年1月25日至10月14日,以小说形式连载《武侠春秋》;1970年7月至11月,台湾春秋图书有限公司结集出版,共14集。1973年3月2日至10月24日,以《火并萧十一郎》为题续载《武侠春秋》,1973年由南琪出版社结集出版;1977年,汉麟出版社将二书合并出版;1978年由香港武林出版社出版,5册。

古龙《多情剑客无情剑》开始连载于香港《武侠世界》,至1971年,2部,载完;1969年5月至1971年2月,由台湾春秋出版社出版,2部34册;1977年由香港华新有限公司出版;1988年由海天出版社出版;1992年由香港万象图书有限公司出版。

1970年（庚戌）

1月,金庸《三十三剑客图》《越女剑》载《明报晚报》,至2月。
3月,金庸开始修订武侠小说,至1980年修订完成。
8月28日,棉棉生于上海。

本年
刘建良生于湖南湘江。

1971年（辛亥）

1月14日,琼瑶《水灵》完稿。
6月,包天笑《钏影楼回忆录》由香港大华出版社出版。
8月14日,琼瑶《白狐》完稿。
8月,古龙《流星·蝴蝶·剑》由台湾春秋图书有限公司出版。

本年
琼瑶33岁,其小说改编的电影《庭院深深》获第9届"金马奖"优等剧情片。
席绢生于台湾。

1972年(壬子)

2月16日,古龙《边城浪子》始载《武侠春秋》第98期,1973年由南琪出版社出版。

3月20日,琼瑶《海鸥飞处》完稿。

9月23日,金庸《鹿鼎记》载完,宣布封笔武侠,修订武侠作品。

12月29日,琼瑶《心有千千结》初稿完成。

本年

江红蕉因生活所迫,撞车自尽。

1973年（癸丑）

4月12日,琼瑶《一帘幽梦》《浪花》初稿完成。

5月,古龙"陆小凤"系列(总名《大游侠》)开始由南琪出版社陆续出版,至1975年6月,出39册;《九月鹰飞》(20册)由南琪出版社出版。

9月,包天笑《钏影楼回忆录续编》由大华出版社出版。

10月,高阳《胡雪岩》由台湾经济日报社出版。蔡东藩、许廑父《民国通俗演义》由中华书局出版。

11月24日,包天笑病逝于香港法国医院,享年98岁。

12月,孙玉声《退醒庐笔记》、吴趼人《我佛山人笔记》由台湾文海出版社出版,收入"近代中国史料丛刊"。

本年

因为周恩来总理的关怀,周瘦鹃开始被平反。

温瑞安赴台读书,出版个人诗集《将军令》,创办《天狼星诗刊》,写作《四大名捕会京师》。

黄易考入香港中文大学艺术系,次年迷上《易经》。

小椴生于黑龙江齐齐哈尔。

于晴出生于台北。

卫慧出生。

1974年（甲寅）

1月9日，琼瑶《碧云天》初稿完成，29日修正完毕。

2月，包天笑《衣食住行的百年变迁》由大华出版社出版。

4月25日，古龙《天涯·明月·刀》载《中国时报》，至6月8日，载45集，中辍；6月1日，由香港《武侠春秋》第208期续载，至1975年1月21日第231期；1975年3月由南琪出版社陆续出版。

8月，包天笑《钏影楼回忆录》(2册)由文海出版社出版，收入"近代中国史料丛刊续辑"。

12月，蔡东藩编著《袁氏称帝》《云南起义》《张勋复辟》《武昌起义》《江西讨袁》《军阀内讧》《党派纷争》《孙文北伐》由海鸥出版公司出版，收入"民国演义"。

1975年（乙卯）

4月,金庸创作《袁崇焕评传》《书剑恩仇录·后记》。

6月21日,古龙《三少爷的剑》载《武侠春秋》第246期,至1976年3月21日第273期;1977年8月,以《三少爷的剑》为题由桂冠出版社出版。

6月,金庸《金庸作品集(修订版)》(36册)由明河社初版,1978年11月再版。

7月,杰克《状元女婿徐枕亚》载香港《万象》第1期。

本年

琼瑶37岁,其小说改编的电影《女朋友》获台湾地区第12届"金马奖"优等剧情片。

1976年(丙辰)

1月,陈小蝶(定山)《春申续闻》由台北世界文物出版社初版。
3月5日,琼瑶《人在天涯》完稿。
3月13日,琼瑶《在水一方》四稿完成。
4月8日,琼瑶《我是一片云》完稿。
9月20日,琼瑶《雁儿在林梢》完稿。
9月26日,琼瑶《月朦胧鸟朦胧》初稿完成。
10月12日,程小青胃病复发,逝世,年83岁。

本年

琼瑶38岁,与平鑫涛等合伙成立巨星电影公司,成功拍摄《我是一片云》;根据琼瑶小说改编的《碧云天》获第13届"金马奖"最佳剧情片(提名)。

金庸《天龙八部》由香港佳视摄制成电视剧。

1977年（丁巳）

2月21日,王度庐病逝于铁岭。
8月23日,凤歌生于重庆奉节,原名向麒钢,别署凤七、凤大。
11月27日,琼瑶《一颗红豆》完稿。

本年
琼瑶39岁,根据其小说改编《人在天涯》获台湾地区第14届"金马奖"优等剧情片。

1978年（戊午）

3月,徐枕亚《雪鸿泪史》由台北文光图书公司出版。
4月17日,琼瑶《彩霞满天》完稿。
6月,陈小蝶(陈定山)《春申旧闻》由世界文物出版社再版。
8月31日,周瘦鹃悼念会在苏州怡园举行。
8月,张平就读于山西师范学院(1984年改名为山西师范大学)中文系。
9月25日,天下霸唱出生于沈阳,本名张牧野。
11月27日,琼瑶《金盏花》完稿。
12月,木子美出生,原名李丽,1997年毕业于中山大学哲学系。

1979年（己未）

5月9日，琼瑶与平鑫涛结婚。

5月15日，琼瑶《梦的衣裳》写完。

6月，蔡东藩《前汉演义（上）》由上海文化出版社出版；7月，《前汉演义（下）》出版。

7月，张扬《第二次握手》由中国青年出版社出版。

8月，蔡东藩《后汉演义》（2册）由上海文化出版社再版，收入"中国历代通俗演义"丛书。

按：此后《历代通俗演义》以各种方式广为出版，大致情况如下：

1980年2月，蔡东藩《前汉演义》由上海文化出版社再版，收入"中国历代通俗演义"。

1980年4月，蔡东藩《慈禧太后演义》由浙江人民出版社出版。蔡东藩《明史演义》由上海文化出版出版，收入"中国历代通俗演义"。

1980年5月，蔡东藩《清史通俗演义》由浙江人民出版社出版。

1980年7月，蔡东藩《两晋演义》《明史通俗演义》由春风文艺出版社出版。蔡东藩《明史通俗演义》由浙江人民出版社出版。蔡东藩《唐史演义》由江苏人民出版社出版。蔡东藩《两晋演义》2册，蔡东藩、许廑父《民国演义》4册由上海文化出版社出版，收入"中国历代通俗演义"丛书。

1980年8月，蔡东藩、许廑父《民国通俗演义》3册由浙江人民出版社出版。蔡东藩《唐史演义》2册由上海文艺出版社出版，收入"中国历代通俗演义"丛书。蔡东藩《清史演义》由江苏人民出版社出版。

1981年1月，蔡东藩《清史通俗演义》《元史通俗演义》《两晋通俗演义》由山东人民出版社出版。蔡东藩《前汉演义》由上海文化出版社出版。蔡东藩、许廑父《民国通俗演义》由中华书局出版。

1981年2月，蔡东藩《宋史通俗演义》由山东人民出版社出版。蔡东藩《五代史演义》由江苏人民出版社出版。蔡东藩《五代史通俗演义》由浙江人民出版社出版。蔡东藩《五代演义》由商务印书馆出版。

1981年3月,蔡东藩《清史演义》由上海文化出版社出版。

1981年4月蔡东藩《宋史通俗演义》由浙江人民出版社出版。蔡东藩《五代史通俗演义》《南北史通俗演义》《清史通俗演义》由山东人民出版社出版。蔡东藩《明史演义》由上海文化出版社出版。蔡东藩《南北史演义》由江苏人民出版社出版。

1981年5月,蔡东藩《唐史通俗演义》《前汉通俗史演义》由浙江人民出版社出版。蔡东藩《南北史演义》由江苏人民出版社出版。

1981年6月,蔡东藩《中国历代通俗演义》11册由上海文化出版社出版。蔡东藩《明史演义》由江苏人民出版社出版。

1981年8月,蔡东藩《前汉演义》(合订本)由上海文化出版社出版。

1981年9月,蔡东藩《民国演义》由江苏人民出版社出版。

1981年10月,蔡东藩《元史演义》(合订本)由上海文化出版出版。

1981年12月,蔡东藩《后汉通俗史演义》由浙江人民出版社出版。蔡东藩《宋史演义》2册由上海文化出版社出版,收入"中国历代通俗演义"丛书。

1982年1月,蔡东藩《两晋史通俗演义》由浙江人民出版社出版。

1982年4月,蔡东藩《南北史通俗演义》由浙江人民出版社出版。蔡东藩《南北史演义》由上海文化出版社出版,收入"中国历代通俗演义"丛书。

1982年5月,蔡东藩《后汉演义》(合订本)由上海文化出版社出版。

1982年7月,蔡东藩《两晋演义》2册由上海文化出版社出版,收入"中国历代通俗演义"丛书。

1982年8月,蔡东藩《唐史演义》2册由上海文化出版社出版,收入"中国历代通俗演义"丛书。

1982年9月,蔡东藩《宋史演义》(合订本)由上海文化出版出版。

1983年1月,蔡东藩《明史演义》由上海文化出版社出版,收入"中国历代通俗演义"丛书。

1983年2月,蔡东藩《清史演义》由上海文化出版社出版,收入"中国历代演义"丛书。

1983年7月,蔡东藩、许廑父《民国演义》(合订本)由上海文化出版社出版。

1993年9月,蔡东藩《中国历代通俗演义》3册由河北人民出版社出版,分《前汉后汉两晋南北史》《唐史五代史宋史元史》《明史清史、慈禧太后民国》。

1993年12月,蔡东藩《民国演义》《唐史演义》《前汉演义》《后汉演义》《明史演义》《宋史演义》《两晋演义》《清史演义》《五代史演义》《南北史演义》由南海出版公司出版,收入"历代通俗演义"丛书。

1995年1月,蔡东藩原著、澎湃编译《中国通俗历史演义白话全书》由山西人民出版社出版,含《白话东周列国志》《白话封神演义》《白话前汉演义》《白话后汉演义》《白话两晋演义》《白话南北史演义》《白话唐史演义》《白话宋史演义》《白话元史演义》《白话明史演义》《白话清史演义》;该丛书2014年1月以《新编白话中国通俗历史演义》为题由中国文史出版社出版。

1996年1月,蔡东藩原著、赵仁珪等白话《中国历代通俗演义(白话本)》12册由华龄出版社出版。蔡东藩《中国历代通俗演义》10册由巴蜀书社出版,含《前汉演义》《后汉演义》《两晋演义》《南北朝演义》《唐史演义》《五代演义》《宋史演义》《元史演义》《明史演义》《清史演义》。蔡东藩《中国历史通俗演义》6册由安徽人民出版社出版,含《前汉、后汉》《两晋、南北史》《唐史、五代史》《宋史、元史》《明史、清史》《慈禧太后、民国》。蔡东藩编著《中国历代演义》12册由江苏人民出版出版,含《前汉演义》《后汉演义》《两晋演义》《南北史演义》《唐史演义》《五代史演义》《宋史演义》《元史演义》《明史演义》《清史演义》《民国演义》2册。

1996年2月,蔡东藩《历代通俗演义》6册由岳麓书社出版,含《前汉通俗演义、后汉通俗演义》《两晋通俗演义、南北史通俗演义》《唐史通俗演义、五代史通俗演义》《宋史通俗演义、元史通俗演义》《明史通俗演义、清史通俗演义》《民国通俗演义》;1997年5月第2次印刷。

1996年3月,蔡东藩《历朝通俗演义》由齐鲁书社出版,含《前汉通俗演义》《后汉通俗演义》《两晋通俗演义》《南北史通俗演义》《唐史通俗演义》《五代史通俗演义》《宋史通俗演义》《元史通俗演义》《明史通俗演义》《清史通俗演义》《民国通俗演义》等11册。

1996年5月,蔡东藩著《中国历代通俗演义(绘画本)》21册由吉林摄影出版社出版。

1996年7月,蔡东藩《中国历代通俗演义》12册由浙江人民出版社出版,分《前汉通俗演义》《后汉通俗演义》《两晋通俗演义》《南北史通俗演义》《唐史通俗演义》《五代史通俗演义》《宋史通俗演义》《元史通俗演义》《明史通俗演义》《清史通俗演义》《民国通俗演义》2册。

1996年8月,蔡东藩《中华历代通俗演义》6册由湖北人民出版社出版,分《前后汉演义》《两晋南北朝演义》《唐五代演义》《宋元演义》《明清演义》《民国演义》。

1996年10月,蔡东藩《中国历代演义》14册由北京古籍出版社出版,含《前汉演义》《后汉演义》《两晋演义》《南北演义》《唐演义》《五代演义》《宋史演义》《元史演义》《明史演义》《清史演义》《民国演义》2册、《中国演义》《慈禧演义》。

1997年1月,蔡东藩、许廑父著,文轩整理《中国历朝通俗演义》12册由三秦出版社出版,分前汉、后汉、两晋、南北史、唐史、五代史、宋史、元史、明史、清史、民国;2006年5月再版。2012年9月、2015年7月出版16册版。

1997年2月,蔡东藩《中国历代通俗演义》11册由山西人民出版社出版,分《前汉演义》《后汉演义》《两晋演义》《南北史演义》《唐史演义》《五代史演义》《宋史演义》《元史演义》《明史演义》《清史演义》《民国演义》;2009年2月再版。

1997年7月,蔡东藩《历代通俗演义全编》3册由内蒙古文化出版社出版。

1997年8月,蔡东藩《中国历史演义全书》3册由中国文联出版公司出版。蔡东藩编《(新校本)中国历代通俗演义》9本由长征出版社出版,分《前汉》《后汉》《两晋》《南北史》《唐史》《五代史、宋史》《元史、明史》《清史》《民国》。

1997年9月,蔡东藩《中国历代演义》4卷由中国文史出版社出版,分《前汉演义、后汉演义、两晋演义》《南北史演义、唐史演义、五代史演义》《宋史演义、元史演义、明史演义》《清史演义、民国演义》。

1998年3月,蔡东藩《中国历代通俗演义》6卷由大众文艺出版社出版,分《前汉、后汉》《两晋、南北史》《唐史、五代史》《宋史、元史》《明史、清史》《民国》;2000年5月,以《中国全史》60册为题由大众出版社出版;2009年10月,大众出版社分12卷出版,含《前汉演义》《后汉演义》《两晋演义》《南北史演义》《唐史演义》《五代史演义》《宋史演义》《元史演义》《明史演义》《清史演义》《民国演义》。

1998年12月,蔡东藩《中国历代通俗演义》11册由内蒙古文化出版社出版。

1999年3月,张立波、蔡东藩《中国通史演义》由山东友谊出版社出版。

2001年3月,蔡东藩《中国历朝通史演义》10卷本精装、21卷本平装由时代文艺出版社出版,2009年7月再版;

2002年4月,蔡东藩《中国历代通俗演义》12册由内蒙古人民出版社出版,收入"中国全史·演义卷》,由张弘苑主编。

2002年8月,蔡东藩的"历代通俗演义"以《中华野史》为题10卷由中国文史出版社出版,分《前汉野史》《后汉野史》《两晋野史》《南北朝野史》《唐代野史》《五代野史》《宋朝野史》《元朝野史》《明朝野史》《清朝野史》。

2002年9月,蔡东藩《明史通俗演义》2卷、《清史通俗演义》2卷由华龄出版社出版,收入"中国历代文化丛书"第2辑。

2003年1月,蔡东藩《蔡东藩历史演义全书》11部22册由中国文史出版社出版。

2003年11月,蔡东藩《中国历代通俗演义》11种20册由文化艺术出版社出版;2004年1月、2005年9月再版;2011年6月出版彩色插图本。

2004年1月,蔡东藩《中国历代通俗演义(插图本)》12册由华夏出版社出版;2007年1月,由华夏出版社再版。蔡东藩《中国历代通俗演义》由中国和平出版社出版,收入"中国古典名著丛书";2018年5月《蔡东藩中国历代通俗演义丛书》出版。

2005年8月,蔡东藩《中国历代通俗演义(插图本)》11册由上海科技文献出版社出版,含《前汉演义》《后汉演义》《两晋演义》《南北史演义》《唐史演义》《五代史演义》《宋史演义》《元史演义》《明史演义》《清史演义》《民国演义》。

2006年7月,蔡东藩《中国历史通俗演义》32册由黑龙江人民出版社出版,含《前汉演义》3册、《后汉演义》3册、《两晋演义》3册、《南北史演义》3册、《唐史演义》3册、《五代史演义》2册、《宋史演义》3册、《元史演义》2册、《明史演义》3册、《清史演义》3册、《民国演义》4册;2006年10月,由黑龙江人民出版社再版。

2007年3月,《中国历代通俗演义(绣像本)》11册由中国社会科学出版社出版,含《前汉演义》《后汉演义》《两晋演义》《南北史演义》《唐史演义》《五代史演义》《宋史演义》《元史演义》《明史演义》《清史演义》《民国演义》。2008年1月出版《慈禧演义(插图本)》。

2007年5月,蔡东藩《中国历代通俗演义》10册精装由吉林出版集团有限责任公司出版,分《前汉演义》《后汉演义》《两晋演义》《南北史演义》《唐史演义》《宋史演义》《五代史、元史演义》《明史演义》《清史演义》《民国演义》;2008年1月,《中国历代通俗演义》21册平装本由吉林出版集团有限责任公司出版,含《前汉演义》2册、后汉演义》2册、《两晋演义》2册、《南北史演义》2册、《唐史演义》2册、《五代史演义》《宋史演义》2册、《元史演义》《明史演义》2册、《清史演义》2册、《民国演义》3册。

2007年7月,蔡东藩《中国历代通俗演义》8册精装由北京燕山出版社出版。

2008年1月,蔡东藩原著,富强编,李珂等翻译整理《白话蔡东藩历朝通俗系列》由九州出版社出版,分《前汉》《后汉》《两晋》《南北史》《唐史》《五代》《宋史》《明史》《元史》《清史》《民国》;2009年11月出版平装本,2010年2月又出版平装本。蔡东藩原著,马在淮、但未丽等改编《蔡东藩历史讲坛》由华夏出版社出版,分《前汉的故事(公元前221—公元9):秦皇统一到王莽称帝》(马在淮改编)、《后汉的故事(公元9—277):光武中兴到三国归晋》(马在淮改编),《两晋的故事(公元265—420):司马篡魏到刘裕夺鼎》(子风改编),《南北朝的故事(公元420—618):刘裕建国到隋朝失鹿》(王洪林改编),《唐朝的故事(公元618—907):李渊起兵到朱温称帝》(但未丽改编),《五代的故事(公元907—960:后梁建立到陈桥兵变)》(马在淮改编),《宋朝的故事(公元960—1279):陈桥兵变到帝昺投海》(刘洪彬改编),《元朝的故事(公元1206—1368):铁木真称汗到顺帝北逃》(朱晓剑改编),《明朝的故事(公元1368—1644):红巾军起义到清兵入关》(林阳改编),《清朝的故事(公元1616—1911):后金兴起到宣统退位》(但未丽改编),《民国故事(公元1911—1920):辛亥革命到直皖战争》(古木、马在淮改编)

2008年5月,蔡东藩《中国历史通俗演义》12册由中央编译出版社出版,含《前汉演义》《后汉演义》《两晋演义》《南北史演义》《唐史演义》《五代史演义》《宋史演义》《元史演义》《明史演义》《清史演义》《民国演义》2册;2010年1月、2014年7月再版。

2009年1月,蔡东藩《蔡东藩历史演义(双色绣像图文版)》由内蒙古人民出版社出版,含《前汉演义》《宋史演义》《明史演义》《慈禧太后演义》《民国演义》;2013年1月再版。

2009年2月,《中国历代通俗演义》由山西人民出版社2版。

2009年3月,蔡东藩《慈禧太后演义》由华夏出版社出版。

2009年5月,蔡东藩《中国历代通俗演义(插图本)》10卷精装由北京燕山出版社出版。

2009年7月,蔡东藩《中国历代通俗演义(文化休闲读本)》65册由吉林出版集团责任有限公司出版,《前汉演义》6册、《后汉演义》6册、《两晋演义》6册、《南北史演义》6册、《唐史演义》6册、《五代史演义》4册、《宋史演义》6册、《元史演义》4册、《明史演义》6册、《清史演义》6册、《民国演义》9册。

2009年10月,蔡东藩《中国历史通俗演义》13册平装本由中州古籍出版社出版;2013年4月出版13册精装版;2013年11月,中州古籍出版社出版大字本23册;2016年1月出版平装12种13册。

2010年1月,蔡东藩《慈禧野史》4册由辽海出版社出版,收入"慈禧纪实丛书"。

2010年4月,蔡东藩《中国历代通俗演义》"青少年文史知识普及读本"34册由安徽人民出版社出版。蔡东藩《中国历代通俗演义》20册由云南教育出版社出版,收入"农家书屋文学名著"系列;含《前汉通俗演义》2册、《后汉通俗演义》2册、《两晋通俗演义》2册、《南北史通俗演义》2册、《唐史通俗演义》2册、《五代史通俗演义》1册、《宋史通俗演义》2册、《元史通俗演义》1册、《明史通俗演义》2册、《清史通俗演义》2册、《民国通俗演义》2册;2013年4月再版。

2010年5月,蔡东藩原著,王良改编,卢定兴绘画《中国历代通俗演义连环画》10辑29册由京华出版社出版,10辑分别为《远古神话》《春秋战国》《秦汉篇》《三国篇》《两晋南北朝》《隋唐篇》《宋史篇》《元史篇》《明史篇》《清史篇》。

2010年6月,蔡东藩《中国历代通俗演义》36册典藏版由安徽人民出版社出版,分《楚汉争霸》《大汉春秋》《王道如天》《群雄逐鹿》《阉党祸国》《谋略三国》《司马开基》《江南暮气》《王气消沉》《刘公豪气》《醉梦巫山》《落日王旗》《大唐盛世》《武朝风云》《唐陵骨寒》《九州破碎》《月明风清》《黄袍加身》《赵家天下》《长城孤影》《大漠狼烟》《长河落日》《洪武开基》《苍天有道》《千秋遗恨》《开疆拓土》《内忧外患》《皇宫花落》《垂帘执政》《遗恨瀛台》《沧桑巨变》《风尘知音》《兵祸华夏》《再造共和》《惊世风暴》《混沌中华》。

2010年7月,蔡东藩著,唐松波注《中国历代通俗演义》10册由金盾出版社出版。蔡东藩《蔡东藩说中国史》34册国史典藏版由中国工人出版社出版,2011年1月、2013年1月、2014年9月、2017年11月再版。

2010年8月,《中国历代通俗演义》12卷皮面精装版由辽海出版社出版,2015年11月、2012年4月再版。

2011年1月,蔡东藩《中国历代通俗演义》6卷12册珍藏版由吉林大学出版社出版,收入"国学经典"丛书;分《前汉演义、后汉演义》《两晋演义、南北史演义》《唐史演义、五代史演义》《宋史演义、元史演义》《明史演义、清史演义》《民国演义、慈禧太后演义》。

2011年8月,蔡东藩《中国历代通俗演义》11册由云南出版集团、云南人民出版社出版,收入"中国古典名著百部藏书"系列,分《前汉通俗演义》《后汉通俗演义》《两晋通俗演义》《南北史通俗演义》《唐史通俗演义》《五代史通俗演义》《宋史通俗演义》《元史通俗演义》《明史通俗演义》《清史通俗演义》《民国通俗演义》;2013年7月第2次印刷,2015年4月第3次印刷。

2012年8月,蔡东藩《历朝通俗演义》11部21册由中国书店出版,除《元史通俗演义》1册、《五代史通俗演义》1册、《民国通俗演义》3册外,其余前汉、后汉、两晋、南北史、通俗、宋史、元史、明史、清史各2册。

2013年1月,蔡东藩《中国历代通俗演义》12册由北方文艺出版社出版,收入"中国古典文学名著"丛书。

蔡东藩《历朝通俗演义》11部21册,附足本《慈禧太后演义》1册,合22册,由安徽师范大学出版社出版。

2013年3月,《中国历代通俗演义》10卷18册由江西美术出版社出版。

2013年12月,蔡东藩《历朝通俗演义》,其中《后汉通俗演义》附三国,前除《民国通俗演义》2册外,其余10部各1册,另附《西太后演义》1册,全套书共13册,由金城出版社出版。

2014年2月,蔡东藩《中国历朝通俗演义》6册精装由北京理工大学出版社出版。

蔡东藩《中国历代通俗演义》11册由中国华侨出版社出版。

2014年3月,蔡东藩《历朝通俗演义》12册皮面精装由线装书局出版。

蔡东藩《中国历代通俗演义》11册由凤凰出版社出版。

2014年5月,蔡东藩《中国历代通俗演义》11部21册由四川人民出版社出版;2017年11月再版。

2014年6月,蔡东藩《中国历代通俗演义》11卷精装珍藏版由中国画报出版社出版。

蔡东藩《中国历代通俗演义》11卷21册由中国书籍出版社出版,2016年1月、2017年2月、2018年8月再版。

2014年10月,蔡东藩原著、刘子儒译《清史演义(现代白话版)》由新世界出版社出版。

2014年12月,蔡东藩《(现代白话版)蔡东藩中华史》11册由北京联合出版社公司出版。

2015年1月,蔡东藩《历朝通俗演义(插图版)》11部22册由万卷出版公司出版,分《前汉演义·秦朝覆亡》《前汉演义·大汉崛起》《前汉演义·王莽篡权》《后汉演义·东汉中兴》《后汉演义·党锢之祸》《后汉演义·三国鼎立》《两晋演义·八王之乱》《两晋演义·淝水之战》《两晋演义·刘裕代晋》《南北朝演义·魏末割据》《南北朝演义·血腥政权》《南北朝演义·南北统一》《唐史演义·贞观之治》《唐史演义·安史之乱》《唐史演义·朋党之争》《五代史演义·五代纷争》《五代史演义·分裂尾声》《宋史演义·陈桥兵变》《宋史演义·靖康之难》《宋史演义·半壁江山》《元史演义·入主中原》《元史演义·濠州起义》《明史演义·太祖登基》《明史演义·弘治中兴》《明史演义·煤山殉葬》《清史演义·康乾盛世》《清史演义·内忧外患》《清史演义·丧权辱国》《民国演义·武昌起义》《民国演义·袁氏复辟》《民国演义·军阀混战》。

2015年5月,蔡东藩《中国历朝通俗演义(少年版)》18册由明天出版社出版。

2015年6月,蔡东藩《中国历朝通俗演义(青少版)》12册由华中科技大学出版社出版。

蔡东藩《历朝通俗演义》11部21册(元、五代各1册、民国3册,其余8部各2册)由新华出版社出版。

2015年7月,蔡东藩《蔡东藩历朝通俗演义(绣像本)》111部21册由中华书局出版。

2015年8月,新华出版社出版"中国最有作为皇帝演义"丛书,署名"蔡东藩"著,含《汉高祖刘邦》《汉武帝刘彻》《光武帝刘秀》《唐太宗李世民》《宋太祖赵匡胤》《元太祖成吉思汗》《明太祖朱元璋》《清圣祖康熙》。

2016年1月,蔡东藩《中国历史通俗演义(青少版)》20册由长江少年儿童出版社出版。

2016年3月,蔡东藩《明史演义》2册由长江文艺出版社出版,收入"长篇历史小说经典书系"。

2016年7月,蔡东藩《蔡东藩历朝通俗演义系列(绣像本)》10册由研究出版社出版。

2016年10月,蔡东藩《蔡东藩说中国史》11部21册由化学工业出版社出版。

2018年1月,蔡东藩《历朝通俗演义》10种18册(前汉、后汉、两晋、南北史、唐史、宋史、明史、清史各2册,五代、元各1册)由言实出版社出版。

2018年7月,蔡东藩原著、刘子儒改译《(白话版)历朝通俗演义》11部21册由民主与建设出版社出版。

2018年8月,蔡东藩《五代史演义》由天津人民出版社出版。

9月7日,金庸《连城诀》载台湾《联合报》,此为金庸小说在台湾报刊连载之始。

9月,金庸授权台湾远景出版社出版《金庸作品集》。

12月3日,琼瑶《聚散两依依》完稿。

本年

亦舒《喜宝》由香港明窗出版社出版;1988年12月被改编电影后。

1980年（庚申）

1月，魏绍昌《鸳鸯蝴蝶派研究资料》由三联书店香港分店出版。德龄著、秦瘦鸥译《瀛台泣血记》由云南人民出版社出版。

3月，德龄著、秦瘦鸥译《御香缥缈录》由云南人民出版社出版。

4月，凌力《星星草》由北京出版社出版；魏绍昌编《吴趼人研究资料》由上海古籍出版社出版。

7月20日，唐大郎因食道癌逝于上海。

8月5日，平襟亚去世，享年86岁。

8月11日，琼瑶《却上心头》完稿。

9月25日，温瑞安被马来西亚当局扣押，关军法处，遣送出境。

10月，金庸《射雕英雄传》载广州《武林杂志》。

12月9日，琼瑶《问斜阳》完稿。

12月，魏绍昌编《李伯元研究资料》由上海古籍出版社出版。蔡东藩《明史通俗演义》由山东人民出版社出版。

1981年（辛酉）

2月，郑逸梅《南社丛谈》由上海人民出版社出版。

4月，周瘦鹃《花木丛中》《苏州游踪》由金陵书画社出版。

5月12日，琼瑶《燃烧吧！火鸟》完稿。

6月，郑逸梅《郑逸梅文稿》由中州书画社出版。

7月2日，范伯群《试论鸳鸯蝴蝶派》载《中国现代文学研究丛刊》1981年第2期。

7月18日，金庸在人民大会堂受到邓小平接见。

7月，美国欧尔·司丹莱·茄特纳著，秦瘦鸥、周大昌译《怪新娘》由贵州人民出版社出版。蔡东藩《南北史演义》由上海文化出版社出版。亦舒《玫瑰的故事》由天地出版社出版。《今古传奇》创刊号出版，由中国曲艺家协会湖北分会主办，1984年5月改由湖北省文联主办。

注：1987年改为四月刊，1999年创办双月号，2000年创办《今古传奇·故事版》，2001年9月创办《今古传奇·武侠版》，形成"一拖四"的格局。《今古传奇》秉承"中国气派，民族风格，大众意识，时代精神"的办刊方针，坚持"奇、情、趣。无奇不传，有情有趣；传奇而不离奇，通俗而不庸俗"的美学追求。创刊之初，主要发表历史题材与革命历史题材的评书、评话和章回小说，设计装帧古色古香，旨在为说书艺人提供新话本。特别是《今古传奇·武侠版》推出后，一改大陆"没有一家专门刊登武侠文学的期刊"，传承"为国为民，侠之大者的民族精神"；团结了小椴、沧月、时未寒、步非烟、沈璎璎、燕垒生等一批大陆武侠作家，他们坚持以"今古传奇"为写作指针，提出"大陆新武侠"理念，推出大批有影响力的作品，是名副其实的武侠文学重镇。

11月30日，琼瑶《昨夜之灯》完稿。

本年

温瑞安到香港，创作《神州奇侠》《血河车》等。

1982年（壬戌）

2月20日,南派三叔出生于浙江嘉善,本名徐磊。

3月,周天籁回到大陆,与家人团聚,定居上海。

6月,郑逸梅《艺坛百影》由中州书画社出版;郑逸梅《清娱漫笔》由上海书店出版社出版。

7月11日,步非烟生于四川成都,原名辛晓娟。

9月16日,琼瑶《匆匆,太匆匆》完稿。

11月,秦瘦鸥《劫收日记》由广州花城出版社出版。

12月,郑逸梅《影坛旧闻——但杜宇和殷明珠》由上海文艺出版社出版;郑逸梅《艺林散叶》由中华书局出版。

1983年（癸亥）

2月,范伯群《鲁迅论鸳鸯蝴蝶派》载《纪念鲁迅诞生一百周年学术讨论会论文选》。

3月2日,范伯群《论张恨水的几部代表作——兼论张恨水是否归属鸳鸯蝴蝶派的问题》发表在《文学评论》1983年第1期。

3月,郑逸梅《书报话旧》由学林出版社出版。

6月14日,琼瑶《失火的天堂》完稿。

6月,周瘦鹃《拈花集》由上海文化出版社出版。

10月22日,周天籁在上海静安区中心医院病逝,年77岁。

12月,郑逸梅《文苑花絮》由中州书画社出版。

本年

琼瑶45岁,巨星公司解散。

戊戟《武林传奇》载《佛山文艺》,1989年9月由新世纪出版社出版,4册,38回。

陈灵犀逝世。

1984年（甲子）

3月1日，平襟亚遗作《上海书业外史：一折八扣书真相》载香港《大成》杂志124期。

4月，秦瘦鸥《梅宝》由上海文化出版社出版。

7月，魏绍昌、吴承惠编《鸳鸯蝴蝶派研究资料》(2册)由上海文艺出版社出版。

8月，芮和师、范伯群、郑学弢、徐斯年、袁沧州编《鸳鸯蝴蝶派文学资料》(2册)由福建人民出版社出版；2010年3月由知识产权出版社再版。

10月19日，金庸受到胡耀邦接见。

10月，金庸《射雕英雄传》(2册)由福建人民出版社出版。

按：此后，金庸作品及其改编在大陆出版的情况，不完全统计如下：

1984年11月，《射雕英雄传》4册由吉林人民出版社出版。

1984年11月，《神雕侠侣》4册由时代文艺出版社出版。

1984年11月，《射雕英雄传》4册由西藏人民出版社出版。

1984年11月，《射雕英雄传》4册由时代文艺出版社出版，该版《射雕英雄传》4卷本于1992年1月第2次印刷，1995年3月以3卷本印刷；1984年12月，《射雕英雄传》由福建文学编辑部出版；

1984年12月，《射雕英雄传》2册由长江文艺出版社出版，收入"中外影视小说丛书"。

1985年1月，《飞狐外传》3册由厦门鹭江出版社出版。

1985年1月，《射雕英雄传》3册由鹭江出版社出版，1993年5月第3次印刷。

1985年2月，《碧血剑》2册由贵州人民出版社出版。

1985年2月，《碧血剑》3册由海南人民出版社出版。

1985年2月，《碧血剑》2册由海峡文艺出版社出版。

1985年2月，《侠客行》由江西人民出版社出版。

1985年2月，《神雕侠侣》4册由陕西人民出版社出版。

1985年2月,《飞狐外传(附续集雪山飞狐)》3册由春风文艺出版出版。

1985年2月,《飞狐外传》2册由山东图书贸易公司内部印刷。

1985年2月,《侠客行》由中华文学编辑部编辑,《中华文学·黄河版》第3、4册,农村读物出版社出版;附《越女剑》《卅三剑客图》。

1985年3月,《连城诀》海峡文艺出版社出版。

1985年3月,《侠客行》由海峡文艺出版社出版;

1985年3月,《天龙八部》5册由中国戏剧出版社出版,1989年3月,1998年5月再版。

1985年3月《天龙八部》5册由陕西人民出版社出版,1985年8月第2次印刷。1993年第4次印刷。

1985年3月,《飞狐外传》2册由浙江文艺出版社出版。

1985年4月,《射雕英雄传》3册由广陵古籍印刻社出版。

1985年4月,《书剑恩仇录》4册,由百花文艺出版社出版。

1985年4月,金庸原著,文婷改编,冰麟、颜华、曾成华、李滨、文广业、吴家声绘画《飞狐外传(连环画)》5册由浙江少年儿童出版社出版,分《商家堡遇劫》《铁厅烈火》《血印石》《龙潭虎穴》《大闹帅府》。

1985年4月,金庸原著,胡平改编,陆华、陈敏、马方路、朱玲绘画《射雕英雄传》4册由浙江人民美术出版社出版。

1985年5月,金庸原著,仁可、丁一改编,树昭等绘《碧血剑》连环画由延边人民出版社出版。

1985年5月,《射雕英雄传》4册由北方文艺出版社出版。

1985年6月,《天龙八部》5卷10本,由安徽文艺出版社出版,1989年4月,出5册本;

1985年6月,《倚天屠龙记》4册由宝文堂书店出版;1989年7月又版,1995年9月第2次印刷。

1985年6、7、8月,《倚天屠龙记》4册由宝文堂出版社出版,1989年6月第2次印刷。

1985年6月,《侠客行》由黑龙江朝鲜民族出版社出版;1993年9月,出版2卷本。

1985年7月,《倚天屠龙记》4册由黑龙江朝鲜民族出版社出版;1993年9月,又版。

1985年8月,《碧血剑》2册由北方文艺出版社出版。

1985年8月,《倚天屠龙记》4册由海峡文艺出版社出版,竖行排版;1991年3月第2次印刷。

1985年8月,《倚天屠龙记》2册由湖南文艺出版社出版,1988年5月第2次印刷;1989年9月第2版第3次印刷出4卷本;1989年12月第2版第4次印刷出4卷本;1991年7月第2版第5次印刷出4卷本;1993年3月第2版第8次印刷出4卷本;1993年8月第2版第9次印刷出4卷本。

1985年8月,《书剑恩仇录》连环画6册由福建美术出版社出版。

注:《书剑恩仇录》连环画第1、2、5、6册,徐淦、姚钧改编,郭东建、李舒云绘画;第3册

由徐淦、姚钧改编,刘炳贤绘画;第4册由徐淦、姚钧改编,刘秉贤、游文好绘画。

1985年8月,金庸原著,吴青改编,陈亚非等绘画《书剑恩仇录(连环画)》6册开始由安徽美术出版社出版。

注：1985年8月,佘益文改编、陈光华绘《大侠惩三魔——书剑恩仇录之一》;8月,吴青改编、陈亚非绘画,《奔雷手遭难——书剑恩仇录之二》;1986年1月,郑明之改编,亚非、吴恺等绘画《误打铁胆庄——书剑恩仇录之三》;1985年7月,张之为改编,鹤龄、晓辉绘画《智夺可兰经——书剑恩仇录之四》;1985年9月,郭自清改编,肖翰、蒋平绘画《患难结姻缘——书剑恩仇录之五》;1985年12月,章明相改编,陈光华绘画《西湖大比武——书剑恩仇录之六》。

1985年9月,《鹿鼎记》5卷本由宝文堂出版社出版,1990年3月由宝文堂再出版。

1985年10月,《笑傲江湖》4册由山东文艺出版社出版出版,1993年6月第2次印刷。

1985年10月,《天龙八部》5册由宝文堂书店出版。

1985年12月,《碧血剑》2册,由海南人民出版社出版;

1985年,《笑傲江湖》载《中华文学·黄河版》17—20,由农村读物出版社出版。

1986年4月,《倚天屠龙记(连环画)》12册,开始由湖南美术出版社出版。

注：1986年4月,袁世捷改编,谢伦和、谭琳绘画《江南刀案》出版;1986年4月,袁世捷改编,刘昕绘画《三侠结义》出版;1986年4月,袁世捷改编,毛国保绘画《觅刀寻仇》出版;1986年6月,袁世捷改编、陈炼绘画《情天恨海》;1986年6月,袁世捷改编,杜炜绘画《六派合围》出版;1986年6月,袁世捷改编,何桃君绘画《祸起萧墙》;1986年6月,王梦改编,刘双全绘画《独当六强》出版;王梦改编,崔亦鹗绘画《万安脱险》出版;1986年7月,王梦改编,唐明生绘画《波斯圣女》出版;1986年7月,碧华改编,益国、劲草绘画《情人仇人》出版;1986年7月,碧华改编,李儒光、晓珏绘画《屠狮大会》出版;1986年7月,碧华改编,朱训德绘画《宝刀屠龙》出版。

1987年,《书剑恩仇录》3册由河北人民出版社出版,此版1994年5月第2次印刷。

1988年4月,《雪山飞狐》由百花文艺出版社出版,1993年2月第3次印刷。

1988年6月,《鹿鼎记》5册由四川文艺出版社出版。

1989年12月,《笑傲江湖》4册由团结出版社出版。

1990年7月,《天龙八部》彩色漫画连环画集8册由四川美术出版社出版。

1991年1月,《侠客行》由百花洲文艺出版社出版新1版;1992年11月、1995年4月,新1版第2次印刷。

1993年1月,《神雕侠侣大结局》4册由北京师范大学出版社出版。《天龙八部》5册由百花洲文艺出版社出版。

1993年1月,《射雕英雄传》4册由西藏人民出版社出版;1993年9月分别印刷3卷本;1994年再版,1994年8月出版3卷本。

1993年4月,《书剑恩仇录》3册由内蒙古出版社出版。

1993年6月,《倚天屠龙记》由浙江人民出版社出版。

1993年10月,《碧血剑》2册由贵州人民出版社出版。

1993年11月,《白马啸西风》由海南出版社出版。

1993年12月,《神雕侠侣》4册袖珍版珍藏版,由青海人民出版社出版,1993年12月第2次印刷。

1994年5月,《神雕侠侣》4册由青海人民出版社出版。

1994年5月,《金庸作品集》36册由生活·读书·新知三联书店出版;1999年9月2版第1次印刷,2002年6月第2次印刷。

注:三联版《金庸作品集》含:第1—2卷《书剑恩仇录》,第3—4卷《碧血剑》,第5—8卷《射雕英雄传》,第9—12卷《神雕侠侣》,第13卷《雪山飞狐·白马啸西风·鸳鸯刀》,第14—15卷《飞狐外传》,第16—19卷《倚天屠龙记》,第20卷《连城诀》,第21—25卷《天龙八部》,第26—27卷《侠客行·越女剑·卅三剑客图》,第28—31卷《笑傲江湖》,第32—36卷《鹿鼎记》。

1994年8月,《鹿鼎记》5册由海南人民出版社出版。

1994年11月,《射雕英雄传》第7版由明河社出版。

1995年8月,金庸原著,木力、木子改编,刘岳琥、李清、赖尚平、杨文理、万孝洋绘画《天龙八部(绘图本)》由湖南少年儿童出版社出版,收入"金庸著名武侠小说(绘图本)"第一辑。2003年4月2版。

1995年8月,金庸原著,文武、月生改编,徐锋、周成华、龙泳华绘画《神雕侠侣(绘图本)》由湖南少年儿童出版社出版,收入"金庸著名武侠小说(绘画本)"第一辑。2003年4月2版。

1995年8月,金庸原著,张敛、李清改编,黄少林、黄晟、白香绘画《射雕英雄传(绘图本)》由湖南少年儿童出版社出版,收入"金庸著名武侠小说(绘画本)"第一辑。2003年4月2版。

1995年8月,金庸原著,子青、莫直改编,毛国保、漆跃辉、崔建湘绘画《倚天屠龙记(绘图本)》由湖南少年儿童出版社出版,收入"金庸著名武侠小说(绘画本)"第一辑。2003年4月2版。

1995年12月,《越女剑》由宁夏人民出版社出版。

1995年,《雪山飞狐·白马啸西风·鸳鸯刀》《侠客行》《飞狐外传》由中国盲文出版社出版。

1996年5月,金庸原著,木子、木力、木火、文玉改编,仕泉、仕林、仕山、武达、武运、武迅绘画《鹿鼎记(绘图本)》由湖南少年儿童出版社出版,收入"金庸著名武侠小说(绘图本)"丛书第二辑。2003年4月2版。

1996年5月,金庸原著,笃宏、晓泰、卜父、天明改编,安民、安群、安福、安国、陈煌、邓驰绘画《书剑恩仇录(绘图本)》由湖南少年儿童出版社出版,收入"金庸著名武侠小说(绘图本)"丛书第二辑。2003 年 4 月 2 版。

1996 年 5 月,金庸原著,楚健、熊萱、宾二、张斌改编,志宏、志远、志广、高雄英、高明义、高伟达绘画《笑傲江湖(绘图本)》由湖南少年儿童出版社出版,收入"金庸著名武侠小说(绘图本)"丛书第二辑。2003 年 4 月 2 版。

1996 年 5 月,金庸原著,斐仕、海云、流水、晓音、莫真、非文改编,少林、田耕、田水、田石、少森、少木绘画《飞狐外传·雪山飞狐(绘图本)》由湖南少年儿童出版社出版,收入"金庸著名武侠小说(绘图本)"丛书第二辑。2003 年 4 月 2 版。

1996 年 12 月,《神雕侠侣》4 册由青海人民出版社出版。

1997 年 1 月,金庸、梁羽生、百剑堂主合著《三剑楼随笔》由学林出版社出版。

1997 年 10 月,金庸著、陈墨评点《天龙八部》5 册,由文化艺术出版社出版、云南人民出版社出版,收入"新派武侠精品评点丛书"。

1998 年 8 月,金庸著,冯其庸、严家炎、陈墨、孔庆东等评点《评点本金庸武侠全集》36 册由文化艺术出版社出版。1998 年 12 月,出版布面精装 8 册本;1999 年 1 月,出版竖排版 36 册。

注:第 1—2 卷《书剑恩仇录》,冯其庸评点;第 3—4 卷《碧血剑》,王春瑜评点;第 5—8 卷《射雕英雄传》,幺书仪评点;第 9—12 卷《神雕侠侣》,陈墨评点;第 13 卷《雪山飞狐·鸳鸯刀·白马啸西风》,白维国、林冠夫、陈四益评点;第 14—15 卷《飞狐外传》,周传家评点;第 16—19 卷《倚天屠龙记》由刘国辉评点;第 20 卷《连城诀》,严家炎、孔庆东评点;第 21—25 卷《天龙八部》,陈墨评点;第 26—27 卷《侠客行·越女剑·卅三剑客图》,冯统一、吴彬评点;第 28—31 卷《笑傲江湖》,冯其庸评点;第 32—36 卷《鹿鼎记》,卜键评点。

《评点本金庸武侠全集》8 册本分:《书剑恩仇录·碧血剑》,《射雕英雄传·越女剑·三十三剑客图》,《神雕侠侣》,《雪山飞狐·鸳鸯刀·白马啸西风·飞狐外传·侠客行》,《连城诀·倚天屠龙记》,《天龙八部》,《笑傲江湖》,《鹿鼎记》。

1999 年 4 月,《金庸作品集》三联口袋本全套 12 种 36 册由生活·读书·新知三联书店出版。

注:《金庸作品集》三联口袋本含:《书剑恩仇录》2 册,《碧血剑》2 册,《射雕英雄传》4 册,《神雕侠侣》4 册,《雪山飞狐》1 册,《飞狐外传》2 册,《倚天屠龙记》4 册,《连城诀》1 册,《天龙八部》5 册,《侠客行》2 册,《笑傲江湖》4 册,《鹿鼎记》5 册。

1999 年 10 月,金庸原著,马荣成编绘《倚天屠龙记(漫画版)》12 册由新疆青少年出版社出版。

1999 年 2 月,金庸原著,黄玉郎编绘《天龙八部(漫画版)》21 册由三联书店出版。

2000 年 6 月,《天龙八部》由中国盲文出版社出版。

2000 年 7 月,金庸著述,孔庆东、王伟华编《金庸侠语》由岳麓书社出版,收入"文人妙语系列"。

2001 年 4 月,金庸原著,李志清编绘《射雕英雄传:漫画》18 册由内蒙古少儿出版社出版。

2002年3月,《射雕英雄传》盲文版,由中国盲文出版社出版。

2002年11月,《金庸作品集》36册由广州出版社出版,卷数、册数、分册数与三联版相同;2003年2月第2次印刷;2004年6月第2版,2005年3月第3次印刷,2005年11月第10次印刷;2005年6月第2版,2005年6月第1次印刷;2008年3月第3版,2011年4月第7次印刷。

2003年3月16日,金庸原著,李志清编绘,李志清、麦民光、乐编剧《笑傲江湖:漫画版》21册由台北远流出版事业股份有限公司出版。

2003年9月,《金庸作品集》36册由广州出版社2版,2003年12月第2次印刷。

2003年10月,金庸原著,李志清编绘《射雕英雄传:漫画版》1—2册由上海人民美术出版社出版,至2004年出至第5册。

2004年1月16日,金庸原著,李志清编绘,李志清、麦民光、乐编剧《笑傲江湖:漫画版》第22册由台北远流出版事业股份有限公司出版;2月—5月,出至第26册。

2004年6月,金庸原著,马荣成编绘《雪山飞狐:连环漫画版》4册由上海人民美术出版社出版,2012年6月再版。

2005年12月,《金庸作品集》口袋本36册由广州出版社出版;

2006年4月,《金庸作品集》口袋本36册三校版由广州出版社出版;2008年9月第3次印刷;2010年12月第2版,2012年3月第4次印刷。

2010年9月,《金庸作品集》精装版36册由广州出版社出版。

2011年10月,朗声图书馆《金庸作品集》36册由广州出版社出版,2012年6月重印。

2012年3月,金庸原著,李志清编绘《射雕英雄传:漫画版》19册由广州出版社出版,分别为:《铁血丹心》、《成吉思汗》、《俏黄蓉》、《九阴真经》、《降龙十八掌》、《桃花岛主》、《东邪选婿》、《荒岛历劫》、《乱闯皇宫》、《天罡北斗》、《轩辕大会》、《丐帮新主》、《一灯大师》、《师徒情绝》、《五怪归天》、《铁枪庙中》、《天降奇兵》、《是非善恶》、《华山论剑》。

2012年8月,金庸原著,李志清编绘《笑傲江湖:漫画版》13册由广州出版社出版,分别为:卷一为《灭门》,卷二为《坐斗》,卷三为《授谱》,卷四为《面壁》,卷五为《传剑》,卷六为《琴缘》,卷七为《倾心》,卷八为《蒙冤》,卷九为《三战》,卷十为《掌门》,卷十一为《绣花》,卷十二为《夺帅》,卷十三为《曲谐》。

2013年4月,朗声图书馆《金庸作品集》新修版36册由广州出版社出版,分平装和新修彩图精装本。

2013年4月,《金庸作品集》精装版36册由广州出版社第2版第3次印刷。

2013年4月金庸著,黄子平编选《寻他千百度》由中华书局出版,收入"风度阅读"丛书;2014年1月,出"珍藏版"。

2015年4月,《金庸作品集》朗声新修版36册由广州出版社出版,此为2013年3月版重印。

11月,钱化佛述、郑逸梅撰《三十年来之上海》由上海书店出版社出版。台湾联经出版事业公司开始出版"近代中国武侠小说名著大系",由叶洪生批校。

按:"近代中国武侠小说名著大系"收:平江不肖生《江湖奇侠传》7册、《近代侠义英雄传》4册、《玉玦金环录》2册;还珠楼主《北海屠龙记》《蜀山剑侠传》26册、《蜀山剑侠新传》2册、《峨眉七矮》《柳湖侠隐》《青城十九侠》15册;郑证因《鹰爪王》7册;王度庐《风雨双龙剑》《燕市侠伶》《鹤惊昆仑》2册、《宝剑金钗》2册、《剑气珠光》2册、《卧虎藏龙》2册、《铁骑银瓶》4册;朱贞木《罗刹夫人》2册、《蛮窟风云》2册、《虎啸龙吟》3册、《七杀碑》2册;白羽《武林争雄记》2册、《偷拳》《十二金钱镖》7册;顾明道《荒江女侠》5册。

12月23日,《通俗小说报》创办,由天津作协主办,1985年改为杂志,主要刊登通俗小说、古今传奇、民间故事等。

12月,刘斯奋《白门柳:夕阳芳草》由中国文联出版公司出版。第2部《秋露危城》,1991年8月初版;1998年1月,第3部由中国青年出版社出版;1995年,《白门柳》获第四届"茅盾文学奖"。

本年

阎真毕业于北大中文系。

还珠楼主《蜀山剑侠传》(26册)、《蜀山剑侠新传》(2册)由台北联经出版事业公司出版。

宫白羽《十二金钱镖》(7册)由台北联经出版社出版;1987年9月,由宫白羽之子宫以仁改编为《评书:十二金钱镖》(3册),由北岳文艺出版社出版;1992年10月,《十二金钱镖》(4册)由北岳文艺出版出版;2000年10月、2004年12月,《十二金钱镖》(2册)由长江文艺出版社出版;2014年6月,《十二金钱镖》(3册)由岳麓书社出版;2017年1月,《十二金钱镖》(3册)进北岳文艺出版出版。

1985年（乙丑）

1月，《章回小说》在黑龙江创刊，由黑龙江文联主办。

6月19日，金庸就任香港基本法起草委员会委员。

7月4日，琼瑶《冰儿》完稿。

7月，郑逸梅《逸梅杂札》由齐鲁书社出版。

9月21日，古龙病逝。

9月，秦瘦鸥《晚霞集》由海峡文艺出版社出版。吉林文史出版社开始出版"晚清民国小说研究丛书"。

按："晚清民国小说研究丛书"收：许啸天《民国春秋演义》2册(1987年6月)、《明宫十六朝演义》(1992年5月)、《唐宫二十朝演义》2册(1985年9月，1992年5月)、《清宫十三朝演义》2册(1992年5月)，许慕羲《元宫十四朝演义》(1992年5月)、《宋宫十八朝演义》2册(1992年5月)，徐哲身《汉宫二十八朝演义》2册(1987年3月)，张恂子《隋宫两朝演义》(1992年5月)，张个侬《石破天惊录》(1994年7月)，张恨水《剑胆琴心》《落霞孤鹜》(1986年5月)、《北雁南飞》2册(1986年4月)，吴趼人《吴趼人小说四种》2册(1986年7月)，颐琐《黄绣球》(1985年11月)，蔡召华《笏山王》(1988年8月)，遽园《负曝闲谈》(1987年3月)，克敏《热血痕》(1987年2月)，何诹《碎琴楼》(1988年6月)，冷佛《春阿氏》(1987年6月)，濯缨《新新外史》5册(1987年3月)，郑证因《鹰爪王》4册(1988年4月)，王度庐《卧虎藏龙》2册(1988年9月)、《鹤惊昆仑》2册(1987年10月)、《铁骑银瓶》2册(1990年7月)、王度庐《宝剑金钗》3册(1987年12月)，程瞻庐《唐祝文周四杰传》2册(1986年1月)，儒丐《福昭创业记》2册(1986年7月)，费只园《清代三百年艳史》2册(1991年9月)，西冷野樵《绘芳录》2册(1988年5月)，叶小凤《古戍寒笳记》(1988年5月)，程小青《霍桑探案集》10册(1987年4月)，李定夷《美人福》(1992年4月)，顾明道《荒江女侠》(1992年4月)、《剑气笳声》(1990年8月)，包天笑《换巢鸾凤》(1992年3月)，佚名《林公案》(1987年11月)，佚名《风流小拳王》(1991年3月)，白羽《武林争雄记》(1991年3月)。

10月，程瞻庐《唐祝文周四杰传》由海峡文艺出版社出版。

11月,二月河《康熙大帝·夺宫》由黄河文艺出版社出版。此后,他陆续推出《惊风密雨》(1987年6月)、《玉宇呈祥》(1988)、《乱起萧墙》(1989),5部构成《康熙大帝》系列。1999年,《康熙大帝》4册由河南文艺出版社出版。

12月,张平调入山西文联。海上漱石生《嵩山拳叟》由黑龙江人民出版社出版。

李涵秋《广陵潮》2册由江苏古籍出版社出版。

按:《广陵潮》此后出版情况:1986年3月,2卷本由北岳文艺出版社出版;1986年6月,3卷本由百花文艺出版社出版;1995年4月,2卷本由北岳文艺出版社出版;1998年1月,2卷本(含批注)由湖南文艺出版社出版;2000年11月,2卷本由中国戏剧出版社出版;2014年4月,2卷本由凤凰出版社出版;2016年1月,2卷本由文史出版社出版,为"民国通俗小说典藏文库"之一。

本年

琼瑶47岁,《冰儿》出版。

金庸正式授权台湾远流出版社公司出版《金庸作品集》。

1986年（丙寅）

1月，程瞻庐《唐祝文周四杰传》(2册)由吉林文史出版社出版。

5月，郑逸梅、徐卓呆编著《上海旧话》由上海文化出版社出版。

9月，高阳《胡雪岩全传》(7册)由中国友谊出版社出版。

10月，张占国、魏守忠编《张恨水研究资料》由天津人民出版社出版；2009年9月由知识产权出版社重版。陈慎言《恨海难填》，刘云若《小扬州志》由百花文艺出版社出版。

11月，黄易看了《武侠世界》征稿启事，写武侠。徐枕亚《玉梨魂》由江西人民出版社出版。

按：《玉梨魂》此后出版情况：1994年1月，由北京燕山出版社出版，附《雪鸿泪史》；2000年10月，由内蒙古人民出版社出版；2001年1月，由内蒙古人民出版社出版，该书同收《绣鞋记》《胡雪岩外传》；2001年11月，由中国戏剧出版社出版；2010年6月，该小说收入《海上百家文库徐枕亚·吴双热卷》，由上海文艺出版社出版，同书收有吴双热《冤孽镜》；2014年4月，由凤凰出版社出版，本书同收苏曼殊《断鸿零雁记》，吴双热《冤孽镜》。

12月5日，范伯群《早期鸳鸯蝴蝶派社会小说代表作——〈广陵潮〉》发表在《文学遗产》1986年第6期。

12月，程小青《程小青文集·霍桑探案选》(4卷)由中国文联出版公司出版；秦瘦鸥《小说纵横谈》由广州花城出版社出版；秦瘦鸥《危城记》由云南人民出版社出版。

本年

琼瑶48岁，成立怡人传播公司，拍摄30集电视连续剧《几度夕阳红》，大获成功。

范伯群主持的《中国近现代通俗文学史》课题被批准为"七五"国家社科重点项目，此为国家首批15个国家重点社科项目之一。

1987年（丁卯）

1月，刘云若《红杏出墙记》(2册)由百花文艺出版社出版，收入"现代通俗小说研究资料"丛书。刘云若《小扬州志》由百花文艺出版社出版，收入"现代通俗小说丛书"。

2月，赵眠云《清末民初文坛轶事》由学林出版社出版。

4月，郑逸梅《艺林散叶续编》由中华书局出版。

5月，张恂子《红羊豪侠传》由三秦出版社出版。

6月，刘扬体选评《鸳鸯蝴蝶派作品选评》由四川文艺出版社出版。刘云若《粉墨筝琶》由百花文艺出版社出版，收入"现代通俗小说丛书"。

7月，李涵秋《侠凤奇缘》由漓江出版社出版。

8月，郑逸梅《逸梅闲话二种》由齐鲁书社出版。周瘦鹃译《欧美名家短篇小说》由岳麓书社出版。

9月，包天笑《上海春秋》(2册)由漓江出版社出版，收入"现代文学原版重印丛书"；1991年5月，由上海古籍出版社出版。

10月1日，范伯群《关于编写中国近、现代通俗文学史的通讯》发表在《中国现代文学研究丛刊》1987年3期。

10月，程小青《霍桑探案集》(10卷)由群众出版社出版。雪米莉(谭力)"雪米莉系列"开始由华夏出版社出版。

注："雪米莉系列"含：《女带家》本年10月由华夏出版社出版；1988年7月，《女老板》由华夏出版社出版；1988年10月，《女煞星》由广州文化出版社出版；1988年11月，《女人质》由广州文化出版社出版；1989年3月，《女酋长》由作家出版社出版；1990年2月，《女校花》由宁夏人民出版社出版；1991年1月，《女大亨》由花山文花出版社出版；1991年11月，《女克星》由贵州人民出版社出版；1993年4月，《杀手党》由长江文艺出版社出版；1994年6月，《女强者》《女弱者》由贵州人民出版社出版；这些小说合称"雪米莉系列"。

本年

黄易《破碎虚空》载《武侠世界》第29年第40期。

唐浩明动笔写作《曾国藩》。1990年11月,《曾国藩·血祭》由湖南文艺出版社出版;1992年,《曾国藩·野焚》《曾国藩·黑雨》出版。

田雁宁《牛贩子山道》载《人民文学》1987年第3期。

1988年（戊辰）

1月1日，平襟亚遗作《60年前上海出版界怪现象》载香港《大成》杂志第170期。胡山源逝世。

1月，叶楚伧著、叶元编《叶楚伧诗文集》由三联书店上海分店出版。岑凯伦《澄庄》由群众出版社、花城出版社初版，7月由民族出版社发行第1版，1997年12月由花城出版社发行第2版。

3月，王度庐《新血滴子》由中央民族大学出版社出版。

4月，郑逸梅《掌故小札》由巴蜀书社出版；郑逸梅《逸梅随笔》由黑龙江人民出版社出版。刘云若《红杏出墙记》(3册)由华岳文艺出版社出版。张恂子《红羊豪侠传》由黄山书社出版。

5月，叶小凤《古戍寒笳记》由吉林文史出版社出版。还珠楼主《蜀山剑侠传》(1—5集)由岳麓书社出版；8月，6—10集出版；12月，11—15集出版；1989年2月，16—20集、21—25集出版；1989年3月，26—31集出版；1989年6月，32—37集、38—43集出版；1989年7月，《蜀山剑侠传·后传》(1—10集)出版；《蜀山剑侠传》由漓江出版社出版。

8月，郑逸梅《花果小品》由华夏出版社出版。刘云若《恨不相逢未嫁时》由百花文艺出版社出版，收入"现代通俗小说研究资料"丛书。

9月，毕倚虹《人间地狱》(3册)由华岳文艺出版社出版；1991年5月，《人间地狱》(2卷)由上海古籍出版社出版，收入"上海滩与上海人丛书"。

10月8日，至11日，张恨水学术研讨会在潜山县举行，此为新中国成立以来关于张恨水的第一次学术研讨会，国内外100多位专家学者参会。

注：参见文达《张恨水学术研讨会在潜山县举行》，载《安庆师院学报(社会科学版)》，1988年第4期；郑炎贵《在辩诬的基础上向纵深领域迈进——国内首次张恨水学术研讨会概述》，载《安庆师院学报(社会科学版)》，1989年第1期。

按：此后，举行过多次张恨水学术研讨会，时间分别为：第二次研讨会为1994年10月16日—18日；第三次为1997年11月26日—27日；第四次为2000年11月6日—8日；第五次为2002年11月24日—26日；第六次为2005年8月10日—12日；第七次为2008年4月29日—5月1日；第八次为2011年5月20日—22日；第九次为2014年7月17日—20日。

10月，琼瑶《剪不断的乡愁》完稿。秦瘦鸥"中篇小说选"《第十六桩离婚案》由浙江文艺出版社出版。刘云若《碧海情天》由湖南文艺出版社出版。章培恒、王继如主编《中国近代小说大系》由百花洲文艺出版社、江西人民出版社出版第一辑，至1997年5月，历时十年，先后出版六辑，共80卷本、4000万字。

注：《中国近代小说大系》收录了从1840年鸦片战争到"五四"运动前夕近80年间产生的代表性的著作，就主题而言，"它包容了近代小说的各种题材、主题，不同作家，不同风格、流派的作品"，包含一批狭邪小说、公案小说、侠义小说、言情小说、侦探小说、科幻小说等类型的现代通俗小说，由于大系"对所收的每一部作品都尽量选用最初、最好的版本作底本进行认真整理、校勘、标点。整理时，又尽可能保持原样，做到准确、完整地再现原作"，为通俗文学研究提供了资料支持。(参见《中国近代小说大系》，载《中国文学年鉴》编委会编《中国文学年鉴(1997—1998)》，作家出版社，2002年12月版，第347页)

12月，郑逸梅《郑逸梅小品》由中州古籍出版社出版。

本年

黄易"科幻小说"《月魔》由百花文艺出版社出版。

琼瑶50岁，第一次回大陆。

1989年（己巳）

1月20日,范伯群《对"鸳鸯蝴蝶"—〈礼拜六〉派的评价之反思》发表在《上海文论》1989年第1期。

1月,郑逸梅《人物和集藏》由黑龙江人民出版社出版。

2月14日,琼瑶《我的故事》完稿。

2月,漱六山房《九尾龟》由荆楚书社出版。

4月,王度庐《铁骑银瓶》(2册)由巴蜀书社出版。

5月,琼瑶回湖南祭祖,与湖南电视台合作,筹备《六个梦》系列的拍摄。卜乃夫《塔里的女人》由中国华侨出版公司出版。郑逸梅藏品、郑汝德整理、雷群明选编《逸梅收藏名人物札百通》由学林出版社出版。"上海滩与上海人丛书"第一辑由上海古籍出版社出版。

按:"上海滩与上海人丛书"第一辑收:葛元煦、黄式权、池志澂分别著《沪游杂记》《淞南梦影录》《沪游梦影》;黄本铨《枭林小史》,王萃元《星周纪事》,曹晟《红乱纪事草》《觉梦录》;王韬《瀛壖杂志》,胡祥翰、李维清、曹晟分撰《上海小志》《上海乡土志》《夷患备尝记》;姚公鹤《上海闲话》;杨逸《海上墨林》,梦畹生《粉墨丛谈》,《广方言馆全案》;张春华、秦荣光、杨光辅分撰沪城岁事衢歌》《上海县竹枝词》《淞南乐府》;胡祖德《沪谚》;胡祖德《沪谚外编》;李平书、穆藕初、王晓籁分撰《李平书七十自叙》《藕初五十自述》《王晓籁述录》。

6月,范伯群《礼拜六的蝴蝶梦——论鸳鸯蝴蝶派》由人民文学出版社出版;该书在台湾更名为《民国通俗小说鸳鸯蝴蝶派》,由国文天地杂志社1990年出版。刘云若《春风回梦记》由人民文学出版社出版。王度庐《绣带银镖》由四川文艺出版社出版。金庸辞去《明报》社长职务,保留明报集团有限公司董事长。

7月,周瘦鹃《新秋海棠》由江苏古籍出版社出版。陶寒翠《民国艳史》(3册)由南海出版公司出版,1990年8月由浙江古籍出版社出版2卷本,1993年

7月由中原农民出版社出版3卷本。

8月9日,陈小蝶逝世于台湾,年92岁。

8月,张恂子《红羊豪侠传》由三秦出版社出版。

12月,李涵秋《活现形》由北岳文艺出版社出版。

1990年（庚午）

5月1日,包天笑《钏影楼回忆录》(2册)由台湾龙文出版社股份有限公司出版,收"中国现代自传丛书"第二辑。

7月,秦瘦鸥《欲海群魔》由云南人民出版社出版。

8月,杨书案《孔子》由长江文艺出版社出版。

10月15日,琼瑶《雪珂》完稿。

10月,李涵秋《魅镜》由黑龙江人民出版社出版。郑逸梅著、郑汝德整理《艺林拾趣》由浙江文艺出版社出版。沧浪客《一剑平江湖》由云南人民出版社出版;1995年,沧浪客曾以此书与金庸、梁羽生、温瑞安同获首届中华武侠文学创作大奖。魏绍昌、吴承惠编《鸳鸯蝴蝶派小说选》由上海文艺出版社出版。

12月21日,琼瑶《望夫崖》完稿。

12月,王度庐原著,王嘉谋、昌盛、王莹改编《爱怨双龙剑》由中原农民出版社出版。李涵秋《战地莺花录》由江西人民出版社出版,收入"中国近代小说大系"。

本年

琼瑶52岁,电视剧《婉君》摄制成功,在台播出,创收视率新高;推出历史长篇小说《雪珂》。

王跃文《夜郎西》载《中篇小说选刊》1990年第5期。

1991年（辛未）

1月，李涵秋《战地莺花录》(2册)由人民文学出版社出版，收入"中国小说史料丛书"。青莲子《威龙邪凤记》(3册)由山东文艺出版社出版。

2月，范伯群《礼拜六的蝴蝶梦》获江苏省第三届哲学社会科学优秀成果二等奖。

3月22日，金庸旗下的明报企业挂牌上市。

5月，郑逸梅《郑逸梅选集》第1—3卷由黑龙江人民出版社出版。秦瘦鸥散文集《海棠室闲话》由上海文艺出版社出版。

7月，海上说梦人《歇浦潮》(3册)、《新歇浦潮》(2册)，海上漱石生《海上繁华梦(附续梦)》(4册)，乌目山人《海上大观园》，网珠生《人海潮》(2册)，徐挈庐、绣虎生《沪滨神探录》，包天笑《上海春秋》(2册)，天赘生《商界现形记》，吴虞公《青红帮史演义》由上海古籍出版社出版，均收入"上海滩与上海人丛书"第2辑。

8月，曹桂林《北京人在纽约》由中国文联出版社出版。

9月，范伯群编选《鸳鸯蝴蝶—〈礼拜六〉作品选》(2册)由人民文学出版社出版。费只园《清代三百年艳史》(2册)由吉林文史出版社出版，收入"晚清民国小说研究丛书"。

12月，刘观德《我的财富在澳洲》由上海文艺出版社出版。

本年

琼瑶主持摄制电视连续剧《哑妻》获1991年台湾地区"金钟奖"戏剧节目连续剧奖。

二月河开始推出《雍正皇帝》系列：《九王夺嫡》(1991)，《雕弓天狼》(1993)、《恨水东逝》，均由长江文艺出版社出版；2001年，《雍正皇帝》(3册)由长江文艺出版社出版。

1992年（壬申）

1月8日，徐碧波逝世。

1月，郑逸梅《我与文史掌故》由文汇出版社出版。

2月，安徽省张恨水研究会经安徽省社科联批准成立，5月在安徽大学召开成立大会，魏心一任会长。

3月，包天笑《换巢鸾凤》由吉林文史出版社出版。秦瘦鸥《戏迷自传》由浙江文艺出版社出版。

4月8日，琼瑶《青青河边草》完稿。

5月，张恂子《隋宫两朝演义》由吉林文史出版社出版。

6月6日，高阳因肺炎病逝于台湾荣民总医院。

7月11日，郑逸梅病逝于上海，享年98岁。

7月，周励《曼哈顿的中国女人》由北京出版社出版。梁凤仪《花魁劫》《豪门惊梦》由人民文学出版社出版。郑逸梅《艺苑琐闻》由四川人民出版社出版。

9月，郑逸梅《书坛旧闻》由浙江美术学院出版社出版。漱六山房《凤月楼》（4册）由青岛出版社出版。

10月，樊祥达《上海人在东京》由作家出版社出版。

11月，钟道新《股票大亨的儿子》由百花文艺出版社出版。

12月，梁凤仪《九重恩怨》《花帜》《今晨无泪》《风云变》由人民文学出版社出版。郑逸梅、陈左高主编《中国近代文学大系(1840—1919)》第9集第23卷《书信日记集》由上海书店出版社出版。

本年

费只园原著、文白等编译《清朝艳史演义》由华龄出版社出版。

王跃文《很想潇洒》载《湖南文学》1992年第5期。

1993年（癸酉）

1月,张恨水《张恨水全集》始由北岳文艺出版社出版。

2月,梁凤仪《誓不言悔》由陕西人民出版社出版。王智毅编《周瘦鹃研究资料》由天津人民出版社出版。

3月,杨书案《老子》由长江文艺出版社出版。西弓《股海浮沉录》由改革出版社出版。范伯群、范紫江编选《民国都市通俗小说丛书》(含徐卓呆、程瞻庐、程小青、孙了红、姚民哀、包天笑、向恺然、毕倚虹、周瘦鹃等人的代表作)由台湾业强出版社出版,这套书以《鸳鸯蝴蝶—礼拜六派经典小说文库》为总题,1996年12月由江苏文艺出版社出版简体版。

4月,向燕南、匡长福编《鸳鸯蝴蝶派言情小说集粹》(3册)由中央民族学院出版社出版。

6月,杨书案《炎黄》由上海文艺出版社出版。

7月26日,琼瑶《梅花烙》完稿。

8月26日,琼瑶《水云间》完稿。

8月,陶寒翠《民国艳史演义》(2册)由吉林文史出版社出版。

9月,李涵秋《战地莺花录》(2册)由人民文学出版社出版。

10月14日,13时15分,秦瘦鸥病逝于上海华山医院。

10月,李涵秋《战地莺花录》由百花洲文艺出版社出版,收入"晚清艳情小说丛书"。漱六山房原著、吴越改写《江南浪子》由西北大学出版社出版。

12月,郑逸梅、陈左高主编《中国近代文学大系(1840—1919)》第9集第24卷之《书信日记集(二)》由上海书店出版社出版。王周生《陪读夫人》由上海文艺出版社出版。

1994年（甲戌）

1月，二月河逐步发表《乾隆皇帝》系列：《风华初露》(1994年1月，河南人民出版社)，《夕照空山》(1995年12月，河南人民出版社)，《日落长河》(1996年11日，河南文艺出版社)，《天步艰难》(1997年9月，新世界出版社)，《秋声紫苑》《云暗凤阙》(1999年9月，河南文艺出版社)；2000年，《乾隆皇帝》(6册)由河南文艺出版社出版。许啸天《唐宫艳史》(3册)由太白文艺出版社出版。"鸳鸯蝴蝶派艳情名著系列"由中央民族学院出版社出版，收包天笑《换巢鸾凤》、顾明道《蝶魂花影》、贡少芹《鸳鸯梦》、汪漱碧《春梦留痕》、尤泣红《碧梦痕》、梁秉奇《镜花水月》。毕倚虹、包天笑《人间地狱》(3册)由北京燕山出版社出版。

3月，郑逸梅《艺海一勺》由天津古籍出版社出版。

4月，曹桂林《纽约上空的中国夜莺——〈北京人在纽约〉续》由现代出版社出版。刘云若《红杏出墙记》，李涵秋《战地莺花录》(2册)，由华东师大出版社出版，收入"中国现代言情小说大系"。

5月，金庸《金庸作品集》由北京三联书店出版。

6月22日，琼瑶《新月格格》完稿。

6月，蔡东藩《慈禧演义》由辽沈书社出版，收入"慈禧纪实丛书"。

7月，麦家《紫密黑密》由解放军文艺出版社出版。

8月10日，琼瑶《烟锁重楼》完稿。

8月，德龄著、秦瘦鸥译《瀛台泣血记》《御香缥缈录》由珠海出版社出版，收入"清宫秘闻纪实丛书"。李涵秋《近十年目睹之怪现状》由漓江出版社出版；2016年1月由中国文史出版社出版，收入"民国通俗小说典藏文库·李涵秋卷"，收入此文库的李涵秋著作还有《广陵潮》《好青年》《魅镜》《还娇记》《爱克司光录》《活现形》《侠凤奇缘》《战地莺花录》《自由花范》等。陈毓瑾、刘俊昌编《鸳鸯蝴蝶派作品精粹》由长江文艺出版社出版。

10月25日,金庸被授予北大名誉教授;27日,金庸在北大作讲演。

10月,范伯群主编《中国近现代通俗作家评传丛书》(12册)(含平江不肖生、包天笑、程小青、徐枕亚、程瞻庐、姚民哀、江红蕉、王度庐、李涵秋、徐卓呆、张恂子、王小逸等46位作家)由南京出版社出版。

按:本丛书之一为《民国武侠小说奠基人——平江不肖生,附顾明道评传及代表作》;本册编校为徐斯年;《民国武侠奠基人——平江不肖生评传》作者为范伯群,附平江不肖生代表作《何包子》《秦鹤岐》《杨登云》《痴福生》《梁懒禅》《侠盗大肚皮》《绿林之雄》《没脚和尚》《岳麓书院之狐异》;《武侠有声有色,言情可泣可歌——顾明道评传》,附顾明道代表作《胭脂盗》。

本丛书之二为《现代通俗文学的无冕之王—包天笑评传(附曾朴、刘鹗、李伯元评传)》;本册由栾梅健编校;其中《现代通俗文学的无冕之王——包天笑评传》作者为范伯群,附代表作《留芳记》;《文采斐然的通俗史诗大手笔——曾朴评传》作者为吴培华;《"以养天下为己任"的太谷传人——刘鹗评传》作者为芮和师;《魑魅魍魉世界的高等画师——李伯元评传》作者为吴培华。

本丛书之三为《中国侦探小说之宗匠——程小青评传,附俞天愤、陆澹安、张碧梧评传》;本册编校为刘祥安;《中国侦探小说之宗匠——程小青评传》作者为范伯群,附程小青代表作《案中案》《龙虎斗》;《中国侦探小说本是在下始创——俞天愤评传》作者为吴培华,附俞天愤代表作《白巾祸》《玫瑰女郎》《卖菜儿》;《思维缜密的侦探小说家——陆澹安评传》作者为栾梅健,附陆澹安代表作"短篇李飞探案"《绵里针》《夜半钟声》;《善写家庭奇案的侦探小说家——张碧梧评传》作者为汤哲声,附张碧梧代表作"宋悟奇探案"《箱中女尸》、短篇小说《劫后余生》。

本丛书之四为《哀情巨子——鸳蝴派开山祖——徐枕亚评传,附毕倚虹、周瘦鹃、王西神评传及代表作》;本册编校为栾梅健;《通俗文坛一颗早陨的星——毕倚虹评传》作者为范伯群,附毕倚虹代表作为《秋波之恋》《新人间地狱》;《著、译、编皆精的"文字劳工"——周瘦鹃评传》作者为范伯群,附周瘦鹃代表作《旧约》《旧恨》《脚》《留声机片》《父子》《十年守寡》《此恨绵绵无绝期》;《以词章擅场的小说名家——王西神评传》作者为芮和师,附王西神代表作《龙舟艳影》《友人之妾》;《哀情巨子——鸳蝴派开山祖——徐枕亚评传》作者为陈子平,附徐枕亚代表作《雪鸿泪史(中篇节选)》《毒药瓶》。

本丛书之五为《现代通俗文学"幽默大师"——程瞻庐评传,附吴双热、王钝根、冯叔鸾评传及代表作》;本册编校为曹惠民;《现代通俗文学"幽默大师"——程瞻庐评传》作者为张缵,附程瞻庐代表作《葫芦》;《"民初小说坛丑角"——吴双热评传》作者为芮和师,附吴双热代表作《颜渊死》《洪姥姥的洪运》《军门之犬》;《〈礼拜六〉派大本营的营造者——王钝根评传》作者为栾梅健,附王钝根代表作《四少奶奶》《生儿观》《黄钟怨》《红楼劫》;《身兼戏剧家与小说家的马二先生——冯叔鸾评传》作者为汤哲声,附冯叔鸾代表作《孽海红筹》《第一神相》《贪人之迷梦》《不是她的坟》《海外奇缘》《宦海中之不幸者》。

本丛书之六为《演述江湖帮会秘史的说书人——姚民哀评传,附郑逸梅、陈冷血、范烟桥、姚鹓雏、朱鸳雏评传及代表作》;本册编校者为汤哲声;《演述江湖帮会秘史的说书人——姚民哀评传》作者为徐斯年,附姚民哀代表作《盐枭残杀记》《血誓》《三不党》《盲盗蒋妞妞儿》《周四先生》《甘侉子》;《将知识与趣味熔于一炉的补白大王——郑逸梅评传》作者为芮和师,附郑逸梅代表作《幽梦新影》《瓶芷花影录选》《鲁迅嘉奖的〈欧美名家短篇小说丛刻〉》《点石斋石印书局和吴友如其人》《"正"字记数的由来》《我国近代的若干第一人》《〈民权报〉和民权出版部》《程小青和世界书局》《小型报中的"四金刚"》《秋霞》;《时评催人醒,冷血热心肠——陈冷血评传》作者为汤哲声,附陈冷血代表作《刀余生传》《兄弟》;《集创作与史评于一身的多面手——范烟桥评传》作者为芮和师,附范烟桥代表作《茶烟歇》《以羊易牛》《小说家之烦恼》《疲于奔命》;《"云间二雏"话沧桑——姚鹓雏、朱鸳雏评传》作者为芮和师,附姚鹓雏代表作《牺牲一切》《焚笔》,附朱鸳雏代表作《芳时记》《嫏变》《结婚之滋味》。

本丛书之七为《交易所真相的探秘者——江红蕉评传,附张舍我、恽铁樵、刘铁冷评传及代表作》;本册编校者为汤哲声;《交易所真相的探秘人——江红蕉评传》作者为芮和师,附江红蕉代表作《交易所现形记》;《通俗文坛的"问题小说家"——张舍我评传》作者为曹惠民,附张舍我代表作《父子欤夫妇欤》《黄金美色》《五十封信》;《扶持加勉后进的敦厚长者——恽铁樵评传》作者为栾梅健,附恽铁樵代表作《血花一幕》《村老妪》《工人小史》;《欲哭不得,欲笑不能的烦闷人——刘铁冷评传》作者为芮和师,附刘铁冷代表作《空谷佳人》《祸里奇缘》。

本丛书之八为《言情圣手,武侠大家——王度庐,附李定夷、叶小凤、严独鹤评传及代表作》;本册编校为吴培华;《言情圣手,武侠大家——王度庐评传》作者为徐斯年,附王度庐代表作《风尘四杰》;《笔底英雄气,人间儿女愁——李定夷评传》作者为徐斯年,附李定夷代表作《顾曲缘》《冤禽泪》;《"敢以微言存直笔"——叶小凤评传》作者为徐斯年,附叶小凤代表作《前辈先生》;《"快活林"中的忧世客——严独鹤评传》作者为张缵,附严独鹤代表作《真耶假耶》《干净的心》《月夜箫声》。

本丛书之九为《扬派社会小说泰斗——李涵秋评传,附贡少芹评传及代表作》;本书编校为芮和师;《扬派社会小说泰斗——李涵秋评传》作者为范伯群,附李涵秋代表作《怪家庭》;《评说时事趣谈轶闻——贡少芹评传》作者为汤哲声,附贡少芹代表作《傻儿游沪记》。

本丛书之十为《滑稽名家——东方卓别林——徐卓呆,附汪仲贤、平襟亚、吴绮缘、张秋虫评传及代表作》;本册编校为刘祥安;《滑稽名家——东方卓别林——徐卓呆评传》作者为汤哲声,附徐卓呆代表作《开幕广告》《小说材料批发所》《爱情代理人》《浴堂里的哲学家》《十六行眼泪》《古代奇病》《甚为佳妙》《李阿毛外传》;《新剧界全才,小说界笑匠——汪仲贤评传》作者为朱栋霖,附汪仲贤代表作《角先生》《言情小说家之奇遇》;《"人心大变"的见证人——平襟亚评传》作者为张缵,附平襟亚代表作《孔夫子的苦闷》《贾宝玉出家》《皋陶的神兽獬豸》《张巡杀妾飨将士》;《求写高尚情,尽却淫啼习——吴绮缘评传》作者为栾梅健,附吴绮缘代表作《黄岩名捕》《水上飞》《乱世双杰》;《鸳蝴派中"垮掉的一代"——张秋虫评传》作者为汤哲声,附张秋虫代表作《失意》《狂花梦寐记》。

本丛书之十一为《挑开宫闱绘春色的画师——张恂子评传,附张春帆、许指严、陆士谔评传及代表作》;本书编校为陈子平;《挑开宫闱绘春色的画师——张恂子评传》作者为刘祥安,附张恂子代表作《隋炀帝游幸十六院》;《善将妓院与官场类比的"才子"+"流氓"——张春帆评传》作者为范伯群,附张春帆代表作《黑狱》;《民国掌故小说名家——许指严评传》作者为栾梅健,附许指严代表作《垂帘波影录》《董妃秘史》;《稗史风人,医经济世——陆士谔评传》作者为汤哲声,附陆士谔代表作《星球征服记》。

本丛书之十二为《四十年代方型刊物代表作家——王小逸评传,附陈亮评传代表作》;本册编校者为吴培华;《四十年代方型刊物代表作家——王小逸评传》作者为刘祥安,附王小逸代表作《石榴红》;《写尽都市弄堂生态相——陈亮(田舍郎)评传》作者为汤哲声,附陈亮代表作《阴错阳差》。

"足本鸳鸯蝴蝶派小说丛书"由京华出版社出版。丛书收录:承连《鸳鸯结》,陈慎言《古都秘录》(按:应为《故都秘录》),德龄《最后的金黄色》,王度庐《风雨双龙剑》,红绡《窗前魅影》,毕倚虹、包天笑《人间地狱》等。

11月,张恂子《隋宫两朝演义》由山西人民出版社出版。

本年

黄易《寻秦记》(第1集)由华艺出版社出版。

诸葛青云《诸葛青云作品集》由中原农民出版社出版。

金庸《书剑恩仇录》在大陆拍成电视剧。

1995年（乙亥）

1月，冷夏著《金庸传》由台湾远景出版事业公司、香港明报出版社、广东人民出版社同时出版。郑逸梅《艺林散叶荟编》由中华书局出版。

2月15日，范伯群《通俗文学研究的回顾与展望》载《中国现代文学研究丛刊》1995年1期。

5月，周瘦鹃《姑苏书简》由新华出版社出版。

7月，席绢《独自去偷欢》由江苏文艺出版社出版。

8月，程瞻庐原著、汤哲声整理《快活神仙传》由重庆出版社出版。

11月，刘云若《旧巷斜阳》（3册）由百花文艺出版社出版，收入"民国通俗小说名著丛书"；2014年6月，《旧巷斜阳》（2册）由岳麓书社出版。张恨水著、王玉佩编《张恨水散文》（4册）由安徽文艺出版社出版。

12月，许指严《十叶野闻》，况周颐《餐樱庑随笔》《眉庐丛话》，瞿兑之《故都闻见录》《杶庐所闻录》，徐凌霄、徐一士《曾胡谭荟》《曾胡治兵语录》，刘成禺《世载堂杂忆》，姜泣群《民国野史》，孙玉声《退醒庐笔记》由山西古籍出版社，收入"民国笔记小说大观"第1辑。

本年

曹桂林《悲惨的人蛇档案》载《通俗小说报》第11期。

王跃文《庭院秋风》载《湖南文学》1995年第7、8期。

1996年（丙子）

1月，琼瑶《琼瑶全集》(58册)由花城出版社出版。毕熙燕《绿卡梦》由华夏出版社出版。

2月，《上海文史资料选辑》第79辑出《叶楚伧纪念集》，由上海市政协文史资料编辑部出版。

3月，梁羽生《梁羽生小说全集》由花城出版社、广东旅游出版社联合出版。

5月，刘云若《尘世孽缘》由甘肃人民出版社出版，收入"中国现代流行小说选丛"。张恂子《隋代宫廷演义》，徐哲身《东汉宫廷秘史》《西汉宫廷演义》，许慕曦《宋代宫廷演义》《元代宫廷演义》，许啸天《清代宫廷演义》《唐代宫廷演义》《明代宫廷演义》(2册)由三秦出版社出版，收入"中国历代宫廷演义"丛书。

9月，韩耀旗《绝代政商吕不韦》(2册)由国际文化出版公司出版。梁溪坐观老人《清代野记》，徐一士《一士谈荟》《一士类稿》，刘提仁《异辞录》由山西古籍出版社出版，收入"民国笔记小说大观"。

11月，周梅森《人间正道》由人民文学出版社出版，1998年5月13日，同名电视剧26集开始在央视一套播出。郑逸梅《艺海一勺续编》由天津古籍出版社出版。

12月30日，范伯群《包天笑、周瘦鹃、徐卓呆的文学翻译对小说创作之促进》载《江海学刊》1996年第6期。

本年

中华武侠文学会授予金庸"终身成就奖"，授予梁羽生"终身荣誉奖"。

黄易《大唐双龙传》第1集由黄易出版有限公司出版，完成《覆雨翻云》《寻秦记》。

杨黎光《百万巨骗的泡影》载《今古传奇》1996年第6期。

牛正春《李大头赴宴》载《民间文学》1996年第10期。

1997年（丁丑）

1月，何海鸣《求幸福斋随笔》，孙家振《退醒庐笔记》、陈邦贤《自勉斋随笔》，胡思敬《国闻备乘》，许指严《南巡秘记》，姚灵犀《采菲录》，陈无我《老上海三十年见闻录》，陈灨一《新语林》，张慧剑《辰子说林》由上海书店出版社出版，收入"民国史料笔记丛刊"。

3月，卧龙生《卧龙生真品全集》(39套，97册)由太白文艺出版社出版。魏绍昌主编"鸳鸯蝴蝶派礼拜六小说"(10册)始由春风文艺出版社出版，至8月出完。

按："鸳鸯蝴蝶派礼拜六小说"收：拂云生《十里莺花梦》(3月)，汪仲贤《歌场冶史》(4月)，王小逸《春水微波》(4月)，秦瘦鸥《孽海涛》(4月)，雷珠生《海上活地狱》(5月)，严独鹤《人海梦》(8月)，姚鹓雏《恨海孤舟记》(8月)，张秋虫《新山海经》(8月)，网珠生《明珠浴血记》(8月)，陈辟邪《海外缤纷录》(8月)。

4月，杨书案《庄子》由中国文学出版社出版。

5月，罗惇曧《罗瘿公笔记选》，孙静庵、李岳瑞分撰《栖霞阁野乘·悔逸斋笔乘》由山西古籍出版社出版，收入"民国笔记小说大观"。

7月19日，琼瑶《还珠格格》创作完成。

7月，苏曼殊等著《民权素笔记荟萃》，刘成禺《洪宪纪事诗本事簿注》，徐凌霄《凌霄一士随笔》(5册)由山西古籍出版社出版，收入"民国笔记小说大观"。秦和鸣主编《民国章回小说大观》由中国文联出版社出版。

8月，张平《抉择》由群众出版社出版。

9月，袁进主编《鸳鸯蝴蝶派散文大系(1909—1949)》(8册)由东方出版中心出版；大系含"咏叹人生""活在微笑中""艺海探幽""尘封的风景""闲者的盛宴""都市魔方""随草绿天涯""心灵的驿站"。

10月14日，琼瑶《苍天有泪》完稿。

11月,张恂子《隋宫两朝演义》由上海古籍出版社出版,收入"历代宫庭演义"丛书。谢世俊《商圣——范蠡全传》(2册)由北方文艺出版社出版。

12月,姚鹓雏《江左十年目睹记》由上海书店出版社出版。周梅森《天下财富》由长江文艺出版社出版。

本年

黄易《大唐双龙传》由华艺出版社重版。

熊召政《张居正·木兰歌》出版,至1999年,出齐4卷,2005年4月11日获"茅盾文学奖"。

汤雄《持枪索债》载《民间文学》1997年第1期。

徐俊夫《股海搏杀》,梁寿臣《花脸县长》载《章回小说》1997年第5期。

李继华《绑票》载《章回小说》1997年第6期。

田东照《跑官》发表于《山西文学》1997年第2期。

1998年（戊寅）

1月，李涵秋、程瞻庐《新广陵潮》（3卷本）由江苏广陵古籍刻印社影印出版；海上说梦人《歇浦潮》（2册）、《新歇浦潮》由湖南文艺出版社出版。陈慎言《故都秘录》由湖南文艺出版社出版，收入"民国社会系列小说"。

2月，许啸天、徐哲身、李逸侯、许慕曦、张恂子著《中国历代宫廷演义》由北京古籍出版社出版。

按：《中国历代宫廷演义》收：许啸天《唐宫二十朝演义》（2册），《明宫十六朝演义》（2册），《唐宫二十朝演义》（2册），《清宫十三朝演义》（2册），徐哲身《汉宫二十朝演义》（2册），李逸侯《宋宫十八朝演义》（2册），张恂子《隋宫两朝演义》，许慕曦《元宫十四朝演义》，共12册。

3月，陈慎言《故都秘录》，汪仲贤《恼人春色》由江苏广陵古籍刻印社影印。郁慕侠《上海鳞爪》，刘以芬《民国政史拾遗》，秦翰才《满宫残照记》，王建中《洪宪惨史》由上海书店出版，收入"民国史料笔记丛刊"。"近世文史随笔选粹丛书"由中共中央党校出版社出版。

按："近世文史随笔选粹丛书"收有通俗文学作家陈灨一《甘簃随笔》，许指严《指严随笔》，李伯元《南亭随笔》等。

4月，阎真《曾在天涯》由人民文学出版社出版。徐哲身、张恂子、许啸天、许慕曦合著《中国历朝宫廷演义》（3册）由华艺出版社出版。

5月，邓九刚《大盛魁商号》由百花文艺出版社出版。程瞻庐《众醉独醒》由安徽文艺出版社出版。李涵秋《侠凤奇缘》由江苏广陵古籍刻印社出版。

8月，金庸《评点本金庸全集》（12部36册）由文化艺术出版社出版。还珠楼主《还珠楼主小说全集》（46卷）由山西人民出版社、北岳文艺出版社联合出版。

按：《还珠楼主小说全集》收：第1—10卷《蜀山剑侠传》，第11卷《蜀山剑侠后卷·峨眉七矮》,第 12 卷《北海屠龙记·长眉真人专集》,第 13 卷《柳湖侠隐》,第 14 卷《大漠英雄》,第 15 卷《蜀山剑侠传新传·武当异人传·武当七女》,第 16—21 卷《青城十九侠》,第 22 卷《蛮荒侠隐》,第 23 卷《边塞英雄谱·天山飞侠(冷魂峪)》,第 24—26 卷《云海争奇记》,第 27—28 卷《兵书峡》,第 29 卷《皋兰异人传·黑孩儿》,第 30 卷《虎爪山王·侠丐木尊者·青门十四侠》,第 31 卷《龙山四友》,第 32 卷《万里孤侠·女侠夜明珠》,第 33—34 卷《大侠狄龙子》,第 35—36 卷《独手丐》,第 37 卷《铁笛子》,第 38 卷《翼人影无双》,第 39 卷《酒侠神医·拳王·白骷髅》,第 40 卷《力》,第 41 卷《黑蚂蚁》,第 42—43 卷《黑森林》,第 44 卷《剧孟·游侠郭解·十五贯》,第 46 卷《杜甫·岳飞传》。

9 月,谭力《夏季欲望》由内蒙古人民出版社出版。徐卓呆《笑话三千》由岳麓书社出版。程瞻庐《唐祝文周四杰传》由三秦出版社出版。

10 月,郑逸梅《珍闻与雅玩》由北京出版社出版。

11 月,卫慧等著中篇小说集《欲望手枪》由今日中国出版社出版。廖隐邨编《鸳鸯蝴蝶派作品珍藏大系》(5 卷)由中国广播电视出版社出版。

12 月,周梅森《中国制造》由作家出版社出版。德龄著、秦瘦鸥译《光绪帝毕生血泪史》由江苏广陵古籍刻印社出版。

本年

田东照《跑官图》载《今古传奇》1998 年第 6 期。

琼瑶 60 岁,创作《还珠格格 1》,并拍成电视剧。

徐俊夫《股场亡灵》载《章回小说》1998 年第 1 期。

胡飞扬《破产》载《章回小说》1998 年第 1 期。

杜建平、戚克强《赢钱前后》载《章回小说》1998 年第 5 期。

贾昭衡《重庆火锅王》载《章回小说》1998 年第 6 期。

金庸收取象征性一元钱版权费,同意中央电视台摄制《笑傲江湖》等武侠电视剧。

1999年（己卯）

2月，郑逸梅《味灯漫笔》、周瘦鹃《紫兰忆语》由古吴轩出版社出版。

3月25日，金庸出任浙江大学人文学院院长。

3月，张恂子《隋代宫闱史》由山东友谊出版社出版。

4月1日，司马翎《司马翎作品集》（60册）由浙江文艺出版社出版。

4月，程瞻庐原著、余井整理《江南四才子传》由岳麓书社出版。许指严《南巡秘记》由山西古籍出版社出版，收入"民国笔记小说大观"。

5月，王跃文《国画》由人民文学出版社出版。卫慧《蝴蝶的尖叫》由湖南文艺出版社出版。

6月，骁麒《重返伊甸园》由中国社会出版社出版。周瘦鹃《花语》由上海文化出版社出版，收入"文化四合院"丛书。张恂子《太平天国演义》（3册）由三秦出版社出版。汪仲贤《上海俗语图说》由上海书店出版社出版，收入"民国史料笔记丛刊"。

7月，叶小凤《前辈先生》由四川文艺出版社出版，收入"老版本"丛书。

9月，卫慧《上海宝贝》由春风文艺出版社出版。袁克文《辛丙秘苑·寒云日记》，何刚德《春明梦录·客座偶谈》，易宗夔《新世说》，扪虱谈虎客《近代中国秘史》，包天笑《钏影楼回忆录续编》，柴小梵《梵天庐丛录》，王伯恭、江庸分撰《蜷庭随笔·蜷庐随笔》由山西古籍出版社出版，收入"民国笔记小说大观"。

10月，王跃文《官场春秋》由广西民族出版社出版。程小青著、孔庆东编选《程小青代表作》由华夏出版社出版。包天笑著、范伯群选编《包天笑代表作》由华夏出版社出版，2008年10月再版，收"中国现代文学百家"丛书，收《一缕麻》《金粉世家》《烟篷》《在夹层里》《留芳记》《甲子絮谈》等。刘云若著、王泽荣选编《刘云若代表作》由华夏出版社出版，2008年10月再版，收入"中国现代文学百家"丛书。

12月,王跃文《官场无故事》由中国电影出版社出版。

本年
徐俊夫《上海民营股份企业第一人》载《章回小说》1999年第8期。
孙琅《无罪的逃犯》载《今古传奇》1999年第3期。
田东照《买官》载《山西文学》1999年第3期。

2000年(庚辰)

2月,谭力《女子特警队》由内蒙古人民出版社出版。

4月,范伯群主编《中国近现代通俗文学史》(上、下)由江苏教育出版社出版,计140万字。该著作于2003年获教育部"第三届中国高校人文社会科学优秀成果奖"一等奖,2006年获中国现代文学学会"第二届王瑶学术优秀著作奖"一等奖。

5月,豆豆《背叛》由群众出版社出版。绵绵《甜》由河南文艺出版社出版,《围城男女》由远方出版社出版。张恂子《隋代宫闱史》由大众文艺出版社出版,收入"中国全史"丛书。

6月,袁克文《辛丙秘苑》,陈伯熙《上海轶事大观》,姚颖《京话》,吴景洲《故宫五年记》,蔡运辰《旅俄日记》,曹芥初《死虎余腥录》,大华烈士《西北东南风》由上海书店出版,收入"民国史料笔记丛刊"。

7月14日,魏绍昌逝世。

7月28,至31日,《中国近现代通俗文学史》国际学术研讨会在苏州大学召开,贾植芳、钱谷融、章培恒、严家炎、黄维梁、杨义、吴福辉、李欧梵、王德威、叶凯蒂等出席。开幕式上,范伯群作主题发言。

7月,王度庐《王度庐武侠言情小说集》由群众出版社出版,至2001年4月出完。

按:"王度庐武侠言情小说集"收:7月,《卧虎藏龙》;10月,王度庐《鹤惊昆仑》《宝剑金钗》;2001年2月,王度庐《剑气珠光》《古城新月》《铁骑银瓶》3册;2001年4月,《洛阳豪客、绣带银镖》《粉墨婵娟、春秋戟》《风雨双龙剑、风尘四杰》《雍正与年羹尧、宝刀飞》《龙虎铁连环、灵魂之锁》。

8月,陆天明《大雪无痕》由吉林人民出版社出版。

9月,张欣《沉星档案》由作家出版社出版。

10月,张平《抉择》获第五届"茅盾文学奖"。海上说梦人《歇浦潮》(2册)由中国戏剧出版社出版,收入"皇家藏书"系列。徐枕亚《雪鸿泪史》由内蒙古人民出版社出版,收入"中国古代传世极品"丛书。

12月,周梅森《至高利益》由作家出版社出版。

本年

田东照《骗官》载《今古传奇》2000年第3期。

田东照《卖官》载《作品与争鸣》2000年第12期。

琼瑶61岁,创作摄制《还珠格格2》;电视剧《还珠格格》获第17届"金鹰奖"最佳长篇电视剧。

2001年（辛巳）

1月，郑逸梅《郑逸梅选集》(第4、5集)由黑龙江人民出版社出版。钟道新《非常档案》由上海文艺出版社出版。

3月，刘云若《刘云若小说经典》，徐枕亚《徐枕亚小说经典》由印刷工业出版社出版，收入"中国现代小说经典文库"。

4月30日，范伯群《文学现代化：多渠汇流的世纪大潮》载《中国现代文学研究丛刊》2001年2期。

4月，范伯群应邀赴美国学术访问，参加哥伦比亚大学召开的"揭开中国通俗文学的面纱：对鸳鸯蝴蝶派的重新思考"国际学术讨论会，发表题为《中国大陆通俗文学的复苏与重建》的演讲，并应邀到哈佛大学东亚系作学术讲座。

6月，张欣《浮华背后》由云南人民出版社出版。

7月，时未寒开始创作《破浪锥》。易迪《股海遗梦》由上海文艺出版社出版。

9月，成一《白银谷》(2册)由作家出版社出版。于晴《戏潮女》由海峡文艺出版社出版。

10月，王跃文《梅次故事》由人民文学出版社出版。袁进《近代文学的突围》由上海人民出版社出版。阎真《沧浪之水》由人民文学出版社出版。

本年

琼瑶63岁，将《烟雨蒙蒙》改编成《情深深雨蒙蒙》，拍成电视剧。

小椴《杯雪》前三部《夜雨打金荷》《停云》《宗室双歧》载《今古传奇·武侠版》创刊号。

凤歌毕业于四川大学行政管理专业。

2002年（壬午）

2月，曹桂林《偷渡客》由现代出版社出版。

3月30日，范伯群《通俗文学的现代化与都市文化市场的创建》载《南京师范大学文学院学报》第3期。

4月，周梅森《绝对权力》由作家出版社出版。

5月15日，范伯群《论"都市乡土小说"》载《文学评论》第3期。该文论点被《新华文摘》2002年第9期摘编。

5月，春树《北京娃：十七少女的残酷春青自白》由远方出版社发行第1版，11月出第2版。田东照小说集《跑官》由内蒙古人民出版社出版，收《跑官》《卖官》《买官》《骗官》4部。刘云若《旧巷斜阳》由陕西师大出版社出版。

7月，方白羽《憨侠》载《今古传奇·武侠版》杂志7月号。

8月，程瞻庐《情茧》由华雅士书店出版。

9月，时未寒完成《碎空刀》，载《今古传奇·武侠版》第12期，至2003年第3期。2006年6月由新世界出版社出版。

10月，《武侠故事》创刊，由河南省文联主管，河南作协主办。

注：《武侠故事》前身为1992年创办的《热风》文学月刊，首任主编张一弓、副主编易殿选。本月改为《武侠故事》月刊，时任名誉主编张一弓，社长刘学林，主编王复兴，执行主编高姗姗。据《岁月如歌—纪念河南省文联成立五十周年·〈武侠故事〉杂志社》一文言："办刊宗旨为：坚持正确的舆论导向，正确引导武侠文学创作，培养文学新人，丰富人民群众的精神文化生活。"2005年改为半月刊，2006年改为旬刊，增加长篇专号。围绕在刊物周围，有一批优秀的作家，如王晴川、刘建良、黄鉴、方白羽、原秋语等。

麦家《解密》由中国青年出版社出版，2004年9月，由文圆国际图书、波西米亚文化出版有限公司出版；2007年10月，由长江文艺出版社出版；2011年9月，由新世界出版社出版；2014年5月、2016年8月，由北京十月文艺出版社出版;2014年9月,《解密》西班牙文版由五洲传播公司出版。

11月,吴晓东、计璧瑞编《2000'北京金庸小说国际研讨会论文集》由北京大学出版社出版;论文收徐岱、章培恒、严家炎、王一川、汤哲声、刘祥安、朱寿桐、龚鹏程、孔庆东、田晓菲、宋伟杰、陈墨、董乃斌等人的研究论文48篇。

本年

小椴《长安古意》系列:《余果老》《屠刀》《商裳儿》载《今古传奇·武侠版》,《脂剑奇僧录》发表于《武侠故事》,《杯雪》系列后两部《传杯》《秣陵冬》发表于《今古传奇·武侠版》。

凤歌开始创作《铁血天骄》,在网络发表,广受好评;2012年1月,作为《昆仑前传》由长江出版社出版。

田东照《D城无雪》载《中国作家》第1期。

田东照《啼笑皆非》载《中国作家》第6期。

王跃文《结局或开始》载《人民文学》第7期。

金庸《笑傲江湖》3D网络游戏公测发行。

2003 年（癸未）

1月30日，范伯群《论新文学与通俗文学的互补关系》载《中国现代文学研究丛刊》第1期。该文被《人大复印资料》第5期收录。

1月，范伯群、孔庆东《通俗文学十五讲》由北京大学出版社出版。

2月，王晴川《过河》载《今古传奇·武侠版》。

4月，王晴川《补天裂》载《今古传奇·武侠版》。

5月，周瘦鹃《花影：暗香浮动月黄昏》由山东画报出版社出版，收入"午夜散文随笔书系"。王晴川《凤初飞》载《今古传奇·武侠版》。

7月，麦家《暗算》由世界知识出版社出版；2006年3月，再版；2004年11月，由文圆国际图书、波西米亚文化出版有限公司出版；2006年7月，由作家出版社出版，人民文学出版社出版；2007年10月，由长江文艺出版社出版；2011年3月，由浙江文艺出版社出版；2011年12月，由作家出版社出版，收入"茅盾文学奖书系"；2012年1月，由万卷出版公司出版；2012年7月，由人民文学出版社出版；2013年8月，《暗算》西班牙文版由五洲传播公司出版；2014年7月、2016年8月、2018年4月，由北京十月文艺出版社出版。

8月，王晴川《怒雪》载《武侠故事》，被编入《2004年中国年度最佳网络文学》。德龄著、秦瘦鸥译述《御香缥缈录、慈禧后私生活实录》由文化艺术出版社出版。天忏生《洪宪宫闱艳史演义》，李伯通《西太后艳史演义》由时代文艺出版社出版，收入"中国禁毁小说百部"丛书。

9月，周文晓编注《徐天啸与徐枕亚研究资料》由远方出版社出版。

10月，许啸天《清宫十三朝艳史》（3册）、费只园《清朝三百年艳史》（3册）由大众文艺出版社出版，收入"清宫艳文"丛书。

本年

小椴《长安古意》系列:《肝胆》《登坛》载《今古传奇·武侠版》,《洛阳女儿行》载《今古传奇·武侠版》2004年第17期至2005年第3期。

凤歌任职《今古传奇·武侠版》。

刘建良加盟《武侠故事》,发表《灵鹫飞龙》,随后又发表了《风野七咒》《江山美人一锅煮》《逆天谙》《极魄孤星》《三千光明甲》,其中2006年的《美女江山一锅煮》为巅峰,居《武侠故事·刘建良专栏》榜首。

田东照《恐炸症》载《中国作家》第12期。

琼瑶65岁。创作、摄制《还珠格格·天上人间》。

2004年（甲申）

1月，张欣《深喉》由春风文艺出版社出版。德龄著、秦瘦鸥译《瀛台泣血记·光绪帝毕生血泪史》由文化艺术出版社出版。汤哲声选编《流行百年：中国流行小说经典》由文化艺术出版社出版。

4月，王晴川《破阵子》载《武侠故事》。

5月，王晴川《飞云惊澜录》载《武侠故事》，至2005年1月上半月版。郑逸梅《尺牍丛话》由上海古籍出版社出版。

6月，王晴川《月明霜天》载《武侠故事》上半年增刊。

7月，园静《股海情殇》由成都时代出版社出版。

9月15日，范伯群《〈催醒术〉：1909年发表的"狂人日记"——兼谈"名报人"陈景韩在早期启蒙时段的文学成就》载《江苏大学学报（社会科学版）》第5期。

12月，刘云若《刘云若作品集》由河南大学出版社出版，收入"中国现代文学名家作品集"丛书。

本年

小椴《洛阳女儿行》载《今古传奇·武侠版》。完成《石榴记》《瞳》《星砂笺》等。

步非烟《武林客栈系列》载《今古传奇》第4、8、11、15、19期及2005年第5期。

2005年（乙酉）

1月25日，范伯群《从鲁迅的弃医从文谈到恽铁樵的弃医从文——恽铁樵论》载《复旦学报（社会科学版）》第1期。

1月，王晴川《暗香传奇》系列载《武侠故事》1月下半月版，至2005年2月下半月版，含《雨霖铃》《满江红》《水龙吟》。郑逸梅《郑逸梅作品集》之《艺林散叶》《艺林散叶续编》由中华书局出版，该作品集之《书报话旧》（4月）、《近代名人丛话》（7月）、《文苑花絮》（7月）、《清末文坛轶事》《南社丛谈：历史与人物》（2006年7月）陆续由中华书局出版。

3月15日，范伯群《黑幕征答·黑幕小说·揭黑运动》载《文学评论》第2期。

3月，金庸武侠首次入选中国大陆语文教材。

6月，步非烟《华音流韶·海之妖》由新世界出版社出版。萧鼎《诛仙1、2》由朝华出版社出版；8月，《诛仙3、4》；10月《诛仙5》由朝华出版社出版。2006年4月，《诛仙6》由朝华出版社出版；2006年11月，《诛仙7》；2007年7月《诛仙·大结局》由花山文艺出版出版。2013年1月，《诛仙》第1部6册加第2部4册由北京联合出版公司出版。

7月16日，《今古传奇·武侠版》与《西南师大学报》在重庆联合举办《昆仑》作品研讨会。

11月，步非烟《华音流韶·曼荼罗》（附《华音流韶·蜀道闻铃》）由中国戏剧出版社出版。张恂子《隋代宫闱史》由北京中电电子出版社出版。

12月，步非烟《天剑伦》（附《华音流韶·凤仪》）由新世界出版社出版。王晴川《暗香传奇》获《武侠故事》首届优秀中篇武侠小说创作奖一等奖。

本年

年初，凤歌《昆仑》连载《今古传奇·武侠版》，团结出版社于9月出版了

《昆仑壹·天机卷》《昆仑贰·纯阳卷》,10月份出版了《昆仑叁·破城卷》《昆仑肆·龙游卷》,12月份出版《昆仑伍·波劫卷》,2006年1月出版了《昆仑陆·天道卷》。

小椴《魔瞳》载《今古传奇·武侠版》;2006年由新世界出版社出版。

步非烟《华音流韶》系列载《新武侠》及《今古传奇·武侠版》。

补:《紫诏天音》载《新武侠》6月号;《海之妖》,《曼荼罗》,《天剑伦》分别载《古今传奇·武侠版》第8、9、10期,月末版第4期、11期)

2006年（丙戌）

1月，秦瘦鸥《孽海涛》由上海文化出版社出版，收入"作家文库"。

3月，范伯群、汤哲声、孔庆东《20世纪中国通俗文学史》由高等教育出版社出版。

4月，小椴《肝胆》（《长安古意》）由新世界出版社出版，收《余果老》《屠刀》《商裳儿》《肝胆》《登坛》。步非烟《修罗道》载《今古传奇·武侠版》4月上、下半月版，5月上半月版；本年由新世界出版社出版。汤哲声主编《悬疑新势力排行榜》由北方文艺出版社出版。

5月30日，范伯群《〈海上花列传〉现代通俗小说开山之作》载《中国现代文学研究丛刊》第3期。

5月，步非烟《武林客栈·日曜卷》由世界知识出版社出版。刘欣慈《三体》在《科幻世界》杂志连载；2008年5月，第二部《黑暗森林》出版；2010年11月，第三部《死神永生》出版。张恂子《隋朝宫廷秘史》，许啸天《清朝宫廷秘史》《唐朝宫廷秘史》（2册）、《明朝宫廷秘史》（2册），徐哲身《汉朝宫廷秘史》（2册），许慕曦《宋朝宫廷秘史》（2册）、《元朝宫廷秘史》由三秦出版社出版，收入"中国历朝宫廷演义"丛书；此丛书2012年9月重版。

7月15日，范伯群《分论易 整合难——现代通俗文学的整合入史研究》载《中山大学学报(社会科学版)》第4期。

7月，方白羽《千门公子》载《今古传奇·武侠版》下旬版。小椴《洛阳女儿行》由新世界出版社出版。

9月，王跃文《今夕何夕》由时代文艺出版社出版；王晴川《飞云惊澜Ⅰ·腾云卷》由北方文艺出版社出版。金庸《金庸散文集》由作家出版社出版。《鬼吹灯之精绝古城》；11月，《鬼吹灯之龙岭迷窟》《鬼吹灯之云南虫谷》由安徽文艺出版社出版。2007年9月，天下霸唱《鬼吹灯》（8册）由安徽文艺出版社出版，含《精绝古城》《昆仑神宫》《龙岭迷窟》《云南虫谷》《黄皮子坟》《南海归墟》《怒晴湘西》《巫峡棺山》;2009年6月,《鬼吹灯(新版)》(8册)由安徽文艺出版社出版;2010年5月,《鬼吹灯(插图本限量本)》(8册)由安徽文艺出版社出版;2012年9月,天下霸唱《鬼吹灯之山海妖冢》《鬼吹灯之湘西疑陵》由金城出版社出版;2013年11月,2015年1月天下霸唱《鬼吹灯系列全集》(5册)由金城出版社出版;2014年6月,天下霸唱《鬼吹灯之镇库狂沙》由天津人民出版社出版;2015年5月,《鬼吹灯(新版)》(8册)由安徽文艺出版社出版;2016年1月,《鬼吹灯》(8册)由青岛出版社出版,《鬼吹灯之山海妖冢》由金城出版社出版。

10月13日,至15日,中国现代文学研究会第九届年会在大连举行,范伯群主编《中国近现代通俗文学史》获第二届王瑶学术奖著作一等奖。

10月,时未寒《明将军系列·偷天弓》由新世界出版社出版。

11月,王晴川《飞云惊澜II·鸣凤卷》由北方文艺出版社出版。

12月,李涵秋《战地莺花录》(2册)由人民文学出版社出版,收入"明清稀见小说坊"丛书。

本年

步非烟获北大古代文学硕士学位;步非烟《武林客栈·月阙卷》由世界知识出版社出版;步非烟"人间六道"系列载《今古传奇·武侠版》。

注:"人间六道"系列:《修罗道·传奇》载《今古传奇·武侠版》2006年第8、9、10月;《人道·问侠》载《今古传奇·武侠版》2006年。

凤歌以《昆仑》获"今古传奇武侠文学一等奖"。凤歌《沧海I》由重庆出版社出版。

琼瑶改编、摄制电视剧《又见一帘幽梦》。

王晴川《飞云惊澜III·扬眉卷》由北方文艺出版社出版;王晴川《雁飞残月天》载《武侠故事》,至2008年,载完3卷,分别为《拔剑抉云》《暮雨江南》《逝水长东》。

2007年(丁亥)

1月,范伯群《中国现代通俗文学史(插图本)》由北京大学出版社出版。该著作于2008年入选中国新闻出版总署第二届"三个一百"原创图书出版工程;于2013年获第二届思勉原创奖提名。

南派三叔《盗墓笔记》(5册)由中国友谊出版公司出版,7月再版。2009年7月,《盗墓笔记(修订版)》(1—8套,9册)由上海文化出版社出版;2011年5月,南派三叔原著,赵东、张小东绘《盗墓笔记(漫画版)》由长江文艺出版社出版;2011年12月、2013年2月、2015年3月,《盗墓笔记全集》由上海文化出版社出版,含《盗墓笔记》(8集,9册)、《沙海》(2集)、《藏海花》(1集,12册);2016年1月由上海文化出版社出版《盗墓笔记》13册装,除上述12册外,另加《黄河鬼棺》。

汤哲声选编《2006年中国言情文学精选》由长江文艺出版社出版,收入"2006年选系列丛书"。步非烟《华音流韶·紫诏天音》由二十一世纪出版社出版。时未寒《明将军系列·换日箭》由新世界出版社出版。步非烟《武林客栈·星涟卷》由世界知识出版社出版。

2月,凤歌《沧海Ⅱ》由重庆出版社出版。流潋紫《后宫·甄嬛传》(3册)由花山文艺出版社出版,收入"魔方工厂"丛书。2008年1月、5月、12月、2009年8月,《后宫·甄嬛传》(第4—7册)由重庆出版社出版;2010年2月,《后宫·甄嬛传》(7册)由重庆出版社出版;2011年11月,《后宫·甄嬛传》(6册)由浙江文艺出版社出版。

4月,凤歌《沧海Ⅲ》由重庆出版社出版。刘云若《春风回梦记》由远方出版社出版,收入"中国现代文学经典收藏馆"丛书。张恂子《话说隋朝三十七年》,许慕曦《话说宋朝三百年》《话说元朝二百年》,许啸天《话说唐朝三百年》《话说明朝三百年》《话说清朝三百年》,徐哲身《话说汉朝四百年》,费只园《话说清朝秘闻艳史》由吉林文史出版社出版,收入"中国历朝演义丛书"。

刘楚湘《癸亥政变纪略》,古蒋孙《甲子内乱始末纪实》《乙丑军阀变乱纪实》,许指严《十叶野闻》《复辟半月记》《新华秘记》由中华书局出版,收入"近代史料笔记丛刊"。

5月15日,范伯群《为转型期的中国文学史破解疑案——推介樽本照雄的〈清末小说研究集稿〉》载《中国现代文学研究丛刊》第3期。

5月,沃邱仲子《民国十年官僚腐败史》由中华书局出版,收入"近代史料笔记丛刊"。

6月,步非烟《华音流韶·风月连城》由二十一世纪出版社出版;2008年11月由万卷集团再版。南海胤子《安福祸国记》,汪曾武、天忏生分撰《劫余私志、复辟之黑幕》,白蕉《袁世凯与中华民国》由中华书局出版,收入"近代史料笔记丛刊"。

7月15日,范伯群《"上海学"史家重新评价鸳鸯蝴蝶派》载《社会科学报》。

8月,凤歌《沧海Ⅳ》由重庆出版社出版。刘云若《旧巷斜阳》(2册)由团结出版社出版,收入"民国百部小说经典"丛书。

10月,麦家《风声》由南海出版社公司出版;2011年3月,由甘肃人民美术出版社出版;2014年7月,由长江文艺出版社出版;2015年5月、2016年7月、2018年7月,由北京十月文艺出版社出版;2017年6月,由天地出版社出版。

11月15日,范伯群《开拓启蒙·改良生存·中兴融会——中国现代通俗文学历史发展三段论》载《文艺争鸣》第11期。

11月,凤歌《沧海Ⅴ》由重庆出版社出版。

12月,海晏《琅琊榜》2册由朝华出版社出版。

本年

凤歌任《今古传奇·武侠版》主编。

2008年（戊子）

1月，步非烟《天舞纪·摩云书院》《天舞纪·龙御四极》由接力出版社出版。

2月，张恂子《隋朝宫廷秘史》由内蒙古人民出版社出版，收入"中国古代经典文学宝库"丛书。

3月，凤歌《沧海Ⅵ》由春秋出版社出版。

5月15日，范伯群《建构多元"中国现代文学史"的史实与理论依据——撰写〈中国现代通俗文学史〉时思考的几个问题》载《文艺争鸣》第5期。

6月18日，"北京大学武侠文化研究协会"成立，金庸出席并发表讲演。

6月22日，"建构现代中国文学史多元共生新体系——暨《中国现代通俗文学史(插图本)》研讨会"在复旦大学光华楼召开，陈思和、章培恒、黄霖、王安忆、王德威、吴福辉、李敬泽等80余名代表出席了会议；范伯群作主题发言。

8月，琼瑶《琼瑶全集》由长江文艺出版社出版。

9月，范伯群《论中国现代文学史起点的"向前移"问题》载《中国近现代文学转折点研究》。

10月，方白羽《千门公子》由春风文艺出版社出版。步非烟《华音流韶·彼岸天都》由万卷出版公司出版。

11月，麦家《暗算》获第七届"茅盾文学奖"。

2009年（己丑）

1月22日，梁羽生病逝于悉尼，享年85岁。方白羽《千门之门》《千门之花》由二十一世纪出版社出版。

1月30日，范伯群《从"亭子间作家"与"封建小市民"的关系谈起——读〈霓虹灯外——20世纪初日常生活中的上海〉有感》载《江苏大学学报（社会科学版）》第1期。

1月，郑逸梅著《郑逸梅美文类编》（含《林下云烟》《前尘旧梦》《世说人语》《芸编指痕》）由北方文艺出版社出版。包天笑《钏影楼回忆录》（含续编）由中国大百科全书出版社出版，收入"回忆录丛书"。刘云若《春风回梦记》由华夏出版社出版。

2月16日，香港《大公报》、天地图书公司在香港中央图书馆举行梁羽生生平追思会，金庸等出席。

3月，方白羽《千门之雄》《千门之威》由二十一世纪出版社出版。龙一《潜伏》由百花洲文艺出版社出版。

5月16日，至17日，民国北派通俗文学学术研讨会在天津召开，主题为"民国北派通俗文学与天津地域文化"；会议收到范伯群、徐斯年、汤哲声、刘祥安、关纪新、刘大先、孔庆东、顾臻、李国平、林保淳、张元卿、叶洪生、周清霖、倪斯霆、王振良、宫以仁、龚鹏程等人论文多篇，结集为《津门论剑录：民国北派武侠小说作家研究文集》，由张元卿、王振良主编，上海远东出版社，2011年3月出版。

5月，方白羽《千门之心》《千门之圣》由二十一世纪出版社出版。

6月18日，金庸加入中国作协，9月任中国作协第七届名誉副主席。

6月，步非烟《葬雪（天舞系列）》由万卷出版公司出版。刘云若《刘云若文集》由北京线装书局出版，收入"中国近现代名人文萃"丛书。姚鹓雏《姚鹓雏文集·诗词卷》(2册)由上海古籍出版社出版;2008年4月,《姚鹓雏文集·小说卷》出版;2012年5月,《姚鹓雏文集·杂著卷》(2册)出版。步非烟《魅月》(天舞系列)由万卷出版公司出版。

7月20日,范伯群《文学语言古今演变的临界点在哪里?》载《河北学刊》第4期。

7月,秦瘦鸥《梅宝》《戏迷自传》由人民文学出版社出版,收入"秦瘦鸥作品精编"。

9月15日,范伯群《1921—1923:中国雅俗文坛的"分道扬镳"与"各得其所"》载《文学评论》第5期。

9月,金庸《金庸作品集》(36册)由广州出版社出版。

10月,步非烟《雪嫁衣》由万卷出版公司出版。席绢《上错花轿嫁对郎》由江苏文艺出版社出版。

11月,汤哲声、李小为选编《猜不出的谜:2000—2009年悬疑小说10年精选(上)》由凤凰出版社出版。

本年

秋,岑凯伦《春之梦幻》由环球图书杂志出版公司出版;1988年4月由百花文艺出版社出版。

2010年（庚寅）

1月，刘云若《酒眼灯唇录》由百花文艺出版社出版。张恂子《隋宫两朝演义》由上海科学技术文献出版社出版，收入"宫廷演义系列"。

3月，德龄著、秦瘦鸥译《瀛台泣血记》由东方出版社中心出版。

4月，梁羽生《梁羽生全集》(55册)由人民出版社出版。梁羽生《梁羽生小说全集》(55册)由广东旅游出版社出版。范伯群主编《中国近现代通俗文学史(新版)》(上、下)由江苏教育出版社出版。该著作于2010年入选中国新闻出版总署第三届"三个一百"原创工程；于2012年获得第四届中华出版物图书奖；于2014年获第三届中国出版政府奖最高图书奖。

5月，朱瘦菊《歇浦潮》2册由上海文艺出版社出版，收入"海上文学百家文库"。

6月，袁进选编《海上文学百家文库·陆士谔、徐卓呆卷》由上海文艺出版社出版，收陆士谔《新中国》，徐卓呆《开幕广告》《小说材料批发所》《爱情代理人》《浴堂里的哲学家》《十六行眼泪》《古代奇病》《甚为佳妙》《李阿毛外传》。栾梅健选编《海上文学百家文库·包天笑卷》《海上文学百家文库·平江不肖生、顾明道卷》《海上文学百家文库·韩邦庆卷》《海上文学百家文库·苏曼殊、李叔同、姚鹓雏卷》由上海文艺出版社出版。步非烟《华音流韶·梵花坠影》由万卷出版公司出版。

7月15日，范伯群《周瘦鹃论》载《中山大学学报(社会科学版)》第4期。

7月，范伯群《大众文学的十五堂课》由台湾五南图书出版股份有限公司出版。栾梅健选编《海上文学百家文库·叶小凤、恽铁樵卷》由上海文艺出版社出版。天蚕土豆《斗破苍穹》(27册)由湖北少年儿童出版社出版。

8月18日，范伯群《论历史学家对鸳鸯蝴蝶派的评价——以研究"上海学"的史家论述为中心》载《现代中文学刊》第4期。

8月,汤哲声、李小为选编《猜不出的谜:2000—2009年悬疑小说10年精选(下)》由凤凰出版社出版。

9月,金庸博士论文《唐代盛世继承皇位制度》通过答辩,获剑桥大学博士学位。

10月30日,至31日,"2010中国平江·平江不肖生国际学术研讨会"在平江召开,国内外50余名专家参会,收到范伯群、徐斯年、董炳月、孔庆东、刘祥安、栾梅健、倪斯霆、山木英雄、吴功正、于润琦、顾臻、张堂锜、郑保纯等人论文多篇,结集为《平江不肖生研究专辑》,由曾平元、何林福主编,由复旦大学出版社2013年出版。

11月,范伯群主编,周全、黄诚、周渡副主编《周瘦鹃文集》(4卷本)由文汇出版社出版;2015年1月由文汇出版社出版珍藏版,分上、下卷。

2011年（辛卯）

1月20日,范伯群《论民国武侠小说奠基作〈近代侠义英雄传〉》载《西南大学学报(社会科学版)》第1期。

4月,漱六山房《九尾龟》(2册)由百花洲文艺出版社出版,收入"晚清言情艳情小说"丛书。

5月1日,范伯群《新文学与通俗文学的各自源流与运行轨迹》载《河北学刊》第3期。

5月20日,"《周瘦鹃文集》研讨会"在苏州举行。

8月1日,南派三叔创办《超好看》杂志统一上市,首印30万册。

8月,流潋紫《后宫·如懿传》(2册)由辽宁教育出版社出版;2012年4、6月,《后宫·如懿传》(1、2册)由中国华侨出版社出版。

9月7日,南派三叔"漫工厂"工作室成立。

9月,范伯群选编《鸳鸯蝴蝶派作品选(修订版)》由人民文学出版社出版。

11月,麦家《刀尖:刀之阳面》由北京联合出版公司出版。

12月19日,台湾清华大学授予金庸名誉博士学位。

12月,麦家《刀尖:刀之阴面》由北京联合出版公司出版;2018年10月,《刀尖》(1卷本)由人民文学出版社出版。

2012年（壬辰）

1月,陈思和、王德威主编《建构中国现代文学多元共生体系的新思考》由复旦大学出版社出版。

引：陈思和、王德威所撰本集"缘起"：

2009年8月8日,范先生的历届硕博士研究生发起,并由他们邀请范先生的同事与好友假座姑苏饭店举行"多元共生的中国现代文学史研讨会及欢庆范伯群教授80华诞",继续探讨建构"多元共生文学史新体系"。

本集为纪念范伯群先生80华诞暨学生生涯60周年而编。这不是一本单纯的纪念文集,而是庄重的论文结集。收集的大部分文章集中于中国现代通俗文学的本体研究、中国现代文学史重新书写等学术方向,其旨在强调我们庆贺范伯群教授80华诞的意义,在于关注与推崇范教授的学术贡献,期待借此契机再次推动中国现代通俗文学和"重写文学史"的研究进程。

张永久编《摩登已成往事——鸳鸯蝴蝶派文人浮世绘》由百花文艺出版社出版。还珠楼主《蜀山剑侠传（含后传）》（10册）由北岳文艺出版社出版,2015年1月再版。

2月,糖衣古典《鬼吹灯之外传》（套装6册）由贵州出版集团出版,含《楚幽王陵》《云梦迷泽》《突厥神棺》《昆仑灵骨》《地心古墓》《盗墓边城》。

3月,还珠楼主《蜀山剑侠传》（8册）由作家出版社出版。

4月,凤歌《震旦Ⅰ仙之隐》《震旦Ⅱ星之子》由长江出版社出版,收入"人文教育普及丛书"。

9月,马伯庸《古董局中局》（3册）由凤凰出版社出版。2015年12月,4册完结版由凤凰出版社出版；2015年12月、2018年4月,1—3册、第4册,由北京联合出版公司出版；2018年5、6月,1—2册、3—4册,由湖南文艺出版社出版。凤歌《震旦·龙之鳞》由长江出版社出版。打眼《黄金瞳》之《灵眼识宝》

《疯狂的石头》《玩的就是心跳》由九州出版社出版。

11月,凤歌《灵飞经·洪武天下》由长江出版社出版。

12月,刘云若《白河月》由花山文艺出版出版。还珠楼主《杜甫传》由武汉出版社出版。凤歌《灵飞经·东岛门人》由长江出版社出版。

按:2013年2月,凤歌《灵飞经·印神无双》《灵飞经·西城八部》由长江出版社出版;2017年7月《灵飞经·大结局》由百花洲文艺出版社出版。

步非烟获北大博士学位。

2013年（癸巳）

2月22日，范伯群《朱瘦菊论》载《新文学史料》第1期。

4月，范伯群《填平雅俗鸿沟：范伯群学术论著自选集》由江苏教育出版社出版。

5月25日，苏州大学文学院和江苏教育出版社主办的《填平雅俗鸿沟——范伯群学术论著自选集》首发式暨学术研讨会在苏州南林饭店举行，严家炎、温儒敏、陈思和、袁进、吴福辉、陈建华、王尧及范门弟子等70余人参加。

5月，流潋紫《后宫·如懿传》(3册)由中国华侨出版社出版。

7月22日，范伯群《市民大众文学——"乡民市民化"形象启蒙教科书》载《湖北大学学报(哲学社会科学版)》第4期。

8月15日，范伯群、黄诚合作的《报人杂感：引领平头百姓的舆论导向——以〈新闻报〉严独鹤和〈申报〉周瘦鹃的杂感为中心》载《中国现代文学研究丛刊》第8期，该文获"2013年度《中国现代文学研究丛刊》优秀论文奖"。

9月15日，范伯群应邀在中国现代文学馆作学术讲演，题目为《中国市民大众文学的来龙与去脉》。

9月，还珠楼主《蜀山剑侠传》(10册)由北京联合出版公司出版。

11月15日，范伯群《冯梦龙们—鸳鸯蝴蝶派—网络类型小说——中国古今"市民大众文学链"》载《中山大学学报(社会科学版)》第6期。

12月，流潋紫《后宫·如懿传》(4册)由中国华侨出版社出版。

2014年（甲午）

1月,漫唐堂《甄嬛传Q版巧智大迷宫·危机重重》《甄嬛传Q版巧智大迷宫·巧解迷局》《甄嬛传Q版巧智大迷宫·才华横溢》《甄嬛传Q版巧智大迷宫·皇宫漫游》由天津人民美术出版社出版。

2月,海飞《麻雀》由新世界出版社出版。

4月,于正《宫锁连城》(2册)由江苏文艺出版社出版。

6月25日,范伯群《"通俗文学和大众文化与中国现当代文学史关系研究"学术研讨会发言摘编》载《苏州教育学院学报》第3期。

6月,曾繁亭等著《网络文学名篇100》由中央编译出版社出版,收入"网络文学100丛书";本书分"官场·世情篇,都市·情感篇,校园·青春篇,历史·架空篇,穿越·言情篇,玄奇·科幻篇,仙侠·修真篇,武侠·战争篇,悬疑·惊悚篇。范伯群《中国市民大众文学百年回眸》由江苏教育出版社出版。金庸《明窗小札1963》(2册)由中山大学出版社出版;2015年10月,《明窗小札1964》(2册)由中山大学出版社出版;2016年7月,《明窗小札1965》(2册)由中山大学出版社出版。

8月,还珠楼玉《青城十九侠》(6册)由北岳文艺出版社出版。

10月,还珠楼主著,周清霖、顾臻编《还珠楼主散文集》由香港天地图书公司出版。

12月,王度庐著,徐斯年编《王度庐散文集》由香港天地图书有限公司出版。流潋紫《后宫·甄嬛传(新版)》由浙江文艺出版社出版。魏绍昌主编《民国通俗小说书目资料汇编》由上海书店出版。

2015年（乙未）

7月,流潋紫《甄嬛传·叙花列》(2册)由中国致公出版社出版;2018年4月由中国致公出版社再版;2018年10月由湖北美术出版社出版。"王度庐作品典藏大系全集"武侠卷(共11册)由北岳文艺出版社出版;2016年3月至2017年3月,卷6—15由北岳文艺出版社出版,共22册。

按:"王度庐作品典藏大系全集"武侠卷收:本月出版的有武侠卷1—5,即《铁骑银瓶》3册、《卧虎藏龙》2册、《剑气珠光》2册、《宝剑金钗》2册、《鹤惊昆仑》2册;2016年3月出版的有《风雨双龙传》(武侠卷6);2016年6月出版的有《纤纤剑》(武侠7)、《大漠双鸳谱》(武侠8)、《彩凤银蛇传》(武侠9);2016年7月出版的有《洛阳豪客:舞剑飞花录》2册(武侠10);2017年3月出版的有《紫电青霜·宝刀飞》(武侠11)、《紫凤镖》(武侠12)、《绣带银镖》(武侠13)、《雍正与年羹尧》(武侠14)、《金刚玉宝剑》(武侠15)。

8月15日,范伯群《通俗文学的传统与网络类型小说的历史参照系》载《中国现代文学研究丛刊》第8期。

8月,张恨水《张恨水散文全集》(6册)由时代文艺出版社出版,收《小月旦》《最后关头》《写作生涯回忆录》《北京人随笔》《山窗小品》《上下古今谈》《明珠》。流潋紫《后宫·如懿传·大结局》由中国华侨出版社出版。

11月10日,范伯群《清末民初出版业的繁荣及其黑幕》载《社会科学》第11期。

11月,魏绍昌《我看鸳鸯蝴蝶派》由上海书店出版。宫白羽著,王振良、张元卿编《竹心集:宫白羽先生文录》由天津人民出版社出版。流潋紫《后宫·甄嬛传》(7册)由浙江文艺出版社出版。

本年

蒋胜男《芈月传》(典藏套装版6册)由浙江文艺出版社出版;同时被《芈月传奇》摄制组改编为《芈月传奇》,由中国广播电视出版社出版。

2016年（丙申）

1月，"民国通俗小说典藏文库·李涵秋卷"由中国文史出版社出版，收《魅镜》《广陵潮》《好青年》《活现形》《自由花范》《爱克司光录》《战地莺花录》《还娇记》《侠凤奇缘》《近十年目睹之怪现状》《广陵潮》。"民国武侠小说典藏文库·还珠楼主卷"(58册)由中国文史出版社出版。

按："民国武侠小说典藏文库·还珠楼主卷"收:《蜀山剑侠传》9册、《蜀山剑侠新传》7册、《蜀山后传》《青城十九侠》6册、《云海争奇记》2册、《女侠夜明珠》《游侠郭解·剧孟》《黑森林》2册、《酒侠神医·巨骷髅》《翼人影无双》《龙山四友》《大侠狄龙子》2册、《大漠英雄》《长眉真人》《蛮荒侠隐》《铁笛子》《力》《柳湖侠隐》《边塞英雄谱》《武当异人传》《武当七女》《侠丐木尊者·边塞英雄谱》《黑蚂蚁》《青门十四侠》《天山飞侠》《黑孩儿》《万里孤侠·虎爪山王》《紫电青霜》《北海屠龙记》《拳王》《皋兰异人传》《独手丐》2册、《峨眉七矮》《兵书峡》2册。

3月15日，范伯群《以姻亲为纽带 以时代为推手——现代扬派通俗经典小说〈广陵潮〉研究》载《汉语言文学研究》第1期。

4月17日，至18日，"中国现代通俗文学与通俗文化学术研讨会""扬州现代通俗作家作品学术研讨会"在扬州举行。本次会议亦为"中国现代通俗文学与通俗文化互文研究"项目中期检查会。

10月15日，范伯群《炫耀式消费所拉动的都市畸形风尚》载《江苏社会科学》第5期；该文被《人大复印资料》2017年第1期收录。

12月，麦家当选中国作协九届全国委员会委员。

2017年（丁酉）

1月，"民国通俗小说典藏文库·刘云若卷"（16册）由中国文史出版社出版。

按："民国通俗小说典藏文库·刘云若卷"收：《满地风光》《旧巷斜阳》《粉墨筝琶》《水佩风裳·翠楼杨柳·逐水桃花·落花归燕》《碧海情天》《情海归帆》《红杏出墙记》《姽婳英雄》《小扬州志》《酒眼灯唇录》《愁城春梦》《冰弦弹月记》《换巢鸾凤》《歌舞江山》《春风回梦记》《燕都黛影·梨花魅影》等。

"民国武侠小说典藏文库·郑证因卷"（33册）由中国文史出版社出版。

按："民国武侠小说典藏文库·郑证因卷"收：《太白奇女·小天台·铁指翁·黑妖狐》《边塞双侠·天山四义·五凤朝阳刀》《龙凤双侠·钱塘双剑·一字剑·万山王·幽魂谷》《侠盗扬镖记·塞外豪侠》《武林侠踪》《铁伞先生·云中雁》《白山双侠·凤城怪客》《尼山劫》《荒山侠踪》《鹰爪王》3册、《续鹰爪王》2册、《天南逸叟》《淮上风云·离魂子母圈·女屠户·回头崖》《风雪中人·铁燕金蓑》《峨眉双剑·蓉城三老》《燕尾镖·琅琊岛》《霜天雁影·闽江风云》《矿山喋血·牧野英雄·龙江奇女》《大漠惊鸿·苗山血泪》《金鹰斗飞龙·凤菱渡·江汉侠踪》《绿野恩仇》《女侠燕凌云·弧形剑》《金梭吕云娘·雪山四侠·铁岭叟》《巴山剑客·金刀访双煞》《铁拂尘·铁笔峰·大侠铁琵琶·边荒异叟·青狼谷》《孤雏歼虎·柳青青》《塞外惊鸿》《七剑下辽东》《丐侠·贞娘屠虎记》《边城侠侣·戈壁双姝》。

"民国武侠小说典藏文库·白羽卷"（22种23册）由中国文史出版社出版。

按："民国武侠小说典藏文库·白羽卷"收《绿林豪杰传》《侠隐传技》《秘谷侠隐》《十二金钱镖》3册、《血涤寒光剑》《联镖记》《大泽龙蛇传》2册、《河朔七雄》《龙舌剑》《剑底惊螟》《雄娘子》《雁翅镖·青萍剑》《偷拳》《子午鸳鸯钺》《太湖一剑·黄花劫》《摩云手》《青衫豪侠》《武林争雄记》《牧野雄风》《毒砂掌》。

"民国武侠小说典藏文库·朱贞木卷"（15种13册）由中国文史出版社出版。

按："民国武侠小说典藏文库·朱贞木卷"收：《七杀碑》《虎啸龙吟》2册、《罗莎夫人·罗莎夫人续集》《飞天神龙》《五狮一凤·铁汉》《苗疆风云》《玉龙冈》《蛮窟风云》《龙冈豹隐记》2册、《塔儿冈》《庶人剑》。

2月,范伯群主编《中国现代通俗文学与通俗文化互文研究》由江苏凤凰教育出版社出版。

3月,范伯群《中国现代通俗文学史(插图本)》(俄文版)由俄国东方出版社出版。

3月,至4、5月,流潋紫《后宫·如懿传》(1—3册)由湖南文艺出版社出版。

9月23日,姑苏名家·范伯群工作室正式成立,微信公众号同时上线。

12月10日,范伯群逝世于苏州。

2018年（戊戌）

1月，"王度庐作品大系"言情卷(9册)由北岳文艺出版社出版。

按："王度庐作品大系"之言情卷收：《晚香玉》《粉墨婵娟》《海上虹霞》《风尘四杰·香山侠女》《落絮飘香》2册、《古城新月》3册。

3月，至6月，"民国通俗小说典藏文库·张恨水卷"(56册)由中国文史出版社出版。

按："民国通俗小说典藏·张恨水卷"收《八十一梦》《如此江山》《满江红》《夜深沉》《纸醉金迷》《偶像》《春明外史》《金粉世家》《似水流年》《中原豪侠传》《欢喜冤家》《太平花》《换巢鸾凤》《水浒新传》《记者外传》《银河双星、一路福星》《春明新史》《啼笑因缘》《京尘幻影录》《丹凤街》《剑胆琴心》《杨柳青青》《五子登科》《秘密谷、玉交枝》《大江东去、巷战之夜、热血之花》《别有天地、新斩鬼传》《落霞孤鹜》《魍魉世界》《美人恩》《锦片前程》《满城风雨》《小西天》《燕归来》《斯人记》等。

"民国通俗小说典藏文库·顾明道卷"(17册)由中国文史出版社出版。

"民国通俗小说典藏文库·顾明道卷"收：《哀鹈记》《柳暗花明》《江上流莺》《花萼恨》《美人碧血记》《奈何天》《江南花雨·章台柳》《芳草天涯、红蚕织恨记》《艳孺奇遇记·春宵梦》《国难家仇》《蝶魂花影》《惜分飞》(2部)、《情波·茉莉花》《啼鹃录·啼鹃续录》《芳菲录》《蓬门红泪》。

8月，流潋紫《后宫·如懿传(修订版)》(6册)由人民文学出版社出版。周末著、笑脸猫改编《延禧攻略》(2册)由九州出版社出版。

10月30日，金庸逝世于香港。

12月15日，二月河逝世于北京。

12月，还珠楼主著、叶洪生批校《还珠楼主选集》，收"近代中国武侠小说名著大系"，由台湾联经出版公司出版，含《蜀山剑侠传》(26册)、《峨眉七矮》(2册)、《蜀山剑侠新传》(1册)。

本年

"民国通俗小说典藏文库·冯玉奇卷"第1辑28种、第2辑31种,由中国文史出版社出版。

按:"民国通俗小说典藏文库·冯玉奇卷"收:第1辑收《清歌·紫陌红尘》《姑嫂情深·暖谷生春》《魂断斜阳·荒岛怪人》《花月争艳·情奔》《黄金祸·镜花月》《雁南归·绿窗艳影》《甜如蜜·个中苦》《侬本痴情·燕语莺啼》《千紫万红·歌舞春江》《花落春归·秋水长天》《香海恨》《征·归·恨》《苦海慈航·乱世风波》《浮生梦·情海恨》《盲目之爱·情天血泪》《啼笑皆非·日暮穷途》《红粉飘零·叶落西风·情海归帆》《鸟语花香》《纸醉金迷》《孽海潮》《霄》《斗》《罪》《劫泪缘》《孽》《解语花》《百合花开》《春闺怨》;第2辑收《水性杨花·闺中鹄影》《红豆相思·两全其美》《花溅泪·情天劫》《流水浮云·雪地沉冤》《茜纱窗下·情海恩仇》《春雨飞花·热血冰心》《舞宫春艳》《龙凤花烛·忠魂鹃血》《血滴心花·珠还合浦》《鸾凤鸣春·蟾宫艳史》《六桥春·斧魄冰魂》《春残梦断·秋水红蕉》《俏姑娘·并蒂莲》《月落乌啼·霜满天》《血海情花·风月恩仇》《草长莺飞·故剑泪》《颠倒夫妻·逃婚》《江上烟波》《碎月影》《金屋泪痕》《文素臣》《一代红颜》《玉人来》《白门秋》《云破月圆》《燕剪春愁》《豆蔻女郎》《碧波残照》《豆蔻女郎续》《断桥流水》。

参考文献

一、报刊杂志

《申报》《新闻报》《时报》《大共和日报》《新申报》、天津《大公报》《商报》《力报》《海上奇书》《新小说》《小说林》《月月小说》《绣像小说》《粤东小说林》《中外小说林》《新新小说》《苏报》《指南报》《时务报》《国闻报》《消闲报》《趣报》《春声日报》《无锡白话报》《十日小说》《清议报》《新民丛报》《游戏报》《中国旬报》《励学译编》《世界繁华报》《小说时报》《华商联合报》《扬子江白话丛报》《国粹学报》《舆论时事报》《小说月报》《妇女时报》《吴声》《广益丛报》《松江教育杂志》《大共和日报》《民权报》《太平洋报》《教育杂志》《独立周报》《新闻报》《地学杂志》《民权素》《国是》《游戏杂志》《自由杂志》《生活日报》《教育研究》《雅言》《中华小说界》《小说丛报》《南社》《香艳杂志》《礼拜六》《大共和画报》《繁华杂志》《俳优杂志》《游戏杂志》《游戏世界》《七襄》《女子世界》《上海滩》《织云杂志》《小说海》《妇女杂志》《双星杂志》《文星杂志》《蔷薇》《国学杂志》《小说大观》《小说新报》《春声》《上海画报》《神州日报》《小说日报》《小说画报》《瓯海潮》《晨钟》《民国日报》《大世界》《新世界》《天籁报》《都市教育》《东方杂志》《太平洋》《小说季报》《先施乐园日报》《新潮》《每周评论》《新青年》《晶报》《友声日报》《北京白话报》《新趣味》《文学旬刊》《新声》《红杂志》《红玫瑰》《紫兰花片》《消闲月刊》《小说新潮》《半月》《紫罗兰》《星期》《吴江》《家庭杂志》《快活》《天韵报》《晨报副刊》《小日报》《无锡新报》《兴华报》《最小》《小说世界》《心声》《侦探世界》《晨光》《文学研究社》《鸿光》《金钢钻月刊》《金钢钻》《福尔摩斯》《社会之花》《新月》《铁报》《星报》《北洋画报》《海报》《联益之友》《首都市政周刊》《红玫瑰画报》《电影月报》《旅行杂志》《海光》《上海报》《社会日报》《机联会刊》《大亚画报》《商声》《上海日报》《东方日报》《天津商报图画周刊》《天津商报图画半周刊》《天津商报画刊》《平报》《响报》《影视生活》《新家庭》《中华画报》《利利周报》《ABC日报》《世界晨报》《新报》《时代日报》《珊瑚》《万岁杂志》《上海商报(1932—1937)》《风月画报》《新闻夜报》《夜报》《新上海》《大报》《新夜报》《立报》《作家》月刊、《风人》《虹》《生报》《万花筒》《锡报》《香海画报》《绿竹》《实报》《现世报》《五云日升楼》《正报》《好莱坞日报》《永安月刊》《前线日报》《罗汉菜》《上海生活》《奋报》《新天津画报》《妇女新都会画报》《玫瑰》半月刊、《东南风》《迅报》《鲁迅风》《三六九画报》《新闻夜报》《品报》《小说月报(1940)》《橄榄》《立言画报》《上海小报》《小报》《绍兴戏报》《中国商报》《乐观》《新民报半月刊》《万象》《品报》《吉报》《万言报》《万象十日刊》《大众》《紫罗兰》月刊、《杂志》《繁华报》《光化日报》《茶话》《海燕》《大侦探》《东南风》《罗宾汉》《大众夜报》《诚报》《沪报》《甦报》《飞报》《今报》《国民午报》《导报》《风报》《生活》月刊、《大风报》《小说周报》《群报》《真报》《晓报》《真报》《辛报》《风报》《今古传奇》等。

二、专著、论文

A

安静《〈小说新报〉研究》,济南大学硕士论文,2013年。

B

包天笑《钏影楼回忆录·钏影楼回忆录续编》,三晋出版社,2014年3月。
博玫《〈紫罗兰〉(1925—1930)的"时尚叙事"》,复旦大学博士论文,2004年。
北京图书馆编《民国时期总书目(1911—1949)》2册,书目文献出版社,1992年11月。

C

陈伯海、袁进主编《上海近代文学史》,上海人民出版社出版,1993年2月。
陈必祥主编《通俗文学概论》,杭州大学出版社,1991年5月。
陈大康《中国近代小说编年史(全六册)》,人民文学出版社,2014年1月。
陈广根《张恨水小说"民国重庆"叙事研究》,吉林文史出版社,2017年3月。
陈建华《从革命到共和:清末至民国时期文学、电影与文化的转型》,广西师范大学出版社,2009年10月。
陈建华《紫罗兰的魅影:周瘦鹃与上海文学文化(1911—1949)》,上海文艺出版社,2018年10月。
陈巍《周瘦鹃先生小传》《范烟桥先生传略》,范慧静、范崇清《我父亲范烟桥与千龄会》、范烟桥《驹光留影录》,江元舟《小说家程小青》,徐碧波《程小青的侦探小说及其他》、江洛一、陈巍《腕底耕耘七十春 九八老人犹著述——记包天笑先生的一生》、郑逸梅《〈荒江女侠〉作者顾明道》、陆蔚明《曾朴小传》、沈秋农《徐天啸传略》《平襟亚传略》、陈勇《徐枕亚传略》、李炎錩《姚民哀小传》、曹家俊《吴双热传》,载《吴中耆旧集》,江苏省政协文史资料委员会编,江苏文史资料编辑部出版,1991年12月。
陈小满《历史尘埃深处的一抹幽香——〈万象〉〈春秋〉〈茶话〉研究》,苏州大学硕士论文,2007年。
陈又《张恨水文传:金粉世家里的啼笑因缘》,文汇出版社,2012年7月。
陈志放主编《蔡东藩学术纪念文集》,萧山市政协文史工作委员会,1988年6月。
陈志根主编《蔡东藩研究》,中国文史出版社,2005年10月。

陈子平《耐心地打捞光明：陈子平 20 世纪中国雅俗文学论集》，江苏人民出版社出版，2005 年 10 月。
陈子平《中国近现代通俗历史小说史略》，四川民族出版社，1996 年 10 月。
程维钧《古龙小说原貌探究》，广州出版社，2018 年 7 月。

D

登程：《程小青先生事略》，收《苏州史志资料》第 4 辑，苏州市地方志编纂委员会办公室，苏州市档案局编，1985 年 10 月。
董康成、徐传礼《闲话张恨水》，黄山书社，1987 年 12 月。
董新英《黄伯惠时期〈时报〉特色研究》，吉林大学硕士论文，2009 年。
董智颖《陈碟仙研究》，华东师大硕士论文，2005 年。

F

符家钦编著《张恨水故事》，山西教育出版社，1998 年 4 月。
傅国涌《金庸传（修订版）》，浙江人民出版社，2013 年 6 月。
范伯群主编《中国近现代通俗文学史（二册）》，江苏教育出版社，2010 年 4 月。
范伯群《（插图本）中国现代通俗文学史》，北京大学出版社，2007 年 1 月。
范伯群主编《中国现代通俗文学与通俗文化互文研究》，江苏教育出版社，2017 年。
范伯群《范伯群文学评论选》，江苏文艺出版社，2017 年 11 月。
范志强《蔡东藩评传》，中国社会科学出版社，2015 年 11 月。
房莹《陆澹盦及其小说研究》，华东师大博士论文，2010 年。

G

高方英《隔绝时期隔不断的声音——〈万象〉月刊研究》，上海外国语大学硕士论文，2005 年。
高建平《张恨水的生活与创作》，文津出版社，2002 年 4 月。
葛利利《报人陈景韩时评杂感研究》，扬州大学硕士论文，2018 年。
耿坤《1920 年代朱瘦菊电影活动研究》，南京艺术学院硕士论义，2017 年。
郭娜《〈新闻报〉副刊与上海市民文化研究——以〈快活林〉〈新园林〉〈本埠附刊〉为例（1927—1937）》，复旦大学硕士论文，2013 年。
郭雨《平民的狂欢——〈红玫瑰〉研究》，苏州大学硕士论文，2007 年。
宫岩《〈民权素〉研究》，东北师大硕士论文，2008 年。

H

黄诚《民初扬州小说家群研究》，苏州大学博士论文，2012 年。
黄永林《张恨水及其作品论》，华中师范大学出版社，2003 年 7 月。

胡安定《多重文化空间中的鸳鸯蝴蝶派研究》,花木兰文化出版社,2012年9月;中华书局,2013年2月。

洪煜《近代上海小报与市民文化研究》,上海师大博士论文,2006年。

郝奇《〈小说大观〉研究》,复旦大学硕士论文,2010年。

何媛媛《紫兰小筑——周瘦鹃的人际花园》,东方出版社,2011年12月。

J

季宵瑶《"鸳鸯蝴蝶派"之再考察:20世纪20年代上海文人交游网络》,复旦大学硕士论文,2008年。

蒋敏《范烟桥歌唱片研究》,南京艺术学院硕士论文,2015年。

金立群《中国近现代通俗文学的媚俗化研究》,湖北人民出版社,2007年8月。

金立群《媚俗化:中国近现代通俗文学的现代性碎片呈现—文化媒介的综合研究》,华中师大博士论文,2006年。

K

亢乐《许指严及其作品研究》,华东师大硕士论文,2009年。

柯桦珍《论报人生活对毕倚虹小说创作的影响》,青海师大硕士论文,2015年。

L

李兵《世俗社会的传统文人——民国时期范烟桥研究》,苏州大学硕士论文,2010年。

李斌《鸳鸯蝴蝶派与早期中国文化创意产业(1919—1930)》,广陵书社,2015年11月。

李保明《演义大家蔡东藩评传》,线装书局,2010年6月。

李保明《演义大家蔡东藩》,电子科技大学出版社,2014年3月。

李保明《浮生若梦:蔡东藩传》,九州出版社,2017年12月。

李国平《上海市民的精神"大世界"——民国小报巨擘〈晶报〉研究》,苏州大学博士论文,2008年。

李楠《晚清、民国时期上海小报研究——一种综合的文化、文学考察》,河南大学博士论文,2004年。

李霈《徐卓呆20世纪20年代小说研究》,复旦大学硕士论文,2013年。

李文倩《李定夷及其文学研究》,苏州大学博士论文,2008年。

李晓丽《〈月月小说〉研究》,扬州大学硕士论文,2005年。

李勇《通俗文学理论》,知识出版社,2004年1月。

刘勇、李怡《中国现代文学编年史(1895—1949)》(11卷),文化艺术出版社,2015年8月—2017年5月1日。

李志梅《报人作家陈景韩及其小说研究》,华东师大博士论文,2005年。

凌佳《民国城市小说家徐卓呆研究(1910—1940)》,上海师大硕士论文,2014年。
凌励《世界书局研究》,上海师大硕士论文,2016年。
刘楚仪《包天笑电影创作考论》,南京艺术学院硕士论文,2015年。
刘莉《周瘦鹃主编时期〈申报·自由谈〉小说研究》,复旦大学博士论文,2010年。
刘明坤《李涵秋小说论稿》,扬州大学博士论文,2008年。
刘珊珊《陈慎言与〈华光〉月刊研究》,山东大学硕士论文,2015年。
刘少文《大众媒体打造的神话——张恨水的报人生活及报纸文本》,中国社会科学出版社,2006年5月。
刘铁群《现代都市未成型时期的市民文学——〈礼拜六〉杂志研究》,河南大学博士论文,2002年。
刘云若原著、张元卿辑注《待起楼诗稿》,天津古籍出版社,2016年10月。
刘扬体《流变中的流派——"鸳鸯蝴蝶派"新论》,中国文联出版公司出版,1996年10月;2017年5月由北京时代弄潮文化发展有限公司出版时收入《刘扬体文选》,为第二卷。
刘永文《晚清小说目录》,上海古籍出版社,2008年11月。
刘永文《民国小说目录》,上海古籍出版社,2011年12月。
刘卓《十年喧嚣沉思录——新时期通俗文学热扫描》,1991年5月。
卢欣《恽铁樵文学活动研究》,华东师大硕士论文,2010年。
鲁卫鹏《〈小说时报〉研究》,华东师大硕士论文,2008年。
陆燕丽《〈上海生活〉杂志研究》,华东师大硕士论文,2014年。
厉震林、胡雪桦主编《文学与电影：鸳鸯蝴蝶派的前世今生》,《电影研究(三)》,中国电影出版社,2015年11月。
林建扬《平江不肖生之〈江湖奇侠传〉〈近代侠义英雄传〉研究》,花木兰文化出版社,2010年9月。
林青《高阳生平事略》《高阳著作出版年表》,附《描绘历史风云的奇才——高阳的小说和人生》,学林出版社,1996年1月。

M

马季《张恨水评传》,中国书籍出版社,2016年5月。
孟兆臣《中国近代小报史》,社会科学文献出版社,2005年10月。

N

倪斯霆《还珠楼主》,天津古籍出版社,2014年11月。
倪斯霆《旧报旧刊旧连载》,上海远东出版社,2017年4月。
倪斯霆《旧文旧史旧版本》,上海远东出版社,2012年版。
倪斯霆《旧人旧事旧小说》,上海远东出版社,2010年3月。

南志刚编《通俗文学史料卷》,收入吴秀明主编《中国当代文学史料丛书》,浙江大学出版社,
 2017年9月。
牛绿洲《朱瘦菊论》,苏州大学硕士论文,2012年。
牛倩《〈侦探世界〉杂志研究》,吉林大学硕士论文,2012年。

O

欧阳友权《网络文学词典》,世界图书出版广东有限公司,2014年3月。

P

潘盛《"泪"世界的形成——徐枕亚小说创作研究》,复旦大学博士论文,2009年。
彭博《〈申报〉时评研究》,吉林大学硕士论文,2012年。
彭静《时代 身世 作品——张恨水文学人生评析》,辽海出版社,2010年6月。
彭丽熔《世界书局文学出版情况研究(1917—1949)》,华东师大硕士论文,2009年。

Q

清和编著《琼瑶诗歌赏析——与你同在》,中国妇女出版社,1990年4月。
邱晓丹《〈万象〉作者群研究》,华东师大硕士论文,2010年。

R

任军豪《〈香艳杂志〉研究》,广东社科院硕士论文,2016年。
栾梅健《通俗文学之王包天笑》,上海书店出版社,1999年2月。
栾梅健《纯与俗的变奏》,山东友谊出版社,2006年1月。
栾梅健《前工业文明与中国文学》,广西教育出版社,1999年7月;2008年6月,由复旦大学
 出版社再版。
栾梅健《民间的文人雅集:南社研究》,东方出版中心,2006年5月。
栾梅健《二十世纪中国文学发生论》,广西师大出版社,2006年8月。
芮和师、范伯群、郑学弢、徐斯年、袁沧州编《鸳鸯蝴蝶派文学资料(2册)》,福建人民出版社,
 1984年8月。

S

石楠《张恨水传》,江苏文艺出版社,2000年1月。
史玉根:《琼瑶年表》,《在水一方—琼瑶》,湖南师大出版社,2011年9月。
史玉根:《作者简介及创作简史》,小椴《小椴作品》,长江文艺出版社,2006年7月。
史玉根:《作者简介及创作简史》,步非烟《步非烟作品》,长江文艺出版社,2006年7月。
宋艳云《后百期〈礼拜六〉研究》,济南大学硕士论文,2012年。

苏亮《近代书局与小说》,华东师大博士论文,2015年。
孙超《民初"兴味派"小说家研究》,复旦大学博士论文,2011年。
沈庆会《包天笑及其小说研究》,华东师大博士论文,2006年。

T

汤哲声《中国当代通俗小说史论》,北京大学出版社,2007年3月。
汤哲声《中国现代滑稽文学史略》,台湾文津出版社,1992年8月。
汤哲声《中国现代通俗小说流变史》,重庆出版社,1999年1月。
汤哲声《中国现代大众文化与通俗文学三十讲》,高等教育出版社,2011年8月。
汤哲声主编《中国现当代通俗小说赏析》,苏州大学出版社,2012年5月。
汤正宇《从〈小说画报〉到〈星期〉——"五四"时期通俗小说研究》,上海师大硕士论文,2004年。
陶春军《中国近现代通俗文学期刊风格研究——以〈礼拜六〉〈小说月报(1910—1920)〉〈小说世界〉为例》,南京大学出版社,2015年12月。
田若《陆士谔小说考论》,华东师大博士论文,2003年。
田天《北洋军阀割据时期陈景韩时评研究》,南京师大硕士论文,2013年。

W

王晶晶《新旧之间——包天笑的文学创作与文学活动研究》,上海师大博士论文,2012年。
王稼句《枕书集》,上海人民出版社,1991年2月。
王利萍《民国名刊〈红杂志〉〈红玫瑰〉研究》,青岛大学硕士论文,2007年5月。
王利涛《中国第一小说季刊〈小说大观〉研究》,重庆师大硕士论文,2004年。
王木青《分歧与尺度——新文学作家对通俗文学的批评之反思》,苏州大学博士论文,2008年。
王先霈、于可训主编《80年代中国通俗文学》,湖北教育出版社,1995年5月。
王羽《"东吴系女作家"研究(1938—1949)》,华东师大博士论文,2007年。
王晏殊《民国时期天津〈北洋画报〉研究》,南开大学博士论文,2013年。
王云霞《上海〈时报〉时评研究》,南昌大学硕士论文,2015年。
魏绍昌《民国通俗小说书目资料汇编(全三册)》,上海书店出版社,2013年12月。
魏绍昌《鸳鸯蝴蝶派研究资料(2册)》,上海文艺出版社,1962年10月。
温奉桥《张恨水新论》,齐鲁书社,2009年1月。
温奉桥《现代性视野中的张恨水小说》,中国海洋大学出版社,2005年1月。
吴俊、李今、刘晓丽、王彬彬《中国现代文学期刊目录新编》,上海人民出版社,2010年2月。
吴梦雅:《程小青与〈霍桑探案〉》,苏州大学硕士论文。
吴圣刚编著《二月河作品年表》,《二月河研究》,河南大学出版社,2015年4月。

伍大福《李涵秋小说研究》,华东师大博士论文,2005年。
闻涛《张恨水传》,团结出版社,1999年8月。
文迎霞《晚清报载小说研究——以〈申报〉〈新闻报〉〈时报〉〈神州日报〉为中心》,华东师大博士论文,2007年。

X

肖爱云《〈礼拜六〉周刊研究》,陕西师大硕士论文,2009年。
肖显惠《传媒视阈下的"大陆新武侠"——以〈今古传奇·武侠版〉和〈武侠故事〉为例》,兰州大学博士论文,2011年。
谢波《媒介与公共空间——〈申报·自由谈〉(周瘦鹃时期)研究》,江苏人民出版社,2014年9月。
谢家顺《张恨水年谱》,安徽文艺出版社,2014年7月。
谢家顺主编《张恨水小说教程》,合肥工业大学出版社,2011年3月。
解玺璋《张恨水传》,北京出版社,2018年6月。
徐德明《中国现代小说雅俗流变与整合》,社会科学文献出版社,2000年4月。
徐蕾《情哀周瘦鹃——周瘦鹃言情小说研究》,苏州大学硕士论文,2008年。
徐乃翔主编《中国现代文学词典》(第1卷,小说卷),广西人民出版社,1989年11月。
徐斯年《侠的踪迹——中国武侠小说史论》,人民文学出版社,1995年12月。
徐斯年、顾迎新《已知王度庐小说目录》《王度庐年表》。
徐斯年《王度庐评传》,苏州大学出版社,2005年12月。
徐迅《张恨水家事》,中国华侨出版社,2009年1月。
许蒨《陈栩文学创作研究》,浙江大学硕士论文,2015年。
许寅、顾伦《秦瘦鸥先生传略》,载《嘉定文史资料》第9辑,中国人民政协上海嘉定区委员会文史资料委员会编,1994年3月。

Y

杨联宇《〈新闻报〉广告与近代上海休闲生活的建构(1927—1937)》,复旦大学博士论文,2009年。
《姚鹓雏年谱简编》《家乘小草》《姚鹓雏小传》,附《姚鹓雏文集·杂著》下册。
叶洪生《论剑:武侠小说谈艺录》,学林出版社,1997年1月。
叶洪生《天下第一奇书——〈蜀山剑侠传〉探秘》,学林出版社,2002年2月。
叶洪生、林保淳《台湾武侠小说发展史》,远流出版事业股份有限公司,2005年。
殷志敏《论周瘦鹃主编的〈申报·自由谈〉》,华东师大硕士论文,2009年。
尹婷《上海〈时报〉专刊研究》,南昌大学硕士论文,2014年。
于晶莹《陈景韩时评研究(1913—1929)》,黑龙江大学硕士论文,2016年。

于敏《论孙了红及其反侦探小说创作》,兰州大学硕士论文,2010年。
袁进《小说奇才张恨水》,上海书店出版社,1999年2月;台湾业强出版社,1992年4月。
袁进《张恨水评传》,南京大学出版社,2012年11月。
袁进《鸳鸯蝴蝶派》,上海书店出版社,1993年8月。
袁进《中国文学观念的近代变革》,上海社科院出版社,1996年10月。
袁进《中国文学的近代变革》,广西师大出版社,2006年6月。
燕世超《张恨水论》,安徽大学出版社,1998年3月。
阴艳《"海派方型周报"研究》,吉林大学硕士论文,2007年。

Z

张兵主编《五百种武侠小说博览》,上海辞书出版社,2015年1月。
赵佳《大东书局的文学出版情况研究》,温州大学硕士论文,2017年。
赵思洋《严独鹤时评研究——以〈快活林〉〈新园林〉"谈话"栏目为例》,黑龙江大学硕士论文,2018年。
赵孝萱《世情小说传统的承继与转化:张恨水小说新论》,台湾学生书局,2002年2月。
赵孝萱《"鸳鸯蝴蝶派"新论》,兰州大学出版社,2004年1月。
周鲤门《周天籁年表》,收周天籁著《惬意惬意集》,文汇出版社,2008年1月。
周文晓、陈子善、袁进《徐枕亚年谱》,《文教资料》,1989年第2期,总第182期。
周吟《周瘦鹃文学活动研究》,华东师大硕士论文,2005年。
朱联保《上海世界书局历年大事记(一)—(七)》,分别刊载《出版与发行研究》1987年8月29日1987年第4期、10月28日1987年第5期、12月27日1987年第6期,1988年6月29日1988年第3期、8月28日1988年第4期、10月27日1988年第5期、12月26日1988年第6期。
朱文华、许道明主编《上海文学志稿》,上海社会科学出版社,2014年3月。
朱周斌《张恨水作品中的乡村与城市》,中国电影出版社,2015年6月。
朱周斌《怀疑中的接受:张恨水小说中的现代日常生活》,广西师范大学出版社,2010年6月。
朱志荣《中国现代通俗文学艺术论》,上海三联书店,2009年2月。
曾娟《鸳鸯蝴蝶派小说的现代性研究》,西安交通大学出版社,2016年11月。
曾平元、何福林主编《平江不肖生研究专辑》,复旦大学出版社,2013年1月。
张赣生《民国通俗小说论稿》,重庆出版社,1991年7月。
张怀宇《〈新小说〉研究》,扬州大学硕士论文,2003年。
张纪《我所知道的张恨水:张恨水长孙解读大师》,金城出版社,2007年11月。
张厉冰《多重权力制约下的文化与文学图景——〈万象〉研究》,华东师大硕士论文,2005年。
张鲁高《图景的融合与图景的分裂——张恨水与鲁迅的文学世界》,安徽文艺出版社,2013

年7月。

张明明《回忆我的父亲张恨水》,香港广角镜出版社有限公司,1979年4月。

张明明《我的父亲张恨水》,百花文艺出版社,1984年11月。

张巍《鸳鸯蝴蝶派文学与早期中国电影的创作》,中国电影出版社,2014年3月。

张伍《忆父亲张恨水先生》,北京十月文艺出版社,1995年8月。

张伍《我的父亲张恨水》,春风文艺出版社,2002年1月。

张伍《雪泥印痕:我的父亲张恨水》,团结出版社,2006年9月。

张伍编《张恨水自述》,河南人民出版社,2006年7月。

张欣《时报馆与晚清小说传播研究》,上海师大硕士论文,2015年。

张毅《文人的黄昏——通俗小说大家张恨水评传》,华夏出版社,1991年6月。

张艳芳《〈万象〉通俗小说研究》,河北大学硕士论文,2011年。

张永久《鸳鸯蝴蝶派文人》,秀威资讯科技股份有限公司,2011年4月。

张永久《摩登已成往事——鸳鸯蝴蝶派文人浮世绘》,百花文艺出版社,2012年1月。

张依盟《近代上海的图文写真:〈上海画报〉研究》,山东大学硕士论文,2016年。

张元卿、顾臻编《品报学丛(第1辑)》,天津古籍出版社,2014年12月。

张元卿、顾臻编《品报学丛(第2辑)》,天津古籍出版社,2016年1月。

张元卿、顾臻编《品报学丛(第3辑)》,天津古籍出版社,2017年10月。

张元卿、顾臻编《品报学丛(第4辑)》,天津古籍出版社,2018年3月。

张元卿编《云云:刘云若研究论丛》,天津古籍出版社,2015年12月。

张元卿《刘云若评传》,天津古籍出版社,2016年1月。

张元卿《望云谈屑》,天津古籍出版社,2014年8月。

张泽贤《中国现代文学散文版本闻见录1921—1936》,上海远东出版社,2009年7月。

郑保纯《武侠文学的历程与大陆新武侠的复兴——兼论〈今古传奇·武侠版〉,华中师大硕士论文,2004年。

郑逸梅《南社丛谈》,上海人民出版社,1981年2月。

郑逸梅《郑逸梅自订年表》,《文教资料》1988年第3期。

郑逸梅:《程小青和世界书局》,郑逸梅《郑逸梅选集》第2卷,黑龙江人民出版社,1991年5月。

支欣《〈珊瑚〉杂志研究》,东北师大硕士论文,2014年。

后 记

这部书稿要付梓了,却无法当面告知范伯群先生了。先生生前,多次指导本书的写作。他曾多次言道:"从一手材料出发,材料自己会说话。"本书写作,亦秉承先生遗教。随侍先生八年,先生的言传身教,法乳之恩,终生铭记在心。

从硕士到博后,一直从事中国现代通俗文学研究,此书亦是多年学习研究经历的部分呈现。在此,我要感谢业师徐德明教授、刘祥安教授、栾梅健教授多年的教导和培养。

本书是国家社科重大基金重大项目"百年中国通俗文学价值评估、阅读调查及资料库建设"的子项目成果,至今犹记得本项目首席专家汤哲声教授将任务交给我时的那份郑重和期许。时间紧,任务重,真是"压力山大"。时至今日,那份沉重的心情和紧绷的神经,才有些许放松。这部书稿得以完成,离不开汤老师的信任、指导、鼓励和帮助。每当遇到困难时,汤老师总是提供建设性的指导意见;在写作过程中,亦遇到过亲人的变故,以及其他突发性的事情,耽误写作的进度,汤老师总是给予理解、包容和关怀,鼓励我完成这部书稿。在此,谨向汤哲声教授致以诚挚的谢意。

重大项目是团队协同作战。本项目的完成,亦离不开其他子项目成员的帮助。与马季老师、石娟师姐、张乃禹师兄、张学谦师弟等相处的过程中,我既增长了学识,又收获了友谊,这段美好的时光,值得珍藏。

感谢陈思和教授、丁帆教授、丁亚平研究员、李今教授、陈子善教授、刘增人教授、杨剑龙教授等前辈师长,他们为本书完善提出了宝贵的意见和建议,。

感谢江苏教育出版社王建军老师和周敬芝师姐。作为本书责编,王老师为本书付出了大量心血;他深厚的专业素养,严谨的编辑风格,认真负责的工作作风,令人感佩。周敬芝师姐给予我诸多帮助,工作交谊与师门情份弥足珍贵。

最后一稿校对中,袁新栋、邱奇豪、潘雨菲、李昕玥等青年朋友参与其中,付出辛劳,在此致谢。

新时期以来,现代通俗文学研究取得了丰硕的成果,涌现出一批极富创建性的著述。这些研究成果既为本课题研究提供了坚实的学术基础,又为本书写作提供大量线索。这些著述基本列在参考文献和引注中。因为成果丰富,无法在后记中一一列出著述者姓名,只能在后记中向各位前辈、同仁表示衷心感谢。

最后,感谢家人的付出。写作过程中,父亲处于生命最后时光,湖北扬州两地奔跑,不能完整陪伴老人,心存愧疚,感恩父亲的理解与坚强。感念妻子十二年来陪我一起走过风风雨雨,给我温暖和支持……

本书虽力求反映百年中国现代通俗文学发展概况,但由于学力和识力有限,以致想法的达成尚存在这样或那样的不尽人意处,如当代部分稍显单薄,偏上海而于平津等地重视不够,纯以时间排列使得有些线索不够明朗等。这些缺憾,亦为日后本书的修订、延展和深化留下了空间。

改革开放至今,大陆现代通俗文学研究虽历四十余年,但依然年轻,正日益焕发出无限活力。我将在不断完善本书的同时,继续精进努力,与学界师友同仁,一起推进中国现代通俗文学研究。

黄　诚

2021 年 10 月 18 日于瘦西湖畔